KB177537

〈그리고리와 카자흐들〉 유리 페트로비치 레브로프. 1965. 《고요한 돈강》 삽화

〈정복을 갖춘 카자흐군〉 스탠리 우드. 1915.

러시아 임시정부의 군인들   1917.

◀〈돈강의 정물〉 이고르 레브로프. 1997.

▼〈고요한 돈강〉 초판본   1928.

블라디미르 레닌(1870~1924) 러시아 혁명으로 니콜라이 2세는 1917년 폐위된다.

▶러시아 전통복식을 갖춘 황제 니콜라이 2세와
황비 알렉산드라 러시아 로마노프 왕가의 마지막
황제(재위 1894~1917)

▼니콜라이 2세의 가족들 1913. 1남4녀의 자녀를
두었다(중앙의 황제 부부를 제외하고 왼쪽부터 시
계 방향으로 올가, 타티야나, 마리야, 아나스타샤,
알렉세이).

▲오늘날 돈강의 정경

◀ 돈강에 설치된 소설 《고요한 돈강》의 기념상

▼〈그리고리와 아크시냐〉 N. V. 모차예프 作. 러시아, 뵤센스카야. 돈강에 있는 《고요한 돈강》 기념상 가운데 가장 잘 알려진 것으로, 많은 예술가들에게 영감을 준 소설의 한 장면을 바탕으로 하고 있다.

세계문학전집044
Михаил Алекса́ндрович Шо́лохов
ТИХИЙ ДОН
고요한 돈강II
미하일 알렉산드로비치 숄로호프/맹은빈 옮김

동서문화사

고요한 돈강 I II III
차례

주요인물

멜레호프 집안—전형적인 카자흐 중농 :

　판텔레이 프로코피예비치　가장. 전 근위 카자흐 하사관.

　일리니치나　그의 아내.

　페트로(표트르)　그의 장남. 하사관에서 승진하여 카자흐 장교가 되었다가 뒷날 백위군(白衛軍)에 가담하여 전사한다.

　다리야　페트로의 아내.

　그리고리 판텔레예비치(그리샤)　차남. 이 소설의 주인공. 카자흐 장교. 혁명 뒤 처음엔 적위군(赤衛軍)에 가담했다가 뒤에 백위군의 유력한 지휘관이 된다.

　두냐시카　장녀. 뒤에 미시카 코셰보이의 아내가 된다.

코르슈노프 집안—부락의 부농 :

　그리샤카　할아버지.

　미론 그리고리예비치　가장. 카자흐의 부농.

　루키니치나　그의 아내.

　미치카　장남. 카자흐 병사. 그리고리의 친구.

　나탈리야(나타샤, 나타시카)　장녀. 그리고리 멜레호프의 아내가 된다.

스테판 아스타호프　멜레호프 집안의 이웃 사람. 페트로와 동년배인 카자흐. 그 아내를 둘러싸고 그리고리와의 사이에 다툼이 일어난다.

아크시냐(아크슈트카, 크슈샤)　그의 아내. 이 소설의 여주인공. 그리고리의 정부가 된다.

예브게니 니콜라예비치 리스트니츠키　돈 지방의 유수한 지주. 귀족. 퇴역 장군의 아들. 재정과 카자흐 장교.

세르게이 플라토노비치 모호프　부락에 중기 제분소를 가지고 있는 부유한 상인.

엘리자베타(리자)　그의 딸. 타락한 부르주아 아가씨. 미치카 코르슈노프에게 능욕을 당한다.

요시프 다비도비치 슈토크만　철공. 볼셰비키로 부락에서 당 세포를 조직한다.

슈토크만의 제자들—부락의 볼셰비키 당 세포 :

　미시카 코셰보이　가난한 카자흐. 뒤에 그리고리의 친구가 되고 두냐시카의 남편이 된다.

　이반 알렉세예비치 코틀랴로프　모호프 제분소 기관사.

　발레트　제분소 노동자.

　프리스토냐　가난한 카자흐.

제5부

1

1917년 가을도 깊어갈 무렵, 전선에서 카자흐들이 속속 귀환했다. 폭삭 늙어 버린 프리스토냐가 같은 제52연대에서 복무했던 카자흐들과 함께 셋이서 돌아 왔다. 여전히 수염이 없는 밋밋한 아니쿠시카도 포병 이반 토밀린, 야코프 포드 코바와 함께 돌아왔다. 그들에 이어 마르친 샤밀리, 이반 알렉세예비치, 자하르 코롤료프, 멋대가리 없이 키 큰 보르시쵸프도 돌아왔다. 12월이 되자 미치카 코르슈노프가 불쑥 모습을 드러냈다. 1주일이 지나자 제12연대에 있던 카자흐 들 여럿이 함께 돌아왔다. 미시카 코셰보이, 프로호르 즈이코프, 카슐린 노인의 아들 안드레이 카슐린, 에피판 막사예프, 에고르 시닐린 등이 돌아온 것이다.

칼미크인을 닮은 페도트 보드프스코프도 자신의 연대를 벗어나 오스트리아 군 사관한테서 빼앗았다는 밤색 말을 타고 보로네시에서 곧바로 귀환했다. 돌 아오자마자, 혁명 소동으로 발칵 뒤집힌 보로네시현 마을들을 얼마나 많은 고 생 끝에 탈출해 왔는지, 그리고 자신의 준마에만 의지해서 어떻게 적위군 부대 의 눈앞에서 빠져나올 수 있었는지에 대해 오래도록 이야기했다.

그에 이어 카멘스카야에서 볼셰비키화한 제27연대를 탈출한 메르쿨로프, 페 트로 멜레호프, 니콜라이 코셰보이도 모습을 나타냈다. 그들은 최근 제2예비연 대에 복무하던 그리고리 멜레호프가 볼셰비키 측으로 빠져나갔으며 아직 카멘 스카야에 남아 있다는 소식을 부락에 퍼뜨렸다. 그곳 주둔군인 제27연대에는 지난날의 말썽꾼 말도둑인 막심 그리야즈노프도 남아 있었지만, 그는 혼란 상 태의 긴장감과 자유로운 생활을 즐길 수 있다는 점에서 볼셰비키가 마음에 들 어 혼자 남기로 했다는 것이었다. 막심카에 대해서는, 진기한 말을 손에 넣었는 데 그 말이 무척 빠른 준마라는 얘기였다. 막심카의 말은 은백색 털이 등에 띠 처럼 나 있다고 했다. 말의 키는 별로 크지 않으나 동체가 길고 털이 붉다는 것이었다. 그리고리에 대해선 그다지 화제 삼지 않았다. 말하고 싶지 않은 것 같았다. 그는 부락 사람들과는 진로를 달리하고 있었고, 앞으로도 다시 동료가 될지 어떨지를 알지 못했기 때문이었다.

카자흐들이 주인으로서 또는 학수고대하던 손님으로서 무사히 귀환해 온 집들은 기쁨에 넘쳐 있었다. 그러나 이 기쁨은 남편, 부모, 형제를 영원히 잃은 사람들의 가슴에는 사무친 고뇌를 더욱더 격렬하고 무자비하게 불러일으켰다. 많은 카자흐들이 돌아오지 않았다. 그들은 가리챠, 브코비나, 동 프러시아, 칼파치아 산맥 기슭과 루마니아 전장에서 버림을 받았던 것이다. 그들은 시체가 되어 나동그라져 포화의 제물로 썩어 가고 있었다. 그리고 이제 이들 전우의 묘소가 되어 버린 높은 언덕에는 억새풀이 무성하게 우거져 비바람에 사정없이 흔들리고 있었다. 아낙네들이 플라토크를 쓸 새도 없이 거리로 뛰쳐나와 아무리 눈을 부비며 찾아봐도 그리운 사람들은 다시 돌아오지 않았다. 눈이 붓도록 눈물을 흘려 봐도 슬픔이 가실 턱이 없었다. 제삿날이나 추모일에 아무리 목청을 높여 울부짖어 봐도 그녀들의 고함 소리는 가리챠, 동 프러시아의 묘소가 있는 언덕까지는 닿지 못할 것이었다…….

그러나 묘소에 잡초가 무성해짐에 따라, 흐르는 시간에 따라 아픔도 스러져 갔다. 바람이 지나간 사람들의 발자국을 지우는 것처럼, 시간은 육친을 고대하다 마침내 피를 토할 것 같은 아픔과 추억에 몸부림쳤던 사람들의 고통을 씻어 주게 마련이었다. 왜냐하면 인간의 일생은 짧았으므로 대지의 싱싱한 풀을 밟을 시간이 그리 길지 않은 운명이기에…….

프로호르 샤밀리의 아내는 죽은 남편과 형제인 마르친 샤밀리가 무사히 귀환하여 임신 중인 자기 아내를 위로하고 자식들을 귀여워하면서 선물을 주는 걸 보더니 땅바닥에 이마를 짓찧고 몸부림치면서 통곡했다. 그녀는 온 마당을 기어다니며 크게 소리 내 울부짖었다. 그 옆에 양 떼처럼 모여 있던 아이들이 겁먹은 눈을 하고 한꺼번에 울음을 터뜨렸다.

가엾은 아낙이여, 마지막 남은 그 셔츠의 깃을 잡아 찢으려무나! 기쁨이 없는 괴로운 생활로 젖은 머리칼을 쥐어뜯고, 피가 맺히도록 악문 입술을 더욱 힘있게 깨물고, 노동으로 흉해진 손을 더욱 거칠게 만들어 외로운 내 집 문턱의 땅바닥을 기어다니도록 하라! 그대의 집에는 남편이 없어졌다. 그대의 자식들에겐 아버지가 없어졌다. 그리고 명심하거라. 그대는 그대의 아비 없는 자식들을 귀여워해 줄 자가 아무도 없다는 것을. 힘에 겨운 노동으로, 가난으로부터 벗어나게 해 줄 그 누구도 없다는 것을. 밤이 되어 그대가 피곤한 몸을 잠자리에 눕혔을 때 그대의 머리를 가슴에 끌어안고 지난날처럼 "슬퍼 마, 아니시카! 힘을 합쳐 살아갑시다!" 이런 격려의 말을 해 줄 사람이 없어진 것이다. 그대는 다시 남편을 얻을 수 없으리라. 왜냐하면 노동과 궁핍으로 자식들은 메마르고 추해져 그대의 초라한 코흘리개 자식들의 아비가 되어 줄 자는 어디에도 없을 것이다. 직접 밭을 갈고 이리 뛰고 저리 뛰면서 끊임없는 긴장으로 숨을 헐떡이고, 무거운 밀 다발을 차에 실어나르고, 갈퀴로 걷어올리고, 그러면서 아랫배 언저리가 당기는 것 같은 통증을 느끼고, 그런 다음엔 거적때기를 뒤집어쓰고 몸을 비틀며 잠자리에 들어 하루하루 말라갈 것이다. 알렉세이 베슈냐크의 어머니는 아들의 헌 옷을 부둥켜안고 울고 또 울었다. 그 냄새를 맡으면서 눈물을 쥐어짰다. 미시카 코셰보이가 가져온, 마지막까지 몸에 걸쳤던 셔츠만은 여전히 그 주름 속에 아들의 땀 냄새를 감추고 있었다. 노파는 그 옷에 얼굴을 파묻고 몸부림치며 얼룩과 때가 묻은 더러운 면 셔츠에다 눈물 자국을 만들어 놓았다.

마니츠코프, 아포니카 오제로프, 에프란치 카리닌, 리호비도프, 에르마코프, 그 밖의 카자흐 가족들도 아버지를 잃었다.

그러나 스테판 아스타호프를 위해 우는 사람은 아무도 없었다. 울어 줄 사람이 없었던 것이다. 못질이 된 그의 집은 사는 사람이 없고 반쯤 무너진 상태여서 여름인데도 어둠침침하고 음산했다. 아크시냐는 야고드노예에 살고 있었다. 그 전과 마찬가지로 부락에는 그녀의 소문이 전혀 들려오지 않았다. 그리고 그녀 역시 부락에 얼굴을 내밀지 않았다. 마음을 끌 만한 것이 아무것도 없기 때문인지도 모르는 일이었다.

돈강 상류 지대의 여러 마을에 사는 카자흐들은 같은 부락 출신끼리 한 무리가 되어서 귀환했다. 다만 뵤센스카야 마을 각 부락의 출정자들은 12월 중에 거의 돌아와 있었지만……

상류 지방의 카자흐들은 밤낮을 가리지 않고 10명 내지 40명가량이 한 조가 되어 타타르스키 부락을 거쳐 돈의 강가를 향해 줄을 이었다.

"군인 양반, 당신들은 어느 부대 소속이오?"

노인들은 길가에 나와서 물어 보곤 했다.

"쵸르나야 레치카에서 왔소."

"지모브나야에서요."

"두브로프카에서."

"레셰토프스코보에서."

"즈다레프스카야 마을이오."

"골호프 마을에서요."

"아리모프스카야 마을로 돌아가는 길이오."

모두들 통명스럽게 대답했다.

"신물이 나도록 싸우고 왔다 이 말이지?"

노인들은 비꼬는 말투로 물었다. 그중 착실하고 온순해 보이는 패들은 미소를 띠고 대꾸해 주기도 했다.

"이젠 지긋지긋하답니다, 할아버지! 워낙 오랫동안 전쟁을 했거든요."

개중에 자포자기하여 잔뜩 부아가 치민 패거리는 입에 담을 수 없는 욕설을 퍼붓기도 했다.

"늙은 망구 같으니, 늙은 게 뭘 안다고!"

"그걸 알아서 어쩌자는 거야? 뭣 땜에 물어 보지?"

"주둥이 닥쳐!"

겨울이 끝나갈 무렵, 노보체르카스크 부근에서는 이미 내전의 싹이 돋아나고 있었다. 그러나 돈의 상류 지방 부락과 여러 마을에선 아직도 묘지 같은 고요가 가득했다. 집 안에서뿐만 아니라 때로는 밖으로 나타난 집안끼리의 싸움도 빈번했다. 노인들은 귀환자들과 뜻이 맞지 않았다.

돈 군관구의 수도 근처에서 일어났던 전쟁에 대해서는 단지 소문만으로 알고 있을 뿐이었다. 변화가 심한 정치의 흐름을 멍하니 지켜보면서 사태의 움직임을 조용히 주시할 뿐이었다.

1월까지 타타르스키 부락의 생활은 조용히 흘러갔다. 귀환한 카자흐들은 아내 곁에서 일단 한숨 돌린 데다가 잘 먹어서 살이 올랐다. 그들은 전쟁의 와중에서 맛볼 수밖에 없었던 것보다 더 가슴 아픈 재난이 바로 곁에 다가와 있는 줄을 모르고 있었던 것이다.

2

그리고리 멜레호프는 전공에 의해 1917년 1월에 소위로 임관되어 제2예비대의 소대 소속 사관으로 임명되었다.

9월에 폐렴을 앓은 뒤 그는 휴가로 집에 돌아와 한 달 반 정양(靜養)했고, 건강이 회복되자 군관구 의무위원회를 거쳐 다시 연대로 복귀했다. 그리고 10월 혁명 뒤에는 중대장으로 임명되었다. 그의 마음속에 혁명이 일어난 것도 그 무렵이었다. 그것은 주변에서 발생한 여러 가지 사건의 결과였으나, 얼마쯤은 연대 소속 장교 가운데 한 사람이었던 에핌 이즈바린 중위와의 교제에서 영향을 받은 일이기도 했다.

그리고리가 이즈바린과 알게 된 것은 휴가에서 돌아온 첫날부터였으나, 그 뒤로 그와 복무 중에 그리고 복무 이외에도 끊임없이 얼굴을 마주치게 되어 어느새 자신도 모르는 사이에 그의 영향을 받았던 것이다.

에핌 이즈바린은 군도프스카야 마을의 부잣집 아들로 노보체르카스크 사관학교에서 교육을 받고, 졸업과 더불어 제10돈 카자흐 연대소속으로 전선에 파견되었다. 거기에서 약 1년간 복무하는 가운데 그가 늘 말하듯이 '가슴에는 성 게오르기우스 훈장을, 그리고 온갖 급소마다 아니, 급소가 아닌 곳에도 수류탄 파편을 열네 군데'나 갖게 되었고 자신의 복무 이력의 마무리로서 제2예비연대로 파견된 것이었다.

그는 비범한 재능을 가졌고, 확실히 천재적인 데가 있었다. 보통 장교의 표준을 넘는 높은 수준의 교양을 갖춘 사나이였다. 이즈바린은 또한 열렬한 카자흐 자치주의자였다. 2월 혁명은 그에게 용기를 불러일으켜 활약할 무대를 마련해 주었던 것이다. 그는 독립파 카자흐 무리와 연락을 취하여 돈 군관구 지방의 완전한 자치를 얻기 위하여, 그리고 카자흐가 아직 대러시아에 예속되지 않았던 이전의 질서를 되찾으려고 교묘하게 선동했다. 그는 역사에 능통한 데다가 열심이었고, 두뇌가 명석하고 성실했다. 독립파가 정권을 잡게 되자 돈 지방에서 대러시아인은 그림자도 찾아볼 수 없게 되었으며, 또한 카자흐족이 자신의 국경에 수비대를 배치하여 우크라이나인이며 대러시아인에게 고개 숙이는 일 없이 동등한 자격자로서 그들과 흥정하게 될 날, 고향 돈에서의 자유롭고 편안한 생활의 정경을 아름답게 그려보았다. 이즈바린은 소박한 카자흐들과 교양 없는 사관들을 현혹시켰다. 그리고리도 그의 영향을 받았다. 처음엔 두 사람 사이에 격렬한 논쟁이 벌어졌지만 별로 아는 게 없는 그리고리는 도저히 그의 맞수가 될 수 없었다. 이즈바린은 논쟁만 벌어지면 번번이 그를 꼼짝 못하게 만들었다. 대개 병영 한쪽 구석에서 토론했지만 옆에서 듣던 사람들은 언제나 이즈바린 의 이론에 찬성했다. 그는 미래의 자유로운 생활 모습을 강조하면서 자신의 이론으로 카자흐들을 감동시키고, 부유한 하류 지대 카자흐들의 대다수가 남몰래 품은 가장 중요한 생각을 끄집어 냈다.

"러시아에서 떨어져 나가 어떻게 살아갈 수 있다는 겐가? 우리에겐 밀밖에 없는데."

그리고리가 먼저 의문을 던졌다.

거기에 대해 이즈바린은 끈기 있게 설명해 주었다.

"난 돈 지방만이 홀로 떨어져 존재한다고는 생각하지 않네. 연방, 즉 동맹을 기초로 해서 쿠반, 테레크, 그리고 카프카즈 산지 주민들과 손을 잡고 해 나가 자는 걸세. 카프카즈는 광물이 풍부하거든. 우린 거기서 뭐든지 손에 넣을 수가 있어."

"하지만 석탄은 어떻게 하고?"

"바로 옆에 도네츠 탄전이 있지 않나."

"그렇지만 그건 러시아 것 아닌가?"

"누구 게 되느냐, 앞으로 어느 쪽 영토가 되느냐는 아직 거론할 여지가 남아 있어. 그러나 도네츠 탄전이 러시아 것이 된다 할지라도 우리가 잃는 건 아주 적은 것이라고 할 수 있네. 우리의 연방은 공업 중심이 아니야. 그 성격으로 말하자면 우린 농업국이네. 그렇다면 우리의 작은 공업 분야에 소요되는 석탄은 러시아에서 사들이면 되는 걸세. 목재라든가 금속 제품이라든가 그 밖의 것들 말일세. 그 대신 우리가 그들에게 양질의 밀이나 석유를 주면 되는 거야."

"그렇다면 독립할 경우, 대체 어떤 이익이 돌아온다는 건가?"

"직접적인 이익이 있지. 첫째로 정치적인 예속에서 벗어나는 거야. 러시아의 차르로 인해 잃은 우리의 질서를 회복하는 일일세. 이 지방으로 이주해 온 모든 이민족들을 추방해서 다른 지방으로 이주시키는 거야. 그리고 10년 동안 외국에서 기계를 수입해다가 경제를 발전시키고 부를 10배 이상 늘려야 해. 이 토지는 우리들 거야. 우리 조상의 피로, 우리 조상의 뼈로 살이 찐 토지야. 그런데도 우린 러시아에 정복당해 400년 동안 러시아의 이익을 지켜 줌으로써 자신의 것에 대해선 전혀 생각하지 못한 채 살아왔어. 우린 바다로 나가는 출구도 갖고 있네. 우린 매우 강력한 전투력을 지닌 군대를 갖게 될 걸세. 그렇게 되면 우크라이나가 아니라 러시아라 하더라도 우리의 독립을 막을 순 없을 걸세!"

중키에 날씬하고 어깨가 넓은 이즈바린은 전형적인 카자흐였다. 익지 않은 밀 빛깔의 노르스름한 고수머리, 거무스름한 얼굴, 희고 반듯한 이마, 양 볼만이 볕에 그을리지 않은 때문인지 흰 눈썹이 경계를 짓듯이 선명한 선을 긋고 있었다. 그는 높고 맑은 목소리로 얘기했다. 말을 할 때는 왼쪽 눈썹이 구부러지고 작은 매부리코가 유난히 벌름거렸다. 그 때문에 언제나 무슨 냄새를 맡는 듯한 느낌을 주었다. 활기찬 걸음걸이, 그 태도와 갈색 눈의 강력한 시선에 나타나 있는 자신감이 연대의 모든 사관 중에서 가장 뚜렷하게 돋보였다. 카자흐들도 그에게 분명히 존경을 표시하고 있었다. 그것은 아마 연대장에 대한 것보다 더 큰 것이었는지도 모른다.

이즈바린은 오랫동안 그리고리와 이야기했다. 그리고 그리고리는 이 무렵 가까스로 안정을 얻은 기반이 또다시 발밑에서부터 크게 흔들리고 있음을 느끼고 지난날 모스크바의 스네기료프 안과 병원에서 가란쟈와 이야기했을 때의 체험과 거의 비슷한 느낌을 얻었다.

10월의 전환이 있은 지 얼마 뒤, 그와 이즈바린 사이에 다음과 같은 대화가 오갔다. 그리고리는 모순에 빠진 심정으로 주의 깊게 볼셰비키에 대해 물어 보았다.

"에핌 이바노비치, 자넨 어떻게 생각하나? 볼셰비키의 생각이 올바르다고 여기나, 아니면 옳지 않다고 생각하나?"

이즈바린은 눈썹 끝을 약간 구부리고 콧잔등에 잔뜩 주름을 잡으면서 말했다.

"놈들의 생각 말인가? 하하하…… 자넨 마치 어린애 같군…… 볼셰비키는 볼셰비키 나름의 강령을 갖고 있다네. 자신들의 투시력과 희망을 갖고 있어. 볼셰비키들도 놈들 자신의 견지에서 보면 올바르다고 할 수 있지. 우린 우리대로 분명히 올바른 거야. 볼셰비키의 당명이 뭔지 아나? 뭐라고, 아직 몰라? 여태 모른단 말인가? 러시아 사회민주노동당이라고! 말하자면 노동자의 당이라는 거지! 지금에 와선 놈들도 농민과 카자흐들과 손을 잡으려 하지만 원래는 노동자의 당이었어. 놈들은 노동자 계급한테는 해방을 가져다 주겠지만 농민에게는 틀림없이 더 좋지 않은 노예 상태를 가져다 줄 걸세. 이 세상에선 모든 인간이 평등하게 살아갈 수는 없으니까. 볼셰비키가 이기면 노동자는 좋겠지만 그 밖의 사람들의 형편은 나빠지지. 제정이 부흥되면 지주와 그 밖의 패거리들은 잘 되겠지만 그 밖의 계층에게는 좋지가 않아. 때문에 우리에겐 그 어느 쪽도 필요하지 않다 이 말이야. 우리에게 필요한 것은 우리 자신뿐이라네. 즉 코르니로프, 케렌스키, 레닌도 아니고 오직 그들의 예속에서 벗어나는 일만이 중요하다 이 말일세. 그따위 패거리들의 신세를 지지 않고도 우린 우리 땅에서 얼마든지 잘 해나갈 수 있어. 겉만 번지르르한 친구와의 교제 따윈 달갑지 않아. 덤벼 오는 자가 있으면 우리 손으로 해치우면 되니까."

"그렇지만 카자흐들 대부분이 볼셰비키에 대해 호의를 갖고 있는 것 같은데, 아닌가?"

"그리샤, 잘 들어 두게. 이 점을 주의해서 들으라고, 아주 중요하니까. 현재 카자흐도 농민도 볼셰비키와 보조를 맞춰서 걸어가고 있긴 해. 이렇게 된 까닭이 어디에 있는 줄 아나?"

"글쎄"

"그 까닭은 이렇다네……."

이즈바린은 콧구멍을 벌름거리면서 미소 띤 얼굴로 말했다.

"즉 그건 볼셰비키가 평화를 주장하기 때문이야. 당장 평화를 내세우고 있기 때문일세. 한편으로 카자흐들에겐 전쟁이 바로 눈앞에 다가와 있지 않으냐 말이야!"

그는 팽팽하고 가무잡잡한 목 언저리를 툭툭 치면서 꼿꼿이 선 눈썹을 펴면서 소리쳤다.

"그렇기 때문에 카자흐들은 볼셰비즘[1]의 냄새를 마구 풍기면서 볼셰비키와 함께 걸어가려는 걸세. 하지만 일단 전쟁이 끝나면, 그때 볼셰비키들은 틀림없

---

1) 볼셰비키의 정치사상.

이 카자흐의 영토에 손을 뻗어 올 거야. 그렇게 되면 카자흐와 볼셰비키의 길은 갈라지게 되는 걸세! 이건 분명한 일이고 역사적으로 불가피한 것이라고 할 수 있네. 오늘날 카자흐의 생활방식과 사회주의—즉 볼셰비키 혁명의 마무리 사이에는 뛰어넘을 수 없는 깊은 수렁이 가로놓여 있는 걸세……."

그리고리는 낮은 목소리로 중얼거리듯 말했다.

"내가 말하고 싶은 건 나로선 도무지 그 까닭을 알 수 없다는 거야…… 아무래도 그 점이 이해가 안 간단 말이야…… 광야에서 눈보라를 만난 것처럼 전혀 짐작이 안 돼……."

"아무리 애써 봐야 피할 수 없는 일이야! 얼마 안 있으면 생활이 가르쳐 줄 걸세. 가르쳐 줄 뿐만 아니라 어느 쪽에든 자네를 밀쳐 넣고 말 걸세."

그 같은 대화가 오간 것은 10월 말경의 일이었다. 11월에 그리고리는 우연한 기회에 또 다른 카자흐와 알게 되었다. 그 사람은 돈에 있어서 혁명 역사상 적지 않은 역할을 한 사나이였다. 그리고리는 표도르 포드쵸르코프와 만났던 것이다. 그리고 짧은 기간의 동요를 겪은 뒤, 그의 심중에는 또다시 예전의 진실이 되돌아왔다.

그날은 낮에 우박이 내렸다. 하지만 저녁이 되기 전에 말끔히 개어, 그리고리는 같은 부락 출신인 제28연대 중위 도로즈도프의 숙사를 찾아 나섰다. 약 15분 뒤에 그는 구둣솔로 장화를 닦고 도로즈도프의 방문을 노크했다. 제대로 자라지 못한 무화과나무 분재와 손때 묻은 가구가 놓인 방 안에는 주인 말고도 창 쪽으로 등을 돌린 근위포병상사—견장을 단 건강해 보이는 뚱뚱한 카자흐가 조립식 장교용 침대에 앉아 있었다. 그는 등을 움츠리고 검은색 바지를 입은 다리를 벌린 채로 앉아, 크고 살찐 무릎 위에 붉은 털이 난 손을 얹고 있었다. 작업복이 그의 옆구리를 답답하게 졸라매고 있고, 넓고 부풀어 있는 가슴 언저리가 곧 터질 듯이 겨드랑이 쪽에 주름이 잡혀 있었다. 문 소리에 그는 짧은 목을 돌려 싸늘한 눈초리로 그리고리를 바라보았다. 푸석푸석한 눈꺼풀 속의 가느다란 눈동자엔 서늘한 광채가 담겨 있었다.

"소개하지, 그리샤. 이분은 우리 이웃 마을 우스티 호표르스카야 마을 출신인 포드쵸르코프야."

그리고리와 포드쵸르코프는 말없이 손을 잡았다. 앉으면서 그리고리는 주인을 향해 미소를 지어 보였다.

"더러운 발자국을 남겨 놨는데, 화내진 않겠지?"

"그런 걱정일랑은 집어치우게. 주인아주머니가 나중에 닦겠지……차는 어때?"

작은 몸집에 미꾸라지처럼 날렵해 보이는 주인은 담뱃진으로 노랗게 물든 손톱으로 사모바르[2]를 퉁겨 보고는 사뭇 아쉬워했다.

"식어 버렸군."

"걱정 마. 난 생각이 없네."

그리고리는 포드쵸르코프에게 담배를 권했다.

포드쵸르코프는 갑에 가득 담긴 흰 궐련을 손가락으로 집어 내려다가 더디게 되자 당황한 듯 낯을 붉히고 투덜거렸다.

"왜 이렇게 안 잡히지…… 빌어먹을!"

간신히 상자 뚜껑 위에 한 개비를 올려놓고는 눈을 가늘게 뜨며 그리고리를 쳐다보았다. 그리고리는 그의 자연스런 태도가 무척 마음에 들어 이렇게 물었다.

"어느 부락에서 왔지요?"

"쿨토프스키 부락에서 태어나 거기서 자라기는 했으나 최근엔 우스티 크리노프스키 부락에 살고 있지요. 쿨토프스키 부락을 아느냐는 물음을 받은 적이 있겠지요? 거긴 엘란스카야 마을과의 경계지요. 프레샤 코프스키 부락을 아십니까? 부락 맞은편이 마트베예프이고 거기서부터 우리 마을과 나란히 있는 마을이 체코노프스키 부락이지요. 그 첫머리 쪽이 바로 내가 태어난 부락입니다. 상(上) 쿨토프스키와 하(下) 쿨토프스키지요."

이야기를 하는 도중, 그는 그리고리에게 어떤 때는 '자네'로 낮춰서 부르는가 하면 어떤 땐 '당신'이라 부르면서 시원하게 터놓고 얘기를 했다. 한번은 친숙한 태도로 그리고리의 어깨를 묵직한 손을 들어 찌르기도 했다. 넓고 살짝 곰보인 얼굴에 정성 들여 비틀어 올린 콧수염이 착 붙어 있었는데, 왼쪽은 약간 곱슬곱슬했다. 큼직하게 우뚝 솟은 콧마루와 눈만 아니라면 편안한 인상을 주는 얼굴이라고 할 수 있었다. 얼핏 보기에 그 눈은 별다른 데가 없는 것 같으나 자

---

2) 러시아 고유의 주전자. 구리, 은, 주석으로 만들며 가운데에 관이 있어 그 속에 숯불을 넣어 물을 끓인다.

세히 들여다보면 납 같은 무게를 지녔음을 느낄 수 있었다. 산탄(霰彈)을 닮은 작은 눈은 마치 총구로 엿보는 것같이, 좁은 그 틈새에서 상대방의 시선을 억누를 뿐 아니라 집요한 눈초리로 한군데에 계속 초점을 맞추는 것이었다.

그리고리는 포드쵸르코프를 바라보는 동안에 한 가지 특징을 찾아냈다. 그가 거의 눈을 깜박이지 않는다는 사실이었다. 얘기를 할 때면 그 침울한 눈초리를 상대방에게 맞추고 조용히 말을 이어 갔다. 그때 햇볕에 그을린 짧은 속눈썹은 움직이지 않았다. 다만 푸석푸석한 눈두덩을 가끔 내리까는 듯하다가 갑자기 눈을 번쩍 치켜뜨고 산탄 같은 눈동자로 뚫어지게 바라보다가 이내 당황하여 주위로 시선을 돌리는 것이었다.

"형세가 제법 재미있게 돌아가고 있는 것 같지요?"

그리고리는 주인과 포드쵸르코프를 향해 말문을 열었다.

"전쟁도 끝났으니 이제부턴 새로운 생활이 시작될 것이오. 우크라이나에선 라아다³⁾가 정치를 하고 있고 우리 측인 카자흐 회의가 있으니 말이오. 아타만〔頭目〕 칼레딘이 주관하는 회의지요."

포드쵸르코프가 낮은 목소리로 말했다.

"어느 쪽이든 마찬가지 아니오. 어떻게 구별하죠?"

"별달리 구별이 되는 건 아니지요. 어쨌든 우리는 러시아를 향해서 지금 작별 인사를 하고 온 셈이지요"

그리고리는 이 말에 대해 도로즈도프와 근위포병인 뚱보가 어떤 반응을 나타낼까 기대하면서 이즈바린의 말투를 흉내냈다.

"자신들의 정부, 자신들의 질서 말이오. 소러시아인⁴⁾들을 카자흐의 땅에서 추방해 버리고 국경 가까이 다가오지 못하게 해야 하오! 옛날에 우리 조상이 살아왔던 것처럼 살아가야 하오. 혁명은 우리들 카자흐에게 유리하다고 생각하는데, 도로즈도프, 자네 생각은 어떤가?"

도로즈도프는 미소를 띠면서 흔들흔들 몸을 움직였다.

"물론 잘 해 나가겠지! 지금까지는 농사꾼들이 우리의 힘을 빼앗아 왔으니까.

---

3) 1917년 키예프(키이우의 옛 지명)의 전 우크라이나 민족회의에서 선출된 우크라이나 부르주아의 반혁명적 정치기관.
4) 우크라이나 사람을 멸시하는 말.

애써 놈들을 위해 살아 줄 건 없는 일이야. 하지만 어떻게 된 노릇인지 부두목들이라고는 모두가 폰 타우베라든가 폰 그라베라든가 그런 독일계 인간들뿐이니! 토지는 모두 그런 영관급 사관들한테 분배되지 않았느냐고…… 하지만 한숨 돌리게 된 건 확실하지?"

"그렇지만 러시아가 그걸 잠자코 용납해 줄까?"

포드쵸르코프가 둘에게 물었다.

"아마 용납하게 될 거요."

그리고리는 또렷하게 말했다.

"그렇게 되면 결국 같은 일이 반복되는 거요…… 똑같은 스튜라도 맛이 훨씬 떨어진다, 이 말이오."

"어째서죠?"

"틀림없이 그렇게 된다고 생각해요."

포드쵸르코프는 산탄 같은 눈을 재빨리 치켜뜨고 그리고리를 보았다.

"아타만들은 여전히 일하는 인민들을 우롱할 게 틀림없소. 놈들의 은혜를 한 번 입어 보라고. 결국은 입을 닫게 하고 말걸. 마찬가지야…… 하긴 그런 생활도 괜찮겠지만…… 목에 바위를 매달아 낭떠러지에서 밀쳐 낼 텐데, 뭘."

그리고리는 몸을 일으켰다. 좁은 방 안을 오락가락하는 중에 몇 번 포드쵸르코프의 무릎을 스쳤다. 그는 정면을 향하고 멈춰 선 채 물었다.

"그럼 어떻게 하면 되지요?"

"막판까지."

"무슨 뜻이오?"

"한번 시작한 이상 막판까지 밀고 나가야 해. 흔히 사람들은 차르와 반혁명을 때려부수는 즉시 정권이 인민의 손으로 넘겨지도록 애써야 한다고 하지만, 그건 옛말이오. 애들이나 속아 넘어가는 얘기라니까, 알겠소? 전에는 차르가 우릴 억압했소. 하지만 지금은 차르 아닌 다른 놈들이 대신 억압하고 있다구. 지금 우린 숨통이 막혀 버린 상태가 아니냐 말이오!"

"그럼, 포드쵸르코프 당신 생각은?"

그러자 그의 두 눈이 힘겹게 커지더니 좁은 방 안을 바쁘게 돌아다니기 시작했다.

"먼저 인민의 정부…… 인민에 의해서 선출된 정부를 가져야 하오. 군인 따위가 차지하면 또 전쟁을 일으킬 거요. 그건 우리한테 아무 소용이 없어요. 인민을 박해하지 않을, 전쟁을 충동질하지 않을 그런 정권이 여기저기 수립되어야 해요! 그렇지 않으면 어떻게 되겠소? 찢어진 바지는 뒤집어 봐야 구멍투성이인 걸."

포드쵸르코프는 무릎을 탁 치면서 일그러진 미소를 지었다.

"우린 구시대로부터 좀더 거리를 뒀어야 했소. 그렇지 않으면 차르보다 더 심한 멍에를 걸머지게 될 것이오."

그리고리는 한쪽 손으로 공중에서 뭔가 거머쥘 듯이 하더니 똑바로 쳐다보고 물었다.

"토지는 나눠 주겠지요? 한 조각 땅이라도 모두에게 나눠 주겠지요?"

"그렇게는 안 될걸요?"

포드쵸르코프는 허점을 찔린 듯이 어물거렸다.

"토지에는 손대지 않을 거라고 생각하오. 지주에게서 거두어들인 토지는 카자흐들끼리 분배하면 되겠지. 백성들[5]에게 줘선 안 돼. 백성들은 우리보다 훨씬 형편이 나으니까. 놈들한테 줘 버리면 우린 비참해져요!"

"그렇다면 대체 누가 우리를 다스리게 되는 거요?"

"스스로 다스려야지요!"

포드쵸르코프가 기운찬 목소리로 말했다.

"자기 스스로 자기의 권력을 쥐는 게 당연하오. 잠시 허리띠를 늦추는 틈을 노렸다가 칼레딘을 떨어뜨려 버리는 거요!"

흐린 유리창 옆에 선 그리고리는 아까부터 뭔가 복잡한 놀이에 열중해 있는 아이들을, 맞은편 주택들의 축축하게 젖은 지붕을, 마당의 벌거벗은 버드나무의 잿빛 가지를 바라보면서 도로즈도프와 포드쵸르코프가 논쟁을 벌이는 소리마저 흘려보냈다. 어수선한 마음으로 뭔가 깊은 생각에 잠겨 의문점을 해결하려는 참담한 노력을 기울이고 있었다.

10분가량 그는 말없이 유리창에 머리글자를 쓰기도 하면서 줄곧 서 있었다.

---

5) 카자흐 이외의 이민족에 대한 비칭.

창 너머로 보이는 낮은 지붕 위로 겨울이 가까워져 벌써부터 퇴색한 태양이 가라앉으려는 참이었다. 녹슨 지붕의 능선 위에 똑바로 올려놓은 듯한 태양은 축축해 보이는 진홍빛을 띠었는데 금방이라도 지붕 어느 쪽으로든 굴러 떨어질 것만 같았다. 시내에 있는 공원 쪽에는 비를 맞아 떨어진 나뭇잎이 사각사각 소리를 내면서 땅바닥을 기어다니고 있었다. 그리고 우크라이나 방면에서, 루강스크 쪽에서 시시각각으로 강해지는 바람이 마을을 휩쓸고 있었다.

3

노보체르카스크는 볼세비키 혁명을 피하려던 모든 피난민들의 중심지가 되었다. 지난날 붕괴한 러시아군의 고위층이었던 거물급 장군들은 반동적인 돈 카자흐들을 주축으로, 그곳을 발판으로 소비에트화한 러시아에 대해 공세를 펴려고 돈 하류 지대로 잇따라 흘러들어오고 있었다.

11월 2일에는 알렉세예프 장군이 중대장 샤프론을 거느리고 노보체르카스크에 도착했다. 그는 칼레딘과 의논하여 의용군 편성에 착수했다. 북부에서 탈출해 온 사관, 사관후보생, 돌격대원, 학생, 병사 가운데 낙오된 자들, 카자흐 중에서 가장 적극적인 반혁명주의자들, 무엇인가 큰 모험을 찾아 케렌스키 지폐일지라도 상관없이 급료만 많이 받으면 좋겠다는 패거리들이 합쳐져 의용군의 중심을 형성했다.

11월 하순에는 데니킨, 루콤스키, 마르코프, 에르델리 장군이 도착했다. 그 무렵 알렉세예프 군대는 이미 1천 명을 넘어섰다.

12월 6일에는 자신을 호위하던 테킨병들을 도중에 따돌리고 변장한 몸으로 돈 국경까지 간신히 피신해 온 코르니로프가 노보체르카스크에 모습을 나타냈다.

그때 이미 루마니아, 오스트리아, 독일 전선에 있었던 대부분의 카자흐 연대를 돈에 집결시키는 데 성공한 칼레딘은 그 부대들을 노보체르카스크–체르트코보–로스토프–치호레츠카야 철도 연선을 따라 배정했다. 그러나 3년에 걸친 전쟁으로 지칠 대로 지치고 혁명적인 분위기에 젖은 전선을 얼마 전 철수해 온 카자흐들은 이제부터 또다시 볼세비키를 상대로 전쟁을 해야 한다는 사실에는 별다른 열의를 보이지 않았다. 각 연대의 성원 또한 정규 기마병의 숫자는 3분의 1정도밖에 되지 않았다. 가장 충실한 제27, 제44, 그리고 제2예비연대는 카멘스카야 마을에 주둔했다. 근위 아타만 연대, 근위 카자흐 연대도 그 당시 페트로그라드에서 여기까지 파송되었다. 전선으로부터 도착한 제58, 제52, 제43, 제28, 제12, 제29, 제35, 제10, 제39, 제23, 제8 및 제14 연대와 제32, 제28, 제12 및 제13 포병 대대는 체르트코보, 밀레로보, 리하야, 굴보카야, 즈베레보, 그리고 탄광 지구에 주둔했다. 호표르와 우스티 메드베디차와 관구의 카자흐들로 이루어진 각 연대는 피로노보, 우류핀스카야, 세브랴코보에 닿아 잠시 거기에 주둔하긴 했으나 얼마 뒤에는 곳곳으로 흩어져 갔다.

고향집은 한결같이 그들을 강하게 끌어당겼다. 그리고 카자흐들이 자기네 집으로 이끌리는 자연스런 심정을 가로막을 힘은 아무데도 없었다. 돈 카자흐 연대 중에서 페트로그라드에 남은 부대라고는 제1, 제4, 제14연대뿐이었고 그들마저도 앞으로 얼마 동안만 그곳에 머물러 있을 것이었다.

칼레딘은 별로 기대가 가지 않는 약간의 부대를 해산시키든가, 그렇지 않으면 견고한 부대들로 에워싸 고립시키려고 했다.

11월 말 그가 처음으로 혁명화했던 로스토프에 대해 귀환 부대를 출발시키려고 했을 때 카자흐들은 악사이스카야 근처까지만 나아갔을 뿐 거기서부터는 진군을 거부하여 되돌아오고 말았다.

널리 펼쳐진 '넝마' 부대 모집 방식은 그런대로 성과를 거둔 셈이었다. 11월 27일에 칼레딘은 그때까지 알렉세예프의 손으로 모집되던 2대대 병력을 합쳐서 이미 견고한 의용군 부대를 동원시킬 만한 상태에 놓여 있었다.

12월 2일, 로스토프는 전투가 있은 뒤 의용군 부대에 의해 점령되었다. 코르니로프의 도착과 더불어 그쪽으로 의용군 조직 중심이 이동하기로 되었다. 칼레딘은 독자적으로 싸우게 되었다. 그는 카자흐 부대를 지방 경계에 나누어 파견하기로 하고 차리친현과 사라토프현 경계까지 내보냈다. 그러나 가장 절박하고 급속한 해결을 해야 하는 임무를 완수하기 위해서 파르티잔[6] 부대를 이용했다. 날로 무력해지는 군의 권력을 가까스로 유지하고 있던 것은 오직 이 부대들뿐이었던 것이다.

---

6) 적의 뒤에서 교통·통신 시설을 파괴하고 무기 등을 빼앗고 사람들을 죽이는 비정규군.

새로 모집된 부대가 돈의 탄광부를 진압하도록 파견되었다. 마케예프카 지구에서는 체르네프 대대가 전공을 세웠다. 그 지방에는 아직 정규군 58 카자흐 연대의 일부가 있었기 때문이었다. 노보체르카스크에서는 세미레토프대, 그레코프대, 그 밖에 여러 자경대가 서둘러 편성되었다. 북부의 호표르스키 관구에서는 장교와 파르티잔을 집결시켜 이른바 '스텐카·라진'대가 편성되었다. 그러나 적위군의 기병 부대는 이미 세 군데에서 이 지방으로 다가와 있어 하리코프, 보로네시에는 여기에 일격을 가하기 위한 병력이 축적되어 있었다. 돈강 위에는 차츰 먹구름이 짙어 갔다. 우크라이나의 바람은 이미 첫 번째 전투의 대포소리를 실어 나르고 있었다. 파멸의 시간이 가까워지고 있었다.

4

소형 선박처럼 가슴을 활짝 편 옅은 구름이 노보체르카스크 하늘 위를 조용히 흐르고 있었다. 구름 위 창공으로 반짝이는 교회의 둥근 지붕 일대에 잿빛 솜털구름 하나가 감시하듯 버티고 있었다. 그 구름의 꼬리는 마치 새가 날개를 편 것처럼 펼쳐져 크리비얀스카 마을 위 일대는 장밋빛으로 물들어 빛나고 있었다.

떠오른 아침 해는 옅은 빛이었으나, 아타만 관저(官邸)의 창문들은 그 빛을 반사하여 번뜩이고 있었다. 주택의 경사진 철제지붕도 반짝거렸다. 북을 향하여 시베리아의 왕관을 뻗치고 있는 예르마크[7]의 동상은 어제 내린 비의 습기를 아직도 머금고 있었다.

1개 소대가량의 카자흐 보병들이 크레시첸스키 언덕을 올라갔다. 그들의 총검 끝에서 아침 햇빛이 부딪혀 노닐고 있었다. 맑고 투명한 아침의 고요를 보행자와 짐마차의 덜커덩거리는 소리가 때때로 깨뜨리기는 했으나, 희미한 중에도 뚜렷하게 분간되는 카자흐들의 발짝 소리는 거의 흔들림이 없었다.

그날 아침, 일리야 분츄크는 모스크바에서 노보체르카스크에 닿았다. 그는 낡은 춘추용 외투를 말아 올리고 평복을 입은 자신에게 왠지 모르게 허전함과 동시에 어리둥절해지는 기분을 안은 채 맨 마지막으로 찻간을 나왔다.

───────

7) 16세기 말 시베리아 원정을 행한 돈 카자흐 두목.

플랫폼에는 한 헌병과 뭔가 재미있는 듯 키들키들 웃고 있는 아가씨 둘이 어슬렁거리고 있었다. 분츄크는 시가지로 나갔다. 그는 헐어 빠진 값싼 트렁크를 옆구리에 끼고 있었다. 시가지를 가로질러 가장 후미진 도로에 나올 때까지 아무하고도 마주치지 않았다. 30분가량 걸은 뒤, 시가지를 엇비슷하게 가로질러 걸어 나간 분츄크는 거의 부서진 작은 집 앞에 멈춰 섰다. 오랫동안 손을 대지 않은 그 집은 언뜻 보기에도 몹시 초라했다. 무정한 세월은 그 집 위에다 자기의 무게를 얹어 놓았던 것이다. 그 무게로 지붕은 내려앉고 벽은 일그러졌으며 덧문은 곧 무너질 것 같고 창문은 중풍병자처럼 뒤틀려 있었다. 분츄크는 샛문을 열고 흥분된 눈초리로 집과 좁은 뜰을 훑어보고 나서, 서둘러 현관 계단을 향해 걸음을 옮겼다.

비좁은 복도에는 여러 가지 잡동사니를 쑤셔 넣은 궤짝이 장소의 절반을 차지하고 있었다. 분츄크는 어둠 속에서 궤짝 모서리에 무릎을 부딪쳤지만 별로 아픈 기색도 없이 우선 문부터 열어젖혔다. 천장이 낮은 그 작은 방엔 아무도 없었다. 문턱 앞에 서자 이 집 특유의 그리운 냄새로 머리가 핑 돌았다. 방 안의 꾸밈새 역시 한눈에 알아볼 수 있었다. 방 정면 구석에 설치해 둔 성상받침, 침대, 작은 탁자, 그 탁자 위에 걸린 낡고 얼룩이 진 거울, 사진, 헐어 빠진 비엔나풍 의자들, 재봉틀, 페치카 위에 놓인 사모바르. 갑작스런 두근거림으로 가쁜 숨을 토하면서 분츄크는 돌아서서 트렁크를 내려놓고 부엌을 바라보았다. 다홍빛깔의 넓은 페치카가 변함없는 빛깔을 자랑하고 있었고, 노란색 커튼 그늘에는 암코양이가 꼼짝 않고 앉아 이쪽을 엿보고 있었다. 그 눈에는 인간을 닮은 호기심이 번뜩였다. 집에 찾아오는 사람이 거의 없는 것 같았다. 테이블 위에는 아직 설거지가 안 된 식기가 어지럽게 흩어져 있고, 그 옆 의자 위에는 털실뭉치가 얹혀 있으며, 짜다 만 양말이 여기저기에 뜨개바늘이 꽂힌 채 있었다.

8년의 세월이 지났음에도 불구하고 여기는 어느 것 하나도 변한 것이 없었다. 분츄크는 마치 어제 이곳을 나갔다가 돌아온 듯한 착각이 들었다. 그는 현관 계단으로 뛰어나갔다. 마당 끝의 곳간 문 밖으로 세상살이에 지치고 무너진 허리가 굽은 노파가 비틀비틀 걸어왔다.

'어머니다! 저 늙은이가? 어머니란 말인가?'

분츄크는 입술을 떨면서 한 걸음 한 걸음 다가갔다. 모자를 벗어 손으로 힘껏 움켜쥐었다.

"누굴 찾아왔소? 나를 찾아온 거요?"

노파는 바랜 눈썹 언저리에 손을 얹고 불안한 듯이 물었다.

"어머니!"

분츄크의 입에서 새어 나온 목소리는 무척 낮았다.

"어떻게 된 겁니까, 어머니? 저를 몰라보시겠어요……?"

그는 허둥지둥 어머니에게로 걸어갔다. 어머니는 그의 목소리를 듣고 쓰러질 듯 몸이 흔들렸다. 뛰어와 끌어안고 싶은 마음이 가득하면서도 연로함으로 맞바람을 거부하듯이 뒤뚱거리며 걸어오고 있었다. 분츄크는 곧 쓰러질 것 같은 어머니의 손을 재빨리 붙잡고 그 주름진 작은 얼굴이며 놀라움과 기쁨으로 흐려진 눈에 입맞춤을 했다.

"일류샤! 일류센카! 너였구나! 몰라봤다…… 어떻게 이렇듯……."

노파는 감격스러운 듯 속삭이며 쇠약한 다리를 꼿꼿이 세우려고 안간힘을 썼다.

두 사람은 집 안으로 들어갔다. 그리고 몇 분간의 깊은 감동 뒤 분츄크는 비로소 빌려 입은 외투의 불편함을 느끼기 시작했다. 그것은 답답하고, 겨드랑이 밑을 졸라매어 움직일 때마다 방해가 되었다. 그는 한숨 돌린 기분을 느끼면서 외투를 벗고 테이블 앞에 앉았다.

"살아서 너를 만나게 될 줄이야! 대체 이게 몇 해 만이냐! 알아볼 수가 있어야지. 이렇게 어른이 되다니!"

"어머니, 어떻게 지내셨어요?"

분츄크는 미소를 띠면서 물었다.

앞뒤도 없는 이야기를 계속하면서 어머니는 바쁘게 몸을 움직였다. 테이블 위에 식기를 올려놓고 사모바르 밑으로 숯을 날랐다. 부어오른 얼굴에 눈물과 숯자국을 하고 몇 번이나 그의 어깨에 몸을 기대었다. 노파는 물을 끓여 그의 얼굴을 씻어 주기도 하고, 궤짝 밑바닥에서 노랗게 바랜 내의를 꺼내 오기도 했다. 그리고 소중하고 그리운 손님에게 식사를 차려 주고 밤이 늦도록 앉아서 아들에게서 눈을 떼지 않았으며, 여러 가지를 묻고는 슬픈 얼굴로 고개를 끄덕였다.

가까이 있는 종루에서 두 시를 알리는 소리를 듣고서야 분츄크는 잠자리에 들었다. 금방 잠이 들었는데, 꿈속에서 그가 개구쟁이였던 초등학생 아이 시절 집에 돌아오기 바쁘게 드러누워 잠을 청하곤 했던 그때로 돌아갔다. "일류샤, 내일 예습은 벌써 끝마쳤니?" 하는 어머니의 엄격한 음성도 들려왔다. 그는 흐뭇한 미소를 품은 채 깊은 잠 속으로 빠져들었다.

어머니는 새벽까지 몇 차례나 그의 옆으로 다가와 이불이며 베개를 고쳐 주고 검은 고수머리가 내려 덮인 그의 이마에 입맞춤을 하고는 슬며시 그 자리를 떠났다.

하루를 보내고 분츄크는 집을 나섰다. 아침에 군용 외투를 입고 카키색 새 모자를 쓴 동료가 찾아와 낮은 소리로 속닥거렸는데, 그 뒤 분츄크는 갑자기 허둥대기 시작했다. 급히 트렁크를 꺼내어 어머니가 빨아 준 한 벌의 내의를 쑤셔 넣고 괴로운 표정을 지은 채 외투를 걸쳤다. 서둘러 어머니한테 작별 인사를 한 다음 한 달 뒤에 다시 돌아오겠다고 약속했다.

"이제 어디로 갈 작정이냐, 일류샤?"

"로스토프로 가요, 어머니. 곧 돌아올 테니 너무 슬퍼하지 마세요!"

그는 노파를 위로했다.

노파는 몸에 지니고 있던 작은 십자가를 꺼내 아들에게 키스하게 하고, 그를 위해 성호를 그은 다음 그 십자가를 아들의 목에 걸어 주었다. 깃 뒤의 끈을 고쳐 주는 싸늘한 손끝이 떨리고 있었다.

"이걸 걸고 가거라, 일류샤. 이건 성 니콜라이 밀리키의 십자가란다. 성스런 신의 제자여, 지켜 주소서. 구원해 주옵소서. 보호와 연민을 내려 주옵소서…… 나에게 남겨진 자식이라고는 이 애 하나뿐입니다……."

노파는 젖은 눈을 십자가에 대고 속삭였다.

그러고는 격하게 아들을 끌어안고 몸부림쳤다. 입 언저리가 바들바들 떨렸다. 분츄크의 털투성이 손에 마치 봄비를 맞은 양 한 방울, 또 한 방울, 따뜻한 물방울이 떨어져 내렸다. 분츄크는 자기 목에 감긴 어머니의 손을 떼어 내고 침울한 얼굴로 현관 쪽으로 급한 걸음을 옮겨 갔다.

로스토프 정거장은 사람들로 붐볐다. 땅바닥은 복숭아뼈에 닿을 정도로 담배꽁초와 해바라기씨 껍질이 쌓여 있었다. 역전 광장에는 경비병들이 배급품인

옷과 담배와 훔친 물건을 팔고 있었다. 남부 항구 도시에서 흔히 볼 수 있는 여러 종족 무리가 우왕좌왕하면서 웅성거렸다.

"아스모로프 담배, 아스모로프 담배."

담배팔이 아이들이 고함을 질러 댔다.

"사세요, 싸게 드릴게요……."

유별나게 수상해 보이는 동양인이 분츄크의 귀에 대고 무슨 모사라도 꾸미는 것처럼 굴면서 불룩한 자신의 외투 자락을 향해 눈짓을 했다.

"말린 해바라기씨 사세요. 볶은 것도 있어요!"

정면 입구에선 물건 파는 여자들이 저마다 목청을 높여 외쳐 댔다.

흑해 함대의 수병 여섯 명이 사람들을 밀치며 큰 소리로 웃고 떠들면서 지나갔다. 그들은 외출복을 입고 리본과 금단추를 달았으며 흙탕물 묻은 헐렁한 바지 차림이었다. 사람들은 그들에게 길을 비켜 주었다. 분츄크는 혼잡 속을 누비며 천천히 걸어갔다.

"금이라고? 병신 같으니라고! 네 건 사모바르의 금이겠지…… 내 눈을 몰라보다니?"

야윈 통신병이 빈정거렸다.

수상쩍어 보였으나 물건 임자는 묵직한 금사슬을 흔들며 화가 난 얼굴로 대들듯이 말했다.

"이걸 몰라보슈? 금이라고요. 금! 순금이라니까! 치안판사한테서 나온 물건이오…… 좋소, 사든 안 사든 맘대로 하슈! 하지만 만져 보기라도 하라니까요…… 그것도 싫소?"

"함대는 떠나지 않는다고…… 무슨 소릴 하는 거야!"

바로 곁에서 나온 소리였다.

"어째서요?"

"이거 보소. 신문에 나오지 않았소……."

"어디 좀 봅시다!"

"우린 5번[8]에 투표하겠다고 했어. 다른 놈들은 틀렸다고. 반대한다는 거

---

8) 헌법제정 회의의 대의원 선거 때 볼셰비키당 후보의 명부 번호.

야······."

"강냉이죽, 맛있는 강냉이죽 사시오!"

"수송지휘관은 내일 출항한다고 약속했는걸."

분츄크는 당위원회 건물을 찾아내어 계단을 따라 이층으로 올라갔다. 받들어 총 자세를 한, 일본제 총을 가진 노동자 적위군 병사가 들어가려는 그를 가로막았다.

"누구한테 용무가 있습니까?"

"동지 아브람슨을 찾아왔는데, 여기 계시오?"

"왼쪽으로 세 번째 방입니다."

키는 작고 코가 큰, 장수풍뎅이 같은 검은 머리를 한 사내가 왼손가락을 프록코트 깃에 얹고 오른손을 일정하게 흔들면서 나이 지긋한 철도종업원을 상대로 훈계하고 있었다.

"그러면 못써! 조직이란 건 그런 게 아니라고. 그 같은 선동 방식을 썼다간 역효과를 낼 뿐이야!"

철도종업원의 난처한 표정으로 보건대 뭔가 변명을 하는 눈치였다. 그러나 장수풍뎅이 같은 검은 머리 사내는 그에게 입을 열 틈을 주지 않고 무척 울화가 치미는 기색으로, 변명 따윈 듣고 싶지 않다는 듯이 고함만 질러 댔다.

"미첸코를 당장 그만두게 해! 자네들 사이에 일어나고 있는 사태를 더 이상 구경만 하고 있을 수 없어! 베르호츠키는 즉각 혁명재판에 회부해야겠어. 체포했겠지? 분명히 체포는 했겠다! 좋아, 그럼 난 그의 총살을 주장할 테다!"

강한 투로 말을 맺은 그는 흥분하여 분츄크에게 얼굴을 돌리자마자 날카롭게 물었다.

"자넨 무슨 용건인가?"

"당신이 아브람슨이오?"

"그렇소."

분츄크는 그에게 증명서와 페트로그라드에 있는 가장 유력한 동지 가운데 한 사람이 써 보낸 편지를 건네주며 칸막이 옆에 앉았다.

아브람슨은 편지를 읽고 나서 자신의 표독스러운 말투가 쑥스럽게 느껴졌는지 쓴웃음을 지으며 말했다.

"잠시 기다려요. 곧 의논하고 올 테니까."

그는 땀으로 흠뻑 젖은 철도종업원을 내보내고 잠시 밖으로 나갔다가는, 살이 찌고 말끔하게 면도를 한 군인을 데리고 들어왔다. 아래턱에 상처 자국이 난 간부장교였다.

"이 사람은 우리의 혁명위원회 위원이오. 서로 알고 지내시오. 이쪽은 동지…… 실례지만 이름이 뭐였소?"

"분츄크요."

"……이쪽은 동지 분츄크…… 당신은 틀림없이 기관총 전문이라고 했지요?"

"그렇소."

"마침 우리는 그 방면의 사람이 필요했어요!" 군인은 싱긋 미소를 지었다. 미소를 짓자 그의 상처자국이 귀뿌리에서부터 아래턱까지 장밋빛으로 물들었다.

"되도록 짧은 시일 내에 노동자 적위군 병사들을 기관총부대로 조직해 주면 고맙겠다는데, 가능하겠지요?"

아브람슨이 물었다.

"해보지요. 문제는 기간이지만."

"그렇군요. 어느 정도의 기간이 필요합니까? 1주일, 아니면 2주일인가요? 혹은 3주일쯤 걸리는지?"

분츄크 쪽으로 몸을 내밀면서 군인은 물었는데, 단순한 가운데 조용히 기다리는 듯한 미소를 띠고 있었다.

"4, 5일이면 됩니다."

"좋습니다."

아브람슨은 이마를 문지르면서 흥분한 빛을 감추지 않고 말했다.

"경비대원들은 사기가 떨어져 있어 현실적 가치가 없지요. 분츄크 동지, 이런 시점에서는 의지할 데라곤 노동자밖에 없소. 수병도 그렇지만 병사들 쪽은…… 그러니 독자적인 기관총부대를 갖고 싶다 그겁니다."

그는 파란 수염자국을 팽팽하게 긴장시키면서 근심스런 표정으로 물었다.

"당신은 어떻게 생활하고 있소? 그렇다면 그건 내가 떠맡기로 하겠소. 식사는 하셨나요? 아니, 물론 아직 안 드셨겠지요?"

'틀림없이 배를 주린 경험이 있을 것이다. 따라서 한번 보기만 해도 배부른

자와 주린 자를 분간해 낼 수가 있다. 그 한 줌의 백발이 생기도록 얼마나 고통스럽고 무서운 순간을 겪어냈을까!'

분츄크는 눈부실 정도로 반짝거리는, 아브람슨의 흰 머리가 섞인 투구벌레 같은 오른쪽 머리를 쳐다보면서 가슴이 메임을 느꼈다. 그런 뒤 안내자와 함께 아브람슨의 집으로 가는 도중까지도 분츄크는 그에 대한 생각을 계속했다.

'근사한 사내다. 훌륭한 볼셰비키야! 무척 외골수이긴 하지만, 참으로 훌륭한 인간적인 심성을 갖고 있다. 직무를 게을리하고 있는 베르호츠키라고 하는 사내에게 사형선고를 내리기를 주저하지 않는 반면, 한편으로 동지를 소중하게 다루고 세밀한 데까지도 마음을 쓸 줄 아는 사람이야'

그는 아브람슨과의 따뜻한 만남을 사뭇 흐뭇해 하면서 타간로크에 있는 그의 집에 닿았다. 아늑하며 책으로 가득 찬 방 안에서 휴식을 취하고 식사도 하고 아브람슨의 쪽지를 안주인에게 보여 주기도 했다. 이윽고 침대에 드러누운 그는 정신없이 잠 속으로 빠져들었다.

5

4일 동안 온종일 분츄크는 당위원회에서 그의 휘하로 보낸 노동자들의 교육을 실시했다. 16명이었다. 직업도, 나이도, 민족조차도 달랐다. 두 하역인부, 폴타바 출신의 우크라이나인 프브일이치코와 러시아에 귀화한 그리스인 미하리지, 식자공인 스테파노프, 8명의 금속공, 파라몬 탄광의 광부 제렌코프, 벵골인 빵 기술자 아르미니아인 게보르캰츠, 숙련선반공으로 러시아 이민 독일인 요한 레빈델, 철도기관차의 노동자 두 사람. 그리고 17번째로 신분증을 내민 사람은 솜을 넣은 군용 외투에 발에 맞지 않은 큼직한 장화를 신은 여자였다.

그 여자에게서 봉서(封書)를 받아든 그는, 무슨 목적으로 왔는지 짐작이 가지 않아 물었다.

"당신은 돌아가는 길에 본부에 들를 겁니까?"

그 여자는 미소를 띠고 어색한 몸짓으로 플라토크 밖으로 삐져나온 풍성한 머리카락을 쓸어 올리면서 말했다.

"전 이곳으로 파견된 사람이에요……."

그 여자는 그 순간의 낭패감을 이겨 내려는 듯 말끝을 흐렸다.

분츄크는 단번에 귀뿌리까지 붉어졌다.

"모두 어떻게 된 게 아닐까? 나한테 여군 대대를 편성하라는 거야, 뭐야? 실례지만 이 일은 당신에겐 좀 곤란합니다. 첫째로 힘에 겨운 일이라 남자의 체력이 아니면 안 됩니다…… 나는 당신을 채용할 수 없어요!"

그는 찌뿌듯한 얼굴로 봉서를 열었다. 당원인 동지 안나 포그토코를 그의 휘하로 파견한다고만 간단하게 써 있는 지령서를 훑어본 뒤, 지령서에 추신으로 적힌 대목을 여러 번 읽어 보았다.

친애하는 동지 분츄크!

자네에게 뛰어난 동지 안나 포그토코를 파견하네. 우리는 그녀의 열성적인 주장에 꺾였네. 그리고 그녀를 파견하기로 결정한 이상, 자네가 그녀를 전투적인 기관총사수로 키워 주기를 바라네. 나는 이 아가씨를 잘 알고 있어. 한 가지 자네에게 특별히 부탁하고픈 것은, 그녀는 귀중한 일꾼이긴 하지만 열정이 지나쳐서 조금 과격한 데가 있다네. 아직 젊은 탓이지. 분별없는 행동을 하지 않도록 잘 지켜봐 주게나.

자네 부하들 중에서 중심인물은 말할 나위도 없이 8명의 금속공이야. 그 중에도 특별히 동지 보고보이에게 주목하고 있네. 수완이 뛰어난 데다가 혁명에도 헌신적인 동지라네. 자네의 기관총대는 그 성원(成員)으로 보면 여러 인종이 모인 집단이지만 그것은 좋은 일이라고 생각하네. 틀림없이 힘 있는 부대가 탄생될 걸세.

교육을 서둘러 주기 바라네. 칼레딘이 우리를 향해 진군 준비를 하고 있다는 정보가 닿았네.

동지 에스 아브람슨

분츄크는 자기 앞에 서 있는 여자를 흘낏 쳐다보았다. 그것은 훈련장소로 정해진 모스코프스카야 거리의 어떤 집 지하실에서의 일이었다. 흐릿한 광선이 그녀의 얼굴 윤곽을 거무스름하고 희미하게 떠올렸다.

"자, 어떻게 하지?"

그는 퉁명스레 말했다.

"어쨌건 당신의 희망이라면…… 그리고 아브람슨의 부탁도 있으니…… 그럼, 남아 있도록 하슈."

멍청하게 입을 연 것 같은 모양의 막심식 기관총을 일동이 사방에서 에워싸기도 하고, 포도송이처럼 앞에 있는 사람의 등 위로 잇따라 겹쳐 올라가 그것을 들여다보기도 했다. 일동은 분츄크의 익숙한 손으로 기관총이 교묘하게 분해되어 가는 것을 호기심에 찬 눈초리로 뚫어지게 지켜보았다. 분츄크는 그들이 잘 알 수 있도록 느린 동작으로 거듭 그것을 조립해 보였다. 구조와 부품의 의의를 설명하고, 조작 방법을 가르치고, 조준 규칙을 보여 주고, 탄도의 측정 방법과 최대 착탄 거리를 설명했다. 전투시에 적의 사격을 받아 패배하지 않으려면 어떤 위치를 취해야 하는가 가르치고, 직접 카키색 방패 밑으로 들어가 똑바로 누운 다음, 설치 장소의 선정과 탄약 상자의 위치 등에 대해 설명했다.

빵 기술자인 게보르캰츠만 빼고는 모두들 쉽게 익혔다. 그러나 이 사내만은 아무리 가르쳐도 소용이 없었다. 분츄크가 몇 번이나 반복해서 분해 순서를 가르쳤는데도 또 틀리자 당황한 그는 중얼거렸다.

"왜 이렇게 안 되지? 빌어먹을, 왜 이 모양일까…… 내가 잘못했어…… 이건 여기다 넣는 건데. 아이쿠, 또 틀렸어……."

그는 자포자기가 되어 소리쳤다.

"왜 이렇지?"

"그놈의 '왜 이렇지'가 시작됐군!"

이마와 볼에 화약 폭발로 인한 푸른 얼룩점이 박힌 보고보이가 흉내를 냈다.

"네가 돌대가리라서 그래. 이렇게 하는 거야!"

그는 자신만만하게 부품을 제자리에 차례대로 끼워 넣었다.

"난 어렸을 때부터 군인 놀이를 즐겨 했지."

모두가 웃음을 터뜨리자, 자기 얼굴의 푸른 얼룩점을 손가락으로 눌렀다.

"대포를 만들었는데 그놈의 것이 폭발해 버렸지 뭐야. 그래서 요 모양 요 꼴이 됐어. 그 대신 지금은 그게 도움이 된다고."

실제로 그는 누구보다도 쉽게, 그리고 빨리 기관총의 조작을 익혔다. 게보르캰츠만 뒤처졌다. 곧 울음을 터뜨릴 듯한 그의 목소리가 더욱 자주 들려왔다.

"아이쿠, 또 틀렸어! 모를 일이야!"

"왜 이렇게 돌대가리람! 지독한 돌대가리야!"

그리스인 미하리지가 심술궂게 소리쳤다.

"보기 드문 돌대가리군!"

예의 바른 레빈델이 맞장구를 쳤다.

"그 머리로 빵은 어떻게 만들었을까!"

프브일이치코가 콧소리로 중얼거리자 한꺼번에 악의 없는 웃음을 터뜨렸다.

스테파노프만이 얼굴이 달아올라 외쳤다.

"웃지만 말고 제대로 가르쳐 주기나 하라고!"

몸집이 크고 손도 큰, 그리고 눈이 튀어나온 중년 기관고(機關庫) 노동자인 쿨트고로프가 그의 편을 들었다.

"욕설이나 입에 담고 웃기만 해서 되는 일이냐고. 분츄크 동지! 이 동물원 소동을 진정시키든가 쫓아내든가 하십쇼! 혁명이 어떻게 되어나갈지 모르는 판국에 웃고만 있다니! 그러고도 당원이야? 머저리 같으니!"

그는 망치 같은 주먹을 휘두르며 묵직한 목소리로 외쳤다.

안나 포그토코는 지식욕에 불타 무엇에나 열심히 했다. 그녀는 귀찮을 정도로 분츄크에게 매달리고, 그의 볼품없는 옷소매를 잡아당기며 기관총 옆에서 한 걸음도 떨어지지 않았다.

"그렇지만 만약 장치 속에 물이 얼어붙을 경우엔 어떻게 하나요? 태풍이 불면 얼마만큼의 편차가 나오죠? 그리고 이건 어떻게 조작하면 돼요, 분츄크 동지?"

그녀는 쉴 새 없이 질문을 퍼부으며 따스한 광채를 지닌 크고 검은 눈으로 분츄크를 쳐다보는 것이었다. 그 여자가 곁에 있으면 그는 어쩐지 쑥스러워져 쑥스러움에서 벗어나기 위해 그녀에게 더욱더 냉담하게 대했다. 하지만 그 여자가 아침마다 10시 정각에 풀빛 군용 외투 호주머니에 추운 듯 두 손을 찌르고 커다란 군용 장화를 끌듯이 하여 지하실로 들어올 때면 언제나 가슴이 두근거리는 기분을 느꼈다. 그녀는 그보다 키가 조금 작은 편이고 근육노동에 종사하는 건강한 아가씨들이 그렇듯 탄탄하게 살이 찐 데다가 등이 약간 구부정했다. 모든 것을 아름답게 보이게 하는 크고 강렬한 눈이 아니었다면 그녀는 아마 추녀 쪽에 속했으리라.

4일 내내 그는 그녀를 특별한 눈으로 관찰한 적이 없었다. 지하실은 어두컴컴했고 게다가 상황도 좋지 않았다. 또 그녀의 얼굴을 바라볼 여유도 없었다. 그러던 어느 날 그녀가 앞서서 계단을 올라가다가, 그를 향해 무슨 말을 물으면서 뒤를 돌아봤다. 석양빛을 받고 서 있는 그녀를 흘낏 쳐다본 그는 마음속으로 '아니!' 하고 외쳤다. 그녀는 여느 때 몸짓으로 머리를 약간 뒤로 제치듯하고 머리칼을 손으로 넘기면서 그의 대꾸를 기다렸다. 분츄크는 빨려들어가는 기분이었다. 달콤한 느낌에 짓눌린 채 천천히 계단을 올라갔다. 그녀는 긴장 때문인지, 저무는 태양빛에 비친 장밋빛 콧구멍이 희미하게 떨렸다. 입매의 선은 남성적이면서도 동시에 여린 부드러움을 지니고 있었다. 말아 올린 윗입술 위에는 작은 솜털이 돋아 하얀 피부에 또렷한 그늘을 만들고 있었다.

분츄크는 얻어맞은 것처럼 머리를 툭 떨어뜨리고 감동을 농담으로 얼버무려 말했다.

"안나 포그토코…… 기관총사수 제2호, 당신은 정말 아름답군!"

"무슨 말씀이세요?"

그녀는 또렷한 어조로 말하고 방긋이 미소 지었다.

"무슨 말씀이냐고요, 분츄크 동지! 언제 우리가 사격을 하러 가느냐고 물었는데요?"

미소를 띤 때문인지 더욱 단순하고 친근하며 인간적으로 보였다.

분츄크는 그녀 곁에 멈춰 섰다. 태양이 지상에 놓인 모든 것을 붉은 빛 속에 가득 잠기게 하면서 가라앉아 가는 거리로 시선을 돌리고 조용히 대답했다.

"사격 말이오? 내일이오. 그런데 당신은 어디로 가는 길이오? 집은 어딥니까?"

그녀는 교외의 어떤 거리 이름을 댔다. 그리고 함께 걸음을 옮겨 내디뎠다. 네거리가 있는 지점에서 보고보이가 두 사람을 불러 세웠다.

"분츄크! 내일은 어떻게 집합합니까?"

분츄크는 걸으면서, 치하야 로시챠에 집합하기로 되어 그리로 쿨트고로프와 프브일이치코가 마차로 기관총을 싣고 올 예정이며, 집합 시각은 오전 8시라고 일러 주었다. 보고보이는 그들과 동행하다가 두 번째 모퉁이에서 헤어졌다. 분츄크와 안나 포그토코는 잠시 말없이 걸었다. 이윽고 그녀는 살짝 곁눈질을 하면서 물었다.

"당신은 카자흐인가요?"

"그렇소."

"사관이었지요?"

"건달 사관이었지요!"

"어디 태생인가요?"

"노보체르카스크요."

"로스토프엔 언제 왔지요?"

"4, 5일 전에 왔소."

"그때까진 어디 있었어요?"

"페트로그라드에 있었지요."

"몇 년도에 입당하셨나요?"

"1913년."

"가족들은 어디서 살고 계세요?"

"노보체르카스크."

그는 빠르게 대꾸하고 구걸하듯 손을 내밀었다.

"잠깐, 물어 볼 게 있소. 당신은 로스토프 태생이오?"

"아니에요. 고향은 예카체리노슬라프 쪽이지만 이즈막에는 죽 여기서 살고 있어요."

"그럼, 또 한 가지 묻겠는데…… 우크라이나인이오?"

그녀는 순간 움찔했으나 또렷이 대꾸했다.

"아니에요."

"유대인이지요?"

"맞아요. 어떻게 내가 유대인이란 걸 아셨나요? 말투로 아셨나요?"

"아니오."

"그럼, 어떻게 내가 유대인이란 걸 아셨지요?"

그는 보조를 맞추려고 걸음을 늦추면서 대답했다.

"귀를 보고요. 귀모양과, 또 눈이 그래요. 유대인다운 점은 별로 없어 보이지만……."

잠시 생각하다가 덧붙였다.

"당신이 우리 틈에 끼게 된 건 잘된 일입니다."

"왜요?"

"왜 있잖습니까? 유대인이라고 하면 정평이 나 있잖소. 많은 노동자들이 생각하는 걸 난 알고 있어요. 하긴 내 자신도 노동자지만."

그는 짧게 덧붙이고 나서 이어 말했다.

"즉, 유대인은 충동질을 할 뿐 자기 자신은 결코 불 속으로 뛰어들려고 하지 않는다고. 이 말은 틀린 말이오. 그리고 당신은 이 잘못된 선입견을 보기 좋게 뒤집어 놓았어요. 당신은 학교를 다녔소?"

"네, 재작년에 여자중학교를 나왔어요. 동지는 어느 학교 출신이세요? 제가 그걸 묻는 건 동지가 노동자 출신이 아니란 걸 알기 때문이에요."

"난 책을 꽤 많이 읽었지요."

그들은 천천히 걸어갔다. 그녀는 지름길을 일부러 돌아가면서 자신의 신상에 대한 이야기를 대강 간추려서 말한 뒤, 코르니로프의 진출이며 피테르 노동자들의 마음가짐과 10월의 전환에 대해 계속 질문했다.

어디선가 해안도로 근처에서 탕! 총소리가 들려왔고 기관총이 불현듯 정적을 무너뜨렸다. 안나는 곧바로 물었다.

"무슨 식이죠?"

"루이스식이오."

"탄띠를 어느 정도 사용했을까요?"

분츄크는 대꾸하지 않았다. 노을진 하늘을 향해 닻을 내린 소해정(掃海艇)[9]으로부터 힘차게 뻗쳐 나오는 조공등(照空燈)의 에메랄드빛 가루를 뿌린 듯한 오렌지색 촉수에다 뚫어지게 시선을 고정시키고 있었다.

인적 드문 한길을 3시간쯤 걸어 그녀의 집 문 앞에서 헤어졌다.

분츄크는 뚜렷하게 의식하지는 않았으나 희미한 만족감을 느끼면서 집으로 돌아왔다.

'훌륭한 동지다. 두뇌가 명석한 아가씨군! 그녀와 이야기를 나눈 것은 좋은

---

9) 바다에 설치한 폭탄 등 위험물을 없앨 때 쓰는 배.

일이었어. 마음이 훈훈해지는군. 요즘 내 마음이 무척 거칠어진 터에 다른 사람과 허물없는 대화를 나눈다는 건 바람직한 노릇이야. 그렇지 않았다면 군용 빵처럼 내 기분이 파삭파삭해질 뻔했어……'

그는 자기 자신을 위장해 왔고, 또 위장하는 사실을 스스로 의식하면서 그런 생각을 했다.

아브람슨은 군사혁명위원회 회의를 마치고 돌아온 즉시 기관총병들의 교육에 대한 것과, 특히 안나 포그토코에 대해서 물었다.

"어떻던가, 그 아가씨? 만약 적성에 맞지 않다고 생각되면 다른 부서로 옮길 수도 있어. 교체시켜도 되니까."

"아니오, 그렇지 않아요."

분츄크는 놀란 얼굴로 말했다.

"매우 유능한 아가씨던걸요!"

그는 그녀에 대해 얘기하고 싶은 기분을 억제할 수 없을 만큼 강렬히 느꼈지만 굳은 의지로 간신히 그것을 억눌렀다.

6

11월 25일, 노보체르카스크에서 로스토프를 향하여 칼레딘의 군대가 집결했다. 공격이 시작된 것이다. 철도 선로를 따라 둑 양쪽을 끼고 알렉세예프 장교 부대가 드문드문 나아갔다. 우익에는 잿빛 사관후보생 무리가 밀집하며 진군해 갔다. 포포프 의용군 부대는 좌익의 황토 벼랑을 우회하고 있었다. 멀리서 보면 작은 잿빛 점으로 보이는 그중의 몇 사람은 벼랑을 뛰어내렸으나, 이윽고 이쪽으로 옮겨 와 긴 열을 만들기 위해 일단 멈춰 섰다가 다시 움직이기 시작했다.

나히체반 경계에 퍼져 있던 적위군 산병들에게 동요의 빛이 나타났다. 난생 처음으로 총을 손에 쥐어 본 노동자의 대부분은 주눅이 들어 가을의 진흙탕에 자신의 검은 외투를 흙투성이로 만들면서 기어다녔다. 어떤 병사는 머리를 치켜들고 멀리 보이는 백위군[10]의 모습을 뚫어지게 살피기도 했다.

---

10) 1917년 러시아 혁명 때 공산당의 적위군에 대항하여 조직한 반혁명군.

분츄크는 산개해 있는 한 기관총 곁에서 무릎을 세우고 망원경을 들여다보았다. 전날 밤, 그는 자신의 몸 치수에 맞지 않는 춘추용 양복을 외투로 바꿔 입어 가까스로 평소와 같은 침착함을 되찾았다.

발포는 호령 없이 시작되었다. 긴장된 정적을 더 이상 참고 견딜 수 없었던 것이다. 첫 번째 발사음이 울리자 분츄크는 벌떡 일어나 고함을 질렀다.

"사격을 중지하라고 했잖아!"

그의 고함 소리는 따, 따! 하는 발사음 때문에 전혀 들리지 않았다. 분츄크는 손을 번쩍 쳐들고 이번엔 총성으로 지워지지 않도록 목청을 돋우어 보고보이를 향해 "사격"하고 호령했다. 보고보이는 흙빛이 된 얼굴로 사격을 가하고 있었다. 따, 따, 따! 귀에 익은 기관총 소리가 분츄크의 귀청을 찔렀다. 착탄을 확인하려고 엎드린 적의 산병선 방향에 잠시 시선을 고정시키다가 재빨리 몸을 일으켜 다른 기관총 쪽을 향해 줄달음질쳤다.

"쏴라!"

"좋아! 호오, 호오, 호!"

놀라움과 기쁨이 뒤섞인 얼굴을 그에게 향한 채 프브일이치코가 앓는 소리를 냈다.

중앙에서 세 번째 기관총 옆에는 별로 믿음직하지 못한 패거리가 있었다. 분츄크는 곁으로 다가갔다. 가는 도중 허리를 굽혀 망원경을 들여다보았다. 주위가 흐려진 렌즈 속에 곰지락거리는 잿빛 덩어리가 보였다. 그쪽에서 정확한 사이를 두고 일제사격을 가해 왔다. 분츄크는 재빨리 엎드려 세 번째 기관총의 조준이 정확하지 않음을 알아차렸다.

"더 낮춰! 하는 수 없군!"

그는 산병선을 따라 몸을 꿈틀거리면서 나아갔다.

그의 머리 위로 총알이 피잉 하고 죽음의 신음 소리를 지르면서 스쳐 갔다. 알렉세예프 부대는 훈련받은 대로 정확한 사격을 가해 왔다.

기관총 옆에는 모두가 코끝을 필요 이상으로 치켜들고 겹친 듯이 엎드려 있었다. 그 뒤에는 머리를 땅바닥에 처박고 거북이처럼 등을 움츠린 채 두 다리를 뻗고 가까스로 몸을 일으킨 쿨트고로프가 짝꿍인 철도종업원의 가랑이 사이로 들어가 있었다. 분츄크는 미하리지를 밀쳐 내고 조준을 고쳐 주면서 잠시 눈살을 찌푸렸다. 금방 그의 손에서 기관총이 따, 따, 따, 따! 정확한 소리를 내기 시작하자 효과는 어김없이 나타났다. 진격을 하던 사관후보생 한 무리가 진흙바닥에 한 사람의 시체를 버려둔 채, 언덕에서 허겁지겁 후퇴해 갔다.

분츄크는 자신의 기관총이 놓인 곳으로 되돌아왔다. 파랗게 질린 얼굴을 한 보고보이가—그의 볼에 난 화약 자국이 더욱더 푸르게 보였다—비스듬히 누운 자세로 뭐라고 투덜거리면서 부상을 입은 허벅지를 잡아매고 있었다.

"사격하라니까, 빌어먹을!"

엎드려 있던 붉은 머리의 적위병이 몸을 일으키면서 소리쳤다.

"쏴! 전진해 오는 게 안 보이나?"

장교 부대의 산병선이 둑을 따라 열을 지어 그쪽으로 진격해 오고 있었다.

레빈댈이 보고보이와 교대했다. 그는 제대로 침착하게 사격을 가하기 시작했다.

그런데 왼쪽에서 게보르캰츠가 토끼처럼 깡충깡충 뛰어왔다. 탄환이 머리를 스칠 때마다 비명을 울리면서 엎드렸다가는 분츄크 곁으로 달려왔다.

"작동이 안 돼요! 총알이 안 나와요!"

분츄크는 총알을 피하려 하지 않고 미끄러지듯이 산병선을 따라 달려갔다.

멀리서 안나가 기관총 옆에 무릎을 꿇고 흘러내린 머리칼을 쓸어 올리면서 적의 산병선을 바라보고 있는 모습이 보였다.

"엎드려!"

그녀의 안전을 염려하는 얼굴로 외쳤다.

"엎드리라고 했잖아!"

그녀는 흘깃 그를 쳐다보면서도 엎드리지 않았다. 분츄크의 입에서 바위처럼 무거운 욕이 흘러나왔다. 그는 그녀의 옆으로 뛰어가 억지로 땅바닥에 엎드리게 했다.

방패 그늘에서 쿨트고로프가 숨을 헐떡이고 있었다.

"막혔군! 꼼짝도 안 해!"

그는 부들부들 떨며 분츄크를 향해 중얼거리고 눈으로는 게보르캰츠를 찾으면서 울 듯한 소리로 외쳤다.

"저런, 달아나 버렸어! 얼간이 같으니, 저놈이 도망쳐 버렸어…… 그놈의 앓는 소리, 지긋지긋했는데…… 일손이 잡히질 않았어!"

게보르캰츠는 뱀처럼 꿈틀대며 기어왔다. 면도를 하지 않은 그의 시커먼 수염에 진흙이 묻어 있었다. 쿨트고로프는 땀에 젖은 암소 같은 목을 돌려 그를 흘낏 쳐다보고 사격 소리를 지워 없앨 듯한 큰 소리로 고함쳤다.

"이봐, 탄띠는 어디다 뒀어? 빌어먹을! 얼간이! 분츄크! 분츄크! 저놈을 끌어낼 수 없소? 실컷 때려 주게!"

분츄크는 기관총을 만졌다. 총알이 탕! 하고 방패에 부딪쳤다. 뜨거운 것에 닿은 듯이 재빨리 손이 움츠려졌다.

분츄크는 기관총을 손본 뒤 제 손으로 사격을 시작했다. 대담하게 전진을 계속하던 알렉세예프 부대를 엎드리게 한 다음, 자신은 은신할 데를 찾으려고 기어다녔다. 적의 산병선은 더욱 가까워졌다. 망원경으로 보니까, 유격대가 총을 짊어지고 때때로 엎드리면서 진격해 오는 광경이 손에 잡힐 듯이 보였다. 적의 사격은 점점 격렬해졌다. 적위군의 산병선에서는 이미 쓰러진 3명 곁으로 동료 병사가 기어가 총과 탄약을 거두고 있었다. 죽은 자에겐 무기가 필요하지 않다는 것이리라. 쿨트고로프의 기관총 옆에 나란히 엎드린 안나와 분츄크의 눈앞에 있는 산병선에서 아직 젊은 나이의 적위병사가 한 방에 쓰러졌다. 그는 한참 몸부림치며 비명을 지르고 각반을 맨 다리를 바동거렸는데, 힘없이 내던진 채로 있던 두 팔에 기대듯이 하면서 몸을 일으키다가 외마디 소리로 마지막 숨을 내뿜고는 그대로 쓰러지고 말았다.

분츄크는 안나의 기색을 살폈다. 크게 치뜬 두 눈에 공포의 눈물이 괴어 있었다. 그녀는 전사한 젊은이의 헐어 빠진 군용 각반을 맨 다리를 눈도 깜박하지 않고 지켜보았다. 쿨트고로프가 여러 번 그녀를 불렀는데도 그 소리가 들리지 않는 것 같았다.

"탄띠! 탄티! 이봐, 이리 달라고! 아가씨, 탄띠를 이리 좀 달라니까!"

칼레딘군은 깊은 측면 포위로 적위군 산병선을 바싹 죄었다. 나히체반 마을의 도로에는 후퇴하던 적위군 병사들의 검은 외투와 털외투 모습이 어른거렸다. 맨 끝의 우익 기관총은 백위군의 손 안에 떨어졌다. 백위군 사관후보생 하나가 그리스인 미하리지의 미간에 한 방을 먹이고, 다음 병사를 마치 훈련 중에 짚인형을 찌르는 듯한 몸짓으로 찔렀다. 그 자리에 있던 병사 중에 달아난 자는 식자공인 스테파노프뿐이었다.

소해정에서 포탄이 날아오기 시작했을 때에야 비로소 후퇴를 멈추었다.

"흩어져! 돌격!"

분츄크가 알고 있는 혁명위원회 위원 가운데 한 사람이 불쑥 튀어나와 외쳤다.

적위군의 산병선은 크게 흔들렸고, 구부러지면서 돌격으로 옮겨졌다. 분츄크와 그에게 바싹 붙어 있던 쿨트고로프와 안나, 게보르캰츠 바로 옆을 세 명의 병사가 거의 한 줄로 통과했다. 한 사람은 담배를 물고 있었다. 또 한 사람은 총대를 정강이에 부딪치면서 나아갔다. 나머지 한 사람은 자신의 더러운 외투 자락을 몇 번이나 내려다보곤 했는데, 그 턱수염 끝에서 잘못을 저질렀을 때의 쑥스러운 미소가 새어 나왔다. 그는 마치 현재 죽음을 향해 나아가고 있는 게 아니고 동료와 함께 과음을 한 끝에 집으로 돌아가는 길인 양 더러운 외투를 본 아내가 자기에게 쏟아부을 잔소리의 정도를 걱정하고 있는 듯한 태도였다.

"저것 봐, 저쪽이야—보인다!"

쿨트고로프가 멀리 보이는 울타리 너머로 꼼지락거리는 한 덩어리의 잿빛 무리를 가리키며 외쳤다.

"사격 준비!"

분츄크는 곰 같은 몸짓으로 기관총 방향을 바꾸었다.

기관총의 격렬한 발사음으로 안나의 귀는 멀 지경이었다. 그녀는 웅크리고 앉아 움직임이 조용해진 울타리 너머를 바라보았다. 그러자 이번에는 그쪽에서 정확한 간격을 두고 일제히 사격이 가해졌다.

마치 북소리 같은 속사음(速射音)이 내리 퍼부어졌다. 기관총 옆에는 뱀처럼 꿈틀거리는 탄띠가 불을 뿜었다. 각처의 사격도 이젠 진이 빠진 것처럼 빵, 빵! 하고 무르익은 소리를 냈다. 안나는 망원경을 통해 양피 모자를 쓰고 영국풍으로 다듬은 콧수염의 뚱뚱하고 키 큰 수병이 포탄이 스칠 때마다 깜짝 놀라 머리를 숙이면서 외치는 모습을 바라보았다.

"계속 사격! 세묜, 더, 더, 세묜, 놈들이 신물나도록 사격해!"

포탄은 더욱더 맹렬하게 떨어졌다. 해병들은 일단 시사(試射)한 뒤, 연합사격으로 바꾼 것이었다. 느릿느릿 물러가던 칼레딘군 부대 집단들은 퍼붓는 유산탄의 폭우로 뒤덮였다. 마지막 숨통을 틀어막는 한 발이 적의 산병선 한복판에서 작렬했다. 폭발의 갈색 기둥이 몸을 공중으로 떠오르게 하고, 연기는 부챗살처럼 흩어지는 탄흔 위로 펼쳐졌다. 안나는 망원경을 내던지고 악 하는 외마디 소리를 지르며, 공포에 질려 손으로 눈을 가렸다. 그녀는 둥근 렌즈 속으로 폭발의 소용돌이와 인간이 처참하게 죽어가는 모습을 똑똑히 보았던 것이다. 그녀의 목구멍은 오그라드는 것 같았다.

"왜 그래?"

분츄크는 그녀에게 다가가며 외쳤다.

그녀는 이를 악물었다. 크게 치뜬 눈이 희뿌연 빛을 담고 있었다.

"글렀어요……."

"이봐, 힘을 내! 안나, 알겠어? 안 돼!"

그 목소리는 그녀의 귓전을 때렸다.

우익에 해당하는 작은 언덕 기슭에 적 보병의 한 무리가 모여 있었다. 분츄크는 그것을 보자 기관총을 적당한 장소로 옮겨 그 기슭을 향해 조준을 맞췄다.

따, 따, 따, 따! 따, 따, 따, 따!—레빈델 기관총이 불규칙하게 단속적으로 사격을 가했다.

20보 떨어진 곳에서 누군가 외쳤다.

"들것을! 들것 없나? 들것 가져와!"

"초점을 맞, 추, 어!"

전선에서 돌아온 소대장의 목소리가 노래하듯 길게 울려 왔다.

"18……소대, 사격……."

저녁 무렵부터 올해의 첫눈이 무정한 대지 위에 춤추듯 내렸다. 약 한 시간쯤 지나자 축축한 그 눈은 들판에, 그리고 전사자의 흙투성이 시체 위에 하얗게 덮였다. 시체는 양쪽 군사의 산병선이 일진일퇴했던 곳곳에 널려 있었다.

일몰이 가까운 시간에 칼레딘군은 후퇴하기 시작했다.

첫눈으로 뿌연 어둠에 싸인 그 밤을 분츄크는 기관총 초소에서 보냈다. 쿨트고로프는 어디선가 약탈해 온 근사한 말옷을 머리끝까지 뒤집어쓰고서 눅눅해진 질긴 고기를 씹다가 내뱉고는 낮은 소리로 투덜거렸다. 게보르캰츠는 교외 저택 문 안에서 냉기로 꽁꽁 언 파란 손가락을 담뱃불로 쬐고 있었다. 분츄크는 양철 탄약상자 위에 앉아 추위로 떠는 안나를 외투 자락으로 덮어 주고, 눈두덩을 누르고 있는 그녀의 손을 떼어 이따금씩 손에 키스했다. 그의 입에서 익숙하지 못한 다정스런 언어가 어색하게 새어 나왔다.

"대체 어쩌자고 그랬어? 당신은 심지가 굳은 사람이지 않소…… 안나, 힘을 내! 조금 있으면 익숙해지겠지…… 만일 당신의 자부심이 전장을 꺼린다면 좀 더 다른 인간이 되어야 해. 그리고 그런 모습으로 전사자를 바라보지 말라고. 안 돼요…… 냉정한 마음으로 지나쳐야 하는 거야! 마음을 약하게 먹으면 못써. 단단히 마음의 고삐를 잡아당겨야 해. 말은 그렇게 했어도 역시 여자라 나약하군그래."

안나는 잠자코 있었다. 그녀의 손바닥에선 가을의 대지와 여자의 따스함이 동시에 풍겨 나오고 있었다.

내리퍼붓는 눈은 어두컴컴한 하늘을 부드러운 장막으로 감싸주고 있었다. 저택 근처의 들판 위, 짐승처럼 숨을 죽인 시가지 위에 잠이 얼어붙어 있었다.

7

6일간에 걸쳐 로스토프 근교와 로스토프 시가에서 전투가 치러졌다.

한길과 네거리에서 백병전이 일어났다. 적위군은 로스토프 정거장을 두 차례나 적의 손안으로 넘겼으나 두 번 모두 되찾았다. 6일 동안 어느 쪽도 포로가 없었다.

11월 26일 석양 전, 분츄크는 안나와 함께 화물역 옆을 지나다 두 적위병이 한 장교 포로를 총살하려는 현장을 목격했다. 분츄크는 고개를 돌리는 안나에게 약간 성이 난 듯한 어조로 말했다.

"저럴 수밖에 없어. 놈들을 죽여 없애는 건 중요해! 놈들은 우리를 내버려 두지 않아요. 그러니까 우리도 그들을 용서해 줄 필요가 없소. 연민을 베풀 것도 없어, 빌어먹을! 독충 같은 놈들을 지상에서 깨끗이 쓸어 버려야 하는 건데! 혁명이 어떤 결과를 가져오게 될지 모르는 판국에 감상적인 기분 따윈 내버려야 해요. 저 노동자들, 그들이야말로 정의의 사람들이오!"

그로부터 3일 뒤 그는 병에 걸리고 말았다. 종일토록 수없이 치밀어오르는 구토증과 온몸의 피로를 느끼면서도 쉬지 않고 움직였다. 머리가 지끈지끈 쑤시고 견딜 수 없도록 아팠다.

갈기갈기 찢긴 적위군 부대는 12월 2일 새벽, 시가지로부터 후퇴해 갔다. 분츄크는 기관총과 부상자들을 실은 짐마차 뒤를 안나와 쿨트고로프의 부축을 받으며 걸어갔다. 그는 자신의 축 처진 몸뚱이를 간신히 이끌고 있었다. 쇳덩어리처럼 무거운 다리를 정신없이 옮겼다. 안나의 걱정스러운 눈길이 마치 먼 곳에서 이쪽을 바라보는 듯한 느낌을 주었고, 귀는 더욱더 먼 곳에서 그녀의 말소리를 전해 주었다.

"마차를 타세요, 일리야! 제 말이 들려요? 부탁이니 타세요, 타요. 당신은 병든 몸이라고요!"

그러나 분츄크는 그녀의 말대로 하지 못했다. 더욱이 티푸스가 그를 악화시키고 꼼짝 못하게 했으며, 이미 쓰러질 지경까지 되었다는 사실조차 모르고 있었다. 귀에 익은 음성이 의식의 밑바닥까지 전달되지 않고 어딘가 표면에 걸린 상태와 같았다. 안나의 검은 눈동자가 저만치에서 불타고, 쿨트고로프의 수염이 기괴하게 흔들리며 빙글빙글 맴돌고 있었다.

분츄크는 머리를 잡아당겨 보기도 하고 뜨겁게 달아오른 얼굴에다 털투성이인 자신의 손을 갖다 대기도 했다. 자신의 눈에서 피가 흐르는 것 같은 느낌이 들었다. 그리고 끝없는 불안정한 세계가 눈에 보이지 않는 어떤 장막에 가로막혀서 흔들흔들하며 발밑으로 무너져 내리는 것 같았다. 고열에 떠 있는 그의 상상은 믿을 수 없을 정도의 환상을 펼치고 있었다. 그는 몇 번이나 멈춰 서서 자신의 몸을 짐마차로 옮기려는 쿨트고로프에게 저항했다.

"그럴 필요가 없어! 잠시 기다려! 대체 넌 누구냐? 안나는 어딨어? 흙을 한 줌만 갖다 다오. 이놈을 죽여라. 내가 명령할 테니까 기관총으로 갈기라고! 조준을 정확히 하고! 잠깐! 뜨거워!"

그는 안나의 손에서 자신의 손을 빼면서 신음했다.

완력을 써서 겨우 그를 짐마차에 옮겨 놓았다. 잠시 동안 그는 여러 가지 강한 냄새가 풍겨 옴을 느끼고, 온갖 빛깔의 광선이 뒤섞여 굴절함을 보며 공포를 느끼면서도 의식을 되찾으려고 노력했다. 몸을 굽히려 애썼지만 굽혀지지 않았다. 이윽고 시커먼, 소리도 없이 부풀어오른 공허한 세계가 그에게 덮쳐 왔다. 다만 어딘가 높은 곳에서 오팔 모양의 푸른빛으로 물들여진 작은 덩어리가 숯불처럼 타오르고, 황금색 번갯불이 어긋나게 교차하고 있을 뿐이었다.

8

지푸라기 때문에 노랗게 된 고드름이 지붕에서 떨어져 쨍그랑 하고 유리 깨지는 소리를 내면서 부서졌다. 부락에는 아직 털갈이를 하지 않은 암소들이 코를 벌름거리면서 어슬렁어슬렁 돌아다녔다. 참새들은 가축우리에 높이 쌓아올린 마른 나뭇가지 더미 위를 알짱거리고 다니면서 봄 날씨에 어울리는 소리로 지저귀었다. 광장에는 가축우리에서 도망쳐 나온 살찐 밤색 말이 마르친 샤밀리의 뒤를 쫓아다녔다. 말은 탐스러운 꼬리를 힘차게 세우고 흐트러진 갈기를 바람에 나부끼면서 눈덩어리를 발굽으로 멀리 차내며 광장을 한 바퀴 돌았다. 그러고는 교회 담 옆에 멈춰 선 채 코를 벌름대면서 벽돌 냄새를 맡았다. 주인이 다가오기를 기다리다가 손에 들린 재갈을 곁눈질해 보더니 다시 등을 쭉 뻗고 빠른 속도로 달아나 버렸다.

1월에는 따스하고 흐린 날씨가 대지를 쓰다듬었다. 카자흐들은 돈강을 바라보며 여느 때보다 빨리 범람하기를 고대했다. 미론 그리고리예비치는 그날 한참 동안 뒤뜰에 서서 눈으로 덮인 초원과 짙은 초록색으로 얼어붙은 돈강을 바라보며 이렇게 생각했다.

'두고 봐, 금년에도 재작년처럼 물이 많을 거야. 눈이 많이 왔거든! 땅바닥도 답답했을 거야. 숨을 쉴 수 없었을 테니까!'

미치카는 카키색 작업복 차림으로 외양간을 청소하고 있었다. 흰 털모자가 곧 떨어질 듯이 뒤통수에 달랑 붙어 있었다. 땀에 젖어 꼿꼿하게 선 머리칼이 이마에 흘러내리자 미치카는 퇴비 냄새가 스민 더러운 손으로 쓸어 올렸다. 외양간 옆에는 언 가축의 똥 덩어리가 수북이 쌓여 있었다. 탐스러운 산양이 그것을 짓밟고 있었다. 양들은 울타리에 몸을 붙이고 서 있었다. 어미보다 키가 큰 새끼양이 젖을 물려고 하자 어미양은 머리통을 들이밀며 쫓아냈다. 조금 떨어진 곳에서 뿔이 구부러진 새까만 암양이 써레에다 몸뚱이를 문지르고 있었다.

진흙을 발라 노랗게 만든 문이 붙은 곳간 옆에선 볼이 늘어지고 눈썹이 노란 암불독이 해바라기를 하고 있었다. 곳간 앞면의 처마밑 벽에는 어망이 걸려 있었다. 그리샤카 노인은 지팡이에 기대어 그것을 지켜보았다──눈앞에 다가온 봄을 느끼며 어망을 어떻게 고칠 것인가를 생각하는 것 같았다.

미론 그리고리예비치는 탈곡장 쪽으로 다가가 쌓인 건초를 한 바퀴 둘러본 다음에 산양들이 흩트려 놓은 수숫대 더미를 갈고리로 끌어모으기 시작했다. 그때 무슨 소리가 들려오자 그는 갈고리를 짚 위에다 내던지고 가축우리 쪽으로 걸어갔다.

미치카가 한쪽 다리를 뒤로 빼고 담배를 쥔 손을 휘둘렀다. 애인이 호화롭게 수를 놓아 준 담뱃갑을 손가락 사이에 끼고 있었다. 그의 곁에는 프리스토냐와 이반 알렉세예비치가 서 있고, 프리스토냐는 하늘색 아타만병의 모자 속에서 때묻은 담배쌈지를 꺼냈다. 이반 알렉세예비치는 가축우리의 울타리에 등을 기대고 외투 앞자락을 열어젖힌 채 군용 바지의 호주머니를 들쑤셨다. 턱에는 검게 파인 자국이 나 있고 말끔히 면도를 한 얼굴은 찌뿌듯했다. 뭔가 잃어버린 듯한 모습이었다.

"안녕하십니까. 여전히 정정하시군요, 미론 그리고리예비치!"

프리스토냐가 인사했다.

"덕분에."

"한 모금 하시겠습니까?"

"고맙소, 하지만 지금 일하는 중이라 안 되겠는데요."

미론 그리고리예비치는 카자흐들과 악수를 나누고 머리에 쓴 빨간 모자를 벗더니 꼿꼿이 선 은발을 쓰다듬으면서 싱긋 웃었다.

"무슨 일로 오셨소? 아타만병 형제들!"

프리스토냐는 그의 위아래를 훑어보았으나 대꾸는 하지 않았다. 한참 동안 종이에 침을 바르고 암소같이 거칠거칠한 혀로 핥아 완전히 말고 나서 굵은 목소리로 대답했다.

"미트리한테 볼일이 있어서요."

그리샤카 노인이 어망을 들고 다리를 끌면서 그 옆을 지나갔다. 이반 알렉세예비치와 프리스토냐는 모자를 벗고 그에게 인사했다. 그리샤카 노인은 어망을 현관 계단 쪽으로 들고 가더니 되돌아왔다.

"너희들 군인의 신분으로 어째서 집구석에만 처박혀 있지? 여자를 끼고 지내다 보니 배때기가 뜨뜻해졌다 그 말이냐?"

그는 카자흐들을 향해 고함을 질렀다.

"아니, 무슨 일이 있었나요?"

"프리스토냐, 시치미 떼지 마! 정말 모른단 말이냐?"

"정말입니다. 아무것도 몰라요!"

프리스토냐가 말했다.

"노인장, 정말 모르는 일이라고요."

"요전에 보로네시에서 사람이 왔어. 세르게이 플라토노비치 모호프의 친지라고 하던걸. 상인이라고 했지. 모호프의 친척이라지만 사실인지 아닌지는 모르겠어. 어쨌든 그 사내가 와서 말하기를 체르트코보에 남의 군대, 즉 볼셰비키놈들이 와 있다는 거야. 러시아가 카자흐에게 전쟁을 걸어온 게 아니냔 말이야. 그런데도 너희들은 집구석에만 처박혀 지내기냐? 이봐, 미치카, 머저리 같으니……내 말 알아들었나? 왜 대답이 없어? 너희들은 어떻게 생각하나?"

"우린 아무렇게도 생각하지 않는다고요."

이반 알렉세예비치가 말했다.

"아무렇게도 생각지 않는다고?"

그리샤카 노인은 분개했다.

"머지않아 너희들은 잡어처럼 잡히고 말걸! 백성들 손에 붙잡혀 혼찌검이 날 거다……."

미론 그리고리예비치는 소리 없이 웃었다. 프리스토냐는 오랫동안 면도를 안한 뻣뻣한 수염을 쓱쓱 문질렀다. 이반 알렉세예비치는 담배를 피우면서 미치카를 바라보았다. 미치카의 고양이처럼 튀어나온 눈에 작은 불씨가 흔들렸다. 그 푸른 불씨가 증오로 흐려졌는지는 분간이 되지 않았다.

잠시 이야기를 하고 나서 이반 알렉세예비치와 프리스토냐는 작별 인사를 하고 미치카를 샛문 쪽으로 불러냈다.

"너, 어제 왜 집회에 나오지 않았지?"

이반 알렉세예비치가 정색을 하고 물었다.

"틈이 없었어."

"멜레호프 집에 갈 틈은 있고?"

미치카가 증오의 빛을 나타내며 말했다.

"못 간 것뿐이야. 할 얘기란 뭐지?"

"부락의 귀환병은 모두 모였어. 페트로 멜레호프는 오지 않았지만. 너는 알고 있겠지…… 이 부락에서 카멘스카야로 대표를 보내기로 했어. 1월 10일에 거기서 귀환병 대회가 열릴 거야. 제비를 뽑았는데, 우리 셋으로 결정이 났다. 즉 나하고 프리스토냐, 그리고 너야."

"난 안 갈래."

미치카는 분명하게 말했다.

"뭐야?"

프리스토냐는 눈을 부릅뜨고 그의 작업복 단추를 움켜쥐었다.

"친구들에게서 떨어져 나갈 작정이야?"

"이 녀석, 페트로 멜레호프 놈하고 한통속이 됐군그래……."

이반 알렉세예비치는 프리스토냐의 외투 소매를 붙들고 파랗게 변한 얼굴로 말했다.

"자, 가자구. 우리 힘으로는 안 되겠어…… 너, 분명히 안 간다고 했겠다, 미트리?"

"안 가……한번 '안 간다'고 했으면 안 가는 줄 알아."

"그럼 실례하겠네!"

프리스토냐는 머리를 옆으로 숙였다.

"잘 가게!"

미치카는 외면한 채 뜨거운 손을 그에게 내밀었다. 그러고는 서둘러 집을 향해 걸음을 옮겼다.

"비겁한 놈!"

이반 알렉세예비치는 콧구멍을 벌름거리며 욕설을 퍼부었다.

"비겁한 놈이야!"

멀어져 가는 미치카의 넓은 등을 쏘아보며 그는 되풀이해서 말했다.

그들은 돌아가는 길에 귀환병들의 집에 들러, 미치카 코르슈노프가 함께 가는 것을 거부했음과 내일 둘이서 대회에 참석할 작정임을 알렸다.

1월 8일 새벽, 프리스토냐와 이반 알렉세예비치는 부락을 떠났다. 야코프 보드코프가 자진해서 두 사람을 싣고 갔다. 안장을 맨 말은 재빨리 부락을 지나 언덕에 이르렀다. 눈이 녹아 길바닥이 벌겋게 드러나 있었다. 군데군데 눈이 녹은 곳에서는 썰매 밑창이 땅바닥에 걸려 썰매가 흔들렸다. 말들은 고삐를 팽팽하게 잡아당겼다.

카자흐들은 썰매 뒤를 걸어갔다. 보드코프는 어두컴컴한 아침 서리가 내린 살얼음을 장화로 마구 깨뜨리면서 나아갔다. 그의 얼굴은 불그레하게 물들어 달걀 모양의 상처 자국만 거무스름하게 비쳤다.

프리스토냐는 길가의 눈 위를 걸어 폐병 환자처럼 숨을 헐떡거리면서 언덕배기를 올라갔다. 그는 1916년에 도브노 부근에서 독일군의 독가스를 맞아 폐를 다쳤던 일이 있었다.

언덕 위는 바람이 휘몰아쳐서 몹시 추웠다. 카자흐들은 모두 입을 다물었다. 이반 알렉세예비치는 털외투 깃에 얼굴을 파묻었다. 멀리 보이던 숲이 차츰 가까워졌다. 도로는 그 숲을 뚫고 나지막한 산봉우리로 이어졌다. 숲속에서는 바람이 시냇물처럼 울었다. 가지를 뻗은 자작나무 기둥에는 비늘같이 돋는 수피(樹皮)가 녹색을 띤 무늬를 만들어 놓았다. 조금 떨어진 어딘가에서 까치 울음소리가 들려왔다. 까치는 곧 꼬리를 옆으로 꼬고 길 위를 가로질러 날아가 버렸다. 바람이 쫓아가듯이 불어오자 새는 갑자기 옆으로 기울어져서 화살처럼 날아갔다.

부락을 벗어나서부터 줄곧 말이 없던 보드코프는 그때 몸을 홱 돌려 이반 알렉세예비치를 돌아보고 또렷한 어조로 말했다. 훨씬 전부터 할 말을 머릿속에서 준비하고 있었음에 틀림없었다.

"대회에 나가면 앞으로 다시 전쟁을 하지 않도록 자네들이 힘을 써야 해. 전쟁을 좋아하는 사람은 하나도 없으니까."

"알고 있어."

프리스토냐가 까치가 날아가는 것을 바라보면서 뜻밖에 찬성의 뜻을 나타냈다. 그리고 아무런 구애도 받지 않는 행복한 새의 생활과 인간의 생활을 머릿속에서 비교해 보았다.

그들이 카멘스카야에 닿은 것은 1월 10일 해 질 무렵이었다. 시내의 거리마다 카자흐들이 떼 지어 걸어다니고 있었다. 뚜렷하게 활기가 느껴졌다. 이반 알렉세예비치와 프리스토냐는 그리고리 멜레호프의 하숙을 찾아갔지만 그는 집에 없었다. 뚱뚱한 몸집에 머리숱이 적은 아낙네가 하숙인은 벌써 대회장에 나가고 없다고 말했다.

"그 대회는 어디서 열린답니까?"

프리스토냐가 물었다.

"군관구 건물이 아니면 우체국에서겠지요."

아낙네는 프리스토냐의 코앞에서 요란스레 문을 닫으며 냉담하게 대꾸했다.

대회는 바야흐로 절정이었다. 커다란 창문이 잔뜩 달린 홀까지 대표들로 꽉 찼다. 못 들어간 사람도 많았다. 숱한 카자흐들이 계단과 복도와 옆방에 떼 지어 서 있었다.

"내 뒤를 바싹 따라오게, 알겠나?"

프리스토냐가 혼잡한 무리를 헤쳐가면서 팔꿈치를 툭 치고 말했다.

그의 뒤에 벌어지는 좁은 틈새로 이반 알렉세예비치가 끼여 들어갔다. 대회가 진행 중인 홀 입구에서 한 카자흐가 프리스토냐를 가로막았다. 말씨로 보아 하류 지방 사람 같았다.

"이봐, 좀 밀치지 말라고. 나쁜 놈 같으니!"

그가 욕을 했다.

"그러지 말고 좀 지나갑시다!"

"그 정도에서 멈추라니까! 들어갈래야 들어갈 틈이 없대도 그래!"

"야, 이 머저리야. 비켜서지 않으면 한 대 갈겨 줄 테다!"

프리스토냐가 그 키 작은 카자흐를 훌쩍 들어올려 한쪽으로 밀치면서 뚫고 지나갔다.

"꼭 도깨비 같은 자식이로군!"

"훌륭해, 아타만병!"

"대단한 힘이야. 저 정도라면 4인치 포라도 가뿐하게 짊어지겠는걸!"

"어떻겠다고?"

밀치고 밀리며 서 있던 카자흐들은 남들보다 우뚝한 프리스토냐를 갑자기 존경의 눈초리로 바라보며 와! 웃음을 터뜨렸다.

뒷벽 옆에서 그리고리를 발견했다. 그는 쭈그리고 앉아 담배를 피우면서 제35연대 대표 가운데 한 사람인 카자흐와 이야기하고 있었다. 그도 부락에서 온 대표들을 보았다. 순간 그의 검은 새 같은 수염이 꿈틀하고 떨렸다.

"호……무슨 바람이 불었지? 잘 있었나, 이반 알렉세예비치! 자네도 건강한가, 프리스탄 아저씨!"

"그럼, 건강하고말고. 별고 없다, 이 말일세."

프리스토냐는 30센티미터나 되는 큰 손으로 그리고리의 손을 덮으면서 웃었다.

"다들 무고한가?"

"덕택으로. 안부를 전하더군. 자네 아버님께서 자네더러 빨리 돌아오라고 당부하시던걸."

"페트로는 어떻게 하고 있나?"

"페트로……"

이반 알렉세예비치는 좀 어색한 미소를 지었다.

"페트로가 우리하곤 갈라섰다는 걸 모르나?"

"알고 있네. 그럼, 나탈리야는? 애들은? 만나 봤나?"

"모두 잘 있네. 안부를 전하더군. 자네 아버님께서는 화를 내시던걸……"

프리스토냐는 자리에 앉은 의장단을 쭉 돌아보았다. 그는 뒤쪽에 있어도 남들보다 잘 보였다. 그리고리는 회의가 열리는 중에도 계속 물었다. 이반 알렉세예비치는 부락의 형편이랄지 부락의 새로운 소문과, 프리스토냐와 자기가 이 장소에 파견되기까지의 경위를 간단하게 설명했다. 카멘스카야의 동태에 대해 그리고리가 물어보려 할 때 테이블 앞에 앉아 있던 사람이 발언을 시작했다.

"제군, 그럼 지금부터 탄광노동자 대표가 발언하겠습니다. 경청해 주십시오. 그리고 조용해 주시기 바랍니다."

입술이 두툼한 중키의 사내는 뒤로 넘긴 노리끼리한 모발을 쓸어 올리며 이야기를 시작했다. 그러자 벌집을 쑤셔 놓은 것 같은 소란이 단번에 가라앉았다.

사람들은 정열에 불타는 그의 연설 첫마디에서부터 신념의 힘을 느낄 수 있었다. 그는 카자흐를 러시아의 노동계급과 농민에 맞서 싸우게 충동질하는 칼레딘의 배신적 정책에 대해, 카자흐와 노동자의 공동 이익과 손해, 그리고 카자흐 반혁명세력에 대항하려는 볼셰비키가 추구하는 목적에 관해 이야기했다.

"우리는 노동자 카자흐 제군에게 형제의 손을 뻗치려 합니다. 그리고 백위군도당과의 투쟁에서 우리는 카자흐 귀환병 제군에게서 충실한 동맹자를 발견하기를 기대하고 있습니다. 칼레딘의 비호를 받아 온 부르주아 병아리들과의 싸움에 있어서도 우리의 힘을 합쳐야 할 것입니다. 우리는 한 몸이 되어야 합니다. 몇 세기에 걸쳐 노동자 대중을 노예화한 놈들과의 전투에도 우리는 손을 맞잡고 나서야 할 것입니다!"

나팔을 부는 듯한 그의 목소리가 힘차게 울려 퍼졌다.

"비, 빌어먹을! 좋아, 죽여 없앨 테다!"

프리스토냐가 흥분으로 중얼거리며 그리고리의 팔꿈치를 힘껏 움켜쥐자 그리고리는 얼굴을 찌푸렸다.

이반 알렉세예비치는 입을 벌린 채 멍하니 듣고 있었다. 그리고 긴장 탓인지 자주 눈을 껌벅거리면서 중얼댔다.

"옳소! 분명히 옳은 말이야!"

탄광노동자 대표 다음으로 어떤 키 큰 갱부가 바람에 흔들리는 물푸레나무처럼 흔들면서 지껄여 댔다. 그는 일어서자마자 마치 조립식으로 만들어진 양 몸집을 똑바로 꺾고 군중을 한 바퀴 둘러본 뒤 장내가 조용해지기를 기다렸다. 이 갱부는 어딘지 모르게 닻줄과 닮아 보였다. 보기만 해도 완강하고 꺼칠꺼칠한 데다가 푸른 기가 감돌았다. 그의 얼굴에 나 있는 털구멍에는 씻어 없앨 수 없는 작은 반점이 되어 버린 석탄 먼지가 거뭇거뭇하게 박혀 있었다. 그리고 영원의 암흑과 지하의 검은 층으로 윤기를 잃은 노르스름한 눈이 석탄빛처럼 빛나고 있었다. 그는 짧게 깎은 머리를 주먹으로 쓸어 올렸다.

"대체 어느 누가 전선에서 병사로 하여금 사형에 처하는 법률을 채택했는가? 코르니로프가 아니고 누굽니까! 칼레딘과 함께 목을 죄는 자는 누구란 말입니까? 바로 그놈이오!"

그는 이렇게 외쳐 댔다.

"카자흐 제군! 제군! 제군! 제군은 도대체 누구 편을 들려는 겁니까? 칼레딘은 우리에게 형제의 피를 마시게 하려는 수작을 부리는 것입니다! 안 되지요! 안 됩니다. 그런 일이 있을 수 있습니까? 우리는 놈들을 철저하게 죽여 없애야 합니다! 그 뱀 같은 놈들을 바다 한가운데서 쳐부숴야 하는 거예요!"

"빌어먹을……."

프리스토냐는 미소를 띠면서 손뼉을 치는 것만으로도 시원찮아 고함을 꽥 질렀다.

"옳소! 쳐부수자, 쳐부숴!"

"이봐, 그만해, 프리스탄! 쫓겨나면 어쩌려고 그래!"

이반 알렉세예비치가 놀라 소리쳤다.

라그틴―브카노프스카야 마을의 카자흐로서 제2회 전 러시아 중앙집행위원회, 카자흐부의 첫 번째 대표가 된 그는 유창하지는 않지만 피가 흐르는 듯한 생생한 언어로 카자흐들을 불붙게 만들었다. 다음엔 의장인 포드쵸르코프가 연설했다. 그와 교체한 사람은 영국풍으로 수염을 깎은 잘생긴 시챠덴코였다.

"저 사람은 누구야?"

프리스토냐가 곰 발바닥 같은 손을 치켜들고 그리고리에게 물었다.

"시챠덴코야. 볼셰비키 지휘관이지."

"그럼, 저 사람은?"

"만데리슈탐."

"어디서 왔지?"

"모스크바에서."

"그럼, 저기에 있는 사람들은?"

프리스토냐는 보로네시 대회의 대표자들 좌석을 가리켰다.

"잠깐만이라도 입 좀 다물고 있거나, 프리스탄."

"그러지 마. 다 듣고 있다고! 가르쳐 달라니까 그러네. 저기 저 포드쵸르코프와 나란히 앉은 저 키 큰 사람은 대체 누구지?"

"크리보슈루이코프, 엘란스카야 마을의 고르골바토프 부락 출신이야. 그 뒤가 우리 마을의 크리노프와 도네츠코프이고."

"그럼, 하나만 더 묻겠는데―저기 저쪽……아니라니까! 저기 저 끝에 있는 앞머리가 내려온 사람은 누구지?"

"에리세예프라는 사람인데, 어느 마을 출신인지는 모르겠어. 그 옆은 분명히 도로쇼프야."

프리스토냐는 만족하여 입을 다물었고, 새로운 연설이 시작될 때마다 더욱 열심히 주의를 기울여 들었는데, 그는 언제나 남보다 앞서서 "옳소"를 외쳐 댔다.

카자흐인 볼셰비키 가운데 한 사람인 스테힌 다음으로 제44연대 대표가 연설했다. 그는 괴로운 듯 목에 걸리는 것 같은 말투로 한참 동안 불만을 이야기했다. 한 마디, 한 마디, 마치 공중에 낙인을 찍듯이 어렵게 말했다. 그러나 카자흐들은 그의 말에 공감하는 듯 열심히 귀 기울였다. 때때로 찬성의 고함 소리로 그의 말을 가로막기도 했다. 그의 연설은 그들 사이에 생생한 반향을 일으키는 것 같았다.

"제군! 우리의 대회는 말입니다. 이 중대한 문제는, 그것이 인민에게 불만을 주는 일이 없도록, 그렇습니다, 모든 것이 평화롭고 온건하게 결말을 지어야 하는 겁니다!"

그는 자주 말을 더듬으며 길게 끌었다.

"내가 이런 말을 하는 건 우리가 피를 보는 전쟁을 하기 전에 결말을 내야 한다, 이 말입니다. 3년 반이라는 세월을 모두가 참호 속에서 많은 고생을 해 왔습니다. 그런 연유로 해서 전쟁이라면 신물이 난다, 이거올시다. 그렇게 되면 카자흐들은 지쳐 떨어질 것입니다. 나는 그런 뜻으로 말하는 것이올시다……."

"옳소!"

"정말 옳은 소리야!"

"전쟁이라면 이가 박박 갈린다고!"

"볼셰비키와 군관구 당국과 담판을 하자!"

"평화가 필요해! 도중하차는 금물이야! 적당하게 끝낼 일이 아니라고!"

포드쵸르코프가 주먹으로 테이블을 요란하게 두들기자 소동은 멈추었다. 그 다음에 다시 44연대 대표가 시베리아초[11] 같은 수염을 매만지며 말을 이었다.

"우리는 이 대회의 대표를 노보체르카스크에 파견하여, 의용군과 여러 종류의 파르티잔 부대가 손을 떼도록 매듭을 지을 필요가 있다고 생각합니다. 한편 볼셰비키에게는 우리가 그런 교섭까지 해야 할 필요는 없다고 봅니다. 우리는 다만 일하는 인민의 적을 우리의 손으로 해치울 수 있다, 이겁니다. 남의 도움 같은 건 이 시점에서는 소용없다, 그 말입니다. 필요하게 되면 그때 다시 원조를 요청하면 되지 않습니까?"

---

11) 가시가 있고 뻣뻣한 잎을 가진 식물. 목욕탕용 빗자루를 만든다.

"연설의 초점이 빗나간 것 같군!"

"확실히 그래!"

"잠깐 기다려! 뭐가 '확실히'야? 놈들이 우리를 막다른 골목으로 몰아넣을 때 그때 가서 원조를 청하면 되는 거야. 그렇지 않소? 지금은 소용이 없는데 굳이 남의 손을 빌릴 필요가 없다, 그 말이오."

"우리 자신의 정부를 만들어야 해."

"암탉은 아직 둥우리 안에 있다고. 알을 까려면 아직 멀었다니까그래…… 머저리 반편이 같은 놈들!"

제44연대 대표 다음에 라그틴이 강렬한 호소를 내뿜었다. 그는 아우성 소리에 방해를 받았고 10분간 휴식하자고 동의가 들어오기도 했으나 이내 조용해졌다. 이번에는 포드쵸르코프가 청중을 열광의 도가니로 몰아넣었다.

"카자흐 제군! 우리가 이렇게 회의를 여는 동안에도 노동자 대중의 원수들은 깨어 있다는 사실을 명심해야 합니다. 우리는 모두가 어떻게든 원만하게 수습되기를 원하고 있을 뿐입니다. 그런데 칼레딘은—놈은 그렇게 생각하고 있지 않다, 이 말입니다. 이 대회에 출석한 사람들을 모두 체포하라는 칼레딘의 명령을 방금 입수했습니다. 그럼, 그 명령문을 낭독하겠소."

대회 참석자의 체포에 관한 칼레딘의 명령이 낭독되자, 대표들은 와글와글 떠들어 댔다. 마을 시장터의 소동은 저리 가라였다.

"어쨌든 이 문제를 해결해야 해. 토론을 벌일 여지도 없군."

"조용히 해! 쉿!"

"뭐가 '쉿'이야! 죽여 없애야 해!"

"로보프! 로보프! 놈들한테 한 마디 하지 않고 뭘 해!"

"칼레딘도 말귀를 알아듣지 못하는 건 아닐 테니까!"

그리고리는 말없이 듣고만 있었다. 그러다가 마침내 몸을 일으켜 고함을 지르기 시작했다.

"모두 조용해, 빌어먹을! 여긴 시장이 아냐! 포드쵸르코프의 말을 들어 보자!"

이반 알렉세예비치는 제8연대 대표 가운데 한 사람과 토론을 시작했다.

프리스토냐는 그에게 싸움을 걸어 온 상대방 동료 병사를 밀쳐 내면서 고함을 질렀다.

"그러니까 보초를 제대로 세워 둘 필요가 있단 말이야!"

"너, 나한테…… 그따위 소리를 하다니!"

"알겠나?"

"우리 쪽에도 승산이 있다고!"

"그러니까 우리 스스로가 직접 매듭을 지어야 한다, 이거야!"

아우성 소리는 차츰 가라앉았다. 힘이 약해진 바람이 보리밭의 보리 이삭들을 한쪽으로 기울이게 하는 것 같았다. 완전히 조용해지기 전에 크리보슈루이코프의, 아가씨 같은 소리가 울렸다.

"칼레딘을 죽여라! 카자흐 군사위원회 만세!"

청중은 와! 하고 목청을 높였다. 찬성을 나타내는 그 아우성 소리에 귀가 멀지경이었다. 크리보슈루이코프는 한쪽 손을 치켜든 채 서 있었다. 그 손가락은 줄기에 붙은 이파리가 흔들리는 것같이 가늘게 떨렸다. 귀를 멀게 할 정도로 요란한 함성이 겨우 가라앉았을 때, 아까와 같은 찢어질 듯한 소리로 크리보슈루이코프가 외쳤다.

"우리 중에서 카자흐 군사혁명위원회를 선출할 것을 제의하겠소! 그리고 칼레딘에 대한 투쟁을 수행할 것을 위임하고 또한 그 조직은……."

"와!"

환성은 포탄처럼 터져, 벗겨진 판자 조각이 천장에서 흩어져 내려왔다.

혁명위원회 위원 선출이 시작되었다. 몇몇 카자흐들은 제44연대 대표의 연설과 그 밖의 몇 가지 이유로 군정부와의 평화적 해결을 주장했으나, 대회참석자 대다수는 이제 그들을 지지하지 않았다. 카자흐들은 그들을 체포하라는 칼레딘의 명령을 들은 이상 노보체르카스크를 이쪽에서 적극적으로 공격할 것을 내세웠다.

그리고리는 선거가 끝날 때까지 기다릴 수 없었다. 연대 본부로부터 호출을 받았기 때문이었다. 그는 나가는 길에 프리스토냐와 이반 알렉세예비치에게 부탁했다.

"끝나는 대로 우리 집에 와 주게. 선거 결과가 궁금하니까."

이반 알렉세예비치는 밤늦게야 돌아왔다.

"포드쵸르코프가 의장이 됐어. 크리보슈루이코프가 서기가 됐고."

문턱도 넘기 전에 일러 주었다.

"다른 위원은?"

"이반 라그틴과 고르바쵸프, 미나예프, 크지노프 등등이야."

"프리스탄은 어딜 갔나?"

그리고리가 물었다.

"그 녀석은 카자흐들과 함께 카멘스카야의 사무실 놈들을 체포하러 갔네. 아무리 말려도 녀석이 들어 줘야 말이지. 곤란하게 된 것 같아!"

프리스토냐는 새벽녘에 돌아왔다. 구두를 벗으면서 한동안 콧김을 세게 내뿜으며 뭐라고 중얼중얼거렸다. 그리고리가 램프에 불을 붙였다. 부풀어 오른 그의 얼굴에 피가 흐르고, 이마 위에는 총격을 받은 상처가 나 있었다.

"어느 놈한테 얻어터졌나? 붕대로 싸매야겠군! 잠깐만 기다리게."

그리고리가 침대에서 일어나 연고와 붕대를 찾아냈다.

"괜찮아, 곧 나을걸."

프리스토냐는 콧소리로 말했다.

"대장으로 보이는 놈이 권총을 쏴대더군. 우린 정식으로 현관을 통해서 들어갔는데 놈이 피해 도망친 거야. 카자흐 하나가 목숨을 잃었어. 놈의 혼을 빼 주려고 했지. 장교의 혼은 어떻게 생겨먹었나 구경하려고 했는데 카자흐들이 말리는 바람에 결국 놓쳐 버리고 말았어…… 밟아 죽이는 건데!"

9

이튿날 칼레딘의 명령에 의해 대회 참석자 전원을 체포하고, 그중에서도 가장 혁명적인 카자흐 부대의 무장해제를 목적으로 제10돈 카자흐 연대가 카멘스카야에 도착했다.

마침 그때 정거장에서는 집회가 열리고 있었다. 카자흐 병사의 대군중은 연사의 연설에 저마다 갖가지 반응을 나타내면서 들끓고 있었다.

연단에서는 포드쵸르코프가 얘기하고 있었다.

"제군, 나는 어느 당에도 속하지 않았을 뿐 아니라 볼셰비키도 아니오. 내가 목표로 삼는 것은 오직 하나의 정의일 뿐입니다. 즉 모든 노동자들의 행복과 형제의 결합인데 그것은 그 어떤 압박도 받지 않는 것이어야 하고 부농, 즉 부르주아 및 부자를 없애야 하며 모두가 자유롭고 안락하게 살아갈 수 있도록 하기 위함입니다. ……볼셰비키는 그것을 이룩하기 위해 노력하고 있고, 또한 그 때문에 투쟁하고 있습니다. 볼셰비키—그것은 노동자들이며 우리 카자흐와 마찬가지로 일하는 사람들입니다. 다만 노동자인 볼셰비키들은 우리보다 의식이 확고하다는 겁니다. 우리는 무지하지만 그들은 도시에서 우리보다도 생활을 잘 이해하고 있습니다. 즉, 나는 볼셰비키의 당에는 들어가지 않았지만 볼셰비키라고 할 수 있을 것입니다.”

연대는 열차에서 내리자 즉각 집회가 열리고 있는 현장으로 달려갔다. 이 연대 중견층의 약 반수는 뚱뚱하고 키 크고 윤기 있는 피부의 군도프스카야 마을 출신의 선발된 카자흐들이 이루고 있었다.

사람들의 기분에 금방 격심한 변화가 일었다. 칼레딘의 명령을 수행하라는 연대장의 명령을 병사들이 거부한 것이었다. 볼셰비키 지지자들에 의해 이루어진 강력한 선동으로 그들은 동요하기 시작한 것이다.

한편 카멘스카야는 열병에 들떠 있었다. 갑자기 편성된 카자흐 부대가 연선의 정거장 점령과 그 수비를 위해 파견되고, 즈베레보와 리하야 방면으로 군용열차가 잇따라 발차했다. 각 부대에서는 간부지휘관의 재선거가 진행되고, 또한 전쟁을 원하지 않는 카자흐 병사들은 은밀하게 카멘스카야로부터 탈주했다. 부락과 마을 대표들이 뒤늦게야 뛰어왔다. 어느 거리에나 일찍이 볼 수 없었던 활기가 넘쳐흘렀다.

1월 13일에는 군관구 평의회 의장 아게예프, 동의원 스베트자로프, 우라노프, 카레트, 바죠로프 및 카자흐군 일등대위 쿠시나레프로 이루어진 돈 정부의 대표단이 교섭을 하러 카멘스카야에 몰려왔다.

숱한 군중이 정거장에 나와 그들을 영접했다. 근위 아타만 연대의 카자흐로 이루어진 경비대가 일행을 우편 전신국 건물까지 호위했다. 군사혁명위원회 위원과 그곳에 도착한 돈 정부 대표자들로 이루어진 공동협의회 회의는 철야로 진행되었다.

군사혁명위원회 출석 인원은 17명이었다. 군사혁명위원회가 돈을 배신했으며 볼셰비키와 한패라고 비난한 아게예프의 연설에 대해 포드쵸르코프가 맨 먼저 통렬한 반박을 가했다. 다음에 크리보슈루이코프, 라그틴이 발언했다. 카자흐 대위 크시나레프의 연설은 복도에 가득 차 있던 카자흐들의 노기 띤 고함소리로 해서 여러 차례 중단되기도 했다. 기관총병 한 사람은 혁명적인 카자흐 이름 아래 대표단의 체포를 요구했다.

회의는 아무런 성과도 거두지 못했다. 밤 2시경이 되었는데도 의견 일치를 볼 수 없다는 사실이 뚜렷해지고, 정권에 대한 여러 문제를 마지막으로 결정하기 위해서 군사혁명위원회 대표를 노보체르카스크에 파견할 것을 주장한 군관구 카자흐 평의회의원 카레프의 동의가 가결되었다.

돈 정부 대표단이 노보체르카스크로 철수하자 바로 그 뒤를 쫓아가듯 포드쵸르코프를 수석으로 하는 군사혁명위원회 대표들이 출발했다. 일반 투표에 의한 대표로는 포드쵸르코프, 크지노프, 크리보슈루이코프, 라그틴, 스카치코프, 고르바쵸프, 그리고 미나예프가 선출되었다. 카멘스카야에서 체포된 아타만 연대의 장교들이 인질로 남겨졌다.

10

차창 밖엔 눈보라가 흩날렸다. 반쯤 무너진 울타리 위로 해빙을 재촉하는 바람 때문에 굳어진 눈뭉치가 보였다.

대피역과 전신주와 가도 가도 끝이 없는, 그리고 온통 눈으로 뒤덮인 스텝이 북으로 북으로 흘러갔다.

포드쵸르코프는 새 가죽 상의를 입고 창가에 앉아 있었다. 미성년자처럼 어깨가 좁고 야윈 크리보슈루이코프가 그와 마주 앉아 팔걸이에 팔꿈치를 세우고 창밖을 바라보고 있었다. 그의 어린애처럼 밝은 눈은 불안과 기대의 빛을 담고 있었다. 라그틴은 숱이 적은 노르스름한 볼수염을 빗으로 빗고 있었다. 체구가 튼튼해 보이는 카자흐병 미나예프는 스팀 위에 손을 얹은 채 의자 위에 앉아 있었다. 고르바쵸프는 스카치코프와 상단 좌석에 드러누워 뭔가 이야기를 주고받고 있었다.

차 안은 적당한 온기로 따뜻했다. 대표자들은 노보체르카스크로 가고 있긴 했지만 별다른 승산이 있는 건 아니었다. 이야기도 나누지 않았다. 무거운 정적이 짓누르고 있었다. 리하야를 지나고 나서 포드쵸르코프가 비로소 모두의 심중에 있는 것을 입에 담았다.

"아무래도 일이 잘 될 것 같지 않군. 결국 매듭이 지어지지 않은 채 끝나게 될지도 모르겠어."

"가 봐야 헛수고만 할 것 같아."

라그틴이 맞장구쳤다. 그런 다음 다시금 침묵이 계속되었다. 포드쵸르코프는 마치 뜨개바늘을 규칙적으로 코에 꿰듯이 손목을 까닥거렸다. 그는 자신의 가죽 상의를 즐기듯이 그 부드러운 색상에 눈길을 멈추곤 했다.

노보체르카스크가 다가왔다. 미나예프는 지도를 들여다보았다. 시가지에서 떨어진 곳을 뒤로 밀쳐 내며 달려가는 돈 방면을 바라보다 말고 조용히 말문을 열었다.

"흔히 보아 온 일이지만, 카자흐들이 아타만 부대의 근무를 마치고 집으로 돌아갈 땐 말일세, 먼저 트렁크와 자신의 소지품과 말 따위를 열차에 싣는 일부터 하게 되지. 열차가 떠나서 보로네시 근처까지 가면 거기서부터 돈강을 건너게 되는데, 그때 기관사는 속력을 늦춰 열차를 서행시키는 걸세…… 정말로 느리게 느리게 나가지…… 익히 알고 있는 일이니까. 마침내 열차가 다리에 이르면—그 소동이란 말도 말게! 카자흐들은 마치 미치광이처럼 떠들어대는 거야. '돈강이다! 우리들의 돈! 고요한 돈강이야! 우리의 친아버지, 우리를 길러 준 어버이여, 오라!' 그러면서 창가에 달려들어 철교 난간 위로 모자, 외투, 바지, 각반, 셔츠, 그 밖의 온갖 것을 강 속으로 던지는 걸세. 근무를 마치고 돌아가는 선물을 돈강에다 바친다는 뜻이지. 강 위를 보면 아타만 병사의 모자가 마치 백조나 꽃처럼 둥둥 떠내려간다네. 대체로 그런 식이라고. 워낙 오래전부터 그런 관습이 있어 왔거든."

"드디어 집으로 돌아왔다, 그 말이군!"

"어쩐지 환영을 받고 있는 것 같지 않은걸."

스카치코프가 농담처럼 중얼거렸다.

키가 크고 당당한 모습의 대위가 노크도 없이 문을 밀고 들어왔다. 그는 대표들을 탐색하듯 둘러보고 무뚝뚝하게 말했다.

"내가 여러분을 안내하게 되었소. 즉각 하차하시오, 볼셰비키 여러분. 하지만 미리 말해 두겠는데, …… 여러분의 안전을 보장할 책임은 갖고 있지 않습니다."

그는 그 누구보다도 포드쵸르코프를, 아니 더 정확히 말하면 그의 장교용 가죽 상의를 한참 동안 눈여겨보았는데, 이윽고 노골적으로 적의를 나타내면서 명령하듯이 말했다.

"빨리 하차해요!"

"왔다, 왔어. 카자흐의 배신자들이 왔다고!"

군중으로 가득 찬 정면 입구 쪽에서 입수염이 난 한 사관이 고함을 질렀다.

포드쵸르코프는 얼굴빛이 파래지고 당황해 곁눈질로 크리보슈루이코프 쪽을 바라보았다. 크리보슈루이코프는 포드쵸르코프의 뒤를 따라가면서 미소를 띠고 말했다.

"우리는 격려의 말을 달콤한 칭찬의 울림 속에서가 아니라 증오의 아우성 속에서 듣는다……' 이 말 아닌가, 표도르?"

포드쵸르코프는 마지막 말을 흘려들었지만 그래도 싱긋 미소를 지어 보였다.

그들에게 장교로 이루어진 무리가 호위로 붙여졌다. 지방청에 도착하기까지 따라온 군중은 그들을 공격하려고 미친 듯이 얼크러져 날뛰었다. 사관과 후보생들뿐 아니라 두세 명의 카자흐들까지, 그리고 나들이옷으로 치장한 여자들과 학생들마저 대표들에게 욕설을 퍼붓고 폭력을 휘둘렀다.

"당신들은 어째서 이처럼 법을 무시하는 행동을 내버려 두고 있는 거요?"

화난 라그틴은 그들을 안내하는 한 장교를 향해 물었다.

그러자 그 장교는 라그틴을 쏘아보면서 말했다.

"살아 있는 것만도 고맙게 생각하라고…… 만약 용서를 받을 수 있다면—네 따위 것들, 내 손으로…… 뒈지지 못해서 환장한 놈들 같으니!"

다른 젊은 사관이 그를 달래는 듯한 눈초리로 말렸다.

"일이 곤란하게 된 듯해!"

스카치코프가 틈을 노려 고르바쵸프에게 수군거렸다.

"마치 형장으로 끌려가는 것 같지 않나……."

지방청의 홀은 밀려온 군중을 미처 수용하지 못했다. 막 도착한 대표들이 장내 정리 담당인 듯한 중위의 지시를 받고 테이블 한쪽에 앉는 동안에 돈 지방청의 위원들이 들어왔다.

등이 약간 구부정한 칼레딘은 보가예프스키를 수행하고, 한 걸음 한 걸음

힘찬 이리 같은 걸음걸이로 걸어왔다. 그는 자신의 의자를 끌어당겨 자리에 앉고 나서 하얀 장교 휘장이 반짝이는 모자를 벗었다. 그리고 침착하게 프렌치복의 큼직한 옆 호주머니의 단추를 끼우고 보가예프스키에게 한두 마디 말을 걸었다. 그의 동작 하나하나는 확고한 자신과 성숙된 힘으로 넘쳐 있었다. 권력을 쥔 인간들이 오랜 세월 동안 보통 사람과는 다른 태도, 즉 머리를 갸웃한다든가 느릿느릿한 걸음걸이 등이 몸에 배어서 그런 태도를 보이는 것이다. 그와 포드쵸르코프는 수석대표인 칼레딘의 옆에 있어서 손해를 본 셈이다. 생김새만 해도 훨씬 못나 보이는 데다가 앞으로 열릴 회의에 대해서 무척 신경을 쓰는 것 같았다.

보가예프스키는 노리끼리한 수염에 싸인 입술을 우물거리면서 코걸이 안경 안으로 날카로운 곁눈을 번뜩였다. 그는 옷깃을 고치거나 사납게 구부러진 아래턱을 불안한 손놀림으로 만지거나 넓은 미간 양쪽에 날개를 펼친 듯한 눈썹을 쫑긋쫑긋하며 신경질적인 면모를 뚜렷하게 드러냈다.

한복판에 자리를 차지한 칼레딘의 좌우에는 돈 정부 위원들이 앉아 있었다. 그 가운데에는 카레프, 스베트자로프, 우라노프, 아게예프 등 카멘스카야에 도착한 사람들이 있었다. 조금 떨어진 곳에는 에라톤체프, 메리니코프, 봇시에, 쇼슈니코프, 포리야코프가 앉아 있었다.

포드쵸르코프는 미트로판 보가예프스키가 칼레딘에게 뭐라고 귀띔하는 것을 꼼짝 않고 듣고 있었다. 칼레딘은 자기와 마주 앉은 포드쵸르코프 쪽을 흘 끗 보고 나서 말했다.

"그럼, 회의를 시작하겠습니다."

가볍게 미소를 지어 보인 포드쵸르코프는 분명한 투로 대표 일행이 찾아온 목적을 말했다. 크리보슈루이코프는 테이블 너머로 군사혁명위원회가 미리 준비해 둔 최후통첩을 내밀었으나 칼레딘은 손으로 그것을 도로 밀쳐 내고 잘라 말했다.

"정부 측 위원들에게 일일이 이 문서를 보임으로써 시간을 낭비할 필요는 없다고 생각하오. 여러분의 최후통첩을 모두에게 들리게끔 읽어 주기 바라오. 그런 뒤에 심의에 들어갑시다."

"그럼 읽으시오."

포드쵸르코프가 명령했다.

그는 의젓하게 버티었지만 위원들만큼 자신이 있어 보이지는 않았다. 크리보슈루이코프가 일어섰다. 아가씨처럼 쨍쨍거리는, 그러면서도 확실하지 않은 그의 음성이 초만원을 이룬 홀 안을 떠돌았다.

돈 군관구 지방에서의 군대에 대한 모든 지도권은 1918년 1월 10일을 기하여 군 아타만에게서 돈 카자흐 군사혁명위원회의 손에 넘겨줄 것.

혁명군에게 대항해 온 모든 파르티잔 부대는 이해 1월 15일을 기하여 철수하고 무장해제할 것. 의용군 부대, 사관학교, 사관후보생 부대도 위와 같음. 이 모든 조직에 참가한 자로서 돈 지방에 주거를 갖지 않은 자는 모두 돈 지방으로부터 그 원주지(原住地)로 돌려보낼 것.

추가사항—무기, 탄약 및 피복은 군사혁명위원회에 넘겨줄 것.

노보체르카스크시는 군사혁명위원회가 지정하는 카자흐 연대가 점령할 것임. 군관구 정부에 배치된 모든 경찰관은 돈 지방의 탄광 및 공장으로부터 소환될 것임.

유혈 참사를 피하도록 전 돈 지방의 마을 및 부락에 대해 군정부는 모든 권력을 자발적으로 정지할 것. 그리고 이후에 당지방에 전 주민의 정상적인 노동자 정권이 수립될 때까지 지방 카자흐 군사혁명위원회에 대하여 즉시 정권 인도를 공포할 것.

크리보슈루이코프의 목소리가 그쳤을 때 칼레딘은 우람한 소리로 물었다.

"제군을 대표로 뽑은 부대는 어느 부대요?"

포드쵸르코프는 크리보슈루이코프와 눈을 맞춘 뒤 하나씩 나열하기 시작했다.

"근위 아타만 연대, 근위 카자흐 연대, 제6포병중대, 제44연대, 제32포병중대, 제14독립중대⋯⋯."

그가 손가락을 꼽으면서 헤아리자 회의장이 웅성거리면서 비웃는 소리가 여기저기서 새어 나왔다. 그러자 포드쵸르코프는 얼굴을 찌푸리고 붉은 털로 덮인 손을 테이블 위에 올려놓고 목청을 돋우었다.

"제28연대, 제28포병중대, 제12포병중대, 제12연대……."

"제29연대."

낮은 소리로 라그틴이 거들었다.

"제29연대."

자신에 찬 포드쵸르코프는 소리를 높여 말을 이었다.

"제13포병중대, 카멘스카야 지방경비대, 제10연대, 제27연대, 제2보병대대, 제2예비연대, 제8연대, 제14연대."

별다른 의미 없는 두세 가지 질문과 간단한 의견이 오간 뒤, 칼레딘은 테이블 가장자리에 가슴을 들이대듯이 하고 포드쵸르코프의 얼굴을 쳐다보면서 뚫어지게 물었다.

"제군은 인민위원회의를 승인하오?"

컵을 들어 물을 마신 뒤 포드쵸르코프는 물컵을 쟁반 위에 올려놓았다. 소매로 수염을 닦는 것으로써 대꾸했다.

"그것은 인민의 총의(總意)에 의해서만 말할 수 있을 것이오."

얼마쯤 단순한 포드쵸르코프가 자칫 쓸데없는 말을 지껄일까 봐 조바심을 한 크리보슈루이코프가 재빨리 끼어들었다.

"카자흐는 '국민자유당'의 대표자들이 말하는 그런 기관에 대해선 참을 수가 없습니다. 우리는 카자흐요. 우리 정부는 우리 카자흐의 정부여야 하오."

"소비에트의 수반(首班)에 나함케스와 그 밖의 다른 패거리가 자리할 땐, 당신의 말이 어떻게 될 것 같소?"

"러시아가 그들을 신임하고 있으니까, 따라서 우리도 신임하는 바요."

"그들과 연락을 취할 작정이오?"

"그렇소!"

포드쵸르코프는 일단 수긍하고 나서 그것을 지지하는 뜻을 뒤이어 나타냈다.

"우리는 사람을 문제삼지 않습니다. 사상을 문제로 삼고 있을 뿐이오."

군사정부 위원 하나가 "인민위원회의는 인민의 이익을 위한 거요?" 하는 천진스러운 질문을 던졌다.

그를 향해 포드쵸르코프의 탐색하는 듯한 눈초리가 쏠렸다. 회심의 미소를 띤 포드쵸르코프는 입을 다물고 있었다. 물컵을 끌어당겨 단숨에 물을 들이켰다. 몸속에서 불타는 커다란 불덩어리에다 싸늘한 물을 좍 끼얹은 것 같았다.

칼레딘은 테이블을 탕탕 두드리고 나서 시험하듯이 물었다.

"제군은 볼셰비키와 어떤 공통점을 갖고 있소?"

"우리는 돈 지방에 카자흐 자치제를 시행하기를 바라고 있소."

"그렇지만 제군도 오는 2월 4일에 군관구 평의회가 소집된다는 걸 알고 있겠지요? 위원은 개선하기로 되어 있소. 제군은 상호적 통제에는 찬성이오?"

"아니오!"

포드쵸르코프는 숙였던 고개를 들고 분명히 대꾸했다.

"만약 당신들처럼 소수일 경우라면 우리는 당신들에게 우리들 의지를 강요할 것이오."

"그렇지만 그건 강제가 아닙니까!"

"그렇소."

미트로판 보가예프스키는 포드쵸르코프에게서 크리보슈루이코프 쪽으로 시선을 옮기면서 물었다.

"제군은 군관구 평의회를 승인합니까?"

"잠정적으론 인정하지만……."

포드쵸르코프는 폈던 어깨를 움츠렸다.

"지방군사혁명위원회는 저…… 말하자면 주민의 대표자 대회를 소집하게 될 것이오. 그것이 모든 군부대를 통제하고 활동하게 될 것이오. 만약 대회가 우리를 만족시켜 주지 않을 경우에는 우리는 대회를 승인하지 않을 것이오."

"누가 심판하는데요?"

칼레딘이 눈썹을 치켜올렸다.

"인민이오!"

포드쵸르코프는 오만하게 머리를 뒤로 젖힌 채 가죽 상의를 찌익 올리면서 조각이 된 의자 등받이에다 몸을 기댔다.

잠시 뒤에 칼레딘이 발언했다. 실내의 소동은 가라앉고 조용한 가운데 아타만의 목소리가 또렷한 울림으로 들리기 시작했다.

"돈 정부는 지방군사혁명위원회의 요구로 인해 스스로의 권한을 포기할 수는 없는 노릇이오. 현 정부는 돈 주민 전체에 의해 선출되었소. 따라서 우리 위원의 권한 포기를 요구할 수 있는 건 오직 이 정부뿐이며 그 개개의 부분은 아니오. 지방에서 자기들의 질서를 강요하려는 볼셰비키의 범죄적 선동에 영향을 받은 제군은 권력의 인도를 요구하고 있소. 제군은 볼셰비키의 손아귀에 든 맹목의 도구인 것이오. 제군은 모든 카자흐에 대해 짊어져야 할 책임을 자각하지 않고 독일 앞잡이들의 의지를 이루어 주려 하고 있소. 생각을 고쳐 주기 바라오. 왜냐하면 제군은 주민 전체의 의지를 반영하는 정부와 반목함으로써 자신이 태어난 고향에 미증유의 불행을 불러일으키려 하고 있기 때문이오. 나는 결코 권력에 연연한 자가 아니오. 가까운 시일에 카자흐 대평의회가 소집될 것이오. 이 회의가 이 지방의 운명을 결정하겠지만 그것이 소집되기까지 나는 나 자신의 직책을 다하겠소. 마지막으로 다시 한번 제군에게 생각을 달리 하라고 충고하오."

그의 뒤를 이어 카자흐와 이민족의 정부위원이 발언했다. SL(사회혁명당원)인 봇시에가 지루하고 답답한 연설을 군사혁명위원회 대표들에게 퍼부었다.

라그틴이 큰 소리로 그의 말을 가로막았다.

"우리의 요구는 다만 군사혁명위원회에 정권을 인도해 달라는 것뿐이오! 만약 돈 정부가 문제를 평화적으로 해결할 방법을 갖고 있다면 굳이 연기할 필요도 없을 것이오⋯⋯."

보가예프스키는 미소를 지었다.

"그렇다면?"

"권력이 군사혁명위원회로 이양되었다는 사실을 즉각 발표해야 할 것이오. 당신들의 회의가 소집되기까지 2주일 이상을 우리는 기다리고 있을 수 없소! 인민은 더 이상 참을 수 없게 되었단 말이오."

카레프는 한참 동안 혼잣말로 중얼거렸다. 스베트자로프 또한 실현될 가망도 없는 타협안을 찾고 있었다.

포드쵸르코프는 울화가 치밀어 그들의 말에 귀 기울였다. 그는 동료들의 얼굴을 흘낏 쳐다보았다. 라그틴은 화가 나서 얼굴빛이 달라져 있고, 크리보슈루이코프는 꼼짝 않고 테이블에 시선을 고정시킨 채 앉아 있으며, 고르바쵸프는 더 이상 참지 못하고 한 마디 하려는 눈치를 보였다. 때를 노리던 크리보슈루이코프가 낮은 소리로 "말해!" 라고 수군거렸다. 포드쵸르코프는 그 말을 기다린 듯했다. 그는 의자를 밀쳐 내고 흥분으로 심하게 더듬거리며 뭔가 단숨에 압도할 설득력 있는 말을 찾으려고 긴장한 얼굴로 말문을 열었다.

"사태는 당신들이 말하는 것 같지가 않소! 만약 돈 정부를 모두가 신뢰하고 있다면 나는 기꺼이 우리 측의 요구를 철회하겠소. 하지만 내란으로 몰아넣으려는 쪽은 우리가 아니라 당신들이오. 도대체 뭣 때문에 제군은 카자흐의 땅에 여러 부류의 망명 장군들을 숨겨 두는 거요? 그 때문에 볼셰비키는 우리의 조용한 돈 땅에서 전쟁을 벌이고 있지 않소. 나는 제군에게 복종하는 것은 굳게 거부하오! 내 시체를 밟고 넘어가시오! 우리는 제군에게 여러 가지 사실을 들어 지적할 수 있소! 군정부가 돈을 구출하리라고는 믿어지지 않소! 제군의 복종을 기뻐하지 않는 부대에 대해서 제군은 대체 어떤 수단을 행사하고 있소? 여기에 분명한 예가 있소. 탄광에다 제군의 파르티잔 부대를 파견한 것은 무슨 이유에서요? 그런 짓을 했기 때문에 증오를 불러일으키고 있다는 사실을 알아 두시오! 대체 군정부가 내란을 회피한다는 걸 누가 보증한다는 말이오? 말해 보시오…… 그 어느 것도 제군의 잘못을 덮어 줄 수 없다는 것을. 인민도 귀환 병사들도 모두 우리 편을 들고 있소!"

회의장 안에 바람의 웅성거림 같은 웃음소리가 일었다. 포드쵸르코프에 대한 분개한 외침이 울려 퍼졌다. 그는 시뻘게진 얼굴을 그쪽으로 돌리고 이젠 치밀어오르는 증오를 감추려 하지 않은 채 버럭 고함을 질렀다.

"지금 당신들은 껄껄 웃지만 얼마 못 가서 울음소리로 바뀌게 될 것이오!"

그렇게 말하고 칼레딘을 사나운 눈초리로 쏘아보았다.

"우리가 요구하는 것은 근로 인민의 대표인 우리에게 정권을 인도하여 모든 부르주아 놈들과 의용군을 추방하자는 거요! 현 정부도 마찬가지로 물러가야 할 것이오!"

칼레딘은 고개를 떨어뜨렸다.

"나는 노보체르카스크에서 떠나지 않을 거요. 떠날 수가 없소."

잠시 휴식 시간이 있은 뒤, 회의는 메리니코프의 열렬한 연설로써 재개되었다.

"적위군의 여러 부대는 카자흐를 멸망시키려고 돈을 습격한 거요! 그들은 러시아를 마치 미치광이 같은 방법으로 쳐부수고 우리 고장마저 파멸에 빠뜨리려 하고 있소! 역사는, 침략자나 노략질로써 국가를 합리적으로 또한 인민의 이익을 위하여 지배했다는 유례를 본 적이 없소! 러시아는 얼마 안 있으면 정상으로 되돌아가서―이들 오토레피예프[12]들을 추방할 것이오! 그런데 남의 미치광이 소동에 정신을 잃은 제군은 볼셰비키들에게 길을 열어 주기 위해 우리에게서 정권을 탈취하려는 것이오! 그런 짓은 용서할 수 없는 일이오!"

"혁명위원회에다 정권을 인도하면 그만 아니오. 그렇게 하면 볼셰비키들은 공격을 그칠 것이오……."

포드쵸르코프가 끼어들었다.

칼레딘의 허락을 얻어 청중 가운데서 이등대위인 셰인이 발언했다. 그는 카자흐의 일개 병졸에서 이등대위까지 승진한 사나이로 4개의 성 게오르기우스 훈장을 갖고 있었다.

그는 검열 때와 같이 단정하게 복장의 매무새를 가다듬고 나서 빠른 말로 지껄여 댔다.

"제군, 놈들의 말에 귀 기울일 필요가 어디 있습니까?"

그는 양 손을 들어 높이 호령하듯 고함을 질렀다.

"우리는 볼셰비키들과 손을 잡을 수는 없는 노릇이오! 소비에트에다 정권을 인도하고 카자흐들에게 볼셰비키와 함께 해 봐라 하고 외치는 건 돈을 배반하고 카자흐를 배신하는 자들이 입에 담을 수 있는 말이오!"

그러고는 포드쵸르코프에게 손가락질하면서 고함을 질렀다.

"포드쵸르코프, 대체 당신처럼 글씨도 제대로 쓸 줄 모르는 카자흐에게 과연 돈이 따라갈 거라고 생각하는 거요? 만약 따라간다면―그것은 집에서 쫓겨난 망나니 카자흐 패거리들뿐일 것이오! 하지만 그들도 정신을 차리면―그때엔 당신을 교수대에 올려놓고 말 거요!"

대회의장 안은 넘치는 사람들의 머리가 바람에 흔들리는 해바라기처럼 흔들렸다. 찬성을 외치는 아우성 소리가 솟구쳐 올랐다. 셰인은 자리에 앉았다. 키가 크고 고참 장교의 견장을 단, 주름이 잡힌 반외투를 입은 한 사관이 뒤에서

---

12) 16세기, 이반 대제 사후의 혼란기에 날뛰었던 침략자 가운데 한 사람.

그의 어깨를 힘차게 두들겼다. 장교들이 주위로 몰려왔다. 신경질적인 여자의 목소리가 감격한 듯 달콤한 음성을 쥐어짰다.

"고마워요, 셰인! 고마워요!"

"옳아, 셰인 대위! 옳고말고!"

대개 집회가 열릴 때 그렇듯이, 복도에서 서성거리는 패거리 중 한 사람이 어린 학생처럼 괴성을 질렀다. 결국 포상으로써 셰인의 계급을 그 자리에서 한 계급 특진시켰다.

돈 정부 측의 말솜씨 좋은 패거리들은 그 뒤에도 한참 동안 카자흐들을—카멘스카야 땅에 탄생한 혁명위원회 위원들을 달콤한 말로 낚아 올렸다. 대회의 장은 담배 연기로 안개가 낀 듯 자욱하여 숨이 막힐 지경이었다. 창밖에는 어느새 태양이 막 저물려던 참이었다. 서리를 맞은 전나무 잔가지가 바깥 창문 유리에 뻗어 있었다. 창틀에 앉은 사람들은 저녁 종소리와 바람의 신음 소리를 통하여 기차의 목쉰 기적 소리를 들었다.

라그틴은 더 참을 수가 없었다. 그래서 연설하고 있던 군인을 가로막고 칼레딘을 향해 말문을 터뜨렸다.

"속히 매듭을 지어 주시오. 그리고 그만 폐회하는 게 좋겠소!"

보가예프스키가 낮은 목소리로 그에게 핀잔을 주었다.

"너무 흥분하지 말게, 라그틴! 물이라면 여기 있네. 뇌졸중을 유전으로 가졌든지, 그런 기미가 있는 사람에게 흥분은 독이야. 게다가 연설하고 있는 사람들을 제지하는 건 좋지 않아요. 여긴 노동자, 병사 대표자 회의는 아니니까!"

라그틴도 그에게 비꼬는 말을 한 마디 던지긴 했으나 모두의 관심은 다시 칼레딘에게로 모아졌다. 그는 회의 처음 때와 마찬가지로 자신만만하게 정치적 유희를 하면서 포드쵸르코프의 단순 소박한 답변의 틈을 노려 공격을 퍼부었다.

"제군은 우리가 정권을 제군에게 이양하게 되면 볼셰비키놈들이 돈을 향한 진격을 중단할 거라고 말하지만, 그것은 제군의 일방적 추측에 불과하오. 볼셰비키놈들이 돈으로 쳐들어와서 어떤 행동으로 나올 건가에 대해선 우리도 아직 알지 못하오."

"볼셰비키는 내가 말한 그대로 행동할 것이라는 걸 위원회는 확신하고 있소. 우선 시험삼아 우리에게 정권을 맡겨 보면 어떻겠소? 돈에서 의용군을 철수시키고 파르티잔 부대를 해산시키면 어떻겠소? 그렇게 하면 틀림없이 볼셰비키는 전쟁을 그칠 것이오."

잠시 뒤에 칼레딘이 일어섰다. 그의 답변은 미리 준비해 둔 것이었다. 체르노프는 이미 리하야역을 공격하기 위해 부대를 집결하라는 명령을 받았다. 그러나 시간을 벌기 위해 칼레딘은 회의를 질질 끌면서 폐회를 늦추어 온 것이다.

돈 정부는 혁명위원회의 요청을 심의한 뒤에 정식으로 서면에 의해 내일 오전 10시까지 회답할 것을 약속했다.

11

이튿날 오전, 혁명위원회의 대표부에 송달된 돈 정부의 회답은 다음과 같았다.

돈 군대 군사정부는 아타만 연대, 근위 카자흐 연대, 제44, 제28, 제29연대, 제10, 제27, 제23, 제8, 제2예비 및 제43연대, 제14독립중대, 제6근위, 제32, 제28, 제12 및 제13포병중대, 제2보병대대 및 카멘스카야 지방경비대 위원회 대표부에 의해 제출된 군사혁명 카자흐위원회의 요구를 심의하고 현 정부가 지방 카자흐 주민의 대표임을 선언한다. 주민에 의해 선출된 정부는 새로운 군관구 평의회 소집 이전에 스스로 대표권을 포기하는 권리를 갖지 않는다.

돈 군관구 정부는 종래의 대표자회의 조직을 해체하고 카자흐 마을 및 제 부대로부터 선출되는 대의원 개선을 행할 것을 인정했다. 새로이 구성될 평의회는 직접, 평등, 비밀투표에 의한 카자흐 전 주민의 자유선거(선전의 완전한 자유 아래서)로써 선출되며 당년 음력 2월 4일, 전 이민족 대회와 동시에 소집될 것이다. 혁명에 의해 부흥되고 지방 카자흐 주민을 대표하는 합법적 기관인 평의회만이 현 정부를 경질하고 새 정부를 선출할 권리를 갖는다. 평의회는 그것과 동시에 군 제 부대의 행정 문제 및 현 정권을 옹호하는 파르티잔 제 부대와 의용군 제 부대의 존속 여부를 심의할 것이다. 의용군의 조직과 행동에 관해서는 연합 정부가 이미 지방군사위원회의 협력을 얻어 이들 제 부대를 정부의 통제 아래 둘 것을 결정한 바 있다.

현 정부에 의해 광산, 공장 지대에 배치된 경찰관의 소환에 대해서 정부는

2월 4일 평의회의 결정에 따를 것임을 선언한다.

각지의 행정조직을 확인하는 데에는 지방 주민만이 그 심의에 참가할 수 있음을 정부는 선언한다. 따라서 정부는 평의회 의사를 존중하여 이 지방에 대해서 자기의 질서를 강요하려고 하는 볼셰비키 군대의 진출에 대해서는 온갖 수단을 동원하여 이와 맞설 필요가 있음을 알고 있다. 이 지방 주민의 생활은 이 지방 주민 스스로, 또한 독자적으로 이를 건설해야 할 것임을 명백히 밝혀 두는 바이다.

정부는 내전을 바라지 않는다. 정부는 온갖 수단을 다하여 문제를 평화적으로 해결하려 노력하고 있다. 이로 인하여 군사혁명위원회에 대해 볼셰비키 제 부대로 파견해야 할 대표단을 보낼 것을 요구한다.

이 지방에 관계가 없는 제 부대가 이 지방의 영역을 침범하지 않는 한, 국내전은 일어나지 않을 것으로 정부는 생각하고 있다. 단, 정부는 이 지방을 방위하는 데에 있어 어떠한 공격 작전도 예정에 없으며 러시아의 다른 부분에 대해 자기의 의지를 강제하는 일도 없을 것이다. 따라서 어떤 경우에도 국외자가 자기의 의지를 돈지방에서 강제하는 것을 바라지 않는다.

정부는 카자흐 마을과 군 제 부대 내에의 완전한 자유선거를 보장한다. 따라서 각 시민은 앞으로 있을 군평의회의 선거에 임해서 자유롭게 자기 선전을 행하고 자기 입장을 주장할 수 있다.

각 사단을 통하여 카자흐병을 위한 필수품을 조사하기 위해 곧 각 부대 대표자로 이루어진 위원회를 설치해야 한다.

돈 군대 군사정부는 군사혁명위원회에 대표를 보낸 바 있는 각 부대를 돈지방 방위를 위하여 정규 작업으로 복귀할 것을 요망한다.

군정부는 돈 군대 일부가 정부에 반항해, 그로 인해서 조용한 돈에 내란을 불러일으키는 사상을 용인할 수 없다.

군사혁명위원회는 이를 선거한 부대에 의하여 해체되어야 한다. 그리고 각 부대는 어느 부대를 막론하고 이에 대신해서 이 지방의 모든 군대를 통일하는 현재의 지방군사위원회에다 대표를 파견해야 할 것이다.

군정부는 군사혁명위원회에 의해 체포된 모든 사람을 즉각 석방시킬 것, 그리고 이 지방의 정상적인 생활을 되찾는 것을 목적으로 하여 각 행정기관이 의무를 수행할 수 있는 상태로 복귀할 것을 요구한다.

소수의 카자흐 부대 대표자에 불과한 군사혁명위원회는 전 부대의 이름으로, 그리고 카자흐 전체의 이름으로 요구사항을 제출하는 권리를 갖지 못한다.

군정부는 위원회가 인민위원회의와 연락을 취하고 또한 그로부터 재정적 원조를 받는 것을 결단코 용서하지 않을 것이다. 왜냐하면 이 일은 인민위원회의 돈 지방에 대한 영향의 확대를 의미하는 것이며 카자흐 평의회 및 지방 이민족 전 주민대회는 우크라이나, 시베리아, 카프카즈 및 모든 카자흐 군대가 그런 것과 같이 소비에트 정권을 승인하고 있지 않기 때문이다.

군정부의장, 군부두목

M 보가예프스키

돈 군대장로

에라톤체프, 포리야코프, 메리니코프

돈 군관구 정부는 볼셰비키와의 교섭을 위해 타간로크에 대표단을 파견했는데, 그 일원으로 카멘스카야의 혁명위원회에서는 라그틴과 스카치코프가 참가하여 출발했다. 포드쵸르코프와 나머지 사람들은 잠시 노보체르카스크에 억류되었다. 그 무렵 보병 수백 명으로 이루어진 체르네초프 1대는 경포 1개 중대와 경포 2문을 가지고 필사적인 공격을 가해 즈베레보—리하야역 사이를 점령했다. 거기에다 수비대로서 1개 중대와 포 2문을 남겨 두고 카멘스카야를 공격해 왔다. 중간역 세베르누이 도네츠 부근에서 혁명군은 카자흐부대 저항을 분쇄한 뒤, 체르네초프 1대는 1월 17일 카멘스카야를 점령했다. 하지만 몇 시간이 지나자 이미 적위군 부대가 즈베레보에서 사브린을 쫓아내고 잇따라 리하야에서 거기에 남아 있던 체르네초프의 잔류 부대들마저 내쫓았다는 정보가 들어왔다. 체르네초프는 그리로 역습을 했다. 정면에서 급습하여 제3 모스크바 중대를 교란시키고, 하리코프 부대를 일축하여, 겁을 먹고 후퇴하는 적위군 부대를 위기로 몰아넣었다.

리하야 방면의 사태가 이전 상태로 되돌아가자 주도권을 쥔 체르네초프는 카멘스카야로 돌아갔다. 1월 19일에는 노보체르카스크에서 그에게로 지원군이 파송되었다. 이튿날 체르네초프는 굴보카야를 공격할 것을 결심했다.

작전 회의에서는 리니코프 중위의 제의에 의해 굴보카야를 포위 작전으로 점령하도록 결정되었다. 체르네초프는 철도선로를 따라 진군하는 것에 한 가닥 불안을 느꼈다. 카멘스카야 혁명위원회의 제 부대와 체르트코보 방면에서 그들에게 다가오고 있던 적위군 제 부대의 집요한 저항과 마주치게 될 것을 우려했기 때문이었다.

밤이 되어 깊은 포위 진격이 시작되었다. 체르네초프는 직접 선두에 서서 1대를 지휘했다.

새벽녘에는 굴보카야에 닿아 제대로 대형을 갖추어 산개했다. 체르네초프는 말에서 내린 다음, 저린 발을 문지르면서 최후의 명령을 내렸다.

"사정없이 해치워야 한다. 대위, 알았나?"

그는 딱딱하게 얼어붙은 눈 위에 장화 소리를 울렸다. 장밋빛으로 언 귀를 장갑으로 비비고 나서 잿빛 양가죽 모자를 비스듬히 눌러썼다. 번뜩이는 그의 눈자위엔 수면 부족으로 인한 거무스름한 기미가 끼어 있었다.

추위를 면한 그는 말에 올랐다. 장교용 방한 외투의 주름을 펴고 고삐를 쥔 채 반점이 나 있는 갈색 돈산 말을 자신만만하게 몰았다.

"자, 진군이다!"

12

카멘스카야에서의 카자흐 병사 대회를 앞두고 이등대위 이즈바린은 연대에서 도망쳤다. 그 전날 밤, 그는 그리고리를 찾아와 도망칠 것을 암시하는 말을 비쳤다.

"이런 상태에서는 연대에 근무할 수 없을 것 같아. 카자흐들은 지금 볼셰비키와 종래의 군주제 사이를 방황하고 있네. 칼레딘 정부를 지지하려는 자는 한 사람도 없지만 그건 이런 사정 때문인 것 같네. 즉 그는 그림으로 그린 떡을 흔들어 보이는 멍청이처럼 자신의 평등주의를 내세우고 있기 때문일세. 지금 우리에겐 다른 곳에서 온 이주민들을 정착시킬 만한 장소에 제대로 정착시킬 만한 똑똑하고 의지력이 강한 인간이 필요해…… 그렇지만 여기서 모든 것을 허사로 만들지 않으려면 현재로선 칼레딘을 지지하는 편이 낫다고 생각하네."

그는 잠시 말을 끊고 담배에 불을 붙이고 나서 물었다.

"자넨…… 붉은 쪽을 믿기로 한 모양이지?"

"지금으로선 그렇지."

그리고리는 고개를 끄덕였다.

"진지하게 생각해서인가, 아니면 골보프처럼 카자흐 사이에서 인기를 얻으려는 속셈에선가?"

"인기 따위는 아무래도 좋아, 내 스스로 출구를 찾고 있는 걸세."

"자넨 출구를 찾아낸 게 아니라 벽에 부딪친 걸세."

"두고 보면 알게 되겠지……."

"그리고리, 서로 적이 되어 부딪치는 일이 생길지도 모르겠군."

"싸움터에선 동지끼리도 믿을 수 없을 때가 있지."

그렇게 말하고 그리고리는 미소를 지었다.

이즈바린은 잠시 있다가 돌아갔는데, 그 이튿날 갑자기 자취를 감추고 말았다.

대회날에 그리고리에게 뵤센스카야 마을의 레비야지 부락 아타만 연대병이 찾아왔다. 그리고리는 권총을 닦고 기름을 바르고 있었다. 아타만병은 잠시 머물러 있다가 돌아갈 때가 임박해서야 찾아온 용건을 얘기했다. 그는 아타만 연대의 사관이었던 리스트니츠키라는 남자가 그리고리에게서 여자를 빼앗은 걸 알고 있었는데, 그를 우연히 정거장에서 만났기에 그것을 알리러 왔던 것이다.

"그리고리 판텔레예비치, 오늘 정거장에서 자네를 잘 알고 있는 사내를 만났지."

"누구 말인가?"

"리스트니츠키야, 알고 있지?"

"언제 만났나?"

그리고리는 긴장한 낯빛으로 물었다.

"약 한 시간 전에."

그리고리는 자리에 주저앉았다. 지난날의 증오가 갑자기 가슴을 졸라맸다. 그는 상대방에 대해 전처럼 격렬한 증오는 느끼지 않았지만 내란이 시작되는 현 상황에서 그와 마주치게 된다면—틀림없이 두 사람 사이는 피를 봐야만 끝나리라는 걸 알고 있었다. 지금 뜻밖에 리스트니츠키의 소문을 듣고 묵은 상처가 세월이 흐른 뒤에도 아물지 않았음을 깨달았다. 조심스럽지 못한 말을 걸어 올 경우엔 피를 내뿜게 될 게 틀림없었다. 그리고리는 옛날의 원한을 실컷 보복해 주고 싶은 심정이었다. 저주받아 마땅한 사내로 해서 생활이 무미건조해지고 몸을 좀먹은 우울로 가득 찼던 지난 세월에 대해 복수를 하고 싶은 충동이 솟구쳤다.

잠시 말을 않고 있던 그는 얼굴에 떠오른 붉은 기가 한꺼번에 사라짐을 느끼면서 물었다.

"여기서 살려고 왔을까?"

"그렇지는 않을 것 같아. 아마 체르카스크에 갈지도 몰라."

"그래……."

아타만병은 대회에 대한 얘기와 연대의 소식 등을 지껄이고 돌아갔다. 그로부터 며칠 동안 그리고리의 마음속에서 꿈틀거리는 아픔은 아무리 지우려고 애써도 지워지지 않았다. 넋을 잃은 듯이 정처 없이 걸어다녀 보기도 했으나 아크시냐에 대한 생각이 더욱더 파고들어 입안에 쓴 냄새가 퍼지고 가슴이 바위처럼 무거워졌다. 나탈리야와 아이들 생각을 해 보아도 그 기쁨은 시간에 먹혀서 먼 곳으로 지나가 버린 듯 입맛이 씁쓸했다. 마음은 아크시냐의 곁에 있었다. 예전과 마찬가지로 괴로우면서도 강하게 그녀에게로 이끌려 가는 것이었다.

체르네초프의 압박이 가해짐에 따라 카멘스카야로부터 서둘러 후퇴해야만 했다. 연락이 끊어진 돈 혁명위원회의 각 부대와 반 정도가 흩어진 카자흐 중대는 가져갈 수 없는 무거운 물건을 모두 내동댕이치고, 질서 없이 열차에 실려 가기도 하고 행군 대형을 취하기도 하면서 떠나갔다.

조직성의 결여, 즉 본질적으로는 힘 있는 이 병사들을 불러모아 배치할 만한 지도력 있는 인물이 없다는 사실이 분명해졌다.

선거로써 선출된 지휘관 중에는 어디서 왔는지 알 수 없지만 불쑥 나타난 군대장로인 골보프가 두각을 나타냈다. 그는 가장 전투적인 제27 카자흐 연대를 지휘하고 강력한 방법으로 사건을 한꺼번에 처리하는 솜씨를 보였다. 카자흐들은 연대에 결여되어 있던 것, 즉 부대 편성이라든가 임무를 맡기고 통솔하는 수완 등을 그에게서 발견하자 그의 말에 군소리 없이 복종했다. 골보프는 뚱뚱하고 볼이 부은 데다 불손한 눈매를 가진 사관이었다. 정거장에서 카자흐들이 승차할 때 꾸물거리는 걸 보면 검을 휘두르며 고함을 질렀다.

"너희들 뭐하는 거야? 무슨 쓸데없는 말을 쑥덕거리고 있어! 병신들! 냉큼 승차하지 못하겠나? 혁명위원회의 이름으로 즉각 명령한다! 뭐라고? 누구야, 유언비어를 퍼뜨리고 있는 자가? 총살시킬 테다. 비겁자 같으니! 입 닥쳐! 게으름 피우는 놈, 숨은 반혁명 분자는 내 동지가 아냐!"

카자흐들은 명령에 따랐다. 옛 시절의 기질이 많은 자는 그런 방식이 오히려 마음에 들었다―아직껏 낡은 것에서 탈피하지 못했던 것이다. 전에는 잔소리를 하면 그것만으로도 카자흐들의 눈에 훌륭한 사관으로 비쳤다. 골보프 같은 사관에 대해선 흔히 이렇게 일컬어졌다.

"저놈은 잘못을 발견할 경우엔 살가죽을 벗기는 것도 서슴지 않겠지만 기분이 좋을 땐 한꺼풀 덧입혀 줄 위인이라고."

혁명위원회의 제 부대는 후퇴하여 굴보카야로 몰려들었다. 전군의 지휘권은 본질적으로 골보프의 손아귀에 옮겨졌다. 그는 혼란에 빠진 부대를 이틀 동안에 정비했고 굴보카야의 배후를 수비하는 등 적절한 수단을 취했다. 그리고리 멜레호프는 그의 주장에 따라 제2예비대 2개 중대와 아타만병 1개 중대로 이루어진 부대의 지휘를 맡았다.

1월 20일 어둑어둑한 저녁 무렵이었다. 그는 아타만병의 보초선을 순찰할 목적으로 숙사를 나가려던 참이었다. 마침 문 쪽에서 포드쵸르코프와 딱 마주쳤다. 포드쵸르코프가 먼저 그리고리를 알아본 것이었다.

"자넨 멜레호프 아닌가?"

"맞소."

"어디 가는 길인가?"

"보초선을 잠시 돌아보려고. 체르카스크에서 언제 돌아왔소? 거긴 어떻던가요?"

포드쵸르코프는 얼굴을 심하게 찌푸려 보였다.

"인민의 저주를 받아 마땅한 적들하고는 평화적인 교섭이 되지 않아. 무슨 잔꾀를 부리고 있는지 내 눈은 못 속이니까. 교섭을 하는 한편에서……체르네초프에게 명령을 내리고 있지 뭔가. 칼레딘이란 놈은 정말이지 돼먹지 않았어! 참,

난 지금 무척 바쁘네. 지금 본부에 다시 가 봐야 해."

그는 서둘러 작별을 고하고 잰걸음으로 중심가를 향해 사라져 갔다.

혁명위원회 의장으로 선출되기 전부터 그는 그리고리와 그 밖에 친한 다른 카자흐들에 대한 태도가 눈에 띄게 변했다. 목소리에 우월과 거만의 울림이 담겨 있었다. 본래가 단순한 카자흐의 머리가 권력에 금방 도취하고 만 것이다.

그리고리는 외투 깃을 세우고 걸음을 서둘렀다. 밤이 되면 추워질 것 같았다. 희미한 바람이 키르키스 쪽에서 건너왔다. 하늘은 맑고 살갗을 찌르는 것 같은 추위였다. 눈이 서걱서걱 소리를 냈다. 달은 마치 패잔병이 계단을 오르듯 조용히 비틀거리며 올라오고 있었다. 스텝의 주택들이 황혼에 물들어 자욱하게 흐려 보였다. 물체의 윤곽, 색채, 거리가 점차 말끔히 닦여져 떠나가는 초저녁이었다. 아직 낮의 광선이 어디엔가 남아 있다가 밤의 어둠과 굳게 얽혀 모든 것이 이 세상 것이 아니고 동화의 세계같이 불확실해졌다. 그리고 그 순간에는 여러 가지 냄새마저 그 날카로움을 잃고 특별하게 부드러운 그림자를 지니게 되는 것이었다.

초소를 순찰한 그리고리는 숙사로 돌아갔다. 철도 종업원으로 곰보에 빈틈이라곤 전혀 없어 보이는 얼굴의 주인이 사모바르를 내려놓고 테이블 옆에 와서 앉았다.

"진격인가요?"

"모르겠소."

"쳐들어오기를 기다리는 겁니까?"

"그런 모양이오."

"잘된 일입니다. 진격할 것까지야 없다고 생각해요. 그렇지요, 대기하는 편이 낫지 않겠소? 방어가 유리하니까요. 난 이래 봬도 독일전쟁 땐 공병으로 출정했다오. 그래서 작전에 대해 취미도 의견도 갖고 있다, 이 말씀이오. 병력이 적은가요?"

"충분해요."

그리고리는 기분을 무겁게 하는 화제는 피하고 싶다는 듯이 말했다.

그러나 주인은 귀찮게 질문을 퍼부었고, 흑해에서 잡히는 도미같이 야윈 배를 조끼 밑으로 북북 긁으면서 테이블 둘레를 빙글빙글 돌았다.

"포병은 많이 있습니까? 대포는, 대포는요?"

"군대에 복무했다고 하면서 군무에 대해 전혀 모르고 있지 않소."

그리고리가 사나운 말투로 내뱉으면서 날카롭게 쏘아보자 주인은 졸도할 것처럼 놀라 옆으로 물러섰다.

"군대에 복무했다면서 군무에 대해 영 깜깜하군…… 우리의 병력이나 작전 계획에 대해 물을 권리가 당신에게 있는 거요? 우선 그것부터 물어 봅시다……."

"사관님! 다, 당신!"

주인은 말끝을 꿀꺽꿀꺽 삼키면서 낯빛이 변해 말했다. 반쯤 닫혀진 입안에서 뻐드렁니가 거무죽죽하게 비쳤다.

"바보 같은 소릴 지껄였습니다! 용서해 주십쇼!"

그리고리는 차를 마시면서 무심히 그에게로 시선을 돌렸다. 그러자 번갯불을 맞은 듯이 그의 눈이 재빨리 깜박거리는 게 보였다. 그리고 속눈썹이 눈을 덮을 때는 표정이 싹 변하여 금세 부드러워져 거의 호인 같다고 할 수 있을 정도였다. 주인의 아내와 과년한 두 딸은 낮은 음성으로 뭔가 수군대고 있었다. 그리고리는 두 잔째 차를 마시다 말고 자기 방으로 들어가 버렸다.

얼마 뒤, 그리고리와 함께 같은 숙소에 있던 제2예비대 제4중대 카자흐가 여섯 명 가량 떼 지어 나타났다. 그들은 떠들썩하게 차를 마시고 얘기를 하며 웃어 댔다. 그리고리는 반쯤 졸면서 그들의 얘기를 듣는 둥 마는 둥 하고 있었다. 한 사람이 주로 얘기를 많이 하는데—그리고리는 말투로 그 사람이 루강스카야 마을의 카자흐인 바프마쵸프 소위임을 알아차렸다—다른 사람들도 가끔 끼어들었다.

"난 그 현장에 있었지. 골로프 지구의 제11번 갱의 갱부 셋이 왔기 때문에 그런 종류의 경비 조직이 우리 측에 생긴 거야. 따라서 무기가 필요해졌지—조금만 나눠 달라고 한 거야. 그런데 혁명위원놈이…… 분명히 내 귀로 들었다고!"

누군가의 반박에 대꾸하면서 그는 목청을 높였다.

"이러는 거야. '동지들, 사브린한테 가시오, 우리 쪽엔 아무것도 없으니까.' 아무것도 없다는 게 말이 되느냐고? 나머지 소총이 있다는 걸 알고 있는데 말이야. 하지만 문제는 그게 아니라는 걸세…… 백성들이 떠들어 댈 정도로 모든 사람의 관심이 쏠려 있다는 거지."

"그렇고말고!"

다른 사람이 맞장구를 쳤다.

"놈들을 잘 살펴야 해. 놈들은 싸우는 것도 아니요, 싸우지 않는 것도 아닌 애매한 태도를 취하거든. 그런데 문제가 토지에 대한 것일 땐 즉시 손을 뻗쳐 온다고."

"놈들의 속셈을 누가 모를 줄 알고!"

두 번째 사람이 나지막하게 말했다.

바프마쵸프는 생각에 잠긴 듯이 컵의 가장자리를 찻숟갈로 두들겼다. 자기가 한 말에 장단을 맞추듯이 그것을 두들기고 나서 똑똑하게 말했다.

"그따위 짓을 해봤자 무슨 소용이야. 볼셰비키는 인민에게 양보만 일삼고 있어. 그렇지만 우리는 불필요한 볼셰비키 아니냐 말이야. 칼레딘만 끄집어내 버리면 나머지는 꽉 죄는 건데……"

"안 그런가?"

누군가의 어린애 같은 음성이 설득하는 말투로 외쳤다.

"우리가 나눠 줄 만한 토지가 어디 있느냐 말이야! 양질의 토지라곤 1제샤찌나 반뿐이고 나머지는 점토질의 토지와 스텝의 황야와 방목지 아닌가. 어느 토지를 나눠 준다는 거야?"

"그렇다고 자네한테서 뺏는 건 아니잖아? 하지만 토지를 잔뜩 가진 인간들이 있으니까 하는 소리지."

"그럼 군용지는 어때?"

"고마운 얘기군. 치하하겠네! 자기 걸 내는 대신 아저씨의 지분을 빼돌리자, 이건가? 그럴싸한 꾀를 짜냈군그래!"

"군용지는 군용지대로 필요하겠지."

"그래서 하는 소리 아닌가."

"욕심이 많군!"

"괜한 지랄 떨지 마!"

"상류 지방의 카자흐들을 이주시킬지도 모르겠어. 우리도 알고 있지만 놈들의 토지는 노란 모래사장뿐인걸."

"암, 그렇고말고!"

"그런 건 우리가 알 바 아니잖아?"

"술이 없이는 이 문제가 끝나지 않겠군."

"이봐, 요전에 술 곳간이 부서졌을 때 어떤 자식이 술 속에 빠져 허우적대는 걸 봤지."

"카악! 한잔 걸치고 싶었는데. 뼛속까지 스며들 정도로 말일세."

그리고리는 카자흐들이 마룻바닥 위에다 침구를 깔고 몸을 벅벅 긁으면서 토지와 토지분할에 대한 이야기를 하는 것을 거의 꿈결처럼 듣고 있었다.

새벽 무렵 창문 밖에서 총소리가 울렸다. 카자흐들은 벌떡 일어났다. 그리고리는 작업복을 걸치면서 소매통에 팔을 끼지 못할 정도로 허둥댔다. 서둘러 구두를 신고 외투를 움켜쥐었다. 창밖에서는 총성이 콩 튀듯 울리고 발사의 불길이 뿜어졌다. 짐수레의 덜커덩거리는 소리가 들렸다. 문 옆에서 누군가 놀라 외치는 소리도 들렸다.

"총을 들라! 총을!"

체르네초프군의 산병선이 보초선을 돌파하여 굴보카야로 진격해 오고 있었다. 잿빛 안개가 낀 어둠 속을 기병들이 뛰어다녔다. 숨가쁜 구두 소리를 내면서 보병들이 뛰어갔다. 길모퉁이에 기관총이 장치되었다. 30명가량의 카자흐들이 한길을 가로질러 흩어졌다. 다른 한 조의 1대가 옆길에서 튀어나왔다. 기관총을 장전하는 소리가 찰칵찰칵 울렸다. 다음 길모퉁이에서 드높게 외치는 호령 소리가 들렸다.

"제3중대, 서둘러! 열을 비켜서는 자가 누구야! 정신차려! 기관총대는 우익으로! 알았나!"

보병 1개 소대가 주위를 뒤흔들었다. 말들은 속보로 뛰었다. 기병들이 채찍을 휘둘렀다. 탄약상자가 덜컹거리는 소리, 차바퀴의 울림, 찰카닥거리는 기관총 소리가 교외 쪽에서 총성과 뒤섞여 들려왔다. 갑자기 어디선가 가까운 곳에서 기관총의 요란한 음향이 울리기 시작했다. 이웃 한길에서는 야전취사차가 주택 마당에 파 놓은 구덩이 속으로 굴러들어가 나동그라졌다.

"멍청이 같으니! 이게 안 보이나? 어떻게 할 거야?"

누군가 놀란 목소리로 투덜거렸다.

그리고리는 가까스로 중대를 끌어모아 교외 쪽으로 데리고 갔다. 그 쪽에는 이미 후퇴하는 카자흐들이 밀집해 있었다.

"어디로 가는 거요?"

그리고리는 앞서 걸어가고 있는 한 병사의 소총을 움켜쥐며 물었다.

"이거 놔!"

카자흐가 마구 흔들었다.

"이거 놔! 빌어먹을! 왜 붙잡는 거야! 후퇴하고 있는 게 안 보여……?"

"도저히 못 견디겠어!"

"엉터리 같은 얘기야……."

"어디로 달아나야 하나? 어디로? 밀레르스카야?"

헐떡거리는 소리가 여기저기서 들려왔다.

그리고리는 교외의 어떤 창고 옆으로 자기의 중대를 해산시키려고 했으나 후퇴해 온 새로운 무리가 그들을 쓸어 냈다. 그리고리의 중대 카자흐들은 후퇴해 온 자들과 함께 시가지 방면으로 뿔뿔이 흩어져 달아났다.

"정지! 도망치지 마! 쏜다!"

그리고리는 분노로 떨면서 외쳤다.

아무도 그의 고함 소리에 귀를 기울이지 않았다. 기관총화의 흐름은 한길을 따라 물줄기처럼 쏟아졌다. 카자흐들은 서로 엉켜 땅바닥에 쓰러졌다가 담 옆으로 기어가 옆길로 뛰어갔다.

"이렇게 되면 끝장이야, 멜레호프!" 소대장인 바프마쇼프가 그의 옆으로 뛰어와 가까이에서 부르짖었다.

그리고리는 뒤를 쫓아가는 중에도 이를 악물고 총을 휘둘렀다.

부대를 사로잡았던 공포심은 굴보카야에서의 예상을 뒤엎은 패주로 종막(終幕)을 고했다. 거의가 무기 탄약을 모조리 내던지고 후퇴했다. 겨우 새벽이 되어서야 중대를 끌어모아 반격으로 전환시킬 수 있었다.

땀에 젖은 시뻘건 얼굴로 반외투의 앞자락을 벌린 골보프는, 막 움직이기 시작한 자기네 제27연대의 산개선을 따라 뛰어다니면서 새된 소리로 외쳐 댔다.

"진격이다! 엎드리지 마! 진격! 진격……."

제14포병중대는 진지를 구축하고 중대의 고참장교가 탄약상자 위에 서서 망원경으로 내다보고 있었다.

6시에 전투의 불길이 치솟았다. 카자흐들과 보로네시에서 온 페트로프대의 적위병들로 뒤섞인 산병선은 밀집 상태로 진격해 가면서 눈 위에 새까만 바늘 땀을 이루고 있었다.

해돋이 무렵부터 싸늘한 바람이 강하게 불어왔다. 바람으로 닦여진 폭풍우 속으로 아침놀이 새빨갛게 지평선을 물들였다.

그리고리는 아타만 중대 절반을 14연대의 엄호를 위해 남겨 두고 나머지를 이끌고 공격을 시작했다.

첫 번째 쏜 포탄은 체르네초프군의 먼 전방에 떨어졌다. 작렬하는 오렌지빛이 섞인 푸른 연기가 확 번져 올랐다. 제2탄의 빛깔은 짙었으며, 그 뒤 각 포문에서 잇따라 쏘아 댔다.

소총의 일제사격으로 한층 더 긴장된 정적의 순간—멀리서 잇따라 들려오는 작렬음. 포탄이 튀어나간 뒤에 산병선은 가까운 곳에서 차례차례 엎드려졌다. 바람 때문에 눈을 가늘게 뜨면서도 그리고리는 사뭇 흐뭇해 했다.

"제대로 맞춰!"

제14연대의 각 중대가 우익으로 진격해 갔다. 골보프는 자신의 연대를 이끌고 중앙으로 진격했다. 그리고리는 그 좌익에 있었다. 그의 뒤에 좌익에 달라붙을 듯이 적위병 부대가 진격했다. 그리고리의 중대에는 3대의 기관총이 장비되어 있었다. 지휘관은 키가 작은 적위병으로 가무잡잡하고 손과 얼굴에 털이 수북한 사나이인데, 적의 진격을 억제하면서 교묘하게 사격을 지휘했다. 그는 아타만병의 산병선을 따라 이동하는 기관총 옆에 늘상 붙어 있었다. 자기 옆에 외투를 입은 뚱뚱한 여자 적위병사를 달고 있었던 것이다. 그리고리는 산병선을 따라 걸어가면서 울화가 치밀었다.

'색골 같으니! 진지에서까지 여자와 붙어다니다니! 깃털 이불에 재떨이에다 애들까지 데려왔으면 좋았을걸. 저따위 인간들하고 전쟁을 하다니!'

기관총대의 지휘관은 그리고리 곁으로 다가와 가슴에 걸린 권총의 끈을 고쳐 매며 물었다.

"당신이 이 부대를 지휘하는 거요?"

"그렇소!"

"우리 쪽에서 아타만 부대의 중대를 위해 엄호사격을 하겠소. 보시오, 이대로는 도저히 더 나갈 수가 없어요."

"그렇게 해 주시오."

그리고리는 동의했는데, 갑자기 소리를 멈춘 기관총 쪽에서 고함 소리가 들려왔다.

볼수염이 난 건장한 기관총병이 마구 고함을 질러 댔다.

"분츄크! 기계를 고쳐요! 빌어먹을, 이런 일이 있을 수 있느냐 말이야!"

외투를 입은 여자가 그의 곁에 서 있었다. 가벼운 플라토크 아래 그녀의 불타는 듯한 눈은 아크시냐를 생각나게 했다. 그 순간 그는 근심스런 눈으로 꼼짝도 않은 채 그 여자를 지켜보았다.

정오에 골보프가 보낸 전령이 그리고리에게로 편지를 가지고 뛰어왔다. 군대 수첩을 찢은 종이에 큼직하게 마구 휘갈겨 쓴 글씨였다. 중간에는 알아보기 힘든 글씨가 몇 자 적혀 있었다.

돈 혁명위원회 이름으로 귀하의 지휘 아래 있는 2개 중대를 진지로부터 철수시키고 여기에서 풍차 왼쪽에 보이는 장소를 향하여 계곡을 따라 적의 우익을 포위하여 급습할 것을 명령한다. 적들이 행동을 알아차리지 못하게 하라. 우리가 결정적인 돌격으로 옮기면 즉각 우익에서 돌격할 것.

그리고리는 2개 중대를 뒤로 물러가게 하여 승마를 명하고, 적에게 자기의 향방을 눈치채이지 않도록 그곳을 빠져나왔다.

20킬로미터 정도 우회했다. 말들은 깊은 눈 속을 쓰러질 듯 위태롭게 걸어갔다. 우회해 가는 도중의 계곡은 온통 눈으로 뒤덮여 있었다. 장소에 따라서는 눈이 말의 복대까지 올라왔다. 그리고리는 때때로 울리는 대포 소리에 귀를 기울이면서, 루마니아 전선에서 전사한 독일군 장교에게서 빼돌린 시계를 들여다보고 시간에 대지 못할까 봐 걱정했다. 그는 나침반에 의지하여 쉴 새 없이 진격의 방향을 확인했으나, 그럼에도 불구하고 목적한 장소보다 왼쪽으로 빗나가고 있었다. 말들은 입김을 훅훅 내뿜으면서 말옷을 땀으로 적셨다. 그리고리는 말에서 내리도록 명령하고, 첫 번째로 언덕 위에 올라갔다. 말들은 계곡에 세워

두고 당번을 붙여 두었다. 그리고리의 뒤를 이어 카자흐들이 언덕을 기어올라 갔다. 그는 뒤를 돌아보고, 눈에 덮인 언덕에 흩어진 1개 중대가 넘는 병사들이 자기 뒤를 따라 기어오는 것을 보자 용기를 얻었다. 전투시에는 누구나 그렇지만, 집단적 감정이 항상 강하게 그를 지배했다. 그리고리는 주위의 상황을 둘러보고 나서 예정된 시간보다 최소한 반 시간가량 늦었음을 알았다.

골보프는 대담한 작전을 취하여 체르네초프의 퇴로를 거의 단절시켜 놓았다. 남쪽에는 적의 행동을 억제하기 위한 부대를 배치하고, 반쯤 포위된 형태의 적군을 정면에서 공격해 나갔다. 포병대의 일제사격이 터졌다. 마치 쇠냄비로 콩을 볶듯이 빵, 빵! 소총 소리가 울렸다.

"흩어져라!"

그리고리는 자신의 중대를 이끌고 우익에서 공격을 해 갔다. 사격 연습 때처럼 엎드리지 않은 채로 진격하려고 했으나 막심식 기총을 조종하던 숙련공인 체르네초프군 병사가 갑자기 산병선을 향해 발사하여 카자흐들의 대열 가운데에서 3명을 잃고 제멋대로 엎드려 버렸다.

오후 2시가 조금 지났을 때, 그리고리는 한 방 얻어맞았다. 니켈 껍질을 쓴 불타는 납덩어리가 넓적다리 근육에 구멍을 만들어 놓았다. 그리고리는 타는 듯한 타격과 기억에 남아 있는 구토증과 함께 빈혈을 느끼면서 이를 악물었다. 산병선에서 튀어나와 정신없이 펄쩍펄쩍 뛰며 머리를 마구 흔들었다. 다리의 통증은 탄환이 관통하지 않아 더욱더 심했다. 탄환은 그리고리를 맞혔을 땐 이미 힘을 잃어 외투와 바지와 피부를 뚫고 근육으로 파고든 채 그 자리에 멈춰 버린 것이었다. 불에 닿은 것 같은 통증이 움직임을 방해했다. 그리고리는 땅바닥에 쓰러졌다. 문득 루마니아 전선 트란실바니아 산맥에서 제12연대의 공격이 있을 때 손에 부상을 입었던 일이 떠올랐다. 츄바토이, 증오로 일그러진 미시카 코셰보이의 얼굴, 부상당한 중위를 끌고 산기슭으로 뛰어내려가는 예멜리얀 그로셰프…….

그리고리의 부관이며 사관인 류비시킨 파베르가 대신해서 중대를 지휘했다. 그의 지시에 의해 두 카자흐가 그리고리를 말 당번을 세워 둔 병사들이 있는 곳으로 데리고 갔다. 카자흐들은 그리고리를 말에 태우면서 동정하는 말투로 말했다.

"상처에 붕대를 감아야겠는데요."

"붕대는 갖고 계십니까?"

그리고리는 안장 위에 앉았다가 생각을 달리하고 이내 내려섰다. 그런 다음 바지를 내리고, 땀에 젖은 등과 복부와 두 다리에 밀려오는 오한으로 얼굴을 찌푸리면서 마치 칼로 도려 낸 듯이 피를 콸콸 내뿜는 상처에 황급히 붕대를 감았다.

그는 전령 한 사람을 데리고 같은 우회로를 지나 역습을 개시한 장소로 되돌아갔다.

눈 속에 말발굽 자국이 숱하게 찍혀 있는 것을 보았다. 몇 시간 전에 자기의 중대를 이끌고 통과했던 눈에 익은 계곡 사이를 바라보았다. 심한 졸음이 몰려왔다. 이젠 저 언덕 위에서 일어났던 일이 어쩐지 먼 옛날의 일처럼, 또한 아무런 필요가 없는 일같이 여겨지는 것이었다.

하지만 거기에서는 총성이 울리고 있고, 아군을 구출해 내려고 쏘아 대는 적의 중포(重砲)가 땅을 뒤흔들고 있으며, 때때로 짖어 대는 듯한 기관총 소리가 마치 전투의 총결산에 눈에 보이지 않는 선을 긋듯이 점선을 찍고 있었다.

그리고리는 3킬로미터쯤 기슭을 따라 나아갔다. 말은 눈구덩이에 빠져들곤 했다.

"들판 쪽으로 가자……."

그리고리는 봉우리 쪽으로 말머리를 돌리면서 전령에게 말했다.

들판 위에는 마치 까마귀가 내려앉은 듯이 시체가 거뭇거뭇하게 널려 있었다. 칼날 같은 지평선가에, 그쪽에서 보면 콩 알갱이처럼 보이는 말 한 필이 기수를 잃고 뛰어다니고 있었다.

그리고리는 실컷 얻어터져 지리멸렬한 체르네초프군의 주력 부대가 전열을 벗어나 방향을 바꾸어 굴보카야 쪽으로 후퇴해 가는 광경을 보았다. 그는 자기의 밤색 말을 빠르게 몰았다. 멀리 카자흐들의 점점이 뭉쳐 있는 덩어리가 보이기 시작했다. 그 첫 번째 덩어리로 말을 접근시킨 그리고리는 골보프의 모습을 보았다. 골보프는 안장에서 떨어질 듯이 위태롭게 올라타 있었다. 노랗게 퇴색한 양피 장식을 늘어뜨린 반외투는 단추가 풀어져 있고, 모피 모자는 삐딱하니 벗겨진 데다가 이마에는 끈끈한 진땀이 배어 있었다. 뾰족하게 치켜 올라간 수염을 꼬면서 골보프는 카랑카랑한 목소리로 외쳤다.

"멜레호프, 잘 싸웠네! 부상을 입지는 않았겠지? 거 안 됐군! 뼈는 괜찮아?"

그렇게 말하고 대꾸를 기다리지 않은 채 빙그레 웃었다.

"깡그리 때려부쉈어. 때려부쉈다고! 사관부대놈들, 산산조각을 내버렸으니 다신 힘을 쓸 수 없을 거다. 놈들이 달아나는 것을 갈겨 줬으니까!"

그리고리는 담배를 피웠다. 들판을 덮은 카자흐 적위병들이 흘러가고 있었다. 앞쪽에 멀리 보이는 검은 무리 가운데서 말을 탄 카자흐 한 사람이 달려오며 소리쳤다.

"40명가량 붙잡았습니다. 골보프! 사관 40명과 체르네초프를 사로잡았습니다."

"거짓말 마!"

골보프가 깜짝 놀라 안장 위에서 몸을 홱 돌리더니 다리가 긴 백마를 사정없이 채찍질해 질주해 갔다.

그리고리는 잠시 기다리다가 그의 뒤를 따라 말을 몰았다.

포로가 된 사관들을 에워싸고 제44연대 카자흐 30명가량, 그리고 제20연대 1개 중대가 호송해 왔다. 체르네초프가 선두에 서 있었다. 그는 추적을 피하려고 반외투를 벗어던진 듯, 지금은 가벼운 가죽 상의만 입은 채 걸어오고 있었다. 왼편 어깨의 견장은 떨어져 나갔고, 왼쪽 눈가에 피맺힌 찰과상이 나 있었다. 그는 힘 있게 뚜벅뚜벅 걸었다. 삐딱하니 눌러쓴 털모자가 거침없는 젊은이다운 모습을 드러냈다. 장밋빛 얼굴에는 놀라는 기색조차 나타나 있지 않았다. 짐작건대 그는 최근 며칠 동안 면도를 하지 못했는지 노란수염이 덮여 얼굴이 온통 금빛으로 빛나고 있었다. 체르네초프는 그의 곁으로 달려온 카자흐들을 무뚝뚝한 모습으로 둘러보았다. 고통스러운 증오를 담은 주름살이 눈썹과 눈썹 사이에 그늘을 만들었다. 걸음을 옮기면서 그는 장밋빛 입술에 궐련을 물고 성냥을 그어 불을 붙였다.

사관들은 대부분 젊은 층이었다. 다만 몇 사람만이 서리 같은 백발을 하고 있었다. 다리에 부상을 입은 사관 하나가 남들보다 뒤처져 걸어왔는데 짱구머리에 곰보인 왜소하게 생긴 카자흐가 그 사관의 등을 총 끝으로 쿡쿡 찌르며 왔다. 키가 크고 당당한 대위가 체르네초프와 나란히 걸어왔다. 둘이서 팔짱을 끼고—한 사람은 소위이고 다른 한 사람은 중위—미소를 띤 채 걸어오는 사람도 있었다. 그들의 뒤를 따라 모자를 쓰지 않은 고수머리의 어깨가 넓은 사관 후보생의 모습이 보였다. 한 사관은 덜렁거리는 견장이 붙은 군용 외투를 걸치고 있었다. 또 한 사람은 모자를 쓰지 않고 장교용 방한두건을 깊숙이 눌러쓰고 있었다. 바람이 두건의 끈을 그의 어깨 위로 펄럭거리게 했다.

골보프는 뒤에서 말을 몰고 갔다. 그는 약간 뒤처지듯 하면서 카자흐들을 꾸짖었다.

"알겠나, 내 말 명심해라! 포로의 목숨에 대해선 군사혁명시대의 엄격함으로 책임을 지도록! 반드시 본부로 무사히 송환해야 한다!"

그는 말을 탄 카자흐 한 사람을 불러, 안장 위에 앉은 채로 메모를 적은 쪽지를 말아 그 카자흐에게 건넸다.

"서둘러라! 이걸 포드쵸르코프에게 전해라."

그리고 그리고리를 돌아보면서 물었다.

"자네도 본부에 가나, 멜레호프?"

그렇다는 대답을 듣더니 골보프는 그리고리와 나란히 서서 말했다.

"포드쵸르코프한테 이렇게 말하게. 체르네초프는 분명히 내가 맡고 있다고! 알았나? 그렇게 전해 주게. 그럼 가도 좋아."

그리고리는 포로의 무리를 지나쳐서 부락에서 별로 멀지 않은 들판에 설치된 혁명위원회 본부로 달려갔다. 포드쵸르코프는 차바퀴가 얼어붙어 초록색 덮개를 씌운 기관차를 한 대 실은 타브리다식의 커다란 짐수레[13) 옆을 어슬렁거리고 있었다. 구두 굽 소리를 울리면서 본부원과 통신원, 대여섯 명의 사관들과 카자흐병의 전령들이 그곳에서 움직이고 있었다. 미나예프는 포드쵸르코프와 마찬가지로 방금 전에 산병선으로부터 철수해 온 참이었다. 그는 의자에 앉아 언 흰빵을 갉아먹고 있었다.

"포드쵸르코프!"

그리고리는 그 곁으로 말을 다가붙였다.

"지금 포로를 데리고 오는 중이야. 자넨 골보프의 쪽지를 읽었나?"

포드쵸르코프는 힘 있게 채찍을 휘둘렀다. 그러고는 아래를 보면서 시뻘게

---

13) 크리미아 지방에서 쓰이는 대형 마차.

진 얼굴로 고함쳤다.

"골보프한테 침을 뱉어 주겠다! 하는 짓이 그게 뭐야? 강도에다 반혁명의 선봉인 체르네초프를 보호하겠다는 거야, 뭐야? 그런 일은 있을 수 없어! 모두 총살이야. 그걸로 끝장을 내는 거다!"

"골보프는 그의 신병을 맡겠다고 하던걸."

"그렇게는 안 돼! 그럴 순 없다고 했잖아! 혁명재판에 인도해서 즉시 처형해야 해! 다른 자들에게 본보기를 보여 주기 위해서라도 그렇게 해야 해! 자네도 알고 있지?"

조금 냉정을 되찾은 그는 다가오는 포로들을 노려보면서 말했다.

"알잖아? 놈이 얼마나 많은 피를 흘리게 했나? 바다만큼이야! 놈은 얼마나 많은 갱부를 죽였나? 그렇게는 안 돼!"

그는 다시금 분노에 떨며 두 눈을 부릅떴다.

"소리만 지른다고 되는 일이 아니잖아?"

그리고리도 목청을 높였다. 그는 온몸으로 떨고 있었다. 포드쵸르코프의 분노가 그에게로 전염된 것 같았다.

"재판에 회부돼야 할 사람은 여기도 많아. 자넨 저쪽에 가 있게!"

그리고리는 콧구멍을 벌름거리면서 뒤를 가리켰다.

"포로를 처단할 사람은 얼마든지 있을 거야!"

포드쵸르코프는 채찍을 두 손으로 꺾듯이 하면서 그 자리를 뜨더니 조금 떨어진 곳에서 고함을 쳤다.

"나 역시 전장에 나갔었어! 짐마차 위에 편안히 실려 가진 않았다고. 알겠나, 멜레호프? 자넨 입 다물고 있어! 알겠어? 자넨 지금 누구하고 얘기하고 있다고 생각하나? 장교라고 으스댈 건 없어! 재판을 하는 쪽은 혁명위원이야. 아무나 하는 줄 알아……?"

그리고리는 그가 있는 쪽으로 말을 몰았다. 상처를 잊고 안장에서 재빨리 뛰어내렸으나 갑작스런 통증으로 벌렁 나자빠지고 말았다. 상처에서 뜨거운 피가 펑펑 쏟아졌다. 그는 남의 손을 빌리지 않고 일어섰다. 가까스로 짐마차까지 걸어가 뒤쪽에 옆구리를 대고 기대섰다.

포로들이 다가왔다. 걸어오던 호위병 일부는 전령들과 본부의 수비를 맡고 있던 카자흐들과 함께 섞였다. 카자흐들은 아직 전투의 여진에서 깨어나지 않은 상태에 있어, 두 눈에 불길을 담은 채 전투의 광경이며 결과에 대해 얘기를 나누고 있었다.

포드쵸르코프는 깊이 파이는 눈을 꾹꾹 밟으면서 포로들 옆으로 다가갔다. 선두에 서 있던 체르네초프는 절망적인 눈을 좁히면서 뚫어지게 그를 노려보았다. 체르네초프는 왼쪽 발을 가볍게 뒤로 빼어 흔드는 것처럼 하면서 장밋빛 아랫입술을 앞니로 지그시 눌렀다. 포드쵸르코프는 뚜벅뚜벅 체르네초프에게로 걸어갔다. 포드쵸르코프의 깜박이지 않는 눈동자가 파헤쳐진 눈 위를 스친 뒤 위로 치떠졌을 때, 체르네초프의 대담하고 경멸의 빛을 띤 시선과 마주쳤다. 순간 포드쵸르코프는 움찔했으나 이내 그것을 증오의 무게로 내리눌렀다.

"마침내 잡혔군…… 이 독충!"

포드쵸르코프는 찌를 듯이 낮은 소리로 말하고 한 걸음 뒤로 물러섰다. 그의 볼에는 일그러진 미소의 주름이 잡혔다.

"카자흐의 배신자! 비겁자! 매국노!"

체르네초프가 이를 갈면서 말했다.

포드쵸르코프는 마치 얼굴에 날아올 주먹을 피하려는 듯이 머리를 제치고 입을 벌린 채 훅훅 숨을 들이마셨다.

이어서 일어난 일은 순식간에 벌어졌다. 울컥 화가 치민 체르네초프는 새파래진 얼굴로 주먹을 가슴에 대고 포드쵸르코프 쪽으로 걸어갔다. 일그러진 그의 입술에서 발음이 분명하지 않은 욕설이 튀어나왔다. 그가 무슨 말을 했는지 —그것을 들은 사람은 조용히 뒷걸음질 친 포드쵸르코프뿐이었다.

"얼마 안 있으면 네놈도…… 알고 있겠지?"

체르네초프는 날카롭게 목청을 높였다.

그 말은 포로 장교들에게, 호송병에게, 그리고 본부원들에게도 들렸다.

"그렇다면……."

포드쵸르코프는 목이 졸린 것처럼 쉰 목소리로 말하면서 칼자루를 움켜쥐었다.

갑자기 찬물을 끼얹은 것 같은 정적이 밀려왔다. 포드쵸르코프 곁으로 뛰어간 미나예프, 크리보슈루이코프와 그 밖의 두세 사람의 장화 소리가 들려왔다.

그러나 포드쵸르코프는 그들을 뿌리쳤다. 그러고는 몸을 우측으로 돌리듯이 하면서 칼을 뽑았다. 그리고 빠르게 한 걸음 다가가 엄청난 힘으로 체르네초프의 머리를 내리쳤다.

그리고리는 체르네초프가 몸을 부르르 떨면서 왼쪽 손을 머리 위로 높이 치켜들고 타격을 피하는 걸 보았다. 그리고 잘려진 손목이 떨어지고 체르네초프의 머리에 칼날이 소리 없이 파고드는 걸 보았다. 먼저 모피모자가 떨어지고 이어서 베어진 보릿단처럼 체르네초프는 조용히 쓰러졌다. 입을 묘하게 비틀고 눈은 번갯불에 맞은 것같이 고통스럽게 오므리면서 주름이 잡혔다.

포드쵸르코프는 쓰러진 시체에다 한 번 더 칼을 꽂고 나서 무거운 걸음걸이로 그곳을 떠났다. 걸어가면서 피에 젖은 칼을 닦았다.

짐마차까지 온 그는 호송병들을 돌아보면서 헐떡이는 것 같은 고함을 쳤다.

"놈들을 해치워 버려…… 개새끼들! 모조리 죽여 버려! 포로는 필요 없다…… 피투성이를 만들어 버려, 심장을 겨누어!"

열에 들뜬 것처럼 총성이 울리기 시작했다. 사관들은 서로 부딪치면서 죽어라고 달아났다. 빨간 장교용 두건을 쓴 아름다운 눈의 중위는 두 손으로 머리를 붙잡은 채 뛰어갔다. 탄환은 그의 몸을 마치 울타리를 뛰어넘을 때처럼 높이 들어올렸다. 그는 풀썩 쓰러져서 다시는 일어서지 못했다. 키가 크고 체구가 좋은 카자흐 대위는 두 명의 카자흐에게 죽임을 당했다. 그는 칼날을 맨손으로 받았는데 그 잘려진 손바닥의 피가 소매 안으로 철철 흘러들었다. 어린애처럼 와! 비명을 지르면서 무릎을 꿇고 쓰러진 그는 눈 위로 벌렁 나자빠져 데굴데굴 굴러갔다. 얼굴에는 피를 흘리는 눈과 비명을 지르는 시꺼먼 입만 보였다. 단숨에 내리친 칼이 그의 얼굴과 검은 입을 갈랐으나 여전한 공포와 통증으로 그는 희미하게나마 계속 비명을 질렀다. 띠가 떨어져 나간 외투를 입은 한 카자흐가 그의 위에 버티고 서서 한 발로 마지막 숨을 끊어 버렸다. 고수머리의 사관후보생은 거의 포위를 벗어날 것처럼 보였는데, 한 아타만병이 뒤쫓아가 뒤통수를 쳐서 죽였다. 그 아타만병은 또한 바람에 펄럭거리는 외투를 입고 달아나는 한 중위의 등을 향해 한 발을 쏘았다. 중위는 풀썩 쓰러져서 숨이 멎을 때까지 가슴 언저리를 손톱으로 할퀴고 있었다. 백발이 섞인 이등대위는 그 자리에서 죽임을 당했다. 그는 숨을 거두면서 자신의 발로 눈 속에다 깊은 구덩이를 팠다. 연민을 느낀 카자흐들이 안락사를 시켜 주지 않았더라면 울타리에 매인 말처럼 그는 언제까지나 구덩이를 파고 있었을 것이었다.

그리고리는 학살이 시작된 순간 짐마차 곁에서 떠나 포드쵸르코프부터 눈길을 떼지 않은 채 절룩거리면서 급히 그에게로 다가갔다. 그때 등 뒤에서 미나예프가 그의 손을 비틀어 권총을 빼앗고 어두운 눈으로 뚫어지게 바라보면서 숨찬 소리로 물었다.

"자네, 대체 무슨 짓을 하려는 거야?"

13

흰 눈에 덮여 눈부실 만큼 밝은 언덕 꼭대기는 햇살과 구름 한 점 없는 쪽빛 하늘이 반사되어 하얀 모래알처럼 빛나고 있었다. 그 언덕 기슭에 조각이불 같은 올리호브이 로그 마을이 드문드문 자리잡고 있었다. 왼쪽에는 스비뉴하강이 파랗게 보이고 오른쪽에는 흐릿한 반점을 이루는 부락들과 독일인 이주지가 있었다. 강이 구부러진 저 너머에는 텔노프스카야 마을이 비둘기색으로 비쳤다. 마을 끝 동쪽에는 작은 언덕이 웅크리고 있었는데, 그것은 계곡을 양쪽에 끼고 느슨하게 경사가 져 있었다. 그 언덕에 마치 울타리를 엮은 듯이 카샤라 방면으로 이어진 전봇대가 보였다.

그날은 드물게 맑고 추운 날씨였다. 태양은 햇무리에 둘러싸여 흐려 보였다. 북풍이 강하게 몰아쳤다. 스텝은 눈보라를 파랗게 말아 올렸다. 그러나 지평선에 안긴 벌판은 눈으로 밝게 반짝이고, 다만 동쪽 지평선 스텝만이 흐려 보일 뿐이었다.

밀레로보에서 그리고리를 데리고 돌아가는 판텔레이 프로코피예비치는 올리호브이 로그에 묵지 않고 카샤라까지 가서 거기에서 하루 묵기로 했다. 그는 그리고리로부터 전보를 받은 즉시 집을 떠나 1월 28일 저녁 밀레로보에 닿았다. 그리고리는 숙소에서 그를 기다리고 있었다. 이튿날 아침, 두 사람은 그곳을 떠나 11시경에는 이미 올리호브이 로그를 뒤로 했다.

굴보스카야 부근의 전투에서 부상을 입은 뒤, 그리고리는 밀레로보의 야전 병원에 1주일가량 누워 지냈지만 다리의 상처가 많이 낫자 집으로 돌아갈 것을 결심했다. 말은 부락의 카자흐들이 갖다 주었다. 그리고리는 불만과 기쁨이 섞인 기분을 안고 길을 떠났다. 불만이란 돈의 정권 수립을 위한 전투 중에 자기의 부대를 버려야 했기 때문이고, 기쁨은 집안 사람들과 부락을 볼 수 있다는 것으로 인해 솟구쳐 오르는 것이었다. 아크시냐를 만나고 싶은 기분은 스스로도 감추어 온 일이지만 아무래도 그녀에 대한 생각은 잊혀지지가 않았다.

아버지와 아들은 정작 만나기는 했으나 어딘지 모르게 뜻이 맞지 않는 느낌이었다. 판텔레이 프로코피예비치는—그는 그리고리에 대한 일을 페트로에게서 귀띔을 받았다—그리고리를 어두운 얼굴로 바라보았다. 흘낏 쳐다보는 그의 눈초리에는 불만과 마음을 밀어붙이는 불안의 그림자가 짙게 나타나 있다. 숙소에서 묵었던 그날 밤, 그는 한참 동안 그리고리에게 지방에서 일어난 사건들을 캐물었다. 아들의 대꾸는 그를 만족시켜 주지 못한 것 같았다. 그는 백발이 섞인 턱수염을 씹으며 밑창을 댄 자신의 방한화를 내려다보면서 코를 킁킁거렸다. 언쟁은 하고 싶지 않았다. 그러나 칼레딘을 변호할 때만은 흥분해 있었다. 흥분하면 그리고리를 몰아붙이고, 절름거리는 발을 구르기까지 했다.

"너 따위한테 듣지 않아도 다 알고 있다! 칼레딘이 가을에 우리 부락에도 오셨어! 부락 사무실에서 집회가 열렸는데 그분이 테이블 위에 올라서서 노인들에게 얘길 하셨다. 성서에 적힌 대로 얼마 뒤엔 백성들이 몰려와서 전쟁이 시작될 것이라는 걸 예언하셨다. 그리고 만약 우리가 이리 붙었다 저리 붙었다 하면 백성들은 우리의 모든 걸 빼앗아 이 고장에 눌어 붙게 될 거라고 하셨다. 그분은 이미 그때 전쟁이 일어난다는 걸 꿰뚫어 보신 거야. 너희들은 대체 어떻게 생각하냐? 그분이 너희들보다 세상을 모른다는 거냐? 훌륭한 학문을 갖추신 장군님이야. 군대를 지휘해 온 어른이라고. 그런데도 너희들보다 뭘 모른다고 할 테냐? 카멘스카야에 모인 건 모두 너처럼 배우지 못한 소용없는 건달패들뿐이다. 인민을 괴롭히고 있는 거야. 너희들이 말하는 포드쵸르코프라는 놈은 대체 어떤 놈이야? 상사밖에 더 되느냐? 그 정도밖에 안 돼! 그러니 끝장난 거나 다를 바 없지!"

그리고리는 아버지와 논쟁할 기분이 아니었다. 그는 아버지를 만나기 전부터 이미 아버지가 어떤 생각을 갖고 있는지 알고 있었다. 거기에 또 한 가지 새로운 것이 첨가되었다. 그리고리는 체르네초프의 죽음과 포로 사관들에 대한 재판 없는 처형을 용납할 수 없었고, 아직껏 잊혀지지 않았다.

안장을 맨 말들은 가볍게 썰매를 끌고 갔다. 그 뒤를 따라 가죽끈으로 썰매에 연결시킨 그리고리의 말이 달려갔다. 어릴 적부터 눈에 익은 카샤라, 포포프카, 카멘카, 니즈네 야블로노프스키, 그라쵸프, 야세노프카의 마을과 부락이 앞쪽에 펼쳐져 있었다. 부락으로 들어가는 도중에 그리고리는 최근에 일어난 일들을 두서없이 생각했다. 앞으로의 일을 하다못해 도표를 그려서라도 정해 둬야 한다고 마음먹었다. 그러나 집에 돌아가 한숨 돌리자는 데 생각이 미치자, 앞으로의 일에 대해선 더 이상 아무 생각도 떠오르지 않았다.

'집으로 돌아가면 우선 쉬는 거다. 그렇게 하고 나서……'

그는 생각하며 마음속으로 머리를 흔들었다.

'그렇게 하고 나면 앞일이 확실해지겠지. 저절로 알게 될 거다……'

전쟁 중에 쌓인 피로는 그를 두들겨 부숴놓았다. 증오로 들끓고 적의에 넘친, 까닭을 알 수 없는 세계의 모든 것으로부터 얼굴을 돌리고 싶었다. 뒤돌아보면 모든 것이 모순투성이였다. 확실한 길을 찾는다는 것은 어려웠다. 진창길을 밟는 듯이 발밑은 분명치 않았고, 길은 어느새 보이지 않게 되어 어디로 가는지 갈피를 잡을 수가 없었다. 볼셰비키에 마음이 끌려 그 길을 걸어가 봤다. 다른 사람들을 자기 편으로 끌어들였다. 그러나 나중에 와서 생각해 보니 마음이 식어 있었다.

'이즈바린의 말이 옳지 않을까? 대체 누구를 의지해야 하나, 누구에게서 한 움큼의 자신을 움켜쥐어야 하나?'

썰매 등에 몸을 기대고 멍청히 그런 생각에 빠졌다.

'그러나 집으로 돌아가면 봄의 경작을 위해 써레와 마차를 손질하고 버들가지를 엮어 써레통을 만들어야겠지. 그리고 눈이 녹고 땅이 마르기 시작하면 말을 타고 스텝에도 나가야 한다. 오랫동안 들일을 떠나 있었으므로 절로 스멀거리는 손을 들어 힘차게 괭이자루를 쥐고, 생물처럼 느껴지는 괭이의 움직임을 몸으로 느끼면서 그 뒤를 따라가야 할 것이다. 새로 돋아난 풀과, 아직 눈의 습기와 희미한 냄새를 잃지 않은 흑토의 달콤한 냄새를 마음껏 들이마시게 되겠지.'

그렇게 생각하자 마음이 훈훈해졌다. 가축의 시중을 들어 주고 싶다. 마른 풀 손질을 해 보고 싶다. 비료의 구수한 냄새가 맡고 싶다. 평화와 정적이 그립다—그리고리는 주위를 둘러보다가 말들과 털외투를 입은 고집스러운 아버지의 뒷모습을 바라보면서 험악한 눈초리 속에 수줍어하는 기쁨을 감추었다. 모든 것이 그에게 반쯤 잊혔던 예전의 생활을 돌이키게 했다. 털외투의 양피 냄새도, 별로 깨끗하지 않은 말의 모습도, 닭장 안에서 쥐어짜는 듯한 목소리로 때를 알리는 어느 시골집의 닭장도, 그 순간 그 후미진 시골 생활이 그에게 달콤하고 윤기 있는 것으로 느껴졌다.

이튿날, 저녁이 되기 전에 부락 가까이까지 올 수 있었다. 그리고리는 언덕 위에서 돈을 바라보았다. 맞은편에 보이는 것은 검은 점의 모피 같은 갈대로 테가 둘러진 바비야 엔도바 늪지였다. '아, 저기에 말라 버린 고리버들이 서 있군.' 돈의 나루터는 전에 있던 곳과는 다른 장소로 옮겨져 있었다. 부락, 낯익은 마을 한길가의 집들, 교회, 광장…… 자기 집이 눈에 띄었을 때 그리고리의 머리에는 한꺼번에 피가 솟구쳤다. 추억이 홍수처럼 밀려왔다. 가축우리 옆에 높게 치켜 올라가 있는 우물의 두레박이 잿빛 버들 같은 손을 위로 올려 자신을 부르는 것만 같았다.

"가슴이 벅차지?"

판텔레이 프로코피예비치는 뒤돌아보면서 웃었다. 그리고리는 숨김없이 있는 그대로의 기분을 털어놓았다.

"벅차고말고요!"

"뭐니 뭐니 해도 태어난 고향이 제일이지!"

판텔레이 프로코피예비치는 한숨을 내쉬었다.

그는 마을 한복판으로 들어갈 수 있도록 말을 몰았다. 말들은 언덕의 경사를 뛰어내려갔다. 썰매는 좌우로 흔들려 전속력으로 미끄러졌다. 그리고리는 아버지의 마음속을 짐작하면서도 묻지 않을 수 없었다.

"뭣 때문에 마을 한복판으로 들어가려 하세요? 뒷길로 가면 될 텐데요."

판텔레이 프로코피예비치는 뒤돌아보더니 쓴웃음이 섞인 눈짓을 해보였다.

"출정했을 땐 일개 병졸에 불과했지만, 귀향할 때는 장교가 되었으니 마을 사람들에게 내 아들을 구경시키는 게 자랑스럽다. 남들이 부러워하는 걸 봐야 내 기분이 후련해지니까!"

마을 한복판에 이르자 그는 말들에게 큰 소리로 호령하고는 채찍을 휘둘렀다. 그러자 말들은 집이 가까워진 걸 느끼고 마치 110킬로미터를 언제 달려왔더냐 싶게 기운차게 뛰기 시작했다. 마주친 카자흐들은 고개를 숙여 인사했다. 여자들은 마당에서, 창가에서 손을 이마에 대고 바라보았다. 닭들은 요란하게 울음소리를 내면서 날 듯이 한길을 가로질러 갔다. 모든 것은 예정했던 대로 진행되었다.

그들이 광장을 지나갈 때였다. 그리고리의 말은 모호프의 집 울타리에 묶여 있던 다른 사람의 말을 흘끗 보고 울음소리를 내더니 갑자기 머리를 번쩍 치켜들었다. 부락 끝에 있는 아스타호프의 집 지붕이 보이기 시작했다…… 하지만 그때, 즉 첫 번째 네거리가 있는 곳에서 좋지 않은 일이 생겼다. 한길을 가로질러 가던 새끼 돼지 한 마리가 말발굽에 채여 비명을 울리면서 나동그라지더니 부러진 등뼈를 세우려고 낑낑 울어 댔다.

"저런 빌어먹을, 이게 뭐냐!"

판텔레이 프로코피예비치는 짓밟힌 새끼 돼지를 채찍으로 갈기면서 욕설을 퍼부었다.

공교롭게도 이 새끼 돼지의 임자는 괴팍하고 입이 험한 아포니카 오제로프의 과부 아뉴토카였다. 그 여자는 당장 마당으로 뛰쳐나왔다. 그녀가 급하게 플라토크를 뒤집어쓰고는 입에 담을 수 없는 험한 욕지거리를 퍼붓자 판텔레이 프로코피예비치도 말을 멈추고 뒤돌아보았다.

"그만두지 못하겠어? 웬만큼 주둥이를 놀리라고. 이 옴 붙은 새끼 돼지 값을 치러 주면 될 거 아닌가."

"악마놈! 개새끼! 너야말로 옴 붙은 주제에, 절름발이 새끼! 아타만한테 가서 고해바칠 테니 그리 알라고!"

그 여자는 팔을 걷어붙이면서 고함을 질렀다.

"불쌍하게시리 새끼 돼지를 밟아 죽이다니. 두고 봐, 그냥 놔두나!"

판텔레이 프로코피예비치도 가만히 있지는 않았다. 울컥 화가 치민 그는 악을 썼다.

"색골 과부년이!"

"머저리 같은 터키놈!"

오제로바는 지지 않고 덤벼들었다.

"암캐 같으니, 꺼져 버려!"

판텔레이 프로코피예비치는 굵은 목청을 돋우어 외쳤다.

그러나 아뉴토카 오제로바는 타고난 욕쟁이였다.

"망할 놈, 뒈지다 만 놈! 좀도둑! 남의 써레를 훔친 놈! 전쟁 과부의 엉덩이짝을 쫓아다닌 놈!"

그 여자는 계속 욕설을 퍼부었다.

"채찍으로 얻어맞고 싶어? 그 큰 아가리에다 못질을 하기 전에 닥치라면 닥쳐!"

하지만 그때 아뉴토카는 차마 고개를 들고 듣기에 민망할 지독한 쌍소리를 내뱉어, 이젠 초로를 맞아 세상의 온갖 고초를 겪어 온 판텔레이 프로코피예비치만 얼굴이 확 붉어지고 진땀을 흘리는 지경에 이르고 말았다.

"웬만큼 하지 그래요! 뭣 때문에 그렇게 맞섭니까?"

그리고리는 한길로 사람들이 몰려오자, 아버지와 과부 오제로바와의 사이에 벌어진 뜻밖의 사태에 견디다 못해 울화를 터뜨리고 말았다.

"욕을 해도 웬만해야 말이지!"

판텔레이 프로코피예비치는 침을 퉤 뱉고 이번엔 채찍으로 아뉴토카를 후려칠 기세로 힘 있게 말 머리를 돌렸다.

네거리의 모퉁이를 지나면서 그는 어쩐지 불안한 느낌이 들어 뒤를 돌아보았다.

"못하는 소리가 없군! 괘씸한 년! 밟아 죽일 테다. 뚱보에 미친 할망구!"

그는 흥분해서 말했다.

"돼지새끼하고 한꺼번에 짓뭉개줄 걸 그랬어! 저 욕쟁이 할망구한테 걸렸다간 남아나는 게 없겠다!"

그의 집 하늘색 덧문 옆을 휙 지나쳤다. 페트로가 모자도 쓰지 않은 채 작업복의 혁대도 잠그지 않고 문을 열어 주었다. 현관 계단 쪽에 눈동자를 반짝이면서 웃고 있는 두냐시카의 얼굴이 살짝 보였다.

페트로는 아우에게 키스를 하고 그의 눈을 들여다보며 물었다.

"잘 있었니?"

"부상을 입은걸."

"어디에서?"

"굴보카야 근처에서."

"그런 데서 무리를 하니까 그렇잖아! 빨리 돌아올 것이지."

그는 따뜻하고 다정하게 그리고리를 포옹하고 나서 두냐시카에게 그를 넘겼다. 누이동생의 날씬하고 성숙한 어깨를 안고, 입술과 눈에 키스를 하고 한 걸음 물러선 그리고리는 감개무량한 듯이 말했다.

"두냐시카, 너 몰라볼 정도로 컸구나! 무척 예뻐졌다. 난 틀림없이 아무도 데려가지 않을 못생긴 처녀가 되었을 거라고 생각했는데."

"어머나, 오빠도 참!"

두냐시카는 피하듯 몸을 움츠리면서 그리고리와 함께 하얀 이를 보이며 밝게 웃었다.

일리니치나가 애들을 안고 나왔다. 나탈리야가 그녀를 앞질러 달려왔다. 한창 나이의 나탈리야는 놀라울 정도로 아름다워져 있었다. 삼단 같은 머리채를 뒤로 빗어넘겼는데 새까맣게 윤기 나는 머릿결이, 기뻐서 홍조를 띤 얼굴을 돋보이게 했다. 그녀는 그리고리에게 안겨 그의 얼굴과 수염에 재빨리 키스하고 나서 일리니치나의 손에서 아들아이를 안아다가 그리고리 앞으로 내밀었다.

"많이 컸지요? 보세요!"

자랑스러운 표정과 들뜬 목소리로 말했다.

"어디, 내게도 내 아들을 보여다오!"

일리니치나가 견디다 못해 그녀를 밀쳤다.

어머니는 그리고리의 머리를 와락 끌어당겨 이마에 키스하고, 거친 손으로 아들의 얼굴을 쓰다듬으면서 흥분과 기쁨으로 울음을 터뜨렸다.

"이 애가 딸이란다, 그리샤! 자, 안아 줘라!"

나탈리야는 그리고리의 한쪽 팔에 여자아이를 넘겨주었다. 그러자 그는 어리둥절한 채 대체 누구를 먼저, 나탈리야를, 아니면 어머니를, 그렇지 않으면 애들을 쳐다봐야 할지 갈피를 잡을 수가 없다는 표정이 되었다. 얼굴을 찌푸리고 침울한 눈매를 한 여자아이는 멜레호프 집안의 혈통을 그대로 나타내 주고 있었다. 길고 검고 또렷한 눈, 굵은 눈썹, 푸르고 두툼한 눈자위, 그리고 가무잡잡한 피부까지. 남자아이는 때묻은 주먹을 입안에 넣고 몸을 옆으로 내밀듯이 하면서 뚫어지게 아비의 얼굴을 들여다보았다. 그리고리는 딸아이를 지켜보았는데 얼굴이 플라토크에 가려져 까만 눈밖에 볼 수 없었다.

그는 두 아이를 양팔에 안고 현관 쪽을 향해 걸어가려 했다. 그러나 다리에 통증이 일어났다.

"애들을 받아, 나탈리야……."

그리고리는 미안하다는 듯이 한쪽 입술 끝으로 웃어 보였다.

"그렇지 않으면 문턱을 넘을 수가 없어서……."

부엌 한복판에서 머리를 고치고 서 있는 다리야가 보였다. 그녀는 웃는 얼굴로 그리고리에게 다가와 축축하고 따뜻한 입술을 그의 입술에다 누르면서 눈을 감았다.

"담배 냄새!"

우습다는 듯 먹으로 그린 듯한 눈썹을 찌푸려 초승달로 만들어 보였다.

"어디 보자. 네 얼굴 좀 보게 해 다오! 내 아들!"

그리고리는 미소를 머금고 있었다. 그리고 어머니 쪽으로 몸을 내밀었을 때는 간지러움 같은 두근거림이 그의 가슴을 사로잡았다.

마당에서는 판텔레이 프로코피예비치가 말을 떼어 놓고 붉은 허리띠와 빨간 세모꼴 모자를 흔들며 절룩거리는 다리로 썰매 둘레를 돌아다니고 있었다. 페트로는 벌써 그리고리의 말을 마구간으로 끌고 간 뒤 안장을 현관으로 옮기고 있었는데, 썰매에서 석유통을 운반하던 두냐시카 쪽으로 걸어가면서 뒤돌아보고 뭔가 말하고 있었다.

그리고리는 옷을 벗어 침대 등에다 털외투와 군용 외투를 걸쳐 놓고 머리를 쓸어 넘겼다. 그리고리는 의자에 앉아 아들을 불렀다.

"미샤토카, 이리 온. 왜 그래, 아빠를 모르겠니?"

입에서 주먹을 떼지 않은 채 아들아이는 테이블에 엉거주춤 서 있었다. 페치카 옆에서 어미는 사랑과 자랑으로 넘쳐 아들아이를 바라보았다. 그녀는 딸아이에게 뭐라고 귓속말을 하더니 팔에서 아이를 내려 살짝 밀어붙였다.

"이리 온!"

그리고리는 두 아이를 안더니 무릎에 앉히고 물었다.

"얘들아, 정말 못 알아보겠니? 둘 다 바보로군! 폴류시카, 아빠를 모르겠어?"

"아빠가 아냐."

아들아이가 중얼거렸다. 누이가 곁에 있어서 좀 대담해진 것이다.

"그럼 누구지?"

"딴 카자흐일 거야."

"아, 그렇군!"

그리고리는 소리 내어 웃었다.

"그럼, 네 아빤 어디 있지?"

"우리 아빠는 군대 갔어."

머리를 갸웃하면서 딸아이가 말했다. 그 애는 아들아이보다 더 깜찍했다.

"어쩜 그런 말을 다 하다니! 어쨌든 이젠 집에 있어야 한다. 거의 1년이나 집을 비우고 나다니다가 이제 와서 날 알겠느냐고 물어 보니까 왜 안 그러겠니?"

일리니치나는 일부러 엄격하게 말하다가 그리고리가 미소 띠는 걸 보더니 자신도 미소를 지었다.

"그렇게 하다가는 마누라한테 버림받을걸. 우린 저애한테 남편을 구해 주고 싶었을 정도였단다."

"그게 정말이오, 나탈리야, 응?"

그리고리는 농담처럼 말하며 아내를 돌아보았다.

그녀는 얼굴을 붉히면서 모두에 대한 쑥스러움을 억누르고 그리고리 옆으로 다가가 앉았다. 그러고는 사뭇 행복에 겨운 눈길로 그를 들여다보며 뜨겁고 껄껄한 손으로 그의 바싹 메마른 손을 쓰다듬었다.

"다리야, 넌 식사 준비를 하려무나!"

"저분한텐 아내가 있는데도요."

그녀는 웃었으나 전과 다름없이 가벼운 걸음걸이로 주방으로 걸어갔다.

그녀는 여전히 날씬했고 화려한 옷차림이었다. 그리고 맵시 있는 발에 보랏빛 털양말을 신고, 발에 꼭 맞는 예쁜 단화를 신고 있었다. 빨간 주름치마 위에 졸라맨 자수를 놓은 앞치마는 하얗게 반짝였다. 그리고리는 아내에게로 눈길을 돌렸는데 그녀에게도 어떤 변화가 엿보였다. 그녀는 그가 닿기 전에 옷을 갈아입은 모양이었다. 소맷부리에 가느다란 레이스가 달린 하늘빛 공단 코프타가 그녀의 맵시 있는 상체를 감싸고, 부드럽고 큰 가슴께를 부풀어오르게 하고 있었다. 통통한 다리와 팽팽하게 죈 복부, 그리고 윤기 있는 살진 암소의 그것과 같은 큼직한 엉덩이를 바라보면서 그는 이런 생각을 했다.

'카자흐 여인은 어디에 내놔도 금방 알아볼 수 있다. 옷 모양만 하더라도 그렇지. 보고 싶은 사람은 보고, 보기 싫은 사람은 맘대로 하라는 식이야. 그렇지만 농사꾼 아낙네로는 어울리지 않아.'

일리니치나는 그의 마음을 눈치채고는 더욱더 자랑스레 말했다.

"우린 모두 사관님의 마님이라고! 도시에 사는 마님들 못지않아!"

"어머닌 별소릴 다 하신다니까!"

다리야가 그녀를 가로막고 말했다.

"도시에 사는 마님들에게도 못지않다고요? 귀걸이만 해도 부서져서 쓸모가 없게 된 형편인데!"

그녀는 슬픈 듯이 말끝을 맺었다.

그리고리는 노동으로 단련된 아내의 넓은 잔등에 손을 얹고는 처음으로 이렇게 생각했다.

'아름다운 여자야. 눈부실 만큼…… 내가 없는 동안 어떻게 지냈을까? 틀림없이 카자흐들의 눈에 띄었을 것이다. 그리고 그녀 쪽에서도 어떤 남자한테 한눈을 팔았을지도 모른다. 만약 전쟁 과부 같은 대우를 받았다면?'

뜻하지 않게 불쑥 치밀어오른 생각에 그는 가슴이 답답하게 죄어들며 불쾌한 기분이 들었다. 그는 눈치를 보듯이 그녀의 장밋빛으로 물든 얼굴을 바라보았다. 나탈리야는 그의 시선을 받자 얼굴을 확 붉히면서 더욱 쑥스러워진 기색으로 소곤댔다.

"왜 그렇게 보는 거예요? 그동안 적적했나요?"

"적적하긴?"

그리고리는 부질없는 생각을 쫓아 버리려고 했으나 그 순간 아내에 대해 뭔가 적대적이며 무의식적인 것이 날카롭게 움직였다.

판텔레이 프로코피예비치가 문 쪽에서 나타났다. 그는 성상을 향해 기도를 올린 뒤, 신음하듯이 말했다.

"어쨌든 별 탈 없이 돌아와서 다행이다!"

"고생하셨어요, 영감…… 몸이 얼지나 않았나요? 모두들 기다리던 참이었어요. 뜨거운 스튜를 준비해 놨어요, 놀랄 만큼 뜨겁게 말이죠."

일리니치나는 스푼을 찰칵거리면서 바쁘게 움직였다.

판텔레이 프로코피예비치는 목에 감은 빨간 손수건을 풀면서 밑창을 댄 방한화 소리를 내며 들어왔다. 모피 외투를 벗고 콧수염과 턱수염에 얼어붙은 고드름을 떼어 내며 그리고리 옆에 앉아 말했다.

"몸이 꽁꽁 얼었지 뭐냐. 하지만 마을에 들어서자 이내 따스해지던걸…… 아뉴토카네 돼지새끼를 밟아 죽이긴 했지만서두……."

"어디서요?"

다리야는 크고 하얀 빵을 썰고 있던 손을 멈추고 생기 넘치는 목소리로 물었다.

"오제로바네 돼지인데 그 집 할망구가 뛰어나와서 어찌나 악을 쓰던지! 이러니저러니, 사기꾼, 좀도둑, 별별 악담을 다 늘어놓더구나. 내가 알 게 뭐냐!"

판텔레이 프로코피예비치는 아뉴토카가 그에게 내뱉은 욕설을 하나하나 헤아렸다. 그러나 젊었을 때 전쟁 과부한테 이상한 짓을 했다고 한 그 욕설만은 꺼내지 않았다. 그리고리는 테이블 앞에 앉아 쓴웃음을 지었다. 판텔레이 프로코피예비치는 그에게 변명하듯이 정색을 하고 말했다.

"입에 담기조차 창피한 말을 지껄이더구만! 되돌아가서 채찍으로 휘갈겨 주려고 했는데 그리고리가 있어 참았지. 아무래도 체면을 생각해야 하니까."

페트로가 문을 열었다. 두냐시카가 붉은 송아지를 가죽끈으로 매어 데려왔다.

"실컷 배불리 먹게 해 주오!"

페트로는 송아지를 한쪽 발로 툭툭 건드리면서 유쾌한 얼굴로 말했다.

식사가 끝나자 그리고리는 자루를 열어 모두에게 선물을 나누어 주었다.

"이건 어머니께……."

어머니에게는 푹신한 목도리를 내밀었다.

일리니치나는 얼굴을 붉히면서 선물을 받았다.

그것을 어깨에 걸치고 거울 앞에 서서 뒤를 돌아보며 교태를 부리자 판텔레이 프로코피예비치가 한 마디 했다.

"할망구 주제에 거울 앞에서 어른거리다니, 무슨 주책이람!"

"이건 아버지께……."

그리고리는 빠르게 말하고 모두가 보는 앞에서 새 카자흐 모자의 포장을 풀어 보였다. 꼭대기가 높고, 불타는 것 같은 빨간 술이 달린 모자였다.

"고맙군. 마침 모자가 필요했는데 금년에 가게에 물건이 달려서…… 하지만 여름철은 그럭저럭 지냈지…… 교회에 갈 때도 낡은 걸 쓰고 가기는 좀 뭐했지. 낡은 건 허수아비한테 씌어 주면 잘 어울릴 거다. 여지껏 이걸 써 왔다니……."

그는 성난 듯한 목소리로 말하고, 마치 누가 다가와서 아들의 선물을 빼앗기라도 할까 봐 걱정이 되는 것처럼 주위를 둘러보았다.

거울 앞에 서서 써 보고 싶었으나 일리니치나가 지켜보고 있었다. 노인은 마누라와 눈이 마주치자 갑자기 몸을 돌려 사모바르 쪽으로 절룩거리면서 걸어가 그 앞에서 모자를 삐딱하니 쓰고 비춰 보았다.

"뭐예요, 영감탱이 주제에!"

일리니치나가 대뜸 보복을 했다.

그러나 판텔레이 프로코피예비치는 딴청을 부렸다.

"뭐라고? 바보 같은 것! 이건 사모바르라고. 거울하곤 달라!"

그리고리는 아내에게는 치맛감을 선물했다. 애들에게는 한 근가량 든 꿀사탕을 나누어 주었다. 다리야에겐 돌이 든 은제 귀걸이를, 두냐시카에겐 코프타천을, 페트로에겐 궐련과 잎담배를 한 근가량 선물했다.

여자들이 선물을 보면서 왁자지껄 이야기할 때 판텔레이 프로코피예비치는 가슴을 내밀고 부엌 안을 걸어다니면서 자랑스러운 듯 소리쳤다.

"근위 기병연대의 카자흐요! 소집되었다가 귀환했소이다! 폐하가 관람한 마술(馬術) 대회에서 1등을 했지요! 안장과 마구 한 점! 어떻소!"

페트로는 갈색 수염을 만지면서 멍하니 아버지를 바라보았다. 그리고리는 웃음을 터뜨렸다. 담배에 불을 붙인 판텔레이 프로코피예비치는 갑자기 걱정스러운 얼굴이 되어 창밖을 바라보면서 말했다.

"친척들과 이웃 사람들이 찾아오기 전에 먼저 페트로에게 그쪽 형편을 이야기해 주는 게 어떠냐."

그리고리는 손을 흔들었다.

"서로 총을 쏴 대는 형편인데요, 뭐."

"볼셰비키는 어느 방면에 있어?"

좀더 자세한 걸 알고 싶어 하면서 페트로가 물었다.

"세 방면에서 오고 있어. 치호레츠카야와 타간로크, 그리고 보로네시 방면에서."

"그럼 너희들의 혁명위원회는 어떤 생각을 갖고 있지? 무슨 까닭으로 놈들이 우리 고장에 쳐들어오는 걸 허용하는 거야? 프리스토냐와 이반 알렉세예비치가 와서 대수롭지도 않은 말을 퍼뜨렸지만 놈들이 한 말은 믿을 수가 없어. 아무래도 사실과 다른 것 같았거든……."

"혁명위원회는 무력해. 카자흐들은 집으로 달아나 버렸거든."

"그럼 말하자면 위원회는 소비에트 쪽으로 기울어져 있다는 거야?"

"물론 그렇지."

페트로는 잠시 잠자코 있었다. 다시 담배에 불을 붙이면서 아우 쪽으로 눈을 돌렸다.

"넌 대체 어느 쪽을 지지하냐?"

"난 소비에트 정권을 지지해."

"무슨 그따위 소릴 하고 있어!"

판텔레이 프로코피예비치는 분통을 터뜨렸다.

"페트로, 이 녀석한테 잘 알아듣도록 말해 주는 게 좋겠다!"

그러자 페트로는 웃으면서 그리고리의 어깨를 가볍게 두드렸다.

"이 녀석은 집에서도 성난 말같이 지독한 놈이니 무슨 말을 해도 듣지 않을 걸요."

"말을 듣는 거야 어렵지 않지요. 난 귀머거리가 아니니까…… 귀환병들은 어떻게 말하고들 있습니까?"

"귀환병들 따위 어찌 되든 상관없어! 너도 알겠지만 돌대가리 프리스토냐 말이다, 그 녀석 따위가 뭘 알겠니? 사람들은 모두 어떻게 해야 좋을지 갈팡질팡하고 있다…… 정말 곤란한 일이야!"

페트로는 손을 흔들고 수염을 씹었다.

"좀더 두고 보자, 봄에 무슨 일이 일어날지. 매듭이 지어지지 않았으니까. 우리도 전선에서 볼셰비키 흉내를 냈지만 지금은 생각해 볼 때가 됐다. '우리는 남의 물건은 전혀 탐내지 않는다. 그 대신 우리의 물건을 빼앗는 것도 용서하지 않는다.' 카자흐는 우리 고장으로 쳐들어오는 자들에게 그렇게 말해야 해. 그런데 너희들 카멘스카야를 보자니 가관이더구나. 볼셰비키들과 내통해서는, 놈들은 제멋대로 정권을 잡으려 하고 있거든."

"그리고리, 알겠냐? 잘 생각해 봐. 넌 이치를 모르는 인간이 아니잖아? 넌 카자흐로 이제까지처럼 해 나가야 해. 잘 생각해 보란 말이다. 비료 냄새 나는 러시아인한테 우리의 토지를 지배하게 해선 안 돼. 넌 이민족들이 지금 무슨 말을 하고 있는지 알지? 토지를 전부 반반씩 나눠 갖자는 수작이라고. 이게 될 법이나 한 소리냐?"

"옛날부터 돈 지방에 정착해 온 이민족들에겐 토지를 나눠 줘도 괜찮지 않을까요?"

"그런 짓을 해 봐! 놈들한테 손을 물리게 될 뿐이야!"

판텔레이 프로코피예비치는 갖고 있던 괭이를 놓고 손톱을 길게 기른 엄지손가락으로 그리고리의 매부리코 둘레를 빙빙 돌렸다.

현관 계단 쪽에서 발 소리가 들렸다. 얼어붙은 눈으로 문턱을 스치는 소리가 났다. 아니쿠시카와 프리스토냐와 길쭉한 토끼 털모자를 쓴 이반 토밀린이 들어왔다.

"야, 오랜만이군, 귀환병! 프로코피예비치, 축하주 한잔 마셔야 되지 않겠소!"

프리스토냐가 멍청하게 말했다.

그의 굵고 탁한 목소리에 따뜻한 난로 옆에서 졸던 송아지가 놀라 울음을 터뜨렸다.

송아지는 비틀거리면서 아직 힘이 없는 다리로 일어서서 손님들을 바라다보더니, 크게 놀랐는지 바닥 위에다 질금질금 오줌을 싸는 것이었다. 두냐시카는 살며시 등을 두들겨 오줌을 그치게 하고, 옆에다 요강을 갖다 놓았다.

"웬 소리를 그렇게 질러? 송아지가 놀라지 않냐고요."

일리니치나가 부아가 난다는 듯이 말했다.

그리고리는 카자흐들과 악수한 뒤 의자를 권했다. 이윽고 이웃 부락의 카자흐들도 찾아왔다. 이야기가 끝나갈 무렵이 되자 등불이 깜박거리고 송아지가 기침을 할 만큼 담배 연기가 가득 찼다.

"어쩔 수 없는 사람들이군요!"

밤이 깊어서야 일어선 손님을 배웅하면서 일리니치나는 투덜거렸다.

"뒤뜰에라도 나가서 피우면 좋을 텐데. 어쩜 그렇게들 좋아하는지 몰라. 어서들 돌아가요, 어서요! 우리 아들은 아직 여독도 풀지 못했다고요. 어서들 돌아가요!"

14

이튿날 아침 그리고리는 다른 가족들보다 늦게 자리에서 일어났다. 처마 끝과 창 쪽에서 지저귀는 시끄러운 새소리에 잠을 깨고 만 것이었다. 덧문 틈새로 황금색 먼지를 떠올리면서 햇살이 흔들렸다. 그리고리는 오늘이 일요일이라는 것을 생각해 냈다. 나탈리야는 그의 곁에 없었지만 깃털이불은 아직 그녀의 체온을 담고 있었다. 그녀는 조금 전에 일어난 모양이었다.

"나타시카!"

그리고리가 불렀다.

두냐시카가 들어왔다.

"왜요, 오빠?"

"창문을 열어 주지 않겠니? 그리고 나탈리야를 불러 다오. 언닌 뭘 하고 있니?"

"어머니와 함께 식사 준비를 하고 있어요. 곧 올 거예요."

나탈리야는 방 안이 어둠침침해 눈을 가늘게 뜨고 들어왔다.

"이제 깼군요?"

그녀의 손에서 물분 냄새가 풍겼다. 그리고리는 누운 채 그녀를 끌어안았다. 지난밤의 일을 생각하고 웃음을 터뜨렸다.

"늦잠 잤지?"

"그래요! 도무지 잠을 자게 해야 말이죠…… 지난밤엔."

그녀는 웃으면서 얼굴을 붉히더니 털이 수북한 그리고리의 가슴에 머리를 묻었다.

그녀는 그리고리를 도와 상처의 붕대를 새로 감고 트렁크 안에서 예복바지를 꺼내 오며 물었다.

"훈장이 달린 군복을 입으실 거죠?"

"아냐, 그걸 어떻게 입겠어!"

놀란 그리고리는 손을 저었다.

하지만 나탈리야는 듣지 않았다.

"그걸 입도록 하세요! 아버님께서 기뻐하실 거예요. 설마 트렁크 밑바닥에다 넣어 두려고 훈장을 타신 건 아니겠죠."

그녀의 권유에 마지못해 그는 군복을 받아들었다.

그는 일어나 페트로에게서 면도기를 빌려 수염을 깎고 세수를 했다.

"목덜미는 깎았냐?"

페트로가 물었다.

"빌어먹을, 깜빡 잊었어!"

"앉아라, 내가 깎아 줄 테니."

차가운 비눗물이 닿자 목덜미가 선뜩했다. 그리고리는, 페트로가 어린애처럼 혀를 내밀고 면도하는 광경을 거울을 통해 바라보았다.

"네 목은 농번기가 지난 암소같이 가늘어졌군."

페트로가 웃으며 말했다.

"군대 밥을 먹고 살이 찔 리 있나."

그리고리는 소위의 견장과 훈장이 주렁주렁 달린 군복을 입고는 흐릿한 거울을 들여다보았다. 자신의 모습으로 느껴지지 않을 정도였다. 다만 키가 크고 약간 여윈 모습의 자신을 많이 닮은 새까만 사관이 이쪽을 보고 있었다.

"넌 마치 연대장 같구나!"

페트로는 그다지 선망하는 기색 없이 아우의 모습을 보면서 말했다.

그 말은 그리고리의 의사와는 상관없이 그에게 만족감을 가져다 주었다. 그는 부엌으로 나갔다. 다리야는 그를 흘겨보았다. 두냐시카는 경탄한 얼굴로 외쳤다.

"어쩜, 너무나 훌륭해요!"

일리니치나는 이런 경우에도 흐르는 눈물을 어쩔 수 없었다. 더러운 앞치마로 눈물을 닦으면서 두냐시카의 경탄에 대꾸했다.

"말괄량이야, 너도 이런 아들을 낳아야 해! 최소한 아들은 둘은 가져야 해. 정말이지 둘 다 훌륭하게 자라 주었어!"

나탈리야는 황홀하고 뜨거운, 그리고 흐려진 눈을 남편에게서 떼지 않았다.

그리고리는 외투를 걸치고 뒤뜰로 나가려고 했다. 현관 계단을 내려가는 것이 힘들었다. 부상당한 다리에 통증이 느껴지기 때문이었다.

'지팡이 없이는 안 되겠는걸.'

그는 난간에 기대어 생각했다.

탄환은 밀레로보에서 빼냈다. 상처 자국은 갈색의 딱지로 덮여 있었다. 그것이 피부를 잡아당겨서 다리를 자유롭게 움직일 수 없었다.

흙을 높게 쌓은 곳에서 고양이가 햇볕을 쬐고 있었다. 계단 둘레의 눈은 완전히 녹아 물이 괴어 있었다. 그리고리는 기쁜 얼굴로 뒤뜰을 바라보았다. 계단 바로 옆에는 꼭대기에 바퀴를 장치한 기둥이 하나 서 있었다. 그리고리는 여자들의 필요에 의해 장치된 그 바퀴가 어린 시절부터 있었던 것을 기억하고 있었다. 그것은 계단을 내려가지 않고도 밤에는 우유를 담은 병을 매달고, 낮에는 식기나 단지 종류를 말리거나 햇볕에 따뜻하게 데우기 위한 것이었다. 뒤뜰에 생긴 어떤 변화가 눈에 띄었다. 곳간 문은 퇴색한 도료 대신에 노란 진흙으로 발라져 있었다. 헛간은 아직 완전한 갈색으로 변하지 않은 새 짚으로 이엉이 올려져 있었다. 베어 온 지 얼마 안 된 통나무 다발이 줄어든 듯이 느껴졌다. 아마 울타리 수선용으로 사용되었을 것이다. 굴 옆에 쌓인 흙더미는 재 때문에 연푸른색이 되어 있었다. 그 위에 까마귀처럼 새까만 수탉이 한쪽 다리를 을씨년스럽게 올린 채로 번식용으로 남겨 둔 10여 쌍의 암탉들에게 에워싸여 있었다. 헛간 그늘에는 농기구가 겨울의 거친 날씨를 피해 있었다. 짐수레의 뼈대가 갈빗대처럼 튀어나와 있었다. 마구간 옆의 퇴비 더미 위에 거위들이 앉아 있었다. 볏이 큰 네덜란드 종 수커위가, 절름거리며 옆을 지나쳐 가는 그리고리에게 거만하게 곁눈질을 하고 있었다.

그리고리는 집 안 동태를 샅샅이 돌아보고서 몸채로 되돌아왔다.

주방에서는 쇠기름이 녹는 냄새와 빵이 익는 냄새가 구수하게 코를 찔렀다. 두냐시카는 무늬 있는 접시 위에다 소금에 절인 사과를 씻고 있었다. 그것을 본 그리고리는 기운찬 목소리로 물었다.

"소금에 절인 수박 있니?"

"가서 꺼내 오너라, 나탈리야!"

일리니치나가 그 말에 대답했다.

판텔레이 프로코피예비치가 교회에서 돌아왔다. 그가 예배 때 받은 떡을 가족 수대로 아홉 조각을 내어 각자의 접시 위에 담았다. 모두들 식탁에 둘러앉았다. 페트로도 외출복을 입고 콧수염에 기름을 바른 모습으로 그리고리와 나란히 앉았다. 그들의 맞은편 자리에는 다리야가 앉아 있었다. 태양 광선이 그녀의 장밋빛 얼굴 위에 비쳤다. 그녀는 눈을 가늘게 찌푸리고 있었다. 나탈리야는 호박 찐 것을 아이에게 먹이면서 이따금 웃는 얼굴로 그리고리를 바라보았다. 두냐시카는 아버지와 나란히 앉았다. 일리니치나는 페치카에서 가까운 가장자리 좌석에 앉아 있었다.

여느 축제 때와 마찬가지로 여러 가지 맛있는 요리를 배불리 먹었다. 양고기 스튜를 먹은 다음에는 소면이 나왔다. 그다음에는 삶은 양고기와 닭고기, 새끼양의 다리고기, 볶은 감자, 쇠기름으로 쑨 보리죽, 말린 버찌가 든 소면, 버터를 바른 팬케이크, 소금에 절인 수박 등이 끊이지 않고 나왔다. 실컷 먹은 그리고리는 식식거리며 일어나 성호를 긋고 트림을 하며 침대 위에 누웠다. 판텔레이 프로코피예비치는 아직도 죽을 먹고 있었다. 스푼으로 끌어모아서 그 한복판에다 호박빛 버터를 넣고 버터가 완전히 녹은 죽을 꼼꼼하게 스푼으로 떠서 먹고 있었다. 아이들을 무척 좋아하는 페트로는 미샤토카에게 떠먹여 주고 있었다. 그러면서 장난으로 아이의 볼과 코에다 산유(酸乳)를 묻혔다.

"큰아버지, 싫어요!"

"왜 그래?"

"볼에 묻었잖아!"

"뭐라고?"

"엄마한테 이를 테야!"

"뭐야?"

멜레호프가의 핏줄을 이어받은 미샤토카의 음울한 눈은 노여움으로 반짝이며 눈물이 고였다. 주먹으로 코를 닦더니 순하게 부탁을 하면 안 되겠다 싶었는지 갑자기 고함을 질렀다.

"묻히지 말라고 했잖아! 바보……바보!"

페트로는 재미있다는 듯이 소리를 내어 웃고 다시 조카에게로 스푼을 가져갔다. 한 스푼은 입에다, 한 스푼은 코에다.

"어린애처럼 그게 뭐냐."

일리니치나가 불평을 했다.

두냐시카는 그리고리 옆에 앉아 이야기를 했다.

"페트로는 정말 이상한 데가 있어요. 언제나 쓸데없는 장난을 생각해 내거든요. 바로 요전에도 미샤토카를 데리고 뒤뜰에 나갔을 때 그 애가 응가를 하고 싶어 '큰아버지, 층계 옆에서 싸도 돼요?' 물으니까, '안 돼, 저쪽에 가서 하려무나' 그러더라고요. 그러자 미샤토카가 뛰어가서 '여긴 괜찮죠?' 물으니까 '안 돼, 곳간 옆에 가서 해라' 하잖아요? 그리고는 곳간에서 마구간으로, 마구간에서 헛간으로 끌고 다니는 동안에 저앤 마침내 바지 안에…… 나탈리야가 얼마나 화를 냈는지 몰라요!"

"내가 먹을 테니까 이리 줘요!"

미샤토카는 우편 마차의 방울처럼 악을 썼다.

페트로는 장난으로 콧수염을 부르르 떨면서 동의하지 않았다.

"안 돼, 안 된다니까, 이 녀석! 내가 먹여 줄 테니 가만 있어."

"내 손으로 먹는다고요!"

"저기 좀 봐, 저쪽 마당을 보래두. 암탉과 수탉이 얌전히 앉아 있지 않니? 보이지? 엄마가 아이한테 먹여 주고 있잖아."

두 사람의 대화를 미소 띤 얼굴로 듣던 그리고리는 담배를 피우려고 몸을 굽혔다. 판텔레이 프로코피예비치가 곁으로 다가왔다.

"난 오늘, 뵤시키[14]에 잠시 갔다 오려고 한다."

"무슨 일로요?"

판텔레이 프로코피예비치는 보리죽 냄새가 나는 트림을 하고 콧수염을 꼬았다.

"그곳 마구장이한테 볼일이 있어서 그래. 말 목사리 두 개를 수선해 달라고 맡겨 놨거든."

"하룻밤이면 돌아오실 수 있겠습니까?"

---

14) 뵤센스카야 지방의 도시.

"그럼, 밤까진 충분히 돌아올 수 있어."

잠시 쉬고 나서 그는 올해 들어 눈이 나빠진 늙은 암말에다 썰매를 매달고 길을 떠났다. 도로는 초원 속으로 뚫려 있었다. 약 두 시간 뒤에 그는 뵤센스카야의 시내에 닿았다. 우체국과 소비조합에 들러 볼일을 보고 말 목사리를 찾은 다음, 교회에 살고 있는 오래된 사이인 교부(敎父)에게 들렀다. 손님 접대를 끔찍이 좋아하는 주인은 점심에 그를 초대했다.

"우체국에 들르셨습니까?"

그는 술잔에 뭔가를 부으면서 물었다.

"그러믄요."

판텔레이 프로코피예비치는 길게 끌듯이 대답하고 술병을 바라보면서, 마치 사냥개가 짐승의 발자취를 냄새 맡듯이 킁킁거렸다.

"뭔가 변화 같은 건 듣지 못했습니까?"

"변화라니요? 별로 들은 게 없는데요. 무슨 일이 있었습니까?"

"칼레딘, 아시지요? 그 알렉세이 막시모비치가 죽었다오."

"그게 정말이오?"

판텔레이 프로코피예비치는 단번에 얼굴빛이 달라졌다. 그는 의자등받이에 힘없이 등을 기댔다. 주인은 침울한 표정으로 눈을 깜박거리면서 "듣자니 이삼 일 전에 노보체르카스크에 자살을 했다는 전보가 들어왔더군요. 이 지방을 통틀어서 유일한 장군다운 장군이었는데 말입니다. 기병으로 전군의 지휘를 맡으셨던 훌륭한 정신의 소유자였지요! 그분이 살아 계시면 카자흐도 고통을 덜 받을지 모르지요."

"잠, 잠깐요, 교부님! 앞으로 일이 어떻게 될까요?"

판텔레이 프로코피예비치는 술잔을 떨어뜨리듯이 하면서 얼떨떨한 표정으로 물었다.

"전혀 짐작이 가지 않습니다. 곤란한 시대를 맞았지요. 인간이 형편이 나빠졌다고 해서 자기 자신에게 총을 쏘는 짓 따윈 할 수 없는 것 아닙니까?"

"어떻게 해서 그리 됐나요?"

구교 신자로서 심지가 굳은 교부는 세차게 손을 저었다.

"병사들이 그분을 버리고 달아나 결과적으로 이 지방에 볼셰비키가 들어오는 걸 허용한 셈이지요. 그로 인해서 아타만은 세상을 떠나신 거지요. 그분을 대신할 만한 사람은 없지 않습니까? 누가 우리를 지켜 주겠어요? 카멘스카야에는 혁명위원회라는 게 들어와서 거기에 속한 카자흐는 군인이라고 하던데……여기서도 그쪽 명령으로 아타만을 물러가게 하고 혁명위원이라는 걸 선거한다고 하더군요. 어중이떠중이가 머리를 쳐들게 됐지 뭡니까! 그 패거리란 모조리 미장이나 대장장이, 뭐 이런 흡혈귀 놈들뿐이지요. 이 뵤시키에도 그런 무리들이 초원의 파리 떼만큼이나 널렸다고 할 수 있지요!"

판텔레이 프로코피예비치는 머리를 숙이고 한참 동안 잠자코 있었다. 이윽고 머리를 들었을 때는 눈초리가 훨씬 더 험악해져 있었다.

"그 병엔 뭐가 들어 있나요?"

"술이지요. 카프카즈에서 조카가 갖다 준 겁니다."

"그럼 교부님, 한잔 주십시오. 칼레딘의 명복을 빌고 싶습니다. 아타만, 천국으로 가십시오!"

그는 단숨에 술을 들이켰다. 주근깨가 나고 키가 큰 주인의 딸이 안주를 들고 왔다. 판텔레이 프로코피예비치가, 썰매 옆에서 고개를 숙이고 서 있는 암말이 걱정되어 자주 눈길을 보내자 교부가 그에게 말했다.

"말 걱정은 안 하셔도 됩니다. 물도 주고 먹이도 주도록 일러 놨으니까요."

그러자 판텔레이 프로코피예비치는 이내 활기를 띠기 시작했고, 말 걱정 따위는 까맣게 잊어버렸다. 아니, 이 세상 모든 것을 잊어버렸다. 그는 두서없이 그리고리에 대한 이야기를 늘어놓았다. 도중에 술에 취한 교부와 말끝에 언쟁을 벌였다. 그리고 얼마 뒤에는 무슨 일로 언쟁을 했는지조차 기억하지 못했다. 문득 정신을 차려보니 벌써 밤이었다. 자고 가라고 권하는 것을 뿌리치고 귀가할 것을 작정했다. 주인의 아들이 암말에다 썰매를 매주고, 교부가 도와서 썰매에 앉혔다. 교부는 손님을 배웅할 생각이었다. 두 사람은 비틀거리면서 나란히 썰매에 누워 서로를 끌어안았다. 두 사람이 탄 썰매는 문에 부딪히고, 그 뒤로도 모퉁이를 돌 때마다 부딪치면서 겨우 초원의 도로를 빠져나갔다. 초원에 닿자 교부는 울음을 터뜨리며 일부러 썰매에서 굴러떨어졌다. 그런 다음 한참 동안 엎드린 채 소리를 지르며 욕설을 퍼부었다. 판텔레이 프로코피예비치는 암말에게 구보를 시켰다. 그 뒤 배웅을 나온 교부가 눈 위를 네 발로 기면서 눈 속에다 머리를 처박고 아하하하! 소리를 내며 웃는 것도, 그리고 이렇게 외쳐 대는 소리도 알아듣지 못했다.

"간지럼 태우지 마! 간질이지 말래두, 부탁이야!"

서너 차례 채찍을 맞은 판텔레이 프로코피예비치의 암말은 무턱대고 구보해 나갔다. 이윽고 그는 쏟아져 오는 잠을 이기지 못하여 힘없이 썰매에 기댄 채 잠 속에 빠져들고 말았다. 우연히 고삐가 그의 몸에 깔려 암말은 평상시의 걸음으로 바뀌었다. 첫 번째 모퉁이에 이르렀을 때 말은 잘못하여 마르이 그롬쵸노크 부락으로 나가는 길로 들어서 그대로 나아갔다. 얼마 못 가서 그 길도 잃게 되었다. 길이 아닌 길을 걸어가다가 숲 옆의 깊은 눈더미를 헤치고 콧김을 마구 뿜으며 분지 쪽으로 줄곧 내려갔다. 썰매가 나무에 걸리자 말이 멈춰 섰다. 그 충격으로 노인은 눈을 떴다. 판텔레이 프로코피예비치는 머리를 치켜들고 고함을 쳤다.

"야, 빌어먹을!"

그러고는 금방 잠이 들어 버렸다.

말은 무사히 숲을 뚫고 돈강변으로 내려갔고, 동쪽에서 쇠똥 냄새를 싣고 불어오는 바람에 의지하여 세묘노프스키 부락 쪽을 향해 나아갔다.

부락에서 반 킬로미터쯤 떨어진 돈강변 왼쪽에 저지대가 있었다. 해마다 봄에 물이 흘러넘쳐 갈수기에는 이리로 집중해 오는 곳이었다. 이 저지대 옆의 모래사장 강변에는 물이 뿜어져 나오는 장소가 몇 군데 있는데―거기에는 겨울철에도 얼음이 얼지 않고, 널따랗게 풀빛 띠를 두른 모양으로 되어 있었다. 돈 강에선 그런 길도 조심스레 피하여 한 바퀴를 돌아서 그 옆을 지나가야 했다. 봄이 되어 밀려가는 물이 그 저지대를 지나 힘찬 분류가 되어 돈 쪽으로 역류할 때는 이곳에서 소용돌이를 치며 여러 가지 흐름이 섞여 밑바닥을 씻어 내는데 그때 물은 요란한 소리를 일으켰다. 그리고 여름 동안엔 줄곧 그 물 속에 잉어가 살면서 강변으로 떠내려 오는 나뭇가지 등을 주둥이로 쪼기도 했다.

강변 좌측을 향하여 멜레호프의 암말은 갈 바를 모르는 다리를 옮기고 있었다. 판텔레이 프로코피예비치가 몸을 뒤척이면서 잠시 눈을 떴을 때는 그 강변까지 약 40미터가량의 거리에 와 있었다. 밤하늘에선 덜 익은 버찌처럼 새까만 별들이 그의 옷깃 속을 내려다보고 있었다.

'밤이군…….'

판텔레이 프로코피예비치는 멍하니 그런 생각을 하며 갑자기 힘껏 고삐를 잡아당겼다.

"야, 야! 정신 차려, 늙어빠진 것 같으니라고!"

말은 조심조심 구보를 해 나갔다. 바로 가까운 곳에서 물 냄새가 말의 코를 찔렀다. 말은 양쪽 귀를 쫑긋 세우고 주인을 흘끗 돌아보았다. 철썩거리는 물결이 불현듯 말 귀에 들려왔다. 힘차게 히힝! 울면서 주춤주춤 뒷걸음질치려고 했다. 그런데 말 다리 밑에서 얼음이 빠지직 소리를 내며, 눈을 뒤집어쓰고 있던 가장자리가 무너져 내렸다. 말은 필사적으로 콧김을 내뿜었다. 온힘을 다해 뒷다리로 몸을 바로잡으려고 했으나 앞다리는 이미 물 속에 빠져들고 있었다. 들어올렸다가 다시 밟은 뒷다리 밑에서 얼음이 깨졌다. 빠지직 소리를 내면서 얼음은 떨어져 내렸다. 웅덩이가 말을 집어삼켰다. 말은 한쪽 뒷다리로 일산(日傘)을 걷어찼다. 그 순간, 뭔가 이상하다는 생각이 든 판텔레이 프로코피예비치는 재빨리 썰매에서 뛰어내리다가 뒤로 자빠졌다. 그는 말의 무게로 끌어당겨진 썰매가 별빛을 받아 반짝이면서 시커먼 초록빛 심연으로 미끄러져 가고, 얼음 조각이 섞인 물이 희미하게 물기둥을 튕긴 채 부드러운 소리를 내는 걸 보았다.

엉덩방아를 찧은 판텔레이 프로코피예비치는 믿을 수 없는 빠른 속도로 물러나 비로소 외마디 소리를 질렀다.

"사람 살려! 사람 살려! 빠져 죽어요!"

술기운이 단숨에 사라져 버렸다. 그는 얼음이 얼지 않은 곳으로 달음질쳤다. 갓 얼기 시작한 얼음이 날카롭게 빛났다. 바람이, 부서진 얼음 조각을 얼음이 얼지 않은 수면으로 밀어붙였다. 물결은 푸른 녹색 소용돌이를 만들어 쏴쏴 소리를 질러 댔다. 언저리는 죽음과 같은 고요에 가득 차 있었다. 저 멀리 부락의 등불이 어둠 속에서 노랗게 흔들렸다. 비로드를 펼쳐 놓은 듯한 하늘이 희미하게 흔들리고 있었다. 미풍이 눈보라를 내뿜었다. 그러자 그것은 씨앗을 뿌릴 때 같은 희미한 소리를 내면서 웅덩이의 새까만 아가리로 먼지처럼 빨려들어갔다. 웅덩이는 뿌연 김으로 흐릿했다. 또한 섬뜩하게 가무스름했다.

판텔레이 프로코피예비치는 지금 여기서 고함을 질러 봐야 소용 없고 부질 없음을 알아차렸다. 그는 언저리를 돌아보고 어느새 이런 데로 오게 되었나를 생각해 보았다. 그리고 자기 자신과 지금 일어난 사건에 대해 화가 나서 부르르 몸서리를 쳤다. 그의 손에는 채찍이 들려 있었다. 그는 망할 놈, 망할 놈 외치면서 한참 동안 자신의 등을 채찍으로 때렸다. 그러나 아프지는 않았다. 가죽외투가 보호해 주고 있기 때문이었다. 하지만 그것을 벗는다는 건 무의미하게 느껴졌다. 턱수염에서 수염 한 개를 뽑았다. 그런 다음 잃어버린 물건과 말과 썰매와 말 목사리의 값어치를 헤아려 보고 빙혈 옆으로 바싹 다가갔다.

"야, 눈이 삐었냐!"

그는 떨리는 소리로 물에 빠진 말을 향해 소리쳤다.

"멍텅구리! 제 놈이나 빠졌으면 됐지, 왜 나까지 끌어들이냐고! 뭣 때문에 이런 데로 끌고 왔어? 저승에 가면 악마들이 네 썰매를 타고 놀아나겠지. 하지만 악마놈들한텐 너를 칠 채찍이 없을 거다! 자, 이 채찍을 줄 테다!"

그는 힘껏 손을 쳐들어 웅덩이 한복판을 향해 벚나무 채찍을 내던졌다.

채찍은 텀벙 소리를 내면서 곤두박질하듯 물 밑바닥으로 가라앉았다.

15

칼레딘군이 혁명 카자흐 부대를 가볍게 일축한 뒤, 돈 혁명위원회는 밀레로보에 패주할 수밖에 없어 서둘러 자기의 정치적 입장을 분명히 했다. 그런 연유로 칼레딘 및 반혁명적 우크라이나 회의에 대한 군사작전의 지도자 앞으로 돈 혁명위원회에서 다음과 같은 내용의 선언문을 보냈다.

하리코프. 1918년 1월 19일. 루강스크로부터. 제449호. 18시 20분.

돈 카자흐 군사혁명위원회는 돈 지방의 다음과 같은 결의를 페트로그라드 소비에트 인민위원회의에 전달해 줄 것을 귀하에게 부탁합니다.

카자흐 군사혁명위원회는 카멘스카야 마을에서 열린 병사대회의 결의에 따라 다음과 같은 결정을 행사키로 했습니다.

1. 러시아 소비에트 공화국의 중앙정부, 카자흐, 농민 및 노동자 대표회의 중앙집행위원회 및 동위원회에 의해 선출된 인민회의를 승인함.

2. 카자흐, 농민 및 노동자 대표회의에 의해 돈 지방정부를 수립함.

주의—돈 지방 토지 문제는 마찬가지로 이 지방대회가 해결하는 것으로 함.

선언문이 당도한 뒤를 이어, 혁명위원회의 요청으로 적위군 부대가 파송되었다. 그 응원으로 체르네초프 대령의 부대가 섬멸되어 사태는 회복되었던 것이다. 주도권은 혁명위원회의 손으로 옮아 갔다. 즈베레보, 리하야를 점령한 뒤 사브린 및 페트로프의 적위군 부대는 혁명위원회의 카자흐 부대를 보강해 공격을 전개하여 적군을 노보체르카스크 방면으로 압박해 갔다.

우익인 타간로크 방면에서는 쿠쵸포프 대령 휘하의 의용군 부대에서 네크리노프카 부근에서 패배를 맛보았던 시벨스가 포 1문, 기관총 24정 및 장갑차 1대를 잃은 채 암브로세프카에 나가 있었다. 그러나 타간로크에서는 시벨스가 패배하여 후퇴를 했던 날에 발틱 공장에서 소요가 일어났다. 노동자들은 시내에서 후보생 부대를 쫓아냈다. 시벨스는 다시 일어나 공격을 더욱 활발하게 펼쳐 의용군 부대를 타간로크까지 밀어붙였다.

소비에트군 부대의 승리는 이미 분명한 것이었다. 그들은 세 방면에서 의용군 부대와 '갈가리 찢긴' 칼레딘의 잔존 부대를 에워싸고 목을 죄었다. 1월 28일, 코르니로프는 칼레딘에게 전보를 쳐서, 의용군이 로스토프를 버리고 쿠반 방면으로 후퇴해 가고 있음을 알렸다.

29일 오전 9시, 아타만 관사에서 돈 군사정부위원회의 긴급회의가 열렸다. 칼레딘은 뒤늦게 자신의 관사를 나왔다. 그는 괴로운 표정으로 테이블 앞에 앉아 서류를 끌어당겼다. 수면 부족으로 얼굴이 노랗게 들떠 있었다. 윤기 없이 여윈 음울한 눈자위 밑에는 푸르스름한 기미가 끼어 있었다. 마치 그의 야윈 얼굴이 썩기 시작한 느낌을 주었다. 그는 코르니로프로부터 온 전보를 천천히 읽은 다음, 노보체르카스크 북부에서 적위군 부대에 대항하고 있는 각 부대의 지휘관으로부터 온 상황 보고로 시선을 옮겼다. 꾸겨진 전보를 손으로 조심조심 펴면서 푸른 기미가 생긴 눈꺼풀을 내리깐 채 낮은 목소리로 말했다.

"의용군은 후퇴하고 있다. 지방과 노보체르카스크의 방위를 위해 남겨 둔 인원은 147명……."

그의 왼쪽 눈꺼풀이 꿈틀했다. 악문 입술에 경련이 스쳐 갔다. 약간 소리를 높여 그는 말을 이었다.

"우리의 사태는 절망적이다. 주민은 우리를 지지하지 않을 뿐 아니라 우리에게 적의를 품고 있다. 우리에겐 병력이 없다. 따라서 저항한다 해도 무익한 노릇이다. 나는 이 이상의 희생을 원치 않는다. 이 이상의 피를 보고 싶지 않다. 우리의 대표권을 내놓고 다른 사람 손에 정권을 넘길 것을 제의하고 싶다. 나는 군아타만의 위치에서도 물러나려 한다."

미트로판 보가예프스키는 넓은 창 쪽을 뚫어지게 보고 있다가 코에 걸친 안경을 올리면서 머리를 돌리지 않은 채로 말했다.

"나도 대표권을 사퇴하고 싶소."

"정부는 물론 총사퇴하겠지만 그렇게 되면 문제는 대체 누구에게 정권을 넘겨줘야 하느냐에 있습니다."

"시의회에 인도하면 되겠지."

칼레딘은 쌀쌀맞게 대꾸했다.

"그렇다면 정식으로 그 수속을 밟아야 합니다."

결심하기 난감하다는 말투로 정부위원 가운데 한 사람인 카레프가 말했다.

순간 무겁고 씁쓸한 침묵이 감돌았다. 잔뜩 흐린 1월의 오전 햇빛이 침침한 창밖에 떠돌고 있었다. 안개와 서리의 베일을 쓴 시내는 졸린 듯 입을 다물고 있었다. 사람들의 귀는 여느 날의 생활의 맥박을 듣지 못하고 있었다. 어딘가 역 근처에서 벌어지고 있는 전투의 반향, 대포의 신음이 사물의 움직임을 억제하고 시가지 위에 둔중한, 뭐라고 표현할 수 없는 위협으로 덤벼들고 있었다.

창밖에는 까마귀들이 메마른 소리로 울어 댔다. 그것들은 흰 종루 위를, 시신 위를 춤추듯이 빙빙 돌고 있었다. 사원 광장에는 갓 내린 푸르스름한 눈이 쌓여 있었다. 그 눈을 밟는 사람의 그림자조차 드물었다. 때때로 사람을 실은 썰매가 뒤꽁무니에 어두운 줄을 그어 놓고 지나갔다.

얼어붙은 정적을 깨고 보가예프스키는, 정권을 사회에 인도하는 문안을 작성하자고 제의했다.

"정권을 인도함에 있어서 상대측과 공동회의를 가질 필요가 있을 거요."

"언제가 좋겠소?"

"좀 늦춰서 4시쯤 열면 좋겠지요."

정부위원들은 정적이 깨뜨려 진 것을 기뻐하듯이 정권의 양도와 회의 시간 등에 대한 심의에 들어갔다. 칼레딘은 입을 다문 채 손으로 조용하고 규칙적으로 테이블을 툭툭 두들겼다. 눈썹 밑에는 운모(雲母)와 같은 광채로 두 개의 눈동자가 자욱하게 흐려 있었다. 과도한 피로, 혐오, 의기소침이 그의 눈초리를 험악하게, 또한 고통스럽게 만들었다.

정부위원 가운데 한 사람이 뭔가에 반대되는 의견을 지루하게 지껄여 댔다. 칼레딘은 성난 말투로 그의 말을 가로막았다.

"제군, 얘기는 간단하게 하시오! 시간은 기다려 주지 않소. 러시아는 요설(饒舌)로 망했잖소. 30분의 휴식을 선언하오. 그동안에 심의하시오…… 그런 다음 되도록 속히 이 문제를 매듭지어야 해요."

그는 자신의 숙소로 되돌아갔다. 정부위원들은 여기저기로 몰려다니면서 수군수군 얘기를 계속했다. 칼레딘은 무척 안색이 좋지 않은 것 같다고 말했다. 보가예프스키는 창가에 서 있었는데, 거의 소곤거리듯 말하는 소리가 그의 귓전으로 들어왔다.

"알렉세이 막시모비치와 같은 위치의 사람에겐 자살이 유일한 탈출구지."

보가예프스키는 부르르 몸을 떨더니 황급히 칼레딘의 숙소로 걸음을 옮겼다. 이윽고 그는 군 아타만과 함께 되돌아왔다.

정권과 공문서를 건네주기 위해 4시에 시회와 공동회의를 열 것을 결정했다. 칼레딘이 일어서자 다른 사람들도 그를 따라 일어섰다. 칼레딘은 뚱뚱한 정부 위원 한 사람에게 작별 인사를 하면서, 카레프와 수군대고 있는 야노프를 뚫어지게 지켜보았다.

칼레딘이 물었다.

"무슨 일이오?"

야노프는 난처한 얼굴로 다가왔다.

"정부위원들 중에서 카자흐 출신이 아닌 위원들이 여비를 달라고 합니다."

칼레딘은 얼굴을 일그러뜨리고 내뱉듯이 말했다.

"난 돈을 갖고 있지 않소…… 그런 요청은 몹시 거북하군!"

모두들 흩어지기 시작했다. 이 대화를 듣고 있던 보가예프스키는 야노프를 불렀다.

"내 방으로 와 주게. 스베트자로프에겐 제1현관에서 기다리라고 일러두고."

보가예프스키는 자신의 방으로 가서 야노프에게 돈다발을 건네주었다.

"여기에 1만 4천 루블이 있으니까 그들에게 나눠 주도록."

제1현관에서 야노프를 기다리던 스베트자로프는 돈다발을 받아들자 인사를 하고 출구 쪽으로 걸어 나갔다. 야노프가 수위의 손에서 외투를 받아들려고 했을 때, 계단 쪽에서 다급한 발소리가 들리자 뒤를 돌아보았다. 칼레딘의 부관 모르다프스키가 계단을 허겁지겁 뛰어내려왔다.

　"빨리 의사를!"

　야노프는 외투를 내던지고 그의 곁으로 뛰어갔다. 제1현관에 배치된 당직사관과 전령들이, 모르다프스키를 에워쌌다.

　"무슨 일이야?"

　야노프가 소리쳐 물었다.

　"알렉세이 막시모비치가 자살하셨어요!"

　모르다프스키는 울먹이는 소리로 말하고 계단 난간에 가슴을 대고 비틀거렸다.

　보가예프스키가 달려왔다. 그의 입술은 심한 추위로 떠는 것처럼 부들부들 떨리고 있었다. 그는 말을 더듬었다.

　"뭐, 뭐라고? 어, 어쨌다고?"

　함께 앞을 다투어 계단을 올라갔다. 뛰어넘는 발소리가 쿵쾅쿵쾅 울렸다. 보가예프스키는 입을 벌리고 거친 숨을 헉헉 내뿜었다. 그는 맨 앞에 서서 쾅 하고 문을 열고 응접실을 지나쳐 서재로 들어갔다. 서재에서 작은 방으로 통하는 문은 열려진 채로 있었고, 거기에서 푸른 연기와 화약 냄새가 역하게 풍겨 왔다.

　"오! 오! 아, 이 일을 어쩌나! 알료사! 여보!"

　칼레딘의 아내 마리아 페트로브나의 뭐라고 말할 수 없이 무섭게 짓눌린 것 같은 소리가 들려왔다.

　보가예프스키는 숨이 차올라, 입고 있는 셔츠의 깃을 쥐어뜯을 것처럼 하면서 그리로 달려갔다. 창가에는 카레프가 쭈그린 모습으로 앉아 있었다. 그는 이따금 크게 몸을 떨었다. 짐승이 울부짖는 것 같은 공허한 울부짖음이 보가예프스키의 발밑 바닥을 흔들었다.

　야전용 장교 침대 위에 손을 모으고 다리를 똑바로 편 채 칼레딘이 누워 있었다. 그의 머리는 벽 쪽을 향해 있었다. 새하얀 베갯잇이 축축한 이마와 베개에 짓눌려 있는 한쪽 볼을 받쳐 주었다. 두 눈은 졸린 듯이 반쯤 감기고 엄격한 입매는 고통스럽게 일그러져 있었다. 그의 발밑에 무릎을 꿇은 부인이 몸부림치고 있었다. 그녀의 계속되는 울부짖음은 격렬하고도 날카로웠다. 침대 위에는 권총이 나동그라져 있었다. 그 권총 옆에는 셔츠 위로 가느다랗고 검붉은 피가 흘렀다. 침대 옆 의자들에는 단정하게 프렌치복이 걸려 있고, 작은 탁자 위에는 손목시계가 놓여 있었다.

보가예프스키는 몸을 흔들며 무릎을 꿇더니, 온기가 남은 부드러운 가슴에다 귀를 갖다 댔다. 시큼한 남자의 땀 냄새가 풍겼다. 칼레딘의 심장은 고동치지 않았다. 보가예프스키는—그의 온 생명은 그 순간 청각에 집중되었다—이루 표현할 수 없는 격렬함으로 꼼짝 않고 귀를 기울였다. 그러나 들려오는 것은 작은 탁자 위에 놓인 손목시계가 째깍거리는 소리와 아타만의 아내의 흐느낌 소리, 그리고 창 너머로 들려오는 까마귀 떼의 고통스럽고 투명한 울음소리뿐이었다.

16

겨우 눈을 떴을 때, 맨 먼저 분츄크의 눈에 비친 것은 눈물과 미소로 빛나는 안나의 새까만 눈동자였다.

그는 3주일 동안 고열에 신음하면서 무의식 상태에 있었다. 3주일 동안 감각으로 잡히지 않는 환상적 세계를 헤매고 있었다. 12월 24일 저녁 무렵에야 그는 의식을 되찾았다. 그는 한참 동안 안나를 뿌옇게 흐린 눈초리로 바라보면서 그녀에 대해 기억을 해 내려고 애썼다. 그러나 얼마쯤의 성공에 불과했다. 아직 많은 것이 밑바닥 깊은 곳에 남아 있는 느낌이었다.

"물 좀 마시게 해 줘……."

자기 목소리가 먼 곳에서 들려왔다. 그러자 왠지 기분이 유쾌해졌다. 분츄크는 미소를 떠올렸다.

안나는 재빨리 그의 옆으로 다가갔다. 그녀는 조심스럽게 미소를 머금고 환한 표정을 지었다.

"제가 마시게 해드릴게요."

그녀는 컵을 향해 힘들게 손을 뻗치고 있는 분츄크를 위해 컵을 들었다.

분츄크는 간신히 머리를 들어올리고 떨면서 물을 마셨다. 그런 다음 베개 위로 힘없이 머리를 떨어뜨렸다. 한참 동안 옆을 바라보았다. 뭔가 말을 하고 싶었지만 힘이 빠져 꼼짝할 수 없었다. 그러고는 다시 졸음 속으로 빠져들었다.

얼마 뒤 다시금 눈이 떠지자 맨 먼저 자기에게 쏠린 불안스러운 안나의 눈동자를 보았다. 그리고 램프의 불빛을 보았다. 아무것도 칠하지 않은 판자로 된 천장을 비치는 광선의 하얀 테를 보았다.

"안나, 이리로 와 주겠소?"

그녀가 다가오더니 그의 손을 잡았다. 그는 힘없이 그녀의 손을 쥐었다.

"기분이 어때요?"

"혀가 마치 남의 것 같아. 머리도 남의 머리 같고, 다리도 그래. 마치 200살은 먹은 것 같은 느낌이오."

그는 한 마디 한 마디 주의해서 말하고 잠시 생각하더니 물었다.

"내가 티푸스에 걸린 모양이지?"

"그래요, 티푸스예요."

그는 방 안을 둘러보다가 의아해하며 물었다.

"여긴 어딜까?"

그녀는 질문한 뜻을 알고 미소를 지었다.

"우린 차리친[15]에 있어요."

"하지만 당신은……왜?"

"저 혼자만 당신과 함께 남기로 했어요."

그렇게 말하고 마치 변명하듯, 아니 아직 그가 입 밖에 내지 않은 어떤 생각을 털어버릴 것처럼 급히 덧붙여 말했다.

"당신을 낯선 사람들 손에 맡겨 둘 수 없었어요. 아브람슨과 본부 사람들이 당신의 간호를 내게 부탁했거든요…… 그래서 뜻하지 않게 당신 시중을 들게 된 거예요."

그는 눈으로 고맙다고 말하고 털투성이 손을 희미하게 움직이면서 감사의 뜻을 표했다.

"쿨트고로프는?"

---

15) 현재의 볼고그라드. 1925~1961년까지는 스탈린그라드라고 불리기도 했다.

"보로네시를 지나서 루강스크 쪽으로 갔어요."

"겐보르캬츠는?"

"그 사람은…… 저…… 그 사람은 티푸스로 죽었답니다."

"오!"

잠시 그는 잠자코 있었다. 마치 고인의 명복을 빌듯이.

"저도 무척 걱정했어요. 당신의 병세가 심상치 않아서."

그녀는 조용히 말했다.

"보고보이는?"

"모두 어디론가 가 버렸어요. 어떤 사람은 카멘스카야로 갔어요. 하지만 말을 많이 하면 몸에 해로워요. 나중에 물어도 되지 않아요? 우유 좀 마시겠어요?"

분츄크는 마시고 싶지 않다는 듯 머리를 흔들었다. 가까스로 혀를 움직여 다시 물었다.

"아브람슨은?"

"1주일 전에 보로네시로 갔어요."

그는 부자연스럽게 몸을 움직였다. 머리가 몹시 어지러웠다. 눈으로 피가 몰려왔다. 이마에 싸늘한 손이 얹히는 것을 느끼고 눈을 감았다.

한 가지 의문이 그를 괴롭혔다. 자기는 의식을 잃고 있었는데 대소변 시중은 누가 들어 줬을까? 그녀일까? 그런 생각이 들자 얼굴이 붉어졌다.

"당신 혼자서 내 간호를 했단 말이오?"

"네, 저 혼자서요."

그는 벽 쪽으로 얼굴을 돌리며 낮은 소리로 중얼거렸다.

"창피한 줄도 모르고…… 못된 놈들 같으니! 온통 당신한테 떠맡기고 가다니……."

티푸스를 앓은 뒤의 신경 장애는 청각에 나타났다. 분츄크는 귀가 멀었다. 차리친의 당위원회에서 파견된 의사는 안나에게, 환자가 완전히 회복한 뒤에 알맞은 치료를 시작하겠다고 말했다. 분츄크의 회복은 시일이 걸렸다. 다행히 식욕은 놀랄 만큼 왕성했으나 안나는 엄격하게 규칙을 지켰다. 그 때문에 두 사람은 충돌이 잦았다.

"우유를 조금만 더 줄 수 없소?"

분츄크가 졸랐다.

"더는 안 돼요."

"부탁이오, 조금만 더! 당신은 날 굶어 죽게 할 작정이오?"

"일리야, 규칙을 지켜야 된다는 건 당신도 잘 알잖아요."

그러자 그는 화를 내며 입을 다물고 벽 쪽으로 돌아누워 한숨을 쉬었다. 그에 대한 연민으로 가슴이 찢어지는 것 같았지만 그녀는 참아 냈다. 잠시 뒤 그는 얼굴을 찌푸리고 더욱더 불쌍한 표정이 되어서는 다시 돌아누워 손을 모으듯이 하고 간청했다.

"소금에 절인 양배추는 안 될까? 제발, 안나! 부탁이오…… 안 되겠소? 의사의 말 따윈 들을 필요 없어!"

딱 잘라 거절을 당할 때면 그는 심한 말로 그녀를 모욕했다.

"당신, 이렇게까지 날 괴롭힐 권리는 없지 않소! 차라리 가정부를 불러다가 부탁하겠소! 당신은 정말 인정머리라곤 눈곱만큼도 없는 못된 여자야! 정말이지, 난 당신이 보기도 싫어."

"제가 당신을 간호해 준 데 대한 보상이 그건가요?"

안나도 참지 못하고 말했다.

"내가 당신한테 내 옆에 있어 달라고 부탁한 건 아니지 않소! 그걸로 날 나무란다는 건 비겁해! 당신은 자신의 유리한 입장을 이용하고 있는 거요. 좋소, 이젠 됐어…… 아무것도 안 먹어도 좋아! 날 이대로 죽게 내버려 둬! 나중에 가서 후회해도 난 몰라!"

그녀는 꾹 참고 아무 말도 하지 않았다. 말하고 싶은 대로 하도록 내버려 두었다.

한번은 그녀가 피로시키[16]를 달라고 하는 분츄크의 부탁을 거절했을 때 특별히 격심한 말다툼을 한 뒤, 분츄크는 홱 등을 돌려버렸다. 그녀는 심장이 옥죄는 듯이 괴로웠다. 그의 눈에도 눈물이 고여 있었다.

"마치 어린애 같군요!"

그녀는 말했다.

---

16) 흑빵과 함께 러시아의 대표적인 빵. 러시아 만두라고도 한다.

그런 다음 그녀는 급히 주방으로 가서 피로시키를 접시에 가득 담아 가지고 왔다.

"자, 드세요. 일류샤! 여기 많이 있잖아요. 화내지 마시구요! 이것 봐요. 어쩜 이리 잘 튀겨졌지?"

떨리는 손으로 그의 손에 피로시키를 쥐어 주었다.

분츄크는 마음 깊은 곳에 아픔을 느끼고 거절하려 했다. 그러나 참을 수 없었다. 눈물을 닦고 일어나서 그것을 받았다. 섬세하고 곱슬곱슬한 수염이 무성하게 자란 얼굴에 쑥스러워하는 미소가 어렸다. 눈으로 용서를 비는 것처럼 하며 말했다.

"난 어린애보다 더 버릇이 없어…… 이렇다니까, 곧 울음이 터질 것 같아서……."

그녀는 그의 여윈 목을, 헤벌어진 셔츠 안의 뼈와 가죽뿐인 가슴팍을, 뼈마디가 불거져 나온 손을 바라보았다. 그러고는 아직껏 느껴 보지 못한 깊은 애정과 연민을 담고 그의 이마에 다정하게 키스를 했다.

약 2주일이 지나자 그는 가까스로 남의 손을 빌리지 않고도 방 안을 돌아다닐 수 있게 되었다. 마른풀처럼 야윈 다리는 무릎이 덜덜 떨렸다. 그는 걷는 연습을 했다.

"보라고, 안나. 걸어갈 테니 보라니까!"

그는 혼자서 빨리 걸어가려고 했다. 그러나 발이 몸무게를 견디지 못하고 마룻바닥에 미끄러졌다.

처음으로 지팡이를 짚고 선 분츄크는 노인처럼 온 얼굴로 웃어 보였다. 투명한 볼의 피부가 힘껏 당겨져 주름살을 굵게 했다. 그는 늙은이마냥 힘없는 웃음을 웃더니 긴장과 웃음으로 맥이 빠져 다시 침대에 드러눕고 말았다.

그들의 방은 부두에서 그리 멀지 않은 거리에 있었다. 창 너머로 설경의 볼가 강이 보이고 그 맞은편엔 널따랗게 잿빛 원을 그린 숲과 부드럽게 높낮이를 드러내는 들녘의 경치가 바라보였다. 안나는 잠시 창가에 서서 미묘한 변화를 맞은 자신의 생활에 대해 떠올리고 있었다. 분츄크의 병은 두 사람을 불가사의한 인연으로 밀착시켰다.

처음에 오랜 시일에 걸쳐 험난한 길을 동행한 뒤에 그와 함께 차리친에 닿았을 때는 고통으로 눈물이 나올 정도로 가슴이 쓰라렸다. 그녀는 비로소 사랑하는 남자의 신변에 접하여 그 이면의 생활을 바로 눈앞에서 똑똑히 보게 되었다. 이를 악물고 그의 내의를 갈아입히고, 이가 들끓는 뜨끈뜨끈한 머리를 빗겨주고, 바위처럼 무거운 몸을 돌려 눕혀 놓기도 했다. 그리고 끔찍스런 느낌으로 벌거벗은 남자의 말라빠진 몸을 바라보면서 소중한 생명이 간신히 온기를 담고 있는 축 처진 피부를 들여다보았다.

그녀의 마음속은 소름이 끼치고 혐오감이 일었으나, 밖으로 나타난 혼란스러움도 마음속 깊이 튼튼하게 뿌리박고 있는 감정을 더럽히지는 않았다. 이런 순수한 감정이 이끄는 대로 그녀는 차츰 고통과 의혹을 극복하는 것을 익혔다. 그리고 이겨 냈다. 다만 동정만이 남아 깊은 샘에서 솟는 샘물처럼 그에 대한 애정으로 흘렀다.

어느 날 분츄크가 말했다.

"그런 일까지 하게 해서 싫증났을 거야…… 그렇지?"

"시련이었지요."

"무슨? 인내의 시련 말이오?"

"아녜요, 감정의."

분츄크는 돌아누운 채 한동안 떨리는 입술을 억제할 수 없었다. 그 문제에 대해서 두 사람은 그 이상 얘기를 진전시키지 않았다. 말은 부질없는 것, 쓸데없는 것으로 여겨졌기 때문이었다……

1월 중순, 두 사람은 차리친을 떠나 보로네시로 향했다.

17

1월 16일 저녁, 분츄크와 안나는 보로네시에 도착했다. 거기서 이틀 동안 머문 뒤, 다시 밀레로보를 향해 출발했다. 왜냐하면 돈 혁명위원회와 그를 따르는 부대가 칼레딘의 부대에 압박을 받아, 어쩔 수 없이 카멘스카야를 버리고 밀레로보로 이동할 수밖에 없다는 보고가 출발하는 날에 당도했기 때문이었다.

밀레로보는 어수선하고 뒤죽박죽이었다. 분츄크는 거기서 몇 시간을 보낸 뒤 다음 열차로 굴보카야로 떠났다. 그다음 날엔 체르네초프 부대와의 전투에 참가했다.

체르네초프군이 섬멸된 다음, 분츄크와 안나는 갑자기 헤어져야 했다. 어느 날 아침, 그녀는 여느 때처럼 활발했지만 좀 슬픈 얼굴로 본부에서 돌아왔다.

"아브람슨이 이곳에 와 있어요. 당신을 무척 만나보고 싶어하던걸요. 그리고 또 한 가지 알려 드릴 게 있어요. 난 오늘 여기를 떠나게 되었답니다."

"어디로?"

분츄크는 놀라서 물었다.

"아브람슨과 나, 그리고 대여섯 명의 동지들이 함께 루강스크로 선전 활동을 하러 가게 되었어요."

"당신은 부대를 버리고 떠날 작정이오?"

분츄크가 싸늘한 어조로 물었다.

그녀는 빨갛게 달아오른 얼굴을 그에게로 가까이하면서 웃었다.

"솔직히 털어놓으세요. 내가 부대를 버린다기보다 당신을 버리고 가는 게 슬 픈 거죠? 하지만 겨우 며칠인데 뭘 그래요? 당신 곁에 있는 것보다 더 유익한 일을 할 수 있을 것 같아요. 난 기관총 일보다 선전 쪽이 전문이니까……."

그녀는 장난스레 눈을 굴리면서 말했다.

"하긴 분츄크 같은 경험이 풍부한 지휘관의 지도로 배우게 된 게 사실이지만 요."

얼마 뒤 아브람슨이 들이닥쳤다. 그는 여전히 생기 있고 활동적이어서 잠시도 가만히 있지 못했다. 여전히 장수풍뎅이처럼 새까만 머리에 드문드문 백발이 빛나고 있었다. 그는 분츄크를 보고 진심으로 기뻐했다.

"움직일 수 있게 되었다고? 다행이야! 안나는 우리 쪽에서 데리고 가기로 했어."

그는 상대방의 마음을 꿰뚫어 보듯 눈을 가늘게 떴다.

"자네 반대하진 않겠지? 그래, 그래…… 좋아, 좋아, 잘 됐어! 내가 물은 건 자 네들이 틀림없이 차리친에서 결합되었을 거라고 생각했기 때문이야."

"솔직히 말해서 난 이 사람과 헤어지는 게 싫어."

분츄크는 어두운 얼굴로 살짝 미소를 지었다.

"안됐지만, 이런 일은 흔히 있는 일이니까…… 안나, 당신은 괜찮겠지?"

분츄크는 방 안을 걸어 다니기 시작했다. 걸으면서 궤짝 그늘에 먼지가 쌓인

가린—미하일롭스키[17]의 책 한 권을 집어 들고 격려의 말과 작별 인사를 했다.

"그럼 곧 오는 거지, 안나?"

"먼저 가세요. 난 뒤따라갈게요."

그녀는 칸막이 안에서 대꾸했다.

그녀는 속옷을 갈아입고 나왔다. 가죽 허리띠가 달린 카키색 군용 작업복을 입었는데, 그 양쪽 주머니가 가슴 언저리에서 부풀어 있었다. 스카프 역시 검은색으로 군데군데 기운 데가 있었으나 흠잡을 데라고는 없는 말끔한 차림새였다. 감은 지 얼마 안 되는 머리칼은 탐스러웠고, 맨 곳에서 비어져 나와 있었다. 그녀는 외투를 입고 벨트를 매면서 물었다. 아까와 같은 위세는 사라지고 애원하는 듯한 목소리로 말했다.

"당신은 오늘 공격에 참가할 건가요?"

"물론 참가하지! 손을 모으고 앉아 있을 순 없지 않소."

"부탁인데요…… 제발 제발 조심하셔야 해요. 나를 위해서 말예요. 안심해도 되겠죠? 털양말을 한 켤레 여분으로 놔두고 갈게요. 감기 들지 않도록 하시고, 특히 발이 젖지 않도록 하세요. 루강스크에 도착하면 편지할게요."

그녀는 왠지 모르게 맥이 풀린 듯이 말했다. 그러고는 작별을 하면서 고백했다.

"당신과 헤어지는 게 너무 괴로워요. 처음 아브람슨한테서 루강스크에 가지 않겠느냐는 물음을 받았을 땐 무척 기뻤는데, 지금은 거기 가 봐야 당신이 계시지 않으니 아무런 낙이 없을 것 같아요. 감정이란 것이 부질없다는 증거군요. 감정은 묶어 두려고 하니까…… 그럼 안녕히 계세요!"

서로의 마음을 억제하고 그들은 덤덤하게 작별을 고했다. 당연한 노릇인데도 분츄크는 그것을 분명하게 알 수 있었다. 그녀의 결의가 둔해질 것을 두려워한 것임을.

그는 배웅을 나갔다. 안나는 빠른 걸음으로 어깨를 흔들면서 뒤돌아보지 않고 걸어갔다. 그는 그녀의 이름을 부르고 싶었다. 하지만 헤어질 때, 흘낏 쳐다보던 그녀의 흐려진 눈 속에 눈물이 괴어 있던 것을 생각하고 충동을 억제하면

---

17) 1852~1906. 작가. 《쵸마의 유년시절》 《중학생들》 《학생들》 및 《기사들》 등의 작품이 있음.

서 짐짓 기운차게 외쳤다.

"로스토프에서 다시 만납시다! 그럼 몸조심해요, 안나!"

안나는 뒤돌아보면서도 걸음을 늦추지 않았다.

그녀가 가 버린 뒤 분츄크는 뼈저리게 외로움을 느꼈다. 그는 일단 방으로 들어오긴 했지만 가슴이라도 찔린 것처럼 곧장 뛰쳐나갔다…… 방 안에 있는 하나하나가 그녀가 있는 것 같은 기분을 불러일으켰다. 잊고 간 손수건이, 병사용 손가방이, 놋쇠 물컵이—그녀의 손이 닿았던 것이 그녀의 향기를 풍기고 있었다.

분츄크는 저녁 무렵까지 마을 거리를 돌아다녔다. 아직껏 맛보지 못했던 불안감과 몸의 일부를 떼어 낸 것 같은 느낌을 경험했다. 그리고 그는 자신의 새로운 상태에 도저히 안정을 얻을 수가 없었다. 낯선 적위병과 카자흐들의 얼굴을 멍하니 바라보았다. 그는 두세 번가량 본 적이 있는 카자흐들밖엔 알아보지 못했다. 그들 쪽에서 그를 알아보는 사람은 숱하게 많았지만.

한 곳에서 독일과의 전투 때 전우였던 한 카자흐와 마주쳤다. 분츄크는 그의 숙소로 갔다. 그는 여러 사람과 카드놀이를 하자고 권했다. 테이블을 에워싸고 페트로프 부대의 적위병들과 바로 최근에 도착한 모크로우소프의 수병들이 카드놀이를 하고 있었다. 담배 연기 속에서 그들은 거칠게 카드를 내던지고, 케렌스키 지폐를 팔락팔락 흔들고, 욕설을 퍼붓고, 난폭하게 고함을 지르고 있었다. 분츄크는 밖으로 나가고 싶어 물리치고 나왔다.

한 시간쯤 지나면 공격하러 가야 된다는 사실이 그의 기분을 되살려 주었다.

18

칼레딘이 죽은 뒤, 노보체르카스크 정부는 정권을 돈군의 나자로프 장군에게 이양했다. 1월 29일 카자흐 대표자 회의에 모인 대표자들에 의해 그가 카자흐군 아타만으로 선출되었던 것이다. 이 회의에 모인 사람들은 대표자 가운데 극소수인 일부였다. 주로 남부관구에 속하는 하류지대 카자흐 마을의 대표자들이었다. 회의는 소회의라는 이름으로 불리었다. 회의에서 지지받은 나자로프는 17살부터 55살까지 동원할 것을 선언하고, 동원 실시를 위해 마을마다 무장한 부대를 파송하여 위협을 가했으나 카자흐들은 자진해서 무기를 잡으려 들지 않았다.

소회의가 활동을 시작한 날에 크라스노시쵸코프 장군의 제6돈 카자흐 연대가 군대장 늙은 타친의 지휘를 받아 루마니아에서 행군 대형으로 노보체르카스크에 도착했다. 연대는 마침 예카테리노슬라프에서 볼셰비키의 포위를 돌파하여 교전하면서 온 것이었다. 연대는 피야치하트카, 메제바, 마트베예프, 쿠르간, 그 밖의 숱한 장소에서 습격을 받았으나 그럼에도 불구하고 거의 전원이 무사히, 장교 또한 한 사람의 낙오도 없이 도착할 수 있었다.

연대를 맞은 성대한 개선 환영식이 벌어졌다. 사원 광장에서 기도를 행한 뒤 나자로프는 카자흐병들에 대해, 그들이 군율을 지키고 훌륭하게 질서를 유지하고 돈 방위를 위해 무기를 갖고 귀환한 것을 치하했다.

6일에 연대는 스린역 근처에 있는 전선으로 파송되었다. 이틀 뒤에 노보체르카스크에 슬픈 정보가 들어왔다. 즉 연대는 볼셰비키 선전의 영향을 받아 멋대로 진지를 버리고 군정부의 방위를 거부하기에 이르렀다는 것이었다.

대표자 회의의 활동은 부진했다. 볼셰비키와 싸워서 결국 어떻게 될 것인가는 대표자 전원도 이미 짐작하는 사실이었다. 회의석상에서 나자로프는—이 정력적이고 팔팔한 장군은—손으로 이마를 짚고 몹시 괴로운 생각에 잠긴 모습이었다.

마지막 간청도 고목의 가지가 부러지듯이 꺾이고 말았다. 전투는 이미 치호레즈카야 근처에서 시작되었다. 차리친에서 로스토프를 향해 그곳의 적군 지휘자—아프토노모프 소위가 전진하고 있다는 소문이 퍼졌다.

체르노프 대위의 부대는 시벨스의 압박과, 그니로프스카야 마을의 카자흐들에게 추격을 당하여 로스토프 시내로 도망치기에 이르렀다. 남은 퇴로도 몇 없었다. 따라서 그대로 로스토프에 머물러 있는 것이 위험하다고 판단한 코르니로프는, 그날 오리긴스카야 마을까지 퇴각하라는 명령을 내렸던 것이다.

종일 정거장과 사관들의 순찰을 노리고 테멜니크 방면으로부터 노동자들이 사격을 가했다. 해 질 무렵에야 밀집해 있던 한 부대가 로스토프 시내에서 나갔다. 이 부대는 돈강을 건너 살찐 뱀처럼 꿈틀거리며 아크사이 쪽으로 기어서 나아갔다. 푹푹 빠지는 눈 위로 무거운 다리를 끌면서 인원수가 부족한 각 중대가 걸어가고 있었다. 금단추가 달린 중학생 외투와 실업학교 생도의 풀빛 외투도 간간이 눈에 띄었으나 대다수는 군용 외투와 장교용 외투였다. 대령과 대위들이 소대를 지휘했다. 망명자들은 초로와 중년들로서 도회풍의 외투를 입고 카로시[18]를 신고 있었다. 여자들은 하이힐을 신은 채 쌓인 눈에 푹푹 빠지면서 차에 매달릴 듯이 바싹 붙어 걸어갔다.

코르니로프 연대 중 한 중대에 예브게니 리스트니츠키 대위도 섞여 있었다. 그와 함께 거만한 스타로베리스키 참모대위, 스보로프 파나고리스키 척탄병 연대의 보챠고프 중위, 나이가 많고 이가 빠진 로비체프 중령이 걸어가고 있었다. 중령의 얼굴은 커다란 암여우처럼 흰색이 섞인 붉은 털로 뒤덮여 있었다.

황혼빛이 차츰 짙어지면서 냉기가 뼛속까지 스며들었다. 돈 하구 쪽에서 소금기를 머금은 축축한 바람이 불어왔다. 리스트니츠키는 사람의 발자국을 잃지 않도록, 부서진 눈 위를 밟으며 중대를 추월해 가는 사람들의 얼굴을 보면서 걸어갔다. 그들의 바로 옆길을 코르니로프 연대를 지휘하고 있는 네젠체프 대위와 전 프레오브라젠스키 기병연대장인 쿠테포프 대령이 지나갔는데, 대령은 외투 단추를 풀고 모자를 비스듬히 쓰고 있었다.

"이봐, 지휘관!"

로비체프 중령이 네젠체프를 불렀다.

시커먼 눈과 넓은 이마를 가진 쿠데포프가 뒤를 돌아보았다. 그의 어깨 너머로 네젠체프도 뒤돌아보았다.

"제1중대에게 좀더 걸음을 빨리하도록 명령하지 않겠나? 이런 속도로는 얼어 죽기 꼭 알맞겠는걸. 발이 흠뻑 젖어 버렸어. 행군하는데 이런 보조로서야……."

"칠칠치 못한 것들 같으니!"

스타로베리스키가 목청을 높여 고함을 쳤다.

네젠체프는 그 말에는 대꾸를 않고 옆을 지나쳐 갔다. 그는 무슨 일에 대해서 쿠데포프와 논쟁하고 있었다. 잠시 뒤 알렉세예프의 마차가 그들을 추월했다. 마부는 검은 말의 엉덩이를 잡아맨 마차를 몰고 있었다. 말발굽 밑에서 눈이 튀어올라 사방으로 흩어졌다. 바람을 맞아 얼굴이 벌게진 알렉세예프는 끝이 뾰족하게 올라간 콧수염과 마찬가지로 눈썹도 새하였다. 그는 귀뿌리까지

---

18) 겨울 장화.

모자를 눌러쓰고 사륜마차의 쿠션에 비스듬히 기댄 채 추운 듯이 왼손으로 옷깃을 잡고 있었다. 사관들은 그 얼굴을 미소로 배웅했다.

발에 숱하게 짓밟힌 도로 여기저기에 물이 고인 웅덩이가 있었다. 걷기가 불편했다. 발이 미끄러졌다. 축축한 물기가 구두 속으로 스며들었다. 리스트니츠키는 걸어가면서 앞쪽에서 들려오는 얘기 소리에 귀를 기울였다. 모피 상의를 입고 초라한 카자흐 모자를 쓴 사관 하나가 굵직한 목소리로 말했다.

"이봐, 중위, 자네 봤나? 국회의장인 로쟌코 노인이 걸어가고 있더군."

"러시아는 지금 골고다 언덕19)을 올라가고 있는 거야……."

기침을 하다가 가래침을 뱉고 나서 누군가가 이죽거렸다.

"골고다라, 맞아…… 다른 점이 있다면 자갈길 대신 눈길이라는 거지. 게다가 축축하고 엄청나게 춥고."

"제군, 숙영지는 어디가 될까?"

"예카테리노다르야."

"프러시아에서 이런 행군을 한 적이 있었지……."

"쿠반에 가면 환영받을 거라고? 뭐? 물론 거긴 사정이 다르지."

"담배 가진 거 없나?"

고르바쵸프 중위가 리스트니츠키에게 물었다.

그는 낡은 장갑을 벗고 나서 궐련을 받아들고 인사를 하더니, 코를 손으로 풀고 나서 손가락을 외투 자락에다 문질렀다.

"꽤 민주주의적인 흉내를 내는군그래. 중위, 안 그런가……?"

로비체프 중령이 이죽거리는 미소를 지었다.

"하는 수 없지 않습니까? 대령님도 그러셨으면서…… 손수건을 한 다스가량 갖고 있는 것도 아니잖습니까?"

로비체프는 대답하지 않았다. 그의 백발이 섞인 붉은 입수염 위에는 푸르죽죽한 고드름이 붙어 있었다. 그는 때때로 콧물을 훌쩍거렸다. 바람에 펄럭이는 외투 안으로 파고드는 냉기로 얼굴을 찌푸렸다.

'이것이 러시아의 꽃인가?'

---

19) 성서에 나오는 예수 그리스도가 십자가형을 받은 예루살렘 근교의 산.

리스트니츠키는 도로를 맥없이 꿈틀거리고 있는 대열 위를 돌아보면서 격렬한 연민에 사로잡혔다.

기마병들이 몇 명 지나갔다. 그 가운데는 키가 큰 돈산(産) 말을 타고 있는 코르니로프도 보였다. 양옆구리에 비스듬하게 주머니가 달린 그의 풀빛 반외투와 흰 털모자가 잠시 대열 위에서 흔들렸다. 각 장교대대는 저마다 소리를 맞춰 함성을 지르며 그를 배웅했다.

"우리 고생은 아무것도 아니지. 문제는 가족인데……."

로비체프가 한숨을 쉬고 동정을 구하듯이 리스트니츠키의 눈을 보며 말을 이었다.

"내 가족은 스몰렌스크에 남아 있는데…… 아내와 딸아이가 하나 있지. 과년한 딸이. 이번 크리스마스에 열일곱 살이 돼……대위는?"

"글쎄요."

"자네도 가족이 있겠지? 출신지는 노보체르카스크인가?"

"아니오. 난 돈 군관구지요. 아버지 한 분뿐입니다만."

"가족들을 어떻게 해야 할지! 내가 없는 동안에 어찌 지내고 있는지……."

로비체프는 말을 이었다.

스타로베리스키가 분개한 말투로 끼어들었다.

"모두가 가족을 남겨 두고 온 처지요. 중령 당신이 우는 소릴 하는 까닭을 모르겠소. 놀라운 일이야! 로스토프도 미처 벗어나기 전인데……."

"스타로베리스키! 표트르 페트로비치! 자넨 타간로크의 전투에 참가했었나?"

누군가 뒤에서 고함을 쳤다.

스타로베리스키는 화가 난 얼굴을 돌리고 음울하게 웃었다.

"야…… 블라디미르 게오르그비치 아닌가. 무슨 바람이 자네를 이 소대에다 데리고 왔지? 전임(轉任)한 거야? 누구하고 싸웠나? 아…… 알 것 같아…… 자넨 타간로크에 대해서 묻지? 난 참전했었네…… 그러니 어쨌다는 거야? 그래, 맞아…… 놈은 전사했어."

리스트니츠키는 이야기 소리에 멍하니 귀를 기울이면서 자기가 야고드노예를 떠났을 때의 일, 아버지에 대한 일, 아크시냐의 일을 떠올렸다. 갑자기 마음속에 치솟아 오른 우수에 사로잡혔다. 그는 기운 없이 발을 내디디면서 총신이 앞쪽에서 흔들리는 것을 보고, 발짝마다 따라 움직이는 털모자와 둥근 모자와 방한두건을 쓴 머리를 바라보면서 생각에 잠겼다.

'추방의 운명을 짊어진 이들 5천의 인간 하나하나는 지금 나처럼 증오와 끝없는 분노를 느끼는 것이다. 빌어먹을 놈들은 우리를 러시아에서 내던지고 짓밟으려 하고 있다. 어디 두고 보라고! 코르니로프가 우리를 인솔해서 모스크바로 진격할 날이 반드시 올 테니까!'

그 순간, 그는 코르니로프가 모스크바에 닿을 날을 생각하고 기쁨과 함께 그날의 일을 떠올렸다.

어딘가 그리 떨어지지 않은 뒤쪽, 아마 중대의 후미쯤 되는 곳을 포병중대가 따라오고 있었다. 말들이 콧김을 내뿜고 차가 덜컹덜컹 울렸다. 거기서부터는 말의 땀 냄새마저 풍겨 왔다. 리스트니츠키는 갑자기 가슴을 울렁거리게 하는 익숙한 냄새를 느껴 뒤를 돌아보았다. 선두에 있는 젊은 하사가 그를 보더니 친한 사이처럼 미소를 지어 보였다.

3월 11일까지 의용군은 오리긴스카야 마을의 한 지대에 집결되었다. 코르니로프는 진격을 늦추어 약 1600명의 병사와 포 5문, 기관총 40정을 지닌 부하부대를 인솔했다. 그는 노보체르카스크에서 돈 건너편의 스텝으로 후퇴해 가는 돈군의 아타만 포포프 장군이 오리긴스카야 마을에 닿기를 기다렸다.

13일 아침, 포포프는 참모장인 시드린 대령과 몇 명의 장교 전령의 수행원들을 이끌고 오리긴스카야로 달려왔다.

코르니로프가 본부로 삼고 있던 저택 옆 광장에서 말을 멈추자, 그는 안장을 붙잡고 한쪽 다리를 내밀었다. 뛰어온 전령—가무잡잡한 얼굴의 물떼새처럼 날카로운 눈과 검은 앞머리를 내려뜨린 카자흐가 그를 안을 듯이 받쳐 올렸다. 포포프는 그 카자흐에게 고삐를 건네주고 무거운 걸음걸이로 현관 계단 쪽을 향해 걸어갔다. 시드린과 장교들도 황황히 그의 뒤를 따랐다. 전령들은 샛문에서 정원으로 말을 끌어들였다. 나이가 든 안짱다리의 전령 하나가 말의 사료 주머니를 늘어뜨리고 있는 동안에, 앞머리를 내린 물떼새를 닮은 전령은 어느새 막일하는 여자를 붙잡고 희롱을 했다. 플라토크를 매고 겨울 장화를 신은, 볼이 새빨간 여자는 그가 뭐라고 놀리자 교태 있게 웃으며 미끄러지듯이 그의 옆을 지나쳐 곳간 쪽으로 걸어가 버렸다.

나이가 지긋하고 당당한 포포프는 집 안으로 들어갔다. 그는 현관에서 당번병에게 외투를 건네주고 채찍을 못에 건 다음 한참 동안 소리를 내어 코를 풀었다. 당번병은, 걸어가면서 머리를 매만지는 시드린을 홀로 안내했다.

회의에 소집된 장군들은 모두 모여 있었다. 코르니로프는 펼쳐 놓은 지도 위에 팔꿈치를 세우고 있었다. 그의 오른쪽에는 야윈 몸집에 자세가 바른 알렉세예프가 면도를 말끔히 한 얼굴로 얘기를 하고 있었다. 데니킨과 어딘가 닮아 보이는 루콤스키는 방 안을 천천히 돌아다니면서, 연락병 카자흐들이 막일하는 여자와 시시덕대고 있는 광경을 바라보고 있었다.

나중에 도착한 사람은 인사를 나누고 자리에 앉았다. 알렉세예프는 도중에 본 동태와 노보체르카스크 철퇴 광경 등 별 의미도 없는 얘기를 두세 가지 물었다. 쿠테포프와 함께 코르니로프로부터 회의에 참석하라는 명령을 받은 장교 몇 사람도 들어왔다.

코르니로프가 침착하고 자신이 넘치는 태도로 자리에 앉은 포포프를 똑바로 쳐다보면서 물었다.

"장군, 귀관의 부대 병력은?"

"기마 1천 5백, 그리고 포병중대와 기관총 40점과 거기에 딸린 기관총병입니다."

"의용군이 로스토프를 버려야 했던 사정은 귀관도 알고 있을 것이오. 어제도 우리는 회의를 열었으나 그 결과 예카테리노다르를 목표로 하고 쿠반으로 나아갈 것을 결정했소. 예카테리노다르 주변에는 의용군 부대가 행동하고 있기 때문이오. 우리는 이 진로를 취하여 나아가게 될 것이오."

코르니로프는 연필로 지도를 가리키면서 빠르게 지껄였다.

"도중에서 쿠반의 카자흐들을 끌어들여 우리의 진격을 방해하려는, 인원도 많지 않고 조직이 약하고 전투능력이 없는 적위병대를 분쇄하면서 진군한다 그 말이오."

그는 포포프의 일그러진 얼굴을 흘깃 곁눈질하고 나서 말을 맺었다.

"우리는 귀관의 부대가 의용군과 함께할 것과 우리와 함께 예카테리노다르로 진군할 것을 권하는 바이오. 병력을 분산시킨다는 것은 우리에게 불리하기 때문이오."

"저는 그럴 수 없습니다!"

포포프는 격렬하게 잘라 말했다.

알렉세예프는 그에게로 몸을 기울였다.

"그건 무슨 이유에서요?"

"그 이유란, 돈을 버리고 쿠반으로 이동할 수 없기 때문이오. 돈을 북방의 예비로 놔두고, 우리는 지모브니크 지대[20]에서 사태의 추이를 기다릴 작정입니다. 적은 적극적인 행동을 취할 리 없다고 생각합니다. 왜냐하면 내일부터는 해빙이 시작될 테니까 돈강을 건너가는 것은 포병뿐 아니라 기마부대에게도 불가능해질 것이기 때문이지요. 그리고 지모브니크 지대는 말의 사료도 충분히 확보되어 있으니까 우리는 언제까지, 그리고 어느 방면으로 가더라도 파르티잔 행동을 전개할 수 있기 때문이고요."

포포프는 자신감에 넘쳐, 코르니로프의 제의를 물리칠 갖가지 근거를 들었다. 그는 잠시 한숨을 쉬고 나서 코르니로프가 뭐라고 말을 꺼내려는 것을 보고 완고하게 머리를 흔들었다.

"끝까지 제 의견을 말하게 해 주십시오…… 그 밖에도 중대한 이유가 또 있습니다. 우리 본부는 다음과 같은 점을 고려하고 있습니다. 즉 우리 카자흐들의 기분이라는 것 말입니다."

그는 집게손가락에 금반지를 가까스로 끼우고 나서 모두를 돌아보며 목청을 돋우어 말을 계속했다.

"우리가 쿠반으로 진격한다면 부대가 붕괴할 우려가 있어요. 카자흐들은 진군을 거부할지도 몰라요. 우리 부대의 가장 중심적이고 견고한 성원이 카자흐임을 기억해야 합니다. 그들의 사기가 당신네 부대에 비해 더 강하다고 할 수는 없을 것입니다. 그들은 자각이 없어요. 가지 않겠다고 하는 자가 나온다면 모두 그를 따르고 맙니다. 부대 전체를 잃게 되는 위험을 무릅쓰고 싶진 않습니다."

포포프는 잘라 말하고 다시금 코르니로프를 가로막았다.

"그럼 이만 실례하겠습니다. 나는 우리의 결심을 전했고 또한 이 결심을 뒤집

---

20) 겨울철을 말과 함께 지내는 목마지대의 부락.

을 수 없다는 것도 말씀드리겠습니다. 병력을 분산하는 게 우리에게 불리하다는 건 말할 나위조차 없습니다. 그렇지만 현상을 헤쳐 나갈 수 있는 길은 이것 밖에 없다고 생각합니다. 방금 제가 말씀드린 대로 의용군은 쿠반으로 가지 말고 돈 부대와 함께 돈 건너편의 스텝으로 옮기는 게 현명한 방책이라고 생각합니다. 쿠반에 있는 카자흐들의 기분은 내게 적지 않은 위구심을 품게 합니다. 거기에 가서 휴식을 취하고 다시 정비를 한 다음, 봄에 러시아에서 새로운 의용군 간부들을 보충할 수도 있을 겁니다……."

"아니야!"

코르니로프가 외쳤다. 그는 다시 돈 건너편 광야로 진군할 것을 주장함으로써 완강하게 알렉세예프의 반대 의견을 억누르려 했다.

"지모브니크 지대로 가는 건 무의미한 짓이야. 우리에겐 약 6천의 병력이 있어……."

"각하, 만약 문제가 식량에 있다면 지모브니크 지대 이외의 지대는 기대할 수 없다고 생각합니다. 게다가 종마사육자들에게서 말을 징발해서 군대의 일부를 기마부대로 만들 수도 있겠지요. 그렇게 함으로써 새로운 기동전을 벌일 기회를 잡으실 수도 있겠지요. 장군께서는 기마부대가 필요하지만 의용군은 그런 혜택을 받지 못하고 있습니다."

그날, 알렉세예프에 대해 몹시 경계심을 품고 있던 코르니로프는 흘낏 그를 쳐다보았다. 코르니로프는 진로의 선택을 결정짓지 못한 상태에서 다른 권위자의 지지를 구하고 있었던 것이다. 모두들 깊은 관심을 가지고 알렉세예프의 발언에 귀를 기울였다. 문제를 간결하고 명료하게 해결하는 것에 익숙해 있던 노장군은 두세 마디로 줄인 말로써 예카테리노다르로 진군하는 편이 유리함을 주장했다.

"이 방면이라면 우리는 어렵지 않게 볼셰비키의 포위를 돌파하고 예카테리노다르 부근에서 행동하게 될 부대와 합류할 수 있다고 생각합니다"

그는 이렇게 결론을 내렸다.

"하지만 만일 성공하지 못할 경우엔 어떻게 하겠습니까, 미하일 바실리예비치?"

루콤스키가 조심스럽게 물었다.

알렉세예프는 입을 우물거리면서 한 손으로 지도 위를 가리켰다.

"성공하지 못한다 하더라도 우리는 카프카즈 산맥까지 가서, 거기서 부대를 분산 배치할 수 있다고 생각하는 바이오."

그 의견을 로마노프스키가 지지했다. 마르코프가 몇 마디 격렬한 말을 토했다. 알렉세예프의 천 근의 무게가 있는 증언에는 더 이상 반대할 여지가 없는 것 같았는데 루콤스키가 한 마디 발언을 함으로써 평형을 잡았다.

"나는 포포프 장군의 의견에 찬성입니다."

그는 여유 있게 언어를 고르면서 말했다.

"쿠반으로의 행군은 여기선 상상도 할 수 없을 만큼 커다란 곤란이 따른다고 생각합니다. 첫째로 우리는 철도 선로를 두 차례나 건너가야 합니다……."

그가 가리킨 방향을 따라 회의 참가자 모두의 눈초리가 지도 위로 집중되었다. 루콤스키는 신중하게 말을 이었다.

"볼셰비키들이 우리를 사격할 기회를 놓칠 리가 없어요. 그들은 장갑열차를 끌고 올 것이오. 우리에겐 중량이 많이 나가는 장비가 있는 데다 숱한 부상자가 나올 텐데, 그것들을 내팽개칠 수는 없을 것이오. 이러한 모든 것이 군에 부담이 되어서 신속한 이동을 방해하게 될 것이오. 그리고 쿠반의 카자흐들이 우리에게 호의를 갖고 있다는 확신이 어디에서 비롯되었는지 그것도 나는 이해가 가지 않아요. 볼셰비키 정권에 끌리는 듯이 보이는 돈 카자흐의 예를 보더라도 매우 신중하게 이와 같은 종류의 소문에 대처해야 한다고 생각해요. 쿠반의 카자흐 또한 구(舊) 러시아 군대에서 들어온 볼셰비키적 눈병에 걸려 있소…… 그들은 적의를 품고 있을지도 몰라요. 결론을 되풀이해서 말하자면, 동으로 진로를 잡아 스텝으로 가서 힘을 축적한 다음 볼셰비키와 싸울 작전을 짜야 한다는 거요."

부하 장군들 대다수의 지지를 얻은 코르슈노프는 베리코 쿠냐지스카야 마을의 서방으로 나아가, 행군 도중에 비전투부대 일부에게 말을 보충시키고 나서 쿠반으로 나아갈 것으로 결정했다. 폐회를 선언한 그는 포포프와 두 세 마디 말을 나누고 그에게 싸늘하게 작별 인사를 한 다음, 자신의 사무실로 가버렸다. 그를 뒤따라 알렉세예프도 물러갔다.

돈 부대의 참모장 시드린 대령은 박차를 철컥거리면서 현관 계단 쪽으로 나가 들뜬 목소리로 전령을 불렀다.

"말을!"

젊고 밝은 갈색머리의 카자흐 중위가 현관 앞으로 웅덩이를 뛰어넘으면서 다가왔다. 그는 계단 아래쪽에 멈춰 서서 물었다.

"대령님, 어떻게 됐습니까?"

"잘못되지는 않았어!"

시드린은 기운찬 목소리로 대꾸했다.

"각하께선 쿠반으로 나아가는 것을 거절당했지. 즉시 철수하기로 했네. 준비 다 됐나, 이즈바린?"

"옛, 지금 말을 끌고 오는 중입니다."

전령들은 안장을 얹어 말을 끌고 왔다.

검은 앞머리를 늘어뜨린 카자흐가 동료를 뒤돌아보면서 물었다.

"미인이던가?"

나이 지긋한 카자흐가 피식 웃으며 대답했다.

"야생마 같은 계집이야."

"그 여자라면 혹시 자넬 불러낼지도 모르잖아?"

"닥쳐, 바보 자식. 오늘은 안 돼."

그리고리 멜레호프의 전 동료였던 이즈바린은 엉덩이가 처지고 이마가 벗겨진, 콧잔등이 하얀 자신의 말 등에 올라탄 다음 전령들에게 명령했다.

"한길 쪽으로 나가자."

포포프와 시드린은 장군 가운데 한 사람과 작별 인사를 나누고 현관 계단을 내려왔다. 한 전령이 말을 멈추게 하고 장군 다리에 등자를 끼웠다. 포포프는 카자흐풍으로 세공이 된 채찍을 휘두르면서 말에게 구보를 시켰다. 그의 뒤를 이어 등자를 내리누르고 몸을 앞으로 내민 전령 카자흐와 시드린과 장교들이 달려갔다.

의용군이 두 차례 강을 건넌 끝에 당도한 메체친스카야 마을에서, 코르니로프는 지모브니크 지대에 관하여 보충된 정보를 손에 넣었다. 정보는 부정적인 것이었다. 부대 지휘관들을 불러모은 자리에서 코르니로프는 쿠반으로 나아가기로 결정했다고 말했다.

포포프에게 합류를 권고하기 위한 전령이 거듭 달려왔다. 전령은 스타로 이바노프스키 지구 부근에서 부대를 만났다. 포포프의 회답은 여전히 똑같았다. 포포프는 은근히 싸늘하게 권고를 물리쳤고, 자신의 결심을 바꿀 수 없다는 것과 자기는 잠시 사리스키 관구에 머물러 있을 작정이라고 뜻을 밝혔다.

19

노보체르카스크 점령을 목적으로 우회로를 취해 나아가는 골보프 부대에 섞여서 분츄크도 출발했다. 2월 10일, 그들은 샤프트나야를 지나 라즈돌스카야 마을을 거쳐 저녁 무렵에는 메리호프스카야에 닿았다. 이튿날은 이른 새벽에 마을을 출발했다.

골보프는 부대를 구보행진으로 나아가게 했다. 그의 육중한 체구가 선두에 서서 채찍으로 성급하게 말 엉덩이를 내리쳤다. 밤중에 베셀게네프스카야 마을을 지나쳐 잠시 말을 쉬게 한 뒤, 다시 별도 없는 잿빛 어둠을 뚫고 기마부대는 진군해 갔다. 말발굽 아래서 포장되지 않은 도로의 얼음이 요란한 소리를 내며 부서졌다.

한번은 크리비얀스카야 마을 근처에서 길을 잃었지만 이내 되돌아서서 먼저 지나온 길을 찾아낼 수 있었다. 크리비얀스카야 마을에 이르자 어슴푸레하게 아침놀이 나타나기 시작했다. 하지만 마을 안에는 인기척이 없었다. 광장 옆 우물 옆에서 늙은 카자흐 한 사람이 통 안에 언 얼음을 깨뜨리고 있었다. 골보프가 그 카자흐 곁으로 말을 몰고 가자, 부대도 걸음을 멈췄다.

"안녕하슈, 노인장?"

카자흐는 털장갑을 낀 손을 천천히 털모자로 가져가면서 인사에 답했다.

"안녕하슈?"

"노인장, 이 마을 카자흐들은 노보체르카스크에 갔소? 이 마을에는 동원령이 내리지 않았소?"

노인은 황급히 도끼를 집어 들고 대꾸도 하지 않은 채 문 쪽으로 걸어나갔다.

"앞으로 가!"

골보프는 말을 되돌리고 소리쳤다.

그날, 소회의는 콘스탄티노프스카야 마을로 철수 준비를 하고 있었다. 신임

야전군 두목인 포포프 장군은 이미 노보체르카스크로부터 군대를 끌어내어 군수품을 옮긴 뒤였다. 그날 아침, 골보프가 메리호프스카야 방면에서 베셀게 네프스카야를 향해 진군중이라는 정보를 손에 넣었던 것이다. 골보프와 노보체르카스크를 인도하는 조건을 교섭하기 위해서 시브로보프 대위를 회의에 파견했던 것인데, 바로 그 뒤를 쫓아가듯이 아무런 저항도 받지 않은 채 골보프의 기마부대는 노보체르카스크로 쳐들어갈 수 있었던 것이었다. 골보프는 직접 땀투성이가 된 말을 타고 카자흐의 밀집부대를 인솔해 의사당 본관으로 달려갔다. 현관 언저리에는 대여섯 명의 병사가 지루한 듯이 떼 지어 서 있었다. 한 전령이 안장을 얹은 말을 끌고 나자로프가 나오기를 기다리고 있었다.

분츄크는 말에서 훌쩍 뛰어내려 경기관총을 들었다. 그러고는 골보프와 그 밖의 카자흐들 무리와 함께 의사당 본관으로 달려갔다.

문을 열어젖히는 소리에 홀 안에 앉아 있던 대표자들의 얼굴이 이쪽으로 돌려지는 순간 그 낯빛들이 창백해졌다.

"일어서!"

긴장한 탓인지 골보프는 마치 검열 때처럼 호령했고, 카자흐들에게 에워싸인 채 앞으로 고꾸라질 듯이 간부석 쪽으로 뚜벅뚜벅 걸어갔다.

회의에 참석중인 위원들은 이 위압적인 호령에 의자 소리를 내면서 일어섰다. 단지 나자로프만이 의자에 앉아 있었다.

"뭣 때문에 회의를 방해하는가?"

분노로 떨리는 목소리가 울려 퍼졌다.

"너희들은 포로다! 입 닥쳐!"

골보프는 열에 들뜬 얼굴을 하고, 나자로프 곁으로 걸어가 장교복의 어깨에서 견장을 잡아낚고는 고함을 질렀다.

"일어서라고 하지 않았나! 이놈을 체포하라! 넌 아직도 모르겠어? 번쩍거리는 견장 따위를 달고 말이야……"

분츄크는 문 쪽에다 기관총을 세웠다. 회의 참가자들은 양 떼처럼 엉켜 있었다. 카자흐들이, 나자로프와 공포로 파랗게 질린 의장 보로시노프와 그 밖에 대여섯 명을 분츄크 옆으로 끌고 갔다.

그 뒤를 검붉은 얼굴을 한 골보프가 검을 철컥거리면서 따라갔다. 한 위원이 그의 옷소매를 붙잡고 물었다.

"대령님, 우린 어떻게 하면 좋겠습니까?"

"우리라고?"

그의 어깨 뒤에서 다른 한 사람이 번들거리는 대머리를 바라보며 말했다.

"맘대로 가라!"

골보프는 떨쳐버리듯이 소리치고, 분츄크 옆으로 와서 위원들을 둘러보며 발을 굴렀다.

"맘대로 가라고 하지 않았나! 네놈들과 지껄이고 있을 시간이 없단 말이다. 가!"

그의 거친 목소리가 홀 안에 잠시 메아리를 일으켰다.

분츄크는 어머니와 함께 하룻밤을 지냈다. 이튿날 시벨스가 로스토프를 점령했다는 정보가 노보체르카스크에 들어오자, 골보프의 허락을 받은 그날 아침 그리로 말을 몰았다.

이틀 동안 시벨스의 본부에서 일을 했다. 그 사람하고는 《참호 프라우다》의 편집을 할 무렵부터 알고 지낸 사이였다. 혁명위원회에도 얼굴을 내밀어 보았으나 아브람슨도 안나도 거기엔 없었다. 시벨스의 본부에서는 혁명재판이 조직되었고 붙잡힌 백위군 사관들에 대한 삼엄한 재판과 처형이 행해지고 있었다. 분츄크는 재판 일을 도우면서 근무하고 있었다. 이튿날은 별로 기대하지 않은 채 혁명위원회에 들러 본 것뿐인데 미처 계단을 올라가기도 전에 안나의 음성이 들려왔다. 걸음을 늦추어 두 번째 방에 들어섰을 때, 가슴으로 일시에 피가 몰려드는 것을 느꼈다. 그 방 안에서 누군가의 목소리와 안나의 웃음소리가 들려왔던 것이다.

전에 사령부가 설치되었던 방에는 담배 연기가 자욱했다. 구석진 자리에 놓인 작은 책상 앞에, 단추가 떨어진 외투를 입고 귀마개가 달린 병사용 털모자를 벗은 사내가 앉아서 뭔가 기록을 하고 있었다. 그 사람을 에워싸고 병사들과 반외투를 입은 문관들이 몰려와 있었다. 그들은 무리 지어 담배를 피우거나 얘기를 나누었다. 창가에서 입구로 등을 돌린 채 안나가 서 있고, 무릎을 굽혀 손깍지를 끼운 아브람슨이 창틀 밑에 앉아 있었다. 그와 나란히 라트비아인 같은 키 큰 적위병이 머리를 기웃하고 서 있었다. 그는 담배 쥔 손을 내두르면서 뭔가 우스갯소리를 하는 것 같았다. 안나는 몸을 젖히며 소리 높여 웃었고 아브람슨도 미소로 얼굴을 찌그러뜨리고 있었다. 곁에 있는 사람들도 웃으면서 얘기를 듣고 있었는데, 적위병의 칼로 깎은 듯한 윤곽 하나하나에는 총명하고 날카로우면서도 심술궂은 듯한 그늘이 깃들여 있었다.

분츄크가 안나의 어깨에 손을 얹었다.

"잘 있었소, 안나!"

그녀는 뒤돌아보더니 얼굴이 빨개지면서 목둘레까지 붉게 물들었다. 그와 동시에 눈에 눈물이 고였다.

"어머나, 어디서 오시는 길이죠? 아브람슨, 보세요! 이분은 마치 새 은화처럼 말짱하잖아요? 당신은 이분의 안부를 무척이나 걱정했잖아요?"

그녀는 마음의 동요를 감추지 못하고 입구 쪽으로 걸어갔다.

분츄크는 아브람슨의 뜨거운 손을 쥐고 몇 마디 얘기를 나누었으나 얼굴에 끝없이 행복한 미소를 지으면서 아브람슨의 물음에는 대꾸할 생각도 하지 않은 채—그는 질문의 의미조차 깨닫지 못했다—안나를 향해 다가갔다. 그녀는 멈춰 서서 마음의 동요를 얼마간 가라앉히고 약간 심술궂은 미소를 띠고 그를 맞았다.

"그럼, 정식으로 인사하겠어요. 어떻게 지냈지요? 건강은요? 언제 이리로 오셨나요? 노보체르카스크에서? 골보프 부대에 계셨나요? 그렇군요…… 그런데 어떻게?"

분츄크는 똑바로 그녀를 바라보면서 물음에 대꾸했다. 그의 시선을 받은 그녀의 눈길은 이내 무너져 내려 이윽고 딴 데로 돌려지고 말았다.

"잠깐 밖으로 나가지 않겠어요?"

안나가 말문을 열었다.

아브람슨이 두 사람에게 소리쳤다.

"금방 돌아올 거지? 분츄크, 자네한테 볼일이 있어. 자네한테 맡길 일이 있다구."

"한 시간 뒤엔 돌아오겠어요."

밖으로 나오자 안나는 분츄크의 눈을 정겹게 바라보았다. 그러고는 약이 오르다는 듯 손을 내저었다.

"일리야, 일리야, 제정신이 아니에요…… 마치 철부지 소녀처럼! 그럴 수밖에 없잖아요. 너무 갑작스런 일이고, 게다가 우리 관계가 뚜렷하지 않은 탓도 있고. 정말 우리 사인 어떻게 된 거죠? 목가적인 '새 신랑과 신부'인가요? 루강스크에서 아브람슨이 '당신은 분츄크와 사랑하는 사이요?'라고 물었던 걸 기억하시죠? 그때 난 아니라고 말했지만 그 사람은 이미 다 알고 있었어요. 눈에 보이는 걸 못 본 척할 수는 없었을 테니까요. 아무 말도 안 했지만 그가 내 말을 믿지 않는다는 걸 난 알아요."

"당신 자신에 관한 얘기를 해주구려. 어떻게 지냈소?"

"우린 대단한 일을 했답니다! 11명으로 이루어진 대부대를 만들었어요. 조직 활동과 정치 활동을 해왔지요! 하지만 이런 얘기는 한마디로 말할 순 없잖아요. 너무 갑작스럽게 나타난 바람에 아직 마음이 가라앉지 않아요. 지금 어디에 묵고 계세요…… 숙소는 어디예요?"

그녀는 화제를 바꾸고 물었다.

"여기 있는…… 동지 집에서."

분츄크는 거짓말을 했기 때문에 말문이 막혔다. 그는 시벨스의 본부에 묵고 있었던 것이다.

"오늘부터 내 집에서 지내지 않을래요? 내 집, 어딘지 기억하시죠? 언젠가 바래다 준 적이 있잖아요."

"알긴 하지만, 가족들한테 폐를 끼치게 될 텐데?"

"걱정하지 마세요. 사양하실 거 없어요. 그런 말은 하지 않기로 해요."

저녁때, 분츄크는 소지품을 한데 모아 커다란 군용 자루에 집어넣고 안나가 사는 교외로 떠났다. 벽돌로 된 작은 사랑채 입구에서 노파가 그를 맞아 주었다. 그 여자의 얼굴은 어렴풋이 안나를 떠올리게 만들었다. 안나를 그대로 닮은 검푸른 눈빛, 약간 구부러진 코, 다만 주름이 잡힌 검은 피부와 처진 입매만이 노령을 말해 주고 있었다.

"분츄크 씨군요?"

노파가 물었다.

"그렇습니다."

"어서 들어오슈. 당신 얘긴 딸한테서 들었수."

노파는 분츄크를 자그마한 방으로 안내하고 짐을 들여놓을 장소를 일러 주면서 부들부들 떨리는 손가락으로 여기저기를 가리켰다.

"이 방을 쓰도록 하슈. 이 침대가 당신 거요."

노파는 금방 알 수 있는 유대인 억양으로 말했다. 집 안에는 노파 말고 또 한 사람의 체구가 작은 소녀가 있었는데 안나처럼 야위고 눈자위가 움푹 들어간 소녀였다.

안나는 조금 뒤에 돌아왔다. 그녀가 돌아오자 집 안은 떠들썩해지고 활기가 감돌았다.

"누가 찾아오지 않았어요? 분츄크란 사람 오지 않았나요?"

노파가 모국어로 그녀에게 뭐라고 대꾸했다. 그러자 안나는 다급한 걸음걸이로 문 옆으로 다가왔다.

"들어가도 돼요?"

"어서 들어와요."

분츄크는 의자에서 일어나 그녀를 맞았다.

"어때요? 계실 만해요?"

그녀는 흐뭇한 웃음을 띤 눈길로 그를 바라보면서 물었다.

"뭔가 식사할 만한 걸 가져왔던가요? 그럼, 저쪽으로 가시죠."

작업복의 소매를 끌고 첫째 방으로 데리고 가서 말했다.

"어머니, 이 분은 제 동지예요."

그렇게 말하고 미소를 지었다.

"이분을 함부로 대해선 안 돼요."

"무슨 말을 그렇게 해. 어떻게 그럴 수가? 귀한 손님이신데."

밤이 되자 로스토프 시내에서 잘 익은 아카시아의 꼬투리가 터지는 것처럼 빵, 빵! 총소리가 들려왔다. 기관총 소리도 울렸으나 그 뒤는 다시 조용해졌다. 장엄하고 시꺼먼 2월의 밤은 다시금 한길을 정적으로 에워쌌다. 분츄크와 안나는 그녀의 깔끔하게 정돈된 방 안에서 오래도록 앉아 있었다.

"이 방을 여동생과 함께 쓰고 있어요."

안나가 얘기했다.

"검소하지요. 마치 수도사의 방 같잖아요. 싸구려 그림 한 폭, 사진 한 장 없어요. 여학생다운 장식은 한군데도 없다고요."

"어떻게 생계를 이어 왔지?"

말하다 말고 분츄크가 물었다.

그러자 안나는 자랑스럽게 대꾸했다.

"아스모로프의 공장에 다녔어요. 가정교사도 했구요."

"지금은?"

"어머니가 바느질을 하고 계세요. 식구가 둘뿐이니까 생활비가 얼마 안 들거든요."

분츄크는 노보체르카스크 점령의 양상과 즈베레보, 카멘스카야 부근의 전투 상황을 자세히 얘기했다. 안나는 루강스크와 타간로크에서의 일에 대한 인상을 얘기했다.

11시에 어머니가 자기 방의 불을 끄는 것을 보고 안나는 곧장 방으로 돌아갔다.

20

3월이 되자 분츄크는 돈 혁명위원회의 재판 일을 보게 되었다. 키가 크고 흐릿한 눈을 한, 고된 직무와 수면 부족으로 홀쭉하게 야윈 재판장은 자신의 방 창문 근처로 그를 데리고 가서 손목시계를 들여다보며―그는 회의에 나가려고 서두르는 중이었다―말했다.

"몇 년도에 입당했나? 그렇다면 잘 됐군. 지금 당장 집행관이 되어 주게. 사실은 여기서 집행관으로 있던 사내를 우린 어젯밤…… 뇌물 사건으로 두호닌의 본부로 송치했다네. 전형적인 새디스트로 처치 곤란한 사내였지. 그런 인간은 여기선 안 돼. 이 일은 하기 힘든 일임에 틀림없지만 당에 대한 책임감을 제대로 갖추는 게 중요하지. 어떻게 해야 하는가는 알고 있지……?"

그는 이 한 마디에 힘을 주어 말했다.

"즉 인간성을 갖추는 일이야. 우리가 반혁명자들을 죽이는 건 어쩔 수 없이 하고 있을 뿐, 그걸 구경거리로 삼는 짓은 결단코 용납할 수 없는 일이네. 내가 하는 말 알아들었나? 그럼, 좋아. 당장 일에 착수해 주게나."

그날 밤 분츄크는 적위병 16명을 끌고 3킬로미터 떨어진 교외에서, 총살선고를 받은 다섯 명의 형을 집행했다. 그중 두 사람은 그니로프스카야 마을의 카자흐였고, 나머지 사람들은 로스토프의 주민이었다.

거의 매일 늦은 밤에 판결을 받은 자들을 트럭에 싣고 교외로 가서 그들을 묻을 구덩이를 파야 했다. 그 일에는 사형수들과 적위병 일부도 참가시켰다. 분츄크는 줄을 세우고 호령했다.

"혁명의 적을……."

그렇게 말하고 권총을 치켜든 다음 외쳤다.

"사격!"

일주일 사이에 그는 훌쭉하게 야위고, 흙을 칠한 것처럼 거무칙칙하게 되었다. 신경질적으로 깜박거리는 눈꺼풀은 굶주림에 지친 두 눈동자의 고통스런 빛을 덮어씌우지 못했다. 안나가 분츄크와 얼굴을 마주할 수 있는 건 늦은 밤뿐이었다. 그녀 역시 혁명위원회에서 일했고 밤이 늦어서야 귀가를 했다. 그녀는 그가 돌아온 것을 알리는 귀에 익은 단속적인 노크로 창문을 두들길 때까지 잠을 자지 않고 기다렸다.

어느 날 밤, 분츄크는 여느 때처럼 밤중에야 돌아왔다. 안나는 그에게 문을 열어 주면서 물었다.

"식사하실래요?"

분츄크는 대답하지 않았다. 취한 것같이 비틀거리는 걸음걸이로 자신의 방으로 걸어가 외투와 구두, 그리고 모자도 벗지 않은 채 그대로 침대에 쓰러져 누워 버렸다. 안나는 그의 곁으로 다가가 얼굴을 들여다보았다. 그의 눈은 감겨진 채 찌푸려져 있었고, 튀어나온 입가엔 침이 괸 데다가 이마에는 티푸스로 빠져 버린 듬성한 머리카락이 축축하게 엉겨 붙어 있었다.

그녀는 옆에 앉아서 연민 때문에 가슴이 찢어지는 듯한 심경으로 물었다.

"괴롭지요, 일리야?"

그러자 그는 안나의 손을 힘껏 쥔 채 이를 갈면서 벽 쪽으로 고개를 돌리고 그대로 잠이 들어 버렸는데, 꿈속에서 알아들을 수 없는 헛소리를 중얼거리며 몸을 일으키려 안간힘을 쓰는 것이었다. 그는 절반쯤 감은 눈을 치켜올리듯이 하며 잠들어 있었고, 눈꺼풀 그늘에선 부풀어 오른 흰자위가 불타는 듯이 번뜩였다. 그녀는 두려움에 가득 차서 온몸을 떨었다.

"그쪽 일을 그만두면 어떻겠어요?"

이튿날 아침, 그녀는 간청하듯이 말했다.

"어쩐지 사람이 완전히 변해 버린 것 같아요. 일리야! 그런 일은 사람을 못쓰게 하나 봐요."

"쓸데없는 소리 하지 마!"

그는 희멀건 눈동자를 뒤룩거리며 악을 썼다.

"그렇게 소리치면 싫어요! 화나셨어요?"

분츄크는 왠지 모르게 맥이 풀렸다. 소리를 질렀더니 가슴에 괴어 있던 분노가 한꺼번에 사라진 것 같은 느낌이 들었다. 그는 힘없이 자신의 손바닥을 들여다보면서 말했다.

"인간쓰레기라 하더라도 그건 분명히 사람으로서 할 짓이 아니오. 사형을 집행하는 건 건강에도, 정신에도 좋지가 않아. 하지만 말이야, 너……."

그는 안나 집으로 옮겨온 뒤 처음으로 난폭한 말투를 썼다.

"이런 험한 일을 떠맡는다는 건 바보나 짐승이나 아니면 미친 사람만 할 수 있겠지. 모든 사람은 꽃이 핀 정원을 거닐고 싶어하니까. 하지만 꽃을 심거나 나무를 심기 전에 우선 방해가 되는 것을 제쳐놓아야 해! 손을 깨끗이 해야 하는 거라고!"

그는 안나가 맞은편을 향해 잠자코 있는데도 목청을 높였다.

"군더더기는 말끔히 쓸어내야 한다 이 말이야!"

분츄크는 주먹으로 테이블을 내리치고 충혈된 눈을 껌벅거리면서 고함을 질렀다.

안나의 어머니가 방 안의 동태를 엿보려고 다가왔다. 그때야 비로소 제정신이 든 그는 목소리를 낮추어 말을 이었다.

"난 이 일을 계속할 작정이야! 난 봉사를 하고 있다는 걸 내 스스로도 깨닫고 있어. 방해물을 없애 버리고 비료를 줘서 토지를 비옥하게 만들려는 거야! 보다 더 풍요하게! 장차 이 풍요한 대지를 행복한 사람들이 걸어가겠지…… 어쩌면 내 자식도 걸어가게 될지 몰라. 하긴 아직 갖고 있지 않지만……."

그는 음산하게 웃었다.

"저 독충들을 내 손으로 얼마나 많이 총살했는지…… 진드기 같은 놈들이야…… 진드기. 분명히 사람의 몸에서 피를 빨아먹은 버러지라고…… 그런 놈들을 이 손으로 몇십 명 해치웠으니까……."

분츄크는 그렇게 말하고 솜털이 덮인 손으로 주먹을 쥐고 앞으로 쑥 내밀었다가는 그것을 무릎 위로 올려놓고 소리를 낮췄다.

"할 수 없어. 일단 불이 붙은 다음엔 불꽃이 튀도록 타오르게 하는 수밖에 없어. 연기만 풀풀 나게 한다고 되는 일이 아니니까…… 그렇지만 사실 좀 지쳤어…… 어쩌면 얼마 뒤에 전선으로 나가게 될지 몰라…… 확실히 당신이 말한 그대로야……."

안나는 잠자코 듣고 있다가 조용히 입을 열었다.

"전선으로 나가든가 일을 바꾸든가 하는 게 좋겠어요…… 지금 하고 있는 일은 그만둬요, 일이야. 그렇지 않다간 당신은 몸을 망칠 거예요."

분츄크는 그녀에게 등을 돌리고 손가락으로 창을 두드렸다.

"아냐, 괜찮아…… 무쇠로 된 인간이 있다는 생각은 하지 마. 우린 모두 똑같은 재료로 만들어졌다고…… 세상에 전쟁을 무서워하지 않는 인간은 없을 거고, 또 사람을 죽이고도 정신적인 상처를 받지 않는 인간은 없는 거야. 하지만 견장을 달고 으스대는 놈들에 대해선 마음의 상처는 받지 않아……놈들은 너와 나처럼 의식적이니까. 그렇지만 어제 열 명가량을 총살한 가운데 세 명의 카자흐가 있었어…… 모두 노동자들이었어…… 한 사람의 포박을 풀려고 했을 때……."

분츄크의 음성이 낮아지고 그것은 마치 차츰 멀어져 가는 것처럼 희미하게 들려왔다.

"그 손에 닿았을 때, 마치 구두 밑창처럼 꺼끌꺼끌했어…… 못이 잔뜩 박힌 거야…… 새까만 손바닥이 상처투성이인 거야……껍질이 벗겨지고, 마디가 굵은……그럼, 난 가겠어."

그는 갑자기 말을 끊고, 목에 억센 밧줄이 감겨 옥죄는 모습을 안나에게 보이지 않으려는 듯이 재빨리 목을 문질렀다.

그는 구두를 신고 우유를 한 잔 마신 다음에 나갔다. 안나가 그의 뒤를 쫓아왔다. 잠시 그의 털북숭이 손을 자신의 손 위에 얹어 놓고 있다가 이내 그것을 달아오른 볼로 갖다 대더니 시적시적 마당으로 걸어 나갔다.

따스해졌다. 아조프해에서 돈의 하구로 봄이 밀려왔다. 3월 말에 우크라이나의 백위군과, 독일군에 추격을 당해 온 우크라이나의 적위군 부대가 로스토프에 잇따라 도착했다. 시중에서는 살인과 강도와 두서없는 징발이 행해졌다. 완전히 사기가 무너진 두세 부대에 대해서 혁명위원회는 어쩔 수 없이 무장해제를 행사했으나 사태는 피를 보아야만 수습되었다. 노보체르카스크 부근에선 카자흐들이 날뛰기 시작했다. 3월이 되자 많은 카자흐 마을에 포플러가 싹을 틔우듯이 카자흐와 이민족 사이에 충돌이 일어나기 시작했다. 두세 마을에선 단숨에 확대되거나 반혁명의 음모가 폭로되기도 했다. 한편 로스토프에서는 격렬하고 억센 생활이 계속되었다. 매일 밤, 보리샤야 사드바야 거리를 병사와 수병과 노동자들의 무리가 몰려다니고, 집회를 열고 해바라기씨를 까먹고 보도 가장자리를 흐르는 개울물에다 침을 뱉고 여자들을 희롱했다. 사람들은 옛날처럼 일하고 먹고 자고 죽고 애를 낳고, 서로를 사랑하며 서로를 증오했다. 바다 쪽에서 불어오는 소금기 품은 바람을 호흡하면서 커다란 정열, 작은 정열에 나름대로 몸을 맡기고 생활했다. 하지만 폭풍을 품은 날은 로스토프의 정면으로 침입해 왔다. 해빙기가 지나자 흑토 냄새가 풍겨 왔다. 머지 않아 터지고 말 전쟁의 피 냄새가 풍겨 오고 있었다.

햇빛이 환한 어느 갠 날이었다. 분츄크는 여느 날보다 빨리 집으로 돌아왔는데, 안나가 집에 있는 것을 의아하게 여겨 물어 보았다.

"언제나 늦게 돌아오는 당신이 오늘은 웬일이오?"

"몸이 좀 좋지 않아서요."

그녀는 그의 방으로 따라 들어왔다. 분츄크는 옷을 갈아입고 기쁜 미소를 띠면서 말했다.

"안나, 오늘 재판 일을 그만뒀어."

"어찌 된 영문이에요? 어디로 배치됐는데요?"

"혁명위원회 본부야. 오늘 크리보슈루이코프와 만나 결정을 봤어. 가까운 날에 지방으로 돌려보내 준다고 약속했다고."

두 사람은 함께 식사를 했다. 분츄크는 침대에 누웠지만 흥분한 탓으로 오래도록 잠이 오지 않았다. 담배를 피우고 이불 속에서 뒤척이면서도 기쁜 듯 한숨을 내쉬었다. 재판 일을 그만둔 사실이 무척 기뻤다. 앞으로 더 계속된다면 견디지 못하고 쓰러질 것이라 생각하던 참이었다. 담배를 네 개비째 피워 물었을 때, 방문이 삐꺽 하는 소리가 들렸다. 안나였다. 맨발에 내의만 입은 그녀는 방 안으로 들어와 조용히 그의 침대로 다가왔다. 덧문 틈새로 새어들어 온 푸른 달빛 한 줄기가 그녀의 풍만한 어깨 위에 내려와 비춰 주었다. 그녀는 몸을 굽히고 따스한 손바닥을 분츄크의 입 위에 갖다 댔다.

"조금만 다가와 주세요. 소리 내지 말고……."

둘은 나란히 누웠다. 포도송이처럼 풍성하게 땋아 내린 머리카락을 초조한 듯이 이마 위로 쓸어 올리고 푸르스름한 불꽃이 타고 있는 눈을 들어 몸부림치듯이 소곤거렸다.

"오늘 아니면 내일은 당신을 잃게 될지도 모르니까…… 맘껏 사랑해 드리고 싶어서!"

그녀는 초조한 듯이 말했다.

"빨리요, 어서!"

분츄크는 그녀에게 키스를 했으나 그의 모든 의식을 뒤흔드는 커다란 수치심과 두려움과 더불어 자신이 지금 이 여자에게 만족을 줄 힘이 없음을 느꼈다.

그녀의 머리는 떨리고 두 볼은 뜨겁게 달아오르고 있었다. 그가 살며시 손길을 거두자 그녀는 분노에 찬 목소리로 말했다.

"어떻게 된 거예요……안 되나요? 아니면 병을 앓고 있나요? 어쩜 이럴 수가!"

분츄크는 그녀의 손을 꽉 움켜쥐었다. 크게 열려 있는 눈동자를 똑바로 바라보면서, 중풍환자처럼 머리를 흔들고 심하게 더듬는 말투로 물었다.

"왜? 왜 나무라는 거야? 그래! 내 몸의 불꽃은 시들어 버렸어! 지금은 안 돼…… 병은 아냐…… 이해해 줘! 이해해 달라니까…… 완전히 기력을 잃어버렸어…… 음, 음……."

그는 신음하며 침대에서 일어나 담배에 불을 붙였다. 얻어맞은 듯한 모습으로 오래도록 창 옆에 쭈그리고 앉아 있었다.

안나는 일어서서 말없이 그를 안고 어머니처럼 이마에 키스를 했다.

그러나 일주일 뒤에 안나는 그의 손에 자신의 달아오른 볼을 대며 고백했다.

"……그때 이미 어디서 재미를 보고 오신 줄 알았어요…… 일로 기력이 빠진 줄은 몰랐어요."

그 뒤 오랫동안 분츄크는, 사랑하는 여자의 애무와 정열뿐만이 아니고 어머니와 같은 자애에 넘친 마음의 표시를 그녀에게서 느꼈다.

그는 지방으로 배치되진 않았다. 포드쵸르코프의 주장 때문에 로스토프에 머물게 되었다. 당시 돈 혁명위원회에는 산더미 같은 일이 쌓여 있었다. 즉 지방 소비에트 대회 준비와 건너편에서 세력을 편 반혁명과의 전투준비가 착착 진행되고 있었던 것이다.

21

개울가에 심어진 버드나무 가로수 그늘에서 개구리가 시끄럽게 울어 댔다. 태양은 이미 언덕의 그늘로 기울졌다. 세트라코프 부락 위에는 일몰 전의 선들바람이 떠돌고 메마른 도로가에는 집들의 그림자가 비스듬히 드리워져 있었다. 스텝에서는 말 떼가 모래먼지를 일으키면서 돌아오고 목장 쪽에서는 여자들이 지껄여 대면서 나뭇가지로 소를 몰며 돌아왔다. 동네의 좁은 길바닥에서는 햇볕에 그을린 아이들이 맨발로 뛰어다녔다. 노인들은 흙더미 위에 예의 바르게 앉아 있었다.

마을은 이미 파종이 끝난 뒤였다. 다만 두세 군데에서만 수수와 해바라기의 파종이 남아 있을 뿐이었다.

마을 끝에 있는 어느 집 옆에서 카자흐들이 쓰러진 떡갈나무 위에 앉아 있었다. 포병 출신으로 곰보인 집주인이 독일전선에서 겪던 사건을 얘기하고 있었다. 듣고 있는 사내들은 이웃집 노인과 그의 사위인 고수머리의 젊은 카자흐였는데 그들은 말없이 듣기만 했다. 집 현관 계단에서 안주인이 내려왔다. 큰 몸집에 미인인 그 여자는 오동통하게 살진 카자흐 여인이었다. 스커트에 밀어넣은 듯이 입은 그녀의 장밋빛 내의는 두팔 중간쯤에서 올려져 가무잡잡하고 잘 닦여진 팔이 드러났다. 그 여자는 옆구리에 통을 끼고 카자흐 여인 특유의 폭이 넓고 활기찬 걸음걸이로 외양간 쪽으로 걸어갔다. 푸르스름하게 물들인 깨끗한 플라토크에 싸인 그녀의 머리칼은 엉켜 있었다—그녀는 페치카에 말똥 연료를 넣어 이튿날을 위한 불을 피우고 난 직후였던 것이다—맨발에 신은 단화는 가벼운 소리를 내면서 뒤뜰 가득히 무성한 잡초를 부드럽게 밟았다.

통 속에 우유를 따르는 소리가 떡갈나무에 걸터앉아 있던 카자흐들의 귀에도 들려왔다. 안주인은 그 일을 마치자 다시 집 안으로 들어갔다. 백조의 목처럼 구부린 왼손에는 우유를 가득 담은 통이 들려 있었다.

"쇼마, 송아지라도 찾으러 가세요!"

그녀는 노래하는 것 같은 말투로 문 쪽에서 말을 걸었다.

"미챠시카는 어디 있지?"

주인이 그 말에 대꾸하여 말했다.

"글쎄, 어디로 날랐는지, 달아났나 봐요."

주인은 천천히 몸을 일으켜 집 모퉁이 쪽으로 걸음을 내디뎠다. 노인과 사위도 집으로 돌아가려고 했다. 그러자 집 모퉁이 쪽에서 주인이 뒤를 돌아보며 소리쳤다.

"봐, 도로페이 가브릴리치! 잠깐 이리 와 보게!"

노인과 사위가 그에게로 다가갔다. 주인은 잠자코 스텝 쪽을 가리켰다. 행길 위에 검붉은 모래먼지가 피어올랐다. 그 그늘에 전령과 기관총 부대와 기마 부대가 나아가고 있었다.

"군대가 아닌가?"

노인은 놀란 듯 눈살을 찌푸리고 흰 눈썹 위에 손을 얹었다.

"무슨 일일까, 무척 많지?"

주인은 걱정스레 말했다.

집 안에서 안주인이 다시 나왔다. 어느새 어깨에 코프타를 걸치고 있었다. 그 여자는 스텝 쪽을 바라보더니 소리를 질렀다.

"어머나! 무척 많네요!"

"반갑지 않은 패들 같은데……."

노인은 재빨리 집 쪽으로 걸음을 옮기다가 사위를 보고 고함을 질렀다.

"이봐, 냉큼 집으로 돌아가지 않고 뭘 꾸물대는 거야!"

골목 끝으로 어린아이들과 여자들이 뛰어나갔다. 카자흐들도 와글와글 떠들며 몰려갔다. 부락에서 1킬로미터가량 앞에 있는 길에 군대의 행렬이 뻗어 있었다. 와글거리는 사람들의 목소리와 말 울음과 마차 바퀴의 울림이 바람에 실려 집 안으로 전해졌다.

"카자흐는 아니에요…… 이 근처의 군대하곤 다르다고요."

카자흐 여인이 남편에게 말했다.

남편은 어깨를 들썩했다.

"물론 카자흐는 아냐. 혹시 독일군인지도 모르겠어. 아냐, 러시아인일 거야……
보라고, 붉은 깃발 같은 걸 들고 있지 않아? 그래, 분명히 이건……."

키 큰 아타만병이었던 한 카자흐가 다가왔다. 그는 열병에 걸린 것 같았다.
황달에 걸린 듯 푸석푸석하고 얼굴이 누렇게 떴으며 모피 외투에 방한화를 신
고 있었다. 그는 털모자를 들며 말했다.

"보라고, 저 깃발을! 저건 볼셰비키란 말이야."

"틀림없어, 분명해."

기마대 가운데 몇 사람이 대열에서 떨어졌다. 그들은 부락을 향해 말을 몰고
왔다. 카자흐들은 얼굴을 마주 보고 말없이 흩어졌다. 처녀들과 어린이들이 거
미새끼가 달아나듯이 도망쳤다. 약 5분이 지나자 골목은 쥐 죽은 듯 고요해졌
다. 기마대의 한 무리는 골목으로 들어와 말 울음을 요란하게 울리며, 카자흐들
이 걸터앉았던 그 떡갈나무 옆으로 다가갔다. 주인인 카자흐는 문 옆에 서 있었
다. 선두에 있던 밤색 말을 탄 고참병인 듯한 사람은 쿠반카 모자[21]를 쓰고 있
고, 카키색 셔츠에 군용 혁대를 두르고, 붉은색 비단 리본을 달았다. 그는 문
옆으로 다가와서 말했다.

"안녕하슈, 주인장! 문을 열어 주슈."

포병 출신인 주인의 얽은 얼굴이 단박에 파랗게 질렸으나 재빨리 모자를 벗
어 들었다.

"당신네들은 대체 누구신지?"

"꾸물대지 말고 문부터 열라니까!"

쿠반카 모자의 병사가 고함을 쳤다.

그러고는 주인을 심술궂게 흘겨보고서 말의 앞다리로 광주리를 걷어찼다. 주
인이 문을 열자 기마대 무리가 한 사람씩 잇따라 마당으로 들어왔다.

쿠반카 모자를 쓴 병사는 말에서 훌쩍 뛰어내려 현관 계단 쪽으로 성큼성큼
걸어갔다. 뒤에 남은 무리가 말에서 내리는 사이에 그는 계단에 걸터앉아 담배

---

21) 차양이 털로 되고 위가 양피로 된 모자.

상자를 꺼냈다. 그는 담배에 불을 붙이더니 주인에게도 권했다. 그러나 주인은 사양했다.

"피우지 않겠소?"

"아니오, 고맙지만 사양하겠소."

"이 마을엔 구교 신자는 없소?"

"없어요. 모두가 정교(正敎) 신자요…… 그런데 당신네들은 대체 뉘시오?"

주인이 근심스럽게 물었다.

"우리 말이오? 제2사회주의군의 적위군이오."

뒤에 남은 무리들도 서둘러 계단 쪽으로 다가왔다. 그들은 말을 끌고 와서 고삐를 난간에 묶었다. 그 가운데에 말갈기처럼 앞머리를 늘어뜨린 키다리 병사가 장검을 철컥거리면서 양 우리 쪽으로 걸어갔다. 그는 마치 주인처럼 문을 열고 안으로 기어들어갔다. 몸을 굽힌 채 헛간과의 경계가 나 있는 곳까지 기어가서 묵직한 꼬리를 단 커다란 양을 붙잡아 끌어냈다.

"페트리첸코, 좀 도와주게!"

그는 찢어지는 것 같은 목소리로 날카롭게 소리쳤다.

짧은 오스트리아 군용 외투를 입은 왜소한 체구의 병사가 그가 있는 쪽으로 급히 뛰어갔다. 주인인 카자흐는 턱수염을 만지작거리면서 마치 남의 집에 와 있는 것처럼 멍하니 그 광경을 바라보았다. 그러는 동안에 그는 한 마디도 입을 열지 않았는데, 양이 목을 찔려 다리를 힘없이 늘어뜨리는 것을 보더니 "후유" 깊은 한숨을 쉬면서 현관 계단 쪽으로 걸어갔다.

주인의 뒤를 이어 쿠반카 모자의 병사와 다른 두 사람이 함께 집 안으로 들어갔다. 한 사람은 중국인이고 다른 한 사람은 캄차카 태생으로 보이는 러시아인이었다.

"화내지 마슈, 주인장!"

쿠반카 모자의 병사는 문턱을 넘으면서 말했다.

"대가는 나중에 톡톡히 할 테니까!"

그는 자기 바지 주머니를 두들겨 보인 뒤 "아하하하!" 소리 높여 웃었다. 그러다가 갑자기 웃음을 그치고는 안주인을 뚫어지게 쳐다보았다. 그 여자는 아궁이 옆에 선 채 두려운 눈초리로 병사를 바라보았다.

쿠반카 모자의 병사는 중국인을 돌아보고 어색한 표정으로 말했다.

"너, 이 양반과 함께 잠깐 가 있도록 해! 이 양반하고 말이야."

그러면서 주인을 가리켰다.

"함께 가라니까. 말한테 건초를 먹이고 싶어하니…… 잠시 가 있으라고…… 알았나? 나중에 듬뿍 사례를 할 테다! 적위군은 약탈 따윈 하지 않는다고. 자, 주인장, 이 녀석하고 함께 가지."

쿠반카 모자의 병사의 목소리에는 금속성의 울림이 들어 있었다.

카자흐는 중국인과 또 한 사람의 병사와 함께 자꾸만 뒤를 돌아보며 집 밖으로 나갔다. 겨우 현관 계단을 내려갔을 때 아내의 비명 소리가 들려왔다. 그가 황급히 현관 쪽으로 되돌아가 재빨리 문을 열자 열쇠가 열쇳구멍에서 밀려 나왔다. 쿠반카 모자의 병사는 안주인의 통통한 두 팔을 붙잡고 어두컴컴한 객실로 끌고 가려는 참이었다. 안주인은 병사의 가슴팍을 떠밀며 저항했다. 병사는 여자를 옆구리에 끼고 강제로 끌어가려고 했는데 때마침 문이 열린 것이다. 주인인 카자흐는 성큼성큼 들어가 아내의 몸을 감싸안았다. 그는 침착하게 말했다.

"난 당신한테 깍듯이 손님 대접을 해주고 있지 않소…… 그런데 당신은 어째서 여자를 함부로 다루지? 대체 어쩌자는 거야? 관두라고! 난 당신의 무기는 무섭지 않아! 필요한 게 있거든 마음대로 가져가! 약탈을 한다 해도 괜찮아. 하지만 내 아내를 욕보이는 짓만은 용서하지 않겠어!"

그러더니 콧구멍을 실룩거리며 아내를 향해 말했다.

"당신은 도로페이 숙부댁에 가 있도록 해. 여기 있을 필요가 없어!"

쿠반카 모자의 병사는 셔츠의 혁대를 고치면서 쓴웃음을 지었다.

"주인장, 당신 화났군…… 장난도 못하겠네…… 난 그저 장난을 해 본 것뿐이오…… 그걸 모르겠소? 본심으로 한 행동은 아니라니까…… 좀 놀려 주려고 했을 뿐인데 소리를 지르는 바람에…… 그건 그렇고 건초를 꺼내 주겠지? 별로 없다고? 이웃집에서 얻을 수 있겠소?"

그는 휘파람을 불며 힘껏 채찍을 휘두르더니 밖으로 나갔다. 얼마 뒤, 본대가 부락에 도착했다. 사관과 병사를 합쳐 800명가량 되는 부대였다. 3분의 1은 중국인, 라트비아인, 그 밖에 여러 이민족으로 이루어진 적위군 부대는 마을 끝에서 야영을 했다. 대장은 여러 이민족이 섞여 있는 데다가 사기가 떨어진 병사들을 믿을 수 없어 부락 안에서 합숙하는 것을 원하지 않았던 것이다.

제2사회주의군 치라스포리스키 부대는 우크라이나 반란군과 우크라이나를 넘어 침입해 온 독일군 부대와 교전하면서 돈으로 왔고, 세프투호프카역에서 열차를 내렸던 것이다. 그런데 이미 독일군 때문에 진로가 막혔기 때문에 북방 보로네시로 빠져나갈 목적으로 행군대형을 취하여 미그린스카야 마을 가운데 한 부락을 통과해 오는 중이었다. 부대에 숱하게 섞인 범죄적 분자의 영향을 받아 사기가 떨어진 적위병들은 오는 도중에 계속 난폭한 행동을 일삼았다. 4월 17일 밤, 세트라코프 부락 근처에 야영을 했던 그들은 간부의 위협과 제지에도 불구하고 무리를 지어 부락으로 쳐들어가 양을 죽이고, 2명의 카자흐 여인들에게 폭행을 가하고, 광장에서도 쓸데없이 총을 쏘아 부대의 병사 한 사람이 부상당했다. 밤중에 서는 보초들마저 술에 취하여 인사불성이 되었다. 술은 마차마다 쌓여 있었던 것이다. 그런데 때마침 그 무렵에 파견된 3명의 카자흐들이 이미 근교의 여러 마을에 급보(急報)를 전하면서 뛰어오고 있었다.

밤의 어둠 속에서 카자흐들은 말에 안장을 채우고 장비를 갖추었다. 귀환병사와 노인들로 몇 개의 부대가 급히 편성되었다. 그리고 각 부락에 사는 사관들, 또는 하사관들의 지휘로 그 부대들은 세트라코프 부락에 집결하여 적위군 부대를 에워싸고 계곡과 언덕에 잠복했다. 그리고 미그린스카야에서, 코로데지누이에서, 보고모로프에서, 밤을 틈타 부대가 진군해 갔다. 베르프네치르, 나포로프카, 카리노프카, 에이스크, 코로데지누이 부락민들이 봉기한 것이다.

하늘의 큰곰자리는 마지막 빛을 내뿜고 있었다. 검은 털이 곤두선 모피와 같은 밤은 차츰 퇴색하고 탈모되어 갔다. 아침놀과 함께 기마 카자흐들은 사방에서 와! 함성을 지르면서 적위군 부대를 향해 곤두박질쳐 갔다. 기관총이 요란하게 울리고 잠시 침묵했다. 어지럽고 광기 섞인 사격이 화악 타올랐다가 사라져 갔다. 이어서 칼을 맞대고 싸우는 소리가 들려왔다.

약 한 시간이 지나자 벌써 결말이 나 버렸다. 적위군 부대는 전멸했다. 200명 이상이 칼에 찔려서 죽었고 약 500명이 포로가 되었으며 각 4문의 포를 가진 포병 2중대, 기관총 26대, 소총 1000정, 많은 양의 무기 탄약이 카자흐의 수중으로 들어왔다.

이튿날에는 전 관구에 걸쳐 도로와 마을길을 뛰어다니는 급사(急使)들의 빨간 모자가 꽃을 피웠다. 마을과 마을, 부락과 부락은 술렁거렸다. 대표자회의는 활기를 띠어 빠른 속도로 아타만들의 선거가 행해졌다. 카잔스카야와 뵤센스카야 마을의 부대도 뒤늦게나마 미그린스카야로 뛰어갔다.

4월 20일이 지나자 돈 군관구 상류 마을들도 관구에서 탈퇴했다. 베르프네 돈관구라고 하는 독립된 관구가 창설되었다. 관구의 중심지로는 인구가 가장 많은, 그리고 면적과 부락수로 말하자면 미하일로프스카야 마을에 이어 그 지방에서 둘째인 뵤센스카야 마을이 선택되었다. 이전의 각 부락에서는 새로운 카자흐 마을이 급히 만들어졌다. 슈미린스카야, 카르긴스카야, 보코프스카야 마을이 이루어졌다. 그리고 열두 개의 카자흐 마을과 한 개의 소러시아인 마을 베르프네 돈관구는 중앙으로부터 떨어져 나와 독립된 생활을 영위하기 시작했다. 베르프네 돈관구로 들어간 구 돈관구의 카자흐 마을은 카잔스카야, 미그린스카야, 슈미린스카야, 뵤센스카야, 엘란스카야, 카르긴스카야, 보코프스카야 각 마을과 포노마료프, 소러시아인 마을이었다. 그리고 구 우스티 메드베디차 군관구의 각 마을에서는 우스티 호표르스카야, 크라스노쿠츠카야, 또한 호표르스키 군관구에서는 브카노프스카야, 스라시쵸프스카야, 페드세프스카야 마을이었다.

관구의 아타만으로는 엘란스카야 마을의 카자흐로, 육군대학 출신인 자하르 아키모비치 아르표로프가 만장일치로 뽑혔다. 무능한 카자흐 사관이었음에도 불구하고 아르표로프가 출세하게 된 것은, 오직 아내―활동력이 뛰어난 데다가 두뇌 역시 명석한 부인―의 내조에 의한 것이라는 소문이 자자했다. 그 여자는 무능한 남편이지만 끊임없이 훈련시켜, 육군대학의 시험에 세 차례나 실패한 그를 네 번째에야 가까스로 합격할 때까지 숨도 쉬지 못하게 만들었다는 것이었다.

그러나 그때에 아르표로프에 대해서 군소리를 늘어놓는 사람은 극히 소수였다. 다른 문제가 사람들의 머리에 복잡하게 얽혀 있었기 때문이었다.

22

봄의 해빙기가 끝나가는 무렵이었다. 풀밭과 채소밭의 울타리 옆에는 끈적거리는 갈색 흙이 드러나고 상류에서 흘러온 여러 가지가 테를 두른 듯 떠올라 있었다. 물이 떠내려갈 때 남겨진 마른 갈대 부스러기, 잔가지, 부들, 지난해의 나뭇잎 등이었다. 물에 감긴 돈 강가의 갯버들은 겨우 눈에 뜨일 정도로 연한 풀빛이었다. 포플러도 이제 곧 눈을 틔우려 하고 있었다. 부락의 집집마다 잠겨 있었던 버드나무가 물 위로 가지를 뻗쳤다. 아직 날개가 자라지 못한 새끼거위처럼 보풀보풀한 그 눈은 바람이 불 때마다 잔물결에 닿아 떨어지곤 했다.

동이 트기 전에 채소밭 가까이로 야생 거위와 기러기와 들오리 떼가 먹이를 찾으러 날아왔다. 날마다 새벽녘에는 초원의 저지대 근방에서 검정오리들이 요란하게 울어 댔다. 그리고 낮이 되면 가슴이 하얀 물떼새 무리가 바람으로 물결이 높아진 돈 수면 위를 아슬아슬하게 날면서 장난하는 모습을 볼 수 있었다.

그 해는 철새가 많은 해였다. 카자흐의 어부들은 포도주처럼 새빨간 일출이 수면을 핏빛으로 물들이는 새벽녘에 고깃배를 띄워 어망을 펴 놓고 앉아 있다가 숲으로 에워싸인 강가 언저리에 쉬고 있는 백조 떼를 자주 목격했다. 그러나 부락에서 가장 진기하게 여겨진 건 프리스토냐와 마트베이 카슐린 할아버지가 들려준 얘기였다. 두 사람은 재목을 구하려고 관유림으로 떡갈나무 두 그루를 벌채하러 갔는데 숲을 헤치고 들어가 보니 기슭 근처에 새끼를 데리고 있는 산양이 있었다는 것이었다. 황갈색의 홀쭉하게 야윈 야생 산양은 숲이 우거진 기슭에서 튀어나와 잠시 언덕 위에 서서 두 사람을 뚫어지게 보았다. 곁에는 새끼산양 한 마리가 몸을 비비듯이 서 있었는데 프리스토냐의 놀란 고함 소리를 듣자 번개같이 떡갈나무 숲속으로 자취를 감추고 말았다. 두 카자흐의 눈에는 연한 물빛의 윤기 있는 발굽과 낙타 색깔의 짧은 꽁지가 흘끗 스쳐 갔을 뿐이었다.

"저건 대체 뭘까?"

마트베이 카슐린이 도끼를 떨어뜨리고 물었다.

이루 말할 수 없는 희열에 넘친 프리스토냐는 침묵을 지키고 있는 숲속에다 대고 소리를 질렀다.

"저건 산양일 거야, 틀림없어! 들산양이라고. 쫓아가 볼까? 우린 카르파티아 산맥에서도 저놈을 본 적이 있잖아!"

"그렇다면 가엾게도 전쟁 때문에 이쪽 광야로 쫓겨온 게 아닐까?"

프리스토냐는 그 말에 고개를 끄덕였다.

"분명히 산양이야. 자네, 새끼산양이 있는 걸 봤지? 망할…… 정말이지 귀여운 새끼였어! 갓 태어난 녀석이 틀림없어!"

돌아오는 길에 두 사람은 이 지방에선 좀처럼 발견할 수 없는 그 짐승에 대한 얘기를 나누면서 걸어왔다. 마트베이 노인은 끝에 가서 약간의 의문을 나타냈다.

"어쩐지 산양은 아닌 것 같아."

"산양이라고. 틀림없어. 분명히 산양이야!"

"그럴지도 모르지만…… 그렇다면 왜 뿔이 없지?"

"뿔이 어쨌다는 거야?"

"아냐, 어쨌다는 게 아니고 산양 종류라면…… 어째서 산양의 모양을 하고 있지 않느냐 말이야. 그게 이상하다는 걸세. 자넨 뿔이 없는 산양을 본 적이 있나? 문제는 그거야. 어쩌면 들양인지도 모르지 않나?"

"마트베이, 머리가 어떻게 된 거 아닌가?"

프리스토냐는 기어이 울화를 터뜨리고 말았다.

"멜레호프네 집에 가서 자세히 보라고. 그 집의 그리고리가 산양의 다리로 만든 채찍을 갖고 있어. 그래도 못 믿겠나?"

그날 밤, 마트베이 노인은 멜레호프 집을 찾았다. 그리고리의 채찍은 과연 야생산양 다리의 가죽으로 정교하게 만들어져 있었다. 자그마한 발굽이 완전히 제 모습을 갖추었고 또한 구리 장식까지 붙여 놓은 것이었다.

단식제[22] 제6주째가 되는 수요일에 미시카 코셰보이는 숲 근처의 강가에 펴 놓았던 어망을 살피려고 아침 일찍 나갔다. 해돋이 전이었다. 아침 냉기로 잔뜩 몸을 웅크린 땅바닥에 살얼음이 끼어 있고 진흙은 군데군데 엉켜진 채로 있었다. 미시카는 솜이 든 상의에다 바짓단은 흰 양말 안으로 밀어넣어 입고 단화를 신고 모자를 쓰고, 차가운 공기와 강물의 습기를 들이마시면서 걷고 있었다. 어깨에는 기다란 노를 메고 있었다. 배를 묶은 밧줄을 풀고 선 채로 힘 있게 노

---

22) 부활절 전 6주일간.

를 저으면서 배를 밀고 갔다.

펴 놓았던 자신의 어망을 재빨리 살펴보고 걸린 고기를 떼어 낸 다음 배 안에 앉아 담배에 불을 붙이려고 했다. 아침놀이 희미하게 하늘을 물들였다. 푸르스름한 빛이 감도는 동녘 하늘은 피를 뿜을 듯이 아래쪽부터 붉어졌다. 그 피는 차츰 깊게 스며들어 지평선 위로 흘러가다가 황금빛으로 굳어져 갔다. 미시카는 유유히 날아가는 기러기 떼를 쳐다보면서 담배를 피웠다. 연기는 근처 풀숲 위로 퍼져 나가 떠돌다가 비스듬히 흘러갔다. 어롱 속을 들여다보았다. 용철갑상어 세 마리, 8푼트쯤 되는 도미 여섯 마리, 흰 물고기 한 무더기를 보고 그는 생각했다.

'조금만 팔아야겠다. 사팔뜨기 루케시카가 사 줄 거다. 말린 배하고 교환하자고 해야지. 나머지는 어머니의 요리 솜씨에 맡기기로 하고.'

담배를 피우면서 나루터 쪽으로 저어갔다. 그가 배를 대려는 채소밭의 산울타리 옆에 한 사내가 앉아 있었다.

'대체 누굴까?'

미시카는 익숙하게 노를 저으면서 생각했다. 산울타리 옆에 쭈그리고 앉은 사람은 발레트였다.

그는 신문지를 잘라 만 큼직한 궐련을 피우고 있었다.

족제비처럼 날카로운 그의 눈이 조는 것처럼 부드럽게 풀려 있었다. 볼에는 곱슬곱슬한 잿빛 털이 무성했다.

"왜 그러고 있나?"

미시카가 말을 걸었다.

그의 목소리는 마치 둥근 공처럼 공허하게 수면 위를 굴러갔다.

"여기다 대라고."

"고기 잡으러 왔나?"

"그럴 경황이 어딨어!"

발레트는 쿨럭쿨럭 기침을 하고는 퉤 하고 가래침을 뱉고 일어섰다. 키에 걸맞지 않게 큼직한 외투를 입고 있었다. 채소밭의 허수아비에다 옷자락이 긴 농부 외투를 걸쳐 놓은 격이었다. 비쭉하게 구부러진 귓불이, 늘어진 모자 차양에 덮여 있었다. 그는 얼마 전에 부락으로 돌아왔으나 적위병이라는 '달갑지 않은'

이름을 달고 있었다. 카자흐들은 제대한 뒤에 어디서 무얼 했느냐고 캐물었지만 발레트는 애매하게 대꾸했고 얘기가 위태로운 지경에 이를 땐 얼른 말머리를 돌리곤 했다. 이반 알렉세예비치와 미시카 코셰보이에게만은 자기가 4개월 동안 우크라이나의 적위군 부대에 참가했고, 그 반란군의 포로가 되었으나 제멋대로 휴가증을 만들어서 돌아왔다고 고백한 바 있었다.

발레트는 모자를 벗고 고슴도치 같은 머리카락을 쓰다듬고 주변을 살피면서 다가와 말했다.

"야단났다고…… 야단났다니까……고기 잡는 얘기 따위를 하면서 모든 걸 잊고 살 때가 아니라고……."

"대체 무슨 얘기야? 말해 봐."

미시카는 그의 작은 손을, 비린내가 풍기며 미끈거리는 자신의 손으로 힘껏 움켜쥐었다.

두 사람은 옛날부터 사이가 좋았다.

"미그린스카야에서 어제 적위군 부대가 전멸했다는 거야. 이봐, 마침내 맞붙기 시작한 거라고…… 머리가 날아갈지도 몰라!"

"무슨 부대하고? 그리고 왜 하필이면 미그린스카야에서지?"

"마을을 통과하려고 했기 때문이야. 그걸 카자흐들이 전멸시킨 것이지…… 카르긴으로 호송해 간 포로가 숱하게 많다는군! 거기서 군법회의를 연다는 거야. 오늘 이 마을에 동원령이 내릴걸. 곧이야, 곧. 아침나절부터 종이 울릴 테니 두고 보라고."

코셰보이는 배를 대고 생선을 자루 속으로 옮기고 나서 노를 들고 강가로 뛰어내려 성큼성큼 걸음을 옮겼다. 발레트는 망아지처럼 그에게 바짝 붙어서 외투 자락을 펄럭거리고 팔을 내두르며 급한 걸음으로 걸었다.

"이반 알렉세예비치한테서 들은 말이야. 놈은 방금 전에 나하고 보초 교대를 했거든. 물레방앗간에서 밤새도록 난리가 났다는 거야. 새벽에 뵤시키에서 어느 장교가 세르게이 플라토노비치에게 들이닥쳤대. 이반은 그때 바로 그 장교에게서 들었다는 거야."

"그럼 어떻게 하지?"

전쟁을 겪는 통에 나이가 들어 보이고 퇴색한 미시카의 얼굴에 당황하는 기색이 스쳤다. 그는 곁눈질로 발레트를 보면서 다시 물었다.

"어떻게 하면 되지?"

"부락을 떠나는 수밖에 없겠지."

"떠나서 어디로 갈 거야?"

"카멘스카야로."

"거기에도 카자흐가 있는걸."

"좀더 왼쪽으로 가야겠지."

"어디 말인가?"

"오브리브이."

"어떻게 그리로 가나?"

"각오만 있다면 어떻게 해서든 갈 수 있어! 싫으면 가지 않아도 돼. 하지만 숨어봤자 들키고 말걸!"

발레트가 갑자기 뱉듯이 말했다.

"어떻게 하면 좋을까? 어디로 가야 할까? 그야 나도 모르지. 해 보는 수밖에. 자신의 힘으로 길을 개척하는 방법밖에 없어. 자신의 코로 냄새 맡고 정해야겠지."

"그렇게 화를 낼 건 없잖아? 초조하면 실패하게 마련이야. 이반은 뭐라던가?"

"이반은 아직 결심을 못하고 있는 모양이야······."

"이봐, 소리가 너무 커······ 저것 봐, 여자가 이쪽을 보고 있잖아."

두 사람은 외양간에서 소를 끌어내는 아브테이치 브레프의 젊은 며느리를 곁눈질로 쳐다보았다. 길모퉁이까지 왔을 때, 미시카는 되돌아가려고 했다.

"어디로 가려고?"

발레트가 의아해하며 물었다.

코셰보이가 돌아보지도 않고 중얼거렸다.

"어망을 걷어 와야지."

"뭐 하려구?"

"저대로 내버려 뒀다가 잃게 되면 아까우니까."

"그럼 자네도 함께 가겠단 말이지?"

발레트는 기뻐했다.

미시카는 멀리서 노를 크게 한 번 흔들어 보이며 말했다.

"이반 알렉세예비치한테 가 있어. 망을 갖다 두고 곧 갈 테니!"

이반 알렉세예비치는 벌써 근처에 사는 카자흐들에게 알리기 위해 돌아다니고 있었다. 그의 아들은 멜레호프의 집으로 뛰어가 그리고리를 데리고 왔다. 프리스토냐는 마치 불행의 냄새를 맡은 것처럼 제 발로 걸어왔다. 조금 지나 코셰보이가 나타나자 의논이 시작되었다. 모두 한결같이 성급하게 입을 열었다. 비상사태를 알리는 종이 금방이라도 울릴 것만 같았다.

"그럼 곧 떠납시다! 오늘 중으로 떠나야 해요!"

발레트가 흥분한 얼굴로 말했다.

"우리가 알아들을 수 있도록 설명하라고. 무엇 때문에 떠나야 하는지 알아야 할 게 아냐?"

프리스토냐가 물었다.

"뭣 때문이냐고? 동원령이 내릴 거 아니겠어. 자넨 동원령에 응할 작정이야?"

"이쪽에서 응하지 않으면 그만 아냐?"

"그렇게는 안 돼. 끌려간다고!"

"당장 끌려가는 건 아니겠지. 고삐에 매인 소가 아닌 이상!"

이반 알렉세예비치는 자신의 사팔뜨기 마누라를 집 밖으로 내보낸 다음 화가 난 듯이 말했다.

"끌려가는 건 확실해…… 발레트의 말이 틀림없어. 하지만 간다고 해도 어디로 가나? 문제는 바로 이거라고."

"나도 그 문제를 이 녀석한테 물었어."

미시카 코셰보이는 한숨을 내쉬었다.

"그럼 자네들은 어떻게 할 거야? 혹시 자네들, 나 혼자만의 일이라고 생각하는 건 아니겠지? 나 혼자라도 상관없어. 가야지! 이쪽 저쪽 구구하게 냄새만 맡고 있을 수는 없으니까! 이렇다 저렇다…… 하면서 강의를 늘어놓는 동안에 볼셰비키라는 혐의를 받아 감옥에 갇히기 십상이라고! 긴 말 중얼거리고 있을 때가 아니라니까. 지금이 어떤 시기냐 말이야…… 모두 어떻게 될지 모르잖아……"

그리고리는 벽에서 뽑은 녹슨 못을 두 손으로 만지작거리면서 분노를 삭이고 있다가 발레트의 말을 가로막고 말했다.

"그렇게 악을 쓸 건 없어! 우리는 자네하고는 사정이 달라. 자네에게는 아무 부담이 없지. 자넨 결심만 굳히면 금방이라도 떠날 수 있는 몸 아닌가. 그렇지만 우리에겐 여편네가 있고 자식들도 있어…… 게다가 자네보다 화약 냄새를 훨씬 더 많이 맡았고!"

그는 분노로 이글거리는 눈을 번뜩이면서 빽빽하게 들어간 옥니를 드러내고 버럭 역정을 냈다.

"작작 떠들어! 뭐야! 옛날하고 달라진 게 전혀 없군그래. 변함없는 발레트가 아니냔 말이야, 네놈은! 있는 거라곤 몸뚱이밖에 없는 주제에……."

"뭐야! 사관 흉내를 내는 거야? 큰소리는 혼자 치고! 침을 뱉어 줄까보다!"

발레트는 거칠게 덤벼들었다. 고슴도치 같은 그의 얼굴이 일시에 창백해졌다. 심술궂어 보이는 두 눈엔 날카롭고 무시무시한 기운이 번뜩였다. 철사처럼 꼿꼿한 수염도 부들부들 떨렸다.

그리고리는 자신의 평안이 뒤흔들린 데 대한 불안과 또한 이반 알렉세예비 치에게서 적위군 부대가 이 지방에 침입했다는 말을 들었을 때 느꼈던 마음의 동요에 대한 분풀이를 그에게 해댔던 것이다. 발레트의 욕설은 그를 완전히 미칠 지경으로 만들어 버렸다. 그는 찔린 듯이 일어서더니 의자 위에서 머뭇거리는 발레트 앞으로 성큼성큼 다가가 곧 올라갈 듯한 손을 가까스로 억누르면서 말했다.

"쓸데없는 소린 그만 지껄여, 이 멍청아! 코흘리개 같으니라고! 인간쓰레기! 너 따위에게 이래라저래라 할 만한 권리가 있는 줄 알아? 냉큼 없어져…… 발밑이 훤할 때 꺼지라고! 더 이상 주둥일 놀렸다간 이 세상 끝나게 해 줄 테다……."

"이봐, 그만해, 그리고리! 그래선 안 돼!"

코셰보이가 발레트의 코 앞에 있는 그리고리의 주먹을 밀치며 가로막았다.

"카자흐의 나쁜 버릇은 버리라고…… 창피하지도 않나! 멜레호프, 너무했어! 수치스럽게 생각하라고!"

발레트가 일어서더니 쑥스러운 듯 헛기침을 하고 입구 쪽으로 걸어 나갔다. 문턱까지 갔을 때 그는 더 이상 참지 못하고 홱 뒤돌아보더니 그리고리에게 쏘아 붙였다.

"그러고도 적위군에 있었다고 할 수 있냐. 헌병 같은 자식! 우린 너 같은 놈들을 쓸어 버리려고 싸웠다!"

그리고리도 참을 수가 없었다. 용수철처럼 벌떡 일어서서 발레트를 걷어차고는 닳아빠진 군화 뒤꿈치로 짓밟고 서서 내뱉듯 말했다.

"썩 나가지 못하겠어? 밟아 죽이고 말 테다!"

"이봐, 무슨 짓들이야! 마치 애들 싸움 같군!"

이반 알렉세예비치는 못마땅한 듯 머리를 흔들며 그리고리를 흘끔 쳐다보았다.

미시카는 말없이 입술을 악물고 있었는데 금방이라도 튀어나올 것 같은 욕설을 간신히 참는 모습이었다.

"터무니없는 말을 하고 있잖아? 뭣 때문에 그 새끼가 그렇게 날뛰지?"

그리고리가 난처한 듯이 변명했다. 프리스토냐가 그를 동정하는 듯한 눈길로 바라보자 그리고리는 어린애 같은 미소로 빙그레 웃었다.

"죽여 버릴까 했지! 조금만 밟아도 핏덩어리를 토하고 뒈질 놈이."

"이제 그만하고, 모두들 어때? 얘기의 매듭을 지어야 하지 않나?"

이반 알렉세예비치는, 그렇게 말머리를 꺼낸 미시카 코셰보이의 시선과 마주치자 곤란하다는 표정으로 대답했다.

"어때, 미하일? 그리고리의 말에 일리가 있다고 생각하는데. 우리에겐 딸린 식구들이 있으니 그렇게 급하게 떠날 순 없고…… 좀 기다려 보면!"

그는 미시카의 초조한 기색을 살피면서 성급하게 말했다.

"어쩌면 별일 아닐지도 몰라…… 확실한 건 아직 모르잖아? 세트라코프에서 부대가 패했다고는 하지만 남은 병력들이 가만 있진 않을 거 아닌가…… 조금만 더 사태를 지켜보라고. 그러노라면 확실해지겠지. 기왕 말이 나왔으니까 하는 소리인데 우리에겐 마누라와 자식이 있어. 입을 게 없으면 먹을 것도 없는 거야…… 이대로 빈 주먹만 들고 훌쩍 떠난다고 해 봐, 어떻게 하나? 뒤에 남은 식구들은 어떻게 되겠어?"

미시카는 답답하다는 듯 눈썹을 꿈틀거리며 묵묵히 토방을 내려다보고 있었다.

"그럼, 갈 마음이 없다는 말인가?"

"조금만 더 기다려 보자 이거야. 떠나려고 한다면야 언제든지 떠날 수 있으니까…… 모두들 어떻게 할 건가. 그리고리 멜레호프, 그리고 프리스탄?"

"그러니까 뭐야, 그 뭔가……조금만 기다려 보기로 하지, 뭐."

그리고리는 뜻밖에 이반 알렉세예비치와 프리스토냐의 지지를 받자 기운이 났다.

"그래, 맞아. 내 말이 바로 그거라고. 발레트하고 입씨름한 게 그거라니까. 떨기나무의 뿌리를 부러뜨리는 식으로 되는 게 아냐. 좀더 깊이 생각해서…… 그래, 곰곰이 생각해 볼 필요가 있다 그 말이라고……."

땡! 땡! 땡!

종루에서 터져 나온 종소리는 광장으로, 한길로, 골목길로 울려 퍼졌다. 흘러넘친 둑 위를, 아직 풀이 돋아나지 않은 바위산 위를 굴러서 숲속으로 흩어지며 사라져 갔다. 그리고 다시, 이번에는 간격을 두지 않고 성급하게 울려 퍼졌다. 땡땡땡!

"드디어 종이 울렸군!"

프리스토냐가 눈을 깜박이면서 말했다.

"난 배로 가겠어. 숲이 있는 곳인데 거기라면 쉽게 들키지 않을 테니까!"

"그럼, 어떻게 할 거야?"

이반 알렉세예비치가 늙은이처럼 느릿느릿 일어섰다.

"곧바로 떠날 순 없어."

모두를 대신해 그리고리가 대답했다.

코셰보이는 다시금 눈썹을 꿈틀대더니 늘어져 있는 곱슬곱슬한 금빛 앞머리를 쓸어 올렸다.

"그럼, 잘 있게…… 우리가 갈 길은 서로 다르니까!"

이반 알렉세예비치는 사과하듯이 미소를 지었다.

"이봐, 미샤토카, 자넨 아직 젊어. 너무 흥분할 것 없네…… 자넨 우리하고 헤어지게 될 거라고 생각하나? 아냐, 틀림없이 다시 합칠 때가 올 거야! 믿어 주게!"

코셰보이는 작별 인사를 하고 그 자리를 떠나 마당을 가로질러 이웃집 창고까지 걸어갔다. 발레트는 개울 옆에 웅크리고 있었다. 그는 미시카가 이쪽으로 올 것을 알고 있었던 것 같았다. 발레트는 미시카가 다가오자 벌떡 일어나 물었다.

"어찌 됐어?"

"안 가겠다는 거야."

"그럴 줄 알았어. 허약한 놈들이야…… 그리샤새끼, 비겁한 자식. 자네하곤 사이가 좋지만! 그 자식도 제 몸을 사리는 거야. 나한테 함부로 굴다니, 빌어먹을! 나한테 조금만 더 힘이 있었다면…… 아니지, 총만 있었다면 그따위 새끼쯤 죽여 버릴 수도 있는 건데……."

발레트는 힘없이 중얼거렸다.

미시카는 그와 나란히 걸으면서 그의 고슴도치 같은 머리털을 쳐다보며 생각했다.

'정말 이놈은 죽여 버렸을지도 몰라!'

두 사람은 서둘러 걸었다. 종 소리 하나하나가 두 사람을 채찍으로 내리치는 것 같은 느낌이었다.

"내 집으로 가서 도시락을 만들어 가지고 가세! 말을 타지 말고 걸어가자구. 자넨 갖고 갈 물건이 없나?"

"몸뚱이 하나뿐인걸."

발레트는 얼굴을 일그러뜨렸다.

"제대로 된 집이 있는 것도 아니고, 땅이 있는 것도 아니고…… 급료 반 달치를 아직 받지 못했지만 그것마저도 배불뚝이 세르게이 플라토노비치의 수중에 있으니. 지불하지 않게 되어 좋아하겠군."

종 소리가 그쳤다. 미처 잠에서 깨어나지 않은 이른 아침의 정적을 흩트려 놓는 것은 아무것도 없었다. 닭들이 길가에 있는 모닥불의 잿더미를 휘저었다. 푸른 잎을 양껏 뜯어먹은 송아지들이 산울타리 옆을 어슬렁거렸다. 미시카가 뒤를 돌아보니 카자흐들이 광장에서 집회를 서두르고 있었다. 어떤 사람은 마당 밖으로 나와 걸으면서 제복이나 군복의 단추를 잠그고 있었다. 광장으로 말을 몰고 가는 사람도 있었다. 초등학교 옆에는 벌써부터 사람들이 몰려와 있었다. 여자들의 플라토크와 스커트가 희끗희끗 보이고 카자흐들의 등이 거뭇거뭇하게 비쳐 왔다.

통을 든 한 여인네가 길을 가려다 말고 화를 냈다.

"지나가려거든 빨리빨리 가요. 차라리 내가 먼저 가는 게 낫겠군."

미시카가 그 여자에게 아는 체를 하자 여자는 살짝 미소를 머금고 물었다.

"카자흐들은 모두 집회에 나가고 있는데 너희들은 왜 그쪽에서 오고 있지? 저쪽으로 가지 않는 이유가 뭐야, 미하일?"

"집에 볼일이 있어서요."

두 사람은 골목 옆까지 걸어왔다. 미시카네 집 지붕과 바람에 흔들리는 찌르레기 둥지와 그것이 달려 있는 벚나무의 가지가 보였다. 언덕 위에는 풍차가 돌았다. 그 날개에 이어진 범포(帆布)가 바람에 찢겨 펄럭펄럭 소리를 내면서 지붕 꼭대기를 두드렸다.

청명한 날씨는 아니지만 햇살이 따뜻했다. 돈강 쪽에서 싱그러운 미풍이 불어왔다. 아르히프 보가티료프—이 사나이는 몸집이 크고 구교 신자다운 데가 있는데 지난날에 근위포병으로 근무한 적이 있었다―의 저택 한구석에선 여자들이 부활절에 맞추기 위해서 둥그스름한 집에 하얗게 벽토(壁土)를 칠하고 있었다. 한 여자는 진흙과 비료를 반죽했다. 그녀는 스커트 자락을 높이 말아 올려 통통하게 살찐 허연 허벅지를 드러내고는 힘겹게 진흙 속을 뱅글뱅글 돌았다. 다리에는 양말 끝 고무줄 자국이 빨갛게 나 있었다. 그 여자는 말아 올린 스커트 자락을 손으로 잡고 있었다. 천으로 된 양말 끝은 무릎 위에 꽉 조여서 살 속으로 파고들었다.

그 여자는 대단한 멋쟁이였다. 대낮인데도 벌써부터 플라토크로 얼굴을 감싸고 있었다. 나머지 젊은 여자 둘—아르히프의 며느리들은 말끔하게 이엉을 올린 갈대 지붕 바로 아래까지 사다리로 올라가서 하얗게 칠을 하고 있었다. 보리수 껍질의 섬유로 만든 솔이 소매를 팔꿈치까지 말아 올린 그 여자들의 손에 쥐어져 움직였다. 눈 위까지 플라토크를 쓴 얼굴에는 흰 칠이 묻어 있었다. 여자들은 사이좋게 소리를 모아 노래를 불렀다. 맏며느리로 오래전에 과부가 된 마리야는, 남의 이목도 가리지 않고 미시카 코셰보이한테 따지러 오곤 하는 주근깨투성이의 매력 있는 여자였다. 지금 그 여자가 낮기는 하지만, 남자같이 굵고 큰 소리로 노래하기 시작했다.

……아무도 그리 괴로워하지 않네…….

남은 두 여자가 그것을 받아 이번엔 세 사람이 목청을 합쳐 슬픔 어린 여인의 노래를 익숙하게 부르기 시작했다.

……출정한 내 연인은
대포에 포탄도 박아야 하고,
나에 대한 생각도 해야 하고…….

미시카와 발레트는 산울타리 옆에 서서 노래를 듣고 있었다. 노랫소리는 목장 쪽에서 들려오는 말울음과 뒤섞였다.

……편지가 오긴 했지만
전사를 알리는 슬픈 소식.
아, 그이는 죽었어요.
풀숲에 버려져 있겠지…….

잿빛 눈을 플라토크 그늘에서 빛내며 마리야는 지나쳐 가는 미시카를 내려다보았다. 그러더니 방그레 웃으며 하얀 칠이 묻은 얼굴에 정감을 담은 목소리로 노래를 계속했다.

그이의 곱슬머리, 노란 곱슬머리를
얄미운 바람이 흔들어 놓고
그이의 갈색 눈, 갈색 눈을
검은 까마귀가 파먹었네.

미시카는 여자들에 대해선 언제나 그랬듯이 흙을 짓이기고 있던 페라게야에게 다정히 웃어 보이면서 말을 걸었다.
"스커트를 조금만 더 걷어올릴 수 없겠어? 그렇지 않으면 울타리 너머로 잘 안 보이니까!"

그 여자는 눈을 가늘게 뜨고 말했다.

"정 보고 싶으면 볼 방법을 생각해 봐."

마리야는 허리에 손을 대고 사닥다리 위에 서 있었다. 주위를 돌아보고 느리게 끄는 말투로 물었다.

"당신, 어디 갔다 왔지?"

"고기잡이 갔다 오는 길이야."

"너무 멀리 가진 말아요. 지금 창고 안으로 밀회를 하러 갈 테니까."

"시아버지가 듣겠어, 이 왈가닥!"

마리야는 쾌활하게 웃고는 미시카를 향해서 물감이 적셔진 솔을 힘껏 휘둘렀다. 하얀 물감이 그의 옷과 모자로 떨어졌다.

"발레트를 빌려 줄 수 없겠어? 집안일을 도와줬으면 좋겠는데!" 젊은 여자는 깔깔 웃으면서 설탕처럼 새하얀 이를 드러내며 쫓아왔다.

마리야가 뭐라고 낮은 소리로 말하자 여자들이 와 하고 웃어댔다.

"색골 같으니라고!"

발레트는 걸어가다가 얼굴을 찡그렸으나 미시카는 빙글빙글 웃으면서 그의 말을 바로잡았다.

"색골은 아닐 거야. 재미있는 여자지. 내가 떠나 버리면 저 여자는 외로워지겠군."

'잘 있어요, 잘 있어, 사랑스런 여인아!' 그는 노래하듯 말하고 자기네 집 문을 열고 들어갔다.

23

코세보이가 떠난 뒤, 모두 잠시 말없이 앉아 있었다. 부락 위로 종 소리가 울려 퍼지자 집 안의 창문들이 가늘게 떨렸다. 이반 알렉세예비치는 창 너머로 밖을 내다보았다. 헛간으로부터 희미한 아침의 그림자가 땅바닥 위로 내려와 있었다. 양피를 깔아 놓은 듯한 잔디에는 하얗게 서리가 얹혀 있었다. 하늘은 유리 너머로 보아도 끝없이, 그리고 짙푸르게 반짝였다. 이반 알렉세예비치는 머리를 숙인 프리스토냐에게 눈길을 돌렸다.

"이 정도로 끝나게 될지도 모르지. 미그린스카야 사람들이 깡그리 해치웠다고 하니까, 이쪽으로는 다시 쳐들어오지 않을 거야……."

"아니지, 아직은……."

그리고리는 몸을 도사리면서 말했다.

"이제 시작인걸. 지금부터라고! 어쨌든 집회에 나가 보세."

이반 알렉세예비치는 모자에 손을 대고 마음속에 남은 의문을 풀어 보려고 이렇게 물었다.

"정말 이걸로 끝난 건 아니겠지? 미하일은 성깔이 억세기는 하지만 중심은 서 있는 청년이지…… 우리를 좋게 말하진 않지만."

아무도 그에게 대꾸하지 않고 말없이 광장을 향해 걸어갔다.

이반 알렉세예비치는 생각에 잠겨 아래를 내려다보면서 걷고 있었다. 그는 마음을 속인 것과 마음이 그에게 속삭였던 대로 행동하지 않은 것을 찜찜해했다. 발레트와 코셰보이가 한 말이 옳았다. 이곳을 떠나야 했다. 망설일 일이 아니었다. 마음속에서 그가 스스로에게 소곤거린 변명은 매우 허약한 것이었다. 그리고 내심에서 울려 오는 뭔가 이성적이고 냉소적인 목소리가 그 변명을 말발굽이 웅덩이의 얼음 조각을 짓밟듯이 깨뜨려 버렸다. 이반 알렉세예비치가 마음속에 결정했던 유일한 것은, 만약 충돌이 일어날 경우엔 볼셰비키 쪽으로 붙는다는 것이었다. 그 결심은 집회에 가는 도중에 더욱 강하게 마음속에서 익어 갔다. 그러나 이반 알렉세예비치는 그 일에 대해 그리고리에게도 프리스토냐에게도 말하지 않았다. 막연하지만 그들은 좀더 다른 것을 느끼고 있는 듯한 생각이 들었고, 또한 마음 밑바닥에서는 그들을 두려워하고 있었기 때문이다. 세 사람은 한패가 되어 발레트의 제의를 물리쳤고 가족을 핑계 삼아 떠나지 않으려고 버티었다. 그러나 동시에 그들은 저마다 그 구실이 떳떳한 게 아니며 변명이 되지 않는다는 것도 알고 있었다. 지금 그들은 비열하고 수치스런 짓을 한 듯한 꺼림칙함을 저마다 느끼고 있었다. 모두가 말없이 걸었다. 모호프의 집 맞은편까지 왔을 때 이반 알렉세예비치는 무거운 침묵에 견디다 못해 자기 자신을, 그리고 다른 사람을 비난하듯이 말했다.

"솔직히 말하자구. 전선에서 볼셰비키가 되어 돌아오긴 했지만 이젠 풀숲 속에 숨게 됐으니! 누군가가 우리를 위해 싸워 주기를 바라고 처자식을 내세워……"

"우린 줄곧 싸워 왔어. 앞으로는 싸움이라면 놈들한테 맡겨야 해."

그리고리가 고개를 돌린 채 말했다.

"하지만 놈들은 약탈을 하고 있잖아? 그런데도 우린 제 발로 놈들한테 가야 하나? 적위군이란 대체 뭐야? 여자를 욕보이고 남의 물건을 뺏고…… 더 두고 봐야겠어. 무턱대고 가다간 모서리에 부딪히게 된다고."

"자네가 그걸 봤나? 프리스토냐?"

이반 알렉세예비치가 거칠게 물었다.

"모두들 그러더군."

"그래…… 모두라……"

"기다려! 확실한 건 아직 모르니까."

집회는 카자흐 바지 솔기 옆에 단 줄과 모자로 아름답게 장식되어 있었다. 푹신거리는 털모자가 작은 섬처럼 듬성듬성 떠 있었다. 부락마다 빠지지 않고 모여들었다. 여자들은 보이지 않았다. 노인들과 한창 나이의 카자흐들과 그들보다 젊은 축들이었다. 앞쪽에는 지팡이에 기댄 연장자들이 있었다. 명예판사, 교회와 학교 고문들, 교회 장로들. 그리고리는 아버지의 흰 수염을 찾아 두리번거렸다. 멜레호프 노인은 장인 미론 그리고리예비치와 나란히 서 있었다. 두 사람 앞에는 잿빛 대례복에 휘장을 단 그리샤카 노인이 지팡이를 의지하여 서 있었다. 장인 옆에는 사과처럼 볼이 빨간 아브데이치 브레프, 마트베이 카슐린, 아르히프 보가티료프, 카자흐 모자를 쓰고 멋을 부린 차차 아테핀이 있었다. 그리고 맞은편에 반원형 울타리처럼 빽빽하게 들어찬 사람들 가운데 아는 얼굴이 보였다. 볼수염의 에고르 시닐린, 야코프 포드코바, 안드레이 카슐린, 니콜라이 코셰보이, 키다리 보르시쵸프, 아니쿠시카, 마르친 샤밀리, 물레방앗간지기인 야코프 그로모프, 콜로베이딘, 메르쿨로프, 페도트 보드프스코프, 이반 토밀린, 에피판 막사예프, 자하르 코롤료프, 아브데이치 브레프의 아들인 사자코에 왜소한 카자흐인 안치프.

그리고리는 사람들을 헤치고 앞으로 걸어 나가는 중에 형 페트로를 맞은편 울타리 가장자리에서 발견했다. 페트로 멜레호프는 거무스름한 오렌지빛이 나는 성 게오르기우스 훈장을 단 루바시카를 입고, 알렉세이 샤밀리와 얘기를 주고받고 있었다. 그의 왼쪽에는 미시카 코르슈노프가 새파란 눈을 번뜩이며 프로호르 즈이코프에게 담뱃불을 빌리고 있었다. 프로호르는 송아지처럼 눈알을 굴리고 입을 우물우물하면서 불을 붙였다. 그 뒤엔 젊은 카자흐들이 떼 지어 서 있었다. 원의 중앙에는 아직 마르지 않은 물렁물렁한 땅바닥에 네 개의 다리로 버티고 선 작은 테이블 앞에 부락의 혁명위원회 의장인 나자르가 앉아 있고, 낯선 중위 한 사람이 그와 나란히 테이블 위에 손을 얹고 서 있었다. 중위는 휘장이 달린 카키색 승마바지를 입고 있었다. 그는 약간 몸을 굽히고 의장의 볼수염에 귀를 갖다 대고 뭔가를 듣고 있었다. 집회는 마치 벌집을 쑤셔 놓은 듯한 소곤거림으로 가득 차 있었다. 카자흐들은 얘기를 주고받으며 농담을 하고 있었지만, 모두가 한결같이 긴장된 얼굴이었다. 누군가가 기다림에 지친 듯 기운찬 목소리로 외쳤다.

"시작해라! 뭘 기다리고 있나? 거의 다 모였는데!"

사관은 몸을 바로 세우고 모자를 벗은 다음, 매우 친근한 어조로 말문을 열었다.

"어르신네 여러분, 그리고 귀환병 카자흐 제군! 세트라코프 부락에서 일어난 사건에 대해선 이미 들으셨을 줄로 압니다만……."

"저 사람은 누구야? 어디서 왔지?"

프리스토냐가 낮은 음성으로 물었다.

"보센스카야의 쵸르나야 레치카의 솔다토프라는 사람이지. 틀림없어……."

누군가가 대답했다.

중위는 '세트라코프로'라는 말을 강조하며 말을 이었다.

"바로 얼마 전에 적위군 부대가 당도했습니다. 독일군이 우크라이나를 점령하고 돈 군관구로 오는 도중, 그들이 적위군을 철도선에서 격퇴한 것입니다. 따라서 적위군 부대는 미그린스카야 마을의 한 부락을 통과할 수밖에 없었는데, 그들은 부락을 점령하자 카자흐들의 재산을 약탈하고 여자를 폭행하며 불법체포 등 갖가지 폭력 사태를 자행습니다. 근처 여러 부락에 이 일이 알려지자 카자흐들은 무기를 들고 이 약탈자들을 습격했습니다. 그 결과 적위군 부대 절반이 죽임을 당하고 절반은 포로가 되었습니다. 그래서 미그린스카야 마을의 카자흐들은 막대한 전리품을 얻게 된 것입니다. 그 뒤 미그린스카야와 카잔스카야 두 마을이 볼셰비키 정권의 지배에서 벗어나게 되자 카자흐들은 어른과 어린이까지 고요한 돈의 방위를 위해 궐기한 것입니다. 뵤센스카야에서는 혁명위원회가 추방을 당하고 마을의 아타만이 뽑혔습니다. 여러 부락도 모두 그와 같습니다."

중위의 연설이 거기에 이르자 노인들은 술렁거렸다. 혁명위원회 의장은 덫에 걸린 이리처럼 의자 뒤에서 꼼지락거렸다.

"곳곳에서 부대가 편성되고 있습니다. 따라서 즉시 귀환병사 제군으로 편성된 부대를 만들어야 할 필요가 있다고 생각합니다. 야만스럽고 강도 같은 군대의 습격으로부터 마을을 지키기 위함입니다! 우리는 우리 자신의 정치를 부흥시켜야 합니다. 붉은 정권은 우리에게 필요치 않다 그 말입니다. 그것이 가져다주는 것은 자유가 아니라 단순한 방종입니다! 우리는 백성들이 우리의 아내와 자매들에게 폭행을 가하고 우리의 신앙, 즉 정교를 우롱하고 성스러운 사원을 모욕하고 우리의 재산을 약탈하는 걸 바라보고만 있을 수는 없습니다. 그렇지 않습니까, 어르신네 여러분?"

사람들은 모두 "옳소!"를 외쳤다. 중위는 등사된 격문을 낭독하기 시작했다. 의장은 서류도 둔 채 어느새 슬며시 달아나고 없었다. 군중은 한 마디도 놓치지 않으려는 듯 귀를 기울였다. 뒤쪽에서는 귀환병 카자흐들이 침울한 소리로 수군거렸다.

그리고리는 사관이 낭독을 시작할 때 군중으로부터 벗어났다. 집에 돌아가려다가 비사리온 신부의 집을 향해 천천히 걸음을 옮겨 갔다. 미론 그리고리예비치는 그가 사라져 가는 걸 보고 판텔레이 프로코피예비치의 옆구리를 팔꿈치로 찌르면서 말했다.

"그리고리가 돌아가는군그래!"

판텔레이 프로코피예비치는 절름거리는 다리를 끌고 군중 속에서 나와 간청하는 듯한, 동시에 명령하는 듯한 어조로 불러 세웠다.

"그리고리!"

그리고리는 반쯤 돌아보며 멈춰 섰다.

"얘야, 돌아와라! 왜 돌아가니? 이리 오지 않고?"

모두의 얼굴이 일시에 그리고리에게로 쏠렸다.

"사관 신분인데도 저 모양이군!"

"그렇게까지 으스댈 건 없잖아!"

"저새끼, 적위군이었거든!"

"카자흐의 피를 마신 패거리라고……."

"뱃속이 시뻘겋게 돼 있을걸!"

이런 소리가 그리고리의 귀에까지 들렸다. 그는 이를 악물고 그 말을 듣고 있었다. 자기 자신과 싸우는 것 같았다. 뒤도 돌아보지 않고 그대로 가 버리는 게 아닐까 싶을 정도였다.

판텔레이 프로코피예비치와 페트로는 그리고리가 등을 돌리고 눈을 내리깐 채 군중 속으로 되돌아오는 걸 보고 비로소 안도의 한숨을 내쉬었다.

노인들은 흥분해 있었다. 일사천리로 미론 그리고리예비치 코르슈노프가 아타만으로 뽑혔다. 주근깨가 있는 창백한 얼굴이 잿빛이 되어 그는 가운데로 걸어 나갔다. 전임 아타만으로부터 권력의 표적인 동제(銅製) 손잡이가 달린 지팡이를 받았다. 그는 여태껏 한 번도 아타만이 되어 본 적이 없었기 때문에 얼떨떨하여, 자기는 이와 같이 명예스러운 지위에 앉을 만한 적임자가 아니고 학식도 없다며 거절하려 했으나 노인들이 소리 높여 그의 말문을 막고 말했다.

"지팡이를 받으시오! 사양치 마오. 그리고리예비치!"

"당신이야말로 부락에서 으뜸가는 주인이오!"

"당신이라면 부락의 재산을 약탈하지 않겠지!"

"세묜처럼 부락의 공금을 가로채지 마시오."

"아니지…… 저 사람도 가로챌지 모른다고!"

"그렇게 해도 그의 집엔 가져갈 만한 게 있으니까 괜찮아!"

"가로채기만 해 봐라. 양가죽을 벗기듯 가죽을 벗겨 내고 말 테다!"

재빨리 끝내 버린 선거와 그 자리의 반군사적인 공기가 정상적인 분위기가 아닌 것으로 느껴져, 미론 그리고리예비치는 다른 요구를 꺼낼 겨를도 없이 승낙해 버리고 말았다. 이전의 선거와는 취지가 달랐다. 전에는 마을의 아타만이 와서 중요한 자리에 있는 사람들을 소집한 다음에 후보자에 대해 투표를 했다. 그런데 지금의 경우는 매우 간단하게 코르슈노프를 지지하는 사람들은 오른쪽으로 비켜서라고 했을 뿐이었다. 모두 재빨리 오른쪽으로 비켜섰다. 구둣방을 하는 시노비크만이 코르슈노프에게 뭔가 원한이 있어 그 자리에 못박힌 듯 있었다. 마치 개간지의 불에 탄 그루터기처럼.

땀투성이가 된 미론 그리고리예비치에게 눈 깜짝할 사이에 아타만의 지팡이가 넘겨지고 그 순간 멀리서부터 와! 함성이 터져 귓가에 와 닿았다.

"한턱내시오!"

"모두들 당신한테 찬성했으니까!"

"한잔해야 하지 않겠나?"

"아타만을 헹가래치자!"

그러나 중위는 소란을 가라앉히고, 집회를 실무적인 문제를 처리하는 방향으로 이끌었다. 그는 편성될 부대의 지휘관을 선거하자는 안건을 제기했다. 또한 뵤센스카야에서 그리고리에 관한 얘기를 들었는지 그에게 아첨함으로써 부락인들의 환심을 사려 했다.

"지휘관은 장교 출신이 바람직하오! 그렇게 해야 전투시에 무리가 없고 손해를 입는다 해도 최소한으로 줄일 수 있을 겁니다. 이 부락에는 용사들이 빗자루로 쓸 만큼 많이 있습니다. 나는 제군에게 내 생각만을 강요하려는 것은 아니나 나로선 멜레호프 소위를 추천하고 싶습니다."

"어느 멜레호프 말이오?"

"두 사람이 있지 않소!"

중위는 군중을 바라보다가 뒤쪽에 고개를 숙이고 서 있는 그리고리의 얼굴에 눈길을 멈추고 미소를 띠며 외쳤다.

"그리고리 멜레호프요! 여러분의 생각은 어떻습니까?"

"좋아요!"

"잘 부탁합니다!"

"그리고리 판텔레이예비치! 똑똑한 녀석이지."

"가운데로 나와요! 이쪽으로 나오래도!"

"어르신네들이 네 얼굴을 보고 싶어하시잖아!"

그리고리는 등이 떠밀려 상기된 얼굴로 가운데로 나와 이젠 어쩔 수 없다는 듯이 모두를 둘러보았다.

"우리의 아들들을 지휘해 주게!"

마트베이 카슐린이 지팡이를 내리치고 크게 성호를 그었다.

"새끼 거위들을 데려오는 어미 거위처럼 아들들을 악당들로부터 보호하고 인솔하며 지도해 주기 바라네. 거위가 자기의 새끼들을 못된 짐승과 사람으로부터 지켜주듯이 자네도 모두를 지켜주기 바라네! 그리고 네 개의 십자훈장도 받아 주게나. 하느님이 자네를 도와주시도록! 판텔레이 프로코피예비치, 자넨 훌륭한 아들을 뒀군!"

"머리칼이 금발이니만큼 머릿속도 찬란하겠지!"

"절름발이 할아범, 한 턱 내슈!"

"큭, 큭, 큭…… 한잔 하자구!"

"어르신네들, 조용히! 이제 복무 기간에 대해 정합시다. 2년 또는 3년을 근무하게 하면 어떻겠습니까? 자진해서 지원하는 데는 불편한 경우도 있을 테니까……."

"3년으로 해요!"

"5년으로 하라고!"

"지원자를 모집하시오!"

"하고 싶은 사람이나 하라고 해…… 아무나 할 수 있는 줄 아나?"

새 아타만과 뭔가 얘기를 하던 중위에게 부락 윗마을 노인 넷이 다가왔다. 그 중 한 사람은 이가 빠지고 왜소한 체격인데 별명이 스모르초크²³⁾라 했다. 그는 노상 소송을 일으켜 재판소에만 드나들었기에 그의 집에 있는 흰 암말은 거기에 익숙해져 술 취한 주인이 넘어져서 큰 소리로 "재판소" 한 마디만 하면 어김없이 시내를 향해 뛰어갈 정도였다. 그런 스모르초크가 지금 모자를 벗어 들고 중위를 향해 다가갔다. 다른 노인들 가운데는 머리도 좋고 누구에게나 존경을 받고 있는 게라심 보르두일료프가 있었는데 그는 옆에서 기다리고 있었다. 스모르초크는 다른 사람들에 비해 말주변이 좋은 편이었다. 그는 서슴없이 말을 꺼냈다.

"사관님!"

"무슨 일입니까, 어르신네?"

중위는 정중하게 몸을 굽히면서 두툼하고 큼직한 귓불을 가까이 댔다.

---

23) 버섯 이름. 우산 부분에 주름이 져 있다. 거기에서 나온 말로 몸이 작고 주름투성이 노인을 의미한다.

"사관님, 당신은 우리를 위해 지휘관을 뽑아 주셨지만, 아직 이 부락의 사정에 대해선 별로 아는 바가 없는 것 같소이다. 우리 늙은이들은 당신이 내린 결정에 불만이 있다, 그 말이오. 나는 모두에게서 위임을 받고 나왔는데 저 사람만은 안 됩니다."

"안 된다고요? 무슨 이유에서입니까?"

"저 사람을 믿을 수 없소. 저 사람은 적위군에 들어가 있었고 거기서 지휘관을 했어요. 게다가 겨우 두 달 전엔가 부상을 입고 돌아왔단 말이오."

중위는 얼굴을 붉혔다. 두 귀가 충혈되어 마치 부풀어오른 것처럼 보였다.

"그럴 리가 없어요! 난 그런 말은 들어 본 적이 없습니다…… 아무도 나한테 그런 얘기를 들려준 사람이 없었는데……."

"볼셰비키에 가담했다는 건 틀림없어요."

게라심 보르두일료프가 무뚝뚝하게 맞장구를 쳤다.

"우린 저 사내를 믿을 수 없소이다!"

"그 사내를 사임시켜요! 젊은 카자흐들이 뭐라고 하는지 들어 보시려우? 저 사람은 정작 전투가 시작되면 맨 먼저 우리를 배반할 거라고들 말하고 있어요."

"어르신네들!"

중위는 발꿈치를 세우고 외쳤다. 그는 교묘하게 귀환병 카자흐들 쪽으로는 눈을 돌리지 않고 노인들을 향해서 말했다. "어르신네들! 우리는 그리고리 멜레호프 소위를 지휘관으로 뽑았습니다. 여기에 대해 별다른 반대 의견은 없겠지요? 방금 그가 재작년 겨울에 적위군에 들어가 있었다고 말한 사람이 있었지만 자신의 아들이나 손자들을 이 사람에게라면 안심하고 맡길 수 있다고 생각하시지 않습니까? 그리고 귀환병 여러분, 여러분도 이 지휘관을 따를 수 없다고 생각하시오?"

카자흐들은 잠시 잠자코 있었다. 그러나 일단 고함 소리가 울리기 시작하자 무슨 말을 하는지 단 한 마디도 알아들을 수 없을 지경이었다. 얼마 뒤 실컷 고함을 지른 끝에 조용해지자 눈썹이 굵은 보가티료프 노인이 걸어 나와 군중 앞에 선 뒤 모자를 벗고는 모두를 돌아보았다.

"내 둔한 머리로 곰곰이 생각해 봐도 그리고리 판텔레예비치에게 이 직책을 맡겨서는 안 된다는 결론이 나왔소이다. 저 사내에게는 여러 가지로 결점이 있어요. 우리는 모두 그걸 들어 알고 있소. 신용을 회복시켜 자신의 죄를 뉘우치게 하는 게 좋겠소. 그런 다음엔 우리도 그 사내를 달리 보게 될 것이오. 그는 분명히 훌륭한 군인이오. 하지만 안개가 끼여 있는 동안에는 태양이 보이지 않습니다. 그와 마찬가지로 우리에겐 저 사람의 공적이 보이질 않아요. 볼셰비키한테 가담했다는 사실이 우리의 눈을 멀게 하지는 못할 것이오!"

"졸병으로 강등시켜!"

젊은 안드레이 카슐린이 격렬하게 외쳤다.

"페트로 멜레호프를 지휘관으로 추대하자!"

"그리고리에게 말 시중을 들게 해라!"

"자칫 잘못하다간 우리 지휘관으로 뽑을 뻔했잖아!"

"뽑아 달라고 한 적은 없었어! 모두 제멋대로 날 뽑았잖아!"

그리고리가 뒤쪽에서 외쳤다. 그는 긴장 탓으로 얼굴이 붉어져 힘껏 손을 흔들고 되풀이했다.

"내가 먼저 사양하겠다! 이젠 너희들하곤 끝장이야!"

두 손을 깊숙이 바지 주머니에 찌르고 등을 웅크린 채 학 같은 걸음걸이로 집을 향해 걸어갔다.

그의 뒤를 쫓아가듯 카자흐들이 외쳐 댔다.

"이봐, 이봐! 그렇게 화내지 마!"

"못된 것 같으니! 잘난 척은 혼자서 다하고 있잖아!"

"오, 오, 오!"

"터키인의 피는 역시 어쩔 수 없다고!"

"놈이 입 다물고 가만 있진 않을걸! 틀림없어! 싸움터에서도 사관들한테 입다물고 있진 않았다고. 그렇게 되면……."

"이봐, 되돌아오라니까!"

"꽥, 꽥, 꽥!"

"붙잡으라고! 꽥! 꽥!"

"뭣 때문에 너희들은 저따위 놈한테 굽실거리나? 재판에 걸어야 할 놈을 가지고!"

차츰 사태가 수습되었다. 욕지거리를 하며 떠다미는 사람도 있었다. 코피를 흘리는 자도 있었다. 젊은 패들 가운데는 뜻하지 않게 눈 아래 혹을 단 자도 있었다. 어쨌든 조용해지자 대장 선거가 시작되었다. 페트로 멜레호프가 거론되었다. 그는 자랑스러움으로 얼굴이 상기되었다. 하지만 그때 중위는 높은 장애물에 부딪친 준마처럼, 보이지 않는 장애에 부닥쳤다. 왜냐하면 지원병을 모집하려는 단계에 이르렀음에도 불구하고 지원하는 사람이 없었기 때문이다. 카자흐들은 이제까지의 과정에 대해선 별말 없었으나 우물우물하면서 지원하려 들지 않고 농담을 주고받을 뿐이었다.

"아니케이, 넌 왜 지원하지 않나?"

그러자 아니쿠시카는 더듬거리며 말했다.

"난 나이가 어려서…… 아직 수염도 나지 않았는걸……."

"이봐, 농담은 그만해! 우릴 데리고 놀 셈이냐?"

카슐린 노인이 그의 귀에 대고 고함을 질렀다.

아니케이는 피하는 듯 고개를 돌리고 중얼거렸다.

"당신네 아들 안드류시카나 지원하라고 하시지."

"안 그래도 지원할 참이다!"

"프로호르 즈이코프!"

책상 옆에서 불렀다.

"예!"

"지원하겠나?"

"글쎄……."

"그럼, 지원하는 걸로 해 두겠네!"

미치카 코르슈노프는 진지한 얼굴로 테이블 옆으로 걸어와 격렬하게 말했다.

"내 이름을 써 주시오!"

"또 없나? 페도트 보드프스코프…… 자넨 어쩔 텐가?"

"난 탈장을 앓고 있다고요, 어르신네들!"

페트로는 분명치 않은 말투로 우물거렸고 사팔뜨기 칼미크인 특유의 표정으로 눈을 내리깔았다.

카자흐들은 하, 하, 하! 소리 내어 웃으며 옆구리를 서로 찌르는 등 장난을 하고 있었다.

"마누라를 데리고 올 것이지…… 탈장이 되면 고쳐 줄 텐데."

"아하하하!"

뒤쪽에서 기침을 해대며 이를 드러낸 채 번들거리는 눈을 빛내며 웃어댔다.

그러자 이번에는 다른 쪽에서 새로운 농담이 박새처럼 날아왔다.

"너를 취사 당번을 시켜 줄까! 보르시치[24]를 만들어 엉덩이에서 창자가 비어져 나올 때까지 마시게 해 줄 테니."

"그따위 놈을 데리고 가야 후퇴할 때 거추장스럽다고."

노인들이 분개하여 욕설을 퍼부었다.

"다들 웬만큼 하고 조용해! 뭐가 재미있다고 그렇게 떠드나!"

"장난을 해도 이만저만 해야지!"

"모두들 창피하지도 않나?"

누군가가 말했다.

"하느님이라고? 정말이지 하느님이 용서하지 않으실 거다. 딴 곳에선 지금 사람이 죽어 가고 있는데 무슨 짓이람!"

"이반 토밀린!"

중위가 뒤돌아보면서 말했다.

"난 포병이라고요."

토밀린이 대꾸했다.

"지원해! 우리에겐 포병도 필요해."

"적어 두시오…… 하는 수 없군!"

자하르 코롤료프와 아니쿠시카와 그 이외 몇몇 사람이 다시 이 포병을 놀림감으로 삼았다.

"버드나무로 대포를 만들어 줄게!"

"호박을 총알로 하고, 감자를 산탄으로 사용하고!"

농담과 웃음 속에 어쨌든 60명의 카자흐들이 지원 서명을 마쳤다. 첫 번째로 지원을 한 사람은 프리스토냐였다. 그는 테이블 옆에 다가가 느릿느릿 입을 열었다.

---

24) 러시아 수프. 홍당무를 주재료로 하여 고기와 채소를 넣고 끓여서 사워크림을 끼얹어 먹는다.

"내 이름도 적어 주시오. 하지만 이것만은 미리 거절해 두겠는데 난 전쟁은 질색이라고요."

"그럼, 뭣 때문에 지원하지?"

중위가 화가 나서 물었다.

"되어나가는 꼴을 좀 보려고요."

"어쨌든 적어 두겠어."

중위는 어깨를 으쓱이며 말했다.

그 집회는 정오 무렵에야 겨우 끝났다. 미그린스카야 부락에는 이튿날 응원하러 가기로 결정을 보았다.

다음 날, 광장에 모인 사람은 지원자 60명 가운데 40명 정도밖에 되지 않았다.

외투에 큼직한 장화를 신은 페트로는 카자흐들을 쓱 둘러보았다. 대부분의 카자흐들이 전에 있던 연대의 견장을 달고 있었다. 그 가운데는 견장을 달지 않은 자들도 있었다. 가방은 행군용의 고리짝으로 불룩했다. 자루와 가방띠에는 도시락이며 내의, 그리고 전선에서 갖고 온 탄약 등이 매달려 있거나 집어넣어져 있었다. 총은 모두들 갖지 못했지만 칼 종류는 다 갖고 있었다.

광장에는 배웅 나온 아내, 딸, 어린아이, 노인네들이 들끓었다. 페트로는 휴식을 시켜둔 말을 타고 돌아다니면서 부하의 반개 중대를 정렬시키고, 제각기 털 빛깔이 다른 말, 외투, 또는 군복, 아니면 방수포의 소매 없는 망토를 입고 있는 기수들을 둘러본 다음 진격 명령을 외쳤다. 대장은 단숨에 언덕길로 뛰어 올라갔다. 카자흐들은 침울한 얼굴로 부락을 돌아보았다. 위쪽에 있는 누군가가 탕 하고 발포했다. 언덕에 오르자 페트로는 장갑을 끼고 갈색 수염을 꼬았다. 그런 뒤, 말을 제자리걸음시키고 옆으로 돌아서서는 왼손에 모자를 들더니 빙긋이 웃고 한 마디 소리쳤다.

"중대, 차렷! 구보로 갓!"

카자흐들은 등자를 밟고 일어서서 채찍을 휘두르며 말에게 구보를 시켰다. 바람이 얼굴을 때리고 말의 엉덩이와 말갈기를 흔들게 하면서 빗방울을 뿌렸다. 얘기가 새어나오고 농지거리로 술렁이기 시작했다. 프리스토냐가 타고 있던 검정말이 비틀거렸다. 기수는 채찍으로 때리고 욕설을 퍼부었다. 그러자 말은 모가지를 옆으로 굽히고 번개같이 달려 열 밖으로 뛰쳐나갔다.

카르긴스카야 마을에 도착하기까지 카자흐들은 줄곧 유쾌한 기분이었다. 전쟁을 하게 되지는 않을 것이다. 미그린스카야 마을 사건은 카자흐 지대에 대한 볼셰비키의 우발적인 습격에 불과하다고 굳게 믿고 모두 진군해 나아갔다.

24

해 지기 전에 카르긴스카야에 당도했다. 마을에는 이미 편성된 카자흐 부대는 없었다──미그린스카야로 가고 없었다. 페트로는 부하 대원들을 광장에 있는 레보츠킨이라는 상인의 점포 옆에 쉬게 해 두고 마을 아타만의 집을 찾아갔다. 그를 맞아 준 사람은 뚱뚱하고 체격이 건장한 검은 얼굴의 사관이었다. 그는 길고 헐렁한 견장 없는 루바시카를 입고 흰 털양말 안에 바짓자락을 쑤셔 넣고 있었다. 입에는 파이프를 물고 있었다. 갈색의 번쩍거리는 눈으로 깜박이지도 않고 지켜보았다. 그는 현관 계단이 있는 곳에 서서 담배를 피우며 다가오는 페트로를 바라보았다. 육중한 체격, 루바시카 안의 두둑하게 살이 오른 가슴과 팔의 탄탄한 근육은 그의 내부에 남다른 힘이 넘치고 있음을 말하고 있었다.

"당신이 이 마을의 아타만입니까?"

사관은 늘어진 입수염 그늘 사이로 진한 연기를 내뿜으면서 대꾸했다.

"그렇소이다. 내가 이 마을의 아타만입니다만, 당신은 뉘십니까?"

페트로는 자기의 이름을 말했다. 아타만은 그의 손을 쥐고 머리를 약간 갸웃거렸다.

"표도르 드미트리예비치 리호비도프라고 합니다."

표도르 리호비도프는 구시노프스키 부락의 카자흐였으나 결코 흔히 볼 수 있는 인간은 아니었다. 그는 사관학교를 다녔지만 졸업하기가 무섭게 자취를 감춰 버렸다. 몇 년이 지난 뒤 불쑥 부락에 나타나서 상부의 허락을 받고 그는 현역을 마친 카자흐들 사이에서 의용군을 모집하기 시작했다. 현재의 카르긴스카야 마을에서 가장 전투적인 병사를 끌어모아 한 부대를 편성하여 그들을 인솔해 페르시아로 건너갔던 것이었다. 자신의 부대로써 페르시아왕의 호위를 맡아 그 땅에 1년가량 머물렀는데 페르시아에 혁명이 일어나자 왕과 함께 도피하다가 부하들을 잃고 다시금 불쑥 카르긴에 모습을 나타냈다. 카자흐 일부와 왕의 마구간에서 끌어왔다는 순종 아라비아 말 세 마리를 끌고, 값진 양탄자, 매우 진기한 장식품, 화려한 빛깔의 견직물 등 전리품을 가지고 귀환했던 것이다. 한 달가량은 하는 일 없이 놀며 지냈다. 바지 주머니에서 적지 않은 페르시아 금화를 꺼내 쓰고, 다리가 늘씬하고 머리를 백조처럼 곧추세운 눈처럼 희고 아름다운 말을 타고 부락에서 부락으로 돌아다니다가 레보츠킨 점포에 와서 물건을 사고 값을 치른 뒤 재빨리 말을 타고 사라져 버리는 것이었다. 얼마 뒤 표도르 리호비도프는 돌아왔을 때와 마찬가지로 다시 훌쩍 자취를 감추었다. 그와 함께 그의 심복인 구시노프스키 부락의 카자흐로 춤 솜씨가 능숙한 판텔류시카라는 부하도 자취를 감추었다. 말도 사라지고 페르시아에서 갖고 온 물건들도 깡그리 없어지고 말았다.

1년 반가량 지났을 무렵, 리호비도프가 알바니아에 있다는 사실이 밝혀졌다. 그 고장의 도우라초에서 카르긴에 사는 친지에게 보낸 스탬프가 찍힌 알바니아의 푸른 산의 경치가 그려진 그림엽서가 날아왔던 것이다. 뒤에 그는 이탈리아로 건너갔고 발칸을 거쳐 루마니아에 체재한 뒤, 서유럽으로 가서 스페인 근처까지 돌아다녔다는 것이었다. 표도르 드미트리예비치의 이름은 신비의 안개에 싸여 있었다. 부락에서는 그에 대해 갖가지 소문이 나돌았다. 다만 알고 있는 것은 한 가지—그가 궁정 방면에 아는 사람이 있다는 것, 피테르에서 정부 고관들과 사귀고 러시아 민족동맹 속에서도 상당히 높은 지위에 있다는 것이었다. 그러나 그가 외국에서 어떠한 일을 하고 있었던가에 대해서는 아무도 아는 사람이 없었다.

외국에서 돌아오자 표도르 리호비도프는 펜자에서 자리를 잡고 그곳의 지사 관저에 손님으로 묵고 있었다. 카르긴의 친지들은 사진을 본 뒤, 한동안 머리를 저으면서 어이가 없다는 듯 혀를 찼다.

"놀랐어! 표도르 드미트리예비치가 엄청난 출세를 했군그래."

그 사진에서 표도르 드미트리예비치는 세르비아인다운 매부리코에 거무스름한 얼굴로 미소를 머금고, 무개마차에 앉으려는 지사부인의 손을 부축하고 있었다. 지사도 그에게 가족과 같은 다정한 미소로 대하고 어깨가 넓은 마부는 손을 내밀어 고삐를 잡고 있었는데, 말들은 금방이라도 움직이려는 기세였다.

표도르 드미트리예비치는 한쪽 손을 멋들어지게 털모자에 대고, 다른 한쪽 손은 지사부인의 팔꿈치를 부축하고 있었다.

수년 동안 자취를 감춘 뒤, 1917년 말에 표도르 리호비도프는 다시 카르긴에 나타났는데 이번엔 아주 자리를 굳혔다는 듯이 차분하게 눌러앉았다. 우크라이나 여자인지 폴란드 여자인지 모를 아내와 어린 아들 하나를 데리고 돌아왔다. 광장 근처에 그다지 크지 않은 방 네 개짜리 집에 살고 있고 뭔지 알 수 없는 계획을 세우면서 한겨울을 보냈다. 겨울 내내—그해 겨울은 돈 지방에선 드물게 추운 겨울이었다.—그의 집 유리창 하나는 늘 열려 있었다. 카자흐들을 깜짝 놀라게 하면서 자신과 가족들을 단련시켰다.

1918년 봄, 세트라코프 부락 부근의 사건 뒤에 그는 아타만으로 선출되었다. 거기에서 표도르 리호비도프의 끝없는 재능이 전면적으로 발휘된 셈이었다. 마을은 1주일이 지나서부터 노인들마저도 머리를 갸웃거릴 만큼 그의 손아귀에 완전히 말려들었다. 그는 카자흐들을 길들여 놓아 마을 집회에서 그의 연설이 끝나면—리호비도프는 구변이 좋았다. 힘만 강한 것이 아니라 선천적으로 두뇌 또한 명석했다—늙은이들마저 종마를 본 암말처럼 일제히 "옳습니다!" "잘 부탁합니다!" "잘 하십시다!" 외쳐 댔다.

새 아타만은 마을의 여러 문제를 신속하게 처리했다. 세트라코프 부락 부근의 전투에 관한 소문이 카르긴스카야에 전해지자 즉각 마을의 귀환병들을 집합시켜 그곳으로 파견키로 결정했다. 마을 인구의 3분의 1을 차지하는 이민족들은 처음에는 출정을 거부했다. 이민족 출신의 병사들은 맹렬한 볼셰비키파였기 때문이었다. 그러나 리호비도프는 자신의 주장을 끝까지 관철시켜 노인들까지 그가 제의한 돈 방위에 참가하지 않은 '백성'들은 모두 추방한다는 결의에 서명하기에 이르렀던 것이었다. 그리고 그다음 날 병사들을 가득 실은 수십 대의 수송마차는 손풍금과 노랫소리에 격려를 받으며 나포로프, 체르네츠카야 마을로 출발했던 것이다. 이민족 출신 가운데 병사 몇 사람이 과거 제1기 관총대에 있었던 바실리 스트로젠코의 인솔 아래 적위군으로 빠져나가긴 했지만……

아타만은 태도만 보고도 페트로가 병대 출신의 급조 사관임을 눈치챘다. 그는 페트로를 방 안으로 맞아들이지 않고 허물없는 어조로 얘기했다.

"미그린스카야에 굳이 자네들의 원조를 받고 싶지 않다네. 자네들의 손 없이도 처리할 수 있어. 어젯밤 전보를 받았네. 자네들은 마을로 되돌아가 명령이 있을 때까지 대기하고 있게나. 카자흐들을 충분히 훈련시키도록. 그런데 그렇게 큰 부락에서 겨우 40명밖에 모집하지 못했다니? 그 머저리들에게 기합이 들어가지 않았기 때문이야! 그럼, 잘 가게나!"

그는 단화의 밑창을 울리며 경쾌한 동작으로 자신의 큼직한 체구를 움직여 집 안으로 들어가 버렸다. 페트로는 광장에 대기시켜 두었던 카자흐들에게로 되돌아갔다.

그에게 질문의 화살이 쏟아졌다.

"어땠어?"

"뭐라고 하던가?"

"미그린으로 가기로 되었나?"

페트로는 기쁨을 감추지 않고 미소를 머금었다.

"되돌아가기로 했어! 우리가 없어도 괜찮다고 하더군."

카자흐들은 미소를 지었다. 모두가 울타리에 묶어 둔 말 옆으로 다가갔다. 프리스토냐는 어깨에서 무거운 짐을 내린 듯이 후유 하고 안도의 한숨을 쉬고 나서 토밀린의 어깨를 툭툭 치며 말했다.

"요컨대 집으로 돌아가게 됐다, 그 말 아닌가, 포병!"

"마누라들이 지금쯤 얼마나 애를 태우고 있을까."

"빨리 돌아가자고."

의논한 결과 묵지 않고 즉각 출발하기로 했다. 각자 말을 타고 열도 짓지 않은 채 몇 개의 덩어리가 된 상태로 마을을 떠났다. 카르긴스카야에 올 때만 해도 마음이 내키지 않아 구보를 시킨 일조차 드물었는데 돌아갈 때에는 말을 재촉하여 전속력으로 달렸다.

말발굽 밑에서 꺼칠꺼칠한 땅바닥이 낮게 소리를 냈다. 돈의 맞은편, 멀리 보이는 언덕 봉우리 저쪽에서 푸른 번갯불이 반짝반짝 빛났다.

한밤중이 되어서야 부락에 닿았다. 언덕을 내려가는 길에서 아니쿠시카가 먼저 자기의 오스트리아제 총으로 한 발을 쏘았다. 이어서 돌아왔음을 알리는 신호로 일제히 한 발씩을 쏴 올렸다. 부락에서는 거기에 맞춰 개들이 짖어 댔다.

그리고 집이 가까워진 것을 느낀 누군가의 말이 히힝! 드높게 울었다. 부락에 들어서자 저마다 방향을 달리하고 헤어졌다.

마르친 샤밀리는 페트로에게 작별인사를 하면서 이제야 마음이 놓인다는 얼굴을 하고 말했다.

"전쟁을 하지 않게 되어 참 잘 됐어!"

페트로는 어둠 속에서 미소를 머금고 자신의 집을 향해 말머리를 돌렸다.

말을 치우려고 나온 사람은 판텔레이 프로코피예비치였다. 그는 안장을 내리고 말을 마구간에 맨 뒤, 페트로와 함께 집으로 들어갔다.

"가지 않아도 괜찮게 됐다고?"

"그렇다니까요."

"잘 됐다, 정말 잘 됐어! 다신 이런 일이 없어야 할 텐데."

다리야가 졸리는 얼굴로 남편의 밤참을 준비했다. 거실 쪽에서는 그리고리가 잠옷 바람으로 나와 가슴털을 문지르면서 형을 향해 히죽 웃었다.

"어찌 됐어? 해치우고 오는 길이야?"

"그래, 방금 보르시(고깃국) 남은 걸 해치우고 오는 길이다."

"그렇다면 나도 그걸 한 모금 마시고 싶은걸. 고깃국이라면 언제라도 환영이야. 어쨌든 날더러 지원군에 나오라고 하면 결코 사양하지 않을 거야."

부활절까지는 전쟁에 대해선 소문이나 냄새조차 풍겨 오지 않았다. 그런데 고난주간 마지막 토요일에 뵤센스카야로 전령이 들이닥쳤다. 거품을 입에 문 말이 코르슈노프의 집 문 앞에 내팽개쳐지고 층계에 장검을 덜컹덜컹 부딪치면서 현관으로 뛰어 들어왔다.

"무슨 일이오?"

미론 그리고리예비치가 현관에서 그를 맞아들이면서 물었다.

"아타만을 뵙고 싶은데, 당신이 아타만입니까?"

"그렇소이다."

"실은 카자흐들에게 즉시 무장을 시키라는 명령이 내려왔소. 나고린스카야 마을 근처를 지금 포드쵸르코프가 적위군 부대를 인솔하고 통과 중이오. 명령서는 여기 있습니다."

땀에 흠뻑 젖은 모자 안쪽을 뒤집어 봉서를 꺼냈다.

그리샤카 노인이 코에 돋보기를 걸고 얘기하는 무리 속에 끼어들었다. 뒤뜰에선 미치카가 달려왔다. 전령은 조각이 된 난간에 기대서서 얼굴에 묻은 흙먼지를 옷소매로 닦았다.

부활절 첫째 날에 카자흐들은 예배를 올리고 부락을 떠났다. 아르표로프 장군의 명령은 엄격하여 카자흐의 신분을 빼앗겠다는 위협을 해 왔고 그 결과 40명이 아니라 108명이 출전했다. 그중에는 볼셰비키와 싸우고 싶다는 의욕으로 불타는 노인들까지 포함되어 있었다. 코에 동상이 걸린 마트베이 카슐린은 자식들과 함께 출전했다. 아브데이치 브레프는 암말을 타고 으스댔고 기상천외한 거짓말을 늘어놓음으로써 카자흐들을 줄곧 웃게 만들었다. 막사예프 노인을 비롯해서 수염이 하얀 늙은이들까지 가담했다. 젊은 사람들은 하는 수 없이, 또 노인들은 용기백배하여 나아갔다.

그리고리 멜레호프는 모자 위에 비옷의 두건을 쓰고 맨 뒤에서 따라갔다. 안개가 낀 하늘에서 드문드문 빗방울이 떨어졌다. 깨끗한 초록빛으로 덮인 스텝 위에 비구름이 떠다녔다. 그 비구름의 아래쪽 하늘을 독수리 한 마리가 유유히 날고 있었다. 때때로 갑자기 생각난 듯이 날갯짓하며 바람을 사로잡고 또다시 일어나 기울어진 다음 흐릿한 갈색으로 빛나면서 차츰 작아지는가 싶더니 이내 동쪽으로 멀어져 갔다.

스텝은 촉촉하게 젖어 녹색으로 반짝였다.

카르긴스카야로 내려가는 언덕을 올라갈 때 카자흐들은 소 떼를 몰고 목장으로 가는 카자흐의 목동과 마주쳤다. 그는 채찍을 내리치며 맨발로 다급하게 걷고 있었는데 기마행렬을 보고는 걸음을 멈추었다.

"너, 어디 사는 누구냐?"

이반 토밀린이 그에게 물었다.

"카르긴 사람이오."

소년은 기운차게 대꾸하고 머리에 쓴 옷 너머로 웃음 띤 얼굴을 치켜들었다.

"너희 마을의 카자흐들도 출정했겠지?"

"그럼요, 적위군을 쳐부수려고 떠났지요. 담배 가진 것 없나요, 아저씨?"

"너, 담배 피우니?"

그리고리는 말을 세웠다.

카자흐 소년은 그의 곁으로 다가왔다. 걷어올린 그의 바지가 젖어 있었다. 측장이 빨갛게 반짝거렸다. 그는 담배쌈지를 꺼내는 그리고리의 얼굴을 대담하게 쳐다보고 듣기 좋은 굵은 목소리로 얘기했다.

"여기를 내려다보면 시체가 뒹굴고 있는 걸 보게 될걸요. 어제 우리 마을의 카자흐들이 적위병 포로들을 뵤시카로 나가는 길까지 쫓아가 때려죽였다고요……아저씨, 그때 난 저쪽 모래언덕 옆에서 가축을 지키고 있다가 놈들이 참살당하는 걸 봤답니다. 검을 치켜들자 모두들 와! 소리를 지르며 달아나더라고요……그 뒤에 가봤지요. 한 놈은 어깨가 떨어져 나갔는데 숨이 끊어질락말락했어요. 뱃속에 피투성이가 된 심장이 꿈틀꿈틀하고 있는 게 보였어요. 그리고 또 검푸른 핏덩어리가……."

그는 되풀이해서 말했으나 카자흐들이 별로 놀라지 않자 의아해하다가, 그리고리와 프리스토냐와 토밀린의 태연하고 싸늘한 표정을 보고 나서야 분명히 놀라지 않고 있음을 알아차린 것 같았다.

담배에 불을 붙인 그는 그리고리의 말목을 쓰다듬고는 "고맙습니다" 하더니 소 떼가 있는 곳을 향해 뚜벅뚜벅 걸어갔다.

봄의 홍수로 씻겨진 길가의 얕은 구덩이 속에 참살당한 적위병의 시체가 진흙에 얇게 덮인 채 나동그라져 있었다. 주석으로 만든 것 같은 검푸른 얼굴과 피가 말라붙은 솜이 든 푸른 바지를 입은 맨발이 거무죽죽했다.

"제대로 처치해 두지 않고서…… 어떻게도 할 수 없는 놈들이야!"

프리스토냐는 중얼거리고 채찍을 철썩 내리쳐 그리고리를 추월하여 기슭을 향해 달려가기 시작했다.

"이봐, 돈 땅에도 드디어 피가 보이기 시작했어."

토밀린이 굳은 얼굴에 웃음을 띠었다.

25

분츄크가 소속된 부대에 타타르스키 부락출신 포병이 하나 있었다. 그는 쿠테포프대와의 전투 때 말을 잃어버렸는데, 그 뒤로 줄곧 술에 젖어 몸을 망치고 카드놀이와 도박에 빠져 있었다. 타고 있던 말이 쓰러졌을 때—그것은 등 한 가운데에 한 줄기 은빛 줄이 나 있는 말이었다—막심카는 안장과 재갈을 벗겨내 그것을 등에 지고 4킬로쯤 뛰었지만 맹렬한 기세로 쳐들어오는 의용군으로부터 도저히 빠져나갈 수가 없음을 깨닫자 가슴에 맨 가죽띠를 벗어던지고 재갈만 든 채 멋대로 전열에서 이탈해 버린 것이었다. 로스토프에 온 그는 찔러 죽인 대위에게서 빼앗았던 은장식이 붙은 칼과 수중에 남은 마구, 바지, 장화를 '안경' 노름으로 몽땅 털린 뒤 알몸으로 분츄크의 본부까지 흘러들어왔다. 분츄크는 그에게 피복을 주고 그 밖에도 여러 가지로 보살펴 주었다. 막심카는 어쩌면 재기했을지 모른다. 그런데 로스토프 공격전 때 그는 머리에 관통상을 입었다. 셔츠 위로 막심카의 푸른 눈알이 튀어나오고, 통조림이 뜯겨진 것처럼 입을 벌린 두개골에서 붉은 피가 콸콸 쏟아졌다. 뵤센스카야의 카자흐인 그리야즈노프—지난날의 말 도둑에 바로 어제까지도 주정뱅이였던 그는 도저히 두 번 다시 보고 싶지 않은 모습으로 변해 있었다.

분츄크는 막심카의 몸이 단말마의 고통으로 뒤틀리는 것을 내려다보았다. 그리고 막심카의 구멍이 뚫린 머리통에서 솟아 나와 기관총의 총신에 묻은 피를 말끔히 닦아 주었다.

즉시 후퇴를 해야 했다. 분츄크는 기관총을 끌고 그곳을 떠났다. 막심카는 머리에 갈기갈기 찢긴 셔츠를 뒤집어쓰고 거무죽죽한 등을 햇볕 아래 드러낸 채 뜨거운 땅바닥 위에서 숨을 거두었다. 숨지기 직전에 셔츠를 마구 머리 쪽으로 끌어올리면서 몸부림을 쳤던 것이다.

대부분이 터키 전선에서 철수해 온 병사들로 이루어진 적위군 1소대가 첫 번째 네거리를 점거하고 있었다. 거의 걸레가 되어버린 겨울 모자를 쓰고 있던 대머리 병사 하나가 분츄크를 도와서 기관총을 장치했다. 나머지 패들은 한길을 가로질러 가서 바리케이드를 쌓고 있었다.

"자, 어서 와!"

언덕 뒤 지평선을 뒤돌아보면서 볼수염의 병사가 웃었다.

"두고 봐, 한 방 먹일 테니까!"

"쳐부숴, 사마라!"

벽판을 벗겨 내고 있는 거구의 젊은이를 향해 저마다 외쳐 댔다.

"드디어 왔다! 이쪽으로 오고 있다!"

대머리 병사가 술 창고 지붕을 기어오르면서 소리쳤다.

안나는 분츄크와 나란히 몸을 굽혔다. 적위병들은 급조한 바리케이드 그늘에 어깨를 비비며 엎드렸다.

그때 우측 모퉁이에서 아홉 명가량 되는 적위병이 밭두렁을 뛰어가는 자고새처럼 모퉁이 집의 벽 뒤를 향해 뛰어들었다. 한 사람이 외쳤다.

"나타났다! 쳐부수자!"

네거리는 별안간 인적이 사라지고 호젓해졌다. 이윽고 모자에 흰 천을 감고 기관총을 옆구리에 낀 기마 카자흐 하나가 모래먼지를 일으키면서 뛰쳐나왔다. 그는 엄청난 속도로 달려오고 있었다. 분츄크는 권총을 겨냥하여 방아쇠를 당겼다. 카자흐는 말 모가지에 몸을 바싹 붙이고 되돌아갔다. 기관총 곁에 있던 병사들은 머뭇거렸다. 두 명가량이 담을 넘어 문 옆에 엎드렸다.

당장이라도 몸을 날려 달아나려는 기세였다. 극도로 긴장된 침묵, 방심한 것 같은 모두의 눈초리는 허둥대고 있었다…… 하지만 이어서 일어난 장면 하나가 분츄크의 눈에 선명하게 떠올랐다. 플라토크가 뒤로 젖혀져 머리칼을 흩날리면서 흥분으로 얼굴이 창백해진 안나가 정신없이 벌떡 일어서더니 총을 들고 주위를 돌아보며 카자흐가 숨은 집 쪽을 가리키고, 그녀의 목소리라고는 생각할 수 없는 쉰 음성으로 "자, 내 뒤를 따라요!"를 외치기 무섭게 비틀거리며 뛰쳐나간 것이었다.

분츄크는 일어섰다. 그의 입에서는 뜻을 알 수 없는 고함 소리가 터져 나왔다. 옆에 있던 병사의 총을 낚아채자마자 두 다리에 무서운 경련을 느끼면서 안나의 뒤를 쫓아 달려갔다. 고함을 질러 돌아오게 하려는 심한 긴장으로 숨이 차서 얼굴빛이 변하여 달려갔다. 등 뒤에 따라오는 몇 사람의 고함 소리를 들었다. 혼신의 힘을 다해 뭔가 무서운 돌이킬 수 없는 일에 몸을 맡겼다는 느낌과 어떤 무시무시한 종말이 다가오고 있음을 알아차렸다. 그 순간 그는 이미 그녀의 행위가 남아 있는 병사들을 끌어당길 만한 힘이 없는 앞뒤를 분간할 줄 모르는 파멸적인 것임을 뚜렷하게 깨달았다.

한길 모퉁이에서 그리 멀지 않은 곳에 이르렀을 때 저쪽에서 말을 타고 달려오는 카자흐들과 정면으로 부딪쳤다. 적은 일제사격을 가했다. 핑! 탄환이 스쳐가는 소리, 안나의 가련한 비명…… 이어 그녀는 한 손을 내밀고 공허하게 눈을 치뜬 채 땅바닥에 쓰러졌다. 분츄크는 카자흐들이 되돌아선 것을 알지 못했다. 그리고 자기 옆에 있던 18명가량의 병사들이 안나의 격정에 힘입어 그 카자흐들을 쫓아버린 것도 알지 못했다. 그의 눈 속엔 그녀, 그녀만이 있었다. 손을 잡지 않고 그녀의 몸을 옆구리에 끼었다. 어디론가 뛰어갈 자세를 취했다. 하지만 왼쪽 옆구리에서 피가 흐르고 있고, 상처와 갈기갈기 찢겨진 청색 코프타(짧은 상의)를 보자 치명상임을 알아차렸다. 그녀의 흐린 눈동자 속에는 죽음의 빛이 뚜렷하게 나타나 있었다.

누군가가 그의 몸을 밀쳤다. 안나는 근처 주택 안 창고 처마의 그늘진 서늘한 곳에 눕혀졌다.

대머리 병사가 상처 난 곳에 솜을 갖다 대고, 피를 빨아들여 새빨갛게 된 솜을 옆에다 버리고 있었다. 분츄크는 정신을 차리고 안나의 윗저고리 단추를 벗긴 다음 자기 셔츠를 찢어 뭉쳐서 상처에 댔다. 안나의 얼굴이 차츰 창백해지며 그녀의 검은 입이 고통으로 가늘게 떨렸다. 입술은 공기를 마시고 있었으나 폐는 이미 헐떡이고 있었다. 분츄크는 그녀의 셔츠를 찢어 죽음의 땀으로 흠뻑 젖은 그녀의 육체를 발가벗겨 놓았다. 모두가 가까스로 상처에 지혈의 솜을 밀어넣었다. 몇 분이 지나자 안나는 의식을 되찾았다. 검게 충혈된 눈자위 안으로 움푹 파인 눈알을 굴려 흘깃 일리야를 쳐다보았으나 이내 떨리는 속눈썹을 덮어버렸다.

"물! 뜨거!"

그녀는 몸부림을 쳤다.

"살고 싶어! 일리야…… 당신! 아, 아!"

분츄크는 부풀어오른 입술을 그녀의 타는 듯한 볼에 갖다 댔다. 컵의 물을 가슴에다 부어 주었다. 물은 쇄골이 파인 곳에 잠깐 머물렀다가 이내 말라버렸다. 죽음의 열은 안나를 불태웠다. 분츄크가 가슴에 물을 부어주려고 하자 안나는 몸부림을 치고 손을 내저었다.

"뜨거! 불!"

힘이 쭉 빠져 싸늘하게 식어갈 때, 안나는 분명한 소리로 말했다.

"일리야, 왜 그래요? 모든 게 너무나 단순하잖아…… 당신은 별난 사람이군요! 무척이나 단순해요…… 일리야…… 당신, 어머니한테 무슨 말을…… 알아요……."

그녀는 웃을 때처럼 눈을 가늘게 떴다. 그리고 통증과 두려움을 떨치려고 버둥거리면서 헛소리를 하기 시작했다. 마치 무엇인가에 짓눌린 듯이.

"처음 느낌은…… 찔린 것 같고 타는 것 같은…… 지금은 온몸이 불타는 것 같아…… 알아요…… 죽어요……."

그리고 그것을 부정하여 그가 힘껏 손을 젓는 걸 보고 얼굴을 일그러뜨리며,

"관둬요! 내출혈인데요, 뭐…… 늑막이 피로 부풀어 있다고요…… 괴로워…… 아, 숨 쉬는 것조차 괴로워요!"

토막토막 빠르게 많은 말을 했다. 자신을 괴롭히는 것을 모조리 말해버리고 싶다는 듯이. 분츄크는 끝없는 공포와 더불어 그녀의 얼굴이 밝은 빛을 띠고 차츰 투명해지다가 관자놀이가 노랗게 변색되는 걸 보았다. 축 늘어진 두 팔로 시선을 옮겼을 때 그녀의 손톱이 익은 살구처럼 푸른기를 띤 장밋빛으로 변해가는 게 보였다.

"물…… 가슴이…… 뜨거!"

분츄크는 물을 가져오려고 재빨리 집 안으로 뛰어갔다. 되돌아왔을 때 이미 안나의 신음 소리는 창고 처마 밑에서 사라지고 없었다. 낮게 뜬 태양이 단말마의 고통으로 뒤틀린 입매를, 상처에 갖다 댄 탓으로 아직 온기가 남은 밀랍 같은 손바닥을 비추었다. 그는 조용히 그녀의 어깨를 안아 일으켰다. 콧잔등에 작고 검은 주근깨가 돋은 구부러진 코를 들여다보다가 처진 눈썹 그늘에 움직이지 않는 눈동자의 빛을 지켜보았다. 힘없이 쳐든 머리가 차츰 아래로 떨어지고 처녀다운 가느다란 목의 정맥에는 마지막 맥박이 뛰고 있었다.

"이봐, 안나!"

그러고 나서 분츄크는 벌떡 일어나 몸을 돌려 부자연스레 목을 곧추세우고 두 손을 허리에 갖다 댄 채 비틀비틀 걸어갔다.

26

요 며칠 동안 분츄크는 마치 고열에 시달린 것 같은 나날을 보냈다. 어슬렁거리며 걸어다니기도 하고 쓸데없이 방황하기도 했다. 모든 것이 꿈결 같고 방심한 듯한, 그리고 멍청한 상태였다. 광기가 깃든 부숭부숭한 눈으로 자기 주변에

널린 세계를 의미 없이 바라보았다. 친지의 얼굴조차 분간하지 못했다. 잔뜩 취했거나 또는 긴 병 끝에 막 일어난 환자 같은 눈초리로 주변을 바라보았다. 안나가 죽은 뒤 일시적인 허탈상태에 빠져 버린 것이었다. 아무것도 바라는 게 없었다. 아무런 생각도 머리에 떠오르지 않았다.

"좀 먹지그래, 분츄크!"

동료들이 그렇게 권하면 그는 마지못해 턱을 주억거리면서 멍청하게 창밖으로 시선을 고정시킨 채 무의식적으로 숟갈질만 하는 것이었다.

그의 행동을 본 사람들 사이에 병원으로 데려가면 어떻겠냐는 얘기가 오갔다.

"자네, 어디 아픈가?"

그 이튿날 기관총병 한 사람이 그에게 물었다.

"아니."

"그럼, 왜 그래? 슬퍼서 그러는 거야?"

"아냐."

"그렇다면 담배라도 피우라고. 이봐, 그녀를 다시 살아나게 할 수는 없잖아. 이미 끝났으니 너무 상심하지 말게나."

취침시간이 되면 모두가 그에게 말했다.

"이봐, 잠을 자야 해. 잘 시간이야."

그래야만 비로소 잠자리에 들었다.

이렇게 현실에서 벗어난 상태로 4일간을 보냈다. 5일째 되는 날, 크리보슈루이코프가 한길에서 그와 마주치게 되자 옷소매를 붙잡고 말했다.

"아, 여기에서 만나는군. 자네를 얼마나 찾아다닌 줄 아나?"

크리보슈루이코프는 분츄크의 신상에 일어난 사건을 몰랐다. 따라서 그의 어깨를 다정하게 치면서 걱정스레 물었다.

"왜 그러나? 과음했나? 자넨 북부지방 원정대가 마침내 떠나게 됐다는 소식을 못 들었나? 아직 모르고 있군그래. 다섯 명의 위원이 선출됐다네. 지휘관은 표도르야. 북부의 카자흐들만이 우리의 희망이지. 이게 틀어지는 날엔 곤란해진다고. 형세가 좋지 않거든! 자넨 가겠지? 선동가가 필요해. 가겠지?"

"가겠네."

분츄크는 한 마디로 대꾸했다.

"고마워. 출발은 내일이야. 오르로프한테 가서 얘길 하라고. 우리의 안내역이 그 사람이니까."

이전과 다름없는 완전한 허탈 상태 속에서 분츄크는 출발 준비를 했다. 그리고 이튿날, 즉 5월 21일에 원정대와 함께 떠났다.

그 무렵 돈 소비에트 정청에서의 정세는 뚜렷하게 위협적인 양상을 드러내고 있었다. 우크라이나 방면에선 독일 점령군이 밀려와 있고 하류지대 여러 마을과 군관구에서는 전면적인 반혁명적 반란이 일어났다.

지모브니크 지대에는 포포프군이 배회하고 있어, 그 방면에서 노보체르카스크를 위협하고 있었다. 4월 10일부터 13일까지 로스토프에서 개최된 지방 소비에트 대회는 수차에 걸쳐 회의를 중단할 수밖에 없는 지경에 이르렀다. 반란을 일으킨 체르카스크의 카자흐들이 로스토프 근처까지 쳐들어와 그 근교를 점령하고 있었기 때문이다. 다만 북부 호표르스키 및 우스티 메드베디차 관구만이 혁명의 불꽃을 피우고 있었다. 또한 포드쵸르코프와 하류지대 카자흐의 지지에 희망을 상실한 그 밖의 무리들도 어쩔 수 없이 그 불꽃에 끌리고 있었다. 동원은 실패로 끝나고 말았다. 그리고 최근 동 인민위원회 의장으로 뽑힌 포드쵸르코프는 라그틴의 제안으로 북부지방에서 귀환 카자흐의 34개 연대를 동원하여 그것으로 독일군과 하류지대의 반혁명에 대처하기 위해 북부로의 출동을 결의했던 것이다.

포드쵸르코프를 우두머리로 해서 5인의 긴급동원위원회가 설치되었다. 4월 29일, 동원 준비금으로서 금화와 니콜라이 지폐로 1천만 루블이 금고에서 인출되고, 그 돈을 보호하기 위해 구 카멘스카야 지방경비대의 카자흐로 이루어진 1부대가 편성되었고, 여러 명의 카자흐 선동가가 선출되었다. 그리고 5월 1일 독일군 비행기의 사격 소리를 들으면서 원정대는 카멘스카야 방면을 향해 출발했다.

철도는 우크라이나에서 철수해 온 적위군 부대의 열로 붐볐다. 카자흐 반란군은 철교를 파괴하고 이어 선로의 파괴 작업에 착수했다. 아침마다 노보체르카스크–카멘스카야선 상공에 독일군 비행기가 나타나 매처럼 선회하며 나지막하게 내려와서 따, 따, 따! 기관총을 쏘아 대면 적위병들이 열차 안에서 한꺼

번에 쏟아져 나왔다. 콩 볶는 듯한 총성이 울리고 정거장 위에는 석탄재 냄새
와 전쟁, 파괴의 매캐한 냄새가 뒤섞였다. 비행기가 하늘 높이 날아올라간 뒤에
도 탄띠의 총알이 바닥날 때까지 쏘아 댔다. 사수들 옆을 지나치는 병사들 구
두의 복사뼈를 묻을 정도로 탄피가 쌓였다.

모든 것에서 끝없는 파괴의 흔적을 볼 수 있었다. 둑 옆에는 부서지고 불에
탄 차량이 여기저기 버려져 있었다. 전신주 위에는 토막 난 전선이 휘감긴 애자
(碍子)가 설탕처럼 하얗게 엉켜 있었다. 많은 집이 부수어졌다. 선로의 제설 울
타리는 질풍을 만난 것처럼 기울어져 있었다.

원정군은 밀레로보로 향한 선로를 5일 동안 기차를 타고 느릿느릿 달렸다. 6
일째 아침, 포드쵸르코프는 위원들을 자신의 객실로 불러들였다.

"이래서야 어떻게 기차를 믿을 수 있겠나! 휴대 고리를 모조리 내버리고 행군
으로 가도록 하세."

"뭐라고?"

라그틴이 말도 안 된다는 얼굴로 외쳤다.

"우리가 행군으로 우스티 메드베디차까지 가는 동안에 백위군 쪽에서 한발
앞서 도착하게 될 걸세."

"너무 오래 걸린다고."

무르이힌도 주저하는 빛을 나타냈다. 뒤늦게 출발하여 가까스로 당도한 크리
보슈루이코프는 퇴색한 장식 단추가 달린 외투를 입고 말없이 앉아 있었다. 그
는 열에 떠 있었다. 퀴닌을 먹은 탓으로 이명(耳鳴)이 일고 머리가 지끈지끈했다.
그는 회의에서 발언을 하지 않았고 등을 웅크린 채 설탕 자루 위에 앉아 있었
다. 눈은 열로 젖어 있었다.

"크리보슈루이코프!"

지도에서 눈을 떼지 않은 채 포드쵸르코프는 무뚝뚝하게 불렀다.

"왜요?"

"우리가 얘기하는 게 자네한텐 안 들리나? 행군으로 가야만 한다는 거야. 그
렇게 안 하면 추월을 당하게 된다고. 자네 생각은 어때? 자넨 우리하고 달리 학
자 아닌가. 뭐든 말 좀 해보게."

"행군으로 가는 게 좋을 거요."

크리보슈루이코프는 더듬거리며 말을 하다가 갑자기 이를 드러내고 열병의 발작에 못 이겨 부들부들 떨기 시작했다.

"짐을 없애 버린다면 갈 수 있겠지."

문 옆에서 포드쵸르코프가 지방 지도를 펼쳤다. 무르이힌이 양쪽 끝을 눌렀다. 지도는 흐린 서쪽 하늘에서 불어오는 바람 때문에 펄럭이며 손에서 떨어져 날아갈 것 같았다.

"이 방향으로 가야 한다고, 알겠나!"

담뱃진으로 노랗게 된 포드쵸르코프의 손가락이 지도 위를 짚었다.

"얼마쯤 될까? 150킬로미터, 200킬로미터?"

"어림잡아 그 정도 되겠지."

라그틴은 고개를 끄덕였다.

"미하일, 자넨 어때?"

크리보슈루이코프는 못마땅하다는 듯 어깨를 움츠렸다.

"난 반대는 하지 않겠어."

"그렇다면 즉각 카자흐들에게 하차를 명해야겠어. 어물거릴 필요가 없잖아."

무르이힌은 모두의 기색을 살폈으나 별로 반대하는 사람이 없는 것 같자 곧장 차 밖으로 뛰어내렸다.

포드쵸르코프의 원정군이 탄 열차는 그날 아침 베라야 카리토바에서 얼마 멀지 않은 곳에 정차하려고 했었다. 분츄크는 자신의 찻간에서 머리끝까지 외투를 뒤집어쓰고 잠들어 있었다. 카자흐들은 차를 끓이고 소리를 내어 웃고 서로 농담을 주고받으며 시간을 보냈다.

미그린스카야의 카자흐로 말이 많고 우수꽝스러운 바니카 보르두링레프라는 사람이 동료 기관총병 한 사람을 놀려댔다.

"이그나토, 자네 어느 현 출신인가?"

담배 연기에 찌들린 쉰 목소리로 말했다.

"탐보프현이야."

얌전한 이그나토는 허약한 낮은 목소리로 대꾸했다.

"그럼, 분명 모르샨스키 마을이겠구먼?"

"아니, 샤츠키야."

"아……샤츠키? 그쪽 사람들은 모두 날쌔지. 싸움할 때 한 사람한테 일곱 명이 달려들어도 물러서지 않는다고 하더군. 자네 마을에선 즉위제전(即位祭典)에 송아지를 오이로 요리했다던데?"

"농담은 그만해!"

"아 참, 그렇지. 깜박 잊고 있었지만 말이야, 틀림없이 자네 마을이었어. 하지만 자네 마을에서 교회에 피로시키를 가득 집어넣고 완두를 깐 위에 그 교회를 싣고 산 위에서 끌어내리려고 했다는 게 정말이야? 그런 일이 있었어?"

찻주전자가 부글부글 끓어오른 덕택으로 이그나토는 잠시 동안이나마 보르두일레프의 놀림에서 벗어날 수 있었다. 그러나 아침 식사 때가 되자 바니카는 다시 시작했다.

"이그나토 자네, 돼지고기가 맛이 없나 보지? 싫은가?"

"아냐, 그렇지 않아."

"그럼, 이봐, 돼지 엉덩이 살을 줄게. 정말 맛있다고."

와 하고 웃음소리가 폭발했다. 누군가 한 사람이 배를 잡고 쿨럭쿨럭 기침을 했다. 모두가 야단스럽게 떠들어 댔다. 장화발로 구르고 법석을 떨었다. 그런데 잠시 뒤 숨을 헐떡거리는 이그나토의 노기에 찬 음성이 울려 왔다.

"너나 실컷 먹어라! 망할! 제 놈의 엉덩이를 가지고 어떻게 하겠다는 거야?"

"내 엉덩이가 아니라니까, 돼지 엉덩이라고."

"똑같은 소린데 뭘 그래. 추잡하게시리!"

아랑곳하지 않는, 그런데 약간은 쉰 보르두일레프의 목소리가 기다랗게 이어졌다.

"추잡하다니? 너, 제정신으로 한 소리냐? 부활제에 차려놓는 게 바로 그거 아니냐 말이야. 사실은 정진제를 지키지 못해서 찜찜한 거지……."

보르두일레프와 같은 마을 출신으로 4계급의 성 게오르기우스 훈장을 모두 가진 금발의 카자흐가 참견을 하며 나섰다.

"이반, 이제 그만하라고! 농사꾼하고 시비를 걸어봐야 헛수고일 뿐이야. 농군은 돼지 엉덩이를 먹을 뿐 아니라 돼지를 무척 좋아하거든. 굳이 저 녀석만 놀릴 건 없잖아?"

분츄크는 눈을 감고 누워 있었다. 아무 소리도 귀에 들어오지 않았다. 그는 전보다 더 강렬해진 고통으로 최근의 사건을 떠올렸다. 감은 망막에는 눈으로 뒤덮인 스텝과 아득히 먼 지평선상에 숲의 갈색 능선이 떠올랐다. 왠지 모르게 싸늘한 바람을 맞는 것 같은 느낌이었고 또한 자기 옆에 안나가 있는 것을 뚜렷하게 볼 수 있었다. 그녀의 검은 눈, 귀여운 입매, 남자 같으면서도 부드러운 윤곽, 콧잔등의 작은 주근깨, 진지해 보이는 이마의 주름살…… 그는 그녀의 입에서 흘러나오는 말을 알아들을 수가 없었다. 말이 분명치 않고 누군가의 얘깃소리와 웃음소리에 뒤섞여 들렸다. 그러나 눈동자의 반짝임과 위로 치켜 올라간 속눈썹의 떨림을 보고 그녀가 무슨 말을 하는지 짐작했다…… 다시 안나를 떠올렸다. 두 눈에 눈물자국이 나 있고 구부러진 코와 뒤틀린 입매와 창백한 얼굴을 한 그녀.

그는 몸을 굽혀 움직이지 않는 눈가의 검은 그늘에 입술을 갖다 댔다…… 분츄크는 신음했다. 울음이 터지려는 것을 손으로 막았다. 안나는 일순간도 그에게서 떠나지 않았다. 그녀의 모습은 시간이 지나도 없어지거나 퇴색되지 않았다. 그녀의 얼굴 모습, 걸음걸이, 몸짓, 표정, 눈썹의 움직임—그 하나하나가 조립이 되어 그녀의 살아 있는 전체를 이루었다. 그는 그녀의 감상적인 로맨티시즘 냄새가 풍기는 화법을 돌이켜 생각했다. 그녀와 함께 체험했던 모든 것을 되살려 보았다. 그리고 그 생생한 추억으로 그의 고통은 열 배나 더 불어났다.

하차명령을 듣고 동료들이 그를 깨웠다. 그는 마지못해 일어나 밖으로 나가 짐을 내리는 것을 도왔다. 여전히 무관심한 표정으로 짐마차 위에 앉아 그곳을 떠났다.

가는 비가 내리고 있었다. 길가의 키 작은 풀이 축축하게 젖어 있었다.

광야. 언덕 꼭대기와 기슭을 한가롭게 불어오는 바람. 멀리 가까이서 보이는 크고 작은 부락의 배후에는 기관총 연기, 네모진 빨간 정거장 건물, 베라야 카리토바에서 고용했던 40여 대의 짐마차 행렬이 길게 뻗어 있었다. 말들은 느릿느릿 걸어갔다. 비로 질퍽거리는 점토질 흑토 지반이 진행을 어렵게 했다. 진흙이 차바퀴에 시꺼먼 솜처럼 달라붙었다. 앞뒤로 베로카리트벤스키 탄광의 갱부들이 떼 지어 함께 가고 있었다. 그들은 카자흐들의 분방한 행동을 피하여 동쪽으로 떠나는 참이었다. 가족을 거느리고 낡은 세간을 실은 마차를 끌고 갔다.

그라치 대피역 부근에서 로마노프스키와 시챠덴코의 적위군 패잔부대가 그들을 바짝 따라왔다. 병사들의 얼굴은 죄다 흙빛이고 전투와 수면부족으로 지칠 대로 지쳐 보였다. 시챠덴코가 포드쵸르코프에게 다가왔다. 영국풍으로 깎은 수염에 콧날이 우뚝한 아름다운 그의 얼굴은 홀쭉하게 야위어 있었다. 분츄크는 지나치다가 시챠덴코가 눈살을 찌푸리고 투덜거리는 소리를 들었다.

"자네 도대체 무슨 말을 하는 거야? 내가 내 부하에 대한 걸 모르고 있다는 건가? 형세가 불리한 데다가 엎친 데 덮친 격으로 이번엔 독일군이 쳐들어온 걸세! 그럼, 이번엔 얼마만큼 징집해 줄 수 있나?"

포드쵸르코프는 그와 얘기를 마치자 어두운 얼굴에 난색을 지으면서 자신의 마차로 쫓아가 방금 일어난 크리보슈루이코프에게 흥분된 어조로 무슨 얘기를 했다. 그들을 바라보던 분츄크는 크리보슈루이코프가 팔꿈치를 짚고 일어나 공중에 손을 한 번 내리치고, 빠르게 두세 마디 지껄이자 포드쵸르코프의 얼굴이 단박에 밝아지는 것을 볼 수 있었다. 그가 마차에 뛰어오르자 마차의 가로대는 6푸드나 나가는 이 포병의 무게가 힘겨운 듯 뻐걱뻐걱 소리를 냈다. 마부의 채찍질에 진흙탕이 사방으로 튀어 올랐다.

"서둘러라!"

포드쵸르코프는 눈을 가늘게 뜨고 가죽상의의 가슴을 헤쳐 바람을 넣으면서 크게 소리쳤다.

27

며칠 동안 원정군은 크라스노쿠츠카야 마을을 향하여 돈 군관구의 오지로 나누어 들어갔다. 우크라이나인 부락 주민들은 변함없이 따뜻하게 부대를 맞아 주었다. 서슴없이 식량과 말먹이를 팔고 숙소를 제공해 주었다. 그러나 얘기가 크라스노쿠츠카야 마을까지 가는 고용 건에 미치자 우크라이나인들은 뒷걸음을 치고 머리를 긁적이며 세차게 거절했다.

"삯은 충분하게 준다는데 왜 그러지?"

포드쵸르코프가 한 우크라이나인을 붙잡고 물어보았다.

"그렇지만 자신의 목숨을 내놓을 수야 없지 않소."

"누가 자네들의 목숨을 달라고 했나? 말과 마차를 빌려 달라는데."

"안 된다니까요."

"어째서?"

"그건 말이지요, 당신네는 카자흐가 있는 데로 간다고 하던데요?"

"맞아, 그게 어쨌다는 거야?"

"크게 원한을 사게 될지도 모르니까요. 장차 무슨 일을 당하게 될지 모른다고요. 그리고 내 말만 하더라도 가엾지 뭡니까. 말이 죽어 버리면 우린 어떻게 살아가겠어요? 아저씨, 이 일만은 안 돼요. 아무리 부탁해도 안 되는 줄 아슈!"

크라스노쿠츠카야 부락이 가까워짐에 따라서 포드쵸르코프와 그 대원들의 불안은 점점 더 짙어갔다. 주민들의 태도에서도 변화가 엿보였다. 맨 처음 두세 군데 부락에서는 기꺼이 맞아 주었지만 다음 부락으로 옮겨감에 따라 원정대에 대해 뚜렷한 적의와 의심을 나타냈다. 식량을 파는 것조차 꺼렸고 말을 걸어 뭘 물어봐도 피하려고만 했다. 원정대의 짐마차를 보고 이젠 전처럼 마을 청년들이 신이 나서 에워싸는 일도 없어졌다. 찌뿌듯한 얼굴로 무뚝뚝하게 창 안에서 내다보다가 이내 재빨리 숨어버리곤 했다.

"너희들, 그러면서 제대로 된 인간이라고 할 수 있어?"

원정대 카자흐들은 분개하여 소리쳤다.

"뭣 때문에 부엉이처럼 멍청하게 우릴 쳐다보기만 해?"

나고린스카야 지방의 어느 부락에서 바니카 보르두일레프는 마을 사람들의 싸늘한 태도에 분개한 나머지 모자를 광장 바닥에 내동댕이치고 고참병이 오지 않을까 싶어 여기저기 둘러보며 고함을 질렀다.

"너희들이 인간이냐, 아니면 악마냐? 개새끼들, 어째서 말이 없냐? 네놈들의 권리를 위해서 피를 흘리고 있는데, 그런데도 모른 척하는 거냐? 부끄럽지도 않아? 모두가 사이좋게 평등하게 살아가자는데 왜 그래? 카자흐거나 우크라이나인이거나 다 마찬가지다. 차별은 없어졌다. 냉큼 달걀과 닭을 가져오라고. 값은 니콜라이 지폐로 치를 테니까!"

여섯 명가량의 우크라이나인이 보르두일레프가 악을 쓰는 소리를 듣고 마치 굴레를 씌운 말처럼 고개를 숙인 채 서 있었다.

그의 격한 말투에 대해 한 마디의 대답도 하지 않았다.

"너희들은 한결같이 어쩔 수 없는 우크라이나인들이로군! 망할! 가루가 되어 버릴 놈들! 콜레라에 걸려 뒈져라! 배때기만 튀어나온 부르주아 놈들!"

보르두일레프는 낡아빠진 모자를 또 한 번 땅바닥에 내동댕이치며 경멸감으로 얼굴이 벌게져 소리쳤다.

"구두쇠! 네놈들은 한겨울에 눈을 달라고 해도 주지 않을 놈들이야!"

"맘대로 지껄이게 해!"

사방으로 흩어져 가는 우크라이나인들은 다만 그렇게 내뱉을 뿐이었다.

그 부락에서 나이 많은 우크라이나인 노파 한 사람이 적위병 카자흐를 붙잡고 물었다.

"당신들은 뭐든지 빼앗고 아무나 찔러 죽인다는데, 그게 정말이우?"

카자흐는 눈 한번 깜박이지 않은 채 대꾸했다.

"정말이고말고, 아무나 죽이지는 않고 늙은이들만 골라서 찔러 죽이지."

"어이구머니나! 그렇게 죽여서 뭘 하려고?"

"뭘 하긴, 고기죽을 만들어 먹지. 요즘 양고기는 질겨서 맛이 없는 철 아닌가. 늙은이의 살코기를 가마솥에다 삶아봐, 얼마나 맛있는 요리가 되는지 모르지?"

"농담하고 있구먼?"

"할머니, 농담이에요. 그리고 넌 괜한 소리 그만 지껄여."

무르이힌이 옆에서 끼어들었다. 이어서 그는 농담을 지껄인 병사를 호되게 나무랐다.

"아무한테나 그따위 농담을 하고 대체 어쩌자는 거야. 생각해 봐. 포드쵸르코프가 들었으면 혼구멍이 났을걸! 뭣 때문에 그런 헛수작을 늘어놨나? 노인네가 그 말을 곧이듣고 소문을 퍼뜨리면 어쩌려구."

포드쵸르코프는 휴식과 숙박시간을 단축시켰다. 불안감에 쫓겨 오직 앞길만 서둘렀다. 마침내 이튿날이면 크라스노쿠츠카야 마을의 한 부락으로 들어가게 될 전날 밤, 그는 긴 시간에 걸쳐 라그틴과 의견을 주고받았다.

"이반, 사태가 이러하니 오지로 들어가선 안 되겠어. 우스티 호표르스카야 마을에 도착하면 즉각 일을 시작하세! 모집 공고를 내는 거야. 급료는 100루블로 해. 하지만 말과 그 밖의 필수품을 갖고 오도록 해야 해. 공금을 낭비할 필요는 없잖아. 우스티 호표르스카야에서 상류로 나가도록 하세. 자네의 고향인 브카노프스카야를 지나 스라쵸프스카야, 그라즈노프스카야, 스크리센스카야 마을로 나가자구. 미하일로프카로 나갈 때까지는 1개 사단으로 불어나겠지! 그 정도는 동원시킬 수 있을 듯한데 어떤가?"

"동원은 될 테지만 그곳이 어떠냐에 따라서 달라지겠지."

"자넨 그곳도 이미 시작되었다고 생각하나?"

"그거야 가 보지 않고선 모르는 일 아닌가?"

라그틴은 엷은 수염을 쓰다듬으며 호소하는 듯한 소리로 말했다.

"좀 늦었어, 페쟈. 난 걱정이야. 더 늦어지면 어쩌지? 사관 녀석이 틀림없이 벌써부터 손을 쓰고 있을 텐데. 어쨌든 서둘 필요가 있어."

"서둘러야 해…… 하지만 자네, 그렇게 겁을 먹어서야 되나! 우린 결코 겁을 내선 안 돼!"

포드쵸르코프의 눈이 험악해졌다.

"우린 뭇 병사의 선두에 선 지휘자야. 겁을 먹어선 안 되고말고. 틀림없이 잘 될 걸세! 2주일 뒤엔 백위군 놈들과 독일군 놈들을 해치우고 말 테다! 똥이나 먹으라고 해. 돈 땅에서 뿌리째 뽑아 버리고 말 테다!"

잠시 입을 다물고 담배를 몇 모금 빤 뒤에 그는 본심을 털어놓았다.

"하지만 시간에 대지 못하면 우리도 돈에서의 소비에트 정권도 무너지고 말겠지. 오, 어떻게 해서든지 늦지 않도록 해야 해! 만약 우리가 닿기 전에 사관대의 반란이 그곳까지 미친다면 모두 끝장이야!"

그날 저녁 무렵, 원정대는 크라스노쿠츠카야 마을로 들어갔다. 알렉세예프스키 부락에 미처 닿기도 전에, 선두 짐마차에 라그틴과 크리보슈루이코프와 함께 탔던 포드쵸르코프는 스텝 안을 느릿느릿 걷고 있는 소 떼를 발견했다.

"소몰이꾼한테 한 가지 물어보고 와야지."

그는 라그틴에게 말했다.

"갔다 오게."

크리보슈루이코프가 그 말에 찬성했다.

라그틴과 포드쵸르코프는 뛰어내려 소 떼가 있는 곳으로 다가갔다. 직사광선이 내리쬐는 목장은 갈색 풀로 반짝반짝 빛났다. 작은 풀들은 소의 발굽에 짓밟혀 있었다. 다만 길 옆으로 야생의 유채꽃이 작은 무더기를 이루고 피어 있었다. 그리고 굵은 귀리가 날갯소리 같은 소리를 내고 있었다. 포드쵸르코프는 소몰이꾼에게 말을 걸었다.

"안녕하슈!"

"예, 덕분에요."

"소 떼를 지키고 계시는군요?"

"그렇습지요."

노인은 달갑지 않은 표정으로 하얗게 센 눈썹을 치뜨고 매섭게 노려보면서 손에 든 지팡이를 흔들어 보였다.

"사는 형편은 어떻습니까?"

포드쵸르코프는 먼저 세상살이에 관한 것부터 물었다.

"덕택으로 그럭저럭 지내고 있습지요."

"이 근방에선 특별히 달라졌다는 얘기 듣지 못했나요?"

"아무것도 듣지 못했소이다만 당신네들은 뉘십니까?"

"군대에 나갔다가 지금 집으로 돌아가는 길이오."

"어느 방면에서 오셨습니까?"

"우스티 호표르스카야 쪽에서요."

"포드쵸르킨이란 사람이 당신네와 한패가 아닌가요?"

"한패지요."

소몰이꾼은 놀란 듯 단번에 낯빛이 달라졌다.

"뭣 땜에 그렇게 놀라슈?"

"당신들은 정교도라면 모조리 죽인다면서요?"

"터무니없는 말이오! 대체 어느 놈이 그따위 모략을 하고 다닙니까?"

"그저께 집회에서 아타만이 그러던걸요. 소문을 들었거나 아니면 정식으로 상부에서 내려온 통지를 받은 것 같았어요. 포드쵸르킨이 칼미크인들을 거느리고 와서 닥치는 대로 찔러 죽인다던데."

"당신네 부락에선 벌써 아타만을 뽑았소?"

이렇게 물으면서 라그틴은 흘깃 포드쵸르코프를 쳐다보았다.

포드쵸르코프는 노란 송곳니로 풀줄기를 씹고 있었다.

"얼마 전에 아타만 선거를 했습지요. 소비에트는 관두기로 했다고요."

라그틴은 더 묻고 싶었지만 그때 좀 떨어져 있던 무척 튼튼해 보이는 대머리 소가 번개같이 달려들어 암소의 등을 짓눌렀다.

"저런, 위험하게시리!"

소몰이꾼은 나이답지 않은 민첩한 동작으로 뛰어가면서 외쳤다.

"나스첸카의 수컷이다! 위험해! 이놈, 어디로 가는 거야! 어디로! 대머리 같으니!"

포드쵸르코프는 팔을 내젓고 짐마차를 향해 걸어갔다. 소몰이 작업에 흥미를 느낀 라그틴은 멈춰 서서 수컷에게 짓눌린 야윈 암소를 걱정스레 지켜보았다. 그 순간 문득 이런 생각이 들었다.

'상처를 입겠군. 아니, 이미 상처를 입은 것 같군! 제기랄!'

그는 수컷에게 깔린 암소가 가까스로 일어서는 것을 확인하고서야 짐마차를 향해 걸어갔다.

'그런데 이 일을 어쩌면 좋을까! 돈 지방도 이미 아타만을 선출했다면?'

그는 마음속으로 스스로에게 물었다. 그러나 그 순간 그의 관심은 또다시 도로에 서 있는 잘생긴 종우(種牛)에게로 쏠렸다. 수컷 한 마리가 큼직한 삭구(索具)를 맨 커다란 검정 암소의 냄새를 맡고 이마가 넓은 머리를 흔들었다. 그 소의 목살은 무릎 근처까지 늘어져 길고 힘세 보였으며 알맞게 살이 찐 동체는 팽팽하게 탄력 있어 보였다. 짧은 다리가 쟁기처럼 부드러운 흙 속에 묻혀 있었다. 자신도 모르게 그 종우의 아름다운 얼굴에 반해버린 그는 떠오르는 추억 속에서 한 가지를 끄집어내어 탄식했다.

'우리 마을에도 이런 게 있다면! 하지만 우리 마을의 종우는 모조리 빈약하고 볼품이 없어.'

이런 생각이 그의 머릿속을 스쳐 갔다.

짐마차 옆으로 온 라그틴은 찌뿌듯해 있는 카자흐들의 얼굴을 보았을 때, 앞으로 헤쳐가야 할 머나먼 길을 생각하지 않을 수 없었다.

독감 열에 시달리고 있던 크리보슈루이코프, 몽상가이며 시인인 그는 포드쵸르코프에게 말했다.

"우리는 반혁명의 파도를 피해 그것을 뛰어넘으려 하고 있네. 하지만 그것은 벌써 우리의 머리 위에 올라서 있지 않나. 아무래도 추월할 수는 없을 것 같아. 저지대로 밀려오는 격랑처럼 그 세력은 너무나 강해."

위원들 중에 포드쵸르코프만이 정세의 모든 복잡성을 머릿속에 간직하고 있는 것 같았다. 그는 몸을 앞으로 내밀듯이 하고 앉아 줄곧 마부를 호통쳤다.

"서둘렷!"

맨 뒤쪽 짐마차에서 노랫소리가 들렸으나 금방 멎고 말았다. 그러자 그쪽에서 차바퀴 소리를 깔아뭉갤 듯한 웃음소리가 터져 나왔고 무슨 욕설이 들려오기도 했다.

소몰이꾼이 알려 준 정보는 정확했다. 도중에서 원정대는 아내를 데리고 스베치니코프 부락으로 돌아가는 한 카자흐 귀환병과 마주쳤다. 그는 견장이 달린 옷에 휘장 붙은 모자를 쓰고 있었다. 포드쵸르코프는 그에게 여러 가지를 물은 뒤 전보다 더 어두운 얼굴이 되어 버렸다.

알렉세예프스키 부락을 지났다. 드문드문 빗방울이 떨어졌다. 하늘은 어둡게 흐려 있었다. 다만 동쪽 하늘의 검은 구름 사이로 석양을 받은 진홍빛 하늘 조각이 보일 뿐이었다.

언덕을 넘어 타브르인의 이주지 루바시킨 부락으로 내려가자 부락 사람들이 맞은편으로 마구 달아나는 광경이 보였고 대여섯 대의 짐마차도 다급하게 달려가고 있었다.

"도망가는군. 우리를 무서워하는 거야……."

라그틴이 옆 사람들을 돌아보고 낙담한 듯 중얼거렸다.

포드쵸르코프가 외쳤다.

"놈들을 불러 세워라! 고함을 쳐서 돌아오게 해, 제기랄!"

카자흐들은 짐마차 위에서 뛰며 큰 소리로 고함을 쳤다.

"이봐…… 어디로들 가는 거야…… 기다려!"

원정대의 짐마차는 구보로 부락 안에 들이닥쳤다. 넓고 텅 빈 한길에는 바람이 회오리를 일으키고 있었다. 한 집에서 나이가 많은 우크라이나 아낙이 소리를 지르며 마차 속에 베개를 던져 넣었다. 그 여자의 남편으로 보이는 사내가 신도 신지 않고 모자도 쓰지 않은 채 말에 재갈을 물리고 있었다.

루바시킨 부락에 도착해 포드쵸르코프가 파견했던 숙영계(宿營係)가 카자흐의 척후병에게 붙들려 언덕 너머로 끌려갔다는 사실을 알아냈다. 카자흐들이 근처에 널려 있는 것 같았다. 잠시 의논한 뒤 철수하기로 결정을 내렸다. 처음 얼마 동안은 기어이 전진해야겠다고 고집을 부렸던 포드쵸르코프가 이젠 동요를 나타냈다.

크리보슈루이코프는 말이 없었다. 그는 또다시 열에 들떠 고통 속에 있었다.

"조금만 더 가봤으면 좋겠는데."

포드쵸르코프는 의논하는 자리에 참석한 분츄크에게 말했다.

분츄크는 쌀쌀하게 어깨를 움츠렸다. 그에게는 전진이나 되돌아가는게 문제가 아니었다. 둘 다 마찬가지였다. 다만 움직이고 있으면 그것으로 족했다. 그를 쫓아오는 견딜 수 없는 심경에서 벗어날 수만 있다면 그것으로 충분했던 것이다. 포드쵸르코프는 짐마차 옆을 빙글빙글 돌며 우스티 메드베디차로 가는 쪽이 유리하다고 말했다. 그러자 한 카자흐 선전원이 날카롭게 그의 말을 가로챘다.

"자네 정신이 돈 거 아냐? 대체 우리를 어디로 데려갈 작정인가! 농담 집어치워! 그만 되돌아가자고! 죽는 건 반갑지 않아. 아! 저게 뭐야? 보여?"

그는 언덕 위를 가리켰다.

모두 재빨리 뒤를 돌아보았다. 작은 둔덕 위로 세 사람의 기마병이 뚜렷하게 비쳤다.

"놈들의 척후병이다!"

라그틴이 외쳤다.

"아, 또 한 사람이 있다!"

기마병들은 언덕 위를 왔다 갔다 했다. 그들은 한 덩어리가 되기도 하고 흩어지기도 했다가, 이윽고 언덕 그늘에 숨었나 싶으면 다시 나타나기도 했다.

포드쵸르코프는 철수 명령을 내려 알렉세예프스키 부락을 지났다. 거기서도 주민들은 카자흐들에게서 미리 경고를 받은 듯 원정대의 짐마차 행렬이 다가오는 걸 보더니 숨거나 달아났다.

어느새 해 질 무렵이었다. 싸늘한 이슬비가 계속 내렸다. 모두 흠뻑 젖어 부들부들 떨었다. 언제든 총을 쏠 수 있도록 마차 곁에 붙어서 걸어갔다. 길은 언덕 위를 돌아서 일단 저지대로 내려갔다가 그곳을 지나 다시 언덕 위로 올라갔다. 언덕 꼭대기에 카자흐의 척후병들이 나타났다가는 사라지곤 했다. 그들은 그렇지 않아도 곤두선 카자흐들의 신경을 더욱더 자극시키면서 줄기차게 원정대의 뒤를 따라왔다.

저지대를 잘라 낸 것처럼 된 한 기슭 옆에서 포드쵸르코프는 마차에서 훌쩍 내려서서 짧은 명령을 내렸다.

"전투 준비!"

그는 기병총의 안전장치를 젖히고 짐마차 옆에 붙어 걷기 시작했다. 기슭 안에는 봇둑이 생겨 있었고 거기에는 봄철에 범람한 푸른 물이 괴어 있었다. 그 못 언저리의 진흙밭에 물을 마시러 온 듯한 가축의 발자국이 나 있었다. 무너져 내린 둑에는 새삼 나무가 우거지고 아래쪽 물가에는 야윈 사초가 돋아 있는데, 잎끝이 날카로운 갈대가 비에 젖어 사각사각 소리를 냈다. 포드쵸르코프는 그곳에서 카자흐의 복병을 기다리고 있었다. 그러나 미리 내보낸 척후는 사람 그림자도 발견하지 못한 채 되돌아왔다.

"표도르, 아직은 걱정 없어."

크리보슈루이코프는 포드쵸르코프를 짐마차 옆으로 불러 작은 소리로 말했다.

"아직은 놈들이 오지 않을걸. 아마 야습을 해올 거야."

"그렇겠지."

28

서쪽 하늘에 비구름이 짙게 내려와 있었다. 어두워지기 시작했다. 돈강 일대의 아득히 먼 한 모퉁이에서 번갯불이 번쩍였다. 마치 상처받은 새의 날개가 파닥거리는 것처럼 오렌지빛이었다. 그리고 그쪽 방향에서 시커먼 구름이 덮인 채로 저녁놀이 흐릿하게 빛났다. 스텝은 술잔과 같은 정적과 습기를 흘러넘치도록 가득히 담고, 기슭의 주름 속에는 구슬픈 하루의 마지막 빛이 간직되어 있었다. 왠지 모르게 가을을 떠올리게 하는 저물녘이었다. 아직 꽃을 피우지 않은 풀마저 죽음의 악취를 풍기는 것 같았다.

포드쵸르코프는 촉촉이 젖은 풀에서 발산되는 뚜렷하지 않은 향기를 맡으면서 어슬렁거렸다. 이따금 걸음을 멈추고 구두 뒤꿈치에 달라붙은 진흙을 떨어냈다. 몸을 꼿꼿이 하고 자신의 육중한 몸이 힘겨운 듯이 천천히 걸었다. 단추를 푼 젖은 가죽상의가 찍찍 소리를 냈다.

포리야코보 나고린스카야 지방의 카라시니코프 부락에 도착했을 때는 한밤중이었다. 부락의 카자흐들은 짐마차를 버리고 저마다 농가로 잠자리를 찾아갔다. 화가 난 포드쵸르코프가 보초를 세우라고 하자 카자흐들은 마지못해 모여들었다. 세 명만이 보초 서는 것을 거부했다.

"재판에 회부하겠다! 전투명령을 수행하지 않는 자는 총살이야!"

크리보슈루이코프가 소리쳤다. 불안감에 사로잡혀 있던 포드쵸르코프는 초조하게 손을 저으며 말했다.

"행군으로 사기가 저하된 거야. 자신의 몸을 지킬 의욕조차 잃었어. 이렇게 되면 우리도 이제 끝장난 게 아닐까, 미샤토카!"

라그틴은 가까스로 네댓 명의 병사를 모아 부락 외곽을 감시하게 했다.

"알겠어? 잠을 자선 안 돼! 그러면 우린 모두 죽는다는 사실을 명심해!"

한 농가를 순찰하며 자기에게 가장 충실했던 카자흐들에게 포드쵸르코프는 타일렀다.

그는 밤새도록 책상 앞에 앉아 있었다. 두 손으로 머리를 괴고 괴로운 듯 숨을 몰아쉬었다. 새벽녘에야 겨우 잠이 들어 커다란 머리를 책상 위에 기대었다. 그러나 그때 바로 이웃집에서 건너온 로베르토 프라센부르델이 그의 잠을 어지럽혔다. 공격 준비를 서둘렀다. 이미 날이 밝아 있었다. 우유를 짜가지고 온 주부가 현관에서 그와 마주쳤다.

"언덕 위에 기마병이 돌아다니고 있어요."

그 여자가 말했다.

"어디요?"

"부락 가장자리 쪽이에요."

포드쵸르코프는 마당으로 뛰어나갔다. 부락과 주택 뒤 버드나무 숲 위에 걸린 하얀 아지랑이 너머 언덕에 상당수의 카자흐 부대가 보였다. 그들은 마을을 에워싸듯이 포위망을 한껏 좁히면서 구보와 짧은 속보로 다가오고 있었다.

곧 포드쵸르코프의 숙소와 그의 짐마차 옆으로 부대의 카자흐들이 몰려들었다.

앞머리를 늘어뜨린 뚱뚱한 카자흐로 미그린스카야 마을 출신인 바실리 미로시니코프라는 사람이 왔다. 그는 포드쵸르코프를 가까이 불러 눈을 내리깔고 말했다.

"포드쵸르코프 동지, 실은······ 방금 놈들 쪽에서 대표가 왔는데요."

그는 언덕 쪽을 가리켰다.

"즉각 무기를 버리고 항복하도록 당신께 전해 달라는 겁니다. 항복하지 않으면 공격하겠답니다."

"너! 개새끼! 대체 나한테 무슨 말을 하는 거지?"

포드쵸르코프는 미로시니코프의 외투 깃을 움켜쥐고 힘껏 밀어붙이고는 다급하게 마차 옆으로 뛰어가서 총을 잡았다. 그러고는 카자흐들을 향해 고함을 쳤다.

"항복이라고? 반혁명분자들하고 어떻게 타협한다는 거야? 끝까지 싸워야 해. 어떠냐? 나를 따르라! 산개하라!"

주택 안에서 모두들 우르르 뛰어나왔다. 한 덩어리가 되어 마을 가장자리로 뛰어갔다. 부락 끝에 있는 집 옆에서 헉헉 숨을 헐떡이고 있는 포드쵸르코프에게 위원인 무르이힌이 달려왔다.

"자네 무슨 짓을 하려는 건가, 포드쵸르코프! 자네의 형제들한테 피를 흘리게 할 작정이야? 관두라고! 어쨌건 교섭을 해 보는 게 어때!"

자기를 따를 자가 극소수임을 알아차린 포드쵸르코프는 전투를 시작할 경우 패전이 뻔함을 냉정하게 판단했다. 그는 말없이 총의 안전장치를 풀고 힘없이 모자를 흔들면서 말했다.

"모두 중지! 일단 부락으로 철수한다······."

부대는 철수했다. 나란히 서 있는 집 세 채에 부락인 모두가 모였다. 이윽고 부락 안으로 적의 카자흐가 들이닥쳤다. 언덕 쪽에서 40명가량의 기마대가 내려왔다.

포드쵸르코프는 미츄린 부락 노인들의 권유에 따라 부락 끝으로 항복조건을 교섭하러 갔다. 적의 주력은 부락을 포위한 채 진지를 버리지 않았다. 목장 근처에서 분츄크가 포드쵸르코프에게로 쫓아가 말렸다.

"항복할 작정인가?"

"하는 수 없잖아······ 어떻게 하라는 거야? 다른 방법이 없는데?"

"그럼, 자넨 이대로 전멸되기를 원한단 말이지?"

분츄크는 온몸을 떨며 말했다.

포드쵸르코프와 함께 가는 노인들에게는 눈도 돌리지 않은 채, 분명치 않은 묘한 목소리로 악을 썼다.

"알겠나, 우린 결코 무기를 인도하지 않겠다고 전하라!"

그는 뒤로 확 돌아서서 움켜쥐고 있던 권총을 마구 흔들며 되돌아갔다.

분츄크는 카자흐들에게 돌파하여 교전하면서 철도 쪽으로 진격하자고 설복시키려 했지만, 대다수가 이미 타협적인 기분에 사로잡혀 있었다. 어떤 사람들은 분츄크를 외면했고, 또 어떤 사람들은 적의를 나타내며 말했다.

"너나 가서 싸우려무나, 아니카[25]. 하지만 우린 같은 형제끼리 싸우기 싫다."

"일단 무기를 버리기로 해. 그들이 하는 말을 믿고 싶어."

"신성한 부활제에 피를 흘리란 말인가?"

분츄크는 헛간 옆에 놓인 자기의 마차 곁으로 가서 외투를 내던지고 권총 자루를 움켜쥔 채 주저앉았다. 처음에 그는 도망칠까 생각했는데, 그렇게 남의 눈을 피해 달아나 버린다는 것, 즉 탈주라는 게 마음에 걸렸다. 그래서 마음속으로 손을 저으며 포드쵸르코프가 돌아오기만을 기다리고 있었다.

포드쵸르코프는 3시간쯤 지나 돌아왔다. 다른 부락의 카자흐들 여러 명이 그와 함께 부락으로 왔다. 어떤 사람은 말을 타고, 어떤 사람은 말의 고삐를 끌고, 다른 사람들은 도보로 포드쵸르코프와 스피리도노프 이등대위를 떠다밀듯이 하면서 몰려왔다.

스피리도노프 대위는 포드쵸르코프와 같은 포병대 출신으로 지금은 포드쵸르코프 원정대를 체포하러 온 부대의 대장이었다. 포드쵸르코프는 머리를 치켜들고 몸을 곧게 세우고서 과음했을 때처럼 고통스럽게 걸어왔다. 스피리도노프는 냉소적 웃음을 띠고 그에게 뭔가 말을 걸고 있었다. 그의 뒤에는 말을 탄 카자흐 한 사람이 큼직한 백기가 달린 막대기를 단정치 못한 모습으로 가슴에 안고 있었다.

원정대의 짐마차가 들어차 있던 한길과 주택에선 이윽고 와글거리는 얘깃소리가 들려왔다. 들이닥친 카자흐들의 대부분은 포드쵸르코프 부대의 병사들과 전우 사이였다. 기쁨의 고함 소리와 웃음소리가 터져 나왔다.

---

25) 러시아 전설 속에 나오는 용사. 힘이 세고 대담하여 도시를 휩쓸고 사원을 파괴했다.

"야, 전우! 무슨 바람이 불어서 예까지 왔나?"

"야, 여전하니 반갑군, 프로호르!"

"덕택에 잘 있었네."

"자칫 잘못하다가 너하고 싸울 뻔했잖아. 리보프 근처에서 오스트리아군을 공격했던 때 생각이 나는군."

"야, 다닐로! 이봐, 그리스도는 부활하셨다!"

"정말이야, 부활하셨어!"

키스하는 소리가 여기저기서 들렸다. 두 카자흐가 수염을 쓰다듬으면서 서로의 얼굴을 들여다보고 어깨를 툭툭 쳤다.

그 옆에선 또 이 같은 대화가 오고 갔다.

"우린 부활제 예배도 못 드렸다고……."

"너희들은 볼셰비키잖아, 뭣 때문에 예배는 드리나?"

"그야, 볼셰비키이긴 하지만 하느님을 믿고 있거든."

"엉터리 같은 소리 작작해!"

"아냐, 정말이야!"

"그렇다면 십자가를 갖고 있어?"

"자, 보라고."

몸집이 크고 얼굴이 넓적한 적위병 카자흐가 입을 내밀고 작업복 깃을 헤치더니 노란 털이 무성한 가슴팍에 걸린 녹슨 십자가를 꺼내 보였다.

'역적 포드쵸르코프'를 붙잡으러 온 무리 가운데 도끼와 곡괭이를 든 나이 많은 패들이 놀란 듯 서로의 얼굴을 마주 보았다.

"너희들은 옛날에 그리스도의 가르침을 버렸다는 얘길 들었는데……."

"악마한테 몸을 맡겼다는 말을 들었구."

"교회의 기물을 약탈하고 성직자들을 때려죽였다는 소문이던데……."

"모두 거짓말이야!"

머리가 큰 적위병이 자신 있게 잘라 말했다.

"누군가가 너희들한테 헛소문을 퍼뜨린 거야. 나로 말하면 로스토프를 떠나올 때 교회에 가서 성찬예식을 올리고 온 사람이라고."

"정말이야!"

손잡이를 절반쯤 자른 창을 가진 한 노인이 기쁜 얼굴로 손뼉을 쳤다.

한길과 집 안에서는 와글와글 이야기하는 소리가 한창이었다. 하지만 30분쯤 지나자 5, 6명의 카자흐들이—그중 보코프스카야 마을의 조장도 한 사람 끼여 있었다—모여 있는 무리를 헤치고 한길로 나갔다.

"포드쵸르코프 대원들은 점호를 할 테니까 모두 집합!"

그가 외쳤다. 카키색 셔츠를 입고 견장을 단 스피리도노프 이등대위는 얼음사탕처럼 하얗게 빛나는 장교 휘장이 달린 모자를 들고 이쪽저쪽을 번갈아 돌아보면서 고함을 질렀다.

"포드쵸르코프 부대는 모두 좌측 울타리 옆으로 모일 것! 그 이외는 우측으로! 귀환병 제군, 우리는 방금 제군의 대표들과 협의한 결과, 제군의 무기를 모두 우리에게 인도할 것을 결정했습니다. 그것은 주민들이 제군의 무기휴대를 무서워하기 때문이오. 총은 반납할 것, 나머지 무기는 제군의 마차에 모아 둘 것, 우리가 얼마 동안 그것을 공동 관리할 것이오. 제군들은 크라스노쿠츠카야로 가게 되는데 그곳의 소비에트에서 제군의 무기는 틀림없이 제군의 수중으로 돌려줄 것이오."

적위병 카자흐들 사이에서 낮은 술렁거림이 일었다. 주택 안에서 고함 소리가 터져 나왔다. 쿰샤츠카야 마을의 카자흐 코로트코프의 고함 소리였다.

"무기는 안 돼!"

사람들로 가득 찬 주택에서, 그리고 한길에서 낮은 폭풍우와 같은 동요가 치솟아올랐다.

들이닥쳤던 카자흐들이 우측으로 몰려가 버리자 한길 한복판에서 우글거리던 포드쵸르코프 부대 적위병들만 남게 되었다. 외투를 걸친 크리보슈루이코프는 쓸쓸한 얼굴로 주위를 돌아보았다. 라그틴은 입술을 깨물었다. 모두 여우한테 홀린 듯한 얼굴로 수군거리기 시작했다.

분츄크는 무기를 인도하지 않겠다 굳게 결심하고 총을 든 채 포드쵸르코프 곁으로 뚜벅뚜벅 다가갔다.

"무기는 인도할 수 없어! 알겠나?"

"이미 늦었어……."

포드쵸르코프는 겨우 한 마디 중얼거리고 손에 들고 있던 대원 명부를 힘껏 움켜쥐었다.

그 대원 명부는 잠시 뒤 스피리도노프에게 건네졌다. 그는 그것을 훑어보고 나서 물었다.

"이 명부에는 128명이라고 되어 있는데…… 나머지는 어디 있나?"

"낙오한 자들이야."

"아, 그래…… 좋아. 그럼, 무기를 갖다 두라고 명령하게."

포드츈르코프가 맨 먼저 권총을 내려놓았다. 무기를 건네주고 들릴 듯 말 듯한 어조로 말했다.

"검과 총은 마차에 실려 있소."

무장해제가 시작되었다. 적위병들은 하는 수 없이 무기를 내놓았다. 권총을 울타리 밖으로 던지는 사람도, 주택 안을 어슬렁거리면서 숨기는 자도 있었다.

"무기를 인도하지 않은 사람은 나중에 신체검사를 받게 된다!"

스피리도노프는 고함을 지르고 유쾌하다는 듯이 큰 소리로 웃었다.

분츈크의 지휘 아래 있던 적위병 일부는 총을 인도하기를 거부했기 때문에 완력으로 무장해제를 당했다.

한 기관총병이 소란을 피웠다. 기관총의 열쇠를 가지고 부락 밖으로 탈출한 것이었다. 그 소란에 휘말려 대여섯 명의 카자흐들이 자취를 감췄다. 그러나 스피리도노프는 곧 호위병을 뽑아 포드츈르코프를 비롯한 나머지 전원을 에워싸고 탐색을 시작했고, 점호를 하려 했으나 모두가 변변히 대꾸조차 하지 않았다. 두세 명은 고함을 질렀다.

"뭘 조사한다는 거냐!"

"속히 크라스노쿠츠카야로 데려다 달라고!"

"동지들! 웬만큼 하지그래!"

금고에 봉인을 하고 호위를 붙여서 카르긴스카야로 보낸 스피리도노프는 포로를 정렬시키고는 갑자기 말투와 태도를 달리하여 호령했다.

"2열로 섯! 좌로 돌앗! 우로 돌앗! 이봐! 얘기하지 마!"

적위병 대열에서 불평하는 소리가 새어 나왔다. 그들은 보조를 맞추지 않고 느릿하게 걸어갔다. 잠시 뒤부터는 열이 흩어져 몇 무더기의 무리를 지어 걸어갔다.

마침내 동료들을 설복시켜 무기를 인도하게 한 포드쵸르코프는 아마 어떤 종류의 행복한 귀결에 희망을 걸고 있었을 것이다. 그런데 포로들이 부락 끝까지 걸어왔을 때, 그들을 호송한 카자흐들은 갑자기 가장자리에 있는 사람들을 향해 말을 떠다밀었다. 붉은 볼수염에 거무스름하니 낡은 귀걸이를 단 늙은 카자흐 하나가 별다른 까닭도 없이 왼쪽 끝을 걷고 있던 분츄크를 채찍으로 호되게 내리갈겼다. 분츄크의 볼에 채찍자국이 빨갛게 그어졌다. 분츄크는 주먹을 쥐고 뒤를 돌아봤다. 그러나 더 강한 채찍의 타격이 그로 하여금 무리 속으로 기어들게 했다. 그는 동물적인 자기방어 본능으로 인해 자신도 모르게 그렇게 했던 것인데, 빽빽이 몰려서 걷고 있던 동료들 틈바구니에 끼어들자 안나의 죽음 뒤 처음으로 뒤틀린 쓴웃음을 머금으면서 살고 싶다는 욕망이 한 사람 한 사람에게 얼마나 강렬하고 끈질기게 살아 있는가 하는 사실에 놀라움을 느꼈다. 그들은 닥치는 대로 포로들을 때리기 시작했다. 나이가 많은 카자흐들은 피로 물든 적을 보자 야수로 변했고, 안장 위로 몸을 뻗쳐 채찍과 장검 등으로 호되게 갈겼다. 얻어맞은 사람들이 비틀비틀 무리 속으로 기어들어가려 했기 때문에 소란이 벌어지고 비명 소리가 울려 퍼졌다.

　하류 마을 출신의 키가 크고 체구가 건장한 적위병이 손을 휘두르며 소리쳤다.

　"죽일 테면 단숨에 죽여라! 뭣 때문에 이러는 거야!"

　"이유를 말해라!"

　크리보슈루이코프가 말했다.

　노인들은 손찌검을 그쳤다.

　"대체 우릴 어디로 데려가려는 거야?"

　한 포로의 물음에 젊은 호송병 하나가 볼셰비키에게 동정이 간 듯 낮은 소리로 대꾸했다.

　"포노마료프 부락으로 데리고 가라는 명령이다. 겁낼 거 없다, 형제들! 별로 나쁜 일은 없을 테니 걱정하지 말라고."

　이윽고 포노마료프 부락에 도착했다.

　스피리도노프가 카자흐 두 명과 비좁은 입구에 서서 한 사람씩 집 안으로 들여보내면서 물었다.

"이름은? 출신지는 어디지?"

그리고 그 내용을 낡아빠진 군대수첩에 적어 넣었다.

"성은?"

스피리도노프는 연필심으로 종이를 누르고 한 적위병의 큼직한 얼굴을 흘 끗 내려다보다가, 상대가 입술을 오므리고 침을 뱉으려는 것을 알아채고 재빨 리 몸을 피하면서 외쳤다.

"그만 가! 개새끼! 이름 없이 뒈져버려!"

분츄크와 마찬가지로 탐보프 태생의 이그나토도 대답을 하지 않았다. 그다 음 번 남자도 이름을 대지 않고 죽기를 원하여 말없이 문턱을 밟았다⋯⋯.

스피리도노프가 직접 자기 손으로 자물쇠를 걸고는 감시병을 세웠다.

원정대의 짐마차에서 꺼낸 식량과 무기 분배가 가게 앞에서 행해지고 있는 한편, 이웃 주택에서는 포드쵸르코프 체포에 참가했던 부락 대표자들로 이루 어진 군법회의가 열리고 있었다.

보코프스카야 마을 출신의 눈썹이 노랗고 체구가 우람한 바실리 포포프라 는 대위가 의장을 맡았다. 그는 수건을 덮은 경대에 놓인 테이블을 향해 앉아 있었다. 번들거리면서도 부드러운 듯하며 그러면서도 험악한 그의 눈초리가 군 법회의 위원인 카자흐들의 얼굴을 이리저리 훑어보았다.

"어떤 방식으로 놈들을 처치하면 좋겠소, 노인 양반들?"

포포프가 되풀이해 질문했다.

그는 몸을 옆으로 돌려 바로 옆자리에 앉아 있는 세닌 이등대위에게 소곤거 렸다. 그러자 상대방은 알았다는 듯이 고개를 끄덕였다. 포포프의 눈동자가 질 끈 감겼다. 눈가의 밝은 빛이 씻은 듯 사라졌다. 두 눈은 이제까지와는 전혀 다 른 싸늘하고 험상궂은 빛으로 반짝거렸다.

"우리 마을을 약탈하고 카자흐 동포를 살해할 목적으로 온 놈들을, 우리의 고향을 짓밟은 배신자들을 어떤 방식으로 처리했으면 좋겠습니까?"

미류친스카야 마을의 구교 신자인 페블라료프 노인이 용수철을 밟은 듯이 벌떡 일어났다.

"총살을 해! 하나도 남김없이!"

그는 머리를 마구 흔들며 사팔뜨기 눈으로 모두를 둘러보면서 침방울을 튀겼다.

"그리스도를 판 자들을 동정할 필요는 없다! 모두 유대인이나 다를 바 없는 놈들이야, 죽여 버려! 해치우라고! 갈기갈기 찢어 죽여야 해! 화형을 해야 싸!"

숱이 작은 볼수염이 떨고 있었다. 붉은 털이 섞인 백발이 이리저리 흔들렸다. 그는 숨을 헐떡이며 벽돌처럼 시뻘겋게 되어 자리에 앉았다.

"추방하는 게 어때?"

위원인 디야첸코가 분명치 않은 어조로 제의했다.

"총살해."

"사형에 처해야 해."

"이의 없소!"

"모두가 지켜보는 가운데 처형해!"

"잡초는 뽑아 버려야 해!"

"사형에 처해!"

"물론 총살을 할 것이오! 거기에 대해 이의는 없소?"

스피리도노프가 상기된 얼굴로 물었다.

모두 이구동성으로 외치자 포포프의 입매는 그럴 때마다 윤곽이 흐려져 방금 전에 볼 수 있었던 선량한 인간다움이 자취 없이 사라지고 거칠게 얼어붙었다.

"총살! 그렇게 기입해!"

그는 어깨 너머로 서기를 향해 명령했다.

"그런데 포드쵸르코프와 크리보슈루이코프도 똑같이 총살하나? 그걸로 되는 거야?"

창가에 앉아 꺼져 가는 램프의 심지 때문에 조바심을 하고 있던 늙은 카자흐가 소리질렀다.

"놈들은 발기인이야, 교수형에 처해야 한다!"

포포프가 짤막하게 대답하고 서기를 향해 다시 말했다.

"기입하게. '결의—이하에 서명하는 우리는……'"

대위의 먼 친척으로 똑같은 포포프라는 성을 가진 서기는 금발의 머리를 갸웃거리며 글씨를 써 넣었다.

"석유가 다 닳았군……."

누군가가 답답하다는 듯 한숨을 쉬었다.

램프가 깜박거렸다. 심지가 부지직 타들어 갔다. 조용한 가운데 거미줄에 걸린 파리의 날갯소리와 사각거리는 펜 소리만이 들려왔다. 위원 한 사람이 거칠고도 고통스럽게 숨을 쉬고 있었다.

결의

1918년 4월 27일(5월 10일) 카르긴스카야, 보코프스카야 및 크라스노쿠츠카야 마을에서 선출된 이하의 사람은,

바실리예프스키 부락……막사예프, 스테판

보코프스키 부락……크루지린, 니콜라이

포민 부락……크모프, 표도르

베르프네 야블로노프스키 부락……알렉산드르, 쿠프친

니지네 도우렌스키 부락……시네프, 레프

이린스키 부락……보로츠코프, 세묜

베르프네 도우렌스키 부락……로진, 야코프

사보스챠노프 부락……프로로프, 알렉스

미류친스카야 마을……페블라료프, 막심

니콜라예프 부락……그로셰프, 미하일

크라스노쿠츠카야 마을……에란킨, 일리야

포노마료프 부락……디야첸코, 이반

에프란체프 부락……크리보프, 니콜라이

마라호프 부락……예멜리야노프, 루카노보

젬체프 부락……코노바로프, 마트베이

포포프 부락……포포프, 미하일

아스타호프 부락……셰골고프, 바실리

오르로프 부락……체크노프, 표도르

크리모 표도로프스키 부락……츄카린, 표도르

의장 베 에스 포포프

다음과 같이 결의함.

1. 아래의 명부에 기입된 합계 80명의 노동인민을 약탈하고 기만한 자는 전원 총살형에 처한다. 이 가운데 포드쵸르코프 및 크리보슈루이코프 2명은 일당의 괴수이므로 교수형에 의한 사형을 적용함.

2. 미하일로프스키 부락의 카자흐 안톤 카리트벤초프는 증거 불충분으로 석방.

3. 포드쵸르코프 부대를 탈주하여 크라스노쿠츠카야 마을에서 체포된 콘스탄친 메리니코프, 가브릴 메리니코프, 바실리 메리니코프, 악세노프 및 베르시닌에 대해서는 이 결의 제1조에 의한 형(사형)을 적용함.

4. 형은 4월 28일(5월 11일) 오전 6시에 집행하기로 함.

5. 체포자에 대한 감시주임으로서 세닌 이등대위를 임명하고 그의 지시에 의해 오늘 밤 11시까지 무장한 카자흐 2명을 감금한 장소에 배치할 것임. 이 조항을 이행치 않았을 때의 책임은 군법회의위원회 전원이 함께 질 것임. 형의 집행에 즈음해서는 각 부락이 함께 경계를 엄중히 하고 형장에는 각 부락으로부터 카자흐 5명을 선출함.

군법회의의장 베 에스 포포프
서기 아 에프 포포프

명부
1918년 구 러시아력(曆) 4월 27일.
군법회의에 의해 사형을 선고받은 포드쵸르코프 대원.

노보 젬체프 부락 대표로 목에 빨간 깃을 달고 독일제 나사지로 된 프록을 입은 코노바로프가 쑥스러운 미소를 띠고 서류 위에 몸을 굽혔다. 못투성이인 굵고 시커먼 손가락이 제대로 움직이지 않는 듯 초등학생처럼 때묻은 펜대를 쥐고 옴지락거렸다.

"난 글씨를 잘 못 쓰는데……."

그는 간신히 머리글자인 'K'를 써넣었다.

서기는 피고의 이름을 모두 기입한 다음 끝에다 크게 이중점을 찍고 나서 옆자리에 앉은 사람에게 펜을 내밀었다.

"서명하시기 바랍니다."

그다음에 로진이 서명했으나 그 역시 어설프게 펜대를 움직이고 긴장으로 진땀이 배어 있었다. 다음 사람은 글씨를 쓰기 전에 펜대를 빙글빙글 돌리다가 경황없이 서명을 마쳤는데 자신도 모르게 혀부터 내밀었다. 포포프는 자기의 성을 써 넣고 벌떡 일어서서 땀에 젖은 얼굴을 손수건으로 닦았다.

"명부와 함께 비치해 둬야 해."

하품을 하고 그가 말했다.

"칼레딘 장군은 틀림없이 저승에서 우리한테 고마워하고 있을 거요."

세닌은 청년답게 웃고, 서기가 흰 벽에 잉크도 미처 마르지 않은 종이를 갖다 붙이는 걸 지켜보았다. 이런 농담에 대해서 아무도 대꾸하지 않고 모두 입을 다문 채 집 밖으로 나가 버렸다.

"우리 주님 예수여……."

누군가가 어두운 현관을 나가면서 한숨을 내쉬었다.

29

청황(靑黃)색 별자리의 젖빛 광선이 쏟아져 내리는 그 밤, 콩나물시루처럼 빽빽하게 처박힌 작은 창고 안에서는 거의 모두가 잠을 이루지 못하고 한두 마디 짧은 얘깃소리마저 이내 끊어지곤 했다. 숨막히는 듯한 불안이 사람들을 짓누르고 있었다.

저녁 무렵, 적위병 한 사람이 밖으로 좀 나가게 해 달라고 계속 졸랐다.

"동지, 문 좀 열어줘! 변소에 가고 싶어서 그래. 오줌이 마려워서 죽겠어!"

그는 면내의를 바지 밖으로 꺼내놓고 맨발로 서서 거무죽죽한 얼굴을 열쇠 구멍에 갖다 댄 채 소리쳤다.

"열어 줘, 동지!"

"네놈의 동지는 이리가 아니냐."

한참 있다가 감시병 하나가 대꾸했다.

"형제, 열어 줘. 제발!"

어조를 바꾸어 간청했다.

감시병은 총을 세워 놓고 어둠 속으로 둥지를 향해 바삐 재촉하는 들기러기의 날갯짓 같은 소리를 듣고도 피우다 만 담배를 마저 피우고 나서야 열쇠구멍에 입을 대고 말했다.

"중얼댈 거 없이 입은 채로 싸버려, 이 개새끼야! 하룻밤 사이에 바지가 못 입게 되지는 않을 테니까. 날이 밝으면 젖은 채로 곧장 저 세상에 보내 줄 텐데 뭘 그래……."

"글렀어!"

적위병은 절망한 듯이 말하고 문 옆에서 물러나 어깨를 비비적대고 앉았다. 한쪽 구석에선 포드쵸르코프가 호주머니를 털어 지폐를 찢으면서 투덜거렸다. 돈을 처리한 뒤, 구두를 벗고 땀 냄새가 밴 손수건의 냄새를 맡고 나서 나란히 누워 있던 크리보슈루이코프의 어깨를 만지며 말했다.

"분명히 알았어. 우린 속은 거야. 놈들이 속인 거라고, 제기랄…… 울화가 치밀어 못 견디겠어. 미하일, 어렸을 때 이런 일이 자주 있었지. 돈강 맞은편 강가 숲으로 아버지의 엽총을 들고 새를 잡으러 갔었어. 그 숲은 초록빛 장막을 내린 듯했는데…… 늪 가까이에 들갈매기가 내려와 있었어. 정신없이 한 발 쏘았는데 그게 빗나갔을 땐 큰 소리를 지르고 싶을 정도로 화가 나더군. 바로 지금이 빗나간 거야. 3일 전에 로스토프를 벗어났어야 하는 건데. 그랬더라면 여기서 죽게 되진 않았을 게 아닌가! 반혁명운동을 뒤집어엎어 놓을 수가 있는 건데!"

어둠 속에서 크리보슈루이코프가 미소를 띤 채 말했다.

"맘대로 죽이라지, 개새끼들! 죽는 건 조금도 무섭지 않지만…… 다만 '저승에 가서 우리 서로를 알아보지 못하게 될 것을 나는 두려워하노라' 이거야. 패자, 저 세상에 가면 나도 너도 몰라보게 될걸…… 두려운 일이야!"

"그만해!"

포드쵸르코프는 화가 난 듯이 말하고 자신의 크고 뜨거운 손바닥을 그의 어깨 위에 얹었다.

"그건 당장의 문제가 아니잖아……."

라그틴은 누군가를 붙들고 자기가 태어나 자란 부락에 대한 것과 그의 머리가 길다고 늘 놀리던 조부와, 그 할아버지가 남의 채소밭까지 쫓아와서 그에게 매를 때리던 일 등을 얘기하고 있었다.

그날 밤 사람들은 갖가지 얘기를 두서없이 주고받았다.

분츄크는 문 옆에 앉아 문틈으로 새어 들어오는 바람을 들이마셨다. 과거를 되돌아보는 가운데 문득 어머니 생각이 떠오르자 그 순간 불에 닿은 것 같은 고통을 느꼈다. 애써 어머니에 대한 추억을 떨쳐버리고 안나에 대한 기억, 바로 얼마 전에 있었던 일을 떠올렸다…… 그 기억은 그의 마음을 부드럽게 어루만져 주고 안정을 갖게 해 주었다. 목숨을 빼앗길 것을 생각하면 등골이 오싹해지지만 이미 애수조차 느낄 수가 없게 되고 말았다. 그는 고난에 가득 찬 여행 끝에 내키지 않는 휴식을 기다리듯이, 완전히 죽을 각오가 되어 있었다. 피로와 고통이 너무 격심하고 강렬해서 이미 생각할 기력조차 없었다.

그의 옆자리에서는 더러는 유쾌하게 더러는 슬프게 여자에 대해, 사랑에 대해 저마다 마음속에 쌓인 큰 기쁨에 대한 얘기를 나누고 있었다.

가족과 친척, 그리고 친한 사람들에 관한 얘기를 주고받았다…… 농사가 잘 되어 보리밭에 내려온 까마귀의 모습이 보이지 않을 정도였다는 얘기도 했다. 술을 마시고 싶다고 했고, 자유를 바란다며 불평을 하고 포드쵸르코프를 욕하기도 했다. 그러나 얼마 뒤, 수면은 대부분의 사람들을 검은 날개로 덮어 버렸다. 몸과 마음이 지칠 대로 지쳐 누운 채, 앉은 채, 선 채 잠 속으로 빨려들어 갔다.

새벽녘이 가까워짐에 따라 누군가가 비몽사몽간에 흐느껴 울기 시작했다. 찝찔한 눈물의 맛을 어린 시절부터 잊고 살아온 사나이가 운다는 것은 개운 찮은 노릇이었다. 잠 속에 빠졌을 때의 고요는 깨어져 몇 사람이 악을 쓰는 소리가 들렸다.

"그치지 못해, 빌어먹을!"

"겁쟁이!"

내뱉듯 누가 말했다.

"한 대 맞기 전에 그치라니까!"

"울긴 왜 우는 거야!"

"잠든 사람도 생각해야지!"

울고 있던 남자는 코를 훌쩍거리다가는 코를 푼 뒤에 이내 조용해졌다.

이젠 조용해졌다. 이쪽저쪽에서 담뱃불이 빨갛게 떠올랐지만 모두 말이 없었다. 남자들의 땀 냄새, 건장한 육체에서 발산되는 복잡한 냄새, 담배 냄새, 밤이슬의 축축한 냄새가 풍겼다.

마을의 수탉이 새벽을 알렸다. 사람이 지나다니는 발소리가 들리고 덜커덩하는 쇳소리가 들려왔다.

"누구야!"

낮은 소리로 감시병 한 사람이 물었다.

헛기침을 하는 젊은 남자의 기운찬 음성이 멀리서 들려왔다.

"동지야. 포드쵸르코프 일당의 무덤을 파러 가는 길이라고."

창고 안은 갑자기 술렁거리기 시작했다.

30

페트로 멜레호프 소위가 인솔하는 타타르스키 부락의 카자흐들은 4월 28일 새벽녘에 포노마료프 부락에 당도했다. 치르 부락의 카자흐들이 부락 안을 바쁘게 걸어다니고 있었다. 말에게 물을 먹이러 가기도 하고 떼 지어 마을 끝으로 나가기도 했다. 페트로는 부락 중간쯤에서 부대를 멈추어 말에서 내리도록 했다. 그들이 있는 곳으로 대여섯 사람이 다가왔다.

"너희들 어디서 왔지?"

한 사람이 물었다.

"타타르시키에서."

"좀 늦었군…… 포드쵸르코프는 이미 붙잡혔어."

"그럼, 놈들은 어디 있나? 벌써 보내버렸어?"

"뭘, 저기 있는데……."

카자흐들은 창고 지붕을 가리키며 웃음을 터뜨렸다.

"닭장 속의 수탉처럼 처박혀 있다고."

프리스토냐, 그리고리 멜레호프, 그리고 4, 5명이 그 옆으로 몰려왔다.

"그럼, 어디로 보낼 참이지?"

프리스토냐가 물었다.

"망인(亡人)한테 보낼 거야."

"아니, 뭐야? 너, 터무니없는 말은 아니겠지?"

그리고리는 그 카자흐의 외투자락을 움켜쥐고 물었다.

"사관 나리, 나린 대체 무슨 말을 묻는 거지?"

카자흐는 그리고리의 손가락을 가볍게 털어냈다.

"저것 좀 보라고. 새로 만든 교수대를 보라니까."

그는 두 개의 버드나무 사이에 설치된 교수대를 가리켰다.

"말을 주택 안으로 끌어들여!"

페트로가 명령했다.

비구름이 하늘을 뒤덮었다. 후두둑 빗방울이 떨어졌다. 부락 끝을 향해 카자흐 여인들이 떼 지어 걸어가고 있었다. 6시에 형이 집행된다는 말을 들은 포노마료프 부락 주민들은 진기한 구경거리를 보러 가듯이 술렁거렸다. 여자들은 축제에 나갈 때처럼 잘 차려입고 대개는 어린아이의 손목을 잡고 갔다. 군중은 목장을 에워싸고, 교수대와 1.4미터가량의 깊이로 판 기다란 구덩이 옆으로 서로 먼저 가려고 밀쳐댔다. 어린이들은 구덩이 한쪽에 쌓인 축축한 흙더미 위를 걸어다니고, 카자흐들은 이쪽저쪽에 몰려다니며 와글와글 떠들어 대고 여자들은 슬픈 얼굴로 수군댔다.

잠을 푹 잔 덕택에 기운이 팔팔해진 포포프 대위가 엄격한 얼굴로 나타났다. 그는 담배를 피우고 있었는데 단단한 이를 드러낸 채 입에 문 궐련을 우물우물 씹었다. 이윽고 경비병들에게 명령했다.

"구덩이 옆으로는 오지 못하게 해! 스피리도노프에게 첫 번째 조를 데려오도록 이르고!"

그는 흘깃 시계를 보며 한쪽 옆으로 비켜서서 경비병에게 떼밀린 군중이 형장에서 뒷걸음질치는 것을 바라보았다.

스피리도노프는 카자흐 1조를 인솔하여 창고 쪽으로 다가가다가 도중에 페트로 멜레호프와 마주쳤다.

"자네 부락엔 지망자가 없나?"

"무슨 지망자 말입니까?"

"형 집행인이 되고 싶다는 사람 말일세."

"없습니다. 틀림없이 없을 겁니다!"

스피리도노프에게서 비켜선 페트로는 격한 말투로 대꾸했다.

그런데 그때 지망자가 나섰다. 미치카 코르슈노프가 모자 차양 밖으로 나온 머리카락을 손으로 올리면서 페트로에게 비틀비틀 다가와 갈댓잎처럼 파란 눈동자를 빛내면서 말했다.

"내 손으로 쏴 죽이고 말 테다…… 뭐라고? '없습니다'라니, 난 하겠어."

그는 히죽 웃었다.

"총알을 줘. 내겐 한 발밖에 없으니까."

이어 격심한 분노로 긴장되어 얼굴이 창백해진 안드레이 카슐린과 칼미크다운 페도트 보드프스코프가 지망해 왔다.

처형될 사람들의 첫 번째 조가 호송병 카자흐들에게 에워싸여 창고 밖으로 나왔을 때 어깨를 부딪치며 모인 숱한 군중 속에서 수군거림과 함께 조심스러운 신음 소리가 새어 나왔다.

선두에 나온 사람은 맨발에 검은 나사지로 된 기병 바지를 입고 가죽상의 앞가슴을 드러낸 포드쵸르코프였다. 그는 확실한 걸음걸이로 큼직한 발을 내딛다가 약간 미끄러지자 왼손을 살짝 뻗쳐 몸의 균형을 잡았다. 그와 나란히 서서 시체처럼 창백해진 크리보슈루이코프가 어설프게 다리를 끌고 있었다. 두 눈이 메마른 빛을 내뿜고 입매는 고통스럽게 뒤틀려 있었다. 그는 외투를 여미며 추운 듯 어깨를 움츠렸다. 포드쵸르코프와 그만 상의를 걸치고 있었고 나머지 사람들은 모두 바지만 입고 있었다. 라그틴은 무겁게 발걸음을 옮기는 분츄크와 나란히 걷고 있었다. 두 사람 모두 맨발에 바지뿐이었다. 라그틴의 찢어진 바지가 엷은 털이 난 노르스름한 허벅지를 드러낼 듯 말 듯했다. 그는 찢어진 바지를 거북한 듯 끌어올리고 입술을 떨었다. 분츄크는 가끔 호송병의 머리 너머로 비구름에 뒤덮인 잿빛 하늘을 쳐다보았다. 고지식하고 싸늘한 눈동자는 완전히 각오가 선 사람의 긴장된 빛을 담은 채 깜박거렸고, 커다란 손바닥은 털북숭이 앞가슴을 쓰다듬고 있었다. 그는 뭔가 뜻하지 않았던 기쁜 일을 고대하는 것 같았다…… 아무렇지도 않은 듯한 얼굴을 한 사람도 있었다. 백발의 보리세비크 오르로프 같은 사람은 위세 좋게 팔을 흔들며 때때로 카자흐들의 발 밑에 침을 뱉곤 했다. 그러나 그와 반대로 두세 사람은 말없는 가운데 애수가 떠올라 있고 일그러진 얼굴에 끝없는 공포의 빛이 넘쳐 그 눈과 마주친 사람은 누구나 외면하지 않을 수 없을 정도였다.

모두들 바쁜 걸음으로 걸었다. 포드쵸르코프는 발을 자주 헛딛는 크리보슈루이코프의 손목을 끌고 갔다. 흰 두건과 빨갛고 파란 모자를 쓴 군중이 차츰 가까워졌다. 그 인파의 이마 너머를 바라보면서 포드쵸르코프는 뭐라고 큰 소리로 욕설을 지껄이다가 갑자기 라그틴을 향해 물었다.

"요 2, 3일 동안에 자넨 흰머리가 무척 많아졌군…… 옆머리는 완전히 새하얘졌어……."

"백발이 늘기도 하겠지."

포드쵸르코프는 괴로운 한숨을 쉬며 좁은 이마에 밴 땀을 문지르고 말을 이었다.

"이런 지경에 이르고서야 어찌 백발이 안 되겠나…… 이리도 가둬 두면 하얗게 털이 센다는데, 하물며 사람이야."

그 말을 끝으로 두 사람은 한 마디도 나누지 않았다. 군중은 차츰차츰 가까워졌다. 우측에 이어진 노란 점토의 묘혈이 보이기 시작했다. 스피리도노프가 호령했다.

"제자리 섯!"

그러자 포드쵸르코프가 한 걸음 앞으로 나아가 군중 앞에 서서 맥 빠진 눈을 치켜떴다. 머리칼은 하얗게 세었고 볼수염까지 흰 털이 섞여 있었다. 뒤쪽에 있던 카자흐 귀환병들이 동정 어린 얼굴로 바라보았다. 포드쵸르코프는 늘어진 수염이 약간 떨리긴 했지만 또렷하게 말했다.

"여러 어르신네들! 크리보슈루이코프와 나, 두 사람으로 하여금 우리 동지들이 어떻게 죽어 가는가를 볼 수 있게 해 주시오. 그런 다음에 우리 두 사람의 형을 집행해 주시오. 그리고 우선 부하와 친구들 가운데 낙심하고 있는 사람이 있다면 그들을 격려해 주고 싶소."

모자를 때리는 빗소리가 들릴 만큼 조용했다…….

뒤쪽에서 포포프 대위가 담뱃진으로 누렇게 찌든 이를 드러내고 웃었다. 그는 별로 반대하지 않았다. 노인들이 저마다 소리쳤다.

"좋아!"

"그렇게 하라고 해!"

"그 두 사람은 구덩이 옆에서 비켜서라고!"

크리보슈루이코프와 포드쵸르코프가 군중 속으로 걸어 들어가자 사람들은 두 사람을 위해 길을 내주었다. 그 둘은 사람들에게 에워싸인 채 몇백 개의 시선이 자기들에게 쏟아지고 있음을 느끼면서 조금 떨어진 곳에 걸음을 멈추고, 카자흐들이 적위병들을 구덩이 쪽으로 등을 돌려 정렬시키는 모습을 지켜보았다.

포드쵸르코프는 그대로 서 있어도 잘 보였으나 크리보슈루이코프는 털이 많고 가느다란 모가지를 힘껏 뽑아 올리며 까치발을 디뎠다.

좌측 끝에 분츄크가 서 있었다. 그는 몸을 약간 앞으로 내밀고 고통스럽게 숨을 쉬면서 눈을 내리깔고 있었다. 그 옆에 라그틴이 내의자락을 찢어진 바지 안으로 밀어넣으려고 몸을 굽히고 있었다. 그다음에 탐보프 태생인 이그나토, 그리고 그다음은 몰라볼 만큼 변해 버려서 스무 살은 더 늙어 보이는 바니카 보르두일레프였다. 포드쵸르코프는 다섯 번째 사람을 알아보려 했다. 가까스로 알아본 그 사람은 카잔스카야 마을의 카자흐 마트베이 사크마토프였다. 그와는 카멘스카야 이래 고락을 함께한 사이였다. 그다음으로 두 명이 구덩이 가까이로 다가가 등을 돌리고 서 있었다. 한 명은 표도르 루이시코프인데 그는 뭇 사람의 주시를 끌려는 듯이 큰 소리로 웃고, 욕설을 퍼붓고, 군중을 향해 손바닥을 힘껏 뻗어 위협하기도 했다. 다른 한 명인 크레츠코프는 묵묵히 서 있고 마지막 한 사람은 부축을 받아 끌려왔다. 그는 뒤로 몸을 젖히고 축 늘어진 두 발로 땅바닥에 줄을 그으며 눈물에 젖은 얼굴을 내두르고 달아나려고 몸부림치며 악을 썼다.

"놔줘, 형제들! 날 놔 달라고, 부탁이야! 형제! 제발! 형제…… 어쩌자는 거야? 난 독일 전선에서 훈장을 네 개나 받았어! 내겐 자식들이 있어! 난 나쁜 짓은 해본 적이 없어! 뭣 땜에 너희들은……?"

키가 큰 아타만병 카자흐가 무릎으로 그의 가슴을 걷어차 구덩이 옆으로 쓰러뜨렸다. 포드쵸르코프는 그때 비로소 저항하고 있는 사내가 누구인가를 알고 소스라치게 놀랐다. 그 사람은 가장 용감한 적위병으로 1910년에 선서한 미그린스카야 마을 출신의 카자흐인데, 네 개의 십자훈장을 모조리 탄 젊은 미남이었다. 그는 끌어올려졌지만 다시 쓰러져 카자흐의 발 아래로 기어가 바싹 마른 입술을, 그의 얼굴을 걷어찬 장화에 대고 숨이 막힐 만큼 무시무시한 목소리로 악을 썼다.

"살려줘! 도와줘! 내겐 자식이 셋이나 있어…… 딸이 있어…… 제발 형제들……."

그는 아타만병의 무릎을 끌어안았으나 상대방은 가볍게 비켜서서 쇠 밑창을 댄 구두 뒤꿈치로 그의 귀를 걷어찼다. 그의 한쪽 귀가 터져 피가 목을 타고 흘러내렸다.

간신히 일으켜 그 자리에 세워 놓자 모두 옆으로 비켜섰다. 맞은편 쪽에선 이미 형 집행 지망자들이 총을 장전하고 있었다. 군중은 마른침을 삼켰다. 한 여자가 비명을 올렸다…….

분츄크는 다시 한번만 잿빛으로 흐린 하늘을, 그가 9년 동안 밟아 온 구슬픈 대지를 보고 싶었다. 눈을 들고 15보가량 앞에 서 있는 카자흐들의 열을 보았다. 몸집이 큰 한 카자흐가 푸른 눈을 찌푸리고 모자 차양 밑으로 희고 좁은 이마의 앞머리를 늘어뜨린 채 앞으로 몸을 굽히고 입술을 꼭 다문 채 그의—분츄크의—가슴을 겨누고 있었다. 발사음이 울리기 전에 비단을 찢는 것 같은 비명 소리가 분츄크의 귓전을 때렸다. 머리를 돌려 바라보았다. 주근깨가 난 젊은 여자 하나가 군중 속에서 튀어나와 한쪽 손으로는 어린애를 가슴에 안고 다른한쪽 손으로는 그 아이의 눈을 가리고 부락 쪽으로 뛰어갔다.

일제사격이 울린 뒤, 서 있던 여덟 명이 구덩이 안으로 쓰러지자 사격수들은 구덩이 옆으로 달려갔다.

미치카 코르슈노프는 자기가 쏜 적위병이 일어나기 위해 제 어깨를 무는 것을 보고 한 발을 더 쏘고 나서 안드레이 카슐린에게 소곤거렸다.

"빌어먹을 놈, 제 팔을 피가 나도록 물더니만 이리처럼 돼졌군."

다음 열 명이 총대로 떠밀리며 구덩이 옆까지 밀려왔다…….

두 번째 일제사격이 울리자 여자들은 비명을 올리며 군중 속에서 뛰쳐나가려고 마구 부딪히면서 어린애들의 손을 끌고 달려갔다. 남자들도 흩어지기 시작했다. 외면하고 싶은 살육의 광경, 죽어가는 사람들의 비명 소리와 신음 소리, 차례를 기다리는 사람들의 앓는 소리—이 무시무시하고 소름끼치는 모든 장면은 사람들을 그 자리에 서 있지 못하게 했다. 여태껏 죽음의 장면을 수없이 보아 온 귀환병들과 마음이 돌처럼 굳은 노인들만 남아 있었다.

맨발에 바지 하나뿐인 적위병들의 새 조가 잇따라 끌려오고 교체가 된 사격수들이 일제사격을 퍼붓고 사격음의 메마른 소리가 울리고…… 부상을 입고 미처 죽지 못한 자에게는 한 방을 더 쏘았다. 쓰러진 시체에는 재빨리 흙을 덮어 씌웠다.

포드쵸르코프와 크리보슈루이코프는 차례를 기다리고 서 있는 사람들에게로 다가가 그들에게 기운을 북돋워 주려고 했다. 그러나 이젠 그럴 만한 기력이 남아 있지 않았다. 나무에서 곧 떨어질 것처럼 매달린 낙엽마냥 다음 순간 생명을 잃어버릴 수밖에 없는 사람들의 머릿속에는 전혀 다른 것이 지배하고 있기 때문이었다.

그리고리 멜레호프가 무리 속에서 빠져나가 부락으로 되돌아가려고 할 때 포드쵸르코프와 얼굴이 마주치고 말았다. 포드쵸르코프는 뒤로 물러서며 눈살을 찌푸렸다.

"멜레호프, 네놈도 이 자리에 있었구나?"

그리고리는 창백해진 얼굴로 그 자리에 못박힌 듯 서 버렸다.

"맞아, 보는 바와 같아……."

"알겠다……."

포드쵸르코프는 히죽 웃고 나서 창백해진 상대방의 얼굴을 증오에 가득 찬 눈초리로 지켜보았다.

"어때, 형제를 쏴죽이고 싶은가? 배신을 하다니…… 못된 자식……."

그러면서 그리고리에게 다가가 낮은 목소리로 말했다.

"이쪽에 달라붙었다가 저쪽으로 가서 달라붙고, 양다리를 걸칠 작정인가. 어느 쪽이 돈을 더 많이 준다고 했느냐? 너 같은 놈은!"

그리고리는 숨을 헐떡이며 말했다.

"굴보스카야 전투를 기억하지? 사관들을 총살했던 사실을 잊지 않았겠지! 네놈의 명령으로 총살을 했다! 어때, 이번에 네놈 차례야! 우는 소리 그만해!

네놈만이 남의 가죽을 벗기라는 법은 없잖아! 돈 인민위원회 의장도 운이 다했군! 네놈은 카자흐들을 유대인한테 팔아넘겼어! 그래? 또 할 말이 있거든 말해봐."

흥분한 그리고리를 프리스토냐가 잡아끌고 멀찍이 데리고 갔다.

"자, 그만 가자고, 말 있는 데로 가세. 걸어! 우리가 여기 있어야 할 일도 없잖아. 도대체 무슨 짓람, 이게!"

두 사람이 막 걸어가려 하는데 포드쵸르코프의 음성이 들렸다. 그들은 멈춰섰다. 그는 귀환병사와 노인들에게 에워싸여 열정적인 목소리로 지껄였다.

"제군은 아무것도 모르고 있다. 제군은 장님이다! 사관들이 제군을 속여 피를 나눈 형제들을 죽이고 있다! 제군은 우리를 죽이기만 하면 일이 끝나는 줄 아는가? 그렇게는 안 될 거다! 오늘은 과연 제군이 이겼다. 그러나 내일은 제군이 총살을 당하게 될 게다! 소비에트 정권은 온 러시아에 걸쳐 잇따라 세워지고 있다! 알겠나. 내 말을 잊지 말고 기억해 둬라! 제군은 부질없는 일에 남의 피를 흘리게 하고 있다! 제군은 바보다!"

"그따위 소리를 지껄이는 놈은 죽어야 해!"

한 노인이 외쳤다.

"노인장, 그렇지만 전부를 한꺼번에 쏴죽이진 못할 걸."

포드쵸르코프가 비웃었다.

"러시아에 살고 있는 모든 사람을 교수대에 세워놓지는 못할걸. 네 모가지나 조심해! 나중에 가서 정신을 차려야 때는 이미 늦어!"

"협박하고 있군!"

"협박이 아냐. 네놈들한테 앞길을 가르쳐 주고 있는 거다."

"포드쵸르코프, 넌 장님이야! 모스크바가 네놈 눈을 가리고 있어!"

그리고리는 끝까지 들으려 하지 않고 자기의 말을 매둔 집을 향해 급히 뛰어갔다. 말은 총성을 듣고 허둥댔다. 말의 복대를 고쳐 맨 그리고리와 프리스토냐는 속보로 부락을 떠났다. 그들은 뒤를 돌아보지 않은 채 언덕을 넘어 사라져갔다. 그러나 포노마료프 부락에서는 여전히 사살의 연기가 피어올랐다. 뵤센스카야, 카르긴스카야, 보코프스카야, 크라스노쿠츠카야, 미그린스카야, 라즈도르스카야, 쿰샤츠카야, 바크라노프스카야 등 여러 마을의 카자흐들을 총살하고 있었다.

구덩이는 입구까지 가득 쌓였다. 흙을 덮고 발을 밟았다. 검은 가면을 쓴 사관 두 명이 포드쵸르코프와 크리보슈루이코프를 붙잡아 교수대 쪽으로 끌고 갔다.

포드쵸르코프는 장부답게 머리를 꼿꼿이 세우고 의자 위로 올라갔다. 가무잡잡하고 굵직한 목. 셔츠 깃은 벌어져 있었는데, 그는 자신의 손으로 비누거품이 묻은 밧줄을 침착하게 목에 걸었다. 이어 크리보슈루이코프가 끌려왔다. 한 사관이 의자 위에 서도록 도와주고, 그다음으로 목에 밧줄을 걸어 주었다.

"유언을 하게 해 주시오."

포드쵸르코프가 부탁했다.

"유언을 해라!"

귀환병들이 외쳤다.

포드쵸르코프는 듬성해진 군중을 향해 한쪽 손을 치켜들었다.

"우리의 죽음을 보려고 몰려왔던 사람들이 눈에 띄게 줄어든 것을 보기 바란다. 양심에 찔리기 때문이다! 우리는 근로 인민의 이익을 위해서 목숨을 아끼지 않고 장군들과 싸움을 해 왔다. 그리고 지금 제군의 손에 의해 죽어간다! 하지만 우리는 제군을 저주하지 않는다…… 제군은 속고 있는 것이다! 혁명정권이 세워질 때, 어느 쪽이 진실했던가를 제군도 확실히 알게 되겠지. 고요한 돈의 훌륭한 아들들을 제군은 이 구덩이에 묻어 버린 것이다……."

사람들의 술렁거림이 한층 높아졌다. 포드쵸르코프의 음성은 차츰 흐려졌다. 이 틈을 타 한 사관이 포드쵸르코프의 의자를 걷어찼다. 육중한 그의 몸이 힘없이 아래로 뻗치며 두 발이 땅에 닿았다. 목에 맨 밧줄은 더욱 옥죄어 그의 몸을 늘어지게 했다. 그는 축축한 땅바닥에 맨발의 엄지발가락으로 까치발을 딛고 숨을 들이마시면서, 조용하게 가라앉은 군중을 둘러보더니 별로 높지 않는 소리로 말했다.

"목을 조르기에 익숙해 있지 않군그래…… 내 몸은 그래도 땅바닥에 닿을 수 있지만, 스피리도노프, 네놈은 닿지 않을걸……."

입에선 침이 줄줄 흘러내렸다. 가면 쓴 사관들 가까이 있던 카자흐들이 달려들어 맥이 풀린 육중한 몸을 가까스로 위로 안아 올렸다.

크리보슈루이코프의 연설은 끝까지 듣지 않았다. 의자가 발밑에서 튀어 올라 누군가 내버리고 간 삽과 부딪쳤다. 메마르고 힘줄이 많은 크리보슈루이코프는 얼마 동안 흔들거렸다. 구부린 무릎이 턱에 닿도록 몸을 오그리다가 다시 축 늘어졌다…… 그는 포드쵸르코프의 발밑에서 두 번째로 의자가 걷어차인 때까지도 꿈틀꿈틀하며, 옆으로 빼문 시커먼 혀를 움직였다. 포드쵸르코프의 몸뚱이가 다시금 무겁게 늘어졌다. 가죽 상의의 어깨 이음새가 찢어지고 다시금 발가락 끝이 땅바닥에 닿았다. 떼 지어 있던 카자흐들은 앗 하고 외치고 어떤 사람은 성호를 그은 뒤에 떠나 버렸다. 한동안 모두 무엇에 사로잡힌 것처럼 서 있다가 철색으로 변해가는 포드쵸르코프의 얼굴을 뚫어지게 지켜보는 수밖에 다른 것엔 눈을 돌릴 수 없을 만큼 당혹스러워했다.

그러나 그는 이번에는 소리를 지르지 않았다. 밧줄이 더욱 세게 목을 죄었다. 그는 눈물이 후줄근하게 흐르는 눈만 움직이며 입을 일그러뜨리고 고통을 줄이기 위해 온몸을 위로 끌어올리려고 안간힘을 썼다.

누군가가 겨우 정신을 차리고 삽을 들어 흙을 파기 시작했다. 그는 포드쵸르코프의 발 아래에 있는 흙을 서둘러 파헤쳤다. 삽으로 흙을 퍼올릴 때마다 몸이 더욱 처져 목은 점점 더 늘어지고, 마침내 반고수머리가 힘없이 뒤로 젖혀졌다. 밧줄은 가까스로 6푸드의 무게를 견디고 있었다. 그것은 나무대 쪽에서 삐걱거리며 조용하게 흔들렸다. 그 리드미컬한 움직임에 따라 포드쵸르코프의 몸도 흔들렸다. 마치 살인자들에게 자신의 검붉은 얼굴과 타액과 뜨거운 눈물의 흐름으로 마음속을 드러내 보이려는 듯이 조용하게 흔들리고 있었다.

31

미시카 코셰보이와 발레트는 이틀 밤에 걸쳐 카르긴스카야 마을을 벗어났다. 광야에는 아지랑이가 자욱했다. 아지랑이는 기슭을 소용돌이치고 움푹 파인 땅에 괴고 벼랑 마루에 떠돌았다. 안개가 걷힌 곳에는 둔덕이 빛나 보였다. 어린 풀숲 속에서 메추라기가 울고 있었다.

아득히 높은 중천에는 비자나무와 우거진 갈대 늪에 수련이 꽃을 피운 듯이 달이 떠 있었다.

새벽녘까지 줄곧 걸었다. 큰곰자리의 별빛이 차츰 엷어지더니 이슬이 내렸다. 이제 얼마 안 있으면 니즈네 야블로노프스키 부락이었다. 부락에서 3킬로미터가량 떨어진 언덕의 꼭대기에서 두 사람은 카자흐들에게 추격당하다가 끝내 붙잡히고 말았다. 여섯 명의 말을 탄 카자흐들이 두 사람의 뒤를 쫓아온 것이었다. 미시카와 발레트는 다른 길로 바꾸어 숨으려고 했지만 아직 풀이 낮은 데다 달빛마저 밝았다…… 그 때문에 쉽게 붙잡히고 말았다…… 그들은 다시 제자리로 끌려가게 되었다. 200미터가량 잠자코 걸었다. 그 뒤에 한발의 총성……발레트는 자기의 그림자에 놀란 말처럼 허둥대며 무턱대고 뛰어갔다. 용케 쓰러지지는 않았으나 맥없이 주저앉고 말았다. 검푸른 약쑥 무더기 속에 어설프게 머리를 처박은 채.

미샤는 5분가량을 무작정 달려갔다. 몸에 아무 감각이 없었다. 귀가 앵앵 울렸다. 마른 땅으로 나오면 발이 움직이지 않았다. 그럴 때마다 그는 중얼거렸다.

"뭣 때문에 단숨에 죽이지 않는 거야, 빌어먹을! 뭣 때문에 이렇게 고통을 주지!"

"가자, 빨리 가. 쓸데없는 말 지껄이지 말고."

한 카자흐가 부드럽게 말했다.

"네 동료는 해치웠지만 넌 불쌍해서 살려 주기로 했어. 너 독일 전선에서 12연대에 있지 않았니?"

"12연대에 있었지."

"다시 한번 12연대에 복무하도록 해…… 넌 아직 젊으니까. 좀 방황한 셈이지만. 하지만 뭐, 그런 정도야. 이제 곧 그 방황에서 벗어나게 해 주지!"

그로부터 3일 뒤에 카르긴스카야 마을의 군법회의는 미시카의 방황을 마치게 해주었다. 그곳 군법회의에서는 그 무렵 총살과 태형, 이 두 가지의 형벌 방법을 시행했다. 총살 선고를 받은 사람들은 남의 눈을 피하여 밤에 부락 끝에 있는 페스챠누이 둔덕으로 끌려갔으나 개심의 가능성이 보이는 자들은 광장으로 데려다가 사람들의 면전에서 태형을 받게 했다.

일요일 아침, 광장 한복판에 의자가 즐비하게 놓여지면 어느새 사람들이 몰려오기 시작했다. 사람 무리는 광장을 메우고 벤치 헛간 옆에 걸쳐놓은 판자 위에 오르고 주택과 가게 지붕 위까지 올라가 있었다. 맨 처음에 그라쵸프스키 부락 신부의 아들 알렉산드르프가 태형을 받았다. 과격한 볼셰비키라는 소문이 나 있어 본래 같으면 총살이어야 할 텐데 그의 아버지가 모든 사람의 존경을 받고 있는 훌륭한 성직자였기 때문에 회의에서 20대 태형이라는 판결이 내려졌던 것이다. 알렉산드로프는 바지를 벗고 엉덩이를 드러낸 채 받침대 위에 눕혀졌다. 카자흐 한 사람이 버들가지 다발로 된 매로 양쪽에서 내려치기 시작했다. 형이 끝나자 알렉산드로프는 일어나 옷매무새를 고치고 여기저기 허리를 굽혀 절을 했다. 총살을 당하지 않은 게 무척 기쁜 듯 절을 하면서 감사의 말을 했다.

"고맙습니다, 어르신네들!"

"앞으로는 착실히 지내야 해!"

누군가가 소리쳤다.

광장 안에서 와 하는 웃음소리가 터져 가까운 헛간 속에 앉아 자신의 형을 기다리고 있던 사람들조차 미소를 떠올릴 정도였다.

미시카도 역시 판결대로 불이 일 것 같은 매를 20대나 맞았다. 그렇지만 창피함이 매보다 더 아팠다. 온 마을 사람들이—노인도 어린이도—보고 있었다. 미시카는 바지를 입으면서 울상을 지었다. 그리고 자기를 때린 카자흐에게 말했다.

"너무했어!"

"뭐가?"

"정신은 말짱하니…… 견딜 수 없군. 평생 잊을 수 없는 창피를 당했어."

"그까짓 거 가지고 뭘 그래."

카자흐가 위로했다. 그리고 뭐든 듣기 좋은 소리를 해주고 싶었는지 말을 이었다.

"넌 대단한 녀석이야. 두 번가량 세차게 치면 비명을 올릴 줄 알았지. 그러나 찍소리도 않더군. 요전에 어떤 자식은 호되게 쳤더니 눈깔을 돌리더구먼. 간덩이가 작은 탓이야."

그 이튿날, 판결대로 미시카는 전선에 파견되었다.

발레트의 시체는 이틀이 지난 뒤에야 처리되었다. 부락 아타만이 보낸 야블로노프스키의 카자흐 두 명이 얕은 구덩이를 파놓고 거기에 발을 늘어뜨리고 앉아 담배를 피우고 앉아 있었다.

"이곳 흙은 정말 단단하군."

한 사람이 말했다.

"마치 쇠 같아! 괭이가 들어간 적이 없기 때문에 더 단단한 거야."

"그렇겠지…… 이런 땅속에 묻히면 행복이지, 뭘. 경치 좋겠다…… 바람도 잘 통하겠다…… 땅은 말라 있겠다, 햇빛은 들겠다…… 부패도 더디게 될걸."

두 사람은 풀 위에 뻗어 있는 발레트를 흘낏 내려다보고 일어났다.

"구두는 벗길 수 있겠어?"

"물론이지. 보라고, 꽤 비싸 보이는걸."

기독교 풍습에 따라 머리를 서쪽으로 두고 흑토를 덮어 주었다.

"밟아야 해?"

묘혈이 완전히 편편해졌을 때 한 명이 물었다.

"그럴 건 없어. 내버려 둬."

다른 한 명이 한숨을 내쉬었다.

"이렇게 놔두어야만 최후의 심판을 하려고 천사들이 나팔을 불면…… 금방 일어날 수 있을 테니까……."

반 달가량 지나자 그 작은 묘소에는 질경이와 어린 약쑥이 돋아났다. 야생의 연맥이 이삭을 달고 유채풀이 옆 귀퉁이에서 노란꽃을 피우고 사향풀과 상치가 향기를 뿜었다. 그로부터 얼마 뒤, 가까운 부락에서 한 노인이 와 묘혈 머리맡에 구덩이를 파고 잘 다듬은 떡갈나무로 묘표를 세웠다. 그 묘표의 세모난 받침대 아래쪽 어두컴컴한 곳에는 성모의 슬픈 얼굴이 놓여졌다. 그 밑 처마 허리에는 슬라브 문자로 다음과 같이 씌어 있었다.

암흑과 타락의 날에
형제들이여, 형제를 심판하지 말라.

노인은 떠나갔다. 그러나 묘표는 그대로 스텝 속에 남겨져 언제까지나 그곳을 지나는 사람들의 눈을 슬프게 하고, 그들의 마음에 까닭 없는 애수를 불러 일으켰다.

또한 5월이 되면 묘표 옆으로 들기러기가 날아들었다. 파란 약쑥이 열매를 뿌려 초록빛 잔디를 만들어 주었다. 기러기들은 암컷을 불러 생명을 노래하고

사랑을 찾고 번식을 축복했다. 얼마쯤 지나자 묘표 옆 나지막한 둑 위에 폭신
폭신하게 돋아난 쑥 위에다 기러기가 푸르스름하고 반점이 드문드문 있는 아홉
개의 알을 까서 그 옆에 앉아 두 날개로 그것을 품고 있었다.

제6부

1

1918년 4월, 돈에는 대분열이 일어났다. 북부의 여러 관구―즉 호표르, 우스티 메드베디차, 그리고 상류 돈 관구 1부 전선의 카자흐들은 퇴각 중에 적위군 여러 부대와 행동을 같이했다. 한편 하류 여러 관구 카자흐들은 그를 쫓아 주경(州境)으로 밀고 갔다.

호표르의 카자흐들은 거의 한 명도 남김없이, 또한 우스티 메드베디차 사람들은 그 반수가, 그리고 상류 돈 사람들은―극소수이긴 했지만 적위군과 함께 떠났다.

1918년에 이르러 역사는 비로소 상류지방 사람들과 하류지방 사람들을 결정적으로 갈라놓았다. 그러나 분열의 징조는 이미 100년 전부터 있었다. 당시 아조프해 연안 지방의 비옥한 토지와 포도원, 그리고 풍성한 수렵장과 어장을 갖고 있지 않았던 북부 여러 관구의 가난한 카자흐들은 때때로 노보체르카스크에서 이탈하여 대러시아의 영토를 마음대로 습격하고 라진에서 세카티에 이르는 모든 반역 도배들의 성채 역할을 도맡았었다.

훨씬 뒤늦은 시대에 이르러 돈군이 통치의 태장에 짓눌려 날카로운 불만의 신음 소리만이 나올 때조차도 상류의 카자흐들은 공공연히 봉기하고 아타만들에게 이끌려 차르의 토대를 들쑤셨다. 그들은 정부군과 싸우고 돈 강가에서 대상을 약탈하여 볼가로 옮아가 패배한 자포로제에게 폭동을 충동질했다.

4월 말경에는 돈 지방의 3분의 2가 적위군에게 방치되었다. 주정권 수립의 필요가 뚜렷하게 문제시되자 남부에서 싸우던 백위군 카자흐 여러 부대의 지휘관에 의해 카자흐 회의 소집이 제안되었다. 임시 돈 정청과 각 카자흐 마을의 대표, 각 부대 대표자들과의 회합 날짜는 4월 28일, 노보체르카스크로 결정되었다.

타타르스키 부락에서도 4월 22일에 뵤센스카야 마을에서 돈 카자흐 대표자 회의로 보내는 대표자들을 선출하기 위한 마을 집회가 열린다는 소식을 전달하는 뵤센스카야 마을 아타만으로부터의 문서가 접수되었다.

미론 그리고리예비치 코르슈노프가 집회에서 그 문서를 낭독했다. 부락은 그와 보가티료프 노인 그리고 판텔레이 프로코피예비치를 뵤센스카야에 파견하기로 했다.

마을 집회에서도 판텔레이 프로코피예비치가 다른 대표자들과 함께 카자흐 회의 참가 대표로 선출되었다. 그는 그날 중에 뵤센스카야에서 돌아왔지만 이튿날에는 노보체르카스크의 회의에 늦지 않기 위해 며느리의 친정아버지와 함께 밀레로보에 가기로 작정했다. 미론 그리고리예비치는 밀레로보에서 등유, 비누, 그 밖의 가정용품을 사야 했다. 겸해서 그는 모호프의 제분소에서 사용하는 체와 바비트를 사서 지갑을 두둑이 채우려는 속셈이었던 것이다.

이른 새벽에 그들은 길을 떠났다. 미론 그리고리예비치의 검은 말들이 힘들이지 않고 사륜마차를 끌고 갔다. 두 사람은 색무늬가 찍힌 좌석에 나란히 앉았다. 언덕을 넘은 뒤에야 그들은 비로소 입을 열었다. 밀레로보에는 독일군이 주둔하고 있었다. 그 때문에 미론 그리고리예비치는 걱정스러운 기색으로 물었다.

"그런데 괜찮을지 모르겠군? 독일 놈들한테 혼찌검이 나는 건 아닐지? 워낙 질이 좋지 않은 놈들이거든. 참말이지, 주둥이에다 재갈이라도 물리면 후련하겠는데."

"설마 그럴 리는 없겠지."

판텔레이 프로코피예비치가 타이르는 듯한 어조로 말했다.

"마트베이 카슐린이 요전에 그쪽으로 가보니까 독일 놈들이 겁을 먹고 있더라더군…… 카자흐한테 섣불리 손을 대선 안 된다는 걸 아는 모양이야."

"글쎄, 어떨지!"

미론 그리고리예비치는 여우같이 생긴 붉은 수염 안에서 쓴웃음을 짓고 벚나무 가지로 만든 채찍 손잡이를 만지작거렸다. 그는 눈에 띄게 안도하는 표정을 지으며 화제를 바꾸었다.

"어떻게 생각하시오? 어느 정권이 세워져야 하는 걸까?"

"아타만을 앉혀야지. 우리 카자흐의 아타만 말이야."

"그렇게 되면 좋겠군요. 선출을 잘 해야 할 텐데! 집시가 말을 쓰다듬듯이 장군들을 자세히 음미해 볼 필요가 있지요. 틀림이 없도록 말입니다."

"선출을 잘 하느냐 못하느냐에 달렸어요. 돈은 아직 지혜 있는 사람이 모자라는 형편은 아니니까."

"그렇고말고요…… 어리석은 자와 지혜 있는 자는 씨를 뿌리지 않아도 돋아나니까."

미론 그리고리예비치는 눈을 가늘게 뜨고 있었지만 주근깨투성이의 그 얼굴에는 슬픔의 그림자가 내려와 있었다.

"나는 말이야, 우리 미치카를 한 사람 몫의 인간으로 만들어 내고 싶었어. 사관이 되도록 공부를 시키고 싶었는데, 그 녀석은 교구의 학교를 졸업하기도 전에 달아나버렸으니……."

볼셰비키를 쫓아서 어디론가 사라진 아들들을 생각하고 두 사람은 잠시 입을 다물었다. 울퉁불퉁한 길을 가던 마차는 열병에 걸린 것처럼 부들부들 떨었다. 아직 닳지 않은 발굽으로 투덕투덕 내디디면서 오른쪽 검은 말이 다리를 뒤틀었다. 좌석이 흔들리자 찰싹 붙어 앉아 있던 두 사내는 마치 산란기의 물고기처럼 옆구리를 비비적거렸다.

"부락의 카자흐들은 대체 어디로 가버렸을까?"

판텔레이 프로코피예비치가 한숨을 내쉬었다.

"호표르 강가를 따라서 가던데요. 칼미크인 페도트가 쿠밀젠스카야에서 돌아왔는데…… 그 녀석은 말을 버려놨다고요. 돌아와서 하는 말이 모두 치샨스카야 마을 방면으로 가더라는 거였어요."

두 사람은 다시 잠자코 있었다. 산들바람이 잔등을 서늘하게 식혀주었다. 뒤쪽 돈강 너머에는 숲과 초지와 호수와 들판이 아침놀의 장밋빛 횃불 속에서 말 없는 가운데 엄숙하게 불타고 있었다. 모래언덕은 황색 밀방(密房)의 껍질처럼 누워 있고, 거품이 이는 물결은 낙타의 혹처럼 흐린 청동색으로 반사되었다.

봄은 무뚝뚝한 표정으로 돌아왔다. 에머랄드 같은 숲의 연록색은 이미 짙은 초록색의 새 날개를 펼쳤고, 초원은 꽃을 피우고, 범람한 물은 목초지에 반짝거리는 무수한 웅덩이를 남기고 물러갔다. 그러나 험준한 벼랑 언저리에는 해빙기의 날씨에 좀 먹힌 눈이 아직도 모래가 섞인 점토에 몸을 밀착시키고 도전하듯 선명한 백색을 드러냈다.

이틀째 밤에 밀레로보에 닿은 그들은 곡물 창고 옆에 살고 있는 친지인 우크라이나인 집에서 묵었다. 이튿날 아침 식사를 마친 뒤 미론 그리고리예비치는 마차에 말을 매고 상점가로 나갔다. 철도 건널목을 무사히 넘어간 바로 그곳에서 그는 난생 처음으로 독일병을 발견했다. 국민군 병사 세 사람이 그를 가로막듯이 하면서 걸어왔다. 그중에 밤색 수염으로 온 얼굴이 덮인 한 군인이 아는 체를 하는 듯이 한쪽 손을 치켜들었다.

미론 그리고리예비치는 걱정스레 입술을 깨물며 고삐를 늦췄다. 독일병은 곁으로 다가왔다. 상반신이 크고 뚱뚱한 그 프러시아인은 새하얀 이를 드러내 보이고 말을 걸었다.

"이봐, 잘 봐둬. 이거야말로 진짜 카자흐야! 이것 좀 봐, 카자흐 제복까지 입고 있군! 이놈의 아들들이 우리를 못살게 굴었어. 사로잡아 이놈을 베를린으로 보내면 어떻겠나. 아주 근사한 구경거리가 될걸!"

"우리한테 필요한 건 이놈의 말이야. 놈이야 어디로 가든 맘대로 하라고 해!"

밤색 수염의 사내가 무표정하게 대꾸했다.

그는 조심조심 말 둘레를 돌고 나서 말 옆으로 접근해 왔다.

"할아범, 내려. 우리는 네가 타고 있는 말이 필요해. 저쪽 제분소에서 역까지 밀가루를 실어 날라야 하거든. 내리라고 하잖았어! 말을 찾고 싶으면 위술사령부로 오라구."

독일병은 눈으로 제분소를 가리키고, 자기가 한 말을 거역하면 가만 두지 않겠다는 태도로 미론 그리고리예비치에게 말에서 내리라고 명령했다.

그 둘은 몇 번이나 뒤를 돌아보고 웃으면서 제분소 쪽으로 걸어갔다. 미론 그리고리예비치의 얼굴은 단번에 새빨개지더니 곧 잿빛이 섞인 노란빛으로 변해 버렸다. 그는 좌석 뒤에 고삐를 뭉쳐서 놓고 마차 밖으로 뛰어내려 말을 향해 다가갔다.

'하필이면 이런 때 혼자라니!'

그는 문득 그런 생각을 하다가 소스라쳐 놀랐다.

'말을 뺏기게 됐어. 제기랄! 일이 곤란하게 됐군. 어떡하지!'

독일병은 굳게 입을 다문 채 미론 그리고리예비치의 소매를 붙잡고 손가락으로 제분소를 가리켰다.

"물러서지 못할까!"

미론 그리고리예비치는 성큼 앞으로 나왔다.

"자, 가까이 오기만 해 봐! 말은 줄 수 없어!"

그의 말투를 독일병은 대뜸 알아들었다. 푸른색이 감도는 깨끗한 이를 드러낸 그의 입이 갑자기 짐승처럼 벌어졌다. 눈동자가 무시무시한 빛으로 반짝이고 목청은 힘찬 쇳소리를 냈다. 독일병은 어깨에 맨 소총의 가죽끈을 움켜쥐었다. 그 순간 미론 그리고리예비치에게 젊음이 되살아났다. 그는 손을 별로 높게 치켜들지 않고도 군인과 같은 일격으로 독일병의 볼따구니를 갈겼다. 맞은 상대방의 머리가 덜컥 아래로 처지고 턱에 걸렸던 가죽끈이 툭 끊어졌다. 독일병은 쓰러졌다. 이어서 곧 일어나려고 했으나 검붉은 핏덩어리를 토해 냈다. 미론 그리고리예비치는 재빨리 주위를 돌아보면서 몸을 굽혀 소총을 집어 들었다. 그 순간 그의 머리는 무섭도록 빠르고 정확하게 움직였다. 말머리를 돌렸을 땐 이미 독일병이 등 뒤에서 사격을 가하지 못하리란 것을 그는 알 수 있었다. 철도 울타리 뒤나 선로 위에 보초가 서 있지 않을까 하는 걱정을 했을 뿐이었다.

검은 말들은 경마를 할 때도 이렇게 격심한 채찍질로 달려 본 적이 없으리라. 마차의 바퀴 역시 혼례 때조차도 이런 지경을 만난 적이 없으리라.

'주여, 무사히 빠져나가게 해주십시오! 주여, 도와주소서! 주의 이름으로!'

미론 그리고리예비치는 말 잔등에 채찍을 가하면서 마음속으로 부르짖었다. 그런데 타고난 탐욕으로 그는 자칫 잘못했더라면 멸망했을지 몰랐다. 잊고 온 무릎 덮개를 찾으려고 숙소에 되돌아가려고 했던 것이다. 하지만 분별력이 그를 간신히 억제시켰다—그는 옆길로 비켜갔다. 그리고 그 자신이 나중에 얘기한 대로 오레호바야 마을까지 20킬로미터 거리를 이륜차에 탄 예언자 엘리야보다 더 빠르게 내달았다. 오레호바야에 사는 친지 우크라이나인의 집에 닿았을 때는 거의 빈사 상태였다. 그러나 주인에게 사실 그대로를 설명하고 말과 함께 자기 몸을 숨겨 달라고 간청했다. 우크라이나인은 숨겨 주기는 했으나, 단서를 붙였다.

"만약 나중에 이 일이 발각될 경우엔 난 실토를 할 수밖에 없네. 그럴 수밖에 어쩔 수가 없어요! 집은 불태울 거고 잡혀 들어갈지도 모르는 일이니까.”

“제발 숨겨만 달라고! 자네가 원하는 대로 사례는 듬뿍하겠어! 그저 살려만 주게. 어디든 상관없네. 숨겨만 주게. 양 떼를 몽땅 끌고 올 테니!”

미론 그리고리예비치는 헛간으로 마차를 끌어넣으면서 그렇게 다짐했다.

죽음보다도 잡히게 될까 봐 그는 겁을 먹었다. 우크라이나인의 집에서 저녁까지 숨어 있다가 날이 저물자 그곳을 떠났다. 오레호바야 길을 정신없이 몰았다. 말 몸뚱이에선 땀이 비처럼 흘러내리고, 마차는 차바퀴가 보이지 않을 정도의 속력을 냈다. 그는 니즈네 야블로노프스키 부락 옆까지 와서야 비로소 제정신이 들었다. 부락에 닿기 전에 탈취했던 소총을 의자 밑에서 꺼내 들어 안쪽에 색연필로 끄적거려 놓은 흔적을 들여다보며 그때야 비로소 안도의 한숨을 내쉬었다.

“어때, 내 솜씨가! 개새끼들! 네놈들은 피라미들이야!”

그는 우크라이나인에게 양을 보내지 않았다. 가을이 되어 지나가는 길에 들렀을 때, 주인의 기대에 찬 눈초리를 보면서 그는 이렇게 말했다.

“새끼 암양들이 죽어버렸어. 양은 잘 안돼…… 신세진 사례로 우리 집 밭에서 추수한 배를 가져왔네!”

오는 도중에 상처투성이가 된 두 말가량의 배를 마차에서 내리면서 사기꾼 같은 눈을 돌리고 말했다.

“우리 집 배는 아주 맛있어…… 잘 가꿨거든…….”

그것으로 끝이었다.

미론 그리고리예비치가 밀레로보에서 마차를 몰고 있을 때, 한쪽 사돈은 역에 나가 있었다. 젊은 독일군 장교가 통행허가증을 써 주었다. 그리고 통역을 통하여 판텔레이 프로코피예비치에게 몇 마디 묻고 나서 싸구려 잎담배를 피우며 봐주는 듯한 말투로 물었다.

“다녀오도록 하시오. 다만 당신들에게는 분별 있는 정권이 필요하다는 걸 머릿속에 담아 가지고 오도록. 대통령이든 황제든 좋을 대로 뽑으시오. 그러나 한 가지 조건이 있소. 즉 그 인물이 통치자로서의 분별을 잃지 않고 우리 국가에 대해 충성스런 정책을 펼 수 있는 인물인가 하는 점이오.”

판텔레이 프로코피예비치는 이 독일군 장교를 서먹서먹한 눈으로 바라보았다. 얘기할 마음이 없어 그는 통행허가증을 받자마자 곧 바로 차표를 사러 갔다.

노보체르카스크에서 그를 놀라게 한 것은 수많은 청년 사관들이었다. 그들은 떼를 지어 한길을 걸어다니고 레스토랑에 앉아 있었으며 아가씨를 데리고 돌아다니는 등 아타만의 저택과 회의가 열릴 예정인 재판소 건물 언저리를 어슬렁거리고 있었다.

대표자들의 숙소에서 판텔레이 프로코피예비치는 두세 명의 한마을 사람과 엘란스카야 마을에서 와 있던 한 친지와 마주쳤다. 대표자 가운데에는 일반 카자흐 수가 압도적이었고 장교들은 소수였다. 기껏해야 수십 명 정도인데 그것도 카자흐 마을의 인텔리가 대표자들이었다. 주 정권의 선출에 대해서는 어느 쪽을 믿어야 할지 분간이 서지를 않았다. 갖가지 소문이 나돌았다. 확실하게 결정된 건 아타만을 선출해야 한다는 한 가지 사실뿐이었다. 인기 있는 카자흐 장군들의 이름이 들춰지고 후보자들이 물색되었다.

도착한 날 저녁 차를 마신 뒤, 판텔레이 프로코피예비치는 자기 방 식탁에 앉아 있었다. 집에서 가져온 마른 도미 토막을 차려놓고 빵을 잘랐다. 그의 옆에는 미그린스카야 마을 출신 사람 둘이 앉아 있었다. 조금 있자 두세 사람이 더 몰려왔다. 얘기는 전선 상황으로부터 시작되어 차츰 주 정권 선출에 대한 것으로 옮아갔다.

"작고하신 칼레딘……그분께 천국이 있을지어다…… 그분보다 더 훌륭한 지도자는 여태 못 보았어요."

볼수염이 하얀 슈미린스카야 마을 사람이 한숨을 내쉬었다.

"맞아요."

엘란스카야 마을의 카자흐가 맞장구를 쳤다.

그때 베셀게네프스카야 마을 대표의 하나인 카자흐 이등대위가 성급하게 말문을 열었다.

"적당한 인물이 없다고요? 무슨 말씀이오. 여러분, 크라스노프 장군은 어떻습니까?"

"어느 크라스노프 말이오?"

"크라스노프가 몇 있다는 말이오? 그런 질문을 하다니 어이가 없습니다. 유명한 장군이며 제3기병군사령관이오, 지혜 있는 분으로 성 게오르기우스 훈장을 받은, 널리 알려진 사령관이지요."

이등대위는 으스대면서 지껄였다. 그 말투로 전선부대 대표자인 한 사람의 울화가 터졌다.

"사실을 얘기하자면 그 장군의 재능이란 게 별것 아님을 난 알고 있소. 별도리 없는 사람이지요. 대독전에서 공로가 있긴 하지만, 그걸로 끝장난 사람이오. 혁명이 일어나지 않았더라면 기껏해야 여단장에서 끝이 났을 거요!"

"당신은 그 장군에 대해 자세히 알지도 못하면서 어떻게 그런 말을 하시오? 모든 사람들의 존경을 받고 있는 장군을 어쩌면 그렇게 비평할 수 있소? 당신은 아마도 자기가 일반 카자흐라는 걸 잊고 있는 것 같군?"

이등대위는 끈질기게 반대 의견을 주장했다. 상대방 카자흐는 멍청히 앉아 맥없이 중얼거렸다.

"사관님, 나는 그분의 부하로서 복무했던 때의 얘길 했을 뿐입니다······ 그분은 오스트리아 전선에서 우리 연대를 철조망에 걸리게 했거든요! 그래서 우린 그분을 별수 없는 사람이라고 말한 적이 있지요······ 하지만 어떤 사람인지에 대해선 아무도 모르지요. 전혀 그 반대인지도 모를 일이니까······."

"그럼, 어떻게 게오르기우스 훈장이 수여됐겠소? 바보 같은 소리!"

판텔레이 프로코피예비치는 도미 가시에 걸려 캑 기침을 토하고 나서 출정병에게 대들었다.

"당신은 어리석은 생각을 하고 있군그래. 아무한테나 악평을 일삼다니, 그러니까 모든 것이 당신 마음에 들지 않는다, 이 말이군······ 묘한 유행병에 걸렸군! 조금은 말조심을 했더라면 말다툼도 일어나지 않았을 텐데. 그래야 지혜도 생기고, 허풍도 덜 떨게 될 텐데!"

체르카스크 일대와 하류 카자흐들은 모두가 크라스노프를 지지했다. 게오르기우스 훈장 소지자라는 게 노인들의 마음을 움직인 것이었다. 러일전쟁 때 함께 근무했던 사람들도 적지 않았다. 근위병, 상류사회 출신, 교양이 높은 인물, 궁정에서 황제 측근 중 한 사람이었던 크라스노프의 과거가 장교들의 매력을 사고 있었다. 크라스노프 장군이 일개 무관이 아니고 지난날 〈니바〉[1]지의 부록

---

1) '들판'이라는 뜻의 러시아어 제목의 잡지. 1870년에 창간되어 1918년까지 간행되었던, 정치, 문학, 근대의 생활을 다룬 잡지로, 19세기 후반 러시아에서 가장 대중적으로 인기가 있었다.

에 장교 생활을 그린 단편 소설이 실렸고, 또 그것으로 호평을 받았던 작가라는 사실이 자유주의적인 인텔리에게 만족감을 주고 있었다. 작가라면 문화인임에 틀림없을 터였다.

숙소에선 크라스노프를 치켜세우기 위한 선동이 벌어졌다. 그의 이름 앞에서 다른 장교들의 이름은 퇴색해 버렸다. 크라스노프 장군을 업고 있는 장교들은 아프리칸 보가예프스키에 대해 은밀히 다음과 같은 소문을 퍼뜨려 놓았다. 보가예프스키와 데니킨은 한 구멍의 오소리다. 따라서 만약 보가예프스키를 아타만으로 선출하게 되면 볼셰비키를 쫓아내고 모스크바에 침입한 그 순간에 카자흐의 특권과 자치는 끝장이라고.

크라스노프에게도 적은 있었다. 교사인 한 대표가 장군의 이름을 깎아내리려고 기를 썼다. 그 교사는 대표들의 방을 찾아다니면서 카자흐들의 귀에 대고 바늘 같은 말과 모기 소리 같은 어조로 소곤댔다.

"크라스노프라고? 옴 붙은 삼류 문사! 궁정의 잔심부름꾼! 말하자면 민족자본을 손에 쥐고 민주주의적 동정을 지키려 버티는 인물이오. 두고 보슈. 그는 누구든 첫 번째로 나서는 장사꾼한테 넘겨버릴 것이오! 소인배라고요. 정치가로선 영 못쓰지요! 아게예프를 선출해야 해요! 그는 그런 인간과는 전혀 다릅니다!"

그럼에도 불구하고 교사는 성공을 거두지 못했다. 그리고 회의가 3일째 되는 5월 1일에는 다음과 같은 소리가 울려 퍼졌다.

"크라스노프 장군을 초청해라!"

"부탁이오……."

"소원이오……."

"우리의 간청이오……."

"이 자리에 모셔다가 여러 가지 말씀을 들려주기 바라오. 어떻소!"

대회의장은 열기로 가득했다.

장교들이 열렬한 박수를 쳤다. 그러자 카자흐들도 그들 쪽을 쳐다보고 별로 크게 울리지도 않는 박수를 서툴게 쳐댔다. 노동으로 못이 박힌 그들의 검은 손바닥에서 나온 소리는 바싹 메마르고 과장되었으며 불쾌하기까지 했다. 양탄자와 복도를 메운 영애와 마님들, 장교며 대회 참가자들의 깨끗하고 고운 손바닥에서 나는 부드러운 박수 소리와는 참으로 대조적이었다.

훈장과 기념장을 가슴에 주렁주렁 달고 견장과 그 밖의 계급장을 단 정복을 입은, 나이에 어울리지 않게 균형 잡힌 키 큰 미남 장군이 활기찬 몸짓으로 무대를 향해 걸음을 옮겼을 때 회장은 박수의 물결과 아우성 소리로 뒤덮였다. 감동과 흥분이 엇갈린 얼굴로 그림 같은 포즈를 하고 선 이 장군에게서 많은 사람들은 지난날의 제국의 흔적을 보았다.

판텔레이 프로코피예비치는 눈물을 흘리고 한동안 모자 안에서 꺼낸 빨간색 손수건으로 코를 풀었다.

'이분이야말로 장군이다! 한눈에 큰 인물임을 알 수 있다! 황제와 같아. 아니, 딱 봐도 황제에 걸맞는 인물이다. 작고하신 알렉산드로 폐하와 똑 닮았어!'

그는 램프 옆에 서 있는 크라스노프를 감동에 찬 얼굴로 바라보며 그런 생각에 빠져 있었다. '돈 구제대회'라 불리운 그 카자흐 회의는 천천히 회의를 계속했다. 회의의장인 카자흐 일등대위 야노프의 제안으로 군대 내의 신분을 나타내는 견장과 모든 기장을 달아야 한다는 안이 채택되었다. 크라스노프가 명배우 같은 연설을 했다. 그는 '볼셰비키에게 모욕당한 러시아'에 대해, 그 '지난날의 위력'에 대해, 돈의 운명에 대해 적절한 연설을 했다. 현재의 상황을 설명하고, 간략하게 독일군에 의한 점령에 대해 언급하고, 마지막으로 볼셰비키 패배 뒤의 돈의 자립적 존재를 감동적으로 얘기했을 때는 요란한 함성을 불러일으켰다.

"이 위력 있는 카자흐 회의야말로 돈주(州)를 지배할 거요! 혁명에 의해 해방된 카자흐는 카자흐 전래의 훌륭한 제도를 부활시킬 겁니다. 그리고 우리는 그 옛날 우리의 선조가 외친 것같이 낭랑한 목청으로 소리칠 것이오. '오른쪽 성채, 모스크바에 계시는 백제(白帝)여, 만세! 그리고 고요한 돈에 사는 우리들 카자흐 만세!'라고."

5월 3일 밤 회의에서 반대 13표, 기권 10표를 제외한 107표로써 크라스노프 장군이 카자흐군 아타만으로 선출되었다. 크라스노프는 자기가 제안한 기본법을 확인해줄 것과 자기에게 두목으로서의 무제한의 권력을 부여해 달라는 조건을 내걸면서 일등대위의 손으로부터 아타만의 권표를 받는 것을 지연시키고 있었다.

"우리 나라는 멸망 전야에 처해 있소. 아타만에 대한 전폭적인 신뢰라는 조건으로서만 나는 아타만의 권표를 받을 것이오. 돈 의지의 최고 표현자인 이 카자흐 회의가 신임한다는 걸 알아야만 볼셰비키의 방자함과 무질서에 대항하여 확고한 법적 기준이 세워질 것이며, 따라서 확신을 가지고 맡은 바 사명을 기꺼이 수행하고 맹활약할 것을 현 사태는 요구하고 있기 때문입니다."

크라스노프가 제안한 법률은 사실 교묘하게 뒤집어 고친 구 제국의 법률에 불과했다. 그렇지만 그 회의가 어떻게 그것을 채택하지 않을 수가 있겠는가? 군말 없이 채택된 것이었다. 도리어 개막된 깃발—청과 적과 황의 줄무늬²⁾—마저도 지난날을 그리워하게 만들었다. 한두 개 정부의 문장(紋章)만이 민족정신에 의거하여 근본적인 변경이 덧붙여졌다. 두 날개를 펴고 발톱을 세우고 있는 용맹스러운 쌍두 독수리를 대신하여 모피 모자를 쓰고 군도, 소총 장비를 갖추고 나무통에 걸터앉은 진짜 카자흐가 그려져 있었다.

수다스럽고 약간 얼빠진 대표 하나가 비굴한 질문을 했다.

"각하께옵서는 기본법으로서 채택된 여러 법률에 대해 아무런 변경 개변할 의사가 없으신지요?"

크라스노프는 거만한 미소를 띠고 농담을 꺼내려고 했다. 그는 미묘한 표정으로 회의 참가자들을 둘러본 뒤, 모두에게서 떠받들린 인물다운 목소리로 대답했다.

"여러분이 더 제안을 해도 좋습니다. 그럼 제48조, 49조, 50조의 깃발, 문장, 송가에 대해서 말하겠소. 제군은 적기 이외의 모든 기, 유대의 다섯 개의 별, 또는 프리메이슨 기장 이외의 모든 문장, 그리고 인터내셔널 이외의 온갖 송가를 나에게 제안해도 좋다, 이 말입니다."

웃는 가운데 회의는 여러 가지 법률을 확인했다. 그리고 얼마 동안 아타만의 농담은 입에서 입으로 퍼져나갔다.

5월 5일에 회의는 해산되었다. 마지막 몇 가지 연설이 울려 퍼지고 끝났다. 크라스노프의 오른팔, 남부 집단군 사령관 데니소프 대령은 가까운 시일에 볼셰비키 일당을 짓밟아 놓겠다는 다짐을 주었다. 회의 참가자들은 순조롭게 끝난

---

2) 카자흐, 타국인, 칼미크인을 나타냄.

아타만 선거와 전선 종합보고에 안심과 기쁨을 안고 흩어져갔다.

깊은 감동에 싸여 가슴이 터질 것 같은 기쁨에 넘친 판텔레이 프로코피예비치는 돈 수도를 물러갔다. 그는 아타만의 권표가 신뢰받아 마땅한 인물에게 돌아간 것으로 믿고, 얼마 안 있어 볼셰비키는 괴멸하겠지, 그리고 자식들도 집으로 돌아오겠지, 하며 좋아했다. 노인은 차창 옆에 앉아 작은 탁자에 팔꿈치를 괴었다. 그의 귀에서는 아직도 작별을 고하는 돈의 송가가 울리고 있었고 갖가지 부활의 말이 의식 깊숙이까지 스며드는 것이었다. 그에게는 실제로 '영광스러운 고요한 돈이 흔들리고 물결쳤다'고 여겨졌던 것이었다.

그러나 노보체르카스크에서 수십 킬로미터 밖에 떨어지지 않은 곳에서 판텔레이 프로코피예비치는 차창 밖으로 바하리아 기병의 초소를 보았다. 독일 기병 한 무리가 철도 선로 한쪽을 따라 열차 쪽으로 말을 타고 달려왔다. 기병들은 침착하게 안장 위에서 등을 굽히고 있고, 잘 먹여서 통통하게 살이 찐 말들이 짧은 꼬리를 흔들며 화창한 태양 아래 반짝반짝 윤났다. 몸을 굽히고 순교자처럼 눈썹을 찌푸린 판텔레이 프로코피예비치는 독일군의 말발굽이 힘차게 달려오면서 승리자처럼 카자흐의 토지를 짓밟는 걸 바라보고 있었다. 그는 한참 동안 기운 없이 목을 늘어뜨린 채 앉아 있었다. 그러다가 후유하고 콧김을 뿜고는 창과 반대되는 쪽으로 재빨리 고개를 돌려버렸다.

2

차량을 이은 빨간색 열차가 돈에서 우크라이나를 가로질러 밀가루와 버터, 달걀과 소 등을 독일로 운반하고 있었다. 차양 없는 모자와 청회색 상의를 입은 독일병들이 총을 착검하고 다리에 서 있었다.

발꿈치에 징을 박아 상하지 않도록 한 질 좋은 독일제 황갈색 장화가 돈 가도를 걷고 있었다. 바바리아 기병이 돈강에서 말들에게 물을 먹이고 있었다. 한편 우크라이나의 국경에서는 갖가지 깃발 아래 소집된 페르시아노프카에서 훈련을 막 끝내고 온 카자흐의 청년들의 페틀류라군[3]과 싸우고 있었다. 또한 새로이 모집된 제12 카자흐 연대의 태반이 스타로베리스크 부근에 머무르면서 우

---

3) 시몬 페틀류라에게 인솔된 우크라이나 반혁명 시민군.

크라이나령(領)의 나머지 한쪽 땅에 손을 뻗치고 있었다.

북부에서는 우스티 메드베디츠카야 마을이 하나의 손에서 다른 손으로 넘어가고 있었다. 그라즈노프스카야, 노보알렉산드로프스카야, 그라즈노프스카야, 스크리센스카야, 기타 마을의 각 부락에서 모집된 인원으로 이루어진 적위군 부대가 그곳을 점령했으나 한 시간 뒤에 사관 알렉세예프가 인솔한 백색 빨치산 부대가 그것을 두들겨 부수고 거리에는 부대의 간부를 맡고 있는 중학생, 실업학교 학생, 신학생들의 외투가 나돌았다.

북을 향하여 마을에서 마을로, 상류 돈의 카자흐들은 곤두박질을 치듯 이동해 나아갔다. 적위부대는 사라토프현경(縣境)으로 퇴각하고 있었다. 호표르 전관구가 볼셰비키에 의해 포위당했다. 여름이 끝날 무렵에는 카자흐 가운데서 연령을 불문하고 무기를 들 수 있는 모든 병력을 긁어모은 돈군이 국경에 출몰하기 시작했다. 도중에 재편성되고, 거기다가 노보체르카스크에서 도착한 장교들로 보충한 병력은 본격적인 군대다운 모습을 취하고 나타났다. 각 마을에서 편성된, 독일과의 전쟁에서 살아남은 구 군인들을 모아 지난날의 정규군이 부활될 기미가 보였다. 각 연대는 사단별로 편성되고 본부에서는 고참대령패들이 카자흐 소위를 대신하여 취임하고 또한 지휘관도 서서히 교체되어 갔다

여름이 끝날 무렵에는 미그린스카야, 메시코프스카야, 카잔스카야, 슈미린스카야 마을 카자흐 부대로 편성된 전투부대가 아르표로프 소장의 명령으로 돈 경계를 넘어 국경에 있는 보로네시현과 붙은 도네츠크의 마을을 점령하고 군(郡)의 중심지 보그챠르를 포위했다.

이미 4주일에 걸쳐 페트로 멜레호프가 이끄는 타타르스키 부락의 카자흐 중대는 부락과 마을을 넘어 우스티 메드베디츠키 관구의 북부를 향해 진격하고 있었다. 그 우측 어딘가를 적위군이 응전하지 않은 채 철도 선로를 따라 다급하게 퇴각했다. 타타르스키 부대는 더 이상 적을 추격하지 않았다. 부대의 이동은 소이동이었다. 페트로도, 카자흐들도 죽음을 향해 서두를 필요는 없다는 생각을 하기에 이르렀다. 따라서 그들은 겨우 30킬로미터 정도 이동했을 뿐이었다.

5일째에 쿠밀젠스카야 마을로 들어갔다. 둔드코프 부락에서도 호표르강을

건넜다. 초원에는 마치 모슬린 장막처럼 모기 떼가 날고 있었다. 모기 떼의 앵앵거리는 소리는 그치기는커녕 더욱 높아가기만 했다. 엄청난 모기 떼가 기병과 말의 귀와 눈에 걸리적거렸다. 말이 재채기를 하고 구역질을 하기도 했다. 카자흐들은 휘휘 손을 흔들었고 줄담배를 피워댔다.

"귀찮아서 이거 살겠나!"

눈물이 핑 돈 눈을 옷소매로 닦으면서 프리스토냐가 신음했다.

"눈 속으로 뛰어들었어?"

그리고리가 미소를 머금었다.

"눈알이 아파. 제기랄, 이거 독이 있는 거 아냐?"

프리스토냐는 빨갛게 부은 눈꺼풀을 뒤집고 손가락 끝을 눈동자로 가져갔다. 그러고는 입술을 내밀고 말을 몰았다.

둘은 나란히 말을 몰고 갔다. 두 사람은 출발 이후 이날까지 줄곧 함께 있었다. 요즘 부쩍 살이 올라 뚱뚱해진 탓으로 더욱더 여자 같아진 아니쿠시카가 두 사람 곁으로 다가왔다.

부대의 인원수는 중대에도 미치지 못했다. 페트로의 보좌관은 타타르스키 부락에 데릴사위로 들어온 조장 라티셰프였다. 그리고리는 소대를 지휘했다. 그의 부하인 카자흐는 거의가 부락 아래쪽 출신들이었다. 프리스토냐, 아니쿠시카, 페도트 보드프스코프, 마르친 샤밀리, 이반 토밀린, 키 큰 보르시쵸프, 곰처럼 게으른 자하르 코롤료프, 프로호르 즈이코프, 집시 피를 이은 멜레호프, 에피판 막사예프, 에고르 시닐린 등이 그랬고 그 이외에 15명과 신병들이 있었다.

제2소대는 니콜라이 코세보이가, 제3소대는 야코프 콜로베이딘이 지휘를 했고, 제4소대는 포드쵸르코프가 처형된 뒤, 아르표로프 장군에 의해서 즉각 조장에 임명된 미치카 코르슈노프가 지휘를 맡았다.

중대는 스텝풍의 구보로 가고 있어 말이 마구 땀을 흘렸다. 물에 잠긴 늪지대를 돌아가기도 하고 사초와 버드나무가 돋아 있는 움푹 파인 땅을 지났는가 하면 초지 위를 우회하기도 했다. 뒤쪽에서 야코프 포드코바가 낮게 웃음을 터뜨렸다. 그러자 포드쵸르코프의 전우들을 살해한 공으로 군조 견장을 받았던 안드류시카 카슐린이 잇따라 소리 높여 웃었다.

페트로 멜레호프는 라티셰프와 나란히 열 가장자리를 따라갔다. 두 사람은 뭔가 낮은 소리로 얘기했다. 라티셰프는 새 군도(軍刀)의 끈을 만지작거리고, 페트로는 왼손으로 말을 쓰다듬고 양쪽 구 사이를 긁어 주었다. 라티셰프의 얼굴에 미소가 떠오르자, 담뱃진으로 누레진 이빨이 듬성한 입수염 틈새로 거뭇하게 드러나 보였다.

카자흐들에게 '안치프 프레포비치'라고 불리는 프레프의 아들 안치프 아우디비치는 다리를 저는 암말을 타고 천천히 후위를 맡고 있었다.

카자흐 중에 누군가가 얘기를 꺼낼 양이면 어떤 사람은 열 밖으로 빠져나와 어느새 열이 5명이 되기도 했다. 나머지 카자흐들은 미지의 토지에 대해 얘기를 하면서 초원과 잔물결이 찰랑거리는 호수와 포플러와 버드나무의 파란 잡목림 등을 바라보았다. 카자흐들이 긴 여행을 계속하고 있음은 그들의 장비에서도 나타나 있었다. 안장에 매단 자루는 속에 든 알맹이로 부풀 대로 부풀어 있고, 안장 띠에는 조심성 있게 외투가 묶여 있었다. 그리고 마구를 보더라도 알 수 있었다. 가죽끈은 모조리 촛물 묻은 실로 꿰매져 있었고, 그 밖에 모든 것이 수리되어 있었다. 한 달 전만 해도 전쟁은 일어나지 않을 거라고 믿었었는데, 이젠 병사들은 유혈을 피할 수 없다는 우울한 심정으로 참을성 있게 말을 몰고 있었다. '오늘은 인간의 가죽을 쓰고 있다. 하지만 내일이면 스텝에서 까마귀 떼의 먹이가 되겠지.'

모두가 그런 생각으로 차 있었다.

크레프츠이 부락을 통과했다. 갈대 이엉지붕이 오른쪽에 드문드문 눈에 띄었다. 아니쿠시카는 바지 주머니에서 흰 빵을 꺼내 절반으로 쪼개어 앞니를 드러내고 탐욕스럽게 턱을 움직이면서 토끼처럼 빠르게 그것을 씹었다.

"배고파?"

프리스토냐가 그에게 곁눈질했다.

"이건 말이야…… 마누라가 구운 거라구."

"식충이! 네놈의 배때기는 돼지하고 똑같아."

그는 그리고리를 돌아보고 울화가 치민다는 얼굴을 하고 덧붙였다.

"귀신 같은 놈, 배때기가 터지도록 처먹기만 하고! 그놈의 빵은 어디다가 그렇게 많이 처담고 왔지? 요새 줄창 봐왔는데도 내겐 한 조각도 주지 않잖아. 처먹기는 혼자 다 처먹고! 꼭 밑 빠진 항아리 같군."

"내 걸 내가 먹고 기운을 내려는데 웬 참견이야. 어젯밤에도 양고기를 먹었지. 그랬는데 그 이튿날 아침엔 벌써 허기가 지더라구. 닥치는 대로 먹을 수 있어. 입으로 넣을 수 있는 거라면 뭐든지 달게 먹겠어."

아니쿠시카는 하하하! 웃고 침을 퉤 뱉는 프리스토냐를 돌아보며 그리고리에게 눈짓을 해보였다.

"페트로 판텔레이, 숙소는 어디로 할 건가? 말이 너무 지쳤어!"

토밀린이 고함을 치자, 멜크로프가 맞장구를 쳤다.

"잠잘 시간이야. 해가 저물어가잖아."

페트로는 채찍을 크게 휘둘렀다.

"크류치에서 묵기로 하세. 아니면 쿠밀가까지 가든가."

검은 수염 안에서 멜크로프가 싱긋 웃으며 토밀린에게 소곤거렸다.

"아르표로프의 비위를 맞추려는 거야. 제기랄! 서둘러야 해……."

한 사내가 멜크로프의 수염을 깎아 주겠다고 나선 것까지는 좋았는데, 그만 너무 짧게 깎아버렸다. 풍성한 수염을 빈약하게 만든 것이었다. 그는 뒤틀린 쐐기 같은 몰골이 되었다. 그래서 멜크로프는 우스꽝스러운 얼굴이 되고 말았다. 그것이 계속 농담거리가 되고 있었다. 토밀린은 견디다 못해 쏘아붙였다.

"그렇담 넌 비위를 맞춘 적이 없다 그 말이야?"

"무슨 소리야?"

"장군처럼 수염을 깎지 않았냐 말이야. 장군 수염을 달고 있으면 사단이라도 떠맡게 될 줄 알았어? 꼴좋다!"

"이 새끼, 진지하게 들어 줬더니 남을 놀려……."

웃음소리가 이어지는 가운데 크류치 부락으로 들어갔다. 선발대로 와 있던 설영(設營) 담당 안드류시카 카슐린이 맨 첫 번째 집 앞에서 중대를 맞이했다.

"내 소대는 나를 따라와! 제1중대는 세 번째 집 처마 밑이다. 제2중대는 좌측, 제3중대는 저쪽 샘이 있는 데야. 저 집 네 번째 처마."

"무슨 소문 못 들었나?"

페트로가 그에게 와서 말했다.

"여긴 놈들의 냄새도 건너오지 않았어. 그건 그렇고 이곳은 꿀이 많아. 할멈이 하나 있는데 벌통을 300개나 치고 있어. 밤에 한 개만 부숴 놓을까 보다!"

"장난하지 마. 장난질하면 내가 널 부숴 놓고 말 테니!"

페트로는 얼굴을 일그러뜨리고 말에다 채찍을 가했다.

각자가 숙소로 들어갔다. 말은 마구간에 집어넣었다. 집주인들이 카자흐에게 저녁 식사를 주었다. 마당 안에 있는 버드나무 위에 부대의 카자흐와 부락의 카자흐가 자유롭게 와서 걸터앉았다. 잡담을 하다가 잠을 자기 위해 물러갔다.

이튿날 아침, 부락을 출발했다. 쿠밀젠스카야 마을 옆까지 왔을 때, 기마전령이 중대를 쫓아왔다. 페트로는 안장에 흔들리면서 봉투를 열고 마치 무거운 물건이라도 잡듯이 힘들여 손을 뻗쳐 종잇장을 들고 한참 동안 그것을 읽어 내려갔다. 그리고리가 그에게로 다가가 물었다.

"명령이야?"

"그래!"

"뭐라고 써 있어?"

"야단났어…… 중대를 인도하라는 명령이야. 내 부하 중에 신병 전원을 소집해 오라는군. 카잔스키에서 제28연대를 편성한다는 거야. 포병도 기관총도 포함해서."

"나머지는 어디로 가라는 건가?"

"여기에는 이렇게 적혀 있어. '알제노프스카야 마을에서 제28연대의 휘하로 들어갈 것. 즉시 출발하라.' 빌어먹을, '즉시'라니!"

라티셰프가 다가와 페트로의 손에서 명령서를 낚아챘다. 그는 눈썹을 치켜세우고 두꺼운 입술을 움직이면서 읽어 갔다.

"앞으로 갓!"

페트로가 외쳤다.

중대는 일제히 움직여 앞으로 나아갔다. 카자흐들은 고개를 돌려 페트로를 지켜보며 그의 입에서 무슨 말이든 떨어지기를 기다렸다. 쿠밀젠스카야 마을로 들어가서야 페트로는 모두에게 명령을 알렸다. 나이가 많은 카자흐들은 귀환 준비를 서둘렀다. 마을에서 1박하고 이튿날 아침 새벽녘에 각자 가야 할 곳으로 출발할 예정을 세웠다. 종일 아우와 얘기를 나눌 기회를 찾던 페트로가 그의 숙소로 왔다.

"광장으로 나가자."

그리고리는 잠자코 따라나섰다. 미치카 코르슈노프가 그들의 뒤를 쫓아왔다. 그러자 페트로가 쌀쌀하게 그에게 말했다.

"저리 가 있어. 잠시 아우하고 할 얘기가 있으니까."

"알겠어."

미치카는 미소를 머금고 걸음을 멈췄다.

곁눈질로 페트로를 살피던 그리고리는 상대방이 뭔가 중대한 것을 말하고자 함을 깨달았다. 그는 짐짓 명랑하게 말문을 열었다.

"어쨌든 이상한 일이야. 집에서 100킬로미터쯤 떨어져 있는데, 벌써 인간이 달라진 것 같아. 말하는 것도 우리와는 다르고 건물 모양도 구교도의 집 같고. 보라고, 이 문에는 교회 같은 얇은 판자지붕이 얹혀 있어. 우리는 이런 건 쓰지 않잖아. 그리고 또 저것 좀 봐."

그는 가까이 있는 농가를 가리켰다.

"흙담에도 판자가 끼여 있잖아. 재목이 썩지 않도록 하기 위해선가?"

"이제 그만."

페트로는 얼굴을 찌푸렸다.

"그런 얘긴 그만해…… 저쪽 울타리 쪽으로 가볼까? 사람들이 우릴 보고 있어."

광장 쪽에서 오던 여자와 카자흐가 신기하다는 듯이 그들을 바라보았다. 허리띠를 빼낸 청색 루바시카를 입고 가장자리가 분홍빛으로 될 정도로 낡은 모자를 쓴 노인이 걸음을 멈추었다.

"자고 갈 거요?"

"예."

"말먹이는 있소?"

"조금은 있지요."

페트로가 대꾸했다.

"그럼, 우리 집으로 오슈. 두 말가량 나눠 줄 테니까."

"고맙소, 할아버지!"

"뭐, 괜찮아요. 들러 보슈. 저 집이 바로 내 집이오. 저 푸른 함석지붕 말이오."

"하고 싶은 얘기가 뭐지?"

참다못해 그리고리가 얼굴을 일그러뜨리고 물었다.

"한두 가지가 아니지만."

페트로가 뭔가 미안한 듯 괴로운 미소를 띠고 입 끝으로 갈색 수염을 씹었다.

"그리샤토카, 다시 만날지 어떨지 모르는 세상이니……."

그리고리를 괴롭혀 온 형에 대한 무의식적 적의가 페트로의 불안한 미소와 어린 시절에 불렀던 '그리샤토카'라는 애칭으로 인해 금방 지워져버렸다. 페트로는 줄곧 묘한 미소를 띠고 애정 어린 눈으로 아우를 보더니 갑자기 입술을 움직여 미소를 지우고 딱딱한 얼굴로 말했다.

"봐라, 모두를 갈라놓고 말았어. 개새끼들! 마치 쟁기 뒤를 따라온 것만 같다. 쟁기질하는 자의 솜씨에 따라 한 사람은 이쪽으로 다른 사람은 저쪽으로 갈라진 거야. 지옥이지. 무시무시한 세상이다! 상대방의 마음속을 짐작조차 할 수가 없으니. 너로 말하면."

그는 갑자기 말머리를 돌렸다.

"너로 말하면 내겐 피로 맺어진 형제이지만, 너 역시 알지 못하겠어. 이건 사실이야! 난 네가 나에게서 떨어져가는 것을 알고 있을 뿐이야…… 그렇지?"

그는 스스로 대답했다.

"그렇지, 넌 분명치가 않아…… 빨간 쪽으로 돌아설까 봐 걱정이 돼서 견딜 수가 없어…… 넌 말이야, 그리샤토카, 아직 넌 자신을 찾지 못하고 있거든."

"그럼, 형은 찾았단 말이야?"

그리고리가 물었다. 그곳에서는 보이지 않는 호표르강 저편 백악의 산 너머에 태양이 넘어가는 중이어서 저녁놀이 불타고 있고 거기에서 검게 그을린 솜 조각을 닮은 구름이 치솟아 오르고 있었다.

"그래, 난 나 자신의 밭두렁과 맞닥뜨렸어. 아무도 거기서 나를 떼밀어내지 못해! 그리샤, 난 너처럼 흔들거리진 않아."

"그래?"

그리고리는 노기에 찬 미소를 쥐어짰다.

"흔들리지 않고말고!"

페트로는 화가 난 듯 손을 입수염으로 갖다 대고 눈이 부신 듯 눈을 깜박였다.

"난 빨간 투망에 끌려가진 않을 거다. 카자흐는 놈들에게 반대하고 있어. 따라서 나도 반대야. 말발굽을 돌리지는 않는다. 그렇게 하고 싶진 않아! 뭐라고 할까……놈들한테 갈 만한 일도 없고 길동무가 되고 싶지도 않고!"

"그 얘긴 그만해."

맥이 풀린 듯 그리고리가 부탁했다.

그는 가까스로 발을 옮겨 축 처진 어깨를 힘없이 흔들면서 숙소 쪽으로 앞장서 갔다.

한 걸음 늦게 온 페트로가 문 옆에서 물었다.

"말해 다오. 난 알고 싶어…… 어서 말해. 그리시카, 넌 놈들한테로 돌아서진 않겠지?"

"그런 일은 없겠지만…… 그건 알 수 없는 일이잖아."

그리고리는 마지못해 대답을 했다. 페트로는 후유 한숨을 내쉬고는 더 이상 묻지 않았다. 부쩍 야윈 그는 흥분한 몸짓으로 걸어가 버렸다. 그에게, 그리고 그리고리에게 지난날 그들을 맺어 준, 그들이 거쳐 온 오솔길이 세월의 먼지로 막혀버려서 지금은 서로의 마음에 다가갈 아무런 길이 없다는 것을 뼈저리게 느꼈다. 산 위 경사면에 산양 발자국이 난 미끈미끈한 길이 꾸불꾸불 이어져 있었다―그 앞으로는 길이 없고 스텝의 브리얀초가 널려 있어 막다른 골목이 되어 막혀 있었다.

……이튿날 페트로는 중대의 반수를 뵤센스카야로 데리고 왔다. 뒤에 남은 신병들은 그리고리의 지휘하에 알제노프스카야를 향해 나아갔다.

아침부터 태양이 사정없이 내리쬐었다. 광야는 갈색 아지랑이 속에서 들끓었다. 뒤에는 호표르강 연변에 있는 산맥의 보랏빛 지맥(支脈)이 푸르스름하게 보이고 모래땅이 황갈색 몸뚱이가 되어 누워 있었다. 기마병의 엉덩이를 받치고 땀에 젖은 말이 흔들흔들 걸어갔다. 카자흐들의 얼굴은 밤색으로 그을렸다. 안장 방석, 등자, 말굴레 등이 만질 수 없을 정도로 삭아 있었다. 숲속에는―거기에도 서늘한 공기는 없었으나―축축한 열기가 차서 강렬한 냄새를 풍겼다.

짙은 애수가 그리고리를 사로잡았다. 그는 종일 앞길에 대해 두서없이 생각하며 안장 위에서 흔들렸다. 머릿속으로 페트로의 말을 유리구슬로 된 묵주 알처럼 매만졌다. 심정이 착잡했다. 쑥 향기가 풍기는 맥주 같은 쓸쓸한 뒷맛이 입술을 태웠다. 길은 열기로 뿌옇게 흐렸다. 금빛이 반짝이는 갈색 광야가 태양 아래 똑바로 누워 있었다. 메마른 바람이 광야의 표면을 더듬듯이 불어 흐트러진 풀을 부비고 모래와 먼지를 말아 올렸다.

저녁이 다가오자, 투명한 아지랑이가 태양을 뒤덮었다. 하늘은 빛이 바래어 잿빛으로 변했다. 서쪽에서 우람한 구름이 나타났다. 구름은 분간하기 어려운 가느다란 실오라기 같은 지평선에 늘어진 한쪽 끝을 갖다 대고 움직이지 않는 채 서 있었다. 그러면서 갈색 꼬리를 화가 난 것처럼 끌어당기고 희고 둥근 꼭대기를 빛내면서 바람에 실려 위엄 있는 모습으로 떠돌기 시작했다.

무리는 다시금 쿠밀가강을 가로질러 포플러 숲의 둥근 지붕 밑으로 들어갔다. 나뭇잎은 바람을 맞아 푸른색이 섞인 젖빛의 잎 뒷면을 물결처럼 반짝이며 일제히 사각사각 소리를 질렀다. 호표르강 너머 강가 어느 곳에선 새하얀 구름자락으로부터 싸락눈이 섞인 비를 사선으로 뿌려 대지를 두들겼다. 비는 눈이 환해지는 무지개띠를 두르고 있었다.

작고 퇴락한 부락에서 숙영을 했다. 그리고리는 말 시중을 마치고 양봉장으로 나갔다. 주인은 나이가 많은 늙은이로 고수머리의 카자흐였는데 수염에 걸리적거리는 벌을 떨어내면서 불안한 어조로 얘기했다.

"이 벌통은 요즘에 사들인 건데, 이리로 가져오자마자 무슨 까닭인지 새끼벌이 다 죽어 버렸다오. 보구료, 어미벌이 꺼내고 있지요."

그는 벌통 곁에 서서 꿀벌들의 출입구를 가리켰다. 숱한 벌이 줄기차게 새끼벌의 시체를 꺼내어 둔한 날갯소리를 내면서 그것을 물고 뛰쳐나갔다. 주인은 갈색 눈동자를 좁히며 혀를 찼다. 그는 부자연스럽게 손을 흔들어대며 팔딱팔딱 걸어다녔다. 야단스럽고 조급한 동작을 하지만 무척 재빠르고 거친 데가 있는 그는 뭔가 사람의 마음을 가라앉히지 못하게 하고 꿀벌의 대집단이 균형과 조화 속에서 완만한 중노동을 계속하고 있는 양봉장에 어울리지 않는 느낌을 주었다. 그리고리는 심드렁한 기분으로 노인을 지켜보았다. 움직임이 거칠고 어깨폭이 넓은 카자흐 노인은 삐걱거리는 것 같은 목소리로 빠르게 지껄여 왠지 모르게 혐오감을 일으켰다.

"금년은 형편이 나은 편이라오. 사향초의 꽃이 엄청나게 많이 피어 그 꿀을 싣고 오거든. 틀 속에 있는 놈이 집에 있는 놈보다 성적이 좋지. 이런 식으로 말이오……"

그리고리는 풀처럼 끈끈하고 진한 꿀을 섞은 차를 마셨다. 꿀은 사향초와 들풀의 달콤한 향기를 풍겼다. 키 크고 예쁘며 남편이 군대에 나갔다는 주인의 딸이 차를 따라주었다. 그녀의 남편은 적위군과 함께 집을 나가고 없었다. 그때문에 주인의 태도는 고분고분하니 부드러웠던 것이다. 주인은 딸이 가무스름하고 얇은 입술을 오므리면서 눈썹 밑으로 그리고리를 바라보는 걸 눈치채지 못한 것 같았다. 그 여자가 사기 주전자를 들려고 손을 뻗칠 때마다 그리고리는 곱슬거리는 새까만 겨드랑털을 보았다. 그는 몇 번이나 호소하는 듯한 시선과 부딪쳤다. 다시 눈길이 마주쳤을 때는 이 젊은 카자흐 여인이 볼을 붉히고 입술 끝으로 남몰래 웃어 보이는 것만 같았다.

"응접실에 잠자리를 마련하겠어요."

차를 마신 뒤, 베개와 무릎덮개를 가지고 옆을 지날 때 그녀는 굶주린 자의 노골적인 시선으로 그를 불태웠다. 그녀는 베개를 들 때 분명하지 않은 투로 빠르게 말했다.

"난 헛간에서 자겠어요…… 집 안은 후덥지근하고 벼룩이 물거든요……."

그리고리는 주인의 코 고는 소리가 들리기 무섭게 장화를 벗고 헛간에 있는 여자에게로 갔다. 앞부분을 벗겨 놓은 짐마차 위에서 여자는 슈바(양피 외투)를 덮고 그리고리의 몸에 두 다리를 갖다 붙인 채 꼼짝도 하지 않았다. 그녀의 입술은 말라 있었고 딱딱했지만 싱싱한 냄새를 풍겼다. 그리고리는 그녀의 햇볕에 그을린 가느다란 팔 속에서 새벽까지 시간을 보냈다. 밤새 그녀는 힘을 다해 그를 껴안고 싫증도 내는 일 없이 애무를 했다. 킥킥 웃기도 하고 장난 삼아 그의 입술을 피가 나도록 물기도 했다. 목에, 가슴에, 두 어깨에 보랏빛 키스자국과 잇자국을 냈다. 닭 우는 소리가 나자 그리고리는 객실로 옮기려고 했다. 여자가 그를 놓지 않았다.

"이걸 놔. 착하지, 이걸 놔! 제발!"

빠져나가려고 그리고리는 늘어진 검은 수염에 미소를 띠고 간청했다.

"조금만 더 누웠다가 가요…… 누우라니까!"

"들키겠어! 저것 봐, 벌써 날이 밝았잖아!"

"상관없어요."

"아버지는?"

"아버지는 알고 계세요."

"알고 있어?"

그리고리는 깜짝 놀라 어깨를 떨었다.

"그래요……."

"아니, 어떻게 안다는 거지?"

"아버지는…… 어제 그러셨어요. 장교가 오거든 동침을 하라고요. 그렇게 대접하지 않으면 게라시카의 배신행위를 트집 잡아 발이라도 끌고 갈지 모른다고요…… 내 남편 게라심은 적위군을 따라갔거든요……."

"놀랍군!"

그리고리는 쓴웃음을 지었다. 마음속이 평온치 않았다.

그렇지만 여자가 이 불쾌한 기분을 가시게 만들었다. 그리고리의 팔 근육을 쓰다듬으면서 그녀는 바르르 몸을 떨었다.

"내 남편은 당신 같지가 않아요……."

"어땠는데?"

뿌옇게 밝아오는 하늘을 쳐다보던 그리고리는 그 말에 끌려 물었다.

"소용이 없는걸요…… 허약해……."

그녀는 떠맡기듯 그리고리에게 찰싹 엉겨 붙었다. 그녀의 목소리에 눈물이 없는 울음소리 같은 게 스며 있었다. "그이와는 한 번도 좋은 일이 없었어요…… 그인 여자하곤 거리가 멀어요……."

이슬을 먹고 꽃이 피듯, 어린애 같은 소박한 마음이 아무런 가식 없이 자연스럽게 그리고리 앞에 열려 있었다. 이 점이 가벼운 연민을 불러일으켰고, 그로 하여금 도취경에 빠지게 했다. 그리고리는 하룻밤 풋사랑의 여인의 흐트러진 머리카락을 쓰다듬어주며 지친 눈을 감았다.

갈대 지붕의 처마를 통하여 사라져가는 달빛이 새어 들어왔다. 잿빛 하늘에 식어가는 빛 자국을 남기고 유성이 일직선으로 지평선에 떨어졌다. 못에서 암오리가 울자 수오리가 애정을 담은 쉰 목소리로 화답했다.

달콤한 피로에 젖은 몸을 가볍게 놀리면서 그리고리는 객실로 되돌아왔다. 그는 여자의 짭짤한 입술 냄새를 느낀 채 곤한 잠에 빠졌다. 강렬한 애무를 원하는 카자흐 여인의 육체와 그 살냄새—사향초의 꿀과 땀과 온기가 뒤섞인 복잡한 냄새를 기억 속에 소중하게 간직한 채로.

두 시간 뒤, 그는 카자흐들에 의해 잠에서 깨었다. 프로호르 즈이코프가 그의 말에 안장을 얹고 문밖으로 데리고 나갔다. 그리고리는 주인의 적의에 찬 시선을 참고 견디면서 작별을 고하고 몸채 쪽으로 걸어가는 주인집 딸에게 고개를 끄덕였다. 그녀는 빛깔이 좋지 않은 입술 끝에 미소와 뭔가 말할 수 없는 애수를 담고 머리를 숙였다.

그리고리는 몇 번이나 뒤를 돌아보며 좁은 길을 따라 걸어갔다. 길은 그가 묵은 주택을 절반쯤 원을 그리며 우회하고 있었다. 그리고 그는 그의 체온으로 덥혀 준 카자흐 여자가 햇볕에 그을린 얇은 손바닥을 눈 위에 갖다 대고 머리를 돌려 사이 뜬 울타리 너머에서 배웅하고 있음을 보았다. 그리고리는 갑자기 밀어닥친 애수로 뒤를 돌아보고 그녀의 표정과 그 모든 것을 기억해 내려고 애썼다. 하지만 되지 않았다. 그는 흰 플라토크에 싸인 카자흐 여인의 머리가 그를 쫓아왔다가 조용하게 돌아가는 것을 보았을 뿐이었다. 느리게 나아가는 태양의 회전을 바라보고 있는 해바라기처럼 그것이 조용하게 돌아가는 것을…….

호송 죄수로서 미하일 코셰보이는 뵤센스카야에서 전선으로 끌려가고 있었다. 그는 페도세예프스카야 마을에 도착했다. 그런데 마을의 아타만은 하루 동안 억류시킨 뒤에 호송을 붙여서 뵤센스카야로 되돌려 보냈다.

"왜 되돌려 보내는 거지?"

미하일이 마을 서기에게 물었다.

"뵤센스카야에서 지령이 내렸거든."

상대방은 퉁명스럽게 대꾸했다.

미시카의 어머니가 부락집회 때 무릎을 꿇고 기어 다니면서 노인들을 설복시켜 노인들이 연명으로 미하일 코셰보이는 집안에서 오직 한 사람밖에 없는 일꾼이므로 목부로 있게 해달라는 탄원의 결의문을 작성 제출했음을 알게 되었다. 미론 그리고리예비치가 직접 그 결의문을 들고 뵤센스카야 마을의 아타만에게로 가서 그 아타만을 설득하기에 이른 것이었다.

마을회관 사무실에서 아타만은 자기 앞에 부동자세로 서 있는 미시카를 호되게 나무랐다. 그런 뒤에 소리를 낮춰 성난 어조로 말끝을 맺었다.

"우리는 말이다, 볼셰비키에게 돈의 방위를 맡기지는 않았어! 목장으로 가서 목부 노릇이나 해. 거기에 가보면 알게 되겠지. 알겠냐, 이 멍충아! 네 어미가 불쌍해서 하는 수 없이 석방하는 거야…… 자, 가거라!"

미시카는 이번엔 호송병이 딸리지 않은 몸으로 뜨거운 길바닥을 터벅터벅 걸었다. 외투가 어깨를 짓눌렀다. 150킬로미터를 걸은 탓으로 발뒤꿈치가 벗겨진 발이 말을 듣지 않았다. 밤이 되어서야 그는 부락에 닿았다. 이튿날 날이 밝자 그는 어머니의 주름진 얼굴과 한 움큼의 백발을 기억에 담고 어머니의 울음과 애무를 받은 뒤 목장을 향해 길을 떠났다.

카르긴스카야 마을의 남방, 세로 28킬로미터, 가로 6킬로미터 사이에 예부터 쟁기라곤 들어간 적이 없는 출입금지의 광야가 펼쳐져 있었다. 몇천 제샤찌나의 토지가 마을 종마의 방목을 위해 할당되어 있었다. 따라서 할당 목장의 이름이 붙었다. 해마다 에고르의 날(4월 13일)에 목부들이 뵤센스카야의 겨울철 마구간에서 종마를 끌어내어 그것을 할당 목장으로 끌고 갔다. 그 가운데에는 종마 18마리분의 여름철 무개 축사와 목부, 감독, 수의사의 숙소가 딸린 마구간이 마을의 비용으로 세워져 있었다. 뵤센스카야 마을 일대의 카자흐들이 암말을 쫓아왔다. 수의사와 감독은 종마가 도착하는 즉시 키가 140센티미터가 넘는지, 마령 네 살 이상인지를 조사했다. 튼튼한 말은 40마리씩 나누어 분리시켰다. 한 마리의 종마가 각각 말 떼를 초원으로 인솔해놓고는 질투의 눈초리로 암말을 지켜보았다.

미시카는 그의 집에 오직 한 마리밖에 없는 암말을 타고 갔다. 어머니는 배웅을 나와 계속 앞치마로 눈물을 닦으면서 말을 이었다.

"이 암말, 발정을 할지 모르니까…… 조심해서 가거라. 이 말을 또 못쓰게 만들면 큰일이니 주의해야 한다!"

정오경에 움푹 팬 땅 위를 흐르던 아지랑이 저편으로 미시카는 숙소의 함석 지붕과 울타리와 비로 잿빛이 된 마구간의 판자지붕을 보았다. 그는 서둘러 말을 몰고 갔다. 언덕 꼭대기에 서 있으려니까 건물과 그 끝에 이어진 젖빛 풀이 넘실대는 게 환히 내려다보였다. 동쪽 아득히 먼 곳에 못을 향해 달려가는 말 떼가 밤새 반점처럼 비쳤다. 그 옆에서 말을 탄 목부가 구보로 달리고 있었다. 장난감 망아지에 달라붙은 완구 인형 같았다.

마당에 들어가자 미시카는 말에서 내려 현관에다 고삐를 잡아맨 다음에 집 안으로 들어갔다. 널따란 복도에서 그는 한 목부와 마주쳤다. 키는 크지 않고, 주근깨가 있는 카자흐였다.

"누굴 만나러 왔지?"

그는 미시카를 발끝에서 머리 꼭대기까지 훑어보며 무뚝뚝하게 물었다.

"감독님을 만나야겠는데……."

"스톨코프 말인가? 나가고 없어. 사조노프라는 대리가 있지. 왼쪽으로 두 번째 입구로 가봐…… 그런데 무슨 일로 왔나? 어디서 왔어?"

"여기에서 목부가 되려고."

"무턱대고 보내기만 하면 어느 놈이든 괜찮을 거라고 생각하나보군……."

투덜대며 그는 출구 쪽으로 걸어갔다. 어깨에 걸친 밧줄이 그의 뒤에서 바닥 위로 질질 끌려갔다. 문을 열어 미시카에게 채찍을 들어 보인 목부는 채찍을 한 번 후려치고서 이번엔 부드러운 말투로 얘기했다.

"여기서 하는 일은 젊은 사람에겐 좀 벅찰지도 몰라. 때로는 이틀 낮, 이틀 밤을 말 잔등 아래로 내려올 수 없을 정도야."

미시카는 그의 굽은 잔등과 안짱다리를 바라보았다. 희미한 눈 속에 카자흐의 어설픈 자태의 선이 하나하나 날카롭게 떠올라 있었다. 바퀴처럼 구부러진 목부의 다리가 미시카의 흥미를 끌었다. '이 녀석은 통 위에서 40년 동안 줄창 앉아 지낸 사람 같군.' 그런 생각을 하고 그는 문의 손잡이를 눈으로 찾으면서 마음속으로 웃었다.

사조노프는 새로 온 목부를 거만하고 냉담하게 대했다. 이윽고 건장한 카자흐의 감독, 아타만 연대 소속 조장인 아파나시 스톨코프가 돌아왔다. 그는 코세보이를 급여부에 등록시키라고 이르고 하얀 열기에 찌들려 있는 현관으로 그를 데리고 걸어나갔다.

"조련되지 않은 놈을 훈련시킬 수 있나? 말을 길들여 본 적 있나?"

"그럴 만한 기회가 없었습니다."

미시카는 정직하게 실토했다. 그러자 곧바로 더위로 황갈색이 된 감독의 얼굴에 그에 대한 불만의 기색이 스치는 것을 볼 수 있었다.

튼튼한 팔꿈치를 굽혀 땀이 흐르는 잔등을 긁으면서 감독은 미시카의 멍청한 눈을 바라보았다.

"밧줄 던지는 법은 알고 있나?"

"예, 할 수 있습니다."

"말을 좋아하나?"

"좋아합니다."

"말은 사람과 같지. 지껄이지 못하는 것뿐이야, 알겠어? 귀여워해 줘." 그는 명령하듯 말했다. 그리고 까닭 없이 화를 내고 야단을 쳤다.

"귀여워하지 않으면 매를 때리겠다!"

그의 얼굴은 잠시 사려 깊고 생생한 표정이 되었다. 하지만 그 생생한 표정은 이내 사라지고 무표정한 냉담함이 하나하나의 윤곽을 딱딱한 나무껍질처럼 덮어버렸다.

"마누라는 있나?"

"아직 없습니다."

"바보같이! 마누라를 갖는 편이 나을 텐데."

감독은 기쁜 얼굴로 그렇게 대답했다.

대답을 기다렸는지는 모르지만 입을 다물고 툭 터진 스텝의 복판을 바라보더니, 그는 이윽고 하품을 하고 집 안으로 들어가 버렸다. 그 뒤 한 달 동안의 목부 생활 중에 미시카는 그에게서 한 마디의 말도 듣지 못했다.

목장에는 50마리의 종마가 있었다.

목부 한 사람한테 두 무리, 혹은 세 무리의 말 떼가 배당되었다. 코셰보이는 건강한 종마인 바하리가 이끄는 큰 무리와 그보다 숫자가 적은 20마리의 암말과 바나리누이라고 불리는 종마로 이루어진 무리를 배당받았다. 감독은 민첩하고 대담한 목부인 일리야 솔다토프를 불러 말했다.

"타타르스키 부락에서 온 새 목부 미하일 코셰보이다. 바나리누이와 바하리 무리를 일러 주고 밧줄을 갖다 줘. 너희들의 움막으로 들어갈 거다. 여러 가지를 가르쳐 주도록. 그럼, 가봐."

솔다토프는 잠자코 담배에 불을 붙이고 미시카에게 고개를 끄덕여 보였다.

"가자고."

현관 앞에서 햇볕이 따가운 탓으로 멍청하게 서 있는 미시카의 암말을 가리키고 말했다.

"네 말이지?"

"응."

"새끼를 밴 거냐?"

"아니."

"그럼 바하리하고 붙여봐. 저건 제실(帝室) 사육장에서 온 놈인데, 영국산과 반 잡종이지. 몹시 난폭한 놈이라고…… 한번 타보지 그래."

그들은 나란히 몰고 갔다. 말은 무릎까지 풀에 파묻혀 천천히 걸어나갔다. 숙소와 마구간은 등 뒤에서 꽤 많이 멀어져 있었다. 전방은 부드러운 하늘색 아지랑이로 싸인 광야가 무거운 고요 속에 잠겨 있었다. 하늘 복판은 오팔색 구름무더기 그늘 속에서 태양이 꿈틀거렸다. 뜨겁게 달아오른 풀에서 짙은 냄새가 솟아올랐다. 오른쪽으로 윤곽이 흐릿한 지로프못의 줄무늬가 희끄무레하게 미소 짓는 것처럼 하얗게 비쳤다. 주위는 시선이 미칠 수 있는 한 끝없는 녹색 벌판과 흔들거리는 아지랑이의 흐름과 정오의 염열에 고통 받고 있는 예나 다름없는 광야가 있을 뿐이었다. 지평선에서 가슴을 편 남빛 둔덕이 사연을 숨긴 채 만지기 어려운 모습으로 서 있었다.

풀은 뿌리째 짙은 암록색으로 변해 있었고 잎끝은 햇빛을 받아 투명한 녹청색을 띠고 있었다. 어린 날파리가 여기저기 흩어져 날아다니다가 선모(旋毛)가 있는 들꽃 사이를 누비고 다녔다.

두 사람의 카자흐는 말없이 말을 몰고 갔다. 미시카는 오랫동안 맛보지 못했던 오붓하고 평온한 기분을 느꼈다. 광야는 고요함과 커다란 지혜의 힘으로 그를 압도했다. 그의 길동무는 말갈기 쪽에 몸을 굽히고 성찬을 받을 때처럼 주근깨가 있는 손을 안장틀에다 얹은 채 잠에 곯아떨어졌다.

밑에서는 들기러기가 튀어 올라 하얀 날개를 햇빛에 반사시키면서 산골짜기 위로 날아갔다. 아침나절에 아조프해(海)에 잔물결을 일으키게 했을지도 모르는 미풍이 풀을 흩트려 놓으면서 남쪽에서 건너왔다.

반 시간가량 뒤에 그들은 오시나 호수 언저리에서 방황하고 있는 말 떼와 마주쳤다. 솔다토프는 잠이 깨자 안장 위에서 기지개를 켜는 나른한 목소리로 입을 열었다.

"로마킨 판텔류시카 담당의 말 떼군. 그런데 놈은 보이지 않는군그래."

"저 종마는 뭐라고 부르지?"

몸이 길고 밝은 갈색의 돈산 말에게 흥미를 느낀 미시카가 물었다.

"프라죠르(수다쟁이)라고 하지. 성깔이 비뚤어진 못된 놈이야! 저걸 봐. 눈깔이 튀어나올 것 같잖아! 뒤를 돌아보는군!"

종마는 옆구리 쪽으로 달려갔다. 암말들이 떼를 지어 그 뒤를 따라갔다.

미시카는 자기에게 배당된 말 떼를 넘겨받고 각종 도구를 움막에 내려놓았다. 그가 오기까지 움막에는 솔다토프, 로마킨, 그리고 고용 목부인 나이가 많은 카자흐 투로베로프—그는 말수가 적은 사람이었다—등 세 명이 들어 있었다. 솔다토프가 그들 사이에서는 고참이었다. 그는 자진해서 미시카에게 담당자로서의 할 일을 가르쳐 주고 이튿날에는 종마의 기질과 버릇을 얘기해 주었다. 그리고 희미하게 웃으며 지혜를 일러 주었다.

"사실은 자기 말을 타고 근무를 해야 되겠지만, 그렇다고 날마다 타다가는 견뎌내질 못한다고. 자기 말을 무리 속에다 놔두고 다른 놈에게 안장을 얹어봐. 그리고 자주 바꿔 타도록 하라고."

미시카가 보는 앞에서 그는 말 떼 가운데에 있는 한 마리의 암말에게 쫓아가 익숙한 솜씨로 밧줄을 던졌다. 그 말에다 코셰보이의 안장을 얹자 떨면서 뒷다리로 버티는 것을 그대로 끌고 갔다.

"타봐. 이놈은 아직 익숙해 있지 않은 것 같군. 제기랄! 자, 타라니까!" 오른손으로 힘껏 고삐를 당기고 왼손으로 부풀어 온 암말의 콧잔등을 움켜쥐며 그는 화난 목소리로 외쳤다.

"말을 거칠게 다뤄선 안 돼. 마구간에서 종마한테 '다가왓!' 외치면 그놈은 축사 한쪽에 몸을 붙이고 움츠린다고. 그럴 때 장난을 해선 안 돼. 다치기 쉬우니까."

그는 등자를 쥐고, 발을 번갈아 들었다 놓고 있는 암말의 팽팽하고 검은 유방을 황홀한 듯 움켜쥐고는 그렇게 말했다.

3

온종일을 안장 위에서 보낸 미시카는 1주일 동안 휴식을 취했다. 스텝은 그를 압도하고 원시적인 생활을 보내도록 강요했다. 말 떼는 그 언저리를 걸어다녔다. 미시카는 안장에 앉은 채 졸거나 풀 위에 누워 할 일 없이 서리가 둘레를 감고 있는 것 같은 새하얀 구름 떼가 바람에 쫓겨 해매는 모양을 바라보았다. 처음 얼마 동안은 혼자 있는 것과 다름없는 상태가 그를 흐뭇하게 했다. 사람들로부터 떨어진 목장에서의 생활이 마음에 들었다. 그러나 새로운 상태에 익숙해질 안정을 얻은 한 주일이 끝나 갈 즈음엔 막연한 공포가 그의 잠을 깨뜨려 놓고 말았다.

'저쪽에선 사람들이 자기와 타인의 운명을 결정지으려고 기를 쓰고 있는데 나는 여기에서 말을 쫓고 있다니…… 이걸로 되는 걸까? 이곳을 떠나지 않으면 안 되겠다. 여기서 오래 있다간 넋이 빠져버릴 거다.'

정신을 차린 그는 그런 생각이 들었다. 그러나 또 한 가지의 게으른 속삭임도 의식 속에 스며오는 것이었다.

'마음대로 싸우게 내버려 두라지. 거기엔 죽음이 있다. 하지만 여기는 마음 편한 생활과 풀과 하늘이 있다. 거기엔 적의가 있고 여긴 평화가 있다. 그 밖의 것이 너에게 무슨 필요가 있다는 거야?'

갖가지 생각이 미시카의 평온한 안정을 시기하듯이 흔들어 놓았다. 이 일은 그를 사람들 쪽으로 밀어붙였다. 자기 담당의 말 떼를 끌고 도우다 레프 호수 근처를 돌아다니고 있는 솔다토프를 만나고 싶은 마음이 날이 갈수록 한층 더 간절해졌다. 그는 솔다토프에게 접근하려고 애썼다.

솔다토프는 분명히 고독의 괴로움을 느끼고 있지 않았다. 그는 움막엔 가끔씩밖에 들르지 않았고 거의 말 떼와 같이 있거나 아니면 못 옆에 있었다. 그는 동물 같은 생활을 하고 있었다. 제 손으로 먹을 것을 구했고 마치 평생토록 그 일만을 해온 듯이 매우 능숙하게 일을 해치웠다. 어느 날 미시카는 그가 말 털로 낚싯줄을 꼬는 것을 보고 흥미를 느끼며 물어보았다.

"실을 꼬아서 무엇에 쓰려는 거지?"

"고기 낚는 데 쓰려고."

"고기가 어디에 있는데."

"못에 있어. 붕어 말이야."

"지렁이로 낚는 거야?"

"빵하고 지렁이면 돼."

"끓여서 먹나?"

"말려 먹지. 이것 보라고."

그는 주머니 안에서 말린 붕어를 꺼내어 그에게 권했다.

언젠가 말 떼를 따라가다가 미시카는 올가미에 걸린 들기러기를 본 적이 있었다. 한쪽 옆에 교묘하게 만들어진 들기러기의 박제가 놓여 있고 올가미를 막대기에 묶어 풀 속에다 감춰 두고 있었다. 솔다토프는 그날 저녁 빨갛게 피어오른 숯불을 먼저 흙 위에다 널어놓은 다음 들기러기를 그 흙 속에 묻어 찜구이를 했다. 그는 저녁 식사에 미시카를 불렀다. 그리고 구수한 살코기를 권하더니 부탁의 말을 했다.

"이제부턴 올가미를 떼 내지 마. 내 작업을 망가뜨리면 되겠어?"

"그런데 넌 어째서 이런 데로 오게 됐지?"

미시카가 물었다.

"난 살림을 꾸려가야 하거든."

솔다토프는 잠시 입을 다물고 있다가 불쑥 물었다.

"이봐, 모두가 널 빨갱이라고 하는데 정말이야?"

그 같은 물음을 예기치 못했던 코셰보이는 당황할 수밖에 없었다.

"글쎄…… 뭐라고 할까…… 그렇지, 난 그들 틈에 끼여서 가긴 갔지만…… 붙잡혔어."

"뭣하러 갔나? 뭘 찾으러?"

험악한 눈초리로 솔다토프는 물으면서 천천히 씹기 시작했다.

그들은 물이 없는 산골짜기 꼭대기의 모닥불 옆에 앉아 있었다. 말똥이 꺼지면서 잿더미 속에 작은 불씨가 얼굴을 내밀었다. 뒤쪽에서는 밤이 메마른 온기와 시든 약쑥 냄새를 그들의 등에다 실어 나르고 있었다. 유성이 캄캄한 하늘에다 줄무늬를 그어댔다. 하나가 흘러가면 그 뒤에 자국이 오래도록 남아 반짝거렸다. 그것은 마치 채찍을 맞은 말 엉덩이 같았다.

미시카는 불빛의 반사로 도금이 된 것 같은 솔다토프의 얼굴을 조심스럽게 바라보았다.

"권리를 얻고 싶어서였어."

"누구를 위해?"

솔다토프가 몸을 뒤척이면서 활기를 띠었다.

"인민을 위해서."

"어떠한 권리지? 말해 봐."

솔다토프의 음성은 공허하면서도 진지했다. 미시카는 순간적으로 동요를 느꼈다. 그는 솔다토프가 얼굴 표정을 감추기 위해 짐짓 새 말똥을 불에 집어넣는다고 생각되었다. 하지만 각오를 새로이 하고 말문을 열었다.

"모든 사람의 평등, 이런 거지 뭐! 귀족도 노예도 있어선 안 돼. 알겠어? 그런 것에 종지부를 짓고 싶다 이거야."

"카데트(백위군)가 승리하지는 않을 거라고 생각하는군?"

"그렇지, 그런 일은 있을 수 없어."

"네가 바라는 게 바로 그런 거군……"

솔다토프는 숨을 몰아쉬더니 벌떡 일어섰다.

"말도 안 되는 소리하지 마. 카자흐를 노예로 만들고 싶단 말 아냐?"

그는 버럭 역정을 냈다.

"너……이빨을 부러뜨리고 말 테다. 네 패거리들은 우릴 거름으로 만들려고 해. 그렇지? 천만에! 광야에다 빨갱이 놈들의 공장을 세우려고? 우리를 토지에서 떼어놓겠단 말이지?"

놀란 미시카는 천천히 몸을 일으켰다. 솔다토프가 주먹질을 해올 것처럼 여겨졌다. 그는 한 걸음 뒤로 물러섰다. 상대방은 미시카가 놀라서 뒷걸음질치는 걸 보고 주먹을 치켜들었다. 미시카는 그의 손을 도중에서 막아 손목을 힘껏 움켜쥐고서 알겠어, 한 방 먹여 줄까, 하듯이 말했다.

"이봐, 그만두라고. 그만두지 않으면 얻어터질 줄 알아! 너 뭣 때문에 떠들어, 떠들긴?"

그들은 어둠 속에서 서로 노려보았다. 발에 밟힌 불은 이미 꺼져버렸다. 튕겨 나온 말똥이 한쪽 끝으로 비어져 나와 빨갛게 타고 있을 뿐이었다. 솔다토프는 왼손으로 미시카의 멱살을 쥐어 들어 올리려고 하면서 오른손을 뿌리치려고 안간힘을 썼다.

"멱살을 잡다니!"

미시카는 힘센 목을 흔들며 쉰 목소리로 말했다.

"이거 놓지 못하겠어! 배때기를 걷어찰 테다, 알겠어……?"

"놓지 않겠어…… 좋아, 때려죽일까 보다. 잠깐만 기다려!"

솔다토프는 거칠게 숨을 쉬었다.

미시카는 힘껏 그를 떠다밀었다. 두들겨 패 집어 던지거나 두 손으로 주물러 버리고 싶다는 충동을 느끼면서 떨리는 손을 들어 셔츠를 매만졌다.

솔다토프는 덤벼들지 않았다. 이를 갈고 욕설을 퍼부었다.

"좋아, 당장 감독한테 가서 일러바칠 테다! 내쫓아버리겠다! 독충 같으니! 볼셰비키 놈, 포드쵸르코프 같은 꼴로 만들어 줄 테다! 화형을 당해야 마땅해! 교수형을 받을 놈!"

'틀림없이 고자질을 할 거다…… 엉터리 수작을 늘어놓겠지…… 그렇게 되면 감옥행이야…… 전선으로 갈 수 없게 되겠지. 이젠 끝장이야!'

미시카는 그런 생각을 하고 있었다. 봄 홍수가 물러간 개울에서 빠져나온 물고기가 물웅덩이 속에서 엎치락뒤치락하듯이 그의 생각은 출구를 찾아 필사적으로 몸부림쳤다.

'놈을 해치워버릴까? 지금 당장 목을 졸라 죽이는 게 낫지 않을까…… 다른 방법이 없으니…….'

갑작스레 일어난 결심으로 핑곗거리를 찾았다.

'먼저 나를 치려고 덤벼들었다고 말해야지…… 그래서 내가 놈의 멱살을 잡고……나도 모르게…… 흥분해서…… 그렇게 말해야지.'

미시카는 솔다토프를 향해 떨며 걸음을 내디뎠다. 그때 상대방이 달아났더라면 그들에게는 죽음과 피가 흥건했을 것이었다. 그런데 솔다토프는 욕설을 퍼부었을 뿐이었다. 미시카는 침착을 되찾았다. 다만 두 다리가 가늘게 떨리면서 잔등에 땀이 배었다.

"잠깐…… 알겠어? 솔다토프, 그치라고. 욕은 그만해! 애초에 싸움을 건 쪽은 너였어……."

미시카는 한풀 꺾인 태도로 부탁하기 시작했다. 그의 목이 떨리고 눈은 갈팡질팡했다.

"친구끼리는 입씨름이 없을 수 없지…… 난 너를 때린 적 없어…… 네 쪽에서 멱살을 잡고…… 내가 뭐라고 했는데? 그걸 고자질하겠다는 거야? 기분 나쁜 말을 했다면 용서해. 정말이야! 어때?"

솔다토프의 목청은 차츰 낮아지더니 이내 입을 다물었다. 잠시 뒤, 그는 고개를 돌린 채 한쪽 손을 코셰보이의 축축하고 싸늘한 손바닥 안에서 떼어내면서 말했다.

"뱀처럼 꽁지를 말아 올리는군! 이제 그만하자. 일러바치지는 않겠어. 멍청이 같은 네 놈이 불쌍해서…… 너, 앞으로는 내 눈에 띄지 않도록 해. 다신 널 보고 싶지 않으니까! 한심한 놈이야, 넌! 빨갱이에게 몸을 팔다니. 난 말이다, 돈을 받고 몸을 파는 짓은 못 봐."

미시카는 어둠 속에서 떨떠름하고 비참한 미소를 지었다. 그러나 솔다토프는 미시카가 주먹을 움켜 쥔 것도 그것이 충혈되어 부풀어 오른 것도 보지 못했다. 그의 얼굴조차도 보지 않았다.

그들은 그 이상 입을 열지 않고 헤어졌다. 코셰보이는 화난 김에 채찍을 내리치면서 자신의 말 떼를 몰고 갔다. 동쪽에서 번개가 치고 뇌성이 울렸다.

그날 밤 목장 위로 뇌우가 쏟아졌다. 밤이 이슥해지자 지친 듯한 바람이 콧바람을 내뿜다가는 휙! 소리를 내며 지나가고, 뒤이어 축축한 공기와 매캐한 먼지가 밀려왔다.

하늘이 더욱 흐려졌다. 번갯불이 흑토처럼 시꺼먼 먹구름에 빗금을 그으며 내리쳤다. 이윽고 정적이 깔리더니 어딘가 먼 곳에서 우르릉 꽝 하고 뇌성이 울렸다. 굵은 빗방울이 풀을 두들겼다. 원을 그리는 번갯불로 인해 코셰보이는 두 번가량 가장자리가 시커먼 갈색 먹구름이 반공에 걸려 있는 것을 보았다. 그 구름 아래 널린 대지 위로 한 무더기의 콩알 같은 말 떼가 그의 눈에 들어왔다. 엄청난 힘으로 우레가 울리고 번갯불이 격렬한 기세로 지상을 향해 치달았다. 잇따라 울린 우레를 받아 먹구름 주머니 속에서 폭우가 쏟아져 내리자 스텝은 와글와글 떠들어대기 시작했다. 회오리바람이 코셰보이의 머리에서 흠뻑 젖은 모자를 낚아채고 난폭하게 그의 몸을 안장틀에 밀어붙였다. 얼마 동안은 시커먼 고요 속에 빗방울 튀는 소리만 들려왔다. 한 치 앞도 보이지 않는 어둠을 더욱더 짙게 하면서 번갯불이 스쳐갔다. 그 뒤의 뇌성은 코셰보이가 잔뜩 웅크린 몸을 우뚝 일으켰을 정도로 격심했다. 힘을 다해 고삐를 당기며 말에게 기운을 내게 하려고 코셰보이는 큰 소리로 외쳤다.

"멈춰! 어서……."

잇따라 구름 꼭대기를 미끄러져 가는 설탕처럼 흰 번갯불 빛으로 인해 말 때가 그를 향해 달려오는 것이 보였다. 말들은 구보로 질주했다. 몸뚱이의 반짝거리는 콧잔등을 땅바닥에 닿을 듯이 뻗고 있었다. 넓어질 대로 넓어진 콧구멍은 소리를 내어 공기를 마시고 쇠징을 박지 않은 발굽은 둔한 소리로 울었다. 선두에는 전속력으로 바하리가 달려오고 있었다. 코셰보이는 말머리를 힘껏 돌려 간신히 충돌을 피할 수가 있었다. 말들은 질주하다가 별로 멀지 않은 곳에서 멈춰 섰다. 우렛소리에 흥분한 말 때가 그의 고함 소리를 듣고 달려온 줄도 모르고 코셰보이는 또 한 번 고함쳤다.

"멈춰! 멈춰!"

그러자 또다시—이번에는 어둠 속에서—말발굽 소리가 엄청난 속도로 그를 향해 다가왔다. 공포에 사로잡힌 코셰보이는 채찍으로 말의 눈과 눈 사이를 내리쳤다. 흥분한 한 마리가 그가 타고 있는 말의 엉덩이에 가슴팍을 부딪쳤다. 코셰보이는 투석기에 퉁긴 것처럼 안장 위에서 내던져졌다. 기적적으로 그는 죽지 않았다. 말 때의 대부분이 그의 오른쪽을 달려 나간 덕분에 그는 짓밟히지 않고 살아날 수 있었다. 다만 암말 한 마리가 발굽으로 그의 오른손을 진구렁 속에 밟아 놓았을 뿐이었다. 미시카는 일어서서 되도록 조용히 있으려고 살짝 옆으로 비켜섰다. 그는 가까운 곳에서 말 때가 격렬한 구보로 다시 인간을 향해 질주하려고 명령을 기다리고 있는 것을 볼 수 있었다. 그리고 바하리의 특징 있는 콧소리도 귀에 들려왔다.

코셰보이는 새벽 전에 가까스로 움막에 도착했다.

4

5월 15일, 대 돈군 아타만 크라스노프는 부장회의 의장 겸 외교부장 아프리칸 보가예프스키 소장, 돈군 병참부장 키스로프 대령 및 쿠반의 아타만 필리모노프를 인솔하고 기선으로 마니치스카야 역에 도착했다.

돈과 쿠반 지방의 '지배자들'은 기선이 부두에 닿자, 오락가락 바쁘게 움직이는 수부들의 모습과 잔교 언저리에서 이는 갈색 물결을 갑판 위에서 내려다보았다. 이윽고 선창에 군중의 수많은 눈동자가 집중하는 가운데 그들은 상륙했다.

하늘, 지평선, 햇빛, 잔물결처럼 출렁거리는 아지랑이—모든 것이 파랗기만 했다. 눈처럼 새하얀 구름 봉우리를 오목렌즈처럼 비쳐 주는 돈강도 여느 때와 달리 새파란 색을 띠었다.

바람은 태양과 소금기와 재작년의 썩은 풀 냄새로 가득 차 있었다. 군중이 수군수군 지껄였다. 지방관리들의 영접을 받으며 장군들은 광장으로 향했다.

한 시간 뒤, 마을 아타만의 집에서 돈 정청과 의용군 대표자들의 회의가 열렸다. 의용군 측에서는 군 참모장 로마노프스키 장군과 리야스냔스키, 에발드 두 대령을 인솔한 데니킨 알렉세예프 장군이 모습이 나타냈다.

회견은 냉랭한 분위기 속에서 진행되었다. 크라스노프는 위엄을 갖추려고 고심하고 있었다. 알렉세예프는 참석자들과 인사를 나눈 다음 테이블 앞에 앉아 메마른 흰 손바닥으로 처진 두 볼을 받치고는 흥미 없다는 얼굴로 눈을 감고 있었다. 자동차에 멀미가 난 것이다. 그는 노령과 동요를 이겨내느라고 바싹 마른 듯했다. 메마른 입술 끝은 비극적으로 처졌고 정맥이 드러나 보이는 눈꺼풀은 무겁고 부숭숭했다. 무수한 잔주름이 부챗살처럼 관자놀이에 퍼져 있었다. 쇠퇴한 볼을 세게 누른 손가락 끝은 노인답게 짧게 깎은 노란 머리카락 속에 파묻혀 있었다. 리야스냔스키 대령이 테이블 위에 지도를 펴 놓자 키스로프가 그것을 도왔다. 로마노프스키는 한쪽에 서서 지도 귀퉁이를 새끼손가락 끝으로 눌렀다. 보가예프스키는 별로 높지 않은 창 옆에 기대서서 알렉세예프의 지쳐빠진 얼굴을 바라보았다. 그는 석고 가면처럼 희었다.

'워낙 나이를 먹었거든! 굉장히 늙었어.'

보가예프스키는 젖은 아몬드형 눈으로 알렉세예프를 지켜보며 마음속으로 중얼댔다. 참석자들이 미처 자리에 앉기도 전에 데니킨은 크라스노프를 향해 흥분한 어조로 말문을 열었다.

"회의를 시작하기에 앞서 장군께 분명히 말해 둘 것이 있습니다. 그것은 바타이스크 점령을 위한 전투명령 가운데 당신은, 우리의 우방(右方) 종렬에 섞여 있던 독일군 대대와 포병중대와 행동을 함께하라고 지시했는데 그런 일은 우리에게 매우 의외의 느낌을 준 바 있습니다. 그 같은 명령은 내게 있어서 기괴하기 이를 데 없는 노릇이었다는 것을 솔직하게 말하지 않을 수 없습니다…… 죄송하지만 조국의 적, 불성실한 적과 교섭을 갖고 그 원조를 받은 데에 대해 당신은 무슨 생각으로 그렇게 했는지 이 점을 알려 주시기 바랍니다. 당신은 물론 연합국이 우리를 원조해 줄 용의가 있다는 걸 잘 알고 있을 줄 압니다…… 의용군은 독일과의 동맹을 러시아 부흥에 대한 배신으로 보고 있습니다. 돈 정청의 행동은 연합제국 측에 있어서도 그 같은 평가를 널리 불러일으키고 있는 실정입니다. 설명을 바랍니다."

데니킨이 눈썹을 찌푸리고 답을 기다렸다.

오로지 참을성, 그리고 고유한 사교상의 예의로써 크라스노프는 표면으로는 평정을 유지하고 있었으나 분노로 불타고 있었다. 신경질적인 경련이 반백이 된 수염 밑에서 그의 입을 일그러지게 했다. 극히 온건하고 극히 정중하게 크라스노프가 대답했다.

"모든 사태의 운명이 걸려 있는 경우, 전에 적이었던 나라로부터 원조를 받는다고 이러쿵저러쿵 비평할 수 없을 겁니다. 또한 앞으로의 돈 정청은, 즉 그 누구의 비호도 받지 않을 오백만 독립 민족의 정청은 우리가 지켜야할 카자흐의 이해에 따라서 독자적 행동을 취할 권리가 있는 겁니다."

그 말을 들은 알렉세예프는 눈을 들고 신중히 귀를 기울이려는 긴장감을 나타냈다. 크라스노프는 시계바늘처럼 구부러진 입수염을 신경질적으로 비틀고 있는 보가예프스키에게 흘낏 눈길을 돌리면서 말을 이었다.

"각하, 각하의 고찰에는 말하자면 윤리적 질서의 동기가 지나치게 들어 있습니다. 당신은 우리가 러시아의 사업에 대해서 배신했다는 것과 연합국에 대해서도 배신했다는 것에 대하여 매우 중대한 말씀을 많이 하셨습니다. 그렇지만 의용군도 독일군이 우리에게 판 탄약을 받은 사실이 있습니다. 이것은 당신께서도 이미 알고 계실 줄 압니다만……."

"별도로 다루어진 것에는 엄중하게 선을 그을 것을 부탁하는 바입니다! 어떠한 경로로 당신이 독일 측으로부터 탄약을 입수하고 있는가에 대해선 난 문제 삼지 않겠습니다. 하지만…… 독일군의 지원을 받는다는 건!"

데니킨이 화를 내며 어깨를 위로 치켜들었다.

크라스노프는 말을 마쳤을 때 신중하긴 했으나, 딱 잘라 당신은 내가 오스트리아 전선에서 본 것과 같은 여단장은 이미 아니라는 걸 알아듣게 하려고 애썼다.

크라스노프의 말로 어색해진 침묵을 깨뜨림으로써 데니킨은 자신의 두뇌가 명석하다는 걸 보임과 더불어 돈군과 의용군과의 합류 및 지휘 통일을 해야 한다는 문제로 화제를 바꾼 것이었다. 그러나 이에 앞선 충돌이야말로 그 뒤 둘 사이에서 끊임없이 일어난 험악한 관계—마침내는 크라스노프가 정권을 포기할 때 완전히 끊어져 버린 그 관계의 단서가 되었다.

크라스노프는 그것에 대한 직접적인 대답을 회피하고 그 대신 차리친으로의 동시 진격작전을 내놓았다. 즉 첫째로 이 진격작전은 강력한 전략적 중심을 억제시키고, 둘째로는 이곳을 눌러 둠으로써 우랄의 카자흐와 결합시키기 위함이었다.

짧은 대화가 오갔다.

"……우리에게 있어 차리친이 갖고 있는 커다란 의의에 대해선 더 말할 나위가 없을 것이오."

"그렇습니다. 하지만 차리친의 점령은 보다 더 기본적인 임무요. 돈 정청은 각하께 그것을 부탁하라는 위임을 제게 맡겼습니다."

"되풀이해서 말씀드립니다만 나는 쿠반 주민을 모른 척할 수가 없다 그 말입니다."

"단일 지휘계통을 세우는 것은 차리친 공격을 조건으로 해야만 문제로서 상정이 될 것이오."

알렉세예프는 찬의를 표하기 어렵다는 듯이 입술을 깨물었다.

"안 될 말이오! 쿠반병은 볼셰비키가 완전히 소탕되어 있지 않은 주 경계에서 밖으로 나갈 수가 없을 것이오. 또한 의용군에게 2500명의 병력이 있다 해도, 그 3분의 1은 대열 밖에 있습니다. 즉 부상병으로."

간단한 점심을 먹는 동안에도 의미 없는 의견만이 끝없이 오갔다. 결말이 나지 않는다는 게 확실해졌다. 리야스냔스키 대령은 마르코프 장군 사단에서 있었던 어떤 대담무쌍한 병사의 수훈담을 얘기했다. 긴장된 공기는 회식과 그 유쾌한 화제로 차츰 엷어져갔다. 그러나 점심 식사가 끝나고 담배를 피운 뒤에 각자의 방으로 들어가게 되었을 때 데니킨은 로마노프스키의 어깨에 손을 얹고 날카로운 눈을 가늘게 뜨면서 크라스노프 쪽을 가리키며 소곤거렸다.

"지방 규모의 나폴레옹이라고나 할까……."

"별로 영리한 남자는 아니로군, 이봐……."

로마노프스키는 재빨리 대꾸했다.

"대공으로서 지방을 다스리려고 하노라, 이거 아닌가…… 여단장 주제에 제왕의 권력에 취한 몰골이 아닌가. 글쎄 유머 정신을 잃었다고나 할까……."

적의와 반목에 넘친 채 그들은 회의를 끝냈다. 그날 이래, 의용군과 돈 정청과의 관계는 날카롭게 악화되어 갔다. 이 험악한 공기는 의용군 사령부가 독일의 빌헬름 황제에게 보낸 크라스노프의 서신 내용을 알게 된 6월 말에 가서 극도에 다다랐다. 노보체르카스크에서 치료를 받던 의용군의 부상병들은 크라스노프의 자치에 대한 갈망과 그 카자흐 제도 부흥의 약점을 비웃으며 동료들 사이에서 그를 가리켜 '추인(醜人)'이라고 비난하고 대 돈군을 '돈 얼간이 군대'라고 불렀다. 이에 대응해 돈 독립파는 그들에게 '뜨내기 굿쟁이' '영지 없는 영주들'이라는 존칭을 붙였다. 의용군의 '거물' 하나가 돈 정청에 대해 '독일제 침대에서 돈을 버는 창부'라는 신랄한 비평을 하자 이에 대한 데니킨 장군의 다음과 같은 대꾸가 꼬리를 물고 잇따랐다.

"돈 정청이 창부라고 한다면 의용군은 그 창부에게 사육당하고 있는 고양이다."

그 대꾸는 독일군에게서 받은 장비를 나누어 가진 의용군의, 돈군에 대한 의존관계를 들춰낸 말이었다.

의용군 후방 로스토프와 노보체르카스크에는 장교들이 우글우글했다. 그들의 대부분은 투기를 하거나, 무수히 많은 후방기관에 근무하거나, 친척이나 자신의 집을 숙소로 삼고 지내거나, 가짜 부상증명서를 들고 병원에서 뒹굴고 있었다…… 용감한 사람들은 모조리 전투로 쓰러지고 티푸스나 부상으로 죽어갔다. 게다가 수치심도 양심도 잃어버린 그 밖의 사람들은 들개처럼 후방에 숨어 지내면서 이 무거운 시대의 표면을 더러운 때처럼, 똥처럼 떠돌고 있었던 것이다. 징벌자 체르네초프가 지난날 러시아 방위를 외쳤을 때, 비방하고 폭로하고 창피를 주었던 장교들이야말로 틀림없는 그 패거리들이었다. 그들의 대부분은 군복을 걸친 소위 '사상을 가진 인텔리' 중 가장 불결한 이질 분자였다. 소비에트로부터 도망쳐 나와 겨우 입에 풀칠이나 하고 러시아의 운명을 논하며 어린애의 우유값을 벌어들이면서 오로지 전쟁의 종결을 고대하고 있는 패들이었다.

그들에게 있어서는 누가 나라를 지배하든 마찬가지였다. 크라스노프든 독일인이든 볼셰비키든 상관 않겠다. 오로지 결말만 나면 된다는 배짱이었다.

그럼에도 불구하고 사건은 날이 갈수록 굉음을 지르며 멈출 줄을 모르고 치달았다. 시베리아에서는 체코슬로바키아군의 반란이 일어나고 우크라이나에는 마흐노와 독일군이 주둔해 있었다. 카프카즈, 무르만스크, 아르한겔스크…… 러시아 전체가 포화에 휩쓸리고…… 러시아 전체가 대변혁의 고뇌의 와중에 있었다…….

6월에 접어들자 볼가 강변의 독일군을 공격하기 위한 동부 전선을 형성하기 위해 체코슬로바키아군이 사라토프, 차리친, 아스트라한을 점령하고 있다는 소문이 동풍처럼 돈일대에 밀려왔다. 우크라이나의 독일군은 러시아에서 의용군의 휘하로 들어가려고 잠입해 오는 장교의 통과를 기뻐하지 않았다.

동부 전선 형성이라는 소문에 놀라고 당황한 독일군 사령부는 동으로 급히 대표를 파견했다. 6월 27일, 독일군의 대대장들, 폰 코헨하우젠, 폰 스테판, 폰 슈라이네츠가 노보체르카스크에 도착했다.

그날, 아타만 크라스노프에 의해 관저에서 회견을 갖게 되었는데 그 자리에는 보가예프스키 장군도 참석했다.

코헨하우젠 소령은 독일군 사령부가 무력간섭까지 하고 얼마만큼 전력을 다하여 볼셰비키와의 전투와 국경회복에 있어 대 돈군을 지원해 왔는가 얘기하고, 체코슬로바키아 군이 독일군에 대한 군사 행동을 개시하면 돈 정청은 대체 어떤 방법으로 이에 대처할 작정이냐고 질문했다. 크라스노프는 카자흐는 엄중하게 중립을 지키며 돈을 전장화하는 행동은 결코 용납할 수 없다고 그에게 맹서했다. 폰 스테판 소령은 아타만의 회답이 문서로써 보증될 것을 희망한다고 말했다.

회견은 그것으로 끝났다. 그리고 크라스노프는 그 이튿날 다음과 같이 독일 황제 앞으로 보낼 서간문을 작성했다.

황제 폐하! 이 서간의 봉정인(俸呈人), 즉 귀 황실로 파견되는 대 돈군 휘하자모바야 마을의 아타만 및 그 보좌관 등은 돈 아타만인 소인과 함께 독일의 존엄한 군주이신 폐하께 배례를 올림과 동시에 이하의 항목에 대해 전권을 맡고 있음을 말씀드리는 바입니다.

앞서 독일 민족과 혈연이 있는 보어인들이 영국에 대해서 싸운 것과 똑같은 용감성을 가지고 조국의 자유를 지키고자 하는 카자흐의 2개월에 걸친 용맹스런 전투는 우리 나라의 모든 전선에서 완전한 승리를 이루었고, 현재 대돈군 관하에 있는 토지의 9할을 야만적인 적색 공비들로부터 해방을 시킨 바 있사옵니다. 국내에서의 국가 질서는 강화되고 완전한 합법적인 상태로 건설되고 있사옵니다. 폐하의 우의 깊은 군사 지원에 의해 군구 남부에서는 평화를 되찾았사옵니다. 또한 국내의 질서를 유지하고 외적의 위협에 저항하기 위하여 소인은 카자흐군단을 편성하였사옵니다. 하오나 돈군을 더욱 신성한 국가 기구로 만들기 위해서 단독으로 존립하기는 아직 시기상조가 아닌가 싶사옵니다. 따라서 돈군은 아스트라한군, 쿠반군의 수뇌이신 공작 툰두토프 대령, 필리모노프 대령과 긴밀한 동맹을 서로 맺은 바 있사옵니다. 그것이 목적한 바는 아스트라한군구 및 쿠반주의 지역으로부터 볼셰비키를 소탕한 연후에 연방의 원칙에 따라 대 돈군, 스타우로포리현의 칼미크인을 포함한 아스트라한군, 쿠반군, 그리고 북 카프카즈의 제 민족에 의해 굳건한 국가를 형성하기 위함인 것이옵니다. 이들 강국은 모두가 일치하여 보조를 맞추고 있사옵니다. 그러나 새로이 형설될 국가는 대 돈군과 완전히 동조하고 이 영역이 유혈의 전장으로 화하는 사태를 좌시할 수가 없다는 결의를 갖기에 이르렀사옵고, 또한 완전한 중립을 유지할 것을 서약했습니다. 이에 귀황실로 파견하는 우리 측의 지모바야 마을 아타만은 다음 항목에 관하여 소인에 의해 전권을 위임받은 자이옵니다.

대 돈 군정청의 자립적 존속권, 그리고 쿠반, 아스트라한, 테레크군 및 북 카프카즈 해방에 있어서의 돈 카프카즈 연방을 명칭으로 한 전연방의 자립적 존속권에 대해 폐하의 승인을 앙망하옵니다.

구 범위에 있어서의 대 돈군의 지리상·민족상의 경계를 승인하고 타간로크 및 동관구를 에워싼 우크라이나, 돈군간의 분쟁을 돈군에게 유리하게 해결하기 위한 조력을 또한 폐하께 앙망하옵니다. 돈군은 500년에 걸쳐 타간로크

관구를 영유해 왔사옵고, 또한 타간로크 관구는 돈군에게 있어 돈군이 발생된 춤타라칸의 일부이기 때문이옵니다.

사라토프현의 카미신시(市), 차리친시, 보로네시시 및 리스키, 보노리노의 두 역을 전략적인 견지에서 돈 군구로 병합하고 돈 군구의 경계를 지모바야 마을에 보관중인 지도에 나타나 있는 것과 같이 설정할 건에 대해 폐하의 협력을 받들어 모시고자 하옵니다.

모스크바의 소비에트 정권에 대해 압박을 가하여 그들 스스로가 명령을 내림으로써 적색 강도군 제 부대를 돈 군구 및 돈 카프카즈 연방에 들어올 제국의 경계로부터 물리치고, 그럼으로써 모스크바와 돈군구 간의 정상적, 평화적 관계의 회복 가능성을 보여 주도록 폐하께 앙망하옵니다. 볼셰비키의 침입에 의해 발생되는 군 지배하의 주민 및 상공업이 입는 손해는 소비에트 러시아가 배상해 줄 것을 요청하는 바이옵니다.

젊은 우리 국가에 대해 포, 총, 탄약, 기술, 자재 등의 원조를 해 주시고 또한 적당하다고 인정할 경우, 돈군 지역 내에 총·포공장 및 탄약 공장을 설치해 주실 것을 폐하께 앙망하나이다.

돈군 및 돈 카프카즈 연방 소속의 나머지 국가는 독일 국민의 우호적 원조를 잊지 않을 것이옵니다. 앞서 30년 전쟁이 있었을 때 돈 연대는 발렌슈타인의 대열 중에 끼여 있었사옵고, 카자흐는 독일군과 손을 맞잡고 싸운 적이 있었사옵니다. 그리고 1807년부터 1813년까지 돈 카자흐는 아타만인 플라토프 백작과 함께 독일의 자유를 위해 싸운 바 있사옵니다. 프러시아, 갈리치아, 브코비나, 폴란드의 들녘에 있어서의 유혈전으로부터 3년 성상이 지난 오늘날, 카자흐 및 독일군은 서로가 우군의 용맹함을 존경하고 있사옵고 두 사람의 고매한 병사와 같이 서로가 손을 내밀고 고향의 땅, 돈의 자유를 위하여 싸우고 있사옵니다.

대 돈군은 폐하의 은총에 대해 제 국민의 세계적 투쟁의 때에 임해 완전 중립을 지킬 것을 약속하오며 자국 영토 내에 독일 국민에게 적대하는 무력을 들여놓지 않을 것을 선서하옵고, 아스트라한군의 아타만 토운도우토프공 및 쿠반 정청도 이에 동의한 바 있사옵니다. 더구나 합병 뒤에는 돈 카프카즈 연방의 다른 부분도 이에 준할 것이옵니다.

대 돈군은 독일 제국이 농업기계, 화학제품, 유피용액, 조폐국 시설 및 동 예비자재, 나사, 면포, 피혁, 설탕, 기타 제 공장용 장비, 전기기계를 제공하는 댓가로서 현지의 수요를 충족시키고 남은 잉여 곡물—알곡 및 곡분, 피혁제 품 및 원료 동물 털, 어류, 동식물성 지방 및 그 종류 제품, 가축, 마필, 포도주 및 기타 농원예용 산물을 독일제국에 제공할 것이옵니다.

그 이외에 대 돈군 정청은 돈의 상공업에 대한 자본 투하, 특히 새로운 수로, 그 밖의 교통로 개발, 조업에 대한 자본 투하에 대하여 독일 공업에게 특별 면세를 허가할 것이옵니다. 모든 긴밀한 조약은 서로의 이익을 약속하는 것이옵고, 또한 독일과 카자흐의 용감한 민족이 공통의 전장에서 흘리는 피로써 맺어진 우정은 모든 우리들 적과의 투쟁에 있어서 가공할 힘이 될 것이옵니다.

이 서간을 폐하께 올리는 자는 외교관이 아니오며 노련한 국제법의 권위자도 아니오고 명예스러운 전투에서 또한 독일의 무력을 존경하옵는 일개 무인이옵니다. 원컨대 책모(策謀)를 모르는 소인의 솔직한 어조를 용서하시옵고 그 감정의 진지함을 믿어 주시기 바라옵니다.

돈수백배 돈 아타만
표트르 크라스노프 소장

7월 2일, 이 서간은 부장회의에서 심의되었다. 이에 대한 모두의 태도는 소극적이었고 특히 보가예프스키와 그 밖에 두셋의 정청원이 취한 태도는 분명히 부정적이었음에도 불구하고 크라스노프는 즉각 그것을 베를린 주재 지모바야 마을의 아타만인 리히텐부르크 공에게 전달했다. 서간을 받은 공은 키예프로 출발, 이어서 체랴츄킨 장군과 함께 그곳에서 독일로 향했다.

보가예프스키의 양해하에 서간은 발송되기 직전에 외교부에서 복사되고 그 사본에다 주석을 붙여서 각 카자흐 마을과 각 부대에 널리 배포되었다. 크라스노프가 독일에게 몸을 팔았다는 소문은 더욱 널리 번졌다. 전선에서는 동요가 일어났다.

한편 그때, 성공에 용기백배한 독일 측은 러시아군의 체랴츄킨 장군을 파리 근교로 파견했다. 거기서 그는 독일 참모본부원들과 함께 크루프 공장에 중포의 강력한 성능과 영불군의 혼란상을 시찰했다.

5

빙판 진군─백군 장수는 코르니로프의 로스토프에서 쿠반으로의 퇴각을 그렇게 말했다─기간에, 예브게니 리스트니츠키는 두 차례 부상을 입었다. 처음은 우스티 라빈스카야 마을 점령을 위한 전투 때였고, 두 번째는 예카테리노다르 습격 때였다. 두 차례의 부상이 그리 대단하지는 않아 그는 또다시 전열로 복귀했다. 하지만 5월 들어 의용군이 단기간 휴식을 하기 위해 노보체르카스크에 머물렀을 때, 리스트니츠키는 건강이 좋지 않음을 깨닫고 2주간 휴가를 요청했다. 집에 돌아가고 싶은 마음이야 간절했지만 오고가는 시간을 뺏기지 않으려고 노보체르카스크에 머물러 있을 작정이었다.

소대의 전우 골챠코프 대위가 그와 함께 휴가를 받았다. 골챠코프는 자기네 집으로 오지 않겠느냐고 권했다.

"우리 집엔 아직 애가 없어. 집사람도 자네를 반가워할 걸세. 내가 편지로 자네에 대한 얘길 많이 해서 집사람은 자넬 잘 알고 있거든."

여름답게 햇볕이 쨍쨍한 대낮, 역전 거리에 있는 자그마한 주택에 그들은 도착했다.

"이게 내 집이라네."

바쁘게 걸음을 옮기면서 새까만 입수염에 다리가 긴 골챠코프는 리스트니츠키를 돌아보고 말했다.

그의 튀어나온 검푸른 눈은 행복의 물결로 젖어 있고 입은 미소로 벙글 벌어져 있었다. 그는 낡은 카키색 기병 바지가 스치는 소리를 내며 잰걸음으로 집 안에 들어가 군인 냄새를 온 집 안에 퍼뜨려놓았다.

"료라는 어디 있어? 올가 니콜라예브나는 어딨지?"

미소를 띠고 주방에서 튀어나온 하녀를 향해 그는 고함을 질렀다.

"정원에 있다고? 그럼, 그쪽으로 가볼까?"

정원 사과밭 아래에는 호랑이 무늬 그림자가 드리워져 있고 꿀벌통과 불탄대지의 냄새가 풍겼다. 리스트니츠키의 코안경에는 굴절한 태양 광선이 산탄처럼 미세하게 부서져서 흩어졌다. 어딘가 선로 위에서 기관총이 음산한 신음 소리로 짖어댔다. 그 단조로운 신음 소리를 깨뜨리듯이 골챠코프는 큰 소리로 불렀다.

"료라, 료라, 어딨어?"

옆에 난 작은 가로수 길의 들장미 무더기 그늘에서 크림빛 옷을 입은 키 큰 여인이 나타났다.

순간 그녀는 걸음을 멈칫했다. 놀라움을 표시하는 아름다운 몸짓으로 손바닥을 가슴에 가져가더니 이내 소리를 지르면서 양손을 내밀고 두 사람 쪽으로 뛰어왔다. 그녀가 달리자 리스트니츠키는 스커트 밑으로 움직이는 둥글게 튀어나온 정강이와 구부러진 단화 뒤축 그리고 뒤로 젖혀진 꽃가루 같은 금발을 바라보았다.

뒤꿈치를 들어 남편의 어깨에 햇볕에 탄 장밋빛 팔을 감고 그녀는 먼지투성이가 된 볼과 코와 눈과 입술에, 그리고 태양에 그을려 검게 탄 목에 키스를 퍼부었다. 성급하게 입맞춤을 하는 소리가 기관총 사격처럼 쏟아졌다.

리스트니츠키는 코안경을 닦아내며 웃었다. 스스로도 그것을 너무나 멍청하고 딱딱한 미소라고 의식하면서.

희열의 폭발이 잠시 동안 멈춰졌을 때, 골챠코프는 슬며시 그러나 미련을 버리고 그의 목을 감은 아내의 손을 풀고 어깨를 안아 가볍게 옆으로 돌려세웠다.

"료라…… 내 친구 리스트니츠키야"

"아, 리스트니츠키! 어서 오세요. 남편이 당신에 대해 얘기를……."

그녀는 헐떡이며 웃음을 머금고 행복으로 먼 눈을 성급하게 그에게로 돌렸다.

그들은 나란히 걸어갔다. 때가 낀 손톱에 털북숭이 골챠코프의 손이 아내의 처녀 같은 허리를 감았다. 리스트니츠키는 걸어가는 중에 그 손을 흘깃 내려다보고 꽃냄새와 햇빛으로 뜨거워진 여체의 냄새를 들이마시며 유치하게도 자신이 무척 불행한 사람, 외면당하고 있는 사람이라는 생각을 했다. 그는 황갈색 금발에 덮인 작은 복숭아 빛 귓불과 그에게서 반 미터가량의 거리에 있는 매끈한 볼을 눈여겨보았다. 그의 눈은 도마뱀처럼 드러난 앞가슴으로 미끄러져 들어갔다. 순간 그는 낮은 언덕 같은 유황색 유방을 볼 수 있었다. 어쩌다 한 번씩 골챠코프 부인은 그에게 밝고 푸른 눈길을 던졌다. 그 눈길은 상냥하고 부드러웠다. 그러나 그 눈이 남편 골챠코프의 검은 얼굴을 들여다볼 때와는 전혀 다른 빛깔임을 느끼며, 그럴 때마다 가벼운 안타까움이 리스트니츠키를 괴롭히는 것이었다.

식탁에 앉고서야 리스트니츠키는 비로소 부부를 정면으로 바라보았다. 그녀의 균형 잡힌 몸매와 얼굴에는 옅은 조각달 같은 아름다움이 깃들여 있었고 그 아름다움이 서른을 넘긴 여인의 흐릿한 빛 속에서 반짝였다. 그러나 어딘가 냉소적인 눈짓과 동작에는 아직까지 싱싱했던 지난날에 대한 미련을 잃지 않고 있었다. 부드러운 윤곽, 매력적인 얼굴은 평범하다고도 할 수 있었다. 그러나 한 가지 너무나 뛰어나게 비쳐오는 것이 있었다. 그것은 남방의 가무잡잡한 여자들에게서 흔히 볼 수 있는 주름살 많은 검붉은 입술, 그 정열적인 입술과 장밋빛으로 투명한 볼의 피부와 연한 눈썹이었다. 그녀는 웃음이 많았다. 그러나 가지런한 이를 드러내고 웃는 그 미소에는 어딘지 모르게 기교적인 구석이 엿보였다. 그녀의 낮은 음성은 공허하고 음영이 부족했다. 하지만 요 몇 달 동안 못생긴 간호사들 이외에 여자라곤 본 적이 없는 리스트니츠키에겐 그녀가 뛰어난 미인으로 여겨졌다. 그는 올가 니콜라예브나의 새침한 맵시로 빗어 넘긴 머리에 눈길을 가져가며 엉뚱한 대꾸를 거듭했으나, 잠시 뒤에는 피곤하다는 구실로 따로 준비가 된 방으로 물러갔다.

……이렇듯 황홀하면서도 안타까운 나날이 이어졌다. 훗날에 가서 리스트니츠키는 지난날을 경건한 마음으로 기억 속에 떠올려 보았다. 그러나 그는 어린 애처럼 분별없고 이를 데 없이 어리석었다는 기분을 맛보았다. 골챠코프네의 비둘기 한 쌍은 늘 자기들만 함께 있으려 했다. 그들의 침실 바로 옆에 있는 방에서 이내 그는 수리를 구실 삼아 모퉁이 방으로 옮겨졌다. 골챠코프는 면도를 한 탓으로 더욱 젊어진 얼굴에 미소를 띠기는 했지만 진지하게 그 말을 꺼냈던 것이다. 리스트니츠키는 친구에게 폐가 되고 있음을 깨달았지만 왠지 다른 곳으로 거처를 옮길 생각은 들지 않았다. 온종일 그는 사과나무 숲의 오렌지색 해그늘에 드러누워 조잡한 포장지에 서둘러 인쇄한 신문을 읽기도 하고 답답하고 개운치 않은 수면을 취하기도 했다. 흰 반점이 박힌 초콜렛 빛깔의 아름다운 포

인터가 견딜 수 없는 무료함을 그와 함께 나누고 있었다. 개는 짖거나 낑낑거리지 않았다. 아내에게 넋을 빼앗긴 주인을 질투하면서 리스트니츠키에게로 와서는 계속 한숨을 쉬며 나란히 엎드려 누워 있었다. 그러면 그는 개를 쓰다듬어주었고 뜻있는 목소리로 읊조리는 것이었다.

> 꿈을 꿔야지, 꿈을 꿔야지…….
> 그대가 금빛으로 빛나고
> 눈에 들어오는 모든 것
> 부질없어라, 비좁고 희미하여…….

기억 속에 살아 있는 사향초의 꿀같이 향기 그윽하고 농밀한 부닌의 시 한 구절을 그는 애정을 담아 읊었다. 그러고는 잠 속으로 빠지곤 했던 것이다…….

올가 니콜라예브나는 여성 특유의 감각으로 그의 괴로운 심정을 꿰뚫어보았다. 전부터 조심성 있게 대해 오던 그녀는 더욱더 조심스러워했다. 어느 날 밤, 시내 공원에서 돌아오는 길에 그들은 단둘만 남게 되었다—골챠코프는 입구에서 마르코프 장군 연대에 있는 장교와 마주쳤다. 그들은 잘 아는 사이였다—리스트니츠키는 올가 니콜라예브나의 손을 잡고 있었는데 그가 그녀의 팔꿈치를 힘껏 끌어당기자 그녀는 불안해했다.

"아니, 왜 그런 눈초리로 나를 바라보시는 거죠?"

그녀는 미소를 띠고 물었다.

그녀의 낮은 목소리 속에 장난스럽고 유혹하는 듯한 기미가 있음을 알아차린 리스트니츠키는 적이 당황함을 느꼈다. 하지만 그 정도로 끝난 때문일까, 그는 오히려 우울한 시구를 읊어 보고 싶었다.

> 기이한 정에 끌려
> 어두운 베일 그늘을 넘겨보네—
> 나는 보았네, 매혹의 강가를
> 그리고 또한 매혹의 피안을

그녀는 살며시 자신의 손을 빼내더니 들뜬 목소리로 말했다.

"예브게니 니콜라예비치, 난 어느 정도는…… 당신이 내게 포로가 되어 있음을 모르는 바가 아녜요…… 당신, 부끄럽다는 생각 안 드나요? 잠깐만 기다려요, 잠깐만! 난 당신을…… 좀 더 다른 분이라고 상상했었어요…… 우리, 이 일에 대해 더 이상 말하지 않았으면 해요. 안 그랬다가는 서로 난처하게 될 거예요. 이런 경험엔 서툴러요, 난. 조금 마음을 끌어보고 싶었겠지요? 이봐요 친구로서의 사귐을 깨뜨리지는 않겠지요. 농담은 하지 않는 게 좋을 거예요. 난 '아름다운 미지의 처녀'는 아니니까요. 아시겠죠? 그럼, 자 손을 주세요!"

리스트니츠키는 품위 있게 토라진 척해 보였으나 그 역할에 참지 못하고 그녀를 따라 웃음을 터뜨리고 말았다. 골챠코프가 두 사람 옆으로 왔을 때 올가 니콜라예브나는 아까보다도 더 쾌활하게 굴었다. 그러나 리스트니츠키는 입을 다물고 집에 도착할 때까지 마음속으로 스스로에게 몹시 화를 내었다.

올가 니콜라예브나는 머리가 좋은 여자였음에도 불구하고 이러한 고백이 있은 뒤에도 두 사람이 친구가 될 수 있다는 것을 진심으로 믿었다. 리스트니츠키는 겉으로는 그녀의 그 믿음을 지지하고 있었으나 마음속으로는 그녀에게 거의 증오의 감정을 품었다. 그러던 며칠 뒤, 올가의 성격과 용모 가운데에서 뭔가 약점을 찾으려고 기를 쓰는 자신을 발견했을 때, 그는 자신이 정말로 심각한 감정의 갈림길에 서 있음을 깨달았다.

의식 밑바닥에 미처 발효되지 않은 찌꺼기를 담은 채 휴가의 하루하루는 흘러갔다. 휴식을 취한 의용군은 타격 태세를 갖추었다. 원심력에 기울어지듯 의용군은 쿠반으로 이끌렸다. 이윽고 골챠코프와 리스트니츠키는 노보체르카스를 출발했다.

올가가 전송을 나왔다. 검은 비단옷이 그녀의 아름다움을 돋보이게 했다. 그녀는 울어서 부어오른 눈에 미소를 머금고 있었다. 묘하게 부푼 입술이 그녀의 얼굴에서 사람의 마음을 흔들리게 하고 매혹적인 천진스러움을 느끼게 했다. 그러한 그녀의 모습이 리스트니츠키의 기억 속에 아로새겨졌다. 그는 피와 먼지의 나날 속에서도 사라지지 않는 빛나는 그녀의 영상에 후광을 그려놓고 추억 속에 그것을 소중히 간직했다.

6월에 이미 의용군은 전투에 돌입했다. 첫 전투에서 골챠코프 대위는 3인치 포탄의 파편으로 내장에 치명상을 입었다. 그는 산병선에서 떠나게 되었다. 한 시간 뒤, 그는 군용마차 위에 누워 피를 철철 흘리면서 리스트니츠키에게 말했다.

"난 죽지 않을 거라고 생각해…… 지금 곧 수술을 한다는데 클로로포름이 없다는군…… 죽진 않겠지만, 자넨 어찌 생각하나? 만약의 경우……정신이 말짱할 때, 저……예브게니, 료라를 보살펴 주게. 내게도 그녀에게도 친척이라곤 없으니까. 자넨 양심적이고 훌륭하니까…… 그녀와 부부가 되어 주지 않겠나…… 싫은가?"

그는 애원과 증오가 뒤섞인 눈으로 예브게니를 지켜보았다. 면도를 하지 못한 수염이 푸르게 보일 만큼 떨렸다. 장밋빛 핏방울을 입술로 핥으면서 그는 피와 진흙으로 더럽혀진 손바닥을 구멍이 뚫린 복부에 가만히 갖다 댄 채 말을 하고 있었다.

"약속해 주겠지? 그녀를 모른 척하지 않는다고…… 하긴 쓰레기 같은 러시아 군대가…… 자네마저도 이렇게 피투성이로 만들지 않을 경우의 얘기지만, 약속하지? 대답해 줄 수 없나? 그녀는 좋은 여자야……."

그는 얼굴을 일그러뜨렸다.

"투르게네프 취향의 여자야…… 요즘 세상에 그런 여잔 드물어…… 왜 말을 않지?"

"약속하지."

"좋아, 그럼, 여기서 떠나! 잘 있게!"

그가 떨리는 손으로 리스트니츠키의 손을 붙잡고 필사적인 동작으로 그 손을 자기 쪽으로 끌어당기려 하자 그의 얼굴은 더욱더 창백해졌다. 그는 축축해진 머리를 들어 리스트니츠키의 손에 메마른 입술을 댔다. 그런 뒤에 당황히 외투 자락으로 얼굴을 감추고 고개를 돌려 버렸다. 마음이 흔들린 리스트니츠키는 그의 입술 위에 일던 싸늘한 경련과 볼에 흘러내리는 한 줄기 물기를 보았다.

이틀 뒤에 골챠코프는 죽었다. 그다음 날에 리스트니츠키도 왼손과 허벅지에 중상을 입고 치호레츠카야로 후송되었다.

코레노프스카야 부근에서는 장기간에 걸친 집요한 전투가 벌어지고 있었다.

리스트니츠키는 연대와 함께 두 차례, 공격과 반격에 참가했다. 세 번째, 그의 대대의 산병선이 일어났을 때였다.

"엎드리지 마! 자, 진격이다!" 그러한 중대장의 호령에 떠밀려 왼손에 든 참호 용 삽을 방패 삼아 머리 위로 치켜들고 오른손으로는 소총을 움켜쥐면서 수확 전의 밀밭을 정신없이 뛰어갔다. 소총탄이 한 차례 피융 하고 울면서 삽의 복판 을 스치고 지나갔다. 리스트니츠키는 손잡이를 고쳐 쥐고 '비껴갔군!' 생각했다. 그런데 그 순간 격심한 타격이 그의 손을 내리쳤다. 그는 삽을 떨어뜨리고 흥분 으로 머리를 드러낸 채 20미터가량을 뛰어갔다. 어떻게든 소총을 겨눠보려고 했지만 손을 들 수가 없었다. 주형 안에 흘려보낸 납덩이처럼 통증이 마디마디 에 스며들었다. 몇 번이나 밭두렁 위에 엎어져 비명을 질렀다. 또다시 날아온 총 알이 쓰러진 그의 허벅지를 물어뜯었다. 그는 미련을 떨쳐버리지 못하는 것처 럼 서서히 의식과 작별하고 있었다.

치호레츠카야에서 그는 부러진 팔을 절단하고, 대퇴부에서 뼈의 파편을 빼 내었다. 절망과 고통과 적막에 시달리면서 2주일을 누워 지냈다. 그런 다음 노 보체르카스크로 이송되었다. 병원에서의 고통스럽던 날이 다시 30일을 더 끌었 다. 붕대를 갈아 끼우는 간호사와 의사의 찌뿌드드한 얼굴, 코를 찌르는 요오 드와 석탄산 냄새…… 가끔 올가 니콜라예브나가 방문했다. 그녀의 볼의 윤기 가 노르스름하게 변해 갔다. 상복을 입은 그 공허한 눈은 아직 충분히 울지 못 한 슬픔을 한층 더 깊숙이 간직하고 있었다. 리스트니츠키는 그녀의 빛바랜 눈 을 잠시 들여다보면서 잠자코 있었다. 그리고 텅 빈 한쪽 소매를 부끄러운 듯 살며시 담요 밑으로 밀어넣었다. 그녀는 내키지 않는 말투로 남편의 임종 때 모 습을 이것저것 물어보았으나 안정을 잃고 침대 위를 바라보며 방심을 가장한 채 그 말을 듣고 있었다. 퇴원한 즉시 리스트니츠키는 그녀를 찾아갔다. 그녀가 현관으로 나와 맞이했다. 그리고 그가 짧게 깎은 고수머리를 기울여 그녀의 손 에다 키스를 하자 얼핏 얼굴을 돌려버렸다.

그는 정성 들여 면도를 하고 갔다. 카키색의 멋진 군복도 지난날과 다름없이 그의 몸을 맵시 있게 감싸고 있었다. 그렇지만 텅 빈 한쪽 소매가 씁쓸한 기분 을 충동질하는 것이었다—붕대에 감긴 가엾은 그루터기와 같은 팔이 붕대 안 에서 잡아당긴 것처럼 흔들렸다. 집 안으로 두 사람은 함께 들어갔다. 리스트니츠키는 자리에 앉기 전에 말문을 열었다.

"죽기 전 보리스에게서 부탁을 받았어요…… 당신을 모른 척하지 않겠다는 약속을 하라고 그가 졸랐습니다."

"알고 있어요."

"어떻게?"

"그이에게서 온 마지막 편지로……."

"우리가 함께 사는 것이 그의 간청이었는데…… 물론 당신이 승낙할 경우에 한해서지만…… 불구자라도 상관없겠다면 말입니다…… 믿어 주십시오…… 이런 때, 이런 복잡한 심정을 얘기한다는 건 이상하게 들릴지 모르지만…… 난 진심으로 당신의 행복을 원하고 있습니다."

리스트니츠키의 당혹해하는 태도와 가라앉지 않은 흥분 상태가 그녀의 마음을 움직였다.

"그 일이라면 나도 줄곧 생각해 본걸요…… 좋아요."

"아버지의 소유지로 가고 싶은데요."

"괜찮겠지요."

"다른 일은 나중에 결정하기로 하면 어떻겠소?"

"좋아요."

그는 정중하게 그녀의 도자기 같은 힘없는 손에 키스를 했다. 눈을 치켜들었을 때, 그는 그녀의 입술에 미소가 스치는 것을 보았다.

애정과 고통스러운 육욕이 리스트니츠키를 올가에게로 다가가게 만든 것이었다. 그는 날마다 그녀를 찾아갔다. 전투에 진력이 난 마음은 어린 시절의 옛이야기를 찾고 있었다…… 그는 고전소설의 주인공 같은 생각을 가슴에 품고 여태껏 한 번도, 그 누구에게도 내보인 적이 없는 고매한 감정을 참을성 있게 자신 속에서 발견하려고 애썼다. 어쩌면 단순한 성적 욕망의 노골적인 모습을 그것으로 덮어 두고 미화하려 했는지도 몰랐다. 그렇지만 꿈은 한쪽 날개만으로도 현실에 닿아 있었다. 단순한 애착만이 아니라 눈에 보이지 않는 어떤 끄나풀이 때때로 생활 앞에 가로놓이게 된 이 여자에게 그를 묶어 두려 했다. 자신이 겪어 온 체험의 의미를 그는 막연히 음미하고 있었지만, 다만 한 가지 너무나 뚜렷하게 느낀 그것은 불구가 되어 대열로부터 떠나온 그에게 이제부터 '난 무슨 짓을 하든 간에 용서받는다'라는 방자하고 자기 본위인 본능이 지배하고 있다는 점이었다. 올가가 아직 괴로운 상실의 슬픔을 태아처럼 스스로의 내부에 끌어안고 있는 상중임에도 죽은 골차코프에 대한 질투에 불타올라 그는 줄곧 그녀를 원했다. 백치라도 된 듯이 마냥 요구했다…… 그날그날은 격렬한 소용돌이처럼 끓어올랐다. 사건으로 눈이 멀고 귀가 먼 사람들은 그저 외곬으로 그날만을 위해 살고 있는 것이었다. 리스트니츠키가 자신과 올가와의 생활을 단단하게 묶어 두려고 초조해한 것은 어쩌면 자신이 목숨을 걸었던 일이 파멸을 피할 수 없게 되었다는 것을 막연하게 느꼈기 때문이 아니었을까.

그는 편지로 자세하게, 결혼했다는 것과 얼마 뒤에 아내와 함께 야고드노예로 돌아갈 것이란 소식을 아버지에게 알렸다.

"……저는 제가 해야 할 일을 끝마치고 돌아왔습니다. 저는 한쪽 팔만 가지고도 반동들을, 즉 러시아의 인텔리가 몇십 년 동안 그 운명으로 웃고 울던 저 돼먹지 못한 '인민놈들'을 때려 부술 수 있을지 모르지만, 솔직히 말하자면 그 일이 내게는 야만적이고 무의미하다는 생각이 드는 겁니다…… 크라스노프와 데니킨과는 의견이 맞지 않습니다. 양진영의 내부에는 서로 상대방을 함정에 빠뜨리려고 하는 태도와 음모, 추악하고 비열한 공기가 감돌고 있습니다. 가끔 저는 싫증이 날 때가 있습니다. 앞으로 어떻게 될 것인지. 지금은 다만 하나밖에 남지 않은 손으로 아버지를 안고 싸움질을 구경하면서 아버지와 함께 살기 위해 집으로 돌아갈 작정입니다. 저는 이젠 군인이 아닙니다. 육체적으로나 정신적으로나 불구의 몸입니다. 저는 지쳐있습니다. 끝장이 난 상태입니다. 어쩌면 저의 결혼과 '조용한 부두'를 찾고 싶은 갈망은 그것으로 해서 부름을 받게 되었는지도 모릅니다."

이 같은 냉소적인 슬픔을 그는 편지에 적었다.

노보체르카스크에서의 출발은 1주일 뒤로 결정되었다. 출발하기 대엿새 전에 리스트니츠키는 골차코프 부인의 집으로 이사를 왔다. 두 사람을 가깝게 만든 그 밤 뒤로 올가는 왠지 모르게 야위고 윤기를 잃고 있었다. 그녀는 두 사람이 빠진 상태를 가슴 아프게 여기는 한편 분노를 느끼고 있었다. 그녀가 두 사람을 결합시키고 있는 애정은 각기 다른 척도로 계산하고 있고, 증오 쪽은 같은 척도로 재고 있었다는 것을 리스트니츠키는 알지 못했다. 아니, 알려 하지 않았던 것이다.

출발에 앞서 예브게니는 아크시냐에 대한 생각을 떠올렸다. 손을 이마에 대고 햇빛을 막듯이 그는 그 여자에 대한 생각을 가로막고 있었다. 그러나 그의 의지와는 달리, 이 추억은 빛줄기처럼 더욱더 집요하게 파고들어 그를 불안하게 만들었다. 그는 한때 '그녀와의 관계를 끊지 말자. 그녀도 그걸 이해하게 되겠지' 생각한 적이 있었다. 하지만 질서를 존중하는 감정이 승리를 했다. 그는 집으로 돌아간 뒤, 의논해서 가능하다면 헤어지려고 결심을 했다.

4일째 저녁때, 야고드노예에 도착했다. 늙은 아버지가 소유지에서 1킬로미터까지 나와 신혼부부를 맞아 주었다. 예브게니는 아버지가 경주용 마차 좌석에서 한쪽 다리를 힘들여 옮기고 모자를 집어 드는 것을 멀찍이서 바라보았다.

"소중한 손님이니까 마중을 나왔다. 좀 보여 다오……."

낮은 목소리로 그가 말하고 어설프게 신부를 포옹하자 담배로 그을려 풀빛이 어리는 흰 입수염 다발이 그녀의 볼을 찔렀다.

"이리 앉으세요, 아버지! 자, 마부, 떠나요! 야, 사시카 할아범, 오랜만이군! 잘 있었나? 이리로 앉으세요, 아버지, 제가 마부와 앉을 테니까요."

노인은 올가와 나란히 앉아 손수건으로 입수염을 닦고 조심스럽게, 그리고 겉으로는 쾌활하게 가장하며 아들을 바라보았다.

"어찌 된 일이냐?"

"건강하신 걸 뵈니 기쁩니다!"

"불구자가 됐단 말이지?"

"어쩔 수 없는 일 아닙니까. 불구가 되고 말았어요."

아버지는 짐짓 아무렇지도 않다는 듯이 대했으나 위엄 있는 태도 뒤에는 동정의 표정이 나타나 있었고, 또한 혁대에 밀어넣은 빈 군복 소매를 보지 않으려고 했다.

"아무렇지도 않아요. 익숙해졌으니까요."

예브게니가 어깨를 으쓱했다.

"그야 익숙하겠지."

노인은 재빠르게 말했다.

"머리가 남아 있는 걸로 충분해. 방패를 들고 있었느냐? 방패와 함께 돌아오다, 라는 말이 있지. 게다가 예쁜 포로까지 생포해 왔으니······."

약간 고풍스럽긴 해도 아버지의 세련된 유머에 매혹당한 예브게니는 '우리 아버지 어때?' 하고 올가에게 눈으로 물어보았다. 그리고 말은 없었으나 그녀의 풋풋한 미소와 따스한 눈빛만으로도 아버지가 그녀 마음에 들었음을 알 수 있었다.

잿빛 말들은 반 속보로 완만한 언덕 기슭을 향해 마차를 끌고 갔다. 언덕 위로 여러 종류의 건물, 녹색의 말갈기같이 널려져 있는 과수원, 흰 벽의 집, 창을 가로막고 선 단풍나무 등이 보였다.

"근사하군요! 정말 근사해요!"

올가는 들뜬 얼굴이었다.

집 안에서부터 펄쩍펄쩍 뛰어오르며 검은 보르조이 개가 달려왔다. 개들은 마차를 에워쌌다. 뒤쪽에서 사시카 할아범이 마차로 뛰어오른 개에게 호된 채찍을 가하고 나서 화난 소리로 고함을 질렀다.

"바퀴에 깔려 죽고 싶어! 비켜!"

예브게니는 말에게서 등을 돌리고 앉아 있었다. 말들은 가끔 콧소리를 냈다. 그럴 때마다 바람이 물방울을 날려 얼굴에 뿜어댔다.

아버지와 올가를, 밀밭 길을, 그리고 완만한 능선의 먼 산봉우리와 지평선을 바라보고 그는 미소를 머금고 있었다.

"정말 시골은 시골이군요! 어쩜 이렇게 조용할 수가······."

울음소리도 내지 않고 날아가는 흰부리까마귀와 뒤로 밀려가는 쑥밭과 숲을 올가는 웃음 띤 얼굴로 바라보았다.

"마중 나왔군."

노인이 눈을 가늘게 뜨고 말했다.

"누가요?"

"집안사람들이."

예브게니는 시선을 그쪽으로 보내다 말고 소스라쳐 놀랐다. 여자들 속에 아크시냐가 서 있었다. 그는 아크시냐의 얼굴이 흥분되어 있을 거라고 생각했다. 마차가 요란한 소리를 내며 문 앞으로 다가갔을 때 그는 두근거리는 가슴으로 아크시냐의 모습을 눈여겨보았다. 얌전하게 밝은 웃음을 띤 그녀의 얼굴이 그를 놀라게 만들었다. 그는 어깨의 짐을 내려놓은 것처럼 마음을 놓고 고개를 끄덕였다.

"대단한 미인이군요! 저 여잔 누구죠? 대단한 미모예요, 안 그래요?"

올가는 감동적인 눈초리로 아크시냐를 가리켰다.

어느새 예브게니는 용기를 되찾아 침착하고 싸늘하게 맞장구를 쳤다.

"맞아, 미인이지. 우리 집 하녀야."

올가의 존재는 집 안의 모든 것을 바꾸어 놓았다. 전에는 종일 잠옷과 따뜻하게 짠 바지만 입고 집 안을 돌아다녔던 아버지가 궤짝 안에서 나프탈렌 냄새가 나는 프록코트와 장교용 바지를 꺼내오게 했다. 전에는 몸에 걸치고 있는 모든 것이 칠칠치 못했으나 이제는 옷에 약간의 주름만 가 있어도 다림질이 잘못되었다고 아크시냐를 야단쳤고, 아침에 어쩌다 닦지 않은 장화를 꺼내놓기라도 하면 눈을 부릅뜨고 노려보기 일쑤였다. 그는 언제나 말쑥하게 면도를 했으며, 예브게니에게도 유쾌한 놀라움을 안겨 주려고 늘 생기에 차 있었다.

아크시냐는 좋지 않은 일이 일어날 것을 예감했던지 할아버지의 비위를 맞추려고 애썼다. 루케리야 또한 식사를 맛있게 조리하려고 열심이었고, 전에 없던 솜씨를 발휘하여 이것저것 만들어 냈다. 많이 노쇠한 사시카 할아범마저도 야고드노예에 일어난 이 같은 변화에 영향을 받았다. 어느 날 주인영감과 현관 앞에서 마주쳤을 때 전에 없이 머리끝에서 발끝까지 사시카를 훑어본 끝에 영감은 기분 나쁜 얼굴로 손가락을 들어 그를 불러 세웠다.

"너, 그 꼴이 뭐냐? 이 멍충아!"

주인은 눈을 부릅뜨고 말했다.

"그 바지 꼴이 뭐냐 말이다, 엉?"

"무슨 말씀이신지?"

사시카 할아범은 퉁명스레 대꾸하긴 했으나 여느 때와는 다른 주인의 말투에 겁을 먹었다.

"집에는 젊은 숙녀가 있다, 이 말이야. 네 놈은 나를 묘지로 쫓아내고 싶어서 그래, 이 천한 놈아? 왜 단추를 잠그지 않고 그런 꼴로 있어, 얼간이 같으니!"

사시카 노인은 또 한 번 말대꾸를 하고 싶었으나 상대방이 청년처럼 앞이 구부러진 구식 장화의 밑바닥이 보일 정도로 한쪽 발을 치켜들고 덜컥 땅을 밟는 바람에 찍소리도 못 하고 말았다.

"마구간으로 갓! 루케리야에게 끓는 물을 퍼부으라고 하기 전에 냉큼 꺼져! 그걸로 깨끗이 때나 벗기라구! 제기랄!"

예브게니는 한숨을 돌리고 있는 참이었다. 소총을 들고 물이 없는 기슭을 돌아다니고, 수확이 끝난 수수밭 부근에서 자고새를 쏘기도 했다. 아크시냐와의 문제만이 그의 짐으로 남아 있었다. 그러던 어느 저녁나절, 아버지가 예브게니를 자신의 거처로 불러들여 조심스럽게 문 쪽을 바라보고 나서 되도록 눈이 마주치지 않으려 하면서 말문을 열었다.

"난 말이다, 알겠느냐…… 네 개인의 문제에 대해 간섭을 하려는데 말이다. 글쎄, 나는 네가 아크시냐를 어떻게 대하고 싶어하는지 궁금하다."

당황히 담배를 피워 문 그 태도로 해서 예브게니는 스스로의 정체를 드러낸 셈이었다. 그는 도착했던 날처럼 얼굴부터 붉혔다. 그리고 일단 얼굴이 붉어진 것을 깨닫게 되자 더욱 붉어져버렸다.

"모르겠습니다…… 정말 모르겠어요……."

그는 정직하게 고백했다.

노인은 위엄을 드러내고 말했다.

"그렇지만 난 안다. 지금 바로 그 애하고 매듭을 짓고 오도록 해라. 위자료를 주고 오란 말이다."

그와 동시에 그는 수염 끝으로 살짝 웃었다.

"내보내도록 해. 일손은 또 구하면 되니까."

예브게니는 즉시 하녀의 작업실을 찾아갔다.

아크시냐는 방문을 등지고 앉아 밀가루를 반죽하고 있었다. 걷어 올린 가무잡잡하고 통통한 팔의 근육이 꿈틀거렸다. 예브게니는 부드러운 머리칼 속에 숨겨진 그녀의 볼을 흘끗 바라보았다.

"아크시냐, 잠깐 나 좀 볼 수 없겠어?"

그녀는 단번에 환해진 자신의 얼굴에 순종과 무관심의 표정을 나타내려 애쓰면서 생기 띤 얼굴로 뒤돌아보았다. 예브게니는 소매를 내리고 있는 그녀의 손끝이 떨리는 것을 보았다.

"곧 갈게요."

그녀는 요리담당 하녀에게 겁먹은 시선을 던지고 기쁨을 억누르지 못하는 듯, 그러나 호소하는 듯한 미소를 띠고 예브게니에게로 다가왔다.

입구에서 그는 그녀에게 말했다.

"정원으로 나가자고. 잠시 의논할 일이 있으니."

"가시지요."

그녀는 이것이 지난날에 맺었던 관계의 시작이라 생각하고 울렁거리는 가슴을 안고 얌전히 따라나섰다.

도중에 예브게니는 낮은 소리로 물었다.

"왜 널 불렀는지 알겠어?"

그녀는 어둠 속에서 미소를 띠고 그의 손을 붙들었다. 그러자 그는 그 손을 거칠게 뿌리쳤다. 눈치를 챈 아크시냐는 모든 걸 알아차린 듯 걸음을 멈췄다.

"어떻게 하고 싶으신가요, 예브게니 니콜라예비치? 전 더 이상 가지 않겠어요."

"좋아, 여기에서 얘기해도 상관없겠군. 아무도 듣는 사람 없을 테니까……."

예브게니는 성급해진 탓으로 눈에 보이지 않는 언어의 그물에 걸려 있었다.

"너도 이해해 줬으면 싶어. 난 너하고 전처럼 그렇게 지낼 수는 없어…… 알겠지? 아내도 있고 착실한 인간으로서 그런 비열한 짓은 할 수가 없을 것 같아…… 양심의 의무가 용서해 주지 않아서 말이야……."

이렇게 말하면서 그는 자신의 오만한 말투를 부끄러워했다.

밤이 어두컴컴한 동쪽으로 다가온 지도 얼마 되지 않은 시간이었다.

서쪽에는 저녁놀에 하늘 한 모퉁이가 아직도 검붉게 타고 있었다. 탈곡장에서는 등불을 켜고 날씨가 좋은 동안에 일을 끝내려고 탈곡작업이 한창이었다. 거기에서는 기계의 맥박이 높게 뛰고, 격렬하게 움직이고 있는 일꾼들이 시끄럽게 떠들고 있었다.

아크시냐는 말이 없었다.

"왜 그래? 왜 아무 말도 않는 거야, 아크시냐?"

"무슨 말을 하겠어요."

"돈을 줄게. 여기서 나가 주었으면 해. 알고 있겠지만…… 네 얼굴을 마주 보기가 괴로워서……."

"1주일만 지나면 이 달이 끝나니까, 그때까지는 있어도 괜찮겠지요?"

"물론, 좋고말고!"

아크시냐는 잠시 잠자코 있었다. 그러더니 얻어맞은 것처럼 기운 빠진 몸짓으로 느릿느릿 예브게니를 향해 다가왔다.

"하는 수 없죠, 뭐. 나가야죠…… 하지만 이제 헤어지게 됐는데도 불쌍하다는 생각도 안 드나요? 가난이 나를 이런 몰골로 만들었지만…… 오직 나 혼자 괴로운 세월을 보내고 있었군요. 당신, 날 나무라지 마세요, 제니야."

그녀의 음성은 높았지만 몹시 메말랐다. 예브게니는 그녀가 진심으로 하는 소리인지 농담으로 하는 소리인지를 분간하려고 했다.

"어떻게 하라는 거야?"

그는 답답하다는 듯이 헛기침을 했다. 그러자 그때 갑자기 그녀가 그의 손을 더듬고 있는 기미를 느꼈다.

5분이 지난 뒤, 그는 냄새가 강하고 습기가 많은 낙엽 저목의 숲속에서 풀즙으로 두 무릎이 파랗게 물든 바지를 손수건으로 오래도록 문지르고 있었다.

현관을 올라가면서 뒤를 돌아보았다.

그녀의 방 창문 노란 불빛 속에 아크시냐의 맵시 있는 모습이 비쳤다―아크시냐는 손을 들어 머리를 고치면서 등불을 바라보며 미소 짓고 있었다…….

6

가을이었다. 스텝은 몇십 킬로미터에 걸쳐 흔들리는 은빛 풀로 뒤덮였다. 바람이 헤엄을 치듯이 불어오다가 그것을 주무르고 비둘기색을 띤 오팔 색깔의 풀밭을 뒤흔들고, 물결치게 하고, 혹은 남으로 혹은 서쪽으로 쫓아다녔다. 흘러서 감돌던 기류가 재빨리 갈라지는 언저리에는 은빛 풀들이 기도하듯 고개를 숙였다. 그러면 그 은빛 잔등 위에 잠시 동안 작은 길이 생겨나곤 했다.

갖가지 빛깔의 풀들이 퇴색되어버렸다. 산꼭대기에는 기쁨도 미처 맛보지 못한 채 불타버린 약쑥이 축 처져 있었다. 짧은 밤은 빠른 속도로 떠나갔다. 밤마다 숯처럼 새까만 하늘에 헤아릴 수 없이 많은 별들이 반짝거렸다. 카자흐의 태양인 달이 조각난 원을 어두컴컴하게 드러내 보이면서 뿌연 광선을 내뿜었다. 끝없이 넓은 은하가 다른 별무리의 길 속에 헝클어져 있었다. 대기는 진하고 바람은 메마르며 약쑥 냄새를 풍겨댔다. 모든 것을 정복하지 않고는 버려두지 않을 것 같은 그 약쑥의 쓸쓸한 냄새를 들이마시고 있는 대지는 맑은 공기를 갈망하고 있었다. 말발굽에도 사람의 발길에도 짓밟힌 적이 없는 별무리의 길이 자랑스레 흔들렸다. 흩어져 있는 별이 싹을 틔우지도 않고 자라는 기쁨도 모른 채 새까만 하늘 속에서 죽어 있었다. 초원은 바싹 마른 소금밭 같았다. 광야는 메마를 대로 메말랐다. 죽어 쓰러진 풀들, 그리고 그 속에서 은방울 같은 메추리의 시끄러운 싸움.

한낮의 대지엔 혹서와 훈김이 안개처럼 피어오르는 아지랑이. 구름 한 점 없이 퇴색한 창공에는 무자비한 태양과 펼친 매의 날개가 갈색 철사처럼 반원을 그리고 있었다. 광야에는 눈을 뜰 수 없을 정도로 빛나는 갈색풀이 타오를 듯이 펼쳐졌다. 매가 비스듬히 창공을 헤엄쳐 날자—그 아래 펼쳐진 초원 위로 커다란 매 그림자가 소리도 없이 미끄러졌다.

들다람쥐가 지친 듯 쉰 목소리로 울어댔다. 자신의 굴속에서 낸 두 뭉치의 노르스름한 흙더미 위에서 들다람쥐들은 졸고 있었다. 광야는 열기로 떠 있었지만 죽은 것과 다름이 없었다. 주위의 모든 것은 투명한 채로 꼼짝도 하지 않았다. 저 멀리의 둔덕마저도 동화 속에 사는 것처럼 꿈속같이 흐릿하게 푸르스름한 빛을 던지고 있었다……

고향의 광야여! 말 떼 가운데에 있는 암말. 암말의 말갈기에 얽히는 쓸쓸한 바람이여. 메마른 말 콧등에 바람이 소금기를 싣고 불어왔다. 그러자 말은 쓸쓸한 듯 그 소금기를 빨아들이고 비단 같은 입술을 오물오물 움직거려서 바람과 태양의 향기를 분간하고는 소리를 지르는 것이었다. 낮은 돈 하늘 아래 널려 있는 고향의 광야여! 산골짜기와 물 없는 계곡과 황토 벼랑의 연연히 이어진 선. 풀이 돋아나고 둥우리 같은 모양이 되어 버린 말발굽 자국이 박힌 끝없는 들판. 매장된 지 오래인 카자흐의 영예를 지키려고 영리하게 침묵하고 있는 둔덕…… 녹슬지 않은 피가 뿌려진 돈의 광야여, 그는 지금 깊숙이 머리를 숙여 너의 비옥한 대지에 아들로서의 키스를 보낸다!

그것은 작고 메마른 뱀 같은 머리를 하고 있었다. 귀는 작고 꿈틀꿈틀거렸다.

가슴의 근육은 극도로 발달되어 있었다. 다리는 가늘고 탄탄하고 발목도 마찬가지로 탄탄했다. 말발굽은 강가에 있는 옥돌처럼 닦여 있었다. 엉덩이는 약간 처져 있고 꼬리는 섬유 같았다. 그것은—돈산의 말이었다. 그뿐만이 아니었다. 그것은 매우 뛰어난 핏줄로 이어져 그 혈관에는 한 방울도 다른 피가 섞이지 않았다. 혈통은 지체의 모든 부분에서 나타났다. 그 말의 이름은—마라불크라고 했다.

물을 먹는 곳에서 그 말은 자신의 암컷을 지키기 위해 보다 강한, 그러나 나이 많은 말과 싸움을 벌였다. 목장의 말들은 항상 쇠밑창을 떼어내고 지내는데, 그때 그 나이 많은 말이 그 말의 왼쪽 앞다리를 몹시 다치게 했다. 두 마리의 말은 뒷다리로 꼿꼿이 서서 물어뜯고 앞다리로 걷어차서 살갗을 상하게 했다…….

목부는 근처에 없었다—목부는 광야에서 먼지투성이가 된 장화를 신고 똑바로 뻗은 다리와 잔등을 햇볕에 드러내놓고 잠들어 있었다. 상대방의 말은 마리불크를 땅바닥에 쓰러뜨려 말 떼로부터 먼 곳으로 쫓아낸 다음, 피투성이가 된 그 말을 버려 둔 채 두 무리의 말을 자기 것으로 만들어 토프카야 산골짜기 너머로 데려가고 말았다.

상처 입은 그 말은 마구간으로 보내졌다. 간호담당이 상처 난 다리를 치료해 주었다. 그로부터 6일째 되는 날, 감독에게 보고를 하러 간 미시카 코셰보이는 마리불크가 종족으로부터 물려받은 막강한 본능으로 가죽끈을 물어뜯고 축사를 뛰쳐나가 다리를 묶어 둔 영사(營舍) 옆의 목부용, 감독용, 간호담당용의 암말들을 충동질하여 그들을 광야로 내쫓고, 미처 떠나지 못하고 있는 말들을 물어뜯어 재촉하고 있는 광경을 눈앞에서 보았다. 목부들과 감독은 영사를 뛰쳐나간 암컷들을 묶어 두었던 밧줄이 툭 끊어지는 소리만을 귀담아들었을 뿐이었다.

"못된 놈 같으니, 우리 말을 데리고 가버리다니!"

감독은 투덜거렸으나 멀어져 가는 말들을 바라보는 그의 태도에서 남몰래 그것을 좋아하는 것 같은 기색이 엿보였다.

정오경에 마리불크는 암컷들을 이끌고 물 먹는 곳으로 왔다. 도보로 온 목부들이 그 암컷을 떼어놓았다. 미시카는 마리불크를 광야로 데리고 가서 그전

말 떼 속에 섞이게 하고 돌아왔다.

목부로서 두 달을 근무하는 동안에 코셰보이는 말의 생활을 주의 깊게 관찰했다. 관찰한 결과, 말들이 갖고 있는 지혜와 인간에게서는 볼 수 없는 품위에 대해 깊은 경의를 느끼게 되었다. 그의 눈앞에서 암말들이 씨를 받을 때였다. 원시적인 방법으로 행하는 그 방법은 자연의 법칙에 순응하는 것이었다. 추악하지도 않고, 게다가 아무런 가식도 없는 그것이 인간은 도저히 따를 수 없다는 생각을 코셰보이에게 갖도록 해준 것이었다. 하지만 말의 경우에도 인간적인 데가 많이 있었다. 예를 들면 종마 바하리는 손을 댈 수 없을 정도로 암말에 대한 태도가 거칠고 나이가 많았는데, 이마에 큼직한 별이 박히고 눈이 아름다운 네 살짜리 밤색 암말에게만은 전혀 다른 태도로 대하고 있음을 코셰보이는 알게 되었다. 바하리는 언제나 그 암말의 주변에서 맴돌며 경계를 철저히 하고 불안한 듯이 허둥대었다. 또한 정열적인 그 특유의 콧바람으로 언제나 얌전하게 그 암말의 냄새를 맡고 돌아다니는 것이었다. 축사에서의 그 말은 즐겨 사랑하는 암말의 엉덩이 위에 자신의 심술궂은 얼굴을 얹고 오래도록 꾸벅꾸벅 졸았다. 미시카는 그 모습을 보고 그 말의 얇은 피부 밑에서 힘줄이 생기 없이 움직이는 것을 눈여겨보았다. 그는 바하리가 이 암말을 노인과 같은 순정으로 슬픔을 안은 채 사랑하고 있음을 알 것 같았다.

코셰보이는 성실하게 근무했다. 그가 열심이라는 소문은 마을 아타만의 귀에까지 들어갔다. 8월 초순에 감독은 코셰보이가 읍사무소의 감독으로 채용됐으니 곧 보내 달라는 명령을 받았다.

코셰보이는 즉시 준비를 마치고 관품을 반납한 다음, 그날 저녁으로 귀로에 올랐다. 그는 암말을 재촉했다. 해가 질 무렵에는 벌써 카르긴 옆에 당도했고 그 꼭대기에서 뵤센스카야 방향으로 달려가는 마차를 만났다.

우크라이나인 마부가 땀을 흘리는 살찐 말들을 몰고 있었다. 용수철이 달린 마차 뒷자리에 도회풍의 양복을 입고 회색 펠트 모자를 비스듬하게 쓴, 어깨가 넓고 풍채가 좋은 남자가 반쯤 드러누운 모습으로 앉아 있었다. 얼마 동안 미시카는 모자를 쓴 남자의 진동으로 흔들리는 처진 어깨와 옷깃 위에 뿌옇게 얹힌 흰 먼지의 줄무늬를 바라보면서 뒤를 따라갔다. 승객의 다리 옆에는 노란색 여행가방과 개켜놓은 망토에 덮인 자루가 놓여 있었다. 피워 본 적이 없는 잎담배 냄새가 코셰보이의 후각을 강하게 간지럽혔다. 말과 마차를 나란히 하면서 미시카는 '관리가 마을에 가는 모양이군' 생각했다. 그는 모자 차양 밑으로 비스듬히 드러난 옆얼굴을 보았다. 순간 공포와 놀라움으로 등골이 오싹해지고 그의 입이 절로 헤벌어졌다. 잎담배 끝을 질겅질겅 씹으면서 거만하게 번뜩이는 눈을 가늘게 뜬 채 마차 위에 드러누워 있는 사람은 스테판 아스타호프였다. 미시카는 자신의 눈을 의심하고 다시 한번 자기 부락 출신의, 몰라보게 변한 얼굴을 찬찬히 들여다보았다. 그러자 흔들리고 있는 그 모습이 분명히 스테판임을 확인할 수 있었다. 동시에 흥분으로 땀이 쫙 흘렀으나 헛기침을 하고 물었다.

"실례지만 당신은 아스타호프 씨가 아니십니까?"

마차 안의 인물은 고개를 끄덕이느라고 이마 위로 모자를 미끄러뜨리면서 미시카를 쳐다보았다.

"그렇소이다, 아스타호프요. 그런데 당신은…… 잠깐, 아니 자넨 코셰보이가 아닌가?"

그는 몸을 일으켜 눈에 띄게 늙은 얼굴에 근접하기 어려운 험악함을 드러내 보이고 가지런히 깎은 갈색 수염 속의 입술만을 움직여 웃어 보이며 난처한 듯, 그리고 반갑다는 듯이 손을 내밀었다.

"코셰보이군! 미하일이지? 이런 데서 만날 줄이야! 무척 반갑구먼……"

"대체 어떻게 된 거지?"

미시카는 고삐를 늦춰 잡고 이해가 되지 않는다는 듯 두 손을 벌려 보였다.

"당신이 살해당했다는 얘길 들었는데…… 틀림없는 아스타호프가 아닌가."

미시카는 온 얼굴로 웃으며 안장 위에서 몸을 꼼지락거렸다. 그러나 스테판의 말투와 그의 외양이 그를 당황하게 했다. 그는 태도를 달리했다. 둘 사이를 가로막는 눈에 보이지 않는 장벽이 막연하게 느껴져 그다음부터는 얘기를 할 때마다 '당신'이라고 고쳐 불렀다.

두 사람 사이에 여러 가지 이야기가 오갔다. 말은 보통 속도로 걷고 있었다. 서쪽에서는 놀이 화려하게 물들어 있고, 하늘엔 오렌지빛 구름들이 밤으로의 여행을 서두르고 있었다. 길 옆 수수밭에서는 메추리가 요란하게 울어댔다. 저녁이 되니까 낮 동안의 소란을 마친 광야 위로 매캐한 먼지 냄새가 섞인 정적이 내려왔다. 추카린스카야와 쿨지린스카야 가도의 갈림길에서 보랏빛 하늘을 배경으로 한 교회의 실루엣을 볼 수 있었다. 한 덩어리가 된 벽돌색과 갈색의 구름 봉우리가 그 위에 똑바로 걸쳐 있었다.

"어디서 오시나요, 스테판 안드레이치?"

기쁜 얼굴로 미시카가 물었다.

"독일에서 오는 길이오. 이제야 고향에 돌아오게 된 셈이지요."

"마을 카자흐들은 뭣 때문에 자기네들이 보는 앞에서 살해당했다고 했는지 모르겠군요?"

스테판은 여러 가지 질문을 받기가 난처하다는 표정으로 억양 없는 대꾸를 했다.

"두 군데나 부상을 당했다오. 그런데 마을 카자흐 놈들이…… 그따위 것들이 무슨 카자흐라고! 날 혼자 버려두고 달아나버린 놈들…… 어쨌든 그러다 포로가 되고 말았다오…… 독일병이 상처를 치료해 주고, 그 뒤로 노동판에 끌려 다녔지요……."

"당신에게는 아무런 소식이 없다는 말을 들었는데……."

"소식을 보낼 만한 상대가 있어야 말이지."

스테판은 꽁초를 버리고 잇따라 새 잎담배에 불을 붙였다.

"부인한테 보낼걸 그랬군요. 부인은 건강하게 잘 지내고 계십니다."

"내가 그 여자하고 살지 않고 있었다는 건 다 아는 줄 알았는데."

스테판의 음성은 메말라 온기가 스며들 틈새라곤 없었다. 마누라에 대한 얘기를 들려주었는데도 그는 전혀 흥분하지 않았다.

"타국에서 외롭지 않으셨는지?"

코셰보이는 파고들듯이 물었다.

"처음 얼마 동안은 외롭더군요. 나중에는 익숙해져서 괜찮았어요. 내겐 그렇게 나쁜 생활도 아니었소."

잠시 말을 끊은 다음 그는 다시 말을 이었다.

"계속 독일 땅에 머물러 지내며 국적을 옮길까도 생각해 봤는데, 아무래도 고국이 그리워지더군요. 그래서 모든 걸 팽개치고 돌아왔지 뭡니까."

스테판은 비로소 눈꼬리를 내리고 미소를 지었다.

"그렇지만 여기선 싸움이 그칠 새가 없었어요. 동족끼리 싸움질을 하고 있으니……."

"나도 들었소."

"어느 길을 거쳐서 오셨나요?"

"프랑스 마르세유에서 기선을 타고 왔지요. 큰 도회지였소. 노보로시스크에 도착했지요."

"당신도 동원될지 모르겠군요."

"틀림없이 그렇게 되겠지요…… 그런데 부락의 다른 소식은?"

"한마디로 얘기할 수는 없지만 모든 게 변했답니다."

"내 집은 남아 있는지?"

"바람에 덜컹덜컹 흔들릴 지경이라오."

"이웃집 사람들은? 멜레호프의 아들들은 살아 있소?"

"그럼요."

"내 전처 소식은 들은 적이 있습니까?"

"야고드노예에 살고 있어요."

"아직도 그리고리와 그 여자가 함께 지내고 있나요?"

"아니지요. 그 녀석은 본처하고 살아요. 당신의 아크시냐하고는 헤어졌어요……."

"아, 그래요, 몰랐는데."

두 사람은 잠시 말이 없었다. 코셰보이는 찬찬히 스테판을 지켜보았다. 그리고 맞장구치는 듯한 말투로 얘기를 꺼냈다.

"정말이지, 나쁜 생활은 아니었나 보군요, 스테판 안드레이치. 당신 옷이 근사하군요. 지위가 높은 사람이 입는 것 같아요."

"그 나라에선 모두 몸단장을 잘하고 지내요."

스테판은 마부의 어깨를 쳤다.

"좀 더 속력을 내."

마부가 화난 얼굴로 채찍을 치켜올렸다. 지쳐빠진 말들도 화가 났는지 목을 곧추세우고 가죽끈을 잡아당겼다. 마차는 부드럽게 바퀴를 굴리면서 울퉁불퉁한 길을 달려갔다. 스테판은 이야기 끝을 맺으려고 미시카에게 등을 돌리고 물었다.

"부락으로 가는 길이오?"

"아니, 읍내로요."

갈림길에서 미시카는 오른쪽으로 꺾은 뒤 등자 위에 올라서서 말했다.

"그럼, 또 만납시다. 스테판 안드레이치!"

상대방은 먼지 쌓인 모자 차양을 손바닥으로 구겨 쥐고, 러시아인답지 않게 한 음절 한 음절을 분명하게 끊어 쌀쌀한 어조로 대꾸했다.

"잘 가시오!"

7

전선은 필로노보와 보보리노선에 일직선으로 뻗어 있었다. 적위군은 병력을 집결하여 타격력을 보강하고 있었다. 탄약이 부족했던 카자흐군은 주경 밖으로는 나가지 않고 줄기차게 공격했다. 필로노보 전선의 작전은 일진일퇴였다. 8월에는 상대적인 정전 상태로 휴가를 얻어 귀향한 카자흐들이 휴전은 가을까지 기다려야 될 것이라는 말을 해댔다.

마침 그 무렵은 후방의 마을과 부락에서 수확이 한창인 때라 일손이 모자랐다. 노인과 여자들만으로는 일이 진척되지 않았다. 게다가 전선으로 탄약과 식량을 실어 나르는 역마 봉사가 추수일을 더욱 느려지게 했다.

타타르스키 부락은 거의 매일 명령에 따라 뵤센스카야에 5, 6대의 마차를 내보냈고 뵤센스카야에서 포탄과 소총탄 상자를 싣고 그것을 다시 안드로포프스키 부락의 중계 지점까지 운반했다. 때로는 말이 부족해서 더 먼 호표르강가의 부락까지 가야 할 때도 있었다.

부락의 생활은 바쁘고 공허했다. 모두가 먼 전선에 마음을 쓰고 불안과 고통을 안은 채, 카자흐들에 대해 불길한 소식이나 날아오지 않을까 염려했다. 스테판 아스타호프의 귀환은 온 부락을 흥분시키기에 충분했다. 어느 집에서나 어느 탈곡장에서나 화제가 되었다. 이미 오래전에 장례식을 마쳤기 때문에 노파들의 머릿속에, 그것도 '명복을 빌어 주기 위해서' 기억에 담아 온 것 이외에는 잊어버린 지가 오래인 카자흐가 돌아온 것이었다. 이것이야말로 기적이 아니고 무엇이겠는가?

스테판은 아니쿠시카네 집에 숙소를 정하고 집 안으로 자기의 소지품을 갖다 날랐다. 그러고는 주부가 그를 위해서 저녁 식사 준비를 하는 동안 자기 집을 들여다보았다. 주인다운 무게 있는 걸음걸이로 흰 달빛을 받고선 가옥 안을 이리저리 거닐며 반쯤 부서진 헛간의 처마 밑으로 가보기도 하면서 집 안을 둘러보고 울타리의 기둥을 흔들어 보았다……아니쿠사카네 집 식탁에는 진작부터 차려놓은 오믈렛이 식어가는데도 스테판은 아직까지 손가락 마디를 꺽으면서 잡초가 무성한 마당을 돌아다니며 무어라 중얼거리고 있었다.

그날 밤, 카자흐들은 그의 얼굴도 볼 겸 포로 생활의 형편을 들어 보려고 그를 찾아왔다. 아니쿠시카의 응접실은 여자와 애들로 꽉 들어찼다. 그들은 두꺼운 벽처럼 우뚝 선 채 시꺼먼 입을 헤벌리고 스테판의 얘기에 귀를 기울였다. 스테판은 별로 내키지 않는 듯한 모습으로 얘기를 이어갔다. 그의 노화된 얼굴은 한 번도 미소로 활기를 띠지 않았다. 그의 생활이 험악했고, 뿌리째 뒤틀려 버렸고, 돌변했으며, 새로이 만들어졌음을 알 수가 있었다.

이튿날 아침, 스테판이 아직 응접실에서 잠들어 있는데 판텔레이 프로코피예비치가 찾아왔다. 그는 낮은 기침을 주먹으로 막으며 이 귀환병이 잠에서 깨어나기를 기다렸다. 응접실에서는 흙바닥의 냉기와 숨막힐 듯한 강한 담배 냄새와 여행자의 살갗 속에 스민 먼 여로의 냄새가 풍겨왔다.

스테판이 잠에서 깨어나 성냥을 그어 담배를 피우는 기척이 들렸다.

"들어가도 괜찮겠소?"

판텔레이 프로코피예비치는 그렇게 묻고, 마치 상관 앞에 나서는 듯이 일리니치나가 손수 입혀 주었던 새 웃옷의 구김을 재빨리 폈다.

"들어오십시오."

스테판은 잎담배를 피우며 졸리는 눈을 찌푸린 채 옷을 갈아입고 있었다. 판텔레이 프로코피예비치는 황송한 태도로 문턱을 건너갔다. 동시에 완전히 변해 버린 스테판의 얼굴과 비단 멜빵의 금속고리에 소스라치게 놀라 고깃배를 밀어내듯이 시꺼먼 손바닥을 불쑥 내밀었다.

"안녕하신가요! 무사히 돌아오셔서……."

"여전하시니 반갑습니다!"

스테판은 처지긴 했지만 힘찬 어깨에 멜빵을 매고 양어깨를 가볍게 흔들었다. 그리고 위엄을 갖추어 노인의 꺼끌꺼끌한 손을 쥐었다. 서로가 상대방을 재빨리 훑어보았다. 스테판의 눈에는 적의의 불꽃이 파랗게 타올랐고, 멜레호프의 튀어나온 눈알 속에는 감탄과 비웃음이 섞인 가벼운 놀라움이 담겨 있었다.

"많이 늙으셨군요, 스쵸파……."

"말씀대로 저도 늙었습니다."

"우리 그리시카와 함께 당신의 제사를 드린 적이 있었구먼요."

내뱉고 나서야 쓸데없는 소리를 했음을 깨달은 그는 변명을 하고자 재빨리 말을 이었다.

"건강한 몸으로 돌아오셔서 너무나 반갑습니다…… 고마운 일이오! 그리시카도 제사를 드렸더니 나사로처럼 살아서 돌아왔지 뭡니까. 벌써 두 아이의 애비가 됐습니다만. 그의 아내 나탈리야도 덕택으로 건강하고요. 착한 마누라를 두었지요…… 그런데 댁에선 어떻게……?"

"괜찮습니다."

"이웃사촌이라고, 오면가면 들러주실 수는 없는지? 인사도 할 겸 와주셨으면 합니다. 여러 가지로 할 얘기도 있으니까요."

스테판은 거절했으나 판텔레이 프로코피예비치가 되풀이해서 간청을 하고 급기야는 화를 내는 바람에 하는 수 없이 꺾이고 말았다. 세수를 한 다음 짧게 깎은 머리에 빗질을 한 그는, "앞머리는 어디다 두고 오셨소? 아니면 나이가 들어 빠졌나요?" 농담을 거는 노인의 물음에 미소를 지어 보이고 자신 있다는 듯 모자를 눌러쓰고는 앞장서 갔다.

판텔레이 프로코피예비치는 무척이나 다정했다. 스테판이 '전에 원한을 산 일로 신경 쓰고 있군……' 생각했을 정도였다.

일리니치나는 남편이 눈으로 가리키는 무언의 지시에 따라 주방을 돌아다니면서 나탈리야와 두냐시카에게 일을 맡겨 두고 자신은 식사 준비를 서둘렀다. 여자들은 신기한 눈길로 그의 양복과 칼라와 시계줄과 머리모양 등을 바라보면서 놀라움과 미소를 담은 얼굴로 마주 보았다. 다리야는 정원에서부터 붉어진 얼굴로 들어와서는 얼떨떨한 미소를 띤 얇은 입가를 앞치마자락으로 닦아내면서 눈을 가늘게 뜬 채 말했다.

"어쩜 이럴 수가…… 몰라볼 뻔했지 뭐예요. 카자흐로는 보이지 않는데요."

판텔레이 프로코피예비치는 때를 놓치지 않고, 집에서 만든 탁주를 식탁 위에 올려놓고 병마개를 소리 나게 따서는 냄새를 맡고 자랑을 늘어놓았다.

"한번 마셔 보시지요. 직접 만든 술인데 성냥을 그어대면 파란 불꽃이 일어난 다오, 정말이오!"

두서없는 얘기가 계속되었다. 스테판은 내키지 않는 얼굴로 마시고 있었는데, 나중에 가서는 연거푸 들이켜 취했는지 조금은 부드러워졌다.

"이젠 당신도 색시를 맞아들여야 될 텐데……."

"무슨 말씀을! 헌 남자를 어디다 치우려고요?"

"헌 남자라니요…… 상관없어요. 헌 여편네야, 뭐……여편네란 마치 암말 같아 이빨이 있는 동안만 타고 다닐 수가 있다고요. 젊은 여자를 구해 드릴까?"

"어려운 세상이에요. 색시 얻는 일은 급할 게 없습니다. 게다가 한 열흘 쉬고는 다시 읍사무소로 출두해서 전선에 나가봐야 될 것 같습니다."

스테판은 취한 김에 조금은 외국인 같은 말투를 썼다.

얼마 뒤 그는 다리야의 경탄의 눈길로 배웅을 받으면서, 등 뒤로는 험담과 욕설을 남겨둔 채 돌아갔다.

"제기랄! 꽤나 도도해졌군! 들었지, 그 말투 말이야! 세무장이나 높은 양반같이……내가 방에 들어갔을 때 잠자리에서 막 일어난 참이었는데 바지에다가 금속고리가 달린 멜빵을 매고 있더라니깐. 정말이라고! 말처럼 잔등과 가슴에다 띠를 걸고 말이야. 뭣 땜에 그렇게 하는지, 그걸 꼭 메고 다녀야 해? 그놈, 학자나 된 듯이 으스대는 꼴이라니"

스테판이 거리감 없이 그를 맞아 주었고 지난날의 원한을 털어버리고 집에까지 와준 것에 대해 흐뭇해진 판텔레이 프로코피예비치는 사뭇 신이 나서 지껄였다.

스테판의 얘기로는 근무 기간이 끝나는 즉시 부락으로 돌아와서 집안을 그 전처럼 일으켜 놓겠다는 것이었다. 그는 돈을 갖고 있다는 말도 슬쩍 비쳤는데, 그 일은 판텔레이 프로코피예비치를 깊은 생각 속으로 몰아넣게 했고 본의가 아니나마 존경심을 품지 않을 수 없도록 만들었다.

"그녀석, 돈푼깨나 쥔 모양이야"

그가 돌아간 뒤에 프로코피예비치는 말했다.

"제기랄, 큰돈을 갖고 있는 것 같아. 포로로 잡혔다가 돌아온 카자흐들은 모조리 거지꼴이었는데, 놈은 비단으로 휘감고 왔으니…… 살인을 했는지, 돈을 훔쳤는지 알 수가 있나."

처음 한동안 스테판은 아니쿠시카네 집에서 빈둥거리고 있을 뿐, 밖에는 거의 나타나지 않았다. 이웃 사람들은 잠시도 그에게서 눈을 떼지 않았다. 그의 일거일동을 지켜보며 스테판이 대체 무슨 일을 꾸미고 있는지 아니쿠시카로부터 알아내려고 여러 가지로 시도하기도 했다. 그러나 아니쿠시카는 입을 꾹 다물고 모른다는 말 한 마디로 피해버렸다.

아니쿠시카의 아내가 멜레호프네 집에서 말을 빌려 타고 토요일 이른 아침에 어디론가 나간 뒤, 부락에서는 갖가지 소문이 요란하게 나돌았다. 판텔레이 프로코피예비치만은 어렴풋이 짐작하고 있었다. '아크시냐에게 갔을 거야.'—타란타스(반무개차)에다 발을 저는 말을 매면서 그는 일리니치나에게 눈짓을 해보였다. 그의 짐작은 적중했다. '지난 일은 잊어버리고 남편에게 돌아올 마음이 없느냐고 아크시냐에게 물어보고 오라'는 스테판의 부탁을 받고 그 여자는 야고드노예를 향해 말을 몬 것이었다.

그날 스테판은 인내와 냉정을 깡그리 잃고 저녁이 다 되도록 온 동네를 돌아다녔는데, 모호프네 집 현관 앞에서 세르게이 플라토노비치와 차차와 앉아 독일에 대해, 그곳에서의 생활에 대해, 프랑스를 거쳐 돌아오는 도중에 있었던 일과 바다에 관한 것 등을 지껄여댔다. 모호프의 푸념을 들으면서 얘기를 하고 있는 동안에도 그는 줄곧 시계만 들여다보았다.

어두워져서 안주인은 야고드노예로부터 돌아왔다. 여름철에만 쓰는 주방에서 저녁 식사를 준비하는 중에 그녀는 아크시냐가 뜻밖의 소식에 깜짝 놀라 여러 가지 것을 묻긴 했지만 돌아올 생각은 조금도 없는 것 같더라고 말했다.

"하긴 굳이 돌아올 필요가 없을 거야. 마님처럼 살고 있던데, 뭘. 얼굴이 반들반들 윤이 나고 하얗더라고. 고된 일은 하지 않나봐. 옷도 잘 차려입고 있었어. 당신 같은 사람은 상상도 못할 정도였어. 평상시에도 눈처럼 하얀 스커트를 입다니. 손도 아주 깨끗하더라니까……"

부러운 듯이 한숨을 쉬고 안주인은 그렇게 말했다.

스테판의 볼에 붉은 기운이 돌고, 아래를 내려다보는 밝은 두 눈 속에 미움과 근심이 불타올랐으나 그것은 이내 꺼져버렸다. 그는 손의 떨림을 애써 억누르면서 수저를 들고 찻잔에서 산유(酸乳)를 떠먹었다. 애써 침착한 체 하며 그는 띄엄띄엄 물었다.

"그러니까 아크시냐는 현재의 생활을 자랑스레 여기고 있더라는 말이군?"

"맞아! 누구든 그렇게 사는 것을 싫어할 사람은 없을걸."

"나에 대해서 물어보던가?"

"그럼, 묻지 않고! 당신이 돌아왔다니까 새파래지던걸."

저녁 식사를 마친 스테판은 하숙집을 나와 잡초가 무성한 집을 향했다.

8월의 짧은 황혼은 뜀박질로 왔다가 이내 사라져버렸다. 축축한 방의 냉기 속에서 들리는 탈곡기의 바퀴 소리와 날카로운 사람의 목소리가 귀에 거슬렸다. 노란 곰보 얼굴의 달 아래에서 사람들은 여느 때와 다름없이 떼를 지어 소란을 떨고 있었다. 낮에 탈곡한 알곡더미를 삼태기에 담아 헛간으로 옮겨놓고 있었다. 광장 언저리로부터 증기 탈곡기 소리와 개 짖는 소리가 들려왔다. 부락은 막 탈곡된 밀과 밀겨의 새콤달콤한 냄새에 싸여 있었다. 멀리 떨어져 있는 탈곡장에서 목청을 뽑아 부르는 노랫소리가 들려왔다. 돈강으로부터 눅눅한 습기가 스며들었다.

스테판은 울타리에 기대 선 채 한길 너울의 돈강 급류를, 비스듬히 달빛을 받아 굽이쳐 반작거리는 흐름을 바라보았다. 흐름에 따라서 잘디잔 물결이 떨리는 것을 볼 수 있었다. 돈 너머의 강가에는 포플러가 졸고 있었다. 비애가 조용하게, 그러나 강렬하게 스테판을 휘 감쌌다.

새벽녘에 비가 내렸다. 하지만 해가 떠오르자 구름이 흩어졌다. 두 시간쯤 지나자 바퀴 자국 위에 엉겨서 말라가는 진흙 덩어리만이 비가 내렸던 흔적을 남겨 두었다.

아침나절에 스테판은 야고드노예를 찾아갔다. 흥분한 얼굴로 문 옆에 말을 매어 두고 몸을 요란스레 흔들면서 하인들의 거처로 들어갔다.

퇴색한 풀이 돋은 넓다란 집 안에는 인기척이라곤 없었다. 마구간 옆에 쌓인 퇴비를 암탉들이 헤집고 있었다. 쓰러져 있는 울타리 위를 까마귀처럼 검은 수탉이 오락가락하고 있었다. 암탉을 불러 모으다가 울타리를 기어다니고 있는 빨간 벌레를 찍어먹는 시늉을 했다. 살찐 보르조이 개가 마구간 옆 그늘에서 졸고 있었다. 검은 반점을 가진, 꽁지가 짧은 강아지 여섯 마리가 초산(初產)인 젊은 어미개를 밀치며 작은 다리로 버티고 서서 어미개의 잿빛 유방을 잡아당기는 것같이 빨아댔다. 몸채 지붕의 그늘진 곳에서는 아직껏 이슬이 반작이고 있었다.

스테판은 조심스레 주변을 돌아보고 행랑채로 들어가 뚱뚱한 찬모를 향해 물었다.

"아크시냐를 만날 수 있겠소?"

"누구세요, 당신은?"

땀이 배인 곰보 얼굴을 앞치마로 닦고 나서 상대방은 흥미를 나타냈다.

"그런 건 당신이 알 바 아니오. 아크시냐는 어디 있지요?"

"영감마님한테 가 있는데 잠깐만 기다리슈."

스테판은 무척 피곤한 모습으로 자리에 앉아 무릎 위에다 모자를 얹어놓았다. 찬모는 아궁이 속에 쇠냄비를 밀어넣고 손님을 외면한 채 부젓가락을 철커덕거리고 있었다. 주방에는 엉킨 우유와 새콤달콤한 홉 냄새가 가득 차 있었다. 파리가 페치카와 벽과 가루가 흩어져 있는 탁자 위를 기어다녔다. 스테판은 긴장하여 귀를 쫑긋 세우고 앉아 있었다. 귀에 익은 아크시냐의 발소리는 그로 하여금 거의 의자 위에서 떠밀린 것처럼 일어서게 만들었다. 그는 무릎에서 모자를 미끄러뜨린 채 일어서 있었다.

아크시냐가 한 아름이나 되는 접시를 안고 들어왔다. 그녀의 얼굴은 시체처럼 창백해지고 도톰한 입술 끝이 떨고 있었다. 그녀는 접시를 가슴에 안고 휘둥그레진 눈을 들어 스테판을 지켜보면서 걸음을 멈췄다. 그러더니 갑자기 뜀박질을 하듯 다급한 걸음으로 탁자 앞까지 걸어와 두 손에 들고 있는 것을 내려놓았다.

"오랜만이오!"

스테판은 잠을 자고 있을 때처럼 깊은 숨을 내뿜고 있었다. 긴장된 미소가 그의 입술을 열게 만들었다. 그는 잠자코 머리를 숙여 아크시냐에게 손을 내밀었다.

"내 방으로……"

아크시냐는 몸짓으로 불렀다.

스테판은 마치 무거운 것을 들어올리듯이 모자를 집어 들었다. 머리로 피가 몰려와 눈앞이 캄캄했다. 아크시냐의 방으로 들어가 탁자를 마주하고 앉자, 아크시냐는 메마른 입술을 핥으면서 신음하는 것 같은 소리로 물었다.

"어디서 오시는 길이에요?"

스테판은 어설프고 거북살스러운 명랑함을 가장하고 술에 취한 것같이 손을 치켜들었다. 그러나 그의 입술에서는 아직도 기쁨과 고통이 섞여 있는 그 미소가 사라지지 않고 있었다.

"포로 생활을 마치고…… 당신에게 돌아왔소. 아크시냐……."

그는 안절부절못하다가 갑자기 일어서더니 호주머니에서 작은 꾸러미를 꺼내놓았다. 그리고 정신없이 그 꾸러미를 풀어 팔찌가 달린 여자용 은시계와 싸구려 청옥이 박힌 반지를 꺼내 축축한 손바닥 위에 올려놓고 그녀에게 내밀었으나, 아크시냐는 계면쩍은 미소로 뒤틀려 있는 그 어색한 얼굴로부터 눈을 떼려 하지 않았다.

"받아둬, 당신을 위해서 소중하게 간직해온 거야…… 전에 우린 부부였으니까……."

"무엇 때문에 이런 걸 주는 거죠? 잠깐만 기다리세요……."

생기 없는 아크시냐의 입술이 중얼거렸다.

"받으라니까…… 화내지 말고. 이제부턴 서로가 쓸데없는 짓은 않기로 하자고……."

아크시냐는 일어서서 아궁이 위쪽에 있는 침대 가까이로 물러섰다.

"당신, 돌아가셨다는 소문이 나돌았었는데."

"기뻐하지는 않았나?"

그녀는 대꾸를 하지 않았다. 이미 침착을 되찾은 그녀는 전남편의 머리 꼭대기서부터 발끝까지 훑어보고 말쑥하게 다려서 입은 치마 주름을 하릴없이 만지작거리고 있었다. 손을 잔등으로 가져가면서 물었다.

"아니쿠시카 아줌마, 당신이 보냈지요? 돌아와 달라고 당신이 말했다던데……."

"돌아와 줄 거야?"

스테판이 가로막았다.

"거절하겠어요."

아크시냐의 목소리는 냉랭했다.

"싫다니까요, 돌아가지 않겠어요."

"어째서?"

"그럴 마음이 없는 걸 어떻게 해요. 게다가 이미 늦었어요…… 늦었다고요."

"집안일을 돌보고 싶소. 독일에서 돌아오는 길에 줄곧 생각한 일이오. 아니, 그곳에 있을 때도 그 일을 잊어본 적이 없었어. 아크시냐 당신, 앞으로 어떻게 할 거야? 그리고리한테 버림을 받았다던데…… 혹시 또 딴 사람이라도 붙잡았다는 거야 뭐야? 젊은 서방님하고 무슨 일이 있었다는 얘기를 들은 것 같은데…… 정말이오?"

아크시냐의 볼에 불태울 듯이 피가 몰렸다. 수치심으로 인해 내리깐 눈 밑에 눈물이 맺혀 있었다.

"맞아요, 그분하고, 정말이에요."

"비난하려는 건 아니야."

스테판은 열등감을 느끼면서 말했다.

"난 당신이 아직 안정을 못 찾고 있는 것 같아서, 그래서 해본 소리요. 젊은 서방님한테 언제까지나 당신이 필요하진 않을 거 아니오. 일시적인 위안일 따름이라고…… 저것 봐, 벌써 눈 밑에 주름이 생겼지 않소…… 버림받을 게 틀림없어. 싫증이 나면 그 길로 버릴 텐데 뭘. 그렇게 되면 어디에 몸을 의지할 거야? 하녀 생활도 진력이 안 나나? 잘 생각해 보라고…… 난 돈을 좀 벌어가지고 왔어. 전쟁만 끝나면 편안히 살 수 있을 거야. 다시 합칠 수 있을 줄 알았는데…… 지난 상처는 잊어버릴 수 있을 거야……."

"그럼, 전에 어떤 생각을 했었다는 거예요, 스테판?"

밝은 눈물을 담고 아크시냐는 말하더니 뚜벅뚜벅 탁자 옆으로 다가왔다.

"전에 어떤 생각을 했었느냐는 말예요. 내 젊음을 송두리째 망가뜨려놓고? 그리시카한테 날 쫓아 보낸 건 바로 당신이었어요. 당신이 나한테 얼마나 못되게 굴었나 잊어버렸나 봐?"

"이봐, 내가 결말을 지으려고 찾아온 건 아니잖소…… 당신은 모르지? 내가 그 일 때문에 얼마나 괴로워했는지 모를 거야. 난 그 일만 떠올리다가 사람이 변한 것같이 돼버렸어"

스테판은 한참 동안 탁자 위에 올려놓았던 자신의 손을 지켜보면서 한 마디 한 마디를 입안에서 끌어내듯 천천히 말을 이어갔다.

"당신 생각만 줄곧 해왔어…… 가슴에 피가 맺혀 있는 것 같았지…… 밤이나 낮이나 머리에서 떠나질 않더군…… 그쪽에 있었을 땐 독일인 과부와 살았었어…… 어느 것 한 가지도 불편한 게 없었지만, 하지만 그런 걸 모두 버리고 온 거야…… 집 생각 때문에"

"그럼, 안정하고 싶다는 말인가요?"

분노로 인해 콧구멍을 벌름거리면서 아크시냐가 물었다.

"집을 갖고 싶단 말이죠?"

그러더니 어두운 웃음을 머금었다.

"그건 안 돼요! 난 할망구니까. 주름살까지 드러나 보이게 된걸…… 어린애 낳는 것도 잊어버렸어요. 남의 정부니까, 정부한텐 애는 금물이거든요…… 그런 여잔데도 필요해요?"

"꽤 영리해졌군그래……."

"보시는 바와 같아요."

"그래서 싫다, 그 말이오?"

"그래요, 싫어요. 돌아가진 않겠어요."

"그렇담 잘 있어."

스테판은 일어서서 부질없이 손으로 손목시계를 빙글빙글 돌리고 있었는데, 이윽고 그것을 탁자 위에 올려놓았다.

"그러지 말고 더 깊이 생각해봐. 그러고 나서 알려줘."

아크시냐는 그를 문간까지 배웅했다. 차바퀴 밑으로 일어난 먼지가 스테판의 넓은 어깨를 감싸는 것을 잠시 동안 바라보고 있었다.

분노의 눈물이 그녀를 때려눕혔다. 그녀는 흐느껴 울면서 모든 것이 어긋나고 만 그 일에 대해 생각을 해보았다. 바람이 부는 대로 또다시 내던져진 자신의 신세를 한탄하면서, 자기는 이미 예브게니에게는 불필요한 여자가 되었다고 생각했다. 남편이 돌아왔다는 말을 들었을 때 그녀는 아직껏 한 번도 느껴 본 적이 없는 행복의, 그 파편을 다시 긁어모아 남편 곁으로 돌아가리라 마음먹었다. 그런 결심을 하고 사실은 스테판을 기다리고 있었던 것이다. 그랬는데 비굴해지고 순해진 그를 대하자 어두운 자존심―버림을 받은 이상 야고드노예에 더 머물러 있지 않겠다는, 그녀에게 허용되지 않았던 그 자존심―강하게 머리를 치켜들었다. 스스로도 어쩔 수 없는 비뚤어진 의지가 그녀의 말과 행동을 지배했다. 지난날의 갖가지 원한을 떠올리게 하고 이 남자의 그 큰 손바닥으로부터 받았던 모든 것을 돌이켜 생각하게 했다. 결렬을 원하지 않은, 그러면서도 남몰래 자신의 거동을 두려워했던 그녀는 '싫어요, 돌아가진 않겠어요' 하는 칼날 같은 언어 속에서 숨이 차 있었다.

또 한 번 멀어져가는 타란타스로 눈길을 던졌다. 스테판은 채찍을 흔들고 길가에 돋아난 키 작은 약쑥의 보랏빛 그늘로 숨어버렸다.

이튿날, 아크시냐는 계산을 마치고 세간을 얽어맸다. 예브게니에게 작별을 나눌 때, 자신도 모르게 울음을 터뜨리고 말았다.

"나쁘게 생각지 말아요, 예브게니 니콜라예비치"

"무슨 말을 그렇게 해! 오히려 감사하고 있는데."

동요를 담은 그의 음성에는 억지로 만든 활기가 담겨 있었다.

그런 뒤에 그녀는 떠났다. 저녁나절에는 타타르스키 부락으로 돌아와 있었다. 스테판이 문간 앞에서 아크시냐를 맞아들였다.

"돌아왔군?"

그는 미소를 짓고 물었다.

"다신 집을 나가지 않지? 안 나간다고 생각해도 되는 거지?"

"나가지 않겠어요."

가슴을 옥죄는 것 같은 심정을 안은 채 절반쯤 부서진 몸채와 새까만 브리얀초가 무성한 집 안을 바라보면서 아크시냐는 짤막하게 대꾸했다.

8

두르노프스카야 마을에서 그다지 멀지 않은 곳에서 뵤센스키 연대는 처음으로 퇴각중인 적위군 부대와의 전투에 말려들었다.

정오경에 그리고리 멜레호프가 지휘하는 중대는 잡목림을 등 뒤로 거느린 작고 후미진 부락을 점령했다. 부락 복판을 뚫고 낮은 벼랑을 씻어내고 있는 개울 옆 버드나무의 축축한 그늘 밑에서 그리고리는 카자흐들을 말에서 내리게 했다. 어디선가 가까운 곳에서 부글부글 소리를 내면서 부드러운 흑토 밑으로부터 샘물이 솟아오르고 있었다. 물은 얼음처럼 차가웠다. 카자흐들은 그것을 모자에 담아 게걸스레 들이마셨다. 그런 뒤에 흐뭇한 신음 소리를 지르고 땀에 젖은 머리에다 그 모자를 깊숙이 눌러썼다. 열기로 인해 뿌옇게 흐려 있는 부락 상공에 태양이 걸려 있었다. 대지는 한낮의 아지랑이에 사로잡혀 뜨겁게 달아올라 있었다. 불길 같은 햇빛을 받고 서 있는 나뭇잎들이 생기를 잃고 고개를 숙이고 있었으나, 버드나무 그늘에는 썰렁한 냉기가 가득 차 있어서 산우엉과 습지대에서 자라는 연한 풀들이 아름다운 연두색을 띠고 있었다. 작은 웅덩이에는 부초가 귀여운 처녀의 미소처럼 빛나고 있었다. 개울물이 꼬부라져 있는 저 너머에는 오리가 울면서 물장구를 치고 있었다. 말은 콧소리를 내뿜고 부드러운 진흙 속을 첨벙거리며 물속으로 걸어가 고삐를 뿌리치고 물을 흐려놓고, 자꾸만 더 신선한 물을 찾아 개울 복판으로 나가고 있었다. 뜨거운 바람을 받고 고개를 숙인 말 주둥이에서 큼직한 다이아몬드 같은 물방울이 뚝뚝 떨어졌다. 짓이겨진 진흙과 개울 밑바닥의 끈적거리는 흙냄새, 물에 젖어 썩고 있는 버드나무 뿌리의 강한 냄새가 피어오르고 있었다······.

카자흐들이 산우엉의 풀숲 속에 누워 얘기를 하며 담배를 피우기 시작했을 때 마침 척후병이 돌아왔다. '적위병 놈들'이라는 한 마디는 모두를 동시에 일어서게 만들었다. 모두들 말에게 복대를 채우고 다시 물가로 가서 물통을 채우고 또 한 번 마셨다. 모두가 '어린아이 눈물처럼 맑은 이런 물을 다시 마실 수 있을까······' 생각하는 것 같았다.

도중에 작은 시냇물을 건넜는데 그곳에서 걸음을 멈추었다.

부락으로부터 1킬로미터가량 떨어진 곳, 약쑥이 돋아 있는 잿빛 모래땅 언덕에 적의 척후 한 무리가 우글거리고 있었다. 기마병 여덟 명이 조심스레 부락 쪽으로 내려가는 참이었다.

"사로잡는 게 어때?"

미치카 코르슈노프가 그리고리에게 제의했다.

그는 소대를 절반 인솔하여 길을 돌아 부락의 배후로 나갔다. 그러자 척후들이 카자흐를 발견하고 되돌아가버렸다.

약 한 시간 뒤 연대의 다른 기병 2개 중대가 도착했다. 즉시 전진을 시작했다. 1천여 명의 보병이 그들을 향해 오고 있다는 정보가 척후로부터 전달되었다. 뵤센스키 연대의 병사들은 우측을 진군하고 있는 제33엘란스코 부카노프스키 연대와의 연락이 끊겼음에도 불구하고 교전을 결행하기로 했다. 언덕을 내려간 곳에서 말을 내리게 했다. 말 담당들이 부락 밑 널따란 기슭으로 말을 끌고 갔다. 척후들은 오른쪽 어딘가에서 보이지 않게 되었다. 경기관총이 성급하게 소리를 지르기 시작했다.

이윽고 적위군 부락의 산병선이 나타났다. 그리고리는 휘하의 중대를 협곡 꼭대기에 늘어놓았다. 카자흐들은 말갈기같이 작은 풀숲 꼭대기에 엎드렸다. 낮은 야생 능금나무 그늘에서 그리고리는 쌍안경으로 멀리 있는 적의 산병선을 살펴보고 있었다. 최초의 2선이 나아가자 그 배후에 있는, 미처 추수를 끝내지 못한 갈색 밀밭의 물결 틈새로 행군 종대가 산개하는 광경이 뚜렷이 보였다.

제1열 전방에 분명히 지휘관인 듯한 사람의 그림자가 백마를 타고 선 모습이 그리고리와 카자흐들을 놀라게 만들었다. 제2열 앞에서도 간격을 두고 두 사람의 그림자가 움직이고 있었다. 제3열에도 지휘관이 인솔하고 있고 그와 나란히 깃발이 흔들리고 있었다. 수확후의 지저분한 전답을 배경으로 펄럭이는 깃발의 천은 작은 핏방울처럼 빨갛게 비쳤다.

"저놈들 쪽엔 코미사르(군사위원)가 선두에 나와 있군!"

카자흐 하나가 소리쳤다.

"맞아! 정말 대단하군!"

미치카 코르슈노프가 탄성을 지르듯 말하고는 웃음을 터뜨렸다.

"저것 좀 봐! 저놈들이 바로 빨갱이라구!"

중대 전원이 소리를 지르면서 일어섰다. 모두가 햇빛을 가리기 위해 눈 위로 손을 가져갔다. 말소리가 멎었다. 그러자 죽음 앞의 엄숙한 고요가 마치 구름의 그림자처럼 스텝과 기슭 위에 감돌았다.

그리고리는 뒤를 돌아보았다. 갯빛이 섞인 남색의 울창한 버드나무 숲 너머에 있는 부락 한쪽에 모래먼지가 뭉게뭉게 피어올랐다. 제2중대가 뜀박질로 적의 측면을 향해 진격하고 있었다. 산협이 아직은 중대의 이동을 감춰 주고 있었다. 그러나 그것은 4킬로미터 정도여서 두 갈래가 되어 언덕으로 기어 올라갔다. 그리고리는 중대가 적의 측면과 나란히 설 수 있는 거리와 시간을 머리 속으로 재고 있었다.

"엎드렷!" 갑자기 뒤를 돌아보고 쌍안경을 케이스 안에 집어넣으면서 그리고리가 명령했다.

그는 자기의 산병선으로 되돌아갔다. 더위와 먼지로 검붉어진 데다가 개기름이 떠 있는 카자흐들의 얼굴이 그를 돌아보았다. 카자흐들은 얼굴을 마주보고 엎드렸다. "전투 준비!" 호령 소리가 나자 일제히 장전을 하기 시작했다. 그리고리가 위에서 내려다보니까 똑바로 뻗은 다리, 군모의 상부, 먼지투성이가 된 작업복, 게다가 땀에 젖은 잔등과 팔꿈치만이 보였다. 카자흐들은 엄호물을 찾아 조금이라도 나은 장소를 고르려고 기어다니고 있었다. 어떤 병사는 총검으로 딱딱한 흙을 파기도 했다.

그때 적위군 쪽에서 미풍이, 확실히 알아들을 수 없는 노랫소리를 싣고 그들 쪽으로 불어왔다……

열은 흐트러진 채 느릿느릿 흔들리고 있었다. 그곳에서 사람의 음성이 열기로 떠 있는 들판을 거쳐 차츰 사라져갔다.

그리고리는 심장이 터질 것처럼 격렬하게 뛰는 것을 느꼈다…… 그는 마음을 억누르고 전에 들은 적이 있는 그 선율에 귀를 기울였다. 굴보스카야에서 적위군 수병들이 기도하듯 모자를 벗고 흥분으로 눈을 빛내면서 이 노래를 부르는 것을 들은 적이 있었다. 갑자기 마음속에 공포에 가까운 힘을 지닌 불안이 머리를 치켜들었다.

"뭘 저렇게 짖어대는 거야?"

불안한 얼굴을 돌리고 나이 많은 카자흐 하나가 머리를 들어올렸다.

"일종의 기도 같은 거지."

오른쪽에 엎드려 있던 또 한 사람의 카자흐가 그의 말에 대꾸를 했다.

"놈들의 기도는 악마의 기도야!"

안드레이 카슐린이 싱긋 웃고 그의 곁에 서 있는 그리고리를 흘끗 쳐다보았다.

"그리고리는 저놈들하고 지낸 적이 있으니까 무슨 노래인지 알지? 틀림없이 함께 불렀을 텐데?"

……'토지를 얻으리라!' 뚜렷하게 들리지 않는 가사가 환호처럼 회오리를 일으키는가 싶었는데 다시 물을 끼얹은 것같이 조용해졌다. 카자흐들은 술렁거리기 시작했다. 누군가가 산병전 중간쯤에서 소리를 내어 웃음을 터뜨렸다. 미치카 코르슈노프는 몸을 들썩거리고 있었다.

"알겠어? 토지가 필요하다고 하잖아?"

마구 욕설을 퍼부었다.

"그리고리! 말을 타고 있는 저놈을 내가 거꾸러뜨려 놓고 말겠어! 쏴도 돼?"

허락도 받지 않고 발사를 했다. 총탄은 기마병을 위협했다. 그는 말에서 내려 말을 건네주고 칼을 뽑아들고 맨 선두로 나섰다.

카자흐들이 사격을 시작했다. 적위병들은 엎드렸다. 그리고리는 기관총병에게 사격개시를 명령했다. 기관총이 두 번 사격을 했을 때 제1선이 돌격을 감행하려고 일어섰다. 20미터가량 나가다가 다시 엎드렸다. 쌍안경을 통해 그리고리는 적위병이 삽을 들고 참호를 파고 있는 것을 보았다. 그들 위에 비둘기색 모래 먼지가 춤을 추었고, 산병선 앞에는 들다람쥐의 굴 옆에 쌓여 있는 것 같은 흙무더기가 수북했다. 그쪽에서 완만한 사격이 불을 뿜기 시작했다. 피아간에 사격전이 벌어졌다. 전투는 길어질 우려가 있었다. 약 한 시간 지나자 카자흐 측에 손해가 발생했다. 제1소대 중 한 사람이 소총탄에 치명상을 입은 것이다. 세 명의 부상병이 움푹 팬 땅에 머물러 있는 말 담당에게 기어갔다. 제2기병 중대가 측면에서 나타나 돌격을 했다. 공격은 기관총에 의해 격퇴당했다. 카자흐들이 뭉쳤다가 부챗살형으로 흩어지기도 하면서 허둥지둥 되돌아오는 것이 보였다. 후퇴했다가 다시 열을 지은 다음에 일제히 소리도 지르지 않고 묵묵히 진격해 갔다. 그러자 또다시 질풍 같은 사격이 나뭇잎을 날려보내듯이 그들을 쫓아 버리는 것이었다.

그리고리는 사격을 중지시키지 않은 채 중대를 일어서게 했다. 카자흐들은 엎드리지 않고 나아갔다. 애초에 그들을 사로잡고 있었던 망설임과 주춤거림은 자취를 감추고 없어진 것 같았다. 황급히 진지로 달려온 포병 중대가 그들의 사기를 북돋워 주었다. 사격 위치로 진출한 제1소대가 포화를 열었다. 그리고리는 말 담당에게 말을 끌고 오라는 명령을 내렸다. 그는 공격에 대비한 것이다. 전투가 시작되었을 때, 그가 적위병을 감시하고 있었던 능금나무 숲 한 귀퉁이에서 제3포가 포차로부터 떨어져 나왔다. 키가 큰 장교가 또 옆으로 뛰어가 장화의 몸통을 채찍으로 두들기면서 행동이 느린 말 담당 병사를 호되게 나무라고 있었다.

"끌어내! 이봐! 여우에 홀렸나, 왜 이래……?"

중대로부터 반 킬로미터 떨어진 곳에서 고참장교와 관측병이 말에서 내리더니 작은 둔덕 위로 퇴각하는 적의 산병선을 쌍안경으로 내려다보고 있었다. 통신병이 뜀박질로 전화선을 끌어당겨 중대와 관측소를 연결하고 있었다. 중대장인 일등대위의 큼직한 손가락에는 고급스러운 약혼반지가 반짝이고 있었다. 그는 제1포문 옆에 서서 날아오는 소총탄을 피하려고 머리를 흔들면서 발을 동동 구르고 있었다. 그가 몸을 세게 흔들 때마다 옆구리에 차고 있는 낡은 야전가방이 대롱거렸다.

약하게 튀는 것 같은 신음 소리가 들려와 그리고리는 시사탄(試射彈) 낙하점을 눈으로 좇은 다음에 뒤를 돌아보았다. 포수들이 씨근덕거리며 열심히 포차를 밀고 있었다. 첫 번째 유산탄이 추수가 끝나지 않은 밀밭을 뒤덮었다. 창공을 배경으로 바람에 불려 찢어진 솜 같은 연기가 흩어지지 않고 얼마 동안 그대로 떠 있었다.

4문의 포가 교대로 포탄을 날려 보냈다. 그러나 포화는 그리고리의 예측과 달리 적위병의 산병선에 눈에 띌 만큼의 혼란을 초래하지는 못했다. 그들은 허둥대지 않고 질서 있게 물러갔다. 기병중대는 이미 산골짜기에서 내려가 시계로부터 사라졌다. 공격을 해야 소용이 없음을 깨달은 그리고리는 일단 포병 중대장과 얘기를 나눠 봐야겠다는 생각이 들었다. 중대장은 몸을 흔들며 다가왔다. 햇볕에 그을려 더럽혀진 입수염을 손으로 더듬으며 친근한 미소를 지어 보였다.

"공격으로 바꾸려던 참이었는데요."

"공격이라고!"

일등대위는 고집스레 머리를 흔들고 손등으로 흘러내리는 땀을 닦았다.

"놈들이 후퇴하는 모습을 봤나? 끄떡도 않잖아! 놀라운 일이야. 저 부대 지휘관들은 기간 장교인 것 같아. 내 전우 가운데 카자흐 대장인 세로프란 자가 저쪽에 있지……."

"어떻게 압니까?"

그리고리는 의아하다는 듯 눈을 가늘게 했다.

"탈주병이 그러더군…… 사격 중지!"

일등대위는 그렇게 명령하고 변명하듯 말했다.

"헛수고야, 포탄이 얼마 안 남았어…… 자네가 멜레호프인가? 잘 지내보자고. 폴타프체프야."

그는 그리고리의 손에 땀에 젖은 큼직한 손을 가져갔으나 악수할 때까지 기다리지 않고 재빨리 야전배낭 속으로 손을 밀어넣더니 담배를 꺼내들었다.

"한 모금 피지 그래!"

둔한 소리와 함께 움푹 팬 땅에서 기마병들이 올라왔다. 포병 중대는 앞차에 포를 연결시켰다. 그리고리는 휘하의 중대에게 말을 타게 한 뒤 언덕 너머로 물러가고 있는 적위병을 추격하게 했다.

그들은 다음 부락을 점령했다. 그것도 저항을 받지 않은 상태로 차지했다. 뵤센스키 연대의 3개 중대와 포병 중대가 그 부락에서 야영을 했다. 겁을 먹은 주민들은 집 밖으로 나올 기미조차 보이지 않았다 카자흐들은 먹을 것을 찾아 이집 저 집을 돌아다녔다. 그리고리는 마을 끝에 있는 어느 주택 옆에서 말을 내리고 집 안으로 말을 끌고 가서 입구 옆에 세워놓았다. 주인은 잠자리에 누워 꾀죄죄한 베개를 베고 있었는데 유별나게 작은 머리를 흔들며 신음하고 있었다.

"어디 몸이 아픈가?"

인사를 하고는 그리고리가 웃는 얼굴로 물었다.

"병에 걸렸다오……."

주인은 꾀병을 앓고 있었던 것이다. 불안하게 눈알을 굴리는 것으로 보아 스스로도 상대가 자기 말을 곧이듣지 않고 있다는 것을 아는 듯했다.

"카자흐들에게 먹을 것을 좀 줄 수 없겠나?"

엄하게 그리고리가 물었다.

"몇 명이나 됩니까?"

주부가 난로 옆을 떠나 가까이 와 있었다.

"다섯 명."

"그럼, 어서 들어오시잖고. 우선 집에 있는 거라도 드리지요."

카자흐들과 함께 식사를 마친 그리고리는 한길로 나갔다.

우물 옆에는 완전한 전투준비 태세로 포병 중대가 정지해 있었다. 장비를 갖춘 말이 먹이주머니를 흔들면서 사료를 먹고 있었다. 말 담당 병사와 포병들은 탄약상자 그늘에서 햇볕을 피하여 드러눕거나 앉아 있었다. 포병 하나가 다리를 걸쳐놓고 엎드린 채 어깨를 꿈틀거리고 있었다. 그는 처음엔 서늘한 곳에 누웠을 테지만 태양이 그늘을 옮기는 바람에 건초 부스러기가 붙어 있는 고수머리가 어느새 햇빛에 타고 있었다.

울타리에 매어 둔 장교와 포병용 기마는 생기 없이 다리를 오므리고 서 있었다. 폭 넓은 마구 가죽끈 밑으로 땀에 젖은 털이 노란 거품을 담고 있었다. 땀과 진흙으로 범벅이 된 카자흐들도 묵묵히 휴식을 취하고 있었다. 장교들과 중대장은 땅바닥 위에 앉아 우물 담에 등을 기댄 채 담배를 피우고 있었다.

태양은 머리가 멍해질 정도로 뜨거웠다. 부락에서 언덕을 향해 사람의 그림자가 전혀 보이지 않는 한길이 뻗어 있었다. 창고 밑, 헛간, 처마 밑, 울타리 옆, 산우엉의 노란잎 그림자 밑에서 카자흐들은 잠잤다. 울타리 옆에는 안장을 얹은 말이 빽빽이 서 있는데 모두 더위와 졸음에 지쳐 있었다. 카자흐가 힘없이 채찍을 들어올리면서 그 옆을 지나갔다. 그 뒤, 거리는 다시금 잊혀진 광야마냥 되었다. 한길에 놔둔 녹색 페인트를 칠한 대포도, 행군과 태양으로 지쳐버린 사람들도 뭔가 불필요한 것, 우연한 것으로 여겨졌다……

그리고리는 지루함을 이기지 못하여 집을 향해 걸어갔다. 그때 한길에 다른 중대의 기마병 카자흐 세 사람이 나타났다. 그들은 한 무리의 적위군 포로를 끌고 가고 있었다. 포병들은 허둥지둥 바지와 웃옷에 묻은 먼지를 털고 일어섰다. 장교들도 일어섰다. 옆집에서 누군가 들뜬 목소리로 소리쳤다.

"포로가 끌려간다! 뭐, 거짓말이라구? 거짓말을 왜 하겠어!"

집 안에서 졸린 눈을 비비며 카자흐들이 뛰어나왔다.

땀 냄새를 물씬 풍기며 먼지투성이가 된 여덟 명의 젊은이였다. 그들은 이내 사람의 울타리 안에 에워싸이고 말았다.

"어디서 붙잡았지?"

호기심이 가득찬 눈초리로 포로들을 돌아보던 중대장이 물었다.

호송병 하나가 조금은 자랑스럽게 대꾸했다.

"부락 옆에 있는 해바라기밭 속에서 붙잡았지요. 매를 피한 새새끼처럼 숨어 있지 뭡니까? 말을 타고 가다가 발견했어요. 한 놈은 때려죽였고요."

적위병들은 겁을 먹고 한 덩어리로 엉켜 있었다. 그들은 제재를 무서워하는 것 같았다. 눈이 오들오들 떨고 있었다. 다만 한 사람, 첫눈에도 연장자로 보이는 기름때 묻은 웃옷에 낡아빠진 각반을 맨, 광대뼈가 툭 불거지고 암갈색으로 그을린 한 사람만이 비웃듯이 카자흐들을 지켜보면서 피가 날 정도로 얻어맞은 입술을 굳게 다물고 있었다. 그는 우람하고 어깨가 넓었다. 어쩌면 대독전 시대의 것인지 모를 군모가 말꼬리처럼 검고 곱슬곱슬한 머리칼 위에 초록색 프린(과자의 일종)처럼 납작하게 얹혀 있었다. 그는 자연스러운 자세로 서 있었고 핏방울이 말라붙은 손끝으로 앞자락이 벌어진 옷깃과 시꺼먼 털 속에서 튀어나와 있는 결후를 만지고 있었다. 그는 침착해 보였다. 그러나 양말 대신으로 감은 각반 탓인지 부자연스럽게 큰 다리를 무릎관절까지 그냥 벌리고 서 있었는데, 오한이 난 것처럼 가늘게 떨고 있었다. 다른 사람들은 한결같이 창백한 얼굴이었고 별다른 기색은 눈에 띄지 않았으나, 오직 그만이 완강한 어깨와 타타르인다운 정력적인 생김새여서 유달리 돋보였다. 아마 그 때문이었을 것이다. 중대장이 맨 먼저 그를 쳐다보고 질문을 했다.

"넌 뭐야?"

무연탄처럼 시꺼먼 적위병의 작은 눈이 생기를 띠었다. 그는 뭐라 눈치채이지 않도록, 그러나 태연스럽게 굴려고 했다.

"적위병이오. 러시아인입니다."

"어디 태생인가?"

"펜자."

"지원해서 들어간 거지? 이 개새끼!"

"아닙니다. 구 군대의 고참 하사관입니다. 17년(1917년)부터 지금까지 계속 복무해 왔습니다……."

호송병 하나가 끼어들었다.

"이 녀석이 우리한테 사격을 했습니다!"

"사격했다고?"

일등대위는 쓴웃음을 짓고 그 앞에 서 있는 그리고리에게 시선을 돌리더니

다시 그 눈으로 포로를 가리켰다.

"뻔뻔한 자식! 사격을 하다니! 네놈은 붙잡힐 거라는 생각은 안 했겠지? 그런 식으로 총알을 써서 어쩌자는 거야?"

"방위를 위해선 어쩔 수가 없었습니다."

그의 입술이 미안하다는 듯이 오므라들었다.

"변명하지 마! 그럼, 왜 끝까지 쏘지 않았나?"

"탄약이 떨어졌기 때문입니다."

"흥……."

일등대위는 싸늘한 눈초리를 해보였으나 이내 흐뭇한 표정으로 병대를 바라보았다.

"그런데 너희들은 어디서 왔나?"

들뜬 눈길로 다른 병사들을 돌아보며 아까와 전혀 다른 말투로 그가 물었다.

"동원병입니다, 사관님! 사라토프와 바라쇼프 쪽 놈들이라고요……."

목이 긴 키 큰 청년이 붉은 머리칼을 우악살스럽게 긁으면서 우는 듯한 목소리로 말했다.

그리고리는 강한 호기심으로 카키색 복장을 한 젊은이들을, 그들의 평범한 농부다운 얼굴을, 그리고 초라해 보이는 보병 차림을 둘러보았다. 광대뼈가 불거진 병사만이 그에게 적의를 품게 했다. 그는 그 병사에게 비웃는 투로 말을 했다.

"뭣 때문에 그런 말을 하지? 넌 저쪽에서 중대를 지휘했지? 대장이냐? 공산당원이냐? 탄약이 떨어졌다고 했겠다? 그렇다면 이 군도로 단칼에 베어 줄까! 어때?"

적위병은 총부리로 얻어맞은 콧구멍을 벌름거리며 뜻밖에 대담한 말투로 입을 열었다.

"마지못해서 실토한 건 아니오. 어떻게 도망칠 생각을 하겠소? 이제 그만 괴롭히고 차라리 사형에 처해 주시오."

그러고 그 사나이는 다시 히죽 웃었다.

"너희들에게서 좋은 대우 받으리라곤 생각하지 않아. 너희 카자흐들은 그런 인간들이 아닌가?"

포로들은 모두 옳다는 듯이 히죽 웃었다. 그리고리는 그 병사들의 분별 있는 목소리에 압도당한 느낌을 지닌 채 그곳을 벗어났다. 그는 포로들이 물을 마시러 우물가로 가는 것을 보았다. 옆길에서 카자흐 보병 중대가 소대 종대로 나오고 있었다.

9

연대가 휴식 없는 전투에 들어가고 이어졌다 끊기는 꼬불꼬불한 전선이 나타나게 되고서부터, 그리고리는 적과 부딪치거나 직접 얼굴을 맞대기도 하면서 무엇 때문이든 그가 싸워야 했던 볼셰비키와 이들 러시아병들에 대해 언제나 싫증나지 않는 호기심을 기울였다. 4년간에 걸친 전쟁 초기에 레시뉴프 근처 언덕 위에서 비로소 오스트리아, 헝가리 군의 어마어마한 장비의 부산한 움직임을 보았을 때 일어난 소박한 어린애스런 감정이 그의 속에 영원히 도사린 것 같았다. '인간이란 대체 뭘까? 인간이란 어떤 걸까?' 그의 생활에는 굴보스카야 부근에서 체르네초프의 부대와 싸웠던 시기마저도 존재하지 않는 것 같았다. 그러나 당시 그는 누가 자신의 적인지 분명하게 알고 있었다. 그 대부분은 돈 장교와 카자흐들이었다. 여기서는 러시아병과 전혀 다른 무리들과 대결해야 했다. 그들은 대군을 이루어 소비에트의 토지를 짓밟고 그가 생각했던 대로 카자흐의 소유지와 부속지를 횡령하려고 밀려왔던 것이다.

어떤 전투 중에 또다시 그는 좁은 분기점에서 불쑥 튀어나온 적위병들과 정면으로 부딪쳤다. 정찰하기 위해 그는 소대를 이끌고 기슭을 따라 갈림길로 나가려던 참이었다. 거기서 갑작스레 경자음(硬子音) '게' 경우에 '오'를 사용하는 러시아어와 욕설과 절벅거리는 발소리를 들었다. 몇몇 적위병이—그중 하나는 중국인이었으나—꼭대기로 튀어나왔다. 그들은 카자흐를 보자 깜짝 놀라 우뚝 멈춰 섰다.

"카자흐다!"

엎드리면서 한 사람이 신음하는 듯한 소리로 외쳤다.

중국인이 발사를 했다. 그러자 엎드렸던 잿빛 머리칼의 병사가 빠르고 날카로운 소리를 질렀다.

"타바리시치! 막심총을 갈겨라! 카자흐다!"

"사격! 카자흐다!"

미치카 코르슈노프가 대뜸 앞으로 내달아 총으로 중국인을 쓰러뜨리고 나서 곧장 말 머리를 돌려 그리고리의 말을 밀어붙이며 맨 선두로 질주해 갔다. 고삐를 당기고 늦추면서 꾸불꾸불한 길을 따라 아슬아슬하게 말을 몰았다. 다른 병사들도 말 머리를 홱 돌려 빠져나갈 기회를 노리면서 그의 뒤를 따라 말을 몰고 갔다. 그들의 등 뒤에선 기관총이 따따따 울리며 언덕배기 구석에 돋은 풀잎을 두드리고 움푹 팬 땅바닥의 돌맹이를 튀어오르게 했다……

다시 몇 차례 적위병들과 맞부딪쳤고 카자흐의 탄환이 그들이 밟은 땅의 흙을 파헤치는 것을, 그들이 비옥한 이 타국 땅에서 목숨을 버리는 것을 보았다.

……이러는 중에 그리고리는 차츰 볼셰비키에 대한 증오에 사로잡혔다. 그들은 우리의 생활 속에 적으로서 침입하여 우리의 토지로부터 우리를 떼어놓은 것이다! 다른 카자흐들도 똑같은 감정을 품고 있음을 그는 알았다. 이 주(州)에 쳐들어온 볼셰비키 때문에, 오직 그들 때문에 이런 전쟁이 터진 것이라고 여겨졌다. 모든 사람이 잘 가꾸어 놓은 밀밭의 물결, 말발굽에 밟힌 추수 전의 곡물, 인기척 없는 탈곡장 등을 볼 때마다 여자들의 힘겨운 노역으로 버티고 있는 자기의 토지가 생각나서 거칠고 포악한 기분이 드는 것이었다. 전투 중 때때로 그리고리는 탐보프, 랴잔, 사라토프의 농사꾼인 그의 적 또한 토지에 대해서 마찬가지의 격렬한 기분에 사로잡혀서 움직이고 있는 게 아닐까 하는 생각이 들었다. '반한 여자를 놓고 서로 싸우는 것처럼 토지를 놓고 싸우고 있는 것이다.'—그리고리는 자꾸만 그런 생각이 들었다. 포로의 숫자가 차츰 줄었다. 포로들을 처형하는 장소가 붐볐다. 약탈이 해일처럼 전선으로 퍼졌다. 적위병의 가족들로부터 강탈을 하고, 볼셰비키에게 동조한 혐의가 있는 자는 물론 포로마저도 발가벗겼다……

말과 사륜마차를 비롯해서 별 필요도 없는 물건까지 모조리 거둬들였다. 카자흐도 장교들도 강탈에 참가했다. 제2종 고리는 약탈물로 부풀어올랐다. 짐마차 위에는 없는 것이 없었다! 의복이, 사모바르가, 재봉틀이, 마구가 있었다—그것들은 어찌 됐든 귀중품이라 할 만했다. 노획품은 짐마차에 실려 집으로 운송되었다. 일가붙이들이 찾아와 누가 시키지 않아도 탄약과 식량을 부대로 싣고 오고 노획품을 싣고 돌아갔다. 기병 부대—그들이 대부분이었다—는 특히 더 심했다. 보병은 탄약상자밖에는 밀어넣을 데가 없었으나 기병은 안장에 단 자루에 담아 안장대에 매달았다. 따라서 말은 군마라기보다도 짐말에 가까웠다. 모두가 완전히 빗나가 있었다. 전투에서의 약탈, 그것은 언제나 카자흐에게는 중요한 추진력이 되었다. 그리고리는 노인들의 옛날 전쟁 얘기나 자신의 경험에 의해서 이것을 알고 있었다. 전에 연대가 프러시아의 후방을 헤매고 다니던 대독전 당시, 무훈을 세운 장군이었던 여단장이 12개 중대를 정렬시키고 언덕 밑에 있는 작은 시내를 채찍으로 가리키면서 한 말이 있었다.

"약탈해도 좋다. 2시간 동안만 시내를 너희들에게 맡긴다. 그러나 2시간이 지난 뒤에 약탈 현장을 들키는 날엔 처형하겠다!"

그러나 그리고리는 그 일이 왠지 모르게 이해가 되지 않았다. 그는 남의 물건에 손을 댄다는 게 막연히 두려웠고 약탈을 혐오하여 먹을 것과 말먹이밖엔 빼앗지 않았다. 그는 같은 카자흐의 물건을 훔친다는 게 특히 더 싫었다. 그는 중대를 엄중하게 다루었다. 그의 휘하 카자흐들은 훔치는 것도 드물게, 게다가 남의 눈에 띄지 않게 했다. 그는 포로를 죽이거나 발가벗기도록 하지 않았다. 지나치게 마음이 약하다—카자흐나 부대 간부들 사이에선 그러한 불평이 나돌았다. 그는 그 일로 사단 사령부로 호출을 당하기도 했다. 한 사관이 거칠고 큰 목소리로 그를 공박했다.

"소위, 뭣 때문에 중대를 나약하게 만드나? 왜 자유주의자 흉내를 내느냐 말이야? 만일의 경우를 생각해서 적당주의로 나가는 거냐? 양다리를 걸칠 셈이군? 그렇게 한다고 후환이 없을 줄 알아? 군기라는 걸 알고 있나? 더 이상 말을 주고받을 것도 없다! 뭐? 교대라고? 그래, 교대시켜 주지! 오늘 중에 중대를 인도하도록 명한다! 그 일로 불평하진 마라!"

그달 말에 연대는 나란히 진군하고 있던 제33엘란스키 연대의 부대와 함께 그레미야치 로크 부락을 점령했다. 아래쪽 움푹 팬 땅에는 버드나무와 포플러가 우거지고, 경사면을 따라 30호가량의 낮은 자연석 담을 두른 흰 벽의 가옥들이 흩어져 있었다. 사방에서 바람이 불어제치는 부락 위의 언덕에는 밝은 풍차 움막이 서 있었다. 구릉 그늘에서 밀려오는 흰 구름을 배경으로 생기 없이 매달린 풍차 움막의 날개가 비스듬하게 기울어진 십자가처럼 거무스름하게 비쳤다. 그날은 눈이 오고 흐린 날씨였다. 산골짜기에서는 노르스름한 눈이 흩날리고 나뭇잎이 후두둑 땅 위로 떨어졌다. 화려한 버드나무는 새빨간 핏빛을 띠었다. 모든 탈곡장엔 짚 더미가 산처럼 수북이 쌓여 있었다. 겨울이 오기 전의 엷은 안개가 희뿌옇게 대지를 뒤덮었다.

그리고리는 부하 소대와 함께 설영 담당이 배당해 준 집에 들어가 쉬고 있었다. 주인은 적위군을 따라간 모양이었다. 나이가 들어 뚱뚱하게 살진 주부가 아직 나어린 딸과 함께 아첨하듯이 소대의 시중을 들었다. 그리고리는 주방에서 객실로 들어가 주위의 동태를 살폈다. 그들은 유복한 생활을 하고 있는 것처럼 보였다. 비엔나풍의 의자와 거울이 놓여 있었고, 벽에는 흔히 볼 수 있는 군인의 사진이라든가 표창장 등이 걸려 있었다. 젖은 비옷을 페치카 있는 데에 걸쳐 두고 그리고리는 담배를 피워 물었다.

프로호르 즈이코프가 들어와 침대에 총을 걸쳐 놓고 무심한 얼굴로 보고를 했다.

"짐차가 도착했어. 당신 아버지도 함께 오셨더군, 그리고리 판텔레예비치."

"뭐라구? 헛소리하지 마!"

"거짓말이 아니라니까. 당신 아버지 말고도 부락 사람들과 짐마차가 여섯 대나 와 있어. 나가 보라고."

그리고리는 외투를 걸치고 밖으로 나갔다.

판텔레이 프로코피예비치가 문고리를 붙잡고 문 안으로 말을 끌어들이고 있었다. 마차에는 수직(手織) 외투를 입은 다리야가 앉아 고삐를 쥐고 있었다. 그녀는 그리고리를 향해 미소를 지어 보였다.

"대체 무슨 바람이 불었습니까?"

아버지를 향해 미소를 지으면서 그리고리는 큰 소리로 말했다.

"오, 무사하구나? 별다른 용건이 있어서가 아니고 잠시 들러 본 것뿐이다."

그리고리는 걸어가면서 아버지의 넓은 어깨를 안고 부목(副木)의 밧줄을 풀었다.

"뜻밖이지, 그리고리?"

"뜻밖이고말고요."

"역마에 탄약을 싣고 왔다. 잘해 봐라."

말의 멍에를 벗기면서 그들은 두서없는 얘기를 주고받았다. 다리야는 마차에서 먹을 것과 말먹이를 꺼내놓았다.

"그런데 형수님은 뭣하러 왔죠?"

그리고리가 다리야에게 물었다.

"아버지의 길동무죠. 아버지 건강이 좋지 않아요. 스파스(8월 1일부터 시작되는 축제) 때부터 계속 그랬어요. 어머니가 만일의 경우를 생각해서 저에게 따라가 라잖아요? 낯선 외지를 혼자 가시다가 무슨 일이 생기면 어쩌느냐고요."

말들에게 밝은 풀빛 풀잎을 던져 준 다음 판텔레이 프로코피예비치는 그리고리에게 다가와 핏발이 선 눈을 불안하게 치뜨고 쉰 목소리로 물었다.

"어떠냐?"

"별다른 일은 없습니다."

"카자흐들이 주경(州境)에서 더 이상 나갈 수 없다고 버티고 있다는 소문이던데……사실이냐?"

"말뿐이에요……."

피하듯이 그리고리는 대답했다.

"대체 너희는 어떻게 할 참이냐?"

뭔가 심란스럽다는 얼굴로 노인은 말을 했다.

"그래도 되는 거야? 노인들은 모두 기대를 하고 있는데…… 너희들 말고 고향 돈을 지켜줄 자는 없으니까, 너희들이 제대로 싸워 주지 않는다면…… 그런 일이 있어도 되는 거냐? 수송병이 말하던데…… 소동을 일으켰다고, 못된 것들!"

집 안으로 들어갔다. 카자흐들이 모여들었다. 화제는 부락의 소문에 관해서 빙글빙글 돌고 있었다. 다리야는 주부와 소곤거리며 음식이 들어 있는 꾸러미를 풀고 저녁 식사 준비를 시작했다.

"네가 중대장에서 면직됐다는 소문이 있던데?"

판텔레이 프로코피예비치가 엉긴 턱수염을 짐승뼈로 만든 빗으로 빗어내리면서 물었다.

"지금은 소대장입니다."

그리고리의 태연스러운 대답이 노인의 비위를 건드렸다. 판텔레이 프로코피예비치는 이마에 주름을 잡고 다리를 절면서 탁자로 다가가 서둘러 기도를 마친 다음, 농부용 외투자락에 숟가락을 문지르고 무뚝뚝하게 물었다.

"왜 그렇게 됐니? 상관의 비위를 건드린 거냐?"

그리고리는 카자흐들이 있는 자리에서 그런 얘기를 꺼내기가 싫어 어깨를 들썩하고 마지못해 대답했다.

"새 사람이 파견되어 왔기 때문이지요……교육을 받은 사람이 말입니다."

"교육을 어느 정도 받은 사람이냐. 금방 바닥이 드러날걸! 난 정식으로 독일의 학문을 배웠으니까 안경을 낀 놈들보다는 아는 게 많다."

노인은 울화가 치밀어 오르는 모양이었다. 그리고리는 떨떠름한 얼굴로 카자흐들이 웃고 있지는 않나 힐끗 돌아보았다.

계급이 낮아진 것으로 그는 마음 상해하지 않았다. 오히려 부락 사람들의 생명에 대한 책임에서 벗어났음을 생각하고 기꺼이 중대를 넘겨주었다. 그러나 역시 그의 자부심이 상처를 입은 것은 사실이었다. 그런데 아버지가 그 얘기를 꺼냈기 때문에 새삼스레 불쾌한 기분이 들었다.

주부가 주방으로 들어가자 판텔레이 프로코피예비치는 막 들어온 같은 부락 출신인 보가티료프를 발견하고 말문을 열었다.

"그러니까 본심을 말하자면 주경 밖으로 더 나가지는 않을 작정이란 말이지?"

프로호르 즈이코프는 암소처럼 순한 눈을 껌벅이며 말없이 웃고만 있었다. 미치카 코르슈노프가 페치카 옆에 쭈그리고 앉아 손가락을 태울 듯이 값싼 담배를 피우고 있었다. 다른 세 사람의 카자흐들은 의자 위에 눕거나 앉아 있었다. 질문에 대해서 아무도 대꾸하는 사람이 없었다. 보가티료프가 귀찮다는 듯 손을 흔들었다.

"사람들은 그 일로는 별로 비관하지 않고 있지요."

그는 굵은 목소리로 말을 이었다.

"나중에야 죽이 되든 밥이 되든 알 게 뭐야……."

"그렇지만 왜 더 나아가는 거야?" 몸이 약하고 성격이 유순한 카자흐 일리인이 물었다.

"뭣 때문에 그렇지? 우리 집에선 마누라가 죽고 없어. 애들만 남아 있다고. 게다가 나마저 개죽음을 한대서야……."

"카자흐의 토지에서 쫓겨난 뒤에 집으로 돌아가도록 해!"

다른 한 사람이 분명한 어조로 그를 지지했다.

미치카 코르슈노프는 풀빛 눈으로 싱긋 웃으며 가늘고 부드러운 콧수염을 비틀어 올렸다.

"난 말이야, 앞으로 5년간 싸운다 해도 상관없어. 오히려 재미있는걸!"

"나왓! 안장을 올려라!"

밖에서 고함 소리가 들렸다.

"저 봐!"

실망한 일리인이 외쳤다.

"보라구, 저렇다니까! 입술의 침이 마르기도 전에 벌써부터 '나왓!' 하잖소! 또 진지행이야. 그런데도 당신은 주경을 넘어 앞으로 나아가라질 않나! 주경이고 뭐고 난 집으로 가야 할 몸이오! 더 이상 터무니없는 소린 하지 마쇼……."

경보는 잘못된 것이었다. 화가 난 그리고리는 말을 집 안으로 다시 밀어넣고 나서 까닭 없이 말의 옆구리를 걷어찼다. 그리고 거칠게 소리 쳤다.

"이 새끼, 똑바로 걷지 못하겠어!"

판텔레이 프로코피예비치는 입구 쪽에서 담배를 피우다가, 들어오는 카자흐들에게 길을 비켜 주면서 물었다.

"무슨 일이 일어났나?"

"소 떼를 빨갱이 떼로 잘못 알고 경보를 울렸대요."

그리고리는 외투를 벗고 탁자 앞에 앉았다. 다른 병사들도 한숨을 쉬고 옷을 벗거나 의자에 군도와 소총과 탄띠를 던졌다.

모두들 잠자리에 들었을 때, 판텔레이 프로코피예비치가 그리고리를 밖으로 불러냈다. 그들은 현관 계단에 걸터앉았다.

"잠시 할 얘기가 있다."

노인은 그리고리의 무릎에 손을 얹고 낮은 목소리로 말했다.

"1주일 전에 페트로에게 갔었다. 그애가 있는 제28연대는 카라치 가까이에 있더구나. 거기서 난 융숭한 대접을 받았지. 페트로 녀석은 꽤 쓸 만한 애야. 우리 집을 위해서도 도움이 되는 녀석이란 말이다! 그 애는 나한테 의복 한 뭉치하고 설탕을 주더구나. 말도 훌륭한 걸로 얻어왔다."

"잠깐만요?"

불에 덴 듯이 깜짝 놀라며 그리고리는 아버지의 말을 가로막았다.

"아버지, 그 때문에 여기에 오신 건 아니겠지요?"

"그 일 말고 무엇 때문에 왔겠니?"

"그게 무슨 뜻이지요?"

"그렇지 않냐, 모두들 약탈하고 있지 않니. 그렇지, 그리시카……?"

"모두들 약탈을 하다니요!"

언뜻 거기에 걸맞은 말이 떠오르지 않아 그리고리는 격한 목소리로 되물었다.

"아버진 지금 가진 것만으로 부족하다는 말인가요? 뭐예요, 거지예요? 그런 짓을 하면 독일 전선에서는 총살을 당하지 않았느냐고요!"

"그렇게 잔소리만 늘어놓지 마라!"

아버지는 쌀쌀하게 그의 말을 가로막았다.

"너에겐 부탁하지 않겠다. 난 아무것도 필요 없어. 지금은 내가 살아 있지만 내일 당장 어찌 될지 모른다…… 넌 너 혼자만을 생각하고 있다. 말해 봐. 대체 내가 얼마큼 재산을 모았다고 그러냐? 우리 집엔 사륜마차 한 대밖에 남아 있지 않다. 그런데도 빨갱이 놈들의 물건을 약탈하지 말라니, 말이 안 돼! 집에선 나무껍질도 필요한 판인데……."

"이제 그런 얘긴 그만해요! 그만두지 않으려면 여기서 나가주세요! 카자흐들이 그런 짓을 할 땐 가만두지 않았어요. 그런데 아버지가 남의 것을 훔치러 오다니!"

그리고리는 몸을 떨며 가쁜 숨을 몰아쉬었다.

"그 모양이니까 중대장 자리를 놓쳤지!"

아버지는 악담을 퍼부었다.

"그런 자리는 사양하려던 참이었어요! 소대도 맡고 싶지 않았고요."

"그렇겠지! 넌 영리하니까……."

두 사람은 잠시 입을 다물었다. 그리고리는 담배에 불을 붙이며 성냥불로 아버지의 난처해하는 얼굴을 엿볼 수 있었다. 이제야말로 아버지가 찾아온 이유를 알 것 같았다. '그래서 다리야까지 끌고 왔군. 악당 같으니라구! 약탈물을 감시하게 할 셈으로!' 언뜻 그런 생각이 스쳤다.

"스테판 아스타호프가 나타났어. 들었니?"

판텔레이 프로코피예비치는 시치미를 뚝 떼고 말했다.

"뭐라고요?"

그리고리는 손에 든 궐련을 떨어뜨렸을 정도로 놀랐다.

"별다른 얘기는 아니다. 포로로 잡혀 전사를 면한 셈이지. 훌륭하게 되어서 돌아왔더구나. 의복이나 물건 등을 잔뜩 가지고 말이다! 짐마차도 두 대나 끌고 왔어!"

스테판이 자기의 친척이나 되는 것처럼 노인은 자랑과 허풍을 늘어놓았다.

"아크시냐하고 다시 합쳤는데, 지금은 군대에 가 있다. 거기에서도 좋은 역할을 맡았나 보더라. 무슨 병참 사령이라던가, 카잔스카야 근처에서 근무하고 있다더라."

"밀 수확은 어땠나요?"

그리고리가 화제를 돌렸다.

"수확은 그런대로 괜찮은 편이었다."

"아이들은 어떻게 지냅니까?"

"손자들 말이냐? 건강하게 잘 있다. 뭔가 선물을 갖다 줘야 할 텐데."

"싸움터에서 선물이라니요!"

걱정스럽게 한숨을 쉬면서도 그리고리는 아크시냐와 스테판을 생각하고 있었다.

"소총을 구할 수 없겠냐? 여분이 있으면 좋겠다만."

"무엇하시게요?"

"집에 놔두려고. 짐승이나 악당을 쫓는 데 필요해. 만일의 경우에 대비하려는 거다. 탄약은 한 상자 얻어왔다. 모두들 얻어가는데 나라고 가만히 있을 순 없지 않냐."

"짐마차에 잔뜩 쌓여 있으니까 거기서 얻으세요."

그리고리는 쓸쓸하게 웃었다.

"이제 그만 주무세요! 정찰을 나가야 하니까요."

이튿날 아침, 연대 일부는 부락을 떠났다. 그리고리는 아버지를 반성하게 했다고 믿었다. 틀림없이 아무것도 싣고 가지 않을 거라는 확신을 갖고 출발했다. 그런데 판텔레이 프로코피예비치는 카자흐들이 나가자, 마치 주인처럼 헛간으로 들어가 선반에서 말 목사리와 안장을 내려다가 자기 마차로 들고 갔다. 그의 뒤에서 눈물로 흠뻑 젖은 주부가 쫓아와 어깨에 매달려 울부짖었다.

"할아버지, 제발! 너무하잖아요! 의지가지없는 인간을 괴롭히지 말아 주세요! 말 목사리를 돌려주세요! 제발 돌려달라구요!"

"안 돼, 시끄럽게 떠들 거 없어!"

다리를 절룩거리면서 멜레호프는 떠밀듯 말하고 주부를 쳐다보았다.

"네 서방놈도 우리한테 이럴 텐데 뭘 그래. 네 서방은 별다르냐? 이거 봐, '네 것은 내 것' 그리고 그건 '하나님의 것'이란 말이 있어. 입 다물고 단념하라고."

그런 다음에 그는 궤짝의 자물통을 두들겨 부수고 짐마차 안 사람들이 흥미 있게 바라보는 가운데 새 군복과 바지를 골라 들고 밝은 데서 비쳐 보고 짧은 것은 손가락 끝으로 문질러 보기도 하며 꾸러미 속에 개켜 넣었다…….

그는 점심 전에 출발했다. 가득히 짐을 실은 사륜마차에는 얇은 입술을 꼭 다물고 다리야가 꾸러미 위에 앉아 있었다. 뒤쪽 맨 위에는 목욕솥이 얹혀 있었다. 판텔레이 프로코피예비치가 목욕탕 아궁이에서 빼어 가지고 가까스로 마차까지 끌고 온 것이었다. 그리고 다리야가 "아버님, 웬만큼 하지 그래요!" 하는 비난에 대해 화를 내며 이렇게 말했다.

"잠자코 있어, 이 멍청이야! 솥을 남겨 두라고? 이제 보니 너도 그리시카하고 똑같은 바보로군! 솥이 얼마나 요긴하게 쓰이는데 그래. 자, 가자! 왜 그렇게 아가리를 딱 벌리고 있냐!"

부어오른 눈을 하고 밖으로 나가는 그의 뒤에서 문을 닫는 주부를 향해 부드럽게 말했다.

"그럼, 잘 있소. 아줌마! 화내지 말고. 당신네들도 얼마 안 있으면 횡재할 기회를 만날 거요."

10

1월 1일, 연쇄…… 한 개의 고리는 똑같이 생긴 다음 고리에 연결되어 있다. 이동, 전투, 휴식, 더위, 비, 말이 흘리는 땀과 뜨끈뜨끈한 안장 냄새가 뒤섞인 역한 냄새. 끊임없는 긴장으로 혈관 속을 흐르는 것은 피가 아니라 데워진 수은 같은 느낌. 3인치 포탄보다 더 무거운 수면 부족의 머리. 그리고리는 잠시만이라도 쉬고 싶었다. 모자라는 잠을 보충하고 싶었다. 그리고 부풀어 오른 경작지 밭두렁을 괭이를 메고 소를 몰고 걸어다니면서 학 울음소리에 귀를 기울이고, 볼에 닿는 은빛 거미줄을 살며시 걷어내고, 막 파헤친 가을 흙의 포도주 같은 향기를 단숨에 들이마시고 싶었다.

그러나 그것들 대신 거기에 있는 것은 도로의 칼날로 무참하게 잘려진 밭이었다. 길 양켠에는 모래먼지로 검붉게 변한 발가벗은 포로의 무리가 서 있었다. 기병 중대가 나갔다. 그러면 길은 말발굽에 닿게 되고, 말발굽은 곡물을 짓밟았다. 부락으로 들어가면 빨갱이를 따라 떠나버린 남자의 가족을 수색하러 돌아다니고 배신자의 아내나 어머니들을 채찍으로 내리치는 것이었다……

권태로 거세당할 나날이 계속되었다. 그러한 나날은 기억으로부터 엷어져가고 큰 사건까지도 자신이 지나간 자리에 자국을 남기지 않았다. 전투의 일상은 앞서 체험한 탓인지 지나간 전투보다 훨씬 더 지루하게 느껴졌다. 지난번 전쟁에 참가했던 병사들은 전쟁 그 자체조차도 시들하게 여겼다. 규모와 병력과 피해도 독일과의 전쟁에 비교하면 마치 장난질 같았다. 다만 불길한 죽음만이 프러시아 전장에서처럼 벌떡 일어나게 하여 겁을 주고 야수처럼 몸을 방어하는 행동을 하도록 했다.

이것을 과연 전쟁이라 할 수 있을까? 단지 전쟁 흉내를 내고 있음에 지나지 않잖은가. 독일과의 전쟁에서는 몇 개 연대를 쓰러뜨릴 정도로 독일군이 포탄을 퍼부었었다. 그런데 지금은 중대에 두 명가량의 부상자만 나와도 피해를 입었다고 하지 않는가! 전방 병사들은 그런 식으로 판단했다.

그럼에도 불구하고 이 놀이 같은 전쟁 역시 사람을 초조하게 하는 데에는 다름이 없었다. 불만과 피로와 증오가 괴어 있었다. 중대에서는 끈질기게 말이 나돌았다.

"돈 땅에서 빨갱이 놈들만 쫓아 버린다면—그것으로 끝장이 나는 거야! 주경에서 앞으로 진군해 가지는 않을걸. 러시아는 러시아, 우린 우리야. 그쪽의 질서까지 받아들일 필요는 없어."

피로노프스카야 마을 부근에서는 가을 내내 전투가 드문드문 계속되었다. 주요 전략 중심인 차리친에는 백위군도 적위군도 우수한 병력을 투입했다. 북부 전선에는 대치하고 있는 어느 쪽에도 우열이 없었다. 서로가 결정적 공격을 위해서 병력을 축적했던 것이다. 카자흐에는 기병이 더 많았다. 그 같은 우세를 이용하여 종합작전을 폄으로써 날개를 누르고 후방으로 돌아 파고들어갔다. 카자흐 측이 우세했던 것은 그들과 대치하고 있는 상대가 주로 전선지대 연변으로부터 새로이 동원된 부대였지만 이미 사기가 흔들린 적위부대였기 때문이었다. 사라토프, 탐보프 출신자는 몇천 명의 집단을 이루어 항복해 왔다. 그러나 사령부가 노동자 연대나 수병대나 미로노프 휘하의 기병을 투입하면 전황은 균형을 되찾아 주도권은 또다시 오락가락하여 지역적 의의밖엔 가져다주지 않는 승리만이 서로에게 있을 뿐이었다.

그리고리는 전쟁에 참가하면서 그 추이를 냉정하게 관망했다. 그는 겨울까지는 전선이 없어질 것이라는 확신이 있었다. 카자흐들의 기분이 타협적이어서 장기전 따위는 문제가 되지 않는다는 걸 그는 알고 있었다. 연대에 이따금 신문이 도착했다. 그리고리는 포장지에 인쇄된 노란 빛깔의 '상류 돈 지방' 신문을 짜증스럽게 집어들어, 전황을 훑어보고는 이를 악물었다. 그가 소리를 내어 요란한 격려의 문구를 읽자 카자흐들은 악의 없이 큰 소리로 웃음을 터뜨렸다.

9월 27일, 피로노프스카야 방면에서 일진일퇴의 전투 계속 중. 26일에 걸쳐 뵤센스키 연대는 야간에 포드고르누이 부락에서 적을 격퇴하여 이를 추격, 루키야노프스키 부락으로 돌입했다. 전리품과 다수의 포로를 얻었다. 적색부대는 퇴각중. 카자흐의 사기는 높이 올라 있다. 돈군은 새로운 승리를 향하여 진격하고 있다!

"우리 측이 포로를 얼마나 잡았다고? 다수? 하하하, 똥이나 처먹으라고 해! 32명이잖아! 그까짓 걸 가지고, 하하하!"

흰 이를 드러내고 커다란 손으로 옆구리를 누르면서 미치카 코르슈노프가 웃어댔다.

시베리아와 쿠반 지방에서의 카데트(사관 후보생) 부대의 전과에 대해서도 카자흐는 신용하지 않았다. '상류 돈 지방' 신문은 매우 대담무쌍하게 거짓 보도를 했다. 손이 크고 키가 큰 카자흐 오프바트킨은 체코슬로바키아의 반란에 관한 보도를 읽고 그리고리 앞에서 거침없이 말했다.

"체코 군대를 때려눕히고 그다음엔 전군이 우리를 쥐어짜려는 수작이군. 그렇게 하면 우리에게서 국물이 나올 거란 말이지. 말하자면 오로샤식이라구!"

그러고는 위협하는 듯한 말투로 그가 덧붙였다.

"웃어넘길 일이 아냐, 안 그래?"

"겁주지 마! 쓸데없는 소리하면 배꼽이 울어."

프로호르 즈이코프가 손을 내저었다.

그리고리는 담배를 말면서 마음속으로 '그말이 맞아!' 하고 중얼거렸다.

그날 밤, 그는 햇볕에 그을린 카키색 견장이 붙은 윗옷의 앞가슴을 헤친 채로 오래도록 탁자 앞에 웅크리고 앉아 있었다. 살이 쪄서 날카로운 광대뼈가 납작하게 되어버린 그의 갈색 얼굴은 사뭇 험악했다. 그는 검고 늠름한 목을 자꾸만 돌리고 햇볕으로 퇴색한 콧수염 끝을 손가락으로 비틀면서 요즘 들어 한층 더 싸늘해진 눈동자를 한군데에 집중시키고 있었다. 익숙하지 않은 긴장된 사색을 계속한 끝에 자리에 누워서야 비로소 모두가 품은 의문에 답하듯이 말했다.

"어느 쪽에도 붙을 수가 없어!"

뜬눈으로 그는 밤을 새웠다. 몇 차례나 말을 살피러 나갔다. 그때마다 비단이 스치는 듯한 시커먼 정적에 싸인 현관 앞에 우두커니 서 있었다.

그리고리가 그 아래에 태어난 작은 별, 그것은 지금도 여전히 조용하게 빛나고 떨면서 불타고 있었다. 떨어지지 않는 싸늘한 불꽃으로 아직은 하늘을 불사르고 허공에서 떠나와 날아갈 만한 시기까지는 성숙하지 않은 것 같았다. 가을 동안에 그리고리의 말은 세 마리나 죽었고, 외투는 다섯 군데나 구멍이 뚫렸다. 죽음은 검은 날개를 흔들며 이 카자흐를 희롱하는 듯했다. 한번은 소총탄이 군도의 옆구리 손잡이를 관통했다. 군도 끈이 이빨로 물어끊긴 것처럼 말 다리 아래로 떨어졌다.

"누군가가 자넬 위해서 정성 들여 기도를 해주고 있군, 그리고리."

미치카 코르슈노프가 그에게 말을 걸다가 그리고리의 어두운 미소를 보고는 움찔했다.

전선은 철도 선로 맞은편 쪽으로 이동했다. 날이 거듭됨에 따라 가시 철선의 묶음이 연달아 실려 왔다.

연합국군은 뒤를 이어 도착할 예정. 엄호부대 도착시까지 주경 방비를 강
화하여 어떤 희생을 치르더라도 적위군의 습격을 저지해야 할 필요 있음.

동원된 주민들은 언 땅바닥을 쇠망치로 두들겨 참호를 파고 거기에 철조망
을 둘렀다. 밤마다 카자흐들이 참호 밖으로 나와 인가 쪽으로 불을 쬐러 가면,
정찰 적병은 참호로 다가와 방주를 쓰러뜨리고 녹슨 철사줄에 카자흐에게 읽
힐 거리를 매달아 두고 갔다. 카자흐들은 그것을 가족에게서 온 소식인 양 반가
워하면서 단숨에 읽었다. 그 같은 조건하에서 전쟁을 계속한다는 건 분명 생각
할 수 없는 노릇이었다. 해빙과 빈번한 강설에 이어 혹한이 닥쳐왔다. 참호는 눈
으로 뒤덮였다. 참호 안에서는 한 시간도 엎드려 있을 수가 없었다. 카자흐들은
손발에 동상이 걸렸다. 보병부대, 전초 보병부대 병사의 태반은 장화가 없었다.
어느 누구도 연합군을 믿지 않았다. "놈들은 투구벌레(전차)를 타고 다니니까!"
하고 안드류시카 카슐린이 슬픈 어조로 말한 적이 있었다. 적위군 정찰병과 부
딪칠 때면 카자흐들은 상대방이 이렇게 소리치는 걸 듣곤 했다. "아이고, 오셨구
료! 얼간이 기독교 신자님들! 네놈들이 전차를 타고 오면 우린 썰매를 타고 너
희들에게로 갈 테다! 뒤꿈치에 기름이라도 발라 둬! —조금만 기다려라. 그쪽으
로 갈 테니까!"

11월 중순부터 적위군은 공격해왔다. 그들은 집요하게 카자흐 부대를 철도
선로 쪽으로 압박해 왔다. 그러나 전국의 정점에 다다른 것은 훨씬 뒤의 일이
었다. 12월 16일, 적위 기병부대는 장기간에 걸친 전투 끝에 제33연대를 분쇄했
으나 코로데쟌스키 부락 부근에 전개해 있던 뵤센스키 연대의 배치지구에서는
필사적인 저항에 부딪쳤다. 탈곡장 울타리에 쌓인 눈 그늘에서 뵤센스키 연대
의 기관총병들이 도보대형으로 공격해 오는 적에게 집중사격을 가했다. 카르긴
스카야 마을의 카자흐 안치포프의 숙련된 손에 쥐어진 우익의 기관총이 깊숙
이 적을 추격하여 달아나는 산병선을 무너뜨렸다. 중대는 총탄의 연기에 뒤덮
였다. 그리고 우익에서는 이미 2개 중대의 기병이 우회하고 있는 중이었다.

거의 저녁이 되어서야 전선에 닿은 해병부대가 힘없이 공격을 계속하고 있던

적위부대와 교대를 했다. 그들은 엎드리지도, 고함을 지르지도 않은 채 똑바로 기관총을 향해 진격해 왔다.

그리고리는 사격을 계속했다. 개머리판에서 연기가 나기 시작했다. 총신이 달아올라 손가락이 뜨거웠다. 소총을 냉각시키고 나서 다시 탄환을 넣고 가늘게 뜬 눈으로 조준을 하면서 그리고리는 검고 먼 사람의 그림자를 겨누었다.

수병들이 그들을 격퇴시켰다. 중대는 말을 붙잡고 부락을 지나 언덕 쪽으로 물러갔다. 그리고리는 주위를 둘러보고 무의식적으로 고삐를 놓았다. 언덕 위로 눈에 덮인 들녘과 그 위에서 눈에 싸여 있는 잡초의 가지와 산골짜기의 경사면에 비친 보랏빛 저녁놀이 내려다보였다. 들녘 1킬로미터에 걸쳐 기관 총화로 목숨을 잃은 수병의 시체가 곳곳에 나동그라져 있었다. 수병복 또는 가죽 상의를 입은 그들은 흰부리까마귀 떼처럼 눈 위에 검은 모습을 드러내놓고 있었다.

저녁 무렵에, 공격을 받고 뿔뿔이 헤어진 각 중대는 엘란스키 연대와 우측에 있던 우스티 메드베디츠키 관구 정규 연대와의 연락이 끊겨 부즈르카강의 지류인 작은 개울가의 2개 부락에서 야영을 하게 되었다.

어두워지고 나서 그리고리는 중대장의 명령으로 첨병을 배치하고 돌아오는 도중에 좁은 길에서 연대장과 연대 부관을 만났다.

"제3중대는 어디야?"

고삐를 잡아당기면서 연대장이 물었다.

그리고리의 대꾸를 들은 기병들은 말을 몰고 갔다.

"중대의 피해는 어느 정도야?"

부관이 물었다. 대답이 들리지 않았는지 그가 되물었다.

"뭐라고?"

그러나 그리고리는 더 이상 대답하지 않은 채 돌아서서 걸어갔다.

밤새 짐마차 같은 것이 부락을 지나갔다. 그리고리와 카자흐들이 숙영하는 가옥 옆에 한동안 포병 중대가 머물러 있었다. 한군데밖에 없는 들창문을 통해서 말 담당 병사들의 욕설, 고함, 웅성거리는 소리가 들려왔다 포병들과 웬일인지 이 부락에 모습을 나타낸 연대 본부의 전령들이 추위를 피해 집 안으로 들어왔다. 한밤중에 주인과 카자흐들 앞에 3명의 포병이 나타났다. 그들은 얼마 멀지 않은 개울에 포를 떨어뜨려서 아침에 소를 이용해 가져오기 위해 여기서 묵으려고 작정한 것이었다. 잠을 깬 그리고리는 포병들이 한숨을 쉬면서 장화에 얼어붙어 있는 진흙을 떨어내고, 옷을 벗고, 젖은 각반을 난로의 철관에 걸치는 모습을 바라보았다. 그다음으로 귀까지 흙투성이가 된 포병장교가 들어왔다. 그는 숙영을 부탁하고는 외투를 개켜 두고 군복 소매로 진흙이 묻은 얼굴을 훔쳤다.

"포 1문을 잃었어."

그는 지친 말처럼 순한 눈으로 그리고리를 보면서 입을 열었다. "오늘은 마체하 부근 전투와 똑같은 싸움이 있었지. 두 차례가량 예비 사격을 한 뒤에야 우리가 있는 곳을 알아차린 거야…… 정신없이 쏴대더군. 포는 탈곡장에 세워뒀지만 도무지 숨겨 둘 데가 있어야 말이지."

아마 버릇이 되었는지 한 마디 한 바디에 욕을 덧붙여서 말했다.

"자넨 뵤센스키 연대지! 차 안 마시겠나? 아주머니, 사모바르 좀 가져다주지 않겠소?"

그는 상대방을 진절머리가 나게 만드는 수다쟁이였다. 30분가량 지나자 그리고리는 그가 프라토프스카야 마을 출신으로 실업학교를 졸업하고 독일과의 전쟁에 참가했으며 결혼에 두 차례 실패했다는 것을 알았다.

"이번에는 돈군도 끝장이야!"

구부러진 빨간 혓바닥으로 코밑의 땀을 핥으면서 그는 말했다.

"전쟁도 끝장이 날 모양이야. 내일쯤 전선이 깨지고 2주일 뒤면 우린 이미 노보체르카스크에 가 있을 거야, 맨몸뚱이 하나로 카자흐들을 거느리고 러시아를 습격하려 들다니! 머저리 아냐, 놈들은? 게다가 간부 장교들이라니—모두가 무용지물이라구! 당신은 카자흐지? 그렇지? 놈들은 당신들의 손으로 불더미 속에 파묻힌 알밤을 꺼내려 하고 있다고. 그런 치들이 경리부에서 보리며 계수나무 잎이나 달고 있으니!"

그는 퇴색한 눈동자를 껌벅거리면서 퉁퉁한 몸뚱이를 탁자 위에 올려놓을 것처럼 움직거렸다. 그러면 축 늘어진 입매가 무의식중에 처졌으나, 얼굴에는 학대받은 순한 말 같은 그 특유의 표정이 그대로 남아 있었다.

"나폴레옹 시대라면 전쟁을 하는 것도 나쁘지는 않지. 곳곳에서 군대가 요란하게 맞부딪친 다음엔 이내 깨끗이 헤어지지. 전선도 없고 참호 안에 갇혀 있을 필요도 없어. 그런데 지금은 작전을 판단하지 않으면 안 돼. 도무지 분간을 할 수가 없다고. 옛날의 역사가는 큼직한 보자기를 펴놓으면 됐지만 이번 전쟁을 기록하려면 무척 성가실 거야, 색채라곤 없고 지저분한 것뿐이니까! 별다른 의미도 없고…… 인민은 누가 지배하든 관심 없어. 어떻게 생각하나, 소위님?"

그리고리는 말없이 멍청하게 상대방의 두둑한 어깨와 둔한 손놀림과 입 사이로 드러나는 빨간 혓바닥을 바라보았다. 그는 졸려서 견딜 수가 없었다. 그런데도 이 집요한 포병은 사람을 귀찮게 할 뿐 아니라, 그의 땀에 젖은 발에서는 노린내 같은 악취가 구역질을 불러일으킬 정도로 풍겼다…….

아침에 그리고리는 뭔가 꺼림칙한 기분을 느끼면서 눈을 떴다. 가을 이래, 그가 예견했던 파국은 그 당돌함으로 그를 놀라게 했다. 처음에는 작은 흐름 같은 속삭임으로 중대와 연대 사이를 흐르던 전쟁에서 온 불만의 소리를 미처 깨닫지 못하고 있었는데, 어느새 그것이 커다란 흐름 속으로 합류하는 것을 그리고리는 보았다. 그리고 지금은 격렬하고 탐욕스럽게 전선을 씻어내려는 이 흐름만이 눈에 띄는 것이었다.

기마병 하나가 태양을 머리 꼭대기에 받으면서 지나간다. 태양이 내리쬐고 있다. 시야에 비치는 것은 온통 보랏빛 눈. 그렇지만 그 밑에서는 눈에 보이지 않는 옛부터 내려온 아름다운 행동이 펼쳐져 있다. 그것은 대지의 해방이다. 태양은 눈을 좀먹고, 그것을 집어삼키고, 그 밑으로 습기를 스며들게 하는 것이다. 수증기와 안개의 밤. 그러자―그 이튿날에는 벌써 얼음층이 엷게 요란한 소리로 무너져 내리고 길과 바퀴 사이에선 넘쳐흐르는 녹색 물이 거품을 일으키고 말발굽 아래에선 녹은 눈덩이가 여기저기 튀어 오른다. 따뜻해진다. 모래언덕의 눈이 녹으면서 서서히 알몸을 드러낸다. 점토질의 토양과 썩은 풀이 원시적인 냄새를 풍긴다. 한밤중에 기습이 힘찬 소리를 질러대고 눈사태에 파묻힌 단애가 신음하고 벨벳처럼 검은 모습을 드러낸 전답이 흐릿하게 비쳐온다. 저녁나절에 초원의 시냇물이 앓는 소리를 내면서 얼음을 깨뜨렸는가 싶으면 어머니의 유방같이 팽팽하게 충만된 물이 그것을 싣고 간다. 갑자기 겨울의 종말에 놀란 사람은 모래질의 강가에 서서 얕은 데를 둘러보고 땀을 흘리며 자꾸만 귀를 움직거리고 있는 말에게 채찍을 가한다. 그럼에도 불구하고 주위에는 티없는 백설이 수줍은 듯이 푸른 기를 띠고, 졸린 것 같은 하얀 겨울이 질펀히 누워 있는 것이다…….

하루 종일 연대는 퇴각을 계속했다. 어느 길에서나 앞길을 재촉하는 장비 마차의 행렬이 보였다. 오른쪽 어디선가 지평선을 뒤덮은 잿빛구름 너머에서 눈사태와 같은 소리를 내면서 포성이 울려왔다. 말똥투성이의 길바닥을 중대는 철벅거리며 걸어갔다. 도로 끝에는 전령병들이 말을 타고 달리고 있었다. 푸르스름한 솜털이 나 있고 꽁지가 짧은 흰부리까마귀가 도보로 바꾼 기병처럼 묵묵히 서투르게 그리고 거만하게 어기죽거리는 걸음걸이로 길가에서 비켜서서 열병식처럼 퇴각 중인 카자흐 보병 전초부대와 짐마차의 행렬을 지켜보고 있었다.

갑작스런 이 퇴각은 이제 그 어떤 힘으로도 저지하지 못할 것이라고 그리고리는 생각했다. 밤중이 되어서야 기쁨의 결의에 넘쳐 그는 자진하여 연대를 버렸다.

"너 어디로 갈 참이야, 그리고리 판텔레예프?"

그리고리가 외투 위에 비옷을 걸치고 군도와 나강 권총4)을 차는 것을 싸늘한 미소로 바라보던 미치카 코르슈노프가 물었다.

"네가 알 바 아니잖아?"

"걱정이 돼서 그래."

그리고리는 광대뼈를 붉혔지만 대꾸만은 기운차게 했다.

"어디든 들판으로 나가봐야겠어. 이제 됐나?"

그런 다음에 그는 나와 버렸다.

그의 말은 안장을 얹은 채로 서 있었다.

새벽까지 그는 밤이 얼어붙어 있는 가도를 질주해 갔다. '얼마 동안은 집에서 지내야지. 그러다가 우리 부대가 이 근처를 통과한다는 소식이 오면 그때 다시 연대로 달려가기로 하자.' 이제껏 함께 싸워 온 전우들에 대한 생각을 털어버리듯 그는 그런 생각을 하고 있었다.

이튿날 저녁 무렵까지 이틀 동안 이미 200킬로미터를 달린 그는 지칠 대로 지쳐버린 말을 아버지의 집 안으로 끌어들이고 있었다.

---

4) 벨기에의 총기 개발자인 에밀 나강, 레옹 나강 형제가 만든 고정축식 리볼버지만, 제정 러시아 같은 동구권에서 주로 사용되었다.

11월 말경에 노보체르카스크에는 연합국의 군사 사절단이 도착한다는 소문이 파다하게 퍼졌다. 강력한 영국 함대가 이미 노보로시스크만에 닻을 내리고, 살로니카로에서 이동된 대규모 연합국 육전대가 상륙중이었다. 화려한 프랑스 저격병부대가 상륙하여 가까운 날에 의용군과 함께 공격을 시작할 거라는 소문이 온 시내에 끈질기게 나돌았다. 소문은 눈사람을 굴리듯이 불어만 갔다.

크라스노프가 아타만 연대 친위대의 의장병을 파견하라는 명령을 내렸다. 2개 중대의 젊은 아타만병들이 황급히 장화와 흰 가죽 허리띠의 의장을 갖추고 나팔 중대와 함께 타간로크에 급파되었다.

러시아 남부의 영국, 프랑스 군사 사절단 대표들은 독자적 입장에서 정치적 정찰을 행할 목적으로 몇 명의 장교를 노보체르카스크에 보내기로 했던 것이다. 돈의 사태와 앞으로 있을 볼셰비키와의 싸움 전망을 알아보는 것이 그들 임무 가운데 한 가지였다. 본드, 블룸펠드, 먼로 세 대위가 영국 대표였다. 프랑스 대표는 오샹 대위와 뒤프레, 폴두 중위였다. 우연한 기회에 '사절'이 된 이들 하급의 연합국 군사 사절단의 도착은 아타만 관저에 놀라움을 불러일으켰다.

'사절'들은 매우 정중하게 노보체르카스크로 파견되었다. 지나친 비굴과 아첨으로 장교들은 머리가 어지러울 지경이었다. 장교들은 '정말'로 자기들이 훌륭하다고 여기게 되었고 따라서 유명한 카자흐 장군과 거짓 대공화국 고관들을 비호자의 태도로 내려다보기 시작했다. 젊은 프랑스군의 중위들과 카자흐 장군들과의 대화에는 표면적인 의례와 달콤한 프랑스류의 상냥함을 통하여 겸손과 오만이 뒤섞인 싸늘한 말투가 드러났다.

밤에 관저에서는 100명분의 식사가 준비되었다. 부대 합창단이 쫓아와서 부르는 테너로 아름답고 풍성하게 수놓여진 카자흐 가요의 비단 양탄자를 온 홀 안에 깔았다 싶었을 때, 관현악의 오케스트라가 장중하게 연합국의 국가를 연주했고 '사절'들은 이 같은 장면에 걸맞도록 조용하게 그리고 위엄 있게 입을 움직거렸다. 순간적이나마 역사적 의의를 느끼면서 아타만의 빈객들은 그들을 남몰래 훔쳐보았다.

크라스노프의 연설이 시작되었다.

"제군, 제군은 지금 역사적인 대회의장에 앉아 계십니다. 그리고 이 회의장

벽 사이에서는 또 하나의 국민전쟁, 즉 1812년 전쟁의 영웅들이 말 없는 눈길로 제군을 지켜보고 있는 것입니다. 플라토프, 이로바이스키, 데니소프 들은 파리를 해방시킨 돈 카자흐들을 파리의 주민들이 축복해 주었던 저 신성한 시대를, 알렉산드르 1세 황제가 기왓장과 폐허 속에서 아름다운 프랑스를 부흥시켰던 시대를 우리로 하여금 기억하게 해주고 있는 것입니다……."

츠이무랸스코에[5]로 하여 '아름다운 프랑스' 대표들의 취기가 오른 눈은 이미 멍청해졌지만 크라스노프의 연설에 끝까지 주의를 기울이고 있었다. '야만적인 볼셰비키에게 압박당한 러시아 국민'의 파멸적인 불행을 일일이 열거한 뒤에야 크라스노프는 다음과 같은 말로 연설을 끝맺었다.

"……훌륭한 러시아 국민의 대표자들이 볼셰비키 놈들의 고문실에서 쓰러져 가고 있습니다. 그들의 눈동자는 지금도 당신들에게 구원을 청하고 있습니다. 당신들은 돈뿐만 아니라 그들에게도 인간적인 의미에서 구원을 베풀어야 할 것입니다. 우리는 말할 수 있습니다. 우리는 자유라고! 하지만 우리의 모든 계획, 투쟁의 모든 목적은—위대한 러시아 동맹 제국에 충실하며, 동맹 제국 이익을 지키고, 동맹 제국의 원조를 강력하게 요구하고 있는 것입니다. 104년 전 2월, 프랑스 국민은 알렉산드르 1세 황제와 러시아의 근위병을 축복했습니다. 그날 이래 프랑스의 생활에는 새로운 시대가 열린 겁니다. 104년 전 우리의 아타만 플라토프 백작은 런던의 귀빈이 된 바 있었습니다. 그런데 우리는 지금 당신들을 모스크바에서 기다리고 있는 겁니다! 장중한 행진곡과 우리의 국가가 연주되는 가운데 손을 붙잡고 크렘린궁으로 들어가 상호간의 평화와 자유의 감미로움을 맛보기 위해 우리는 당신들을 기다리고 있을 것입니다! 위대한 러시아! 이 말 속에 우리의 모든 꿈과 희망이 들어 있는 것입니다!"

크라스노프의 연설이 끝난 뒤, 본드 대위가 일어섰다. 연설이 영어로 시작되자 연회에 참석한 사람들 사이에 죽음과 같은 정적이 깔렸다. 통역이 열심히 입을 놀려댔다.

"본드 대위는 자신의 이름과 오샹 대위의 이름을 걸고, 두 사람이 돈의 실정을 알아보기 위해 연합국 측으로부터 공식으로 파견된 사람임을 돈의 아타만

---

5) 돈산 샴페인.

께 표명하는 권한을 갖고 있습니다. 본드 대위는 연합국이 볼셰비키와의 용감한 전투에 부대를 포함하여 모든 힘과 자재로써 돈과 의용군을 원조할 것을 약속하는 바입니다."

통역이 마지막 구절을 미처 끝맺기도 전에 '만세'의 외침이 세 차례나 되풀이되었다. 그 우렁찬 소리에 회의장의 벽이 다 떨렸다. 오케스트라의 화려한 연주 속에서 술잔을 부딪치는 소리가 울리기 시작했다. '아름다운 프랑스'와 '강대한 영국'의 번영을 위하여 건배하고 '볼셰비키에 대한 승리의 선물'로서 또 한 번 건배를 했다…… 술잔 속에서는 돈의 술이 거품 소리를 내고, 오랜 세월 동안 간직되어 온 질 좋은 술이 반짝이고 역시 오래된 '란파드노에(灯明酒)'가 그윽한 향기를 풍겼다.

모두가 연합국 사절단 대표의 다음 말을 기다렸다. 본드 대위도 시간을 오래 끌지는 않았다.

"본관은 위대한 러시아를 위하여 건배하는 바입니다. 그런데 이 자리에서 귀국의 아름다운 옛날 국가를 듣고 싶습니다…… 본관은 그 가사에는 관심을 갖고 싶지 않습니다. 다만 그 음악을 듣고 싶을 뿐입니다……."

통역의 목소리를 들은 크라스노프는 흥분으로 창백해진 얼굴을 손님들에게 향한 채 터질 듯한 목소리로 외쳤다.

"위대하고 유일한 러시아를 위해서 만세!"

오케스트라는 힘차고 능숙하게 〈신이여, 차르를 지키소서〉를 연주하기 시작했다. 모두가 일어서서 건배를 했다. 백발의 대주교 게르모겐의 얼굴은 눈물로 얼룩졌다. "정말 좋다!" 취기가 돈 본드 대위는 흥분해 있었다. 빈객 가운데 한 사람이 짓눌린 이크라(연어알 절임)가 달라붙은 냅킨에 볼수염을 파묻으면서 가슴이 미어져 엉엉 소리 내어 울었다…….

그날 밤, 시내 위로 아조프해 연안의 바람이 불어댔다. 첫 번째 눈보라에 휘말린 교회의 원형 지붕이 죽음의 빛깔을 담은 채 빛나고 있었다.

같은 밤, 시외의 쓰레기 하치장인 점토질의 벼랑이 있는 곳에서 야전 군법회의의 판결에 의해 볼셰비키인 샤프투이의 철도 종업원들이 총살되었다. 뒤로 손이 묶인 그들은 두 명씩 경사면에 세워진 다음 나강 권총과 소총으로 미간을 사격당했다. 하지만 얼어붙은 바람이 마치 담뱃불을 꺼버리듯 그 사격음을 지워버렸다…….

아타만의 관저 입구에서는 혹한과 찌를 듯한 11월의 바람을 맞으며 아타만 연대 친위대의 카자흐 의장병들이 얼어 죽을 것 같은 상태에 놓여 있었다. 칼자루를 쥐고 있는 카자흐들의 손은 거무칙칙하고 습기가 달라붙어 있고 두 눈엔 눈물이 괴어 있으며 양다리는 나무토막이 되어 있었다…… 관저에서는 새벽녘까지도 술에 취한 소리가 들려오고 오케스트라의 녹슨 금속음이 터져나왔으며, 부대 합창단의 테너의 울음소리 같은 음률이 흘러나왔다…….

1주일이 지나자 전선의 붕괴라는 가장 무서운 사태가 일어나고 말았다. 페트로 멜레호프가 근무하고 있던 카라치 방면의 제28연대가 최초로 점령했던 지점에서 물러났다.

카자흐들은 제15인자 사단과 은밀히 교섭을 가진 뒤, 전선을 철퇴할 것과 적위부대의 상류 돈 관구 통과를 방해하지 않기로 결정했다. 판단력과 머리 회전이 둔한 카자흐인 야코프 포민이 반란을 일으킨 연대의 지휘를 맡았는데, 애초에 포민은 간판에 불과했고 볼셰비키인 기분에 취한 한 무리의 카자흐들이 그의 배후에서 모든 것을 조정하여 그를 지휘했다.

그 자리에서 등 뒤에 한 발 얻어맞게 될 것을 두려워한 장교들은 폭풍처럼 재빨리 집회를 마친 뒤 별다른 열기도 없는 말투로 전투의 필요성을 늘어놓고 있었던 카자흐들이 일제히 전쟁의 필요 없음, 적위군과 협조할 것이라는 귀에 못이 박혀 버린 그 같은 말을 끈질기게 의미도 없이 외쳐댔다—연대는 이동을 개시했다. 처음 이동이 있은 뒤, 소론카 마을 부근에서 연대장 필리포프 중령은 장교의 대부분을 이끌고 야음을 틈타 연대에서 이탈하여 새벽녘에 전투에 패하고 퇴각 중인 모리에르 백작의 여단으로 합류한 것이었다.

제28연대에 이어서 제36연대가 진지를 포기했다. 제36연대는 장교와 함께 전원이 카잔스카야 마을에 도착했다. 카자흐들에게 시종일관 아첨을 해대던 키가 작고 도적 같은 눈의 한 연대장이 기마병들에게 에워싸인 채 병참 사령이 든 집으로 들이닥쳤다. 그는 채찍을 들고 싸울 듯이 들어갔다.

"사령관이 누구지?"

"제가 사령 보좌입니다만."

일어서면서 스테판 아스타흐프가 대답했다.

"사관님, 문을 닫고 들어와 주십시오."

"나는 제36연대장 나우모프 중령이다…… 내 말 잘 듣도록. 연대에 의복과 구두를 지급해야 하는데 지금 내 부대는 입을 옷과 신을 구두도 없는 형편이다, 알겠나?"

"사령관이 안 계십니다. 사령관 부재중에는 구두 한 켤레도 제멋대로 창고에서 꺼낼 수가 없습니다."

"뭐라고?"

"말씀드린 것과 같습니다."

"너! 너 지금 누구에게 말대꾸를 하고 있는지 알아? 체포할 테다! 이런 고양놈이 있나. 이봐, 이놈을 지하실로 끌고 가! 창고 열쇠는 어딨나? 후방의 쥐새끼 같은 놈! 뭐라고?"

나우모프는 채찍으로 탁자를 내리치고 서슬이 퍼렇게 성이 나 낡아빠진 만주모를 뒤로 미끄러뜨렸다.

"열쇠를 이리 내!—뭘 꾸물대나!"

30분쯤 뒤에 창고 문밖으로 누런 먼지를 잔뜩 뒤집어쓰고 눈 위에 떼 지어 모여 서 있던 카자흐에게 안감이 든 반외투 다발과 펠트 구두, 장화 등의 묶음이 날아왔다. 설탕 자루도 손에서 손으로 건너갔다. 소란스럽고 위세 좋은 얘기 소리가 잠시 동안 광장을 가득 메웠다.

같은 무렵, 제28연대는 새 지도자 포민 조장과 함께 뵤센스카야로 들어갔다. 그 뒤로 30킬로미터 지점을 인자 사단의 제 부대가 진격하고 있었다. 적위군 측의 정찰대가 그날 이미 두블로프카 부락에 모습을 나타냈다.

북부 전선 사령관 이바노프 소장은 이보다 4일 전, 참모장 잔브르지츠키 장군과 함께 카르긴스카야 마을로 철회하고 있었다. 그들의 자동차가 눈 위에서 미끄러져 잔브르지츠키 부인은 피가 나도록 입술을 깨물어야 했고 애들은 울어댔다…….

뵤센스카야에서는 며칠 동안 혼란 상태가 계속되었다. 소문에 의하면 제28연대에 병력을 투입하기 위해 카르긴스카야에 부대가 집결중이라는 것이었다. 그러난 12월 22일, 카르긴스카야에서 뵤센스카야로 이바노프 부관이 찾아와 사령관의 숙소에서 그의 분실물들—새 여름 군모, 두발용 빗, 속옷, 그 밖에 자질구레한 물건—을 받아갔다.

북부 전선에 뚫린 100킬로미터의 돌파구를 향해 적위군 제8군단의 제 부대가 밀려왔다. 사바테예프 장군은 교전 없이 돈강 방면으로 후퇴했다. 피츠하라우로프 장군 휘하의 연대는 서둘러 타르이와 보고챠르로 퇴각했다. 북부는 1주일 내내 이상하도록 조용했다. 포성도 들리지 않고 기관총도 침묵하고 있었다. 북부 전선에서 싸우던 하류 카자흐들은 상류 돈 부대의 배신으로 사기가 떨어져 교전 없이 후퇴해 갔다. 적위군부대는 정찰대를 내보내어 전방 부락을 면밀하게 탐색하면서 신중하게 서서히 이동해 갔다.

돈 정청에서의 북부 전선 패전을 대신한 환희가 찾아왔다. 12월 26일, 노보체르카스크에 연합국 사절단이 도착한 것이었다. 카프카즈 파견 영국군 사령관 풀 장군과 참모장 키스 대령, 프랑스 대표 프랑세 데스펠레르 장군과 프케 대위 등이었다.

크라스노프는 연합국 대표를 전선으로 데리고 갔다. 추운 12월 아침, 치르역의 플랫폼에는 의장대가 정렬해 있었다. 입수염이 늘어지고 술꾼으로 보이는 마몬토프 장군은 그날 면도를 깨끗이 한 얼굴로 장교들의 호위를 받으면서 플랫폼을 걸어다녔다. 열차를 기다리는 것이었다. 역 옆에는 군악대원들이 파랗게 변한 손가락에 입김을 불어대며 발을 동동거렸다. 의장대에서는 하류 마을 출신 카자흐들이 색색의 다른 옷을 입은 모습으로 떨고 있었다. 흰 수염의 노인과 함께 수염 나지 않은 젊은이가 나란히 서 있고, 앞머리를 늘어뜨린 전선병이 그 틈바구니에 끼여 있었다. 노인들의 외투에는 훈장과 로프차프레브나 전투의 종군 기장이 금은 빛으로 반짝였고 그보다도 약간 젊은 카자흐들은 게오크, 테페, 산데프의 맹공격과, 독일 전선의 펠렘이슈리, 바르샤바, 리보프 공격의 공로로 얻은 훈장을 가득히 달고 있었다. 젊은 병사들은 단 것은 아무것도 없었지만 직립자세로 고참병들을 흉내 내려 애썼다.

뿌연 증기에 에워싸인 열차가 굉음을 지르며 다가왔다. 풀만사 제품 차실[6] 문이 미처 열리기도 전에 악장은 두 손을 번쩍 치켜올렸다. 오케스트라가 우렁

---

6) 미국 풀만 회사 제품의 호화스러운 침대차.

차게 영국 국가를 연주하기 시작했다. 마몬토프가 군도를 누르면서 차량을 향해 걸어갔다. 크라스노프는 친절한 주인처럼 얼어붙은 카자흐 대열 옆을 지나 귀빈들을 역 사무실로 인도해 갔다.

"야만인의 적위군으로부터 조국을 지키기 위해 카자흐는 모두 일어난 것입니다. 여러분은 제3시대의 대표자를 보고 계십니다. 여기에 있는 병사들은 발칸, 일본, 오스트리아, 헝가리, 러시아 등지에서 싸웠던 자들로 지금은 조국의 자유를 위해서 싸우고 있습니다."

그는 조용하게 미소를 짓고 차르처럼 머리를 흔들거나 눈을 똑바로 뜨고는 숨을 죽인 채 조는 몸짓으로 서 있는 카자흐 노인들을 가리키면서 유창한 프랑스어로 그렇게 말했다.

상부의 명령으로 마몬토프가 의장병 선발에 애쓴 흔적이 역력히 드러나 보였다. 즉 겉치레로 장식했을 뿐이었다.

연합국 대표자들은 전선 시찰을 나갔다가는 흐뭇한 얼굴로 노보체르카스크에 돌아왔다.

"귀군의 늠름한 모습과 군기와 사기에 본관은 매우 만족하고 있습니다." 출발을 앞두고 풀 장군은 크라스노프에게 말했다.

"살로니카에서 이쪽으로 아군 첫 부대를 파견하도록 즉시 명령을 내리겠습니다. 각하, 모피외투와 따뜻한 장화 3천 명분을 준비해 주십시오. 우리의 원조에 의해 귀관이 볼셰비즘을 철저하게 박멸시키기를 기대하겠습니다."

……서둘러 안감이 든 반외투가 만들어지고 바렌키(방한화)가 준비되었다. 하지만 무슨 까닭인지 연합국 상륙 부대는 노보로시스크에 상륙하지 않았다. 풀은 런던으로 귀환하고 대신 냉담하고 오만한 프릭스가 왔다. 그는 런던에서 새로운 지령을 갖고 와서는 장군다운 강직함으로 분명하게 잘라 말했다.

"폐하의 정부는 돈 의용군에게 광범위하게 물질적 원조는 하겠지만 병력만은 단 한 명도 지원할 수가 없습니다."

이 성명에 대한 코멘트는 불필요한 것이 되고 말았다…….

12

이미 제국주의 전쟁의 와중에서 눈에 보이지 않는 금이 되어 장교와 카자흐들을 갈라놓았던 적의는 1918년 가을이 되자 이제껏 없었던 큰 규모를 드러내기에 이르렀다. 카자흐 제 부대가 서서히 돈을 향해 집결하고 있던 1917년 말경에는 장교를 죽이거나 죄인으로서 인도하는 경우는 드문 일이었다. 그러나 1년이 지나자 그런 사건들은 흔한 현상이 되고 말았다. 공격시에는 적위군 지휘관의 예에 따라서 장교들을 산병선 맨 앞으로 내보내고 갑자기 그 잔등을 겨누어 쏴죽이기도 했다. 게오르기우스 훈장을 받았던 군도로프스키 연대와 같은 부대만이 굳은 단결을 유지하고 있었고 돈군 가운데에서 그런 부대는 둘도 찾아보기 어려웠다.

빈틈이 없어 기회를 엿보는 데에 민감한 페트로 멜레호프는 카자흐와의 싸움이 죽음을 부르게 될 것임을 진작부터 알고 있었다. 그래서 처음부터 장교인 자신과 병졸들 사이에 가로놓인 장애를 없애려고 무척 애를 썼다. 그는 병사들과 마찬가지로 적당한 기회에 전쟁의 무의미함을 입에 담았다. 본심에서가 아니고 의도적으로 그런 말을 입에 담았을 뿐이지만, 그것이 본심이 아님을 눈치챈 자는 아무도 없었다. 연대가 포민을 업은 것을 알고 난 다음부터는 볼셰비키를 가장하고 그에게 아첨을 해댔다. 페트로 역시 약탈하고 사관을 매도하고 포로를 동정하는 데에는 동료들과 다름이 없었다. 그와 동시에 그의 심중에는 격렬하게 증오가 물결쳤고, 실컷 패주고 죽이고 싶은 충동으로 손이 떨릴 때가 있었다…… 근무에 임해서 그는 얌전하고 소박하며 소위로서가 아니라 병사들의 말을 잘 들어 주었다. 기왕에 카자흐들의 신용을 얻은 이상엔 그들의 눈앞에서 자신의 가면을 벗을 수는 없는 노릇이었다.

소론카 마을 옆에서 나우모프가 장교들을 이끌고 도주할 때도 페트로는 뒤에 남았다. 얌전하고 조용하여 언제나 그늘에만 있던 그는 무슨 일에나 온건했다. 그는 연대와 함께 뱌센스카야에 와 있었다. 그런데 뱌센스카야에서 이틀을 보내고는 더 이상 견딜 수가 없어 그는 본부와 포민에게 출두하지 않고 집으로 달아나버렸다.

그날 뱌센스카야 광장의 낡은 교회 근처에서는 아침부터 집회가 열렸다. 연대는 인자 사단 대표자들의 도착을 기다렸다. 광장 안을 떼 지어 모피 외투를 고쳐 만든 반외투, 가죽 상의, 솜이 든 외투 등을 입은 카자흐들이 어슬렁거렸다. 갖가지 옷차림을 한 이 많은 군중이 전열부대의 제28카자흐 연대라고는 믿어지지 않을 정도였다. 페트로는 이 무리에서 저 무리로 걸어다니며 마치 처음 보는 듯한 눈초리로 카자흐들을 둘러보았다. 이전에 전선에 있었을 때는 하나의 무리로서 연대를 본 적이 없었다. 그런데 지금은 허여스름한 입수염을 초조하게 씹으면서 고드름이 매달린 얼굴과 체르케스 모자, 말라하이 모자, 쿠반카 모자, 군모 등을 쓴 머리를 보는 것이었다. 눈을 내리떠도 마찬가지로 색색의 광경이 눈에 들어왔다. 낡아빠진 펠트 모자, 장화, 적위병들에게서 빼앗은 군화 위의 각반.

"부랑자! 가난뱅이 농부! 병신!"

힘없는 증오로 페트로는 혼잣말을 중얼거렸다.

판자 담벼락에 포민의 명령이 하얗게 붙어 있었다. 한길에는 주민이 한 사람도 없었다. 마을 사람은 모두 그때를 기다렸다가 몸을 숨긴 것이었다. 골목 틈 사이로 눈에 파묻힌 돈의 하얀 가슴팍이 보였다. 돈 저 너머에는 먹으로 그린 듯한 숲이 거무스름하게 서 있었다. 잿빛 석조의 낡은 교회 언저리에는 남편을 찾아온 여러 부락의 여자들이 양 무리처럼 떼를 이루고 있었다.

가슴에 커다란 호주머니가 붙은 반외투를 입고 카라쿠리(곱슬털의 양피)의 장교용 방한모를 쓴 페트로는 그에게 쏠리는 곁눈질과 싸늘한 시선을 느꼈다. 그 시선들은 틈새 바람처럼 뚫고 들어와 그렇잖아도 불안하고 어정쩡한 그의 심정을 더욱더 부채질했다. 고급 모피 외투를 걸치고 새 방한모의 차양을 눌러쓴 적위병 한 사람이 광장 한복판에 뒹구는 나무통 밑창을 딛고 벌떡 일어서는 것을 그는 멍청히 바라보았다. 솜이 든 장갑을 낀 손으로 적위병은 목 둘레에 감은 회색 토끼털 목도리를 고쳐 맨 다음 주위를 둘러보았다.

"카자흐의 타바리시치(동지 제군)!"

감기 든 낮은 목소리가 페트로의 귓전을 때렸다.

뒤를 돌아본 페트로는 귀에 익지 않은 말에 카자흐들이 얼굴을 마주 보며 흥분한 상태로 의미 있는 눈짓을 보내는 것을 보았다. 적위병은 간단하게 소비에트 정권, 적위군, 카자흐와의 상호 관계 등을 이야기했다. 그 적위병이 끊임없이 다음과 같은 고함 소리로 방해를 받는 것이 페트로에게는 강하게 인상에 남았다.

"타바리시치, 코뮤니야란 뭐야?"

"그 속에 우리도 끼워줄 수 있나?"

"공산당이 뭔데?"

적위병은 가슴에 손을 얹고 좌우를 번갈아 보면서 참을성 있게 설명을 해나갔다.

"타바리시치! 공산당이란 자기 의지에 의해서 행동하는 것을 말하오. 노동자와 농민을 자본가나 지주의 압박에서 해방시킬 커다란 사업을 위해서 싸우고자 하는 젊은이들이 스스로의 희망으로 입당하는 곳이오."

얼마 뒤 다른 구석에서 고함 소리가 터져나왔다.

"공산당원과 코미사르에 대해 설명해 주시오!"

대답이 있은 지 몇 분도 채 지나지 않았을 때 다시 누군가의 낮은 성난 목소리가 외쳐댔다.

"코뮤니야(공산당)에 대한 의미를 알아들을 수가 없소. 좀더 자세하고 알기 쉽게 말하시오. 우리는 학문을 배우지 못한 사람들이니까."

이어서 포민이 지루하도록 오래 지껄인 뒤 어쨌든 '철병한다'는 말을 내뱉었다. 포민의 주변에서 학생모를 쓰고 멋지게 외투를 걸친 한 청년이 자꾸만 비위를 맞추려는 태도를 보였다. 페트로는 포민의 두서없는 연설을 들으면서 1917년 2월 다리야가 그가 있는 곳으로 왔던 날, 페트로그라드로 향하는 도중 역에서 처음으로 포민을 봤을 때를 돌이켰다. 하사관의 견장 위에 낡아빠진 '52'라는 대호(隊號)가 붙은 외투를 입은 아타만 연대 탈주병의 번뜩이는 눈동자와 곰 같은 걸음걸이가 그의 눈앞에 생생하게 떠올랐다.

"이젠 더 이상 참을 수 없어, 이봐!"

분명치 않은 말이 페트로의 귀에 울려왔다. '프리스토냐와 같은 멍청이 탈주병이 지금은 연대의 지휘자가 되었다. 그런데 난 뭐냐. 빛을 못 보고 있잖나.' 번들거리는 눈을 하고 페트로는 생각에 잠겼다.

기관총의 탄띠를 열십자로 걸머멘 카자흐가 포민을 대신했다.

"모두 들으시오. 난 포드쵸르코프의 부대에 있었소. 동지들과 함께 이번에도 카데트 놈을 쳐부수러 가겠소!"

페트로는 숙사 쪽으로 재빨리 걸음을 옮겼다. 말에 안장을 얹으면서 그는 카자흐들이 낡은 습관에 따라서 근무병의 귀환을 부락에 알리기 위해 시내에서 떠나는 길에 발포하는 소리를 들었다.

13

기분 나쁠 정도로 조용한, 해가 짧은 계절의 일몰 무렵은 수확기 같은 때에는 고달프고 지루하게 느껴졌다. 부락들은 호젓한 미개척지 같은 광야 위에 누워 있었다. 돈 강가는 죽은 듯이 되어서 마치 페스트가 부락들을 휩쓸고 간 것 같았다. 두꺼운 구름이 시커먼 날개로 돈 강가 일대의 땅을 뒤덮어 고요한 가운데 무시무시한 모습으로 퍼져가는가 하면 이윽고 질풍을 동반하여 포플러를 대지에 짓누르고, 메마르고 튀는 것 같은 우렛소리를 울리면서 돈강 건너편의 숲을 마구 압박하고 백악의 산맥으로부터 자연석을 떨어뜨리고, 뇌우로 하여금 필사적인 소리를 지르게 하는 광경과 다를 바 없었다…….

아침부터 줄곧 타타르스키 부락은 안개에 덮여 있었다. 산은 한기로 신음하고 있었다. 정오가 가까워진 뒤에 태양이 안개 속에서 얼굴을 내밀긴 했지만 그다지 밝아지지는 않았다. 안개는 돈 강가 일대의 산꼭대기를 방황하고 단애와 산맥으로 내려와 이끼 낀 백악의 바위나 눈을 뒤집어쓴 봉우리에 축축한 먼지가 되어 가라앉아서는 그 길로 사라져갔다.

날마다 발가벗은 숲 그늘로부터 밤은 빨갛게 탄 커다란 달 방패를 들어올렸다. 달은 조용하게 잠든 부락 위를 전쟁과 불의 혈색을 반사해 흐릿한 조명을 비추었다. 그러자 그 무자비한 깜박이지 않는 광채에 사람들은 까닭 모를 불안에 휩싸이고 가축들마저도 마음이 술렁이는 것이었다. 말과 소들은 새벽녘까지 잠을 이루지 못하고 집 안을 어슬렁거렸다. 개들은 시끄럽게 울부짖고, 수탉들은 한밤중까지 각기 다른 목소리로 울어댔다. 젖은 나뭇가지들은 새벽까지 얼음 멍에를 지고 있었다. 미풍이 그 가지들을 서로 부딪치게 하면 그것들은 쇳소리를 냈다. 마치 눈에 보이지 않는 기마부대가 무기와 등자를 덜커덩거리면서 쪽빛 어둠 속으로 돈 좌측 강가의 어두운 숲을 지나가는 형상과 같았다.

북부 전선에 나가 있던 타타르스키 부락 출신의 카자흐들은 거의가 도네츠 강을 따라 느릿하게 이동 중인 제 부대를 버리고 제멋대로 부락에 돌아와 있었다. 날마다 뒤늦게 누군가가 모습을 드러냈다. 어떤 사람은 짚 더미나 헛간 처마에 군장을 처박아놓고 군마의 안장을 모조리 벗긴 다음, 적위병의 도착을 기다릴 작정으로 돌아와 있었다. 그리고 또 다른 사람은 눈에 파묻힌 샛문을 열고 마당으로 말을 끌어들인 다음, 모아둔 건빵으로 요기를 하고 마누라와 겨우 하룻밤을 보내고는 이른 아침에 벌써 한길에 나와 언덕 위에서 영영 못 보게 될 지도 모를 돈의 새하얀 죽음과 같이 널려 있는 고향 땅을 마지막으로 한 번 더 바라보는 것이었다.

그 누가 먼저 죽게 될 것인가? 그 누가 인생의 나그네 길 마지막 수수께끼를 풀 수 있을지? 부락을 나가는 말의 걸음걸이는 무거웠다. 카자흐들은 응어리진 그 가슴으로부터 가족에게 끌리는 마음을 가까스로 떼어냈다. 그런데도 다시 그 길을, 말똥이 뒹굴고 바람이 휩쓰는 길을 거쳐 숱한 사람들이 생각에 잠긴 채 집으로 돌아온 것이었다. 그 길 위에서 얼마나 많은 고통스런 생각이 이어졌던가…… 얼마나 많은 피눈물이 안장 가장자리를 흘러 얼어붙은 등자와 말발굽에 짓눌린 길바닥 위에 흘러내렸던가. 이곳은 봄이 되어도 노란 별리의 꽃, 야생 튤립마저도 싹을 틔우지 못하는 것일까?

페트로가 뵤센스카야에서 돌아온 날 밤에 멜레호프가의 응접실에서는 가족회의가 열렸다.

"대체 어떻게 된 거냐?"

페트로가 집 문턱을 미처 넘어서기도 전에 판텔레이 프로코피예비치가 물었다.

"실컷 싸우고 왔겠지? 견장은 왜 달지 않았느냐? 어서 들어오너라. 아우에게 아는 체를 해줘라. 어머니도 기쁘게 해드리고. 어쨌든 잘 왔다, 페트로. 이봐, 그리고리! 그리고리 판텔레예비치, 너 왜 그러고 있냐? 들쥐처럼 페치카 옆에 드러누워서? 어서 내려와!"

그리고리는 카키색 바지 밑으로 드러난 맨발을 딛고 서서 미소를 짓고 가슴팍을 긁으면서 페트로가 몸을 굽히고 검띠를 벗고 추위로 마비된 손가락 끝으로 방한모의 끈을 더듬는 것을 보고 있었다. 다리야는 말없이 미소를 머금은 채 남편의 눈을 바라보면서 반외투의 단추를 벗기고 권총 케이스와 나란히 묶인 수류탄이 번쩍이는 바른쪽 옆구리를 겁을 집어먹은 얼굴로 지나갔다.

두냐시카는 다가가서 고드름이 달린 오빠의 입수염에 살짝 키스하고 말을 치우려고 뛰어갔다. 일리니치나는 앞치마로 입술을 닦고 나서 장남에게 키스하기 위해 기다리고 있었다. 나탈리야는 페치카 언저리에 초조하게 서 있었고, 어린아이들은 그 스커트 자락을 붙잡고 쭈뼛거렸다. 모두 페트로의 말을 고대하고 있었다. 하지만 그는 문턱을 넘으면서 "모두 잘 있었어?" 쉰 목소리로 말했을 뿐 외투를 벗느라 애를 쓰고 있었다. 그런 다음에는 수숫대 빗자루로 장화를 털어내고 구부렸던 등을 똑바로 펴더니, 갑자기 입술을 떨었다. 그러고는 멍한 얼굴로 한쪽 침대 머리판에 몸을 기댔다. 순간 뜻밖에도 모두는 동상으로 새까매진 그의 볼 위에서 눈물을 보았다.

"군인의 몸으로 대체 어떻게 된 거냐?"

농담 속에서도 떨리는 불안을 감추며 노인은 물었다.

"이젠 끝장이에요. 우리도 마찬가지라고요, 아버지!"

페트로는 입을 비틀고 흰 눈썹을 꿈틀거리며 얼굴을 돌리듯이 때묻은 손수건으로 코를 풀었다.

그리고리는 달라붙는 고양이를 성가시다는 듯이 뿌리치고 한숨을 길게 쉰 다음 페치카에서 뛰어내렸다. 어머니는 이가 득실거리는 페트로의 머리에 키스하고는 울음을 터뜨렸으나 이내 이렇게 속삭였다.

"얘야, 이 가여운 것 같으니! 산유라도 좀 마시는 게 어떻겠니? 자, 이리로 와서 스튜를 먹어라, 배고프지?"

테이블 앞에 앉아 어린것들을 무릎 위에 앉히고 어르는 동안 페트로는 기운을 되찾았다. 흥분을 누르고 제28연대의 전선 이탈에 대한 사건과 장교들의 도망과 포민에 대해서, 그리고 뵤센스카야에서의 마지막 집회 등을 얘기했다.

"그런데 형은 어떻게 생각해?"

딸의 머리에 손을 얹고 있던 그리고리가 물었다.

"어떻게고말고가 어디 있어. 내일 밤엔 다시 떠나야 해. 어머니, 뭐든 먹을 걸 부탁해요."

그는 어머니에게 말했다.

"그러니까 퇴각이다, 이 말이냐?"

판텔레이 프로코피예비치는 손가락을 담뱃갑에 집어넣고 대답을 기다렸다.

페트로가 일어서서 아마추어가 그린 낡은 성상에 대고 성호를 긋고는 험악한 눈초리로 그것을 뚫어지게 바라보았다.

"덕택에 배불리 먹었어요! 퇴각이라고요? 네, 그렇지 않고 다른 도리가 있겠어요? 빨갱이 놈들한테 목이 잘리도록 남아 있으란 말인가요? 모두 남아 있을 모양이지만…… 난 나갈 테예요! 놈들은 장교만 보면 절대로 가만 두지 않으니까."

"그렇다면 집은 어떻게 하고? 내버릴 참이냐?"

페트로는 노인의 물음에 어깨를 들썩했을 뿐이었다. 그러자 다리야가 곧바로 끼어들었다.

"당신은 나가고 우리만 남아 있으란 말예요? 하기야 그런 말도 괜찮군요! 그러니까 우린 당신의 재산을 지키고 있어야 한다는 말이군요! 그 덕택으로 목숨을 잃게 될지도 모르는데! 그따위 얘기가 어딨어요! 나도 남아 있지 않겠어요!"

나탈리야까지도 들고 나서는 바람에 다리야의 높은 목소리가 지워져버렸다.

"온 부락 사람들이 다 떠나버린다면, 우리도 남아 있을 수 없잖아요! 걸어서라도 난 나가겠어요!"

"머저리들 같으니! 계집년이 알긴 뭘 안다고!"

판텔레이 프로코피예비치가 눈알을 굴리며 소나무 지팡이를 찾으려고 몸을 움직였다.

"할 수 없는 것들이군! 남자가 하는 일에 간섭을 하다니……이것저것 다 팽개쳐버리고 어디로든 가든가 해야 안 되겠다? 그렇지만 가축은 어디다 숨길 거냐? 품 안에라도 집어넣을 셈이냐? 그리고 이 집은……?"

"너희들은 젊으니까 자신의 머리를 믿고 행동하겠지!"

화가 난 일리니치나가 그의 역성을 들었다.

"재산 긁어모으려고 힘들인 적이 없으니까 버리는 것도 쉽겠지. 하지만 아버지와 난 밤낮으로 쉬지 않고 일해 왔다. 그렇게 쉽게 버릴 순 없어!"

그녀는 입술을 오므리고 한숨을 내쉬었다.

"갈 테면 가거라. 하지만 난 움직이지 않겠다. 문턱에서 죽임을 당한대도 상관없다. 남의 집 울타리 밑에서 숨을 거두는 것보다 나을 게 아니냐!"

판텔레이 프로코피예비치는 콧소리와 한숨을 한꺼번에 내뿜으면서 등잔의 심지를 줄였다. 잠시 동안 모두 잠자코 있었다. 양말 뒤꿈치를 뜨던 두냐시카가 뜨개바늘 위로 얼굴을 치켜들고 낮은 소리로 말했다.

"가축은 데리고 갈 수 있어요……가축 때문에 남아 있을 순 없잖아요."

그러나 다시 노인의 역정이 폭발했다. 그는 늙은 말처럼 발을 구르다가 그만 난로 옆에 잠들어 있던 새끼 양에게 부딪쳐 넘어질 뻔했으나, 두냐시카 앞으로 급히 다가가 고함을 질러댔다.

"데리고 가다니! 늙은 암소가 새끼를 뱄는데, 그걸 어떻게 데리고 가냐? 그놈을 어디로 끌고 가느냐 말이다? 멍청이 같으니! 그렇게 애써서 모은 재산을 버려야 하다니! 양은 어쩔 셈이냐? 새끼 양은 어떻게 하고? 에잇, 제기랄! 입다물고 가만히 좀 있어라!"

그리고리는 곁눈질로 흘낏 페트로를 쳐다보았다. 그러자 전과 조금도 다름없는 그 갈색 눈동자에 사람을 멸시하는 듯한, 그러나 순하디순한 미소와 눈에 익은 밤색 입수염의 떨림이 눈에 들어왔다. 페트로가 눈을 깜박거리고 웃음을 참느라 몸을 흔들고 있는 것을 본 그리고리는 갑자기 높은 소리로 웃어 젖혔다.

"겨우 끝이 났군! 덕택에 실컷 지껄였어!"

노인은 노여움이 섞인 시선을 그에게 돌리고 나서 서리가 내려앉아 허연 수염을 창 쪽으로 돌리고 자리에 앉았다.

밤이 깊었을 때 남자들은 떠나고 여자들은 남아 집을 지켜야 한다는 결론에 도달했다.

동트기 전부터 일어난 일리니치나는 아궁이에 불을 지폈다. 아침까지는 빵 굽는 일을 끝낼 수 있었다. 두 자루의 건빵을 만들어 놓았다. 노인은 등불 아래서 식사를 하고 가축들을 불러모은 뒤 썰매를 꺼내려고 나가 있었다. 그는 질 좋은 밀알이 가득 담긴 궤짝에 손을 집어넣고 굵은 알곡을 손가락 사이로 흘리면서 헛간 안에 잠시 서 있었다. 모자를 벗고 뒤에 있는 노란색 문을 닫은 다음 그는 마치 유해 옆을 지나가듯이 그곳을 나왔다.

암소를 물 먹이는 곳으로 몰고 가는 아니쿠시카가 모습을 나타냈을 때 그는 썰매에 실은 광주리를 갖다놓고 그때까지도 헛간 처마 밑에서 머뭇거렸다. 두 사람은 인사를 주고받았다.

"달아날 준비는 됐나, 아니케이?"

"준비라니, 난 맨몸뚱이에다 허리띠만 감으면 되는걸. 내 것이라곤—내 몸에 붙은 것뿐이니까 남의 것이 이제부터 내 몸에 붙게 될지도 모르겠어!"

"다른 일은 없겠지?"

"일이야 많지."

"뭐라고?"

판텔레이 프로코피예비치는 깜짝 놀라 썰매의 팔에다 도끼를 내리쳤다.

"빨갱이 놈들이 곧 올 것 같아. 듣자니까 뵤시키 근처까지 와 있다는군. 볼쇼이 글로모크에서 보고 왔다는 사람이 있는데 못된 짓을 하면서 오고 있대. 놈들 가운데에 유대인과 중국인이 섞여 있다는군. 그놈들을 깡그리 때려죽였으면 좋을 텐데!"

"때려죽이다니?"

"그렇다니까. 그렇게 해야만 다시는 코를 내두르고 다니지 않을 게 아닌가? 게다가 그 치가[7] 놈들이라니!"

아니쿠시카는 욕설을 내뿜으면서 울타리 옆을 걸어갔다.

"돈 너머의 강가 여자들은 탁주를 만들어 놓고 못된 짓을 하지 못하도록 실컷 마시게 한다는구먼. 그러자 놈들은 취하도록 마신 다음엔 다른 부락으로 쳐들어가서 소란을 일으킨다는군."

노인은 광주리를 싣고 나서 그의 손으로 둘러친 울타리와 헛간 등을 돌아보았다. 그리고 큼직한 보자기에 마른풀을 싸려고 다리를 절면서 움막 안으로 들어갔다. 그는 창고에서 갈퀴를 꺼내어 잡초가 섞인 마른풀을 긁어모으기 시작했다(그는 언제나 좋은 마른풀을 봄철에 대비해 남겨 두었다). 몇 시간 뒤 집과 부락을 버리고 어디론가 남쪽을 향해 떠나가면 두 번 다시 돌아오지 못할 것이라는 사실이 도무지 실감이 나지 않았다. 마른풀을 다 긁어내자 전처럼 이삭을 주우려고 갈퀴에도 손을 뻗쳤으나 뜨거운 것에 닿은 듯이 손이 움츠려졌다. 그는 귀덮개가 있는 모자 밑으로 땀에 젖은 이마를 연방 닦아내면서 중얼거렸다.

"이렇게 된 이상 뭐가 소중하단 말인가? 말 발바닥에 문드러지든가 불에 타 버릴 게 뻔한데."

갈퀴를 무릎에 대어 두 토막 내버린 뒤 그는 이를 갈면서 마른풀이 담긴 자루를 끌고 나왔다.

---

7) 돈 상류 지방의 카자흐들에 대한 욕.

그는 집 안으로 들어가지 않고 문을 열고 말했다.

"준비해라! 지금 곧 말을 끌어낼 테니까. 조금이라도 늦지 않도록 해야 해."

마른풀과 담요를 마차 뒷부분에 이미 실어 놓았는데도 아들들이 좀처럼 나오지 않자, 의아하게 여긴 그는 다시 헛간 쪽으로 되돌아갔다. 집 안에서는 기묘한 장면이 벌어지고 있었다. 페트로가 꾸러미를 거칠게 풀어 놓고 바지와 군복과 여자들의 나들이옷 등을 마룻바닥 위에다 내팽개치고 있었다.

"대체 어쩌자는 거냐?"

판텔레이 프로코피예비치는 놀란 나머지 방한모를 벗어던졌다.

"일이 이 지경에 이르렀지 뭡니까!"

페트로가 어깨 너머로 여자들을 가리키면서 말했다. '울부짖는 걸 어쩝니까. 남자들만 떠나는 건 그만둬야 했어요! 가려거든 모두 함께 갑시다. 빨갱이 놈들이 여자를 강간할지도 모르는데, 재산만 건지려고 집을 나갈 순 없잖아요? 죽임을 당할 양이면 그놈들 눈앞에서 죽는 수밖에요!"

"외투를 벗으세요, 아버지!"

그리고리가 미소 띤 얼굴로 모피 외투와 군도를 벗었다. 울상이 된 나탈리야가 등 뒤에서 그것을 받고는 그의 손에 키스를 했다. 얼굴이 달아오른 두냐시카는 기쁜 듯이 손뼉을 쳤다.

노인은 방한모를 썼으나 이내 벗어버리고 방 안으로 다가가 크게 성호를 그었다. 그는 세 번 절을 하고 모두를 돌아보았다.

"그런 이유에서라면 남아 있기로 하자꾸나. 성모 마리아, 우리를 지켜 주시고 막아 주시옵소서! 난 나가서 말을 들여놓고 오겠다."

아니쿠시카가 뛰어들었다. 모두가 명랑한 얼굴로 웃고 있어 멜레호프가에 들어선 그를 놀라게 했다.

"어떻게 된 거야?"

"우리 집 남정네들은 가지 않기로 결정했어요!"

다리야가 모두를 대신하여 말했다.

"그래? 생각을 고쳐먹었단 말이지?"

"맞아요!"

그리고리가 불만스럽게 각설탕을 문 듯한 새하얀 이를 드러내고 말했다.

"일부러 사신(死神)을 찾아 나설 필요는 없지 않소. 여기 남아 있다가 사신을 붙잡는 편이 나을 거 같아요."

"너희들 같은 사관들이 떠나지 않는 건 하느님의 뜻이겠지!"

아니쿠시카는 그렇게 말하고 요란하게 발소리를 내면서 입구로 나가 창 옆을 지나갔다.

14

뵤센스카야 가옥의 담벼락에는 포민의 지령이 적힌 종이가 펄럭이며 시시각각으로 다가오는 적위군 부대의 도착을 알려 주었다. 그 뵤센스카야에서 35킬로미터 지점에 있는 카르긴스카야 마을에는 백위군 북부 전선 사령부가 놓여 있었다. 1월 4일 전날 밤 체첸인 부대가 들어왔고 그 뒤를 이어 행군대형으로 우스티 베로카리트벤스카야 마을에서 포민 반란부대를 향해 로만 라자레프 중령의 징벌대가 이동해 왔다.

체첸인 부대는 5일에 뵤센스카야 공격을 개시하기로 되어 있었다. 그 정찰대는 이미 베로고르카에 잠입해 있었다. 그러나 공격은 좌절되었다. 포민 부대에서 도망쳐 나온 카자흐병 하나가 고로호프에 적위군 대부대가 야영하고 있으며 5일에는 뵤센스카야에 쳐들어올 예정임을 폭로했기 때문이다.

노보체르카스크에 와 있던 연합국측 대표들의 일로 골몰해 있던 크라스노프는 직통전화로 포민에게 호통을 쳤다. 끈질기게 '뵤센스카야—포민'을 두들긴 전선이 마침내 짧은 대화를 연결시켰다.

'뵤센스카야—포민. 포민 하사관, 방황을 멈추고 연대를 이끌고 진지에 안정할 것. 징벌대 파견. 반항하면 사형에 처함. 크라스노프.'

석유 등불 밑에서 반외투의 단추를 끄르던 포민은 갈색의 금속조각 같은 점이 찍힌 가느다란 종이 테이프가 꿈틀거리면서 통신병의 손가락 사이를 미끄러져가는 것을 들여다 보고 있었는데 병사의 뒤통수에 싸늘한 숨과 탁주 냄새를 내뿜으면서 말했다.

"흥, 무슨 소리를 하고 있어? 방황에서 깨어나라고? 그걸로 끝이야? 그럼, 답을 보내야지…… 뭐라고? 왜 안 된다는 거야? 명령이다. 명령을 따르지 않으면 밥주머니와 창자를 한꺼번에 끌어내놓고 말 테다!"

전신계 병사는 타전하기 시작했다.

'노보체르카스프, 아타만, 크라스노프 앞…… 똥이나 처먹어라. 포민.'

크라스노프가 직접 나서서 포민을 견책하는 데는 그만한 이유가 있었다. 이후의 반란을 막기 위해서이기도 했지만, 더 중요한 것은 카자흐의 사기를 위해서였다. 그는 사기를 높이기 위해 카르긴스카야로 가야겠다는 결심을 했다. 북부 전선의 상태는 그만큼 혼란의 극을 치닫고 있었다. 그는 그 같은 목적으로 연합국 대표를 전선 시찰에 초대했던 것이다.

브투리노프카 이민촌에서 성 게오르기우스 훈장을 받을 군도로프 연대의 사열식이 행해졌다. 크라스노프는 사열 뒤 연대의 옆에 서 있었다. 몸을 우측으로 돌린 그는 잘 울리는 음성으로 소리쳤다.

"본관이 지휘했던 제10연대에 근무한 사병들은 한 걸음 앞으로 나오라!"

군도로프 연대 출신병의 반수가량이 대열 앞으로 나왔다. 크라스노프는 모피 모자를 벗고 그의 곁에 서 있는, 나이는 많으나 무척 젊어 보이는 조장에게 십자의 키스를 했다. 조장은 짧게 깎은 입수염을 외투 소매로 닦고 나서는 거의 정신을 잃었다. 크라스노프는 같은 연대 출신 전원에게 키스를 했다. 연합국 측 대표들은 놀라 여우에 홀린 듯한 얼굴로 귓속말을 나누었다. 하지만 크라스노프가 그들에게 다가가 다음과 같이 설명했을 때, 미소와 조심스런 동감이 그 놀라움을 대신했다.

"내가 네즈비스카 부근에서 독일군을, 베르제츠와 코마로보 부근에서 오스트리아군을 분쇄했을 때, 우리에게 승리를 갖게 해준 용사들이 바로 이들입니다."

……태양 양측에는 금고지기처럼 하얀 허리띠를 맨 무지개빛 기둥이 힘없이 서 있었다. 싸늘한 북동풍이 피리를 부는 것 같은 소리를 숲속에서 내고 라바대형(카자흐의 전법 가운데 한 가지)으로 전개하여 잡초를 흔들며 스텝을 지나갔다. 1월 6일 저녁 무렵, 치르강 위에는 어두컴컴한 장막이 내려와 있었다. 크라스노프는 영국군 장교 에드워드 올코트, 프랑스군 장교 바르텔로 대위, 에르리히 중위를 동반하여 카르긴스카야에 도착했다. 모피 구두와 폭신한 토끼털 모자를 쓴 연합국 장교들이 웃으면서 몸을 웅크리고 여송연과 오드콜로뉴 향내가 풍기는 자동차 안에서 걸어나왔다. 사업가인 료보츠킨의 저택에서 차를 마

신 장교들은 크라스노프와 북부 전선 사령관 이바노프 소장과 함께 집회가 열리기로 되어 있는 학교로 갔다.

크라스노프는 열심히 귀를 기울이고 있는 카자흐의 무리 앞에서 오랫동안 연설을 했다. 모두가 그의 말을 귀담아들었다. 그러나 크라스노프가 적위군에게 점령된 여러 마을에서 자행되고 있는 '볼셰비키의 만행'을 생생하게 묘사하자, 대뜸 뒷열의 푸르스름한 담배연기 속에서 누군가가 큰 소리로 고함을 질렀다.

"거짓말이야!"

모두의 감명은 잦아들고 말았다.

이튿날 아침, 크라스노프는 연합국 장교와 함께 서둘러 밀레로보로 떠나갔다.

북부 전선 사령관도 부랴부랴 철회를 서둘렀다. 마을에서는 밤까지 체첸인들이 뛰어다니면서 철회하려 들지 않는 카자흐들을 붙잡아갔다. 밤에는 탄약고에 불을 질렀다. 한밤중까지 소총탄이 튀어오르고 포탄이 눈사태처럼 굉음을 지르며 폭발했다. 이튿날 퇴각 전의 기도가 광장에서 행해지고 있을 때 카르긴의 언덕에서 기관총이 잇따라 사격음을 터뜨렸다. 탄환이 교회 지붕을 봄의 우박처럼 두들기자 모두가 광야를 향해 앞을 다투어 뛰어갔다. 배하의 부대를 인솔한 라자레프와 소수의 카자흐 부대가 퇴각하는 부대를 저지하려 했다. 풍차 뒤편에 보병이 산병선을 깔고 있었고, 카르진스카야 마을 출신 일등대위 표도르 포포프가 지휘하는 제36 카르긴스카야 포병중대가 진격해 오는 적위군 부대에 일제사격을 가했으나 잠시 뒤에는 포의 전차(戰車)에 매달려 있었다. 하지만 적위군 기병은 라디셰프 부락 쪽에서 길을 돌아 보병부대를 벼랑으로 몰아 카르긴스카야 출신 고참병 20명가량을 참살해버렸다.

15

도망치지 않겠다는 결정은 또다시 판텔레이 프로코피예비치의 눈동자 속에 힘과 물욕을 불러일으켰다.

저녁이 되자 그는 가축을 사료장으로 몰고 갔다. 그는 더 이상 망설이지 않고 질 나쁜 마른풀부터 긁어냈다. 어두운 가축우리 안을 한참 돌아다니면서 흐뭇한 생각에 사로잡혀 있었다.

'새끼를 배서 그런지 살이 많이 쪘군. 쌍둥이를 밴 게 아닐까?'

모든 것이 새롭고 친근하게 느껴졌다. 이미 단념했던 모든 것이 전과 다름없는 의의와 무게를 회복하고 있었다. 해 질 무렵, 그는 두냐시카가 가축우리 옆에 밀겨를 놔둔 일과, 통 속의 얼음을 깨뜨려 놓지 않은 것을 갖고 야단했다. 그리고 스테판 아스타호프네의 거세 돼지가 뚫은 구멍을 고치는 재주까지 부렸다. 때마침 덧문을 닫으려고 나온 아크시냐에게 혹시 스테판이 달아날 작정이냐고 물었다. 플라토크에 싸인 아크시냐는 노래하는 듯한 목소리로 말했다.

"말도 안 되는 소리 마세요. 열병에 걸린 것처럼 줄창 누워 있어요……이마가 불같이 뜨겁고 온몸이 쑤신대요. 병에 걸렸으니 어쩔 수가 없잖아요……."

"우리 가족도 마찬가지야. 그래서 우린 모두 여기에 남아 있기로 했어. 이래도 좋은지 알 수는 없지만서도……."

날이 어두컴컴해졌다. 돈강 너머의 잿빛 숲 멀리에 풀빛 가운데 북극성이 번뜩였다. 동쪽 하늘은 새빨간 테를 두르고 있었다. 검정 랑드나무의 펼쳐진 가지 위에 낫모양의 달이 떠올랐다. 흐릿한 그림자가 눈 위에 떨어져 있었다. 너무 조용해서 판텔레이 프로코피예비치의 귀에는 돈의 얼음 구멍을 누군가가—아마 아니쿠시카겠지만—쇠망치로 두들겨 부수는 소리가 들렸을 정도였다. 얼음 덩어리가 튀어올라 부딪히면서 유리처럼 소리를 냈다. 한편 마당 한쪽에서는 소들이 마른풀을 먹고 있었다.

부엌에 등불이 켜졌다. 창문의 빛 속으로 나탈리야의 그림자가 미끄러지듯 지나갔다. 판텔레이 프로코피예비치는 따뜻한 곳으로는 가고 싶지 않았다. 그는 집안사람들이 모여 있는 곳으로 들어갔다. 두냐시카가 프리스토냐네에서 막 돌아온 참이었다. 그녀는 빵 종류가 든 주발을 비우다가 혹시 얻어맞지 않을까 겁을 내면서 빠른 소리로 조금 전에 들었던 얘기를 지껄였다.

응접실에서는 그리고리가 소총과 나강총과 군도에 기름을 칠하고 있었다. 쌍안경을 수건에 싸고는 페트로를 불렀다.

"형 총은 잘 간수해 뒀지? 가져와봐, 숨겨둘 필요가 있어."

"방어해야 할 경우엔 어쩌려고?"

"가만히 있는 편이 좋을걸!"

그리고리는 쓴웃음을 지었다.

"조심해. 조심하지 않으면 들켜. 그땐 문 앞에 거꾸로 매달리게 될 거야."

두 사람은 밖으로 나갔다. 까닭 없이 그들은 따로따로 무기를 감춰 두었다. 그러나 그리고리는 나강 권총만은 응접실 베개 밑에 숨겨 두었다.

저녁 식사를 마치고 중얼중얼 얘기를 주고받으면서 잠자리에 들 준비를 하고 있는데, 마당 한쪽에 매여 있던 암캐가 목줄에 목이 졸린 것 같은 소리로 짖어댔다. 노인이 나간 지 얼마 안 되어 눈썹까지 방한 두건을 눌러쓴 한 남자를 데리고 되돌아왔다. 흰 가죽 허리띠를 단단히 매고 완전무장을 한 그 남자는 들어오자마자 성호를 그었다. 흰자같이 된 고드름에 싸인 입으로 흰 입김을 내뿜었다.

"내가 누군지 모르겠어?"

"마카르 씨 아녜요."

다리야가 소리쳤다.

그제야 비로소 페트로와 그의 가족들도 관구 안에서 노래 솜씨와, 그리고 술꾼으로 이름 높은 싱긴 부락의 카자흐이며 먼 친척인 마카르 노가이체프임을 알아차렸다.

"무슨 바람이 불어 예까지?"

페트로는 웃음을 띠었지만 자리에서 일어서지는 않았다.

노가이체프는 수염에 붙은 고드름을 뜯어 문턱으로 내던지고 큼직한 펠트 구둣발을 몇 번 구른 다음 천천히 외투를 벗었다.

"혼자서 도망가기가 내키지 않아서 예까지 왔다네. 친척 집에 잠시 들렀다 가려고. 둘 다 집에 있다는 소문을 들었거든. 마누라에게도 멜레호프 집에 가봐야겠다고 말했지."

그는 소총을 페치카 옆에 있는 부젓가락과 나란히 세워 두어 여자들의 미소와 흥미를 자아냈다. 탄약통은 난로의 구멍 안에 밀어넣었으나 검과 채찍은 엄숙하게 침대 위에 올려놓았다. 마카르에게선 여전히 탁주 냄새가 강하게 풍겼다. 튀어나온 큼직한 눈은 취기로 흐리고, 젖어서 굳어진 볼수염 속에 돈의 조가비처럼 푸르스름하고 가지런한 이가 반짝였다.

"싱긴 쪽 카자흐들은 달아나지를 않았나?"

유리구슬이 박힌 담뱃갑을 내밀며 그리고리가 물었다.

손님은 담뱃갑을 밀쳤다.

"담배는 안 피워……카자흐들 말인가? 달아난 놈도 있고 어디에 숨을까 하고 들쥐 굴 같은 곳을 찾아다니는 놈도 있지. 그런데 자네들은 그대로 남아 있을 거야?"

"우리 식구들은 남아 있기로 결정했으니까 우리를 유혹하지 말아요!"

일리니치나가 겁을 먹은 듯이 말했다.

"남아 있겠다고? 믿을 수가 없는걸? 그리고리, 그게 정말인가? 모두가 목숨을 걸었군그래!"

"될 대로 되라지……."

페트로가 한숨을 내쉬었다. 그리고 불꽃처럼 빨개진 얼굴로 물었다.

"그리고리! 생각을 고쳐먹는 게 어때? 달아나야 한다고."

"안 돼!"

담배연기가 그리고리를 둘러쌌다. 그것은 천천히 곱슬곱슬한 앞머리 위로 올랐다.

"자네 말은 우리 아버지가 치워 두었나?"

페트로가 불쑥 물었다.

잠시 모두들 잠자코 있었으나 두냐시카의 발밑에서 물레가 졸음을 불러일으킬 듯이 산벌처럼 윙윙 신음 소리를 내었다.

노가이체프는 도네츠강 너머로 떠나가자고 형제를 충동질하며 새벽녘까지 눌러 있었다. 밤 사이에 페트로는 두 차례나 모자를 쓰지 않은 채 말에 안장을 얹으려 밖으로 나갔지만 그때마다 다리야의 험악한 눈총을 받아 다시 안장을 떼어놓았다.

동이 트자 손님은 채비를 서둘렀다. 외투를 입고 문손잡이를 잡은 그는 뜻있는 헛기침을 하고 위협조로 말했다.

"남아 있는 것도 좋겠지만 나중에 후회하게 될걸. 저쪽에서 돌아왔을 때만 해도 우리 중의 누가 빨갱이 놈들한테 돈의 문을 열어 줬는지, 놈들의 시중을 들어 줬는지 지금도 잊지 않고 있으니까……."

아침부터 줄기차게 눈이 내렸다. 그리고리는 밖으로 나갔다. 돈의 맞은편 쪽에서 거뭇거뭇한 사람의 무리가 둑을 걸어 내려오고 있었다. 여덟 마리의 말이 무엇인가를 끌고 왔다. 사람의 목소리와 말을 재촉하는 소리와 욕설이 들려왔다. 사람과 말의 모습이 눈보라 속에서 안개처럼 흐릿하게 보였다. 그리고리는 네 마리씩 한 조가 되어 있음을 보고 이렇게 짐작했다. '포병이군……적위병은 아닐까?' 그러자 가슴의 고동이 격렬해졌다. 그러나 곧 생각을 다른 데로 돌리고 자신을 억눌렀다.

사람의 무리는 부락을 향한 검은 포문처럼 얼음 구멍 언저리를 멀리 돌아 부락으로 다가왔다. 그런데 육지로 올라오는 지점에서 얼음이 부서지는 바람에 맨 앞 포차의 한쪽 바퀴가 빠지고 말았다. 마부의 고함 소리, 얼음 깨지는 소리, 말발굽이 미끄러지면서 바퀴 닫는 성급한 소리 등이 바람에 실려왔다. 그리고리는 가축우리 앞으로 나와 살며시 내다보았다. 기마병의 외투에 눈을 뒤집어 쓴 견장을 발견한 그는 외모로 봐서 카자흐일 거라고 짐작했다.

약 5분이 지나자 말을 탄 키 큰 조장이 대문 안으로 들어왔다. 그는 현관 계단이 있는 곳에서 말을 내리고 가죽끈을 난간 손잡이에 묶은 다음 곧장 집 안으로 들어왔다.

"이 집 주인이 뉘시오?"

그는 인사를 한 다음에 물었다.

"나요."

판텔레이 프로코피예비치는 대꾸를 했으나 마음속으로는 "어째서 당신네 집 남자들은 집에 있지?" 물을까 봐 잔뜩 겁을 먹었다.

그러나 조장은 눈을 맞아 멜빵처럼 꼬인 입수염을 주먹으로 문지르면서 간청했다.

"미안하지만 포차를 일으켜 세우는 일을 좀 도와줘야겠소! 강가에 처박혀 있어요…… 밧줄은 있겠지요? 무슨 부락이 이 모양인지, 원. 우린 길을 잃었소. 엘란스카야 마을로 나가려고 하는데 눈에 가려 한 치 앞도 볼 수가 없소. 이런 판국에 빨갱이 놈들은 우리의 꼬리를 붙잡으려 노리고 있다오."

"곤란하겠는데……."

노인이 더듬는 어조로 말했다.

"곤란하다는 말이 어디 있소! 이 집엔 남자들이 있지 않소……사람의 손이 필요해요, 도와주시오."

"병들었는데 어떡하겠소."

판텔레이 프로코피예비치는 거짓말을 했다.

"모두들, 어쩌자는 거요!"

조장은 마치 이리같이 목을 꼿꼿이 세우고 주위를 둘러보았다 그의 목소리는 갑자기 젊고 또렷또렷해졌다.

"당신들은 카자흐 아니오? 부대의 장비가 못 쓰게 되는 걸 가만히 보고만 있겠다는 거요? 난 중대장 대리요. 장교는 모두 달아나버렸소. 1주일 동안이나 말에서 내려오지 못해 동상에 걸려 발가락이 떨어져나간 형편이요. 난 목숨을 걸고 중대를 지키고 있소! 그런데도 당신들이…… 응하지 않으면 당장 카자흐들을 부르겠소. 그리고 당신들을……."

조장은 눈물을 흘리면서 고함을 질렀다.

"기어이 돕도록 만들 테요, 빌어먹을! 볼셰비키 놈! 혼찌검을 내줘야지! 노인장, 어떻소? 원한다면 당신을 말 대신에 묶어둘까! 모두 불러와, 안 그랬다가는 끝장이다. 네놈들의 부락을 짓이겨놓고 말겠다."

그의 말에는 확신이 느껴지지 않았다. 그리고리는 그가 가엾게 느껴졌다. 그는 군도를 움켜쥐고 돌아다니는 조장을 무시하고 거칠게 말했다.

"고함지를 거 없소! 도와줄 테니! 일이 끝나면 아무 데고 떠나도록 하시오!"

그물을 깔아 포를 끌어올렸다. 모여든 인원은 적은 수가 아니었다. 아니쿠시카, 프리스토냐, 이반 토밀린, 멜레호프 일가, 그 밖에 열 명가량의 여자가 포병의 힘을 빌어, 포와 탄약상자를 운반하고 말이 경사면을 오르도록 힘을 합쳤다. 얼어붙은 차량이 눈 위에서 미끄러졌다. 지칠 대로 지쳐빠진 말은 나지막한 언덕을 힘겹게 올라갔다. 포병들은—그 반수는 달아났는데—도보였다. 조장은 모자를 벗고 인사를 한 다음 안장 위로 몸을 돌리고 호령을 했다.

"중대, 따라왓!"

그리고리는 그의 뒷모습을 감동과 존경심으로 바라보았다. 페트로가 곁에 서서 입수염을 씹으며 그리고리의 생각을 읽듯이 말했다.

"모두 다 저 사람 같다면 얼마나 좋겠어! 고요한 돈을 지키려면 저래야만 한다고!"

"저 조장 말야?"

온 얼굴에 진흙을 바른 프리스토냐가 곁으로 다가와 물었다.

"이젠 대포를 끌고 갈 수 있게 됐어. 제기랄, 나한테 채찍을 들고 덤벼들잖아! 사람이란 자포자기가 되면 아무한테나 손찌검을 하게 되나봐. 난 도와주고 싶지 않았지만 솔직히 겁이 나더군. 그래서 방한화도 없이 나왔지 뭔가. 저 머저리들에게 대포가 무슨 필요가 있겠어? 돼지 목에 진주 목걸이나 진배없지……."

카자흐들은 웃으면서 헤어졌다.

16

돈 너머의 먼 곳에서—시간은 이미 정오가 지났는데—기관총의 둔한 음향이 들려왔으나 이내 그 소리는 잦아들었다.

30분쯤 지났을 때 응접실 창가에 달라붙어있던 그리고리가 광대뼈 언저리까지 파랗게 질려서 뒷걸음질을 쳤다.

"쳐들어온다!"

일리니치나가 깜짝 놀라 창가로 뛰어왔다. 한길에 8명의 기마병이 말을 몰아오고 있었다. 그들은 속보로 멜레호프의 집까지 와서 잠시 멈추어 돈의 건널목과 돈과 언덕 사이에 끼인 눈이 녹아 검게 보이는 사잇길을 바라보고는 곧 되돌아갔다. 한편 그들의 말은 짧게 잘린 꼬리를 바쁘게 흔들어 눈을 걷어차면서 멀어져 갔다. 한 시간쯤 지났을 때, 타타르스키 부락은 마차 바퀴의 삐걱이는 소리와 'O'를 확실하게 발음하는 외부 사람의 말소리와 개 짖는 소리 등으로 왁자지껄했다. 보병 연대가 썰매에 실은 기관총과 장비차와 주방차 등을 끌고 돈을 넘어 부락 안으로 밀려왔다.

적위군 침입의 처음 순간은 분명 놀라운 일임에도 불구하고 웃음 헤픈 두냐시카는 그때조차도 웃음을 억누를 수 없었다. 정찰병이 되돌아가자 그녀는 앞치마로 가리고 킥 웃음을 터뜨리면서 주방으로 뛰어갔다. 나탈리야가 놀란 눈으로 그녀를 바라보았다.

"아니, 왜 그래?"

"나타셴카…… 저놈들 하는 짓이 어찌나 우스꽝스럽던지! 안장 위에서 몸을 이리저리 흔들고…… 팔꿈치를 까닥거리는 꼴이라니. 그놈들은 뭐든지 덜렁덜렁 매다는 게 유행인가 봐!"

그녀는 적위군 병사들이 안장 위에서 앞뒤로 몸을 흔드는 모양을 그대로 흉내 냈다. 그러자 나탈리야까지도 웃음을 참지 못하고 침대 쪽으로 달려가 시아버지의 노여움을 사지 않으려고 베개 위에 얼굴을 파묻었다.

판텔레이 프로코피예비치는 가늘게 떨면서 연장 궤짝 같은 것을 의자 위로 하릴없이 이리저리 옮겨놓고 쫓기는 짐승같이 눈을 가늘게 뜬 채 끊임없이 창밖을 내다보았다.

여자들은 부엌에서 재난을 예측하는 듯 마냥 불안하게 오락가락했다. 이슬을 머금은 꽈리처럼 눈을 번뜩이고 얼굴이 새빨개진 두냐시카가 다리야에게 말을 탄 적위병들의 몸짓을 흉내 내 보였는데 그 리드미컬한 동작에는 음란한 암시가 들어 있었다. 다리야의 동그란 눈썹이 신경질적으로 무너져 내렸다. 터져나온 웃음으로 목소리가 잠긴 그녀는 간신히 말을 했다.

"그러다가는 바지가 구멍투성이가 될걸! 그런 식으로 말을 타다니…… 안장틀이 휘어질 거야!"

여자들의 웃음소리는 응접실에서 막 나온 페트로까지 순간적이지만 밝은 분위기에 휩싸이게 했다.

"놈들이 말을 타는 꼴이 우스꽝스럽단 말이지? 놈들은 그것도 몰라. 말잔등이 망가지면 곧장 다른 말을 끌어오지. 농사꾼이거든!"

그리고 그는 끝없는 모멸을 담아 손을 내저었다.

"놈들은 말을 타보는 것도 처음일걸. '어쨌든 타보자, 어디로든 갈 수 있겠지.' 이런 식이야. 놈들의 아비는 차 소리만 듣고도 눈깔이 휘둥그레질걸! 헤헤……."

그는 손가락 마디를 꺾으면서 응접실 문 뒤로 걸어나왔다.

적위병들은 떼를 저어 한길로 밀려들어 가옥 안으로 침입해 들어왔다.

다섯 명―그 가운데 하나는 기마병이었는데―아스타호프네 집 옆에 멈춰 서자 나머지 다섯 명은 울타리를 따라 아크시냐의 대문 안으로 미끄러져 들어왔다. 맨 앞에 서 있는 사람은 코가 납작하고 콧구멍이 옆으로 벌어진 키가 작고 말끔하게 면도를 한 늙은 적위병사였다. 단정한 복장으로 보아 고참 전선병인 듯했다. 그 병사가 맨 먼저 멜레호프네 집 안으로 들어왔다. 그리고 문 앞에 잠시 멈춰 서서 목을 갸웃거리며 짖어대는 암캐를 내려다보더니 이윽고 소총을 어깨에서 벗어들었다. 사격으로 지붕 위에서 흰 서리기둥이 솟아올랐다. 그리고리는 그의 목을 조이고 있는 상의의 깃을 매만지며 눈 위에서 임종의 고통에 몸부림치는 개의 옆구리에 난 구멍을 창문 너머로 바라보았다. 뒤돌아보았을 때, 그리고리의 눈앞에는 여자들의 창백해진 얼굴과 넋이 달아나버린 어머니의 눈동자가 다가와 있었다. 그는 모자도 쓰지 않고 현관 밖으로 나갔다.

"얘, 관둬라!"

여느 때와는 다른 목소리로 아버지가 등 뒤에서 소리쳤다.

그리고리는 탕 하고 문을 열었다. 뒤늦게 걸어온 적위병들이 샛문으로 들어왔다.

"무엇 때문에 개를 죽였소? 방해를 한 것도 아니지 않소?"

문턱에 서서 그리고리가 물었다.

적위병의 벌어진 콧구멍이 공기를 들이마셨다. 새파란 면도자국이 난 입 가장자리는 축 처졌다. 힐끗 보고 그는 총을 들었다.

"그게 어쨌다는 거야? 가엾다는 거야? 난 네놈을 위해 총알을 쓰는 것도 아깝지 않아. 한번 당하고 싶어?"

"이봐, 이봐, 관둬! 알렉산드르!"

키가 크고 눈썹이 붉은 적위병이 곁으로 다가와 웃으면서 말했다.

"안녕하슈, 주인장. 적위병사들을 본 적이 있습니까? 숙소를 제공해 주셨으면 해요. 이 사람이 당신네 개를 죽였나요? 공연한 짓을 했군! 타바리시치, 들어오라고."

그리고리가 맨 나중에 안으로 들어갔다. 적위병들은 명랑하게 인사를 하고 배낭과 일본제 탄띠를 벗어놓은 뒤 침대 위에 외투와 솜으로 누빈 웃옷, 모자 등을 수북하게 쌓아 놓았다. 그러자 온 방 안이 알콜처럼 코를 찌르는 군인들의 냄새, 땀 냄새, 담배, 값싼 비누, 소총 기름이 섞인 냄새와 먼 여정의 냄새로 가득 찼다.

알렉산드르라고 불린 병사는 탁자 앞에 앉아 담배를 피우면서 그리고리와 대화를 계속하려고 입을 떼었다.

"당신은 백위군에 있었소?"

"그렇소……."

"그럴 테지……나는 모양을 보고 부엉이를 알아볼 수 있듯이, 콧물을 보고 당신에 대한 걸 알 수가 있다고. 백이라! 사관이오? 금줄 견장이겠지?"

그는 콧구멍에서 연기를 내뿜고 기둥 옆에 서 있는 그리고리를 싸늘한 웃음을 띤 눈초리로 뚫어지게 보더니 담뱃진이 밴 손톱으로 계속 담배를 털었다.

"사관이지? 고백하지 그래! 난 동작을 보고 알 수 있다고. 독일군을 쳐부순 패거리일걸."

"사관이었소."

그리고리는 애써 태연한 미소를 짓고 나탈리야의 놀라움과 간청이 담긴 시선과 부딪치자 얼굴을 일그러뜨리고 눈썹을 떨었다. 그는 자신의 미소에 울화가 치밀었다.

"안됐군! 개를 죽일 필요는 없었는데……."

적위병은 꽁초를 그리고리의 발밑에 던지고 다른 동료에게 눈짓을 해보였다.

그러자 그리고리는 다시금 자신의 의지와는 달리 미안하다는 듯, 애원하는 듯한 미소가 적위병의 입술을 비틀어놓고 있음을 느끼고 자신의 본의 아닌 무의식적 허약함을 부끄러워했다. '주인 앞에 나온 길들여진 개처럼……' 그는 수치심으로 얼굴이 달아올랐다. 그 순간 그의 눈에는 죽임을 당한 가슴이 하얀 암캐가 시꺼먼 주둥이를 내밀어 보이던 모습이 생생하게 떠올랐다. 그리고리가, 목숨을 쥔 주인이 다가갈 때면 개는 언제나 발랑 드러누워 싱싱한 앞니를 드러내고 탐스럽고 붉은 꼬리를 흔들곤 했던 것이다.

판텔레이 프로코피예비치는 아까처럼 그리고리에게는 귀에 선 음성으로 손님들에게 저녁 식사는 어떻게 하겠습니까, 주부에게 일러두겠다……라고 물었다.

일리니치나는 손님들의 대답이 떨어지기 전에 난로 옆으로 급히 걸어갔다. 손에 든 부젓가락이 부들부들 떨렸다. 스튜가 든 무쇠 냄비가 도무지 잡혀지지 않았다. 눈을 내리깐 채 다리야가 식탁을 준비하고 있었다. 적위병들은 성호를 긋지 않고 자리에 앉았다. 노인은 공포와 혐오를 품고 그들을 관찰했는데, 더 이상 참지 못하고 물었다.

"기도는 올리지 않습니까?"

그때 비로소 미소 같은 것이 알렉산드르의 입술을 스쳤다. 나머지 병사들이 한꺼번에 웃음을 터뜨리는 가운데 그가 대꾸했다.

"주인 영감, 권하지 않는 게 좋겠소! 우린 하느님을 내쫓은 지 오래되었소. 멍충이들이나 믿는 그런 걸 뭣하러 믿는단 말이오."

"그 말이 맞아요…… 학문을 한 사람들은 잘 알겠지만."

판텔레이 프로코피예비치는 잔뜩 겁먹은 말투로 동의했다.

적위병들 앞에 다리야가 숟가락을 한 개씩 갖다놓았다. 그러자 알렉산드르는 자기 앞의 것을 밀쳐내며 물었다.

"나무 숟가락 말고 다른 건 없나? 전염병에 걸릴지도 모르잖아! 이게 숟가락이야? 씹다 준 쓰레기 같군!"

다리야는 화가 났다.

"남의 것을 쓰지 않으면 제 것을 가져오면 되잖아요."

"아줌마, 잠자코 있어요! 다른 숟가락은 없소? 그렇다면 깨끗한 냅킨을 갖다주슈. 이걸 닦아야겠소."

일리니치나가 접시에 스튜를 부었다. 그러자 이번에는 그녀에게 부탁했다.

"먼저 간을 봐주슈, 주인 아주머니."

"꼭 내가 간을 봐야 하나요? 너무 매울 것 같아서요?"

노파가 물었다.

"그렇소. 혹시 가루 같은 걸 뿌리진 않았겠지?"

"시킨 대로 해! 어서."

판텔레이 프로코피예비치가 입술을 깨물면서 외쳤다. 그런 다음에 그는 옆방에서 구두통을 들고와 병에 든 기름을 섞고 낡은 장화를 끌어안고는 더 이상 얘기에 끼어들지 않았다.

페트로는 응접실에 박혀 있었다. 나탈리야도 애들과 함께 거기에 앉아 있었다. 두냐시카는 난로 옆에 찰싹 붙어앉아 양말을 뜨고 있었는데 한 적위병이 '아가씨'라고 부르며 식사를 함께 하자고 권하자 그녀는 곧바로 나가버렸다. 한동안 얘기가 끊어졌다. 식사를 마친 적위병들은 담배를 피우기 시작했다.

"여기서 담배를 피워도 괜찮겠소?"

붉은 눈썹의 병사가 물었다.

"우리 집 남자들 담배 연기만으로도 충분하다우."

불쾌한 듯이 일리니치나가 말했다.

그리고리에게 담배를 권했지만 그는 사양했다. 그는 그때까지도 몸을 떨고 있었고, 개를 쏴 죽인 적위병을 보자 가슴을 욱죄는 것 같은 파동이 심장으로 흘러들었다. 그 병사는 그에게 도발적이고 거친 태도를 취했다. 마치 곧 덤벼들 것 같은 자세였다. 계속해서 그리고리를 모욕하고 그를 얘기 속으로 끌어들일 기회를 찾았다.

"사관님은 몇 연대에 근무했었소?"

"여러 부대에 있었소."

"우리 병사를 몇 명이나 쏴 죽였는지?"

"전쟁 중에 어떻게 숫자를 센단 말이오? 타바리시치, 당신은 내가 본래부터 사관이었다고 생각하시오? 난 독일 전선에서 사관이 되어서 귀환했었소. 전공이 있어 사관 계급장을 받았다 그 말이오……."

"난 사관의 타바리시치는 아냐. 너 같은 놈들은 우리에겐 총살감이라고. 나역시 죄를 많이 지었지. 내가 죽인 자가 한둘이 아니었으니까."

"당신에게 말해두겠는데, 타바리시치…… 당신의 태도는 좋지 않아요. 마치 전투 중에 부락을 점령한 것처럼 굴고 있지 않소. 우린 스스로 전선을 버리고 당신들에게 길을 내주고 있지 않소. 그런데 당신은 마치 점령지에 온 것 같은 태도로 나오니…… 개를 쏴 죽이는 것쯤은 누구나 할 수 있어요. 무기를 갖지 않은 사람을 죽이거나 혼찌검을 내는 것쯤 어려운 일도 아니라고 생각하오……."

"설교는 닥치라고! 우린 너희들이 어떤 놈들인지 잘 알고 있으니까! '전선을 버렸다고?' 전선을 괜히 버렸나? 고생이 싫어서 빠져나온 게 아냐. 네가 어떤 말을 하든지 난 상대해 줄 수가 있어."

"이봐, 그만해, 알렉산드르! 웬만큼 해둬!"

붉은 눈썹이 간청했다.

그러나 그 병사는 벌써 그리고리에게 다가가 콧구멍을 씰룩거리면서 숨을 헐떡이고 있었다.

"사관, 내 부아를 돋우지 않는 게 좋아. 그렇지 않으면 일이 묘하게 될 테니까!"

"난 당신들의 부아를 돋운 일 없소."

"아냐, 계속 내 부아를 돋웠어!"

나탈리야가 문을 열고 더듬거리며 그리고리를 불렀다. 그는 그의 앞에 버티고 있는 적위병을 피해서 술 취한 사람처럼 문 쪽으로 비틀비틀 걸어갔다. 페트로가 신음처럼 낮은 소리로 그를 맞이했다.

"너, 뭐하는 짓이냐? 저놈이 도깨비로 보이더냐? 뭣 땜에 놈하고 입씨름을 하냐고? 네 자신과 우리 모두를 망쳐놓을 작정이냐? 그만 앉지 못하겠어!"

그는 힘껏 그리고리를 궤짝 쪽으로 밀어붙이고 그 자리를 떴다.

그리고리는 입을 크게 열고 빨아먹을 듯이 공기를 들이마셨다. 햇볕으로 그을린 그의 볼에서 검붉은 기운이 돌고 눈동자는 약하고 흐린 빛으로 빛나기 시작했다.

"그리샤! 그리셴카! 당신, 그만둬요!"

곧 울음을 터뜨리려는 아이들의 입을 틀어막고 떨면서 나탈리야가 졸라댔다.

"뭣 때문에 내가 떠나지 않았을까?"

그리고리는 묻는 것처럼 말하고 근심스런 얼굴로 나탈리야를 바라보았다.

"입씨름은 안할 테니 잠자코 있어! 귀찮게 굴지 말고."

그런 다음 다시 세 명의 적위병이 들어왔다. 검고 높은 모피 모자를 쓴 사관인 듯한 사람이 물었다.

"숙영하는 인원은 몇인가?"

"일곱 명입니다."

리벤카[8]의 노래 같은 말투로 붉은 눈썹의 사내가 대답했다.

"기관총을 여기다 두겠다. 비좁겠지만 참도록 해."

그들이 나가자 곧바로 대문 삐걱거리는 소리가 들리고 집 안으로 두 대의 짐썰매가 들어왔다. 한 대의 기관총이 입구로 끌어올려졌다. 누군가 어둠 속에서 성냥을 긋고 욕설을 퍼부었다. 헛간 아래에서는 담배를 피우고 탈곡장에서 마른풀을 끌어다가 불을 피웠다. 그런데도 아무도 집 안에서 나오지 않았다.

"가서 말을 살피고 오시지 그래요."

노인 옆을 지나가면서 일리니치나가 소곤거렸다.

그러나 노인은 어깨를 떨 뿐 나가려 하지 않았다. 밤새도록 문이 덜컹덜컹 소

---

8) 도미나 지방의 악기.

리를 냈다. 천장 아래는 흰 증기가 가득 차고 벽에는 이슬이 맺혔다. 적위병들은 응접실 마룻바닥에 잠자리를 폈다. 그리고리는 그들을 위해 무릎덮개를 가져다가 펴주고 자신의 반외투로 베개를 삼게 했다.

"나도 군대에 있어 알고 있소."

화해하듯이 그는 자기에게 적의를 품었던 병사에게 미소를 지어 보였다.

그러나 납작한 콧구멍을 벌름거릴 뿐 적위병의 시선은 타협을 허락치 않고 그리고리의 얼굴 위를 미끄러져 갔다……

그리고리와 나탈리야는 같은 방 침대에 누웠다. 적위병들은 소총을 머리맡에 쌓아두고 무릎덮개 위에서 아무렇게나 뒹굴었다. 나탈리야가 등불을 끄려고 하자 위협적인 목소리가 들려왔다.

"누가 불을 끄라고 했나? 심지만 낮추라구. 등불은 밤새도록 켜놔야 해."

나탈리야는 아이들을 발치에 눕히고 옷을 입은 채 벽 쪽으로 몸을 붙이고 누웠다. 그리고리는 팔을 내던진 채 말없이 자리에 누워 있었다.

'집을 나갔더라면 어찌 될 뻔했지.' 이를 악물고 베개에 가슴을 대고 그리고리는 생각했다. '나갔더라면 폴란드에서 프라냐를 모두들 때려눕혔던 것처럼, 지금쯤 이 침대 위에서 나탈리야를 짓누르고 장난감으로 삼았을지도 몰라……'

적위병 하나가 얘기하기 시작했다. 그러나 귀에 익은 음성이 그 목소리를 가로막았다. 흐릿한 어둠 속에서 대답을 기다리듯 더듬더듬 소리가 들려왔다.

"계집이 없으니까 외로워서 못 견디겠어! 이빨로 물어뜯어도 시원치 않겠다…… 하지만 주인은 사관 아닌가…… 침을 흘려봐야 졸병한테 여편네를 빌려주진 않겠지…… 듣고 있나, 이봐, 주인장?"

어떤 병사는 코를 골고 있었고 어떤 병사는 웃어댔다. 붉은 눈썹의 사내가 나무라는 목소리가 들려왔다.

"알렉산드르, 난 너에게 더 이상 말하고 싶지 않다. 네가 가는 곳마다 말썽을 부리고 못된 짓을 해 적위병의 이름이 손상되었어. 이러지 마! 당장 코미사르가 중대장한테 일러바치겠어. 알았지? 너하고 결말을 보겠다, 이 말이야."

그러자 얼어붙은 듯이 조용해졌다. 붉은 눈썹이 숨을 씨근덕거리면서 장화를 신는 소리만이 들렸다. 잠시 뒤, 그는 탕 하고 문을 닫고 나가버렸다.

나탈리야는 참지 못하고 흐느껴 울었다. 그리고리는 떨리는 손으로 그녀의 머리와 땀에 젖은 이마와 축축한 얼굴을 쓰다듬었다. 오른손으로는 자신의 가슴을 더듬어 기계적으로 속옷 단추를 만지작거렸다.

"잠자코 있어! 잠자코 있으라고!"

그는 들릴 듯 말 듯한 소리로 나탈리야에게 소곤거렸다. 그러면서 그 순간 자신과 가족들의 목숨을 보존하려면 어떤 시련도 그 어떤 비굴한 짓이라도 서슴지 않아야 한다고 다짐했다.

성냥불이 막 일어난 알렉산드르의 얼굴과 납작한 코와 담배에 찌든 입을 비추고 있었다. 그가 옷을 갈아입는 기척이 들려왔다. 마음속으로 붉은 눈썹에게 깊은 감사를 바치면서 견딜 수 없는 심경으로 귀를 기울이던 그리고리는 창 밑에서 발소리가 들리자 기쁨이 솟구쳐 몸이 다 떨렸다.

"놈은 시비만 걸고…… 손을 쓸 수가 없습니다…… 정말이지, 안 되겠습니다…… 코미사르 동지……."

현관 앞에서 발소리가 멈췄다. 삐걱거리는 소리와 함께 문이 열렸다. 젊은 지휘관인 듯한 남자의 음성이 명령을 내렸다.

"알렉산드르 체르니코프, 옷을 갈아입고 즉시 여기에서 나갈 것. 내 숙소에서 자도록 해. 내일 아침에 적위병에 걸맞지 않은 행위를 한 죄목으로 너를 재판에 회부하겠다."

그리고리는 붉은 눈썹과 나란히 문 옆에 서 있는 검은 가죽 상의를 입은 사나이의 날카로우면서도 호의가 담긴 시선을 붙들었다.

첫눈에 그가 젊다는 것을 알 수 있었다. 그리고 청년답고 엄격했다. 젊은이다운 솜털에 싸인 입술이 야무지고 단단해 보였다.

"소란을 피워서 미안하오, 타바리시치."

그는 희미한 미소를 띠고 그리고리를 향해 말했다.

"저 사내는 내일이면 벌을 받게 됩니다. 편히 쉬십시오. 가자, 체르니코프!"

그들이 나간 뒤, 그리고리는 겨우 안도의 한숨을 내쉬었다. 이튿날 아침, 숙박료와 식사 대금을 지불하면서 붉은 눈썹의 사내는 일부러 시간을 끌며 말했다.

"여러분, 우리를 너무 나무라지 마십시오. 저 알렉산드르란 자는 머리가 좀 어떻게 된 녀석이라오. 재작년에 루강스크에서—녀석은 루강스크 출신인데—어머니와 누이동생이 녀석의 눈앞에서 사관들에게 총살을 당했어요. 저 녀석이 그렇게 된 건 그 탓입니다······그럼, 실례하겠소. 감사합니다. 아참, 이걸 아기들한테 주려고 했는데 깜빡 잊었군!"

그는 배낭에서 먼지로 잿빛이 되어버린 사탕을 꺼내 한 개씩 기뻐 뛰는 아이들의 손에 쥐어 주었다.

판텔레이 프로코피예비치는 감동한 얼굴로 손자들을 바라보았다.

"그거 참, 좋은 선물이로군! 사탕은 1년 동안 구경도 못해 봤소. 고맙소, 타바리시치! 아저씨께 인사드려라! 폴류시카, 감사합니다라고! 그렇게 우두커니 서 있으면 못써요!"

붉은 눈썹은 그 자리를 떴다. 그러자 노인은 화가 난 듯이 나탈리야에게 말했다.

"멍청한 것 같으니라구! 피시키[9]라도 갖다주지 않고. 착한 사람에게는 은혜를 갚아야 한다, 안 그러냐?"

"어서 뛰어가봐!"

그리고리가 일렀다.

나탈리야는 플라토크를 뒤집어쓰고 붉은 눈썹의 뒤를 쫓아갔다. 그녀는 얼굴이 빨개져서 스텝 가운데에 있는 우물보다 깊은 그의 외투 호주머니 안에 프이시카를 집어넣었다.

17

정오경 두세 카자흐에게서 군마를 징발한 제6무젠스키 적기(赤旗) 연대가 강행군으로 부락을 지나갔다. 멀리 언덕 너머에서 총성이 울렸다.

"치르 근처에서 전투가 벌어졌어."

판텔레이 프로코피예비치가 자르듯 말했다.

저녁 무렵, 페트로와 그리고리도 몇 번이나 마당으로 나가 보았다. 돈 강가 어디선가, 우스티 호표르스카야보다 더 먼 곳에서 둔중한 대포 소리가 울리고 희미하게 기관총을 쓰는 소리도 들렸다.

"작전을 잘 짰군! 그세리시치코프 장군이 군도로프 연대를 이끌고 싸우는 중

---

9) 기름에 튀긴 뒤 설탕 등을 뿌려서 먹는 도넛 같은 것.

이야."

무릎과 모피 모자에서 눈을 떨어내면서 페트로가 말했다. 그러더니 방금 전의 얘기와는 전혀 딴 소리를 덧붙였다.

"우리 말도 징발되겠지. 그리고리, 네 말은 눈에 띄기 쉬워 틀림없이 징발당할걸!"

그러나 그 일은 노인 쪽이 두 사람보다 더 빨리 눈치를 채고 있었다. 그리고리는 잠자기 전에 두 마리의 군마에게 물을 마시게 하려고 입구에서 끌어낼 때, 말들이 다리를 저는 것을 보았다. 자기의 말과 페트로의 말이 다리를 절고 있었다. 그래서 형을 불렀다.

"곤란하게 됐어. 말 다리가 못쓰게 됐다고! 형의 말은 오른쪽, 내 말은 왼쪽 다리야. 병에 걸린 걸까? 아니면 무릎이 깨졌나?"

초저녁의 어스름 속에서 보랏빛 눈 위에 말들은 고개를 숙인 채 가만히 서서 다리를 들어올리려 하지 않았다. 페트로가 등불에 불을 켜려고 할 때 탈곡장에서 온 아버지가 그를 말렸다.

"왜 불을 켜려는 거냐?"

"말이 다리를 절어요. 다리를 다친 게 아닐까요?"

"다리를 다쳤다고? 농사꾼이 끌고 가버리는 편이 낫다는 말이냐?"

"그럼, 걱정할 필요가 없겠군요?"

"그리샤한테 일러 줘. 내가 망치로 연골에다 못을 한 개씩 박아 놨다고. 전선이 없어지지 않는 한 계속 다리를 절 게다."

페트로는 머리를 흔들고는 입수염을 씹으며 그리고리가 있는 곳으로 걸어갔다.

"사료통 쪽으로 데리고 가! 아버지가 일부러 다리를 절게 했다는군."

노인의 책략은 성공을 거두었다. 밤중에 부락에는 다시 소란이 일어났다. 기마병들이 한길을 뛰어왔다. 포차가 덜커덩거리며 달려가다가 광장에 집결했다. 제13기병 연대가 부락에서 숙영을 하게 된 것이었다. 멜레호프네에서는 마침 그때 프리스토냐가 와서 쭈그리고 앉아 담뱃불을 붙이고 있는 참이었다.

"자네 집엔 도깨비들이 오지 않았나?"

"아직은요. 하지만 전에 온 패들이 어쩌나 집 안에 농사꾼 냄새를 풍겨 놓았던지."

일리니치나가 불평을 터뜨렸다.

"우리 집에도 왔었소."

프리스토냐는 목소리를 낮추었다. 그러면서 큼지막한 손바닥으로 물기가 있는 눈두덩을 훔쳤다. 스텝에서 불을 피워 사용하는 무쇠솥처럼 큰 머리통을 마구 흔들며 프리스토냐는 한숨을 내쉬었다. 이내 그는 자신의 눈물을 창피하게 여기는 듯한 표정을 지었다.

"아니, 왜 그래, 프리스토냐?"

프리스토냐의 눈물을 처음으로 본 페트로가 웃으며 물었다. 그 눈물은 그들을 명랑하게 했다.

"내 말을 놈들이 끌고가 버렸어…… 그놈과 함께 독일전쟁을 치렀는데. 고생을 나눈 녀석이라고…… 사람하고 다를 바 없어. 아니, 사람보다 더 영리하지. 제 놈이 알아서 안장을 올린다니까. '안장을 얹어 줘! 잘 안되잖아.' 그렇게 말하곤 했지. '이봐, 평생토록 날더러 안장을 얹어달랠 거야? 네가 한번 해봐.' 내가 그렇게 말하면 제가 안장을 메운다니까. 마치 사람 같다니까…… 장난꾸러기이긴 했지만!"

프리스토냐는 울먹이는 소리로 지껄이더니 갑자기 벌떡 일어섰다.

"마구간을 보는 것도 싫어졌어! 빈집 같아……."

"우리 말은 무사하니 다행이야. 난 여태껏 세 마리나 부려먹었어. 이번 것이 네 번째 말인데 그녀석만은 조심해서 다뤄야겠어……."

그리고리는 가만히 귀를 기울였다. 창밖에서 눈을 밟는 소리와 군도가 철커덕거리는 소리가 들렸다.

"우리 집에도 오고 있군! 물고기가 숨을 쉬려고 떠오르는 것같이. 에이, 빌어먹을! 누가 밀고를 했는지도 모르겠군……."

판텔레이 프로코피예비치는 안절부절못했다. 몸둘 바를 모르고 허둥댔다.

"주인장, 잠깐만 나와 보슈!"

페트로가 농부 외투를 걸치고 나갔다.

"말은 어딨나? 끌고 와!"

"싫다고는 않겠소, 하지만 타바리시치, 다리에 병이 들었어요."

"다리가 아프다고? 상관없으니까 끌고 와! 걱정할 거 없어. 아무 말이나 끌어 가진 않을 테니까. 우리 것을 대신 놔두고 가겠어."

한 마리씩 마구간에서 끌어냈다.

"또 한 마리 있잖아. 왜 끌고 오지 않지?"

등불을 비추면서 적위병 하나가 소리쳤다.

"저건 암컷인데 새끼를 뱄어요. 나이를 많이 먹은 늙은 말이오."

"이봐, 안장을 가져와! 잠깐, 정말로 다리를 저는군…… 이봐, 병신 말을 어디로 끌고 갈 참이야! 제자리에다 처넣고 와!" 등불을 든 적위병이 거칠게 숨을 내뿜었다.

페트로는 고삐를 잡고 고개를 돌려 버렸다.

"안장은 어디 있나?"

"타바리시치가 오늘 아침에 갖고가 버렸소."

"이 카자흐놈이 거짓말을 지껄일 참이야! 누가 가져갔다고?"

"정말입니다! 거짓말이 아니오! 무젠스키 연대가 들렀을 때 가져갔다고요."

욕설을 퍼붓고 세 명의 기마병은 떠나갔다. 페트로는 말의 땀과 오줌 냄새를 풍기면서 집 안으로 들어갔다. 단단한 입술을 굳게 다물고, 그러나 조금은 자랑스럽다는 듯이 프리스토냐의 어깨를 탁 쳤다.

"이렇게 감쪽같이 해놔야 한다고! 안 그래?"

일리니치나는 램프를 끄고 작은 방으로 조심조심 걸어나갔다.

"어둡게 해야지, 안 그랬다가는 또 어떤 놈들이 방을 빌려 달라고 들이닥칠지 모르니까."

그날 밤, 아니쿠시카의 집에서 잔치가 벌어졌다. 적위군이 이웃에 살고 있는 카자흐들을 불러오라고 하여 아니쿠시카가 멜레호프네 사람들을 부르러 왔다.

"적위병들? 적위병이 어쨌다는 거야? 놈들은 세례를 받지 않았단 말이지? 하지만 우리와 똑같은 러시아인이야. 정말이라고! 믿든 안 믿든 그건 자네들 맘대로지만 놈들이 안됐어…… 그게 어쨌다는 거야? 유대인도 있지만 같은 인간 아니겠어? 우리가 폴란드에서 유대인들을 혼내 주긴 했지만…… 하지만 지금 와 있는 유대인은 나에게 탁주까지 따라주던걸. 난 유대인을 좋아해! 자, 가자고,

그리고리! 페챠! 날 그렇게 보지마……."

그리고리는 가기를 거절했으나, 판텔레이 프로코피예비치가 권했다.

"갔다오너라. 안 갔다가는 무시했다고 트집을 잡을 거다. 눈 찔끔 감고 다녀오도록 해."

그들은 밖으로 나갔다. 따뜻한 밤이 맑은 날씨를 약속하고 있었다. 말똥 타는 냄새가 풍겼다. 카자흐들은 잠시 묵묵히 서 있었다. 그런 다음에야 걸음을 옮겨 디뎠다. 다리야가 샛문으로 그들을 쫓아왔다.

얼굴 위에서 활짝 벌어진 그녀의 물들인 눈썹이 구름들 사이로 흘러나온 달빛을 받아 벨벳처럼 검게 반짝거렸다.

"내 마누라를 술에 취하게 하려고 야단들이었어…… 놈들의 계략에 넘어갈 줄 알고. 이봐, 나도 눈을 갖고 있다 이 말이야……."

아니쿠시카는 그렇게 중얼거렸지만 탁주의 취기는 그의 몸뚱이를 울타리 쪽으로 내던져 길바닥의 눈덩어리 위에 뒹굴게 했다.

발밑에서 가루 같은 푸르스름한 눈이 설탕처럼 사그락사그락 소리를 냈다. 잿빛 하늘에서 눈보라가 쏴아 하고 불어왔다.

바람은 담뱃불을 날리고 눈보라를 일으켰다. 별무리 아래에서 바람은 흰 날개를 가진 구름에 사나운 짐승처럼 덤벼들고는 다시 얌전해진 대지를 습격하는 것이었다. 하얀 솜털 같은 눈조각이 물결치면서 내려와 부락을, 열십자로 어긋난 가도를, 스텝을, 사람과 동물의 발자국을 뒤덮고 가는 것이었다…….

아니쿠시카의 집에는 숨돌릴 만한 공간도 없을 지경이었다. 검게 구부러진 그을음의 혀가 램프로부터 하늘하늘 올라가고 있었다. 담배 연기로 모두가 눈이 침침해져 있었다. 아코디언 켜는 적위병이 긴 다리로 버티고 선 채 아코디언 허리를 한꺼번에 벌리면서 '사라토프 춤'을 연주했다. 의자에는 적위병과 이웃집 아낙네들이 나란히 앉아 있었다. 카키색 솜바지를 입고 마치 박물관에서 가져온 것 같은 큼직한 박차를 묵직하게 매단 장화를 신은 남자가 아니쿠시카의 비위를 맞추었다. 회색 털이 붙은 그의 군모는 곱슬거리는 머리카락의 뒤통수에 내려가 있고, 갈색 얼굴에는 땀이 배어 있었다. 축축한 손이 아니쿠시카의 등을 뜨겁게 달구어 놓고 있었다.

아니쿠시카의 아내도 이미 몽롱해진 지 오래였다. 입술은 침으로 흠뻑 젖었고 몸을 빼려 해도 이미 그럴 만한 힘을 잃은 상태였다. 그녀의 눈에는 남편의 모습과 여자들의 미소 띤 시선이 들어왔지만 잔등에 달라붙은 억센 손을 떼어 놓을 수가 없었다. 취하여 힘이 빠진 그녀는 그저 웃고만 있었다.

탁자 위에는 항아리의 입이 열린 채로 버려져 있고 알코올 냄새가 가득 차 있었다. 테이블 덮개는 축축히 젖어 있었다. 집 한가운데에 있는 토방에는 제13 기병 연대의 소대장이 풀빛 도깨비처럼 몸을 꿈틀거리며 춤추고 있었는데 그는 가죽 장화에 장교용 바지를 입고 있었다. 그리고리는 문지방 앞에서 장화와 바지를 보고 '장교에게서 빼앗은 거로군……' 생각했다. 그리고 그는 시선을 옮겼다. 거무튀튀한 얼굴은 검은 말의 엉덩이같이 땀으로 번쩍였다. 둥근 귓불이 앞으로 나오고 입술은 두껍게 처져 있었다. '유대인 같은데 꽤 날렵하군!'—그리고리는 은근히 그런 느낌을 받았다. 페트로와 그에게 탁주잔이 주어졌다. 그리고리는 조심해서 마셨으나 페트로는 금방 취해버렸다. 한 시간 뒤에는 토방에서 '카자흐 춤'을 추고 뒤꿈치로 먼지를 일으키며 아코디언 주자에게 "더 빨리, 더 빨리!" 목쉰 소리로 외쳐댔다. 그리고리는 탁자 한쪽에 앉아 호박씨를 깨물고 있었다. 그의 옆에는 키가 큰 시베리아 태생의 기관총수가 앉아 있었다. 그는 천진해 보이는 둥근 얼굴에 주름을 지으면서 사투리를 썼는데 발음이 무척 부드러웠다.

"우린 카자흐를 해치우고 왔어, 너희들의 크라스노프도 모조리 소탕하고 말 거야. 그걸로 끝장나는 거야! 그렇게 되면 땅을 갈아야 되겠지. 토지는 모두 대 목장이 된다. 그걸 받아서 키우는 거야! 토지라는 건 여자와 같아. 스스로 와주 진 않는다고. 잡아채야 하는 거야. 가로막는 자는 때려죽여야 해. 우리에겐 너희 들의 토지는 필요 없어. 모두가 평등해지면 그걸로 되는 거야……"

그리고리는 적위병의 말을 듣고 있었지만 내심 불쾌하게 그들을 둘러보고 있었다. 특별히 걱정할 필요는 없을 것 같았다. 모두들 기분 좋게 미소를 띠고 페트로를 바라보면서 그의 유연한 동작을 구경했다. 취하지 않은 어떤 목소리가 감탄의 소리를 터뜨렸다. "잘한다!" 그 순간 그리고리는 고수머리 조장의 주의 깊은 시선과 마주쳐 더 이상 술잔을 들 마음이 일지 않았다.

아코디언이 폴카를 켜기 시작했다. 여자들은 손을 맞잡고 앞으로 나왔다. 잔 등에 허연 것을 묻힌 적위병 하나가 비틀거리며 프리스토냐의 이웃에 사는 젊은 여자를 손짓했다. 하지만 여자는 거절하고 주름진 치맛자락을 한쪽 손에 거머잡고 그리고리에게 달려왔다.

"춤춰요."

"추고 싶지 않소."

"추자니까, 그리샤! 내 튤립 씨!"

"장난하지 마! 안 출 거야."

그녀가 억지로 그의 소매를 잡아끌었다. 그는 씁쓸한 얼굴로 고집스레 버텼는데 여자가 다시 눈짓을 해 어쩔 수 없이 일어섰다. 두 바퀴 추었다. 아코디언 주자는 저음부로 손가락을 가져갔다. 그러자 그녀는 그리고리의 어깨에다 머리를 기대고 거의 들릴락말락한 소리로 낮게 소곤거렸다.

"당신을 해치우자는 의논을 하고 있어요…… 누군가가 사관이라고 일러바쳤나 봐요…… 달아나세요."

그러더니 큰 소리로 말했다.

"아, 현기증이 나요!"

그리고리는 유쾌해졌다. 탁자 옆으로 가서 술잔을 단숨에 들이켜고 다리야에게 물었다.

"페트로가 몹시 취했지?"

"이미 제정신을 잃었는걸요."

"집으로 데려가도록 해."

다리야는 힘껏 밀쳐대는 것을 가까스로 말리면서 페트로를 데리고 나갔다. 그리고리도 그들의 뒤를 따라갔다.

"왜 가려고? 너, 어디로 달아나느냐 말야? 안 돼? 손에 키스해 줄게!"

술에 취한 아니쿠시카가 그리고리에게 달라붙었다. 그리고리는 아니쿠시카가 두 팔을 벌리고 한쪽으로 휘청했을 정도로 무섭게 노려보았다.

"그럼, 여러분, 재미있게 노십시오!"

그리고리는 문지방 너머에서 모자를 흔들었다.

고수머리 적위병이 허리띠를 고쳐매고 그의 뒤를 쫓아왔다. 입구 계단 쪽에서 그리고리의 얼굴에다 거친 숨을 내뿜으며 번뜩이는 눈초리로 쏘아보면서 물었다.

"어디 가는 거야?"

그는 그리고리의 외투 소매를 잡아끌었다.

"집에 돌아가는 길이오."

멈춰 서지 않은 채 그리고리는 대답했다. 묘한 흥분과 기쁨을 느끼면서 그는 결심을 굳혔다. '안 될걸, 네놈들이 나를 산 채로 사로잡지는 못할 거다!'

고수머리 적위병은 왼손으로 그리고리의 팔꿈치를 붙잡고 거칠게 숨을 토하면서 나란히 걸어왔다. 샛문 앞에서 두 사람은 걸음을 멈추었다. 그리고리는 문이 삐걱거리는 소리를 들었다. 그때 적위병이 오른손으로 허리를 붙잡는 체하면서 손톱으로 단총 케이스를 걸었다. 순간 그리고리는 칼날 같은 상대방의 시선이 똑바로 자신을 쏘아보는 것을 느끼며 재빨리 케이스의 단추를 벗긴 상대방의 손목을 움켜잡았다. 손목을 비틀어 신음 소리를 내는 상대를 힘껏 자신의 오른쪽 어깨로 끌어당겨 허리의 힘을 늦추고, 익숙한 솜씨로 업어치기를 먹여 상대방 팔꿈치의 관절이 삐걱거리는 소리를 들으면서 그 손을 아래로 잡아당겼다. 새끼 양처럼 곱슬거리는 갈색머리가 눈을 헤치며 눈 더미 속에 처박혔다.

그리고리는 울타리 아래로 내려가 좁은 길을 따라 돈 쪽으로 달려갔다. 두 다리는 용수철을 단 듯이 그의 몸을 가볍게 언덕 위로 실어날랐다……'첨병이 없어야 할 텐데……' 순간 그는 걸음을 가볍게 멈추었다. 뒤쪽으로 아나쿠시카의 집이 한눈에 내려다보였다. 사격 소리가 들렸다. 탄환이 획획 연달아 스치고 지나갔다. 언덕 밑으로 내려가 얕은 개울을 건너서—돈 맞은편 강가로 뛰었다. 돈 한복판쯤까지 왔을 때, 총탄 한 발이 그리고리 옆의 둥글고 깨끗한 거품 같은 얼음에 파고들었다. 얼음의 파편이 그리고리의 목덜미로 튀어올랐다. 그는 돈을 통과한 뒤에야 뒤를 돌아보았다. 사격은 그때까지도 목부의 채찍마냥 신음하고 있었다. 그리고리는 탈출에 성공한 기쁨이 느껴지지 않는 것에 스스로도 놀랐다. '짐승을 겨누듯 마구잡이로 쏘다니!'—다시 걸음을 멈추면서 기계적으로 그런 생각이 떠올랐다—'이젠 더 이상 쫓아오지 않겠지! 숲속으로 들어오기를 꺼릴 테니까……저놈의 손목은 꽤 상했을 거야. 비겁한 놈. 맨손의 카자흐를 때려잡으려 하다니!'

겨울의 짚 더미 쪽을 향해서 서둘러 나아갔다. 그러나 그는 위험을 피하는 꾀 많은 토끼처럼 사람의 눈을 속이는 발자국을 남겨 두었다. 버려진 부들 더미 속에서 하룻밤 새울 작정을 했다. 윗부분을 헤쳐보니 발밑에 짐승의 굴이 뚫려 있었다. 점토 냄새가 나는 부들 속에다 머리를 파묻고 몸을 떨었다. 아무 생각도 떠오르지 않았다. 하지만 머리 한 구석에서는 어쩔 수 없이 이런 생각이 들었다. '날이 밝자마자 말에 안장을 얹고 전선을 넘어 아군 측으로 달려가야 할 것인가?'—대답을 찾지 못한 채 그는 생각하기를 중단해 버렸다.

아침이 다가오자 추위가 스며들었다. 밖을 내다보았다. 아침 안개가 짙게 깔려 있었다. 돈의 얕은 물가처럼 검푸른 하늘의 가장 깊이 파인 곳에서 하늘의 밑바닥이 보일 것만 같았다. 하늘 한가운데는 동트기 전의 흐릿한 청공으로 뒤덮였고 하늘 끝의 별무리는 사라져가고 있었다.

18

전선은 앞으로 이동되어 갔다. 전투 때의 소란도 가라앉았다. 맨 마지막 날, 제13기병 연대의 기관총병들은 등이 넓은 다브리다 썰매에 모호프가의 축음기를 장치하고 한동안 부락 안의 한길을 달렸다. 축음기는 쉰 소리를 내다가 가래를 캑캑거리는 것 같은 소리를 내기도 하며 제멋대로였다(말발굽에서 튀어오르는 눈보라가 넓은 나팔관 속으로 뛰어들곤 했다). 귀덮개가 달린 시베리아 모자를 쓴 기관총병이 한가하게 나팔관의 물방울을 떨어내면서 축음기의 손잡이를 쥐고 포병처럼 조종했다. 썰매 뒤에는 어린이들이 잿빛 참새처럼 떼를 지어 따라다니고 마부의 의자를 붙잡고 서서 와글와글 떠들어댔다.

"아저씨, 그거 돌려 봐요. 삐삐하는 거 말예요, 아저씨. 돌아가게 해보라니까요!"

행운을 잡은 두 아이가 기관총병의 무릎 위에 올라탔다. 병사는 손잡이를 돌리지 않을 때는 손가락 없는 장갑으로 어린이의 콧잔등을 문질러 주었다.

그로부터 얼마 뒤, 우스티 매체트카 근처에서 전투가 벌어졌다는 소문이 들려왔다. 남부 전선의 제8, 제9군에 식량과 탄약을 보급하는 마차 행렬이 간간이 타타르스키 부락을 지나갔다.

3일째 되는 날엔 전령들이 와서 카자흐들에게 집회에 참석하라고 알렸다.

"크라스노프를 아타만으로 선출하도록 하지!"

멜레호프네 집에서 나가는 길에 안치프 프레호비치가 말했다.

"우리 손으로 뽑는 거야, 아니면 강림하는 거야?"

판텔레이 프로코피예비치가 흥미 있다는 듯이 물었다.

"글쎄, 그 자리에서 어떻게 되겠지……."

그리고리와 페트로는 집회에 나갔다. 젊은 카자흐들은 거의 모였으나 노인들은 나타나지 않았다. 아브데이치 브레프만이 입이 험한 패거리를 모아놓고, 적위군 코미사르가 그의 집에 묵었을 때 자신에게 지휘관이 되어보라고 했다면서 허풍을 떨었다.

"'당신이 구 군대의 조장이었다는 걸 몰랐구려. 사양치 말고 직책을 맡도록 하시오.' 이러잖아."

"무슨 직책인데? 사관? 어디로 보내려고?"

코셰보이가 놀려댔다.

모두가 그의 말에 고개를 끄덕였다.

"군사위원의 말 감독이겠지. 말 엉덩이를 닦는 일 말이야."

"좀더 높은 자리를 달라고 하지 그래, 아브데이치!"

"하하하!"

"아브데이치! 내 말 좀 들어봐? 놈은 너한테 소금에 절인 물고기나 다루게 하려는 속셈일걸."

"너희들은 아직 내용을 모르는군……코미사르가 수작을 거는 동안에 코미사르의 당번병이 마누라에게 가서 재미를 보고 있었다는 거야. 그런데 아브데이치는 그것도 모르고 침을 질질 흘리고 콧물까지 떨어뜨리면서 듣고 있었다는 거야……."

아브데이치는 모두를 돌아보고 마른침을 삼키고 물었다.

"방금 맨 나중에 얘기한 놈이 대체 누구야?"

"나다!"

뒤쪽에서 누군가가 큰 소리로 외쳤다.

"개새끼, 세상에 저런 인간이 있다니!"

아브데이치는 동정을 구하는 듯 뒤를 돌아보았다. 동정은 한데로 모였다.

"전에도 내가 말한 적이 있어. 못된 놈이라고."

"저놈들의 핏줄은 다 그렇다고."

"내가 조금만 더 젊다면!"

아브데이치의 얼굴이 붉게 달아올랐다.

"내가 좀더 젊다면 네놈을 그냥 놔두진 않을 텐데! 네놈의 악담은 소러시아 투야! 타간로크의 똥자루 같으니라고! 소러시아의 기저귀 끄나풀 같으니라고……"

"아브데이치, 그런 변을 당하고도 왜 그놈을 가만두나?"

그러자 아브데이치는 곧 덤벼들 기세를 취했다.

소란을 피해서 아브데이치는 그 자리를 떠났다. 회의장에는 카자흐들이 군데군데 떼 지어 서 있었다. 그리고리는 오랫동안 미하일 코셰보이를 만나지 못했기 때문에 곧장 그에게로 다가갔다.

"잘 지냈나!"

"그럭저럭."

"어디에 가 있었지? 어느 부대에서 근무했나?"

그리고리는 미하일의 손목을 잡고 그 푸른 눈을 바라보았다.

"그게 말이야! 목장에도 가 있고 카라치 전선의 징벌대에 가 있기도 했다네! 집에 돌아온 지 얼마 안 됐어. 빨갱이 전선으로 달아날까 했지만 마치 처녀애를 지키는 어미처럼 나를 꼼짝도 못하게 지켜보고 있잖아. 그런데 요전에 이반 알렉세예비치가 왔어. 소매 없는 외투를 입고 행군 나갈 채비를 하고 있더군. 그래서 내가 물었지. '퇴각할 참이야?' 그러자 놈이 어깨를 들썩하고 '명령을 받았어. 아타만 놈이 명령을 내렸다니까. 난 제분소에 근무했기 때문에 그쪽 명부에 이름이 실려 있거든' 하더군. 그러고 나서 헤어졌는데 난 그 녀석이 철퇴할 줄로만 알고 있었지. 그런데 그 이튿날 무젠스크 연대가 지나갈 때 보니까 놈이 그 속에 끼여있지 않아……마침 놈이 오고 있군! 이반 알렉세예비치!"

이반 알렉세예비치와 함께 압착계의 다비드카가 곁으로 다가왔다. 다비드카는 새하얀 이를 드러내놓고 돈이라도 주운 것처럼 싱글벙글 웃고 있었다……한편 이반 알렉세예비치는 기계기름 냄새가 풍기는 껄껄한 손으로 그리고리의 손을 힘껏 쥐고 지껄이기 시작했다.

"그리시카, 너, 떠나지 않았구나?"

"넌 왜?"

"나 말이야? 난 다르잖아?"

"내가 사관이라는 소리야? 난 남아 있기로 했어……자칫 잘못했더라면 살아남지 못할 뻔했어……쫓아오더라니까. 처치해버렸지……그땐 진작에 달아났더라면, 하고 후회했지만 지금은 그렇지도 않아."

"무슨 일로 시비가 붙었나? 제13연대 패거리들이야?"

"그래, 아니쿠시카네 집에서 한바탕 벌렸는데 어떤 놈이 내가 사관이라고 고자질한 거야. 돈 맞은편 강가까지 달아났어. 고수머리의 손모가지를 약간 비틀었더니 놈이 우리 집에 찾아와서는 내 소지품을 깡그리 빼앗아 가버렸어. 글쎄, 옷가지라곤 지금 내가 입은 것뿐이라고."

"그때, 그러니까 포드쵸르코프의 사건이 일어나기 전에 함께 빨갱이 쪽으로 달아나버리는 건데…… 그렇게 했더라면 지금 와서 눈알을 굴릴 필요는 없을 거 아냐."

이반 알렉세예비치는 쓴웃음을 짓고 담배를 피워 물었다.

계속 사람들이 몰려왔다. 뵤센스카야 마을에서 온 포민의 전우인 준위 라프첸코프가 집회의 개회를 선언했다.

"마을 타바리시치! 소비에트 정권은 우리 관구에서 이미 견고한 것이 되었습니다. 본부를 설치하고 집행위원회, 의장, 의장 대리를 선출하지 않으면 안 됩니다. 이것이 첫 번째 안건입니다. 나는 관구 소비에트의 명령을 받고 왔습니다. 그것은 간단합니다. 총과 칼 종류를 인도하라는 명령이오."

"반가운 명령이구먼!"

누군가가 뒤에서 비꼬았다.

"타바리시치, 그렇게 큰 소리로 고함치면 안 돼요!"

라프첸코프는 몸을 꼿꼿이 하고 모피 모자를 탁자 위에 얹어놓았다.

"알겠습니까, 무기를 인도해야 합니다. 집 안에다 놔둘 필요가 없는 물건이라는 건 다들 알겠지요. 그러나 소비에트 방위를 위해 출전하는 사람에게는 무기가 주어질 것입니다. 사흘 내에 소총을 인도해 주십시오. 다음에는 선거로 들어가겠습니다. 나는 의장에게 다음과 같은 임무를 맡기고 싶습니다. 즉 명령을 철저하게 지킬 것, 아타만에게서 인장과 부락의 소유금을 모조리 몰수할 것."

"우리에게 무기를 준 것은 아타만에게 반대하게 하려는 수작인가 보지?"

자하르 코롤료프가 말했다.

"그럼, 뭣 때문이겠나?"

단도직입적으로 프리스토냐가 물었다.

"난 무기는 필요 없어. 하지만 우리 손의 무기를 빼앗기 위해 적위군에게 우리 관구를 통과시켜 주겠다는 약속 같은 건 한 적이 없어."

"그 말이 맞아!"

"포민 집회에서 말했어!"

"군도는 내 돈으로 산 거야!"

"난 독일전쟁 때 내 소총을 갖고 왔어. 그걸 내놓으란 건 억지야!"

"카자흐를 약화시키려는 계산이야! 무기 없이 무슨 힘이 있겠어? 미끄럼틀뿐인 썰매를 타고 가라는 거야? 우리보고 무기 없이 옷자락을 찢긴 계집처럼 알몸이 되라고?"

"무기는 건네 줄 수 없다!"

미하일 코셰보이가 발언을 마무리 지었다.

"타바리시치? 여러분의 말은 이해하기가 어렵소. 지금은 전시 상태가 아닙니까?"

"전시 상태고 나발이고 듣기 싫어!"

"전시 상태라고 해서 그렇게 수다를 떨 시간이 어디 있어. 갖고와, 하면 그뿐 아냐? 소러시아의 이민촌을 점령했을 때, 우린 이런 식으로 하지 않았다고, 안 그런가?"

라프첸코프는 모피 모자를 만지작거리면서 도장이라도 찍는 것처럼 말을 맺었다.

"앞으로 3일 내에 무기를 인도하지 않는 자는 적대분자로 간주하여 혁명재판에 회부하고 총살에 처해질 것이오."

잠시 침묵이 흐른 뒤, 토밀린이 헛기침을 하고 쉰 목소리로 입을 열었다.

"부락 정권의 선거를 부탁하겠습니다."

후보자가 거론되었다. 열 명가량의 이름이 불렸다. 어떤 카자흐가 장난기 어린 목소리로 외쳤다.

"아브데이치!"

그러나 그 농담은 성공하지 못했다. 이반 알렉세예비치가 맨 처음으로 거론되었고 전원 일치로 통과되었다.

"더 이상 투표할 필요는 없겠지?"

페트로 멜레호프가 제안했다.

집회는 동의했다. 의장 대리에는 투표 없이 미하일 코셰보이가 선출되었다.

멜레호프 형제와 프리스토냐는 집으로 돌아가는 길에 아니쿠시카와 마주쳤다. 그는 아내의 앞치마로 싼 소총과 탄약을 옆구리에 끼고 있었다. 가까이 오는 카자흐들의 모습을 보더니 피하듯이 좁은 길 쪽으로 돌아서 가버렸다. 페트로는 그리고리를 쳐다보고 그리고리는 프리스토냐를 바라보았다. 모두가 약속이나 한 듯이 쓴웃음을 지었다.

19

고향 스텝엔 동풍이 휘몰아쳤다. 산골짜기는 눈에 파묻히고 말았다. 기슭과 벼랑은 하나가 되어버렸고 도로도 오솔길도 없어졌다. 온통 새하얗게 발가벗은 평야만이 질펀히 널려 있을 뿐이었다. 광야는 마치 죽은 듯했다. 가끔 까마귀 한 마리가 상공을 날아갔다. 스텝과 마찬가지로 늙고, 호화스러운 바다사자 가죽 같은 쑥색 모자를 쓴 여름 도로 위에 봉긋이 솟아 있는 고분 같은 광야 너머로 까마귀는 휭 하고 바람을 작게 가르고 신음하는 것 같은 목소리를 내면서 날아가고 있었다. 바람이 그 외침 소리를 멀리 실어날랐다. 그러자 그 목소리는 잠시 동안 구슬프게 광야 위를 떠돌아다녔다. 밤의 정적 속에 불현듯 만져진 저음의 현(絃)처럼.

하지만 광야는 눈 밑에서 여전히 살아 숨쉬고 있었다. 은빛으로 뒤덮인 밭이 얼어붙은 물결처럼 출렁이고 있는 곳, 가을부터 내내 곡괭이로 파헤쳐 놓았던 대지가 잔잔한 잔물결처럼 누워 있는 곳, 가을 추수의 알곡이 한기에 시달리면서도 그 탐욕스러운 정기로 대지에 달라붙어 있는 곳, 광야는 여전히 그렇게 살아 숨쉬고 있었다. 얼어붙은 서리의 눈물에 싸인 녹색 비단 같은 곡물이 힘차게 흑토에 붙어 있었다. 그 새까만 생명의 피를 들이마시며, 5월이 오면 마치 거미줄처럼 갈라질 얼음을 깨뜨리고 불쑥 일어나 파랗게 성장하려고 봄과 태양을 고대하고 있었다.

그것은 계절을 기다리고 있다가 틀림없이 일어날 것이다! 그리고 그 속에서 메추리가 팔딱거리고 또 상공엔 4월의 종달새가 방울을 흔들 것이었다. 태양은 그 곡물을 위해서 반짝이고 바람 또한 그것을 위하여 자장가를 부를 것이다. 탐스러운 호밀의 물결은 소나기와 강한 바람에 시달리는 가운데 자라나 흡사 입수염 같은 그 머리를 숙이는 일은 하지 않을 테고 탈곡장에서 주물같이 무거운 알곡을 떨어뜨릴 때도 주인의 낫을 기다리며 유순하게 마냥 누워 있지는 않을 것이다.

돈 강가 일대의 토지는 숨 막히는 듯한 생활을 보내고 있었다. 날이면 날마다 맑은 빛을 볼 수 없었다. 불길한 소문이 돈 상류로부터 치르강, 츠츠칸강, 호표르강, 에린카강, 그 밖에 카자흐의 각 부락을 흐르는 크고 작은 강을 따라서 흘러왔다. 두려운 것은 파도처럼 밀려와서 도네츠 강가에 전개한 전선이 아니라 비상위원회와 혁명재판이라는 것이었다. 각 마을에 그것이 열릴 날이 하루하루 다가왔다. 미그린스카야 마을이며 카잔스카야 마을에는 이미 그들이 와 있었고, 백위군에 근무했던 카자흐들을 간단하게 법 없는 재판에 회부하고 있다는 말도 전해졌다. 상류 돈 사람들이 전선을 포기한 것 따위는 구실이 되지 않았다. 재판은 매우 간단하여 구형, 한두 마디의 심문, 판결, 그리고 기관총 사격, 이런 식이라는 소문이었다. 카잔스카야 마을과 슈미린스카야 마을에서는 벌써 카자흐의 머리가 찾아가는 사람도 없이 숲속에 나뒹굴고 있으며, 또 그것이 한둘이 아니라는 말도 들려왔다. 하지만 전선병들은 일소에 붙였다.

"헛소문이야! 사관놈들이 만들어 낸 얘기라고! 백위군 패거리들은 그전부터 적위군의 행동을 들추어 우리를 협박했으니까!"

소문을 믿는 사람도, 믿지 않는 사람도 없었다. 그때까지는 여러 가지 소문이 각 부락으로 흘러들어왔다. 겁이 많은 주민들은 떠나고 싶은 충동을 느꼈다. 전선이 지나가면 밤마다 잠을 이루지 못했다. 베개는 뜨겁고 잠자리는 딱딱하고 마누라를 외면하는 남자들도 적지 않았다.

어떤 사람은 도네츠강 너머로 떠나지 않은 것을 후회했다. 그러나 그것은 이미 엎질러진 물을 다시 담을 수 없는 것과 마찬가지 이치였다.

타타르스키 부락에서는 밤이 되면 카자흐들이 작은 길에 모여 정보를 나누고 그런 다음엔 집집으로 탁주를 마시며 돌아다녔다. 부락의 나날은 조용하고 침울했다. 육식기[10]가 시작되었다는데 혼례의 방울 소리는 겨우 한 차례밖에 울리지 않았다. 그것조차도 빈정거림을 받아야 했다.

"이런 시절에 혼례라니! 그렇게 참을 수가 없었나 보지!"

선거가 행해진 이튿날, 부락에서는 한 집도 빠짐없이 무기를 압수당했다. 혁명위원회가 설치된 모호프의 집에는 따스한 현관과 복도에 무기가 산더미처럼 쌓여 있었다. 페트로 멜레호프도 자신의 소총과 그리고리의 소총, 나강 권총 두 자루, 군도 한 자루를 갖고 나갔다. 형제는 둘 다 사관용 나강 권총 한 쌍을 남겨 놓고 독일전선 때부터 갖고 있던 것만을 가져간 것이었다.

겨우 한숨을 돌리며 페트로는 집으로 돌아왔다. 응접실에서 그리고리가 팔을 걷어붙이고 두 개의 소총을 분해하여 석유를 바르고 있었다. 총신은 아궁이 위의 침상 옆에 놓여 있었다.

"그걸 어디서 가져왔지?"

놀라움으로 페트로의 입수염이 축 처질 정도였다.

"내가 피로노보에 있었을 때 아버지가 가져오신 거야."

그리고리의 눈동자가 떨고 있었다. 그는 석유가 묻은 손을 옆구리에 대고 소리를 내어 웃었다. 그러더니 이리처럼 이를 갈면서 웃음을 그쳤다.

"소총쯤이야 괜찮겠지, 아버지가……."

집 안에는 아무도 없었지만 그는 소리를 낮추었다. "오늘 나에게 실토하셨는데." 그리고리는 다시 웃음을 억눌렀다.

"아버지는 기관총을 갖고 있다셔."

"엉터리 같은 소리 집어치워! 대체 어디서 그런 걸?"

"장비 담당 카자흐들에게 산유 몇 병을 주고 얻었다고 하시지만 난 안 믿어. 아버지가 훔쳐 온 게 틀림없다고. 아버지는 말똥구리와 똑같아. 아무거나 닥치는 대로 끌어오거든. 나에게 이러는 거야. '난 기관총을 갖고 있다. 곡식 창고 속에 숨겨 놨지. 낚시바늘로 안성맞춤인 용수철이 달려 있던걸. 그래서 간수해 둔 거다. 그 훌륭한 용수철은 무엇엔가 쓸모가 있을지도 몰라. 쇠로 된 값비싼 물건이니까…….'"

---

10) 강탄제에서 대제식까지의 기간.

페트로는 화가 나서 주방에 있는 아버지에게 쫓아가 따지려고 했다. 하지만 그리고리가 그를 말렸다.

"관둬! 뭣 때문에 아버지한테 대들려고 해? 내가 하는 일이나 도와줘."

총신을 닦으면서 잠시 페트로는 씩씩거렸으나, 이윽고 생각을 많이 했다는 투로 말문을 열었다.

"그게 정말일지도 모르겠군…… 쓸모가 있겠지. 그냥 두지, 뭐."

그날, 이반 토밀린이 카잔스카야에서 총살이 행해지고 있다는 소문을 듣고 왔다. 페치카 옆에서 담배를 피우면서 얘기하는 중에도 자꾸만 생각에 잠겨들곤 했다. 익숙한 노릇이 아니라 판단에 무리가 느껴져 이마에 진땀이 다 났다. 토밀린이 돌아간 뒤 그는 말했다.

"즉시 루베진의 야코프 포민한테 가보자. 놈이 집에 있다잖니. 관구의 혁명위원회를 휘두르고 있는 자가 그놈이라는 소문을 들었어. 어쨌든 작은 언덕 정도는 되는 놈일 거다. 어려운 일이 생길 때 도움이 되어 달라는 부탁을 해둬야지."

판텔레이 프로코피예비치는 짐을 많이 실을 수 있는 썰매에 암말을 묶었다. 다리야는 새 모피 외투를 입고 잠시 동안 일리니치나와 귓속말을 나누었다. 두 사람은 함께 창고 속으로 들어가 꾸러미를 들고 나왔다.

"그건 뭐냐?"

노인이 물었다.

페트로는 잠자코 있었다. 일리니치나가 빠른 말로 대꾸했다.

"버터를 모아온 거예요. 만일의 경우에 쓰려고. 하지만 지금은 버터가 문제가 아니라구요. 페트로가 포민에게 선물을 갖고 가는 게 좋겠다고 해서요"

그러고는 울음을 터뜨렸다.

"입 닥쳐, 수다스럽긴!"

판텔레이 프로코피예비치는 화가 나서 들고 있던 채찍을 마른풀 위에다 확 내던지고 페트로의 곁으로 다가왔다.

"그놈에게 밀을 주겠다고 해."

"그놈에겐 밀 같은 건 필요하지 않아요."

페트로는 흥분하여 소리쳤다.

"아버지는 아니쿠시카에게 가서 탁주나 사가지고 오세요. 밀이라니!"

판텔레이 프로코피예비치는 옷자락에 숨겨 가지고 온 탁주병을 보며 술맛을 칭찬했다.

"좋은 술이야, 제기랄! 니콜라이주 같군."

"벌써 당신 취했수. 정말 주책이라니까!"

일리니치나가 욕설을 퍼부었다.

그러나 노인의 귀엔 전혀 들어오지 않는 것 같았다. 거나해지자 고양이처럼 눈을 가늘게 뜨고 탁주로 적셔진 입술을 소매로 문지르면서 절룩거리는 다리를 끌고 집 안으로 걸어 들어갔다.

페트로는 집을 나올 때, 마치 손님이 왔다 간 것처럼 문을 열어놓은 채 나와 버렸다.

그는 현재 상당한 세력을 갖고 있는 옛 전우에게 탁주 이외에도 전전의 양모 직물, 장화, 꽃이 든 상품(上品)의 차를 싣고 가는 길이었다. 이것들은 제28연대가 리스키역을 점령했을 때 차량과 창고로 몰려가서 가져온 물건이었다. 그때 약탈을 한 열차 안에서 그는 여자 옷가지가 든 광주리도 빼앗았다. 그것들을 나중에 아버지가 전선으로 찾아갔을 때 가져가게 했다. 그 때문에 다리야는 나탈리야와 두냐시카를 무척 샘나게 했다. 옷은 매우 화사한 외국제 천으로 눈빛보다 더 희고 모두가 비단인 데다가 문장과 머리글자가 수놓여 있었다. 팬티의 레이스는 돈의 물거품보다도 아름다웠다. 남편이 돌아온 첫날 밤, 다리야는 그 팬티를 입고 잠자리에 들었다.

페트로는 등불을 끄기 전에 웃으면서 말했다.

"남자 팬티를 입었어?"

"이걸 입으면 따뜻하고 예뻐요."

다리야는 꿈꾸는 듯한 얼굴로 대답했다. "아무것도 모르면서…… 이게 어째서 남자 거라는 거예요. 레이스가 달리고 이렇게 짧은데……."

"신분이 높은 인간들은 남자도 레이스가 달린 것을 입는다고. 어쨌든 좋아."

졸린 듯이 머리를 긁으면서 페트로가 말했다.

그는 그것을 별다르게 생각하지 않았다. 그런데 그날 밤 이래, 아내와 잠자리를 같이할 때마다 자신도 모르게 외경과 불안한 생각으로 그 레이스를 들여다보게 되었으며 괜히 섬찟하니 익숙해지지가 않았다. 조금이라도 그것이 몸에

와 닿으면 불안했고 다리야에게조차도 서먹서먹해지는 것이었다. 사흘째 밤에 그는 분명한 말로 요구했다.

"그런 팬티는 벗어버리도록 해. 보통 여인네가 입는 게 아니라고. 보통 여자의 것이 아니야. 마님 같은 모습으로 누워 있는 걸 보면 꼭 다른 사람 같아서 싫으니까."

아침에 그는 다리야보다 일찍 일어났다. 헛기침을 하고 얼굴을 찌푸리면서 팬티가 제 몸에 맞는지 어떤지 입어 보았다. 끈과 레이스와 무릎 밑까지 드러난 털북숭이 다리를 잠시 동안 이리저리 들여다보았다. 문득 뒤 돌아보니 뒤쪽 경대에 화려한 팬티를 입은 자신의 모습이 비쳤다. 그는 침을 퉤 뱉고 욕을 하면서 헐거운 팬티를 마치 곰처럼 느릿느릿 벗었다. 엄지발가락이 레이스에 걸려서 자칫 잘못했더라면 넘어질 뻔했다. 그 순간 그는 정말로 화가 나서 끈을 끊어버렸다. 그제야 비로소 자유로움을 느낄 수 있었다. 다리야가 졸리는 소리로 물었다.

"당신 왜 그래요?"

페트로는 콧김을 내뿜고 퉤, 퉤 침을 뱉고 화가 나서 대꾸도 하지 않았다. 다리야는 그날 남자 것인지 여자 것인지 알 수 없는 팬티를 한숨을 들이쉬고 내쉬면서 궤짝 속에다 집어넣었다(그 속에는 여자용이 아닌 물건이 가득 들어 있었다). 그렇게 분간을 할 수 없는 숱한 물건은 나중에 여자용 조끼로 재단해야 했다. 스커트는 다리야가 사용했다. 그것들은 왠지 모르지만 무척 짧았는데 그녀는 솜씨 있게 재단하여 레이스를 조금씩만 보이도록 만들어 입었다. 다리야는 멋이 들어서 네덜란드 레이스로 토방을 휩쓸듯이 하며 걸어다녔다.

그날 남편과 함께 남의 집을 방문하게 되자 그녀는 사람의 눈을 끌 만하게 차려입고 싶었다. 돈풍의 모피 외투 아래로 속옷 레이스가 살짝 나와 있었다. 그리고 털 상의도 고급스런 신품으로 '하찮은 신분으로 벼락고관이 된 포민'의 마누라에게 자기는 보통 카자흐 여자가 아니고 어엿한 장교의 부인임을 알리고 싶었다.

페트로는 채찍을 흔들며 계속 휘파람을 불었다. 잔등의 털이 벗겨진 새끼 밴 암말이 익숙한 한길을 돈 강가를 따라 구보로 달려갔다. 낮 시간에 루베진에 닿았다. 포민은 집에 있었다. 그는 상냥하게 페트로를 맞이하여 탁자 앞으로 안

내했다. 그리고 서리에 뒤덮인 페트로의 썰매에서 그의 아버지가 마른풀 덤불이 붙은 항아리를 들고 오자 붉은 수염 안에서 싱그레 웃었다.

"아니, 어쩐 일이야. 요즘 한동안 볼 수가 없더니."

포민은 기분 좋은 베이스의 음성으로 그렇게 말하고 다리야에게 오만한 기색이 느껴지는 묘한 눈길을 보내면서 위엄을 나타내려는 듯이 입수염을 비틀었다.

"야코프 에피미치, 전투부대가 한창 들이닥쳐 얼마나 애쓰십니까?"

"고맙군. 이봐, 마누라! 오이나 양배추나 말린 생선 같은 거 있거든 좀 내오지 그래."

더위가 느껴질 정도로 집 안이 따뜻했다. 페치카 위에서는 아이들이—아버지를 닮아 유별나게 푸른 눈인 사내아이와 여자아이가 뒹굴고 있었다. 취기가 돌 즈음에 페트로는 찾아온 용건을 꺼냈다.

"부락 쪽에서는 체카[11]들이 쳐들어와서 카자흐에게 보복을 하고 있다는 소문이던데요."

"제15인자 사단의 군법회의가 뵤센스카야에 와 있지만 그게 어떻다는 건가? 그게 자네한테 어쨌다는 거지?"

"야코프 에피미치, 알다시피 나는 사관이오. 내가 사관이라는 건 한눈으로 알아볼 수가 있다는 말이오!"

"음, 그래서?"

그는 자신이 이 자리의 주역임을 느끼고 있음이 분명했다. 거나한 취기가 그를 거만하게, 자신감에 넘치게 해주었다. 포민은 점점 더 으스댔고 입수염을 쓰다듬기도 하고 위압적으로 내려다보기도 했다.

그의 속셈을 읽은 페트로는 일부러 풀 죽은 표정을 지었고 아첨하는 미소를 띠어 보였다. 그렇지만 눈치채이지 않도록 '당신'을 '자네'로 옮기고 있었다.

"우린 같은 부대에 근무하고 있었잖나. 자넨 나에 대해 나쁘게 말하지는 못할 거야. 그리고 나도 뭐 자네한테 단 한 번이라도 섭섭하게 대한 적은 없었어. 난 언제나 카자흐와 같은 패였으니까."

---

11) 반혁명 단속위원.

"알고 있네, 페트로 판텔레예비치. 자네를 의심하진 않아. 우린 죄다 기억하고 있지. 자네에게 별일은 없을 걸세. 하지만 두세 명은 지목받고 있어. 못된 놈이 꽤 많이 있으니까. 놈들은 남아 있기는 해도 자기 뱃속은 숨기고 있다고. 병기를 숨겨 두고 있다고…… 그런데 자네 병기는 인도했겠지? 그렇지?"

포민이 느린 어조에서 갑자기 성급한 공격 투로 옮겼기 때문에 페트로는 순간적으로 당황하여 얼굴에 피가 몰렸다.

"자넨 틀림없이 인도했을 거야. 그렇지?"

탁자 너머로 몸을 꺾듯이 하고 포민은 다그쳐 물었다.

"인도했고말고. 자네 그런 걱정은 안 해도 돼…… 난 거짓말은 안 하니까."

"거짓말은 않는다고? 자네들에 대해서 우리는 너무나 잘 알고 있네. 나도 이쪽 편이니까."

그는 취한 얼굴로 눈짓을 해보이고 고른 이를 드러내며 말했다.

"한 손에는 부자 카자흐의 손을 잡고 다른 한 손에는 비수를 쥐고 있어. 개새끼들! 툭 터놓고 지내는 놈은 한 놈도 못 봤어! 난 갖가지 인간을 봐왔네. 배신자뿐이야! 하지만 자넨 걱정하지 마. 자네한테는 해코지하진 않을 테니까. 남자의 한 마디는 틀림없으니 안심해!"

다리야는 차가운 수프에 입술만 댔을 뿐이고 예절 바르게 빵은 거의 먹지 않았다. 안주인이 극진하게 대접했다.

안심하라는 말에 생기가 난 페트로가 작별을 고한 것은 저녁 무렵이었다.

페트로를 보내고 나서 판텔레이 프로코피예비치는 며느리의 친정아버지인 코르슈노프네를 방문했다. 그는 적위병들이 오기 전에도 코르슈노프를 찾아갔었다. 그때는 루키니치나가 미치카를 전송하고 있어서 집 안이 어수선했었다. 판텔레이 프로코피예비치는 불청객이 된 기분이 들어 곧바로 되돌아오고 말았었다. 하지만 이번에는 만사가 제대로 진행되고 있는지 알아볼 겸 또 내심 최근에 있었던 여러 가지 일을 하소연해야겠다는 생각도 없지 않았다.

부락 맞은편 끝까지 그는 서두르지 않고 다리를 절며 걸어갔다. 나이가 들어 이가 여러 개 빠진 그리샤카 노인이 마당에 있다가 그를 맞아 주었다. 일요일이었으므로 노인은 밤 예배를 올리기 위해 막 교회로 가려던 참이었다. 노인을 한 번 보고 판텔레이 프로코피예비치는 놀라움을 금치 못했다. 앞자락이 벌어진 외투 속에 여러 가지 훈장과 터키 전쟁의 무공 훈장이 모조리 달려 있었다. 고풍인 군복의 높은 깃에도 빨간 휘장이 반짝였으며 코케드[12]가 달린 군모를 귀밑까지 깊숙이 눌러 쓰고 있었다.

"어떻게 된 일입니까, 노인장! 혹시 머리가 돈 게 아닌가요? 이런 때에 훈장은 뭐고 모자는 또 웬 겁니까?"

"뭐라구?"

그리샤카 노인은 귀에다 손을 댔다.

"난 말일세, 마음속 깊이 백제님[13]을 섬겨 왔네. 현재의 정권은 하느님이 내려주신 것이 아니야. 난 놈들을 상전으로 생각지 않아. 알렉산드로 폐하께는 충성을 맹세했지만 농사꾼들한테는 맹세한 적이 없어."

그리샤카 노인은 빛바랜 입술을 깨물고 풀빛 나는 입수염을 닦고 지팡이로 집 쪽을 가리켰다.

"자네, 미론에게 왔나? 집에 있네. 미치카는 집을 떠났다네. 성모님, 부디 그녀석을 지켜주소서. 자네 아들들은 남아 있나? 엉? 도대체가 어찌 되려고 이러는지……카자흐 여자가 안 됐어. 나타시카는 잘 있나?"

"잘 있고말고요…… 노인장. 당장 집 안으로 들어가서 훈장을 떼놓고 나오시지요. 요새 같은 세상에 그런 걸 달고 다니시면 안 돼요. 노인장, 정신 차리세요."

"냉큼 꺼져! 젊은 놈이 나한테 설교할 참이야?"

그리샤카 노인은 그를 향해 똑바로 걸어왔다. 그러자 판텔레이는 주위를 둘러보고 머리를 흔들면서 길을 비켜 주었다.

"우리 집 노인, 만났나? 안됐어! 노망이 드셨거든."

부쩍 야윈 미론 그리고리예비치가 사돈을 맞이하면서 말했다.

"막무가내니 어쩌겠나. 아무리 말려도 소용없어. 어린애하고 똑같아. 판단력을 잃고 있다고."

"하고 싶은 대로 하도록 내버려둘 수밖에. 그런데 사돈은 어떤가? 듣자니까 그리샤가 반(反)그리스도 놈들에게 봉변을 당했다던데?"

루키니치나가 근심에 싸인 얼굴로 다가와 앉았다.

---

12) 꽃모양의 모표.
13) 이민족이 러시아 황제에게 붙인 존칭.

"우리 집은 피해가 이만저만이 아니라네…… 말을 네 마리나 빼앗겼어. 그 대신 암말과 한 살짜리 말은 놔두고 갔어."

미론 그리고리예비치는 울분을 터뜨릴 듯이 말을 이었다.

"왜 또 이 모양으로 뒤집어졌을까? 대체 무슨 까닭이지? 그 잘난 데도 없는 정권 덕택 아닌가! 분명히 그놈들 탓이라고. 모두들 평등하게 해주겠다는 그 말이 믿을 수 있는 소리냐고? 욕지기가 치밀 지경이야. 평생 애써서 땀 흘려 일해 왔는데 이제 와서 손가락 하나 까딱한 적 없는 놈들을 먹여 살려야 하다니, 될 법이나 한 소리야? 뭣 때문에 힘써 벌었지? 누구를 위해서 일하라는 거야? 오늘 땀 흘려 벌어 봤자 내일이면 고스란히 빼앗길 걸 가지고…… 그리고 요전만 해도 그렇지, 무르한 부락에서 내 옛 전우가 찾아와 여러 가지 얘기를 했는데…… 전선은 도네츠강 옆에 있다는 거야. 그것도 얼마나 견뎌낼지 알 수 없는 노릇이 아닌가? 난 의지할 만한 사람들에게 이렇게 말했어. 우리가 도네츠강 너머에 살고 있는 사람들을 도와줘야 한다고……."

"어떻게 도와준다는 건가?"

불안한 목소리로 판텔레이 프로코피예비치가 물었다.

"현재의 정권을 때려부숴야 한다 그 말이야! 내가 다시 한번 탐보프현 쪽으로 가서 때려부수고 오겠다고. 농사꾼들하고 평등하게 지내라니. 놈들을 쳐죽일 수만 있다면 내 재산을 모조리 내놔도 좋다고. 그렇다고 설득시킬 필요가 있다니까! 지금이 바로 그 시기야! 그렇지 않았다간 엎질러진 물이 될걸…… 옛 전우가 그러더군. 놈들 쪽에서도 카자흐들이 들고일어나고 있다고. 단결해야 만 해!"

그렇게 말하고는 갑자기 속삭이듯 소리를 낮추었다.

"부대가 통과한 뒤에 남아있을 인원이 얼마나 되겠나? 뻔한 노릇이야! 부락마다 의장들이나 들어앉겠지. 놈들의 목을 치는 것쯤 문제없어. 그런데 뵤시키에선 어떻게 하고 있을까? 무리 지어 가서는 확 쓸어버려야 할 텐데! 이쪽에서 손해볼 건 없다고. 모두 힘을 합치면…… 틀림없어!"

판텔레이 프로코피예비치는 일어섰다. 한 마디 한 마디를 신중하게, 그리고 근심스럽게 충고했다.

"그건 안 돼! 실패하기 딱 알맞아! 카자흐들이 흔들리고 있는 건 사실이야. 어느 쪽으로 기울어질지 놈들이 하는 짓을 알 수가 있어야지. 지금으로선 할 만한 얘기가 아니야. 젊은것들의 생각을 짐작할 수가 있어야지. 마치 눈에다 보자기를 쓰고 사는 것 같아. 어려운 세상이 되어버렸어! 캄캄한 어둠 속에서 살고 있으니……."

"뭘 그렇게 어렵게 생각하나!"

미론 그리고리예비치는 뒤늦게 미소를 지었다.

"인간이란 양과 같아. 암양이 가는 쪽으로 따라가니까. 놈들한테 길을 가르쳐 줘야 해! 이 정권을 눈을 똑바로 뜨고 봐야 해. 난 카자흐들에게 분명하게 말했네. 일어나야만 한다고! 놈들은 카자흐를 뿌리째 없애라는 명령을 내렸다는 걸세. 대체 이 얘기를 어떻게 받아들여야 하나?"

미론 그리고리예비치의 거무튀튀한 얼굴에 붉은 기가 감돌았다.

"이러다가 어떻게 되겠나, 프로코피예비치? 총살이 시작되었다는 소문이던데? 묘한 세상이 되어버렸어. 요 몇 년 간 모든 것이 거꾸로 되어버렸다니까. 석유도 성냥도 없고. 요즘 모호프네 가게에 나와 있는 물건이라고는 과자 부스러기뿐이야. 그리고 씨 뿌리는 일만 해도 그래. 이전과는 달리 씨 뿌린 땅이 얼마 안 돼. 그것도 말이 함부로 짓밟아…… 우리 집 것도 빼앗겼지만 다른 집에서도 마찬가지야. 내가 젊었을 때만 해도 이 집엔 말이 86마리나 있었지! 준마였어. 칼미크인도 못 쫓아올 만큼 날쌘 말이었어! 그 무렵에 우리 집에도 별이 박힌 밤색 말이 있었지, 난 언제나 그 말을 타고 토끼의 뒤를 밟곤 했지."

미론 그리고리예비치의 얼굴에 흥분의 미소가 스쳐갔다.

"그 말을 타고 물방앗간 쪽으로 간 적이 있었는데 토끼 한 마리가 나를 향해 오고 있지 않겠나. 내가 마주 서자 그놈이 길을 바꿔서 산기슭으로 내려가 돈 강을 건너가더군! 마침 사육제 때였어. 돈 강의 눈이 바람에 날려 한참 미끈거리는 참이었네, 그 토끼를 쫓아가다가 말이 미끄러져 쓰러진 걸세. 난 즉시 안장을 벗겨 집으로 뛰어왔지. '아버지, 내 말이 토끼를 쫓다가 다쳤어요.' '그래, 토끼는 잡았느냐?' '아니오.' 그러자 '이 머저리야! 냉큼 가서 잡아갖고 와!' 이런 식이었다고! 카자흐 여자들만 해도 모두가 상냥했어. 말이 죽어도 상관없으니까 토끼를 쫓으라는 거야. 토끼는 10코페이카 정도밖에 안 되고 말값은 100루블이었는데 말이야…… 정말이지, 지금 같아선 어이없는 얘기가 아니냐고."

판텔레이 프로코피예비치는 불안과 고뇌를 벗어버리기는커녕 오히려 더 심한 충격을 받고 그 집을 물러나왔다. 그는 벌써부터 자신에게 적대적인 갖가지 원리가 생활을 지배하기에 이른 것을 분명하게 느끼고 있었다. 이제까지 그는 잘 조련된 말을 장애물 경주에 끌고 가 조정하듯이 집안일을 처리해 왔고 일상 생활을 이끌어왔는데, 이젠 생활이 거칠게 날뛰는 말처럼 그를 몰아붙이는 것이었다. 그는 이미 생활을 이끌어 가는 게 아니라 심하게 흔들리는 그 잔등 위에서 바싹 긴장한 채로 매달려 떨어지지 않으려고 가련한 노력을 계속하고 있는 것에 불과했다.

앞길에는 안개가 끼어 있었다. 미론 그리고리예비치가 이 근처에서 부유한 가장이었던 것은 바로 엊그제의 일이 아니었던가? 하지만 최근 3년 세월은 그의 힘을 모조리 꺾어놓고 만 것이었다. 고용인들도 모두 떠나고 없었다. 밭농사는 9분의 1로 줄었고 말이나 소도 나날이 하락하는 화폐와 바꾸기 위해 팔아버리고 없었다. 장식이 있는 발코니와 조각을 한 기둥만이 지난날의 호화저택의 흔적을 나타내고 있을 뿐이었다. 아직 그럴 만한 나이가 아닌데도 백발은 코르슈노프의 붉은 수염을 번쩍거리게 해놓더니만 얼마 안가서 소금빛으로 바꿔놓고 말았다. 미론 그리고리예비치 마음에서는 두 가지 원리가 격렬한 싸움을 벌이고 있었다. 하나는 피가 용솟음치면서 일터로 나가 씨를 뿌리고 곳간을 짓고 농구를 수선하여 재산을 모으라고 강요했다. 그러나 다른 한편으로는 '모아서 어쩌자는 거냐. 결국은 다 새어나갈 것을!' 하는 자포자기적인 생각이 자꾸만 일어 모든 것을 무관심의 생기 없는 허연 빛깔로 바꿔놓는 것이었다. 보기 흉한 그 손목은 이전처럼 망치나 톱을 들려 하지 않고, 노동으로 기괴하게 변형이 된 손가락을 희미하게 꼼지락거리면서 멍청히 무릎 위에다 올려놓고 있을 뿐이었다. 불행이 늙음을 재촉한 것이었다. 게다가 토지조차도 지금은 싫증을 느끼게 했다. 봄이 되면 습관과 의무감으로 별로 사랑스럽지도 않은 마누라에게 가듯이 토지를 보러 갔다. 기쁨 없이 수확을 하고, 또한 빼앗겼다고 해서 전처럼 슬퍼하지도 않았다…… 빨갱이 놈들이 말을 빼앗은 것이었다. 하지만 그는 얼굴빛 하나 바꾸지 않았다. 2년 전에는 소가 짚 더미를 짓눌렀다고 갈퀴로 아내를 내리치려고 했던 그였는데…….

"코르슈노프는 욕심꾸러기야. 너무 많이 처먹었으니 이번엔 토해낼 차례군."

이웃 사람들은 그렇게 쑥덕거렸다.

판텔레이 프로코피예비치는 집에 닿자 긴 의자에 몸을 눕혔다. 명치가 욱신거리고 구역질이 치밀어올랐다 저녁 식사를 한 뒤, 그는 늙은 아내에게 소금에 절인 수박을 갖다 달라고 했다. 한 조각을 먹고는 경련이 일어 가까스로 페치카 옆에 가서 누웠다. 그러나 이튿날 그는 정신을 잃고 말았다. 티푸스 열에 시달려 의식을 잃은 것이었다. 피가 달라붙은 입술이 갈라지고 얼굴은 노랗게 되고 흰자위는 푸른 에나멜 빛으로 변해버렸다. 드로즈디하 할멈이 방혈을 시켰다. 손의 정맥에서 타르처럼 검은 피를 두 접시가량 뽑아냈다. 그러나 의식은 돌아오지 않았다. 얼굴은 창백하고 더러운 이빨을 드러낸 입은 딱 벌어진 채 소리를 내어 공기를 들이마시고 있을 뿐이었다.

20

1월 말에 이반 알렉세예비치는 관구 혁명위원회 의장의 부름을 받고 뵤센스카야로 갔다. 저녁때까지는 돌아올 예정이었다. 텅 빈 모호프네 집의, 전에 주인 방 안에 있었던 더블베드만큼 넓은 책상 앞에 코셰보이가 앉아 그가 오기를 기다리고 있었다. 뵤센스카야로부터 파견되어 와 있던 민경 오리샤노프가 창틀에 기대 있었다(방 안에는 의자가 한 개밖에 없었던 것이다). 그는 말없이 담배만 피우고 있었다. 창밖은 환한 달밤으로 몹시 차가운 정적이 감돌았다. 미하일은 이따금 창 너머로 설탕을 뿌려 놓은 것 같은 단풍나무 잎을 바라보며 스테판 아스타호프의 집을 수색하는 조서에 서명을 하고 있었다.

현관 계단을 펠트 구두의 부드러운 소리를 내면서 누군가 지나갔다.

"돌아왔군."

미시카는 일어났다. 그러나 밖에서 들려온 것은 다른 사람의 헛기침과 발소리였다. 외투 단추를 모두 잠그고 추위로 얼굴 빛깔이 검붉어지고 눈썹과 입수염에 서리꽃을 단 그리고리 멜레호프가 들어왔다.

"불이 켜졌길래 들어와 봤지. 잘 있었나?"

"이리 와서 하소연이라도 하고 가게나."

"하소연할 것도 없네. 그렇지만 잠시 얘기 좀 하고 가야겠군. 역마가 징발되지 않았으면 해서 들렀네. 우리 집 말은 각기병에 걸렸거든."

"소는 어떤가?"

미시카는 조심스레 물었다.

"소를 타고 갈 수는 없잖은가? 미끄러질 거야."

누군가가 현관 계단 언저리를 잰걸음으로 걸어왔다. 소매 없는 외투를 입고 여자처럼 맨 방한 두건을 쓴 이반 알렉세예비치가 다급하게 방 안으로 들어왔다. 싸늘하고 신선한 공기와 마른풀과 담배 냄새가 그의 몸에서 뒤섞여 풍겨왔다.

"무척 춥군, 추워! 그리고리, 왜 그래? 밤마다 무슨 일로 싸돌아다니나? 이 소매 없는 외투, 형편없는 물건이야. 체처럼 바람이 드나들어!"

그는 외투를 미처 못에 걸기도 전에 말문부터 열었다.

"의장을 만나 보고 오는 길이야."

이반 알렉세예비치는 생생하게 눈을 빛내면서 탁자 옆으로 다가왔다. 얘기가 하고 싶어 견딜 수가 없었던 것이다.

"의장의 방에 들어갔더니 내 손을 잡고 '어서 앉게, 타바리시치.' 이러잖아. 관구 의장이 말이야! 옛날 같았으면 소장 각하 아닌가! 그런데 우리의 권리가 어떻게 된 줄 아나? 모두가 평등하다, 그 말이야!"

그 생기 있고 행복해 보이는 얼굴, 탁자 옆에서 떠드는 모습하며 기쁨에 넘친 말투 등이 그리고리에겐 도무지 이해가 되지 않았다. 그래서 그는 물었다.

"무엇 때문에 그렇게 기뻐하나?"

"무엇 때문이냐고?"

이반 알렉세예비치의 아래턱이 떨렸다.

"나 같은 사람에게 제대로 사람대접을 해주더라 그 말일세. 기분 좋지 않을 리가 있겠어? 나를 동료로 대하고 악수를 청하더라니까……."

"요즘엔 장군들이 자루로 만든 푸바시카를 입고 걸어다니던걸."

그리고리는 손바닥으로 입수염을 문지르면서 눈살을 찌푸렸다.

"난 말이야, 색연필로 그린 것 같은 견장을 단 사람을 보았어. 카자흐한테 손을 내밀더군……."

"그런 장군들은 일부러 꾸민 거지만 이쪽은 아주 자연스러워. 다르다고……."

"다를 것도 없어!"

그리고리는 머리를 흔들었다.

"네 생각에는 권력도 마찬가지라는 말인가? 그럼, 뭣 때문에 그때 전쟁에 뛰어들었나? 뭣 때문에 싸웠냐고? 장군들을 위해서야? 아니면 그냥 다 '마찬가지'라는 말이야?"

"나 자신을 위해서 싸웠어. 장군을 위해 싸운 게 아냐. 사실을 말하자면 내겐 어느 쪽도 마음에 안 들어."

"그렇다면 누가 좋다는 거야?"

"아무도 없어!"

오리샤노프는 방바닥에 침을 내뱉고, 그 말에 공명하여 웃음을 터뜨렸다.

"자네, 전에는 그렇게 생각하지 않았잖아."

미시카는 그리고리에게 귀에 거슬리는 소리를 했다. 하지만 그리고리는 이 말에 자극받은 내색은 보이지 않았다.

"나도 그렇고 자네도 그래. 저마다 생각을 달리하고 있었으니까……."

이반 알렉세예비치는 그리고리가 나간 다음 미시카에게 자기가 의장을 방문했을 때의 자초지종을 좀더 자세히 전해 주려고 생각했었는데, 당면 문제에 대한 대화가 그를 흥분시켰다. 관구에서 보고들은 모든 것에서 신선한 인상을 받았기 때문에 자신도 모르는 사이에 딱딱하게 입씨름으로 몰고 간 것이었다.

"너, 우리를 속이려는 건 아니지? 그리고리! 넌 네 자신이 바라는 것을 너 스스로도 모르고 있는지 몰라."

"모르겠어."

순순히 그리고리가 대꾸했다.

"현재의 권력을 넌 무엇 때문에 비난하지?"

"그럼, 넌 무엇 때문에 그쪽에 충성하려는 거지? 네가 언제부터 빨개졌느냐고?"

"그 문제는 피차 거론하지 말기로 해. 권력에 대한 얘기는 그만두자. 어쨌든 난 의장이니까. 너하고 입씨름을 하기가 거북해서 그래."

"그럼, 관두기로 하지. 시간도 없고 역마 일로 잠깐 들른 것뿐이야. 하지만 네 쪽의 권력은 누가 뭐래도 신통치가 않아. 너, 분명히 말해봐. 그걸로 매듭을 짓자고. 지금의 권력이 우리 카자흐에게 무엇을 갖다준다는 거냐?"

"어느 카자흐를 말하지? 카자흐에도 여러 종류가 있잖아."

"카자흐 전체를 말하는 거야."

"자유와 권력, 잠깐, 잠깐 기다려, 넌 뭔가를……"

"17년에도 그런 말을 했어. 그러니까 기필코 이번엔 새로운 것을 만들어 내야만 할 거야."

그리고리가 가로막았다.

"토지는 얼마든지 있어. 내버릴 만큼. 자유만 해도 이 이상 더 필요하진 않잖은가. 이보다 더 있으면 길바닥에서 칼싸움이 벌어질걸. 제 손으로 아타만을 뽑아 놓고 이제 와선 도로 처박아버렸잖나. 대체 누가 아타만을 선출했지? 현재의 정권이 카자흐에게 파벌 말고 뭘 한 가지라도 줄 수 있다고 생각해? 순 농사꾼의 정권이니까 농사꾼들한테는 필요할지 모르지만, 우리에게 장군들 따위는 필요 없어. 공산당원이든 장군이든 귀찮은 짐일 뿐이라고."

"그거야 부자 카자흐에겐 필요치 않겠지만 다른 사람들은 안 그래! 부락에 부자는 두세 명밖에 없어. 나머지는 모두 빈민들이야. 노동자들은 어떻게 할 거야? 아니지. 너하고 토론을 벌여 봐야 해결은 나지 않아. 어쨌든 부자 카자흐가 먹고 있는 입속에서 한 조각만 꺼내다가 빈민들에게 나눠 주면 되는 거야. 고기조각을 찢어발겨서 나눠 주겠다, 이거라고! 주인어른 티는 이젠 그만 내도록 해! 토지를 약탈한 주제에……"

"약탈한 적 없어. 정식으로 입수했다는 걸 모르는 사람이 어딨어. 우리 조상이 피땀을 흘렸기 때문에 흑토를 이루어 놓은 거야."

"결국 그 소리가 그 소리 아냐. 어쨌든 어려운 사람들에게 나눠 줄 필요가 있어. 그런데 너만 혼자서 떨어져 있어. 바람이 부는 대로 넌 흔들리고 있다고. 너 같은 인간이 세상을 흐려 놓는단 말이야!"

"악담은 그만 지껄여! 널 믿고 가슴에 담긴 말을 한 것뿐이야. 가슴속에 괴어 있는 응어리를 털어놓고 싶었어. 넌 평등하게 만든다지만…… 볼셰비키는 겉만 번지르르한 소리를 예사로 지껄인다고. 마치 사람들은 낚싯밥을 따라가는 물고기처럼 달라붙어 있어! 그런데 그 평등이란 것이 어디로 갔지? 부락을 지나간 적군을 보라구. 소대장은 크롬가죽 장화를 신고 있어. 그런데 병사들은 각반을 매고 있지 않나. 코미사르를 보았지만 온통 가죽으로 둘러쌌더군. 병사들은 가죽 구두를 못 신은 이들이 많았어. 정권을 잡은 지도 1년이 지났어. 그것들이 완전히 자리를 굳힌다고 하자. 평등 따위가 어디에서 이루어지겠어? 전선에선 '모두가 평등하게 된다. 사관과 병사의 급여가 똑같아진다'라고 떠들지만…… 아냐! 낚싯밥일 뿐이야! 지주를 나쁜 놈이라고 하지만 머슴에서 일약 벼락부자가 된 놈이 백 배나 더 나빠! 사관들 중에도 치사한 놈이 있지만 졸병에서 벼락치기로 사관이 된 자야말로 치사하더란 말이야. 놈들에게서 나쁜 인간을 골라내기란 어려워. 놈들의 교육 정도는 카자흐와 별다른 차이가 없어. 그런 놈들이 하루아침에 권력을 잡아 거기에 취하게 되면 그 자리에 오래 눌러앉기 위해서 태연히 남의 생가죽을 벗길걸."

"자네가 한 말은 반혁명이야!"

이반 알렉세예비치는 싸늘하게 말하면서도 그리고리 쪽으로 눈을 돌리지 않았다.

"나를 밭두렁 속으로 끌어들이려 해도 소용없어. 난 네 생각을 짓누르고 싶진 않아. 오랫동안 못 만난 사이에 완전히 딴사람이 되어버렸군. 넌 소비에트 정권의 적이야."

"너에게서 그런 말을 듣게 될 줄은 몰랐어…… 그러니까 내가 반혁명분자란 말인가? 카데트와 똑같다는 말이야?"

이반 알렉세예비치는 오리샤노프의 담뱃갑을 집어들고 아까와는 달리 부드러운 어조로 말하기 시작했다.

"어떻게 하면 너를 설득할 수 있을까? 자신의 머리로 잘 생각하면 금방 판단이 될 텐데…… 난 배운 게 없어서 조리 있게 말할 줄도 몰라. 그렇지만 여러 가지 것을 익히는 중이야."

"그만해!"

미시카가 화가 나서 소리쳤다.

모두 함께 집행위원회에서 나왔다. 그리고리는 잠자코 있었다. 그와 다른 세계에 살고 있고 세상을 다른 둔덕에서 보아 온 이반 알렉세예비치는 남의 고민을 인정하려 들지 않고 다만 침묵의 압박감을 받고 있다가는 마지막에 이런 말을 하고 헤어졌다.

"그런 생각은 네 가슴속에만 묻어 둬. 나하고는 오래전부터 친하게 지낸 사이고, 난 네 형 페트로의 대부니까 무슨 방도를 생각해 보겠네! 카자흐들을 선동하진 마. 선동하지 않아도 놈들은 흔들리고 있다고. 너, 우리에게 훼방 놓지 마! 가만두지 않을 테니까! 그럼, 잘 가!"

문지방을 넘었을 때야 문득 잊었던 기억이 나는 듯한 느낌을 받으면서 그리고리는 발길을 옮겼다. 아까는 울컥 치밀어오른 김에 평소 마음에 품어온 것들을 얘기하고 하소연했던 것뿐이었다. 그는 두 가지 원리의 문지방에서 그 어느 쪽도 모두 부정해 온 것이었다. 그 때문에 지워지지 않는 공허한 초조가 솟구쳐 올랐다.

미시카와 이반 알렉세예비치는 나란히 걸어갔다. 이반 알렉세예비치는 다시 관구의 의장과 만났던 얘기를 늘어놓았지만 입 밖으로 내놓으니까 색채도 무게도 바래고 하찮아진 듯이 느껴졌다. 그는 기분을 돌이켜보려고 애썼지만 뜻대로 되지 않았다. 무엇인가가 앞을 가로막아 명랑한 기분을 되찾고 신선한 공기를 들이마시려는 마음을 방해했다. 그 장애물은 그리고리였고, 그와 나눈 대화였다. 그는 그것이 생각나자 증오를 느꼈다.

"그리시카 놈, 씨름판에서 짓눌려 있다가 나중에 팔딱거릴 놈이야! 치사한 자식! 얼음 구멍의 쇠똥처럼 언제까지 둥둥 떠 있으려는 거야. 다시 내 눈앞에 나타났던 봐라. 모가지를 비틀어놓고 말 테니, 주둥이를 놀렸다간 방판에 집어넣고 말 테다…… 그건 그렇고 미샤토카, 네가 하는 일은 잘돼 가나?"

미시카는 혼자만의 생각에 잠겨 있어 욕설로 대답했다.

주택가를 지난 다음에야 미시카는 이반 알렉세예비치를 돌아보았다. 여자처럼 도톰한 그의 입술에 당혹스러운 미소가 떠올라 있었다.

"알렉세예비치, 정치란 건 정말 지긋지긋해! 지껄이고 싶거든 얼마든지 지껄여. 하지만 피를 더럽히는 짓일랑은 하지 않는 게 좋아. 그리시카 멜레호프와 분쟁이 시작되겠지. 하지만 녀석과 난 친구야. 학교도 같이 나왔고 계집애 꽁무니도 함께 따라다녔어. 놈은 내게 형제나 마찬가지야…… 그런데 녀석이 쓸데없는 소릴 지껄인 거야. 난 화가 나서 견딜 수가 없었어. 수박 조각이 목에 걸린 것처럼 가슴이 답답하고 겁이 났어! 녀석이 하잘것없는 것까지도 내게서 모조리 뺏아간 것같이 느껴졌어. 나한테서 싹 쓸어간 것 같은 느낌이 들어! 얘기가 엇갈리면 칼부림이 일어날 수도 있다고. 이번 전쟁에선 부모도 형제도 없어. 자, 이

제 결말이 났어. 그러니 가자!"

미시카의 목소리는 분노로 떨렸다.

"놈에게 계집을 빼앗겼다 해도 아까처럼 화를 내진 않았을 거야. 참을 수 없을 만큼 화가 났었어."

21

눈이 내렸지만 떨어지는 도중에 녹아들었다. 정오가 되자 벼랑 쪽에서 둔한 소리를 내며 눈 덩어리가 미끄러져내렸다. 돈 건너편에서는 숲이 쏴쏴 소리를 질렀다. 떡갈나무 기둥의 얼음이 녹아 검은 살갗을 드러냈다. 가지에서 떨어지는 물방울은 눈을 뚫고 낙엽이 수북이 쌓인 대지까지 스며들었다. 과수원에서는 벚나무 숲이 향기를 풍겼다. 취할 듯한 봄. 해빙기의 향기가 사람의 마음을 충돌질했다. 돈강의 얼음에 구멍이 뚫렸다. 강가 언저리에서는 얼음이 떠올라 흘러가고, 얼음 구멍은 풀빛의 밝고 맑은 물에 잠겨버렸다.

돈 쪽으로 탄약을 싣고 가는 짐마차는 타타르스키 부락에서 교체를 해야 했다. 썰매를 끌고 온 적위병사는 난폭한 자들이었다. 고참병이 이반 알렉세예비치를 감시하기 위해 남아 있었다. 그는 이반에게 "자네와 함께 잠시 여기에 남아 있겠어. 혹시 자네가 달아날 염려가 있으니까!" 하고 다른 병사들을 모두 내보냈다. 말 두 마리가 끄는 썰매를 47대가량 입수할 필요가 있었다. 멜레호프 집에는 예멜리얀이 찾아왔다.

"말을 내주게. 보고프스카야까지 탄약을 싣고 가야 하니까."

페트로는 눈썹 하나 까딱하지 않고 중얼거리듯이 말했다.

"말 다리에 병이 든 데다 어제는 뵤센스카야까지 암말을 끌고 가서 부상병을 실어날랐다네."

예멜리얀은 말없이 마구간으로 들어갔다. 페트로는 모자도 쓰지 않은 채 그의 뒤를 쫓아가면서 소리쳤다.

"이봐, 잠깐, 끌어가는 건 아니겠지?"

"쓸데없는 소리하지 마."

예멜리얀이 심각한 표정으로 페트로를 바라보고 덧붙였다.

"말의 각기병이 어느 정도인가 보고 싶어서 그래. 망치로 일부러 망가뜨려 놓지는 않았겠지? 너, 속이려 해도 안 될걸! 난 말이야. 네가 말똥을 본 것만큼이나 많이 말들을 봐 왔어! 자, 끌어낼 준비나 해! 말이든 소든 상관없으니까."

그리고리는 썰매를 끌고 갈 작정이었다. 떠나기 전에 그는 부엌으로 뛰어가서 아이들에게 키스를 하면서 빠르게 말했다.

"선물 사갖고 올 테니 장난하지 말고 기다려. 엄마 말 잘 듣고."

그런 다음 페트로를 보며 말했다.

"내 걱정은 안 해도 돼. 멀리는 안 갈 거야. 보고프스카야에서 더 가려고 하면 소를 팽개쳐 놓고라도 돌아올 거야. 하지만 부락에 돌아오진 않겠어. 싱긴의 큰어머니에게 가서 때를 기다릴 참이야. 페트로, 가끔 찾아와 줘…… 여기서 꼼짝 않고 기다리긴 아무래도 불안해." 그러고는 쓴웃음을 지었다.

"그럼, 잘 있어! 나타시카, 걱정할 거 없어!"

그는 식량 창고가 되어버린 모호프의 점포 근처에서 탄약 상자를 싣고 떠나갔다.

'좀더 나은 생활을 하기 위해서 그들은 싸우고 있다. 우리도 우리 자신의 보다 나은 생활을 위해 싸워 왔다.' 그리고리는 썰매에 등을 기대고 덧옷을 머리 끝까지 뒤집어쓴 채, 소의 느린 걸음걸이에 흔들리면서 줄곧 한 가지만을 생각했다. '세상에는 진실만이 존재하는 건 아니다. 한쪽이 다른 한쪽을 해치우고 그 해치운 쪽이 상대방을 집어삼킨다…… 그런데 난 나홀로 진실을 찾아 걷고 있었다. 영혼이 병들어 이쪽으로 넘어지다가는 저쪽으로 뒹굴었다…… 옛날에 타타르인이 돈으로 처들어와서 토지를 뺏고 노예로 만들었다는데, 지금은 러시아가 그런 짓을 저지르고 있다. 난 결코 화해하지 않을 거다! 놈들은 내게도 카자흐에게도 타인이다. 카자흐는 이제 제정신을 되찾으려 하고 있다. 전선은 버려졌다. 하지만 지금은 그들도 나처럼 아…… 이미 늦었다.'

길은 끝없이 뻗어 있어 권태를 강요하고 졸음을 불러일으켰다.

그리고리는 나른해진 목소리로 소에게 고함을 지르다가는 깜빡 잠이 들어 그만 상자 언저리에 머리를 부딪쳤다. 담배 한 대를 피운 다음 6월의 달콤한 냄새가 풍기는 마른풀에다 얼굴을 파묻고 또다시 꾸벅꾸벅 졸았다. 꿈속에서 그는 키가 훨씬 크게 자라 있었고 바람에 흔들리는 밀밭 사이를 아크시냐와 함께 걷고 있었다. 아크시냐는 갓난아기를 소중하게 안고 경계하는 눈빛으로 그리고리를 바라보고 있었다. 그리고리는 가슴의 고동과 노래하는 것 같은 밀이 삭 스치는 소리를 들으면서 밭두렁 위의 옛이야기에 나오는 것 같은 작은 풀과, 눈에 스며드는 쪽빛 하늘을 바라보고 있었다. 그의 정감이 꽃을 피우고 그를 방황하게 만들었다. 그는 미칠 것 같은 애정으로 아크시냐를 사랑하고 있었다. 그는 그것을 온몸과 가슴의 고동으로 느꼈고 동시에 이것은 생시가 아니라는 것, 그의 눈앞에 입을 벌리고 있는 게 생명이 없다는 것, 끝이라는 것을 알고 있었다. 하지만 그 꿈은 즐거웠다. 그래서 그는 그것을 생시로 받아들였다. 아크시냐는 5년 전과 똑같았다. 하지만 냉정하고 조심스러웠다. 그리고리는 현실에서는 한 번도 본 적이 없었을 만큼 생생하게, 볼에 흘러내린 그녀의 탐스러운 머리카락과 하얀 옷깃 등을 보았다…… 바퀴의 흔들거림으로 잠에서 깨어 사람의 음성을 듣고 제정신으로 돌아왔다.

맞은편 쪽에서 오는 수많은 썰매의 대열을 볼 수 있었다.

"이봐, 그 짐은 뭐야?"

그리고리 앞으로 가까이 지나가고 있던 보드프스코프가 쉰 목소리로 외쳤다.

썰매의 나무대가 삐걱거리고 가위처럼 갈라진 쇠발굽이 눈을 짓밟아 사각거리는 소리를 냈다. 마주친 짐썰매 쪽에서는 잠시 아무런 대꾸가 없었다. 나중에 어떤 사람이 대답을 했다.

"시체야! 티푸스로 죽은 사람들이라고……."

그리고리는 머리를 치켜올렸다. 지나쳐가는 썰매 위에는 천막에 덮인 회색 외투를 입은 시체가 흔들리고 있었다. 경사진 언덕배기에서 그리고리가 탄 썰매의 가로막대가 맞은편 쪽 썰매에서 튀어나와 있는 손에 부딪혔다. 그러자 그것은 둔한 주물 같은 소리를 냈다…… 그리고리는 모른 척 고개를 돌렸다.

달콤한 풀냄새가 끌어당기는 것처럼 졸음을 불러일으켜서 거의 잊었다고 생각했던 지난 일이 칼날이 되어 기억을 건드린 것이었다. 그리고리는 다시 썰매 위에 벌렁 드러누웠으나 나뭇가지가 볼을 스치자 채찍에 맞은 것 같은, 그러나 달콤한 아픔을 느꼈다. 추억에 들뜬 가슴은 두근두근 파도를 치고 오래도록 잠을 이루지 못하게 했다.

22

부락 혁명위원회를 둘러싸고 대여섯 명씩 동료가 모여 있었다. 압착계인 다비드카, 티모페이, 모호프가의 전 마부 예멜리얀, 그리고 곰보인 필리카, 이반 알렉세예비치는 자신의 일상 활동을 그들에게 의존해서 움직였으나 자신과 부락을 갈라놓고 있는 눈에 보이지 않는 벽이 날이 갈수록 크게 느껴졌다. 카자흐들은 집회에 나타나지 않았다. 나타난다 하더라도 다비드카와 그 이외의 사람들이 대여섯 번가량 집을 찾아가야만 겨우 얼굴을 내밀었다. 그리고 얼굴은 내민다 해도 아무런 발언도 하지 않는 채 뭐든지 찬성했다. 눈에 띄게 청년들의 숫자가 불어났다. 그러나 그들 중에 동조자는 없었다. 회의를 주최하면서 이반 알렉세예비치는 돌 같은 얼굴, 쌀쌀한 불신의 눈, 이마 너머로 훔쳐보는 눈을 볼 수 있었다. 그는 심장 밑이 싸늘해짐을 느꼈다. 눈동자는 근심을 띠고, 목소리는 생기를 잃고 힘이 들어 있지 않았다. 곰보 필리카가 그 기미를 느끼고 이렇게 말했다.

"우린 부락하고 동떨어진 신세가 돼버렸어, 코틀랴로프 동지! 모두가 고집스럽고 쌀쌀해졌어. 어제만 해도, 적위군 부상병을 뵤시키로 실어나르려고 썰매를 빌리러 갔는데 한 사람도 따라나서는 자가 없더라니까. 한 집안이 따로 떨어져 산다는 건 재미없는 일이야……."

"그렇지만 잘들 마시고 있잖아!"

담뱃대에 온통 침을 바르면서 예멜리얀이 끼어들었다.

"어느 집이고 탁주 안 만들어 놓은 집은 없으니까."

미시카 코셰보이도 얼굴이 흐려 있었지만 자신의 마음속을 다른 동료들에게 털어놓지는 않았다. 그러나 그 역시 참을 수가 없었다. 저녁에 집으로 돌아가게 되었을 때, 그는 이반 알렉세예비치에게 부탁했다.

"내게 소총을 주게!"

"어디다 쓰려고?"

"맨손으로 걸어다니니까 겁이 나서 그래. 그럼, 너는 아무 눈치도 못 챘다는 거야? 그리고리 멜레호프, 보가티료프 노인, 마트베이 카슐린, 미론 코르슈노프를 모조리 체포해야 해. 놈들이 카자흐들에게 귀띔을 한 거야…… 도네츠 너머에서 자기네 패들이 올 때까지 기다리자고 말이야."

이반 알렉세예비치는 몸을 뒤로 젖히고 재미없다는 얼굴을 하면서 손을 내 저었다.

"체포를 하고 싶어도 숫자가 너무 많아. 모두가 흔들거리고 있는걸…… 우리 측에 공명하고 있는 자도 두세 명 되지만 그놈들도 미론 코르슈노프의 눈치를 살피고 있어. 그 영감네 미치카가 도네츠에서 돌아오면 혼줄이 나지 않을까 걱정하고 있다니까."

생활은 모퉁이에서 급하게 꺾였다. 그 이튿날, 뵤센스카야로부터 기마병이 부자들에게 과세를 하라는 명령을 갖고 왔다. 부락에 4만 루블 정도가 매겨졌기 때문에 곧 할당이 시행되었다. 하루가 지나자 18000루블 정도의 금액이 모아졌다. 이반 알렉세예비치가 관구로 조회를 했더니 관구에서는 3명의 민경을 파견하여 '부과금을 지불하지 않는 자는 체포하여 뵤센스카야로 호송할 것'이라는 명령을 내렸다. 네 명의 부자들이 본래 모호프가의 사과 저장소였던 지하실에 감금되었다.

부락은 벌집을 쑤셔놓은 것 같은 소동이 벌어졌다. 코르슈노프는 떠맡겨진 돈을 아까워하여 납부를 딱 거절했다. 그 역시 안락한 생활과 이별해야 할 때가 찾아오고 만 것이었다. 제28연대에 근무한 적이 있는 뵤센스카야 마을 출신의 젊은 카자흐인 지방예심판사와 가죽 상의 위에 모피 외투를 입은 또 한 사람이 관구로부터 파견되었다. 그들은 혁명재판소의 신임장을 제시하고 그길로 이반 알렉세예비치와 사무실에 박혀 지냈다. 판사와 같이 온 대머리 사내가 사무적으로 말문을 열었다.

"이 관구 전체에 동요의 기미를 볼 수 있다. 남아 있는 백위군 분자가 머리를 쳐들고 근로 카자흐들을 충동질하고 있기 때문이다. 우리에게 적대적인 대상은 깡그리 제거할 필요가 있다. 사관, 신부, 아타만, 헌병, 자산가 등 우리에 대해 극적인 투쟁을 해 온 자들의 명단을 제출할 것. 판사를 도와주게. 판사가 알고 있는 자는 두세 명밖에 안 되니까."

이반 알렉세예비치는 면도기로 박박 민 대머리에 여자 같은 얼굴을 한 사내를 바라보았다. 이름을 들출 때 페트로 멜레호프의 이름이 떠올랐다. 그러나 판사는 고개를 흔들고 말했다.

"그 사람은 우리 쪽이야. 포민에게서 그 사람에게 손을 대지 말라는 부탁을 받았어. 볼세비키에 호의적이더군. 난, 그 사람하고 28연대에서 함께 근무한 적이 있다고.”

탁자 위에는 코셰보이의 필적으로 대학노트 조각에 적힌 명단 한 장이 있었다.

그러자 몇 시간 뒤에는 벌써 모호프가의 넓다란 마당에 체포된 카자흐들이 민경의 감시 아래 판자 위에 앉아 있었다. 그들은 음식물을 갖고 있는 집 사람들과 자질구레한 세간살이를 실은 썰매가 오기를 기다렸다. 죽음을 각오한 듯이 가죽 반외투, 단화, 깨끗한 양말 등 진솔로 잘 차려입은 미론 그리고리예비치가 보가티료프 노인과 마트베이 카슐린과 더불어 가장자리에 앉아 있었다. 아브데이치 브레프는 조급히 마당을 걸어다니며 우물 속을 들여다보기도 하고 뭔가 나뭇조각 같은 것을 줍기도 하고 사과처럼 붉고 땀에 젖은 얼굴을 옷소매로 닦으면서 현관 입구 쪽에서 샛문 쪽으로 걸어갔다.

다른 패들은 말없이 앉아 있기만 했다. 고개를 숙이고 지팡이로 눈 위에다 뭔가 그리기도 했다. 여자들이 숨차게 마당 안으로 뛰어와서 체포된 가족들에게 꾸러미며 자루 등을 내밀고 수군수군 낮게 소곤댔다. 눈이 부은 루키니치나는 남편의 반외투 단추를 잠가주고 목에다 여자용 흰색 플라토크를 감아주고 잿빛으로 변한 남편의 얼굴을 들여다보며 말했다.

“그리고리치, 한탄할 거 없어요! 별다른 일 없이 끝날지도 모르잖아요. 당신, 너무 상심하지 마요, 네? 오, 오!”

그녀의 얼굴은 일그러져 거의 울상이 되었다. 하지만 그녀는 열심히 입술을 달싹거리며 계속 소곤거렸다. “찾아갈게요…… 그리프카를 데리고 찾아가겠어요. 그 앤 당신의 귀염둥이니까…….”

문 쪽에서 사람들이 고함을 질렀다.

“썰매가 왔다! 짐을 싣고 출발! 여자들은 모두 비켜. 이곳을 울음바다로 만들 건 없잖아!”

루키니치나는 처음으로 미론 그리고리예비치의 붉은 털이 난 손에 키스를 하고 옆으로 비켜섰다.

소를 매단 썰매는 광장을 지나쳐 돈 방면으로 천천히 미끄러졌다.

체포된 일곱 명과 두 명의 민경이 그 뒤를 따랐다. 아브데이치는 순간 걸음을 멈추고 구두끈을 고쳐매고는 젊은이다운 힘찬 동작으로 뛰어갔다. 마트베이 카슐린은 아들과 나란히 걸었다. 마이단니코프와 코롤료프는 끊임없이 담배를 피워댔다. 미론 그리고리예비치는 썰매 받침을 붙잡고 걸어갔다. 그리고 맨 뒤에서 당당하고 무게 있는 걸음걸이로 보가티료프 노인이 걷고 있었다. 바람이 정면에서 불어 그의 하얀 장로 수염의 끝을 뒤로 넘기고 어깨에 걸친 목도리의 수술을 이별의 신호마냥 펄럭거리게 했다.

그런데 몹시 흐린 2월 그날에 진기한 일이 벌어졌다.

부락에서는 요즘엔 이미 관구의 근무자들이 오는 것에 익숙해져 있었다. 따라서 마부와 함께 나란히 앉아, 추위에 몸을 웅크린 손님을 태운 썰매가 광장에 나타났는데도 아무도 흥미를 나타내지 않았다. 두 필의 말이 끄는 그 썰매는 모호프네 앞에서 멎었다. 손님이 썰매에서 내려섰다. 나이가 지긋하고 의젓한 모습의 남자였다. 그는 긴 기병 외투 위에 졸라맨 군대용 혁대를 고쳐매고, 붉은색 카자흐 방한모의 귀덮개를 끌어올리고 나무로 된 모젤총의 케이스를 누르면서 서서히 현관 계단을 올라갔다.

혁명위원회에는 이반 알렉세예비치와 민경 두 명이 있었다. 그 남자는 노크도 하지 않고 방 안으로 들어가 문턱 앞에서 백발이 섞인 짧은 수염을 쓰다듬으며 낮은 소리로 말했다.

"의장을 만나고 싶소."

이반 알렉세예비치는 새처럼 눈을 동그랗게 뜨고 일어서려고 했다. 그러나 엉덩이가 들어지지 않았다. 그는 그저 물고기처럼 입을 뻐끔대며 닳아빠진 의자 팔걸이를 손가락으로 긁고 있을 뿐이었다. 카자흐 방한모의 붉은 테두리 뒤에서 늙은 슈토크만이 그를 지켜보고 있었다. 처음에는 알아보지 못했는데 어느 순간 그의 눈빛이 반짝 빛을 뿜었다. 그는 그때까지도 자리에서 일어나지 못하고 있는 이반 알렉세예비치에게로 다가가 힘껏 그를 끌어안고 키스를 했다. 젖은 볼수염이 그의 얼굴에 가 닿았다.

"알고 있었어! 만약 살아남았다면 자넨 틀림없이 타타르스키 부락의 의장이 되어 있을 거라고 생각했지!"

"요시프 다비도비치, 저를 때려 주시오! 이 개새끼야, 하고! 그만 눈이 흐려서 미처 알아뵙질 못했습니다."

이반 알렉세예비치는 울먹거리면서 말했다.

민경이 얼굴을 돌렸을 정도로 그의 그을린 사내다운 얼굴 위로 눈물이 줄줄 흘러내렸다.

"이 의자에 앉으십시오! 대체 어디에서 오시는 길입니까?"

"난 군 정치부와 함께 왔네…… 자네는 진짜가 아닌 줄로 여기는 모양이군! 자네 많이 변했구먼!"

슈토크만은 싱글벙글 웃는 얼굴로 이반 알렉세예비치의 무릎을 두들기면서 조급한 말투로 입을 열었다.

"모든 것은 알고 보면 매우 간단한 일이야. 여기서 끌려간 뒤 판결을 받았는데 유배지에서 혁명이 일어났어. 동지들과 함께 적위군을 조직해 도우토프와 코르차크에 가서 싸웠지. 거기선 유쾌한 일이 많았어! 자네도 알겠지만 놈들을 우랄에서 완전히 추방했으니까. 그런데 이번엔 내가 자네들의 전선에 나타났다, 이 말일세. 내가 옛날에 여기서 살았기 때문에 그 연고로 제8군 사령부가 나를 자네들의 관구에서 활동하도록 파견한 걸세. 그 때문에 난 뵤센스카야로 급히 떠나왔고 혁명위원회에서 잠시 얘기를 하고는 맨 첫 번째로 타타르스키에 오기로 한 걸세. 여기서 얼마쯤 조직일을 도와 준 뒤에 떠날 참이네. 옛날의 우정을 잊지 않았겠지? 그건 나중에 차차 얘기하기로 하세. 그보다도 자네에 대한 것과 이쪽 상황을 듣고 싶네. 자세히 일러주게. 부락에는 누가 있지? 살아남은 자는 누구누구야? 동지…… 미안하지만 잠시 의장과 단둘이만 있게 해주겠나? 옛날도 좋았지만 요즘은 정말 좋은 시절이야…… 자, 어서 얘기하게!"

세 시간 정도 이야기를 한 뒤에, 미시카 코셰보이와 이반 알렉세예비치는 지난날의 하숙집인 사팔뜨기 루케시카네 집으로 슈토크만을 데리고 갔다. 갈색 언덕길을 따라 걸어갔다. 미시카는 슈토크만이 행여 자기 곁에서 멀어질까 봐 몇 번이나 그의 외투 자락을 고쳐잡았다.

루케시카는 옛날 하숙인에게 스튜를 대접하고 궤짝 깊숙이에서 오래되어 구멍이 뚫린 설탕조각까지 꺼내 그에게 권했다.

벚나무 잎차를 마신 다음, 슈토크만은 페치카 위에 잠자리를 펴고 누웠다. 그는 두 사람의 말을 들으면서 여러 가지로 질문을 하며 틈틈이 담배를 피웠다. 새벽녘에야 플란넬 상의 위에 담배를 떨어뜨린 채 깜박 잠이 들었다. 이반 알렉세예비치는 뒤에도 10분가량 얘기를 늘어놓았는데 슈토크만이 질문을 받고도 코를 골자 그제야 조심스럽게 발소리를 죽이면서 그 방을 나갔다.

체포된 사람들을 인솔해 뵤시키에 갔던 오리샤노프는 이쪽으로 되돌아오는 썰매를 타고 한밤중에야 돌아왔다. 그는 이반 알렉세예비치가 잠든 방의 창문을 두들겨 그를 깨웠다.

"대체 어찌된 일이야?"

이반 알렉세예비치는 졸음이 가시지 않은 얼굴을 내밀었다.

"뭣 때문에 돌아왔어? 가져갈 짐이라도 있었나?"

오리샤노프는 채찍을 가볍게 흔들면서 말했다.

"데리고 간 카자흐들은 총살되었어."

"거짓말 마, 빌어먹을!"

"거기 닿자마자 즉각 심문을 하더니, 미처 어두워지기도 전에 솔밭으로 끌고 가더군…… 이 눈으로 봤다니까!"

펠트 장화에 제대로 발도 넣지 못할 만큼 당황한 이반 알렉세예비치는 옷을 걸쳐 입기가 바쁘게 슈토크만에게로 뛰어갔다.

"오늘 끌려간 사람들이 뵤시키에서 총살을 당했답니다. 난 기껏해야 감옥에 집어넣을 줄 알았는데, 이게 무슨 짓이람…… 그런 식으로 나간다면 우린 아무 일도 할 수 없지 않소. 모두가 우리에게 고개를 돌릴 겁니다. 요시프 다비도비치! 그런데 좀 이상하잖아요. 굳이 죽여야 할 필요는 없을 텐데 말입니다. 대체 앞으로 어떻게 돌아갈 건지 알 수가 있나!"

그는 슈토크만도 자기와 마찬가지로 당황해 할 것이고 또한 사건의 결말을 우려할 줄로 알았는데 상대방은 천천히 셔츠를 걸치면서 말했다.

"이봐, 그렇게 큰 소리로 떠들 거 없어. 안주인이 잠을 깨면 어쩌려고……"

옷을 입고 담배에 불을 붙인 그는 일곱 명을 총살한 경위를 한 번만 더 설명해 달라고 부탁했다. 그런 다음에 약간 냉랭한 말투로 얘기를 시작했다.

"자네는 다음과 같은 것을 알아야 하네. 단단히 명심해 두게! 전선은 지금 우리가 있는 곳에서 150킬로미터 떨어진 지점에 놓여있네. 게다가 카자흐 대다수가 우리에 대해 적대적인 감정을 갖고 있지. 왜 그런가 하면 부자인 카자흐, 즉 아타만이라든가 그 밖의 상층부 사람들이 근로 카자흐들에게 큰 세력을 휘두르고 있기 때문이야. 왜? 그 이유는 이미 자네도 잘 알고 있었어야 했네. 카자흐란 특수한 신분을 갖고 있는 데다 군인 아닌가. 직위와 '아버지인 대장'에 대한 애착이 차리즘에 의해 접목된 걸세…… 군가에는 그것이 이런 식으로 불리고 있지 않나? '아버지 대장의 명령이라면—어디든지 달려가서 쳐부수리라.' 이런 식이야. 이 아버지 대장이란 놈들이 노동자의 파업을 중지하도록 명령을 내린 걸세. 300년에 걸쳐 카자흐의 머리를 멍청하게 해왔어. 그뿐만 아니고 이런 것도 있지! 가령 리야잔현의 부농과 돈 카자흐 사이엔 커다란 차이가 있네. 리야잔의 부농은 억압하면 소비에트 정권에 대해 불평을 할 뿐이야. 무력해서 별다른 일은 일으키지 않아. 그렇지만 돈 카자흐는 어떤가? 이쪽은 무장한 부농이야. 이놈은 위험한 독사라고! 이쪽은 강력하거든. 이건 자네가 말했던 코르슈노프와 그 밖의 패거리들처럼 수군댄다거나 이쪽의 신용을 떨어뜨리는 소문을 퍼뜨린다거나 중상하는 정도가 아니야. 노골적으로 우리에게 도전을 하려지. 그건 확실해. 놈들은 총을 들고 우릴 쏴죽이려고 할걸. 자네라고 당하지 않으란 법은 없지. 그들은 다른 카자흐, 즉 중농이나 빈농 카자흐들을 자기 패거리로 끌어들이려 하고 있어. 그놈들의 손으로 우리를 쳐부수려고 기회를 엿보고 있네! 그렇다면 무엇이 문제인가? 우리에게 반대하는 행동을 취하고 있다는 건 틀림없는 사실 아닌가? 그걸로 충분해! 얘기는 간단해! 총살하는 건 당연한 일이야! 이런 경우 누구든 아까운 인물이라고 애석해하거나 동정을 할 필요는 없는 걸세……."

"나 역시 당신과 마찬가지로 동정하고 있진 않습니다!"

이반 알렉세예비치는 손을 내저었다.

"난 말입니다. 다른 패들이 내게서 떨어져나가는 게 아닐까, 하는 걱정뿐이오."

그때까지 평정을 가장하고 손바닥으로 가슴을 문지르던 슈토크만은 그때 울컥 역정을 내면서 힘껏 이반 알렉세예비치의 멱살을 움켜쥐고 끌어당겼다. 가까스로 기침을 억누른 그의 음성이 갈라져 나왔다.

"그들에게 가급적 진실을 제대로 불어넣어 주면 떨어져갈 리가 없어, 노동자 카자흐들은 부농하고는 안 돼. 우리와 함께가 아니면 탈출할 길이 없어. 한심한 인간이군! 부농들은 근로 카자흐의 노동으로 생활하고 있잖아! 기름이 끼어 있다고! 자넨 틀렸어! 나사가 아주 풀어졌어! 내가 대신해서 자네 몫의 일을 해 줄까? 노동청년인 자네가 인텔리의 하릴없는 생각을 갖고 있다니…… SL[14] 같지 않아! 내 앞에선 조심하게, 이반!"

그는 멱살을 놓았다. 희미한 미소를 띄고 머리를 흔들고는 담뱃불을 붙여 깊숙이 들이마신 뒤에야 그는 평정을 되찾고 얘기를 끝맺었다.

"전 관구에 걸쳐서 가장 활발하게 움직이고 있는 적들을 처단하지 않으면 반란이 일어나지. 하루라도 빨리 놈들을 격리한다면 반란은 일어나지 않을 걸세. 그렇게 하는 데에 굳이 전원을 총살할 필요는 없겠지. 우두머리를 해치우면 되는 걸세. 나머지 패거리는 러시아의 오지에 처박아 두면 돼! 하지만 적을 정중하게 다루면 안 돼! '장갑을 끼고 혁명을 했던 건 아니니까' 레닌도 그런 말을 했어. 이번 경우, 굳이 그 패거리를 총살할 필요가 있었을까? 있었다고 난 생각하네. 전원이 다 그런지는 모르지만, 가령 코르슈노프 같은 자는 교정의 여지가 없어! 그건 분명한 사실이야! 그리고 멜레호프에 대한 건데, 그놈은 일시적이나마 잘 피했어. 그런 놈이야말로 문제 삼아야 되는 건데! 그놈은 남아 있는 패들을 모두 합친 것보다 더 위험한 존재야. 자넨 그 일에 대해서 좀더 깊이 생각할 필요가 있네. 그 사내가 자네하고 집행위원회에서 주고받은 대화, 그건 장차의 적만이 할 수 있는 말이네. 한마디로, 지금 참고 있어선 안 된다 그 말일세. 전선에선 노동자 계급의 우수한 아들들이 죽어가고 있네. 수천 명의 동지들이 목숨을 잃었어! 그들이야말로 우리의 애도를 받을 대상이 아니겠나. 우리의 동지를 등 뒤에서 쏘는 놈들을 동정한대서야 말이 되나. 말도 안 돼! 놈들이 우리를 죽이느냐 우리가 놈들을 죽이느냐. 이판사판이야. 다른 길은 있을 수가 없어, 알렉세예비치!"

23

페트로는 막 가축에게 사료를 먹이고 집 안으로 들어가 장갑에 묻은 마른풀 부스러기를 떨어내고 있는 참이었다. 그때 현관에서 인기척이 났다.

검은 플라토크를 눌러쓴 루키니치나가 문지방을 넘어섰다. 인사도 하지 않고

---

14) 사회혁명당.

그녀는 부엌의 의자 옆에 서 있던 나탈리야를 향해 걸어가서는 그녀 앞에 털썩 주저앉았다.

"어머니! 무슨 일이에요?"

어머니의 무거워진 몸을 일으켜세우려다가 나탈리야는 큰 소리로 부르짖었다.

대답 대신 루키니치나는 토방에 머리를 처박고 애간장이 끊어질 것 같은 공허한 소리로 죽은 남편에 대한 넋두리를 늘어놓았다.

"여보, 영감! 어쩌자고 우리만 남겨 두고…… 혼자만 떠나셨수……."

여자들은 일제히 소리를 내어 울음을 터뜨렸고 어린애들까지 시끄럽게 울어댔다. 견디다 못한 페트로는 페치카의 구멍에서 담뱃갑을 집어들고 현관 쪽으로 곧장 뛰어나갔다. 그는 이미 무슨 일이 벌어졌음을 짐작하고 있었다. 입구 계단 쪽에서 잠시 담배를 피우고 서 있었다. 울부짖는 소리가 그치자 페트로는 잔등에 불길한 오한을 느꼈다. 그는 곧장 부엌으로 들어갔다. 루키니치나가 흠뻑 젖은 손수건을 얼굴에 대고 울면서 말했다.

"미론 그리고리예비치가 총살을 당했다우! 그인 이제 이 세상 사람이 아니라오! 우린 가장을 잃었어요!"

그 여자는 이리가 짖어대는 것 같은 소리로 악을 썼다.

"내 남편은 눈을 감아버렸다우! 그인 이승을 볼 수가 없게 됐다고요……."

다리야는 정신을 잃은 나탈리야에게 물을 먹이고 일리니치나는 앞치마로 입술을 닦아 주었다. 병석에 누워 있던 판텔레이 프로코피예비치의 방에서는 기침과 이 가는 소리가 들려왔다.

"제발 뵤시키에 가서 그이의 시체라도 찾아 줘요!"

루키니치나는 페트로의 손을 붙잡아 미친 듯이 자기 앞가슴에 갖다댔다.

"날 데려다 줘요…… 오, 세상에 이런 날벼락이 어딨담? 오, 난 그이를 파묻지도 못하고 썩게 놔둘 순 없어!"

"무슨 그런 말을 하세요."

페트로는 페스트 환자를 피하듯이 그녀에게서 몸을 떼어냈다.

"데려가 달라니, 그런 말은 입 밖에도 내지 마십시오. 내 목숨은 어떡하고요? 그도 그렇지만 거기 가봤자 그분을 찾아낼 수도 없을 겁니다!"

"거절하지 말아 줘요, 페츄시카! 제발 부탁이오, 제발······."

페트로는 입수염을 씹다가는 마침내 승낙하고 말았다. 뵤센스카야에 살고 있는 친지를 찾아가서 그의 손을 빌려 미론 그리고리예비치의 시체를 실어올 구상을 했다. 그는 밤중에 출발했다. 온 부락의 등불이 켜지고 '카자흐들이 총살당했다!' 라는 소식이 벌써 집집마다 소란을 일으키고 있었다.

페트로는 새로 세운 교회 옆에 살고 있는 아버지의 전우였던 사람을 찾아가서 계수(季嫂)의 아버지 시체를 끌어내는 데에 협력해 달라고 부탁했다.

"해봅시다. 장소는 내가 알고 있어요. 게다가 얕게 묻혀 있으니까. 하지만 어떻게 그분의 시체를 찾아내지요? 그분 혼자만이 아니질 않소······어제는 12명이 총살됐어요. 그놈들은 카데트가 정권을 쥐었을 때, 우리 편을 쏴죽인 패들이라오. 일을 마치면 탁주나 두 말 보내 주슈."

깊은 밤중에 삽과 건분을 실어나르는 데에 사용되는 들것을 갖고 그들은 마을 끝 묘지를 지나 솔밭을 향해 걸어갔다. 형은 그 언저리에서 집행되었다. 눈이 걸리적거렸다. 가장자리에 서리를 단 버드나무가 발밑에서 삐걱거렸다. 페트로는 귀를 기울이고 걸어가면서 루키니치나와 계수의 죽은 아버지를 원망했다. 어린 소나무 숲 첫 번째 구획이 있는 지점의 모래산처럼 솟아오른 장소에 이르렀을 때 카자흐가 걸음을 멈추었다.

"이 근처였는데······."

거기서 다시 백여 걸음 걸었다. 마을의 개떼가 짖어대면서 가까이 다가왔다. 페트로는 들것을 팽개치고 쉰 목소리로 중얼거렸다.

"그만 되돌아가요! 어디에 묻혀 있는지 알 게 뭐야! 빌어먹을, 악마한테 홀린 격 아냐!"

"겁이 나는 모양이군? 자, 갑시다!"

카자흐가 비웃었다.

그들은 가까스로 찾아냈다. 여기저기에 뿌리를 뻗고 있는 버드나무 언저리에 눈이 딱딱하게 밟혔고 모래가 섞여 있었다. 거기에서 방사형으로 사람 발자국과 레이스 모양의 개 발자국이 뻗어 있었다······.

페트로는 붉은 수염을 표적 삼아 미론 그리고리예비치를 찾아냈다. 혁대를 붙잡아 끌어낸 시체를 들것 위에 실었다. 카자흐는 기침을 하면서 구덩이를 메운 다음에 들것의 손잡이를 들어올리더니 불평부터 터뜨렸다.

"솔숲까지 썰매로 왔더라면 좋았을걸. 바보 같은 짓을 했군! 이 수퇘지는 80킬로그램은 되겠군. 게다가 눈은 깊고…… 고생이 이만저만 아니군그래."

페트로는 시체의 발을 밀어넣고는 들것 손잡이를 붙잡았다.

새벽까지 그는 카자흐의 집에서 술을 마셨다. 커튼을 씌워 둔 미론 그리고리예비치는 썰매 위에서 기다리고 있었다. 페트로는 취해서 썰매에 말을 매어둔 채 버려두었다. 말은 고삐에 목을 꼿꼿이 세우고 계속 콧소리를 내면서 귀를 쫑긋거렸다. 시체를 알아차리고 마른풀도 입을 대려 하지 않았던 것이다.

동녘 하늘이 뿌옇게 밝아올 때 페트로는 벌써 부락 안에 모습을 드러냈다. 그는 초원의 길을 따라 단숨에 말을 몰고 갔다. 뒤에는 미론 그리고리예비치의 머리가 판자에 부딪혀 덜컹덜컹 소리를 내었다 페트로는 두 번가량 힘주어 줄기가 많은 초원의 마른풀로 머리 밑을 받쳐 주었다. 그는 사돈네 집으로 곧장 갔다. 귀여움을 받았던 처녀 그리파시카가 죽은 주인을 위해서 문을 열어 주고 눈 더미 옆으로 살짝 길을 비켜섰다. 가루가 든 가마니를 지고 가듯 페트로는 사돈을 널따란 거실로 메고 가서 미리 준비가 된 탁자 위에 조심스럽게 내려놓았다. 비탄에 잠긴 루키니치나가 새하얀 양말을 단정하게 신은 동반자의 발밑으로 미끄러지듯 다가갔다.

"여보, 이게 웬일이오. 들것에 실려오다니요."

그녀의 흐느낌 소리가 희미하게 들려왔다. 그것은 기묘하게도 웃음소리와 비슷했다.

작은 방에서 그리샤카 노인이 들어왔다. 노인은 마룻바닥이 꿈틀거리고 있는 늪지대인 양 비틀비틀 걸어왔다. 그러나 탁자 앞까지는 흔들림 없는 걸음걸이로 다가와 배갯머리 앞에서 우뚝 발을 멈췄다.

"미론, 잘 돌아왔다! 이런 모습으로 얼굴을 대할 줄이야……."

성호를 긋고 노란 진흙이 묻은 얼음 같은 이마에 키스를 했다.

"미로누시카야, 얼마 안 있으면 나도 따라가겠다……."

그의 음성은 신음 소리와 같았다. 자칫 입에 담아서는 안 될 소리를 지껄일까 봐 걱정하듯이 그리샤카 노인은 노인답지 않은 재빠른 동작으로 손을 입으로 가져갔으나, 이내 그 자리에 주저앉고 말았다.

경련이 이리의 발톱이 되어 페트로의 목을 옥죄었다. 그는 살며시 그 자리를 떠나 문밖에 매어 둔 말을 향해 걸음을 옮겼다.

24

깊게 괸 곳의 물은 흘러 모래톱으로 내려간다. 흐름은 거기서 홱 구부러진다. 그러자 돈은 유연한 흐름이 되어 천천히 흘러가는 것이다. 모래질이 단단한 밑바닥 언저리에는 체르노프스(배 쪽이 검은 물고기)가 떼 지어 살고 있다. 밤이 되면 용철갑상어가 먹이를 찾으러 모래톱으로 나온다. 강가의 푸른 진흙 집에서 도미가 훌쩍 몸을 뒤친다. 황어가 백어를 추격하고, 메기는 모래에 몸을 파묻고 있다가 때때로 풀빛 파문을 일으키면서 교활한 달빛을 받아 모습을 드러낸다.

그러나 하상(河床)이 좁아진 곳에서는, 돈은 포로가 되어 물결을 물어뜯고 옥죄인 듯한 소리와 거품의 장식을 붙인 흰 갈기와 같은 파도를 빠른 속력으로 쫓아간다. 고원의 곳을 지나서 움푹 파인 곳으로 오면 소용돌이가 된다. 여기서 물은 사람의 마음을 붙잡아 떼어놓지 않으려는 듯이 무시무시한 원을 그리면서 흘러간다. 그것은 아무리 바라보아도 싫증나는 법이 없다.

요즈음의 생활은 고요한 일상의 모래톱에서 깊은 물속으로 들어가버린 것과 같았다. 상류 돈 관구는 들끓었다. 두 개의 흐름이 부딪친 바람에 카자흐들은 뿔뿔이 흩어져 떠나갔다. 그리고 소용돌이는 아직도 빙글빙글 돌고 있었다. 젊은 사람들과 가난한 사람들은 조심스레 입을 다물고 있었지만 여전히 소비에트 정권에다 평화를 기대하고 있었다. 그러나 나이 든 층들은 공격적이며, 이미 내놓고 빨갱이가 카자흐를 몰살할 거라는 얘기를 서슴지 않았다.

타타르스키 부락에서는 2월 9일에 이반 알렉세예비치가 집회를 소집했다. 뜻밖에 많이 보였다. 이렇게 된 데에는 슈토크만이 총회 석상에서 혁명위원회에 대해 백색분자와 도망한 부자들의 재산을 빈민에게 나누어 주면 어떻겠느냐는 제안을 했기 때문인 듯했다. 그런데 회의가 개회되기 전에 한 사람의 관구 근무자에 대해 소란스러운 해명이 행해졌다. 그것은 몰수한 의류품을 징집하는 권리를 쥔 뵤센스카야로부터 와 있는 남자였다. 슈토크만은 그에게 부상당한 적위병의 수송대에 어제 30여 벌의 방한복을 인도한 뒤여서 혁명위원회는 지금 당장은 의류품을 내줄 수 없다고 해명했다. 파견되어 온 그 젊은 남자는 슈토크만에게 대들며 큰 소리로 비난을 퍼부었다.

"대체 누가 자네에게 몰수한 의류품을 인도하라는 허가를 해줬나?"

"우린 여태껏 그 누구에게도 허가 같은 건 받은 적이 없소."

"그렇지만 자네가 무슨 권리로 인민의 재산을 약탈하는 거야?"

"그따위 소리가 어딨소. 누가 뭘 약탈했다는 거요. 모피 외투는 수령증을 끊어 수송계 사람들에게 인도했어요. 그것도 수송계 사람들이 병참지까지 적위병을 수송한 뒤 의류를 갖고 온다는 조건을 붙였었소. 그 적위병들은 거의 벌거벗은 상태로 넝마나 다름없는 외투뿐이어서 그대로 보낸다는 건 죽으라고 떠다미는 것과 같은 노릇이었소. 그런 형편인데 끝까지 인도하지 않고 버틸 수가 있을 것 같소? 게다가 의류품은 창고 안에서 잠을 자고 있었단 말이오."

그는 치밀어오르는 울화를 억누르고 이야기했다. 시비는 그 정도에서 끝냈어야 했다. 그런데 젊은 사내가 단호한 어조로 끼어들었다.

"당신은 대체 누구요? 혁명위원회 의장이오? 난 당신을 체포하겠소! 대리인에게 사무를 인계하시오! 지금 당장 당신을 뵤센스카야로 압송해야 되겠어. 당신은 재산의 절반을 도용했으니까……."

"자네 공산당원인가?"

곁눈으로 흘겨보면서 시체처럼 파랗게 질린 슈토크만이 물었다.

"그것까지 알 거 없잖아! 이봐, 민경! 이자를 체포해. 즉시 뵤센스카야로 보내라고! 인도장과 함께 관구 민경본부로 인도해."

젊은 사내는 슈토크만을 흘겨보았다.

"자네하곤 나중에 그리로 가서 매듭을 짓도록 하세. 쩔쩔매지나 말게. 누구에게 함부로 개수작이야?"

"타바리시치, 미쳤어? 이봐……."

"닥쳐!"

입씨름의 틈바구니에서 한 마디도 끼어들 만한 여지를 발견하지 못하고 있던 이반 알렉세예비치는 슈토크만이 벽에 걸린 모젤총 쪽으로 손을 뻗는 것을 보았다. 공포의 불꽃이 젊은 사내의 눈 속에서 번쩍 빛났다. 순간, 번개보다 더 빠른 속도로 문을 엉덩이로 열어젖혔다 싶더니 벌렁 나자빠지면서 현관 계단을 하나하나 잔등으로 세듯이 밀고 내려가 썰매 안으로 뛰어들었다. 광장을 지나칠 때까지 그는 연방 뒤를 돌아보면서 마부의 등을 마구 찌르고 있었다.

혁명위원회 건물에서는 폭소가 창문을 뒤흔들었다. 웃음이 헤픈 다비드카는 몸을 떨면서 탁자 위를 뒹굴었다. 그러나 슈토크만의 눈두덩에는 경련이 일었고 눈끝이 치켜올라가 있었다.

"비열한 자식! 비겁자!"

떨리는 손가락으로 궐련을 말면서 그는 몇 번이나 되풀이해서 중얼거렸다.

그는 코셰보이와 이반 알렉세예비치와 함께 집회에 나갔다. 회장은 몸을 움직일 수 없을 정도로 인산인해를 이루었다. '놈들이 모여든 것은 뭔가 까닭이 있을 게다…… 부락민이 총동원됐군.' 이반 알렉세예비치의 가슴은 불쾌한 생각으로 가득 차 올랐다. 그러나 모자를 벗고 군중 속으로 들어가자 그 걱정은 금방 사라져버렸다. 카자흐들이 자진해서 길을 비켜 준 때문이었다. 사람들의 얼굴은 소박했고, 어떤 사람에겐 즐거운 기색이 나타나 있을 정도였다. 슈토크만은 카자흐들을 둘러보았다. 그는 분위기를 부드럽게 하여 카자흐들을 얘기 속으로 끌어들이려고 했다. 슈토크만은 이반 알렉세예비치의 본을 따서 붉은 모피 모자를 벗고 큰 소리로 말했다.

"카자흐 제군! 이 고장에 소비에트 정권이 세워진 지도 한 달이 지났습니다. 그러나 우리 혁명위원회는 지금까지도 여러분이 우리를 신용하지 않고 있을 뿐 아니라 적의마저 품고 있음을 알고 있습니다. 여러분은 집회에 참석해 주지 않았습니다. 그리고 여러분을 몰살할 것이며, 소비에트 정권이 압정을 가할 것이라는 소문을 퍼뜨리고 있습니다. 우리는 이 시점에서 마음의 문을 활짝 열고 대화를 나누어 서로가 친해지도록 노력해야겠습니다. 여러분 자신의 손으로 혁명위원회를 선출했기 때문이오. 코틀랴로프와 코셰보이는 여러분 부락에 사는 카자흐이므로 여러분과의 사이에 못할 말이란 없을 거라고 믿습니다. 우선 맨 처음에 해명하고 싶은 것은 우리의 적이 퍼뜨리고 있는 카자흐들의 대대적인 총살에 대한 소문이 한낱 중상일 뿐이라는 것입니다. 이 같은 모략을 하고 다니는 자의 목적은 분명합니다. 카자흐와 소비에트 정권을 교란시키고 당신들을 다시 백위군 쪽으로 밀어붙이려는 게 그들의 목적인 것입니다."

"총살을 하지 않았다고? 그럼, 우리 부락의 일곱 사람은 지금 어디에 가 있지?"

뒤쪽에서 고함을 지르는 소리가 들려왔다.

"여러분, 나는 총살을 전혀 하지 않았다고는 하지 않았습니다. 우리는 소비에트 정권의 적과 우리에게 지주의 정권을 강요하는 자들을 모조리 총살했고, 앞으로도 그럴 것이오. 우리가 차르를 퇴위시키고 독일과의 전쟁에 종결을 지었고, 인민을 해방시킨 건 지주의 정권을 위해서가 아닙니다. 독일과의 전쟁은 여러분에게 무엇을 가져다 줬습니까? 수천 명의 전사한 카자흐, 고아, 과부, 파괴가 아니었습니까?"

"그렇소."

"네 말이 옳다!"

"우리는 전쟁이 없어지기를 바라고 있습니다."

슈토크만은 말을 계속했다. "우리는 각 민족이 형제처럼 사이좋게 지내기를 원하고 있습니다! 차르 정권하에서는 지주와 자본가를 위해서, 지주와 공장주들을 살찌게 해주기 위해 여러분의 손을 빌어 영토의 획득이 행해졌던 것입니다. 여러분의 이웃에 리스트니츠키라는 지주가 있었습니다. 그자의 조부는 1812년의 전쟁에 참가한 공으로 4천 제샤찌나의 토지를 하사받았습니다. 그런데 여러분의 조부들은 무엇을 받았지요? 그들은 독일 땅에서 목숨을 잃은 것입니다! 그들은 독일 땅에 피를 뿌린 것입니다!"

회장은 웅성거렸다. 웅성거리는 소리는 가라앉을 듯하다가는 이내 다시 술렁거렸다.

"옳소!"

슈토크만은 벗겨진 이마의 땀을 방한모로 닦고 나서 목청을 쥐어짰다.

"노동자, 농민의 정권에 대해 무장한 손을 휘두르는 자는 모조리 쳐죽일 것이오! 혁명재판에 의해 총살되었던 이 부락의 카자흐들은 우리들의 적이었던 것입니다. 그것은 여러분도 알고 계실 것이오. 그러나 노동자인 여러분과 우리에게 동의하는 사람들과는 경작할 때의 소처럼 우리는 어깨를 나란히 하고 걸어갈 것입니다. 새로운 생활을 위하여 함께 땅을 갈고 그 밭에서 우리의 적인 낡은 잡초를 깡그리 뽑아버리기 위해서 괭이로 파헤쳐야 할 것입니다. 놈들이 두 번 다시 뿌리를 박지 못하도록! 놈들이 새로운 생활의 성장을 망쳐 놓기 전에!"

청중은 소리를 내지 않으려고 조심스럽게 굴었다. 모든 얼굴이 생생한 표정을 띠고 있는 것을 본 슈토크만은 연설이 카자흐들의 가슴을 뒤흔들어 놓았음을 알 수 있었다. 그의 생각은 틀림없었다. 흉금을 털어놓은 대화가 시작되었다.

"요시프 다비도비치! 우린 당신을 잘 알고 있어요. 전에 여기서 살았기 때문에 우리의 친구나 다름없어요. 그러니 우리에게 겁먹지 말고 당신들의 정권이 우리에게 무엇을 원하고 있는가 말해 주시오. 우리는 여태껏 놈들의 편을 들었소. 자식들도 전선을 버리고 집에 와 있소. 하지만 우리 자신은 아는 게 하나도 없어요. 소비에트 정권에 대해서 이해가 안 가요……."

그리야즈노프 노인이 분명치 많은 투로 한참 주위를 둘러보면서 꼬투리를 잡히지 않으려는 듯 여우의 덫 같은 말을 씨부렁거렸다.

"얘기해도 괜찮겠소?"

"하시오!"

흥분한 이반 알렉세예비치가 발언을 허락했다.

"타바리시치 슈토크만, 미리 약속해 주시오. 솔직하게 얘기해도 괜찮겠습니까?"

"괜찮아요."

"체포하지는 않겠지?"

슈토크만은 미소를 띠고 말없이 손을 내저었다.

"그렇다면 화내지 마슈! 우린 우리 식으로 지껄일 테니까."

동생 마르친이 뒤에서 알료시카의 빈 외투 소매를 잡아당기면서 소곤거렸다.

"관둬! 함부로 지껄였다가 주목받으면 어떡하려구."

그러나 외팔이 알료시카는 그의 손을 뿌리치고 군중을 둘러보고 말문을 열었다.

"카자흐 여러분, 지금부터 내가 얘기를 할 참인데, 내 얘기가 옳은지 아니면 잘못됐는지, 그걸 자네들이 판단해 주게."

그는 군대식으로 뒤꿈치를 획 돌리더니 한껏 눈을 좁히고 슈토크만을 뒤돌아보았다.

"난 이렇게 생각하오. 심각하게 얘기할 때는 마음껏 심각해져야 한다고. 남에게 칼질을 할 땐 어깨를 단칼에 내리쳐야 하는 거요. 그래서 난 우리들 카자흐가 지금 무슨 생각을 하고 있는지, 어째서 공산당원들에게 화를 내고 있는지,

그걸 지금 말하려는 것이오…… 타바리시치, 농사꾼 카자흐에겐 반대하지 않는다, 농사꾼은 당신들의 적이 아니다, 라고 당신은 말했소. 당신들은 부자에게는 반대하고 가난뱅이들의 편에 서 있다라고 말하고 있소. 그렇다면 부락 사람들을 총살한 것은 잘못된 일인가 아닌가를 말해 주시오. 난 코르슈노프를 역성들고자 하는 게 아니오. 그 사람은 아타만이었고, 평생을 남의 잔등에 업혀서 살아온 남자였소. 하지만 아브데이치 브레프는 무슨 이유로 죽임을 당했지요? 마트베이 카슐린은? 보가티료프는? 마이단니코프는? 코롤료프는? 그 사람들은 우리와 마찬가지로 배우지도 못하고 세상 물정이라고는 모르는 인간들이었소. 그 사람들이 배운 것이라고는 괭이자루를 쥐는 법뿐이오. 책을 들여다본 적이 없었다 그 말이오. 그들 중에는 읽고 쓰기를 제대로 할 줄 아는 사람이 드물었소. 그들이 알고 있는 글자라고는 기껏해야 한두 개 정도요. 그런 사람들이 좀 이상한 소리를 했기로서니 총살을 했어야 했단 말이오?”

알료시카는 숨을 몰아쉬며 앞으로 나아갔다. 그의 가슴 위에서는 외투의 빈 소매가 흔들렸고, 입은 비틀려있었다.

“당신들은 그들이 쓸데없는 소리를 지껄였다고 해서 그들을 체포했소. 그런데 상인들에게는 손을 대지 않고 있지 않소! 상인들은 돈으로 당신들에게서 목숨을 샀을 게 틀림없소! 하지만 우린 평생토록 흙구덩이만 만져 본 사람들이라 큰돈을 구경조차 해본 적이 없소. 총살된 사람들도 목숨만 남겨 줬더라면 마지막 남은 소 한 마리라도 바쳤을 게 틀림없소. 당신들은 덮어놓고 잡아다가 모가지를 비틀어 버렸잖소. 우린 뵤시키에서 무슨 일이 벌어졌는지 다 알고 있소. 거기선 상인들도 신부들도 안전하다고 들었소. 그리고 카르긴스카야 마을에도 그런 놈들이 안전하게 지내고 있다는 말을 들었소. 우린 이 언저리에서 일어난 일은 다 알고 있다고요. 좋은 일은 몰라도 나쁜 일은 천 리 밖까지 들린다지 않소.”

“옳소!”

뒤에서 누군가 소리를 질렀다.

와글거리는 소리가 알료시카의 말을 지워버렸다. 그러나 그는 잠시 기다렸다가 치켜든 슈토크만의 손은 거들떠보지도 않고 소리쳐 말했다.

“그래서 모두 알게 된 것이오. 소비에트 정권은 물론 좋은 게 틀림없소. 그러나 책임자로 있는 공산당원들은 물속 깊이 우리를 처박으려고 노리고 있소! 공산당원은 우리에게 1905년의 보복을 하고 있는 것이오. 빨갱이 군인들이 그렇게 말하는 것을 들었소. 우리들은 모두 이런 생각을 하고 있어요. 공산당원들은 우리를 쳐부수려 하고 있다고. 돈 일대에 한 사람의 카자흐도 남기지 않기 위해서! 이게 내가 당신들한테 하고 싶은 말이오! 난 술주정뱅이라 머리에 떠오른 것은 그 자리에서 뱉어내야 직성이 풀리는 성미요."

알료시카는 군중 속으로 들어가버렸다. 집회장에는 잠시 당혹스러운 정적이 뒤덮였다. 슈토크만이 입을 열었지만 뒤쪽의 고함 소리가 그의 목소리를 깔아뭉갰다.

"옳소! 카자흐는 분노하고 있다! 각 부락에서 무슨 노래가 불리고 있는지 들어볼 테냐. 아무도 소리를 내어 말하지는 않지만 노래를 부르는 건 사실이야. 말보다는 노래 쪽이 쉬우니까. '사과'라는 노래지."

사모바르가 끓는다. 생선은 탄다
카데트가 오면 하소연하세.

"그러니까 뭔가 하소연할 게 있다는 소리가 아닌가!"
누군가가 주책없이 웃음을 터뜨렸다. 군중은 술렁거렸다. 쑥덕거리는 소리, 얘기 소리가 들려왔다⋯⋯.

슈토크만은 분노한 몸짓으로 방한모를 깊숙이 눌러쓰고는 어느새 호주머니에서 코셰보이가 적어 준 명단을 꺼내들고 소리쳤다.

"그렇지 않아요. 그건 거짓말이오! 혁명을 지지하는 자가 그럴 리가 없소! 당신들의 부락민이 총살된 것은 다음과 같은 이유 때문이오, 들어 보시오!"
그는 알아듣기 쉽게 사이를 두며 읽어나갔다.

제15인자 사단 혁명재판소 부속 예심부에 연행된 소비에트 정권 반역자 명단.

1. 코르슈노프, 미론 그리고리예비치—전 아타만, 타인의 노동으로 재산을 모은 자산가.

2. 시닐린, 이반 아브데이치—소비에트 정권 타도 목적으로 선전을 행했음.

3. 카슐린, 마트베이 이바노비치—위와 같음.

4. 마이단니코프, 세묜 가브릴로프—견장을 달고 노상에서 정권 반대를 외침.

5. 멜레호프, 판텔레이 프로코피예비치—돈 군대원.

6. 멜레호프, 그리고리 판텔레예비치—카자흐 이등대위, 반정권적 위험 인물.

7. 카슐린, 안드레이 마트베예프—포드쵸르코프 배하의 적색 카자흐 총살에 참가.

8. 보드프스코프, 페도트 니키포로프—위와 같음.

9. 보가티료프, 아르히프 마트베예프—교회 장로, 반정권 연설을 행함. 민심을 교란함으로서 반혁명을 선동했음.

10. 코롤료프, 자하르 레온체프—무기 인도를 거부, 불온분자.

슈토크만이 읽지 않았던 비고란에는 멜레호프 부자와 보드프스코프에 대해 다음과 같이 적혀 있었다.

이들 소비에트 정권의 적은 연행되지 않았음.

그중 두 명은 역마에 동원되어 보코프스카야 마을까지 탄약을 수송하고 있어 부재중이었음. 그리고 판텔레이 멜레호프는 티푸스로 와병 중. 앞의 두 명은 귀환과 동시에 즉시 체포하여 관구로 호송될 예정이며 나머지 1명은 회복과 동시에 체포할 예정임.

집회는 잠시 가라앉아 있었는데 이내 고함 소리가 터져나왔다.

"아니야! 아니라고."

"쓸데없는 소리 지껄이지 마! 놈들은 정권에 반대했어!"

"그건 당연한 일 아냐!"

"말처럼 이빨을 들여다보는 게 어때?"

"모략이다!"

슈토크만은 다시 입을 열었다. 모두가 주의 깊게 그의 말을 듣고 있는 듯했다. 때로는 동감을 표시하는 사람도 있었다. 그러나 마지막으로 그가 백위군과 함께 도망친 사람들의 재산 분배 문제를 들고 나오자 다시 침묵했다.

"입속에 물이라도 물고 있나?"

역정이 난 이반 알렉세예비치가 물었다.

군중은 산탄을 쏜 듯이 입구로 밀려갔다. 츄군(무쇠냄비라는 뜻)이라는 별명의 빈농 중의 빈농인 쇼므카만이 마지못해 앞으로 걸어나오려는 몸짓을 했으나 생각을 고쳐먹었는지 장갑을 흔들면서 말했다.

"지주 영감이 돌아오면 또 눈깔이 휘둥그레지겠군……."

슈토크만은 사람들이 흩어져 가는 것을 막으려 했다. 코셰보이가 밀가루처럼 창백해진 얼굴로 이반 알렉세예비치에게 소곤거렸다.

"내가 말한 대로 카자흐들은 받아들이지 않을 거야. 그렇다면 재산은 놈들한테 나눠주는 것보다 태워버리는 편이 낫겠군!"

25

코셰보이는 머리를 숙이고 생각에 잠긴 채 장화를 채찍으로 두들기면서 천천히 모호프 집의 현관 계단을 올라갔다. 복도 문 언저리 바닥 위에 안장이 수북하게 쌓여 있었다. 조금 전에 누군가 다녀간 모양이었다. 등자 하나에는 기수의 구두바닥에 밟힌 말똥으로 노랗게 변한 눈 덩어리가 아직 녹지 않고 있었다. 그 밑에는 물웅덩이가 둔하게 빛나고 있었다. 진흙투성이가 된 테라스를 걸어가면서 코셰보이는 그 모든 것을 눈여겨보았다. 그의 눈길은 가장자리가 떨어져나간 하늘색 창살과 안쪽이 흐려진 유리창을 훑어보고 있었다. 그러나 그의 눈에 들어온 것은 모두가 의식에 박히지 않았고 꿈결처럼 불투명하게 스쳐갔다. 그리고리 멜레호프에 대한 연민과 증오가 미하일의 소박한 마음에 엉켜 있었던 것이다.

혁명위원회 대기실에는 담배, 마구, 눈 냄새 등이 지독하게 풍겼다. 모호프 일가가 도네츠 너머로 도주한 뒤에도 이 집에 남아 있던 하녀가 네덜란드 화로에 불을 피우고 있었다. 옆방에선 민경이 큰 소리로 웃고 있었다. '이상한 작자들이라니까. 뭐가 좋다고 웃고 있지?' 옆을 지나가면서 코셰보이는 불쾌한 기분을 억제하지 못하고 다시 장화를 두들겼다. 그리고 노크도 없이 방 안으로 들어갔다.

앞가슴을 풀어헤친 이반 알렉세예비치가 사무용 책상 앞에 앉아 있었다. 검은 모피 모자가 위세 좋게 얹혀 있었지만 땀에 젖은 그의 얼굴에는 피곤한 기색이 역력히 나타나 있었다. 그와 함께 기다란 기병 외투를 입은 슈토크만이 나란히 앉아 있었다.

그는 미소로 코셰보이를 맞이하고 몸짓으로 자리에 앉기를 권했다.

"웬일인가, 미하일? 어쨌든 앉게나."

코셰보이가 앉았을 때, 슈토크만의 지적이고 침착한 음성이 그에게 제정신을 차리게 해주었다.

"확실한 남자부터 얘길 들었어요…… 어젯밤에 그리고리 멜레호프가 돌아왔다는군요. 하지만 들르지는 않았어요."

"자넨 그 일을 어찌 생각하나?"

슈토크만은 궐련을 말고 있었는데 가끔 이반 알렉세예비치를 곁눈질로 훔쳐보며 대답을 기다렸다.

"놈을 지하실에 가둬버리면 어떨까요?"

눈을 깜박거리면서 이반 알렉세예비치가 분명치 않은 말투로 물었다.

"자넨 이곳 혁명위원회의 의장이야…… 정신 차리라고."

슈토크만은 미소를 띠고 어깨를 으쓱해 보였다. 그는 자신의 그 같은 미소가 가죽 채찍 보다 더 아프게 상대에게 가닿을 것이라는 것을 익히 알고 있었다. 이반 알렉세예비치의 턱에 땀이 배었다. 그는 이를 악물고 격한 어조로 말했다.

"난 의장으로서 두 형제놈을 체포해서 뵤시키에 보낼 것이오!"

"그리고리 멜레호프의 형을 체포하는 건 생각해 볼 문제가 아닐까? 그자한테는 포민이라는 방패가 붙어 있거든. 포민이 그자를 나쁘게 말하지 않는다는 건 자네도 알고 있지…… 그리고리만 오늘 중으로 체포하도록 하게! 내일은 그놈을 뵤센스카야로 압송하자고. 그자에 대한 자료는 오늘 중에 혁명위원회 의장 명의로 기마 민경을 시켜 제출하게."

"그럼, 밤에 그리고리를 체포하죠. 괜찮겠지요, 요시프 다비도비치?"

슈토크만은 기침을 몹시 했다. 발작이 끝나자 수염을 닦고 그가 물었다.

"하필이면 왜 밤에?"

"소문나지 않도록 하기 위해서지요……."

"자네들…… 무슨 바보 같은 소리인가!"

"그럼 미시카, 두 사람가량 데리고 가서 그리시카를 체포하도록 하게. 그리고 그놈을 처넣고 오라고. 알겠어?"

코셰보이는 민경들에게로 걸어갔다. 슈토크만은 낡은 회색 펠트 구두를 끌고 방 안을 서성거리다 물었다.

"징수한 무기 중에서 마지막 한 조까지 보냈겠지?"

"아니오."

"어째서?"

"어젠 그럴 만한 틈이 없었지요. 오늘 중으로 보내도록 하겠습니다."

슈토크만은 얼굴빛이 흐려졌으나 이내 눈썹을 치켜올리고 빠르게 물었다.

"멜레호프가에선 어떤 물건을 내놓았나?"

이반 알렉세예비치는 눈을 가늘게 뜨고 미소를 띤 채 대답했다.

"소총 두 자루와 나강 권총 두 자루를 내놓더군요. 그렇지만 그게 전부는 아닐걸요."

"그렇다면?"

"나보다 머리 회전이 느리지는 않으실 텐데……."

"내 생각도 그래."

슈토크만이 입술을 깨물었다.

"내가 자네 입장이라면 체포한 다음에 놈의 집을 신중하게 수색할 걸세. 위병 사령한테 귀띔해 두는 게 좋을 거야. 자넨 생각은 많이 하는 편이지만, 행동이 따르지 않는 생각은 아무 소용이 없다는 걸 알아 두라고."

코셰보이는 30분쯤 지나 돌아왔다. 잰걸음으로 테라스를 지나 곧장 달려왔다. 그는 거칠게 문을 열고 문턱에서 고함을 질렀다.

"헛수고야!"

"뭐라고?"

슈토크만이 재빨리 그에게로 다가가 눈알을 돌리면서 물었다.

코셰보이는 그의 나직한 목소리 탓인지 아니면 다른 이유에선지 잔뜩 격앙

된 얼굴로 외쳐댔다.

"그렇게 눈깔을 돌리지 마슈! 그리고리는 싱긴스키 부락의 백모집에 가고 없었소. 하지만 내 탓은 아니지 않소. 당신들은 대체 어디서 뭘하고 있었소? 이봐요! 그리시카를 놓쳤다 그 말이오! 나를 몰아세워봤자 헛일이라고! 대체 당신들은 무슨 생각을 하고 있었소?"

똑바로 그를 향해 다가온 슈토크만을 피하듯이 뒷걸음질을 치면서 그는 타일로 된 페치카에 등을 대고는 웃음을 터뜨렸다.

"그렇게 다가오지 마슈. 요시프 다비도비치! 그렇게 다가오지 말라지 않았소. 한 대 후려칠 테니!"

슈토크만은 잠시 그의 앞에 서 있다가는 손가락의 마디를 꺾으며 미시카의 새하얀 이와 미소를 머금은 그의 유순한 눈초리를 지켜보더니 중얼거리듯이 말했다.

"싱긴으로 가는 길을 알고 있나?"

"그럼요."

"그렇다면 왜 그냥 되돌아왔나? 그리고도 독일병과 싸웠다고 할 수 있나…… 무능한 자식 같으니!"

그는 짐짓 경멸에 찬 표정을 해 보였다.

스텝은 푸르스름한 연무(煙霧)에 싸여 널려 있었다. 돈 강가 언덕의 그늘에서 새빨간 달이 떠올랐다. 달빛은 짙었으나 별빛을 지우지는 않았다.

싱긴으로 가는 길을 6명의 기마병들이 구보로 달려가고 있었다. 코셰보이와 나란히 용기병의 안장을 탄 슈토크만이 말 위에서 흔들리고 있었다. 그가 탄 말은 키가 큰 밤색의 돈산인데, 줄창 뛰어오르면서 기수의 무릎을 물어뜯으려고 했다. 슈토크만은 개의치 않고 우스꽝스러운 얘기를 계속해댔다. 코셰보이는 어린애처럼 소리를 지르며 방한 두건의 그늘로 보이는 슈토크만의 엄격한 시선을 마주 보려고 애를 썼다.

그러나 싱긴에서의 신중한 탐색은 아무런 성과도 거두지 못했다.

26

그리고리는 보코프스카야에서 체르니셰프스카야로 건너갔던 것이다. 열흘

이 지난 뒤에 그는 돌아왔다. 그가 도착하기 이틀 전, 그의 아버지가 체포되었다. 판텔레이 프로코피예비치는 티푸스를 앓고 나서 겨우 움직일 무렵이었다. 병석에 드러눕기 전보다 흰 머리가 훨씬 늘었고 말뼈다귀처럼 깡말랐다. 은빛 카라쿠리(질 좋은 양모) 같은 모발이 군데군데 빠지고 볼수염도 축 늘어지고 또 가장자리는 새하얗게 세어 있었다.

민경은 떠날 채비를 갖추도록 10분가량의 여유를 주고 나서 그를 연행해 갔다. 뵤센스카야로 압송되기 전에 프로코피예비치는 모호프가의 지하실에 감금되었다. 퀴퀴한 냄새가 역하게 풍기는 음침한 지하실에는 그 이외에도 열 명의 노인과 한 사람의 명예 판사가 갇혀 있었다.

페트로가 새로운 사실을 그리고리에게 알렸다. 그는 동생이 문지방을 채 넘기도 전에 입을 열었다.

"지금 당장 떠나도록 해…… 네가 언제 돌아오느냐고 묻더구나. 어쨌든 잠시 몸이나 녹였다가 가거라. 애들도 만나 보고. 그런 다음에 내가 루이브누이 부락으로 데려다 줄 테니까. 거기서 숨어 있다가 시기를 기다리는 수밖에……너에 대해서 물어 오면 싱간에 사는 백모댁에 가 있다고 하겠다. 우리 부락에서 일곱 명이나 총살되었다는 얘기는 들었지? 아버지에게만은 그런 변이 없어야 할 텐데……."

그리고리는 부엌에서 30분가량 앉아 있다가 밤이 되자 루이브누이를 향해 말을 몰았다. 멜레호프 집안 먼 친척인 친절한 카자흐가 키자크[15] 움막에 그리고리를 숨겨 주었다. 밤에만 은신처에서 기어나왔다. 그는 이틀 동안을 거기에서 지냈다.

27

싱간에서 돌아온 다음 날, 코셰보이는 당의 세포회의가 열리는 날을 알아보기 위해 뵤센스카야로 떠났다. 코셰보이와 이반 알렉세예비치, 예멜리얀, 다비드카는 당의 소속을 분명히 하고 싶었던 것이다.

미시카는 카자흐들로부터 징발한 무기의 마지막 한 조와 학교 교정에서 발견

---

15) 남러시아 등지에서 땔감으로 사용하는 말린 소똥.

된 기관총, 그리고 관구 혁명위원회 앞으로 보내는 슈토크만의 편지를 휴대했다. 뵤센스카야로 가는 도중에 있는 목초지에서 들토끼들을 쫓기도 했다. 전쟁 중에 들토끼는 숱하게 번식하여 걸음을 옮겨 디딜 때마다 부딪칠 정도였다. 토끼 둥지가 갈대처럼 흔하게 널려 있었다. 썰매가 삐걱거리는 소리에 하얀 배의 회색 토끼가 튀어나오곤 했다. 그리고 검은 털이 섞인 꽁지를 흔들면서 누구도 밟지 않은 눈을 헤치며 뛰어가는 것이었다. 말을 몰고 가던 예멜리얀이 고삐를 놓고 소리쳤다.

"쏴라! 쏴!"

미시카가 썰매에서 뛰어내려 회색 뭉치를 향해 총알을 날렸다. 그러나 총알은 둘레의 새하얀 눈 위를 스쳤을 뿐 토끼는 속력을 더하여 더욱 날쌔게 줄달음질을 쳤다.

……혁명위원회는 까닭 모르게 어수선했다. 사람들은 불안한 표정으로 뛰어다녔다. 거리에는 좀처럼 사람 그림자가 눈에 띄지 않았다. 불안에 가득 차 있는 이유를 알 수가 없었던 미시카는 묘한 기분이 들었다. 슈토크만의 편지를 의장 대리가 건성으로 호주머니 안에다 밀어넣는 것을 보고는 답장을 주지 않느냐고 물어봤으나 그 대답 또한 건성이었다.

"귀찮게 굴지 마. 자네들한테 매여 있을 짬이 어딨나!"

적군의 징벌 부대가 광장을 바쁘게 걸어다니고 있었다. 연기를 뿜어대면서 야전 주방차가 지나갔다. 광장에는 소와 마른풀 냄새가 꽉 차 있었다. 코셰보이는 혁명재판소에 근무하고 있는 친지에게 담배를 피우러 들렀다가 물어보았다.

"왜 이리 어수선하지?"

지방판사인 그로모프가 씁쓸한 얼굴로 대답했다.

"카잔스카야 근처가 조용하지 못해. 백군이 나타났다고도 하고 카자흐가 일어났다고도 하고, 그쪽에서 전투가 벌어진 모양인데 전화 연락이 끊겨서 알 수가 있어야지."

"정찰을 보내지 않고."

"보냈는데 돌아오지 않고 있어. 오늘 엘란스카야 중대가 출동했지만 그들도 심상치가 않은 것 같아."

두 사람은 창 옆에 앉아 담배를 피웠다. 혁명재판소로 정해진 상인의 저택 창밖에는 조용히 눈이 내리고 있었다.

마을 끝 솔숲 언저리에 있는 쵸르나야 강 방면에서 둔한 사격음이 들려왔다. 미시카는 놀란 나머지 담배를 떨어뜨렸다. 집 안에 있던 사람들은 모두 문밖으로 뛰어나갔다. 사격음은 더욱 강렬하고 위압적으로 울렸다. 포성이 점점 크게 울려오고 총탄이 더욱 빈번히 날아와서 창고의 문과 가장자리를 물어 뜯었다. 문밖으로 뛰어나간 한 적위병이 부상을 당했다. 서류를 챙겨 호주머니에 쑤셔 넣으면서 그로모프는 광장으로 뛰어나갔다. 혁명재판소 주변에는 징벌 중대의 잔류병들이 정렬하고 있었다. 지휘관은 짧은 가죽 상의를 입고 적병들 사이를 누비며 오락가락했다. 그는 돈강의 하구로 중대를 몰고 갔다. 눈을 돌릴 수 없을 정도의 소동이 벌어졌다. 사람들은 광장을 뚫고 뛰어갔다. 기수를 잃은 말 한 마리가 안장을 떼어놓은 채 질주하고 있었다.

코셰보이는 자신이 어떻게 광장으로 나오게 됐는지 스스로도 알 수가 없었다. 그는 포민이 밤색 말을 타고 교회 그늘에서 뛰어나온 것을 보았다. 키가 큰 그의 말 엉덩이에는 기관총이 실려 있었다. 마차 바퀴가 돌아가지 않고 있어 기관총은 기우뚱 기울어진 채로 끌려갔다. 엎친 데 덮친 격으로 질주하고 있던 말이 그것을 뒤집고 말았다. 안장틀에 달라붙어 있던 포민은 은빛 눈 기둥을 뒤에다 남기고 언덕 기슭으로 치달아 갔다. 그의 모습은 이내 보이지 않았다.

'말이 있는 곳으로!'—그것이 미시카의 머리에 떠오른 첫 번째 생각이었다. 그는 몸을 굽혀 네거리를 뚫고 가는 동안 한 번도 제대로 숨을 쉴 수가 없었다. 숙소에 도착했을 땐 심장이 거의 마비된 상태였다. 예멜리얀이 말을 내놓다 말고 놀란 얼굴로 미시카를 쳐다보았다.

"무슨 일인가, 미시카? 대체 왜 그러냐고?"

이를 덜덜 떨면서 그는 넋을 잃고 있었다. 말에 마구를 얹다 말고 고삐를 찾아 헤맸다.

그들이 숙소로 정한 집은 들판에 접해 있었다. 미시카는 솔숲 쪽을 몇 번 바라보았으나 거기서는 보병의 열도 기병들의 모습도 보이지 않았다. 어딘지 알 수 없는 곳에서 총소리가 들려왔다. 거기에도 사람의 그림자는 볼 수 없었다. 모든 게 평상시와 같았다. 그렇지만 그 가운데에서 가공할 사태가 일어나고 있었다. 반란이 그 힘을 휘두르기 시작했던 것이다.

예멜리얀이 말에 붙어 있는 동안 미시카는 광야에서 눈을 떼지 않았다. 그는 12월에 불탄 무전국 옆에 있는 작은 예배당 그늘에서 검은 외투를 입은 한 남자가 뛰어오는 것을 보았다. 그 남자는 몸을 앞으로 굽힌 채 가슴에 손을 대고 힘껏 뛰어가고 있었다. 입고 있는 외투를 보고 코셰보이는 그 남자가 판사인 그로모프임을 알았다. 그리고 사이 뜬 울타리 그늘에서 말을 탄 모습이 스치고 지나는 것도 볼 수 있었다. 그가 누구인지 미시카는 알고 있었다. 그 남자는 뵤센스카야 마을의 카자흐인 체르니츠킨으로 이름 높은 백위군 병사였다. 체르니츠킨으로부터 200미터가량 떨어져 있던 그로모프는 달려가면서 두세 차례 뒤를 돌아보다가는 호주머니에서 권총을 꺼내들었다. 한 발의 사격음이 울렸다. 다시 한 발. 그로모프는 언덕 꼭대기로 올라가 권총을 쏘았다. 체르니츠킨은 달려가는 말에서 뛰어내렸다. 고삐를 누르고 총을 꺼낸 다음 눈 더미 그늘에 몸을 숨겼다. 첫 번째 총알로 그로모프는 왼손으로 관목가지를 붙잡은 채 쓰러졌다. 언덕에서 데굴데굴 굴러 떨어지다가 눈 속에다 얼굴을 처박고 꼼짝도 하지 않았다. '죽었군!'—미시카는 소름이 끼쳤다. 체르니츠킨은 솜씨 좋은 사수로서 독일 전선에서 갖고 온 오스트리아제 기총으로 아무리 먼 거리일지라도 목표물을 적중시키는 남자였다. 썰매를 타려고 문밖으로 뛰어간 미시카는 체르니츠킨이 언덕으로 올라가 눈 위에 엇비슷이 서 있는 검은 외투를 향해 군도를 휘두르는 것을 보았다.

돈을 넘어 바즈키로 말을 몰고가는 것은 위험한 일이었다. 백색의 드넓은 돈 강 위에서는 말이나 말을 탄 사람이 절호의 목표가 될 것이 틀림없었다.

거기에는 이미 총탄을 맞은 징벌 중대 적병 두 사람이 쓰러져 있었다. 예멜리얀은 호수를 넘어 숲 쪽으로 썰매를 돌렸다. 얼음 위에는 물기를 머금은 눈이 쌓여 있었다. 말발굽 밑에서 철벅철벅 소리가 났고 물방울과 눈덩어리가 튀어올랐다. 미끄럼틀이 깊은 자국을 남기고 있었다. 그러나 강나루 입구까지 왔을 때 예멜리얀은 고삐를 늦추고 바람을 맞아 거칠어진 얼굴을 코셰보이에게로 향했다.

"어떻게 할까? 우리 부락에도 소동이 일어났을지 모르는데?"

미시카는 근심에 찬 눈으로 부락을 바라보았다. 돈에서 가장 가까운 한길 위를 말을 탄 모습이 뛰어오고 있었다. 두 사람이었다. 코셰보이는 민경이라고 짐작했다.

"부락으로 가는 수밖에. 숨을 데도 없잖아!" 그는 분명하게 잘라 말했다.

예멜리얀은 내키지 않는 얼굴로 말을 몰았다. 돈강을 건너갔다. 맞은편에서 안치프 프레호비치와 두 노인이 달려왔다.

"안 되겠어, 미시카!"

예멜리얀은 안치프 손에 쥐어져 있는 총을 보고 일단 말을 세우더니 이내 홱 돌아섰다.

"멈추어라!"

총알이 날아왔다. 예멜리얀은 고삐를 잡은 채 그 자리에 쓰러졌다. 말은 튀어 올랐으나 사이 뜬 울타리로 곧장 처박혀버렸다. 코셰보이는 썰매에서 뛰어내렸다. 그에게 달려가려다가 단화 신은 발이 미끄러진 안치프는 벌떡 일어서서 잽싸게 어깨에 총을 갖다댔다. 사이 뜬 울타리로 쓰러지며 미시카는 한 노인 손에 들린 세 갈래로 갈라진 곡괭이의 흰 이빨을 보았다.

"이놈을 죽여야 해!"

어깨가 불에 닿은 것같이 아팠으나 코셰보이는 찍소리도 지르지 못하고 쓰러지고 말았다. 상대는 씩씩거리면서 그의 몸을 타고 앉아 곡괭이로 그를 내리쳤다.

"일어나, 개새끼야!"

그 뒤의 일은 모두 코셰보이에게는 꿈속 같았다. 안치프가 울부짖으면서 그에게 덤벼들어 멱살을 움켜쥐었다.

"야, 이 손 놓지 못하겠어! 원수를 갚고 말 테다!"

사람들이 몰려와 그를 떼어놓았다. 누군가가 감기 든 낮은 소리로 타일렀다.

"말려야 해! 뭐야, 너희들은 십자훈장을 받은 몸 아니냐! 안치프, 그만해! 이미 죽은 사람을 가지고 뭘 그래, 또 다른 사람의 목숨을 끊어놓을 작정이냐! 자, 모두 가자고! 창고에서 설탕을 나눠 줄 테니까……."

저녁 무렵 미시카는 사이 뜬 울타리 밑에서 정신을 되찾았다. 곡괭이에 맞은 옆구리가 불에 닿은 듯이 아팠다. 반외투와 상의가 찢겼을 뿐, 곡괭이의 이빨이 살 속 깊이 파고 들지는 않았다. 그러나 상처가 몹시 아팠고, 상처 위에는 피가 달라붙어 있었다. 미시카는 몸을 일으켜 귀를 기울였다. 반란군의 척후들이 부락을 돌아다니고 있는 것 같았다. 이따금 총성이 둔하게 울려왔다. 개 짖는 소리가 들렸다. 멀리서 들리던 아기 울음소리가 차츰 가까이 다가왔다. 미시카는 가축이 다니는 작은 길을 지나 돈 강가를 향해 걸어갔다. 강가에 닿자 사이 뜬 울타리 밑으로 들어가 눈 위를 더듬으면서 기어갔다. 지형을 분간할 수 없어 무턱대고 기어갔다. 추위가 밀려와 손을 꽁꽁 얼렸다. 그 추위가 미시카에게 어떤 집의 문앞으로 기어가게 했다. 미시카는 섶나무 가지로 엮은 샛문을 밀치고 뒤뜰로 들어갔다. 왼쪽에 창고가 보였다. 그때, 그는 발소리와 기침 소리를 들었다.

누군가 펠트 구두를 삐걱거리면서 움막 쪽으로 걸어왔다.

'들키면 맞아죽을 거야.' 코셰보이는 남의 일처럼 태연히 그런 생각을 하고 있었다. 사람 그림자는 어두운 입구 쪽에서 걸음을 멈추었다.

"누구야, 거기 누구지?"

겁을 먹은 듯한 가는 목소리였다.

미시카는 담벼락 그늘에 몸을 숨기려고 했다.

"누구야?"

이번에는 더욱 불안스럽게 물었다.

스테판 아스타호프의 집임을 알게 된 미시카는 비로소 밖으로 기어나왔다.

"스테판, 나야, 코셰보이. 부탁이니 제발 도와주게! 아무에게도 말하지 않겠지? 살려 줘!"

"누군가 했더니……."

티푸스를 앓다 일어난 지 얼마 안되는 스테판은 힘없는 목소리로 말했다. 그는 야위어서 가늘어진 입을 크게 벌리고 맥없는 웃음을 띠었다.

"알겠네. 여기에서 쉬거나. 그 대신 날이 밝으면 딴 데로 옮기도록 해, 그런데 자네 어떻게 여기까지 왔나?"

미시카는 대답하지 않았다. 다만 그의 손을 더듬어 잡고 나서 밀겨 더미 속으로 파고들었다. 이튿날 밤, 어두워지기가 바쁘게 나중에야 어찌 되든 알 게 뭐냐는 배짱으로 집으로 들어갔다. 문을 열어 준 어머니는 그를 보자 울음부터 터뜨렸다. 어머니의 손이 아들을 더듬다가 목을 끌어안았다. 어머니의 머리가 그의 가슴 위를 헤매고 있었다.

"달아나거라! 제발 달아나! 미셴카! 오늘 아침에 카자흐들이 찾아왔다. 집 안을 샅샅이 뒤지고 갔단다. 안치프카 브레프에게 채찍으로 얻어맞았다. '자식놈을 숨겨 줬지, 당장 끌어오지 못하겠나, 이걸 그냥 때려죽이는 건데!' 이러지 않겠니."

어디에 자기 편이 있는지 미시카는 짐작조차 가지 않았다. 부락에서 무슨 일이 일어났는지도 알 수 없었다. 어머니의 몇 마디 안 되는 말로 돈강 일대의 모든 부락이 폭동을 일으켰다는 것과 슈토크만, 이반 알렉세예비치, 다비드카와 민경들은 달아났지만, 필리카와 티모페이는 이미 어제 낮에 광장에서 죽임을 당했다는 것을 알았다.

"어서 달아나! 여기 있다가는 들켜……."

어머니는 흐느껴 울었다. 그러나 그녀의 목소리는 근심에 싸인 가운데서도 힘을 잃지 않고 있었다. 미시카는 오랜만에 어린애처럼 소리를 내어 울었다. 그런 다음 목부시절에 타고 다녔던 새끼 있는 암말에 고삐를 매어 탈곡장으로 끌고 갔다. 망아지와 함께 어머니가 뒤따라왔다. 어머니는 미시카가 말에 오르는 것을 도와주고 성호를 그었다. 암말은 마지못해 걸어가며 새끼를 못 잊어 두어 번 울음소리를 냈다. 그때마다 미시카의 가슴은 찢어질 것 같고 심장이 떨어지는 것 같았다. 하지만 무사히 언덕 위로 올라 거기에서부터 게트만스키 가도를 따라서 우스티 메드베디차 방향으로 말을 몰았다. 밤은 탈주자의 길을 도와 몹시 캄캄했다. 암말은 새끼를 잃을까 겁이 나 계속 울어댔다.

코셰보이는 이를 악물고 채찍으로 말의 귀를 때리며 몇 번이나 일어서서 주위를 살피고 귀를 기울였다. 혹시 어디선가 말발굽 소리가 들려오지 않을까, 말 울음소리가 남의 주의를 끌게 된 것은 아닐까 걱정했다. 그러나 주위는 믿을 수 없을 정도로 조용했다. 코셰보이는 멈춰서 있는 동안 망아지가 어미의 검은 유방에 매달려 젖을 빠는 소리를 듣고 있었다.

28

키자크 움막에는 건조한 비료와 썩은 짚과 먹다 남은 마른풀 냄새가 뒤섞여 풍겼다. 낮에는 삿자리를 덮은 지붕 틈 사이로 회색 광선이 쏟아져 내렸다. 가늘고 마른 나뭇가지로 엮은 문 틈새로 마치 키 밑을 뚫고 지나가듯이 때때로 태양이 빼꼼히 들여다보았다. 밤은—깜깜한 어둠, 쥐울음 소리. 정적.

하루에 한 번씩 저녁 무렵에 아낙네가 발소리를 죽이고 그리고리에게 음식을 가져다 주었다. 그의 곁에는 물이 든 1베드로[16]들이 병이 키작크 속에 파묻혀 보관되어 있었다. 다른 것은 참을 만했지만 담배를 피우고 싶은 것만은 견딜 수가 없었다. 그리고리는 첫날은 종일토록 안절부절못했다. 이튿날 아침엔 더 이상 견디지 못하고 토방을 기어다니면서 한 줌의 말똥을 끌어모아 그것을 손바닥으로 잘게 부숴가지고 피웠다. 저녁나절, 주인이 빵과 함께 자기네 마당에서 가꾼 쥬페크 뿌리 한 줌과 성냥알이 든 성냥갑과 복음서를 찢어 낸 곰팡이 냄새가 풍기는 종이 두 장을 들여보냈다. 그리고리는 기뻐 구토증이 치밀도록 실컷 피운 다음 울퉁불퉁한 키작크 위에서 새가 날개 밑으로 머리를 밀어붙이듯이 옷자락에 머리를 파묻고 깊은 잠에 빠져들었다.

아침이 되자 주인이 그리고리를 깨웠다. 그는 키작크 움막으로 뛰어와서 목청을 높여 소리를 질렀다.

"아직도 자나. 일어나게! 돈강이 봇물을 터뜨렸어!"

그는 큰 소리로 웃었다.

그리고리는 건분 자루 위에서 뛰어내렸다. 그의 뒤에 산처럼 쌓인 네모진 건분 자루가 눈사태처럼 소리를 내면서 무너져내렸다.

"무슨 일인데?"

"엘란스카야하고 뵤센스카야 패들이 들고 일어났대. 포민과 소비에트 정권은 모조리 뵤시키에서 토킨으로 도망갔다는군. 카잔스카야, 슈미린스카야, 미그린스카야에서도 일어난 모양이야. 엄청난 소동이래!"

그리고리의 이마와 목에 정맥이 부풀어오르고 동공에선 풀빛을 띤 불꽃이 튀었다. 그는 기쁨을 감출 길이 없었다. 목소리가 떨리고 검은 손가락은 자신도 모르게 외투의 단추를 더듬고 있었다.

"그럼, 이 근처는? 이 부락은 어때? 무슨 일이 일어났나?"

"아직 아무 소리도 못 들었네. 의장을 만났는데 웃으면서 이러잖아. '하느님께 빌어야겠다'고. 어쨌든 그 보금자리에서 빨리 나오게."

두 사람은 집을 향해서 걸어갔다. 그리고리는 잰걸음으로 다급하게 발길을

---

16) 12.3리터 정도.

옮겼다. 주인도 걸음을 재촉하면서 계속 지껄였다.

"엘란스카야에선 맨 먼저 크라스노야르스키 부락이 일어났대. 그저께 엘란스카야의 쿄문(공산당) 20명이 카자흐를 잡으려고 크리프스코이 부락과 프레샤코프스키 부락으로 쳐들어가자 크라스노야르스키 사람들이 그 말을 듣고 이렇게 결정했다는군. '끝까지 우리를 쥐어짤 기세인데 더 이상 참고 있을 수는 없지 않소? 지금은 우리들의 아버지가 붙잡혀 가지만 앞으로는 우리에게로 손을 뻗칠 거다. 말에 안장을 채우고 어서 일어나자. 체포된 사람들을 구해야 한다'라고. 모인 인원은 열댓 명밖에 안 되지만 모두가 호전적이고 대담한 카자흐라는군. 아트라노프란 자가 지휘를 맡았대. 소총은 겨우 두 자루뿐이고 한 사람은 칼, 또 한 사람은 창, 그리고 곤봉 이런 정도였다는군. 돈을 넘어 프레샤코프로 달려갔는데, 공산당놈들이 메리니코프 근처의 집 마당에서 때마침 쉬고 있더래. 크라스노야르스키 패는 거기로 들어갔대. 그런데 그 집 마당이 돌담이라 퇴각을 할 수밖에, 공산당 놈이 그중의 한 카자흐를 죽인 거야. 아멘. 뒤에서 쏜 한 발을 맞고는 굴러떨어져 울타리에 걸린 거야. 그놈을 프레샤코프의 카자흐들이 마을 마구간까지 운반해 갔는데, 그 녀석의 손에 얼어붙은 것처럼 채찍이 쥐어져 있더래…… 그 즉시 그 채찍을 뽑았다는 거야. 그러니 소비에트 정권이여 아멘, 안 할 수가 있느냐고!"

집 안에서 그리고리는 아침밥 남은 것을 꾸역꾸역 먹어치웠다. 그런 뒤에 주인과 함께 거리로 나갔다.

골목 모퉁이마다 마치 축제날처럼 카자흐들이 떼를 지어 서 있었다. 그리고리는 한 무리 앞으로 다가갔다. 카자흐들은 모자 끝에 손을 대어 인사를 대신했으나 호기심과 기대를 안고 낯선 그리고리의 얼굴을 바라보면서 신중하게 말을 주고받았다.

"이 사람은 우리 편이야. 타타르스키의 멜레호프 집안 얘기 들어본 적 있나? 이 사람은 판텔레이의 아들인 그리고리야. 총살형을 피해서 내 집에 와 있었어."

주인은 으스댔다.

잡담이 시작되자 한 카자흐가 포민을 뵤센스카야로 내쫓아 버린 것은 레세트프스키와 두브로프스키와 체르노프스키 부락 사람들이라고 말했다. 그런데 그때, 이마가 벗겨진 하얀 산의 경사면으로 통한 도로 끝 위에 기마병 둘이 모습을 나타냈다. 두 사람은 한길을 뛰어가면서 일일이 카자흐의 무리 근처에 멈춰 서서 뭐라고 큰 소리로 외치며 손을 흔들어 보이기도 했다. 그리고리는 두 사람이 다가오는 것을 초조하게 지켜보았다.

"저건 우리 마을 사람이 아니다. 루이브누이 사람이 아니라니까……잘은 모르지만 전령이 틀림없어."

카자흐는 그렇게 말하고 뵤센스카야 점령에 대한 얘기는 접어버렸다.

두 사람은 가까이 다가왔다. 단추도 잠그지 않은 윗옷을 걸치고 땀투성이가 된 얼굴에 모자도 쓰지 않아 백발을 휘날리고 있는 노인이 맨 앞에 있었는데, 교묘하게 말을 세웠다. 한껏 뒤로 몸을 젖힌 그는 오른손을 앞으로 내밀었다.

"카자흐들아, 뭣 때문에 너희들은 계집애들처럼 골목에 모여있는 게냐?"

울부짖는 소리로 그는 외쳤다. 눈물이 그의 음성을 끊어놓고 흥분으로 얼굴이 시뻘개져 경련을 일으켰다.

무쇠처럼 단단한 다리에 탄탄한 꼬리를 가진, 붉은 털의 코가 흰 아름다운 암말이 그의 몸 밑에서 움직였다. 말은 콧소리를 내고 재갈을 씹으면서 몸을 굽혔다가 뛰어오르며 고삐를 잡아당겼다. 말의 얇은 피부 밑에서 힘줄과 혈관이 꿈틀거리다가 튀어오르곤 했다. 목덜미에는 불끈불끈한 근육이 줄무늬를 이루고 장밋빛의 투명한 콧잔등은 계속 벌름거렸다. 높게 튀어나온 루비빛 두 눈이 무언가를 찾듯이, 그리고 증오하듯이 비스듬히 치뜨고 주인을 바라보았다.

"너희들, 왜 그렇게 서 있는 거야? 고요한 돈 주민들아!"

그리고리에게서 다른 무리에게로 시선을 옮기며 노인은 다시 한번 외쳤다.

"너희들의 아버지, 할아버지가 총살을 당하고 너희들의 재산은 몰수당하고 너희들의 신앙은 웃음거리가 되고 있단 말이다. 그런데도 너희들은 해바라기 씨나 씹으며 놀러나 다니고, 대체 뭣들 하는 게냐? 모가지에 밧줄이 걸리기를 기다리고 있는 게냐? 대체 언제까지 계집에게 매달려 있을 셈이냐? 뵤센스카야에선 벌써 빨갱이들을 내쫓아버렸다……그런데 너희들은 아무렇게나 살아가도 괜찮다는 게냐? 아니면 너희들 혈관에는 카자흐의 피 대신 천한 농사꾼의 크바스라도 흐르고 있다는 말이냐? 일어서라! 무기를 잡아야 한다! 모든 부락을 불러모으기 위해서 크리프스코이 부락이 우리를 여기에 보낸 거다. 고삐를 잡아라 카자흐들아, 아직 늦지 않았다!"

그 광기 어린 두 눈이 낯익은 노인 한 사람과 마주치자 그는 벽력 같은 소리로 고함을 질렀다.

"자네조차도 멍청하게 서 있을 참인가! 세묜 프리스토포로비치! 자네 아들은 피로노보 근처에서 빨갱이에게 뜯어먹혔는데도 자넨 따뜻한 방 안에서 쭉 뻗고 있나!"

그리고리는 끝까지 듣지 않고 마당 쪽으로 뛰어갔다. 그는 오랫동안 쉰 자신의 말을 밀겨 창고에서 끌어냈다. 피가 나오도록 손톱을 세워 건분 속에서 안장을 꺼낸 다음 미친 것처럼 밖으로 뛰쳐나왔다.

"자, 난 가네! 정말 고마웠어!"

그는 문 옆으로 달려온 주인에게 겨우 그 한 마디를 외쳤다. 그리고 안장 위에 몸을 엎드려 온몸을 말목에 기울이고 양쪽 옆구리를 채찍으로 치면서 전속력으로 질주했다. 그의 등 뒤에선 눈 기둥이 점차 사그라지고 발밑에서는 등자가 흔들리고 꽁꽁 언 두 발은 안장 가장자리에 부딪혀 껍질이 벗겨졌다. 등자 밑에서는 말발굽이 엄청난 속도로 달리고 있었다. 그는 자신의 목소리가 어느새 목구멍을 뚫고 거칠게 터져나올 정도로 큰 기쁨을 느끼며 힘과 결단이 솟구쳐오름을 깨달았다. 그의 심중에 억눌리고 숨겨져 있던 감정이 해방을 맞은 것이다. 앞으로의 행로는 달빛이 비치는 길처럼 밝을 거라는 생각이 막연히 떠올랐다.

모든 것은 그가 짐승처럼 키작크 구덩이 속에 몸을 숨기고 외부의 사소한 소리와 인기척에 마음 졸였던 며칠 동안에 결정났고 또한 검토되었다고 할 수 있었다. 그의 가슴에는 진실의 탐구와 동요와 변천과 고통스러운 내면의 투쟁이 전혀 없었던 것처럼 그 흔적 또한 남아 있지 않았다.

몇 날이 비구름의 그늘에 덮인 것처럼 지나가 버렸다. 그러나 지금 생각하니 이제까지의 모색이 무의미하고 공허한 것으로 여겨졌다. 무엇을 그리도 생각할 것이 있었단 말인가. 어째서 몰이꾼들에게 쫓기는 이리같이 출구를 찾아 헤매고 모순의 해결을 찾아 우왕좌왕했던 것일까? 어차피 인생이란 그 날개 밑에서 편안히 쉴 수만은 없다는 진리는 애초부터 알지 않았던가. 지금은 자꾸만 그런 생각이 드는 것이었다. 누구나 혼자만의 진리를 갖고 있는 것 같았다. 자기만의 길이 있다고 여겨졌다. 한 조각의 빵을 위해, 몇 뼘도 안 되는 땅을 위해, 살아갈 권리를 위해서 인간은 싸워 왔다. 그리고 태양이 인간을 비추고, 혈관 속에 따뜻한 피가 흐르고 있는 동안 싸움은 계속될 것이다.

생활을, 생활의 권리를 빼앗으려 하는 자와는 싸워야만 한다. 완강하게 물러서지 않고 끝까지 목숨을 걸고 싸워야만 한다. 그리고 또한 작열하는 증오와 불굴의 혼은 싸움이 주는 선물인 것이다. 다만 한 가지 필요한 것은 감정의 고삐를 당기지 않고 미치광이처럼 방치해야 한다는 것이다.

카자흐의 길이 토지를 갖지 않은 러시아 농부와, 공장 노동자의 길에 충돌을 일으킨 것이다. 놈들하고의 싸움은 필연이다! 놈들의 발밑에서 피를 흘린 카자흐의, 비옥한 돈의 토지를 죽음을 걸고 빼앗아야 한다. 놈들을 타타르처럼 이 영토에서 추방해야 한다! 모스크바를 혼내 줌으로써 굴욕적인 강화를 얻어내야 한다! 좁은 길에서는 부딪치지 않고서 지나갈 수가 없다. 어느 한쪽이 다른 한쪽을─그렇다면 이쪽에서 밀쳐내야만 한다. 힘겨루기는 끝났다. 빨갱이 부대를 카자흐 땅에 끌어들여 싫도록 힘을 겨뤄 봤으니 이제 그만 끝내야 한다. 자, 이번엔 내버려 둘 수가 없게 된 것이다!

흰 갈기처럼 얼어붙은 돈강 위를 달려가면서 그리고리는 두서없이 치밀어오르는 증오에 시달리며 이런 것을 생각하고 있었다. 순간 그의 심중에 또 다른 생각이 번뜩였다. '부자와 가난뱅이가 싸우는 것은 좋다. 하지만 카자흐와 러시아여선 안 된다…… 미시카 코셰보이나 코틀랴로프는 분명 카자흐지만 뼛속까지 빨갱이다!' 그러나 그는 애써 이런 생각을 떨쳐버렸다.

타타르스키가 멀리 바라보였다. 그리고리가 고삐를 늦추자 땀투성이가 된 말이 가벼운 구보로 걸음을 바꾸었다. 강의 내리막 입구에서 다시 속도를 낸 그는 말 가슴으로 샛문을 밀치고 마당 안으로 재빨리 들어갔다.

29

동트기 전, 지칠 대로 지친 코셰보이는 우스티 호표르스카야 마을의 볼쇼이 부락으로 말을 몰고 갔다. 제4자 아무르 연대의 보초가 그를 불러세웠다. 두 사람의 적위병이 그를 본부로 데리고 갔다. 본부원 한 사람이 의심스럽다는 얼굴로 여러 가지를 물었다. 그를 궁지로 몰아넣으려는 것이었다. "그럼, 자네 부락에선 누가 혁명위원회 의장직을 맡고 있었나? 증명서는 왜 갖고 있지 않지?"

만사가 이런 식이었다. 미시카는 어처구니가 없어 대꾸할 마음이 일지 않았다.

"날 의심해선 안 돼요, 타바리시치! 카자흐는 이러지 않습니다. 이래서야 무슨 일을 할 수 있겠소."

그는 셔츠를 걷어올리고 곡괭이로 찍힌 옆구리와 아랫배를 보여 주었다. 마음 같아서는 욕설을 퍼붓고 싶었다. 그러자 그때 슈토크만이 들어왔다.

"어디 있다가 이제야 오나!"

그의 저음이 터져나왔다.

"동지, 무슨 일로 이 사람을 심문하오? 이 사람은 틀림없는 우리 패요! 그런데 자넨 왜 이런 서툰 짓을 저질렀나? 혼자 몸으로 이런 곳을 찾아오다니…… 나나 코틀랴로프를 마중나오게 했더라면 이따위 심문은 받지 않았을 게 아닌가…… 가자고, 미시카! 그건 그렇고, 자네 어떻게 무사할 수 있었지? 빨리 얘기하게. 우린 자네를 생존자 명부에서 지워버렸는데…… 훌륭한 최후를 마쳤을 거라고 생각했었네."

미시카는 자기가 포로로 잡힌 얘기와 그동안에 겪은 자초지종을 죄다 털어놓고 새삼 그때의 일이 생각나서 눈물이 날 만큼 가슴이 아팠다. 그리고 부끄러웠다.

30

타타르스키에서는 그리고리가 돌아온 날, 200명가량의 카자흐 한 조가 조직되었다. 17세부터 70세까지 무기를 지닐 수 있는 사람이면 누구나 동원한다는 원칙이 집회에서 결의되었다. 대다수 사람들이 상황이 좋지 않음을 느끼고 있었다. 북에는 볼셰비키 밑에서 움직이고 있는 보로네시현과 적화된 호표르스키 관구가 있었다. 그리고 남으로는 반란군을 분쇄할 수 있을 정도의 전투 부대가 주둔해 있었다. 신중한 카자흐 몇은 무기를 들려 하지 않았다. 그렇지만 그런 사람들조차도 강제로 끌어냈다. 스테판 아스타호프 또한 완강하게 전투 참가를 거부했다.

"난 안 가. 말이나 가져가라고. 어떻든 자네들이 하고 싶은 대로 하게. 하지만 내게 무기를 들라는 말은 하지 말게!"

아침에 그리고리와 프리스토냐와 아니쿠시카가 그의 집을 찾아갔을 때 스테판은 이렇게 잘라 말했다.

"대체 왜 그러는 거야?"

씩씩거리면서 그리고리가 물었다.

"어쨌든 싫어, 그뿐이야!"

"그럼, 만약 빨갱이가 부락을 점령하면 어디로 갈 텐가? 우리하고 함께 갈 건가, 아니면 남아 있을 작정인가?"

스테판은 긴장한 눈초리로 그리고리와 아니쿠시카를 번갈아 보더니 대꾸했다.

"그때 가서 결정하겠네……."

"그렇다면 당장 밖으로 나와! 이놈을 체포해라, 프리스탄! 총살을 시켜야 해."

그리고리는 스테판의 군복 소매를 잡아끌었다.

"가자, 이 집에 더 이상 눌러 있을 필요도 없어."

"그리고리, 이러지 마…… 왜 이러는 거야!"

파랗게 질린 스테판은 힘없이 저항했다. 얼굴을 일그러뜨리고 있던 프리스토냐가 그의 몸을 뒤에서 깍지 낀 채 말했다.

"네가 그렇다면 별도리 없지."

"이봐, 친구들!"

"우린 네놈 친구가 아냐! 어서 가자."

"이것 놔! 참가할 테니까. 난 티푸스로 몸이 쇠약해 있어서……."

그리고리는 쓸쓸하게 웃으면서 스테판의 소매를 놓고 말했다.

"가서 소총을 받아가지고 와. 진작에 그럴 것이지!"

외투 앞자락을 여미고서 그는 인사도 하지 않고 나가버렸다. 프리스토냐는 이런 일이 있은 뒤에도 허물없이 스테판에게 담배를 얻어 피웠다. 그리고 둘 사이에 아무 일도 없었던 것처럼 잡담을 나누면서 한참 한자리에 눌러 있었다.

저녁때까지 뵤센스카야로부터 두 대의 짐마차로 무기가 운반되어 왔다. 소총 84자루, 군도 백여 자루. 숨겨 두었던 자신의 무기를 꺼내들고 온 사람도 많았다. 부락에서 211명의 병사가 모였다. 기병 150명, 나머지는 보병이었다.

반란군에게는 아직 일관된 조직이 없었다. 부락마다 뿔뿔이 흩어진 채로 행동하고 있었다. 부락들은 독자적으로 부대를 편성하여 계급보다는 전공을 고려해서 가장 용감한 카자흐를 지휘관으로 선출하고, 공세를 취하지 않은 상태에서 이웃 부락과 합류하여 정찰대를 만들어 부근을 탐색하고 있는 정도였다.

타타르스키의 기병대장에는 그리고리가 돌아오기 전에 페트로 멜레호프가 선출되었다. 보병대의 지휘는 라티셰프가 맡았다. 이반 토밀린을 대장으로 한 포병대는 바즈키를 향해 길을 떠났다. 거기에는 거의 파괴되어 조준기도 없고 한쪽 바퀴마저 부서진 대포가 적위군에 의해 버려져 있었다. 그것을 수리하기 위해서 포병대가 출동한 것이었다.

211명이 지닐 소총 108자루, 군도 140자루, 엽총 14자루가 뵤센스카야로부터 운반되고 부락 안에서 거둬지기도 했다. 판텔레이 프로코피예비치는 다른 노인들과 함께 모호프네 지하실에서 구출되자 먼저 기관총부터 파냈다. 그러나 탄띠가 없어 부대는 기관총을 무기에 포함시키지 않기로 했다.

이튿날 저녁때, 다음과 같은 사실이 명백해졌다—반란군 진압을 위해 300명의 리하쵸프 지휘하의 적위군 토벌대가 7문의 포와 12대의 기관총을 가지고 카르긴스카야로부터 진군 중에 있다는 것이었다. 페트로는 토킨 부락 방면으로 강력한 정찰대를 보내기로 결정함과 동시에 뵤센스카야로 정보를 전달했다.

정찰대는 석양 무렵에 출발했다. 그리고리 멜레호프가 타타르스키 부락민 32명을 지휘하고 있었다. 구보로 부락을 출발한 그들은 토킨 앞까지 계속 달렸다. 거기서 약 2킬로미터가량 떨어진 벼랑 언저리에 다다르자, 그리고리는 말을 내리라고 명령하고 벼랑 경사면으로 산개시켰다. 말 담당병들은 말을 기슭으로 끌고 갔다. 거기에는 눈이 깊이 쌓여 있었다. 말은 아래로 내려가면서 눈 속으로 푹푹 빠져들곤 했다. 암말 하나가 길길이 날뛰고 뒷발질을 해서 그 말에게는 특별히 말 담당을 한 사람 따로 붙여놓았다.

그리고리는 세 카자흐—아니쿠시카, 마르친 샤밀리, 프로호르 즈이코프—를 부락 쪽으로 내보냈다. 멀리 보이는 경사면 아래에 폭 넓은 지그재그를 그리면서 동남으로 뻗은 토킨의 잡목림이 보였다. 밤이 다가왔다. 광야 위에 낮게 구름이 떠 있었다. 카자흐들은 벼랑 근처에 묵묵히 앉아 있었다. 그리고리는 말을 타고 가는 세 사람의 모습이 산을 내려가면서 검은 배경처럼 보이는 외줄기 길과 한 덩어리가 되어 멀어져가는 모습을 바라보았다. 순식간에 말은 보이지 않고, 다만 기수의 머리가 흐릿하게 보일 뿐이었다. 이윽고 그 방향에서 기관총이 소리를 뿜기 시작했다. 그러자 바로 뒤에서 높게 또다른 기관총이 따따따! 짖어 댔다. 경기관총인 듯싶었다. 총알을 다 날려보낸 경기관총은 침묵을 지켰다. 그러나 처음 기관총이 한숨 돌린 뒤에 또 하나의 탄띠를 잇따라 쏘아댔다. 탄환은 뿔뿔이 흩어져 벼랑 위의 어둠컴컴한 상공을 지나쳐갔다. 그 생생한 음향이 생기를 일으키게 했다. 그 소리는 쾌적하며 드높았다. 세 명의 기마병이 전속력으로 말을 몰고 왔다.

"전초병과 충돌했다!"

멀리서 프로호르 즈이호프가 외쳤으나 그 소리는 달려오는 말발굽 소리로 지워지고 말았다.

"말 담당, 준비!"

그리고리는 명령을 내렸다.

그는 다급하게 벼랑 꼭대기로 뛰어올라갔다. 그리고 소리를 내면서 눈 속에서 허우적거리며 걸어오는 카자흐를 향해 외쳤다.

"아무것도 보이지 않더냐?"

"소리로 봐서 숫자가 꽤 많은 것 같았어."

숨찬 소리로 아니쿠시카가 말했다.

그는 말에서 뛰어내렸다. 장화 가장자리가 등자에 걸렸다. 아니쿠시카는 한쪽 다리로는 뛰고 다른 한쪽 발을 손으로 벗겨내면서 투덜거렸다.

그리고리가 그에게 이것저것 질문을 하는 사이에 8명의 카자흐가 벼랑에서 기슭으로 내려왔다. 말을 떼어놓고 그들은 달아나버렸다.

"내일의 총살감이군."

멀어져가는 탈주병의 발소리를 들으면서 그리고리가 낮은 소리로 말했다.

벼랑의 경사면에선 남아 있던 카자흐들이 그로부터 약 한 시간 동안 주의 깊게 침묵을 지키고 있다가 무언가에 귀를 기울였다. 마침내 말발굽 소리가 들려왔다.

"토킨 방면에서 오고 있다……."

"정찰병들이겠지!"

"그럴 리가 없어!"

수군거리면서 머리를 내밀었다. 그리고 보이지 않는 밤의 어둠 속에서 무엇인 가를 분간해 내려고 헛된 노력을 기울였다. 페도트 보드프스코프의 칼미크인 같은 눈초리에 맨 먼저 잡혔다.

"나타났어."

소총을 벗겨내고 그는 자신 있는 투로 잘라 말했다.

그는 소총을 기묘한 몸짓으로 들고 있었다―가죽끈을 마치 십자가의 끈처럼 목에 걸어 소총이 가슴 위에서 비스듬하게 흔들렸다. 그는 언제나 여자가 두레 박의 손잡이를 움켜쥐듯이 양쪽 손으로 총신과 개머리판을 누른 채 걷거나 말 에 탔다.

열 명가량의 기마병이 우르르 도로로 달려왔다.

몇 발짝 앞서 있는, 두둑이 차려입은 당당한 모습의 남자가 유달리 드러나 보 였다. 허리가 길고 꼬리가 짧은 말은 자신과 자랑에 넘쳐 전진해 왔다. 그리고리 는 회색 하늘을 배경으로 한 아래쪽으로 말과 기수의 윤곽을 볼 수 있었다. 그 는 선두의 사나이가 쓴 모피 모자의 납작한 꼭대기까지도 보았다. 기마병들은 벼랑으로부터 약 20미터밖에 안 되는 거리에 있었다. 그들과 카자흐들과의 거리 가 매우 가까웠기 때문에 카자흐들은 자신들의 숨소리와 심장의 고동 소리가 들리지 않을까 생각될 정도였다.

그리고리는 자기의 지시 없이는 절대 발사하지 말도록 미리 주의를 했다. 그 는 사냥감을 노릴 때처럼 빈틈없이 기회를 엿보았다. 그는 이미 하나의 결심을 굳혔다.

'놈들을 불러세워야 한다. 놈들이 당황해서 한 덩어리가 될 때, 발사 명령을 내리는 거다.'

길에서는 한가하게 눈밟는 소리가 들려왔다. 말발굽 아래에서 반딧불같이 노 란 불꽃이 튀었다. 아마 말발굽이 솟아나온 돌 위로 미끄러진 모양이었다.

"거기 가는 자는 누구냐?"

그리고리는 고양이가 벼랑 위에서 튀어나온 것처럼 몸을 똑바로 세웠다. 그 의 뒤를 이어 카자흐들이 일제히 모습을 드러냈다.

그리고리가 전혀 예기치 못했던 일이 일어났다.

"무슨 일인가?"

공포나 놀라움의 흔적도 보이지 않고 맨 앞에 선 사내가 굵은 베이스로 물었다. 그는 말머리를 돌려 그리고리 쪽으로 다가왔다.

"누구냐?"

그리고리가 날카롭게 외쳤다. 선 채로 움직이지 않고 눈치채지 못하도록 권총의 총구를 들어올렸다.

아까와 같은 저음이 노기를 띠고 울려왔다.

"누구냐, 고함지른 자가? 난 토벌 부대의 지휘자다! 반란 진압을 위해 제8적위군 사령부로부터 전권을 위임받은 사람이다! 그쪽 지휘자는 대체 누구냐? 지휘자는 앞으로 나오라!"

"내가 지휘관이다."

"네가? 하, 하, 하……"

그리고리는 번쩍 치켜올린 적의 손안에서 검은 물건을 보았다. 순간 몸을 뉘었다. 엎드리면서 소리쳤다.

"쏴라!"

끝머리가 둥근 브라우닝 총알이 그리고리의 머리 위를 날아갔다. 양쪽 모두의 귀청을 찢을 것 같은 발사음이 튀어올랐다. 보드프스코프가 대담무쌍한 지휘관의 말고삐에 매달렸다. 보드프스코프의 뒤쪽에서 몸을 뻗어 한쪽 손을 움켜쥔 그리고리는 군도를 휘둘러 쿠반카 모자에 일격을 가해 육중한 몸을 안장으로부터 끌어내렸다. 싸움질은 2분 정도에서 끝이 났다. 세 명의 적위병은 도주하고, 두 명은 죽고, 나머지는 무기를 압수당했다.

그리고리는 부상당한 상대방의 입에 권총을 들이대면서 포로가 된 쿠반카 모자를 쓴 지휘관을 가차 없이 심문했다.

"이 새끼, 이름이 뭐냐?"

"리하쵸프."

"아홉 명의 호위까지 거느리고, 대체 무슨 목적으로 어슬렁거렸지? 네놈은 카자흐가 항복할 줄 알았더냐? 용서를 구할 줄 알았느냐?"

"죽여 다오!"

"서둘 것 없어."

그리고리는 상대방을 회유하려 했다.

"서류는 어디 있나?"

"서류 배낭 안에 있다. 나쁜 새끼! 악당!"

그리고리는 욕설에는 귀를 기울이지 않고 직접 리하쵸프의 몸을 뒤져 그의 반외투 주머니 안에서 브라우닝을 또 한 자루 찾아냈고 모젤과 서류 주머니를 압수했다. 옆 호주머니 안에 든 반점 박힌 짐승 가죽의 서류 배낭 속에는 서류와 담뱃갑이 있었다.

리하쵸프는 줄창 욕설을 퍼부었다. 그는 오른쪽 어깨에 부상을 입고 그리고리의 군도에 맞아 머리에 심한 상처를 입고 있었다. 그는 그리고리보다 키가 크고 육중하니 힘도 더 셀 것 같았다. 말끔하게 면도를 한 거무스름한 얼굴에는 짧고 폭이 넓은, 새까만 눈썹이 엄격한 인상을 풍겼고, 큰 입과 네모난 턱을 하고 있었다. 리하쵸프는 주름 잡힌 반외투를 입고 있었다. 세이버의 일격으로 갈라진 쿠반카 모자가 머리를 덮고 있었다. 반외투 밑으로는 카키색 군복과 헐렁한 승마 바지를 입고 있었으나, 발은 작고 품위가 있었으며 에나멜을 칠한 멋진 가죽 장화를 신고 있었다.

"외투를 벗어라, 코미사르!"

그리고리가 명령했다.

"네놈은 번들번들 윤기가 도는군, 카자흐의 빵으로 살이 쪘으니까 얼어죽진 않을 게야!"

포로의 두 손을 밧줄로 묶어 자신들의 말에 태웠다.

"내 뒤를 따르라!"

그리고리는 명령하고 자기의 어깨에 멘 리하쵸프의 모젤 위치를 고쳤다.

그들은 바즈키에서 밤을 지냈다. 짚 더미를 깐 모닥불 옆에서 리하쵸프는 신음 소리를 내고 이를 갈며 줄곧 엎치락뒤치락했다. 그리고리가 등불 밑에서 부상당한 그의 어깨를 닦아 주고 붕대를 감아 주었다. 그러나 심문은 더 이상 하지 않았다. 리하쵸프의 전권 위임장과 도망친 혁명재판소로부터 리하쵸프의 손에 건너온 반혁명적 카자흐의 명부와 수첩과 편지와 지도에 기입된 표시 등을 들여다보면서 오랫동안 탁자 앞에 앉아 있었다. 때때로 리하쵸프를 흘끗 바라보고 그의 시선에 자신의 시선을 칼날처럼 부딪혀 보기도 했다. 움막에 야영하고 있던 카자흐들은 밤새껏 말을 살피러 나가거나 현관으로 담배를 피우러 가거나 잡담을 주고받았다.

그리고리는 새벽녘에 가서 잠시 졸기는 했지만, 이내 잠이 깨어 탁자 위에서 무거운 머리를 들어올렸다. 리하쵸프는 이빨로 붕대를 풀고 물어뜯기도 하면서 짚 더미 위에 앉아있었다. 그는 충혈된 험악한 눈초리로 그리고리를 노려보았다. 그의 입은 단말마의 몸부림처럼 흰 이를 드러내고 있었다. 눈동자 속에 너무나 격심한 죽음의 고통이 번득이는 것을 본 그리고리는 단번에 잠이 달아나고 말았다.

"왜 그래?"

그리고리가 물었다.

"죽고 싶을 뿐이다!"

리하쵸프는 창백한 얼굴을 짚 더미 위로 갖다대면서 신음 소리를 토했다.

하룻밤 사이에 그는 6리터가량의 물을 마셨다. 새벽녘까지 꼬박 뜬눈으로 지샌 것이었다.

아침나절에 그리고리는 짧은 보고서와 압수한 서류를 붙여 타챤카(이륜 운반차)에 태워서 리하쵸프를 뵤센스카야로 압송했다.

31

뵤센스카야 집행위원회의 붉은 벽돌 건물에 타챤카가 두 명의 카자흐의 호위를 받으면서 위세 좋게 달려왔다. 타챤카 뒤쪽에서 리하쵸프는 몸을 기대고 있었다. 그는 피투성이가 된 붕대를 감은 손을 짚고 부시시 일어섰다. 말에서 내린 카자흐들이 그를 부축해 건물 안으로 들어갔다.

임시로 반란군 전체를 지휘하고 있던 스야로프의 방에는 50명가량의 카자흐가 빽빽이 들어차 있었다. 리하쵸프의 팔을 잡고 테이블 쪽으로 뚫고 들어갔다. 좀처럼 볼 수 없을 정도로 교활하고 가느다란 황색 눈, 그것 이외에는 어느 것 한 가지도 눈에 띄는 데가 없는 왜소한 체구의 스야로프가 탁자 앞에 앉아 있었다. 그는 매우 온건하게 리하쵸프를 흘낏 쳐다보면서 물었다.

"드디어 잡혔군. 자네가 리하쵸프인가?"

"그렇다. 이게 내 서류다."

리하쵸프는 서류를 탁자 위에 올려놓고 매서운 눈초리로 스야로프를 노려보았다.

"분하다. 내 임무를 다하지 못했으니. 네놈을 지렁이처럼 짓밟아 죽여야 하는 건데! 하지만 소비에트 러시아는 네놈들에게 받은 것은 하나도 남김없이 갚아 줄 거다. 자, 이제 그만 총살을 해라!"

"리하쵸프! 우리는 총살을 반대하고 일어선 것이다. 우리는 자네들과 달라. 총살형 같은 건 하지 않는다. 우리는 자네의 상처를 치료해 줄 걸세. 그렇게 하면 자네는 틀림없이 우리에게 이익을 가져다 줄 테지."

부드럽게, 그러나 빛나는 눈으로 스야로프가 말했다.

"볼일이 없는 자는 나가도록. 이봐, 서두르게!"

레세토프스카야, 체르노프스카야, 우샤코프스카야, 두브로프스카야, 뵤센스카야 중대의 대장들은 뒤에 남았다. 그들은 탁자 옆자리에 앉았다. 한 사람이 발로 리하쵸프에게 걸상을 밀어줬으나 그는 앉지 않았다. 벽에 기대서서 사람들의 머리 너머로 창밖을 바라보고 있을 뿐이었다.

"그런데 리하쵸프."

스야로프는 대장들과 얼굴을 마주 보고 나서 이렇게 물었다.

"자네 부대의 인원은 얼마나 되나?"

"말할 수 없다."

"말할 수 없다고? 하긴 그럴 필요도 없겠어. 이 서류를 보면 짐작할 수 있을 테니까. 자네의 호위병들을 심문하는 게 낫겠군. 그리고 또 한 가지 부탁할 게 있는데"—스야로프는 이 말에 힘을 주었다—"자네 부대에 몇 자 적어주게. 뵤센스카야로 오라고. 우리가 자네들하고 꼭 전쟁을 해야 할 필요는 없지 않나. 우린 소비에트 정권에 반대를 하는 건 아니네, 코뮌과 코미사르에만 반대할 뿐이야. 우린 자네 부대를 무장해제한 뒤 각자 집으로 돌아갈 작정이야. 자네도 석방할 참이네. 요컨대 우리도 똑같은 노동자라는 것, 우리를 무서워하지 않아도 된다는 것, 우리가 소비에트를 반대하지 않다는 것을 적어달라, 그 말일세."

리하쵸프의 가래침이 쐐기 모양을 한 스야로프의 턱수염에 날아들었다. 스야로프는 소매로 턱수염을 훔쳤다. 볼이 빨갛게 달아올랐다. 대장들 중에서 두세 명이 히죽 웃었지만 사령관의 명예를 위해서 누구도 자리를 뜨는 사람은 없었다.

"우리를 모욕할 셈이군, 리하쵸프!"

스야로프는 보다 더 덤덤한 말투였다.

"아타만과 장교들이 우리를 멸시하는 표시로 흔히 침을 뱉곤 했지. 공산주의자인 자네도 침을 뱉는군. 그러고도 자기들은 인민의 동지라고 하니……이봐, 누구 없나? 이 코미사르를 데리고 가. 내일 자네는 카잔스카야로 보내진다."

"좀더 생각해 보면 어떨까?"

중대장 한 사람이 끼어들었다.

리하쵸프는 옷매무새를 재빨리 고치고 나서 문 옆에 서 있는 호송병을 향해 걸어갔다.

그는 총살을 당하지 않았다. 반란군은 '총살과 약탈'에 대항하여 싸워온 때문이었다. 이튿날 그는 카잔스카야로 압송되었다. 기마병의 호송을 받으면서 그는 가볍게 눈을 밟고 걸어갔다. 그의 짧은 눈썹은 내내 흐려 있었다. 숲속에서 순백색의 자작나무 옆을 지날 때 그는 싱싱한 미소를 띠고 걸음을 멈추더니 손을 뻗어 나뭇가지 하나를 꺾어들었다. 그 가지에는 3월의 감미로운 수액이 가득 차 있었고 갈색 봉오리가 부풀어 있었다. 희미하게 느껴지는 향긋한 냄새는 난만한 봄꽃의—태양의 주기에 따라 되풀이되는 생명을 약속하고 있었다……리하쵸프는 봉오리를 입안에 털어 자근자근 씹으면서 서리를 씻어버린 반짝거리는 나무들을 흐린 눈으로 쳐다보고는 입가에 미소를 지었다.

검은 꽃봉오리를 입에 문 채, 그는 죽었다. 뵤센스카야에서 7킬로미터 지점, 음울한 경치 속 모래언덕 안에서 호송병들에게 무참한 죽임을 당한 것이었다. 산 채로 눈알을 빼내고 양쪽 귀와 코를 잘라내고 얼굴에는 낭자한 칼자국을 남겨놓았다. 바지를 벗겨 호인답게 우람한 체구를 흉측한 몰골로 바꿔놓았다. 반듯하게 누워 있는 몸뚱이를—경련을 일으키고 있는 가슴과 다리에 걸쳐 단칼에 머리통을 잘라내었다.

32

돈의 맞은편 강가에서, 상류지역에서, 모든 지방에서 광대한 반란의 홍수를 알리는 소식이 흘러들어왔다. 봉기한 곳은 벌써 두 개 부락뿐만이 아니었다. 슈미린스카야, 카잔스카야, 미그린스카야, 메시코프스카야, 뵤센스카야, 엘란스카야, 우스티 호표르스카야 마을은 서둘러 부대를 편성하고 일어섰다. 카르긴스카야, 보코프스카야, 크라스노쿠츠카야도 분명히 반란군 측으로 기울어져 있었다. 반란은 인근 부락인 우스티 메드베디츠키 관구와 호표르스키 관구까지 퍼질 우려가 있었다. 이미 부카노프스카야, 스라시쵸프스카야, 페드세예프스카야에서도 동요의 기미를 보이고 있었다.

알렉세예프스카야 마을의, 뵤센스카야 가까이 접해 있는 각 부락도 동요하고 있었다. 뵤센스카야는—관구 부처의 소재지로서—반란의 중심이 되었다. 오랜 논쟁과 의논 끝에 종전과 같은 행정기구를 남겨 두기로 결정되었다. 관구 집행위원회 위원에는 주로 젊은 층에서 존경받는 젊은이가 선출되었다. 의장으로 포병 감부 소속 무관 다닐로프가 뽑혔다. 마을과 부락에는 소비에트가 조직되었다. 그리고 묘한 것은 지난날 욕으로 사용했던 '동지'라는 말이 일상용어가 된 것이었다. 민중 선동의 슬로건—소비에트 정권 찬성, 코뮌·총살·약탈 반대—이 활기를 띠었다. 따라서 반란군의 모자에는 백색을 대신해서 적과 백을 십자로 엮은 표시가 나타났다.

스야로프에 이어 반란군 총지휘관 자리에 앉게 된 사람은 젊은—28세의 카자흐 소위 파벨 쿠지노프였다. 1급에서 4급까지 모든 성 게오르기우스 훈장을 받은 용사로서 말주변이 좋고 두뇌가 명석한 사나이였다. 성격이 유순한 게 흠이어서 이 같은 혼란기에 반란한 관구를 지배하는 데에는 부적격자라고 할 수 있었다. 그러나 카자흐들은 시원시원한 기질과 소탈한 점에 반해 있었다. 하지만 중요한 것은 쿠지노프가 카자흐의 혈통 속에 깊숙이 뿌리를 박은 순수한 카자흐라는 것, 고관에는 으레 붙어다니는 거만한 구석을 갖고 있지 않다는 점이었다. 그는 언제나 검소한 복장을 했고, 머리카락도 앞뒤 그리고 양옆을 같은 길이로 자르고 등이 구부정한 데다가 말씨가 빨랐다. 야윈 몸에 코가 긴 얼굴이 농사꾼 같았고 별다른 특징은 없었다.

참모장에는 카자흐 이등대위 일리야 사포노프가 선출되었다. 그가 뽑힌 것은 겁이 많긴 하지만 문장가라는 이유에서였다. 집회석장에서 그는 이렇게 추대되었다.

"사포노프를 참모장 자리에 앉혀야 해. 놈은 부대엔 어울리지 않아요. 겁이 많아서 카자흐를 방위할 만한 담력은 없는 놈이야. 놈을 군인으로 삼는다는 건

집시를 신부로 삼는 거나 같아."

키가 작고 둥근 쇠망치같이 생긴 사포노프는 이런 의견을 듣고서 노란 입수염에 회심의 미소를 지었으나, 참모를 맡는 데에 있어서는 매우 적극적인 자세로 승낙을 표시했다.

그러나 쿠지노프와 사포노프는 자주적으로 수행하고 있는 각 부대에 형식적인 영향력밖에는 없는 입장에 있었다. 집결된 부대를 지휘하는 점에서 두 사람 모두 어느 정도 솜씨를 보이기는 했지만 솔직히 거대한 덩어리를 지배한다거나 사태의 급격한 변화에 뒤지지 않고 따라간다는 것은 그들의 힘에 벅찬 노릇이었다.

우스티 호표르스카야 및 엘란스카야의 전체 마을, 그리고 뵤센스카야 마을의 일부인 볼셰비키와 합류한 제4자 아무르 기병 연대는 전투를 벌이면서 숱한 부락을 지나갔고 엘란스카야의 마을 경계를 넘어 스텝을 통과하고 돈 강가의 서쪽으로 진격해 갔다.

3월 5일, 카자흐 하나가 보고를 갖고 타타르스키로 말을 몰고 왔다. 엘란스카야 부대가 원군을 요청해 온 때문이었다. 그들은 거의 무저항 상태에서 퇴각하고 있었다. 탄약도 소총도 없었다. 그들의 초라한 총성에 답해 아무르 연대는 기관총탄의 폭풍우를 퍼붓고 포병 2개 중대가 포화를 내뱉었다. 그 같은 정황에서 관구로부터의 명령을 기다리고 있을 틈이 없었다. 따라서 페트로 멜레호프는 휘하의 2개 중대를 이끌고 공격할 결심을 굳혔다.

그는 또한 인근 부락 4개 중대의 지휘도 떠맡았다. 이른 아침에 카자흐들을 언덕 위로 인솔해 갔다. 처음 얼마 동안은 전례에 따라 기마 척후가 말발굽을 울렸고, 전투는 그로부터 잠시 뒤에 시작되었다.

타타르스키에서 8킬로미터 떨어진 크라스누이 로크 옆까지 왔다. 그곳은 언젠가 그리고리가 아내와 함께 밭을 갈고 갑작스런 겨울 추위에 오들오들 떨면서 처음으로 나탈리야에게 그녀를 사랑하고 있지 않다는 것을 고백한 장소였다. 잔뜩 흐린 겨울날, 깊은 벼랑의 눈 위에서 기병 중대는 산병선을 전개했다. 말 담당은 몸을 숨기면서 말을 끌고 왔다. 아래쪽에 있는 넓다란 분지에서는 세 개의 산병선을 편 적위병이 걸어오고 있었다. 분지의 하얀 공간을 인간의 검은 반점이 종횡으로 가로질러 갔다. 기병이 바쁘게 움직였다. 카자흐는 적측에서 2킬로미터 거리에 떨어져 유유히 응전 준비를 하고 있었다.

땀에 젖은 애마에 올라탄 페트로가 이미 산개를 마친 엘란스카야 부대가 있는 방향에서 그리고리가 있는 곳으로 달려왔다. 그는 신이 나서 외쳤다.

"모두들 탄약을 아껴 써! 호령을 들은 뒤에 사격을 하도록…… 그리고리, 너의 반개 중대를 300미터가량 왼쪽으로 당겨. 그럼, 시작! 말 담당을 한 덩어리로 놔두도록!"

그는 다시 몇 가지 지시를 내리고는 쌍안경을 꺼냈다. "아무래도 마트베이 둔덕에 포병중대를 배치하고 있는 것 같군. 난 진작에 눈치를 챘어. 육안으로도 보이는걸."

그리고리는 그의 손에서 쌍안경을 넘겨받았다. 들여다보니까 바람이 몰아치는 언덕 꼭대기 그늘에 짐마차의 열이 검게 보이고 콩알 같은 사람의 무리가 꼬무락거리고 있었다.

타타르스키의 보병대 기병들이 놀릴 적에 쓰는 말로 '전초보병'은 밀집하지 말라는 엄격한 명령에도 불구하고 이쪽저쪽에 뭉쳐 탄약을 나누기도 하고 담배를 피우고 농담을 지껄이고 있었다. 체구가 작은 카자흐보다 머리 하나가 더 있는 프리스토냐의 모피 모자가 흔들리고 있었다—그는 말을 잃었기 때문에 보병대로 들어간 것이다. 판텔레이 프로코피예비치의 세모꼴 모자도 빨갛게 보였다. 노인들과 나이 어린 패들 대부분이 보병대에서 어슬렁거렸던 것이다. 오른쪽에는 아직 추수를 않은 해바라기밭에서 약 1킬로미터 반에 걸쳐 엘란스카야 부대가 진을 치고 있었다. 그 4개 중대의 인원은 600명이었고, 그중 200명은 말 담당이었다. 전군의 3분의 1이 말과 함께 완만한 벼랑의 기슭 속에 숨어 있었다.

"페트로 판텔레예비치!"

보병 대열에서 외치는 소리가 들렸다.

"전투 도중에 우리들 보병을 버리지 말라고!"

"안심해! 내팽개치진 않을 테니까."

페트로는 싱긋 웃었다. 그리고 천천히 언덕으로 다가오고 있는 적위군의 산병선을 지켜보면서 신경질적으로 채찍을 만지작거렸다.

"페트로, 잠깐 이리 와봐."

그리고리가 산병선 옆으로 비켜서서 말했다.

페트로가 말을 접근시켰다. 그리고리는 얼굴을 찌푸리고 분명하게 불만의 기색을 드러냈다.

"진형이 아무래도 마음에 안 들어. 이 벼랑은 피해야 될 것 같아. 그러지 않으면 측면에서 우회를 당하는 성가신 일이 생길 거야. 안 그럴까?"

"천만에!"

화를 내며 페트로는 반대했다.

"우회를 당할 리 없어! 예비로 1개 중대를 남겨 두었어. 그리고 일이 잘 안될 경우에는 벼랑이 도움이 될 거야. 벼랑은 방해가 되지 않아."

"어쨌든 조심하는 게 좋아!"

그리고리는 한 번 더 확인하기 위해서 재빨리 근처의 지형을 살피고 경고하듯이 말했다.

그는 자신의 산병선으로 가서 카자흐들을 둘러보았다. 아직도 장갑을 끼지 않은 사람이 많았다. 흥분해서 벗어던진 것이었다. 두세 사람은 안절부절못하고 칼의 위치를 고치는가 하면 밴드의 고리쇠를 단단하게 잡아 채우고 있었다.

"우리 대장이 말에서 내렸다."

페도트 보드프스코프가 멸시하듯 코웃음을 치면서 산병선 쪽으로 바쁘게 걸어가는 페트로를 향해 턱을 치켜들고 말했다.

"야, 플라토프 장군아!"

군도를 한 자루도 갖고 있지 않은 외팔이 알료시카 샤밀리가 고함을 질렀다.

"돈 용사에게 보드카나 한 잔씩 내놓으라고 전해라!"

"닥쳐! 주정뱅이! 빨갱이에게 남아 있는 팔까지 잘릴 땐 어떻게 마실 참이냐? 술통에다 입을 대고 마실 수밖에."

"하하하!"

"더구나 술값 낼 생각도 안 할걸."

스테판 아스타호프는 한숨을 쉬고 군도의 손잡이를 놓고는 노란 입수염을 꼬아 올렸다.

산병선에서는 이런 상황에 걸맞지 않은 대화가 오갔다. 그러나 마트베이 둔덕 그늘에서 낮은 저음으로 대포가 울리기 시작하자 사람들의 목소리는 일시에 가라앉았다.

굵고 육중한 음향이 덩어리가 되어 포에서 튀어나온 순간, 짧고 날카로운 파열음이 하나가 되어 흰 연기의 막처럼 천천히 스텝의 상공으로 흩어져갔다. 포탄은 이쪽까지 닿지 않았고 카자흐의 산병선에서 반 킬로미터 떨어진 앞에서 파열했다. 검은 연기가 하얗게 눈부신 구름의 날개를 펼치고 서서히 밭 위로 춤추며 올라가 흩어지다가 잡초에 걸리적거리면서 땅 위로 무너져내렸다. 틈을 두지 않고 적위병의 산병선에서 기관총이 활동을 시작해 잇따라 터지는 기관총탄은 야경꾼의 딱따기처럼 딱딱 하고 울려 퍼졌다.

카자흐들은 눈 속에서, 잡초 속에서, 머리 없는 해바라기 속에서 엎드려 기다렸다.

"굉장히 검은 연기로군! 독일의 포탄 연기 같잖아!"

그리고리를 뒤돌아보면서 프로호르 즈이코프가 외쳤다.

이웃인 엘란스카야 중대가 술렁거렸다. 바람을 타고 누군가가 소리쳤다.

"미트로판이 쓰러졌다!"

포탄 연기 사이로 붉은 수염의 루레진스카야 중대장 이바노프가 페트로에게 뛰어왔다. 그는 모피 모자 밑으로 흘러내리는 땀을 닦으면서 숨을 헐떡거렸다.

"눈이 굉장하구먼! 이놈의 눈 등쌀에 발을 뺄 수가 있어야지!"

"왜 그래?"

페트로가 물었다.

"좋은 생각이 떠올랐어, 멜레호프 동지! 중대를 돈 방향으로 내보내자고. 산병선을 풀고 기슭을 따라 부락까지 내려가서 거기에서 적의 배후를 치는 거야. 놈들은 장비 마차를 내팽개치고 왔을 게 틀림없어…… 저놈들을 막을 도리가 있겠나? 분명히 또 큰 혼란이 일어날 걸세."

이 '생각'은 페트로의 마음을 움직였다. 그는 자신의 반개 중대에게 사격을 명령하고 라티셰프에게 한쪽 손을 흔들어 알리고 나서 그리고리에게 다가갔다. 내용을 설명하고 이렇게 명령했다.

"반개 중대를 데리고 가거라. 꼬리를 밟아주자!"

그리고리는 카자흐들을 집합시켜 움푹 팬 땅에서 말에 올라 위세 좋게 부락 쪽으로 눈 먼지를 일으키면서 질주해 갔다.

카자흐는 두 탄창씩 사격을 마치고 잠시 침묵했다. 적위군의 산병선이 몸을 엎드렸다. 참새 떼처럼 기관총이 목젖을 흔들었다. 유탄을 맞은 마르친 샤밀리의 말이 말 담당의 손을 마구 뿌리치며 미친 듯이 뚫고 지나갔다. 흰 다리의 말은 적위군이 있는 산기슭을 향해 전속력으로 달리다가는 갑자기 뒷다리로 튀어오르면서 눈 속에 고꾸라지고 말았다.

"기총 사수를 쏴!"

산병선으로 페트로의 명령이 떨어졌다.

일제사격을 가했다. 노련한 패들이 명중을 시켰다. 풍채가 신통치 않은 베르프네 크리프스코이 부락의 카자흐가 잇따라 3명의 기관 사수를 쓰러뜨리고 냉각기의 물을 끓게 만든 막심은 침묵을 지키기에 이르렀다. 그러나 사살당한 사수를 대신하여 새로운 사수가 교체됐다. 기관총은 죽음의 씨앗을 흩뿌리면서 또다시 울리기 시작했다. 일제사격이 계속됐다. 카자흐들은 벌써 싫증을 느끼고 차츰 눈 속으로 기어들어갔다. 아니쿠시카는 여전히 허튼 소리를 씨부렁거리면서 바닥이 드러날 때까지 땅을 파헤쳤다. 탄약이 이미 동이 나버려 그는 때때로 눈 속에서 머리를 내밀고 들쥐가 놀랄 때 지르는 가느다란 목소리와 똑같은 소리를 입술로 흉내내고 있었다.

"아히잇!"

장난기 어린 눈으로 산병선을 돌아보며 아니쿠시카는 들쥐 소리를 흉내 냈다.

그의 오른쪽에서 스테판 아스타호프가 눈물을 질금거리며 웃어댔고, 왼쪽에서는 안치프카 브레프가 욕설을 퍼부었다.

"그만두지 못하겠어? 장난질할 때가 따로 있지!"

"아히잇!"

일부러 깜짝 놀랐다는 듯이 눈을 휘둥그렇게 뜨고 아니쿠시카가 그에게로 고개를 돌렸다.

적위군의 포병대에서는 포탄이 떨어질 것은 고려하지 않은 것 같았다. 30발가량 발사하고 나서야 조용해졌다. 페트로는 초조하게 언덕 꼭대기를 돌아보았다.

부락의 모든 어른들은 곡괭이, 곤봉, 낫 등으로 무장을 하고 언덕 위로 나오라는 명령을 두 사람의 전령 편에 내렸었던 것이다. 페트로로서는 적위군을 위협하기 위해 이쪽에서도 3열의 산병선을 깔아보고 싶었다.

"저것 좀 봐. 까마귀 떼만큼이나 몰려왔다!"

"부락 전체가 몰려왔나 봐."

"아니, 여자도 있는 것 같아!"

카자흐들은 와글와글 떠들며 싱글벙글했다. 총성은 완전히 끊겼다. 적위군 측에서는 겨우 2대의 기관총이 활동하며 때때로 일제 사격음을 울리게 할 뿐이었다.

"놈들의 포병이 왜 잠자코 있지? 여자 부대에 한 방 쏘면 온통 야단이 날 게 아닌가! 아랫도리를 흠뻑 적셔서 부락으로 달아나는 꼴을 봤으면 좋겠구먼!" 외팔이 알료시카가 신바람이 나서 지껄였다. 군중은 정렬을 하고 산개하기 시작했다. 이윽고 그는 널따란 두 개의 산병전을 전개하고 정지 명령을 내려 카자흐들에게 근접하지 못하게 했다. 그런데 그들이 모습을 보인 것만으로도 적위군측에서는 눈에 띄게 반응이 일어났다. 적위군의 산병선이 움푹 파인 땅 밑으로 후퇴하기 시작했다. 중대장들과 몇 마디 의논하고 난 페트로는 엘란스카야 부락의 2개 산병선을 전열에서 철퇴시켜 우익을 적에게 드러나 보이게 하고 돈을 향해 북진을 하다가 그 방면에서 그리고리의 기습대를 지원하도록 명령했다. 부대는 적위군에게 모습을 드러내보이고 타라스누이 야르 맞은편에서 대열을 짜 저지대를 향하여 돈 방향으로 나아갔다.

총성이 후퇴하는 적위군의 산병선을 향해 울리기 시작했다.

그때 여자, 노인, 미성년자로 이루어진 '예비군' 가운데에서 5, 6명의 왈가닥 여자들과 장난꾸러기 한 무리가 제1선으로 기어들어왔다 그 여자들과 함께 다리야 멜레호프도 모습을 드러냈다.

"페챠, 나도 빨갱이에게 한 발 쏘게 해줘요! 나라고 총 쓰지 말라는 법은 없잖우."

그녀는 정말로 페트로의 기병총을 빼앗아들고 남자처럼 땅바닥에 엎드려 자신감 넘치는 몸짓으로 두 번 발사했다.

그러나 대개의 '예비군'은 잔뜩 얼어 발을 동동 구르고 뛰어오르는가 하면 코를 훌쩍거렸다. 산병선은 두 개 모두가 바람을 맞은 것같이 흔들렸다. 여자들의 볼과 입술은 새파래졌다. 폭이 넓은 스커트 자락 속으로 혹독한 추위가 제멋대로 맹위를 떨쳤다.

나이 많은 노인들 중에는 손에 이끌려 경사가 급한 산길을 올라온 사람도 많았다(그리샤카 노인도 그 가운데 한 사람이었다). 그러나 바람이 휩쓸고 지나가는 상공의 언덕 위로 오르자 먼 발사음과 싸늘한 공기 덕택으로 노인들은 얼마간 생기를 되찾았다. 산병선의 노인들 사이에는 언제 끝이 날지 알 수 없는 얘기가 이어지고 있었다. 지난날의 전쟁에 관한 회고담, 현재의 지루한 전쟁에 대한 것, 형과 아우가 서로 싸우고 아비와 자식이 원수가 되고 대포가 육안으로 볼 수 없을 정도의 거리에서 사격을 가한다는 등의 얘기를 그들은 주고받고 있었다…….

33

그리고리는 반개 중대를 인솔하고자 아무르 연대의 제1종 고리를 습격했다. 여덟 명의 적위군이 칼에 찔려 죽임을 당했다. 탄약을 적재한 짐마차 네 대와 말을 두 마리 약탈했다. 그의 반개 중대는 말 한 필이 죽고 카자흐 한 사람이 가슴에 찰과상을 당한 정도의 피해를 입었다.

그러나 그리고리가 빼앗은 짐썰매를 끌고 아무런 추격도 받지 않은 채 돈 강가를 따라 신이 나서 철수하고 있을 무렵—언덕 위에서는 대규모의 전투가 다가오고 있었다. 자 아무르 연대의 기병 중대가 멀리 우회를 해서 전투가 시작되기 바로 전에 이미 적을 포위하여 직경 10킬로미터가량의 원을 만들고 불시에 언덕 그늘에서 뛰어나와 말 담당에게 공격을 가한 것이었다. 큰 혼란이 일어났다. 말 담당은 크라스누이 로크의 기슭에서 말과 함께 달려와 가까스로 몇 사람의 카자흐에게 말을 건네주기는 했지만 다른 카자흐의 머리 위에는 이미 자아무르병의 칼날이 번뜩이고 있었다. 무기를 갖고 있지 않은 말 담당은 대부분 말을 풀어놓고 사방팔방으로 흩어져 달아나버렸다. 자기 편이 다칠 염려가 있기 때문에 발사를 할 수 없게 된 보병대는 자루에서 쏟아지는 완두콩처럼 기슭 안으로 우르르 내려가 맞은편 벼랑에 닿자 뿔뿔이 흩어져 도주해버렸다. 기병—이것이 대부분이지만—중에서 제대로 말을 붙잡을 수 있었던 사람은 누구 말이 잘 달리는가를 경쟁하듯이 앞을 다투어 부락으로 몰고 갔다.

처음 순간, 고함 소리가 나는 쪽으로 머리를 돌렸을 때 말 담당을 향해 덤벼드는 기병의 라바 대형을 본 페트로는 즉시 명령을 내렸다.

"기마! 보병! 라티셰프! 벼랑을 넘어라!"

그러나 그는 자신의 말 담당이 있는 곳까지 가 닿을 틈이 없었다. 그의 말을 맡고 있는 사람은 젊은 안드류시카 베스프레브노프였다. 그는 전속력으로 페트로를 향해 달려왔다. 페트로와 페도트 보드프스코프의 말 두 마리가 왼쪽을 나란히 달리고 있었다. 그러나 노란 가죽 반외투를 걸친 적위병 하나가 안드류시카를 노리고 있다가 옆구리 쪽에서 덤벼들었다.

"에잇, 이놈의 자식!"

다행히도 안드류시카의 잔등에는 소총이 매달려 흔들리고 있었다. 적위병의 칼날이 흰 목도리를 두른 안드류시카의 목을 내리치는 대신 총신에 부딪치는 바람에 칼은 허공으로 튀어올랐다. 안드류시카가 탄 말은 일단 옆으로 살짝 물러섰다가 곧장 발굽 소리를 내기 시작했다. 페트로와 보도프스코프의 말은 그의 뒤를 따라 질주해 갔다.

페트로는 깜짝 놀라 그 자리에 멈춰 섰다. 그의 얼굴은 파랗게 질리고 땀이 한꺼번에 솟아올라 얼굴에서 흘러내렸다. 페트로가 뒤를 돌아보았을 때 그를 향해 열 명가량의 카자흐가 뛰어오고 있었다.

"끝장이야!"

보드프스코프가 외쳤다. 공포로 얼굴이 일그러져 있었다.

"모두 벼랑에서 내려와! 내려오라구!"

페트로는 정신을 차리고 맨 먼저 벼랑 밑으로 달려가 60미터 절벽에서 미끄러져 내려갔다. 반외투의 앞가슴 자락이 걸려서 찢어졌으나 재빨리 일어나 개처럼 부르르 몸을 떨면서 먼지를 털었다. 위에서는 카자흐들이 마구 몸를 굴리거나 미끄러지는 등 법석을 떨면서 내려오고 있었다.

눈 깜짝할 사이에 11명이 내려와 한 덩어리가 되었다. 페트로는 12명째였다. 벼랑을 사이에 둔 저 너머에서는 아직까지도 총성이 울리며 고함 소리와 말발굽 소리가 들려왔다. 벼랑 위에서 내려온 카자흐들은 정신 나간 얼굴로 모자와 옷에 묻은 눈과 모래를 떨어내었다. 찰과상을 입은 곳을 문지르는 사람도 있었다. 마르친 샤밀리는 눈 덩어리가 박힌 총신에 입김을 불어넣었다. 죽은 부락 아타만의 아들 마니츠코프라는 애송이의 눈물 자국이 얼룩진 볼은 더할 수 없는 공포로 부들부들 떨고 있었다.

"어떻게 하면 좋지, 페트로, 데려다 달라고요! 죽는 건 싫어…… 어디로 달아나야 해? 아, 우린 모조리 죽을지도 몰라!"

페도트는 이를 덜덜 맞부딪치면서 기슭을 따라 돈강 쪽으로 내려가기 시작했다.

그 뒤에서 다른 사람들도 양 떼처럼 졸졸 따라갔다. 페트로는 가까스로 그들을 만류했다.

"잠깐! 다 같이 의논해서 결정하자…… 달아나지 마! 총알에 맞아 죽고 싶어?"

모두를 벼랑 밑으로 데리고 간 페트로는 침착을 되찾으려고 안간힘을 쓰면서 입을 떼었다.

"아래로 내려갈 수는 없게 되었다. 놈들은 멀리까지 우리를 뒤쫓아올 게 틀림없어…… 도리어 여기가 나아…… 곳곳으로 흩어져 숨어 있다가 쏘는 거야…… 여기라면 포위를 당해도 끄떡없어."

"이젠 글렀어! 제발 도망치게 해줘! 죽긴 싫단 말이야…… 죽고 싶지 않다고!"

울상이던 마니츠코프가 갑자기 울음을 터뜨렸다. 페도트는 칼미크인 같은 눈알을 번뜩이고 마니츠코프의 얼굴을 주먹으로 갈겼다. 젊은이의 코에서 피가 쏟아져 나왔다. 잔등을 벼랑의 진흙벽에 붙이고 간신히 몸을 지탱했다. 어쨌든 엉엉 우는 소리만은 멈춘 셈이었다.

페트로의 손을 잡고 샤밀리가 물었다.

"어떻게 막는다는 거야? 탄약은 얼마나 남았어? 없잖아!"

"수류탄 한 방만 맞으면 그걸로 끝장이야!"

"그렇다고 해서 가만히 구경만 하고 있을 순 없잖아!"

페트로의 얼굴이 갑자기 창백해졌다. 입수염에 덮인 입술에서 거품이 배어나왔다.

"모두 엎드려! 대장이 나라는 걸 잊었어? 명령을 따르지 않으면 죽여버릴 테다!"

그는 카자흐의 머리 위에서 정말로 권총을 휘둘렀다.

그의 사나운 목소리가 카자흐들에게 얼마쯤의 용기를 북돋워 준 것 같았다.

보드프스코프와 샤밀리와 나머지 두 명의 카자흐는 벼랑 맞은편 쪽으로 달려가 움푹 파인 곳에 엎드렸다. 그 밖의 카자흐들도 페트로와 같이 은신할 장소를 찾아 흩어져 갔다.

봄이 되면 기슭의 붉은 강물은 자연석을 굴리고 기슭 밑바닥을 씻어내리고 황토층을 무너뜨리면서 벼랑의 허리에 깊은 동굴을 만들곤 했다. 카자흐들은 바로 그런 장소에 몸을 숨겼다.

페트로 옆에서 언제든 사격할 수 있도록 몸을 굽히고 있던 안치프 프레호비치가 헛소리마냥 중얼거렸다.

"스테판 아스타호프는 말꼬리를 붙잡고 달아나버렸어. 난 그렇게는 못 해…… 보병 놈들은 우릴 내팽개쳤어. 모두들 정말 끝장이야!"

위쪽에서 눈을 밟는 발소리가 들려왔다. 눈과 진흙덩어리가 기슭 밑으로 떨어져 내렸다.

"놈들이야!"

안치프의 소매를 붙들고 페트로가 낮은 소리로 말했다. 상대는 정신없이 손을 뿌리치고 방아쇠에 손가락을 건 채 위를 쳐다보았다.

벼랑 끝엔 아무도 나타나지 않았다.

곧 사람의 목소리와 말을 야단치는 고함 소리가 들려왔다. '의논을 하고 있는 중이다.' 페트로는 그렇게 생각했다. 그러자 온몸의 털구멍에서 땀이 쏟아져 나왔다.

"야, 모두들 나와! 어차피 죽을 목숨들인데 뭣들 하는 거냐?"

위에서 고함 소리가 들렸다.

눈 덩어리가 더욱 세차게 새하얀 우유의 흐름처럼 기슭 밑으로 떨어져 내렸다. 누군가가 벼랑 끄트머리까지 다가와 있는 게 틀림없었다. 다른 목소리가 같은 장소에서 들려왔다.

"놈들은 여기서 뛰어내렸군. 여기 좀 봐. 발자국이 나 있잖아. 내 눈으로 직접 봤다니까!"

"페트로 멜레호프! 나와!"

순간, 영문 모를 기쁨이 불길처럼 페트로를 에워왔다. '적위군 가운데 나를 아는 사람이 있을 리 없다! 저들은 틀림없는 우리 패다! 격퇴를 시킨 걸 거다!'

하지만 아까와 똑같은 음성이 그로 하여금 소스라칠 정도로 놀라게 했다.

"난 미시카 코셰보이다. 순순히 항복할 것을 권고한다. 어차피 도망칠 구멍은 없잖나!"

페트로는 끈끈하게 밴 이마의 땀을 훔쳤다. 손바닥에는 빨간 피가 섞인 땀이 무늬를 이루었다.

뭔가 기묘한, 몰아의 경지와 같은 냉정함이 그에게 찾아들었다. 그리고 또 보드프스코프의 고함 소리도 기묘하게 느껴졌다.

"우릴 살려 준다고 약속하면 나가겠다. 그렇지 않으면 사격이야. 약속해!"

"살려 주마……."

짧은 침묵 뒤에 대답이 돌아왔다.

페트로는 엄청난 노력으로 꿈을 꾸고 있는 것 같은 허탈감을 털어냈다. 그는 '살려 준다'라는 말 속에 보이지 않는 비웃음이 담긴 느낌을 받았다. 그는 공허하게 한 마디 소리쳤다.

"돌아와!"

그러나 이미 그 누구도 그의 명령을 듣지 않았다.

카자흐들은—안치프를 제외한 그들은 모두—바위를 붙잡고 올라가기 시작했다.

페트로는 맨 마지막으로 기어나왔다. 그의 몸속에는 여자의 태내에 있는 태아처럼 힘찬 생명이 꿈틀거리고 있었다. 자기보존의 본능에 이끌려 연발총의 탄환을 쏘려는 생각을 하면서 가파른 벼랑을 오르기 시작했다. 그의 눈은 희미하게 흐려지고, 심장은 가슴을 온통 짓누르고 있었다. 어렸을 때 꿈속에서 가위에 눌렸을 때처럼 숨이 답답했다. 그는 군복 단추를 잡아뜯고, 먼지투성이가 된 내의 옷깃을 찢었다. 눈은 땀으로 뒤덮이고 두 손은 싸늘한 바위 모서리를 만지고 있었다. 그는 헐떡거리면서 벼랑 옆 납작한 장소에 다다르자 발밑에다 소총을 내던지고 두 손을 치켜들었다. 그보다 앞서 올라와 있던 카자흐들은 한데 뭉쳐 있었다. 커다란 무리를 이루고 있는 자 아무르 연대의 보병과 기병 옆을 지나 코셰보이가 그에게로 걸어왔다. 적위군 기병이 다가왔다……..

코셰보이는 곧장 페트로에게로 다가왔다. 그는 내리뜬 눈을 치켜뜨지 않은 채 조용히 물었다.

"전쟁은 이제 지긋지긋하겠지?"

잠시 대답을 기다린 뒤 여전히 페트로의 발밑을 내려다보면서 물었다.

"자네가 지휘를 맡고 있었나?"

페트로의 입술이 떨리기 시작했다. 지친 몸짓으로 한쪽 손을 젖은 이마에 갖다 댔다. 활처럼 굽은 미시카의 긴 속눈썹이 깜박거리고, 열로 갈라진 두꺼운 윗입술이 말려올라갔다. 뭐라 말할 수 없는 전율이 미시카의 몸을 휘감쌌다. 두 다리로 버티고 서 있을 수 없을 지경이었다. 그러나 그는 갑작스레 페트로에게 시선을 던지고 똑바로 그 눈동자를 지켜보면서 묘하게 쌀쌀한 눈초리로 빠르게 중얼거렸다.

"옷을 벗어!"

페트로는 재빨리 반외투를 벗어 꼼꼼하게 개켜서 눈 위에 올려놓고 모피 모자, 벨트, 카키색 셔츠를 벗었다. 그리고 더욱더 창백해지면서 장화로 손을 옮겼다.

이반 알렉세예비치가 말에서 내려 그의 옆으로 걸어왔다. 페트로를 지켜보면서 울음을 참으려고 이를 악물었다.

"내의는 벗지 않아도 돼."

코셰보이가 낮은 소리로 말했다. 그러고는 몸을 부르르 떨더니, 갑작스레 귀청이 터질 듯이 소리쳤다.

"빨리 해, 이 자식아!"

페트로는 당황했다. 벗어놓았던 양말을 장화 속에 밀어넣고 부동자세를 취한 뒤 맨발로 눈 위에 올라섰다. 눈 속에 선 두 발이 사프란처럼 샛노랬다.

"아저씨!"

희미하게 입을 들썩거리며 그는 이반 알렉세예비치를 불렀다. 상대방은 말없이 페트로의 발밑에서 녹는 눈을 지켜보았다.

"이반 아저씨, 당신은 우리 아이의 이름을 지어 준 분이오……날 살려 줘요!"

페트로는 간청했다. 그러면서 코셰보이가 가슴 높이까지 권총을 치켜든 모습을 확인하듯이 눈을 크게 뜨고 재빨리 열 손가락을 모아쥐고 뛰어내리는 순간처럼 어깨에다 목을 파묻었다.

그는 발사음을 귀담아들을 겨를도 없이 강렬한 힘에 떠밀려 나자빠졌다.

코셰보이의 손이 그의 심장을 억누르고 그 속에서 한꺼번에 피를 짜냈다. 생애의 마지막 힘을 쥐어짠 페트로는 가까스로 내의 옷깃을 벌려 왼쪽 가슴에 난 탄환자국을 드러내 보였다. 거기에는 선혈이 가득 괴어 있었으며 출구가 생겨나자 타르 같은 검은 흐름이 되어 콸콸 쏟아져 나오기 시작했다.

34

크라스누이 로크 방면에 나갔던 정찰대가 석양 무렵에 돌아왔다. 그들은 엘란스카야의 마을 경계에 적위병의 모습이 보이지 않는다는 것과 페트로 멜레호프가 10명의 카자흐와 더불어 크라스누이 로크 벼랑 위에 시체가 되어 쓰러져 있음을 보고했다.

그리고리는 시체를 수송하기 위해 짐썰매를 파견하라는 지시를 하고 프리스토냐의 집으로 들어갔다. 죽은 사람을 슬퍼하는 여자들의 통곡과 다리야의 울부짖는 소리 때문에 그리고리는 집에 있을 수가 없었다. 새벽까지 그는 프리스토냐의 집 페치카 옆에 앉아 있었다. 담배 한 개비를 들어 빨아마실 듯이 피운 그는 마치 페트로의 죽음을 가슴 아파할까 봐 겁을 내듯, 서둘러 담뱃갑에서 다른 개비를 뽑아 그 강한 냄새를 싫도록 빨아마시면서 꾸벅꾸벅 조는 프리스토냐와 이런저런 잡담을 나누었다.

날이 밝아왔다. 눈을 녹이는 따뜻한 햇빛이 아침과 더불어 찾아왔다. 10시가 될까 말까 할 때에 말똥이 뒹구는 길바닥에는 물웅덩이가 패였다. 지붕에서 물방울이 떨어져내렸다. 수탉이 봄 날씨를 맞아 홰를 치고, 한여름 나절처럼 암탉이 단조로운 울음소리를 내고 있었다.

집집마다 암말이 양지바른 울타리에 몸을 문지르고 있었다. 바람이 봄철이면 그 갈색 잔등에서 빠지는 털을 날려보냈다. 녹은 눈이 엷은 향기를 피워 냈다. 프리스토냐네 집 문 옆 능금나무의 발가벗은 가지 위에서 가슴이 노란 박새 한 마리가 지저귀고 있었다.

그리고리는 문 옆에 서서 짐썰매가 언덕 그늘에 나타나기를 기다리면서 어린 시절에 즐겨 읊었던 말을 읊조렸다.

"토치 프르그! 토치 프르그! (가래를 갈아라! 가래를 갈아라!)"

이같이 포근한 날에는 박새가 이렇게 지저귀지만, 엄동이 다가오면 그 소리는 변하고, 박새는 빠른 소리로 인간의 말씨를 본따서 충고를 하는 것이다.

"아브바이 치리키! 아브바이 치리키! (신을 신어라! 신을 신어라!)"

그리고리는 시선을 길에서 박새에게로 돌렸다.

"토치 프르그! 토치 프르그!"

박새는 퉁기는 듯한 울음소리를 냈다. 그리고리는 문득 어렸을 때 페트로와 함께 들판에서 칠면조 새끼를 살려 준 일이 되살아났다. 그 무렵 희끄무레한 머리카락에 1년 내내 수수경단 같은 코끝을 한 페트로는 칠면조의 울음소리를 그대로 흉내 낼 뿐 아니라 그것을 우스꽝스런 어린이의 말로 풀이했다. 그는 성난 칠면조의 울음소리를 그럴 듯하게 흉내 냈다.

"후세프 사포시카프아야네트! 후세프 사포시카프아야네트! (모두 장화를 신고 있는데 나만 맨발이구나!)"

그러면서 눈알을 디루룩 굴리고 두 손의 팔꿈치를 굽혀 칠면조의 어미새처럼 어기적거리는 걸음을 걸었다. 그럴 때면 으레 이렇게 중얼거리곤 했다.

"그르 그르 그르! 쿠핌 나 바자레 사르반츠 사포시키! (시장에서 심술쟁이에게 장화를 사 신겨야지!)"

그때의 그리고리는 마냥 깔깔거리며 칠면조 흉내를 한 번 더 내보라고 조르기도 하고, 둥지에서 양철 조각이며 천 조각 등 뭔가 색다른 것을 발견하고 걱정스레 서로 소곤대는 흉내를 내보라고 연신 졸라댔었다.

한길가에 짐썰매가 나타났다. 그 옆을 카자흐 한 사람이 따라 걸어왔다. 한 대에 이어 두 대, 세 대가 모습을 드러냈다. 그리고리는 지난 시절의 추억으로 얼룩진 미소를 뿌리치면서 황황히 자기 집을 향해 걸음을 옮기디뎠다. 충격을 받은 어머니에게 페트로의 시체가 실린 짐썰매를 보지 못하게 하려고 생각했던 것이다. 선두의 짐썰매 옆을 모자를 벗은 알료시카 샤밀리가 걷고 있었다. 그는 나무 등걸 같은 한쪽 손으로 가슴에다 모피 모자를 대고, 오른손으로는 고삐를 쥐고 있었다. 그리고리는 샤밀리의 얼굴을 보자 참을 수가 없어 썰매로 눈길을 돌려버렸다. 짚 깔개 위에 마르친 샤밀리가 얼굴을 위로 향하고 누워 있었다. 얼굴에도, 풀빛 군복 앞가슴과 푹 꺼진 배에도 선혈이 잔뜩 얼어붙어 있었다. 두 번째 짐썰매에는 마니츠코프가 실려 있었다. 칼자국이 난 얼굴을 짚 깔개 속에 처박고 있었다. 그 얼굴이 추위를 못이긴 듯 어깨와 어깨 사이에 끼여 있었다. 후두부에도 대단한 솜씨로 단칼에 잘린 자국이 나 있었다. 그리고리는 세 번째 썰매를 바라보았다. 그 시체가 누구의 것인지 분간이 가지 않았지만 담배진으로 노랗게 된 한쪽 손가락 끝에 시선을 멈추었다. 그것은 썰매 밖으로 비어져나와 눈 위로 줄을 긋고 있었다. 시체는 장화를 신고 외투를 걸치고 있었다. 가슴 위에는 모자까지 얹혀 있었다. 네 번째의 말 재갈을 붙잡아 그리고리는 그것을 문 안으로 끌어들였다. 그 뒤를 따라 이웃사람과 어린애들과 여자들이 뛰어왔다. 사람들은 현관 층계 언저리로 몰려왔다.

"저것 좀 봐, 페트로 판텔레예비치야! 저세상으로 가버렸군!"

누군가 낮은 소리로 말했다.

스테판 아스타호프가 문 안으로 들어왔다. 어디서 나타났는지 그리샤카 노인과 그 밖에 두세 명의 노인도 모습을 드러냈다. 그리고리는 멍청하게 뒤를 돌아보았다.

"자, 집 안으로 들여놓자."

마부가 페트로의 다리에 손을 대려고 했다. 그러자 모여든 사람들이 좌우로 갈라서서 현관으로 뛰어온 일리니치나를 위해 길을 열어 주었다.

그녀는 썰매 위로 눈길을 돌렸다. 죽음 같은 푸른 기가 한줄기 물이 되어 이마로 흘러내려 볼과 코를 덮고 턱 위로 번져갔다. 부들부들 떨고 있던 판텔레이 프로코피예비치가 그녀의 두 손을 붙들었다. 맨 먼저 두냐시카가 울음을 터뜨렸다. 온 부락 안에 울음소리가 울려 퍼졌다. 머리를 산발하고 눈물범벅이 된 다리야가 요란한 소리를 내며 문을 열어젖히고 현관 계단을 뛰어내려 썰매에다 몸을 던졌다.

"페츄시카! 페츄시카! 여보! 일어나요! 일어나라니까!"

그리고리의 눈에 어두운 그늘이 감돌았다.

"비켜, 다시카!"

자신도 모르는 사이에 그는 거칠게 소리를 지르고 다리야의 가슴팍을 힘껏 떠밀었다.

그녀는 눈 위로 쓰러졌다. 그리고리는 재빨리 페트로의 겨드랑을 잡아올리고 마부는 페트로의 복숭아뼈를 붙잡았다. 다리야는 두 사람의 뒤를 따라 바닥을 기어갔다. 꽁꽁 얼어붙은 남편의 두 손에 키스를 해대며 매달리는 것이었다. 그리고리가 발로 그녀를 밀쳐내고 두냐시카는 억지로 다리야의 손을 떼내 실신한 그녀 머리를 가슴에 끌어안았다.

부엌에는 죽음의 정적이 가라앉아 있었다. 이상하게 작은 데다 너무나 마른 페트로가 침상 위에 누워 있었다. 코는 구부러졌고 갈색 입수염이 거무죽죽하게 되어버렸지만 얼굴 전체에 슬픈 빛이 어려 무척 아름답게 보였다. 아랫부분을 잡아맨 바지 밑으로 털북숭이 맨발이 비죽이 나와 있었다. 몸의 얼음이 차츰 녹기 시작하자, 몸뚱이 밑에 장밋빛 물웅덩이가 생겼다. 하룻밤 사이에 얼어붙은 몸이 서서히 녹아감에 따라 점점 심하게 짭짤한 피 냄새와 역한 시체 냄새가 풍겨왔다.

판텔레이 프로코피예비치는 헛간 처마 밑에서 관을 짰다. 여자들은 거실에서 아직 정신을 차리지 못하고 있는 다리야 옆에 붙어 앉아 시중을 들었다. 때때로 거기서 누군가의 히스테릭한 흐느낌 소리가 들려왔다. 이윽고 슬픔을 '나눠 가지기' 위해서 달려온 중신아비인 바실리사의 음성이 개울물 소리처럼 울려왔다. 그리고리는 시체 맞은편에 있는 걸상에 앉아 담배를 말면서 페트로의 노랗게 변해가는 얼굴과 보랏빛 손톱을 지켜보았다. 엄청난, 그리고 다가가기 어려운 싸늘함이 형과 그의 사이를 떼어놓고 있었다. 페트로는 이제 형이 아니라 잠시 머물다 간 손님에 불과하고, 그 손님과 이미 헤어질 때가 되었음을 알 수 있었다. 손님은 지금 낯선 얼굴로 토방에 볼을 갖다붙인 채 무엇인가를 기다리는 것같이 신비스럽고 표현하기 어려운 미소를 띠고 누워 있었다. 하지만 내일이 되면 마지막 출발을 위하여 그의 아내와 어머니가 채비를 갖춰 줄 것이었다.

새벽녘부터 어머니는 그를 위해서 주전자에 물을 끓이고 아내는 깨끗한 내의와 가장 고급스러운 군복과 바지를 준비했다. 그리고리와 아버지는 이제 그 사람의 것이 아닌, 그리고 자신의 나체를 부끄럽게 여기지 않게 된 몸뚱이를 씻어 주고, 성장을 한 몸을 탁자 위에 눕혔다. 그런 다음에 다리야가 다가와 여태껏 그녀를 안아주었던 큼지막한 얼음 같은 손에 양초를, 두 사람이 계단 주위를 걷고 있을 때 그 모습을 비쳐 주었던 그 양초를 손에 쥐어주었다. 그렇게 카자흐 페트로 멜레호프는 또다시 휴가를 얻어 고향집에 되돌아올 수 없게 된 장소로 길을 떠날 준비를 끝내었다.

'프러시아 어딘가에서 숨진 편이 나을 텐데…… 어머니 앞에서 죽기보다는!'

비난을 담아 그리고리는 마음속으로 형에게 그렇게 말했지만 시체를 흘깃 바라본 그는 갑자기 낯빛을 바꾸었다. 페트로의 볼에서 늘어진 입수염 쪽으로 한 줄기 눈물이 흘러내린 것이었다. 그리고리는 너무나 놀라 펄쩍 뛰었을 정도였다. 그러나 자세히 들여다보고는 겨우 안도의 숨을 몰아쉬었다—그것은 사자의 눈물이 아니었다. 곱슬거리는 그의 앞머리카락에서 페트로의 볼에 떨어진 물방울이 천천히 볼을 타고 흘러내린 것이었다.

35

돈 상류지구 반란군 총사령관의 명령으로 그리고리 멜레호프는 뵤센스키 연대의 지휘관으로 임명되었다. 그리고리는 카자흐 10개 중대를 이끌고 카르킨스카야 마을로 떠났다. 사령부는 그에게 무슨 일이 있더라도 리하쵸프군을 분쇄하여 그들을 관구의 영역 밖으로 몰아냄과 동시에 카르긴스카야 마을, 보코프스카야 마을의 치르강에 접한 각 부락을 봉기케 하라고 명령했다.

3월 7일, 그리고리는 카자흐를 이끌고 길을 나섰다. 눈이 녹아 군데군데 검은 밑바닥을 드러낸 언덕 위에서 그는 10개 중대로 하여금 자기 옆을 지나가게 했다. 그는 길가 한쪽 켠에서 한쪽 손을 허리에 받치고 안장 위에 몸을 내밀고 고삐를 힘 있게 끌어당겨 흥분한 말을 억누르고 있었다. 그 옆을 행군종대로 돈 언저리 부락의—바즈키, 베로고르카, 올샨스키, 메르쿨로프, 그롬코프스키, 세묘노프스키, 루이브누이, 보쟌스키, 레비야지, 엘리크의 각 부대가 진군하고 있었다.

그리고리는 장갑 낀 손으로 검은 입수염을 쓰다듬고 매부리코를 벌름거리면서 날개를 편 듯한 눈썹 아래의 엄격하고 침착한 눈을 들고 각 부대를 하나씩 전송했다. 진흙이 묻은 숱한 말발굽이 잿빛 눈 덩어리를 짓뭉갰다. 낯익은 카자흐들이 옆을 지날 때면 그리고리에게 미소를 던졌다. 모피 모자 위를 담배 연기가 떠돌았다. 말들에게서는 김이 솟아올랐다.

그리고리는 맨 마지막 중대를 따라갔다. 3킬로미터가량 지났을 때 정찰대와 마주쳤다. 정찰대를 지휘하던 하사관이 그리고리 쪽으로 말을 몰고 왔다.

"적위군은 가도를 따라 츄카린으로 퇴각 중입니다!"

리하쵸프군은 응전하지 않았다. 그러나 그리고리가 3개 중대를 우회시키고 나머지 부대를 인솔하여 격렬하게 추격하자, 적위군은 츄카린 부락 언저리에서 장비마차와 탄약상자를 내버리기 시작했다. 츄카린 부락 출구의 초라한 교회 언저리에서 리하쵸프군의 포병대는 개울 속에 처박히고 말았다. 말 담당 병사들은 끄는 줄을 끊고 숲을 지나 카르긴스카야로 달아나버렸다.

츄카린에서 카르긴스카야까지의 15킬로미터를 카자흐들은 한 번의 싸움도 없이 통과했다. 다만 야세노프카 너머로 적의 정찰대가 뵤센스카야대의 척후를 저격했다. 그것으로 일은 끝이 났다. 카자흐들은 벌써부터 농담을 주고받기 시작했다. '놈들은 노보체르카스크까지 달아날 셈인가.' 그는 비웃듯이 그런 생각을 했다. 각 부대에서 즉시 포수들이 호출되었다. 짐을 끄는 말을 갑절로 데려다가 대포를 끌어냈다. 즉 6쌍의 말로 대포 1문을 끌어낸 것이다. 반개 중대가 엄호하며 포병대를 따라갔다.

땅거미를 틈타 급습하여 카르긴스카야를 점령했다. 리하쵸프군의 포 3문, 기관총 9대와 함께 포로를 잡았다. 나머지는 카르긴스카야 혁명위원회와 함께 부락을 지나 보코프스카야 마을을 향해 달아나버렸다.

밤새껏 비가 내렸다. 동트기 전에 벌써 기슭과 산골짜기가 졸졸거리는 소리를 냈다. 길은 지나갈 수가 없을 정도였다. 움푹 들어간 땅은 모조리 구덩이처럼 파였다. 물을 빨아들인 눈은 땅바닥이 보일 만큼 무너져내렸다. 말은 다리를 잡히고 사람은 피로로 쓰러졌다.

바즈키 부락의 하르람피 예르마코프 카자흐 소위가 지휘하는 2개 중대는 퇴각하는 적을 추격하도록 그리고리가 파견해 두었는데—인접한 2개 부락—라디셰프스키 부락과 비스로그조프스키 부락에서 미처 도주하지 못한 30명가량의 적위병을 사로잡았다. 날이 밝자 그들 포로를 카르긴스카야로 이송했다.

그리고리는 카르긴 지방 부자의 호화로운 저택에서 숙영을 하고 있었다. 예르마코프가 그리고리의 방으로 들어와서 인사를 했다.

"적 27명을 사로잡았습니다. 지금 당번병이 지휘관님의 말을 끌고 와 대기 중인데 곧 출발하실 건가요?"

그리고리는 외투의 벨트를 비끄러매고 모피 모자 밑에 엉켜 있는 머리카락을 거울 앞에서 빗은 다음 비로소 예르마코프 쪽을 돌아다보았다.

"가자. 즉시 출발. 광장에서 집회를 열고, 그다음엔 진군이다."

예르마코프가 어깨를 움츠리며 히죽 웃었다.

"집회가 필요한가요? 저들은 집회 같은 건 열지 않고도 모두가 말을 타고 가는데요. 저쪽을 보십시오! 이리로 오고 있는 것은 뵤센스키 연대가 아닙니다."

그리고리는 창밖을 내다보았다. 4열 종대로 정연하게 2개 중대가 말을 몰고 왔다. 카자흐들은 선거에 임할 때처럼, 말들은 관병식으로 가는 것처럼.

"어디서 온 패들이냐? 대체 어디서 왔지?"

그리고리는 칼을 움켜쥐고 달려가면서 들뜬 목소리로 중얼거렸다. 예르마코프가 급히 그의 뒤를 쫓았다.

샛문 쪽으로 이미 선두 중대의 중대장이 다가왔다. 그는 정중하게 거수경례를 했다.

"당신이 멜레호프 동지입니까?"

"그렇소만, 당신은 어느 부대 소속이오?"

"당신 부대에 끼워 주십시오. 당신 부대와 합류하려고 왔습니다. 우리 부대는 어젯밤에 편성된 리흐비도프 부락의 중대로 그라쵸프 부락과 아르히포프카 및 바실레프카 두 부락 주민들이 모여 있습니다."

"카자흐들을 광장으로 데리고 와주게. 거기에서 집회를 열기로 했으니까."

당번병—그리고리는 프로호르 즈이코프를 당번병으로 삼고 있었다—이 그에게로 말을 끌고 와 등자까지 끼워 주었다. 예르마코프는 독특한 몸짓으로 안장이나 말갈기에 손을 대지 않은 채 무쇠처럼 탄탄한 몸을 훌쩍 안장 위에 올려놓고 예를 갖춰 안장 위에서 외투 앞자락을 단정하게 여미고 말을 그 앞으로 접근시킨 다음 질문했다.

"포로는 어떻게 하실 겁니까?"

그리고리는 상대방의 외투 단추를 움켜쥐고 안장 위에서 덤벼들 것처럼 몸을 앞으로 내밀었다. 그의 눈에서는 빨간 불꽃이 튀었으나 입수염 속의 아랫입술은 다소 야수적인 웃음을 띠고 있었다.

"뵤센스카야로 압송하겠다. 알겠나? 저쪽에 보이는 둔덕을 넘어가지 못하게 할 것!"

마을이 내려다보이는 모래땅 둔덕 쪽을 향해 그는 말을 몰고 갔다. '이것이 페트로를 죽인 놈들에 대한 첫 번째 보복이다.' 구보로 달리면서 그는 그렇게 생각했다. 그리고 별다른 까닭 없이 말엉덩이에 두둑이 솟아오른 상처 자국에 힘껏 채찍을 내리쳤다.

36

그리고리는 3500명에 달하는 병력을 이끌고 카르긴스카야에서 보코프스카야로 향했다. 그의 뒤를 쫓아서 사령부와 관구 집행위원회는 명령과 지령을 급사(給仕) 편에 보냈다. 사령부 소속의 한 사나이가 미사여구를 늘어놓은 봉서를 그리고리에게 전달했다.

친애하는 그리고리 판텔레예비치! 귀관께서 적위군 포로에 대해 잔혹한 제재를 가한다는 악의에 찬 풍문을 소관 등은 익히 들어왔소이다. 보코프스카야 인근에서 하르람피 예르마코프가 사로잡은 적위병 포로 30명이 귀관의 명령으로 살해당했다는 소문을 들은 바 있습니다. 그 포로 가운데에는 적의 병력을 탐지하는 데 크게 도움이 될 수 있는 코미사르 한 명이 포함되어 있다고 합니다. 친애하는 동지여, 청컨대 포로를 수용하지 말라는 명령을 철회해 주십시오. 그러한 명령은 우리 쪽에도 매우 유익할 것입니다. 그리고 카자흐들은 그와 같은 잔혹한 처지에 불평하고 있으며 적위군 쪽에서도 마찬가지로 포로를 학살하고 우리 부락을 파괴한다면 어떻게 하겠습니까? 지휘관들 역시 생명에 위해를 끼치는 일 없이 호송해 주기를 부탁하는 바입니다. 그들에 대해서는 소관등이 뵤시키 또는 카잔스카야에서 내밀하게 처리를 할 것입니다. 귀관은 작가 푸시킨의 역사소설에 나오는 타라스 불바[17]와 같이, 그 부하를 인솔하고 진격함으로써 그들에게 포화와 칼의 소나기를 맞게 하여 카자흐의 사기를 드높여 주는 것만으로 충분하다고 생각합니다. 부디 냉정한 마음으로 포로에 대해 죽음을 내리지 말고 소관들에게 호송하도록 만전의 조치를 강구해 주길 청하는 바입니다. 끝으로 귀관의 건강을 빌고 진심으로 경의를 표하면서 성공에 기대를 거는 바입니다.

---

17) 타라스 불바는 푸시킨의 작품이 아니고 고골 작품의 주인공.

그 편지를 그리고리는 끝까지 읽지 않고 갈기갈기 찢어 말 다리 밑으로 내던졌다. '즉시 남방, 쿠르첸키—아스타호보—그레코보 지구를 향하여 공격을 전개할 것. 사령부는 카데트군의 전선의 합류가 긴요하다고 사료됨. 그렇지 않을 경우, 아군은 포위당하거나 격멸당할 것이오' 라는 쿠지노프의 명령서에 따른 답장을 그는 말 위에 앉아서 이렇게 써보냈다. '보코프스카야를 향하여 진군하여 목하 퇴각 중에 있는 적을 추격하고 있소. 쿠르첸키로는 가지 않을 예정이오. 귀관의 명령엔 따를 수 없소. 대체 어떤 목적으로 아스타호보를 공격한다는 말이오? 그곳에는 소러시아인 말고는 아무도 없지 않소.'

그로써 그와 반란군 사령부와의 공식 문서교환은 종지부가 찍혔다. 2연대로 갈라진 각 중대는 보코프스카야 접경인 코니코프 부락으로 접근해 갔다. 그로부터 3일 동안 무운은 아직 그리고리를 버리지 않았다. 소규모의 전투로 보코프스카야를 점령한 그는 위험을 무릅쓰고 크라스노쿠츠카야로 향했다. 진로를 가로막으려는 한 줌에 불과한 부대를 분쇄하긴 했으나 포로는 죽이지 말라는 명령을 내려 후방으로 압송했다.

3월 9일, 그는 이미 2개 연대를 이끌고 치스챠코보 대촌으로 다가갔다. 그 무렵, 적위군 사령부는 배후로부터의 위험을 느끼고 수개 연대와 포병 중대가 반란군을 향하여 공세를 취해 왔다. 새로이 도착한 적위군 연대와 그리고리의 연대가 치스챠코보 부근에서 맞부딪쳤다. 전투는 약 3시간 계속되었다. '독 안에 든 쥐'가 될 것을 염려한 그리고리는 부대를 크라스노쿠츠카야로 후퇴시켰다. 그러나 3월 10일 아침 전투에서 뵤센스키 연대는 적위군인 호표르스키 카자흐에 의해 막대한 피해를 입고 말았다. 두 군의 돈 카자흐는 공격과 반격을 되풀이하며 교전을 계속했다. 그리고리도 이 전투에서 말을 잃고 볼에 상처를 입은 채 연대를 철수시켜 보코프스카야까지 퇴각했다.

밤에 그는 호표르스키 카자흐 하나를 심문했다. 그의 앞으로 끌려 나온 사람은 나이가 꽤 든 체피킨스카야 마을의 카자흐였는데 머리는 희뿌옇고 가슴팍은 얇은 데다 외투에 빨간 수술을 달고 있었다. 그는 질문에 자진해서 대답했다. 그러나 뭔가 어색하고 일그러진 미소를 띠고 있었다.

"어제 있었던 전투 시에 어느 연대에 있었나?"

"스텐카 라진 명칭 제3카자흐 연대요. 그중에 호표르스키 관구의 카자흐 거의 전원이 들어 있습지요. 그리고 제5자 아무르, 제12기병, 제6무젠스키요."

"총지휘관은 누구냐? 키크비제가 지휘했다는 얘기를 들었는데?"

"아닙니다. 도므니치 동지가 혼성군을 지휘하고 있었습지요."

"탄약은 많이 확보하고 있느냐?"

"많지는 않습니다!"

"대포는?"

"8문가량이오."

"너희 연대는 어디서 이동해 왔나?"

"카멘스카야의 각 부락을 거쳐왔습지요."

"어디로 가는지 알고 있나?"

카자흐는 잠시 망설였으나 이내 실토했다. 그리고리는 호표르스키 카자흐의 사기에 대해 알고 싶었다.

"카자흐들은 서로 무슨 얘기를 하고 있다냐?"

"싸우러 나가긴 싫다고 하더군요."

"연대에선 왜 우리가 반란을 일으켰는지 알고 있다냐?"

"그걸 어떻게 알겠습니까요."

"그렇다면 어째서 싸우러 나가기 싫다는 거냐?"

"당신은 카자흐가 아닙니까? 오랜 세월 전쟁만을 일삼아 왔으니 싫증이 날밖에요. 정말이지 미로노프와 함께 출정한 이래 줄곧 싸움터만 따라다녔다고요."

"어때, 우리에게로 올 마음은 없나?"

카자흐는 허약한 어깨를 움츠렸다.

"당신이 그렇게 하라고 하시면 별도리가 없겠지요. 하지만 그다지 내키지 않는구먼요."

"알았다. 가거라. 마누라한테 돌아가게 해주마…… 외로웠겠군?"

그리고리는 멀어져 가는 카자흐의 뒷모습을 바라보다가 프로호르를 불러들였다. 그는 한동안 담배를 피우면서 말없이 앉아 있었다. 이윽고 창가로 걸어가 프로호르에게 등을 돌린 채 조용하게 명령했다.

"병사들에게 가서 일러라. 지금 내가 심문했던 그녀석을 슬쩍 과수원 쪽으로 끌고 가라고. 카자흐 출신으로 빨갱이에게 가담한 자식을 포로로 둘 순 없어!"

그리고리는 닳아빠진 구두 뒤꿈치로 홱 몸을 돌렸다.

"곧장 쫓아가서 놈을 해치우고 와!"

프로호르는 서둘러 나갔다. 그리고리는 잠시 창가에 있는 제라늄의 연한 가지를 꺾으면서 서 있다가 이윽고 뚜벅뚜벅 현관 계단으로 걸어나갔다. 프로호르는 창고 옆 양지바른 쪽에 앉아 있던 카자흐들과 낮은 소리로 소곤대고 있었다.

"저 포로를 놔줘라. 저 녀석한테 통행허가서를 써 주라구."

카자흐들 쪽은 거들떠보지 않은 채 그리고리는 그렇게 말하고 방으로 돌아와 낡은 거울 앞에서 당혹스러운 듯 두 손을 벌렸다.

어째서 포로를 석방하라고 명령했는지 스스로도 이해할 수가 없었다. 비웃음을 얼굴에 띠고 독백처럼 "마누라에게 돌아가게 해주마…… 가거라!" 해놓고서 즉각 프로호르를 불러들여 그 호표르스키 출신의 카자흐를 과수원에서 해치우라고 명령한 것을 스스로도 알면서 그는 확실히 뭔가 흐뭇한 감정을 깨닫고 있었던 것은 아닐까. 그는 연민의 정에 대해 얼마간 짜증을 느꼈다. 그러나 적을 석방시키기에 이른 것은 무의식적이든 의식적이든 다름아닌 그 연민의 정 때문이 아니었을까? 더욱이 그는 가슴의 응어리를 풀어버린 듯이 후련하고 기뻤다. 왜 이런 일이 일어났을까? 그는 스스로에게 이해가 가지 않았다. 그리고리는 바로 어저께 그 자신이 카자흐들에게 했던 말을 돌이켜 생각하고 더욱 불가사의해졌다.

"농사꾼들은 적이다. 하지만 적군과 함께 행동한 카자흐는 그야말로 적 두 명에 해당된다! 그따위 카자흐는 스파이하고 똑같이 즉각 천국행이다!"

그처럼 지끈지끈 골 쑤시는 해결하기 어려운 모순과 자기가 한 일이 틀려먹었다는 생각을 안고 그리고리는 숙사를 나왔다. 그때 치르의 연대장—기억 속에서 이내 엷어질 것 같은, 그리고 별로 눈에 띄지 않는 빈약한 생김새의 근위 사관이 중대장 두 사람과 함께 찾아왔다.

싱글벙글 웃으며 연대장이 보고를 했다.

"또 원군이 왔습니다! 보병 2개 중대 이외에 기병 3천, 나포로프, 야블로네바야강(江), 구스잉카 방면에서요. 그런데 이들을 어디에 배치할 작정인가요, 판텔레예비치?"

그리고리는 리하쵸프에게서 빼앗은 모젤과 멋진 서류 배낭을 어깨에 메고 마당으로 나갔다. 해는 따뜻한 빛을 던지고 있었다. 하늘은 한여름처럼 높고 푸르렀고 또한 뭉게구름 같은 흰 구름이 남쪽으로 흘러가고 있었다. 그리고리는 작전을 짜기 위해 지휘관들을 모두 골목으로 모이도록 했다. 30명가량이 모여들었다. 그들은 각각 쓰러진 울타리 위에 걸터앉았다. 누군가의 담뱃갑이 손에서 손으로 건너갔다.

"어떤 작전 계획을 세울 것인가? 치스챠코프카에서 우리를 압박한 그 부대를 어떤 방법으로 한꺼번에 쳐부술 것이며, 그리고 어느 방향으로 진군을 하면 좋을까?"

그리고리는 이렇게 질문을 하고는 쿠지노프의 명령을 요약해서 설명했다.

"그런데 적의 병력은 어느 정도요? 포로에게서 나온 말은 없소?"

잠시 뒤 중대장 한 사람이 말했다.

그리고리가 자기들과 적대 중인 적의 연대와 병력을 산출해 보이자, 카자흐들은 잠시 숙연해졌다. 회의석상에서 깊은 생각 없이 함부로 발언을 해서는 안 된다는 중압감 때문이었다. 그때 그라쵸프대의 중대장이 말했다.

"멜레호프! 조금만 더 생각할 시간을 주시오. 이건 단칼에 해치울 수 있는 일과는 다르오. 실패하지 않도록 신중을 기해야 하오."

맨 처음 발언한 사람도 이 남자였다.

그리고리는 모두의 의견을 끝까지 주의 깊게 들었다. 대다수의 의견은 가령 성공한다 해도 깊숙한 추격은 삼가하고 방어태세를 갖춰야 한다는 점으로 일치되었다. 그러나 치르 카자흐 하나는 반란군 사령부의 명령을 침을 튀기며 지지했다.

"굳이 여기서 돌아설 건 없지 않소. 멜레호프에게 우리를 도네츠까지 끌고 가게 한다면 그걸로 성공을 거둘 수 있어요. 그런데 왜들 이러시오? 머리가 이상해진 게 아니오? 어떻게든 공격해야 해요! 탄약이 모자라면 빼앗기라도 해야 한다고요. 우회 공격을 취하지 않으면 안 되오! 아주 결정을 지읍시다!"

"군인 이외의 사람은 어떻게 하고? 여자와 노인들과 어린애들은?"

"뒤에 남겨두는 수밖에!"

"너희들은 영리한 줄 알았는데 어느새 돌대가리가 돼버렸군!"

그때까지 울타리 끝에 걸터앉아 다가오는 봄철의 밭갈이에 대한 것과 만약 돌파작전이 행해지면 집안일은 어떻게 되느냐고 수군대던 지휘관들은 치르 카자흐의 말을 듣자 일제히 떠들어댔다. 순식간에 회의는 어느 부락의 모임 같은 뒤죽박죽의 양상을 빚어냈다. 나포로프 출신의 늙은 카자흐가 가장 크게 떠들었다.

"자기네 울타리 밖으로 나가는 짓일랑은 집어치워야 한다고! 난 맨 먼저 내 중대를 이끌고 부락으로 되돌아갈 테야! 내 집 가까이에서라면 마땅히 싸워야 되겠지만 남의 목숨까지 살려낼 수는 없잖나!"

"그런 억지는 집어쳐! 모두 조용조용 얘기하고 있는데 당신 혼자 악을 쓸 건 없지 않아! 잔소리 따윈 듣기도 싫어!"

"쿠지노프에게 가서 도네츠로 데려다 달라고 하면 될 게 아냐!"

그리고리는 가라앉기를 기다리고 있다가, 논쟁의 저울대 위에 결정적인 말을 얹어놓았다.

"여기서 전선을 지탱하도록 하자! 크라스노쿠츠카야 부대도 우리와 함께 머물러 있을 테니까! 그들을 엄호할 수도 있을 거고! 어디에도 가지 않겠다. 회의는 여기에서 끝내기로 하고 각자 부서로 돌아가도록! 즉시 진지로!"

30분 뒤, 기병대가 밀집한 라바 대형으로 연연히 흘러가기 시작하자 그리고리는 강렬하게 솟구쳐오르는 기쁨을 느꼈다. 그는 지금껏 이같이 많은 인원을 지휘해 본 적은 한 번도 없었다. 그러나 우월감에 찬 기쁨의 한구석엔 불안이, 씁쓸한 비애가 고통스럽게 꿈틀거렸다. '큰 실수 없이 내 임무를 다할 수 있을까? 나에게 과연 수천 명의 카자흐를 통솔할 만한 능력이 있을까? 나의 지휘 하에는 일개 중대가 아니라 일개 사단이 있는 것이다. 그리고 배운 것이라곤 아무것도 없는 무식한 카자흐에 불과한 내가 수천 명의 생명을 손아귀에 쥐고 그들에 대해 책임을 짊어질 수가 있을 것인가? 그러나 중요한 것은 누구에게 반대하여 행동하느냐에 있다. 인민에 반대하여……그렇다면 대체 누가 옳다는 말인가?'

그리고리는 밀집대형을 이루어 지나가는 부대를 이를 악물고 바라보았다. 마음을 들뜨게 만드는 권력의 힘은 그의 눈앞에서 퇴색하고 있었다. 불안이, 괴로운 고통만이 느껴졌다. 그리고 그것은 견딜 수 없는 무게로 짓눌러 양쪽 어깨를 굽히게 하는 것이었다.

37

봄은 개울의 혈관을 뚫고 있었다. 들녘은 하루가 다르게 싱싱해지고 강물의 풀빛 흐름도 차츰 소리를 높이고 있었다. 태양의 붉은 기운이 강해져 가냘픈 황색 그림자를 물러서게 했다. 햇살은 날로 푸근해져 이제 완전히 따스함을 베풀었다. 한낮이 되면 발가벗은 논밭은 증기로 뿌옇게 흐려지고 군데군데 구멍이 뚫려 생선 비늘처럼 보이는 설원은 눈이 부실 정도로 반짝거렸다. 연한 습기를 품은 대기가 진하고 좋은 향기를 풍겼다.

태양이 그리고리의 잔등을 덥혀 주고 연대 전원을 덥혀 주었다. 바람은 때때로 눈 덮인 언덕으로부터 냉기를 싣고 왔다. 그러나 따스함이 그 냉기를 이겨내었다. 말은 기운찬 몸짓으로 뛰어다니고, 그 몸에서 겨울털이 빠지고 땀 냄새가 더욱더 강하게 콧구멍을 찔렀다.

카자흐들은 벌써부터 섬유 같은 말꼬리를 엮어올리고 있었다. 낙타털로 된 방한 두건은 이젠 불필요한 것이 되어 카자흐들의 잔등에 매달려 있고 모피 모자를 눌러쓴 이마에 축축한 땀이 배어나왔다. 또 반외투나 푹신한 방한복을 입고 있으면 후덥지근해지는 것이었다.

그리고리는 여름이 한창인 길을 따라 연대를 인솔해 갔다.

아득히 먼 곳, 십자가 모양을 한 풍차 너머에서 적군 기병 중대가 라바 대형으로 전개해가고 있었다. 스비리도프 부락 근처에서 전투가 시작된 것이다.

그리고리는 아직도 자기가 과연 전투를 지휘해 낼 수 있을 것인가 염려하고 있었다. 그는 자진해서 뵤센스키 부대를 이끌고 전장으로 뛰어듦으로써 가장 위험한 위치에 부대를 올려놓은 것이었다. 따라서 전투는 지휘체계의 통일이 결여된 채 진군을 계속하고 있었다. 모든 연대가 미리 한 약속을 깨뜨리고 그 자리에서 임시방편 행동을 취하고 있었다.

전선이라고 할 수조차 없었다. 그러나 광범한 기동작전을 펼칠 수 있는 가능성을 던져주고는 있었다.

기병이 많은 것은—그리고리의 부대는 기병이 압도적이었다—무엇보다도 유리했다. 이와 같은 우세를 이용해서 그리고리는 '카자흐식' 전법으로 싸움을 진

전시키려고 했다. 즉 양쪽 날개를 포위함과 동시에 후방을 치고 장비마차를 쳐부수고 야습으로 적군을 동요케 하여 사기를 떨어뜨리는 것이었다.

그러나 스비리도프 부근에서 그는 전법을 바꾸었다. 즉 부대를 전속력으로 진지에 진격시킴과 동시에 그중 1개 중대는 부락에 머물러 있게 하고 말 담당은 미리 부락 깊숙이 민가로 향하게 한 것이다. 한편 자신은 나머지 2개 중대를 데리고 풍차 움막에서 반 킬로미터 떨어진 언덕 위로 달려가 천천히 교전을 하고 있었다.

그리고리가 상대한 적군 기병대는 2개 중대를 웃돌았다. 그리고리가 쌍안경으로 들여다본 것은 돈산이 아닌 꼬리를 짧게 자른 말이었으므로 호표르 카자흐 부대가 아님을 알 수 있었다. 카자흐는 결코 말꼬리를 자른다거나 말의 아름다움을 손상시키는 짓은 하지 않았다. 그렇다면 공세를 취하고 있는 것은 제13 기병 연대든가 아니면 새로이 증원된 부대임에 틀림없었다.

그리고리는 쌍안경으로 주위 지형을 관찰하고 있었다. 안장 위에 있는 편이 대지를 훨씬 넓은 것으로 생각하게 했고 장화 끝이 등자에 걸려 있을 때가 한층 더 그에게 자신감을 갖게 해주었다.

치르강 너머의 강가를 3500명의 카자흐들이 갈색 열을 지어 진군하고 있는 모습을 그는 바라보고 있었다. 그 열은 꿈틀거리면서 언덕길을 올라가 엘란스키와 우스티 호표르스키 부락과의 경계를 향해 북쪽으로 사라져갔다―우스티 메드베디차에서 공격해 오는 적을 거기서 응전하고 싸움에 지친 엘란스카야 카자흐 부대까지도 지원하기 위해서였다.

공격 태세를 취하고 있는 적군 기병대의 대열과 그리고리와의 거리는 1킬로미터 반 정도였다. 그리고리는 오래된 전법을 따라 자신의 부대를 산개시켰다. 창은 카자흐 전원에게 모두 주어지지 않았지만 갖고 있는 사람은 20미터가량 떨어진 선두에서 말을 몰고 갔다. 그리고리는 선두열로 튀어나와 군도를 뽑아들었다.

"조용하게 갤럽(속보)!"

다리를 내딛는 순간 그의 말이 눈에 덮인 땅다람쥐 구멍에 빠져 무릎을 꺾었다. 그리고리는 안장 위에서 몸을 똑바로 세우면서 칼을 늪혀 말을 후려쳤다. 그 말은 뵤센스카야의 한 카자흐에게서 입수한 준족의 군마였는데 그리고리는 그 말에 대해 남몰래 불신을 품고 있었다. 그는 그 말이 이틀 동안에 자기한테 익숙해지지 않았다는 것과 자기도 말의 성질과 버릇을 이해하지 못하고 있음을 알고, 남에게서 빼앗은 말은 치스챠코프 근처에서 전사한 자기 말과 달라서 짧은 명령과 사소한 고삐의 조종만으로는 주인의 기분을 이해해 주지 않을 것이라는 두려움을 갖고 있었다. 칼등에 맞은 말이 제멋대로 속력을 냈을 때, 그리고리는 내심 섬뜩함을 느끼고 당황하기까지 했다. '이놈이 날 골탕먹일 작정이군!'―바늘에 찔린 듯한 느낌이 들었다. 그러나 말이 보폭이 넓은 구보로 바꾸어 차츰 정상적인 걸음으로 달려감에 따라, 그리고 고삐의 조종에 순종해감에 따라 그리고리는 자신감을 되찾아 침착해졌다. 뿔뿔이 산개하여 이쪽을 향해 밀려오는 적에게서 잠깐 시선을 옮긴 그는 말 모가지를 내려다보았다. 붉은 털의 말 귀는 얄밉도록 찰싹 붙고 목은 단두대에 걸린 듯이 내밀어져 리드미컬하게 떨고 있었다. 그리고리는 안장 뒤에서 가슴을 뒤로 젖히고 빨아들일 듯이 공기를 들이마고 나서 뒤돌아보았다. 땅울림을 일으키고 있는 사람과 말의 사태를 수없이 보아 온 그였지만 그때마다 뭐라 설명할 수 없는 거친 동물적인 흥분을 느끼며 공포로 심장이 옥죄는 것만 같았다. 그가 말을 몰아 적에게로 돌입해가는 동안 순간적으로 일어나는 심적 변화가 있었다. 이성, 냉정, 신중함―그 모든 것은 이 엄청난 순간에 그리고리를 내팽개치고 오직 야수와 같은 본능만이 힘차게 그의 의지를 지배했다. 만약 공격시에 누구든지 바로 옆에서 그리고리를 바라보았다면 그 사람은 틀림없이 냉정하고 침착한 두뇌가 그리고리의 행동을 지배하고 있다고 생각할 것이었다. 그만큼 그의 행동은 얼핏 보기엔 확신에 차 있고 면밀하고 용의주도하게 계산된 것처럼 여겨졌다.

피아간의 거리는 급속도로 좁혀지고 있었다. 기수와 말의 모습이 눈 깜짝할 사이에 확대되었다. 적의 기병대 중에서 그리고리는 한 기수에게 눈길을 멈추었다. 그 기수가 탄 밤빛의 키가 큰 말은 이리와 같은 약보(躍步)로 달려오고 있었다. 기수는 장교용 세이버로 허공을 가르고 있었다. 은빛 칼집은 햇빛을 받아 번뜩이면서 등자와 맞부딪쳤다. 그리고리는 그 사람이 누구인가를 금방 알아보았다. 카르긴스카야에 있는 공산당원 표트르 세미그라조프였다. 17년 당시 24세 청년이었던 그는 그 무렵에는 좀처럼 보기 어려운 각반을 매고 맨 먼저 독일 전선에서 돌아와 있었다. 볼셰비키로서의 신념과 전선병사로서의 뚝심을 지녔고 볼셰비키로서 일관했다. 적군에 근무했으며 반란이 일어나기 전 마을에 소비에트 정권을 세우러 부대로부터 돌아와 있었다. 그 세미그라조프가 자신 있게 말을 조종하며 가택수색 때 빼앗은, 관병식에서나 사용하는 세이버를 맵시 있게 흔들며 그리고리를 향해 달려오고 있었다.

그리고리는 공격 때면 사용하는 독특한 전법을 갖고 있었다. 눈과 직감으로 적이 강하다고 여겨지거나 틀림없이 치명적인 일격을 가하거나 또는 무슨 일이 있더라도 단칼에 해치우리라 할 때엔 언제나 이 전법에 의지했다. 어렸을 때부터 그리고리는 왼손잡이였다. 그는 왼손으로 숟가락을 사용했고 성호도 왼손으로 그었다. 그 덕택으로 그는 내내 아버지에게서 호되게 매를 맞았을 뿐만 아니라 동네 아이들이 '왼손잡이 그리샤'라는 별명까지 붙였다. 얻어맞고 놀림을 당한 일이 나이 어린 그리고리에게 강한 충격이 된 것만은 틀림없었다. 10살때 '왼손잡이'라는 별명은 오른손 대신에 왼손을 사용하던 버릇과 함께 없어졌다. 그러나 죽을 때까지 그는 오른손으로 하는 것은 무엇이나 왼손으로 훌륭하게 해치울 수가 있었다. 더욱이 왼손이 더 셌다. 공격시에 그리고리는 번번이 그 특징을 이용해왔다. 그는 흔히 하듯이 왼쪽에서 우회하여 목표한 적에게로 말을 몰고 갔다. 그리고리와 칼싸움을 벌여야 하는 운명이 주어진 상대방으로부터 20미터가량의 거리로 다가갈 때 벌써부터 칼을 휘두르는 적이 비스듬하게 몸을 내민 그 순간을 노리고 있다가—그리고리는 칼을 왼손으로 바꿔쥐고 갑자기, 그리고 부드럽게 말을 급회전시켜 우측에서 다가서는 것이었다. 깜짝 놀란 적이 몸의 위치를 바꾸려고 하는 말의 머리 너머로 우측에서 왼쪽을 내리치기에는 불리한 위치일 수밖에 없었다. 그 순간 상대방은 자신을 잃었다. 죽음이 그의 얼굴에 숨을 내뿜고 그리고리는 살짝 뒤로 물러설 듯이 하고는 엄청난 힘이 담긴 일격을 가하는 것이었다.

츄바토이가 그리고리에게 '바클라노프식' 검술을 가르쳐준 이래, 오랜 세월이 흘렀다. 두 차례의 전쟁 동안에 그리고리는 솜씨를 연마했다. 칼을 제대로 쓸 줄 안다는 것은 가래를 미는 것과는 뜻이 달랐다. 그는 사람을 찌르는 기술로 많은 것을 깨우친 것이었다.

번개처럼 빠른 순간에 손에서 손으로 칼을 용이하게 바꿔잡기 위해서 그는 한 번도 칼집에 달린 끈 부분에 손목을 갖다댄 적이 없었다. 힘껏 찌를 때, 만약 칼의 겨냥이 제대로 되어 있지 않으면 칼이 손에서 미끄러지든가 손목이 삔다는 것을 알았다. 눈 깜짝할 사이에 상대방의 무기를 내리친다거나 약간의 접촉으로 상대방의 팔을 마비시키는 비결을 그는 터득했다. 칼이나 창을 사용해서 사람을 찌르는 훈련으로 그는 많은 것을 배웠다.

버드나무 가지를 자를 때에 그 같은 일격을 가하면 나무기둥은 꼼짝도 하지 않고 엇비슷하게 잘린 잔가지만이 춤추듯이 모래 위로 떨어지고, 그것이 채 땅에 닿기도 전에 카자흐의 칼이 가지를 막 잘라낸 나무기둥과 나란히 서게 되었다. 마치 그와 같이 칼미크인을 닮은 미남 세미그라조프는 곧추선 말 다리 밑으로 굴러떨어졌다. 그는 엇비슷이 잘리운 가슴을 두 손으로 움켜쥐면서 안장에서 미끄러져 떨어졌다. 죽음의 싸늘함이 그의 몸을 휘감았다.

그리고리는 안장 위에서 재빨리 몸을 바로 세우고 등자를 힘껏 밟았다. 그를 향해서 두번째 적이 질주해 왔다. 고삐가 치켜진 말의 콧등 그늘 때문에 그리고리에게는 미처 기수의 모습이 눈에 들어오지 않았지만 군도의 칼날이, 그 거무튀튀한 배가 언뜻 시선을 끌었다. 그리고리는 힘껏 고삐를 죄었다. 쳐들어오는 것을 받아 밀어붙이고—오른쪽 고삐를 붙잡고는 비스듬히 기울어져 있는 적의 목에 일격을 가했다.

그는 어지러운 인마의 무리 속에서 맨 먼저 튀어나왔다. 눈 속으로 한 무리의 기병이 움직이고 있었다. 손바닥이 긁힌 것같이 가려웠다. 칼을 칼집에 넣고 잡아채듯이 모젤을 움켜쥔 그는 전속력으로 말을 퇴각시켰다. 부대는 뿔뿔이 흩어져 달렸다. 여기저기에 모피 모자와 흰 끈이 달린 모피 두건이 말 모가지에 엎어져 있었다. 그리고리 옆에는 여우 가죽 방한모를 쓰고 카키색 반외투를 입은 하사관이 말을 몰고 있었다. 그는 귀가 떨어져 나가고 턱 언저리까지 칼자국이 나 있었다. 가슴 위는 잘 익은 버찌 무더기가 으깨진 것같이 새빨갰다. 드러난 이는 붉게 물들어 있었다.

혼란 속에 반쯤 퇴각하기 시작했던 적병들이 말머리를 돌렸다. 카자흐의 퇴각이 그들에게 추격 의욕을 불러일으킨 것이다. 미처 달아나지 못하고 있던 카자흐 하나가 바람에 떠밀린 것처럼 말 위에서 굴러떨어져 말발굽 밑에서 눈 속으로 짓밟히고 말았다. 얼마 멀지 않은 거리에 거뭇거뭇한 과수원과, 부락과 언덕 위의 작은 예배당과, 넓고 좁은 한길이 보였다. 중대가 잠복해 있는 목장의 울타리까지는 400미터도 남아 있지 않았다. 말잔등에서 땀과 피가 흘러내렸다. 말을 몰면서 미치광이처럼 모젤의 방아쇠를 당기고 있던 그리고리는 소용이 없게 된 그 무기를 케이스에 밀어넣고(탄약을 모조리 써버린 것이다) 목청을 돋우어 외쳤다.

"산개!!!"

카자흐의 흐름은 절벽에 부딪힌 격류처럼 한꺼번에 좌우로 갈라졌다. 적위군을 가로막는 것은 아무것도 없었다. 그들을 향하여 울타리 그늘에서 잠복하고 있던 중대가 일제사격을 퍼부었다. 한 번, 두 번, 세 번…… 고함 소리! 적병을 태운 말 한 마리가 털썩 쓰러졌다. 또 한 마리의 말은 두 무릎을 꺾고 머리를 눈구덩이 속에다 처박았다. 탄환은 그 뒤에도 3, 4명의 적병을 쓰러뜨렸다. 나머지 적병들이 한 덩어리가 되어 말의 방향을 바꾸는 그 사이에 탄환의 소나기가 퍼부어졌다. 이윽고 잠잠해졌을 때, 그리고리가 목쉰 소리로 "중대……" 외치자 말발굽이 급각도로 방향을 바꾸어 추격해 갔다. 그러나 카자흐들은 마지못해서 움직였다. 말이 지칠대로 지친 것이었다. 1킬로미터가량 추격한 끝에 되돌아왔다. 전사한 적병의 옷을 벗기고 죽은 말의 안장을 떼어냈다. 부상자 세 명의 숨통을 알료시카 샤밀리가 끊었다. 그는 그 세 사람을 울타리 앞으로 향하게 한 다음, 차례로 찔러 죽였다. 그리고 오래도록 카자흐들은 찔러 죽인 세 사람의 시체 옆에서 담배를 피우기도 하고 들여다보기도 했다. 셋 모두가 같은 특징을 갖고 있었다. 어깨에서 허리께까지 몸통이 두 토막 나 있었다.

"셋을 여섯으로 나눠놓았군…….'

알료시카가 한쪽 눈을 깜박거리면서 자랑을 했다.

주변에 있던 카자흐들은 그에게 아첨하듯이 담배를 권하며 별로 크지 않은 주먹과 웃옷이 미어터질 듯이 두둑한 가슴팍에 존경의 눈길을 보내었다.

울타리 옆에서는 땀에 흠뻑 젖은 말이 외투를 걸친 채 떨고 있었다. 카자흐들은 말의 복띠를 고쳐 주었다. 골목 우물가에는 물을 푸려고 열을 짓고 있었다. 대다수가 지친 끝에 다리를 질질 끄는 말의 고삐를 끌고 와 있었다.

그리고리는 프로호르와 함께 다섯 명의 카자흐를 데리고 앞으로 오고 있었다. 마치 그의 눈 속에 있던 들보를 떼어낸 것 같았다. 그는 공격전과 마찬가지로 다시금 이 세상을 비치고 있는 태양과 짚 더미 옆에 녹고 있는 눈을 보고,

봄철의 지저귐을 듣고 발밑으로 스며드는 봄날의 은은한 향기를 느꼈다. 인생은 방금 전에 흘렀던 피로 퇴색하지도, 젊음을 잃지도 않았을 뿐 아니라 인색하고 기만적인 기쁨으로 더욱더 충동질하면서 그의 곁으로 돌아온 것이다. 눈이 녹아버린 검은 대지를 배경으로 한 줌의 구름이 한층 더 돋보이고 한결 더 매혹적으로 그 흰 빛을 떠올렸다.

38

반란은 봄철의 홍수처럼 들끓고 범람하여 돈강 연변 토지의 모든 것을 그리고 주위 400킬로미터에 걸친 돈 너머의 스텝 지대를 말아먹었다. 2만 5천의 카자흐가 말고삐를 잡았다. 상류 돈 관구의 각 부락은 1만의 보병을 내보냈다.

전투는 일찌기 볼 수 없었던 양상을 취했다. 도네츠강 근처에는 돈 백위군이 전선을 유지하고 노보체르카스크를 방위하면서 결전 태세를 갖추고 있었다. 그들과 대치해 있던 제8, 제9 적위군의 배후에서는 반란이 일어나, 그렇지 않아도 어려운 돈 제압의 과제를 끝없이 복잡하게 하고 있었다.

4월에 접어들자 반란군과 백위군 전선과의 합류의 위험이 공화국 혁명군사회의에 의해 더욱 분명해졌다. 반란군이 배후에서 적위군의 전선지대로 파고들어 돈군과 합류하기 전에 무슨 일이 있더라도 그것을 쳐부숴야 했다. 압박을 가하기 위해 정예 병력이 투입되었다. 그중에 발틱 함대와 흑해 함대의 해병대, 가장 믿음직스런 몇몇 연대, 장갑열차 부대, 특출나게 용감한 기병 제 부대 등이 있었다. 포병 몇몇 부대와 500대의 기관총과 병력을 가진 전투적인 보그챠르 사단 5개 연대가 고스란히 전선에서 제외되었다. 이미 4월 중에 반란군 전선의 카잔스키 지구에서 리야잔과 탐보프의 간부후보생 부대가 헌신적인 용기를 기울여 전투에 참가했고 그보다 좀 늦게 전 러시아 중앙집행위원회의 학생부대가 가담했다. 슈미린스카야 부근에서는 라트이시 저격대가 반란군에 대항하는 전투를 벌이고 있었다.

카자흐는 군수품 부족으로 허덕였다. 처음 얼마 동안은 소총의 숫자가 모자라고 탄약보급도 중단되곤 했다. 그것들은 피의 대가로가 아니면 손에 넣을 수 없었기 때문에 공격을 가하고 야습을 감행하여 탈취해야만 했다. 그들은 모두 그렇게 탈취했다. 4월이 되자 반란군의 수중에는 이미 충분한 숫자의 소총과 포 6문, 기관총 150대가 확보되었다.

반란이 일어났을 때, 뵤센스카야의 창고에는 5백만 발의 공포가 남아 있었다. 관구 소비에트는 솜씨 좋은 대장장이, 열쇠기술자, 총기공을 동원했다. 뵤센스카야에 탄환공장은 세워졌으나 납이 없었다. 탄환을 만들 재료가 없었던 것이다. 따라서 관구는 모든 부락의 납과 동을 회수하기 시작했다. 증기 제분소에서 납과 바비크 금의 부품이 남김없이 뽑혔다. 각 부락으로 기마전령이 짧은 격문을 뿌리고 다녔다.

여러분의 남편과 아들과 형제들에게는 쏴야 할 총알이 없습니다.
그들은 저주받아 마땅한 적으로부터 빼앗은 탄환을 가지고 싸우고 있는 형편입니다. 여러분의 가재도구 중에서 총알의 주조에 도움이 될 수 있는 것은 모두 내놓으시오! 키에서 납을 떼내시오.

1주일 뒤에는 전 관구에 걸쳐 채가 달린 키는 한 개도 구경할 수 없게 되었다.

'여러분의 남편과 아들과 형제들에게는 쏴야 할 총알이 없습니다.' 여자들은 도움이 되는 것이나 안 되는 것이나 모조리 꺼내들고 소비에트 관구로 가져왔다. 전투가 벌어지고 있는 부락의 어린이들은 담벼락 속에서 산탄을 파내고 땅바닥을 파헤쳐 파편을 찾았다. 그렇지만 이와 같은 일에 있어서도 굳은 단결이 있었던 것은 아니었다. 두세 명의 여자는 그 알량한 물건들을 아까워하고 내놓기를 주저하여 '빨갱이와 왕래'가 있었다는 혐의를 받고 체포되어 관구 사무실로 연행되었다. 타타르스키 부락에서는 부대에서 휴가를 얻어 돌아온 세묜 츄군이 부자 노인들에게 피가 나올 만큼 얻어맞았다. "부자들도 키를 못 쓰게 해야 한다고" 이 한 마디를 입에 올렸다가 그런 변을 당한 것이었다.

납조각들은 뵤센스카야의 공장에서 녹여졌다. 발사를 하면 이 수제품 탄환은 뭉클거리는 납덩어리가 되어 총구 밖으로 튀어나가 획 하는 요란한 소리를 지르면서 날아갔다. 하지만 그것은 200미터 정도밖에 나가지 않았다. 그대신 이런 탄환에 맞은 상처는 매우 컸다. 적위군은 내용을 알고 나서 카자흐의 척후와 마주치면 큰 소리로 떠들어댔다.

"투구벌레를 쏘다니…… 항복해, 어차피 죽을 목숨 아닌가!"

3만 5천의 반란군은 5개 사단과, 여섯 번째에 해당되는 독립된 여단으로 나뉘어졌다. 메시코프스카야, 세트라코프, 뵤쟈 지구에서는 에고로프 지휘하의 제3사단이 싸우고 있었다. 카잔스카야, 도네츠코에, 슈미린스카야 지구에는 제4사단이 진을 치고 있었다. 지휘자는 무척 음울한 얼굴의 카자흐 준위로 전장에서는 도깨비라 불리우는 콘드라트 메드베예프였다.

스라시초프스카야—부카노프스카야 전선에서 싸우고 있는 제5사단은 우샤코프가 지휘하고 있었다. 엘란스카야의 각 부락—우스티 호표르스카야, 골바도프 방면에서는 기병 조장 메르쿨로프가 제2사단을 이끌고 있었다. 같은 지구에 제6 독립 여단이 굳게 단결해 아무런 손도 입지 않고 있었다. 그것은 이 여단의 지휘자, 막사예프의 카자흐 준위인 보가티료프가 용의주도한 사나이여서 위험을 무릅쓰고 헛되이 병력을 손상시키는 짓은 절대로 하지 않았기 때문이었다.

치르 강가를 따라서 그리고리 멜레호프가 제1사단의 병력을 전개하고 있었다. 그가 맡고 있는 지구는 최전선으로서 남방에서 그 지구로 적군이 밀려왔으나 그는 적의 공격을 격퇴시켰을 뿐 아니라 제2사단에게 보병 부대와 기병 부대를 지원해 줄 정도의 여유를 보였다.

반란은 호표르스키 관구, 우스티 메드베디차 관구의 각 마을까지는 확대되지 않았다. 그 지구에도 동요가 일었고 카자흐를 붕괴시키기 위해 브즈르크와 호표르 상류에 병력을 보내달라는 요청을 받았지만 반란군 사령부는 돈 관구를 넘는다는 결심을 굳히지 못하고 있었다. 호표르 마을의 대다수가 소비에트 정권을 지지하고, 무기를 잡을 것 같지 않다는 것을 알고 있었기 때문이었다. 게다가 전령들도 다음과 같은 얘기를 하며 그것은 성공하기 어렵다고 믿었다. 각 부락에서 적위군에게 불만을 품고 있는 자들은 별로 많지 않다. 호표르스키 관구의 벽지에 남아 있는 장교들은 몸을 숨겨 반란에 동조하는 자를 유력한 세력으로 규합시킬 만한 행동을 하지 않을 것이고, 또한 전선 병사 중 어떤 사람은 집으로 돌아가 있거나 적군과 행동을 함께 한 자도 있는가 하면, 노인들은 송아지가 외양간으로 쫓겨가듯이 칩거당해 있어 이전과 같은 힘을 낼 수 없다는 것이었다.

우크라이나인이 살고 있는 부의 각 마을에서는 적군이 청년들을 동원했다. 청년들은 보고챠르의 전투적인 사단의 각 연대에 들어가 자진해서 반란군과 맞부딪쳤다. 반란은 좁은 돈 상류 관구까지로 한정되었다. 또한 반란군 사령부를 비롯해서 그 누구의 눈에도 장기간 고향 마을을 방위할 수는 없으리라는 것과, 조만간 적위군이 도네츠에서 쳐들어와 단숨에 깔아뭉개고 말 것이라는 사실이 점차 뚜렷해졌다.

3월 18일 쿠지노프는 작전을 짜기 위해 그리고리를 불러들였다. 사단의 지휘를 보좌 리야프치코프에게 맡기고 그리고리는 아침 일찍 전령병과 함께 관구로 떠났다.

그가 사령부에 출두했을 때, 쿠지노프는 마침 사포노프와 함께 알렉세예프스카야 마을 전령과 얘기 중이었다. 쿠지노프는 탁자 앞에 등을 굽힌 채 앉아 거무칙칙하고 꺼끌꺼끌한 손가락으로 카프카즈제 가죽끈을 비틀고 있었다. 그는 수면부족으로 핏발선 부숭숭한 눈을 내리깔고 상대방 카자흐에게 질문을 하고 있었다. 카자흐는 쿠지노프의 맞은편에 앉아 있었다.

"그런데 자네들은 어때? 어떻게 생각하고 있냐고?"

"그 뭐냐 하면 우리도…… 아무래도 형편이 좋지 않아서, 하긴 남의 뱃속을 들여다볼 수는 없는 노릇이지만. 뭐 대중이란 게 어떻다는 건 당신들도 알고 계시겠지요? 잔뜩 겁을 내고 있는 건 확실합니다. 난처해하고요."

"'겁을 내고 있다!' 그리고 '난처해한다'고!"

쿠지노프는 증오로 창백해져서는 크게 외쳤다.

"자네들은 너나 할 것 없이 모조리 숫처녀군! 마음도 끌리고 정열도 있지만 부모님이 허락하지 않는다는 격이로군. 그래, 당장 알렉세예프스카야로 돌아가 마을의 늙은이들한테 일러. 당신들 스스로가 나서지 않는 한 당신네 부락에는 1개 소대도 보내 줄 수 없노라고. 자네 같은 것들은 빨갱이들에게 일찌감치 모가지를 졸리우는 편이 낫겠어!"

카자흐의 뻘건 손이 여우털 방한모를 뒷덜미로 미끄러뜨렸다. 땀이 이마의 주름살을 타고 봄물이 개울을 흘러가듯이 쏟아져내렸다. 희뿌옇고 짧은 눈썹을 줄곧 깜박거리며 미소 짓듯이 그리고 쑥스러운 듯이 바라보았다.

"그야 물론 그들에게 우리 편으로 와달라고 하는 게 무리인 줄은 알고 있어.

하지만 잘되느냐 안되느냐는 시작해 봐야 알 게 아닌가. 그 실마리라는 게 무엇보다 더 중요하니까……."

두 사람의 이야기를 주의 깊게 듣고 있던 그리고리는 옆으로 조금 다가갔다. 가죽 반외투를 입고 검은 수염을 기른 왜소한 체구의 사나이가 노크도 없이 복도에서 방으로 발을 들여놓은 것이었다. 그는 쿠지노프와 인사를 나누고 탁자 옆에 앉아 흰 손바닥으로 턱을 받쳤다. 사령부 사람들을 한 사람도 빠짐없이 알고 있는 그리고리도 이 사나이는 처음 보는 듯해 말없이 지켜보았다. 말끔한 윤곽의 거무스름하나 햇빛에 그을리지 않은 얼굴, 토실토실하고 하얀 팔, 인텔리 같은 태도—그 모든 것은 그가 지방 사람이 아님을 말해 주고 있었다.

쿠지노프는 낯선 남자의 얼굴을 눈으로 가리키면서 그리고리에게 말했다.

"소개하지, 멜레호프. 이쪽은 게오르기예프 동지. 이 사람은……"

그러고는 멈칫하더니 벨트에 달린 은빛 장식을 만지작거리며 일어서서 알렉세예프스카야 마을 전령에게 말했다.

"어서 돌아가. 할 일이 태산이니까. 마을로 가서 내가 한 말을 전하도록."

카자흐는 의자에서 일어섰다. 짧고 검은 털이 섞인 새빨간 여우 가죽 방한모가 거의 천장에 닿을 정도로 키가 컸다. 그리고 카자흐의 넓은 어깨가 광선을 막아 방 안이 갑자기 작고 좁아진 것처럼 답답하게 느껴졌다.

"지원군을 요청하러 오셨습니까?"

악수를 하는 카프카즈인 손바닥이 적의에 차 있음을 느끼면서 그리고리는 말했다.

"맞습니다! 지원군을 부탁하러 왔는데 보시다시피……"

카자흐는 눈으로 지지를 구하며 반갑게 그리고리를 바라보았다. 모자 빛깔과 어울리는 새빨간 카자흐의 얼굴은 땀으로 흠뻑 젖었고 턱수염과 축 늘어진 입수염이 피로에 지쳐 보였다.

"당신들은 소비에트 정권이 마음에 들지 않는단 말인가요?"

쿠지노프의 짜증스러운 몸짓을 모른 체하고 그리고리는 질문을 계속했다.

"그런 게 아닙니다."

매우 신중하게 카자흐는 말했다.

"지금보다 더 악화되지 않을까 염려하고 있을 뿐입니다."

"총살은 있었나요?"

"아니오, 그런 일은 없었습니다. 그런 소문은 듣지 못했지만, 그러나 말과 곡물 등을 빼앗기고 반항한 자들은 잡혀가기도 했습니다."

"그렇다면 만약 뵤센스카야의 군대가 당신네 마을로 출동한다면 봉기할 겁니까? 모두 일어서느냐, 이 말이오?"

햇빛을 받아 금색으로 빛나는 카자흐의 작은 눈이 교활하게 좁혀지면서 그리고리에게서 고개를 돌렸다. 순간, 주름살과 근심에 찬 이마 위로 방한모가 미끄러져내렸다.

"모두가 일어날지 장담할 수는 없지만…… 어쨌든 잘사는 카자흐들은 틀림없이 일어날 테지요."

"그럼, 빈민층은? 못사는 사람들 말입니다."

그때까지 상대방의 시선을 붙잡으려고 계속 헛된 노력을 하고 있던 그리고리는 어린애처럼 놀란, 그리고 열띤 시선과 맞부딪쳤다.

"글쎄! 건달들이 과연 움직여 줄지. 놈들에겐 이 정권과 보조를 맞춘다는 것에 아무런 의미도 느껴지지 않을 테니까."

"그렇다면 자넨 뭣 때문에 찾아왔나? 알 수 없는 사람이군. 자네 말이야."

이젠 드러나게 적의를 나타내면서 쿠지노프가 고함을 질렀다.

"대체 무슨 속셈으로 우릴 충돌질하러 왔나? 그렇다면 자네 마을 사람은 모두 부자라는 거야? 부락에서 두세 사람이 일어난다고 해서 그걸 반란이라고 할 수 있는가 말이야? 당장 나가! 난로 곁에서 폭신한 이불을 덮고 두 다리 쭉 뻗고 지내라고. 두고 봐. 얼마 안 있으면 정신이 번쩍 날 일이 생길 테니까―그때는 우리 도움을 빌릴 것 없이 싸울 수 있겠군! 제기랄! 남의 잔등 뒤에 숨어서 잘 처먹고 살아온 게 버릇이 된 놈이라 할 수 없군! 자기들은 편안히 앉아 놀고먹고 재촉은 불같이 하고…… 썩 사라져! 꺼지라고! 네놈 같은 사기꾼을 보고 있으려면 구역질이 난다, 구역질이!"

그리고리는 눈썹을 찌푸리고 옆을 돌아보았다. 쿠지노프의 얼굴이 붉으락푸르락 열을 뿜었다. 게오르기예프는 입수염을 비틀면서 매부리코 언저리를 씰룩거렸다.

"정 그러시다면 이만 실례하겠소. 하지만 사령관님, 당신은 좀 지나치시군요.

그렇게 큰 소리로 협박을 할 게 아니라 좀더 온건하게 얘기할 수도 있지 않소. 우리 마을 노인들의 부탁을 전해주고 또한 당신들의 대답을 듣고 돌아갈 작정으로 온 사람한테 너무 심하지 않습니까? 빨갱이놈들이 악을 쓰고 흰 놈들이 악을 쓰더니 이젠 당신까지 악을 쓰고 있으니…… 이놈이나 저놈이나 자기의 권력이나 자랑하고 남이 싫어하는 것만 골라서 하려 든단 말이야. 정말 농사꾼이란 더러운 개가 앓은 것처럼 비참하다니까!"

치를 떨면서 카자흐는 방한모를 깊이 눌러 쓰고 조용히 문을 여닫았다. 그러나 복도로 나가자 분을 참지 못하고 바깥문을 부서져라 쾅! 닫았다.

"냉큼 꺼져, 거지 같은 자식!"

쿠지노프는 벨트를 만지작거리면서 어느새 기분이 좋아져 웃음을 띠고 있었다.

"17년의 봄이었지. 한 카자흐 마을에 갔는데, 마침 부활제 무렵이라 밭을 갈고 있더구먼. 밭갈이를 하던 사람은 자유민 카자흐였는데 그 자유 때문에 놈들은 머리가 돌아버린 거야. 길바닥까지 모조리 갈았잖겠어. 토지가 적으니까 그런다는 거야! 토킨 부락에서 길바닥을 갈고 있는 한 사람을 불러세우자 마차 옆으로 다가오더군. '너, 뭣하는 놈이야. 왜 길바닥을 파헤치는 거냐?' 그러자 놈이 벌벌 떨면서 '다시는 안 그러겠습니다요. 본래대로 고쳐 놓을까요?' 이러잖아. 이런 식으로 두세 명을 혼냈지. 그라쵸프 부락 경계에서도 도로가 파헤쳐져 있잖아. 한 넋 나간 자식이 그 길바닥에서 가래질을 하고 있는 거야. '이봐, 잠깐 나 좀 보지' 소리쳤더니 옆으로 다가오더군. '네놈이 도로를 경작지로 만들 권리라도 갖고 있냐?' 그러자 놈이 나를 무섭게 흘겨보는 거야. 힘깨나 쓰는 놈 같았어. 눈도 부리부리하고. 내 얼굴을 보더니 잠자코 등을 돌려—소 쪽으로 달려가더군. 그리고 멍에에서 물림쇠를 뽑아들고 다시 내 쪽으로 달려왔지. 마차의 흙받이를 붙잡고 발판에 기어올라 날보고 이러는 거야. '넌 대체 어떤 놈이냐. 언제까지 우리의 피를 빨아먹을 작정이야? 대갈통이 두 조각 나봐야 알겠어?' 정말로 물림쇠를 내리칠 기세였지. 내가 '왜 이래, 이반, 농담했을 뿐인데' 했더니 '난 이제 이반이 아냐. 이반 오시푸이치라고. 버릇없이 군 죄로 네놈 콧등을 때려줄까 보다!' 이런 식이었어. 거짓말 같은 얘기지만, 가까스로 도망쳐 왔다고. 방금 찾아온 그놈도 그런 자들과 똑같아. 자기네 세상이 돌아온 줄 알고 날뛰는 꼴이라니……."

쿠지노프는 벽을 두들기며 소리쳐 불렀다.

"사포노프!"

그리고 그리고리를 돌아보았다.

"자네도 여기 함께 있어 줘. 서로 의논할 일이 있네. 다행히 동지 게오르기예프가 보센스카야에 남아 있으니 우릴 보좌해 줄 걸세. 중령으로 육군대학을 졸업한 어른이야."

"어째서 당신은 보센스카야에 남아 있나요?"

그리고리는 가슴이 섬뜩해졌으나 조심스럽게 물었다.

"티푸스 때문입니다. 북부 전전에서 철퇴할 때 난 두드레프스키 부락에 남겨졌지요."

"어느 부대였나요?"

"나 말인가요? 난 부대 소속의 장교가 아닙니다. 독립 부대의 참모부 소속이었지요."

"그러면 혹시 시트니코프 장군의?"

"아니오……."

그리고리는 더 묻고 싶었으나 갑자기 굳어버린 게오르기예프 중령의 표정에서 자신의 질문이 몹시 무례했음을 읽을 수 있었다. 그리고리는 더 이상 묻지 않았다.

이윽고 참모장 사포노프와 제4사단장 콘도라트 메드베예프와 얼굴이 붉고 이가 하얀 보가티료프 소위—제6 독립 여단장—가 들어왔다. 회의가 시작되었다. 루지노프는 각 방면에서 온 보고에 따라 전선의 상황을 요약해서 설명했다. 첫 번째로 중령이 발언을 요청했다. 탁자 위에 천천히 지도를 펼치고 사투리가 조금 섞인 말투로 자신 있게 입을 열었다.

"나는 무엇보다도 제3사단 및 제4사단 예비대 1부를 멜레호프 사단과 보가티료프 여단이 점거한 지구로 파송하는 것이 절대로 필요하다고 생각합니다. 특무기관에서 온 정보와 포로 심문에서 얻은 자료에 의하면 적군사령부는 의심할 여지없이 카멘스카야–카르긴스카야–보코프스카야 세 지구에 있어서 일대 공격을 준비하고 있음이 분명합니다. 탈주병 및 포로의 말을 듣자니까, 제9

적위군 사령부는 제12사단 소속 기병 2개 연대와 포병 3개 중대 및 약간의 기관총대를 포함한 견제 부대 5개를 오브리비 및 모로조프스카야에서 출발시킨 게 확실합니다—그러면 이로 인하여 적은 5500의 병력이 증가된 셈이오. 따라서 양적 우위는 적측에 있다고 봐야 합니다. 그리고 장비에 있어서도 적이 우월함은 말할 나위조차 없겠지요."

창틀에서 십자로 끊어진 해바라기꽃처럼 노란 태양이 남쪽에서 방안을 들여다보고 있었다. 담배의 푸른 연기가 꼼짝도 않고 천장 밑에 잠겨 있었다. 축축한 장화의 코를 찌르는 악취와 씁쓸한 담배 냄새가 뒤섞여 있었다. 천장 어딘가에서 담배 연기에 시달림을 받은 파리가 몸부림치며 신음 소리를 질러댔다. 그리고리는 꾸벅꾸벅 졸다가 가끔 창밖으로 눈을 돌렸다—그는 이틀 밤을 꼬박 새웠다. 납덩이 같은 눈꺼풀이 부어오르고 방 안의 후덥지근한 열기가 졸음을 불러 몸 속으로 파고들었다. 술에 취한 것 같은 피로가 의지와 지각을 둔화시켰다. 창밖에서는 땅바닥을 기어다니고 있던 봄바람이 갑자기 치솟아올라 춤을 추면서 날아갔다. 바즈키 언덕 꼭대기에는 잔설이 장밋빛으로 반짝였다. 돈 너머의 포플러 가로수 나뭇가지가 바람에 몹시 흔들렸는데, 그리고리에게는 그 소리가 바로 옆에서 들리는 것 같았다.

또렷하고 압도하는 듯한 중령의 목소리가 그리고리의 주의를 잡아끌었다. 그리고리는 긴장하며 귀를 기울였다. 그러자 어느새 졸음은 깨끗이 사라져버렸다.

"……제1사단의 정면에 있는 적의 공세가 약화되었다는 것, 적이 메시코프스카야—미그린스카야의 선을 공격하려고 집요하게 시도하고 있다는 것, 이 사실은 우리에게 경각심을 불러일으키고 있소. 나는 이렇게 생각합니다……."

중령은 '타바리시치(동지 제군)'라는 말을 되풀이하더니 이번에는 여자처럼 하얗고 투명한 손으로 분개하는 몸짓을 하면서 소리를 높였다.

"즉 쿠지노프 사령관은 사포노프의 지지를 받는 데에 있어 너무나 큰 실책을 저지르고 있습니다. 적군의 책략을 액면 그대로 받아들이고 멜레호프군의 점거지구를 약체화하고 있다는 것이 바로 그 점입니다. 말도 안 되는 소리요. 제군! 이런 일은 전술상의 기초가 아닙니까? 공격을 가하기 위해 적의 병력을 옆구리로 끌어들인다……이겁니다."

"그렇지만 멜레호프에게 예비 연대는 필요하지 않을 것이오."

쿠지노프가 가로막았다.

"오히려 그 반대요! 우리가 돌파당할 경우, 그것을 막을 수 있도록 제3사단 예비군 일부를 옆에 두어야만 합니다."

"쿠치노프는 내가 예비대를 인도할지 어떨지를 듣고 싶지 않은 것 같군요. 하지만 난 내줄 수 없소. 1개 중대라도 내주지 않을 것이오!"

흥분한 그리고리가 입을 열었다.

"자네 그러면 못써……."

사포노프가 노란 입수염을 쓰다듬으면서 길게 늘인 소리로 말했다.

"자네고 나발이고 듣기 싫어! 내주지 않아! 얘기는 그걸로 끝내!"

"작전 관계로……."

"나에게 작전 관계를 강의할 생각은 하지 마, 내 지구와 내 부하에 대해서는 내가 책임질 테니까."

느닷없이 발생한 입씨름을 게오르기예프 중령이 매듭지었다. 그의 손에 쥐어진 붉은 연필이 위험에 처해 있는 지구를 점선으로 표시했다. 그러자 회의에 참석한 사람들의 머리는 지도 위로 모아졌다. 그때 모두는 적군 사령부가 우려한 공세가 실제로 일어날 수 있는 지점은 도네츠이고 연락을 취함에 있어서도 유리한 지점이 남부지구임을 분명히 알게 되었다.

회의는 한 시간 뒤에 끝났다. 음흉한 얼굴을 한, 보기에도 이리 같은 인상을 주는 콘드라트 메드베예프는 겨우 읽고 쓰기를 할 정도였는데, 회의 내내 침묵을 지키고 있다가 마지막에 가서 눈을 치뜨고 모두를 돌아보면서 말했다.

"멜레호프를 돕는 건 좋아요. 인원이 남아 있으니까. 다만 이 점을 생각해야 한다 이 말이오. 우리가 만약 사방에서 목이 졸릴 때 어떻게 할 참이오? 어디다 몸을 숨겨야 하느냐 이 말이오. 난 독 안에 든 쥐가 되고 싶지는 않소. 마치 범이 황량한 섬 같은 데에서 홍수를 만난 격이 아니고 뭐요. 뱀이라면 헤엄이라도 쳐 가지만 우리 헤엄쳐 간다 해도 자리 잡을 곳이 있어야 할 게 아닌가!"

보가티료프가 큰 소리로 웃었다.

그러자 쿠지노프가 말했다.

"우리도 그 점을 생각해 봤소. 어쩔 수 없지 않나. 막다른 골목으로 들어간다면 무기를 들지 못하는 자는 모두 팽개치는 수밖에 없소. 가족도 팽개쳐야 해.

그런 다음에 도네츠로 혈로를 열어야 해요. 우리의 병력은 자그마치 3만이나 되지 않소."

"그렇게 했다가 카데트들이 받아주지 않는다면? 놈들은 상류의 돈 카자흐에게 적의를 갖고 있어요."

"암탉은 아직 둥지에 앉아 있는데 벌써부터 병아리 얘기요⋯⋯뭣 때문에 왈가불가하고 있소!"

그리고리는 모자를 쓰고 복도로 나갔다. 지도를 말면서 답변하고 있는 게오르기예프의 음성이 문 너머로 들려왔다.

"뵤센스카야의 카자흐들과 반란군들이 더욱더 용감하게 볼셰비키와 싸운다면 그것으로 돈과 러시아에 대한 속죄가 될 것이오⋯⋯."

'저런 말을 천연스레 떠들고 있지만 속으로는 코웃음을 치고 있을 거야, 똥이나 처먹어라!' 목소리의 울림을 귀담아들으면서 그리고리는 생각했다. 그리고 다시, 돌연히 뵤센스카야에 나타난 이 장교에게 처음 만났을 때와 같은 뭔지 모르게 불안한 적의 같은 게 느껴지는 것이었다.

사령부 옆에서 쿠지노프가 그를 불러세웠다. 잠시 동안 두 사람은 말없이 걸었다. 군데군데 말똥이 떨어져 있는 광장에는 바람이 물웅덩이를 휘젓고 잔물결을 일으켰다. 황혼이 다가왔다. 둥글게 부풀어오른 여름철 구름 같은 새하얀 뭉게구름이 천천히 백조처럼 남쪽 하늘에서 떠밀려왔다. 얼음이 녹은 대지의 축축한 향기가 싱싱하고 강한 냄새를 풍기고 있었다. 신울타리 위에는 구름으로부터 해방된 풀이 푸르스름한 빛을 머금고 있었다. 그리고 이제 정말로 돈 너머의 강바람은 마음을 울렁거리게 하는 포플러 잎새의 술렁거리는 소리를 실어나르고 있었다.

"얼마 안 있으면 돈강에 물이 넘치겠군."

가끔 기침을 하면서 쿠지노프가 말했다.

"그렇겠지요."

"어떻게 될지⋯⋯ 담배도 피울 수 없게 될 모양이야. 싸구려 담배 한 갑이 케렌스키 지폐로 40루블이나 하니."

"한 가지만 알려 줄 수 없겠소?"

그리고리가 얼굴을 들고 날카롭게 물었다.

"그 체르케스인 장교 말이오. 그자는 무슨 일을 맡고 있나요?"

"게오르기예프 말인가? 작전 부장인데 머리가 좋아. 대단한 놈이라구! 그 남자가 계획을 세우고 있지. 전술에 대해선 단연 뛰어난 사람이야."

"그자는 언제나 뵤센스카야에 있습니까?"

"아니…… 임시로 체르노프스키 연대나 장비대 지휘도 시키고 있지."

"근무 성적은 어떻소?"

"그게 말이야, 그는 늘상 먼 곳으로만 나다니지. 거의 매일같이."

"왜 뵤센스카야에 눌러 있지 않지요?"

의문을 풀기 위해 그리고리는 다시 물었다.

쿠지노프는 기침을 잇따라 하고 손바닥으로 입을 막으면서 대답했다.

"카자흐들의 코앞에서는 일이 잘 안된다는 거야. 놈들의 근성은 자네도 알지 않나? '저봐, 장교놈들은 편안히 앉아서 잔소리나 늘어놓으며 우리에게만 싸움터로 나가라고 하니……' 이런 식이니 말일세."

"그자하고 비슷한 놈이 다른 부대에도 있습니까?"

"카잔스카야에 두셋쯤…… 이봐, 그리샤, 신경 쓸 거 없어. 자네가 뭘 노리고 있는지 난 알아. 우린 카데트 이외에는 몸 둘 데가 없어. 그렇잖아? 혹시 자넨 마을에다가 공화국을 만들 생각은 아니겠지? 이렇게 되면 어쩔 수가 없어…… 손을 잡는 거야. '잘못했습니다' 머리를 숙이고 크라스노프한테 가는 수밖에 없어. '나무라지 마십시오, 페트르 미콜라이치. 우린 잠깐 길을 잘못 밟은 것뿐입니다, 전선을 버렸으니' 하는 걸세."

"길을 잘못 밟았다고?"

그리고리는 되물었다.

"그럴 수밖에 없잖은가?"

이상하다는 얼굴로 쿠디노프는 주의 깊게 웅덩이를 피해서 걸어갔다.

"내 생각으로는……."

애써 미소를 띄었지만 그리고리의 얼굴은 어두웠다. "오히려 반란을 일으켰을 때, 우리는 길을 잘못 밟았다는 생각이 들었소. 호표르에서 온 전령의 말, 못 들었소?"

쿠지노프는 살피듯이 그리고리를 들여다보고는 입을 다물었다.

광장 너머 네거리에서 두 사람은 헤어졌다. 쿠지노프는 학교 옆을 지나 숙소 쪽으로 걸어갔다. 그리고리는 사령부로 되돌아가서 말 당번을 맡고 있는 전령을 눈짓으로 불러냈다. 안장 위에 오른 그는 천천히 고삐를 조정하면서 본부에서 만났던 그 중령에 대해 까닭 모를 적의와 경계심을 품었던 일을 되새기고 그때의 심정을 스스로에게 이해시키려고 애썼다. 그러다가 갑자기 깜짝 놀란 듯이 한 생각이 떠올랐다. '만약 카데트가 우리를 적위군의 배후에서 일어서게 하려고, 그들 특유의 학자식으로 우리를 지휘하기 위해 일부러 우리에게 그자와 같은 인텔리를 은밀히 남겨 뒀다면?' 그러자 의식은 남의 불행을 기뻐하는 쪽으로 심술궂은 논거와 추측을 몰고 갔다. '어느 부대라는 것을 말하지 않았고, 난처해했어…… 참모 장교라고 했지만 참모부 따위는 이 지구를 통과한 적이 없었다…… 대체 무슨 일로 그자가 두드레프스키 같은 변방에 떨어졌을까? 아무래도 무슨 꿍꿍이속이 있는 것만 같다! 우리는 스스로의 일을 망쳐놓고만 거다……' 그 같은 추측을 하면서 현실의 모습을 들춰내고, 쫓기듯이 슬픈 결론을 내렸다. '학자패들이 우리를 혼란시킨 거야…… 어르신네들이 우리를 어지럽혀 놓은 거야! 우리를 꼼짝 못 하게 해놓고 우리를 앞잡이 삼아 자기네들의 사업을 성취시키려 하고 있어. 아무도 믿을 놈이 없으니……'

돈강을 건넌 뒤부터는 구보로 바꾸었다. 등 뒤로 전령병인 사람 좋은 병사, 올샨스키 부락 출신의 용감한 카자흐가 따라오고 있었다. 그리고리는 자기의 명령이라면 '물불을 가리지 않는' 사람을 골라내어 대독전부터 훈련을 시켜온 그런 패들을 주변에 두었다. 전에 정찰병을 했던 전령병은 도중에 한 마디도 말이 없었다. 토킨 부락 쪽으로 내려갈 때 비로소 그는 그리고리에게 말을 걸었다.

"서둘러야 할 필요는 없으니까 묵어 갑시다. 말이 너무 지쳤어요."

츄카린에서 하룻밤을 보냈다. 마구간과 헛간이 몸채에 한 동으로 연결된 초라한 농가였지만, 바람이 휘몰아치는 바깥에 비하면 따뜻하고 아늑하여 내 집에 있는 듯이 편안했다. 토방에는 송아지와 산양의 오줌 냄새가 풍겨 왔고 페치카에서는 마치 양배추 잎에 말아서 구운 듯한 딱딱한 빵 냄새가 풍겼다. 그리고리는 반란군으로 세 아들과 남편을 내보낸 안주인의 질문에 대해 건성으로 대답했다. 그 여자는 보호자 같은 얼굴로 자기의 나이를 자랑 삼아 강조하면서 수다를 떨었다. 그리고 처음부터 무례하게 그리고리에게 이렇게 말했다.

"당신은 머저리 같은 카자흐들에겐 우두머리이고 대장인지 모르지만 이 늙은 이를 억누를 만한 힘은 없을걸. 내 아들과 마찬가지니까. 그러니 내가 묻는 말에 제대로 대꾸를 해주구려. 부탁이야. 하지만 당신은 하품이나 하고 이 할망구를 위로해 줄 생각은 눈곱만치도 않는군그랴. 그러지 말고 위로를 해달란 말이야. 지긋지긋한 전쟁통에 아들 셋에다 남편까지 내보낸 처지가 아니냐고. 당신은 지휘를 맡고 있다지만, 나는 그 아들을 낳아 주고 젖을 먹여서 키우고 그 애들을 업고 다니면서 오이밭과 채소밭을 가꾸고 살아왔어. 자식들 때문에 얼마나 고생한 줄 아나. 그런 일이 그렇게 쉬운 일이 아니라구! 그러니 당신, 건성으로 대꾸하거나 잘난 듯이 뽐내지 마. 나한테 꼬박꼬박 대답을 해달라 이 말이야. 어때? 화해하겠나?"

"이제 그만 주무시도록 하슈!"

"저렇다니까? 그만 자라니? 당신이 나한테 자라 마라 할 것까지는 없잖아. 난 이 집의 주인이야. 난 지금 가축우리로 가서 양과 산양 새끼를 데리고 와야 해. 밤에는 가축우리에서 집 안으로 옮겨놔야 하거든. 아직 너무 어려서 말이야. 부활제까지는 화해할 참이야?"

"빨갱이를 내쫓으면 화해하지요."

"제발 말해 주구려." 노파는 앙상한 무릎 위에 노동과 류머티스로 구부러진 두 손을 올려놓고 벚나무 껍질처럼 메마른 갈색 입술을 오물오물했다. "뭣 때문에 당신들은 그놈들과 어울려 다니나? 그리고 또 뭣 때문에 서로 싸움질을 하느냐고? 모두가 미치광이들 같다니까. 당신네들은 총을 쓰고 말을 몰고 으스대기를 좋아하는 모양인데, 나 같은 어미는 어쩌라는 게야? 이 늙은이의 자식들이 죽임을 당해도 괜찮다는 게야? 전쟁이니 뭐니 하면서 못된 짓만 일삼고 있으니……."

"그럼 우리는 사람의 자식이 아니고 개자식이란 말이오?"

노파의 수다에 잔뜩 화가 난 그리고리의 전령이 쉰 목소리로 대들었다.

"죽음과 늘 함께 지내고 있는 우리에게 '말을 타고 으스댄다'라니! 죽임을 당한 장본인보다 할머니가 더 못 견디겠다는 말투로군? 할머니는 하느님 덕택으로 흰머리가 나도록 오래 살면서 무슨 그런 뚱딴지 같은 소리를 해댄단 말이오…… 남 잠도 못 자게 떠들기나 하고……."

"졸리거든 실컷 자면 될 거 아닌가! 이 못된 것! 뭣 때문에 그렇게 눈깔을 부릅뜨고 대들어, 대들긴! 이리처럼 잠자코 있는가 했더니 느닷없이 성질을 부리고 생난리를 치네!"

"이 할망구, 좀처럼 잠들지 않겠는데요, 그리고리 판텔레예비치!"

수저를 던지듯 전령은 한숨을 내쉬고, 담배에 부싯돌을 부딪치다가 너무 세게 쳐서인지 불꽃이 확 번졌다. 매케한 담배 연기를 내뿜고 있는 동안에 전령은 독설을 내뿜어 수다쟁이 안주인과의 입씨름에 못을 박았다.

"할머니는 마치 입부터 먼저 태어난 사람 같군! 만약 할아버지가 전장에서 죽음을 맞이했다면 그 경황에도 기쁨을 못 이겨 '이제야 속 시원하게 됐다. 할망구의 손아귀에서 벗어났으니…… 할망구야 잘 있어'라고 할걸."

"천벌 받을 소리 작작해!"

"제발 부탁이니 잠 좀 자게 내버려둬요. 우린 사흘 동안 한숨 못잤다우. 그만 주무슈. 죽을 때 성찬도 못 얻어먹을 테니!"

그리고리는 가까스로 두 사람을 떼어놓았다. 꾸벅꾸벅 잠 속으로 빠져들면서 그는 자기의 몸을 감싼 양피 외투의 새콤달콤한 맛을 기분좋게 음미하고 있는데, 꿈결처럼 문소리가 들리고 냉기와 습기가 두 다리로 밀려옴을 느꼈다. 이윽고 귓전에서 새끼 양이 소리를 빽 질렀다. 새끼 양의 작은 발굽이 방바닥을 가늘게 흔들었다. 그리고 짚과 양유와 서리와 가축우리 냄새가 신선하게 파고들었다.

한밤중에 잠이 깼다. 한동안 그리고리는 눈을 뜬 채 누워 있었다. 덮개를 덮은 아궁이 속에서 오팔색으로 숯불이 타고 있었다. 새끼 양들은 가장 따뜻한 곳에 몰려들었는데, 그것들이 이를 갈고 재치기를 하고 콧소리를 내는 바람에 밤의 정적이 깨지곤 했다. 멀리에서 둥근 달이 창을 들여다보았다. 토방에서는 노란 정방형의 광선 속에서 검은 새끼 양이 뛰어오르기도 하고 뒷발질을 하기도 했다. 빛을 받고 진주처럼 반짝이는 먼지가 비스듬히 춤추고 있었다. 방 안을 햇빛 같은 노르스름한 푸른 빛이 비추었다. 페치카 위에서는 거울 조각이 불꽃을 흩뿌렸다. 다만 상좌에 해당되는 한쪽 구석만이 어두컴컴하고 성상의 은빛 장식이 흐릿한 빛을 반사하고 있었다…… 다시금 그리고리의 마음속에는 뵤센스카야에서 있었던 회의와 호표르에서 온 전령에 대한 것이 되살아났다.

그리고 또한 그 중령의, 낯선 인텔리풍의 모습과 태도가 떠오르자 불쾌한 흥분에 휩싸였다. 새끼 양 한 마리가 그리고리의 배 위로 올라와서 천진한 눈으로 들여다보며 귀를 꼼지락거렸다. 그러더니 대담하게 두세 차례 뛰어오르고 놀다가 털이 난 다리를 좌우로 벌렸다. 가느다란 흐름이 소리를 내면서 양의 몸에서 떨어져 나와 그리고리와 나란히 잠들어 있는 전령병의 내던져진 손바닥으로 흘러갔다. 전령병은 뭐라고 중얼중얼하며 바지에다 손을 문지르고 나서는 씁쓸한 얼굴로 머리를 흔들었다.

"오줌 아냐, 이거……빌어먹을!"

그러면서도 흐뭇한 듯이 양의 이마를 손톱으로 퉁겼다.

새끼 양은 찢어질 듯한 비명을 지르며 모피 외투 밑으로 뛰어내렸다. 이윽고 옆으로 다가와 오래도록 그리고리의 손을 꺼끌꺼끌하고 따뜻한 작은 혓바닥으로 핥아댔다.

39

타타르스키에서 퇴각한 뒤 슈토크만, 코셰보이, 이반 알렉세예비치, 그 밖에 민병으로서 군무에 임하고 있던 대여섯 명의 카자흐들은 제14자 아무르 연대로 합류했다. 이 연대는 18년 초에 독일전선에서 돌아왔을 때 모든 연대가 적위군과 합류했는데, 1년 반 동안의 내전에서도 주력을 그대로 유지했다. 자 아무르 연대의 병력은 장비도 갖추고 말을 잘 먹여 살을 찌우고 훈련 또한 게을리 하지 않았다. 이 연대는 전투 능력과 사기가 왕성하여 한층 더 돋보였다.

반란 초기에 자 아무르 연대는 제1 모스크바 보병 연대의 엄호를 받고 우스티 메드베디차의 혈로를 뚫으려했던 반란군 압력을 거의 한 손으로 지탱하고 있었다. 이윽고 지원군이 도착했다. 따라서 연대는 힘을 분산하지 않고도 크리바야 강 철안의 우스티 호표르스카야 일부를 완전히 점령했다.

3월 말경, 반란군은 우스티 호표르스카야의 일부 부락을 점령하고 엘란스카야 마을의 유목민 부락에서 적위군을 몰아냈다. 일종의 힘의 균형이 생기자 거의 두 달 동안 전선은 고착 상태에 빠졌다. 우스티 호표르스카야를 사방으로 엄호하여 모스크바 연대 소속의 1대대는 포병의 응원을 받고 돈 근처의 쿨트프스키 부락을 점령했다. 쿨트프스키에서 남쪽에 접해 가로누워 있는 산맥

기슭의 탈곡장에서 적위군 포병대가 위장을 하여 밤낮으로 우측 구릉에 밀집해 있는 반란군을 사격함으로써 모스크바 연대의 산병선을 엄호했다. 그런 다음에는 급회전하여 돈의 대안까지 뻗쳐 있는 엘란스카야 부락에 포화를 퍼부었다. 불타오르는 산탄의 작은 구름이 빽빽이 들어차 있는 가옥 위로 높이 또는 낮게 피어 오르는가 싶으면 이내 사라져갔다. 유탄은 때때로 부락 안에 떨어져 가축이 놀라 울타리를 부수고 골목으로 튀어나갔고, 사람은 등을 구부리고 우왕좌왕했다. 그리고 때로는 구교도의 묘지를 넘어 물방앗간 근처 인적 없는 사구 위에서 불타올라 아직 완전히 녹지 않은 갈색 땅바닥에 먼지를 일으켰다.

3월 15일, 슈토크만, 미시카 코셰보이, 이반 알렉세예비치는 츄보타료프 부락에서 우스티 호표르스카야로 향해 출발했다. 반란지구에서 탈출해 온 공산당원과 소비에트 근무자들이 의용군을 조직하려 한다는 정보를 들은 때문이었다. 그들을 마차로 실어다 준 구교도인 카자흐는 마치 어린애처럼 천진스런 장밋빛 얼굴이어서 슈토크만조차도 그 남자를 바라보면서 미소를 머금었을 정도였다. 그 카자흐는 젊은 나이인데도 턱수염이 엄청나게 무성했고 그 속의 싱싱한 장밋빛 입술은 수박 속처럼 붉었다. 눈가에는 복숭아털이 금빛으로 반짝거렸다. 굽실거리는 턱수염 때문인지 아니면 혈색 좋은 볼 때문인지 두 눈이 유별나게 투명한 푸른빛으로 빛나 보였다.

미시카는 도중 내내 콧노래를 불렀다. 이반 알렉세예비치는 마차 뒤쪽에서 소총을 무릎 위에 올려놓고 앉아 얼굴을 잔뜩 찌푸리고 있었다. 슈토크만은 마부와 세상 돌아가는 얘기를 주고받았다.

"몸은 괜찮나, 동지?"

슈토크만이 물었다.

힘과 젊음으로 터질 듯한 구교도는 양피 반코트의 앞자락을 펼치면서 씩 웃었다.

"덕택으로 무척 건강합니다요. 하기야 병이 날 까닭이 없지만서도…… 오래전에 담배를 끊었고 보드카는 적당량만 마시고 어릴 때부터 밀가루 빵만 먹어온 걸입쇼. 이러니 병이 날 틈새가 있겠습니까?"

"그렇겠군. 그럼, 군대에 나간 적은?"

"잠시 군인 노릇을 한 셈입지요. 카데트한테 붙잡히는 바람에……"

"어째서 백위군과 함께 도네츠 쪽으로 가지 않았나?"

"동지께선 별말씀을 다 하시는군요!"

말 고삐를 내던지며 그는 화를 내듯이 장갑을 벗고 입을 닦았다.

"내가 뭣 때문에 그런 곳에 간단 말이오? 새 노래를 배우려고요? 만약 놈들이 억지로 나를 끌고 가지 않았다면 난 카데트 편을 들지 않았을 거라고요. 당신들의 정부는 공평해요. 다만 잘못을 조금 저지르긴 했지만……."

"그게 무슨 뜻인가?"

슈토크만은 담배를 말아서 불을 붙이고 한참 대답을 기다렸다.

카자흐는 뒤돌아보고 말했다.

"뭣 때문에 담배를 피우시오? 보시라고요. 사방에 봄 공기가 가득 차 있는데 당신은 매케한 연기로 가슴을 더럽힐 셈이오…… 그럼, 무슨 잘못을 저질렀는지를 얘기하겠소. 당신들은 카자흐를 억누르기만 했어요. 그런 짓만 하지 않았더라도 당신들의 정부는 쓰러지지 않았을 거요. 당신들 중에는 머저리들이 많다고요. 반란이 일어난 것도 그 때문이라고요."

"무슨 얘기지? 그러니까 우리가 멍청한 짓을 많이 했다. 이거냐? 그렇지?"

"총살을 했지 않소? 오늘은 이놈, 내일은 저놈, 이런 식으로 말이오. 누가 편안히 앉아 자기 차례를 기다린단 말이오? 소가 도살장으로 끌려가면 짐승일지라도 목을 흔든다고요. 저길 보슈. 저 부카노프스카야 마을 말이오…… 저 마을의 교회, 보이지요? 거기에 부대와 함께 마르킨이라는 코미사르가 있다는데, 그놈이 제대로 인민을 공평하게 다루고 있는 줄 아슈? 그 얘기를 해드릴까요? 각 부락에서 몽땅 끌어 모아다가 숲속으로 끌고 가서 총살을 하고 입은 옷까지 벗겨 갈 뿐 아니라 시체마저도 부모 형제의 손에다 맡기지 않는대요. 게다가 더 기가 막힌 건 놈들이 명예 판사로 뽑았다는 사실이오. 도대체 어떻게 그놈들이 판사님이 될 수가 있느냔 말이오. 간신히 제 이름자나 쓸 줄 아는 놈들은 그래도 양반이오. 글자라곤 한 자도 모르는 놈이 수두룩하지요. 그따위 것들을 판사라고 할 수 있겠소. 그만 한 놈들의 주둥아리에서 어떤 심문이 튀어 나오겠소. 게다가 마르킨이란 자는 하느님처럼 남의 목숨을 제멋대로 굴린다 그 말이오. 언젠가 리뇨크라는 늙은이가 탈곡장에서 말을 데려오려고 재갈을 들고 광장을 지나갔죠. 그런데 어린애들이 장난을 하느라고 '마르킨이 할아버지를 부르고 있어요' 해서 리뇨크는 모자부터 벗어들고 마르킨을 찾아가 '부르셨습니까요' 말하자 마르킨은 두 손을 옆구리에 대고 이랬다는군요. '불 속에 뛰어든 여름벌레라더니 바로 네놈을 두고 한 말이로군. 어쨌든 좋다. 이봐, 이자를 체포해라! 제3종으로 해치워.' 이래서 노인은 붙잡혀 숲속으로 끌려갔대요. 집에서 할머니가 아무리 기다려도 와야 말이지. 그러니까 노인은 재갈을 선물로 들고 천국으로 가버렸다 이 말이라구요. 그리고 또 한 사람은 안드레야노프스키 부락의 미트로판이라는 늙은인데 마르킨이 한길에서 그 노인을 불러세워서는 '넌 어디서 온 놈이냐?' 고함부터 지르고 '이 자식이 여우 꼬리처럼 수염을 길렀군 그래. 마치 니콜라이 성인하고 똑 닮았는데, 우린 너 같은 돼지를 삶아 비누를 만들지! 이자를 제3종으로 해치워라!' 이 할아버지는 공교롭게 빗자루 같은 수염을 갖고 있었다고요. 재수 없게 하필 마르킨을 만나 총살을 당할 게 뭡니까? 이게 인민을 멍청이로 취급한 게 아니고 뭐겠소?"

코세보이는 어느새 콧노래를 멈추었는데 끝내 화를 참지 못하고 소리를 버럭 질렀다.

"서툰 거짓말 집어치워!"

"서툰 거짓말이라고? 제대로 알기나 하고 그따위 소릴 지껄이슈."

"그럼, 네 눈깔로 보았단 말이냐?"

"모두가 그랬다고요."

"모두라니? 모두가 팥으로 메주를 쑨다면 곧이들을 참이냐? 어디서 엉터리 같은 얘기를 듣고 와서 계집애처럼 수다를 떨어, 떨긴!"

"그 노인들은 얌전한 사람들이었다고요⋯⋯."

"닥쳐! 얌전하기는!"

코세보이는 화내며 상대방의 말을 되물었다.

"얌전한 늙은이들이 반란을 일으킬 준비를 하고 있었는지 누가 알아? 집에다 기관총을 숨겨 뒀을지도 모르고⋯⋯ 그런데 네 얘기를 듣자니까 수염 때문에, 농담 때문에 총살을 당했다고 하는데⋯⋯ 그렇담 넌 어째서 수염이 있는데 총살을 당하지 않았지? 네놈의 수염도 늙은 산양처럼 넓이가 보통은 아닌데!"

"내가 알 게 뭐요!"

당황한 구교도는 입속으로 중얼거렸다.

그는 썰매에서 뛰어내려 눈이 녹아 질벅거리는 도로 한쪽으로 걸어나갔다.

스텝 위에는 태양이 부드럽게 비추었다. 파랗게 갠 하늘은 사방으로 언덕과 고개를 포근히 품고 있었다. 미풍의 숨결 속에서 봄이 가까운 향내가 풍겨 왔다. 동쪽으로 지그재그로 높낮이가 있는 돈 주변의 산 너머에 보랏빛 아지랑이에 쌓인 우스티 메드베디차의 산봉우리가 한층 더 높게 보였다. 저 먼 곳, 지평선에 접해 있는 새하얀 뭉게구름이 물결 모양의 지붕처럼 대지를 덮으면서 흘러가고 있었다.

마부는 썰매에 올라앉아 험악한 표정을 띤 얼굴을 돌리고 다시 지껄였다.

"내 할아버지는 108세나 된 노인으로 아직 정정하신데 나에게 이런 말을 하신 적이 있지요. 내 할아버지도 그의 할아버지들에게 들었지만, 표트르 대제가 파견한 한 공작이 이 돈 상류에 왔었다는 겁니다. 도린노르코프라든가 도르고르코프라든가, 아무튼 그 공작이란 자가 보로네시에서 군대를 이끌고 왔는데 카자흐들이 공작의 명령을 듣지 않고 황제에 반대한다고 해서 카자흐 마을을 닥치는 대로 때려부쉈답니다. 카자흐들은 붙잡혀갔고, 코를 잘리기도 하고, 또 통나무에 실려 돈강으로 떠내려갔대요."

"무슨 속셈으로 그따위 소리를 지껄이지?"

카자흐를 경계하는 눈초리로 코셰보이가 물었다.

"그거야…… 황제일지라도 그자한테 그런 권리는 주지 않았을 거 아니오. 부카노프스카야의 코미사르도 마찬가지라구요. 그자가 이런 말을 지껄이던걸요. '우린 네놈들 같은 짐승들이 평생 잊을 수 없을 만큼 혼쩌검을 내줄 테다.' 마을 전체가 모인 부카노프스카야 광장 집회에서도 그렇게 소리를 질렀다고요. 그렇지만 소비에트 정부가 그자에게 그런 권리를 준 건 아니지 않소? 말도 안 되는 소리라고! 모두가 똑같이 머리를 짧게 깎으라는 명령은 안 될 소리요. 카자흐도 모두 개성이 있으니까……."

슈토크만의 안면 근육이 바짝 죄어들었다.

"난 네가 한 소리를 다 들었어. 그러니 이번엔 네가 내 말을 들어야겠어."

"그럼요. 혹시 내가 깊이 생각도 안 해보고 잘못된 얘기를 했는지 모르지만, 그렇다면 용서하슈."

"괜찮아, 괜찮다니까…… 그런데 말이야, 자네가 말한 코미사르에 관한 얘기 말일세, 아무래도 믿어지지 않아. 난 그걸 확인할 참이야. 만약 그게 어김없는 사실이라면 그자를 가만두지 않을 테다!"

"글쎄, 곧이들리지 않는걸!"

"틀림없네! 자네 부락에 전선을 깔았을 때 일인데, 한 카자흐 여자 물건을 약탈했다고 해서 적위병이 적위군한테 총살당한 적은 없었나? 난 그런 얘기를 자네 부락 사람에게서 들은 적이 있어."

"맞아요. 페르피리예브나네 집 궤짝 속을 휘저었지요. 그런 일이 있긴 있었어요! 엄격하던걸요. 정말이지, 당신이 말한 그대로였소. 탈곡장 뒤에서 죽임을 당했지. 우린 그때 그 시체를 묻을 장소를 의논했었소. 한편에서는 묘지에다 묻으라고 하고 다른 한편에서는 소중한 장소를 더럽힌다고 했지. 결국 그자는 가없게도 탈곡장 근처에 묻혔지만……."

"분명히 그런 사건이 있었다고 했겠다?"

슈토크만은 성급하게 담배를 말았다.

"있었고말고요. 그건 틀림없소."

카자흐는 신이 나서 동의했다.

"그럼, 어째서 우리가 코미사르의 죄를 확인하고도 벌주지 못할 거라고 생각하나?"

"글쎄 그건! 당신들 중에 그놈보다 높은 사람은 없지 않소. 이쪽은 아랫사람이고 그쪽은 코미사르니까."

"그렇기 때문에 더더욱 엄격하게 책임 추궁을 받아야 한다, 이 말이야! 알겠나? 소비에트 정부는 다만 적을 물리칠 뿐이야. 근로 인민을 부단하게 모욕하는 자가 소비에트 정권의 대표자라고 한다면 우리는 용서 없이 처벌한다."

미끄럼틀이 삐걱거리는 소리와 첨벙거리는 말발굽 소리 외에는 어느 것 한 가지도 흐트려 놓는 것이 없는 3월 대낮의 정적을 깨뜨리는 포성이 사태 난 굉음처럼 울리기 시작했다. 첫 번째 포성에 이어서 똑같은 간격을 두고 3발이 이어졌다. 포병대가 쿨트프스키에서 다시 왼쪽 강가를 포격하기 시작한 것이었다.

썰매 위에서의 대화는 자연 끊기었다. 포성은 힘찬, 귀에 선 소리로 다가와 이른 봄의 노곤한 졸음 속에 빠져 있던 광야의 매혹스러움을 부숴놓았다. 말마저도 한결 걸음의 폭을 넓히고 규칙적인 구보를 내딛으면서 가끔 귀를 쫑긋거렸다.

게트만스키 길가로 나갔다. 그러자 군데군데에 눈이 녹은 노란 모래땅과 광대한 돈의 평야가 썰매를 탄 사람들의 눈앞에 펼쳐졌다.

우스티 호표르스카야에서 마부는 모스크바 연대 본부와 인접해 있는 혁명위원회 건물 앞에 썰매를 정지시켰다.

슈토크만은 주머니를 휘저어 속에서 40루블의 케렌스키 지폐를 꺼내어 카자흐에게 주었다. 상대방은 젖은 입수염 아래로 노란 이를 드러내고 가득 웃음을 띠면서 받기를 꺼려했다.

"뭘요, 동지, 미안해서 어쩌죠? 돈 같은 거 받지 않으려고 했는데……."

"그러지 말고 받아 둬. 자네 품삯이니. 하지만 자네, 정부를 의심해선 안 돼. 잘 기억해 둬. 우린 노동자와 농민의 정부를 목표 삼아 싸우고 있네. 또 한 가지 자네들에게 반란을 충동질하는 자는 자네들의 적이야. 부농이나 아타만, 그리고 사관들이라구. 놈들이 반란의 근원이야. 따라서 만약 우리 가운데 누군가가 우리와 똑같은 신념을 갖고 혁명을 지지하고 있는 노동자 카자흐를 부당하게 모욕했다면, 그에 대해 마땅한 심판을 내린다는 걸 알고 있어야 하네."

"이런 속담, 당신도 알고 있겠지요, 타바리시치. 하느님은 너무 높이 있고 황제는 너무 멀리 있다라는. 당신네 황제만 해도 먼 데 있지 않소. 강한 자하고는 싸우지 말라, 부자하고는 재판을 걸지 말라고. 하지만 당신네는 힘도 세고 돈도 있지 않소."

그러고는 이를 드러내고 말을 이었다.

"조금 전만 해도 그래요. 당신은 40루블을 가볍게 던져줬지만 이 정도 노력의 댓가라면 기껏해야 5루블이면 충분해요. 어쨌든 미안하게 됐소!"

"그건 자네가 얘기를 들려준 값이야."

바지를 치켜올리고 썰매 밖으로 뛰어내린 코셰보이가 싱글거리면서 말했다.

"그리고 또 자네의 그 잘난 턱수염을 구경한 대가이기도 하지. 이봐, 이 엉터리 같은 자식아, 네놈이 누구를 태우고 왔는지 알기나 해? 적위군의 장군님이야."

"그래요?"

"'그래요'라니! 어쩔 수 없는 놈인 것만은 틀림없군. 썩 사라져!"

참모부의 마당에서 털이 긴 시베리아 말을 탄 적위병 기병 척후가 뛰어나왔다.

"어디서 온 썰매요?"

그는 고삐를 죄고 말을 끌고 가면서 소리쳤다.

"자네야말로 어떻게 된 거야?"

슈토크만이 물었다.

"쿨트프스키까지 탄약을 싣고 가야 해."

"동지, 이 썰매는 지금 되돌려 보내려던 참이야."

"자넨 대체 누구야?"

젊은 미남인 적위병은 곧바로 말을 몰아 다가왔다.

"우린 자 아무르 연대에서 왔는데, 이 썰매는 돌려보내야 한다니까."

"아…… 그래, 알았어. 돌려보내도록 하겠네."

40

조사한 결과 우스티 호표르스카야에서는 의용군 같은 것이 전혀 조직되어 있지 않음이 분명해졌다. 하나 조직된 것이 있는데 그것도 우스티 호표르스카야에서가 아니고 부카노프스카야에서였다. 그 의용대를 조직한 것은 제9적위군이 호표르 마을의 하류 지대로 파견한 코미사르 마르킨, 즉 오는 도중 내내 구교도 카자흐가 얘기했던 그 장본인이었다. 엘란스카야, 부카노프스카야, 스라시쵸프스카야, 쿠밀젠스카야의 공산당원 및 소비에트 근무자들은 적위군의 보충을 받아 상당히 유력한 부대로 구성해 놓았다. 그 수는 보병 200여, 거기에 수십 명의 기병 척후가 합쳐졌다. 의용군은 곧장 브카노프카야에 진을 치고, 모스크바 연대 소속의 1중대와 협력하여 반란군을 막았다. 반란군은 엘란카강과 지모브나야강의 상류 지역에서 공격을 시도하고 있었다.

전에 간부장교였던 까다롭고 신경질적인 참모장과 모스크바의 미헤리손 공장의 노동자였던 코미사르와 의논 끝에 슈토크만은 이 연대의 제2대대로 들어가 우스티 호표르스카야에 남아 있기로 결정했다. 각반 다발과 전선 뭉치와 그 밖의 군수품이 산더미처럼 쌓인 자그마한 방에서 슈토크만은 오래도록 코미사르와 얘기를 나누었다.

"실은……."

급성맹장염의 발작에 시달려 얼굴이 노랗고 등이 우람한 코미사르가 느린 어조로 말했다.

"여기는 기구가 복잡해. 우리 병사들은 모스크바와 리야잔 출신이 대부분이고 니즈니 노브고로드 출신자 몇 사람이 믿음직해. 또 노동자가 많아, 그런데 제14사단 소속의 기병이 있었는데, 그 녀석이 행동이 느려 일을 더디게 했다고. 그 녀석을 이번에 우스티 메드베디차로 송환하지 않으면 안되었어……자넨 여기에 남아 있게. 일은 많으니까. 주민들한테 공작도 펴야 하고 또 알아듣게끔 설명도 해줘야 해. 물론 자넨 알고 있겠지만……여기 카자흐는……여기선 각별히 경계하지 않으면 안 되네."

"이미 자네보다 더 잘 알고 있네."

코미사르의 공치사 같은 말투에 쓴웃음을 지으면서 슈토크만이 말했다.

"한 가지 자네한테 물어 볼 게 있는데, 부카노프스카야의 코미사르는 대체 어떤 작자야!"

코미사르는 짧게 깎은 회색 솔 같은 입수염을 쓰다듬고 푸른 기가 도는 눈두덩을 가끔씩 들어올리면서 힘없이 대답했다.

"그 사람은 한때 저쪽에서 약효가 지나쳤지, 사람은 좋으나 특별히 정세를 잘 알고 있는 편은 아닐세. 하지만 나무를 자르면 나뭇잎이 튄다는 속담도 있으니까……지금 그 사내는 마을 사람들을 러시아의 오지로 끌어가고 있다네……자네, 경리부장한테 가보게. 자네들에게도 급여를 줄 걸세."

코미사르는 고통스레 얼굴을 찌푸리고 기름으로 더럽혀진 바지를 손바닥으로 문지르면서 말했다.

이튿날 아침 제2대대는 비상 소집으로 '무장을 갖추고' 집합했다. 점호를 마치고 나서 대대는 행군대형으로 쿨트프스키 부락을 향해 출발했다.

4열 종대의 같은 열에 슈토크만, 코셰보이, 이반 일렉세예비치가 나란히 나아갔다.

쿨트프스키에서 돈의 대안 쪽으로 기마 척후가 파견되었다. 그 뒤로 중대가 돈을 건너갔다. 말똥이 뒹구는 도로에는 여기저기에 물웅덩이가 생겨 있었다. 돈의 얼음은 거품을 머금은 부드러운 청색으로 투명했다. 때로 넘친 물줄기가 군데군데 널린 채소밭 울타리를 넘어 밀려가고 있었다. 후방에서는 산 위에서 포병대가 엘란스키 부락 너머에 보이는 포플러 가로수를 향해서 잇따라 포화를 퍼붓고 있었다. 대위는 카자흐가 내팽개친 엘란스키 부락을 통과해서 엘란스카야 방향으로 나아갔고 다시 부카노프스카야에서 전진을 계속하고 있던 제1대대의 1개 소대와 합류해 안트노프 부락을 점령해야 했다. 작전 명령에 의하면 대대장은 베즈보로도프 부락 방면으로 부대를 인솔해 가기로 되어 있었다. 기마 척후는 얼마 뒤에 돌아와, 베즈보로도프에는 적의 그림자가 보이지 않지만 부락 우측 약 4킬로미터 지점에서 심한 소총 사격이 계속되고 있다고 보고했다.

적위군들의 머리 너머 어딘가 먼 곳에서 포탄이 날아가는 소리가 들려왔다. 가까이서 유탄이 대지를 흔들고 파열했다. 뒤쪽에서 돈의 얼음이 요란한 소리를 내며 갈라졌다. 이반 알렉세예비치가 뒤를 돌아보았다.

"수위가 높군."

"이런 때에 돈을 건너가야 하다니……조심하지 않으면 얼음이 깨질 거야."

보병식으로 단정하게 보조를 취하여 걷는 데 익숙하지 않은 미시카가 짜증스럽게 중얼거렸다.

슈토크만은 앞에서 걸어가는 병사들의 가죽띠를 맨 잔등과 흐릿한 남빛의 점이 규칙적으로 흔들리는 것을 바라보았다. 뒤를 돌아본 그는 진지하고 냉정한 적위병들의 얼굴—그야말로 각인각색이긴 하지만 서로가 너무나 비슷한 그 얼굴들을 바라보았다. 붉은 별 휘장을 단 회색 모자와 회색 외투가—낡아서 노르스름하게 퇴색한 것과 아직 새것으로 밝은 빛깔의 것이—흔들리는 것을 바라보았다. 다수의 인간, 무거운 행군 발소리와 낮은 얘기 소리와 기침 소리와 물통이 덜커덩거리는 소리가 들렸다. 습기 찬 장화와 싸구려 담배와 가죽 장비의 코를 찌르는 냄새가 풍겼다. 거의 눈을 감다시피 하고 그는 발을 맞추려고 애썼다. 그리고 어제까지만 해도 그에게는 미지의 타인이었던 병사들에게 마음 밑바닥으로부터 말할 수 없는 친밀감이 솟구쳐 오름을 느끼며 생각했다. '아, 아, 참으로 기묘한 일이다. 어떻게 해서 이 사람들이 나에게 이토록 사랑스럽고 소중하게 여겨지는 것일까? 서로를 얽고 있는 이 끄나풀은 대체 무엇일까? 그렇다, 공통의 사상이다…… 아니야, 이건 어쩌면 사상만이 아니고 공동의 일이 있기 때문일 것이다. 그 밖에도 또 무엇이 있을까? 위험이다. 죽음이 다가와 있기 때문인지도 모른다. 그렇다고는 하지만 뭔가 보다 특별한 친밀감이 느껴지는데……' 그리고 그는 눈으로만 웃었다. '나도 나이를 먹은 탓일까?'

슈토크만은 자신의 앞을 걷고 있는 병사의 넓다란 잔등과 모자와 깃 사이의 싱싱하고 둥근 깨끗한 목이 살짝 드러난 것을 바라보기도 하다가, 눈길을 옆에 있는 병사에게로 옮겼다. 혈색 좋은 피부에 붉은 광대뼈가 솟아 있고 입은 품위가 있고 남자답고, 키가 큰 체구는 균형이 잡혀 있다. 빈 한쪽 손을 거의 흔들지 않고 걸었는데 병적으로 얼굴을 찌푸리고 있었다. 슈토크만은 갑자기 말을 걸고 싶었다.

"그전부터 군대에 있었나?"

병사의 갈색 눈이 탐색하듯이 싸늘하게 비스듬한 각도에서 슈토크만의 얼굴을 살폈다.

"18년부터요."

이빨 사이로 밀어내는 듯한 말투였다.

그처럼 쌀쌀한 대꾸도 슈토크만의 열을 식게 하지는 않았다.

"어느 지방 태생인가?"

"고향 사람을 찾소?"

"고향 사람이라면 반갑겠구먼."

"난 모스크바 사람이오."

"노동자요?"

"그렇소."

슈토크만은 흘낏 그 병사의 손을 보았다. 쇠를 다룬 일을 한 흔적이 세월의 흐름으로도 씻기지 않고 아직껏 남아 있었다.

"금속공인가?"

거기서 또 한 번 갈색눈이 슈토크만의 얼굴을, 드문드문 흰머리가 섞인 그의 턱수염을 바라보았다.

"금속 선반공이었소. 당신도 그런가 보지?"

그러고는 갈색 눈에 따스함을 담았다.

"난 열쇠공이었어…… 동지, 대체 자넨 왜 얼굴을 찌푸리고 있나?"

"구두에 긁혀서 그래. 밤에 잠복 척후에 나갔다가 발을 적셨거든."

"무서워서 그런 게 아니고?"

슈토크만은 심술궂은 웃음을 띠었다.

"뭐가?"

"뭐긴…… 전쟁에 참가하는 일 말이야……."

"난 공산당원이라고."

"그럼, 공산당원은 죽는 게 무섭지 않다는 거야? 모두 똑같은 인간 아닌가?"

코셰보이가 두 사람의 얘기 틈에 끼어들었다.

슈토크만의 옆에 있던 병사는 익숙하게 소총을 치켜올리고 잠시 생각하다가 말했다.

"자넨 아직 애송이군. 난 겁내선 안 된다고 내 자신한테 늘 타일러 왔어—알겠어? 그러니까 쓸데없는 소리 하지 마. 내 정신을 혼란시키는 말 따윈 하지 말라고…… 난 무엇 때문에 그리고 누구하고 싸워야 하는가 정도는 알고 있어. 그리고 우리가 승리를 할 것이란 것도 말이야. 이게 중요한 거야. 나머지 것은 다 쓸데없는 거지."

그러더니 무슨 생각을 떠올렸는지 씩 웃고는, 슈토크만의 옆 얼굴을 들여다보면서 말을 이었다.

"재작년에 난 크라사프체구군에 끼어서 우크라이나에 갔었지. 전투가 벌어졌는데 우리 측이 계속 밀리는 거야. 손해를 많이 입었어. 부상자를 내팽개치기까지 했지만 기어이 지메린카 근처에서 포위를 당하고 말았지. 장갑열차가 지나가지 못하도록 놈들의 후방에 있는 철도 선로를 폭파해야 했거든. 이쪽이 철도 선로를 가로질러가서 혈로를 뚫어야 했다고. 지원자를 모집하려 했지만 누가 지원을 하겠나. 그래서 우리들 공산당원이—그 숫자는 아주 적었지만—말한 거야. '제비뽑기를 하자'고. 우린 잠시 생각해보다가 자원을 했어. 다이너마이트와 새끼줄과 성냥을 갖고, 동지들에게 작별을 고하고 출발했지. 캄캄한 데다 안개까지 껴 있었어. 200미터가량은 걷고 그 뒤로는 포복해 갔지. 아직 추수가 안 되어 있는 밀밭 틈새를 지나 기슭으로 기어가는데 느닷없이 코앞에서 푸드득 하고 새가 튀어나오잖아. 한 10미터가량 떨어진 거리에 적의 전초가 있었어. 그 옆을 지나 겨우 다리에 닿았지. 기관총을 든 초병대가 다리를 지키고 있더군. 두 시간쯤 잠복해 있다가 가까스로 기회를 잡은 거야. 다이너마이트를 놓고 옷자락 안에서 성냥을 그었지만 습기가 많아 불이 붙어야 말이지. 엎드려서 기는 바람에 이슬에 젖은 거야. 곧 동은 트려고 하지, 손은 마냥 떨리고 있지, 땀은 비 오듯이 눈 속으로 흘러들지, 정말이지 난감하더구먼. 만약 폭파를 못할 경우에는 총으로 자살을 해야겠다는 결심까지 했었다고. 어쨌든 간신히 불을 붙이고 나서 곧장 둑 뒤에 있는 수문 그늘로 가서 숨어 있는데, 마침내 놈들의 고함 소리가 들려온 거야. 큰 소동이 벌어졌어. 두 대의 기관총이 울리기 시작하고, 기병 몇 사람이 우리 옆을 지나갔지만 어두운데 알 게 뭐야. 수문 그늘에서 기어나가 밀밭 속으로 뛰어들었지. 그땐 손발이 움쭉달싹도 하지 않더구먼—감각이 없어지더라니까. 마냥 답답하기만 했어…… 간신히 아군 진지까지 오긴 왔는데."

이렇게 말하는 그의 갈색 눈에 따스한 생기가 감돌았다.

아득히 먼 들녘의 섬처럼 보이는 포플러 숲에서 바람에 쫓긴 까마귀 두 마리가 화살처럼 빠른 속도로 드높이 날아갔다. 바람이 세게 그 까마귀들을 날려보냈다. 쿨트프스카야의 산 위에서 한 시간가량 멈췄던 포성이 다시 울리기 시작하고 시사탄이 휭! 소리를 내며 가까이에 떨어지자 까마귀는 대열에서 200미터가량 떨어진 곳으로 날아들었다. 포탄 소리가 극도의 위기에 다다랐나 싶었을 때, 약간 위를 날고 있던 까마귀 한 마리가 갑자기 회오리바람에 휘말린 휴지 조각처럼 무서운 속도로 뱅글뱅글 날면서 비스듬한 각도로 날개를 펼치고 나선형을 그리며 그 상황에서 벗어나려고 버둥거리다가 시꺼먼 큰 나뭇잎같이 떨어져 내렸다.

"굉장하군그래!"

슈토크만 뒤에서 걷고 있던 병사가 신이 나서 지껄였다.

대열 선두 쪽에서 키가 큰 밤색 암말을 타고 녹아 질퍽거리는 눈을 튀기면서 중대장이 뛰어 왔다.

"산개!"

묵묵히 걷고 있는 이반 알렉세예비치에게 물방울을 튕기며 기관총을 실은 썰매 세 대가 질주해 갔다. 기관총병 한 사람이 언덕길에서 뒤쪽 썰매와 부딪쳐 땅바닥으로 굴러떨어졌다. 그러자 병사들의 유쾌한 웃음소리와 마부의 욕설이 굴러떨어진 기관총병이 썰매 위로 뛰어오를 때까지 계속되었다.

41

카르긴스카야 마을이 반란군 제1사단의 거점이 되었다. 그리고리 멜레호프는 카르긴스카야 부근의 지형이 전략적으로 뛰어나다는 것을 분명하게 파악하고는 무슨 일이 있더라도 이곳을 양보하지 않으리라는 결심을 굳혔다.

치르강 좌측 강가의 산은 카자흐에게 더할 나위 없는 방위력을 베풀어 주고 있는 요충이었다. 하류 쪽에서는 치르강 대안까지 카르긴스카야 마을이 펼쳐 있었다. 그 맞은편에는 군데군데 기슭과 움푹 팬 땅으로 끊어진 스텝이 몇 킬로미터에 걸쳐 부드러운 광목처럼 남쪽으로 뻗어 있었다. 산 위에서 그리고리 자신이 장소를 선정하여 3문의 포를 배치시켰다. 적당히 가까운 곳에 관측점을 만들었다―그것은 사방이 내려다보이는 둔덕으로 숲과 울퉁불퉁한 산자락의 그늘에 가려 있었다.

카르긴스카야 부근에서는 날마다 전투가 벌어졌다. 적군은 대체로 두 방향에―하나는 남방 측 우크라이나인이 사는 아스타호보 자유촌 방면에서 광야를 따라, 한쪽은 동방 측 보코프스카야 마을에서 치르를 거슬러 올라가 밀집한 부락을 따라서 공격해 왔다. 카자흐의 산병선은 카르긴스카야에서 약 200미터 지점에 위치해 있었고 그들은 이따금 사격을 가해 왔다. 적위군의 맹렬한 포화는 그들을 번번이 마을까지, 혹은 좁은 골짜기를 따라 산이 있는 곳까지 퇴각시켰다. 적위군에게는 그 이상의 압박을 가할 만한 힘이 없었다. 공격 작전의 성공에 강한 의혹의 그림자를 던지고 있는 것은 기병이 필요한 숫자에 미치지 못한다는 점이었다. 기병이라면 양쪽 날개에서 우회해 카자흐를 더욱더 깊숙이 밀어붙일 수가 있고 현재 마을 입구에서 머무적거리고 있는 보병을 자유롭게 움직이도록 해줄 수도 있을 터였다. 그 같은 작전에 보병을 이용하기는 불가능했다. 그들은 움직임이 둔하고 민활한 기동력이 없는 데다가 카자흐 측은 주로 기병이었다. 따라서 행군 중의 보병을 마음내킬 때 공격할 수 있고 그렇게 함으로써 상대방의 주요 임무를 박살낼 수가 있었다.

반란군의 강점은 그 이외에 다음과 같은 점에도 있었다. 즉 지형에 익숙했기 때문에 때를 놓치지 않고 남몰래 기슭 안으로 기병대를 적의 배후나 측면으로 이동시킴으로써 끊임없이 적을 위협하고 그 이상 적이 전진하지 못하게 했다.

그때까지 그리고리의 머리에는 적위군 격파 계획이 세워져 있었다. 퇴각을 하는 것처럼 꾸며 적을 카르긴스카야로 유도하고 그와 동시에 리야프치코프가 인솔하는 기병 연대를 한편은 서쪽으로부터 구스인스카야 계곡을 따라서, 또 다른 한편은 동쪽으로부터 그라치를 따라 측면으로 우회를 시킴으로써 적을 포위하여 결정적인 타격을 가해야 한다고 그는 생각하고 있었다. 계획은 세밀하게 짜여졌다. 저녁때 회의석상에서 각 부대의 지휘관에게 엄밀한 지시와 명령을 내렸다. 그리고리의 생각은 되도록 교묘하게 적의 눈을 속이기 위해 포위 작전을 날이 밝은 무렵에 시작하는 것이었다. 모든 것은 장기를 두는 것같이 간단한 이치였다. 또한 그리고리는 우발적인 사태가 벌어질지 모르는 여러 가지 것을 검토하고 심사숙고한 끝에 탁주 두 잔을 들이켜고는 옷도 벗지 않은 채 잠자리에 벌렁 드러누웠다. 이윽고 그는 축축한 외투 자락으로 머리를 싸고 죽은 듯이 잠에 빠져 들었다.

다음 날 오전 4시경에는 이미 적군의 전선이 카르긴스카야를 점령하고 있었다. 카자흐 보병 한 무리가 적의 눈을 속이기 위해 마을을 넘어 산 쪽으로 달아났다. 카르긴스카야의 입구에서 정지한 그 두 대의 기관총이 카자흐 보병대를 향해 따따따! 쏘아댔다. 적위군은 저마다 한길로 파고들어갔다.

그리고리는 포병대 근처에 있는 둔덕 그늘에 진을 치고 있었다. 그는 적위군 보병이 카르긴스카야를 점령하고 치르강 근처로 잇따라 모여드는 것을 바라보았다. 산 그늘의 과수원에 숨어 있는 카자흐 2대 중대는 첫 번째 포성을 신호로 공격에 임했고 우회한 부대가 그와 동시에 협공을 할 작전이 세워져 있었다. 약 3킬로미터 반 떨어진 니즈네 라디셰프스키 부락의 다리 위에 대포가 모습을 드러냈다—적위군은 보코프스카야 방면에서도 동시에 공격해 온 것이다.

"구포(臼砲)로 한번 놀라게 해줘."

그리고리는 쌍안경을 눈에 댄 채 말했다.

조준수는 포병 대장 역할을 하고 있는 조장과 두세 마디 얘기를 나누고서 재빨리 조준을 했다. 포수가 준비를 갖추었다. 4인치 반의 구포는 둘레에 파헤쳐진 흙을 무너뜨리면서 카자흐들이 예측했던 대로 꽝! 소리를 질렀다. 첫 번째 한 발이 다리 기슭에 명중했다. 적위군의 두 번째 포차가 때마침 다리로 들어가려던 참이었다. 포탄은 6마리의 말을 날려보냈다—나중에 알게 된 일이지만—한 마리만은 무사했으나 대신 그 말을 타고 있던 병사는 파편으로 깨끗이 머리가 잘렸다. 그리고리는 뚫어지게 지켜보았다. 대포 앞에 잿빛과 노란색이 섞인 연기 기둥이 오르고 둔중한 소리를 내면서 터졌다. 말은 연기에 말려 뒷발로 꼿꼿하게 섰다가 무너져내리듯이 덜컥 엎어지고 만다. 사람은 걸음아 나 살려라 하고 달아났다. 유탄이 떨어졌을 때 앞차 가까이에 있던 적위군 기병이 말과 다리 난간과 함께 튀어올라 얼음 위로 내동댕이쳐졌다.

그처럼 근사하게 적중하리라고는 포병들조차도 예기치 못했었다. 둔덕 그늘의 대포 근처는 이제 바스락 소리도 일지 않았다. 다만 바로 가까이에 있던 감시병만이 한쪽 무릎을 꿇은 채 뭐라고 크게 소리를 지르면서 두 손을 마구 휘두르고 있었다.

그와 동시에 아래쪽 벚나무 목장에서 적의에 찬 '우라—' 하는 고함 소리와 잔물결 같은 소총 소리가 들려왔다. 조심성을 잃고 그리고리는 둔덕 위로 뛰어올랐다. 여기저기서 적위군이 퇴각을 하고 있었다. 고함 소리와 호령 소리와 맹렬한 사격 소리는 바로 거기서 난 것이었다. 기관총차 한 대가 언덕 위로 올라가는가 싶더니 금세 묘지 근처에서 방향을 틀었다. 그리고 퇴각하는 도중에 쓰러져가는 적위군의 머리 너머로 기관총이 과수원에서 튀어나오는 카자흐를 마구 쓰러뜨렸다.

그리고리는 지평선 위로 카자흐 기마병의 라바 대형을 찾아내려고 애를 썼으나 헛수고로 그치고 말았다. 리야프치코프에게 인솔되어 우회했던 기마 부대는 여전히 모습을 드러내지 않았다. 우익의 적위군은 자르브누이 골짜기에 걸쳐 있는—카르긴스카야 마을과 이웃에 있는 아르히포프스키 부락을 잇는—다리 언저리에 닿기 바로 직전이었다. 한편 우익은 그때까지도 마을을 종대로 뚫으면서 퇴각 중이었다. 그리고 치르강에 가까운 두 개의 도로에 진을 치고 기다리던 카자흐의 총알을 맞고 쓰러져갔다.

마침내 언덕 그늘에서 리야프치코프 연대의 첫 번째 중대가—그리고 연이어 제2, 제3, 제4중대가 모습을 나타내고—공격 대형을 전개한 기병대는 왼쪽으로 꺾여 적위군의 앞길을 가로막았다. 적위군은 무리를 지어 산허리를 따라서 크리모프스카야 쪽으로 퇴각할 참이었다. 그리고리는 두 손에 장갑을 움켜쥐고 전투 상황을 지켜보았다. 그는 쌍안경을 내리고, 기병대가 크리모프스카야 가도로 질주해 가는 광경을, 당황한 적위군이 발길을 돌려 여기저기 흩어져 아르히포프스키 부락 쪽으로 퇴각하는 광경을, 그리고 또 그 방면에서도 치르를 거슬러 올라가 계속 추적하고 있는 카자흐 보병의 포화를 받고 다시금 가도를 향해 우르르 밀려드는 광경을 육안으로 지켜보았다. 크리모프스카야로 혈로를 연 적위병은 손가락으로 헤아릴 정도에 불과했다.

언덕 위에서는 그야말로 조용한 백병전이 시작되었다. 리야프치코프 연대는 전위대가 되어 카르긴스카야로 되돌아가서 바람이 나뭇잎을 휩쓸어 올리듯이 적위군을 몰아붙였다. 자르브누이 골짜기에 걸려 있는 다리 언저리에서 30명가량의 적위병이 퇴로를 차단당하여 도피구를 잃은 것을 알고는 저항하기 시작했다. 그들은 중기관총 한 자루와 상당량의 탄약을 갖고 있었다. 과수원에서 반란군의 보병이 나타난 순간 미친 듯이 빠른 속도로 기관총이 활동했다. 카자흐는 몸을 엎드리고 가축우리의 돌담과 헛간 그늘에 숨어 포복을 해나갔다. 카르긴스카야 마을 안을 몇 사람의 카자흐가 기관총을 끌고 가는 것이 언덕 위에서 내려다보였다. 아르히포프카와의 경계에 접해 있는 한 가옥 언저리에서 그들은 머뭇거리다가 곧장 그 마당으로 뛰어들었다. 얼마 뒤, 그 집 헛간 지붕에서 덜커덕거리는 소리가 날카롭게 들려왔다. 그리고리는 쌍안경 속으로 기관총병의 모습을 붙잡았다. 흰 양말 밑으로 헐거운 바지를 밀어넣고 두 다리를 벌리고 방패 그늘에다 몸을 웅크린 한 카자흐가 지붕 위에 엎드려 있었다. 또 한 사람은 탄띠를 몸에 두르고 사다리를 올라가고 있었다. 포병은 보병의 응원을 서둘고 있었다. 저항을 시도하고 있는 적위군 무리는 한군데 밀집해 있었는데 그곳으로 유산탄이 잇따라 날아갔다. 마지막 산탄은 멀리 마을 밖에서 터졌다.

15분쯤 지나, 자르브누이 끝에서 적위군의 기관총이 갑자기 소리를 멈추고 침묵했다. 그와 동시에 갑자기 짧은 '우라!'가 울려 퍼졌다. 발가벗은 버드나무 기둥 틈새로 카자흐 기병의 모습이 어른거렸다.

모든 게 끝난 것이었다.

그리고리는 명령에 따라서 카르긴스카야 마을과 아르히포프스키 마을 사람들로 하여금 곡괭이와 삽으로 전사한 147명의 적위병을 자르브누이 언저리에 있는 구덩이 안으로 끌어다 놓고 흙을 덮도록 했다. 리야프치코프는 말과 탄약과 함께 탄약차 6대를 노획하고 타발기가 떨어져나간 기관총이 실린 차 한 대를 빼앗았다. 크리모프스카야에서는 군수품을 실은 42대의 장비차를 입수했다. 카자흐 측에서는 전사자 4명, 부상자가 15명으로 보고되었다.

그로부터 1주일 동안 카르긴스카야엔 평온한 날이 계속되었다. 적은 반란군 제2사단 쪽으로 방향을 돌려 그곳을 압박하면서 미그린스카야 마을 여러 부락―알렉세예프스키, 체르네츠카야 자유촌 등을 점령하고 베르프네 치르스키 부락 쪽으로 다가갔다.

그 방면에서 매일 새벽녘에 대포소리가 들려왔다. 그러나 전황 보고가 훨씬 뒤늦게야 도착하여 제2사단의 전선이 어떤 상태에 있는지 확실하게 알 수는 없었다.

그 무렵 그리고리는 어두운 상념을 털어내면서, 혹은 의식을 마비시키고 자신의 어깨에 짊어진 중대한 임무를 생각하지 않으려고 애쓰면서 술에 젖어 있었다. 반란군이 방대한 밀을 저축하고 있으면서도 밀가루의 결핍으로 몸 달아 있었다 할지라도―제분소가 군대 일로 가동이 안 되어 카자흐들은 줄곧 밀을 삶아서 먹고 있었다―술만은 늘 남아돌 정도였다. 돈 맞은편 강가에서는 두드레프스키 카자흐의 기병대가 이따금 취한 김에 진지로 쳐들어오곤 했다. 그리고리에게도 탁주가 날라져왔다. 더욱이 즈이코프는 술을 손에 넣는 데 명수였다. 카르긴스카야의 전투가 끝나자 그리고리 부탁으로 1베도르들이 병을 세 병이나 가져오고 노래꾼들을 불러왔다. 그러자 그리고리는 쾌적한 해방감을 맛보면서 현실을 떠나 모든 것을 잊고 카자흐들과 함께 아침까지 술을 마셔댔다. 이튿날 아침이 되면 해장술을 마시다가 도가 넘쳐 저녁도 되기 전에 다시 노래꾼을 부르고 즐거운 술렁거림과 얘기 소리와 노래―즉 참된 열락의 환영을 만들어 냄으로써 냉혹하고 엄격한 현실을 덮어 주는 모든 것―가 필요하게 되는 것이었다.

그러다가 술에 대한 욕구가 순식간에 습성이 되고 말았다. 아침에 식탁 앞에 앉으면 그리고리는 한잔 들이켜고 싶은 충동을 억누를 수가 없었다. 그는 많이 마시기는 했지만 도를 넘는 일은 없었다. 다리는 언제나 꼿꼿했다. 새벽녘, 다른 사람이 너절하게 잡동사니를 늘어놓고 외투나 말웃을 뒤집어쓰고 테이블 밑이나 아무 데나 누워 자고 있을 때도 그는 언제나 멀쩡한 얼굴이다. 다만 창백해지고 눈알이 번뜩이고 곱슬거리는 앞머리를 늘어뜨린 얼굴을 때때로 손바닥으로 문지를 뿐이었다.

줄기차게 이어진 주연이 나흘이나 계속되는 동안에 그는 눈에 띄게 피부가 늘어지고 등이 굽었다. 눈밑에는 주머니처럼 푸르죽죽한 주름이 자리잡고 날이 거듭됨에 따라 눈초리에 이성을 잃은 잔혹함이 빛을 더해갔다.

5일째 되는 날 프로호르 즈이코프가 뜻있는 미소를 띠면서 얘기를 비쳤다.

"리호비도프에 예쁜 여자가 있는데 어떻소? 뭐요, 안 가겠다고요? 그렇지만 그리고리 판텔레예비치, 멍청히 입을 벌리고 있다가 기회를 놓쳐서는 안 돼요! 수박처럼 맛이 희한한 여자니까! 맛을 보진 않았지만 한눈에 알 수가 있다고 요. 그런데 말괄량이라 버르장머리가 좀 없지요. 그 여자를 단번에 녹이려들지 는 마십쇼. 좀처럼 상냥하게 대해 주지 않는 계집이라서요. 하지만 보드카를 만 드는 데엔 그 계집을 따를 자가 없다고요. 치르에선 첫째가는 보드카 제조자래 요. 남편이 도네츠 너머로 피난을 갔다나."

자연스런 어조로 그는 이렇게 말을 맺었다.

저녁이 되자 그리고리는 리호비도프로 나갔다. 리야프치코프, 하르람피 예르 마코프, 한 팔 없는 알료시카 샤밀리, 그리고 자신의 지구에서 온 제4사단장 콘 드라트 메드베예프와 동행했다.

프로호르 즈이코프가 앞장서 가고 있었다. 부락에 들어가자 그는 말의 속도 를 줄이고 한 골목 안에 있는 탈곡장 문을 열었다. 그리고리는 그 뒤에서 말을 몰았다. 말이 문 옆에서 거의 녹아가는 커다란 눈 둔덕을 뛰어넘다가 눈 속에 앞다리를 처박았다. 콧바람을 불며 몸을 일으키더니 이번에는 문과 울타리 꼭 대기까지 쌓인 눈 둔덕을 뛰어올랐다. 리야프치코프가 재갈을 끌고 갔다. 5분 동안에 그리고리는 프로호르와 함께 산더미처럼 쌓인 마른풀 더미를 지나서 유리처럼 쨍그렁거리는 소리를 내는, 이파리 하나 없는 벚나무 숲을 걸어갔다. 하늘에는 푸른 기를 띤 금 술잔 같은 초승달이 비스듬히 걸려 있었다. 별이 깜 박이며 밤하늘을 장식하고 유혹할 듯한 정적이 가라앉아 있었다. 먼 곳에서 개 가 짖는 소리도 얼음을 밟고 가는 말발굽 소리도 그 정적을 깨뜨리지 않을 뿐 만 아니라 한층 더 그것을 북돋아 주고 있었다. 벚나무 숲과 사방에 널린 능금 나무 가지를 통해서 등불이 노랗게 빛났다. 별하늘을 배경으로 커다란 갈대지 붕을 이은 농가의 실루엣이 뚜렷하게 떠올랐다. 프로호르는 안장 위로 몸을 굽히고 그리고리를 위해서 샛문을 열어 주었다. 입구 가장자리에 얼어붙어 있는 물웅덩이 속에서 달그림자가 희미하게 흔들리고 있었다. 그리고리의 말이 얼음 가장자리를 깨뜨려 그는 잠깐 멈춰 서 있었다. 천천히 그리고리는 안장에서 뛰어내려 고삐를 계단 난간에 매두고 어두운 현관으로 들어갔다. 뒤에서는 말에서 따라 내려 낮게 콧노래를 부르며 리야프치코프와 카자흐들이 와글와글 술렁거렸다.

어둠 속에서 문손잡이를 더듬어 그리고리는 이윽고 널따란 부엌으로 나아갔다. 키는 작으나 자고새처럼 맵시 있는 젊은 카자흐 여인이 조리대에 등을 돌리고 앉아 양말을 뜨고 있었다. 가무잡잡한 얼굴의 검은 눈썹이 유별나게 아름다웠다. 페치카 위에는 여덟 살가량의 소녀가 두 팔을 뻗고 잠들어 있었다.

그리고리는 외투도 벗지 않은 채 테이블 옆에 앉았다.

"보드카 있소?"

"인사도 없는 법이 있나요?"

안주인은 그리고리에게 눈길도 주지 않은 채 뜨개바늘을 놀리면서 물었다.

"원한다면 말하지, 안녕하슈! 보드카는?"

그녀는 눈썹을 치켜들고 현관의 인기척과 발소리에 귀를 기울이면서 쌍꺼풀진 갈색 눈으로 그리고리를 향해 웃어 보였다.

"보드카는 있어요. 밖에도 손님들이 많이 와 계신 모양이죠?"

"많지, 사단이 총출동했어……."

리야프치코프가 칼을 끌고 모자로 장화를 두들기면서 문턱을 넘어섰다. 입구 쪽에는 카자흐들이 모여 있었다. 그중 한 사람이 나무주걱으로 놀라울 만큼 빠르고 멋들어지게 춤의 박자를 맞췄다.

침대 위로 외투를 산더미처럼 쌓고 무기는 의자 밑으로 내려놓았다. 프로호르는 안주인을 도와 부지런히 식탁을 차렸다. 손이 없는 알료시카 샤밀리는 구덩이에 있는 양배추 소금절임을 가지러 갔다가 사다리에서 굴러떨어져 옷자락에 깨어진 접시 조각과 짓뭉개진 양배추 더미를 싸들고 들어왔다.

밤이 이슥할 때까지 25리터가량의 탁주를 마시고 헤아릴 수도 없을 만큼 양배추를 먹고 나서 이번엔 양을 잡자며 술렁였다. 프로호르가 우리 안에서 새끼를 못 낳게 된 암양을 붙잡아 오고 하르람피 예르마코프가—이 사람도 대단한 검객인데—헛간 옆에서 칼로 머리를 잘라내고 가죽을 벗겼다. 안주인은 부뚜막에 불을 지피고 양고기를 큰 솥에 넣어 삶았다. 그때 리야프치코프가 일어서서 다리를 게처럼 벌리고 장화를 난폭하게 손바닥으로 내리치면서 박자에 맞춰 노래를 부르기 시작했다. 쇳소리가 섞였으나 듣기 좋은 테너였다.

마셔라 마셔
가축몰이를 쉬는 동안……

"웬만큼 해!"
예르마코프가 고함을 질렀다. 그는 창틀이 얼마나 견고한가를 칼로 시험해 볼 기회를 줄곧 엿보고 있었다.
뛰어난 용기와 카자흐다운 담력을 사랑하는 예르마코프에게 그리고리는 동제 술잔으로 테이블을 내리치면서 호통을 쳤다.
"하르람피, 쓸데없는 짓 하지 마!"
하르람피는 순순히 칼집에다 칼을 집어넣고 탁주 잔을 들어올렸다.
"이봐, 이런 기분으로 떠들어대면 죽음도 무섭지 않게 돼."
알료시카 샤밀리가 그리고리 옆에 앉으면서 말했다.
"그리고리 판텔레예비치, 자넨 우리의 등불이야! 우린 이 세상에서 자네 하나만을 의지하고 있다네! 자, 한 잔 더 마시지 않겠나? 프로호르, 술이야 술!"
짚 더미 옆에 안장을 얹은 채로 말이 서 있었다. 왠지 살펴보려고 한 사람씩 모두 밖으로 나가 보았다.
새벽녘에야 비로소 그리고리는 자신이 취했음을 깨달았다. 그는 남의 말소리가 마치 먼 곳에서 들리는 듯함을 느끼면서 충혈된 흰자위를 고통스럽게 굴리고 의지의 힘을 쥐어짜 정신을 가다듬었다.
"번쩍거리는 견장을 단 자식들이 우리를 턱으로 부려먹고 있다고! 권력을 손아귀에 쥐고 있다, 이 말이야!"
그리고리를 안고 예르마코프가 고함을 질렀다.
"견장이 어쨌다는 거야?"
그리고리는 예르마코프의 팔을 툭 치면서 물었다.

"뵤시키에 있잖아. 뭐야, 자넨 그것도 몰라? 카프카즈 공작님이 앉아 계시잖아! 대령 말이야! 멜레호프! 내 목숨을 자네 발밑으로 던지겠네. 우릴 헛되게 이용하지 마! 카자흐들은 불안해하고 있네. 우릴 뵤시키로 이끌어 줘. 닥치는 대로 찔러죽이고 말 테다! 일류시카 쿠지노프도, 대령도―한 사람도 남김없이 몰살이야! 자기들 멋대로 우릴 부려먹었잖아! 빨갱이하고도 카데트하고도 싸우자 이 말이야, 이게 내 희망이라고!"

"대령을 해치우자. 놈은 일부러 남을 거야. 하르람피! 소비에트 정부에 무릎 꿇고 빌자. 우리가 잘못했습니다라고."

순간 그리고리는 제정신을 되찾고 일그러진 미소를 띠었다.

"농담일 테지, 하르람피. 자, 술이나 마셔."

"농담이라니, 멜레호프. 농담 따윈 하지 마. 이건 심각한 얘기야."

메드베예프가 정색을 하고 말했다.

"우리가 사령부를 뒤집어엎자 이거야. 그놈들을 없애버리고 네가 그 자리에 앉아야 해. 카자흐들과 얘기해 봤는데, 그들은 찬성이야. 쿠지노프와 놈들의 졸개들에게 점잖게 제의하겠어. '사령부를 내놓으쇼. 당신들은 우리에게 아무 쓸모가 없소.' 내놓는다면 용서해 주겠지만 내놓지 않겠다고 할 땐 뵤시키로 1개 연대를 몰고 가서 놈들을 뿌리째 뽑아버리는 거야!"

"그 얘긴 그만둬!"

그리고리는 거칠게 외쳤다.

메드베예프는 어깨를 들썩하고 테이블 옆에서 일어나더니 술잔을 들지 않았다. 구석진 자리에서는 흙투성이인 마룻바닥을 손으로 문지르면서 리야프치코프가 머리를 산발하고 구슬픈 가락으로 노래를 읊조리고 있었다.

> 귀여운 아가야, 귀여운 아가야
> 네 머리를 기대어라
> 네 머리를 기대어라
> 아니 아니, 오른쪽으로
> 오른쪽으로 기대어라, 이번에는 왼쪽으로
> 그리고 내 가슴에, 하얗고 하얀 가슴 위에

그리고 여자처럼 절절하게 애조를 띤 그의 테너에 어우러지게 알료시카 샤밀리의 굵은 베이스가 뒤쫓아가듯이 노래를 하였다.

품에 안겨 누웠네
한숨 한 번 들이쉬고
한숨 한 번 내쉬고
그러더니 마지막 하는 말이
'미안하지만 작별이야
너 따윈 이제 필요 없어!'

안주인이 그리고리를 방으로 데려갔을 때는 창밖에 새벽빛이 연보랏빛으로 빛나고 있었다.
"이분에게 술 좀 작작 먹여요! 귀찮게 굴지 말라니까! 멍청이! 이분은 제정신을 잃고 있다고요. 그것도 몰라요?"
그녀는 힘겹게 그리고리를 안아올리고 탁주 잔을 들고 쫓아오는 예르마코프를 한쪽 손으로 밀쳐내면서 말했다.
"그래서 주무시게 하겠다, 이 말씀인가?"
예르마코프는 비틀비틀 술을 흘리면서 눈짓을 해보였다.
"그래요, 나도 자야겠수다."
"너, 이놈하고 자면 안돼……."
"네 따위가 뭐야! 시아비도 아닌 주제에!"
"아무튼 잘 해봐!"
웃음소리를 터뜨리고 야단스레 몸을 흔들면서 예르마코프가 소리쳤다.
그녀는 그리고리를 방 안으로 데리고 가 침대 위에 눕히고 나서 시체처럼 창백한 그의 얼굴을 혐오와 연민으로 들여다보았다.
"국물 좀 마시겠수?"
"응, 좋아."
그녀는 버찌를 끓인 냉국을 컵에 따라 왔다. 그리고 침대에 걸터앉아 그리고리가 잠들 때까지 머리카락을 긁어 주었다. 딸 옆에 나란히 잠자리를 했으나 샤밀리가 그녀의 잠을 방해했다. 그는 팔베개를 하고 누워 겁이 난 말처럼 콧김을 불다가는 갑자기 벌떡 일어나서 눈을 뜨고 목쉰 소리로 떠들어댔다.

……제대를 하고 돌아올 때에는!
가슴에 훈장, 가슴에 후운자앙

팔로 머리를 괸 채 눈을 부릅뜨고 주위를 노려보고는 다시 목청을 돋우었다.

제대를 하고 돌아올 때는!

42

이튿날 잠에서 깨자 그리고리는 예르마코프와 메드베예프와 얘기했던 것을 떠올렸다. 취하기는 했지만 별다른 노력 없이도 정권 전복에 대한 얘기를 기억할 수 있었다. 리흐비도프에서의 주연은 처음부터 목적이 있는—그러니까 그에게 쿠데타를 충동질하려고 미리 짰음을 그는 분명히 깨달았다. 도네츠 방면으로 나가 돈군과 합류하고 싶다는 의사를 공공연히 표명했던 쿠지노프에 대해 좌익적 성향을 가진 카자흐들이 돈에서 완전히 독립하여 자기들이 있는 곳에다 공산주의자가 없는 소비에트 정부 같은 것을 조직하려고 남모르게 음모를 꾀하고 있었던 것이다. 도네츠 부근에 있는 적군의 전선이 카자흐를 언제라도 '집안 싸움'과 함께 손쉽게 소탕해 버릴 수도 있는 현재로서는 반란군 내부의 반목이 얼마나 파멸적인가를 모르고 그리고리를 한패로 끌어들이려고 했던 것이다. '어리석은 장난이야'—그리고리는 마음속으로 그렇게 말하고 가볍게 침대에서 뛰어내렸다. 옷을 입고 그는 예르마코프와 메드베예프를 깨워 방 안으로 불러들인 뒤 자물쇠를 걸었다.

"이봐, 어젯밤에 자네들이 한 얘기는 없던 걸로 해. 안 그랬다가는 일이 곤란해져! 문제는 지휘관이 누구냐 하는 게 아니야. 쿠지노프에게 문제가 있는 것도 아니고, 우린 독 안에 든 쥐 상황에 처해 있다는 점이야. 우리가 테에 졸린 통이 돼 있다, 이 말이야. 그리고 오늘내일 사이에 이 테가 우리의 숨통을 죌지도 몰라. 그러니까 연대를 보내야 할 곳은 뵤시키가 아니라 미그린이나 크라스노 쿠츠카야라는 말이야."

그리고리는 퉁명스런 메드베예프의 무표정한 얼굴을 지켜보면서 강조하듯이 말을 이었다.

"콘드라트, 이런 지경에 소동을 일으켜선 안 돼! 자네들도 좀 대가리를 굴려 봐—위에 불만을 품고 이렇다 저렇다 떠들기 시작하면 우린 근본을 잃게 돼. 백(白)이냐 적(赤)이냐, 둘 중에 하나야. 어중간하게 있다가는 큰코다쳐—깔려죽게 된다고."

"그 얘긴 그만하세. 이젠 더 이상 꺼내지 마!"

고개를 돌리며 예르마코프가 말했다.

"좋아, 나만 알고 있기로 하지. 하지만 자네들이 카자흐를 충동질하지 않는다는 조건부야. 도대체 쿠지노프와 그 주변 인물이 어쨌다는 거야? 그놈들이 전권을 쥔 것도 아닌데. 나만 하더라도 내 사단을 지휘해 왔잖나. 그야 놈들은 나쁘지. 그건 우리 모두가 다 알고 있는 사실이야. 더욱이 우리를 또 카데트로 끌어들이려고 한다는 것도 환히 알고 있어. 그렇지만 우리가 어디로 가겠나? 우리의 길은 숨통이 모두 막혀버리고 없는걸."

"듣고 보니 그렇군……."

메드베예프는 마지못한 표정으로 동의했다. 그리고 얘기하는 동안 내내 내리깔고 있던 눈을 그제야 치켜뜨고 증오에 찌들린 곰 같은 눈초리로 그리고리를 쳐다보았다.

그날부터 그리고리는 이틀 동안을 부어라 마셔라 하면서 카르긴스카야 부근의 마을을 휩쓸고 다녔다. 그의 말안장에까지도 술 냄새가 배었다. 잠시 동안 사랑을 함께 나누면서 유부녀와 처녀의 자랑을 잃은 아가씨들이 그리고리의 팔에 안겼다. 그러나 밤새껏 불타는 것 같은 애무를 실컷 맛보고 난 뒤 새벽녘에 가서는 마치 남의 일처럼 냉정하게 생각되었다. '이 세상을 살아오면서 별의별 일을 다 경험했다. 남의 아내와 처녀들을 귀여워해 주고 근사한 말도 타봤다…… 아……스텝의 땅도 밟아 보았다. 아버지로서의 기쁨도 맛보았다. 사람도 죽이고, 또 나 자신도 수없이 죽을 고비를 넘겼다. 푸른 하늘을 향해 이것 보라는 듯이 살아온 셈이다. 앞으로의 인생이 나에게 과연 무엇을 보여줄 것인가? 새로운 것? 그런 게 어디 있어! 이젠 죽어도 상관없어. 무섭지 않다. 아무런 불

안 없이 전쟁을 할 수가 있다. 부자가 돈을 쓰듯이, 죽는다 해봤자 무엇이 그리 대수겠는가!'

유년시절이 밝고 갠 날로서 두서없이 머릿속을 지나갔다─돌받침대 위에서 뜨거운 먼지에 싸인 그리샤의 다리, 거울처럼 풀빛 숲을 물에 비추면서 유유히 흘러가는 돈강, 친구들의 어린 시절 얼굴, 젊고 날씬했던 어머니…… 그리고리는 손바닥으로 눈을 쓸었다. 그러자 낯설지 않은 얼굴과 사건이─때로는 사소한 것인데도 무슨 까닭인지 기억 속에 깊숙이 박힌 것이─마음을 꿰뚫고 지나갔다. 지금은 가고 없는, 잊었던 목소리와 주고받은 말의 한 토막과 특징 있는 웃음소리가 아득하게 울려왔다. 언젠가 본, 까마득히 잊어버린 광경이 기억의 빛으로 비춰져 갑작스레 눈이 부시게 눈앞에 모습을 드러냈다─드넓은 광야, 여름 길, 사륜마차, 마부석에 앉은 아버지, 암소, 무르익은 황금빛 밀밭, 거뭇거뭇하게 길 위에 날아와 앉는 흰부리까마귀떼…… 그리고리는 머릿속으로 그물처럼 얽힌 지나간 모든 것을 휘젓다가는, 다시는 돌아오지 못할 그 생활 속에서 문득 아크시냐와 부딪쳤다. '잊을 수 없는 귀여운 여인!'─그런 생각이 들자, 옆에 잠들어 있는 여자에게서 구역질이 날 것 같은 심정이 되었다. 몸을 떼어내고 한숨을 쉬며 짜증스럽게 아침을 기다렸다. 그리고 태양이 새빨간 자수와 금빛 놀로 동녘 하늘을 물들이기 시작하면 벌떡 일어나 얼굴을 씻고 말이 있는 곳으로 서둘러 걸음을 옮겼다.

43

모든 것을 깡그리 태워버리는 불길처럼 반란이 들끓었다. 반란을 일으킨 마을 둘레에는 적의 적선이 쇠로 된 테를 만들어 놓았다. 피할 수 없는 운명의 어두운 그림자가 낙인같이 사람들을 짓누르고 있었다. 카자흐들은 점차 생명을 건 위험한 곳으로 발을 들여놓는 일을 꺼리기 시작했다. 젊은이들은 미친 듯이 여색에 빠졌고 나이 든 사람들은─정신을 잃도록 술을 마시고 돈과 탄약을 걸고─탄약은 그 어떤 값진 것보다 소중한 것인데도─도박을 했다. 또 이제는 지긋지긋하게 느껴지는 소총을 잠시 동안이나마 담벼락에 세워놓고 도끼나 대패를 손에 들기 위해, 그리고 향기 좋은 버드나무로 울타리를 만들고 봄철에 대비해서 마른풀과 짐마차를 손질하면서 휴식을 취하려고 휴가를 얻어 집으로 돌아갔다. 그리고 대부분의 사람들은 평화로운 생활을 맛본 뒤, 취해 부대로 돌아와 술이 깨면 '무의미한 생활'에 대한 증오를 토하며 보병대로 끼어들어가서 기관총을 들이대고 공격을 하든가 분노로 몸을 떨면서 맹렬한 기세로 야습해 가서는 포로를 잡아다가 잔혹하고 원시적인 방법으로 고문하고 탄약을 아끼듯 칼을 내리치는 것이었다.

그러나 그 해의 봄은 그 어느 봄보다도 아름다웠다. 4월에 접어들자 유리창처럼 맑은 날씨가 계속되었다. 끝없이 높은 감청색 하늘 바다를 수놓는 기러기떼와 학 떼가 앞을 다투어 북쪽으로 사라져갔다. 연못 가장자리에는, 스텝의 연록색 덮개 위에는 진주를 뿌린 듯이 백조가 반짝거렸다. 봄물에 잠긴 돈 강가에서는 새들의 지저귐이 신음처럼 들려왔다. 물에 젖은 초원에는 곧 날아갈 듯한 몸짓으로 거위가 꽥꽥 소리를 질러댔으며, 버드나무 숲에서는 사랑의 황홀경에 사로잡힌 수커위가 쉴 새 없이 목울대를 울렸다. 버드나무 가지에는 새싹이 풀빛을 띠고, 포플러는 끈끈한 봉오리를 부풀리고 있었다. 광야는 말할 수 없을 정도로 매혹적이었다. 연록색으로 펼쳐지고 녹은 흑토의 묵은 향기와 싱싱한 어린 풀의 향기를 언제나 가득히 품고 있었다.

반란의 전투 중에서도 즐거운 일은 모든 병사가 바로 가까이에 자기 집이 있다는 점이었다. 보초나 잠복 척후로 나가기를 꺼리고, 정찰을 위해 산이나 언덕을 걸어다니는 것에도 싫증을 냈다. 카자흐들은 대장에게 승낙을 얻고 집으로 돌아가서는 자기 대신 꼬부라진 노인이나 성년이 안 된 자식을 군마에 태워 보냈다. 부대는 항상 규정된 병력을 유지하고 있었으나 그 병사의 수는 늘 변동이 있었다. 하지만 두세 사람은 매우 요령 있게 처신했다―해가 가라앉을 무렵에 부대 숙영지를 빠져나와 말을 몰고 3, 40킬로미터를 단숨에 뚫고 가서 저녁놀이 사라질 때에는 벌써 집에 닿아 있었다. 아내나 연인과 하룻밤을 지내고 두 번째 닭울음소리를 듣고는 말을 타고 정신없이 부대로 돌아왔다.

마음이 태평한 자들은 자기 집 바로 가까이에서 전쟁을 즐기며 싫증을 내는 일도 없이 지냈다.

"이제 죽으면 큰일난다고."

틈만 있으면 아내를 찾아가 카자흐들은 가끔 그런 농담을 하기도 했다.

사령부는 농번기를 맞아 탈주자가 나올까 봐 두려워했다. 쿠지노프는 특별히 각 부대를 순시하고 그에게 어울리지 않는 강한 어조로 명령을 내렸다.

"우리의 전답은 바람 앞에 그대로 내버려두는 편이 낫고, 한 알갱이의 씨앗도 뿌리지 않는 편이 낫다. 그리고 카자흐에게 휴가를 줘선 안 된다, 명령이다! 허가 없이 대열을 떠난 자는 태형을 가한 뒤에 총살하겠다!"

<h1 style="text-align:center">44</h1>

크리모프스카야 부근에서 그리고리는 다시 전투에 참가했다. 오전에 마을 경계에 있는 집 근처에서 사격전이 일었다. 잠시 뒤 적병의 산병선이 크리모프카에 나타났다. 왼편에 검은 수병복을 입은 수병들이 정연하게 전진하고 있었다—그것은 발틱 함대에 속한 한 군함의 승무원들이었다. 그들은 대담한 공격으로 반란군인 카르긴스키 연대를 부락에서 산자락을 따라 바실료프스키 부락 방면으로 몰아갔다.

모든 적위군 부대가 우세를 띠기 시작했을 때, 언덕 위에서 전황을 지켜보던 그리고리는 말을 거느리고 탄약고 옆에 서 있는 프로호르 즈이코프를 향해 장갑을 흔들어 보이며 안장 위로 뛰어올랐다. 기슭을 빙 돌아 구스잉카로 통하는 언덕길 쪽으로 달려갔다. 그곳에는 그늘에 숨은 제2연대의 기병 예비대가 대기하고 있었다. 과수원을 달리고 산울타리를 넘은 그는 기병대가 대기한 장소로 가서, 말에서 내리는 카자흐들과 말들을 멀리에서 보고는 군도를 빼들고 소리쳤다.

"말을 타라!"

기병 200명은 매어 둔 말을 빠르게 풀었다. 중대장이 그리고리의 맞은편에서 말을 몰고 왔다.

"출전입니까?"

"벌써 그랬어야 했어! 뭘 꾸물대고 있나!"

그리고리는 눈을 부릅떴다.

그는 고삐를 죄어 말에서 내렸다. 그리고 면박을 주듯이 중얼대면서 말의 복띠를 고쳐맸다—흠뻑 젖은 말은 짜증을 부리고 복띠를 매려들지 않았다. 그리고 부어오른 얼굴로 목울대를 울리며 이를 드러내고 그리고리를 걷어차려고 했다. 됐다 싶게 단단히 안장을 얹은 그리고리는 등자에 발을 얹었다. 당황해 있는 중대장들에게 눈길도 주지 않고 차츰 격렬해지는 총성에 귀를 기울이면서 그는 한마디 던졌다.

"중대는 내가 지휘한다. 소대 대형으로 부락 출구까지 걸어가!"

부락을 벗어나자 그리고리는 중대를 라바 대형으로 산개시켰다. 군도가 칼집에서 쉽게 빠지는지를 확인했다. 중대에서 60미터가량 앞서서 크리모프카로 말을 몰았다. 남쪽 경사면이 크리모프카로 통한 언덕 꼭대기인데 그는 잠시 말을 멈추고 그쪽을 살폈다. 퇴각해 가는 적위군의 기병과 보병이 부락 안을 이리저리 뛰어가고, 제1종 고리를 실은 이륜마차와 사륜마차가 속력을 내면서 이동하고 있었다. 그리고리는 중대 쪽으로 몸을 돌렸다.

"모두 칼을 뽑아라! 공격 개시! 내 뒤를 따르라!"

그러고는 온몸에 싸늘함과 가뿐함을 느끼면서 고삐를 힘껏 늦추었다. 왼손 손가락 안에서 활처럼 팽팽한 고삐가 떨렸다. 머리 위로 휘두른 군도는 신음 소리를 내면서 정면으로 휘몰아치는 바람의 흐름을 두 조각으로 갈랐다.

봄바람 속에 소용돌이를 이룬 커다란 흰구름이 눈 깜짝할 사이에 태양을 뒤덮었다. 그리고리를 앞질러 느리게 언덕 위로 미끄러져 가는 잿빛 그림자가 있었다. 그리고리는 눈앞으로 다가오는 크리모프카의 집에서 눈길을 거두고 채 마르지 않은 갈색 대지를 미끄러져 가는 눈의 그림자를 지켜보며, 어딘가 먼 곳으로 사라져가는 것 같은 밝은 노랑색 빛의 무늬를 바라보았다. 뭐라 설명할 수 없는 기분이었으나, 불현듯 대지를 달리는 빛을 쫓아가고 싶은 충동이 일었다. 그리고리는 말을 재촉하여 전속력으로 질주해 빛과 그림자를 갈라놓은 흔들리는 경계선을 향해 다가갔다. 몇 초 동안 있는 힘을 다해 질주해갔다. 그러자 말의 모가지가 반짝거리는 햇빛을 받고, 털이 갑자기 눈부시도록 선명하게 불타올랐다. 그리고리가 구름의 그림자를 뛰어넘으려 한 그 순간, 옆구리 쪽 한길에서 긴장된 총소리가 울리기 시작했다. 바람이 그 울림의 뭉침을 똑바로 날려보냈다. 눈 깜짝할 사이에 그리고리의 귀에는 자신의 말발굽 소리를 통해서 들려오던 아군의 고함 소리가 들려오지 않았다. 그것은 마치 채 마르지 않은 미개간지를 뒤흔드는 답답하고 짜증스러운 말발굽들의 소리가 그의 청각에서 빠져나가버린 것과 같았다. 그것은 멀어지고 사라져가는 것 같았다. 그 순간 적의 응사가 마른 나뭇가지를 태우는 모닥불처럼 불꽃을 내뿜기 시작했다. 총탄의 무더기가 신음했다. 낭패와 공포에 사로잡힌 그리고리는 뒤를 돌아보았다. 놀라움과 분노로 그의 얼굴은 잡아당겨지고 일그러졌다. 중대는 말머리를 돌리고 그리고리를 내버린 채 퇴각하고 있었다. 그리 떨어지지 않은 곳에서 중대장이 안장 위에서 돌아보고 의미도 없이 칼을 휘두르며 목쉰 소리로 외쳐댔다. 두 명의 카자흐만이 그리고리에게로 오려고 했다. 프로호르 즈이코프는 고삐를 당기고 말을 돌려서 중대장 쪽으로 달려가고 있었다. 나머지 카자흐들은 군도를 칼집에 넣고 채찍을 흔들면서 뿔뿔이 흩어져 퇴각해갔다.

순간, 그리고리는 말의 속도를 늦추었다. 대체 무슨 일이 일어났는지, 그리고 부대가 아무런 손해도 입지 않았는데 왜 갑작스레 퇴각을 하기 시작했는지 알아보려고 한 것이다. 그러자 그 짧은 순간에도 의식은 그를 몰아붙였다. '되돌아가선 안 된다. 달아나선 안 된다. 나아가야 한다!' 그는 200미터가량 떨어진 좁은 길의 울타리 그늘에서 적병 7, 8명이 기관소총을 에워싸고 바쁘게 움직이는 것을 보았다. 그들은 총차를 돌리고, 기관총구를 공격해 오는 카자흐 쪽으로 돌리려고 했는데, 좁은 길에서 그것이 마음대로 안 되었다. 기관총은 침묵하고 있었다. 게다가 소총 소리도 차츰 줄어들어 총알이 스쳐가는 소리가 그리고리의 귀를 울리는 것도 점점 적어졌다. 말을 바로 세우고 그리고리는 목장의 울타리 잔해를 넘어 그 좁은 길을 향해 뛰어들었다. 울타리에서 시선을 돌렸을 때, 그는 마치 쌍안경으로 확대한 것처럼 뚜렷하게 말을 풀고 있는 수병들을 보았다. 진흙에 더럽혀진 시커먼 수병복과 묘하게도 얼굴을 둥글게 보이게 하는 수병모자가 바로 가까이에서 보였다. 두 사람은 말의 밧줄을 끊어냈다. 세 번째 병사는 목을 어깨 사이로 움츠리고 기관총 총신 옆에서 머뭇거렸다. 다른 사람들은 선 채로, 또는 무릎을 꿇고 그리고리를 겨누어 소총을 쏘기 시작했다. 그들 옆으로 질주해 가는 동안에 그는 사격해 오는 요란한 총소리를 들었다. 총소리는 잇따라 울렸으나 너무 급하게 쏘려 하여 땀투성이가 된 그리고리에게 기쁨의 확신을 안겨 주었다. '맞을까 보냐!'

울타리는 말발굽 밑에서 우지끈하는 소리를 내고 주저앉았다. 그리고리는 눈을 가늘게 뜨고 맨 앞 수병을 겨누면서 군도를 휘둘렀다. 다시 한번 공포의 불꽃이 번개처럼 번뜩였다. '정면에서 쏘고 있다…… 말이 곤두선다…… 굴러떨어져…… 죽임을 당한다!' 바로 정면에서 이미 총소리가 두 발이나 울렸고, 마치 먼 데서 들려오는 것 같은 고함 소리가 울렸다. '생포해라!' 선두의 수병은 이마가 벗겨진 사내다운 얼굴에 이를 드러냈다. 바람에 휘날리는 수병모자의 리본, 그 모자에 새겨진 금 글씨…… 등자를 힘껏 밟고 번개처럼 내리쳤다. 그리고리는 칼이 부드럽고 탄력 있는 수병의 몸 속에 푹 파묻히는 것을 느꼈다. 멧돼지 모가지의 두 번째 수병이 그리고리의 왼쪽 어깨를 쏘았으나 순간 프로호르 즈이코프의 군도 칼날을 받고 비스듬한 각도로 머리를 잘렸다. 그리고리는 뒤를 돌아보았다. 기관총 그늘에서 소총의 검은 눈이 그의 얼굴을 겨누고 있었다. 안장을 뒤흔들고 말이 미친 듯 날뛰면서 쉰 소리로 울음을 터뜨리며 비틀거릴 정도로 힘껏 왼쪽으로 몸을 붙인 채, 머리 위를 휙하고 지나가는 죽음을 피했다. 그리고 말이 기관총을 뛰어넘은 그 순간에 상대방 수병을 쓰러뜨렸다. 수병은 두 발째의 방아쇠를 당길 만한 겨를이 없었던 것이다.

눈 깜짝할 사이에―뒤에 그리고리의 의식 속에서는 그것이 굉장히 긴 시간처럼 여겨졌다―그는 수병 네 명을 쓰러뜨렸고, 그리고 다시 프로호르 즈이코프의 고함 소리를 귀담아듣지 않은 채 골목 모퉁이에 숨은 다섯 명째 적을 추격하려고 했다. 그런데 때마침 그 앞으로 말을 몰고 온 중대장이 그리고리의 말 재갈을 붙잡아 당겼다.

"아니, 어쩌려고?! 위험해요! 저쪽 헛간 그늘에 기관총이 또 한 대 있소!"

카자흐 둘과 프로호르 즈이코프가 말에서 내려 그리고리에게로 뛰어와서 강제로 그의 몸을 말 밑으로 끌어내렸다. 그는 세 사람의 팔 안에서 몸부림치고 악을 썼다.

"놔! 이새끼들! 수병 놈들! 모조리 해치우고 말 테다!"

"그리고리 판텔레예비치! 멜레호프 동지! 정신 차려요!"

프로호르 즈이코프가 그를 흔들었다.

"이거 놔, 동지!"

완전히 달라진 침통한 소리로 그리고리는 간청했다.

세 사람은 물러섰다. 중대장이 낮은 소리로 프로호르에게 소곤거렸다.

"구스잉카로 태워 보내도록 해. 아무래도 뭔가 병에 걸린 것 같아."

그리고리는 말 쪽을 향해 걸음을 옮기면서 중대에 호령을 했다.

"말을 타라!"

그리고리는 모자를 눈 위에다 내던지고 위태하게 서 있었다. 갑자기 그는 이를 갈고 무시무시하게 신음하며 얼굴을 일그러뜨리고는 입은 외투의 단추를 잡아뜯기 시작했다. 중대장이 그를 향해 한 발 내딛기도 전에 그리고리는 털썩 눈 위로 엎어졌다. 소리를 내어 통곡하고, 몸을 떨면서 울타리 밑에 있는 눈을 개처럼 핥아먹었다. 이윽고 일어서려 했으나 일어서지지 않았다. 그리고 눈물에 젖은 일그러진 얼굴을 그의 둘레에 모여든 카자흐들에게로 돌리고 거칠게 소리쳤다.

"내가 누굴 죽였지!"

악을 쓰고 입 속에 괸 거품을 침과 함께 토해내면서 더할 나위 없이 고통스러운 발작으로 몸을 뒤틀기 시작했다.

"이봐, 날 용서해선 안 돼. 제발…… 부탁이야…… 날 죽게 내버려두라니까……!"

중대장이 그리고리 곁으로 뛰어가 소대장과 함께 그에게 덤벼들어 군도의 가죽끈과 지도 주머니를 뺏고 입을 틀어막고 다리를 붙잡았다. 그리고 나서도 그는 얼마 동안 활처럼 몸을 비틀며 부들부들 경련하는 발로 땅바닥을 헤집고 신음 소리를 지르면서 비옥한 대지에 머리를 짓찧었다. 그가 삶을 받은 대지, 그리고 비애에 가득 차고, 기쁨은 인색한 인생으로부터 자기를 위해 준비된 모든 것을 그가 남김없이 취해 온 그 대지에.

잡초만이 지금껏 대지 위에서 성장을 이어왔고, 그것은 대지의 물을 받아 자라고 무시무시한 삶의 숨소리 밑에서 몸을 굽힌 채 성장을 이어나간다. 하지만 얼마 뒤에 바람에 씨앗을 날려보내면 메마르고 가느다란 줄기로 죽음의 빛을 내뿜는 가을날의 태양을 받으면서 지금까지처럼 무관심하게 죽어가는 것이다…….

45

다음 날, 그리고리는 사단 지휘를 연대장 한 사람에게 맡기고 프로호르 즈이코프와 함께 뵤센스카야로 향했다.

카르긴스카야 마을을 지나 분지가 되어 있는 로고지킨스키 못에는 기러기가 날개를 쉬며 무리지어 헤엄치고 있었다. 프로호르는 채찍으로 못을 가리키며 싱그레 웃었다.

"이봐, 그리고리 판텔레예비치, 저 기러기를 안주 삼아 한잔할까!"

"좀더 가까이 다가가서 소총으로 시험해보세. 옛날에는 내 총솜씨도 괜찮았는데."

두 사람은 분지로 내려갔다. 프로호르는 튀어나온 언덕 그늘에 말과 함께 남았다. 그리고리는 외투를 벗고 소총 안전장치를 걸고는 재작년생 회색 브리얀초가 무성하게 우거진 얇은 벼랑을 기어가듯이 걸어나갔다. 독일 전선에서 스토호도강 언저리의 초병을 해치웠을 때처럼, 적의 비밀을 탐색하러 가는 척후가 하듯이 살며시 기어서 갔다. 빛바랜 카키색 군복은 초록빛을 띤 갈색 흙에 묻혀버렸다. 물가에 있는, 봄의 홍수에 씻겨내린 암갈색의 높은 언덕 위에 감시하는 오리가 한쪽 다리로 서 있었는데 벼랑에 가려 그리고리의 모습을 보지 못하고 있었다. 그리고리는 사격 위치까지 다가가 약간만 몸을 일으켜세웠다. 감시하는 오리는 잿빛 머리를 돌리고 주의 깊게 주변을 둘러보았다. 그 뒤쪽에는 군데군데 잿빛 무늬가 박힌 검은 헝겊처럼 오리떼가 점점이 물에 떠 있었다. 조용한 울음소리, 큰 울음소리, 물 튀는 소리가 못 쪽에서 들려왔다. '고정 조준으로 쏠 수 있겠다.' 그리고리는 가슴을 울렁거리면서 감시하는 오리를 조준했다.

한 발 쏘고 나자 그리고리는 오리 떼의 날갯소리와 울음소리로 귀가 멀 지경이었다. 그는 벌떡 일어났다. 그가 겨눈 오리는 당황해서 높이 날아올랐으며, 나머지 오리들도 빽빽이 무리를 지어 못 위로 높이 날아올랐다. 실망한 그리고리는 날아오른 무리를 쫓아가서 다시 조준하여 두 발 연거푸 쏘고 나서 어딘가에 떨어진 게 아닐까 하는 눈초리를 보냈으나 이내 프로호르를 향해 걸음을 옮겨디뎠다.

"보세요! 저걸 보시라고요!"

프로호르는 안장 위로 뛰어올라 목을 늘이고 푸른 하늘 멀리 날아가는 오리 떼를 가리키며 소리쳤다.

그리고리는 뒤를 돌아보다가 사냥꾼의 흥분으로 몸을 떨었다. 이제 완전히 열을 갖추고 있는 무리에서 오리 한 마리가 떨어져나와 직각으로 느릿느릿 날개를 파닥거리며 떨어지고 있었다. 손을 눈 위로 올리고 등을 바로 세워 그리고리는 그것을 바라보았다. 불안스러운 울음을 울고 있는 무리에서 떨어진 그 오리는 힘을 잃고 아래로 아래로 내려왔는데, 이윽고 멀리에서 돌멩이처럼 갑자기 뚝 떨어졌다. 흰 날개 안쪽 털이 딱 한 번, 눈부실 만큼 햇빛을 받아 반짝 빛을 뿜었다.

"어서 말을!"

프로호르는 얼굴에 가득 웃음을 띠고 그리고리에게로 다가와 고삐를 건네 주었다. 두 사람은 뜀박질로 언덕까지 올라가고 160미터가량을 구보로 달려갔다.

"여기 있다!"

오리는 목을 늘어뜨리고, 이 야속한 대지를 임종 바로 전에야 간신히 품을 수 있게 되었노라고 말하듯이 날개를 쭉 뻗고 누워 있었다. 그리고리는 말에서 내리지 않은 채로 오리를 주워 들었다.

"총알이 어디를 맞혔을까?"

프로호르는 호기심을 느꼈다.

탄환이 아래턱을 관통하여 눈 옆의 뼈를 깎아내렸다. 죽음은 날고 있는 이 오리를 사로잡아 부챗살 모양으로 열을 지어 날아가는 무리에게서 이 오리를 떼어내 지상에다 내팽개친 것이었다.

프로호르가 그 오리를 안장에 매달고 둘은 나란히 말을 몰고 갔다.

말을 바즈키에 남겨두고 거룻배로 돈강을 건넜다.

뵤센스카야에서 그리고리는 친지인 노인의 집으로 들어가 즉시 오리를 구워 달라고 했다. 그러고는 사령부에는 얼굴도 내밀지 않고 프로호르를 시켜 탁주를 사오게 했다. 저녁때까지 술을 마시고 있는데 주인이 불평을 늘어놓기 시작했다.

"그리고리 판텔레예비치, 이 뵤시키에선 벌써 관청이 힘깨나 부리고 있다오."

"무슨 관청인데?"

"제멋대로 만들어낸 관청이지 뭐겠소……쿠지노프와 그 한패들 말이오."

"그게 어쩐다는 거요?"

"이 고장 사람한테 너무 턱없이 귀찮게 굴어요. 빨갱이를 따라간 남자가 있다고 그 집 마누라들을 붙잡아 가두고……노인과 처녀를 가두고……우리 중매장이 할멈도 아들 때문에 갇혔다오. 그런 짓을 해봐야 무슨 소용이 있겠소! 가령 당신이 카데트들과 함께 도네츠 너머로 가비렸다고 합시다. 그렇다고 해서 빨갱이놈들이 당신의 아버지 판텔레이 프로코피예비치를 감방에 가두었다고 해보오. 그걸 옳다고 할 수 있겠소?"

"말도 안 되지!"

"그런데 이곳 윗사람은 처넣는 걸 일삼고 있단 말이오. 빨갱이가 왔을 때보다 이번에 온 놈들이 더 심해요!"

그리고리는 일어섰다. 침대 위에 걸쳐놓은 외투에 손을 뻗쳤을 때 약간 비틀했다.

"프로호르? 군도를 가져와! 모젤도!"

"어디로 가시려는 겁니까, 그리고리 판텔레예비치?"

"넌 알 것 없어! 시키는 대로 하기나 해!"

그리고리는 군도를 차고, 모젤을 들고, 외투 단추를 잠그고, 혁대를 매고는 곧장 감옥이 있는 광장 쪽으로 갔다. 입구에 서 있던 비전투원 카자흐 보초가 그의 앞을 가로막았다.

"허가증 있소?"

"비켜! 급해!"

"허가증이 없으면 누구도 들여보낼 수 없소."

그리고리가 군도를 절반도 뽑기 전에 보초는 재빨리 문 안으로 달아나버렸다. 그의 뒤를 쫓아갈까 하다가 칼자루를 붙잡은 채 그리고리는 복도에 들어서서 말했다.

"소장 나와!"

그는 큰 소리로 고함을 쳤다.

얼굴은 창백하고 무시무시하게 험악한 표정으로 한쪽 눈썹을 잔뜩 치켜올렸다······.

간수 일을 하던 절름발이 카자흐가 뛰어왔다. 사무실에서 풋내기 서기가 살짝 내다보았다. 이윽고 부시시한 눈을 하고 소장이 볼멘 소리로 외쳤다.

"허가증 없이 들어오면 어떻게 된다는 것 쯤은 알고 있겠지?"

그는 소리를 지르다가 그리고리의 얼굴을 알아채고는 놀라 말을 더듬기 시작했다.

"아니, 그리고리 멜레호프 동지 아니십니까? 대체 무슨 일로 이렇게······?"

"감방 열쇠를 내놔!"

"감방 열쇠요?"

"몇 번이나 말을 해야 알아듣겠나? 어서 열쇠를 내놔!"

그리고리가 소장에게로 한 걸음 다가서자 상대방은 뒤로 물러섰다. 그러면서도 말은 분명하게 했다.

"열쇠는 안 됩니다. 당신에게 그런 권한은 없습니다."

"권한이라고?"

그리고리는 이를 갈면서 군도를 뽑았다. 손에 들린 군도는 낮은 천장 아래에서 신음 소리를 내며 번쩍이는 원을 그렸다. 서기와 간수들은 놀라 참새처럼 물러섰다. 소장은 벽에 달라붙었고 그 벽보다 더 새하얘져서 중얼거렸다.

"그럼 좋을 대로 하십쇼! 이게 열쇠요…… 하지만, 난 보고할 거요."

"네놈들은 후방에서 지내는 일에 이골이 나 있다! 그러고 보니 제법 용감한 척하는군. 노인과 여자를 가두다니! 네놈들을 모조리 휘어잡아 놓고야 말 테다! 지금 당장 전선으로 나가! 개새끼, 안 꺼지면 지금 이 자리에서 찔러죽이고 말 테다!"

그리고리는 군도를 칼집에 넣고 나서 넋이 빠진 소장의 목을 후려쳤다. 무릎과 주먹으로 그의 몸을 출구로 몰아붙이면서 소리쳤다.

"전선으로 나가! 냉큼 꺼지지 못해! 네놈 같은 자식들은…… 후방에 숨어 있는 쥐벼룩이나 이나 다름없다!"

소장을 밀어붙이고 나서 감옥의 마당 쪽으로 급히 뛰어갔다. 취사장 입구 근처에 간수 세 사람이 서 있었다. 한 사람은 일본제 소총을 들고 방아쇠를 당길 듯하다가 불에 닿은 듯이 흥분된 소리로 외쳤다.

"……습격이다! 격퇴해야 해! 병법엔 어떻게 씌어 있었지?"

그리고리는 모젤을 낚아챘다. 그러자 간수들은 앞을 다투어 목장 안으로 달아났다.

"나와! 집으로들 돌아가!"

빽빽이 들어찬 감방 문을 하나씩 열고 열쇠다발을 흔들어 보이면서 그리고리는 우렁찬 음성으로 외쳤다.

그는 갇힌 사람들을—거의 100명 가까이 갇혀 있었는데—모조리 꺼내 주었다. 뒷일을 두려워하여 머뭇거리며 주저하는 사람은 우격다짐으로 끌어내고 텅 빈 감옥 문에 자물쇠를 걸었다.

감옥 입구 언저리로 사람들이 몰려왔다. 체포당한 사람들은 감옥 문에서 광장으로 우르르 몰려가 주변을 돌아보고 등을 굽히고는 저마다 서둘러 집으로 돌아갔다. 사령부로부터 위병대 카자흐들이 칼을 들고 감옥으로 달려왔다. 쿠지노프도 뛰어왔다.

그리고리는 텅 빈 감옥에서 맨 마지막으로 나왔다. 길을 비켜준 군중의 틈바구니를 뚫고 가면서 뭔가 구경거리가 있다 싶으면 우우 하고 뛰쳐나와 수다부터 떠는 여자들을 밀치고 천천히 쿠지노프를 향해 걸어나갔다. 달려온 위병대 카자흐들이 그에게 경례를 하자 그는 버럭 고함을 질렀다.

"모두 부서로 돌아가! 뭐가 어쨌다고 다들 헐떡이며 몰려왔나! 앞으로 갓!"

"감옥에서 폭동이 일어난 줄 알았습니다, 멜레호프 동지!"

"서기가 달려와서 '어떤 악당이 들어와서 열쇠를 빼앗아 감옥을 열고 있다'고 해서……."

"뭐야, 시시하게!"

카자흐들은 웃고 떠들며 되돌아갔다. 쿠지노프는 군모 밑으로 비어져나온 머리카락을 쓸어올리고 잰걸음으로 그리고리에게 다가왔다.

"멜레호프, 무슨 일인가?"

"자네 감옥을 쳐부수고 오는 길이야."

"무슨 이유로? 대체 왜 그러지?"

"한 명도 남기지 않고 석방시켜 주었지. 그뿐이야……이봐, 왜 그렇게 눈알을 번뜩이고 그래? 자네들은 도대체 왜 남의 여자나 노인들을 가뒀나? 무슨 이유로 그랬느냐고? 이봐, 쿠지노프, 내 얼굴을 똑바로 보고 말해!"

"자네 멋대로 그런 짓을 하다니 어쩌자는건가?"

"네놈에겐 뭐든 내멋대로 할 거다! 어때, 내 연대를 지금 당장 카르긴스카야에서 데려올까? 그렇게 하면 일은 간단하겠지!"

그리고리는 느닷없이 쿠지노프의 가죽띠를 움켜쥐고 그의 몸을 흔들며 싸늘한 분노에 차 소곤거렸다.

"지금 여기서 한판 벌이자는 거냐? 네놈의 숨통을 끊어 달라고 재촉하는 거야?"

그리고리는 이를 악물고, 조용히 웃고 있는 쿠지노프를 떼어놓았다.

"웃긴 왜 웃어?"

쿠지노프는 혁대를 고쳐매고 그리고리의 팔을 끼었다.

"자, 가세. 무엇 때문에 그러나? 자네 얼굴이 꼭 악마 같구먼…… 우린 형제야. 자네가 없으니까 쓸쓸하더군. 감옥 따윈 어찌 돼도 상관없어…… 부하들에게 좀 점잖게 행동하라고 이르겠네. 그러지 않았다가는 남편을 빨갱이한테 뺏긴 마누라들은 모조리 끌려올테니까…… 하지만 자넨 내 위신을 떨어뜨리는 짓을 저질렀지 않나? 곤란해, 그리고리! 자넨 정말 제멋대로야! 나한테 미리 와서 '이러저러하니 누구누구는 석방을 시켜주게.' 이렇게 귀뜸해 줬더라면 좋았을 게 아닌가. 그런데 자넨 덮어놓고 모두 석방하고 말았어! 강력범은 별도로 수용해 뒀길래 그나마 다행이지, 만약 자네가 그놈들까지 석방했더라면 어떻게 될 뻔했나? 성질이 너무 급해 탈이야, 자넨!"

쿠지노프는 그리고리의 어깨를 탁 치고 웃음을 터뜨렸다.

"아까와 같은 때에 자네를 거슬렀다면 죽임을 당했을 거야. 아니면 카자흐들이 들고일어나게 했을지도 모를 일이고……."

그리고리는 쿠지노프의 팔을 풀고 사령부 건물 옆에서 걸음을 멈추었다.

"우리 잔등 뒤에 숨어 지내더니 꽤 용감해졌군그래. 감옥이 넘치도록 끌어넣고 말이야…… 그 솜씨를 전쟁터에서 보여주면 어떻겠나!"

"그리샤, 나 역시 자네한테 지지 않을 만큼 솜씨를 부렸지. 지금만 해도 그래. 자네를 내 의자에 앉혀놓고 내가 자네 사단을 떠맡을 수도 있어……."

"아냐, 그건 안 돼!"

"그것 보게!"

"이제 그만해. 자네하고 언제까지 입씨름을 하고 싶진 않네. 난 지금부터 집으로 돌아가 1주일가량 휴식을 취해야겠어. 몸이 안 좋아……게다가 어깨에 부상을 입었거든."

"무슨 병인데?"

"가슴이 답답해. 기분이 온통 흐트러진 모양이야……."

그리고리는 일그러진 미소를 띠었다.

"농담이 아냐. 대체 무슨 병이야? 내가 있는 곳에 의사가 있네. 전문가라고 할 만한 사람이야. 포로로, 슈미린스카야에서 붙잡혔지. 수병들의 틈바구니에 섞여 있었는데 관록이 있어 보였어. 색안경을 썼지. 이 의사한테 진찰을 받아보는 게 어때?"

"싫어!"

"그럼, 돌아가서 푹 쉬게. 그런데 사단은 누구에게 맡겼지?"

"리야프치코프야."

"잠시 기다리게. 급히 가야 할 데라도 있나? 자네의 활약이 이만저만이 아니었다면서? 어젯밤 어떤 사람이 나에게 일러 주더군. 크리모프카 부근에서 자넨 이루 헤아릴 수 없을 만큼 수병들을 여럿 찔러 죽였다던데, 정말인가?"

"그만 가겠어!"

그리고리는 걸음을 내디뎠다. 그러나 대여섯 걸음 정도 걸어가다가 발을 멈추고 쿠지노프를 불러 세웠다.

"이봐! 나중에 다시 처넣었다는 소문이 내 귀에 들리는 날엔……"

"걱정 말게. 그런 일은 없을 테니! 그럼, 천천히 휴양하고 오게나!"

태양을 뒤따라 그날 하루가 서녘으로 사라지고 있었다. 돈강 너머에서, 다시 넘친 봄 홍수 쪽으로 냉기가 스며왔다. 오리 떼가 그리고리의 머리 위를 휙 소리내면서 날아갔다. 그가 문 안으로 발을 디뎠을 때, 돈의 상류에서 하류까지 카잔스키 부락 어딘가에서 일제사격의 낮은 포성이 흘러왔다.

프로호르는 재빨리 말에 안장을 채우고 고삐를 잡으면서 물었다.

"곧장 집으로 가실 겁니까? 아니면 타타르스키로?"

그리고리는 말없이 고개를 끄덕였다.

46

남자들이 없어지자 타타르스키는 텅 비고 재미가 없었다. 타타르스키 보병부대는 한때 제5사단의 한 연대에 섞여서 돈 왼쪽 강가로 이동해 있었다.

바라쇼프와 보보리노에서 도착한 지원군으로 보강된 적위군 부대는 한때 북동으로 맹렬히 공격해 엘란스카야 마을의 각 부락을 잇따라 점령하고, 차츰 마을의 중심으로 접근해가고 있었다. 마을로 통하는 공격로에서의 격렬한 전투로 반란군은 승리를 얻었다. 그 승리는 적위군 모스크바 연대와 기병 3개 중대의 압박을 받고 퇴각하던 엘란스키 연대 및 브카노프스키 연대에 강력한 지원군이 투입되었기 때문이었다. 반란군 제1사단의 제4연대와—그 속에 타타르스키 중대도 포함되어 있었다—3문의 포를 가진 보병 중대와 예비기병 2개 중대가 돈의 좌안을 거쳐 뵤센스카야에서 엘란스카야로 다가갔다. 또한 우안에서는 엘란스카야 마을에서—돈을 넘고—3킬로미터에서 5킬로미터 지점에 있는 프레샤코프 부락, 마트베예프스키 부락에 꽤 많은 지원군이 모였다. 크리프스코이 언덕에는 포병 1소대가 배치되었다. 조준병으로 백발백중의 평판을 받고 있던 크리프스코이 부락의 한 카자흐는 첫 번째 1발로 적위군의 기관총 진지를 분쇄하고 유산탄 몇 발을 버드나무 숲속에 잠복한 적위군의 산병선에다 쏟아 부음으로써 적을 혼란에 빠뜨려놓았다. 반란군의 승리였다. 반란군은 퇴각하는 적위군을 마구 몰아붙여, 그들을 에란카 강 맞은편 쪽으로 쫓아낸 다음 기병 11개 중대가 추격하게 했다. 그리고 추격대는 자트로프스키 부락에서 가까운 언덕 위에서 적위군의 기병중대와 맞부딪쳐 전멸시켰다.

그 이래 타타르스키 전초병들은 좌안 모래언덕 근처를 이리저리 계속 움직여 다녔다. 카자흐가 휴가를 얻어 부대에서 돌아오는 일은 거의 없었다. 다만 부활제 때만은 약속이나 한 듯이 중대의 거의 반수가 한꺼번에 부락에 모습을 나타냈다. 카자흐들은 하루를 부락에서 보내고 부활제 예배를 마치고 나서는 속옷을 갈아입고 집에 있는 버터와 건빵과 그 밖의 음식물을 끌어모아 챙기고 마치 순례하듯—지팡이 대신 총을 들고—무리를 지어 돈 맞은편 강가로 건너가, 엘란스카야 쪽으로 떠나갔다. 타타르스키 언덕 위에서, 돈이 바라보는 산 위에서 아내며 어머니, 누이동생이 그들을 배웅했다. 여자들은 소리를 내어 울고, 부어오른 눈을 플라토크나 앞치마 가장자리에 닦아내고 속옷 자락으로 코를 풀었…… 그리고 돈의 강가, 봄물에 잠긴 숲 건너편 모래언덕을 따라 카자흐들이—프리스토냐, 아니쿠시카, 판텔레이 프로코피예비치, 스테판 아스타호프 등이—걸어가는 것이었다. 총 끝에 달린 칼에는 음식물을 담은 자루가 흔들렸다. 박하 향기처럼 아릿한 스텝의 노래가 바람과 바람의 틈새에 떠돌았다. 카자흐들 사이에서는 맥 빠진 대화가 이어졌다. 마음은 즐겁지 않지만 그 대신에 배가 부르고 가뿐한 몸으로 걷고 있었다. 축젯날 전날 밤에 아내며 어머니가 그들을 위해 물을 데워 몸에 붙은 때를 씻어주고, 흡혈귀 같은 전쟁터의 이를 빗으로 긁어 주었다. 집에서 사는 대신, 사랑을 나누는 대신—지금은 죽음을 향해 떠나야만 했고, 그래서 그들은 지금 가고 있는 중이었다. 반란군으로 금방 동원된 16, 7명의 앳된 젊은이들은 장화나 단화를 벗고 따스한 모래 위를 걸었다. 그들은 까닭 없이 기뻐하고 그들 사이에는 명랑한 얘기 소리가 오갔으며 막 변성된 목소리로 노래를 부르기도 했다. 그들에게는 전쟁이 어린아이 놀이처럼 여겨져 마냥 신기했다. 처음에는 참호를 감추고 있는 언덕의 축축한 흙에 얼굴을 들어올리고 탄환의 신음 소리에 귀를 기울였다. '애송이'—역전의 카자흐들은 그들을 이렇게 부르면서 참호를 파는 법, 사격하는 법, 행군 중의 군용품 휴대 요령, 싸움터에서 몸을 숨기는 방법, 그리고 모닥불에다 이를 떨어내는 요령과 발이 구두 속에서 '산책'을 하지 않고 피로를 느끼지 않도록 보르챤카(발을 감는 천)를 마는 요령까지 하나하나 가르쳐 주는 등 물정을 모르는 젊은이들을 교육시켰다. 그리고 적위군의 탄환이 그들을 명중시킬 때까지는 이 '애송이들'은 자신을 에워싼 전쟁의 세계를 참새처럼 깜박이는 눈으로 바라보고 또한 '빨갱이놈들'을 구경하고 싶다는 호기심에 끌린 나머지 참호 밖으로 머리를 내밀고 바깥쪽을 둘러보는 것이었다. 만약—치명상이라도 입게 되면 그 16살의 '군인 아저씨'는 전열에서 운반되고, 마침내 그에게 주어졌던 16년은 전혀 무익하게 되는 것이었다. 어린 티가 나는 큼직한 손과 오목한 귀를 갖고, 가는 목에 결후를 엿보이는 덩치 큰 어린이가 쓰러졌다. 그는 고향으로 실려가서 할아버지와 증조부가 썩어 흙이 된 묘지에 파묻혔다. 어머니는 놀라 손바닥으로 땅을 치고 그를 맞아들였다. 그리고 언제까지나 죽은 아들 생각에 목를 쥐어짜며 울부짖었다. 이윽고 묘지의 흙이 마를 무렵에는 어머니로서의 끝없는 탄식으로 말미암아 부쩍 나이를 먹고 대지 위로 허리가 꼬부라져 교회를 다니며 '죽임을 당한 내 아들 바뉴시카'나 '쇼므시카'의 명복을 빌게 되는 것이다.

탄환이 죽지 않을 정도로 바뉴시카나 쇼므시카를 물어뜯었을 때—그때 비로소 전쟁의 무자비함을 절실히 느끼는 것이다. 거무스름한 솜털에 덮인 그의 입술은 일그러지고 '군인 아저씨'는 토끼처럼 어린 목소리로 부르짖는다—"어머니!"—그리고 눈물이 줄줄 그의 눈에서 흘러내리는 것이다. 구급차는 길도 아닌 울퉁불퉁한 땅 위로 달려 그의 몸을 흔들어 상처를 더욱 쑤시게 한다. 능숙한 위생병은 탄환이나 파편의 상처를 닦아주고 웃으면서 어린애를 달래듯이 위로한다—"고양이야, 아파라, 까치야, 아파라, 그래서 바뉴시카의 아픔을 낫게 해다오." 하지만 '군인 아저씨'인 바뉴시카는 눈물을 흘리며 집으로 돌려보내달라고 애원하고 어머니를 부르는 것이다. 그러나 만약 상처가 나아서 다시 부대로 돌아오게 되면 그는 그때야말로 철저하게 전쟁을 이해하게 된다. 2주일가량 전쟁터에서 지내며 크고 작은 전투를 거치다 보면 마음은 싸늘하고 딱딱하게 굳는다. 그리고 놀라운 것은 어느 사이에 적위병 앞에 딱 버티고 서서 땅바닥에다 침을 뱉으며 변성한 베이스로 으스대면서 심문을 하는 것이다.

"이놈의 새끼, 잘 잡혔다. 뭐, 토지를 차지하겠다고? 평등? 네놈은 틀림없이 빨갱이 당원이지? 실토해, 개새끼!"

그리고 '카자흐풍의 담력'을 보여 주려고 총을 들고 적병을—이 세상에서 삶을 받아 소비에트 정권을 위해, 공산주의를 위해, 그리고 앞으로 영원히 지상에 전쟁이 일어나지 않게 하기 위해 싸우다가 돈 땅에서 죽어가는 자를 죽이는 것이다.

그리고 그 적위병의 어머니는 모스크바 어느 현 한구석 광대한 소비에트 러시아의 이름도 없는 한 촌에서 아들이 '지주와 자본가의 속박으로부터 근로 대중을 해방시키기 위한 백위군과의 전투에서 전사했음……' 이라는 통보를 받고 통곡을 하며 눈물을 흘리는 것이다. 어머니의 심정은 몸을 불사르는 것 같은 고뇌에 휩싸이고 그 눈은 솟구친 눈물로 흐려진다. 그리고 그녀는 지난날 태내에서 기르고 피와 고통 속에서 길러낸 그 자식, 생판 모르는 돈의 어느 변방에서 적의 손에 의해 쓰러져간 그 아들의 일을 죽을 때까지 끊임없이 생각하는 것이다…….

전선을 버리고 귀향하던 타타르스키의 보병 부대 반개 중대가 진군을 하고 있었다. 드넓은 모래밭, 빨갛게 이글거리는 버드나무 숲을 걸어갔다. 젊은이들은 밝고 구김살이 없었다. 농담 삼아 '촌무사'라는 별명으로 불리는 노인들은 한숨을 내쉬고 눈물을 감췄다. 밭을 갈고 가래질을 해서 씨앗을 뿌려야 할 시기가 다가오고 있었다. 대지는 그들을 부르고 있었다. 밤낮으로 불러댔다. 하지만 지금은 싸워야만 했다. 낯선 부락에서 강요받은 무위를 위해 공포와 궁핍과 외로움으로 시들어가야 했다. 수염이 무성한 얼굴에 눈물이 밴 것도 그 때문이었다. 그들이 이맛살을 찌푸리고 걷는 것도 그 때문이었다. 누구랄 것도 없이 모두가 버리고 온 농사에 대한 것을, 가축을, 산을 떠올렸다. 무슨 일에나 남자의 손이 필요했다. 한 집안의 주인이 없어서는 아무 일도 되지 않았다. 사실 여자들에게 무슨 책임을 지게 할 수 있다는 말인가? 토지는 메마르고 씨 뿌리는 일도 끝내 못해 내년은 굶주림으로 고통받을 것이었다. '가업에는 젊은 아낙네보다 노인이 더 낫다'—속담에 이런 말이 있는 것도 결코 무의미한 말은 아니다.

노인들은 모래땅을 잠자코 걸었다. 한 젊은이가 토끼를 발견하고 총을 쏘았을 때만은 활기를 띠었다. 탄약을 낭비했다고 해서—탄약을 낭비한다는 것은 반란군 사령관의 명령에 의해 엄중히 금지되어 있었다—노인들은 그 젊은이에게 벌을 주기로 했다. 젊은이에게 분노를 터뜨리고 채찍을 후려쳤다.

"40대 쳐라!"

판텔레이 프로코피예비치가 소리쳤다.

"그건 너무 많아!"

"그렇게 했다가는 주저앉고 말 텐데……."

"16대!"

프리스토냐가 목청을 돋우었다.

짝수인 16대로 결정됐다. 실수를 한 젊은이는 모래 위에 앉아 바지를 내렸다. 프리스토냐가 흥얼거리며 기다란 나뭇가지를 칼로 내리쳤다. 그리고 아니쿠시카가 매를 때렸다. 다른 사람들은 둘러앉아 담배를 피웠다. 그 일이 끝나자 다시 걸음을 재촉하기 시작했다. 맨 뒤에서 벌을 받은 젊은이가 눈물을 닦으면서 바지를 끌어올리고 비틀비틀 걸어왔다.

모래땅을 지나 잿빛 땅에 이르자, 이내 부드럽게 이야기가 오가기 시작했다.

"이것 봐, 이 토지를 보라고. 주인이 오기를 목마르게 애태우고 있잖나. 그런데 주인은 틈이 없으니…… 까닭도 모른 채 언덕으로 끌려다니며 전쟁을 일삼고 있으니."

한 늙은이가 메마른 밭을 가리키며 한숨을 내쉬었다.

"지금이 바로 밭을 갈 시기인데……."

"소를 끌고 왔더라면 좋았을걸."

"앞으로 사흘 뒤면 이미 씨 뿌릴 시기를 놓치게 되네."

"우리 부락은 아직 빨라."

"하기야 돈 옆 벼랑 위에는 아직 눈이 있을 테니까."

이윽고 점심 식사 때가 됐다. 판텔레이 프로코피예비치가 채찍을 맞은 젊은 이에게 응유(凝乳)를 꺼내주었다—그는 그것을 자루에 담아 소총 끄트머리에 매달고 왔다. 그리고 도중 내내 응유 방울이 길바닥에 떨어졌다. 아니쿠시카가 그것을 보고 웃으면서 그에게 말을 걸었다.

"프로코피예비치, 자네가 걸어간 흔적은 한눈에 보이는군. 자네 뒤에는 암소가 걸어간 흔적처럼 침 방울이 흘러 있거든."

노인은 젊은이에게 응유를 주고 진지하게 말했다.

"넌 늙은이들의 처사를 원망하면 못쓴다, 알겠느냐? 매를 맞았다고 해서 말이야. 그게 뭐 그리 대단한 일이냐."

"노인께서도 한번 당해 보십시오. 판텔레이 할아버지, 당해 본 사람만이 남의 사정을 알 수 있다고요."

"난 너보다 더 심하게 매를 맞은 적도 있다."

"더 심했다고요?"

"그렇잖구. 더 심했지. 거짓말이 아니야. 옛날에는 그 정도가 아니었어."

"그 정도가 아니었다고요!"

"그렇다니까, 우리 아버지에게 몽둥이찜질을 당한 적이 있었어. 그래도 말짱하게 낫던걸."

"몽둥이라고요!"

"그렇다니까, 이 머저리야! 우유를 마시다가 그렇게 내 입만 쳐다보면 어쩌냐? 우유 숟가락에 손잡이가 없군! 이 돌대가리! 오늘 맞은 것으로는 모자란 모양 아니냐?"

점심을 먹고 나니 술에 취한 듯이 몸이 풀렸다. 그래서 잠시 낮잠을 자기로 했다. 모두가 태양에 등을 돌리고 눕자마자 고른 숨소리를 내며 단잠에 빠졌다. 그러고 나서 다시 도로를 지나가지 않고 재작년의 밀밭 그루터기를 밟으면서 갈색 광야를 똑바로 뚫고 나아갔다. 코프타 또는 외투를 입은 사람, 직조 상의 또는 가죽으로 된 반외투를 입은 사람, 장화 또는 흰 양말 밑으로 바지 끝을 밀어넣고 단화를 신은 사람, 그리고 아무것도 신지 않은 사람이 걸어갔다. 총검

끄트머리에는 식량 꾸러미가 매달려 흔들렸다.

카자흐들이 집에서 부대로 돌아가고 있는 이 같은 모습에는 용감한 구석이라곤 전혀 없었다. 그래서 그런지 종달새조차도 파란 하늘바다에서 지저귀기를 멈추고 지나가는 그들의 언저리 풀 속으로 내려앉았다.

그리고리 멜레호프는 부락에서 카자흐의 모습을 하나도 볼 수가 없었다. 아침이었다. 그는 이제 제법 자란 미샤토카에게 돈강으로 가서 말에게 물을 먹이고 오라고 일렀다. 한편 자신은 나탈리야와 함께 집을 나서 그리샤카 노인과 장모를 방문했다.

"그리센카, 그리고리예비치가 안 계시니 우린 모든 일이 끝장난 것만 같아! 우리 집 밭일은 누가 해줄지 모르겠어. 씨앗만 헛간에 잔뜩 쌓여 있지 도대체 사람이 있어야 말이지! 여보게! 우린 외토리가 되고 말았어. 어느 누구도 찾아오는 사람이 없으니 말이야. 모두가 우리를 본체만체하고 생판 모르는 사람 취급을 한다니까! 봐! 우리 집 꼴이 어떻게 되어가고 있는지! 모든 일에 힘이 닿지 않는 걸 어떻게 할지……."

집안은 확실히 쇠퇴일로를 걷고 있었다. 소가 멋대로 가축우리 울타리를 부숴놓았다. 여기저기에 가래가 내팽개쳐져 있었다. 해빙기의 물에 씻긴 헛간 흙담은 무너진 채였다. 탈곡장 울타리는 망가져 있고 마당은 어수선하게 청소가 되지 않은 채였다. 헛간 처마 밑에는 녹슨 탈곡기가 세워져 있고 그 옆에는 낫이 뒹굴고 있었다…… 여기저기에서 황폐와 혼란의 흔적을 볼 수 있었다. '주인이 없어졌다고 이렇게 갑작스레 흉한 꼴이 되다니……' 그리고리는 코르슈노프네 집을 둘러보면서 쓸쓸하게 이런 생각을 했다.

그는 집 안으로 돌아왔다.

나탈리야는 낮은 소리로 친정어머니와 얘기를 하다가 그리고리를 보고는 아양을 떠는 듯한 미소를 떠올렸다.

"어머니의 부탁인데, 그리샤…… 밭에 좀 나가보는 게 어떻겠어요? 집 일도 해야겠지만 우리 친정집 씨뿌리기를 좀 도와주세요."

그리고리는 장모에게 물었다.

"꼭 씨를 뿌려야 됩니까? 헛간에 밀이 차득 쌓여 있을 텐데요."

루키니치나가 손뼉을 탁 쳤다.

"그리셴카? 그럼, 밭이 무슨 꼴이 되지? 죽은 우리 주인양반은 씨 뿌릴 땐 세 차례나 밭갈이를 했는걸."

"땅이 어떻게 된다고 그러세요? 쉽게 내버려둬도 괜찮아요. 올해도 죽지 않고 살아있으면 씨뿌리기쯤은 얼마든지 할 수 있을 텐데요, 뭘……."

"무슨 말인가. 밭만은 내버려둘 수가 없잖은가?"

"조금만 기다리세요. 전선이 멀어질 때까지만요. 그때 가서 시작해도 상관없지 않습니까?"

그리고리는 장모를 설득하려 했다.

그러나 루키니치나는 끝까지 자기 생각을 우기며 그리고리에게 화를 내기까지 했다.

"괜찮네, 자넨 잠시도 틈이 없는 모양이니까. 그게 아니면 우리 집 일에 손대고 싶지 않은지도 모르겠고……."

"도와드릴 겁니다! 내일 우리 집 씨뿌리기만 끝내면 처가댁 밭일을 해드리겠습니다……그런데 그리샤카 할아버지는 안녕하신가요?"

루키니치나는 얼굴을 빛내며 기뻐했다.

"이런 고마울 데가! 씨앗은 오늘 중으로 꺼내놓으라고 그리파시카한테 일러놓겠네…… 할아버지 말인가? 여전히 건강하시긴 하지만 머리가 멍해진 것 같아. 밤낮으로 꼼짝 않고 앉아서 성서만 읽고 계신다네. 가끔씩 뭔가 이야기를 하시긴 하지만 도무지 알아들을 수가 있어야지. 자네만 괜찮다면 할아버지 거처에 들러 보려나. 지금 방에 계실 걸세."

나탈리아야의 오동통한 볼에 한 줄기 눈물이 흘러내렸다.

"방금 할아버지에게 다녀왔어요. 글쎄 이러시잖아요. '이 왈가닥 아가씨야! 얼마 만이냐. 그동안 얼굴 한번 안 내밀다니, 그럴 수 있느냐? 이 할애비는 얼마 안 있으면 죽는다. 나타류시카…… 저 세상에 가면 하느님께 내 귀여운 손녀를 잘 부탁드려야겠다. 흙속에 묻히고 싶구나, 나타류시카…… 흙이 나를 부르고 있다. 목숨이 다한 모양이야!'라구요."

그리고리는 방 안으로 들어갔다. 향 냄새와 곰팡이 썩는 냄새, 그리고 늙은 이의 불결한 몸 냄새가 그리고리의 코를 강하게 자극했다. 그리샤카 노인은 여전히 빨간 단추가 달린 군복을 입고 난로 위에 앉아 있었다. 바지는 깔끔하게 기운 자국이 보였고 털실 양말도 기워져 있었다. 노인의 시중은 다 자란 그리파 시카가 맡았다. 그리고 그녀는 지난날의 나탈리야처럼 세심한 마음씨와 애정으로 노인의 시중을 들었다.

그리샤카 노인의 무릎 위에는 성서가 놓여 있었다. 녹청색 테에 끼워진 안경 너머로 그는 그리고리를 쳐다보더니 잇몸을 드러내고 웃음을 띠었다.

"군대에 있다고? 부상은 입지 않았나? 하느님이 지켜 주신 덕택이야. 고맙군. 어서 앉아."

"기력은 여전하십니까, 할아버지?"

"뭐라고?"

"기력은 여전하시냐고요?"

"별말을 다 묻는구먼! 내 나이에 무슨 기력이 있겠나! 나는 백 살이 다 된 사람이 아닌가. 오래 살았지. 금발에 기운이 펄펄 넘치던 시절이 바로 엊그제 같은데. 어느 날 잠을 깨고 보니 요 모양으로 꼬부라졌지 뭔가! 한평생은 여름날의 번개처럼 반짝 빛난다 싶으면 그걸로 끝이야…… 몸은 쇠약해 있고…… 관은 진작에 헛간에 갖다 놓았는데 아무래도 하느님이 날 깜박 잊으신 것 같네. 난 때로 하느님께 이런 기도를 하지—'당신의 종 그리고리에게 자비를 베풀어 주옵소서! 제 몸은 이 세상에서 짐이오, 이 세상도 제게 짐이 된 지 오래입니다' 라고."

"더 오래 사셔야지요, 할아버지. 치아도 튼튼하지 않습니까."

"뭐라고?"

"아직 치아가 남아 있지 않습니까."

"치아라고? 머저리 같으니라고!"

그리샤카 노인은 역정을 냈다.

"혼은 육신을 버리려 하고 있는데 치아가 그 혼을 만류할 수 있는 줄 아나…… 그런데 자네 군대는 계속 싸움질만 하고 있나?"

"그러믄요."

"우리 미츄시카는 퇴각했다던데 고생이 심하겠지?"

"그럴 테지요."

"그래서 하는 소리라네, 무슨 까닭으로 전쟁을 하나? 하기야 자네들도 모를 거야! 모든 것이 하느님의 지시에 따라 움직이고 있으니까. 우리 미론은 어째서 죽은 줄 아나? 하느님의 명령을 거역했기 때문이야. 임금님께 반항하고 민중에게 폭동을 일으키게 했기 때문이지. 그리고 임금님은 누구나―하느님이 택하신 분이지. 가령 그리스도께 반대한 자라 할지라도 하느님께서 택하신 분임에는 틀림없어. 난 그때 미론에게 말했지―'미론! 카자흐에게 폭동을 선동하지 마라. 임금님께 반항하면 못써, 벌을 받게 돼!' 그랬더니 그녀석이 나한테 이러지 않겠나. '나는 더 이상 참을 수가 없어요! 일어서야만 한다고요. 이놈의 정부를 뒤집어엎어야 해요. 놈들은 우리를 거지로 만들려고 하거든요. 이제껏 사람답게 살아왔는데 이제 와서 거지가 될 수는 없잖습니까?' 칼 쓰기를 즐겨하는 자는 칼로 망한다는 말이 옳아. 모두들 야단들이라지? 그리샤, 자넨 장군이 되었다고? 사단을 지휘하고 있다는 게 정말인가?"

"그렇습니다."

"지휘를 한다고?"

"그러믄요."

"그럼, 견장은 어디에 됐나?"

"우린, 그런 건 모두 폐지해 버렸어요."

"저런, 폐지했다니? 그럼, 누가 자네를 장군으로 알아보겠나? 옛날의 장군들은 보기 좋았어. 살이 퉁퉁하니 찌고, 배는 튀어나오고, 당당한 모습이었지! 그런데 자넨 뭐야…… 넝마 같은 외투 쪼가리나 걸치고 있을 뿐 수술 달린 견장은 찾아볼 수도 없으니 말이야. 금줄도 없고, 이만 득실거리고 있을 테지."

그리고리는 큰 소리로 웃어 젖혔다. 그러나 그리샤카 노인은 흥분하여 계속 말을 이었다.

"웃긴 왜 웃어, 창피한 줄도 모르고! 많은 사람을 죽이고 임금님께는 반역을 저질렀으니 얼마나 큰 죄를 짓고 있는 줄 알아? 그런데도 이를 드러내고 웃을 수 있는가 말이야! 성서에서 말세가 다가왔다고 한 것은 바로 지금을 두고 한 말이야. 들어봐. 내가 예언자 예레미야의 말씀을 들려줄 테니……."

노인은 노란 손가락으로 성서의 빛바랜 페이지를 한 장씩 넘기면서 천천히 읽었다. 그러나 슬라브어를 모르는 그리고리는 한 마디도 알아듣지 못했다.

"그리샤카 할아버지! 러시아어로 고쳐서 읽어 주십시오."

그리고리가 도중에 그렇게 말했는데도 노인은 입술을 우물거리며 계속 읽었다.

한참을 그렇게 읽더니 성서를 덮고 페치카 위에 드러누웠다.

'인간이란 모두 저렇게 되는 것일까.' 그리고리는 노인의 방에서 나오면서 생각했다. '젊어서는 난폭하게 굴고 폭음을 하고 그 밖의 나쁜 짓을 저지른 주제에 앞으로 살 날이 얼마 안 남아 저처럼 신에게 매달리다니. 못된 짓을 많이 저지른 사람일수록 더 그렇다니까. 가령 저 그리샤카 노인만 해도 그렇지 않은가.'

들은 바에 따르면 젊었을 때, 제대를 하고 돌아오기가 바쁘게 부락의 여자란 여자는 모두가 할아버지를 찾아가 울고불고했다는 것이었다. 그녀들은 모두 할아버지의 여자였다고 했다. 그런데 지금은……

'하지만 나는 만약 늙어 꼬부라질 때까지 오래 산다고 해도 성서 따윈 절대로 읽지 않을 거다.'

그리고리는 그리샤카 노인과 나누었던 얘기와 성서의 불가해하고 신비로운 '말씀'을 생각하면서 걸어갔다. 나탈리야도 마찬가지로 말이 없었다. 이번 귀성 때 그녀는 여느 때와 달리 쌀쌀한 태도로 남편을 대했다—그리고리가 카르긴스카야 마을에서 방탕을 일삼고 여러 여자와 관계를 했다는 소문이 그녀의 귀에까지 들려왔는지도 모를 일이었다. 그가 돌아온 날 밤, 그녀는 남편을 위해서 침대에 잠자리를 펴놓았지만 자신은 외투를 뒤집어쓰고 궤짝 위에서 잠을 잤다. 그러나 비난의 말은 한마디도 입에 담지 않았고 아무것도 묻지 않았다. 그리고리 역시 여태껏 둘 사이에 한 번도 없던 냉대의 원인을 당장은 그녀에게 묻지 않는 편이 좋겠다고 생각하고 밤새껏 침묵을 지켰다……

두 사람은 간격을 둔 심정으로 말없이 인적 없는 한길을 걷고 있었다. 남쪽에서 따뜻한 바람이 어루만지듯이 불어왔다. 서쪽 하늘에는 봄답게 희고 두터운 구름이 무리 지어 떠 있었다. 설탕같이 새하얀 구름 꼭대기는 소용돌이치면서 모습을 바꾸기도 하고, 부풀어올라 첩첩이 겹치면서 돈 너머의 풀빛 산 가장자리를 뒤덮었다. 때때로 뇌성이 꼬리를 물고 울려왔다. 그리고 터지기 시작한 나무들의 봉오리와 향기와 눈 녹은 대지의 흑토 냄새가 온 부락 안에 생생하고 부드럽게 감돌았다. 해빙기의 물이 넘쳐흐르는 파란 돈강의 흐름 위에서 등이 흰 파도가 춤을 추었다. 남동풍은 생기를 회복시켜 줄 듯이 촉촉한 습기와 눅눅한 나무와 썩은 나뭇잎의 쌉쌀한 냄새를 실어날랐다. 검은 벨벳 천 조각처럼 펼쳐진 채 씨앗이 뿌려지기를 기다리는 경작지에서는 아지랑이가 피어올랐다. 고요히 흐트러져 가는 안개가 돈 언저리의 산 위에 끼었다. 바로 길 위에서 종달새가 귀가 따갑게 지저귀고, 길 위로 뛰어가는 다람쥐가 높은 소리로 울었다. 그리고 헤아릴 수 없을 만큼 비옥하고 풍부한 생명력으로 숨쉬고 있는 이 세계 전체를 자랑에 넘친 높은 태양이 내려다보고 있었다.

부락 중간쯤까지 오자 작은 기슭에 걸린 다리 밑에서—그 밑에서는 어린아이의 즐거운 옹알이처럼 속삭이는 눈녹은 산수가 줄기차게 돈을 향해 치닫고 있었다—나탈리야는 걸음을 멈추었다. 그러고는 그리고리에게 얼굴을 보이지 않으려고 몸을 굽힌 다음 구두끈 매는 시늉을 했다. 그리고 물었다.

"당신, 왜 말이 없어요?"

"당신하고 꼭 해야 할 말이 있다는 건가?"

"있고말고요…… 카르긴스카야 마을에서 술독에 푹 빠져 있었다는 얘기라든가 여자하고…… 재미 본 얘기라도 들려주지 않고……."

"그럼, 당신 이미 알고 있었군……."

그리고리는 담뱃갑을 꺼내 담배를 말았다. 그리고 깊숙이 연기를 들이마시고 나서 거듭 물었다.

"누구에게서 들었소?"

"누구고말고가 어디 있어요. 온 부락이 다 아는 사실인데."

"다 아는 사실을 왜 새삼 얘기하라는 거야?"

그리고리는 잰걸음을 걸었다. 사이가 뜬 그의 발소리와 그 뒤를 급하게 따라가는 나탈리야의 굽 있는 구둣발 소리가 다리 위를 지나 투명한 봄의 정적 속에서 또박또박 울렸다. 다리를 건너서도 나탈리야는 쏟아지는 눈물을 닦아내면서 말없이 걷다가 이윽고는 터져나오려는 눈물을 가까스로 참고서 그에게 물었다.

"다시 옛날로 되돌아갈 생각인가요?"

"그만둬, 나탈리야!"

"당신 너무해요. 끝이 없군요! 왜 또 다시 날 괴롭히려는 거예요?"

"그런 소문엔 되도록 귀 막는 편이 좋아."

"당신 입으로 실토했으면서 뭘요!"

"아무래도 실제보다 뻥튀기한 얘길 들은 것 같군. 확실히 당신에게는 미안한 일이지만…… 그것도 이런 생활의 죄라고 할 밖에. 나타시카…… 언제나 죽으냐 사느냐의 막다른 골목만을 걷다 보면 그렇게 되는 거야. 외도를 전혀 안 할 수가 없지……."

"애들도 저렇게 컸는데! 그따위 짓이나 하고, 정말이지 양심에 부끄럽지도 않아요!"

"뭐, 양심이라고?"

그리고리는 새하얀 이를 드러내고 소리 내어 웃었다.

"그런 건 생각하는 것조차 잊어버렸어. 생활 전체가 벼랑에 선 이 마당에 양심이고 나발이고 있을 게 뭐야…… 사람이 사람을 서로 죽이는 판국인데…… 도무지 알 수가 없어. 무엇 때문에 이런 소동이 일어났는지……어떻게 설명해야 당신이 알아들을까? 아마 당신은 모를 거야! 지금 당신 마음속에는 오직 여자로서의 집념만이 불타고 있을 테니까 내 가슴속이 어떻게 병들어 있으며 얼마나 피가 마를 것 같은지 당신은 짐작도 할 수 없을 거야. 그래서 난 술을 퍼마시게 됐어. 요전에도 심한 발작을 일으켰지. 심장이 갑자기 뚝 멎어버리더라니까. 온몸이 쑤시고 말이야……."

그리고리는 어두운 얼굴로 가슴 깊은 곳에서 끌어올리듯이 고통스럽게 말했다.

"난 괴로워. 그래서 나는 틈만 있으면 내 자신을 잊으려고 하는 거야. 술이나 여자나…… 잠깐! 내 말을 좀더 들어봐. 난 지금 가슴이 아프고 괴로워 못 견디겠어. 내내 피를 토하고 있는 심정이야…… 모든 게 잘못되어 있어. 그것이 내 자신의 죄 때문인지도 모르지만…… 지금 당장 빨갱이에게 붙어 카데트에 대항하는 편이 나을까. 어떻게 하라는 거야? 누가 우리를 소비에트 정부에게 데려다 줄 수 있겠어? 우리 모두가 받은 모욕을 누가 보상을 해준다는 거야? 카자흐의 반수는 도네츠 너머로 달아나버렸지만 여기에 남은 자들은 미치광이처럼 발밑의 흙을 씹고 있어…… 나타시카…… 내 머릿속의 모든 것이 뒤죽박죽이 되어버렸어…… 아까 그리샤카 할아버지가 성서를 읽어 줄 때 말하더군. '우리가 잘못을 저질렀다, 반란을 일으키는 게 아니었다'고. 당신 집안어른에 대해 좋지 않게 말해서 안됐지만."

"할아버진 정말 머리가 멍해진 거예요. 이젠 당신 차례예요."

"그것 봐, 당신은 뭐든 그런 식으로밖에 생각하지 않고 있어…… 좀더 다른 쪽으로 생각해 볼 생각은 하지도 않고……."

"그러지 말아요. 실컷 추잡한 짓을 하고 나서 이젠 모든 걸 전쟁 탓으로 돌리는군요. 남자란 모두가 다 그런가요? 정말이지, 당신 덕택으로 내가 얼마나 심한 고통을 받는 줄 알기나 해요? 차라리 목을 따고 죽지 못한게 한이라구요."

"이 이상 당신하고 입씨름할 건덕지는 없어졌어. 괴롭거든 큰 소리로 울면 될 게 아닌가. 눈물은 언제나 여자의 슬픔을 달래주니까. 하지만 난 당신을 위로해 줄 수 있는 인간이 못 돼. 난 남의 피를 뒤집어쓴 생활을 하고 있기 때문에 아무에게도 동정을 느끼지 못하게 돼버렸어―아이들조차도 가엾다는 생각은 거의 들지 않는다고. 전쟁이 내 속에서 모든 것을 빼앗아간 거야. 난 나 스스로도 무서운 인간이 되고 말았어. 아…… 내 마음속을 보여 주고 싶어. 텅 빈 우물 속같이 새까맣게 타 있을 거야……."

두 사람이 집 앞에 닿았을 때 빠르게 지나가던 잿빛 구름에서 굵은 빗방울이 떨어지기 시작했다. 그것은 길 위에 태양의 향기가 스민 가벼운 먼지를 때려 눕히고 집의 지붕에서 뚝뚝 소리를 내며 상쾌함으로 몸을 떨 것 같은 시원한 공기를 몰아붙였다. 그리고리는 외투 단추를 끄르고 한쪽 옷자락으로 느껴우는 나탈리야를 감싸안았다. 생기에 넘치는 봄비를 고스란히 맞으면서 두 사람은 한 외투 속에서 몸을 꼭 붙이고 집 안으로 들어갔다.

저녁때 그리고리는 가축우리에서 경복기(耕覆機)를 수리했다. 반란의 날 이래, 타타르스키에서 유일한 대장장이였던 세묜 츄군의 열다섯 살 난 아들이 멜레호프가의 낡은 가래가 그런대로 잘 들도록 갈아 주었다. 밭농사 준비는 완전히 갖춰졌다. 암소들은 토실토실 살이 쪄 겨우살이를 한 우리 안에서 나왔다. 마른 풀은 판텔레이 프로코피예비치가 미리부터 준비를 해두어서 충분했던 것이다.

그리고리는 이튿날 아침, 들에 나갈 차비를 했다. 일리니치나와 두냐시카는 들일을 나갈 그리고리의 도시락을 일찍 만들어 놓으려고 잠들기 전부터 아궁이에 불을 붙였다. 그리고리는 닷새 내내 일을 했다. 자기네 밭과 장모네 밭에다 씨를 뿌리고 오이밭과 해바라기밭을 갈며 나중에라도 씨앗을 뿌리게 하려면 아버지를 부대에서 불러들여야겠다는 생각을 했다.

집 안의 굴뚝에서는 보랏빛 연기가 피어올랐다. 완연한 처녀티가 나는 두냐시카가 땔감으로 마른 나뭇가지를 주우려고 이리저리 마당 안을 뛰어다녔다. 그리고리는 그녀의 생기 넘치는 몸매를 바라보면서 슬픔과 분노를 느꼈다.

'훌륭하게 자랐다! 인생은 준마처럼 빠르구나. 두냐시카가 코흘리개 어린아이였던 때가 엊그제 같은데. 쥐꼬리같이 귀엽게 땋은 머리를 등허리에 대롱거리면서 다녔었는데. 그런 아이가 어느새 시집을 갈 만큼 자랐구나. 한편 내 머리에는 벌써 흰머리가 생겼다. 모든 것이 내게서 떠나려 하고 있어…… 그리샤카 노인이 일생이 여름날의 번개처럼 순식간에 지나간다고 한 말은 정말 옳아. 이 세상에서 사람이 사는 세월은 참으로 짧아. 그런데 그 짧은 시간마저도 빼앗기고 있으니…… 이렇게 살아갈 양이면 차라리 빨리빨리 지나가버리는 게 낫겠어! 죽일 테면 어서어서 죽이는 편이 나을 텐데……'

다리야가 그의 옆으로 다가왔다. 그녀는 페트로가 죽은 뒤, 놀랄 만큼 꿋꿋하게 일어섰다. 처음 얼마 동안은 슬픔으로 얼굴빛이 바래고 갑자기 늙어버린 것 같았을 정도였다. 그러나 봄의 미풍이 불고 태양이 포근하게 비치기 시작하자—다리야의 탄식도 녹아가는 눈과 함께 사라졌다. 그녀의 갸름한 얼굴에는 분홍빛이 돌고 희미했던 눈동자가 반짝반짝 빛나기 시작했다. 걸음걸이에도 허리를 흔들면서 걷는 지난날의 경쾌함이 나타났다…… 옛날 버릇이 되살아났다. 가느다란 눈썹 가장자리는 거무스름하게 테를 두르고 볼은 윤기로 빛나기 시작했다. 농담을 하기도 하고 음탕한 얘기를 하여 나탈리야를 어리둥절하게 하는 취미도 되살아났다. 뭔가를 기다리는 마음을 생각나게 하는 미소도 날이 갈수록 더욱 강하게 그녀의 입술에 떠올랐다…… 살고 싶다는 희망이 승리를 차지한 것이었다.

그녀는 그리고리의 옆으로 다가와 미소를 띠고 걸음을 멈추었다. 그녀의 아름다운 얼굴에서 황홀한 오이 향기의 포마드 냄새가 풍겨 왔다.

"뭔가 도울 일은 없나요, 그리셴카?"

"도움받을 일은 없어요."

"어쩜, 과부가 된 나에게 이처럼 쌀쌀하게 굴 수 있어요? 아직껏 한 번도 웃는 얼굴로 대하지 않으니 말예요.”

“식사 준비나 해주세요. 쓸데없는 소리 작작하고!”

“그럴 필요는 없는걸요!”

“나탈리야의 일손을 도와주면 되지 않소. 저것 봐요. 미샤토카가 흙투성이가 되어 뛰어다니고 있군.”

“성가시게 굴지 말아요! 당신의 그 많은 아이들을 하필이면 내가 떠맡아서 일일이 챙겨줘야 하나요? 딱 질색이라구요! 당신의 나탈리야는 애를 너무 많이 낳았어요. 앞으로도 열 명쯤은 더 낳게 될걸요. 그 애들을 모두 내 손으로 씻겨야 한단 말예요?”

“이제 그만 지껄이고 저쪽으로 가요!”

“그리고리 판텔레예비치! 당신은 지금 이 부락의 모든 여자에게 단 하나뿐인 카자흐예요. 그렇게 뻣대지 말고 하다못해 먼 발치에서나마 당신의 근사한 그 검은 수염이라도 우러러보게 해줘요.”

그리고리는 웃음을 터뜨리고 땀에 젖은 머리카락을 쓸어올렸다.

“끈질기군! 페트로는 당신 같은 여자하고 용케도 잘 지냈어……당신이 억지로 얽어매어 헤어질 수가 없었겠지만.”

“걱정도 팔자라니까!”

다리야는 화를 내는 것 같았으나 이내 가늘게 뜬 눈으로 그리고리를 바라보더니 일부러 놀란 표정을 하고 집 쪽을 돌아보았다.

“어쩐지 나탈리야가 나올 것만 같은데…… 동서는 질투가 심하잖아요. 오늘도 점심을 먹을 때, 내가 당신을 흘낏 쳐다봤더니 단박 얼굴빛이 달라지지 뭐겠어요. 그런데 어제 젊은 댁들이 이런 말을 하지 뭐예요. ‘대체 무슨 권리로 남자들이라곤 없는 이런 때에 당신네 그리시카는 휴가를 받고 집에 와 마누라 옆에서 꼼짝도 않는다며? 대체 우리더러 어떻게 살라는 거야? 가령 그리시카가 상처투성이가 됐든, 전에 비해 절반밖에 안 남았든 우린 감지덕지해서 달라붙을 텐데…… 그 사람에게 말 좀 해요. 밤에는 동네 안을 걸어다니지 말라고. 안 그랬다간 우리 손에 붙잡혀서 혼구멍이 날 테니까!’ 이러잖아요. ‘걱정 마슈, 우리 집 그리샤는 딴 부락선 무슨 짓을 저지를지 모르지만 일단 집에 돌아오면 나탈리야의 치맛자락에 매달려 떨어질 줄을 모르니까. 요즘엔 마치 성인군자가 된 것 같다고요……' 내가 이렇게 말해 줬어요."

"정말이지 어이가 없군! 당신의 혓바닥은 마치 빗자루 같군."

화를 내지 않고 그리고리는 웃었다.

"하기야 그럴 테죠. 당신의 나타셴카는 그림으로 그린 것처럼 예쁘고 정결하겠죠. 그렇지만 어제 당신에게 대들 때는 어땠죠? 당신 같은 수캐에게는 그래야 한다고요. 당신은 어차피 바람둥이가 될 수는 없겠죠."

"이제 그만해요…… 그만 가보슈. 다시카, 남의 일에 끼어들지 말고."

"참견하려고 해서가 아니에요. 나탈리야는 바보라고요. 남편이 돌아왔는데도 그 여잔 싸구려 사탕처럼 퍼져서 궤짝 위에서 잠을 자지 않나…… 나 같으면 남자를 떠다밀진 않을 텐데! 나에게 와요…… 난 당신 같은 무시무시한 용사라도 기절초풍하게 할 수 있다고요."

다리야는 소리를 내어 웃으며 당혹해서 씁쓸한 얼굴로 있는 그리고리를 몇 번이고 뒤돌아보며 집 안으로 걸어갔다.

'페트로 형은 죽길 잘했어!'—그리고리는 이내 기분을 돌리려고 했다. '저건 다리야가 아니다. 악마야! 어차피 저 여자 때문에 수명대로 살지 못했을 거야!'

47

바품트킨 부락에서는 마지막 등불도 꺼지고 말았다. 얇은 얼음막을 친 추위가 살짝 웅덩이를 덮었다. 부락 끝 어딘가의 목장 언저리 밭 위에 학 떼가 하룻밤을 보내기 위해서 날아왔다. 그 지친 울음소리를 북동에서 불어오는 미풍이 부락 쪽으로 실어날랐다. 울음소리는 4월 한밤의 마을을 감싼 정적에 부드러운 음영을 던지며 한층 더 그것을 북돋아 주었다. 과수원에서는 그림자가 더욱 더 짙어졌다. 어딘가에서 소 울음소리가 들려왔다. 이윽고 완전한 고요 속으로 빠져들었다. 반 시간가량 아무 소리도 들리지 않았다. 때때로 그것을 흐트러놓는 것이라곤 밤하늘을 가로지르는 도요새의 외로운 울음소리와 숱한 오리의 날갯소리뿐이었다. 오리떼는 봄의 홍수로 넘친 돈의 드넓고 풍성한 관수지(灌水地)를 향하여 재빨리 헤엄쳐갔다. 그러다가 얼마쯤 지나 사람의 음성이 들리고 담뱃불이 빨갛게 보이더니 말의 콧바람과 발굽에 짓밟히는 언 진흙소리가 들려왔다. 부락에는 제6독립 여단의 카자흐 반란군 2개 중대가 주둔해 있었는데,

그 정찰대가 돌아온 것이었다. 카자흐들은 부락 끝에 있는 한 민가에 숙영하고 있었다. 그들은 잡담을 나누면서 마당 한복판에 팽개쳐 둔 썰매를 말에 묶고 먹이를 갖다주었다. 누군가의 목쉰 저음이 한 마디 한 마디를 신중하게 발음하면서 우울하고 느린 템포로 노래 부르기 시작했다.

　　살짝이 발소리 감추고
　　살며시 다가가
　　지난날의 정을 되새기며
　　어여쁜 사람을 조르고 있네

그러자 연이어 열띤 테너가 낮게 신음하는 베이스 위에 새처럼 날아와서 떨리는 목소리로 즐겁게 노래했다.

　　아가씨는 내 말에 귀 기울이지 않고,
　　내 볼따구니를 철썩!
　　카자흐인 내 가슴은
　　불꽃처럼 타오르네……..

뒤이어 몇 사람의 저음이 그 노래와 어우러지고 노래는 한층 더 빠르고 생생해졌다. 그리고 테너는 위세 좋게 끝소리를 떨면서 도전하듯이, 남의 마음을 유혹하듯이 명랑하게 울려 퍼졌다.

　　나는 팔을 걷어붙이고
　　아가씨의 귓불을 쏙쏙 핥았네
　　아가씨는 걸음을 멈추고
　　얼굴을 새빨갛게 물들인 채
　　눈물 대신 내뱉는 말이—
　　'당신은 무슨 남자가 그렇담,
　　일곱 명이나 여자를 사귀고

여덟 번째는—과부댁

아홉 번째는—유부녀

열 네 번째가, 아이 분해, 이 내 몸일 줄은!'

풍찻간 그늘에 전초로 나가 있던 카자흐들은 황폐한 밭 위의 학 울음소리와 카자흐들의 노랫소리를, 그리고 오리의 날개짓소리를 캄캄한 밤의 어둠 속에서 듣고 있었다. 혹한으로 시달렸던 대지 위에, 그것도 깊은 밤중에 엎드려 있다는 것은 심란한 노릇이 아닐 수 없었다. 담배를 피우거나 얘기를 하는 것, 그리고 걸어다니거나 불을 쬐는 것조차 허용되지 않았다. 다만 재작년의 해바라기 그루터기 사이에 꼼짝 않고 몸을 엎드려 땅바닥에 귀를 대고 있어야 했다. 그러나 열 발짝쯤 떨어지면 아무것도 보이지 않았다. 게다가 4월의 밤은 바스락거리는 소리로 가득 차 있고 어둠 속에서 여러 가지 수상쩍은 소리가 들려와 그 어느 것 한 가지에도 불안이 불러일으켜졌다. '적위군 척후가 와 있는 것은 아닐까, 기어오는 건 아닐까?' 하고. 멀리서 잡초가 부러지는 소리와 허덕이는 숨소리가 들려오는 것만 같다…… 젊은 카자흐 비프랴시킨은 긴장으로 넘쳐흐르는 눈물을 장갑으로 닦으면서 팔꿈치로 옆 병사를 찌른다. 상대방은 가죽 탄약주머니를 베개 삼아 몸을 웅크리고 졸고 있다. 일본제 가죽 주머니가 그 늑골을 누르고 있는데도 좀더 편히 눕는 것조차 귀찮아하고 있는 것이다. 풀이 바스락거리는 소리와 콧김 소리가 차츰 커지는가 싶었을 때 느닷없이 비프랴시킨의 바로 가까이에서 소리가 났다. 그는 의아한 눈으로 울타리처럼 우거진 잡초 사이를 뚫어지게 쳐다보다가 그제야 큼직한 고슴도치의 모습을 발견한다. 고슴도치는 돼지처럼 작은 콧등을 숙이고 콧소리를 내면서 바늘투성이인 잔등으로 마른 잡초 줄기를 헤치고 쥐 발자국을 찾으면서 바쁘게 걸어오고 있다. 갑자기 그는 대여섯 발가량 떨어진 곳 어딘가에서 적의 존재를 느낀다. 그리고 작은 머리를 치켜들고 자기 쪽을 지켜보는 사람의 모습을 발견한다. 그러자 그 인간은 안도의 한숨을 쉬고 중얼거린다.

"빌어먹을! 놀라게 하다니……."

그러자 고슴도치는 재빨리 머리를 쳐들고 다리를 웅크리고 잠시 동안 바늘투성이인 동그란 덩어리가 되어 꼼짝도 하지 않는다. 이윽고 천천히 몸을 펴고 싸늘한 대지에 발을 내밀어 해바라기의 그루터기를 밟고 대굴대굴 굴러가는 잿빛 덩어리로 뒹굴어 간다. 그 뒤로 다시 정적이 찾아든다. 그리고—마치 옛이 야기 같은 밤이 된다.

부락 안 여기저기에서 두 번째 닭 울음소리가 때를 알렸다. 하늘은 군데군데 뚫어져 밝아갔다. 거친 마포 같은 엷은 구름을 뚫고 비로소 별들이 모습을 드러냈다. 이윽고 바람이 구름을 흐트러뜨리자 하늘은 무수한 금빛 눈동자로 지상을 내려다보았다. 마침 그때, 비프랴시킨은 말발굽 소리와 잡초를 밟는 소리와 뭔가 금속성 음향을 들었다. 다른 카자흐들의 귀에도 들려왔다. 소총 방아쇠에 손가락을 걸었다.

"준비!"

소대장보가 낮게 말했다. 별하늘을 배경으로 말을 탄 모습이 뚜렷이 떠올랐다. 누군가가 부락을 향해 말을 몰고 오는 것이었다.

"멈춰라! 누구냐? 암호는……?"

카자흐들은 사격자세를 취하고 뛰어나갔다. 말을 탄 사나이는 두 손을 올리고 말을 세웠다.

"동지 여러분, 쏘지 마시오!"

"암호?"

"동지 여러분!"

"암호는 뭐야? 소대……."

"잠깐, 난 혼자요…… 항복하겠소!"

"모두 기다려! 쏘지 말고! 사로잡자!"

소대장보는 말을 탄 사내 옆으로 뛰어갔다. 비프랴시킨이 말고삐를 잡자 기수가 말에서 뛰어내렸다.

"넌 누구냐? 빨갱이냐? 모두들 이 모자에 붙은 별을 보라구."

사내는 다리를 문지르면서 이내 침착을 되찾아 말했다.

"나를 자네들의 대장에게 데려다주게. 나는 매우 중요한 소식을 전하러 왔어. 난—세르도브스키 연대의 연대장으로, 교섭을 하러 예까지 왔네."

"연대장이라고? 이봐, 모두들 이놈을 해치우자! 당장에 이놈을……."

"타바리시치! 날 죽이겠다면 언제라도 가능하지 않은가? 하지만 그러기 전에 자네들의 대장에게 내가 찾아온 용건을 전해주게. 거듭 말하지만 그게 매우 중요한 일이야. 혹시 내가 달아날까 봐 걱정이 되거든 서슴지 말고 내 무기를 빼앗게나."

세르도브스키 연대의 연대장은 군도를 끄르기 시작했다.

"빨리해! 빨리하라고!"

한 카자흐가 재촉했다.

그는 권총과 세이버를 소대장보의 손으로 넘겼다.

"세르도브스키 연대 연대장의 몸수색을 해라!"

그는 연대장의 말을 타고서 명령했다.

포로는 몸수색을 받았다. 소대장보와 비프랴시킨이 그를 부락으로 데리고 갔다. 그는 도보로 걸었다. 그와 어깨를 나란히 한 비프랴시킨이 오스트리아제 기병총을 겨눈 채 걸음을 옮겨 디뎠다. 말에 오르자 기분이 우쭐해진 소대장보가 그 뒤를 따라갔다.

10분가량 모두가 말없이 걸어갔다. 호송되어가는 적병은 몇 번이나 걸음을 멈추고 바람으로 꺼질 것 같은 성냥을 외투자락으로 감싸 담배에 불을 붙였다. 고급스러운 담배 냄새를 맡은 비프랴시킨은 참을 수가 없었다.

"나 좀 피워 보자."

그는 구걸했다.

"여기 있어!"

비프랴시킨은 담배가 가득 든 행군용 가죽 케이스를 받아들고 한 개비를 뽑았다. 그러고는 담배 케이스를 그대로 자신의 호주머니 안에다 밀어넣었다. 세르도브스키 연대의 연대장은 아무 말도 하지 않았으나, 부락 안에 들어설 때 비로소 입을 열었다.

"대체 날 어디로 데려가는 거지?"

"가보면 알게 돼."

"그야 그렇지만."

"중대장에게 가는 거야."

"여단장인 보가티료프에게 데려다 줄 수 없겠나?"

"그런 사람은 여기에 없어."

"뭐라고? 그 사람이 어제 사령부와 함께 바품트킨에 도착해 지금 여기에 와 있다는 걸 알고 왔는데도?"

"우린 그런 사실 몰라."

"이봐, 동지! 엉터리 수작 말라고. 내가 알고 있는 걸 자네들이 모른대서야…… 그건 군의 기밀도 아니고. 더구나 자네들의 적이 다 알고 있는 마당에."

"잠자코 걷기나 해!"

"그럼, 보가티료프에게 데려다 주는 거지?"

"닥쳐! 난 군규에 따라서 너와 얘기할 수가 없어."

"그럼, 담뱃갑을 뺏는 건 군규에 따른 겐가?"

"입 닥치지 못해? 냉큼 걷기나 해. 더 혓바닥을 놀렸다간 당장에 외투로 짓이겨놓을 테니까. 성질깨나 급한 자식이군!"

중대장은 한참 만에야 잠에서 깨어났다. 그는 한동안 주먹으로 눈을 부비고 하품을 하고 얼굴을 찌푸리느라고 기쁨에 넘쳐 있는 소대장보가 하는 말을 알아듣지 못했다.

"누구라고? 세르도브스키 연대장이라고? 괜한 소리 아니야? 어디 보자, 신분증을 보잔 말이다."

몇 분 뒤, 그는 적위군 대장과 함께 여단장 보가티료프의 숙소로 향했다. 보가티료프는 세르도브스키 연대의 대장이 포로가 되어 와 있다는 말을 듣고서 벌떡 일어섰다. 그는 바지 단추를 잠그고 탄탄한 어깨 위에 멜빵을 매고 각등에 불을 붙이고 나서 문 옆에 부동자세로 서 세르도브스키 연대의 대장을 향해 물었다.

"당신이 틀림없는 세르도브스키 연대의 대장이오?"

"그렇습니다. 세르도브스키 연대의 지휘관 보로노프스키입니다."

"이리로 앉으시오."

"고맙습니다."

"어떻게 해서……아니, 어떤 상황하에서 붙잡혔소?"

"나는 스스로 당신을 찾아왔습니다. 당신과 둘이서만 이야기를 하고 싶습니다. 다른 사람은 물리쳐 줄 수 없겠습니까?"

보가티료프가 한쪽 손을 치켜들자 연대장을 데리고 온 중대장과 입을 벌리고 서 있던 이 집 주인—붉은 수염의 구교도—이 밖으로 나갔다. 보가티료프는 수박처럼 둥근 윤기 없는 대머리를 쓰다듬으면서 꾀죄죄한 내의 바람으로 테이블 앞에 앉았다. 불규칙한 수면으로 붉은 힘줄이 튀어나오고 볼이 부은 그의 얼굴은 호기심을 억누르고 있었다.

보로노프스키는 키는 그다지 크지 않지만 우람한 체구의 사나이로서 몸에 꼭 맞는 외투 위에 장교용 혁대를 바싹 졸라매고 있었다. 그는 어깨를 똑바로 세웠다. 깎은 입수염 밑에서 미소가 떠올랐다.

"당신과 가까이 지내게 되기를 바랍니다. 우선 나 자신에 관한 얘기부터 몇 마디 드린 뒤, 내가 갖고 온 사명을 말씀드릴 수 있도록 허락해 주십시오. 나는 본래 귀족 출신으로 제국 군대 이등대위입니다. 대독전 당시에는 제117류보밀스키 저격 연대에 소속되어 있었지요. 1918년에는 소비에트 정부의 포고에 의해 간부장교로서 동원되었습니다. 현재는 이미 아시는 바와 같이 적위군으로 세르도브스키 연대를 지휘하고 있습니다. 적위군 진영에 몸담고 있으면서 나는 오랫동안 당신 쪽, 즉 볼셰비키와 싸우고 있는 쪽으로 전향할 기회를 엿보고 있었습니다."

"그렇다면 이등대위님, 당신은 오랫동안 기회를 노렸다는 말이오?"

"그렇습니다. 나는 러시아에 대한 내 자신의 죗값을 해야겠다는 생각을 갖고 있었지요. 그래서 나 한 사람만이 전향하는 것이 아니고 나와 함께 적위군 일부—말할 나위 없이 공산주의에 기만당하여 동족상잔의 이 전쟁 속에 휘말린 가장 건전한 사람들과 함께입니다."

전 이등대위 보로노프스키는 바싹 얼굴을 다가붙여 보가티료프를 흘깃 쳐다보았다. 그리고 믿어지지 않는다는 듯한 그의 미소를 보자 소녀처럼 얼굴을 붉히고 말을 더듬었다.

"보가티료프 씨, 당신이 나와 내가 한 말에 대해 어떤 의혹을 품는 것도 무리가 아닐 것입니다……나도 당신의 입장이라면 틀림없이 그런 느낌을 받았겠지요. 제발 이 같은 사실을 증명할 수 있게 해주십시오. 이 움직일 수 없는 사실에 대해서……."

외투자락을 들추고 그는 카키색 바지 호주머니에서 작은 손칼을 꺼내들고는 어깨의 장식 끈이 팽팽하게 늘어질 정도로 몸을 굽혀 외투 가장자리의 꿰맨 자국을 꼼꼼히 잡아뜯기 시작했다. 이윽고 꿰맨 자국이 뜯어지자 그 안에서 노랗게 빛바랜 신분증명서와 작은 사진 한 장을 꺼내놓았다.

보가티료프는 신분증명서를 자세히 들여다보았다. 하나는 '이 서장을 휴대한 자는 제117류보밀스키 저격연대 보로노프스키 중위로서, 부상 치료 뒤 2주일간의 휴가를 받아 본적지 스몰렌스크현으로 가고 있음을 증명함'이라고 적혀 있었다. 증명서에는 제14시베리아 저격 여단의 제8야전병원장의 서명날인이 되어 있었다. 다른 증명서 한 통에도 마찬가지로 보로노프스키가 틀림없는 장교임이 증명되어 있었다. 그리고 또 한 장의 사진에는 청년 소위 보로노프스키의 밝고 또렷한 두 눈이 보가티료프를 쳐다보고 있었다. 멋진 카키색 장교 군복에는 성 게오르기우스 훈장이 반짝이고 있었다. 그리고 때묻지 않은 순백색 견장은 소위의 가무잡잡한 볼과 짙은 입수염을 더욱 돋보이게 하고 있었다.

"그래서 어쨌다는 겁니까?"

보가티료프가 물었다.

"내가 찾아온 목적은 나와 보르코프 중위가 함께 있는 적위병들을 선동한 결과, 세르도브스키 연대는 전원—물론 공산주의자는 제외하고서의 얘기입니다만—언제라도 당신네 쪽으로 전향할 준비가 되어 있음을 당신께 말씀드리기 위해서입니다. 적위병들은 거의가 사라토프현과 사마라현의 농민들입니다. 그들은 볼셰비키와 싸우는 데에 찬성입니다. 우리는 지금 당장 당신과 투항조건에 대해 의논하고 매듭을 지어야만 합니다. 연대는 지금 우스티 호표르스카야에 주둔하고 있습니다. 인원은 약 1200명입니다. 공산당 세포는 38명, 그들과 함께 지구 공산당원 1개 소대가 있습니다. 우리는 연대에 부속된 포병 중대도 나포할 작정입니다. 그 경우 어쩌면 포수들을 몰살해야만 할지도 모르겠습니다. 왜냐하면 포수들은 공산당원이 압도적이기 때문입니다. 우리 연대 적위병들 사이에는 농산물 징발에 의해 그들의 아버지가 겪어 온 고통이 원인이 되어 동요가 일고 있습니다. 우리는 이 상태를 이용해서 그들을 카자흐 쪽으로, 즉 당신들 쪽으로 투항하도록 설복시킨 것입니다. 병사들은 연대가 투항할 때 자기들에게 폭력이 가해질까 봐 불안해하고 있습니다…… 즉 이 문제에 대해, 이것은 물론 일부에 국한된 일이지만, 그러나 당신과 미리 타협을 해두어야겠습니다."

"폭력이라면?"

"가령 죽인다든가 약탈을 한다든가……."

"아니오, 그런 것은 절대로 용서하지 않을 것이오!"

"그리고 또 한 가지, 병사들은 세르도브스키 연대를 그 조직 그대로 놔두고, 당신 쪽과 협력은 하지만 독립된 전투 단위로서 볼셰비키와 싸우고 싶다고 주장하고 있습니다."

"그걸 당장 어떻게 말할 수 있겠소."

"알겠습니다! 최고사령부와 의논해서 결과를 우리에게 알려 주십시오."

"그렇소, 뵤시키에 보고해야 하오."

"죄송하지만 제게는 시간이 없습니다. 그리고 내가 너무 늦어지면 연대의 코미사르가 내가 없어진 것을 눈치챌지도 모릅니다. 우리가 투항할 조건에 대해선 결말을 내릴 수 있다고 생각합니다. 긴급으로 사령부의 결정을 내게 전해 주십시오. 연대는 도네츠로 이동될지도 모르고 인원이 새로 보충될지도 모릅니다. 그렇게 되면……."

"그래요. 지금 곧 역마전령을 뵤시키로 보내도록 하겠소."

"그리고 또 한 가지, 당신의 부하인 카자흐에게서 무기를 찾아주십시오. 나는 무장해제당했을 뿐만 아니라……."

보로노프스키는 능숙하게 돌아가던 혀를 멈추고 당혹스런 듯한 미소를 띠었다.

"게다가 담배 케이스까지…… 빼앗기고 말았습니다. 물론 담배는 어찌 되든 상관없지만, 그 담배 케이스는 할아버지에게서 물려받은 것이라서 내겐 소중한 물건이랍니다."

"모두 되돌려드리겠소. 그런데 뵤시키에서 답장을 받으면 어떤 방법으로 당신에게 전달해 드려야 할까요?"

"이쪽으로, 바품트킨으로 이틀 뒤에 우스티 호표르스카야에서 한 여자를 보내겠습니다. 암호는 '단결'이라고 합시다. 그 여자에게 전해 주십시오. 반드시 구두(口頭)로 말입니다."

30분 뒤, 막사예프스카야 중대 소속의 한 카자흐가 구보로 뵤센스카야를 향해 말을 몰았다.

다음 날 쿠지노프 개인의 전령병이 바품트킨에 도착해서 여단장의 숙소를 찾더니 말도 매지 않은 채 집 안으로 들어가 '긴급, 극비'라고 겉봉에 적힌 봉투를 한 통 건넸다. 보가티료프는 일각도 지체할 수 없다는 듯 성급하게 봉함을 뜯었다. 상류 돈 관구 소비에트의 공용 편지지에 쿠지노프의 자필로 적혀있었다.

건재하다는 소식 반갑게 받았소. 보가티료프군! 그리고 더불어 전해준 소식은 참으로 흔쾌하기 이를 데 없는 좋은 소식이오. 세르도브스키 연대와의 교섭과 임의의 보상에 따라서 그들을 투항시키는 전권을 귀하에게 위임하는 바이오. 그들에게 양보하고 연대 전원을 받아들일 것과 무장해제도 하지 않는다는 조건을 내도록 권하는 바요. 연대의 코미사르, 공산당원, 특히 우리 관하의 뵤센스카야, 엘란스카야, 우스티 호표르스카야의 공산당원 체포와 인도를 필수 조건으로 할 것. 포병대, 장비대, 군수품을 반드시 나포할 것. 어떤 수단으로든 이 임무를 독려하도록! 연대가 도착할 지점에 되도록 많은 병력을 집중시켜 비밀리에 포위하고 즉각 무장해제로 들어갈 것. 만약 저항을 할 경우에는—전원 몰살시킬 것. 주의 깊게, 그리고 결연한 행동을 하도록. 무장해제 뒤 즉각—전 연대를 한꺼번에 뵤센스카야로 보낼 것. 오른편 강가를 통과해 호송할 것. 그쪽이 전선에서 멀고 나무 한 그루 없는 스텝이기 때문에 편리하오—설령 눈치를 채고 달아나려고 한다 해도 달아날 곳이 없지 않소. 돈을 향해 각 부락을 지나서 호송하고 그 호위에는 2개 중대를 붙일 것. 뵤시키에서 우리는 그들을 두 명 혹은 3명씩 중대를 분산시켜 놓고 그들이 어떤 방식으로 사격을 하는지 구경할 참이오. 그러나 그 뒤부터는—유감스런 일이나 우리 소관 밖의 일이 될 것이오. 돈 밖에 있는 아군과 합류를 시킨 뒤의 그 자들에 대한 심판은 그 사람들 손에 달려 있소. 내 생각으로는 전원 교수형에 처해도 무방하다고 생각하오. 동정을 느낄 필요는 없소.

귀하의 성공을 빌겠소. 매일 특별전령으로 정보를 전해 주기 바라오.

쿠지노프

추신으로 다음과 같이 씌어 있었다.

만약 세르도브스키 연대가 우리 지구의 공산당원을 인도하게 되면 강력한 호위로 아까와 마찬가지로 각 부락을 거쳐 뵤시키로 압송할 것. 그러나 맨 처음에 세르도브스키 연대부터 보낼 것. 호위는 되도록 거친 고참으로, 가장 믿을 수 있는 카자흐를 뽑도록. 그들에게 놈들을 끌고 오게 하여 민중으로 하여금 널리 알 수 있도록 하기 위함이오. 놈들을 처치하는 데에 굳이 우리의 손을 더럽힐 필요는 없소. 머리를 굴려서 일을 진행한다면 여자들이 놈들을 몽둥이로 내리칠 것이오. 알겠소? 우리에게는 이 방법이 유리할 것이오. 놈들을 총살하면—적위군에게까지 소문이 퍼져서—포로는 총살당한다는 걸로 인식될 테니까. 이런 식으로 해야만 간단하게 민심을 선동할 수가 있을 것이오. 인간의 분노를 쇠사슬에 묶인 개처럼 풀어 주는 셈이 되오. 사형(私刑)—그것으로 만사가 깨끗하게 끝이 날 것이오. 심문이고 대답이고 그럴 필요까지가 없게 될 것이오!

48

4월 12일, 제1 모스크바 연대는 엘란스카야 마을의 안톤 부락 언저리에서 반란군과의 전투로 혹심한 타격을 입었다.

적위군의 산병선은 지리를 자세히 모르는 상태에서 부락으로 침입해 갔다. 드문드문 선 카자흐의 주택들은 마치 섬 위에 세워 놓은 것같이 딱딱한 모래질의 토지에 널려 있었고 마른 나뭇가지를 깔아 둔 한길과 좁은 길은 밟기만 해도 깊숙이 빠지는 진흙바닥이었다. 부락 끝에는 물은 적지만 바닥이 끈적거리고 시궁창 같은 에란카 강이 흐르고 있었다.

제1모스크바 연대 저격병들은 산개한 대형으로 부락을 통과하려고 했다. 하지만 첫 번째 집을 지나쳐서 숲속으로 들어가자 산개해서는 숲을 지나갈 수 없음이 분명해졌다. 제2대대장은—그는 완고한 라토이시 시민이다—반대 의견을 귀담아듣지 않고 명령부터 내렸다. "전진!" 그리고 앞서서 겁도 없이 푹푹 빠지는 진흙구렁 길을 느릿느릿 나아갔다. 동요의 빛을 띤 적위군 병사들도 그의 뒤를 따라서 기관총을 손에 들고 걸어갔다. 그런데 그때 오른쪽에서 산병선을 따라 목소리가 들려왔다.

"포위됐다!" "카자흐다."

반란군 카자흐 기병 2개 중대가 정말로 대대를 포위하고 배후로부터 공격해 왔다. 제1, 제2 대대가 숲속에서 병사 3분의 1을 잃고 퇴각했다.

　이 전투에서 이반 알렉세예비치는 반란군의 수제(手製) 탄환에 다리를 다쳤다. 미시카 코셰보이는 그를 안아일으켰다. 때마침 둑을 따라 말을 몰고 가는 적위군 병사를 발견하여 병사를 불러세우고 강제로 2륜 탄약차에 부상자를 실었다.

　연대는 크게 피해를 입고 엘란스키 부락까지 격퇴를 당했다. 이 패배는 돈의 왼쪽 지대를 전진하고 있던 적위군 부대의 공격 결과에 치명적인 영향을 끼쳤다. 부카노프스카야 마을에서 편성된 마르킨 부대는 북으로 20킬로미터 지점인 스라시쵸프스카야 마을로 비껴가야만 했다. 그래도 곧바로 용감한 공격을 전개했으나 수적으로 몇 배나 우세한 반란군 세력에 짓눌려, 해빙 하루 전에 대여섯 마리의 말을 잃고 호표르강을 건너서 쿠밀젠스카야 마을로 이동해 갔다.

　호표르 하구에서 해빙으로 가로막힌 제1모스크바 연대는 돈강을 건너 오른쪽 강가를 향했다. 연대는 증원을 기다리면서 우스티 호표르스카야 마을에서 숙영했다. 이윽고 세르도브스키 연대가 그곳에 닿았다. 이 연대는 제1모스크바 연대와는 전혀 성질이 달랐다. 모스크바 연대의 전투 중핵을 이루고 있는 것은 모스크바, 츠라, 니즈니 노브고로드 출신의 노동자들이었는데, 그들은 거듭되는 반란군과의 백병전을 벌이는 동안 날마다 몇십 명씩 사상자를 내고도 용감하고 끈질기게 싸웠다. 안트노프 부락에서 적의 술수에 빠졌을 때만 극소수의 병사가 전열을 이탈했을 뿐이었다. 그러나 퇴각중에도 적의 손안에 한 대의 장비차나 탄약 상자 한 개도 남겨 두지 않았다. 그에 비해 세르도브스키 연대의 중대는 야고젠스키 부락에서 벌어진 첫 전투에서조차도 반란군 기병의 공격을 감당하지 못하고 카자흐 라바 대형을 보기가 무섭게 참호를 버리고 달아났다. 만약 질풍사격으로 적의 공격에 대항한 코뮤니스트 기관총병들이 없었더라면 그들은 한 사람도 남김없이 죽임을 당했을지 몰랐다.

　세르도브스키 연대는 세르도브스크에서 긴급으로 편성되었다. 전원이 사라토프현 출신의 나이 든 농민으로 이루어진 적위병이었는데 그들에게 사기의 고양 같은 것은 전혀 바랄 수 없었다. 중대 안에는 글씨를 읽을 줄도 모르는 사람과 농촌의 부유층 사람들이 압도적이었다. 연대 간부장교들의 반수가 지난날의 사관으로 이루어져 있었다. 코미사르는 우유부단하고 의지박약했으며 병사들 사이에서 전혀 권위가 없었다. 한편 연대장, 참모장, 그리고 두 명의 중대장 등 배신자들은 연대를 인도하자는 결정이 나기가 바쁘게 반혁명을 책동하기 위해 연대에 파고들어간 부농들을 이용, 적위군 대중의 사기를 떨어뜨릴 범죄행위마저도 서슴지 않았다. 그들은 공산당원에 반대하는 교묘한 선동을 하고 연대 인도 준비를 빈틈없이 갖추고는 불신의 씨앗을 흩뿌렸다.

세르도브스키 연대의 병사 셋과 동숙하던 슈토크만은 불안한 심정으로 적위병들의 동태를 지켜보았는데, 어느 날 세르도브스키 연대의 병사들과 격렬한 충돌을 한 뒤로는 연대에 팽배한 매우 중대한 위협을 확신하기에 이르렀다.

27일 황혼 무렵, 세르도브스키 연대의 제2중대 병사 둘이 숙소로 찾아왔다. 그중 한 사람인 고리가소프라는 사나이는 제대로 인사도 하지 않은 채 묘한 웃음을 띠고 슈토크만과 침대에 누운 이반 알렉세예비치를 버릇없이 내려다보면서 말했다.

"전쟁은 이제 지긋지긋해! 집에서는 곡식을 빼앗기고, 우린 우리대로 이런 곳에서 까닭도 모르는 싸움질을 벌이고 있으니, 기가 막힐 노릇이 아니고 뭐야……."

"무엇 때문에 싸우고 있는지 자넨 모른단 말인가?"

슈토크만은 날카롭게 물었다.

"그렇소, 난 몰라요! 카자흐도 우리와 똑같은 농사꾼 아니오! 카자흐들이 뭐가 못마땅해서 반란을 일으켰는지 우린 다 알고 있다고! 알고 있고말고……."

"이 얼간이 같으니! 어떤 놈들이 그런 말을 씨부렁거리고 다니는지 알고나 하는 소리야? 그건 백위군의 말버릇이야!"

어지간해선 거친 얼굴을 보이지 않던 슈토크만은 머리끝까지 화가 뻗쳤다.

"얼간이라고! 그 말 다시 입에 담았다간 얻어터질 줄 알아! 다들 들었지?"

"조용해! 조용하라고 했잖아. 우린 네놈 같은 패거리에게 실컷 단물만 빨아먹혔다고!"

밀가루 포대처럼 살이 찌고 체구가 작은 적위병이 거기에 끼어들었다.

"네놈은 만약 공산당원이라면 네놈이 우리에게 뭐든 강요할 수 있다고 생각해? 몸조심해, 안 그랬다가는 좋지 않을 테니까!"

그는 허약해 보이는 고리가소프를 몸으로 막으면서 짧고 단단한 팔로 뒷짐을 지고 눈을 부릅뜨고는 슈토크만을 마구 밀어붙였다.

"너희들 왜 이래? 몸도 마음도 깡그리 백위군이 돼버렸어?"

숨을 헐떡거리면서 슈토크만이 물었다. 그리고 눈앞에 다가선 적위병을 힘껏 떠다밀었다.

사내는 비틀거리며 슈토크만의 멱살을 붙잡으려 했으나 고리가소프가 그를 말렸다.

"주먹다짐은 하지 말자고!"

"그 말버릇은 반혁명의 말버릇이야! 우린 네놈들을 재판에 부칠 테다. 소비에트 정권의 배반자로서!"

"연대 전원을 재판에 부칠 수는 없을걸!"

슈토크만과 한 숙소에 있는 적위병 하나가 그 말에 대꾸했다.

그의 발언에 모두들 동의했다.

"공산당원에겐 설탕도 담배도 다 있는데 우린 아무것도 없잖나!"

"엉터리 같은 소리 그만해! 우리도 너희들과 똑같은 걸 받고 있어!"

이반 알렉세예비치가 침대 위로 몸을 일으키고 고함을 질렀다.

슈토크만은 잠자코 옷을 걸치고 나가버렸다. 아무도 그를 만류하지 않았다. 다만 비웃음이 담긴 외침을 그의 등 뒤로 퍼부었을 뿐이었다.

슈토크만은 사령부에서 연대 코미사르를 붙잡고 별실로 불러들여 흥분한 어조로 적위군 병사와의 충돌을 전하고 그를 체포하라고 했다. 정치위원은 불같이 붉은 볼수염을 쓰다듬으면서 결심이 서지 않는다는 듯이 검은 테 안경을 만지작거리며 그의 말에 귀를 기울였다.

"내일 세포회의를 열고 정세를 검토해 보세. 하지만 그들을 체포하기는 현재의 상황으로 어려울 것 같군!"

"왜?"

격한 말투로 슈토크만이 물었다.

"이봐, 슈토크만 동지! 나도 이 연대의 내부가 제대로 돼가고 있지 않음을 알고 있었네. 즉 일종의 반혁명 조직 같은 것이 생겼다는 걸 눈치챘지. 그렇지만 그걸 전혀 찾아내지 못하고 있네. 연대의 대부분이 그 세력 범위 안에 있기 때문이야. 농사꾼놈들이 하는 짓은 어떻게 손을 대야 할지 몰라! 난 적위병들의 마음가짐에 대해 보고를 하고 이 연대를 철수시키고 재편성을 하라고 제의했네.”

“뭣 때문에 당신은 지금 당장 백위군 앞잡이들을 체포하고 그들을 사단의 혁명재판으로 보내지 않는단 말이오? 그거야말로 틀림없는 배신이 아니오?”

“그럴지도 모르지. 하지만 그것은 바람직하지 못한 혼란을, 아니, 폭동까지도 불러일으키게 될지 몰라.”

“그래요? 그렇다면 당신은 그런 낌새를 알고 있었으면서 왜 좀더 일찍 정치부에 보고하지 않았소?”

“내가 아까도 말하지 않았나, 보고했다고. 왠지 모르지만 우스티 메드베디차에서 아직 답장이 오지 않고 있네. 군대가 소환되는 즉시 우리는 군규를 흐트려 놓은 자를 엄중하게 처벌할 작정이라네. 특히 자네가 방금 보고한 것 같은 말을 지껄인 병사를 말일세……”

정치위원은 얼굴을 일그러뜨리고 낮은 소리로 덧붙였다.

“내가 노린 바로는 보로노프스키와……참모장 보르코프가 수상해. 내일 세 포회의가 끝나는 즉시 난 우스티 메드베디차로 갈 걸세. 이 위협을 부분적으로라도 서둘러 막을 셈으로 말일세. 이 얘긴 비밀이야.”

“그렇지만 왜 당장 당원 회합을 소집할 수 없다는 겁니까? 촌각을 다투는 일이 아니오, 동지!”

“알고 있어. 하지만 지금은 무리야. 당원의 대부분이 초소나 척후로 나가 있어. 내가 고집을 꺾지 않은 건 이 같은 정세 속에서 비당원을 경솔하게 믿을 수 없기 때문이네. 그리고 포병 중대는 대부분이 공산당원이야. 그리고 오늘 밤에 쿨트프스키에서 오기로 되어 있어. 이 연대 내의 동요 때문에 불러들인 걸세.”

슈토크만은 사령부에서 돌아오자 연대 위원과의 대화를 이반 알렉세예비치와 코셰보이에게 알렸다.

“자넨 아직도 못 걷겠나?”

그는 이반 알렉세예비치에게 물었다.

“절룩거리고 걸을 수는 있어. 여지껏은 상처가 덧날까봐 조심을 했지만 어차피 걷지 않을 수 없다면."

그날 밤 슈토크만은 연대의 상태에 관해 상세한 보고를 쓰고 나서 잠든 코셰보이를 깨웠다. 그의 품 안에 봉서를 밀어넣고 말했다.

"지금 곧 우스티 메드베디차를 다녀와. 죽기를 각오하고 이 편지를 제 14사단 정치부로 갖다줘야 해! 몇 시간 안으로 도착할 수 있겠나? 어디에서 말을 구한다지?"

미시카는 끙끙대면서 바싹 마른 빨간색 장화를 신었다. 그리고 잠시 사이를 두었다가 대답했다.

"말은 훔치면 되고…… 기마 척후에게서. 그리고 우스티 메드베디차까지는…… 넉넉잡고 두 시간이면 될 테지. 어쩌면 한 시간 반가량 걸릴지도 모르겠고! 목부로 일한 경험이 있으니까…… 전속력으로 모는 데엔 자신이 있다고요."

코셰보이는 외투 호주머니에다 봉서를 간직했다.

"왜 거기 넣나?"

슈토크만이 물었다.

"세르도브스키에게 붙잡힐 경우, 금방 꺼낼 수 있게 하려고요."

"뭐라고?"

슈토크만은 어리둥절해했다.

"그것도 몰라요! 붙잡히면 꺼내 먹어치우려고요."

"됐어."

슈토크만은 코셰보이 곁으로 다가가 괴로운 예감에 사로잡힌 듯 힘껏 그를 껴안고 입 맞추었다.

"그럼, 어서 다녀와."

코셰보이는 기마 척후의 말 가운데 가장 좋아 보이는 말 한 마리를 훔쳐 도보로 초소를 빠져나가서는 길이 없는 곳을 걸어가다가 한길로 나갔다. 거기서 그는 기병총의 가죽끈을 고쳐메고 전력을 다해 꼬리가 짧은 사라토프산 말을 몰고 갔다.

49

동틀 무렵, 빗방울이 떨어졌다. 바람이 쏴쏴 소리를 냈다. 슈토크만과 이반 알렉세예비치와 한 숙소에 묵고 있던 세르도브스키 연대 병사들은 날이 밝기가 바쁘게 일어나 밖으로 나갔다. 반 시간가량 지났을 때, 엘란스카야 마을의 공산당원으로서 슈토크만처럼 자기 부하들을 거느리고 세르도브스키 연대에 섞여 있던 토르카쵸프가 뛰어왔다. 문을 연 그는 헐떡이며 부르짖었다.

"슈토크만, 코셰보이, 어서 나와! 어서!"

"무슨 일이야? 아니, 왜 그러느냐고?"

슈토크만은 걸으면서 외투 소매에다 팔을 꿰고 현관으로 나갔다.

"큰 변이 일어났어!"

토르카쵸프는 슈토크만의 뒤를 따라 옆방으로 들어서면서 소곤했다.

"방금 보병이 마을 근처에서 쿨트프스키에서 온 포병 중대를 무장해제시켰다는군…… 사격전이 벌어졌어…… 그런데 포병대가 습격을 격퇴하고 대포의 타발기를 벗겨서는 거룻배로 강을 건너갔어."

"뭐라고?"

이반 알렉세예비치가 부상당한 다리를 장화에 밀어넣느라고 낑낑대다 말고 물었다.

"지금 교회 옆에서—집회를 열고 있네…… 연대 전원이……."

"서둘러 준비해!"

이반 알렉세예비치는 슈토크만에게 이르고 토르카쵸프의 방한복 소매를 붙잡으면서 말했다.

"코미사르는 어디 있나? 공산당원들은 어디 있어?"

"몰라…… 두세 명이 달아나는 걸 보기는 했지만, 난 이리로 오느라고 잘 모르겠어. 전신(電信)이 벗겨져 있는데도 그걸 고쳐놓을 생각도 않더군…… 달아나야겠는데, 어쩌지?"

토르카쵸프는 당혹한 듯 트렁크 위에 털썩 주저앉았다.

그때 현관 계단 쪽에서 발소리가 울리면서 5, 6명의 세르도브스키 연대 적위병 병사가 우르르 집 안으로 몰려왔다. 그들의 얼굴은 흥분과 적대적 결의로 넘쳐 있었다.

"공산당원들은 집회로 나와! 지금 당장!"

슈토크만은 입술을 깨물면서 이반 알렉세예비치와 눈짓을 나눈 뒤에 비로소 입을 열었다.

"가자!"

"무기는 놔두고 가. 전투에 나가는 게 아니니까!"

세르도브스키 대원 하나가 말했으나 슈토크만은 무시하고 소총을 어깨에 메고 앞장서 갔다.

광장에서는 1100명의 목이 저마다 다른 소리로 악을 쓰고 있었다. 우스티 호표르스카야 마을의 촌민들은 그림자도 보이지 않았다. 그들은 소동을 두려워해 각자 집에 처박힌 것이었다. 사실 그 전날부터, 연대가 반란군으로 합류하여 공산당원들과 곧 전투를 벌이게 될지도 모른다는 소문이 나돌던 터였다. 슈토크만은 와글와글 떠드는 적위병의 무리 옆으로 다가가서 연대 간부장교가 없는가 하고 둘러보았다. 그의 옆으로 연대의 코미사르가 끌려갔다. 두 명의 적위병이 그의 팔을 붙잡았다. 파랗게 질린 얼굴로 한 코미사르는 빽빽이 들어찬 군중 속으로 떠밀리고 팔꿈치로 찍히면서 밀려들어갔다. 슈토크만에게는 잠시 동안 그의 모습이 보이지 않았다. 그러나 이내 군중 한복판에 우뚝 선 그의 얼굴을 발견할 수 있었다. 누구네 집에서 가져 왔는지 모를 카드놀이 탁자 위에 그는 서 있었다. 슈토크만은 뒤를 돌아보았다. 그의 등 뒤에는 절름발이가 된 이반 알렉세예비치가 소총에 기대어 서 있었다. 그리고 그의 양옆에 두 사람을 부르러 왔던 적위병들이 서 있었다.

"동지, 적위군 병사 제군!"

코미사르의 목소리는 힘없이 울려 퍼졌다.

"우리들 지척에 적이 있는 이 같은 비상시에 집회를 연다는 것은…… 동지 제군!"

그의 연설은 계속될 수가 없었다. 탁자 언저리에는 바람에 흔들리듯이 적위병들의 회색 모피 모자가 흔들거리고, 총검의 은빛 칼날이 흔들리고, 주먹 쥔 손이 탁자 위로 수없이 내밀어지고, 광장에는 살기등등한 고함 소리가 총소리처럼 울려왔다.

"동지라고?"

"가죽옷이나 벗고 얘기해!"

"배때기 터지도록 처먹었군!"

"대체 어느 놈하고 싸우라고 우릴 끌어온 거야?"

"저놈의 다리몽둥이를 잡아 끌어내!"

"총검으로 해치워 버려!"

"이젠 위원도 개뼈다귀도 아냐!"

슈토크만은 덩치가 크지는 않지만 그다지 젊어 보이지 않는 한 적위병이 탁자 위로 올라서서는 위원의 볼수염을 왼손으로 거머쥐는 것을 보았다. 탁자가 흔들리고 적위병은 위원과 함께 탁자를 에워싸고 있는 무리들의 손 위로 한꺼번에 쓰러지고 말았다. 바로 전까지 카드놀이 탁자가 놓였던 그곳에는 회색 외투가 구깃구깃 구겨진 채 뒤엉켜 있었다. 와! 하고 솟구친 함성 속으로 위원의 필사적인 비명이 쓸쓸하게 사라져갔다.

슈토크만은 곧장 그 자리로 파고들어갔다. 회색 외투의 등을 거칠게 헤치고 걷어차며 그는 거의 뜀박질을 하듯이 위원이 서 있던 자리로 헤쳐나갔다. 만류당하지는 않았지만 잔등과 머리를 주먹과 총대로 찔리기도 하고 얻어맞았다. 또 어깨에서는 소총을, 머리에서는 꼭대기가 빨간 카자흐 모자를 낚아채갔다.

"어디로 가는 거야, 이 새끼!"

슈토크만에게 발을 밟힌 적위병이 화난 목소리로 고함을 질렀다.

거꾸로 뒤집혀진 탁자 옆에서 슈토크만은 우람한 소대장의 손으로 저지를 당했다. 그의 회색 양피 모자는 뒤통수로 미끄러졌고 외투는 거의 벗겨진 상태였다. 벽돌같이 붉은 그 얼굴 위로 땀이 흘러내리고 억누를 길 없는 증오로 그의 눈이 번쩍거렸다.

"뭐라고 지껄일 셈이냐?"

"발언! 병사 제군에게 한마디 해야겠소!"

슈토크만은 가까스로 숨을 쉬면서 쉰 목소리로 말하고는 재빨리 탁자를 원상태로 세워놓았다. 그가 탁자 위로 올라가도록 도와주는 사람도 있었다. 하지만 광장에서는 그때까지도 노기에 찬 고함 소리가 들려왔다. 슈토크만은 힘껏 목청을 돋우고 외쳤다.

"조용히, 조용하시오!"

잠시 뒤에 조용해지자 그는 기침을 참아가며 찢어질 듯한 목소리로 말했다.

"적위군 병사 제군! 부끄럽지도 않습니까? 여러분은 가장 중대한 때에 인민의 주먹을 배반하려 하고 있소! 여러분은 적의 심장을 향해 단단한 주먹을 들고 한 방 먹여줘야 할 이때에 동요를 일으키고 있는 것이오! 여러분은 소비에트의 국토가 적국의 포위를 받고 헐떡이고 있는 때에 집회를 열고 있다 그 말이오! 여러분은 배신자가 될 갈림길에 서 있다는 걸 알아야 하오! 왜냐하면 배신자인 대장들이 여러분을 카자흐 장군놈들에게 팔아버렸기 때문이오! 전에 사관이었던 그 패거리가 소비에트 정권의 신뢰에 힘입어, 그리고 여러분이 아무것도 모르는 약점을 노리고 연대를 카자흐에게 넘기려 하고 있다, 그말이오. 정신을 차리시오! 놈들은 노동자, 농민의 정권을 쳐부수는 일에 여러분의 도움을 얻고자 하고 있어요?"

탁자 언저리에 서 있던 제2중대장, 전 준위 베이스트민스테르가 소총을 들어 올리려 하자 슈토크만은 그의 움직임을 저지시키고 호통을 쳤다.

"서둘 것 없어! 죽이는 거라면 언제라도 할 수 있어! 다만 한마디만 공산당원 병사에게 말하게 해주오. 우리 공산당원은 생명을 던지고…… 자기의 피를 마지막 한 방울에 이르기까지……."

슈토크만의 음성은 무섭도록 긴장에 넘쳐 울려 퍼졌다. 얼굴은 시체처럼 창백해졌고 일그러져 있었다.

"바쳤던 것이오. 노동자 계급과 압박받은 농민에 대한 봉사의 사업에. 우리는 한 치의 두려움도 없이 죽음과 직면하는데 익숙해져 있소! 여러분이 나를 죽이는 것은 여러분의 자유요."

"거짓말도 유분수지!"

"얘기나 들어 보자!"

"그렇담 입 다물고 조용히 해봐!"

"나를 죽이는 것은 자유요. 그러나 나는 되풀이해서 말하겠소. 정신을 차리시오! 필요한 것은 집회를 여는 게 아니라 백위군을 향해 진격하는 것이오!"

슈토크만은 적위병들 얼굴을 자세히 살폈다. 그리고 가까운 곳에서 연대 지휘관인 보로노프스키를 발견했다. 그는 한 적위병 병사와 싱글거리고 어깨를 부비면서 뭐라고 소곤거리고 있었다.

"여러분의 연대장은……."

슈토크만이 보로노프스키를 가리키자 연대장은 나란히 서 있는 적위병에게 뭔가 불안한 기색을 띠고 귓속말을 했다. 그리고 다시 슈토크만이 그 말을 맺기도 전에 4월의 습기를 머금은 잿빛 대기 속에 총성 한 발이 둔하게 울렸다. 총성은 마치 말 등에다 세차게 채찍을 내리치듯 불안전하고 낮은 소리였다. 그러자 슈토크만은 두 손으로 가슴을 쥐어뜯으면서 흐늘흐늘 무너져내려 모자를 쓰지 않은 백발 섞인 머리를 힘없이 떨어뜨렸다…… 그러나 다음 순간 비틀거리면서 다시 일어섰다.

"요시프 다비도비치!"

일어선 슈토크만을 보고 무심결에 그에게로 뛰어간 이반 알렉세예비치는 신음하듯 말했다. 그러나 그는 팔꿈치를 붙잡히고 말았다.

"아가리 닥쳐! 총 이리 주고, 이 새끼!"

이반 알렉세예비치는 무기를 빼앗기고 주머니를 조사당했다. 그러고 나서 광장으로 끌려갔다. 광장에서는 여기저기서 당원들이 잡혀와 무장해제를 당하고 있었다. 골목에 있는 한 상인의 저택 부근에서 총성이 5,6발 요란하게 울렸다. 루이스식 기관총을 인도하기를 거부한 기관총수인 공산당원이 죽임을 당한 것이었다.

그때, 슈토크만은 입술에 피거품을 물고 딸꾹질을 하며 사색을 띠고서도 마지막 의지력을 쥐어짜 외쳐댔다.

"여러분은 기만당했소! 배신자들은…… 놈들은 자기들만 사면을 받아 사관자리를 새로 얻으려 하고 있소! 동지 여러분! 제발 마음을 돌리시오!"

또다시 보로노프스키와 나란히 서 있던 적위병이 어깨로 총을 가져갔다. 두 번째 사격으로 슈토크만은 벌렁 나자빠져 탁자에서 적위병들의 발치께로 굴러 떨어졌다. 그러자 입이 크고 곰보인 세르도브스키 연대의 한 병사가 탁자 위로 기운차게 뛰어올라가서 소리쳤다.

"우리는 여태껏 사탕발림한 소리만 수없이 들어왔다. 그건 모조리 다 거짓이고 허풍이었어. 지금 여기에 자빠진 놈은 사람이 아닌 개돼지야! 근로 농민의 적인 공산당원에게는 썩 어울리는 죽음이다! 친애하는 병사 동지들, 내가 하고 싶은 말은 우리의 눈은 지금 제대로 열려 있다는 것이다. 우린 어느 쪽과 싸워야 하는가 정도는 알고 있다는 것이다. 가령 우리 고장 보리스키군을 보더라도 알 수 있다. 평등과 모든 민족의 친목이라고? 이따위 엉터리 같은 소리를 공산당원의 사기꾼들이 써부렁댔잖나! 그런데 실제로는 어떻게 됐지? 우리 아버지에게 온 편지를 보니까, 대낮에 까놓고 약탈을 하더라는 거야. 우리 집만 해도 곡식 한 톨 구경할 수 없을 정도로 깡그리 빼앗겼다 이거야. 물방앗간까지 빼앗겼다는 거다. 그러고도 포고문에는 근로 농민의 친구라고 하니 이게 어떻게 된 노릇이야? 그 물방앗간은 우리 부모의 피땀이 맺힌 돈으로 사들인 것인데, 그걸 글쎄 공산당원이 약탈해야만 했느냐 이거야. 그놈들을 쳐죽이지 않고는 못 견디겠어, 정말!"

병사 역시 도중에서 연설을 중단하지 않을 수 없었다. 서쪽으로부터 우스티호표르스카야 마을로 반란군 기병 2개 중대가 들어왔기 때문이었다. 그리고 돈 강가의 남쪽 산 경사면에서 카자흐 보병 부대가 내려왔고 또한 반개 중대의 호위를 받으면서 반란군 독립여단장 보가티료프 소위가 사령부를 거느리고 왔다.

마침 그때, 동쪽에서 다가온 먹구름에서 세찬 빗줄기가 쏟아지기 시작하고 어딘가 호표르 강 언저리에서 둔한 우렛소리가 울려왔다.

세르도브스키 연대는 황급히 2열로 정렬했다. 그리고 산 저쪽에서 기병 보가티료프 사령부의 한 무리가 모습을 나타내자마자 전 이등대위 보로노프스키는 여지껏 들어 본 적이 없는, 짐승의 포효와도 같은 우렁찬 호령을 외쳤다.

"연대애! 차려엇……."

50

그리고리 멜레호프는 닷새 동안 타타르스키 부락에서 보내면서 그동안에 자기네 집과 처가의 씨앗 뿌리기를 도왔다. 그때 때마침 판텔레이 프로코피예비치가 집으로 돌아왔다. 아버지가 돌아오자마자 그는 치르에 주둔해 있는 자기 부대로 떠날 준비를 서둘러야 했다. 쿠지노프에게서 그에게 밀서가 도착했다. 거기에는 세르도브스키 연대 본부와 교섭이 시작되고 있다는 사실이 적혀 있었고, 또한 즉시 와 달라는 것과, 이어서 사단의 지휘를 맡아 달라는 부탁을 해 온 것이었다.

그날 그리고리는 카르긴스카야 마을로 떠나갈 작정이었다. 출발 전에 물을 먹이려고 돈강으로 말을 끌고 갔다. 야채밭 울타리 밑동까지 올라오는 물가로 내려가는 도중에 아크시냐의 모습이 눈에 띄었다. 그리고리에게만 느껴졌는지, 아니면 그녀 쪽에서 그가 다가오기를 기다리느라고 천천히 물을 길으면서 머뭇 거렸는지는 알 수 없었다. 어쨌든 그 순간, 그리고리는 문득 발걸음을 서둘렀으나 아크시냐의 옆으로 다가가는 그 짧은 동안에 새록새록한 슬픔의 갖가지 추억이 눈앞을 스치고 지나갔다……

아크시냐는 발소리에 뒤를 돌아보았다. 그 얼굴은 분명히 일부러 놀란 표정을 지어 보였다. 그러나 만남의 기쁨을, 그리고 묵은 상처의 아픔을 그녀는 아무래도 숨길 수 없는 듯했다. 어떻게도 할 수 없는 어색한 미소가 그녀의 얼굴 위에 떠올랐다. 그것은 그녀의 자랑에 넘친 얼굴에는 어울리지 않는 것이었으므로 그리고리의 가슴은 연민과 사랑스러움으로 가늘게 떨렸다. 착잡한 심정을 억누르면서 그는 말고삐를 잡은 채 말했다.

"잘 있었소, 아크시냐!"

"안녕하세요."

"오랜만이군."

"정말 오랜만이에요."

"난 아크시냐의 목소리까지 잊어버렸는걸……"

"벌써요?"

"그렇게 되나?"

아크시냐는 고개를 숙여 물통에 멜대를 끼우려고 했으나 제대로 걸리지 않았다. 그녀는 잠시 동안 우두커니 서 있었다. 두 사람의 머리 위를 마치 화살에라도 맞은 것처럼 날카로운 날갯짓소리를 내면서 오리 한 마리가 날아갔다. 벼랑 옆에서는 푸른 기가 도는 흰 바위를 줄기차게 물어뜯으면서 파도가 밀려왔다. 숲을 적신 봄의 홍수 수면에는 흰 양모 같은 물결이 무리져 있었다. 힘찬 분류가 되어 하류로 쏟아져 흘러가는 돈강에서 바람이 잘디잔 물방울과 엷은 냄새를 실어날랐다.

그리고리는 아크시냐의 얼굴에서 돈 너머로 시선을 옮겼다. 물에 잠긴 포플러 가로수의 발가벗은 가지가 흔들렸다. 그리고리는 짜증과 노여움을 띤 목소리로 물었다.

"어떻게 된 거야? 우리 둘 사이엔 할 얘기가 없는 건가? 아무 할 말이 없나?"

아크시냐는 애써 자신을 억눌렀다. 그녀가 대답을 했을 때는 이미 싸늘해진 얼굴의 근육 하나도 삐끗거리지 않았다.

"서로 해야 할 말은 진작에 다 털어놓지 않았던가요?"

"그래?"

"그래요! 나무도 꽃은 1년에 한 번밖에 피지 않으니까요······."

"우리들의 꽃은 이미 졌단 말인가?"

"그렇지 않다는 건가요?"

"그건 어째 이상한데······."

그리고리는 말을 물가에 풀어주고 아크시냐를 지켜보면서 쓸쓸하게 웃었다.

"아크시냐, 난 말이야, 언제고 당신을 잊을 수가 없었어. 그야 자식들도 자랐고 나 자신만 해도 머리가 반백이 되어버렸지만······ 하지만 당신이 잊혀지지 않는 걸 어떻게 해. 꿈속에서도 당신을 보았지. 문득 당신 생각을 떠올리면, 리스트니츠키가에서 살았을 때의 일 말이야······ 당신과 좋았던 시절을 생각하면 가끔씩은 이제까지의 내 생애를 돌아보게 되고, 그러다 보면 그게 텅 빈 자루마냥 여겨지곤 해."

"저도 마찬가지예요······ 그만 가봐야겠어요······ 시간이 꽤 됐군요."

아크시냐는 결연히 물통에 멜대를 꿰고 봄볕에 그을린 두 손을 걸치고는 언덕길 쪽으로 걸어가려 했다. 그러다가 갑자기 그리고리 쪽으로 몸을 돌렸다. 그녀의 얼굴에는 살짝 홍조가 떠올라 있었다.

"그러고 보니 우리 사이는 선착장 근처에서 비롯되지 않았던가요. 그리고리, 기억하죠? 그날은 야영에 나갈 카자흐들을 배웅하러 나와 있었지요." 그녀는 미소를 머금고 입술을 움직였다. 그녀의 탄력 있는 음성에는 즐거운 울림이 담겨 있었다.

"하나도 잊지 않고 있어!"

그리고리는 말을 마당 안에 끌어다놓고 먹이통을 갖다주었다. 그리고리를 배웅한다는 이유로 아침부터 밭에도 나가지 않고 있던 판텔레이 프로코피예비치가 헛간 처마 밑에서 고개를 내밀고 물었다.

"이제 떠나야지. 뭘 꾸물대고 있는 게냐?"

"떠나다니요?"

그리고리는 멍하니 아버지를 쳐다보았다.

"이 녀석아, 정신 좀 차려라! 카르긴으로 떠난다더니 뭐가 어쩌고 어째?"

"오늘은 가지 않겠어요."

"어째서?"

"곰곰이 생각해 보니까…… 아무래도 생각을 달리해야 할 것 같아서요……"

그리고리는 몸속에서 일어난 열로 바싹 마른 입술을 핥으면서 하늘을 쳐다보았다.

"먹구름이 나와 있잖아요. 틀림없이 비가 올 것 같아요. 비를 맞으면서까지 갈 이유는 없잖습니까?"

"그야 그렇지."

노인은 동의했지만 몇 분 전에 선착장에서 아들과 아크시냐가 얘기를 나누던 모습을 멀리서 보았기에 그리고리의 말이 아무래도 의심스러웠다. '또 달라붙었어.' 불안한 느낌으로 노인은 생각했다. '또 나탈리야하고 사이가 틀어지겠군…… 그리시카 녀석, 대체 누굴 닮아 저 모양인지, 원……날 닮은 건 아니겠지.' 판텔레이 프로코피예비치는 멀어져가는 아들의 구부정한 등을 바라보았다. 그리고 재빨리 기억을 더듬다가 자신이 젊었을 때를 돌이켜 생각하고 나서 판단을 내렸다. '날 닮긴 닮았어. 제기랄! 하지만 저 녀석은 나보다 한 수 위인 것 같아. 아크시냐에게 또다시 열을 올려 가정불화가 생기는 날엔 한번 혼찌검을 내줘야지…… 하지만 어떻게 저 녀석을 혼내 준담?'

다른 때 같으면 판텔레이 프로코피예비치는 그리고리가 아크시냐와 둘이 남의 눈을 피해 이야기를 나누고 있는 것을 보고서 덮어놓고 언저리의 아무거라도 주워들고 망설이지 않고 힘껏 내리쳤을 터였다. 하지만 그 순간 아무 소리도 입에 담지 않았을 뿐만 아니라 그리고리가 갑자기 출발을 미룬 진짜 이유를 이미 알고 있다는 내색조차도 하지 않았다. 그렇게 된 것은 그리고리가 이젠 천방지축으로 날뛴 젊은 시절의 '그리시카'가 아니고 사단장이며, 비록 견장은 달고 있지 않다 할지라도 몇천 명의 카자흐를 거느리고 있고, 그들 모두로부터 그리고리 판텔레예비치로밖에는 불리고 있지 않은 '장군'이기 때문이었다. 기껏해야 '중사'에 불과한 판텔레이 프로코피예비치는 설령 친자식이라 하더라도 그 장군을 때릴 수가 없었다. 절대복종의 정신이 감히 그런 생각을 품는다는 것조차 판텔레이 프로코피예비치에게 용납하지 않았다. 또한 그 때문에 그는 그리고리에게 거리를 느꼈고 왠지 모르게 서먹서먹한 기분이 없지 않았다. 그 모든 것의 원인은 그리고리가 벼락출세를 한 데에 있었다! 그저께도 밭일을 하면서 그리고리가 "왜 그렇게 멍청히 서 있어요! 가래라도 가져오잖고!" 하고 거칠게 그에게 소리친 적이 있었다. 그러나 판텔레이 프로코피예비치는 꾹 참고 한마디도 입 밖에 내지 않았다. 최근 들어 두 사람의 역할이 완전히 바뀐 것만 같았다. 그리고리는 걸핏하면 늙은 아버지에게 호통을 쳤고, 아버지는 아버지대로 그의 호령 투의 목쉰 소리를 들으면 안절부절못하고 불편한 다리를 버티고 서 있거나 절름거리며 아들의 비위를 맞추려고 애쓰는 것이었다.

'비를 두려워하다니! 비가 올 게 뭐람. 바람은 동풍이고 하늘 한복판에 구름이 조금 떠 있을 뿐인데 도대체 어디서 비가 온다는 게야! 나탈리야에게 살짝 귀띔을 하면 어떨까?'

생각이 이에 미치자 갑자기 기분이 좋아진 판텔레이 프로코피예비치는 집 안으로 뛰어가다가 이내 생각을 고쳐먹었다. 뜬소문이 날 것이 두려워 그는 고치다 만 마차 바퀴의 수리를 마저 끝내려고 발길을 돌렸다.

한편 아크시냐는 집으로 들어가서 물통을 비우기가 바쁘게 페치카 벽에 걸린 거울 앞으로 다가갔다. 그리고 얼마쯤 나이는 들어 보이나 아직 예쁜 자신의 얼굴을 싫증도 내지 않고 오래도록 들여다보았다. 얼굴에는 아직도 남자의 마음을 어지럽히기에 충분한 아름다움이 있었다. 그러나 인생의 가을은 피부 빛깔을 어딘가 퇴색시키고, 눈두덩이 노르스름한 빛깔을 띠게 하고, 검은 머리에 군데군데 흰 머리칼을 섞고, 눈동자의 반짝임마저 잃게 했다. 눈에는 이미 지친 빛이 깔려있었다.

아크시냐는 잠시 그렇게 서 있다가 이윽고 침대 위에 엎드려 슬프게 흐느껴 울었다. 이미 오래전에 잊어버렸던 끝없이 달콤한 것을 생각나게 하는 눈물이었다.

겨울이 되면 돈강 언저리, 산의 암벽과 치베리 언덕의 튀어나온 꼭대기에서 살갗을 찌르는 겨울바람이 눈을 휘몰아치면서 들이닥친다. 바람은 군데군데 땅바닥을 드러내고 언덕 위에서 새하얀 눈먼지를 싣고 와서 눈 둔덕 위에 차곡차곡 쌓아둔다. 햇빛을 받으면 설탕처럼 반짝반짝 빛나고, 어둠이 깔릴 무렵에는 하늘색으로 흐려지고, 아침에는 연보랏빛으로 물들고, 해돋이 때 장밋빛으로 불타는 산은 단애 위로 몸을 굽힌다. 무섭도록 말이 없는 그 설산은 해빙기의 날씨가 닥쳐오기까지는 스스로의 몸무게를 이고 참고 견디며 지낼 것이다.

바람이 불어닥친 설산처럼, 오랜 세월에 걸쳐 쌓이고 쌓였던 아크시냐의 감정은 작은 일격으로도 충분했다. 그리고리와의 만남, 그의 정이 넘치는 "잘 있었소, 아크시냐!" 이 인사가 바로 그 일격이었다. 최근 몇 년 동안 날이면 날마다 그녀의 마음속에서 떠나지 않고 있는 것은 그에 대한 사랑이 아니었던가? 무슨 일을 할 때나 무슨 생각을 하고 있을 때나 변함없이 그리고 끊임없이 그녀의 마음은 언제나 그리고리의 주변을 맴돌고 있었다. 마치 눈가림을 당한 말이 살수용 마차의 바퀴를 돌리면서 관수기에 묶인채 빙글빙글 도는 것처럼…….

아크시냐는 저녁나절까지 줄곧 침대에 누워 있었다. 그러더니 벌떡 일어나 부어오른 눈으로 세수를 하고 머리를 벗고 마치 선보러 가는 처녀같이, 그리고 열에 뜬 것같이 흥분해 서둘러 옷을 갈아입었다. 예쁜 윗옷에 연지빛 모직 스커트를 입고 숄을 걸친 뒤 거울을 다시 한번 들여다보고는 밖으로 나갔다.

타타르스키 부락 위에는 어두운 남빛 황혼이 깃들어 있었다. 강가 어딘가에서 기러기가 시끄럽게 울어댔다. 힘없는 푸르스름한 달이 돈 강가의 포플러 그늘에서 떠올랐다. 물 위에는 잔물결에 흔들리는 달빛이 오솔길처럼 뻗어 있었다. 가축들은 어두움이 내려앉기 전에 돌아와 있었다. 이 집 저 집의 가축우리에서 양껏 풀을 먹지 못한 암소들이 허기진 울음을 울어댔다. 아크시냐는 자기 집 암소의 젖도 짜지 않고, 콧잔등이 허연 송아지를 어미소 옆으로 몰아냈다. 송아지는 뒷다리를 뻗치고 서서 꼬리를 흔들며 어미의 유방을 물어뜯을 듯이 덤벼들었다.

다리야 멜레호프는 암소의 젖을 짠 다음에 여과기와 통을 들고 집으로 들어가려다 울타리 그늘에서 자기 이름을 부르는 소리를 듣고 걸음을 멈췄다.

"다리야!"

"누구야?"

"나예요, 아크시냐예요…… 잠깐만 우리 집에 와줄래요?"

"무슨 일이지?"

"잠깐만요. 가축우리 옆에서 기다리고 있겠어요."

"알았어."

잠시 뒤 다리야가 나왔다. 아크시냐는 자기 집 우물 옆에서 기다렸다. 다리야에게서는 갓 짜낸 우유의 따뜻한 냄새와 가축우리 냄새가 풍겼다. 그녀는 예쁘게 단장한 아크시냐를 보고 눈이 휘둥그레졌다.

"집안일을 빨리 끝냈군."

"우리 집 일은 스테판이 없어도 문제없이 해낼 수 있어요. 내가 하는 일이라야 암소 한 마리를 돌보는 것뿐이죠, 부엌일은 거의 하지 않거든요."

"그런데 내게 무슨 볼일이지?"

"우리 집에 들를 수 없을까요? 잠깐만요……."

아크시냐의 음성이 약간 떨렸다. 다리야는 대강 짐작이 되어 잠자코 따라갔다.

아크시냐는 등불도 켜지 않고 방으로 들어가기가 바쁘게 궤짝을 열고 뭔가를 찾더니만 이윽고 뜨거운 손으로 다리야의 손을 붙잡고 그녀의 손가락에 반지를 끼워 주었다.

"이게 웬 거야? 아니, 이건 반지 아냐? 이걸 왜 나에게?"

"당신에게 드리는 거예요. 기념으로 말예요."

"순금이네."

다리야는 창가로 다가가 어스름한 달빛으로 자기 손가락에 끼워진 반지를 들여다보고는 퉁명스럽게 물었다.

"네, 가지세요!"

"고맙군! 그런데 왜 이런 걸 내게 주는 거지?"

"실은 그리고리를 불러 줬으면 해서……."

"또 시작이군그래?"

비로소 까닭을 알았다는 표정으로 다리야는 쓸쓸하게 웃었다.

"아니에요, 아니라니까요! 그게 무슨 말예요. 그분께 부탁하면 스테판의 휴가쯤 얻어낼 수 있을 것 같아서……."

"그렇담 왜 우리 집으로 안 왔어? 그런 볼일이 있다면 우리 집에 와서 얘기하면 되잖아."

다리야는 심술궂게 말했다.

"그건 안 돼요…… 나탈리야가 신경을 쓸 거 아니겠어요. 그래서……."

"그럼, 좋아. 불러 줄게. 난 그리고리와는 상관없으니까!"

그리고리는 저녁 식사를 마쳤다. 숟가락을 놓고 국물 묻은 입수염을 손바닥으로 훔쳤다. 식탁 밑에서 그 발에 남의 발이 와닿는 것을 느끼고 눈을 치켜들자 다리야가 눈짓을 했다.

'만일 나를 죽은 페트로의 대용물로 삼으려는 생각에서라면 한 대 후려쳐줄 테다! 탈곡장으로 데리고 가서 스커트로 머리를 뒤집어씌우고 암캐처럼 두들겨 패 줘야지!' 형수의 친절을 내내 못마땅하게 여겨온 그리고리는 그런 생각을 했다. 그가 식탁에서 물러나 담배를 피워 물고 천천히 문 쪽을 향하자 그 틈을 놓치지 않고 다리야가 따라왔다.

"죄 많은 사람! 어서 가보세요…… 당신을 부르고 있어요."

"누가?"

못마땅한 눈빛으로 그리고리가 물었다.

"그 여자가요."

나탈리야가 애들을 데리고 잠이 든 지 한 시간가량 지났을 때, 그리고리는 외투 단추를 단단히 채우고 아크시냐와 함께 아스타호프가의 대문 밖으로 나갔다. 두 사람은 어두운 골목 안에 말없이 서 있었다. 그리고 여전히 말이 없는 채, 정적과 어둠과 풀 냄새가 깔린 광야를 향해 걸었다. 외투 자락을 펼치고 그리고리는 아크시냐를 끌어안았다. 그리고 그녀의 떨림과 또한 그녀의 웃옷 밑으로 그녀의 심장이 간격을 두어 두근거리는 것을 느꼈다.

51

이튿날 출발하기 전에 그리고리는 나탈리야와 이야기를 했다. 그녀가 그를 옆으로 불러 낮은 목소리로 물었다.

"어젯밤에 어딜 갔다 오셨지요? 도대체 어디서 그렇게 늦게 돌아오셨나요?"

"그렇게 늦었던가?"

"늦지 않았단 말씀예요? 첫닭이 울었을 때 눈을 떴는데 당신은 아직 돌아오지 않으셨어요……."

"쿠지노프가 왔었소. 그래서 군사 문제에 관한 일로 그 친구에게 의논하러 갔다가 온 거요. 안에서 알 일이 아니오."

"그런데 어째서 그분이 우리 집으로 자러 오지 않았지요?"

"급히 뵤시키로 돌아갔소."

"누구네 집에서 쉬었어요?"

"아보시첸코프네 집에서. 그 친구와 먼 친척뻘인가 보더군."

나탈리야는 그 이상 묻지 않았다. 그녀가 일종의 동요를 보이는 것은 확실했다. 그리고 그녀의 눈에서 뭔가 미심쩍은 것이 엿보여, 그리고리는 자기가 말한 것을 그녀가 믿는지 어떤지 잘 알 수 없었다.

그는 서둘러 아침 식사를 했다. 판텔레이 프로코피예비치는 말에 안장을 얹으러 갔고, 일리니치나는 성호를 긋고 그리고리에게 키스하면서 빠르게 속삭였다.

"얘야, 하느님을…… 하느님이 보고 계시다는 것을, 아들아, 부디 잊지 마라! 소문을 들으니, 네가 수병(水兵)들을 여럿 죽였다더구나…… 그게 대체 웬일이냐! 얘, 그리신카, 정신 좀 차려라! 봐라 좀, 네 자식들이 저렇게 자라고 있고, 너에게 살해된 사람들 역시 자기 자식들을 세상에 남겼을 텐데…… 그래. 어떻게 그런 짓을 저질렀단 말이냐? 정말이지 어릴 때 너는 온순하고 착한 애였다. 그런데 지금은 음침한 얼굴을 하고 있구나. 마음이 아주 이리 같아지고 말았어…… 제발 에미가 말하는 것을 잘 들어 뒤라, 그리셴카! 네가 내 말을 그대로 따를 리 없지만, 어쨌든 언제 네 목에 다른 나쁜 녀석의 칼이 닿을는지 모르지 않니……."

그리고리는 쓴웃음을 짓고 바싹 마른 어머니의 손에 키스했다. 그러고는 나탈리야 옆으로 다가갔다. 나탈리야는 쌀쌀맞게 그를 안고 얼굴을 돌렸다. 그리고리가 그녀의 차가운 눈 속에서 본 것은 눈물이 아니었다. 비애와 감춰진 분노였다. 아이들과 작별한 뒤, 그는 밖으로 나갔다…….

등자에 한쪽 발을 올려놓고 억센 말갈기를 쥐면서 느닷없이 이런 생각을 했다. '다시 새롭게 인생의 새 출발을 하는구나. 그러나 마음속은 여전히 차갑고 공허해…… 그래, 아크시냐도 지금의 이 공허함을 메꿔 주지는 못할 것이다!'

문 언저리에 몰려선 집안사람들을 돌아보지도 않고 그는 느리게 말을 몰아서 거리를 지나갔다. 그리고 아스타호프네 집 옆을 지나갈 때 곁눈질로 창문을 쳐다보았다. 방 맨 끝쪽 창문으로 아크시냐의 모습이 보였다. 그녀는 방긋 미소를 지으며 그를 향해 자수를 하고 있는 손수건을 흔들었다. 그러나 곧 그것을 뭉쳐 입에 대더니, 밤잠을 자지 못해 검은 기미가 생긴 눈가에 가져다댔다.

그리고리는 들판을 달릴 때와 같은 빠른 속도로 말을 몰았다. 언덕을 오르자, 반대편에서 여름철의 뙤약볕 아래 천천히 오고 있는 말 탄 사람 둘과 짐수레가 한 대 보였다. 말을 탄 사람은 안치프 프레코비치와, 윗마을 출신으로 젊고 살갗이 거무스름하며 건강한 카자흐인 스트레미얀니코프였다. '전사자를 나르고 있구나.' 그리고리는 황소가 끄는 짐수레를 바라보면서 그렇게 짐작했다. 카자흐들과 미처 마주치기도 전에 그는 물었다.

"누구를 옮기고 있나?"

"알료시카 샤밀리와 이반 토밀린, 그리고 야코프 포드코바라네."

"죽었나?"

"치명상이야."

"언제?"

"어제 해 질 무렵이네."

"포병대는 무사한가?"

"무사해. 포병대 중 우리 마을 사람이 어떻게 카리노프 부락에 있다가 빨갱이 놈들 칼에 죽었는지 모르겠어. 게다가 샤밀리 녀석 참…… 멍청하게 당하고 말았어!"

그리고리는 모피 모자를 벗고 말에서 내렸다. 운반차를 따라오던 치르의 30대 카자흐 여자가 소를 세웠다. 짐수레 위에는 처참하게 죽은 카자흐가 나란히 누워 있었다. 그리고리가 그녀 옆으로 다가가기도 전에 이미 미풍에 실려 고약한 시체 냄새가 풍겨 왔다. 알료시카 샤밀리는 한가운데 누워 있었다. 그의 헌 청색 웃옷의 앞쪽이 헤쳐지고, 텅 빈 배낭은 맞아서 깨어진 머리밑에 깔려 있었다. 오래전에 잘린 팔의 끝부분에는 지저분한 넝마조각이 감겨져, 언제나 아주 잘 움직이다가 이제는 아주 숨을 쉬지 못하게 된 가슴의 부풀어오른 갈비뼈에 늘어붙다시피 닿아 있었다. 죽기 전에 드러낸 흰 이빨을 그대로 보이는 알료시카의 입가에는 격렬한 원한이 엉겨붙어 있었다. 하지만 막(膜)이 얇게 굳어진 눈은 평온과 뭔가 슬픈 생각을 떠올리며 푸른 하늘을, 그리고 광야를 흐르는 흰 구름을 바라보고 있었다.

토밀린의 얼굴은 알아볼 수가 없었다. 얼굴 같은 것은 없다고 말해도 좋을 정도였다. 세이버의 일격으로 비스듬히 깎여나간, 뭔가 시뻘겋고 형태 없는 것이 있을 뿐이었다. 그 옆에 눕혀진 야코프 포드코바는 사프란같이 노란빛이었다. 그는 머리가 거의 두 덩어리로 으스러졌다. 풀어헤쳐진 카키색 군복 안쪽에서는 끊긴 흰 빗장뼈가 쑥 나와 있고, 눈 조금 위쪽 이마에는 검은 방사형을 띤 별 모양의 총흔(銃痕)이 피로 물들어 있었다. 적위병 하나가 아마 좀처럼 죽지 않고 있던 이 카자흐를 동정하여 이마를 겨누고 총을 쏘았음에 틀림없었다. 그러므로 화상과, 화약의 발화에 의한 검은 얼룩까지 야코프 포드코바의 얼굴에 남아 있었다.

"어떤가, 모두들 마을 사람들의 공양(供養)으로 명복을 빌고 한잔하기로 하지."

그리고리는 이렇게 제의하고 옆으로 물러서서 안장에 걸었던 복띠를 풀고 재갈을 벗겼다. 그리고 말의 왼쪽 앞다리에 고삐를 감더니, 비단같이 윤이 나고 가지와 잎을 거침없이 쭉쭉 내뻗은 어린 풀을 먹도록 말을 놓아주었다.

안치프와 스트레미얀니코프도 재빨리 말의 다리를 묶고 풀을 먹도록 놓아주었다. 모두가 가로누워 담배를 피워 물었다. 그리고리는 아직도 털갈이를 하지 않아 털이 더부룩한 암소가 키 작은 전동싸리 쪽으로 머리를 늘이는 것을 쳐다보면서 물었다.

"그런데 샤밀리는 어쩌다 죽게 됐나?"

"그 친구 말야, 판텔레예비치, 글쎄 어리석어서 죽었다네!"

"뭐라고?"

"어째서 그렇게 되었느냐면 말이지."

스트레미얀니코프가 말하기 시작했다.

"어제 정오쯤 되었을 때 우리는 말을 타고 척후를 나섰네…… 이름이 뭐더라, 안치프? 어제 같이 갔던 그 상사 말이야."

"그걸 어떻게 아나!"

"그래, 이름이야 뭐든 상관없지! 아무튼 그 녀석은 알지 못했던 친구로 다른 중대 사람이었어. 그런데 말이지…… 그런데 우리 카자흐가 14명, 그리고 샤밀리가 함께 가기로 되었지, 그 친구는 어제 하루 종일 쾌활했고, 별로 불길한 예감이 들 만한 일도 없었네. 모두들 아무 일 없었는데, 그 친구는 자기 팔 끝에 너덜너덜 매달린 넝마 조각을 빙글빙글 움직이고, 고삐를 안장에 걸더니, '젠장, 그리고리 판텔레예비치는 언제 돌아올 셈인가! 그 친구하고 주욱 한잔하고서 노랫가락깨나 뽑고 싶은데……' 어쩌고 하더군. 그런 투로 라디셰프스키 구릉에 갈 때까지 줄곧 흥얼거렸어.

> 우리는 이 산 저 산으로 돌아다니네,
> 메뚜기처럼 몸 가볍게.
> 우리는 모두가 돈 카자흐,
> 베르딩 총으로 신나게 쏘아댄다!

대충 그런 상태로 벌써 토프카야 저지대 근처까지 와서, 우리는 골짜기로 내려갔네. 그러자 그 상사 녀석이 '빨갱이 놈들이 전혀 보이지 않는걸. 분명 놈들은 아스타코보 마을에서 아직도 나오지 않았을 거야. 놈들은 마을 사람들에게서 어서 일어나란 재촉을 받고, 마지못해 지금쯤에야 겨우 아침 식사를 준비한답시고 수탉이나 뭐나 삶든지 굽든지 하고 있을 거야. 그러니 우리도 잠시 쉬기로 하세. 말들도 땀을 줄줄 흘리고 있군' 하더군. 그래서 우리도 '그래 그거 좋지.' 했지. 얼른 말에서 내려 풀밭 위에 누우며, 보초 1명만을 언덕 위에 내보냈네. 누워 있다가 언뜻 쳐다보니까, 알료시카란 녀석은 자기의 말 근처에서 꾸물거리고 있더군. 말의 복띠를 풀어 주려 했던 거야. '이봐! 알렉세이, 복띠는 풀어 주지 않는 게 좋아. 글쎄, 그런 일이 생겨선 곤란하지만 만일 풀어 주었다가 갑자기 떠나려면 자네의 그 외팔로 복띠를 다시 채울 틈이 있을 것 같지 않네' 내가 말했지. 그 친구는 이빨을 드러내고 웃으면서 '자네보다도 더 빨리 준비할 테니까 두고보게! 풋내기 주제에 나에게 뭘 가르치려 드는 건가?' 하더란 말이야. 그 사이에 완전히 복띠를 벗기고 재갈까지도 벗겨내더군. 다른 친구들은 누워서 담배를 피우고, 얘기를 하고, 꾸벅꾸벅 졸기도 하고 있었지. 경비하러 나갔던 녀석도 바로 그때쯤에는 역시 졸고 있었어. 정말 한심한 녀석이지. 그쪽 무덤 옆에 누워서 잠만 잤던 거네.

그러다 보니 멀리서 말이 뛰는 소리 같은 것이 들려왔어. 일어나기가 귀찮기는 했지만 어쨌든 일어나 골짜기에서 언덕으로 올라갔지. 언뜻 쳐다보니, 우리들이 있던 곳에서 200미터쯤 떨어진 아래 저지대 쪽에서 적병들이 말을 타고 오고 있잖겠나. 대장이 밤색 말을 타고 선두에서 오더군. 그놈이 타고 있던 말이야말로 정말 사자 같더구먼. 놈은 중기관총까지 가지고 있었어. 그래서 나는 굴러내리듯이 골짜기로 달려내려가서 소리쳤지. '빨갱이들이다! 말에 타라!' 빨갱이놈들은 이미 내 모습을 알아보았더군. 건너편에서 구령을 내리는 소리가 바로 들려왔어. 우리는 급히 말에 올랐지. 상사는 기병도(騎兵刀)를 뽑아들고 돌격할 태세를 취했지. 하지만 돌격은 어림도 없었어. 이쪽은 14명인데 저쪽은 중대 병력의 절반 정도나 되고, 게다가 그놈들한테는 기관총까지 있었거든! 우리는 말을 타자마자 쏜살같이 달아났네. 놈들은 기관총으로 냅다 드르륵 갈겨대더군. 그런데 좁은 골짜기가 우리를 살려 줬네. 기관총으로 우리를 다 해치우지 못한다는 것을 곧 알아챘지. 놈들은 우리의 뒤를 쫓아오기 시작하더군. 그러나 우리쪽 말들이 더 빨라서 일사천리로 멀찍이 달려 말에서 내려 사격을 하려고 했네. 그때 비로소 알료시카 샤밀리의 모습이 보이지 않는다는 것을 깨달았어. 그 친구는 말이야, 좀전에 소동이 일어났을 때 말이 있는 곳으로 홱 달려가서 안장 테를 튼튼한 쪽 팔로 얼른 집어들고 등자에 발을 얹어 놓았는데, 바로 그때 안장이 말 허리 밑으로 떨어져버렸던 모양이야. 간신히 말에 다시 올라타기 직전에 빨갱이놈들과 얼굴을 맞대게 되어 샤밀리는 거기에 남겨지게 되고 말았지. 한편 그의 말은 우리 쪽으로 달려왔는데, 콧구멍으로 불길 같은 숨을 토하고, 안장은 놈의 허리 밑에서 흔들흔들 흔들리고 있었어. 몹시 겁을 먹어 아무도 옆에 다가서지 못하게 하면서, 심하게 코를 부릉부릉 울리더군. 어쨌든 그렇게 돼서 알료시카는 당하고 만 거야! 말의 복띠를 풀어 놓지만 않았더라면 살 수 있었을 텐데, 그만 그런 짓을 했으니……."

스트레미얀니코프는 거무스름한 콧수염 속으로 벙긋 웃음을 지으며 이야기를 마쳤다.

"그 친구는 요즘 늘 이런 노래를 불렀다네.

마법사 할아버지,
우리의 황소를 내리쳐 주세요

우리의 목을 잘라 주세요…….

　말하자면 그 녀석은 목을 싹 잘린 셈이야. 얼굴도 도무지 알아볼 수가 없다네! 얼마 뒤 빨갱이 놈들을 쫓아버리고 그 저지대에 가봤었다네. 가서 보니까, 녀석이 나뒹굴어 있더군. 현장에는 그녀석의 피가 마치 도살된 소의 피처럼 솟아나와 있었어. 몸 전체가 핏물에 푹 담겨 있었지.”
　“이젠 슬슬 가지요!”
　짐수레를 끄는 여자가 해를 가리려고 얼굴을 싼 플라토크를 입술에서 떼놓고 더 참지 못하겠다는 듯이 물었다.
　“서두를게요, 아주머니, 걱정 말아요! 곧 닿을 테니까!”
　“서두르지 않으면 어떡해요! 이렇게 죽은 사람들에게서 역한 냄새가 나니 푹 쓰러지고 말 것 같아요!”
　“좋은 냄새가 풍길 리 있어요? 녀석들, 고기도 먹었을 게고 여자들에게 다니기도 했을 테니까요. 그런 짓을 하는 인간들은 채 죽기도 전부터 벌써 고약한 냄새를 풍기게 마련이에요. 성인(聖人)들은 죽으면 김이 난다고 말하지만, 내가 생각하기에는 터무니없는 헛소리예요. 어떤 성인이라도 죽으면 역시 자연의 법칙에 따라서 고약한 냄새를 풍기게 되어 있어요. 성인도 역시 위장을 통해서 음식물을 섭취하고 있고, 그런 사람들의 창자도 하느님이 인간에게 내려 주신 것과 같이 2미터 길이는 될 거란 말입니다…….”
　깊이 생각하는 투로 안치프가 말했다.
　그러자 무슨 까닭인지 버럭 스트레미얀니코프가 성을 내며 소리쳤다.
　“어째서 자네는 그런 사람들을 예로 들어 말하는 겐가? 하필이면 성인들을 들추어 지껄이다니! 자, 가자구!”
　그리고리는 카자흐들에게 작별인사를 하고, 죽은 마을 사람들에게도 마지막 인사를 하려고 짐수레 옆으로 다가갔다. 그때 비로소 그는 그들 3명이 다 같이 맨발이고, 장화 세 켤레가 그들의 발치 쪽에 가로로 뉘어 깔려 있음을 알았다.
　“죽은 사람들의 구두를 왜 벗겨냈나?”
　“그건 말이야, 그리고리 판데레예비치, 우리 부락의 카자흐들이 저지른 것이라네…… 죽은 녀석들이 좋은 구두를 신고 있었지. 중대에서 의논을 했다네. 망가진 구두를 신고 있는 사람이 죽은 사람의 것을 갖는 게 어떠냐고. 하긴 죽은 친구들에게도 가족이 있긴 하지만 워낙 신발들이 다 닳아빠져서 말이야. 그래서 아니쿠시카가 이렇게 말했다네. '죽은 자들은 더 이상 걷지도 않고 말을 타지도 않을 거다. 알료시카의 장화를 나에게 달라. 그의 구두 밑창은 상당히 튼튼하다. 그걸 얻지 못하면, 나는 빨갱이 놈들에게서 편상화를 빼앗아 신기 전에 감기로 죽게 될지도 모른단 말이야'라고."

그리고리는 말을 몰아 나아갔다. 차츰 멀어지면서 두 명의 카자흐가 말다툼하는 것 같은 소리가 들렸다. 스트레미얀니코프가 잘 울려 퍼지는 테너로 소리쳤다.

"거짓말 작작해, 프레코비치! 그런 소리를 하니까 네 아버지도 거짓말쟁이란 소리를 듣는 거야! 카자흐에게서 태어난 성인이라고는 한 사람도 없었어! 그런 사람들도 죄다 근본을 캐면 돈의 백성이야!"

"아냐, 있었어!"

"뻥치지 마!"

"아냐, 있었다마다!"

"그럼, 누구?"

"승리자 에고리가 있잖았어?"

"쳇! 네 어미 뱃속에 들어갔다 다시 나와라, 이 미친 놈아! 그가 카자흐한테서 태어났단 말이야?"

"진짜 돈 카자흐로, 틀림없이 하류 쪽 세미카라코르스카야 마을 출신이야."

"정말 형편없는 소리만 하는군! 우선 몸이나 깨끗하게 하고 와! 그가 카자흐라니!"

"카자흐가 아니라고? 그럼, 어째서 그 사람이 창을 든 모습으로 그려져 있지?"

그 뒤의 이야기는 그리고리에게 들리지 않았다. 그는 말을 빨리 달려 좁은 골짜기로 내려갔다. 그리고 게트만스키 가도를 가로지를 때, 산에서 마을 쪽으로 천천히 내려가는 짐수레와 말 탄 두 사람의 모습을 보았다.

거의 카르긴스카야 마을까지 그리고리는 계속해서 말을 빨리 몰아댔다. 미풍이 불어와 단 한 번도 땀에 젖지 않게 말갈기를 스쳤다. 몸통이 긴 갈색 들다람쥐들이 도로를 가로질러 달리며 불안해하는 울음소리를 냈다. 경계하느라고 날카롭게 질러대는 그 소리는 광야를 지배하는 깊은 정적과 기묘하게 조화되고 있었다. 구릉 위나 길에 가까운 산의 지붕에서 들기러기 수컷들이 이따금 날아올랐다. 눈같이 희고 햇볕을 받아 번쩍번쩍 빛나는 들기러기들은 잘름잘름 교묘하게 날개를 흔들며 차차 높은 곳으로 올라갔다가, 그 절정에 이르면 이번에는 결혼 때의 흑색 비로드 목걸이를 감은 것 같은 목을 화살이 날듯 쑥 뻗치고, 마치 푸른 하늘을 표류하듯이 쭉쭉 멀어져갔다. 그러나 200미터쯤 날아가서는 좀더 심하게 날갯짓을 하면서, 마치 한군데 멈추어 있는 것 같은 모습으로 아래로 내려왔다. 지면 가까이에서 갖가지 풀이 아름답게 무늬를 이룬 푸르름을 배경으로, 끓어오르는 듯한 양쪽 날개의 깃털들이 흰 전광(電光)처럼 번쩍 빛났다가 사라졌다. 그러고는 풀에 휩싸여서 들기러기의 모습은 보이지 않았다.

수컷들이 암컷을 부르는, 몸을 태우는 것 같은 애절한 꾸룩꾸룩! 소리가 여기까지도 들려왔다. 치르강 기슭의 구릉 정상에 있는 길에서 몇 발짝 떨어져 있는 들기러기의 유인(誘引) 소굴을 그리고리는 말에 탄 채로 내려다보았다. 직경 1미터 정도의 평평한 원형 지면은, 암놈 때문에 싸운 수컷들의 발에 의해 단단하게 다져져 있었다. 그 유인 소굴 속에는 잡초 한 포기도 없었다. 다만 십자모양의 발자국 위로 회색 먼지가 내려앉아 켜켜이 쌓여 있었다. 도로 양쪽의 바싹 마른 브리얀초나 향쑥의 줄기 위에는 바람에 팔락거리면서 뒷면이 장밋빛이고 반점이 있는 새파란 들기러기의 깃털들이 걸려 있었다. 싸움을 한 들기러기들의 등허리나 꼬리에서 한창 싸울 때에 뽑혀 나온 것들이었다. 아주 가까이에서 회색을 띤 못생긴 들기러기 수컷이 둥지로부터 뛰쳐나왔다. 노파같이 등허리를 구부리고 성급한 걸음걸이로 나온 그 수컷은 말라빠진 지난해의 전동싸리 무더기 밑 쪽으로 재빨리 달려가더니 날아오를 것인지를 망설이며 그곳에 숨었다.

봄에 의하여 생명이 주어진 힘차고 솟구쳐오르는 듯한 약동(躍動)으로 가득 찬, 눈에 보이지 않는 생활이 스텝 속에 좍 펼쳐져 있었다. 맹렬한 기세로 풀은 싹터 오르고, 탐욕스러운 인간의 눈에서 벗어나 작은 새들과 짐승들과 작은 동물 따위가 쌍쌍이 광야 속의 비밀스런 은신처에서 흘레를 하고, 휴한지(休閑地)에는 이루 다 헤아릴 수 없을 정도로 많은 떨어진 이삭의 날카롭게 잘린 끝부분에서 보풀이 일어나 있었다. 이미 삶을 마친 지난해의 잡초인 대나물만이 광야에 흩어진 파수꾼들의 흙무더기 경사면 위에서 힘없이 등허리를 구부린 채 구원을 바라듯 어설프게 땅에 엎드려 있었다. 그러나 생기를 불어넣어 주는 상쾌한 바람은 대나물의 메마른 뿌리를 사정없이 상처 입히면서 휘익 불고 지나가 햇살을 받고 다시 살아나는 광야의 표면을 이리저리 달려 지나갔다.

그리고리 멜레호프는 해가 지기 전에 카르긴스카야에 닿았다. 치르강의 얕은 여울을 건너, 카자흐 부락 근처의 마구간에서 리야프치코프를 찾았다. 이튿날 아침에 그에게서 각 부락에 분산된 휘하의 제1사단 각 부대 지휘를 인수받았다. 그러고는 사령부에서 보내온 최근의 종합보고를 훑어보고, 휘하의 참모장 미하일 코프이로프와 협의한 끝에 아스타호보 마을까지 남진하기로 결정했다.

각 부대가 다 같이 심하게 탄약의 부족을 느끼고 있었다. 한차례 교전하여 그것을 입수할 필요가 있었다. 그리고리가 결정한 공격의 본래 목적도 바로 거기 있었다.

저녁때쯤, 기병 3개 연대와 보병 1개 연대가 카르긴스카야에 집결되었다. 사단이 가진 22대 경기관총과 중기관총 가운데에서 6대만 가져가기로 결정되었다. 그 나머지에는 할당할 탄띠가 없기 때문이었다.

5월 5일 아침, 사단은 진격을 개시했다. 그리고리는 도중에 본부를 방치해 둔 채 스스로 제3기병 연대의 지휘를 맡았다. 앞서 기마 척후병을 내보내고, 도보 대형으로 남쪽의 포노마료프카 마을을 향해 나아갔다. 척후병의 보고에 의하면, 그곳에 적군 제101 및 제103 보병 연대가 집결하여 되려 카르긴스카야로 진격할 준비를 하고 있다는 것이었다.

마을에서 3킬로미터쯤 진군했을 때 전령이 쫓아와서 그에게 쿠지노프의 편지를 전했다.

제2세르도브스키 연대가 우리 편에 투항했다! 병사들은 모두가 무장해제되었다. 소요를 일으키려 한 병사들 20명만은 보가티료프에게 인도했다. 그가 참살을 명령했기 때문이다. 우리 편에서 대포 4문을 포획했으나 격발장치는 분하게도 포병대 당원이란 자들이 이미 제거해서 없었다. 그리고 포탄 200발 이상과 기관총 9대가 인도되었다. 우리 편은 몹시 기뻐하고 있다. 적병들을 각 보병 중대에 분산 배치하여, 그들의 전우들을 공격하게 할 작정이다.

당신 쪽은 사정이 어떤가? 참, 하마터면 잊어버릴 뻔했는데 당신네 마을의 공산당원들이 붙잡혔다. 코틀랴로프, 코셰보이, 그 밖에 다수의 엘란스카야 마을 출신들이다. 뵤시키로 호송하고 있는데, 엄중한 감시를 하고 있다. 만일 탄약이 부족하면 이 전령 편에 전하라. 500통 정도 보내겠다.

쿠지노프

"전령!"

그리고리가 소리쳤다.

프로호르 즈이코프가 곧 달려왔다. 그러나 심상치 않은 그리고리의 안색을 보고는 깜짝 놀라며 당황해 모자의 차양에 손을 올려붙였다.

"무슨 일로 부르셨습니까?"

"리야프치코프를! 리야프치코프는 어딨나?"

"종대(縱隊)의 후미에 있습니다."

"빨리 갔다와! 그를 서둘러 이리 데려와!"

프라톤 리야프치코프는 빠른 걸음으로 도보 종대를 우회하여 그리고리를 바싹 뒤따라왔다. 콧수염이 흰 그의 얼굴 피부는 바람을 너무 쐬어 꺼풀이 벗겨지고, 콧수염과 눈썹은 봄볕에 타서 붉은 기가 도는 갈색빛이 나고 있었다. 그는 싱긋 미소를 짓고, 말을 달리면서 담배를 피우고 있었다. 짙은 밤색 말은 올봄에 들어서 두서너 달 동안에도 전혀 쇠약한 기색을 보이지 않고, 터질 듯한 좋은 몸집으로 그의 밑에서 가슴받이를 번쩍번쩍 빛내며 경쾌한 걸음걸이로 나아갔다.

"뵤시키에서 편지가 왔습니까?"

리야프치코프는 그리고리 옆의 전령을 보고 소리쳤다.

"편지가 왔네."

헝클어진 기분을 누르고 그리고리가 대답했다.

"연대와 사단의 지휘를 부탁하네, 나는 좀 갔다올 데가 있으니까."

"좋습니다, 다녀오십시오. 그런데 급한 일이십니까? 뭐라고 씌어져 있었습니까? 누구의 편지입니까? 쿠지노프에게서 왔습니까?"

"세르도브스키 연대가 우스티 호표르에서 투항했다고 한다……."

"뭐라고요? 정말입니까? 그러면 우리들도 당분간은 살겠군요? 곧 가실 겁니까?"

"곧 가겠다."

"아주 기분 좋습니다. 돌아오실 때까지 아스타호보에 들어가 있겠습니다!"

'미시카와 이반 알렉세예비치를 사로잡고 싶다…… 누가 페트로를 죽였는지 알기 위해서…… 또한 이반이나 미시카를 죽음에서 구하기 위해서이다! 구해야 해…… 우리 사이는 피로 이어져 있는걸. 하지만 지금의 우리는 아주 남남이 되어 있지 않은가……' 그리고리는 미친 듯이 말에 채찍질을 하여 구릉에서 날듯이 달려내려가며 그런 생각을 했다.

52

반란군의 각 중대가 우스티 호표르스카야 마을에 들어가서 때마침 집회를 갖고 있던 세르도브스키 연대의 장병들을 포위하자, 곧바로 제6여단장 보가티료프는 보로노프스키, 보르코프와 함께 협의하러 그 자리를 떠났다. 협의는 광장 바로 옆, 상점이 있는 집에서 행해졌는데, 오래 걸리지는 않았다. 보가티료프는 채찍을 놓지도 않고 보로노프스키와 인사를 나누고는 말했다.

"만사가 잘 됐습니다. 이 공적은 당신의 것입니다. 그런데 다른 얘기입니다만, 도대체 무슨 이유로 대포를 그대로 놔두지 않았습니까?"

"혹시나 해서죠, 카자흐 소위님! 포병들은 거의 모두가 공산당원이었습니다. 그들은 무장해제를 명령하자 자포자기 상태에 빠져, 우리에게 저항을 해왔습니다. 적병 두 명이 살해되자 격발장치를 떼어내고 도망쳐버렸습니다."

"정말 유감스럽습니다!"

보가티료프는 아주 최근에 장교 모표(帽標)를 떼어낸 자취가 선명하게 남은 카키색 모자를 탁자 위에 내던지더니, 새카만 손수건으로 대머리에서 볕에 그을린 암갈색 얼굴로 옮겨 문지르면서 아주 체념하지 못하고 미소를 떠올렸다.

"자, 그것은 그렇다고 해둡시다. 당신은 빨리 가서 당신네 병사들에게 말해 주십시오…… 그들에게 적절히 말해 주십시오, 그들이, 말하자면 그…… 저…… 그들이 무기를 모두 인도하도록……."

카자흐 사관이 부하를 대하듯이 말하자, 화가 치밀어오른 보로노프스키는 몇 마디 중얼중얼하더니 되물었다.

"무기를 모두요?"

"그렇습니다, 나는 더 이상 되풀이해서 말하지 않겠습니다! 남김없이 모두라고 했으니, 어디까지나 모두입니다."

"그러나 카자흐 소위님, 연대를 무장해제하지 않겠다는 조건을 애초부터 당신과 당신의 사령부가 받아들이지 않았습니까? 그런데 어째서입니까? 하기야 두말할 나위도 없이 기관총, 대포, 수류탄 따위는 모두 무조건 인도해야 한다는 것은 알고 있습니다. 그렇지만 적위병 무기까지 인도해야 한다면……."

"적위병이니 뭐니 하는 건 이미 없어졌습니다!"

면도를 한 윗입술을 꽤나 밉살스레 말아올리면서 보가티료프는 소리를 높여 말하고, 꼬아서 만든 채찍으로 진흙이 묻은 장화를 탁 쳤다.

"이제 적위병 같은 건 없단 말이야. 있는 것이라고는 돈 지대를 방위하는 병사들뿐이야. 알, 겠, 는, 가? 만일 시키는 대로 하지 않으면 그때는 강제로 해제 시킬 테다! 조금도 불평할 거 없다! 우리 땅에서 함부로 못된 짓들을 해왔으니, 이젠 조건이고 뭐고가 있을 수 없어! 우리 사이에는 도대체가 아무 조건도 없는 거야! 알, 았, 지?"

세르도브스키 연대의 참모장, 아직 혈기왕성한 보르코프 중위는 화가 머리 끝까지 치밀었다. 흥분을 억제하지 못하는 듯 그는 자신의 흑색 나사 상의의 곧추선 깃에 달린 단추를 만지작거리고, 보기 좋게 소용돌이치는 검은 앞머리칼—아스트라칸과도 비슷하게 반들반들 윤나는 고수머리를 쥐어뜯으면서 험악하게 물었다.

"그러면 우리를 포로로 간주한다는 말씀입니까?"

"나는 자네에게 그런 말을 하지 않았어. 그러니 혼자 생각으로 그런 트집을 잡을 수는 없을 것일세!"

카자흐 여단장은 난폭하게 그를 가로막았다. 상대방을 '자네'라고 고쳐 부름으로써 상대가 자기에게 직접으로, 그리고 완전한 종속 상태에 있음을 그는 벌써 거리낌 없이 나타내고 있었다.

순간, 방 안이 조용해졌다. 광장에서 왁자지껄 떠들어대는 소리가 간간이 울려 왔다. 보로노프스키는 몇 차례 방 안을 왔다갔다하며 손가락을 딱딱 울리더니, 잠시 뒤에 따뜻해 보이는 카키색 군복의 단추들을 죄다 채우고 신경질적으로 눈을 반짝이면서 보가티료프 쪽으로 다시 몸을 돌렸다.

"당신의 그러한 말투를 우리는 참을 수가 없고, 또한 러시아군 사관인 당신에게도 어울리지 않는 것으로 생각합니다! 나는 그런 것을 솔직히 말하겠소. 그리고 우리는 다시 한번 생각해 보겠습니다. 당신이 그런 태도로 우리를 대한다면…… 바꾸어 생각해 보지요, 어떻게 진퇴를 정할지를…… 이봐, 보르코프 중위! 자네에게 명령하네. 광장으로 가서 각 대장들에게 말해 주게, 어떤 처지에 놓이든 간에 카자흐들에게 무기를 인도해서는 안 된다고! 총을 들라고 연대에 명령하게. 나는 곧 이…… 보가티료프와 이야기를 매듭짓고 광장으로 가겠네."

보가티료프의 얼굴은 분노로 거무칙칙하게 물들었다. 여단장은 뭔가를 말하려 했다. 그제야 자기가 너무 지나친 말투를 썼다는 것을 깨닫고는 말하려던 것을 억제했다. 그리고 즉시 태도를 싹 바꾸었다. 그는 후딱 모자를 쓰더니, 여전히 거칠게 부처꽃 무늬가 있는 채찍을 들고 장난스레 말을 꺼냈다. 그의 목소리에는 뜻밖에도 부드러운 정중함이 깃들여 있었다.

"여러분, 여러분은 내 말을 잘 알아듣지 못했던 것 같습니다. 나는 이렇다 할 만한 교육을 받지 못했고, 사관학교 같은 데에서 학문을 닦지도 않았기 때문에 제대로 설명을 잘 할 수가 없었던 겁니다. 그러니까 너무 까다롭게 생각하지 말기를 바랍니다. 우리는 뭐니 뭐니 해도 같은 편 동지들이잖습니까. 서로 간에 딴생각을 품어서는 안 됩니다. 내가 뭐라 말을 했습니까? 나는 다만 이렇게 말했을 따름입니다. 즉 지금 바로 당신네 쪽 적위병을 무장해제할 필요가 있다, 특히 그들 가운데 일부는 우리에게나 당신에게나 탐탁하지 못한 분자들이기 때문이다라고…… 내 말은 그것입니다!"

"예, 그런 말씀을 하신 거라면 실례했습니다! 좀더 분명하게 설명해 주셨더라면 좋았을 겁니다, 카자흐 소위님! 다음으로 당신도 인정하실 것으로 생각되는 당신의 그 도발적인 어조라든가, 또는 모든 당신의 태도는……"

보로노프스키는 거기까지 말하고 어깨를 움츠리더니, 이제는 '원만하게'라고 말할 수 있을 만큼 어느 정도 여유를 찾아 말을 이었다.

"아니, 우리들도 생각하고 있었던 겁니다. 동요되어 와글와글하고 있는 자들을 무장해제하여, 당신의 지휘를 받도록 인도해야 한다고 말입니다……."

"맞습니다, 맞아! 바로 그 말입니다!"

"그러니까 나도 우리가 직접 그들을 무장해제하기로 결정했다고 말하려던 참입니다. 하지만 우리 부대의 전투 중핵(中核)에 관한 한, 우리는 어떻게든 그들을 내놓지 않을 작정입니다. 설사 어떤 일이 일어난다고 해도 말입니다! 나에게도, 또 여기에 있는 보르코프 중위에게도, 당신은 아까 그다지 친근한 사이가 아닌데도 '자네'란 말을 쓰셨던 것 같은데……우리는 우리 자신이 지휘를 맡음으로써 각자가 적군의 전열에 끼여 있었다는 치욕을 씻을 영예를 누릴 수가 있을 겁니다. 당신은 우리에게 그러한 가능성을 부여해 주어야만 하겠습니다."

"당신네의 그 중핵이란 도대체 몇 명쯤 됩니까?"

"약 200명 정도입니다."

"뭐, 그런 이유 때문이라면 괜찮겠죠."

보가티료프는 마음으로 내키지 않으면서도 동의했다. 그는 일어나서 복도로 나가 문을 조금 열고는 높은 소리로 외쳤다.

"부인!"

뒤이어 문 쪽에 나이 많고, 따뜻해 보이는 두건으로 휘감싼 부인이 나타나자 말을 이었다.

"생우유를 주오! 어서요!"

"우유는 없어요. 공교롭게도 떨어졌군요. 죄송합니다."

"빨갱이 놈들에게 줄 것이라면 분명히 있었을 텐데, 우리한테 줄 것은 어째서 없는가?"

보가티료프는 쓴웃음을 지었다.

다시 어색한 정적이 방 안에 깔렸다. 보르코프 중위가 그 정적을 깨뜨렸다.

"가도 좋습니까?"

한숨을 섞어서 보르노프스키가 대답했다.

"좋아. 가서 명령해 주게, 대원 명부 속에 표시가 된 사람들을 무장해제 하도록…… 명부는 고리가소프와 베이스트민스테르가 가지고 있네."

단순히 상처 입은 장교로서의 자존심이 "다시 한번 어떻게 진퇴를 정할까 생각해 보겠다" 말을 한 것이었다. 사실 이등대위 보로노프스키는 자기 역할이 이미 다해 이제 오도가도 할 수 없음을 잘 알고 있었다. 그가 입수한 정보에 의하면 우스티 메드베디차에서는 배반한 세르도브스키 연대의 무장해제를 위해 군 사령부가 급파한 병력이 이미 진군 중이었고, 당장이라도 도착할 터였다. 한편 보가티료프도 보로노프스키가 신뢰할 수 있는 절대 안전한 인간이라는 것, 그가 이제는 뒤로 물러설래야 물러설 수 없는 처지에 있음을 잘 알고 있었다. 여단장은 자신이 책임을 지고, 연대의 신뢰할 수 있는 자들로서 독립된 전투 단위를 구성한다는 데 동의했다. 이로써 협의는 타결되었다.

바로 그때, 광장에서는 반란군 병사들이 협의 결과를 기다려 보지도 않고 세르도브스키 연대 병사들의 무장해제를 강행하기 시작했다. 연대 치중반(輜重班)의 치중차와 2륜 탄약차를 카자흐의 탐욕스러운 눈과 손이 이리저리 더듬었다. 반란군 병사들은 탄약뿐만이 아니라 바닥 가죽이 두툼한 황색의 적군 편상화라든가 게토르(각반) 다발, 방한모, 솜을 넣은 바지, 식료품까지 다투어 빼앗았다. 적위병 20명가량이 소문으로 듣던 것 이상 가는 카자흐의 횡포를 직접 눈으로 보고는 저항했다. 그 가운데 한 명은 자신에 대해 몸수색을 하던 반란군 병사가 태연한 얼굴로 그의 지갑을 자기 주머니에 넣어버리자, 녀석을 총개머리로 후려갈기고 소리질렀다.

"강도놈! 뭘 슬쩍하는 거야! 내놔! 내놓지 않으면 대검으로 찔러죽일 테다!"

전우들이 그를 응원했다. 분노의 고함이 솟구쳤다.

"야, 모두들 총을 들어라!"

"속임수에 걸려들었다!"

"총을 건네라!"

양편이 맞붙어서 싸움이 시작되었는데, 결국은 저항하던 적위병들이 광장 울타리 끝까지 쫓겨갔다. 그리고 제3기병 중대의 지휘자에게서 부추김을 받은 반란군 기병들이 그 적위병들을 베어 쓰러뜨리기까지 불과 2분도 걸리지 않았다.

광장으로 보르코프 중위가 나온 다음에는 무장해제가 순조로이 진척되었다.

억수같이 쏟아지는 빗속에서 적위병들은 정렬하고 소지품 검사를 받았다. 대열 바로 옆에는 소총, 수류탄, 연대 통신반의 비품, 소총 약포와 기관총탄 탄띠가 담긴 고리짝 같은 것들이 산더미처럼 쌓아올려졌다……

보가티료프가 말을 타고 광장으로 달려왔다. 그는 세르도브스키 연대의 병사들이 죽 늘어앉은 줄의 앞까지 가서 흥분하여 이리저리 날뛰는 말에 올라탄 채 이쪽저쪽을 쳐다보며 굵게 꼰 채찍을 위협하듯 머리 위로 높이 흔들면서 소리쳤다.

"잘들 들어라! 너희는 오늘부터 저 악당 같은 공산당원들, 그리고 놈들의 군대와 싸우게 되었다. 끝까지 우리와 함께 행동하는 자는 용서받을 테지만, 우리 쪽의 틈을 엿보는 짓거리 따위를 하는 자는 저들과 같은 보복을 당하게 될 것이다!"

이렇게 말한 그는, 벌써 카자흐들에 의해 속옷 한 벌만 남기고는 죄다 벗겨진 채로 아무렇게나 흩어져 흰 덩어리로 뭉쳐 비에 흠뻑 젖어 나뒹굴고 있는 적위병들을 채찍으로 가리켰다.

적위병들 대열 사이로 여리게 소곤대는 소리가 잔물결처럼 주욱 퍼져 나갔다. 하지만 누구도 당당한 목소리로 한 마디의 항의 발언을 하지도 않았고, 누구 한 사람 대열을 흐트러뜨리지도 않았다.

언저리에서는 떼를 이루고, 혹은 뿔뿔이 흩어지기도 한 보병이며 기마대의 카자흐들이 뛰어다녔다. 그들은 물샐틈없는 테두리를 만들어 광장을 에워쌌다. 조금 높은 곳에 있는 교회 울타리 옆에서는 적위군 대열에 총구를 겨눈 녹색으로 칠해진 세르도브스키 연대의 기관총이 놓여 있고, 그 주위에는 방패에 숨어 흠뻑 젖은 카자흐 기관총수들이 언제든 사격할 자세로 들러붙어 있었다.

1시간쯤 걸려서야 보로노프스키와 보르코프가 명부에 의해 '신뢰할 수 있는 병사들'을 가려냈다. 그들은 모두 194명이었다. 새로이 편성된 부대는 '제1독립 반란 부대'라는 부대 이름을 얻고 바로 그날로 페라빈스키 부락의 진지로 떠나갔다. 도네츠에서 옮겨진 제23기병 사단의 몇 연대가 그곳에서 공격을 가해 오고 있었던 것이다. 들리는 말에 의하면, 브이카도로프가 지휘하는 제15연대, 유명한 미하일 브리노프가 이끄는 제32연대 등의 여러 적위군 부대가 오고 있다는 것이었다. 그들은 저항하는 반란군 부대를 닥치는 대로 분쇄하면서 다가왔다. 그중의 하나, 우스티 호표르스카야 마을에 급히 배치되었던 반란군 중대는 산산조각으로 격파되고 말았다. 브리노프에 대해서는 보로노프스키의 대대를 배치하여 우선 격렬한 싸움을 겪어 봄으로써 저쪽이 얼마나 강한가를 확인하기로 결정했던 것이다······.

800명도 더 되는 세르도브스키 연대의 나머지 병사들은, 앞서 보가티료프에게 보낸 편지 속에서 반란군 사령관 쿠지노프가 명한대로 도보 대형을 취하고 돈강을 따라 뵤센스카야로 진군했다. 그들을 감시하기 위해서 돈강 연안의 구릉을 세르도브스키 연대의 기관총으로 무장한 3개 중대 기병 중대가 나아갔다.

우스티 호표르스카야 마을에서 출발하기 전에 보가티료프는 교회에서 기도식을 올렸다. 그는 '신앙이 두터운 카자흐군'에게 승리를 베풀어 주옵소서라고 비는 사제의 기도가 끝나자 못 견디겠다는 듯이 서둘러 밖으로 나갔다. 말이 끌려왔다. 말에 올라타자 엄호부대로서 우스티 호표르스카야 마을에 남기로 된 중대들 중 제1중대 중대장을 손짓해서 부르고는 안장에서 몸을 쑥 기울이고 그의 귀에 소곤거렸다.

"공산당원을 화약고 이상으로 주의해야 돼! 내일 아침이 되면 신뢰할 수 있는 호송병들을 붙여서 뵤센스카야로 데리고 가게. 그러나 그보다 앞서 각 부대로 전령을 보내어, 어떤 놈들이 이송되고 있는가를 알리도록 하게. 그렇게 하면 민중이 린치를 가해서 놈들을 처벌할 거야!"

이렇게 말하고 그는 떠나갔다.

53

뵤센스카야 마을 싱긴 부락 하늘 위에 4월 20일 정오경 비행기 1대가 모습을 드러냈다. 여린 엔진소리가 들리자 아이들과 여자들, 노인들이 집 안에서 뛰쳐나왔다. 그들은 머리를 쑥 쳐들고 손을 이마에 대고서, 비행기가 몹시 흐린 하늘 아래로 기울어지면서 소리개처럼 동그라미를 그리며 나는 모습을 한참 동안 바라보았다. 엔진소리는 차츰 거칠고 크게 들렸다. 비행기는 마을 언저리의 평평한 빈터, 곧 방목장을 착륙지점으로 택하여 차츰 고도를 낮추었다.

"이젠 폭탄을 떨어뜨리기 시작할 거다! 주의해라!"

겁먹은 소리로 꽤나 통찰력 있는 할아버지가 외쳤다.

그러자마자 골목에 몰려서 있던 군중은 뿔뿔이 흩어져버렸다. 여자들은 와 울음을 터뜨렸다. 아이들을 질질 끌다시피해서 잡아당기는 할아버지들은 산양과도 같이 익숙한 재주와 민첩한 태세로 울타리를 뛰어 넘어서 집을 에워싼 숲 속으로 뛰어들어갔다. 골목에는 노파 한 사람만 남았다. 그녀도 마찬가지로 달아나려 했으나 너무도 무서워 다리를 움직일 수 없게 되었는지, 아니면 흙덩어리에 발이 걸려 넘어졌는지 아주 쓰러져서는 옆으로 누운 채 부끄러운 기색도 없이 말라빠진 다리를 내뻗고 제대로 나오지도 않는 목소리를 쥐어짜내 부르짖었다.

"나 좀 거들어 다오, 얘들아! 나 죽겠다!"

노파를 구하러 돌아간 사람은 한 사람도 없었다. 비행기는 요란한 소리를 내며 폭풍 같은 울부짖음과 우웅 하는 울림을 일으키고 헛간 지붕을 스쳐 날아갔는데, 그 순간 날개 그림자가 죽음의 공포로 크게 열린 노파의 눈에서 외계(外界)를 크게 가렸다. 그리고 날아서 지나가자 마을 목장에 있는 습기 찬 흙에 바퀴를 탁 대고는 스텝을 활주하기 시작했다. 바로 그 순간 노파는 오줌을 싸버렸다. 그녀는 반쯤 죽어 자빠져 있었다. 자신의 몸 주위에서도, 또는 자기를 둘러싸고 있는 주위에서도 아무것도 들리지 않고 느껴지지 않았다. 그러므로 훨씬 저쪽, 땅에 날아내린 무시무시한 새에게서 새까만 가죽옷을 입은 두 사람이 나오더니 선뜻 결심이 서지 않는 듯이 잠시 그 자리에서 머뭇거린 다음에 이윽고 좌우를 둘러보며 집 쪽으로 오는 것을 그녀가 볼 수 없었던 것은 당연한 일이었다.

그러나 집을 에워싼 잡목 숲 속 해묵은 검은딸기 덩굴 속에 몸을 숨기고 있던 그녀의 남편은 남자답다는 말이 부끄럽지 않게 훌륭한 노인이었다. 비록 심장은 사로잡힌 참새처럼 몹시 뛰었지만, 그는 눈을 부릅뜨고 내다볼 정도의 용기는 지니고 있었다. 그는 자기 집 쪽으로 발걸음을 옮기는 두 사람 가운데 하나가 자기 전우의 아들인 사관 페트로 보가티료프라는 것을 알아차렸다. 페트로는 그리고리 보가티료프—제6반란군 독립 여단장—의 사촌 아우이기도 한데, 지금은 백위군과 함께 도네츠강 건너편으로 철수 중이었다. 그는 정말 그 사내임에 틀림이 없었다.

노인은 토끼처럼 웅크리고 손을 앞으로 늘어뜨려 1분쯤 살피는 듯한 시선으로 열심히 관찰했다. 그는 천천히 한 걸음 한 걸음 확인하듯 걸어왔다. 전에 본 것과 같이 푸른 눈으로 다만 근래에 잠시 면도칼을 대지 않은 탓인지 뻣뻣하게 뻗친 턱수염을 하고 있지만 틀림없이 페트로 보가티료프였다. 비로소 노인은 몸을 일으키고 다리가 제대로 몸을 지탱해 주는지 어떤지 확인해 보았다. 무릎 언저리가 조금 떨렸다. 그러나 제대로 지탱할 수는 있었다. 그래서 노인은 빠른 걸음으로 잡목 숲에서 종종걸음을 쳐 달려나갔다.

그는 먼지투성이로 쓰러져 있는 노파 쪽으로는 가지 않고 곧장 페트로와 그의 동행을 향해 걸어가며, 아직 멀리 있으면서도 대머리에 쓴 빛바랜 카자흐 모자를 벗었다. 페트로 보가티료프 쪽에서도 그를 알아보고 손을 흔들며 빙긋 웃고 응답했다. 두 사람이 만났다.

"물어봐야겠는데, 맞지? 페트로 보가티료프지?"

"접니다. 틀림없습니다, 할아버지!"

"정말이지, 참, 덕분에 이 나이가 돼서야 저 기계라는 걸 구경하게 되었어! 우린 저걸 보고 정말이지 여간 놀라지 않았는걸!"

"빨갱이가 이 근처에 들어오지 않았나요, 할아버지?"

"없어, 없어! 놈들은 거 어디라나, 치르 건너편 쪽으로 쫓겨갔다던걸."

"우리 쪽 카자흐들도 역시 폭동을 일으켰나요?"

"폭동을 일으키기는 했지만 굉장히 많은 사람들이 쓰러졌지."

"왜요?"

"이를테면 막 때려죽인 거야."

"그래요? 우리 집 식구들은 어떤가요? 아버지와…… 다들 무고하신가요?"

"다들 무고하시네. 그런데 자네들은 도네츠 건너편에서 왔나? 우리 티혼을 그쪽에서 보지 못했나?"

"도네츠 건너편에서 왔는데요, 티혼에게서도 잘 있다는 소식을 들었습니다. 그럼 부탁 좀 드려야겠는데, 할아버지, 저희 비행기를 지켜주십시오. 아이들이 손대지 않도록 말입니다. 저는 집에 갔다오겠습니다…… 자, 가세!"

페트로 보가티료프와 그의 동행은 걷기 시작했다. 잡목 숲 속에서 또는 헛간 그늘, 움막, 그 밖의 모든 은신처에서 몹시 놀라 몸을 숨기고 있던 사람들이 기어나왔다. 군중은 비행기를 에워쌌다. 비행기는 아직도 뜨거운 엔진의 열기와, 휘발유와 모빌유가 폭폭 풍겨내는 탄내를 뿜어올리고 있었다. 아마포가 팽팽하게 덮인 양쪽 날개에는 여기저기 총탄이며 포탄 파편 따위에 의해 구멍이

나 있었다. 처음으로 가까이서 보게 된 비행기는 먼 길을 줄곧 달려온 말처럼 더워진 채 묵묵히 서 있었다.

할아버지, 즉 페트로 보가티료프를 처음으로 마중했던 남자는 그의 아내인 노파가 공포에 사로잡혀서 녹초가 되어 쓰러져 있는 골목을 향해 달려갔다. 지난해 12월 관구 정부와 함께 철수한 아들 티혼의 소식을 알려서 노파를 기쁘게 해줘야겠다고 생각했던 것이다.

노파는 골목에 없었다. 그녀는 가까스로 집까지 가서는 헛간에 숨어서 급히 옷을 갈아입고 있었다. 웃옷과 스커트를 막 갈아입는 참이었다.

노인은 꽤나 애쓴 끝에 그녀를 찾아내자 소리를 질렀다.

"페치카 보가티료프가 날아왔구료! 티혼한테서 그럭저럭 잘 있다는 소식이 있었다 하오!"

여기까지 말하고 나서 노파가 옷을 갈아입고 있는 것을 눈치채고는 불같이 화가 나서 성을 냈다.

"어째서 또 이 거지 같은 할망구가 멋을 내려 하는 게야? 에이구, 저 멍청이! 누가 당신 같은 것을 상대해줄 줄 알아? 주름투성이 귀신 할망구 같으니라구! 꼭 젊은 것들하구 똑같이 흉내를 내려 한단 말이야!"

……그 뒤에 곧 페트로 보가티료프의 아버지 집으로 노인들이 왔다. 그들은 한 사람 한 사람씩 들어와서 한결같이 현관 문턱에서 모자를 벗고는 성상을 향해 십자를 긋고, 지팡이에 의지해서 예의 바르게 의자에 앉았다. 이야기가 시작되었다. 페트로 보가티료프는 차가운 생우유 잔을 들고 조금씩 마시며 자기가 돈 정부의 요청에 의해 비행기로 온 것, 그의 임무는 반란을 일으킨 상류 돈 지방 카자흐들과 연락을 취하고 그들이 적군과 싸우는 것을 돕기 위해 비행기로 탄약이며 사관들을 수송하는 일이라는 것 따위를 이야기했다. 또한 머지않아 돈군은 전선 전체에서 공세로 옮겨 반란군 세력과 합류할 것이라고도 전했다. 이에 곁들여 보가티료프는 전선을 방기(放棄)해 자기네 땅에 적위군이 침입하는 것을 허용하고 있는 젊은 카자흐들에게 나쁜 영향을 주는 것은 다름 아닌 당신네들이다, 하는 이야기를 하며 그 일로 심하게 노인들을 비난했다. 그는 다음과 같은 말로써 자기 이야기를 매듭지었다.

"……그러나 이미 여러분께서 망상에서 깨어나 소비에트 정권을 몰아낸 이상,

돈 정부는 여러분을 용서할 것입니다.”

“하지만 우리 고장에는 말이지요, 페트로 보가티료프, 지금도 공산당원들을 없애버린 소비에트 정권이 있고, 우리 것은 깃발도 3색이 아니라 적색과 백색으로 되어 있는 형편이오.”

뚜렷하지 않은 말투로 한 노인이 상황을 알렸다.

“평생을 같이 사는 부부 사이에도 이곳 젊은 놈들, 그 망할 놈들은 남이 말하는 건 조금도 듣지 않고 저희끼리 부를 때 ‘이봐, 동무’ 어쩌고 한단 말요!”

다른 노인이 한마디 했다.

페트로 보가티료프는 가위질한 붉은 콧수염 속에서 싱긋 웃고 푸른색 동그란 눈을 심술궂게 가늘게 뜨며 말했다.

“여러분의 소비에트 정권 같은 것은 말하자면 봄을 앞둔 얼음 같은 겁니다. 조금만 햇살이 따뜻해지면 곧바로 녹아버립니다. 그러나 카라치 근처에서 전선을 내버리는 짓거리 따위를 저지른 놈들은 우리가 도네츠에서 돌아오는 대로 곧 단단히 혼내줄 겁니다!”

“죄다 덤벼들어서 오줌을 쌀 때까지 마구 패줘야 해!”

몹시 기뻐하는 모습으로 노인들은 소리쳤다.

해 질 무렵, 기마 전령의 전달을 받고 말 세 필이 끄는 반개(半蓋) 마차를 타고 말들이 땀투성이가 될 정도로 달려서 반란군 사령관 쿠지노프와 참모장 일리야 사포노프가 달려왔다.

보가티료프가 날아온 일로 해서 엄청난 기쁨에 사로잡힌 그들은 장화와 비옷의 진흙도 미처 닦지 않고 막 달음박질하듯이 보가티료프의 집에 뛰어들어갔다.

54

세르도브스키 연대로부터 반란군 쪽에 인도된 공산당원 25명은 특별히 선발된 호송대에 딸려 우스티 호표르스카야 마을을 나섰다. 도망 따위는 생각도 못할 일이었다. 이반 알렉세예비치는 포로들 가운데에서 절름거리는 다리를 끌며 애달픈 생각과 동시에 증오를 가슴에 품은 채, 한편으로는 적의로 돌처럼 굳은 표정을 짓고 있는 호송대 카자흐들의 얼굴을 쳐다보고 이렇게 생각했다. '우리는 마지막 선고를 받게 될 것이다! 재판이 없을 것 같으면 그것으로 마지막이다!'

호송병의 태반은 턱수염이 긴 연장자들로 채워져 있었다. 그들을 지휘하고 있는 사람도 또한 구교 신자인 노인으로, 아타만 연대의 기병 상사였다. 우스티 호표르스카야 마을에서 한 걸음 나서자마자 곧 그는 포로들에 대해 서로 말을 해선 안 된다, 담배를 피워선 안 된다, 그리고 호송병들에게 무엇에 대해서든 질문하는 것도 안 된다라고 시달했다.

"자, 기도를 올리기라도 해라, 반(反)그리스도인인 이 망할 놈들아! 네놈들은 지금 죽으러 가는 건데, 이젠 끝장이라고 생각해도 별수 없을 게다—퉤, 퉤! 하느님을 잊어버리라는 법이 있더냐! 악마에게 몸을 팔아넘기다니! 적(敵)의 낙인이 찍히다니!"

그러고는 자동식 나강총을 치켜올리는가 하면 목에 건 권총의 끈을 잡아당기기도 했다.

포로들 중에 세르도브스키 연대의 간부 장교였던 공산당원은 단 두 명밖에 없었다. 그 나머지는 이반 알렉세예비치를 제외하고는 모두 엘란스카야 마을 출신인 타관 사람들이었다. 그들은 이미 성년에 이른 건장한 젊은이들로서 소비에트군이 마을에 오던 때 비로소 입당하여 민병 또는 각 부락 혁명위원회 의장 등을 지낸 한편, 이번의 반란이 일어난 뒤 우스티 호표르스카야 마을로 도망쳐 와서 세르도브스키 연대에 들어온 자들이었다.

전에는 그들 거의 모두가 집 짓는 목수, 소목장이, 나무통 만드는 목수, 석공, 화로를 만드는 직공, 구두 수선공, 그리고 양복점 직공 등 직인(職人)이었다. 비교적 나이 많은 사람도 겉보기에는 35살을 넘은 것 같지 않았고 가장 나이 적은 사람은 20살 안팎이었다. 튼튼하고 당당한 젊은이들, 격심한 육체노동이 빚어낸 굵고 억센 팔과 넓은 어깨, 떡 벌어진 커다란 가슴을 가진 그들은 겉보기에는 등허리가 구부정한 호송대의 연장자들과 참으로 두드러진 차이를 보이고 있었다.

"재판할 건가? 어떻게 생각하나?"

이반 알렉세예비치와 나란히 걷고 있던 엘란스카야 마을의 공산당원 한 사람이 낮은 목소리로 물었다.

"글쎄, 어떻게 될지……."

"죽일까?"

"그렇게 하려는 걸 거야."

"하지만 저치들 쪽에서는 총살 같은 건 없다고 말했잖아? 카자흐들이 그렇게 말하던 것이 생각나지 않나?"

이반 알렉세예비치는 입을 다물고 있었다. 하지만 그의 머리 속에는 비록 바람에 춤추는 불꽃 같은 것이긴 해도 희미한 희망이 순간적으로 떠올랐다. '그래, 확실히 그렇다! 놈들은 우리를 총살할 수가 없다. 뭐니 뭐니 해도 놈들은, 저 망할 놈들은 이런 슬로건을 내걸고 있었기 때문이다. '코뮌과 약탈과 총살을 중지하라!' 따위였다. 놈들은 소문에 의하면 오직 징역만을 선고하고 있다고 했다…… 그러니 태형이나 징역에 처해질 것이다. 그런 정도라면 별로 무서울 것도 없다. 감옥에 겨울까지 들어가 있는 거다. 겨울이 되어 돈강이 얼어붙기 시작하면 즉시 이쪽의 군대에 다시 꼭 들기로 정해져 있으니까!'

희망은 한층 더 강하게 타오르다가 꺼져버렸다. 바람에 춤추던 한 움큼 불꽃처럼. '아니, 살해될 거야! 놈들은 악마처럼 몹시 흥분해서 날뛸 테니까! 내 인생이여, 안녕! 빌어먹을, 그러고 보면 다 틀렸군! 놈들과 싸워왔지만, 그러면서도 나는 놈들을 마음속으로는 가엾게 생각해 주고 있었지…… 가엾게 여길 필요라곤 없었던 거야. 닥치는 대로 때려눕히고, 마구 베어 죽였어야 마땅한데!'

그는 주먹을 꽉 움켜쥐고 무력한 분노에 두 어깨를 떨었는데, 그와 동시에 뒤쪽으로부터 머리에 일격을 받아 앞으로 푹 고꾸라지며 위태롭게 쓰러졌다.

"야, 임마, 어째서 주먹을 들먹거리고 있는 거야. 개자식 같으니! 모르겠나, 어째서 네놈이 주먹을 들먹거리고 있었느냐 말이야?"

그를 향해 말을 가까이 몰아붙이며 상사인 호송대장이 고함을 질렀다.

호송대장은 다시 한번 이반 알렉세예비치에게 채찍질을 가하고, 그의 얼굴을 눈썹 위의 뼈 언저리에서부터 보조개가 있는 높은 광대뼈까지 비스듬히 채찍으로 철썩 갈겼다.

"누구를 때리는 거요? 때릴 테면 나를 때려요. 이보시오! 나를! 그는 부상을 입었는데, 어째서 또 당신은 그를 때리는 거요?"

애원하는 듯이 웃음 지으며 떨리는 목소리로 엘란스카야 출신 하나가 외쳤다. 그리고 사람들 틈에서 걸어나가더니 이반 알렉세예비치의 앞을 가로막아서서, 얼핏 보기에도 목수를 연상케 하는 거친 가슴을 내밀었다.

"그러면 네놈에게도 호되게 해줄까! 마을 친구들, 이놈을 마음껏 때려줘라! 코뮨놈을 마구 갈겨줘!"

엘란스카야 마을 사내의 카키색 옷을 찢은 채찍의 기세가 너무도 격렬했기 때문에 좍좍 찢어진 그 헝겊 조각들이 불에 구워진 나뭇잎처럼 뱅글뱅글 말려 올라갔다. 그리고 그 헝겊 조각들을 통해서 상처가 잠깐 사이에 부풀어오르는 게 보였다. 찢긴 곳에서 거무칙칙한 죽음을 부르는 피가 흘러내렸다…….

상사는 적의에 차서 숨을 헐떡이고 포로들을 발로 짓밟으며, 떼를 지어 몰려 서 있는 사람들 사이로 헤집고 들어가 사정없이 채찍을 마구 휘둘렀다…….

또 한차례 일격이 이반 알렉세예비치에게 가해졌다. 눈 속에서 새빨간 번갯불이 번뜩이고 대지가 흔들렸다. 모래 더미가 된 건너편 왼쪽 둑의 가장자리를 뒤덮고 있는 푸른 숲이 이쪽으로 기울어지고 있는 것같이 생각되었다.

이반 알렉세예비치는 그의 억센 한쪽 손으로 등자를 홱 움켜쥐더니, 야수처럼 사나워진 상사를 안장에서 끌어내려 떨어뜨리려고 했다. 그러나 카자흐의 칼등이 일격에 그를 땅바닥에 쓰러뜨렸다. 입안에 숨이 막힐 지경으로 자욱한 모래먼지가 들어왔다. 코와 입에서는 타는 것 같은 동통(疼痛)과 함께 피가 콸콸 쏟아져나왔다…….

호송병들은 그들을 양 떼처럼 한군데로 몰아서 모으려고 채찍을 휘둘렀다. 그칠 줄 모르고 무자비하게 마구 갈겼다. 길바닥에 쓰러져서 누워 있던 이반 알렉세예비치는 하늘이 떠나갈 듯이 요란하게 사람들이 외치는 소리며, 자기 주위에 땅울림을 일으키고 있는 뒤엉킨 발소리며, 말들이 미친 듯이 콧김을 거세게 토해내는 소리 따위를 꿈결에 듣고 있었다. 말의 뜨뜻미지근한 큰 땀방울이 그의 맨살이 드러난 머리 위로 뚝뚝 떨어졌다. 그와 거의 때를 같이하여 아주 가까이에서 머리 바로 위쪽으로 짧으면서도 엄청나게 큰 사내의 울음소리와 외침 소리가 귀청을 찢을 듯이 크게 들려왔다.

"짐승 같은 것들! 남을 맨손이 되게 해놓고 막 갈기다니! 으, 으, 으, 으!"

이반 알렉세예비치의 상처 입은 쪽 다리를 말이 짓밟았다. 머리 쪽이 벌어진 편자의 징이 장딴지를 파고들었다. 위쪽에서 크게 울리는 소리를 일으키며 살처럼 빠르게, 그리고 정확하게 간격을 두고 채찍을 내리치는 소리가 높이 울리기 시작했다…… 1분 남짓 지났다—계속해서 무겁고 축축하게 젖은 몸이 얼굴을 돌리고 싶을 만큼 심한 비지땀과 햇살처럼 달콤새콤한 피 냄새를 물씬물씬 풍기면서 이반 알렉세예비치 옆으로 무너져내리듯이 쓰러졌다. 이반 알렉세예비치는 아직 완전히 의식을 잃고 있지는 않았으므로 방금 쓰러진 사내의 목구멍에서 마치 뒤집힌 병의 주둥이로부터 무엇인가가 흘러나올 때처럼 피가 콸콸 흘러나오는 소리를 들었다.

그 뒤 그들은 한 떼를 이루어 돈강 속으로 쫓겨들어가 피를 씻어냈다. 무릎까지 물속에 잠기며 이반 알렉세예비치는 타는 것같이 열이 나고 있는 상처와 채찍에 맞아서 부푼 등을 물에 식히고, 그다음에는 자신의 피가 섞여들어가 있는 물을 손바닥으로 밀어내고 그자리에 입을 대더니, 좀처럼 사그라지지 않는 갈증을 어떻게 충족시켜야 할지 알 수 없다고 말하기라도 하듯 강물을 벌컥벌컥 마셨다.

도중에 말 탄 카자흐 1명이 그들을 앞질러갔다. 그 카자흐의 짙은 밤색 말은 살찐 데다 땀 때문에 번지르르해 봄 기분이 들게 번쩍이는 지체(肢體)를 보이며 현기증이 날 만큼 기세 좋은 빠른 달음질로 모래를 차고 나갔다. 기마병은 부락 안으로 사라졌다. 그 뒤 포로들 쪽으로 사람들의 무리가 재빨리 뿔뿔이 달려나온 것은, 포로들이 첫 번째 집에까지 미처 다가서기도 전이었다.

그들을 향하여 곧장 달려오는 카자흐와 여자들을 언뜻 보고 이반 알렉세예비치는 이젠 죽는구나 하는 것을 깨달았다. 뒤쪽 사람들도 모두 그것을 깨달았다.

"동지들! 자, 작별을 하자!"

세르도브스키 연대의 공산당원 한 사람이 소리쳤다.

군중은 저마다 손에 쇠스랑, 가래, 말뚝, 수레채에서 뽑아낸 쇠막대 따위를 들고 이쪽으로 다가오고 있었다…….

그다음에는 모두가 다 참을 수 없이 괴로운 악몽 같은 일들이 잇따랐다. 30킬로미터 거리를 두고 차례로 이어져 있는 부락들을 지나갈 때마다 잔학한 무리의 마중을 받으면서 포로들은 길을 나아갔다. 노인과 아낙네들, 그리고 나이가 차지 않은 어린이들까지도 후려쳐서 퉁퉁 붓기도 하고 피투성이가 되기도 한 데다가 흘러내린 검은 피의 흔적이 남아 있기도 한 생포된 공산당원들의 얼굴에 침을 뱉고, 돌멩이나 마른 흙덩어리 따위를 던지고, 맞아서 눈물이 괴어 있는 눈에 흙먼지와 재를 뿌렸다. 특히 심하게 군 것이 여자들이었다. 그들은 실로 잔혹하기 이를 데 없는 짓거리들을 이것저것 생각해냈다. 죽음을 짊어진 자 25명은 앞길에서 대기하는 대열의 가운데를 지나서 갔다. 나중에는 아예 알아볼 수가 없을 만큼 사람의 모습이 아닌 다른 모습으로 바뀌어 도저히 이 세상 사람으로 여길 수 없도록 달라져 버린 그들의 몸이며 얼굴은 거무스름하게 물들고, 부어오르고, 찌그러지고, 핏물과 뒤엉킨 흙모래로 범벅이 되어 있었다.

처음에는 25명 중 그 누구나 되도록이면 얻어맞지 않으려고 호송병들로부터 멀어지지 않기 위해 기를 썼다. 모두가 혼란에 빠진 자기네 대열의 한가운데로 들어서려고 애쓰고 있었다. 그러므로 그들은 굳게 뭉쳐진 것 같은 사람 덩어리가 되어 움직이고 있었다. 하지만 아무리 애를 써보았자 자신을 매질에서 보호할 길이 없다는 걸 깨닫고는 의욕을 잃어버리게 되어 이제는 흩어져 걸어갔다. 각자의 마음속에는 다만 한 가지, 즉 자신을 이겨내야만 한다, 쓰러지면 안 된다는 참혹하고 비참한 소원이 있을 따름이었다. 사실 한번 쓰러지면 마지막이요, 다시는 일어설 수 없을 것이 틀림없었다. 그들은 이제 될 대로 돼라라는 기분이 되어 있었다. 처음과 달리 눈이며 코 앞에 쇠스랑의 쇠날이 퍼렇게 번쩍이든가 끝이 둥그스름한 막대기 토막의 끝이 침침하게 어른거려도 얼굴이나 머리를 팔로 대거나 막으려 하지도 않고 그저 눈을 손바닥으로 가리고 있었다. 그리고 때려눕혀진 포로의 떼거리 속에서 용서를 비는 애원이나, 신음이나, 크게 욕을 하는 소리나, 또는 견딜 수 없는 아픔 때문에 자신도 모르게 내지르는 창자를 쥐어짜는 것 같은 동물적인 포효가 들리고 있었다. 정오가 가까워진 때쯤해서는 모두가 다 잠잠하기만 했다. 다만 엘란스카야 마을 출신으로 가장 나이가 젊고 익살맞으며 전에 중대에서 인기가 있던 한 사내만은 머리 위로 일격이 날아올 때마다 꽥꽥 소리를 질렀다. 그는 뜨거운 것 위를 걷기라도 하듯이 껑충껑충 뛰면서 온몸을 떨고, 몽둥이에 맞아서 부러진 한쪽 다리를 질질 끌며 걸어갔다.

이반 알렉세예비치는 돈강에서 몸을 씻은 뒤로 기분을 단정하게 고쳐 가졌다. 그들 쪽으로 오는 카자흐나 아낙네들의 모습이 멀리서 보이게 되면 그는 급히 가까이에 있는 동지들과 작별 인사를 하고 말했다.

"어떤가, 형제들. 우리는 싸울 수 있을 것이다. 긍지를 가지고 죽는 일도 할 수 있으면 좋다고 생각한다…… 그리고 한 가지만은 마지막 숨을 쉴 때까진 기억해야 한다. 우리에게는 오직 한 가지 마음의 위안이 남아 있다. 즉 우리가 찔려 죽게 되더라도, 소비에트 정권을 찔러죽일 수는 없다고 말할 수 있다는 점이다! 공산당원 여러분! 형제들! 당당히 죽지 않으려나, 적들에게 웃음을 사지 않도록!"

엘란스카야 마을의 한 사내가 마침내 소리를 질렀다. 보브로프스키 마을에서 노인들이 교묘한 방식으로 무자비하게 갈겨대기 시작한 때였다. 그는 어울리지도 않게 어린애가 내는 것 같은 소리로 울부짖었는데, 소매가 당겨 찢어지자 목에 걸려 있는 땀과 진흙으로 새까맣게 된 끈의 끝에 있던 조그마한 십자가를 카자흐와 여자들에게 보여 주기 시작했다.

"동지들! 나는 아주 최근에야 당에 들어 갔습니다! 가엾게 여겨 주십시오! 나는 하느님을 믿고 있습니다! 내게는 자식이 둘이나 있습니다! 딱하게 생각해 주십시오! 여러분도 자식을 가지고 있을 테니까……."

"우리가 너한테 도대체 무슨 '동지'란 말이냐? 쳇, 그런 소리 마!"

"자식 생각을 해달라고? 거짓말쟁이 같으니라고! 감히 십자가를 꺼내들어! 이제야 겨우 제정신이 들었나? 하지만 우리의 가족을 총살하거나 처형할 때에는 으레 하느님 같은 것은 머릿속에 없었을 테지?"

매부리코에 귀걸이를 단 노인이 그를 채찍으로 두 번 갈기며 쉰 목소리로 물었다. 그리고 대답을 기다리지도 않고 머리를 향해서 다시 한번 팔을 치켜들었다.

눈이나 귀나 의식이 붙들고 있던 자투리, 그것들은 죄다 이반 알렉세예비치의 옆을 통과해서, 그의 주의는 그 어떤 것에도 머물러 있지 않았다. 심장은 마치 돌로 지은 옷이라도 입혀진 것같이 되어 있었지만, 꼭 한 번 움찔하고 떨었다. 바로 정오경, 그들이 츄코브노프스키 부락에 들어가 연도(沿道)의 대열 사이로 저주의 말과 매질을 받으면서 가고 있던 그때였다. 이반 알렉세예비치가 곁눈질로 옆쪽을 쳐다보니, 일곱 살 정도 된 사내아이가 어머니의 옷자락에 매달려서 찡그린 양쪽 뺨에 몇 개의 굵은 눈물방울을 매단 채 짹짹 하는 소리로 부르짖는 것이 보였다.

"엄마! 저 사람, 때리지 마! 제발 때리지 마! 불쌍해! 난 무서워! 저 사람, 피가 나오고 있어!"

엘란스카야 마을 출신 하나를 향해서 몽둥이를 확 치켜들고 있던 그 여자는 갑자기 고함을 지르더니 몽둥이를 내던지고 사내애를 끌어안자마자 곧장 골목 안으로 달려들어갔다. 이반 알렉세예비치는 자기도 모르게 어린애의 울음소리와 그 아이의 가슴에 일렁이고 있는 연민의 정에 심하게 동요되어 눈에 눈물이 가득 찼으며, 그 눈물은 상처를 입고 딱딱하게 굳어져 있는 입술을 매우 짜게 축여 놓았다. 그는 잠시 코를 훌쩍이면서 자기 자식들과 아내를 생각해냈다. 그리고 이렇게 번갯불같이 번쩍이는 생각으로부터 참기 어려운 한 가지 느낌이 끓어올랐다. '아무쪼록 아낙네나 어린애들의 눈앞에서는 죽고 싶지 않다! 그리고…… 한시라도 빨리…….'

포로의 무리는 간신히 다리를 질질 끌면서 피로와 근뎅근뎅하는 관절의 아픔으로 비슬비슬 걸어갔다. 마을을 막 벗어난 곳의 목장에 우물이 보이자, 그들은 물을 마시게 해달라고 호송대장에게 탄원하기 시작했다.

"물 같은 걸 마시고 있을 틈이 어디 있어? 너무 시간이 늦어졌다! 자, 어서 가라, 어서 가!"

상사는 이렇게 고함치려 했다.

그러나 호송병 가운데 노인 하나가 포로의 어깨를 잡고 말했다.

"조금은 인정이란 것을 베풀자, 아킴 사조누치! 이놈들도 역시 인간이 아닌가."

"인간이라니, 도대체 무슨 인간이란 말이야? 공산당원이 인간이란 말인가! 너 말이야, 나한테 너무 설교하는 투로 말하지 마! 이쪽의 대장이 나냐, 아니면 너란 말이냐!"

"너 같은 대장 따위는 얼마든지 흔해 빠졌어! 자, 모두들 가서 마시고 와라!"

노인은 말에서 내리더니 우물물을 통에 가득 길어올렸다. 그의 주위에 포로들이 몰려들어서 스물다섯 쌍의 손이 한꺼번에 물통 쪽으로 뻗쳤다. 숯처럼 꺼멓게 부어서 부석부석한 그들의 눈이 확 타오르기 시작하고, 쉰 목소리로 토막토막 속삭이는 소리가 끓어올랐다.

"저한테 줘요, 할아버지!"

"조금이라도 좋아요!"

"한 모금이라도 좋아요!"

"동지들! 한꺼번에 모두가 다 마실 수는 없잖아!"

노인은 누구에게 먼저 줄 것인가 생각에 잠겼다. 몇 초 동안 애를 태우며 망설이던 끝에 그는 땅바닥에 묻힌 가축용 급수 구덩이로 물을 옮기고는 옆으로 다가가서 소리쳤다.

"왜들 이래, 너희들, 황소처럼 끼어들다니! 차례로 마셔라!"

물은 가장자리에 이끼가 끼고 곰팡이도 돋아나 있는 급수통 바닥에 부딪치자 흩어져 흐르며 햇살을 받아 미적지근해져서는 축축한 나무 냄새를 풍기고 있는 그 구석으로 가서 부딪쳤다. 포로들은 마지막 힘을 다 짜내어 급수통에 우르르 덤벼들었다. 노인은 계속해서 11차례나 물통으로 물을 길어 올렸다.― 연민 때문에 슬픈 표정을 짓고 가끔 포로들을 쳐다보면서 급수통을 가득 채워주었다.

이반 알렉세예비치는 무릎을 꿇고 실컷 마셨다. 그리고 훨씬 상쾌해진 머리를 쳐들고 문득 바라보니, 거기에는 또렷이 눈에 스며들 것 같은 풍경이 있었다. 돈강 기슭의 한줄기 도로는 눈가루처럼 새하얀 석회암질 모래먼지에 덮여 있었다. 먼 곳에는 백악의 바위로 이루어진 산의 지맥이 푸르스름한 환영같이 떠올라 있었다. 또한 그 위쪽 소용돌이치는 돈강이 요동치는 급류의 바로 위쪽 언저리로 끝도 없이 엄숙한 감청색 하늘, 그 하늘의 높은 곳에 한 조각 구름이 떠있었다. 불꽃을 흩날리듯이 번쩍이며, 돛과도 같이 새하얀 꼭대기를 인 그 구름은 바람에 불려 북쪽으로 쏜살같이 흐르고 있었는데, 훨씬 더 먼 돈강의 만곡부(彎曲部) 언저리에는 오팔 색깔을 띤 그 그림자가 비치고 있었다.

55

반란군 총사령부 비밀회의는 돈 정부 및 아타만 보가예프스키에게 원조를 요청하기로 결정했다.

편지는 쿠지노프가 쓰도록 되었다. 편지에는 1918년 말 상류 돈 지방의 카자흐가 적군과 교섭하여 전선을 내버린 사건에 대해서 회오(悔悟)와 유감의 뜻을 표명하기로 되어 있었다. 쿠지노프는 편지를 썼다. 상류 돈 지방에서 들고일어 났던 전체 카자흐의 이름으로 그는 앞으로 최후의 승리를 거둘 때까지 완강히 볼셰비키와 싸울 것을 서약하고, 반란군에 대한 원조로써 부대를 지휘할 간부 장교와 소총탄포를 전선을 넘어 공수해 주기 바란다고 요청했다.

페트로 보가티료프는 싱긴 부락에 남아 있다가 뵤센스카야로 가기로 되었 다. 비행사는 쿠지노프의 편지를 들고 노보체르카스크로 돌아갔다.

그날부터 돈 정부와 반란군 사령부 사이에는 긴밀한 연락이 취해졌다. 거의 날마다 도네츠강 건너편에서 신식 프랑스제 비행기가 날아오게 되었다. 그들은 사관들과 소총탄포, 그리고 명색뿐인 적은 수의 3인치 포탄을 수송했다. 비행 사들은 돈군과 함께 퇴각한 상류 돈 출신 카자흐들의 편지를 가져오고, 뵤센스 카야에서는 육친의 편지를 도네츠의 카자흐들에게 가져다 주었다.

돈군의 새로운 지휘관 시드린 장군은 전선의 상황과 자신의 작전 계획에 의 거해서 쿠지노프 앞으로 참모부에서 작성한 작전 계획, 지령, 종합 보고, 반란 군 전선에 이동해온 적군 부대에 관한 정보 등을 보내었다.

쿠지노프는 극소수의 선택된 사람들에게만 시드린과 문서를 통하는 사실을 알려 두었다. 그 밖의 사람들에게는 그 모든 것이 극비사항으로 되어 있었다.

56

포로들이 타타르스키 부락으로 쫓겨들어간 것은 오후 5시경이었다. 빠르게 닥치는 봄의 황혼이 뒤덮여 해는 벌써 기울며 둥글게 타올라, 서쪽으로 퍼진 어 두운 남색의 구름층 끝에 어렴풋이 보였다.

길에는 커다란 공동 창고의 그늘에 타타르스키 부락의 보병 중대 대원들이 서거나 앉아 있었다. 그들은 적위군 기병대의 공격을 가까스로 견디어내고 있 던 엘란스카야 중대를 응원하기 위해서 돈강의 오른쪽 기슭으로 이동하게 되 어 있었다. 그러나 진지로 가는 도중에 육친을 찾아보기도 하고 조금이나마 원 기를 회복하기 위해 뭔가를 먹고자 마을에 들른 것이었다.

그들은 그날 중으로 출발해야 했으나, 지금 뵤센스카야로 생포된 공산당원 들이 끌려오고 있다는 것, 그중에는 코셰보이와 이반 알렉세예비치도 포함되 어 있고 또 포로들은 반드시 타타르스키 부락으로 올 것이 틀림없다는 소문을 들었으므로 당분간 기다리기로 했다. 특히 페트로 멜레호프와 함께 첫 전투에서 육친을 잃어버린 카자흐들은 코셰보이며 이반 알렉세예비치와 부딪치기를 끈질기게 고집했다.

타타르스키 부락에 있던 자들은 창고 벽에 총을 기대 세워놓고는 여유작작하게 이야기를 나누면서 서기도 하고 앉기도 하고, 혹은 담배를 피우기도 하면서 수박 씨를 박박 깎아먹기도 했다. 그들은 아낙네들, 노인들, 그리고 어린아이들에게 에워싸여 있었다. 마을 사람들이 모두 다 길에 나와 있었고, 또한 장난꾸러기들은 집집의 지붕 위로 올라가서 어째서 아직까지 포로들이 끌려오지 않는가하고 싫증도 내지 않으며 망보고 있었다.

이윽고 어린애들의 목소리가 크게 울려 퍼졌다.

"온다아! 끌려오고들 있다아!"

카자흐들은 허둥지둥 일어서고, 사람들은 흥분으로 들끓었다. 이야기 소리는 갑자기 왁자지껄 활기를 띠고, 또한 포로들 쪽으로 달려가는 어린이들의 발소리가 타박타박 울리기 시작했다. 과부가 된 알료시카 샤밀리의 아내는 아직껏 가시지 않은 슬픔을 새삼스럽게 또 느끼고 엉엉 소리 내어 울어댔다.

"웬수놈들이 끌려오고 있다!"

굵은 목소리로 한 노인이 외쳤다.

"저 개자식들을 때려죽여라! 모두들 어째서 멍하니 쳐다보고만 있는 거냐!"

"놈들을 재판에 걸어라!"

"우리들의 가족을 죽인 놈들이다!"

"코셰보이와 놈의 짝궁을 묶어다 목을 베어 죽여라!"

다리야 멜레호프는 아니쿠시카의 아내와 나란히 서 있었다. 그녀는 이반 알렉세예비치가 마구 얻어맞으면서 다가오고 있는 포로의 떼거리 속에 끼여 있는 것을 맨 먼저 알아보았다.

"당신네 마을 출신을 끌고 왔소! 자, 이런 개 같은 놈에게 여러분의 얼굴을 잘 보게 해 주시오! 잠시 이놈에게 인사들을 하란 말이오!"

더욱 거칠어져가는 술렁임과 여자들의 외침 소리와 울음소리를 제지하고, 호송대장인 상사가 쉰 목소리로 외치며 말 위에서 이반 알렉세예비치를 향해 한쪽 손을 획 뻗쳤다.

"또 한 놈은 어딨지? 코셰보이는 어디 있나?"

안치프 프레코비치가 걸으면서 총의 멜빵을 어깨에서 벗겨내어 흔들거리는 총 끝과 총검의 끝을 사람들에게 부딪치며 군중을 헤치고 나아갔다.

"여러분의 마을에 살던 자는 하나뿐으로, 더는 없소. 이놈을 때려죽이면, 또 한 번 벌충하는 셈이 되오……."

이마 끝에서 줄줄 흘러내리는 땀을 붉은 손수건으로 훔치고, 퍽은 성가신 표정으로 안장틀 너머에 한쪽 다리를 내놓으며 상사가 말했다.

여자들이 빽빽 질러대는 소리가 차츰 커지고, 마침내 그 긴장이 극에 이르렀다. 다리야는 호송병들을 헤치고 나아가서 몇 발짝 떨어진 곳에 있는, 호송병의 땀에 젖은 말의 엉덩이 너머로 매를 맞아서 주물처럼 꺼멓게 된 이반 알렉세예비치의 얼굴을 보았다. 끔찍할 만큼 부풀어오른 그의 머리를 보니, 머리칼에 마른 피가 들러붙어 있는데, 똑바로 얹힌 물통만한 크기였다. 이마의 피부는 부풀어오르고, 찢어지고, 피가 흘러내린 땅은 자주빛으로 반짝였다. 또한 아교와도 같은 선지피로 덮인 머리 꼭대기에 털장갑이 얹혀 있었다. 그는 모든 상처를 콕콕 찌르는 햇살이며, 공중에서 꿈틀거리는 파리 떼를 피하려고 털장갑을 머리 위에 얹어 놓은 듯했다. 장갑은 상처에 들러붙은 채로 머리에 놓여 있었다…….

그는 눈을 깜박깜박하며 자기의 아내와 어린 아들을 찾으면서도 막상 보기를 두려워하여 쫓기는 짐승같이 주위를 둘러보고, 만일 아내나 아들이 그곳에 있다면 데려가 달라고 누구에게 당부하려 했다. 그는 이미 자기는 타타르스키 부락에서 더 이상 가지 못한다는 것, 그리고 그곳에서 죽으리라는 것을 분명히 알고 있었으며, 육친에게는 자기의 죽음을 보이고 싶지 않았다. 그러나 자신은 죽음 자체를 더욱더 강해져가는, 도저히 더 기다릴 수 없는 기분으로 기다리고 있었다. 등허리를 구부리고 목을 느릿느릿 괴로운 듯이 돌리면서 눈에 익은 마을 사람들 얼굴에 시선을 보냈다. 그러나 그의 시선을 맞이하는 그 어떤 눈길에서도 연민이나 동정의 빛은 보이지 않았다. 카자흐들이며 여자들의 눈길은 이마 너머로 빤히 험악하게 쳐다보았다.

바랜 카키색 웃옷은 보풀이 일어서 조금만 움직여도 사각사각 소리를 냈다. 웃옷은 흘러내린 피의 거무스름한 얼룩으로 온통 물들어 있었다. 또한 솜을 둔 적군 바지나, 아무것도 신지 않은 발까지 피로 엉겨 있었다.

다리야는 그를 향해 마주 서 있었다. 목구멍 속에서 치밀어오르는 증오와 연민과 당장에라도 일어날 듯한 어떤 무서운 일을 괴롭게 기다리는 기분으로 숨을 헐떡이면서, 그녀는 그의 얼굴을 뚫어지게 쳐다보았다. 하지만 그가 자기를 쳐다보고 있는 것인지, 자기가 누구인가를 알아봤는지 알 수가 없었다.

한편 이반 알렉세예비치는 불안과 흥분으로 번쩍번쩍 빛나는 한쪽 눈으로 —다른 한쪽 눈은 퉁퉁 부어올라 있었다—군중 속을 더듬고 있었는데, 갑자기 몇 발짝 떨어진 곳에 있는 다리야의 얼굴에 시선을 못박더니 몹시 취한 사람처럼 흔들흔들거리는 걸음걸이로 앞으로 나아갔다. 심한 빈혈로 그는 머리가 어찔어찔하니 거의 의식을 잃고 있었다. 하지만 주위의 모든 것이 꿈같이 생각되고, 심한 마음의 혼란으로 머리가 멍하고, 눈 속이 컴컴해지는 이 일시적인 상태에 고통스러워하면서도 그는 정신을 바싹 차려 간신히 몸을 가누었다.

다리야를 보고 정신이 들자, 그는 한 걸음 앞으로 내밀고 비슬비슬 비틀거렸다. 미소와는 좀 다른 웃는 표정이, 전에는 꼭 다물어져 있었으나 지금은 헤벌어진 그의 입술에 떠올랐다. 그리고 이 미소와 비슷한 일그러진 표정은 다리야의 심장을 두근두근 심하게 일렁이게 했다. 그것은 곧 목구멍 안쪽에서 맥박치는 것같이 그녀에게는 생각되었다.

그녀는 매우 거칠게 숨을 쉬고 시시각각으로 더더욱 창백해지면서 이반 알렉세예비치의 옆으로 다가갔다.

"안녕하세요? 오랜만이에요, 아저씨!"

겨우 울리는 심하게 떨리는 목소리, 그 속에 담긴 심상치 않은 억양이 군중을 갑자기 조용하게 했다.

그 찬물을 끼얹은 듯한 정적 속에 나지막하면서도 또렷한 대답 소리가 울려 퍼졌다.

"오랜만이오, 다리야."

"그래, 당신이, 당신이 그토록 사이좋던…… 제 남편을……"

다리야는 숨이 막혀서 두 손으로 가슴을 움켜쥐었다. 말소리가 나오지 않았던 것이다.

쥐죽은 듯이 가라앉은 팽팽한 정적이 감돌았다. 그리고 이 불길한, 아무 소리도 없는 정적 덕분에 다리야가 겨우 알아들을 수 있을 정도의 목소리로 질문을 매듭짓는 것이 가장 먼 대열에 있는 사람들에게도 들렸다.

"제 남편을, 페트로 판텔레예비치를 무슨 벌로 어떻게 죽였나요?"

"아니오, 당신…… 나는 그를 처벌하는 따위의 짓거리는 하지 않았어요!"

"처벌하는 따위의 짓거리를 하지 않았다고요?"

다리야의 신음하는 듯한 음성은 더욱 높아졌다.

"하지만 카자흐들을 죽인 것은 당신과 미시카 코셰보이일걸요? 당신네들이잖아요?"

"아니오, 당신…… 우린 그를…… 나는 그를 죽이지 않았어요……."

"그러면 도대체 누가 그이를 저세상으로 가게 했단 말예요? 자, 누구예요? 말좀 해보세요!"

"자 아무르 연대는 그때……."

"네놈이야! 네가 죽였단 말이야! 네가 언덕 위에 있는 것을 카자흐들이 보았다고 했어! 너는 흰말을 타고 있었어! 그렇지 않았다고 끝내 우겨댈 셈이야? 이 개 같은 놈!"

"글쎄 나도 그 전투에 참가하기는 했지만……."

이반 알렉세예비치의 왼손이 괴로운 듯이 머리 높이까지 쳐들어올려지더니, 상처에 들러붙어 있던 장갑을 바로잡았다. 그가 그렇게 말했을 때 그의 목소리에는 자신을 잃어버린 기색이 뚜렷하게 나타나 있었다.

"그때의 전투에 나도 참가하기는 했지만 당신 남편을 죽인 것은 내가 아니라 미하일 코셰보이였어요. 그가 총으로 쏘아 죽였어요. 나는 페트로를 죽인 책임이 없어요."

"그러면 네가 죽인 이 마을 사람은 누구지? 너는 그러면 도대체 누구의 자식을 이 세상의 고아로 만들었지?"

군중 속에서 야코프 포드코바의 과부가 귀청을 찢을 듯한 목소리로 외쳤다.

그 뒤로 다시, 그렇잖아도 뜨겁게 달아오른 그곳의 공기를 더 한층 가열시키면서 여자들의 신경질적인 오열과, 외침과, 죽은 자들을 생각하고 통곡하는 '귀를 막고 싶을 정도의 탄식하는 소리'가 울려 퍼졌다.

나중에 다리야는 도대체 그때 어떻게 어디에서 기병총이 그녀 손에 잡혔는지, 누가 그것을 건네주었는지 전혀 기억이 없다고 했다. 하지만 여자들이 소리

내어 울기 시작했을 때 그녀는 자기 손에 자기 것이 아닌 무엇이 있음을 느꼈고 눈으로 보지도 않은 채 감촉만으로 그것이 총이라는 것을 알았다. 그녀는 우선 이반 알렉세예비치를 그 총으로 갈기려고 총신을 움켜쥐었는데, 가늠쇠 같은 것이 손바닥을 심하게 파고들어 총자루를 고쳐 들고 총을 쑥 들어올려서는 이반 알렉세예비치의 오른쪽 가슴을 겨냥했다.

그녀는 이반 알렉세예비치의 등 뒤에서 카자흐들이 후딱 옆으로 물러서고 창고의 회색을 띤 둥그스름한 벽이 한눈에 다들어오는 것 같음을 느끼고 "저런, 정신이 나갔나! 마을 사람을 죽일 셈인가! 잠깐 기다려, 쏴선 안 돼!" 겁먹은 사람들이 외치는 소리를 들었다. 군중의 야수적이고 몹시 긴장된 기대, 자기에게 집중된 모든 사람들의 시선, 남편을 죽인 원수를 갚아야겠다는 기분에 자극이 되고 또한 지금 자기는 다른 여자들과는 완전히 다르다, 남자들조차 놀라움과 공포를 느끼며 자기를 쳐다보고 있고, 또한 일이 어떻게 끝날 것인가를 기다리고들 있다, 그러므로 자기는 모든 사람들이 부르르 떨게 할 정도의 뭔가 이상하고 특별한 행위를 해야만 한다는, 갑작스럽게 치민 허영심에도 다소간 움직여—그와 동시에 그러한 갖가지 기분에 동요되어 의식의 밑바닥에서 새삼스럽게 결정되었던 것이기는 하지만, 그 순간에 다른 여자들이 생각하려 하지도 않고 또한 생각지도 못한 어떤 행위를 향해서 그녀는 무서울 정도의 대단한 속도로 다가섰다. 그리고 신중하게 방아쇠를 찾으면서 잠시 주저했으나, 스스로도 뜻밖이라고 생각될 만큼 갑자기 힘껏 방아쇠를 당겼다.

반동으로 인해 그녀는 비틀거리고, 발사음으로 귀가 먹먹했다. 그러나 가늘게 뜬 눈으로 그녀는 보았다. 이반 알렉세예비치의 부르르 떨리는 얼굴이 그 순간 무시무시하게, 그리고 이제는 어찌할 도리가 없게 변모한 것을. 또한 그가 마치 높은 곳에서 물속을 향하여 뛰어드는 것과도 같이 두 팔을 벌렸다가 다시 모아서는 갑작스럽게 뒤로 벌렁 나자빠지고, 그의 머리가 열에 뜬 듯한 속도로 부르르 떨고, 뻗은 두 손의 손가락 끝이 꿈틀꿈틀 움직여 필사적으로 땅바닥을 긁어대는 것을······.

다리야는 자기가 무슨 일을 저질렀는지 아직 이해하지 못하고 있었다. 그녀는 총을 확 내던지고 등을 돌려 짐짓 과장된 몸짓으로 플라토크를 바로잡고 삐져나온 머리칼을 쓸어넣었다.

"놈이 아직 숨을 쉬고 있어요."

카자흐 하나가 옆으로 지나가는 다리야에게 아주 정중한 어조로 말했다.

그녀는 누구에게 말하는 것인지, 또한 무슨 말을 하는 것인지도 알아차리지 못한 채 쳐다보았다. 그리고 목구멍에서가 아니라 몸속 어딘가의 깊숙한 곳에서 나오는 것 같은, 깊고 단조롭고 느린 단말마의 딸꾹질로 중단된 신음 소리를 들었다. 그리고 그때서야 비로소 신음하고 있는 것은 자기의 손에 살해된 이반 알렉세예비치임을 분명히 알았다. 그녀는 쏠리는 눈길을 받으면서 창고 옆을 지나 광장을 향해 가벼운 걸음걸이로 획획 걸어나갔다.

사람들의 주의는 안치프 프레코비치에게 쏠렸다. 그는 마치 교련 때와도 같이 양말만 신은 채 쓰러진 이반 알렉세예비치 쪽으로 후다닥 달려갔다. 무슨 까닭인지 등허리에 일본제 소총의 칼을 숨기고 있었다. 그의 동작은 치밀하고 정확했다. 몸을 잔뜩 웅크리더니 뾰족한 칼끝을 이반 알렉세예비치의 가슴에 들이대고 그다지 크지 않은 음성으로 말했다.

"자, 숨을 쉬어라, 코틀랴로프!"

이렇게 말하고 잔뜩 힘을 주어 칼자루 위에 몸을 얹었다.

이반 알렉세예비치는 좀처럼 죽지 않아 죽는 데 시간이 걸렸다. 생명은 그의 늑골, 억세고 튼튼한 몸을 떠나기 싫어했던 것이다. 칼로 세 번 콱콱 찌른 뒤에도 그는 여전히 입을 뻐끔뻐끔 벌렸다. 드러난 피투성이 이빨 안쪽에서는 답답하고 목쉰 소리가 들려왔다.

"아, 아, 아—"

"자, 이 자식, 해치워버려!"

프레코비치를 밀어제치고 호송대장이 단총을 집어들어 겨냥하면서 눈을 가늘게 떴다.

마치 신호를 대신한 것 같은 한 발의 총성이 울린 뒤에 포로들을 심문하던 카자흐들은 일제히 그들을 베어 죽이려 들었다. 포로들은 뿔뿔이 달아났다. 총성은 외침 소리와 뒤섞이면서 파삭파삭 마르고 짤막짤막한 소리를 냈다.

그 뒤로 1시간쯤 지나서 그리고리 멜레호프가 타타르스키 부락으로 말을 달려왔다. 그는 필사적으로 달려왔기 때문에 말은 우스티 호표르스카야를 나온 뒤 두 마을 사이에서 쓰러져 버렸다. 그리고리는 근처 마을까지 안장을 등에 지고 가서, 그곳에서 짐말을 얻었다. 그런 연유로 늦어진 것이었다……타타르스키 부락의 보병 중대는 적위군 기병사단의 부락과 전투를 계속하던 우스티 호표르스카야 마을의 경계에 있는 여러 우스티 호표르스키 부락을 향해 구릉을 따라 나가버린 뒤였다. 마을은 죽은 듯이 조용하고 사람의 모습이 전혀 없었다. 주위의 구릉은, 돈강 맞은편 강가 일대는, 웅성거리는 포플러와 물푸레나무 숲은 밤의 거무스름한 옷으로 덮여 있었다.

그리고리는 뜰에 들어서자 안채로 들어갔다. 불이 꺼져 있었다. 짙은 어둠 속에서 모기가 울고, 입구 정면의 윗자리에 놓인 성상은 어슴푸레하게 금빛으로 빛났다. 어릴 적부터 깊이 몸에 밴, 가슴 설레게 하는 자기 집의 냄새를 그리고리는 후욱 빨아들이고서 물었다.

"누구 있어요? 어머니! 두냐시카!"

"그리샤! 오빠잖아요?"

거실에서 두냐시카의 목소리가 났다.

타박타박하는 맨발 소리를 울리더니, 문틈으로 황급히 속옷 끈을 매고 있는 두냐시카의 흰 모습이 보였다.

"웬일로 모두들 이렇게 빨리 잠들었지?"

"저쪽에들 있어요……."

두냐시카는 그다음 말은 하지 않았으나, 그리고리는 그녀가 흥분해서 숨결이 거칠어져 있음을 알았다.

"어떻게 된 거야? 포로들은 오래전에 끌려들 갔니?"

"죄다 살해됐어요."

"뭐라구?"

"카자흐들이 죽였어요…… 아, 그리샤! 우리 다시카도 참, 정말로 어쩔 수 없어요……."

두냐시카의 목소리에서 분노의 울음이 울렸다.

"……그녀가 이반 알렉세예비치를 죽였어요……그를 쏴 죽였어요……."

"그게 무슨 소리냐?"

수가 놓인 누이동생의 플라토크에 덮인 머리털을 움켜쥐면서 놀란 그리고리는 큰 소리를 냈다.

두냐사카의 눈 흰자위가 눈물에 젖어 번쩍 빛났다. 그 눈동자에 얼어붙은 공포를 보고 그리고리는 자기가 잘못 들은 것이 아님을 알았다.

"그러면 미시카 코셰보이는? 또 슈토크만은?"

"그이들은 포로들 속에 없었어요."

두냐시카는 포로들에 대한 징벌에 관한 것과 다리야에 관한 것을 간추려 두서없이 말해주었다.

"……어머니도 그녀와 한집에서 자는 것이 무서우셔서 이웃집으로 가셨어요. 다시카는 어디선지 잔뜩 취해 ……곤드레만드레가 되어 돌아왔어요. 지금 자고 있어요……"

"어디서?"

"헛간에서요."

그리고리는 헛간으로 들어가서 활짝 문을 열어젖혔다. 다리야는 세상모르고 옷자락을 드러내놓은 채 바닥에서 자고 있었다. 그녀의 가냘픈 두 팔은 내던져지고, 오른쪽 뺨은 침에 흠뻑 젖어서 번뜩이고 있었다. 벌어진 입에서는 독한 탁주 냄새가 확확 풍겼다. 그녀는 어색하게 얼굴을 비튼 채 왼쪽 뺨을 바닥에 대고 거칠고 갑갑하게 숨을 몰아쉬며 누워 있었다.

그리고리는 사람을 마구 베어 죽이고 싶다는 기분을 지금까지 한 번도 이토록 강하게 느낀 적이 없었다. 잠시 동안 그는 신음 소리를 내어 몸을 흔들면서 이빨을 악물고, 다리야를 내려다보며 우뚝 서 있었다. 견디기 어려운 혐오의 기분으로 그 잠든 몸뚱이를 관찰했다. 얼마 뒤 한 발을 내디디어 빼어난 초승달 모양의 눈썹이 꺼멓게 그려져 있는 다리야의 얼굴을 징이 박힌 장화 뒤축으로 짓누르고 쉰 목소리로 말했다.

"독사 같은 년!"

다리야는 술에 취해 정신없이 중얼거리며 신음하기 시작했다. 그러자 그리고리는 두 손으로 머리를 감싸쥐고 군도 끝을 문턱에 부딪혀 쩔그렁 소리를 내며 뜰을 향해 뛰쳐나왔다.

그날 밤은 어머니와도 만나지 않은 채 그는 전선으로 떠나갔다.

57

제8 및 제9적위군은 도네츠 강 건너편으로 들어가지 못한 채로, 봄장마가 시작되기 전에 백위 돈군 부대들의 저항을 분쇄하고 여전히 개개의 지역에서 공세로 옮기려고 시도했다. 그들의 시도는 대부분 성공을 거두지 못했다. 주도권은 계속해서 돈군 사령부 측에 쥐어져 있었다.

5월 중순경까지 남부 전선에는 눈에 띌 정도의 변화는 없었다. 하지만 그것은 얼마 안 가서 일어날 기미가 보였다. 전(前) 돈군 사령관 데니소프 장군과 참모장 폴리야코프 장군에 의해서 세워진 계획에 따라 카멘스카야 및 우스티베로카리트벤스카야 마을 등 두 지구에서 이른바 돌격병단(突擊兵團) 부대들의 집결이 끝났다. 전전의 이 지구에는 훈련받은 간부 장교들로 이루어진 우수한 병력, 즉 군도로프스키, 게오르기예프스키, 그 밖의 역전(歷戰)의 여러 하류 연대가 집결되었다. 대충 계산한 바에 따르면 이들 돌격병단의 병력은 장병 16000명과 포 24문 및 기관총 150정으로 이루어져 있었다.

폴리야코프 장군의 생각은, 피츠하라우로프 장군 휘하의 여러 부대와 공동 작전을 펴서 마케예프카 마을 방면의 제12적위군 사단을 쳐서 이를 무찌르고, 제13 및 우랄사단의 옆구리와 등 뒤에서 기동 작전을 행하며 반란군과 합류해서 상류 돈 관구 지대를 돌파하고, 그 뒤에는 볼셰비즘 병에 걸린 카자흐들을 '전과 같이 건전해지도록 하기' 위해서 호표르스키 관구로 나아갈 예정이었다.

도네츠 부근에서는 공격, 즉 돌파 작전을 위한 긴장된 준비가 추진되고 있었다. 돌파병단의 지휘는 세크레테프 장군에게 맡겨졌다. 성공은 분명 돈군 쪽으로 기울기 시작했다. 크라스노프의 비호를 받고 있는 퇴직한 데니소프 장군 대신 새로이 군 사령관에 취임한 시드린 장군은, 재선된 카자흐군 아타만 대리 아프리칸 보가예프스키 장군과 마찬가지로 연합국파였다. 모스크바로 진격하고 온 러시아 땅에서 소비에트 권력과 볼셰비즘을 소탕한다는 광범한 계획을 영국·프랑스 군사 사절단 대표들과 공동으로 이미 검토하고 있었다.

흑해 연안의 모든 항구에는 무기를 실은 수송선이 잇따라 도착하고 있었다. 해양기선은 영국·프랑스의 비행기, 탱크, 대포, 기관총, 소총 따위만이 아니라 관련이 있는 짐말(荷馬), 독일과의 강화로 말미암아 가치가 떨어진 식료품과 피복까지 운반해 오고 있었다. 구리 단추에 사자가 일어서 있는 대영제국 표지가 붉은 암록색 영국군 군복과 바지를 담은 궤짝이 노보로시스크의 창고를 가득 메웠다. 창고는 미국에서 건너온 곡식 가루며 설탕, 초콜릿, 각종 술로 터져나갈 지경이었다. 자본주의의 유럽은 볼셰비키의 뿌리 깊은 힘에 몹시 놀라 러시아 남부에 포탄·약포를 줄줄이 보내 주었는데, 이것이야말로 연합국 군대가 독일군과 싸울 때 쓰다가 남겨 둔 포탄·약포에 지나지 않았다. 국제적인 반동 세력은 이미 엄청나게 피를 흘린 소비에트 러시아를 목졸라 죽이려 애쓰고 있었다…… 카자흐 사관들과 데니킨 의용군 사관들에게 탱크 조정법이며 영국제 대포 사격법을 가르쳐 주기 위해서 돈이나 쿠반에 와 있던 영국·프랑스의 기술 장교들은 이미 모스크바 입성 전야제를 즐기고 있었다.

하지만 그 무렵 도네츠 부근에서는 1919년 적군 측 공세의 성공을 결정지은 여러 가지 사건이 타오르기 시작하고 있었다.

적위군의 공격이 실패한 주요 원인이 상류 돈 카자흐들의 반란이었음은 의심할 나위가 없었다. 3개월 동안에 걸쳐 반란은 마치 전염병과도 같이 적위군 전선 후방을 먹어들어가서 수없이 부대를 이동시키고, 전선에 무기와 탄약 및 식량 보급을 방해하고, 후방으로의 부상병 송환을 곤란하게 했다. 반란의 진압을 위해서는 약 2만의 병력이 제8및 제9적위군에서 투입되는 것으로 그쳤다.

공화국 혁명군사회의는 반란의 정확한 규모에 대해서 충분한 지식을 가지고 있지 못했으므로, 이를 진압하기 위해 적당한 때 충분히 유효한 수단을 강구하지 못했다. 반란에 대해 투입된 것은 처음에는 개개의 부대와 작은 부대였고—예를 들어 전체 러시아 중앙 집행위원회 부속의 훈련소가 할애한 것은 병력 200명의 1개 중대였다—전혀 통일이 안되는 부대들과, 병력이 적은 수비대 따위였다. 컵으로 물을 옮겨서 큰불을 잡으려고 한 것이나 다름없었다. 통합되지 않은 적위군 부대들은 지름 190킬로미터나 되는 반란군 지역을 포위하고 공통의 작전 계획도 없이 행동하고 있었기 때문에, 반란군과 교전하던 병력은 25000에 이르고 있었음에도 불구하고 실효 있는 성과를 거두지 못했다.

반란을 국지적인 것으로 만들기 위해 14개 보충 중대와 수십 개의 수비대가 잇따라 투입되었다. 탐보프, 보로네시, 리야잔 등지에서 카데트(간부 후보생) 부대들이 도착했다. 그리고 반란이 확산되고 반란군이 적위군에게서 탈취한 기관총과 대포로 무장을 갖출 때쯤 돼서야 겨우 제8 및 제9적위군은 그들 구성원 중에서 포병 부대와 기관총 부대를 포함한 출정 사단을 각각 1개씩 결성했다. 반란군은 막대한 피해를 입긴 했으나 그렇다고 무력해지지는 않았다.

상류 돈 관구에서 일어난 화재의 불티는 이웃 호표르스키 관구에까지 날아가 흩어졌다. 그래서 장교들의 지도하에 이루 헤아릴 수 없이 많은 카자흐 그룹의 진격이 여러 차례에 걸쳐서 행해졌다. 우류핀스카야 마을에서는 카자흐 대장 아리모프가 상당한 수에 이르는 카자흐와 몸을 숨기고 있던 장교들을 자기 주위에 모으고 있었다. 그 반란은 5월 1일 전날 밤에 봉화를 올릴 예정이었으나 음모가 사전에 탄로나버렸다. 아리모프 및 공모자의 일부는 프레오브라젠스카야 마을에서 체포되어 혁명재판소의 판결에 따라 총살되었다. 그 결과로 반란은 봉화를 올리려던 지휘자를 잃어 끝내 일어나지 못했다. 그런 이유로 호표르스카야 관구의 반혁명 분자들은 상류 돈 관구의 반란군과 합류하는 데 실패한 것이었다.

5월 초순, 적위군 혼성 연대 몇이 주둔해 있는 체르트코보역에 전체 러시아 중앙집행위원회 부속훈련소의 한 부대가 쏟아져 내렸다. 체르트코보는 반란군 전선과 직접 경계가 닿아 있는 동남 철도 연선의 종착역들 가운데 하나였다. 이 무렵 미그린스카야, 메시코프스카야 및 카잔스카야 마을의 카자흐들은 팽대한 기병 집단이 되어 카잔스카야 마을 영역의 경계에 집결하여, 공세로 전환한 적위군 부대들과 필사의 전투를 계속 벌이고 있었다.

정거장에는 카자흐들이 체르토코보를 포위하고 당장에라도 공격을 개시할 것이 틀림없다는 소문이 퍼져 있었다. 그리고 전선까지 15, 6킬로미터 이상 떨어져 있고, 전방에 적위군 부대가 있고, 카자흐들이 돌파해 올 경우에는 알려 주기로 되어 있는데도 정거장에서는 큰 소동이 일었다. 정렬해 있던 적위군 대열이 혼란에 빠졌다. 교회의 뒤쪽인 듯한 곳에서 "들어 총!" 구령이 크게 들렸다. 그러자 이 길 저 길을 사람들이 황급하게 부산을 떨며 뛰어다녔다.

이 대혼란은 마침내 잘못 일으켜진 것임이 밝혀졌다. 만코보 마을 쪽에서 정거장을 향해 접근해 온 적위군 기병 중대가 카자흐로 오인된 것이다. 카데트 부대와 혼성 2개 연대는 카잔스카야 마을 쪽으로 떠나갔다.

그로부터 이틀 뒤 아침, 바로 그 무렵에 막 도착한 크론슈타트 연대가 카자흐들에 의해서 거의 완전히 분쇄되었다.

크론슈타트 연대와의 첫 전투가 있은 뒤 카자흐들이 갑작스럽게 야습을 해 온 것이었다. 연대는 반란군이 내팽개치고 간 마을을 굳이 점령하지 않은 채, 초소를 세우고 잠복 척후를 내보내 놓고는 스텝에서 야영을 하고 있었다. 한밤 중이 되자 몇 개의 카자흐 기병 중대가 연대를 포위하고는 누가 생각해 낸 것 인지 위협 도구로서 만든 엄청나게 큰 목제의 소리 울리는 틀을 쓰고, 미치광 이들같이 격렬하게 총화를 퍼부어댔다. 그 소리 울리는 틀을 반란군은 매일 밤 기관총 대용품으로 쓰고 있었다. 그 울리는 틀이 내는 소리는 언제 들어 보아 도 진짜 기관총 사격 소리와 거의 구별할 수가 없었다.

그런데 포위당한 크론슈타트 연대 쪽은 한 치 앞도 안 보이는 밤의 어둠 속 에서 엄청난 기관총 소리의 울림과, 더욱이 가까이 오는 기병대 라바 대형의 대 지를 뒤흔드는 말발굽 소리까지 들었으므로 돈강 쪽으로 황급히 달아나고 한 편 포위망을 깨뜨리려 했지만 끝내 기병대의 돌격에 의해 박살나고 말았다. 연 대 전체의 구성원 중에서 봄장마로 불어난 돈강의 물결을 가로질러 헤엄쳐 건 널 수 있었던 몇 명만이 겨우 살아서 달아났을 뿐이었다.

5월이 되자 도네츠에서 새로이 증원 부대가 잇따라 반란군의 전선에 도착하 게 되었다. 적위군 제33쿠반 사단이 도착하고, 그리고리 멜레호프는 처음으로 참된 돌격의 힘을 뼈에 사무치게 느꼈다. 쿠반 사단의 병력은 숨 돌릴 겨를도 없이 그의 사단을 내몰았다. 그리고리는 북쪽 돈 쪽으로 퇴각하면서 차례차례 로 마을들을 넘겨주었다. 카르긴스카야 마을 부근 치르강 경계선에서 그는 그 럭저럭 하루를 버티었으나, 얼마 안 가서 우세한 적의 병력에게 압박받아 카르 긴스카야를 적의 손에 내맡겼을 뿐만 아니라 즉시로 구원을 청하지 않을 수 없 는 처지에 몰렸다.

콘드라트 메드베예프는 사단의 기병 8개 중대를 파견해 주었다. 그의 휘하에 있는 카자흐들은 놀라울 정도로 훌륭한 장비를 갖추고 있었다. 모든 병사들이 충분하게 탄약을 가지고 있고, 모두들 훌륭한 옷과 고급 구두를 착용하고 있었 다. 물론 그 모든 것은 적군 포로에게서 빼앗은 것들이었다. 대부분의 카잔스카 야 마을 카자흐들은 더위도 아랑곳없이 가죽상의를 껴입고는 익살을 떨고, 거 의 다 제각기 나강 권총과 쌍안경 등을 지니고 있었다……카잔스카야의 카자흐 들은 돌파해서 돌진해 오는 제33쿠반 사단의 공격을 잠시 막아냈다. 그리고리는 쿠지노프가 협의하러 와달라고 끈질기게 요구하고 있어 이 틈을 이용해서 하루 낮과 밤 사이에 뵤센스카야에 갔다오기로 했다.

58

그는 아침 일찍 뵤센스카야에 닿았다. 얼음이 녹자 넘치던 돈강의 물도 지금은 꽤 줄어 있었다. 갓 피어난 포플러꽃의 달콤하고 끈적끈적한 향기가 온 땅에 가득했다. 돈 강가에는 물이 뚝뚝 떨어질 듯이 짙푸른빛 떡갈나무 잎이 묵직하게 흔들렸다. 그러나 흙에서는 수증기가 솟아오르고, 땅 위에는 바늘처럼 뾰족한 풀이 이미 힘차게 싹트고 있었다. 낮은 땅에는 미처 빠지지 못한 물이 빛나고, 해오라기 몇 마리가 굵고 낮은 목소리로 울어댔다. 또한 진흙과 물풀 냄새가 코를 찌르는 축축한 언저리에는 해가 이미 떠올랐는데도 파리 떼가 시꺼멓게 몰려 있었다.

본부는 사람들로 꽉 들어차 있고, 담배 연기로 매캐했다. 밝은색 타자기가 사람들의 웅성거림 속에서 한결 시끄럽게 소리를 내고 있었다.

그리고리는 쿠지노프의 기묘한 행동을 보았다. 그는 조용히 들어간 그리고리에게 눈길도 주지 않고, 무슨 생각에 잠긴 듯한 진지한 표정으로 에메랄드 색깔의 큰 파리의 다리를 하나하나 뜯고 있었다. 다 뜯어서는 커다란 주먹 속에 틀어쥔 뒤 한쪽 귀에 대어 파리가 낮게 혹은 높게 우는 소리를 고개를 기울여 가만히 듣고 있었다.

그리고리를 보자 새삼 역겹고 화가 나는 듯이 파리를 책상 밑으로 던지고는 양복바지에 손바닥을 비볐다. 그러고 나서는 번들거리는 때묻은 팔걸이의자 등에 지친 듯이 몸을 기대었다.

"앉게나, 그리고리 판텔레예비치."

"잘 있었나, 사령관?"

"잘이야 있었지만 맥이 탁 풀린 꼴이지. 자네 쪽은 어때? 바짝 죄어 오는가?"

"전력으로 죄어 오고 있지!"

"자네들은 치르강에서 막고 있었다고?"

"조금은 막았지. 카잔스카야 친구들이 해 줬어."

"용건은 뭔고 하니, 멜레호프."

쿠지노프는 카프카즈제 허리띠의 무두질한 가죽을 손가락에 감고, 별 의미도 없이 거무스름해진 은붙이를 바라보며 한숨을 내쉬었다.

"아마 사태는 더욱 나빠질 거야. 도네츠 언저리에서도 그런 형편이지. 정말 아군이 적위군을 밀어붙여서 놈들의 전선을 흩어놓고 있거나 아니면 놈들 쪽이 우리가 진심으로 증오를 품고 있는 줄 알고 우리를 짓눌러버리려고 기회를 노리고 있거나 둘 중의 하나야."

"카데트 쪽에서는 무슨 얘기 없었나? 이리로 온 비행기로 무언가 알려 보내지 않았던가?"

"아무것도 알려 오지 않았어, 그 작자들은 자식 같은 사람에게는 자기들의 전략을 얘기하지 않아. 시드린이라는 녀석은 여간내기가 아냐. 그 사내에게서는 그리 간단하게 끌어낼 수가 없지. 그들은 적위군의 전선을 돌파해서 우리를 도와주겠다는 계획을 갖고 있지. 즉 원조를 하겠다는 약속을 했었어. 하지만 약속이라는 게 항상 실현된다고는 할 수 없거든. 그리고 전선 돌파는 쉬운 일이 아냐. 우리는 도네츠에 원래 어느 정도의 적위군 병력이 있는지도 몰라. 어쩌면 놈들은 코르차크 쪽에서 몇 개 병단을 뽑아 보냈을지도 모르지. 우리는 어둠 속에서 살고 있는 거나 마찬가지야! 겨우 코끝밖엔 보이지 않아!"

"그래 도대체 무슨 얘길 할 작정이었나? 무슨 협의인가."

지루한 듯 하품을 해대며 그리고리가 물었다.

그는 반란의 종국에 대해서는 조금도 안타까워하지 않았다. 왠지 그 일로 그의 심정이 혼란스럽지는 않았다. 한때 도리깨를 끌며 타작마당을 돌아다니는 말처럼 날마다 그의 머릿속에 이 문제만이 빙빙 돌았을 때도 있었지만 결국 깨끗이 체념한 것이었다. '소비에트 정권과 우리가 화해한다는 것은 도저히 불가능한 일이다. 놈들은 우리에게 너무나 많은 피를 흘리게 했고, 우리 또한 저들을 해치웠다. 그리고 카데트 정권도 지금은 부드럽게 어루만지고 있지만 어차피 털을 거꾸로 세울 게 틀림없어. 제기랄, 될 대로 되라지! 일단락 짓고 나면 그때엔 뭔가가 될 테지!'

쿠지노프는 지도를 폈다. 그러나 여전히 그리고리 쪽은 보지 않고 말했다.

"자네 없이 회의를 열어서 결정했지……."

"누구하고 회의를 열었다는 건가, 공작님하고인가?"

문득 이 방에서 지난겨울에 열린 회의와 카프카즈인 중령을 떠올리며 그리고리는 상대방 말에 끼어들었다.

쿠지노프는 얼굴을 찡그리고 어두운 표정을 지었다.

"그 사내는 지금 이 세상에 없네."

"그런가?"

그리고리는 표정에 생기를 띠었다.

"자네에게 말하지 않았던가? 게오르기예프 동지는 죽었다네."

"흥! 그 친구가 우리에게 무슨 동지인가…… 무두질한 가죽 반코트를 입고 있었던 동안은 동지였지. 그러나 우리가 카데트와 합류하고―사실은 그렇게 되기를 원치 않지만―또 그 친구가 아직 살아 있다고 치세. 그다음 날부터 콧수염에 포마드 따위를 바르고 으스대며 자네 같은 사람에게는 손도 내밀지 않았을 걸세. 또 새끼손가락을 이렇게 싹 구부리고……"

그리고리는 자기의 거무스름하고 지저분한 새끼손가락을 펴고 흰 이빨을 내보이며 소리 내어 웃었다.

쿠지노프는 한층 더 얼굴을 찡그렸다. 그의 눈길과 목소리에는 뚜렷한 불만과 분노와 억지로 눌러 참는 증오의 감정이 스며 있었다.

"조금도 웃을 일이 아니네. 남의 죽음에 대해 웃다니. 자네도 바보 이반의 패거리에 끼어도 손색이 없겠네. 사람이 죽었다는데도 자네에게는 마치 '아무리 끌어 봐야 제대로 다 끌리지 않는다'는 그 격인가 보네."

조금 불끈했지만, 그리고리는 쿠지노프에게 그의 비유가 기분에 거슬렸다는 눈치는 조금도 드러내보이지 않았다. 오히려 웃음을 섞어 대꾸했다.

"확실히 그런 놈들은 '아무리 끌어 봐야 제대로 다 끌리지 않는다'는 말 그대로야. 공교롭게도 나는 그렇게 흰 얼굴과 손을 한 자들에게는 동정을 느끼지 않네."

"어쨌든 그 친구는 죽었다네……"

"전투에서인가?"

"뭐랄까…… 비참한 이야기네. 진상은 파악되지 않았다네. 그는 애당초 내 명령으로 치중대에 들어가 있었어. 그런데 카자흐들과의 사이가 좋지 못했던 모양이야. 두드레프카 마을 변두리에서 전투가 시작되었을 때, 그가 소속한 치중대는 그 전투지역에서 2킬로미터쯤 떨어진 곳에 있었다네. 게오르기예프는 그때 반개 마차의 수레채에 앉아 있었어―카자흐들이 나에게 말한 바로는―그러자 유탄(流彈)이 날아와서 그에게 명중했던 모양이네. 찍소리 할 사이도 없었던 듯하네…… 카자흐들의 말이야. 그 망할 놈들이 해치운 게 틀림없을 것 같네……."

"그 친구들 좋은 일을 해줬군, 해치워버렸으니!"

"이봐, 그만해! 입만 놀리면 그따위 소리야!"

"허, 그렇게 흥분하지 말게, 농담이야."

"가끔 자네는 어리석은 농담을 잘하지…… 마치 자네는 풀을 먹고 있는 데가 바로 자기 집인 줄로 착각하는 소와 같네. 그래, 자네가 생각하기에 그 사관은 죽어 마땅하다는 건가? 또다시 '견장 반대'인가? 자네도 슬슬 눈을 떠야 하지 않겠나, 그리고리! 절름거려도 어느 쪽이건 한쪽 다리로라면 괜찮네!"

"내 걱정 말고. 이야기를 계속하게나."

"말해 봤자 소용없는 건데! 나는 카자흐들이 죽었음을 알아채고는 다시 그곳으로 가서 놈들과 터놓고 얘기를 했네. 즉 이렇게 말했지, '옛날의 못된 짓을 되돌이키는 건가? 어쩔 도리가 없는 사람들이군. 또다시 사관을 쏴죽이기 시작하다니, 너무 이르지 않은가? 가을에도 역시 쏴죽였잖는가. 나중에 사태가 매우 긴박해지면 사관이 필요하게 될 게 아닌가? 자네들이 찾아와 무릎을 끊고 굽실굽실하며 지휘를 맡아 주십시오, 이끌어 주십시오, 어쩌고저쩌고해야 할 거란 말이야. 그걸 생각 못하고 어느새 또 옛날로 돌아갔단 말인가?' 이렇게 욕을 퍼부어 얼굴들이 시뻘개지게 했지. 놈들은 고개를 내저으며 말하더군. '그 사람을 죽이지 않았습니다. 거짓이 아닙니다!' 하지만 놈들의 눈을 보니…… 놈들의 소행이란 것이 써 있더군! 도대체 자네는 놈들에게서 뭔가 들으리라고 생각하나? 놈들을 아무리 들쑤셔봐야 소용이 없네."

쿠지노프는 애가 끊어 가죽띠를 둘둘 말더니, 갑자기 얼굴이 달아올랐다.

"전문가가 당한 거야. 그 친구는 내 오른팔이나 다름이 없었네. 이제 누가 작전 계획을 세워 주나? 누가 충고를 해주나? 자네와의 말은 두서없는 지껄임뿐이고, 이야기가 전략 전술에 관한 것에 미치면 둘이 다 같이 어찌할 도리가 없잖은가. 고맙게도 페트로 보가티료프가 날아와 주어서 그나마 다행이지 그렇지 않더라면 한 마디도 의논을 할 만한 사람이 없었을 걸세! 자, 이런 이야기는 그만두지, 할 만큼 했으니까! 그런데 볼일이란 것은 말이네, 만약 도네츠 방면에서 아군이 전선을 돌파해 오지 못한다면 도저히 우리는 이곳에서 버틸 수가 없게 되네, 그래서 전에 들었겠지만 3만 명의 군사를 내세워 돌파를 강행하기로 결정했네. 만약 자네가 뚫릴 것 같으면 돈강 기슭까지 퇴각해도 좋겠네. 우스티 호표르에서 카잔스카야까지 놈들에게 오른쪽 강가를 깨끗이 넘겨 주고, 돈강을 낀 곳에 참호를 파서 방위하기로 했네."

그때 문을 노크하는 세찬 소리가 났다.

"누구야, 들어와!"

쿠지노프가 소리 쳤다.

제6여단장 그리고리 보가티료프가 들어왔다. 단단해 보이는 붉은 색깔의 얼굴이 땀으로 번쩍이고, 빛바랜 아마색 눈썹이 성난 듯 치켜올라 있었다. 그는 땀이 흠뻑 밴 모자를 벗지도 않고 탁자에 다가와 앉았다.

"무슨 일인가?"

옅은 미소를 지으며 보가티료프를 빤히 쳐다보고 쿠지노프가 물었다.

"탄약을 주십시오."

"먼저 받지 않았나? 도대체 얼마나 필요한가? 내가 탄약 공장이라도 하고 있는 줄 아는가?"

"언제 뭘 받았단 말씀입니까? 1인당 23발씩이나 주었다고 하시는 말씀입니까? 상대가 기관총으로 쏴대고 있는 판에, 이쪽에선 등허리를 구부리고 꼼짝않고 얌전히 있으란 말씀입니까? 이것이 전쟁입니까? 이것은 단지······통곡할 수밖에 없는 형편입니다! 정말입니다!"

"잠깐만 기다리게나, 보가티료프. 우리는 방금 중대한 이야기를 하는 중이었네."

그 말을 듣고 보가티료프가 나가려고 일어서자 그는 급히 덧붙여 말했다.

"여기서 기다리게. 나갈 필요는 없네. 자네에게 숨길 건 없으니까······그런데 멜레호프, 이쪽에서도 저지당하기 전에 먼저 돌파를 강행하려고 하네. 군인이 아닌 자들은 죄다 내버리고, 마차에 실은 짐도 전부 버리고, 보병을 마차에 태우고 포병 3개 중대를 딸려 보내 도네츠로 뚫고 나갈 작정이네. 그래서 자네를 사령관으로 앉히기로 모두가 합의를 보았네. 반대는 않을 테지?"

"나는 아무래도 좋아. 하지만 내 가족들은 어떻게 되나? 딸도, 아내도, 노인도 죽고 말 거야."

"그야 그럴 테지. 전멸하느니보다는 그들만의 희생이 그래도 낫지."

쿠지노프는 힘을 주어 입술을 꽉 다물고 한동안 잠자코 있더니, 생각난 듯 탁자 안에서 신문을 꺼냈다.

"참, 아직 뉴스가 있네. 저쪽 총사령관이 적위군 부대 지휘를 맡으려고 왔다네. 지금 밀레로보나 칸테미로프카 근처에 있다는 건 그저 소문일 뿐이네. 적위군은 우리 쪽으로도 육박해 올 거거든!"

"정말인가?"

그리고리 멜레호프는 의아해하며 물었다.

"그렇다네, 정말이야! 이걸 읽어 보게. 카잔스카야의 친구가 보내온 것이네. 어제 아침 슈미린스카야 변두리에서 우리 군대의 기마 척후대가 기병 두 명과 마주쳤네. 두 명 다 적군의 사관 후보생들이었던가 보더군. 그래서 카자흐들이 그 두 명을 베어 죽였는데, 그 가운데 한 명—겉으로 별로 젊어 보이지 않고, 틀림없이 무슨 위원인 듯하다는데—그 친구의 작은 가죽 가방 속에 글쎄 이 신문, 이 달 20일자의 '싸움의 길에서'라는 게 들어 있었다네, 참으로 근사하게 우리에 관해 쓴 것이라네!" 쿠지노프는 담배를 말아 쓰던 구석 쪽이 찢겨져 있는 신문을 멜레호프 쪽으로 내놓았다.

그리고리는 색연필로 표시된 표제를 먼저 보고는 쭉 읽어 내려갔다.

후방에서의 반란

돈 카자흐 일부의 반란은 이미 수 주일에 걸쳐 계속되고 있다. 이 반란은 데니킨의 앞잡이들—반혁명적 장교들의 주도로 일어나고 있다. 또한 부농(富農) 카자흐를 지주(支柱)로 하고 있다. 부농들은 중농 카자흐의 대부분을 자기편으로 끌어들이고 있다. 두세 곳의 경우에는 카자흐들이 소비에트 권력의 개개 대표자들에게서 어떤 부정행위를 당하고 있음도 확실히 있을 수 있는 일이다. 데니킨의 앞잡이들은 반란의 불길을 부채질하기 위해 이런 사실을 교묘히 이용했던 것이다. 비열한 백위군의 앞잡이들은 중농 카자흐의 신용을 손쉽게 얻는 수단으로, 반란 지역에서 소비에트 권력의 편인 척하고 있다. 그리하여 반혁명적 궤계(詭計), 부농의 이해 및 카자흐 대중의 무지가, 남부 전선에 있는 우리 군대의 배후에 있어서의 무의미하고 범죄적인 반란 속에서 한때 모아졌던 것이다. 전사들에게 있어서 후방에서의 반란은 노동자들의 어깨에 종기가 생긴 것과도 같다. 싸우기 위해, 즉 소비에트 국가를 지키고 방위하기 위해서는, 또한 지주적(地主的) 데니킨 일당의 숨통을 끊어버리기 위해서는 강건한 버팀목이 되는 안정되고 우호적인 노동자·농민의 후방이 이루어짐이 필요하다. 따라서 당분간 가장 중요한 과제는 반란 및 반역 무리들을 돈 땅에서 쓸어버리는 것이다.

소비에트 중앙 정권은 이 과제를 가장 짧은 시일 내에 해결하라고 명령했다. 비열한 반혁명적 반란을 진압하기 위한 출정부대들을 구원하기 위해 강력한 증원 부대가 도착했고, 또한 계속해서 줄을 잇고 있다. 우수한 조직 활동자들은 절박한 이 과제를 해결하기 위해 이곳에서 그쪽으로 가고 있는 중이다.

반란을 종식시켜야 한다. 우리 적위군 병사들은 뵤센스카야, 엘란스카야, 부카노프스카야 마을의 반역 무리들이 데니킨 및 코르차크 등 백위군 장령(將領)들의 직접적인 협력자라는 것을 분명히 알고 있어야 한다. 반란이 오래가면 오래갈수록 서로의 희생은 많아질 것이다. 유혈(流血)을 줄일 수 있는 방법은 오직 하나이다. 즉 신속하고 가혹하며 괴멸적인 타격을 주는 것뿐이다.

반란을 종식시켜야만 한다. 어깨의 종기를 째고 뜨거운 쇠로 지져서 뿌리째 뽑아야 한다. 그때야말로 남부 전선의 팔은 적에게 치명적인 타격을 주기 위해서 자유롭게 될 것이다.

그리고리는 다 읽고 나서 어두운 미소를 띠었다. 그 문장은 그를 분노로 들끓게 했다. '엉터리 수작으로 우리를 간단히 데니킨과 한 패거리로 만들고, 그놈의 협력자로 만들어 버리다니⋯⋯.'

"어때, 걱정 안 되나? 뜨거운 쇠로 지지겠다는데. 하지만 좀더 두고 봐야지. 누가 누구를 지지게 될는지! 그렇지, 멜레호프?"

쿠지노프는 대답을 기다리는 표정을 하다가 보가티료프 쪽으로 고개를 돌렸다.

"탄약이 필요하단 말이지? 좋아, 주지! 병사 1명에 30발씩, 여단 전체에 주지. 충분한가? 창고에 가서 받아가게. 지금 명령서는 경리부장이 써줄 테니까 그에게 가보게. 그리고 자넨 말이야, 보가티료프. 되도록이면 칼과 책략을 쓰도록 해주게, 어떤가!"

"이용할 수 있는 것은 무엇이든 다 이용할 셈입니다!"

보가티료프는 무척 좋아하며 미소를 띤 채 작별 인사를 하고 나갔다.

예상되었던 돈으로의 퇴각에 관해서 쿠지노프와의 협의를 마치고 그리고리 멜레호프도 그곳을 물러났다. 떠나기 전에 그는 물었다.

"내가 사단 전체를 이끌고 바즈키로 가게 될 경우에 무엇으로 강을 건너나?"

"시시한 생각을 다 하는군. 기병대는 모두 돈을 헤엄쳐서 건너는 걸세. 기병대를 건네 주다니, 그런 일도 있었는가!"

"내 부대에는 돈 연안 출신 병사가 적다는 것도 고려해 주게. 치르 출신 카자흐들은 헤엄칠 줄을 모르네. 태어나서 죽을 때까지 스텝에서만 생활하니, 어떻게 헤엄칠 줄을 알겠나? 대개는 쇠망치라네."

"말을 타고는 건널 거야. 연습 때 경험이 있고, 또한 대독전쟁 때에도 그런 일을 겪은 적이 있었네."

"문제는 보병일세."

"건네줄 배를 준비하지. 거룻배들을 준비할 걸세. 너무 걱정하지 말게나."

"일반 주민들도 올 거야."

"알고 있네."

"자네는 모두가 강을 건널 것을 확실히 보증하게. 만일에 일이 잘못되면 난 그 자리에서 자네를 해치울 걸세. 나로서는 일반 민중이 남겨진다면 농담으로 끝내지 않을 걸세."

"좋아, 하고말고. 해보이고말고!"

"대포는 어떡하나?"

"구포(舊砲)는 폭파해 버리고, 3인치 야전포는 여기까지 끌고와 주게. 거룻배들을 찾아 모아서 포병대를 건너편 강둑으로 옮기도록 하게."

그리고리는 아까 읽었던 기사의 깊은 인상을 안은 채 사령부를 나섰다.

'우리를 데니킨의 협력자로 몰았겠다……그러면 우리는 도대체 무엇일까?'

확실히 상황이 협력자로 말하게 되어 있으니, 성낼 수 없다. 허점을 찔린 셈이다……' 죽은 야코프 포드코바가 떠올랐다. 카르긴스카야에 있을 때인데, 언젠가 밤늦게 숙소로 돌아가는 길에 그는 광장에 있는 한 집에서 숙영하고 있던 포병들에게 들러본 적이 있었다. 그는 현관에서 장화의 진흙을 나뭇가지로 만든 빗자루로 털면서, 야코프 포드코바가 누구와 다투다가 이렇게 말하는 소리를 들었다. "독립한다는 말인가? 어떤 권력의 지배도 받지 않는다는 말인가? 허! 자네의 어깨 위에 올라앉은 것은 머리가 아니라 먹지도 못할 호박이네! 알고 싶다면 말을 해줄까? 우리는 지금 저 집 없는 개와 마찬가지일세. 주인 마음에 들지 않는 짓이나 못된 짓만 골라 하는 개가 있네. 그놈이 집을 나간다면 어디 갈 만한 곳이 있겠나? 이리들 틈에 끼어들 수는 없네—무섭기 때문이지. 이리들은 명수에 속하는 무리임을 어렴풋이 느끼기 때문이라네. 그렇다고 해서 다시 주인에게로 돌아갈 수는 없네—못된 짓을 한 벌로 매를 맞게 되기 때문이지. 우리도 꼭 그런 형편이네. 어떤가. 내가 말한 것을 잘 기억해 두게. 우리도 반드시 꼬리를 움츠려서 배 아래로 웅크려 돌돌 말아넣고는 카데트들의 곁으로 바짝 기어가서 '제발 우리를 받아들여 주십시오. 소원입니다!' 하게 될 걸세. 그럴 수밖에 없게 되어 있어!

크리모프카 부근에서 수병(水兵)들을 참살한 전투가 행해진 그날 이후로 그리고리는 자기 자신을 단단히 사로잡은 차갑고 무덤덤한 무관심 상태 속에서 지내고 있었다. 기운 없이 고개를 떨어뜨리고 미소 짓지도 않고 기뻐하는 적도 없이 날을 보내고 있었던 것이다. 한때는 살해된 이반 알렉세예비치에 대한 아픔과 연민이 심하게 마음을 어지럽혔으나, 얼마 안 가서 그것도 없어지고 말았다. 그의 살아 남아 있는 유일한 것—적어도 그에게는 그런 느낌이 들었다—그것은 새롭게 억제되기 어려운 힘으로 타오르는 아크시냐에 대한 정열이었다. 마치 몸을 얼어붙게 하는 듯한 캄캄한 가을밤, 먼 곳에서 떨리는 스텝의 화톳불이 나그네를 가까이 부르듯이 오직 그녀만이 그를 가까이 부르고 있었던 것이다.

지금도 사령부에서 돌아가는 길에 그는 그녀를 떠올리고 있었다. '우리가 돌파해 나가게 되면 그녀는 대체 어떻게 될 것인가?'

그리고 망설임도 오랜 궁리도 없이 마음을 굳혔다. '나탈리야는 아이들이며 어머니와 함께 남게 될 것이다. 하지만 아크시냐는 데리고 가자. 그녀에게 말을 주어 나의 사령부와 함께 가도록 해야겠다.'

그는 돈강을 건너 바즈키로 가서 숙소에 들어가 노트를 한 장 찢어 이렇게 썼다.

크슈냐! 우리는 어쩌면 돈의 왼쪽 강가로 퇴각하게 될 것이오. 그러니 당신은 재산을 모두 정리하여 뵤시키로 오시오. 그곳에서 나와 함께 지내는 게 좋겠소.

편지를 엷은 담홍색 풀로 봉해서 프로호르 즈이코프에게 주며, 뺨을 붉히고 눈썹을 찡그려 일부러 엄숙한 체하여 자기의 낭패감을 프로호르에게 숨기며 말했다.

"타타르스키로 가서 이 편지를 아크시냐에게 주고 오게. 명심해야 하네…… 이를테면 집의 누구에게든, 말하자면 우리 집 식구에게 보이지 않도록 하란 말이네. 알았지? 밤에 가지고 가서 건네주는 게 낫겠어. 대답은 필요 없고. 참, 그 일이 끝나면 자네에게 이틀 휴가를 주겠네. 자, 다녀오게!"

프로코르는 말이 있는 곳을 향해서 걸어갔다. 그러나 그리고리는 갑자기 깨닫고 그를 도로 불렀다.

"우리 집에 들러서 어머나 나탈리야에게 말하게. 기회를 봐서 옷이며 그 밖의 귀중품을 이쪽 기슭으로 보내놓도록 하라고. 곡식류는 땅에 묻고, 또 가축은 돈을 헤엄쳐 건너게 하라고……."

59

5월 22일 오른쪽 강가 전체에 걸쳐서 반란군의 퇴각이 시작되었다. 각 부대는 전투를 하면서 방어선마다 잠시 머물다가는 후퇴했다. 스텝 지대에 있는 부락의 주민은 모두들 당황하여 부산을 떨며 돈강을 향해 쫙 몰려들었다. 노인이나 아낙네들은 농사에 쓰던 말들을 죄다 수레에 매고 옷상자, 가구, 집기, 곡물, 아이들 등등을 짐수레 위에 쌓아 올려놓았다. 가축 떼에서 암소와 숫양이 따로 뽑혀 나와 길을 따라서 끌려갔다. 거창한 짐수레의 행렬은 군대를 앞질러 돈 강가의 각 부락마다 바퀴소리를 울리며 갔다.

　사령부 지령에 따라서 보병은 하루 먼저 퇴각을 개시했다. 타타르스키 카자흐 보병과 뵤센스카야 비(非)카자흐 의용군 부대는 5월 21일 함께 우스티 호표르스카야 마을의 체보타료프 부락을 출발하여 40킬로미터 이상의 행군을 단숨에 마치고, 뵤센스카야 마을의 루이브누이 부락에서 숙영했다.

　22일 아침은 동이 틀 무렵부터 푸르스름한 안개가 가로로 길게 뻗쳐서 하늘을 뒤덮었다. 그 두터운 안개 위로 검은 구름 그림자는 한 조각도 없었다. 다만 남쪽 돈 구릉의 고갯마루 위에, 눈부시게 장밋빛으로 빛나는 자그마한 구름이 해가 떠오르기 전에 장엄한 모습을 드러냈다. 그곳에서 동쪽으로 이어진 능선 위 하늘은 붉은 기가 도는 자줏빛을 하늘에 흘려 마치 선혈을 보는 듯했다. 이슬을 머금어 축축해진 왼쪽 강가 모래언덕의 물결 그늘로 태양이 얼굴을 내밀자, 그 구름도 싹 지워진 듯이 보이지 않았다. 초지(草地)에서 흰눈썹뜸부기가 한층 심하게 울어댔다. 이 뾰족한 날개를 가진 어부(漁夫)들은, 반짝반짝 잔물결을 일으키는 돈의 수면을 향해서 춤추며 다가갔다가는 은빛으로 빛나는 잔고기를 날카로운 부리에 찍어 높이높이 날아가곤 했다.

　정오가 되자 5월치고는 꽤 더워 한동안 푹푹 찌는 것이 마치 비 오기 직전 같았다. 새벽이 되기도 전부터 돈의 왼쪽 강가에는 피난민의 물결이 꾸불꾸불 뵤센스카야를 향해 이어지고 있었다. 게트만스키 가도로 끊임없이 수레바퀴를 덜컹털컹 울리며 포장마차가 지나갔다. 말과 소 울음소리, 사람 말소리 따위가 구릉에서 들판까지 들려왔다.

　병력이 약 2천쯤 되는 뵤센스카야 비(非)카자흐 의용군 부대는 아직도 루이브누이 부락에 있었다. 아침 10시경 뵤센스카야로부터 명령이 떨어졌다. 그 명령은 의용군 부대가 볼쇼이 그로모크 부락으로 이동하여 게트만스키 가도와 각 샛길에 초소를 세우고, 뵤센스카야로 가고 있는 징병 적령기의 카자흐들을 모조리 붙잡으라는 것이었다.

　뵤센스카야로 가고 있는 피난민 짐수레들의 물결이 일시에 그로모크 부락에 밀려왔다. 먼지투성이에 햇살에 꺼멓게 그을린 여자들이 가축을 몰고, 길 옆으론 말을 탄 사람들이 가고 있었다. 수레바퀴가 삐걱거리는 소리, 말과 양들의 콧김, 암소 우는 소리, 어린애들 울음소리, 그리고 가족들에게 이끌려서 후퇴하는 티푸스 환자들의 신음 소리는 벚꽃 동산에 싸여 숨쉬던 이 마을의 고요하기만 하던 정적을 무너뜨렸다. 갖가지 소리들이 뒤섞여 하나로 엉킨 이 소란이 웬만한 예삿일이 아니라는 걸 알았는지 마을의 개들도 끝내 목이 쉬도록 짖어대다가는 이제 처음처럼 지나가는 사람들에게 일일이 덤벼들지도, 샛길을 짐수레에 앞서 달리지도 않고, 다만 싫증이 나는 듯 상당한 거리를 두고 짐수레의 뒤를 줄줄 따라가기만 했다.

프로호르 즈이코프는 그리고리의 편지를 아크시냐에게 전하고 또한 일리니치나와 나탈리야에게 전할 말을 전해 준 다음 꼬박 이틀을 집에서 보낸 뒤, 22일 뵤센스카야로 떠났다.

그는 바즈키에서 자기의 중대를 만나리라고 생각했다. 그러나 포성이 치르강 연안인 듯한 곳에서 다시 울려, 돈 일대에 둔하고 희미하게 울려 퍼졌다. 프로호르는 전투가 격렬해진 듯한 곳으로 가는 것이 마음에 내키지 않았다. 그래서 그는 어떻게든 바즈키까지 가서, 그리고리가 제1사단을 이끌고 돈강 쪽으로 나오기를 기다리기로 결심했다.

그로모크까지의 도로를 줄곧 프로호르는 피난민들의 짐수레에 쫓기듯이 걸어갔다. 그는 서두르지 않고 처음부터 끝까지 보통 걸음으로 나아갔다. 급하게 가야 할 이유가 없었기 때문이다. 루베진에서부터는 전에 편성된 우스티 호표르스키 연대 사령부를 뒤따라갔다.

사령부 사람들은 용수철이 달리고 수레채로 끄는 4륜마차 한 대와 포장마차 두 대에 나뉘어 타고 있었다. 안장이 놓인 여섯 필의 말들이 사령부 사람들이 탄 마차의 뒤에 매인 채 따라갔다. 포장마차 한 대에는 서류와 전화기 따위가 실려 있었고, 다른 한 대에는 부상한 카자흐와, 베개로 삼은 안장깔개에서 회색 아스트라칸 장교용 털가죽 모자를 쓴 머리를 치켜들려고 애쓰고 있는 몹시 여윈 매부리코 남자가 실려 있었다. 그는 티푸스에 걸려 있음이 분명했다. 턱까지 외투를 끌어올려서 덮고 누워 있는데, 창백한 메뚜기 이마와 얇고 뾰족한 코 위에는 솟아나는 땀으로 먼지가 엉겨붙어 있었다. 그러고서도 그는 줄곧 다리를 따뜻한 것으로 감싸 달라고 졸라대며, 정맥이 솟아오른 앙상한 손으로 이마의 땀을 문지르면서도 큰 소리로 떠들어대고 있었다.

"개자식! 멍청한 놈! 바람이 내 다리로 술술 들어온다. 야! 폴리카르프, 임마!

무릎덮개로 싸달라구! 나는 건강했었는데—쓸모 있는 놈이었는데, 이젠······."

이렇게 말하고는 대개의 중병에 걸린 자들이 그러하듯이 정상이 아닌 험악한 눈길을 주위에 보냈다.

폴리카르프라 불린 사내는 키가 크고 활달한 구교 신자였는데 말을 걸게 해놓은 채로 그 위에서 내려 마차로 다가갔다.

"한결 날씨가 추워졌습니다. 사모이로 이바노비치."

"슬슬 속이는군!"

폴리카르프는 부탁받은 대로 해주고는 떠나갔다.

"저자가 대체 누구인가?"

프로호르는 환자를 눈으로 가리키며 물었다.

"우스티 메드베디차의 사관이야. 저런 자가 우리 사령부에 있었다네."

사령부와 함께 체코브노이, 보브로프스키, 크루토프스코이, 지모브누이, 그 밖의 다른 여러 부락에서 도망쳐 온 우스티 호표르스카야 마을 피난민들이 줄을 잇고 있었다.

"여보세요. 당신네는 대체 어디로 가고 있지요?"

프로호르는 천장까지 가득히 세간살이를 채워넣은 타타르 마차에 앉은 한 피난민 노인에게 물었다.

"뵤시키로 갈 작정이오."

"뵤시키로 가라고 누가 당신네에게 말했습니까?"

"그야 누가 알려 준 건 아니지만, 죽는 것은 달갑지 않거든요. 무서운 일이 발등에 떨어질라치면 누구나 달아나게 마련이오."

"그게 아니라 내가 궁금한 것은 어째서 뵤시키로 너도나도 몰려가는가 하는 겁니다. 엘란스카야에서 건너편 기슭으로 건너면 별로 시간이 걸리지 않습니다."

"뭘로 건너겠소? 거기에는 나룻배가 없다던데."

"그럼, 뵤시키에서는 무얼 탈 겁니까? 세간살이를 건네줄 배를 내준답디까? 부대를 기슭에 놔두고 당신네 짐수레를 건네준답디까? 정말로 할아버지, 모두가 다 어수룩하기 짝이 없습니다! 목적지도 모르며, 무엇 때문인지도 모르고, 그냥 가고 있으니까요. 그런데 대체 뭘 그렇게 수레에 실었습니까?"

짐수레와 나란히 가면서 가득 쌓인 보따리들을 채찍으로 가리키며 프로호르는 성난 투로 물었다.

"여기에 쓸데없는 것이 있겠소? 옷이며, 말 목사리며, 밀가루, 그 밖에도 모두 다 생활에 필요한 것이오…… 내버리고 올 수가 없었다오. 우리 집은 무엇 한 가지 남은 게 없이 빈집이 되어 있을 거요. 말 한 쌍과 소 세 쌍을 수레에 매고, 실을 것은 죄다 싣고, 여자들을 태우고 나선 거요. 들어 보오, 여보, 모든 게 다 내가 피땀 흘려 번 거요. 눈물도 흘리고 땀도 흘리며 벌었던 거란 말이오. 어찌 아까워 버리겠소? 할 수만 있다면 집도 싣고 왔을 거요. 적위군에게 빼앗기느니 말이오. 그놈들, 콜레라에라도 걸리면 좋겠소!"

"또 한 가지, 저 큰 체는 무엇에 쓸 겁니까? 그리고 저쪽 의자는 무슨 소용이 있어 그런 것을 다 싣고 갑니까? 그런 건 적위군이 조금도 탐내지 않습니다."

"그래도 놔두고 올 수가 없었소! 참 별난 사람 다 봤소. 당신은…… 놔둬야 놈들은 부숴버리거나 태워버릴 거요. 그렇잖아도 우리의 상처는 덧날 대로 덧나 있소. 놈들 마음도 어지간히 상했을 테지만! 그래서 무엇이건 죄다 끌어모아 온 거요!"

노인은 느긋하게 질질 발걸음을 옮기는 말들에게 세게 채찍질하더니, 뒤를 돌아다보고는 세 번째의 우차(牛車)를 채찍 손잡이로 가리키며 말했다.

"저기에 플라토크를 쓴 처녀가 보이오? 소를 몰고 있는 그애는 내 딸이오. 딸의 짐수레에는 어미 돼지와 새끼 돼지들이 실려 있소. 새끼를 밴 돼지였는데, 그놈을 묶어서 짐수레에 태울 때 시달렸는지 저녁때 갑자기 산기가 뵈더니 새끼를 낳았소. 짐수레에서 말이오. 새끼 돼지들이 꿀꿀대는 소리 들리오? 빨갱이 놈들, 우리에게 빼앗아가려고 해도 그렇게 빼앗기기만 할 수야 있소? 꼴좋게 됐지!"

"영감님, 나룻배 근처에서 나하고 부딪치지 말도록 합시다!"

프로호르는 몹시 밉살스러운 듯이 노인의 땀투성이인 넓고 추한 얼굴을 쏘아보며 말했다.

"부딪치면 어미 돼지건 새끼 돼지들이건 가재도구건 모조리 돈강에 처넣어 버릴 겁니다!"

"어째서 그런 짓을 하겠다는 말이오?"

노인은 깜짝 놀라 물었다.

"수많은 사람들이 생명을 잃고 또 모든 걸 잃기도 하는데, 당신 같은 형편없는 늙은이 주제에 모든 걸 다 가져가려고 욕심을 내고 있잖냔 말이오!"

평소 온순하고 조용한 편이던 프로호르는 큰 소리로 외쳐댔다.

"난 영감님 같은 욕심쟁이는 딱 질색이오!"

"가시오, 어서 가시오!"

노인은 얼굴을 돌리고 콧방귀를 뀌며 욕설을 퍼부었다.

"어느 정도인지는 모르지만, 남의 재산을 돈강에 내던질 작정이란 말이지······ 허 참, 이런 녀석을 착실한 인간인 줄로만 생각하다니······ 상사 노릇하는 내 아들 녀석도 지금 1개 중대를 이끌고 적위군을 막고 있어······ 자, 어서 가라고! 남의 재산에 눈독을 들여야 소용없다고! 제 것이나 더 벌라고, 그렇게 탐내야 소용없어!"

프로호르는 조금 빨리 걸어갔다. 뒤에서 깽깽거리며 새끼 돼지들이 울고, 어미 돼지도 불안한 듯이 소리쳤다. 새끼 돼지들의 새된 소리가 송곳처럼 귀에 파고들었다.

"제기랄! 새끼 돼지들이 어디에서 왔지? 폴리카르프!"

마차 위에 누워 있던 장교가 괴로운 듯이 얼굴을 찌푸리고는 당장이라도 울음을 터뜨릴 것 같은 표정으로 소리질렀다.

"말 좀 해줘······ 가서, 새끼 돼지들 임자에게 말해 줘. 새끼 돼지들을 쳐죽이란다고······ 여기 환자가 있다고 말이야······ 가만히 있어도 이렇게 괴로운데, 게다가 저 시끄런 소리까지 들리니 미치겠어. 자, 어서! 말을 달려!"

프로호르가 마차에 다가붙자, 매부리코 사관이 얼굴을 찡그리며 시선을 한곳에 못박은 채 새끼 돼지들의 울음소리에 짜증을 내며 머리에 쓴 곱슬곱슬한 회색 양털 모자로 귀를 덮어 가리려고 부질없는 노력을 되풀이하고 있었다.

폴리카르프가 말을 달려 곧 가까이 왔다.

"저 사람은 죽이고 싶지 않답니다, 사모이로 이바노비치. 저 새끼 돼지들은 말입니다, 곧 통에 담겨질 겁니다. 그래도 울음을 그치지 않으면 오늘 안에 다 죽이겠다고 말했습니다."

사관은 갑자기 새파래져서 간신히 몸을 일으키고는, 짐수레 위에 고쳐앉아 다리를 늘어뜨렸다.

"내 브라우닝이 어디에 있지? 말을 세워라! 새끼 돼지들 임자가 어디 있나? 당장 혼쭐을 내줘야지…… 어떤 수레에 있나?"

욕심쟁이 노인은 결국 새끼 돼지들을 죽여야만 했다.

프로호르는 빙긋빙긋 생각난 듯이 웃으며 말을 조금 빨리 달려 우스티 호표르스카야 마을의 짐수레 대열을 앞질렀다. 1킬로미터 정도 앞쪽으로 처음 보는 짐수레와 말 탄 사람들이 가고 있었다. 짐수레의 수효는 200을 넘었다. 제각기 말을 타고 가는 사람들은 40명 정도였다.

'큰일이군, 나루터에서 엄청난 소통이 벌어지겠어!' 프로호르는 마음속으로 생각했다.

그는 짐수레들의 대열을 쫓아갔다. 그러자 움직여가는 행렬의 맨 앞쪽에서 멋진 진한 밤색 말을 탄 여자가 그를 향하여 힘차게 달려왔다. 프로호르와 나란히 서게 되자 그 여자는 고삐를 바짝 잡아당겼다. 그 여자가 탄 말에는 호화로운 안장이 놓이고, 가슴받이 쇠장식과 재갈은 은빛으로 빛났으며, 안장의 날개는 조금도 흠이 없었다. 복대와 안장덮개는 고급 가죽처럼 광택이 반들반들하게 윤이 났다. 그녀는 익숙한 자세로 멋지게 안장에 앉아서 똑바로 갈라진 고삐를 보랏빛 손으로 힘주어 쥐고 있었다. 하지만 몸집 큰 군마(軍馬)는 아무래도 여주인을 잘 받드는 눈치가 아니었다. 충혈된 사과만 한 눈을 뒤룩뒤룩 움직이며 목을 쑥 굽히고는 황색의 포석(鋪石)만 한 이빨을 드러낸 채, 스커트 밑으로 들여다보이는 둥그런 여주인의 무릎을 덥석 물 기회만 노리는 듯했다.

그녀는 갓 세탁한 하늘색 플라토크로 눈 바로 옆까지 얼굴을 감쌌다. 입에서 플라토크를 떼어내고 그녀가 물었다.

"잠깐만요, 부상병을 태운 짐마차를 앞질러 오지 않으셨나요?"

"꽤 많은 짐마차를 앞질렀는데요. 왜 그러십니까?"

"진땀 빼고 있어요."

한 마디 한 마디 길게 늘이듯이 그녀는 이야기했다.

"저의 남편이 보이지를 않아요. 그이는 우스티 호표르스에서부터 위생대와 함께 오고 있을 거예요. 다리에 부상을 당했어요. 그런데 요즈음 상처가 악화되었다며 부락 사람들에게 부탁하여 말을 끌고 오라고 전했더군요. 이것이 그이의 말이지요."

여자는 채찍으로 구슬 같은 땀을 뚝뚝 떨어뜨리는 말의 목을 찰싹 갈겼다. "말에 안장을 얹어 달려갔더니 우스티 호표르에는 야전병원이고 뭐고 벌써 죄다 철수한 뒤였어요. 그 뒤로 얼마 동안 여기저기 다녀보았지만 도저히 만날 수가 없군요."

프로호르는 이 카자흐 여인의 포동포동한 아름다운 얼굴과 둥글둥글하고 낮은 알토 음색에 넋을 잃고 꿀꺽 군침을 삼켰다.

"아, 참! 댁의 남편을 찾지 마십시오. 악마에게나 맡겨 버리라구요! 댁의 남편은 위생대와 함께 가면 돼요. 당신처럼 대단한 미인에 굉장한 말까지 몰고 있으면, 아내로 삼을 사람이 얼마든지 있습니다. 나도 한번 청혼하고픈데요?"

여자는 기가 막히다는 표정으로 경멸적인 미소를 지었다. 그리고 문득 무릎이 드러나 있는 것을 깨닫고는 포동포동한 몸을 구부려 스커트 자락을 끌어내렸다.

"추잡한 말은 안하는 게 좋아요. 그보다도 정말 위생대를 앞질러 오지 않았어요?"

"저 행렬 속에는 말이죠, 환자들도 있고, 부상자들도 수없이 많아요."

한숨을 섞어서 프로호르는 대답했다.

여자가 한 번 채찍질을 하자 말은 뒷다리만으로 획 방향을 돌렸다. 넓적다리 사이에 흥건히 괸 땀의 거품이 하얗게 번쩍였다. 보조를 어지르며 속보로 바꾸더니, 곧 보다 빠르게 달려갔다.

짐수레 대열은 느릿느릿 나아갔다. 소들은 귀찮은 듯이 꼬리를 흔들어서, 붕붕 소리를 내는 등에들을 털어 쫓아댔다. 심한 더위가 닥쳐 해가 지기 전은 답답하고 가슴이 눌리는 듯했다. 그다지 자라지 못한 어린 해바라기 잎새들도 늘어져 시들시들했다.

프로호르는 다시 짐마차들과 나란히 나아갔다. 모두가 자기네 부대에서 낙오했거나, 아니면 도망쳐 나와 가족에게로 돌아가서 가족과 만나 강을 건너기 위해 가고 있었다. 어떤 사람은 군마를 짐수레에 매고 그 위에 누워서 여자들과 이야기하기도 하고, 아이들을 어르기도 했다. 또 어떤 사람은 총도 칼도 멘 채 말을 타고 가고 있었다. '부대를 내팽개치고 도망쳐 온 것들이구나'라고 카자흐들을 보며 프로호르는 확신했다.

말들과 소들의 땀 냄새, 4륜마차의 화끈 달아오른 목재 냄새, 가재도구와 수레바퀴의 기름 냄새가 풍겼다. 소들은 괴로운 듯이 옆구리를 씰룩거리며 고개를 숙인 채 걸어갔다. 쑥 내민 그 혀끝에서는 도로의 먼지층까지 침이 색실처럼 늘어뜨려져 있었다. 짐수레 대열은 1시간에 4킬로미터나 5킬로미터 정도의 속도로 나아갔다. 말을 맨 수레도 소들을 앞질러 가지 않았다. 하지만 어디선가 먼 남쪽에서 포성이 은은히 울려 퍼지자, 모두가 다 바삐 움직였다. 말을 맨 1두(一頭)마차나 2두마차는 질서를 어지럽히고, 꾸불꾸불한 짐수레 대열에서 빠져나가 앞으로 갔다. 말들은 속보로 나아가고, 채찍들을 날려 "이놈, 어서 가!" "야, 이 망할 녀석아!" "자, 가자!" 말을 재촉하는 갖가지 소리가 들려왔다. 마른 나뭇가지나 채찍으로 소 등허리를 탁탁 치는 소리도 들렸다. 수레바퀴가 위세 좋은 소리를 냈다. 모든 것이 겁을 먹어 움직임을 서둘렀다. 도로에서는 뜨거운 모래먼지가 피어올라 떠돌다가 날아올라 곡물이며 풀 위에 내리덮었다.

프로호르의 튼튼한 말은 앞으로 가면서 풀 쪽으로 머리를 내밀고 전동싸리 잔가지를 물어뜯기도 하고, 혹은 평지의 황색꽃을 물어뜯기도 하고, 혹은 여뀌 더미를 물어뜯기도 했다. 물어뜯어서는 재빠르게 귀를 움직이며 먹는데, 짤가닥짤가닥 소리를 내는 잇몸에 닿는 재갈을 혀끝으로 밀어제치려 했다. 하지만 1발의 총성이 울린 뒤 프로호르가 구두 뒤꿈치로 콱 눌러 한차례 내지르자 말도 이제는 배를 채우고 있을 때가 아님을 깨달았는지 덜덜 흔들릴 정도로 스스로 속도를 속보로 바꾸었다.

포성은 점차 더 격렬해졌다. 쿵쿵 울리는 침울한 그 발사음은 한데 어우러졌으나, 우렛소리와 비슷한 그 소리의 울림은 갑갑한 대기를 높이, 또는 낮게 진동시켰다.

"주 예수여!"

젊은 여자가 2륜마차 위에서 성호를 긋고 거무스름하고 붉은, 젖으로 번들거리는 젖꼭지를 갓난애의 입에서 떼어내어 팽팽하고 누르스름한 색깔이 도는 장밋빛 유방을 셔츠 속으로 밀어넣었다.

"쏘고 있는 게 우리 편이오, 어느 편이오? 이봐요, 군인 아저씨!"

소들과 나란히 걸어가던 한 늙은이가 프로호르에게 물었다.

"적위군 쪽입니다, 할아버지! 우리 쪽에는 포탄이 없거든요."

"허, 거참 낭패로군!"

늙은이는 손에서 고삐를 놓더니, 낡은 카자흐 모자를 벗었다. 걸으면서 성호를 긋고는 동쪽으로 얼굴을 돌렸다.

늦게 씨를 뿌린 사탕수수의 싹이 불쑥불쑥 돋아나 있는 남쪽 구릉 꼭대기 뒤쪽에서 엷은 검은 구름이 보였다. 구름은 지평선의 절반을 차지하고 얇은 안개처럼 하늘을 덮어 나갔다.

"큰불이 났다! 저기 좀 봐!"

마차에서 누군가가 외쳤다.

"왜 저렇게 됐을까?"

"불이 난 곳이 어디 근처지?"

덜컹덜컹하는 수레바퀴 소리 속에서 목소리가 울렸다.

"치르 근처로군."

"빨갱이놈들이 치르 근처의 부락을 태우는 게야!"

"날이 가물어 걷잡을 수 없을 텐데!"

"봐라, 시커먼 연기가 저렇게 퍼졌다!"

"아무래도 한 부락만 타고 있는 게 아닌가봐!"

"카르긴스카야에서 치르 근처까지 하류 쪽으로 불길이 오르는 걸 보아 그쪽 어디에서 지금 전투가 벌어졌나 봐……."

"어쩌면 쵸르나야 강 근처일지도 모르지. 어이, 소를 몰게, 이반!"

"야, 엄청나구나!"

검은 연무(煙霧)는 넓게 번져 차츰 큰 덩어리를 이루며 하늘로 퍼져나갔다. 포성의 울림은 더욱더 격렬해졌다. 그리고 30분쯤 지나자 게트만스키 가도로 남쪽에서 불어오는 미풍이 35킬로미터 떨어진 치르 부근 부락에서 미친 듯이 타오르는 불길의 매캐하고도 언짢은 재 냄새를 실어왔다.

60

볼쇼이 그로모크 연안 도로는 다듬은 회색 돌로 쌓은 돌담 옆을 지나고, 거기에서 갑자기 돈 쪽으로 꺾어서 물이 마른 낮은 골짜기의 절벽 밑으로 내려갔다. 그곳에는 통나무 다리가 놓여 있었다.

해가 비치면 절벽 아래의 모래는 고운 색깔의 옥석이 반짝여 황색으로 빛나지만, 여름철에 소나기가 내린 뒤에는 탁류가 된 빗물이 내달리듯 빠르고 힘차게 구릉에서 절벽으로 달려들어와 탁류와 합쳐져서는 촬촬 낮은 곳으로 흐르며 돌을 굴려 내리고, 이윽고 돈으로 흘러들었다.

그런 날에는 다리가 물에 잠겼다. 하지만 오랫동안은 아니었다. 한두 시간쯤 지나면 방금 야채밭을 휩쓸고 나무 울타리의 말뚝까지 죄다 쓸어갔던 미친 듯한 산골 물은 기세가 약해져서, 땅거죽이 드러난 골짜기 밑바닥에서는 물에 씻긴 젖은 옥석이 습기 찬 백토 냄새를 풍기며 말갛게 빛나고, 절벽가에 흘러내린 진흙이 육계색(肉桂色) 광택을 내며 빛나곤 했다.

절벽가에는 고리버들과 수양버들이 많이 자라고 있었다. 그 그늘은 여름날 한창 때에도 시원했다.

서늘한 기운에 끌려서, 뵤센스카야 비(非)카자흐 의용군 부대는 다리 옆에 초소를 세워 자리 잡았다. 초소에는 모두 11명이 있었다. 부락에 피난민 짐마차들이 나타날 때까지 의용병들은 다리 밑에 누워서 트럼프놀이도 하고, 담배도 피우고, 어떤 병사는 아예 알몸으로 셔츠나 팬티의 이음매에서 끈질기게 들끓는 군대 이(虱)를 잡기도 했다. 그 밖에 두 명은 소대장의 허가를 얻어 돈으로 수영을 하러 갔다.

그러나, 휴식은 아주 잠시였다. 곧 짐마차의 대열이 다리를 향해서 연달아 밀려온 것이다. 대열은 물결마냥 한없이 줄지어 왔다. 잠자는 듯했던 그늘의 작은 길은 곧바로 번잡하고 시끌대며 답답하게 되었다. 마치 짐마차 대열과 함께 돈 강 연안의 구릉에서 후텁지근한 스텝의 열기가 부락으로 밀려들어온 것만 같았다.

의용군 부대 제3소대장이던 초소의 조장은—단정하게 다듬은 밤색 턱수염에 어린애 같아 보일 만큼 크고 넓은 귀에 키가 크고 좀 여윈 하사관이었는데—나강 권총이 든 낡아빠진 가죽 주머니에 손바닥을 대고 다리 옆에 우뚝 서 있었다. 그는 짐마차를 20대가량은 별로 불평하지 않고 통과시켜 주었으나, 한 짐마차에 24, 5세의 카자흐 젊은이가 앉아 있는 것을 보고는 즉시 명령했다.

"멈춰!"

카자흐는 고삐를 당기며 얼굴을 일그러뜨렸다.

"어느 부대 소속인가?"

소대장은 짐마차에 바싹 다가서서 딱딱하게 물었다.

"왜 그럽니까?"

"어디 부대냐고 물었잖나!"

"루베진스카야 카자흐 중대 입니다. 그런데 당신은 뭡니까?"

"내려!"

"아니, 도대체 당신이 뭔데……."

"내리라고 했잖아!"

소대장의 둥근 귓불이 붉게 타올랐다. 그는 가죽 주머니 단추를 풀고 나강 권총을 뽑아 왼손에 옮겨 쥐었다. 카자흐는 고삐를 아내의 손에 슬쩍 넘기고 짐마차에서 뛰어내렸다.

"어째서 부대에서 나왔지? 어디로 가는거야?"

소대장은 그를 심문했다.

"몸이 나빠져서입니다. 지금 바즈키로 가는 길입니다…… 가족을 데리고 가려고……."

"진단서를 가지고 있나?"

"도대체 어디서 그런 걸 구한단 말입니까? 중대에는 위생병도 없었는데요……."

"뭐라고, 없었다고? 야, 카르펜코, 이놈을 초등학교로 데려가!"

"그런데 당신은 도대체 뭡니까?"

"우리가 누구인지는 저쪽으로 가서 가르쳐주겠다!"

"나는 내 부대로 가야 합니다! 나를 억류할 권리는 없잖습니까!"

"걱정할 것 없어, 무기는 가지고 있나?"

"소총뿐인데요."

"들어. 시원시원하게 말 들어라. 꾸물꾸물했다가는 당장에 갈겨 죽일 테니! 아직 젊은데도 말이야, 망할 자식. 그래 마누라 엉덩이 밑으로 도망가 숨는단 말이냐! 너 같은 놈까지 우리가 지켜줘야만 하는 거냐!" 그리고는 뒤따라오며 매우 경멸하는 투로 쏘아붙였다.

"얼간이 새끼!"

카자흐는 무릎덮개 밑에서 소총을 꺼내고 아내의 손을 잡았으나, 남들 앞이어서 키스도 하지 못하고 까칠까칠한 아내의 손을 잠깐 쥐어 주기만 하고는 소곤거리더니 부락의 초등학교 쪽으로 의용병을 따라갔다.

길이 막혔던 짐마차 대열은 다시 땅울림을 일으키며 다리로 밀어닥쳤다.

초소는 약 1시간 동안에 50명가량의 탈주병을 억류했다. 그들 중 몇 명은 억류하자 저항했는데, 그중에서도 엘란스카야 마을의 니즈네 크리프스코이 부락 출신으로 수염을 길게 기르고 매우 힘이 세어 보이는 중년 카자흐의 저항은 대단했다. 초소 조장이 마차에서 내려오라고 하자, 그는 말에 채찍을 퍼부었다. 의용병 두 명이 재갈을 붙잡아 다리 건너편에서 간신히 세웠다. 그러자 카자흐는 갑자기 윗옷 소매 속에서 미국제 연발총을 꺼내서 후딱 어깨에 댔다.

"물러서! 쏴죽일 테다! 이 개자식들!"

"내려와, 내려오란 말이야! 복종하지 않는 놈은 사살하라는 명령이다. 당장 바람 구멍을 내줄까!"

"돈 촌놈아! 바로 어제까지 빨갱이였던 놈들이 오늘은 카자흐 어른에게 명령을 하는거냐? 역겹다, 이 쓸개 빠진 놈들! 물러서! 쏠 테다!"

아주 새것인 겨울 게토르를 착용한 한 의용병이 마차 앞바퀴에 기어올라가 한동안 밀치락달치락한 끝에 카자흐의 손에서 연발총을 잡아챘다. 그러나 카자흐는 이번엔 고양이처럼 등허리를 둥글게 구부리고 두꺼운 천의 옷밑에 손을 대어 세이버를 홱 빼들더니 한쪽 무릎을 세운 채, 매여 있는 색칠한 마차 너머로 손을 뻗쳐서 칼을 내리쳤다. 하마터면 뾰족한 칼 끝이 재빨리 뛰어내린 의용병의 허리에 거의 닿을 뻔했다.

"티모샤, 참아요! 티모뉴시카! 아, 티모샤! 제발 그만둬요! 그러다가 죽어요!"

정신없이 날뛰는 카자흐의 몹시 여위고 못생긴 아내가 울부짖었다.

하지만 그는 마차 위에 장승처럼 우뚝 서서는 여전히 퍼렇게 번쩍이는 긴 칼날을 휘둘러 의용병들을 마차에 다가서지 못하도록 했다. 그리고 미친 듯이 눈알을 뒤룩뒤룩 굴리며, "물러서! 닥치는 대로 베어버릴 테다!" 하고 쉰 목소리로 욕설을 퍼부었다. 그의 거무스름한 얼굴은 경련을 일으키고, 황색이 도는 긴 콧수염의 그늘에는 침이 거품을 내며 넘쳐흐르고, 푸른빛을 띤 눈의 흰자는 갈수록 시뻘게졌다.

간신히 그에게서 칼을 빼앗고는 밀어 쓰러뜨려 묶었다. 그 카자흐의 목숨을 건 반항은 아주 단순한 이유에서였음이 밝혀졌다—마차 안을 수색해 보니, 독한 탁주를 담은 1베도르들이의 마개를 딴 항아리가 나온 것이다……

길은 크게 혼잡했다. 짐마차들이 너무 복잡하게 몰려들고 있어 소나 말을 떼어 사람이 다리까지 마차를 끌고 가야만 했다. 수레채와 곤봉이 뚝뚝 부러지고, 등에가 떼 지어 달라붙은 소와 말들은 성이 나서 비명을 올리며 주인의 질타하는 소리도 듣지 않고 고통으로 미쳐 날뛰며 나무 울타리로 뛰어들었다. 다리께에서는 욕설, 고함, 채찍이 울리는 소리, 아낙네들의 통곡 소리가 꽤 오랫동안 들렸다. 뒤쪽에 있던 한 떼의 짐마차는 오던 길로 되돌아가서—그 부근은 아직 짐마차들이 스쳐 지나다닐 만한 여유가 있었다—바즈키 근처에서 돈으로 내려가려고 다시 부락의 한길로 올라갔다.

체포된 탈주병들은 호송대에게 이끌려 바즈키로 떠났다. 그러나 그들은 모두가 무장하고 있어서 호송대는 그들을 규제할 수가 없었다. 다리를 지나자마자 곧 호송대와 탈주병들 사이에 시비가 붙었다. 얼마 안 가서 의용병들은 되돌아서고 말았다. 하지만 탈주병들은 자기네끼리 질서 있게 뵤센스카야로 갔다.

프로호르 즈이코프 역시 그로모크에서 저지되었다. 하지만 그는 그리고리 멜레호프에게서 교부받은 휴가 증명서를 보이고 어렵지 않게 통과했다.

그는 해가 지기 전에 바즈키에 닿았다. 치르강 연변의 여러 부락에서 몰려든 수천 대의 짐마차가 큰 길, 작은 길을 꽉 메웠다. 돈 근처에서는 훨씬 더 복잡한 광경이 벌어졌다. 피난민들은 2킬로미터나 되는 먼 거리에 걸쳐 짐마차로 강 언덕을 완전히 뒤덮었다. 5만이 넘는 민중은 숲속 여기저기에 흩어져 진을 치고는 강을 건너려고 기다렸다.

뵤센스카야를 향해서 포병 중대, 사령부, 그리고 군수품이 나룻배로 수송되고 있었다. 보병은 조그마한 거룻배를 타고 건너고 있었다. 수십 척의 거룻배들이 서너 명씩 태우고는 돈을 바쁘게 오가고 있었다. 나루터 부근의 물가는 수많은 사람들로 들끓었다. 그러나 후위로 뒤에 처졌던 기병부대는 아직껏 나타나지 않았다. 치르강 쪽에서는 여전히 포격의 무딘 울림이 들려오고, 숨이 막힐 듯한 여진의 냄새가 한층 심하게 몸에 배어드는 듯했다.

강을 건너는 일은 새벽녘까지 계속되었다. 밤중에 12시쯤 해서 기병 부대 선두에 선 몇개 중대가 도착했다. 그들은 날이 밝기를 기다려 강을 건너야 했다.

프로호르 즈이코프는 제1사단 기병 부대가 아직 도착하지 않은 것을 알고는 바즈키에서 자신의 중대를 기다리기로 했다. 그는 바즈키 병원의 담을 따라 잔뜩 몰려들어 밀치락달치락하고 있는 짐마차들 사이로 말고삐를 잡아 끌고 간신히 빠져나갔다. 거기서 안장이 없어 말을 다른 사람의 짐마차 가로대에 매놓고 재갈을 풀어 준 뒤, 자신은 아는 사람을 찾으려고 짐마차들 사이를 누비고 다녔다.

둑 옆에 아크시냐 아스타호프가 있는 것이 멀리서 보였다. 그녀는 따뜻해 보이는 저고리를 입고 조그만 보퉁이를 꽉 끌어안고 돈 쪽을 행해 걸어갔다. 남의 눈을 끌 정도로 뛰어난 그녀의 미모는 강둑에 진치고 있던 보병들의 시선을 모았다. 그들은 그녀에게 뭔가 추잡한 수작을 걸었다. 땀과 먼지로 뒤엉킨 그들의 얼굴이 엷은 웃음을 띠고, 순간적으로 흰 이빨이 반짝이며 야비한 웃음소리를 냈다. 털가죽 모자를 뒤로 젖혀 쓰고 지저분한 셔츠의 가죽끈을 풀어놓은 회색 머리칼의 키 큰 카자흐가 뒤에서 그녀에게 달려들어 껴안고는 그녀의 거무스름하고 날씬한 목덜미에 입술을 문질러댔다. 프로호르는 아크시냐가 카자흐를 거세게 밀어 쓰러뜨리고는 맹수처럼 이빨을 드러내놓고 낮은 소리로 뭐라고 말하는 것을 보았다. 주위에 와! 웃음소리가 일었다. 하지만 카자흐는 털가죽 모자를 벗고 쉰 목소리로 말했다.

"이봐요, 아주머니! 꼭 한 번만이라도 좋아!"

아크시냐는 빠른 걸음으로 프로호르의 곁을 지나갔다. 그녀의 오동통한 입술이 바르르 떨렸다. 프로호르는 그녀에게는 소리치지 않고 군중에게로 시선을 돌려 부락 사람을 찾았다. 수레채나 곤봉을 하늘로 향하고 생기 없이 뻗쳐 있는 짐마차들 사이를 천천히 누벼 나가자, 몹시 취한 듯 크게 떠드는 소리와 큰 웃음소리가 들려왔다.

짐마차 옆에 거친 천을 깔고는 노인 세 사람이 앉아 있었다. 그중 한 노인의 두 다리 사이에 탁주가 담긴 통이 놓여 있었다. 어지간히 취한 노인들은 말린 생선을 안주 삼아 약협(藥莢)으로 만든 구리 잔에 술을 마시고 있었다. 탁주의 강한 냄새와 소금에 절여진 생선의 짜고 텁텁한 냄새가 허기진 프로호르를 불러세웠다.

"군인 양반! 이리 와 행운을 빌며 한잔하시오!"

한 노인이 그를 돌아보고 말했다.

스스로 간청할 필요가 없게 된 프로호르는 다가가 앉아 성호를 긋고 얼굴에 웃음을 지으며, 왠지 호감이 가는 그 노인에게서 그럴싸한 냄새를 풍기는 탁주가 담긴 컵을 받았다.

"한창 좋을 때에 쭈욱 마시게. 자, 이 잉어도 술안주로 들게나. 참, 젊은이, 늙은이를 바보로 여겨선 안 되네! 늙은이란 말이네, 이젠 웬만큼 분별할 수가 있지! 자네 젊은이들은 인간의 일생이 어떤 건지…… 그리고…… 아무렴, 이 술을 마시는 방법 같은 것을, 아직도 우리에게 배워야 한단 말이네."

코가 짜부라지고 윗입술이 잇몸에 먹혀들어간 다른 노인이 혀가 말린 목소리로 말했다.

프로호르는 코가 못생긴 그 노인을 힐끗 곁눈질로 쳐다보며 술을 쭉 들이켰다. 두 잔을 비우고 세 잔째 마실 때에는 더 참지 못하고 물었다.

"할아버지, 코가 아주 없어지셨습니까?"

"당치도 않아, 자네! 이건 감기 탓이네! 어릴 적부터 늘 감기에 걸려 있었지. 그러더니 끝내는 이렇게 되고 만 거야."

"잘못 생각을 했군요. 저는 그런 줄도 모르고, 병으로 코가 짜부라든 게 아닌가 생각했습니다. 아주 터무니없는 생각은 아니었군요!"

프로호르는 솔직히 자기 잘못을 시인했다.

노인의 말에 안심한 그는 걸신이 들린 듯이 잔을 입술로 옮겨, 이제는 아무 거리낌 없이 단숨에 꿀꺽 마셨다.

"이젠 생활 역시 엉망이 된 거야! 마시지 않고 견딜 수 있나?"

탁주의 주인인 정정한 노인이 큰 소리로 말했다.

"나는 말이야, 밀을 200푸드쯤 가지고 나왔지만, 집에는 1천 푸드나 내동댕이쳐져 있네. 소는 다섯 쌍을 몰고 왔는데, 이것도 모조리 여기서 버려야겠어. 녀석들을 끌고 돈을 건너갈 수는 없으니까. 내 재산도 이젠 다 날아가 버리게 된 거야! 노래라도 부르자구! 봐, 자네들, 부르자구!"

노인은 얼굴이 시뻘개져서 두 눈에 눈물을 글썽거렸다.

"소리치지 말게, 토로핌 이바누이치. 넋두리는 내지도 말라구. 건강은 하나……

다시 돈을 벌 날이 있을 걸세!"

코가 짜부라진 노인이 친구를 달랬다.

"소리치지 않고 어떻게 견디나!"

눈물로 얼굴이 얼룩진 노인은 더욱 목소리를 높였다.

"보리는 모조리 엉망이 되었지! 소들도 곧 뒈질 판이지! 집도 빨갱이 놈들 손에 불타 없어질 테지! 아들놈은 가을에 전사할 테지! 이런 판에 소리라도 치지 않고서 어쩌나! 누구를 위해 피땀 흘려 돈을 벌었단 말인가? 한여름 동안에 셔츠가 10벌이나 땀으로 어깨 언저리가 삭아빠진 적도 있었지. 하지만 이제는 입을 것도, 신을 것도 없게 되었네…… 자, 마시자구!"

프로호르는 그들의 이야기가 끝날 무렵까지 페치카의 뚜껑만 한 넓적한 잉어를 허겁지겁 먹어치우고, 일곱 잔이나 탁주를 들이켜 겨우 일어설 정도로 취해버렸다.

"군인 양반! 우리의 수호신! 뭣하면 당신 말에게 보리라도 줄까? 얼마나 주면 될까?"

"한 자루입니다!"

누가 누구인지 전혀 분별을 못할 지경이 된 프로호르는 혀꼬부랑 소리로 말했다.

노인은 자기 사료 자루에 잘 골라낸 귀리를 담고서, 프로호르가 지고 일어서는 것까지 도와주었다.

"자루는 도로 가져오게! 잊지 말라고. 부탁하네!"

주정뱅이의 눈물을 흘리며 그는 프로호르를 부둥켜안고 당부했다.

"예, 가져오란 말씀이지요? 가져올 수 있으면 가져오지요……."

까닭 없이 프로호르는 빈정댔다.

비틀비틀 그는 짐수레에서 물러섰다. 자루는 그를 이리저리 비틀거리게 하고, 당장이라도 눌러 짜부러뜨릴 것 같았다. 프로호르는 얇은 얼음이 깔린, 미끄러지는 땅 위를 걸어가고 있는 것만 같았다. 그의 발은 편자가 박히지 않은 말이 조심조심 얼음 위를 밟을 때와도 같이 휘청휘청했고 떨렸다. 위태위태한 걸음걸이로 몇 걸음을 나아가다가 멈춰섰다. 모자를 쓰고 있었는지, 쓰고 있지 않았는지 도무지 생각나지 않았다. 반개 마차에 매어진 흰 이마의 밤색 거세마가 귀리 냄새를 맡더니 자루에 목을 늘이고 귀퉁이께를 물어뜯었다. 뜯겨진 틈으로 귀리 낱알이 술술 흘러 떨어졌다. 프로호르는 자루가 좀 가벼워지자 다시 걸어갔다.

나머지 귀리는 자신의 말에게까지 가져가려 했으나, 매우 큰 소 옆으로 지나가려고 할때 황소가 갑자기 옆쪽에서 그를 걷어차버렸다. 소는 등에와 파리 떼 따위에게 몹시 시달리던 끝에 염열과 고통으로 미치다시피 되어 옆에 사람이 다가서지 못하게 했던 것이다. 황소의 노여움에 그날의 몇 사람 째인가 희생자가 된 프로호르는 옆쪽으로 날아가 수레바퀴 굴대에 머리를 세게 부딪치고는 금방 그곳에서 잠들어버렸다.

한밤중이 지나서야 제정신이 들었다. 머리 위 어두운 남색 하늘에서는 어두운 남빛 구름이 소용돌이치며 맹렬한 속도로 서쪽으로 흘러가고 있었다. 어슴푸레한 구름 사이로 비스듬히 기운 초승달이 잠깐 엿보이더니, 하늘은 다시 검은 구름 장막으로 휩싸였다. 그리고 어둠 속에 푹푹 쑤시는 듯이 차가운 바람이 차츰 거세게 불어왔다.

프로호르가 쓰러져 있던 짐마차의 반대편 아주 가까이를 기병 부대가 지나갔다. 편자를 댄 수많은 발굽 밑에서 대기는 신음을 하고 한숨을 쉬었다. 말들은 비가 내릴 것을 예감하는지 난폭하게 뛰었다. 세이버가 등자에 부딪치는 소리가 덜컹덜컹 울리고 값싼 담배의 붉은 불이 확 타올랐다. 말의 땀 냄새, 마구(馬具)의 시큼한 냄새가 지나가는 카자흐 중대에서 풍겼다.

프로호르는—모든 카자흐 병사들과 마찬가지로—전쟁 중의 몇 해 동안에 기병부대 특유의 갖가지가 뒤섞인 냄새에 완전히 익숙해져 있었다. 카자흐들은 프러시아며 브코비나에서 돈의 스텝에 이르기까지의 모든 길에서 그 냄새를 줄곧 지니고 걸어온 것이다. 그러므로 기병 부대의 그 몰아내기 어려운 냄새는 고향의 자기 집 냄새처럼 그립고 친근한 것이었다. 프로호르는 콧구멍을 실룩거리며 무거운 머리를 쳐들었다.

"어이, 어느 부대야, 거기는?"

"기병 부대일세……."

어둠 속에서 비웃는 듯한 굵다란 목소리가 대답했다.

"누구의 부대냐고 물었어!"

"페틀류라군[18]일세……."

역시 굵다란 목소리로 대답이 돌아왔다.

"별수 없는 치들이군!"

잠시 있다가 다시 물었다.

"동지, 어느 연대인가?"

"보코프스키일세."

프로호르는 일어나려 했으나 머릿속에서 피가 거꾸로 솟는지 구역질이 목구멍까지 치밀어 올라왔다. 그는 맥없이 쓰러져서 다시 잠들어버렸다. 새벽녘이 다가오자 돈에서 냉랭한 습기가 밀려왔다.

"죽었나?"

프로호르는 꿈결에 위쪽에서 나는 사람 말소리를 들었다.

"그런 건 아닌 거 같고…… 몹시 취한 게로군!"

프로호르의 귀 밑에서 누군가가 대답했다.

"어디로 끌어내야지! 길바닥에 쓰러져서 자다니! 옳지, 그 수레채 밑으로 처넣자고!"

말을 탄 사내는 창자루로 아직도 제정신이 들지 않은 프로호르의 옆구리를 매우 세게 질렀다. 누군가의 손이 그의 발을 움켜쥐고 옆으로 질질 끌고 갔다.

"짐마차를 뒤로 밀어! 아주 녹초가 되었군! 시도 때도 없이 쿨쿨 자다니! 빨갱이 놈들이 당장 저기까지 오고 있는데도 제 집에서처럼 자는군! 짐마차를 옆으로 물려, 포병이 곧 올 거야! 빨리해! 길을 막으라구…… 자, 어서!"

위압하는 듯한 목소리가 울려 퍼졌다.

짐마차의 위쪽이나 그늘에서 자고 있던 피난민들은 야단법석을 떨었다. 프로호르는 후닥닥 일어났다. 소총도, 세이버도, 그리고 오른발의 장화까지 없어져 버렸다. 모두 그가 어저께 술을 마신 뒤 여기저기 떨어뜨린 것이었다. 이상하다고 생각하며 홱 몸을 돌려 짐마차 밑을 더듬으려 했을 때 바로 옆에까지 와 있던 포병 부대의 기병과 포수들이 말에서 뛰어내려 인정사정없이 쌓인 궤짝과 함께 마차를 뒤집어 순식간에 대포 통로를 열었다.

---

18) 시몬 페틀류라가 편성했던 반혁명의 잡군. 잔학함과 약탈 행위로 자못 유명함.

"전진!"

기마병들은 말에 뛰어올랐다. 꿰매어 이은 폭 넓은 가죽끈이 부르르 떨더니 팽팽히 펴졌다. 덮개를 씌운 대포의 커다란 수레바퀴가 바퀴 자국에 끼여 덜컹덜컹 소리를 냈다. 탄약차의 차축(車軸)이 반개 마차의 수레채에 걸려서 부러졌다.

"전선을 버리는 겐가? 비겁한 녀석들. 큰소리치지들 마!"

반개 마차에서 코가 짜부러진 노인이 소리쳤다. 어젯밤 프로호르와 함께 술을 마신 노인이었다.

포병들은 잠자코 나루터를 향해 서둘러 갔다. 프로호르는 동이 트기 전에 엷은 어둠 속에서 한참 동안 소총과 말을 찾아다녔다. 그러나 끝내 눈에 띄지 않았다. 거룻배 옆에다 나머지 한쪽 장화를 벗어 버렸다. 그리고 견딜 수 없이 쑤셔대는 옥죄인 머리를 오랫동안 물에 담그고 있었다.

기병 부대는 해가 떠오르자마자 강을 건너기 시작했다. 말에서 내린 제1기병 중대 카자흐들은 거의 직각으로 동쪽을 향해 획 구부러진 곳에서 상류 쪽으로 조금 가서 안장을 푼 약 150필의 말을 돈강으로 몰아넣었다. 뻣뻣한 붉은 수염을 눈밑까지 기르고 매부리코에다 퍽 잔인해 보이는 중대장은 꼭 멧돼지 같았다. 그의 왼손은 몹시 지저분한 피투성이 붕대에 싸여 있었지만, 오른손은 줄기차게 채찍을 휘두르고 있었다.

"말에게 물을 먹이는 건가! 몰아야지! 몰란 말이야! 어떻게 된 거야……저런, 저런, 저런…… 물이 무서운가, 엉? 들어가란 말이야! 말은 설탕과 달라, 녹지 않는단 말이다!"

그는 붉은 수염 속에 커다란 송곳니가 있는 이빨들을 드러내고 물로 말을 몰아넣는 카자흐들에게 마구 소리를 질러댔다.

말들은 한덩어리로 뭉쳐 마지못해 차가운 물속으로 들어갔다. 카자흐들은 시끄럽게 떠들며 말에게 채찍을 가했다. 이마에 넓은 장밋빛 반점이 있는 콧구멍이 흰 푸른 털빛의 말이 맨 먼저 헤엄쳐 나아갔다. 그 말은 처음 헤엄쳐 보는 게 아닌 듯했다. 느즈러진 엉덩이가 물결에 씻기우고 더부룩한 꼬리는 물결에 쓸려 한옆으로 처져 있었지만, 머리와 등허리는 수면 위에 나와 있었다. 그 뒤를 이어 다른 말들도 거칠게 일렁이는 물에 떴다 가라앉았다 하면서 콧김을 내쉬며 급류를 가로질러 나아갔다. 카자흐들은 6척의 거룻배에 타고 뒤를 따랐다. 뱃머리의 한 사람이 거룻배의 이물에 서서 만일의 경우에 대비하여 올가미를 들고 있었다.

"곧바로 나아가지 마! 물결을 거슬러서 비스듬히 나아가란 말이야! 떠내려가지 않도록 해!"

중대장이 든 채찍이 활발하게 움직여 원을 그리며 윙하고 울리더니, 석회 범벅인 더러워진 가죽 장화에 떨어졌다.

급류는 말 떼를 밀어 떠내려보냈다. 검정말은 다른 말들을 2필 길이가량이나 떼어놓고는 맨 앞에서 유유히 헤엄쳐 갔다. 검정말이 맨 먼저 왼쪽 기슭의 모래밭에 가 닿았다. 그 순간 수양버들이 얽힌 나뭇가지들 사이로 태양이 반짝 엿보이고, 장밋빛의 광명이 검정말을 비쳤다. 흠뻑 젖어서 반들반들하게 빛나던 그 말의 고운 털은 순간 시커먼 영겁의 불꽃이 되어 타올랐다.

"무르이힘의 암말을 주의해! 도와줘라! 재갈을 물리지 마! 어서 저어! 저으란 말이야!"

멧돼지 비슷한 중대장의 쉰 목소리가 외쳐댔다.

말 떼는 무사히 헤엄쳐 갔다. 건너편 기슭에서는 카자흐들이 대기하고 있었다. 그들은 제각기 말을 찾아내어 재갈을 물렸다. 이쪽 기슭에서는 안장을 수송해 갔다.

"어제 불타던 곳은 어디인가?"

프로호르는 거룻배에 안장을 싣고 온 한 카자흐에게 물었다.

"치르 근처일세!"

"포격으로 탔나?"

"글쎄, 그런 곳이 포격을 당했을라고?"

카자흐는 거칠게 대답했다.

"적위군이 불을 질렀을 걸세……."

"깡그리 싹 태웠나?"

프로호르는 깜짝 놀라 물었다.

"아냐…… 이를테면 함석이 덮여 번쩍이는 부잣집이나 아니면 아무개 아무개 어르신네의 별장 같은 집들만을 태운 거네."

"타버린 건 어느 부락이지?"

"비스로그조프에서 그라쵸프까지야."

"그건 그렇고, 혹시 제1사단 사령부가 지금 어디에 있는지 아나?"

"츄카린스키에 있네."

프로호르는 피난민들의 짐마차 쪽으로 되돌아갔다. 끝없이 이어진 야영지 위에는 마른 가지들과 쓰러진 나무 울타리, 그리고 마른 쇠똥을 태우는 화톳불의 숨 막힐 듯한 연기가 곳곳에서 피어오르다가 미풍에 얽혀서 길게 뻗쳐 있었다. 아낙네들이 아침 식사를 짓고 있었다.

밤사이에 다시 수천 명의 피난민이 강 오른쪽 스텝 지대에서 덜커덩거리며 도착했다.

화톳불 주위나 짐마차 위에서는 떠들며 이야기하는 소리들이 벌들의 웅웅거림처럼 소용돌이쳤다.

"언제쯤이나 우리들이 건널 차례가 오나? 아, 더 못 기다리겠다!"

"아깝지만 빨갱이 놈들한테 빼앗기지 않으려고 보리를 돈강 속에 내버렸네!"

"거룻배 주위는 말 그대로 인산인해(人山人海)로군!"

"아니, 가난뱅이인 우리가 어쩌자고 가구들을 강기슭에 내동댕이쳐 버렸나?"

"열심히 벌었지만………… 전혀 어찌할 도리가 없어!"

"자기네 부락에서 건너게 했더라면 좋았을 텐데……."

"어째서 뵤시키 근처까지 일부러 왔단 말인가, 제기랄!"

"카리노프 우고르는 깡그리 탔다더군."

"나룻배를 척척 구할 수 있으면 얼마나 좋을까……."

"쳇, 구하지 못해도 어떻게 될 것 아닌가!"

"놈들 쪽에선 말이야, 6살부터 쓰러져가는 노인네들까지 카자흐만 보이면 죄다 죽여 없애라는 명령이 떨어졌대."

"이쪽 기슭에 그냥 내버려지면…… 우리는 대체 어떻게 되나?"

"그렇게 되면 만사 끝장이지!"

화려하게 꾸민 크리미아풍 반개 마차 옆에서 눈썹이 희고 풍채가 좋은 노인이 연설을 하고 있었다. 그의 위엄 있는 동작으로 보아—부락 아타만, 그것도 구리 장식이 달린 아타만 지팡이를 1년쯤이나 들고 다닌 아타만이 분명했다.

"……그래서 나는 물었습니다. 즉 '모두가 이편 기슭에서 죽어야 합니까? 도 대체 우리는 언제쯤 각자의 짐을 들고 저편 기슭으로 건넌단 말입니까? 적위군 이 우리를 모두 죽이게 되지 않겠습니까?' 그러자 그분이 나에게 말해 주더군 요. '걱정하지 않으셔도 좋습니다, 노인! 사람들이 모두 강을 건널 때까지는 진 지를 지키겠습니다. 비록 이 몸이 죽더라도 아낙네들이나 노인들을 죽이는 따 위의 짓거리는 결단코 막겠습니다!' 라고요."

그 눈썹이 흰 아타만은 노인들과 여자들에 에워싸여 있었다. 그들은 매우 열 심히 그의 연설에 귀를 기울였는데, 이윽고 왁자지껄 떠들어대는 소리가 끓어 올랐다.

"어째서 포병은 달아나버렸지?"

"사람들을 깔아죽일 듯한 기세로 나루터로 달려가서 달아나버렸잖나!"

"기병 부대도 봤다고요……."

"그리고리 멜레호프란 녀석, 전선을 내팽개쳤다고 하잖아?"

"이것이 무슨 놈의 질서야? 토박이들을 밀어내고 자기네가 먼저라니……?"

"군대가 먼저 달아났으니 어쩌나!"

"누가 우리를 지켜 줄 텐가?"

"기병 부대는 얼른 헤엄쳐 달아났잖나!"

"누구나 다 자기 생명은 아까운 거야……."

"그렇다마다!"

"죄다 우리들을 배신했어!"

"죽음을 기다릴 따름이다, 억울하게도!"

"늙은이들에게 보리와 소금을 들려 적위군에게 보내 보면 어떨까? 어쩌면 가 엾게 여겨서 살려 줄지도 몰라."

벽돌로 지은 커다란 병원 옆으로 난 골목 입구에 한 기병이 나타났다. 안장 앞테에 소총이 걸려 있고, 옆구리에선 녹색으로 칠한 창자루가 건들건들 흔들 렸다.

"저런, 우리 미키시카 아냐?"

플라토크도 쓰지 않은 한 노파가 덩실덩실 춤을 출 듯이 기뻐하며 소리쳤다. 그녀는 수레 차를 뛰어넘어서 짐수레와 말 사이를 빠져나가 기병 쪽으로 달려갔다. 말 탄 사내를 사람들이 등자를 잡아 멈춰 세웠다. 그는 봉인된 회색 봉투를 머리 위로 쳐들고 소리쳤다.

"보고서를 들고 총사령부로 가는 길입니다! 가게 해주십시오!"

"미키시카! 내 아들아!"

노파는 몹시 흥분해서 소리쳤다. 그녀의 흐트러진 희끗희끗한 머리칼이 기쁨으로 빛나는 얼굴에 떨어졌다. 그녀는 경련 같은 미소를 얼굴에 가득 띤 채 등자로 다가가서 땀에 젖은 말의 옆구리에 찰싹 붙어서 물었다.

"우리 부락에 들러 보았냐?"

"예, 들렀어요. 하지만 지금은 적위군이 들어왔어요⋯⋯."

"우리 집은?"

"그대로 남아 있어요. 하지만 페도트의 집은 타버렸어요. 우리 집 헛간도 타고 있었는데, 놈들이 껐어요. 페테스카가 도망쳐 와서 말하는 걸 들어 보니 적위군 대장은 '가난한 농민의 오막살이는 그대로 두고 부자들의 집은 태워버려라!' 말했다나 봐요."

"그놈 덕분에 살았구나! 고마운 일이다!"

노파는 성호를 그었다.

위엄 있어 보이는 한 노인이 분명히 말했다.

"무슨 소리요, 여보! 이웃집들이 타버렸는데도 무엇이 '고마운' 일이란 말이오?"

"그이들이야 염려 없어요."

노파는 낯빛을 바꾸며 대들었다.

"그이들은 얼마든지 다시 세워요. 하지만 우리 집이야 죽을 고생을 해야 다시 짓잖아요? 페도트네 집은 금화가 가득 든 항아리가 묻혀 있지만, 우리네는 평생을 가난에 쫓기며 산단 말예요!"

"놔줘요, 어머니! 서둘러 가서 편지를 전해야 해요."

기병은 안장 위에서 몸을 구부리고 애걸했다.

어머니는 말과 나란히 걸어가며 아들의 볕에 탄 새카만 손에 입맞추고는, 자기 짐마차쪽으로 달려갔다. 그러자 기병은 발랄한 목소리로 소리쳤다.

"길을 비켜요! 사령관에게 보고서를 가져가는 길입니다. 물러서요!"

기병의 말은 흥분해서 뒷다리로 빙빙 돌며 미친 듯 날뛰었다. 사람들은 마지 못해 물러 나고, 기병은 자못 유유히 뽐내면서 달려갔다. 이윽고 기병의 모습은 마차와 소와 말들의 등 너머로 사라지고 오직 창만이 수많은 군중 위로 흔들리며 돈 쪽으로 다가갔다.

61

반란군과 피난민 무리는 그날 중에 모두들 돈 왼쪽 강가로 이송되었다. 그리고리 멜레호프의 제1사단 뵤센스키 연대의 기병 부대는 맨 마지막으로 강을 건넜다.

그리고리는 정예 12개 중대를 끌고 해 질 녘까지 적위군 33쿠반 사단의 맹렬한 공격을 저지했다. 5시경 전투 부대와 피난민이 모두 강을 건넜다는 연락을 쿠지노프로부터 받고는 그제야 비로소 철수 명령을 내렸다.

미리 세워놓았던 작전에 의하면, 돈 연안의 반란 카자흐 중대는 강을 건너서 각각 자기 부락에 포진하기로 되어 있었다. 점심때쯤 되자 본부에 각 중대로부터 보고가 들어오기 시작했다. 대부분의 중대는 이미 자기 부락에 인접한 왼쪽에 대치를 끝냈다.

부락 사이의 간격이 꽤 뜬 곳에는, 사령부가 연안의 광야지대에 있던 카자흐들로 구성된 기병 중대를 투입했다. 크루지린스카야, 마크사에보 싱긴스크, 카르민스카야의 보병부대, 라디셰프스카야, 리호비도프, 그라효프의 각 카자흐 중대는 페가레프카, 뵤센스카야, 레비야진스키, 크라스노야르스키의 각 중간지대에 진을 치고, 나머지 부대는 후방—외(外) 돈 지방의 두브로프카, 쵸르누이, 고로호프카의 각 부락 쪽으로 후퇴했다. 사포노프의 견해로는, 그것은 전선을 돌파당할 경우에 사령부가 필요로 하는 예비군이 된다는 것이었다.

반란군 전선은 돈의 왼쪽 강가를 따라, 카잔스카야 마을 서쪽 끝에 있는 여러 부락에서부터 우스티 호표르스카야에 이르기까지 약 105킬로미터에 뻗쳐 있었다.

강을 다 건넌 카자흐들은 진지전에 대비하여 서둘러 참호를 파고 포플러, 버드나무, 떡갈나무를 베어서 끌어다가 엄개(掩蓋)와 기관총좌를 구축했다. 피난민들에게서 거둔 모든 빈 자루에 모래를 담아서 죽 이어진 참호선 앞에 가슴

높이로 담처럼 쌓아올렸다.

해 질 무렵에는 참호 파기가 어느 곳에서나 거의 다 끝났다. 뵤센스카야 뒤켠의 어린 소나무 숲에서는 반란군의 제1, 제3포병 중대가 위장을 하고 있었다. 8문의 포에—모두 합쳐야 탄약이 5발 있을 뿐이었다. 소총의 탄알도 조금밖에 없었다. 쿠지노프는 각 부대에 말탄 전령을 보내 응사(應射)를 엄중히 금하도록 했다. 명령은 각 중대에서 한두 명씩 가장 우수한 사수를 뽑고, 그 가장 우수한 사수들이 오른쪽 강가 부락에 있는 한길에 나타나는 적군 기관총 사수는 물론이고 병졸 한 명이라도 남김없이 해치우도록 충분한 탄약을 그들에게 공급할 것을 지령하고 있었다. 다른 자들은 적군이 강을 건널 의도를 보일 경우에만 사격을 하도록 했다.

그리고리 멜레호프는 이미 저녁 어둠을 타고 돈강 기슭에 포진한 자신의 사단 소속 각 부대를 시찰한 다음, 잠을 자려고 뵤센스카야로 되돌아갔다.

강기슭의 풀밭에서 모닥불을 피우는 것은 금지되어 있었다. 뵤센스카야에는 등불 하나도 보이지 않았다. 외 돈 지방 일대는 엷은 자주빛 저녁 안개에 싸여 있었다.

이른 아침, 적위군 첫 번째 기병 척후가 바즈키 구릉에 나타났다. 뒤이어 우스티 호표르스카야에서 카잔스카야에 이르는 오른쪽 높은 평원에 그들의 모습이 멀리서도 보이기 시작했다. 적위군 전선이 강력한 눈사태가 되어 돈에 밀어닥친 것이었다. 얼마 있자 기병 척후는 보이지 않았다. 그리고 점심때까지 구릉은 황량하고 갑갑한 고요 속에 죽은 듯 조용했다.

게트만스키 가도에는 바람이 하얗게 빛바랜 모래먼지의 기둥을 말아올렸다. 남쪽에서는 아직도 남은 재의 탄내 나는 적갈색 연무가 솟아올랐다. 바람에 불려서 흩어지는 비구름이 다시 떼를 지어 밀려들었다. 밝은 한낮에 흰 번갯불이 번뜩였다. 그 순간 번갯불은 꼬불꼬불 구부러진 은실로 거무스름한 구름의 테두리를 드러내 주고, 번쩍이는 창처럼 떨어져내려서 두껍게 솟아오른 흙무더기에 쑤셔박혔다. 마치 낮게 드리운 비구름의 거대한 덩어리를 뇌우가 찢어발기기라도 한 듯이, 그 품속에서 억수 같은 비를 쏟아부었다. 바람은 비를 비스듬히 잘라서 미친 듯 날뛰는 흰 물결과도 같이 돈 구릉의 산허리와, 염열에 말라죽은 해바라기와, 휘늘어진 보리를 몰아붙였다.

비는 먼지에 뒤덮여 뽀얗게 오므라들었던 어린 잎들을 소생시켰다. 봄에 씨 뿌린 보리싹은 싱싱하게 빛나고, 해바라기는 열매에 씌워진 둥근 머리를 쳐들고, 채소밭에서는 꽃봉오리가 달린 호박의 달콤한 냄새가 풍겼다. 갈증을 푼 대지는 오랫동안 아지랑이의 한숨을 토하고 있었다.

점심때쯤, 돈강을 따라 아조프해 근처까지 뻗은 돈 구릉 위에 띄엄띄엄 이어진 파수꾼의 흙무더기에 다시 적군 기병 척후가 나타났다.

흙무더기 위에서는 녹색 숲에 에워싸인 호수와 늪이 여기저기 흩어져 있는 황갈색의 평탄한 외 돈 지방이 10킬로미터 밖까지 멀리 내다보였다. 적군 기병 척후는 경계를 하면서 부락으로 내려갔다. 구릉에서 보병부대가 줄을 지어 달려내려왔다. 예전에 포로베츠인이나 용감한 유목 민족의 파수꾼들이 적의 내습을 감시하던 바로 그 흙무더기 그늘에서 적군의 포병 부대는 포열(砲列)을 전개시켰다.

베로고르스카야산에 포진한 포병 중대는 뵤센스카야를 포격하기 시작했다. 첫 유탄은 광장에서 터졌다. 곧이어 그 터진 포탄의 회색 연기와 바람에 불려서 흩날리는 유산탄의 유백색 초연(硝煙)이 마을을 뒤덮었다. 다시 3개 중대 포병이 뵤센스카야와, 강둑에 있는 카자흐들의 참호를 포격해 왔다.

볼쇼이 그로모크에서는 기관총이 맹렬하게 짖어댔다. 2대의 '호치키스'는 띄엄띄엄 단속(斷續) 사격으로, 또한 저음의 '막심'은 그칠 줄 모르는 싸락눈 같은 총탄을 퍼부어, 돈의 맞은편에 도피해 있던 반란군의 산병호들을 차례차례로 두들겨 나갔다. 구릉에는 탄약차가 끌려 올라가 있었다. 가시나무들이 무성한 산비탈에서는 점차 산병호들이 파여졌다. 게트만스키 가도에서는 치중차와 탄약차의 바퀴들이 요란스레 울리고, 옷자락을 나부끼듯이 모래먼지가 길게 뒤로 따라붙었다.

포성은 은은하게 온 전선에 울려 퍼졌다. 돈 구릉의 유리한 지점을 차지한 적군 포병 부대는 저녁 늦게까지 외 돈 지방을 포격했다. 반란군의 참호들이 종횡으로 달리는 강기슭의 풀밭은 카잔스카야에서 우스티 호표르스카야에 이르는 전선 전체에 걸쳐 조용했다. 말을 담당한 병사들은 사초(莎草)와 갈대와 골풀이 지나다니지 못할 정도로 빽빽이 자라는 강기슭의 숲 그늘로 말들을 끌고 대피했다. 그곳은 말들도 파리 떼에게 시달리지 않고, 또한 야생 홉이 뒤얽혀서 자라는 덤불 속은 꽤 서늘했다. 나무 숲과 키 큰 비단버드나무 숲은 적위군 관측병들에게서 안전하게 몸을 숨겨주었다.

녹색 광야의 습지에는 아무도 보이지 않았다. 어쩌다 공포에 떨며 몸을 구부린 피난민이 돈에서 조금이라도 더 먼 곳으로 달아나려고 풀밭에 모습을 보일 뿐이었다. 적군의 기관총은 따따, 따따, 따, 따! 띄엄띄엄 그러나 끊이지 않고 그들을 쏘아댔다. 총탄의 길게 꼬리를 끄는 울림에 놀라서 피난민들은 허둥지둥하며 땅에 납작 엎드렸다. 그들은 무더기로 꼼짝 않고 엎드려서 저녁 어둠이 오기를 기다렸다가 달음박질쳐 숲속으로 도망쳐 들어가기도 하고, 옆도 쳐다보지 않고 곧장 북쪽을 향해 달려가기도 하고, 오리나무와 자작나무들이 울창하게 자라서 마치 사람을 기다리는 듯한 숲속으로 달려들어가기도 했다.

이틀 동안 뵤센스카야는 맹렬한 포격을 당했다. 주민은 움막이며 지하실에서 한 발짝도 바깥으로 나가지 못했다. 다만 밤이 되어야 포탄에 의해 벌집같이 된 마을의 큰길이 비로소 되살아났다.

사령부는 이런 정도의 맹렬한 포격이야말로 공격, 즉 강을 건널 준비임에 틀림이 없다고 예상했다. 적군이 뵤센스카야를 점령하려고 그 정면에서 강을 건너 곧게 뻗친 전선에 쐐기를 박아서 그것을 분단시키고, 카라치 및 우스티 메드베디차에서 측면 부대로써 결정적인 타격을 가해 오지 않을까 하는 우려가 있었다.

쿠지노프의 명령으로 뵤센스카야의 돈강 언덕에는 충분히 탄약을 지급받은 20정 이상의 기관총이 집결되었다. 포병 중대의 지휘관은 적군이 강을 건널 의도를 분명하게 드러낼 경우에만 나머지 탄약을 다 써도 좋다는 명령을 받았다. 나룻배와 모든 거룻배는 뵤센스카야의 약간 상류 쪽 후미에 매어놓고 엄중히 지키게 했다.

그리고리 멜레호프는 본부의 우려가 기우인 듯이 생각되었다. 5월 24일에 행해진 회의에서 그는 일리야 사포노프와 그 동조자들의 예상을 비웃었다.

"어떻게 놈들이 보시키로 강을 건넌단 말이오? 도대체 그곳이 강을 건널 만한 지점이오? 건너편 기슭에서 보면 어떻소? 민둥산이나 마찬가지인 빤히 드러난 기슭인 데다가 평탄한 모래밭으로 되어 있지 않소? 돈의 물가에는 숲 하나,

아니 덤불 하나도 없소. 어떤 바보도 그런 곳에서 무턱대고 강을 건널 리가 없 잖소? 일리야 사포노프라면 어쩜 그의 훌륭한 수완으로 그런 위험을 무릅쓸지 도 모르지만……그렇게 빤히 드러난 강기슭에서는 기관총 두세 정으로 단 한 명도 남기지 않고 죄다 갈겨 쓰러뜨릴 것이오! 쿠지노프, 당신도 적군의 지휘관 이 당신이나 나보다 더 어리석다고는 생각지 않을 것이오. 놈들에게는 우리보다 더 영리한 녀석이 있을 것이오! 놈들은 뵤시키로 곧장 건너오지 않을 것이고, 따라서 우리도 그런 곳에서 대기하고 있을 필요는 없을 것이오. 문제는 얕은 곳, 아주 적당한 지점으로 골짜기나 숲이 있는 곳일 거요. 이런 위험한 지점을 엄중 히 경계해야 하오. 특히 밤이 중요하니, 카자흐들에게 멍하니 있거나 잠들지 말 라고 엄명을 내려야 하오. 그 밖에 위험한 지점에는 만일의 경우에 곧바로 투입 할 수 있도록 예비군을 알맞게 배치해 두어야 하오."

"뵤센스카야에는 오지 않을 것이라는 말씀이십니까? 그렇다면 어째서 놈들 이 밤늦게까지 마을을 포격하는 걸까요?"

사포노프의 부관이 질문했다.

"그건 적위군놈들에게나 물어보게. 대체 놈들이 뵤시키만을 포격하고 있는 줄 아나? 카잔스카야와 엘란스키도 포격했어. 세묘노프스카야산에서 말이네. 그것도 상당히 많은 대포를 동원했다고. 놈들은 가는 곳마다 포격하고 있네. 놈들은 우리보다 탄약을 조금 더 많이 가진 듯하네. 우리의……포병은 5발밖에 탄환이 없는데, 그나마 그 탄두(彈頭)통과 다리가 합판으로 만든 것이라네."

쿠지노프는 크게 소리 내어 웃었다.

"저런, 어지간히 아픈 곳을 찌르는군!"

"비판하는 것밖에 다른 뜻은 아닙니다!"

회의에 나와 있던 제3포병 중대의 중대장이 화가 나서 반박했다.

"좀더 이 문제를 의논해야 합니다."

"의논하게. 아무도 자네의 혀를 잡아매지는 않을 테니까."

쿠지노프는 얼굴을 찡그리고 띠로 손을 가져가 만지작거렸다.

"자네에게 입이 아프도록 말했잖는가. '탄약을 함부로 써선 안 된다, 큰일이 일어날 경우에 대비하라!'고. 그런데 어떤가? 눈에 띄는 대로 무작정 쏘지 않았 나. 적의 치중에게까지도 쏘았을 걸세. 그러니 이제는 이렇게 궁지에 몰려도 응전도 할 수 없는 형편이 아닌가? 이러니저러니 말하며 성낼 이유가 어디 있단 말인가? 자네의 등신 같은 포병들을 멜레호프가 조롱한 건 당연한 일이야. 자네가 탄약에 대해서 취해 온 태도는 확실히 조롱받아 마땅해!"

쿠지노프는 그리고리 의견에 찬성해서, 강을 건너기에 가장 적합한 지점의 방비를 강화하고, 예비 부대를 위험한 곳 가까이에 집결시켜야 한다는 그리고리의 제안을 강하게 지지했다. 뵤센스카야 중대가 가진 기관총 몇 정을, 강 건널 가능성이 가장 높은 곳들에 있는 베로그르카, 메르쿨로프, 그로모크의 각 중대에 인도하기로 결정했다.

적위군은 뵤센스카야로 강을 건너지 않고 더 유리한 지점을 택할 것이라고 한 그리고리의 예상은 그 이튿날에 가서 사실로 밝혀졌다. 아침에 그로모크의 카자흐 중대 중대장이 적위군이 강 건널 준비를 하고 있다는 보고를 해왔다. 돈의 대안(對岸)에서 밤새도록 소란한 사람 목소리와 망치 소리와 수레바퀴들의 삐걱거리는 소리가 들려왔다. 어디선가 수많은 짐마차로 그로모크에 널빤지를 실어와서는 그것을 쌓고, 곧 톱으로 켜는 소리를 낸 것이었다. 도끼와 망치 소리도 들렸다. 모든 점에서 적위군이 뭔가 준비하고 있는 듯 보였다. 카자흐들은 처음에 적위군이 부교(浮橋)를 가설하고 있는 줄로 생각했다. 밤중에 물불을 가리지 않는 카자흐 두 명이 목공일들을 하는 시끄러운 소리가 들려오는 지점에서 500미터 정도 상류로 올라갔다. 강물에 들어가 따로따로 헤어져서는, 머리를 풀로 덮어 위장하고 물결을 따라 하류로 조용히 헤엄쳐갔다. 그들은 물가에 닿았다. 그들에게서 별로 멀지 않은 기관총 초소 버드나무 밑에서 적위군 병사들이 이야기하고 있었다. 부락 속의 사람 목소리며 도끼 소리는 분명히 들려오지만, 수면에는 아무것도 보이지 않았다. 적위군이 무엇인가 만들고는 있으나 그것은 틀림없이 다리는 아니었다.

그로모크의 카자흐 중대장은 적군 측에 대한 감시를 강화했다. 감시병들은 잠시도 쌍안경을 떼지 않은 채 지켜보았지만 새벽녘이 되어도 아무것도 보이지 않았다. 그러나 곧 대독전(對獨戰)에서 가장 우수한 사수로 인정받았던 그들 가운데 하나가 동트기 전의 어스름 속에 적위병이 안장을 얹은 말 2필을 끌고 돈으로 내려오는 것을 발견했다.

"빨갱이놈이 강으로 들어왔어."

카자흐는 동료들에게 소곤거리고, 쌍안경을 옆에 내려놓았다.

말은 무릎까지 강물에 잠겨 물을 마시기 시작했다.

카자흐는 왼팔 팔꿈치 위에다 벗겨낸 가죽끈을 느슨히 걸고 가늠쇠를 세우고는 오랫동안 신중하게 겨냥했다……

총성이 울려 퍼지더니 말 1필이 옆으로 느릿하게 쓰러졌다. 다른 말 1필은 언덕으로 뛰어 달아나버렸다. 적위병은 사살된 말에서 안장을 벗어내려고 몸을 구부렸다. 카자흐는 2발째를 쏘고 득의의 미소를 지었다―적위병은 벌떡 일어나서 도망치려 했으나 이내 쓰러지고 말았다. 반듯이 쓰러진 채로 다시는 일어서지 못했다.

그리고리 멜레호프는 적군의 강 건널 준비에 대한 보고를 받자, 즉시 말에 안장을 얹고 그로모크 카자흐 중대의 수비 지역으로 갔다. 마을을 나서자 그는 돈강에서 지류처럼 흘러나와 마을 근처까지 뻗친 호수 좁은 부분의 얕은 여울을 건너 숲속을 달렸다.

스텝에도 길이 있기는 했지만, 그곳으로 말을 타고 가는 것은 위험했다. 하여 그리고리는 서너 군데 돌아가는 길을 택했다. 라스소호프 호수 끝까지 숲속을 지나가자 떨기나무 지대와 비단버드나무 숲속을 누비고 칼미츠키 여울―보도스트이리차 호수와 광야의 늪을 연결하는 좁은 수로로 수련과 미나리와 갈대가 빽빽이 자라고 있다―에 간신히 닿았다. 그리고 늪이나 거의 다름이 없는 칼미츠키 여울을 어떻게든 건너려고 말을 세우고 4, 5분 동안 쉬었다.

돈까지 직선 거리로는 약 2킬로미터였다. 광야를 달려 참호까지 간다는 것은 집중사격을 받는 것을 의미할 뿐이었다. 밤중에 광야의 평탄한 곳을 횡단하기로 하고, 해가 지기를 기다릴 수도 있었다. 그러나 언제나 '어떻든 해선 안 될 것은, 헛되이 기다리는 것과 뒤늦게 나서는 것이다' 입버릇처럼 말했으며, 기다리는 것을 몹시 싫어하는 그리고리는 당장 말을 달리게 하기로 결정했다. '확 달려서 날아가면 탄환 따위는 맞지 않을 거다!' 덤불에서 나서며 그는 그렇게 생각했다.

돈강 언덕의 숲에서 지맥처럼 뻗친 조그만 버드나무 숲을 향하여 채찍을 높이 휘둘렀다. 불로 지지는 듯이 엉덩이에 가해지는 일격과 격렬한 질타에 말은 온 몸을 부르르 떨고 귀를 덮더니 차츰 속도를 더해서 새들을 돈 쪽으로 쫓아

올리며 달렸다. 그리고리가 100미터를 채 달려가기도 전에 왼쪽 강가 언덕에서 기관총이 길게 계속 쏘아댔다. "피잉! 핑! 피잉! 피잉! 피잉!" 새앙쥐처럼 탄환들이 울려댔다. '겨냥이 너무 높았어, 아저씨!' 말 옆구리를 발로 단단히 죄고 고삐를 늦추고는, 정면에서 불어닥치는 바람으로 소용돌이치듯 하는 말갈기에 뺨을 대면서 그리고리는 문득 그렇게 생각했다. 그러자 마치 그의 마음을 꿰뚫어 보고 있던 것처럼 흰 곳의 언덕 위쪽에서 증기관총의 녹색 방패 그늘에 엎드려 있던 적군 기관총 사수가 앞질러 겨냥을 하고, 조금 낮은 곳을 총화의 줄기로 얼른 끊어버렸다. 그러자 말 앞다리 밑으로 불꼬리를 끌고 탄환이 날아와 뱀이 기어갈 때와도 같이 슉, 슉! 소리를 내기 시작했다. 총탄이 채 마르지 않은 봄물로 눅눅한 땅에 쑤셔박히며 뜨거운 진흙을 튀겨 올렸다. "피익! 슈웅! 피익! 피익!" 그리고 다시 머리 위와 말의 몸을 스칠 듯 소리내며 날았다. "피잉! 슛!"

그리고리는 등자 위에 가볍게 허리를 펴고, 쭉 뻗은 말 목에 거의 엎드리다시피 붙었다. 녹색 버드나무 가로수들을 무시무시한 빠르기로 지나쳤다. 그가 겨우 중간쯤에 이르렀을 때 세묘노프스키 구릉에서 대포가 요란한 소리를 내며 불을 토했다. 포탄의 쇳소리가 천지를 진동했다. 가까이서 요란하게 일어나는 작렬음에 그리고리는 안장 위에서 휘청했다. 파편의 신음 소리와도 비슷한 금속성과 포효가 채 사라지기도 전에, 그리고 사나운 폭풍에 불려 쓰러졌다가 술렁거리던 근처 늪의 갈대가 미처 다 일어서기도 전에 다시 산 위로 포성이 울려 퍼지고, 날아온 포탄의 신음 소리는 다시금 그리고리를 옥죄어 안장에 눌러붙게 했다.

압박의 절정에 달한 그 숨막힐 듯한 금속성은 시간을 100분의 1초로 잘게 끊어놓는 것 같았다. 그리고 그 한순간 갑자기 밀려닥친 검은 연기가 눈앞을 가로막고, 강렬한 충격으로 대지가 흔들리고, 말 앞다리가 어딘가에 빠져들어간 것 같았다……

그리고리는 말에서 내동댕이쳐진 순간에 제정신을 차렸다. 호되게 땅바닥에 내던져졌기 때문에 카키색 나사 바지의 무릎이 찢기고 띠가 뚝 끊어졌다. 포탄이 터지는 바람에 뒤흔들린 대기의 흔들림이 말에서 그를 멀리 튀어나가게 한 것이었다. 그러나 쓰러져서도 아직 그는 타는 듯한 대지에 손바닥과 뺨을 문질러대면서 몇 미터를 기어 풀밭 위로 나아갔다.

말에서 떨어지며 정신을 잃었던 그리고리는 간신히 몸을 일으켜세웠다. 공중에서 흙덩어리와 흙모래, 뽑혀 나갔던 풀뿌리 따위가 검은 비처럼 흩어져 내려왔다……말은 깔때기 모양으로 팬 탄흔에서 20보쯤 떨어진 곳에 쓰러져 있었다. 머리는 까딱도 하지 않았지만, 흙모래에 묻힌 뒷다리와 땀투성이의 엉덩이, 그리고 완만하게 동그라미를 그린 꼬리가 이따금 부르르 떨고 있었다.

대안(對岸)의 기관총은 소리를 죽였다. 5분쯤 정적이 흘렀다. 늪의 상공에서 회색 갈매기가 불안한 듯이 울어댔다. 그리고리는 현기증을 이겨내며 말 옆으로 걸어갔다. 두 다리가 떨리고 무거웠다. 혈액 순환이 질서를 잃어 부어오른 다리가 남의 것같이 생각되고, 한 걸음 한 걸음이 온몸을 흔들리게 하는 느낌—부자연스러운 자세로 오랫동안 앉았다가 걸으려고 할 때 흔히 느껴지는 느낌이 들었다.

그리고리가 쓰러진 말의 안장을 벗겨내고서 포탄 파편으로 끊겨 나간 근처 늪의 갈대 속으로 들어서자 곧 일정한 간격을 두고 기관총이 울렸다. 총탄이 날아오는 것 같지는 않았다—어쩌면 언덕 위에서는 벌써 다른 새로운 목표를 겨냥하고 있음이 틀림없었다.

1시간쯤 걸려서 그는 중대장의 막사에 닿았다.

중대장이 말했다.

"이제 적은 목공일을 멈추었습니다. 그러나 밤이 되면 틀림없이 계속할 것이라고 생각합니다. 탄약을 보급해 주셔야 합니다. 그렇지 않으면 아무리 소리쳐 보았자…… 한 사람당 5발에서 10발 정도이니……."

"탄약은 해 질 녘까지 올 거다. 건너편 기슭에서 눈을 떼지 말도록!"

"철저히 살피고 있습니다. 오늘 밤에 놈들이 무엇을 만드는지 저편으로 헤엄쳐 건너가서 탐색할 지원자를 모을까 합니다."

"어째서 어젯밤에 그렇게 하지 않았나?"

"했습니다, 그리고리 판텔레예비치. 두 명이나 보냈습니다. 그런데 둘 다 부락까지 들어가지 못했습니다. 강가를 헤엄쳐 가기는 했습니다만 부락에 잠입하는 것을…… 두려워했던 겁니다 ……게다가 요즘 세상에는 어디 강요할 수 있습니까? 어쨌든 대단히 위험한 일이고, 놈들의 초소에서 발견하기라도 하는 날에는 그야말로 단번에 작살나고 마는 겁니다. 자기 집에 가까운 곳이어서인지 아무래도 카자흐들은 모험을 하지 않습니다…… 독일과 싸울 때에는 십자훈장을 타겠다고 무모한 짓을 하는 자들이 꽤 많이 있었지만요, 이제는 원거리 탐색은 커녕…… 엎드려 빌다시피 애걸을 해도 초소에 가기도 꺼립니다. 더욱더 곤란한 것은 아낙네들입니다. 막무가내로 남편들이 있는 곳에 몰려들어 참호 속에서까지 잠을 자고 있습니다. 내쫓을 수도 없습니다. 어제 내쫓으려 했더니 카자흐들과 함께 저를 위협하는데, '대장에게 이제는 좀 얌전하게 있도록 일러두는 게 어때, 아니면 당장 놈을 해치워 없앨 테니까!' 이런 말을 하는 판국입니다."

그리고리는 중대장의 막사에서 산병호로 들어갔다. 참호는 돈에서 40미터쯤 떨어진 숲을 따라 지그재그로 뻗어 있었다. 떡갈나무 숲과 쑥 덤불, 포플러의 어린 나무들이며, 울창한 숲 등이 가슴 높이로 쌓은 황색의 흙담을 적군의 눈에 띄지 않게 숨겨 주었다. 연락호(連絡壕)가 참호와 막사를 연결시키고, 카자흐들은 그곳에서 쉬고 있었다. 막사 주위에는 말린 생선의 회청색 비늘과 양뼈, 해바라기 씨, 담배꽁초, 천 조각 따위가 흩어져 있고 나뭇가지에는 세탁한 양말, 무명 속옷, 각반, 여자들의 셔츠와 스커트 같은 것들이 걸려 있었다…….

맨 앞쪽에 있는 막사에선 아직도 잠이 덜 깬 게슴츠레한 눈의 젊은 여자가 플라토크도 쓰지 않은 머리를 불쑥 내밀었다. 그 여자는 눈을 비비고 뻔뻔스럽게 그리고리를 쳐다보더니, 마치 구멍 속의 두더지같이 출입구의 캄캄한 틈새로 들어갔다. 이웃 막사에서는 낮은 노랫소리가 들려왔다. 남자 목소리에 들릴락 말락 하게 높고 맑은 여자 목소리가 섞였다. 세 번째 막사 입구 바로 옆에 산뜻한 옷차림의 중년 카자흐 여자가 앉아 있었다. 그 여자의 무릎을 베고 앞머리카락을 늘적뜨린 희끗희끗한 카자흐가 누워 있었다. 그는 기분 좋은 듯이 옆으로 누워서 꾸벅꾸벅 졸았는데, 그의 아내는 늙은 '반려자'의 얼굴에 앉는 파리를 쫓아버리고 있었다. 만일 돈의 건너편 기슭에서 들려오는 끈질긴 기관총의 높은 울림이나, 상류의 미그린스카야 마을, 아니면 카잔스카야 마을 근처에서 물 위를 거쳐 들려오는 대포의 둔한 울림이 없었더라면, 돈 강가에서 풀을 베는 사람들이 야영하는 모습인 것처럼 여겨질는지도 모른다—화선(火線)에 놓인 그로모크 반란 카자흐 중대의 모습은 그토록 태평스러웠다.

5년 동안의 전쟁에서 그리고리는 이토록 기묘한 진중(陳中) 풍경은 처음 보았다. 그는 옅은 미소를 띠고 막사 옆을 지나갔다. 곳곳에서 여러 가지로 남편에게 봉사하는 여자, 카자흐의 옷을 꿰매는 여자, 병사의 속옷을 빠는 여자, 식사를 준비하는 여자, 보잘것없는 점심 식사를 마치고 그릇을 씻는 여자…… 이런저런 여자들이 눈에 들어왔다.

"그럭저럭 여기서 세월을 보내는군! 생활을 즐기고 있어……."

중대장의 막사로 돌아오자 그리고리가 말했다.

중대장은 소리 내어 웃었다.

"시간을 보내고 있지요…… 어느 곳보다도 괜찮은 방식으로 말이죠."

"지나칠 정도야!"

그리고리는 눈썹을 찌푸렸다.

"당장 여자들을 쫓아버려! 싸움터에서 이게 무슨 꼴들인가? 적군이 돈을 건너와도 멍청하게 있을 거야. 알아챌 틈이 없을 거라고. 여자들 때문에 호되게 당하고 말아…… 어두워지면 곧 치마 두른 것들을 모조리 쫓아내 버려! 내일 다시 와서 만일 계집을 끼고 있는 녀석이 눈에 띄면 네 모가지를 맨 먼저 자를 테니까!"

"그건 정말 옳은 말씀입니다만……."

중대장은 끄덕였다.

"저 자신도 여자들을 끼고 있는 건 반대합니다. 그렇다고 카자흐들을 어떻게 합니까? 군기가 문란해지고 말았습니다만…… 아낙네들은 남편이 그리웠던 겁니다. 어쨌든 3개월이나 줄곧 전투가 계속되고 있으니 말입니다."

이렇게 말하면서 중대장은 얼굴을 붉히고, 침상 위에 내던져져 있던 여자용 붉은 앞치마를 제 몸으로 가리려고 막사의 마루청에 앉아 그리고리에게서 얼굴을 돌리며 거친 천으로 칸막이를 한 막사의 한쪽 구석을 곁눈질로 힐끗 쏘아보았다—거기에는 바로 그의 아내의 웃음 띤 갈색 눈이 엿보고 있었다.

62

아크시냐 아스타호프는 뵤센스카야의 새 교회에서 별로 떨어지지 않은 마을 변두리에 사는 대백모(大伯母)의 집에 머물렀다. 그녀는 그리고리를 찾아다녔으나, 그는 아직 뵤센스카야에 와 있지 않았다. 그리고 다음 날은 한밤중까지 큰길이며 작은 길에 총탄이 날고 포탄이 터져 아크시냐는 한 발짝도 집 밖으로 나서지 못했다.

'뵤센스카야로 와 함께 지내자는 약속을 해놓고, 본인은 어디서 우물쭈물거리는 거지!' 그녀는 객실의 궤짝 위에 누워 산뜻하긴 해도 이미 윤기를 잃은 입술을 깨물면서 잔뜩 골을 냈다— 늙은 백모는 창가에 앉아서 양말을 짜다가 포성이 울릴 때마다 성호를 긋곤 했다.

"아, 하느님, 예수님! 이 얼마나 무서운 일입니까! 어째서 전쟁 같은 걸 한단 말입니까! 왜 서로들 싸운단 말입니까?"

집에서 30미터쯤 떨어진 길에서 포탄이 터졌다. 슬픈 소리를 내지르며 오두막의 창유리가 깨어져 흩어졌다.

"백모님! 창문에서 물러서세요. 맞겠어요!"

아크시냐는 거의 애걸하듯 말했다.

노파는 무시하듯 안경 너머로 그녀를 바라보고 화난 투로 대답했다.

"뭐라고, 아크슈트카! 너도 어지간히 어리석구나! 내가 저놈의 적이라도 된단 말이냐? 저놈들이 어째서 나를 쏘겠니?"

"잘못해서 돌아가시게 하는지도 모르잖아요? 놈들에게는 탄환이 어디로 날아가는지, 그런 것 저런 것 다 보이지가 않는단 말예요."

"설마 죽게 할라고? 보이지를 않는다고, 그럴 리 있겠냐? 저놈들은 카자흐를 노리는 거야. 카자흐는 저놈들의 적이거든. 그런데 나 같은…… 다 늙은 과부에게 저놈들이 무슨 짓을 하겠니? 저놈들은 철포(鐵砲)나 대포로 누구를 쏴야 한다는 것쯤 잘들 알 거다!"

점심때쯤 앞길을, 말의 목에 찰싹 몸을 붙인 그리고리가 하류의 구부러진 곳 쪽으로 쏜살같이 달려갔다. 야크시냐는 창 너머로 그의 모습을 보고는, 들포도가 뒤얽힌 현관 복도로 달려나가 소리쳤다.

"그리샤!"

하지만 그리고리는 이미 모퉁이 저쪽으로 사라지고, 말발굽이 말아올렸던 모래먼지만이 조용하게 내려앉았다. 뒤쫓아가 봐야 소용이 없었다. 아크시냐는 현관 계단에 붙어서서 원망스러운 듯이 울음을 터뜨렸다.

"지금 달려간 것이 스쵸파였냐? 어쩐지 네가 미친 듯 뛰쳐나가더라니." 백모가 물었다.

"아니오……그 사람은……우리 부락 사람……."

흐느껴 울면서 아크시냐는 대답했다.

"그렇다면 어째서 네가 눈물을 흘리는 게냐?"

파고들듯이 백모가 캐물었다.

"백모님은 별걸 다 물으세요! 백모님이 아실 일이 아니에요!"

"어째서 내가 알 일이 아니란 말이냐…… 흠, 좋아하는 사람이 달려갔을 게 뻔해. 아무렴! 까닭 없이 울리는 없을 테니까…… 이래 봬도 난 말이다. 별별 세상일을 다 겪어와서 뻔히 안단다!"

거의 해 질 무렵 프로호르 즈이코프가 찾아왔다.

"안녕하세요? 아주머니, 저, 여기에 타타르스키 부락에서 온 사람 없습니까?"

"프로호르!"

아크시냐는 거의 펄쩍 뛸 듯이 일어나 소리치며 객실에서 뛰어나왔다.

"어떻게 된 겁니까? 당신 너무도 내 속을 썩이는군! 다리가 막대기처럼 굳어질 정도로 당신을 찾아다녔단 말예요! 우리 대장 성격이 어떤데요? 상미 급하기가 아버님을 그대로 닮았잖아요? 엉망진창으로 포격을 당해서 산 사람들은 죄다 숨어버린 판인데도 그저 '그녀를 찾아와, 찾아오지 못하면 죽여버릴 테다!' 그러더라구요."

아크시냐는 프로호르의 윗옷 소매를 당겨서 마루 입구에 있는 방으로 데리고 들어갔다.

"정말 화가 나겠지만, 그분은 지금 어디 있어요?"

"글쎄요…… 어디에 계시다고 말씀드려야 하나? 그분은 말이죠, 진지에서 터덜터덜 걸어서 돌아오셨어요. 타던 말이 오늘 죽었거든요. 사슬에 묶인 수캐처럼 말이죠. 몹시 언짢은 얼굴로 돌아와서는 불쑥 '찾았나?' 물어 '대체 어디서 찾아냅니까? 제가 그 여자를 만들어낼 수도 없고요!' 말씀드렸단 말입니다. 그랬더니 그 양반, '사람은 바늘이 아냐!' 어쩌고 하며 나를 막 몰아치더라고요…… 그야말로 사람의 가죽을 쓴 이리야!"

"그 밖에 다른 말씀은 없었어요?"

"어서 준비하고 떠납시다. 다른 말씀은 하나도 없으셨으니까!"

아크시냐는 서둘러 보퉁이를 싸고, 황급히 백모에게 작별 인사를 했다.

"스테판이 데려오라고 보내온 사람이냐?"

"예, 백모님!"

"그러냐? 잘 지낸다고 전해라. 어째서 자기가 직접 오지 않았을까? 우유라도 드리라. 찐빵도 좀 있을 거다……."

아크시냐는 다 듣지도 않고 집에서 뛰쳐나갔다.

그리고리의 숙사에 닿을 때까지 그녀가 숨을 헐떡이며 얼굴이 새파랗게 될 정도로 빠른 걸음으로 걷자, 프로호르가 끝내 불평을 터뜨렸다.

"좀 들어 보십시오! 나도 젊어서는 꽤나 아가씨들의 엉덩이를 쫓아다녀 보았지만 말이죠, 당신처럼 빠르게 걷는 여자는 생전 처음입니다. 좀 참을 수 없습니까? 뭐 불이라도 난 겁니까? 숨이 끊어지면 어쩝니까? 정말이지 이런 모래땅을 누가 이렇게 빨리 간단 말입니까! 당신의 동작은 보통 사람들과는 영 다릅니다……."

그러나 그는 마음속으로 이렇게 생각했다. '또 합쳐지는군…… 흠, 악마도 갈라놓을 수는 없겠어! 두 사람은 자기네 마음 내키는 대로 하고, 나는 적탄 속을 헤치며 이 암캐를 찾으러 돌아다녀야 했으니…… 아, 세상에, 하느님 맙소사. 나탈리야에게 알려졌다가는 내가 단단히 혼날걸…… 코르슈노프의 친척들은 나하고 다들 아는 사이가 아닌가! 아니, 그때 내가 몹시 취해서 말과 총을 잃어버리지 않았더라면, 제기랄, 너를 찾으러 온 마을을 헤매지는 않았을 거야! 내가 뿌린 씨를 내가 거두는 셈이지!'

빈틈없이 미늘창을 내려놓은 객실에는 수유(獸油) 램프가 연기를 내며 타올랐다. 그리고리는 테이블을 향해 앉아 있었다. 그가 소총 소제를 마치고 곧이어 모젤 권총의 총신을 문질러 닦고 있을 때 삐걱 하고 문이 열렸다. 문턱에 아크시냐가 서 있었다. 그녀의 좁고 흰 이마는 땀에 젖고, 타오르는 듯한 격정을 띤 창백한 얼굴에 험하게 부릅뜬 눈이 번쩍번쩍 빛나고 있어 얼핏 보고서도 그리고리의 가슴은 기쁨으로 심하게 파도쳤다.

"불러내고는…… 자기는…… 어디에도 없었으니……."

괴로운 듯 헐떡이며 그녀는 말했다.

이제 이미 그녀에게는 언젠가—훨씬 전에 그들이 처음 맺어졌던 그날처럼, 그리고리 이외에는 다른 아무것도 존재하지 않았다. 그리고리 없이는 그녀에게 있어 이 세상은 죽은 것이나 마찬가지였다. 그러나 곁에 그가 나타나자마자 모든 게 되살아났다. 프로호르의 눈앞이라는 것도 꺼리지 않고 그녀는 그리고리에게 몸을 내던지고는 야생마처럼 엉겨붙어 흐느껴 울며 수염에 덮인 애인의 뺨에 입술을 대고 이빨, 이마, 눈, 입술에 살같이 빠르게 잇따라 키스를 퍼붓고 뭐라고 속삭이며 흑흑 흐느꼈다.

"괴로웠어요…… 정말이지 괴로웠어요! 그리셴카! 당신!"

"자…… 이젠 만났으니까 됐어, 아크시냐! 이젠 그쳐요……."

프로호르에게로 얼굴을 돌리며 그리고리는 두서없이 말했다.

그는 그녀를 의자에 앉히고 목덜미에 흘러 떨어진 숄을 집어올리고는 흐트러진 머리칼을 쓰다듬었다.

"당신은 어떠셨어요?"

"나는 언제나 이렇잖아…… 그런데 당신은 참……."

"글쎄, 정말 당신은 어떠셨어요?"

아크시냐는 두 손을 그리고리의 어깨 위에 얹고, 글썽이는 눈으로 미소 지으며 빠르게 소곤댔다.

"세상에 이런 일도 있어요? 부르길래 터벅터벅 걸어서 왔잖아요, 다 팽개치고. 그런데 자기는 없더란 말예요…… 옆으로 말을 타고 달려가길래 뛰어나가서 큰 소리로 불렀더니, 당신은 글쎄 벌써 모퉁이를 돌아 가버렸더라고요…… 만일 당신이 전사하기라도 했더라면 다시는 만나지 못했을는지도 몰라요……."

그녀는 무어라고 형언할 수 없을 만큼 상냥하고 부드럽게, 여자다운 틱도 없는 이야기들을 계속하고, 끊임없이 두 손으로 그리고리의 앞으로 구부러진 어깨를 어루만지며, 모든 것을 다 바친 자의 시선으로 뚫어지게 그의 눈동자를 들여다보았다.

그녀의 시선에서 뭔가 슬픈, 동시에 쫓기는 야수에게서 볼 수 있는 것과도 같은 필사의 격렬함이 느껴져 그리고리는 그녀를 보고 있기가 괴롭고 고통스러울 정도였다.

그는 볕에 타서 바랜 속눈썹을 좁히고 어색한 미소를 지으며 말없이 있었으나, 그녀의 뺨에는 홍조가 차츰 격렬하게 타오르면서 퍼지고 눈동자는 마치 자연(紫煙)에 휩싸이는 듯했다.

프로호르는 인사도 없이 방을 나와 현관에서 침을 뱉고는 발로 비벼 뭉갰다.

"당신 어떠셨어요, 라니. 나 참!"

계단을 내려가면서 투덜투덜 말하고, 일부러 큰 소리가 나도록 나무 문짝을 쾅 닫았다.

63

이틀 밤낮을 두 사람은 주위의 모든 것을 다 잊어버리고 꿈처럼 보냈다. 그리고리는 종잡을 수 없는 짤막한 꿈을 꾸다가 눈을 뜨고는 어두컴컴한 가운데 마치 모든 것을 알아내려는 듯이 뚫어지게 자신을 쳐다보고 있는 아크시냐의 진지한 시선을 발견하곤 했다. 그녀는 언제나 한쪽 팔꿈치를 바닥에 대고는 손바닥을 뺨에 붙이고 모로 누워서 거의 눈을 깜박이지 않고 쳐다보았다.

"어째서 그렇게 쳐다보지?"

그리고리가 물었다.

"싫증이 날 때까지 보고 싶어요…… 당신이 전사할 것 같은 예감이 들어서요."

"흠, 그런 느낌이 든다면…… 잘 보아 둬."

그리고리는 쓴웃음을 지었다.

사흘째에야 그는 비로소 바깥으로 나섰다. 쿠지노프가 아침부터 수차례 전령을 띄워서 회의에 나오라는 전갈을 보내온 것이었다. 그리고리가 외출할 준비를 하고 있는 것을 보고 아크시냐는 놀라서 물었다.

"어디로 가는 거죠?"

"타타르스키까지 곧장 달려가서 그 부락에 있는 녀석들의 수비 상황을 살펴보고, 다음에는 내 자식 놈들이 어디에 있는지 알아보고 올까 해."

"애들이 보고 싶어졌군요?"

아크시냐는 추운 듯 숄로 날씬하고 거무잡잡한 빛깔의 어깨를 감쌌다.

"까닭 없이 만나고 싶어지는군."

"꼭 가야 해요?"

"응, 갔다 올게."

"가지 말아요!"

아크시냐는 애원했다. 꺼멓게 움푹 팬 눈 안쪽에서 눈동자가 뜨겁게 빛났다.

"나보다도 아내 쪽이 더 중요하다는 말이군요? 그래요, 더 중요하겠지요! 양쪽에 다 걸칠 셈이군요? 그럼, 나를 당신의 집에 들여보내줘요. 나탈리야하구 무슨 일이든 다 잘해 나갈께요…… 어서 가세요, 가시란 말예요! 그리고 나에게는 다시 오지 말아요! 상대하지 않을 테니까요. 난 그런 거 싫어요! 정말 싫어요!"

그리고리는 잠자코 뜰로 나가서 말에 올라탔다.

타타르스키의 보병 중대는 참호를 허술히 파 놓았다.

"당치도 않군!"

프리스토냐가 뚝배기 깨지는 소리를 질러댔다.

"도대체 우리가 독일 전선에라도 와 있단 말이냐? 자, 모두들 무릎까지 호(壕)를 파라. 도대체 이런 단단한 땅을 1미터 반 가까이 파라니, 말이나 되는 일이야? 삽은커녕 쇠막대기로도 구멍이 뚫리지 않을 거야."

그의 주장이 받아들여져서 왼쪽 강가의 험하게 깎아지른 연한 바위의 낭떠러지 위에는 복사식(伏射式) 산병호를 파게 되었고, 숲속에 막사를 세웠다.

"맙소사, 이젠 우리도 두더지 생활을 하게 되었군!"

세상에 태어난 뒤로 이제껏 녹초가 되어 본 적이 없던 아니쿠시카가 익살을 떨었다.

"당분간 구멍 속에서 지내는 거야, 그럭저럭 풀로 배를 채우게 될 테니까. 뭐 1년 내내 실컷 크림 바른 튀김과자며 고기며 용철갑상어를 넣은 실국수 국물을 먹지는 못했어도…… 어쩌다가 전동싸리 좀 먹기로 어때?"

적위군이 타타르스키에 있는 카자흐들을 위협할 기미는 보이지 않았다. 그 부락을 겨냥한 포병 부대가 배치되지 않았던 것이다. 이따금 참호에서 머리를 내놓은 감시병을 겨누어 오른쪽 강가의 기관총이 단속적인 사격을 가해 올 뿐이고, 그 뒤로는 다시 오랫동안 쥐 죽은 듯 조용해졌다.

적군의 참호는 산 위에 있었다. 그곳에서도 아주 이따금씩밖에는 쏘지 않고, 적위병들은 한밤중에야 부락에 내려왔으나 그나마도 오래 머물러 있지 않았다.

그리고리는 해가 지기 전에 부락의 목초지로 말을 타고 들어갔다. 거기에 있는 모든 것이 눈에 익고 어떤 나무를 보더라도 추억이 되살아났다…… 길은 소녀의 들을 달리고 있었다…… 해마다 성 베드로제(祭) 날에는 초원을 '흩뿌린(분배한)' 다음에 카자흐들이 그곳에서 보드카를 마셨다. 알료시카의 숲은 곳처럼 초원으로 쑥 나와 있다. 훨씬 이전, 그 무렵은 아직 이름도 없던 그 숲에서 이리가 타타르스키 부락 주민이던 알렉세이 아무개의 암소를 잡아먹은 적이 있었다. 알렉세이는 죽고, 그의 추억도 묘석의 명문(銘文)이 사라져가듯이 희미해지고 지금은 그의 이름마저도 그 이웃 연고자들에게서 잊혀지고 말았으나, 그의 이름이 붙여진 숲은 여전히 살아 남아서 떡갈나무와 상수리나무들이 짙은 녹색 나뭇가지 끝을 하늘로 뻗치고 있었다. 타타르스키 사람들은 잠시도 없어선 안 되는 가재도구를 만들기 위해 그 나무들을 잘라 쓰러뜨리기는 하지만, 봄이 되면 힘차게 뿌리를 뻗은 그루터기에서 어린 싹이 왕성하게 돋아나고, 얼마간은 성장이 눈에 띄지 않다가도 어느 해 여름이 되면 다시 알료시카의 숲은 가득히 뻗어난 나뭇가지들의 공작석 같은 녹색으로 휩싸이고, 가을에는 황금미늘옷(옛무사들의 갑옷 속에 받쳐 입던 것)을 걸친 듯이 아침이슬에 젖어 타는 듯이 번쩍이는 떡갈나무의 붉은 잎새들로 빛나곤 했다.

여름이 되면 알료시카의 숲에서는 가시투성이의 검은 딸기가 축축한 대지에 빽빽이 뻗어 나가 얽히고, 눈이 번쩍 뜨일 것처럼 산뜻한 것을 두른 산까마귀와 까치들이 늙은 떡갈나무 가지 끝에 둥우리를 틀었다. 떡갈나무의 열매나 낙엽이 숨막힐 듯이 시큼한 냄새를 풍기는 가을이 되면 철새인 산도요새들이 잠시 날개를 쉬고, 겨울에는 도장으로 누른 것처럼 둥근 여우의 발자국만이 새하얗게 뻗어 나간 눈밭에 진주의 실오라기처럼 쭉 찍힌다…… 그리고리는 어릴 때 여러 번 여우덫을 놓으러 알료시카의 숲에 갔었다.

그는 풀이 무성해진 옛길에 남은 오랜 바퀴 자국을 더듬으며, 서늘한 나무 그늘을 지나갔다. 소녀의 들을 지나서 검은 연못으로 나아갔다. 그러자 추억이 술기운처럼 머리를 들쑤셨다. 어린 시절 언젠가 세 그루의 포플러 옆에서 아직 보금자리를 만들지도 못한 들오리 새끼를 쫓아 작은 늪 언저리를 뛰어돌아다닌 적이 있었다. 둥근 연못에서는 아침 일찍부터 해 질 녘까지 황어를 낚았다…… 별로 멀지 않은 곳에는 텐트를 연상하게 하는 노간주나무가…… 한 그루만이 떨어져 외롭고 슬프게 서 있었다. 그 나무는 멜레호프의 길에서도 보이는데, 그리고리는 해마다 가을이 되면 자기네 집 현관 계단에 나가, 멀리에서 보면 진홍색 불길에 싸인 듯이 보이는 그 노간주나무의 무성한 모습을 넋을 잃고 바라보곤 했다. 죽은 페트로는 떫고도 쓴 노간주나무의 열매를 넣은 피로시키[19]를 무척 좋아했었다…….

그리고리는 조용한 애수를 씹으면서, 어릴 적부터 눈에 익은 곳을 바라보았다. 말은 중천에서 가뭇가뭇 떼 지어 날고 있는 파리 떼와 끈질긴 갈색 모기들을 여유 있게 꼬리로 쫓아내며 앞으로 나아갔다. 녹색 갯보리와 질경이가 바람에 흔들거리며 부드럽게 휘어졌다. 풀은 녹색의 잔물결에 일렁였다.

타타르스키의 산병호에 닿자마자 그리고리는 아버지를 맞이했다. 어디선가 왼쪽 멀리에서 프리스토냐가 소리쳤다.

"프로코피치? 얼른 가봐, 그리고리가 왔어!"

그리고리는 말에서 내려 뛰어 다가온 아니쿠시카에게 고삐를 넘겨 주며 멀리서 절룩절룩 급히 오고 있는 아버지의 모습을 보았다.

"야, 대장님, 건강하신가!"

"오래 못 뵈었습니다, 아버지!"

"마침내 돌아왔구나!"

"간신히 빠져나왔습니다! 그건 그렇고, 식구들은요? 어머니와 나탈리야는 어디에 있지요?"

판텔레이 프로코피예비치는 손을 내저으며 얼굴을 찡그렸다. 그의 검은 뺨에 눈물이 흘러내렸다.

"모두들 건너지 못했다."

"뭐라고요?"

"나탈리야가 말이다, 이틀 전쯤에 앓아누워 버렸단다. 티푸스일 거다. 틀림없이…… 그래서 할멈은 그녀를 놔두고 올 수 없다고…… 하지만 말이다, 너무 걱정하지 않아도 된다. 다들 그쪽에서 그럭저럭 잘 지내고 있으니까."

"그러면 애들은요? 미샤토카는? 포류시카는?"

"역시 저쪽에 남아 있다. 하지만 두냐시카는 건너왔다. 남아 있기가 무서웠을

---

19) 밀가루, 달걀 따위로 반죽한 피에 고기나 야채, 잼 따위의 소를 싸서 기름에 튀기거나 오븐에 구워 만든 찐빵 비슷한 러시아 음식.

거야…… 처녀이니까. 그렇겠지? 지금 아니쿠시카의 처와 함께 보로호프로 가고 있을 거다. 그래도 나는 벌써 두 번이나 집에 갔다가 왔다. 밤중에 조그만 배로 슬쩍 건너갔지. 어떤가 보고 왔다. 나탈리야는 상당히 나빠졌더라만, 다행히 애들에게는 아무 일도 없더라. 나탈류시카는 의식을 잃고 높은 열로 입술이고 뭐고 바싹 말라버렸어."

"어째서 아버님은 모두 데리고 이쪽으로 건너오지 않으셨습니까?"

그리고리는 몹시 화내며 소리쳤다.

노인은 짜증을 냈다. 떨리는 목소리에는 분노와 질책이 담겨 있었다.

"그럼, 너는 뭘 했냐? 강 건너는 때를 맞춰서 네가 모두 데려올 수는 없었냐?"

"저는 사단을 거느리고 있잖습니까! 저는 사단을 거느리고 강을 건너야 했잖습니까!"

그리고리는 거칠게 대꾸했다.

"우린 말이다, 네가 뵤시키에서 어떻게 지내고 있는지 다 들었어…… 가족이야 어떻게 되든 괜찮단 말이냐? 그래, 그리고리! 사람의 일이야 어떻든지 괜찮다 치고, 하느님을 잊어선 안 된다…… 나는 어쩔 수가 없었다. 그렇지 않았더라면 어째서 식구들을 데려오지 않았겠냐? 내 소대는 엘란스카야에 있었단 말이야. 이리로 오기 전에 적위군이 이미 부락에 들어가 있었다."

"저는 뵤시키에 있지만요, 그건 전혀 아버님과 관계없는 일입니다…… 그런데 아버지는 저에게……."

그리고리는 목이 막혀 말을 멈추었다.

"아니, 난 뭐 다른 뜻은 없다!"

노인은 옆에 몰려든 카자흐들을 불쾌하게 쳐다보며 황급히 말했다.

"내가 말한 것은 그런 게 아냐…… 너 말이다, 좀더 낮추어 말해라. 글쎄, 남들이 듣잖느냐……."

어느새 그는 속삭이는 목소리로 변했다.

"어린애는 아니니 스스로 분별하지 못할 리 없겠지만 말이다, 그래도 가족 걱정은 해야 한다. 나탈리야도 어쩌면 좋아지지 못할 테고, 적위군 놈들도 거기 식구들을 괴롭힐지도 모른다. 게다가 여름에 새끼를 낳을 암소 한 마리가 죽었다만, 뭐 그런 거야 대단하지 않다. 딱하게 여겼는지 별로 손을 대지 않더라……

보리는 40되가량 빼앗아갔더라. 하지만 전쟁에는 으레 피해가 따르게 마련이잖냐!"

"어떨까요, 지금 모두 데려오면?"

"내 생각으로는 아무래도 안 될 것 같다. 환자를 어디로 데려온단 말이냐? 목숨을 건 위험한 일이다. 안식구들은 저쪽에 있어도 괜찮다. 할멈이 집안일을 챙길 테니 그런대로 나는 위안 삼고 있는 거다. 그리고 부락에 불도 났지."

"누가 불을 놓았습니까?"

"광장은 깡그리 타버렸어 상인들 집이 거의 탔지. 코르슈노프와 그 근처도 깨끗이 타버렸다. 루키니차나 할머니는 지금 안드로포프에 있지만, 그리샤카 할아버지는 역시 집을 지킨다고 그냥 머물러 있었단다. 네 어미 얘기로는, 그리샤카 할아버지가 말이다, '난 말이야, 내 집에서 꼼짝도 안 할 테다. 이교도 놈들은 내 집에 들어오지 못해. 십자 표지가 두려울 테니까' 하더란다. 할아버진 말이다, 생각이 미치지 못한 거야. 글쎄 빨갱이 놈들이야 십자가 같은 것을 두려워하지 않거든. 그러니 안채에서 헛간까지 깡그리 연기에 싸이고 말았지. 그 뒤 할아버지에 대한 소문은 아무것도 듣지 못했…… 하기야 이젠 돌아가셔도 될 나이지. 20년 전쯤에 자기의 관을 만들어 놓으셨는데, 너무 오래 사셨어…… 그건 그렇고, 부락에 불을 질렀던 것은 네 친구 놈이다, 망할놈!"

"누구지요?"

"미시카 코셰보이란 놈이야. 그런 놈은 갈기갈기 찢어 죽여야 해."

"아니, 정말입니까?"

"그놈이야. 정말이고말고! 우리 집에도 와서 너에 대해 꼬치꼬치 캐묻더란다. 네 어머니에게 이런 말도 했다더군. '우리가 저쪽 기슭으로 건너가면 그리고리의 목을 맨 먼저 매달 거요. 가장 높은 떡갈나무에 매달아 일부러 우리의 칼을 더럽히지 않게 할 테니까!'라고. 다음에는 나에 대해서도 묻더니 코웃음을 치더란다. '그 절름발이 늙은이가 어디로 갔소? 집에서 페치카에 가만히 앉아 있지…… 만일 붙들리면 단숨에 내리치지 않고, 숨통이 멎을 때까지 채찍질을 해줄 테다!' 하더란다. 그야말로 악마 아니냐! 온 부락을 두루 돌아다니며 장사꾼과 신부들의 집에 불을 지르고는 '이반 알렉세예비치와 슈토크만의 원수를 갚기 위해서 뵤센스카야를 모두 태워 없앨 거다!' 지껄이더란다. 넌 어떻게 생각하느냐?”

그리고리는 그 뒤로도 30분쯤 아버지와 이야기하고 나서 말 쪽으로 갔다. 노인은 이야기하는 동안에 더 이상 아크시냐에 대해서 빈정대는 듯한 말은 한 마디도 하지 않았다. 그럼에도 불구하고 그리고리는 몹시 침울해졌다. ‘아버지가 아시는 이상, 다른 사람들의 귀에도 들어갔을지 모른다. 지껄이고 다닌 게 누구일까? 프로호르 말고 누군가 우리가 함께 지내는 것을 보았을까? 스테판도 알고 있을까?’

그는 수치스러움과 자기 자신에 대한 혐오에 이를 갈기까지 했다.

그는 카자흐들과 잠시 이야기를 했다. 아니쿠시카는 끊임없이 농담을 하며, 중대로 탁주를 대여섯 통 보내달라고 졸랐다.

“우리에게는 말이죠, 술만 있으면 탄약 같은 건 필요 없다고요!”

눈을 찡끗 하고 껄껄 웃고, 좀 꾀죄죄해 보이는 셔츠 깃을 엇비스듬히 손톱으로 두들기면서 그는 말했다.

프리스토냐와 그 밖의 다른 부락 사람들에게 그리고리는 소중히 지니고 있던 담배를 나눠 주었다. 그리고 막 출발하려고 할 때에야 스테판 아스타호프가 있음을 깨달았다. 스테판은 천천히 다가와 인사했으나 손은 내밀지 않았다.

그리고리는 반란이 일어난 이후에 처음 그를 만났을 때 가슴이 설랬던 것이 기억나 살피듯이 상대를 쳐다보았다. ‘알고 있을까.’ 그러나 스테판의 아름다운 수척해진 얼굴에서 온화하고 즐거워하는 기색이 보여 그리고리는 후유 하고 안도의 한숨을 내쉬었다. ‘그래, 모르고 있구나!’

64

이틀이 지나서야 그리고리는 자기 사단의 전선을 시찰하고 돌아왔다. 사령부는 쵸르투이 부락으로 옮겨가 있었다. 그리고리는 뵤센스카야 근처에서 30분쯤 쉬며 말에게 물을 충분히 마시게 한 뒤에 마을에는 들르지 않고 쵸르누이로 곧장 향했다.

쿠지노프는 그를 맞아들여, 기다리고 있었다는 말을 할 듯이 비아냥대는 미소를 띠며 힐긋 쳐다보았다.

“어땠나, 그리고리 판텔레예비치? 보고 왔지? 말해 보게나.”

"카자흐들을 보기도 하고, 언덕 위의 적위군을 살피기도 했네."

"이런저런 것들을 충분히 다 보았겠지! 그 사이 우리에게 비행기 3대가 와서 탄약과 편지 몇 통을 전해주고 갔네……."

"자네 친구 시드린 장군인가 하는 자가 뭐라고 보내 왔나?"

"내 전우 말인가?"

역시 농담조로 일단 시작된 이야기를 이어나가면서 쿠지노프는 여느 때와 다른 분위기로 대답했다.

"전력을 다해 버텨 적군이 강을 건널 수 없게 하겠다고 했네. 그리고 곧 돈군이 결정적인 공세를 취할 것이라고도 썼지."

"기분 좋은 얘기들을 써 보냈군."

쿠지노프는 약간 얼굴이 붉어졌다.

"전선을 돌파하러 갈 거야. 이건 자네에게만 말하는 극비일세! 1주일 뒤에는 제8적군의 전선이 돌파될 거야. 그때까지는 버텨야 해."

"그래서 버티고 있는 게 아닌가?"

"그로모크에선 적군이 강 건널 준비를 하고 있네."

"지금도 도끼질 소리가 들리나?"

그리고리는 깜짝 놀라 물었다.

"들리고말고…… 도대체 자네는 뭘 보고 왔나? 어디에 있었나? 혹시 뵤센스카야에서 어물쩍하고 있었던 건 아닌가? 아니면 어디에도 가지 않았던 게로군! 그저껜가 마을 안을 온통 쑤시고 다녔지. 자네를 찾으러 말이야. 그런데 마침 전령 하나가 와서 '멜레호프는 막사에 계시지 않았습니다. 그러나 안쪽 방에서 대단한 미인이 나오더니, 그리고리 판텔레예비치는 가버리셨어요라고 말했습니다. 게다가 그 여자는 울어서 눈이 퉁퉁 부어 있었습니다' 하는 게 아닌가. 그래서 나도, '그래, 우리 사단장은 좋은 여자가 생겨 자취를 감추고 만 건가?' 생각한 거야."

그리고리는 눈살을 찌푸렸다.

쿠지노프의 농담이 듣기 거북했다.

"자네는 이런저런 시시한 헛소리에 너무 예민한 게 아닌가! 좀 입이 무거운 전령을 택하는 게 어때! 또다시 나 있는 곳에 터무니없이 수다스러운 녀석을 보내면, 그 자리에서 놈의 혓바닥을 군도로 잘라버릴 걸세…… 앞뒤를 가리지 않고 제멋대로 지껄이지 못하게 할 테니까……."

쿠지노프는 호쾌하게 웃으며 그리고리의 어깨를 두들겼다.

"자네도 때로 우스갯소리를 알아듣지 못하는군. 자, 농담은 이제 그만해 두세! 사실은 자네에게 할 중대한 얘기가 있네. 적의 상황을 알아내기 위해 포로를 잡아야겠단 말이야. 이것이 그 한 가지이고, 또 한 가지—밤의 어둠을 타고 어딘가, 카잔스카야 마을 경계에서 하류 쪽으로 기병을 2개 중대쯤 건너편 강 기슭으로 건너가게 해서 적군을 교란해야겠거든. 뭣하면 적을 혼란에 빠뜨리기 위해 그로모크로 강을 건너게 해도 좋겠지, 안 그런가? 자넨 어떻게 생각하나?"

그리고리는 잠시 말이 없다가 이윽고 입을 열었다.

"나쁘진 않지."

"그러면 자네가……"

쿠지노프는 마지막 말에 힘을 주었다.

"그 중대를 인솔해 주지 않겠나?"

"아아니, 내가 직접?"

"대담한 지휘관이 필요하단 말이야! 어설프게 할 일이 아닌 만큼 간이 큰 사람이 아니면 곤란하거든. 강 건너는 데 실패해서는 한 명도 살아 돌아오지 못하게 될 거란 말이야!"

한껏 치켜올려진 그리고리는 호쾌하게 승낙했다.

"좋아, 하겠네!"

"이 일로 작전을 세워 보았는데 말야, 이렇게 하기로 했네."

쿠지노프는 의자에서 일어나 삐걱삐걱 울리는 거실 바닥 위를 이리저리 거닐며 생기가 도는 어조로 이야기를 꺼냈다.

"적의 배후에 깊숙이 우회할 필요는 없네. 단 탄약과 포탄을 탈취하고 포로를 잡은 뒤에 들어갔던 그 길로 돌아와도 괜찮을 것이네. 하지만 동틀 때까지 여울을 건너서 도망쳐 올 수 있도록, 그 모든 일을 하룻밤 사이에 해내야 하네, 알겠지? 그러면 충분히 생각해 보고, 내일은 누구든 간에 마음에 드는 카자흐를 뽑아서 보내 주게. 멜레호프 말고는 이런 일을 해낼 사람이 없어 결정한 걸세.

그러나 무사히 해내는 날에는 돈군도 자네 공로를 잊지 않을 거야. 아군과 합류하게 되면 바로 나는 직접 아타만 대리에게 보고서를 써서 자네의 공로를 낱낱이 알릴 거야. 그러면 승진도……."

쿠지노프는 그리고리를 잠시 쳐다보더니 말을 중간에서 끊었다. 조금 전까지도 평온하던 그리고리의 얼굴이 금세 분노로 거무스름해지고 경련을 일으키고 있었다.

"나를 어떤 사람으로 생각하는 건가……?"

그리고리는 얼른 뒷짐을 지고 일어섰다.

"내가 위계를 탐내어 위험을 무릅쓰는 건가? 나를 고용인으로 생각하는가? 승진을 약속하다니? 좋아, 나는……."

"자, 잠깐, 자네!"

"자네가 주는 위계 따위는 손톱의 때만큼도 못하게 생각한단 말이야!"

"잠깐! 자네는 나를 오해하고 있어……."

"때만도 못하게 생각한다니까!"

"자네, 오해야, 멜레호프!"

"다 알았네!"

그리고리는 크게 숨을 내쉬고 다시 의자에 앉았다.

"다른 녀석을 찾아보게. 나는 돈 건너편으로 카자흐를 인솔해 가는 일 따위는 하지 않을 테니!"

"자네 별일 아닌 걸로 화를 다 내네그려."

"아냐, 하지 않겠어! 이번 일에 대해서는 더 이상 말할 필요가 없네."

"그럼, 나는 자네에게 강요도 간청도 하지도 않겠어. 하고 싶으면 하고, 싫으면 그만두든지 자네 좋도록 하면 되네. 지금 우리 쪽 상황은 대단히 위태롭네. 그래서 놈들을 동요시켜 강 건널 준비를 하지 못하게 하기로 한 걸세. 승진 이야기야 그저 농담으로 했던 걸세! 어째서 자네는 우스갯소리를 알아듣지 못하는 건가? 여자에 대한 것도 반은 재미 삼아 자네를 놀리려고 말해 본 것에 지나지 않아. 그러다 보니 이상하게 자네의 신경이 날카로워져버린 것이겠지. 좋아, 또 한 가지, 자네가 형편없는 볼셰비키나 모든 지위 있는 자를 몹시 싫어한다는 것쯤은 나도 훤히 다 알고 있네. 자네는 내가 그런 말을 진심으로 한 걸로 생각했나?"

쿠지노프는 교묘하게 그 자리를 얼버무리고 아주 자연스럽게 웃음을 지어 보였으므로, 그리고리는 얼핏 이런 생각까지 했다. '이 친구, 정말로 농담을 했던 건가?'

"어이가 없군, 자네…… 허, 허, 허헛! 굉장히 화를 내는군, 자네! 정말이지 농담으로 말했던 걸세! 잠깐 놀린 것뿐이야!"

"어쨌든 건너편으로 가는 건 거절하네. 생각이 변했어."

쿠지노프는 띠의 끄트머리를 만지작거리며 한참 태연하게 잠자코 있다가 이윽고 말을 꺼냈다.

"어떤가, 생각을 고쳐 주게. 혹시 두려워하게 됐는지도 모르지만. 문제는 말이지, 우리 작전을 자네가 일단 좌절시킨다는 데 있어! 하기야 두말할 나위도 없이 다른 누군가를 보낼 거야. 지금이야말로 자네가 활약할 때이네마는…… 그러나 우리 상황은 매우 중대하단 말이야…… 생각해 보게. 오늘도 슈미린스카야에서 콘드라트 메드베예프가 적의 새로운 지령을 보내왔네. 적위군은 우리 쪽에 부대를 집중시키고 있어…… 자, 직접 읽어 보게. 아니, 당장은 제정신이 아닐테니까……."

쿠지노프는 가방에서 검붉은 핏자국이 흰 공간에 점점이 찍힌 누런 종이쪽지를 꺼내어 주었다.

"인터내셔널 중대라는 중대의 코미사르가 지니고 있던 거야. 라트이시인(人)도 그렇지만 그 코미사르는 마지막 한 발까지 다 쏘고, 그러고도 또 그놈은 1개 소대나 되는 카자흐를 향해 총을 겨누고 돌격해 왔던 모양이야……놈들에게도 역시 그런 자가 있단 말이야. 그런 주의자(主義者)들 속에도 말이지……그 코미사르는 콘드작트가 직접 베어 죽였다더군. 이 지령서는 그 녀석 가슴에 달린 주머니에서 발견된 걸세."

피가 솟아나와 배어든 그 누런 종이쪽지에는 굵고 작은 활자로 이렇게 인쇄되어 있었다.

지령
파견군 부대에 알림

제100호의 8

1919년 5월 25일

보그챠르

보병 부대, 기병 부대, 포병 부대 및 코만도(특공) 부대의 모든 중대에서 낭독해야 한다.

비열한 돈의 반란을 종결시키자!

이제 마지막 가을은 왔다!

필요한 모든 준비는 끝났다. 배반자와 변절자들을 궤멸시키는 데 충분한 병력이 집결되었다. 남부 전선에서 작전행동 중인 우리 군의 배후를 2개월여에 걸쳐 타격을 가해 온 카인의 무리에게 이제야말로 보복해야 할 가을이 온 것이다. 전체 노농 러시아[20]는 거짓된 적기(赤旗)를 내건 극우 반동 지주 데니킨 및 카자흐로부터 지원받고 있는 미그린스카야, 뵤센스카야, 엘란스카야, 슈미린스카야의 반역 무리들을 증오와 혐오로 주시하고 있다.

징벌군 병사, 지휘관 및 코미사르 여러분!

준비 공작은 끝났다. 필요한 모든 병력과 물자가 집결되었다. 여러분의 대오(隊伍)는 편성되었다.

지금이야말로 명령에 따라 다 같이 일어나 전진하라!

뻔뻔스러운 배반자와 변절자들의 소굴을 파괴해야 한다. 카인의 족속은 박멸되어야 한다. 저항을 시도하는 마을에 대해서는 어떠한 용서도 필요 없다. 자진해서 무기를 인도하고 우리 쪽에 투항해오는 자들에 대해서만 동정을 베풀자. 카자흐와 데니킨의 협력자들에 대해서는 납을, 강철을, 총칼을 들이밀 뿐이다.

동지 그리고 병사 여러분, 소비에트 러시아는 여러분에게 기대하고 있다. 며칠 안에 우리는 돈에서 배반의 얼룩을 빼버려야 한다. 최후의 가을은 온 것이다.

모두가 한데 뭉쳐―전진하라!

---

20) 노농 정부가 지배하는 러시아라는 뜻으로, 1917년 혁명 당시의 러시아를 이르는 말.

65

5월 19일, 미시카 코셰보이는 제9군 파견여단 참모장 그마노프스키의 전령으로서, 그마노프스키 쪽에 들어와 있던 보고로 미루어 현재 고르바쵸프 부락에 있을 제32연대 본부로 급히 전달해야 할 봉서(封書)를 가지고 그리로 달려갔다.

코셰보이는 그날 해 질 녘에 고르바쵸프 부락을 향해 말을 달렸으나 제32연대 본부는 그곳에 없었다. 부락은 제23사단의 제2종 치중대의 엄청난 짐수레가 들어차 북적거렸다. 그들은 보병 2개 중대의 호위를 받으며 도네츠에서 우스티 메드베디차로 가고 있는 중이었다.

미시카는 본부의 소재를 이 사람 저 사람에게 물으며 몇 시간 동안 부락 안을 걸어다녔다. 이윽고 말을 탄 한 적위병이, 제32연대 본부는 어제 보고프스카야 마을 근처의 에브란체프스키 부락에 있었다고 가르쳐 주었다.

말에게 여물을 주고, 미시카는 밤늦게 에브란체프스키에 닿았다. 하지만 그곳에도 본부는 없었다. 이제 한밤중이었다. 코셰보이는 곧 고르바쵸프로 돌아가다가 도중에 스텝에서 적위군 기병 척후대와 마주쳤다.

"누구냐, 거기 가는 자는?"

멀리서 코셰보이는 누구냐는 질문을 받았다.

"우군이오."

"뭐, 어느 쪽 우군이야?"

흰 쿠반카 모자를 쓰고 푸른 체르케스 옷을 입은 초소의 조장은 말을 옆으로 바싹 대면서 낮은 콧소리로 물었다.

"어느 부대야?"

"제9군 파견 여단이오."

"군대 수첩을 보여라!"

코셰보이는 증명서를 보였다. 초소쪽 조장은 그것을 달빛에 비추어 보고 여전히 의심하는 듯이 심문했다.

"너희 여단장이 누구냐?"

"로조프스키 동지."

"그러면 여단은 지금 어디에 있는가?"

"돈 건너편입니다. 그런데 동무, 당신은 어느 부대입니까? 제32연대가 아닙니까?"

"아냐, 우리는 제33쿠반 사단이야. 그런데 자네는 어디에서 왔는가?"

"에브란체프스키에서 오는 길입니다."

"그래, 어디로 가는 길인가?"

"고르바쵸프로 갑니다."

"뭐라구! 고르바쵸프에는 지금 카자흐가 있다."

"설마!"

코세보이는 놀랐다.

"내가 분명히 책임진다. 거기에는 반란군의 카자흐가 있다. 우리는 지금 막 도망쳐 오는 길이다."

"보브로프스키로 가려는데, 어떻게 하면 좋겠습니까?"

어쩔 줄 모르는 듯이 미시카는 물었다.

"자네가 더 잘 알 거야."

초소의 조장은 엉덩이가 느즈러진 검정말에 박차를 대고 앞으로 나아가 곧 안장 위에서 몸을 돌려 주의시켰다.

"우리를 따라오지 않겠나? 그대로 가다가 '목을 싹둑' 잘리게 되는지도 모르네."

미시카는 기꺼이 척후대에 끼기로 했다. 적위병들과 함께 그는 그날 밤중에 제294 타간로크 연대와 함께 주둔하고 있던 크루지린 부락에 도착해서 연대장에게 봉서를 전하고, 명령대로 봉서를 가져가지 못한 이유를 설명한 뒤, 연대의 기병 척후대 소속으로 머물라는 허락을 받았다.

타만군의 여러 부대와 쿠반의 지원병들로 최근에 편성된 제33쿠반 사단은 아스트라한 부근에서 보로네시-리스키 방면으로 옮겨갔다. 그중 타간로크, 데르벤트, 바실리코프의 각 연대를 포함한 여단 하나가 반란 진압에 투입되었다. 멜레호프의 제1사단을 공격하여 돈 맞은편으로 쫓아낸 것이 바로 이 여단이었다.

여단은 카잔스카야 마을의 유목민 부락에서 우스티 호표르스카야 마을의 서쪽 끝 부락까지 돈의 오른쪽 강가를 따라 교전을 하면서 강행군으로 돌파해, 치르강 부근의 여러 부락을 오른쪽에서 포위하여 탈취하고 2주일 정도쯤 돈 연안 지방에 머문 뒤 차차 철수했다.

미시카는 카르긴스카야 마을과 치르강 부근의 많은 부락을 공략하는 데 참가했다. 5월 27일 아침 니즈네 그루신스키 부락 뒤에 펼쳐진 광야에서 제294 타간로크 연대의 제3중대장은 적위병들을 길가에 정렬시키고, 방금 접수한 지령을 읽어 주었다. 그 가운데 미시카 코셰보이의 머리에는 다음 문구가 강하게 새겨졌다. '……뻔뻔스러운 배반자와 변절자들의 소굴은 파괴되어야 한다. 카인 족속은 박멸되어야 한다…….'

그리고 '카자흐와 데니킨의 협력자들을 대해서는 납을, 강철을, 총칼을!'

슈토크만이 죽은 뒤로, 그리고 이반 알렉세예비치와 엘란스카야 마을의 공산주의자들이 무참하게 살해된 데 대한 소문이 전해진 뒤로 미시카의 마음은 카자흐들에 대한 타오르는 듯한 증오에 휩싸여 있었다. 반란 카자흐 포로가 그의 손에 떨어진 때에도 그는 전혀 망설이지도, 희미한 연민의 목소리에도 귀를 기울이지 않았다. 그때 이후로 그는 카자흐들 중 그 누구도 관대하게 보아넘기지 않았다. 얼음처럼 차가운 눈으로 같은 마을의 카자흐를 쳐다보거나 추궁했다. "소비에트 정권에 칼을 겨누었을 테지?" 그러고는 대답도 기다리지 않고, 순식간에 핏기를 잃어가는 포로의 얼굴도 보지 않고 목을 베었다. 가차 없이 베어 죽였다. 그렇게 죽였을 뿐만이 아니라, 반란군이 내버리고 간 부락들의 집집의 처마에다 불을 질렀다. 또한 공포에 사로잡혀 미친 듯이 날뛰는 수소와 암소들이 불타는 외양간 울타리를 밟아 부수고 울부짖으며 길에 뛰쳐나오면, 코셰보이는 정면에서 소총으로 쏘아죽였다.

그는 카자흐의 풍족한 생활이며 카자흐의 배신에 대해서, 그리고 오래된 집의 지붕 밑에 수백 년에 걸쳐 깃들인 모든 인습에 대해서 타협도 용서도 없는 싸움을 걸었다. 슈토크만과 이반 알렉세예비치의 죽음으로 증오는 가열되었다. 그리고 지령의 문구는 코셰보이의 뚜렷하지 않던 기분을 또렷이 구체화시켜 보여 준 데 지나지 않았다…… 그날도 그는 3명의 동지와 함께 카르긴스카야 마을에서 150채가량의 가옥에 불을 질렀다. 어느 상인의 가게에서 등유 1통을 가져다가는 새카만 손바닥에 성냥곽을 꽉 움켜쥐고 광장을 돌아다녔다. 그러자 나뭇결이 곧고 얇은 널빤지에 페인트를 칠한 고급 상인의 가게, 신부의 저택, 부유한 카자흐의 집, 혹은 '무지한 카자흐 대중을 선동하여 반란에 가담시킨' 자들의 집들이 온통 매운 연기와 불길에 휩싸여 버렸다.

적이 내버린 채 달아난 부락에 맨 먼저 달려들어가는 것은 기병 척후대였다. 그래서 코셰보이는 보병 부대가 도착하기 전에 얼른 바람의 방향을 살피고, 가장 부유하게 보이는 집에 불을 질렀다. 그는 이반 알렉세예비치와 엘란스카야 마을의 공산주의자들이 죽은 데 대한 대가로 부락 사람들에게 복수하고, 부락의 절반 이상을 태워 없애기 위해 무슨 수를 쓰든 타타르스키에 달려들어가고 싶다는 생각을 품었다. 그는 벌써 태워 없애야 할 집들의 목록을 머릿속에 작성해 놓고서는 만일 그의 부대가 치르에서 뵤센스카야의 왼쪽으로 나아가는 경우에는 밤중에 혼자 탈출해서 고향의 부락에 들르기로 결심했다. 그가 어떻게 해서든지 타타르스키로 가려는 생각을 한 이유는 또 한 가지 있었다…… 지난 2년 동안 두냐시카 멜레호프와 이따금 만나는 사이에 아직 말로는 나타내지 못했지만 한 가지 생각이 두 사람을 연결시켜 놓았던 것이다. 두냐시카는 거무스름한 손가락으로 훌륭한 담배 케이스를 짜서 미시카에게 선물로 주었다. 지난 겨울에 그녀는 식구들 몰래 갈색을 띤 산양 솜털 장갑을 그에게 선물했다. 코셰보이의 군복 가슴에 달린 주머니 속에 소중히 간직된 수놓은 손수건은 두냐시카의 것이었다. 그리고 3개월 동안 주름 속에 마른풀 냄새같이 아련한 처녀의 체취를 간직한 그 조그마한 손수건은 그에게 무엇보다 소중한 것이었다. 그가 혼자 있을 때 그 손수건을 꺼내면 언제나 가슴 설레게 하는 추억이 생생히 되살아났다…… 방아두레박 우물 한쪽 옆 서리가 덮인 포플러나무, 먹을 묽게 풀어놓은 듯한 하늘에서 조각조각 흩어져 날리는 눈보라, 요염하게 떨리던 부드러운 두냐시카의 입술, 젖혀진 눈썹 위에서 녹던 눈송이의 유리 같은 번뜩임…….

그는 귀향하게 되는 날에 대비해서 빈틈없이 준비를 갖추었다. 카르긴스카야 마을에서는 상가(商家)의 벽에서 천연색 무늬 벽걸이를 떼어내 말에게 입혔다. 그 말옷은 훌륭한 색깔의 무늬로 꽤나 멋져 보여, 멀리에서 보는 사람도 재미있어했다. 한 집의 궤짝에서는 가로무늬가 있는 새것이나 다름없는 바지를 얻었다. 6개의 여자용 목도리는 3개씩 포르챤카(다리에 감는 천)로 삼아서 다리에 감았다. 역시 여자용 레이스 장갑은 전쟁으로 밤낮 온통 잿빛투성이인 지금은 쓰지 않고, 타타르스키에 들어가기 전에 언덕 위에서 끼기로 하고는 안장주머니에 넣어 간직했다.

예로부터 병사가 자기 부락에 들어갈 때에는 흔히 잘 차려입었다. 그러므로 카자흐의 이런 관습에서 아직 완전히 벗어나지 못한 미시카는 적위군에 들어 있으면서도 오랜 관습에 철저하게 배어 그 준비를 늘 갖추고 있었다.

그의 말은 코가 희고 짙은 밤색 털의 훌륭한 말이었다. 먼젓번 임자이던 우스티 호표르스카야 마을의 카자흐를 코셰보이가 공격 때 베어 죽였다. 빼앗은 말이었으나, 모양이 좋고 꽤 민첩하며 걸음걸이가 좋은 데다 또한 대열 훈련 정도도 좋아서 자랑 삼을 만했다. 그런데 코셰보이가 뽐내는 안장은 그럭저럭 안장이라고 말할 수 있을 정도로 생겨먹은 물건이었다. 안장 깔개는 너덜너덜하니 기운 자국투성이고, 배띠는 무두질한 가죽띠로 되어 있고, 등자는 알록달록하니 오래전부터 녹이 슬어 있었다. 말머리에 맨 끈 또한 장식 하나 없이 볼품없는 것이었으므로 코셰보이는 말 머리끈만이라도 장식하고 싶었다. 미시카는 오랫동안 이 문제로 고민했다. 그러자 간신히 그럴싸한 생각이 머리에 떠올랐다. 광장 앞의 상가 옆에 그곳 사환들이 타오르는 집 안에서 옮겨놓은 흰 니켈 침대가 놓여 있었다. 침대 네 귀퉁이에서는 흰 공이 햇볕을 받아 현기증이 날 정도로 빛나고 있었다. 그 공을 떼어내든가 비틀어 뜯어내어 말 머리끈에 매달면 전혀 다른 느낌이 들 것이 틀림없었다. 미시카는 재빨리 해보았다. 침대 네 귀퉁이에서 속이 텅 빈 공들을 비틀어 떼어내고 비단끈으로 말 머리끈에 매달았다―2개는 재갈에, 나머지 2개는 코 끈 양쪽에……공은 말의 머리에서 한낮의 태양처럼 희게 빛났다. 햇빛을 반사하여 정면에서는 쳐다볼 수도 없을 정도로 빛났다. 너무도 눈이 부셔 말이 태양을 향해 서면 눈을 가느다랗게 뜨고 헛발을 내딛어 걸음걸이도 위태로울 정도였다. 하지만 눈부신 공으로 인해 말의 시각이 고통을 겪고 있음에도 불구하고, 또한 빛으로 아픔을 느낀 말의 눈에서 눈물이 흘러나오는 것도 아랑곳없이 미시카는 말 머리끈에서 1개의 공도 떼어내지 않았다. 이윽고 거의 다 타버려서 그을린 벽돌과 재 냄새가 꽉 차 있는 카르긴스카야 마을을 떠나게 되었다.

연대는 돈의 뵤센스카야 방면으로 이동했다. 때문에 미시카는 가족을 찾아본다는 사유로 쉽게 하루의 휴가를 조장에게서 얻었다.

지휘관은 짧은 기간의 휴가뿐 아니라, 좀더 근사한 허락도 해주었다.

"자네 마누라가 있나?"

그는 미시카에게 물었다.

"없습니다."

"좋은 게 있잖아?"

"무슨 말씀이십니까? 뭘 말씀하시는건지, 좋은 거라니?"

미시카는 깜짝 놀라 물었다.

"정부(情婦) 말이야."

"아하…… 그런 거 없습니다. 숫처녀 애인은 있지만요."

"사슬이 달린 시계는 가지고 있나?"

"없는데요, 동무."

"뭐라고, 이 친구!"

스타브로폴리 출신으로서 본디 현역 하사관이던 기병 초소 조장은 자기도 구(舊) 군대에서 몇 번인가 휴가를 얻어 고향에 간 적이 있고, 빈손으로 부대에서 고향에 돌아가기가 얼마나 괴로운지 오랜 경험에 의해서 잘 알고 있었다. 그는 딱 벌어진 가슴에서 시계와, 놀랄 정도로 무거운 사슬을 꺼내며 말했다.

"자네는 훌륭한 병사가 될 거야! 자, 이걸 집으로 가져가서 처녀들을 감쪽같이 속여 보게. 하지만 내가 제3소대에 있다는 건 기억해야 해. 나도 젊어서는 말이지, 어쨌거나 잘 안다고…… 이 사슬은 미국제 신품(新品) 금사슬이지. 만일 누가 묻거든 그렇게 대답하라구. 하지만 만일 배짱 좋은 녀석이 나서서 품위 번호가 어디에 있느냐고 치근치근하게 물으면 정통으로 콧대를 갈겨주게. 그런 뻔뻔스러운 녀석은 그저 콧대를 갈겨서 꺾어놓는 게 좋단 말이야. 언젠가 이런 일이 있었네. 대폿집이었는지 색시집이었는지, 남의 집 관리인 아니면 서기 출신인 듯한 서푼짜리 문사(文士) 같은 녀석이 나에게 오더니만 여러 사람 앞에서 망신을 주려 하더란 말이야. '마치 진짜 금붙이나 되듯이 배에다 사슬 같은 걸 자랑삼아 차셨군요…… 어디에 품위 번호가 있지요?' 하더란 말이야. 나는 그놈을 두 번이나 제정신을 차리지 못하게 해줬어. '품위 번호라고! 그래, 이거다!' 하고 말이야."

사람 좋은 코셰보이의 지휘관은 어린아이 머리만 한 거무스름한 주먹을 꽉 쥐고 무시무시한 힘을 다해서 맹렬히 확 휘둘렀다.

미시카는 시계를 몸에 차고, 밤에 모닥불 불빛으로 수염을 깎은 뒤 안장을 없고는 말을 달렸다. 새벽녘에 그는 타타르스키에 들어갔다.

부락은 예전과 다름이 없었다—벽돌로 지은 교회의 나지막한 종루는 빛깔 바랜 금박의 십자가를 푸른 하늘에 뻗치고 있었다. 듬직한 신부와 상인의 집들은 변함없이 부락 광장에 당당하게 서 있었다. 반쯤 허물어진 코셰보이의 낡아빠진 오두막 위에서는 포플러나무가 한결같이 정겨운 말을 소곤거리고 있었다……

단 한 가지 그를 놀라게 한 것은 거리를 거미줄처럼 뒤덮은 다른 부락들과 다른 숨막히는 정적이었다. 길에는 어린애 하나도 보이지 않았다. 집집마다 미늘창을 단단히 내려놓았고, 문에 자물쇠를 채워놓은 집들도 여기저기 눈에 띄었으나, 대개의 문은 활짝 열어젖혀져 있었다. 마치 전염병이 집집의 길에서 사람 자취를 빼앗아 가고 집들을 공허와 적막으로 채우고, 불길한 걸음걸이로 부락을 지나간 것 같았다.

사람 목소리도, 가축 울음소리도, 명랑한 닭 울음소리도 들리지 않았다. 오직 참새들만이 비를 예고하듯이 헛간의 차양 밑이며 땔감 위에서 시끄럽게 우짖고 있었다.

미시카는 자기 집 뜰로 들어갔다. 아무도 맞이하러 나오지 않았다. 현관 문은 열어젖혀져 있고, 문지방 옆에는 찢어진 적군의 게토르와 피가 엉켜붙은 거무스름한 붕대, 파리들이 달라붙어 있거나 썩어가는 닭의 머리, 깃털 따위가 흩어져 있었다. 적위병들이 얼마 전에 이 낡아빠진 집에서 식사를 한 것 같았다. 마루에는 깨어진 항아리 조각들과 살점을 다 발라먹은 닭뼈, 담배꽁초, 밟아 짓뭉갠 신문지 조각 따위가 떨어져 있었다…… 무거운 한숨을 죽이고 미시카는 거실로 들어갔다. 그곳은 모든 것이 예전과 마찬가지였다. 다만 언제나 가을이 되면 수박을 저장하던 움의 마루 널빤지가 약간 솟아 있을 뿐이었다.

미시카의 어머니는 어린이들의 눈을 피해 그곳에 말린 사과를 숨겨 두곤 했다.

그 일을 기억해 내고 미시카는 마루 널빤지로 다가갔다. '어머니는 나를 기다리고 계시지 않았을까? 어쩌면 여기에 뭔가를 저장해 두었을는지도 몰라?' 이렇게 그는 생각했다. 그리고 군도를 뽑아내 그 끄트머리로 마루 널빤지를 치켜들자 삐걱 소리를 내며 마루 널빤지가 들어 올려졌다. 움 속에서 습기와 썩은 내가 풍겨 나왔다. 미시카는 무릎을 꿇었다. 어둠에 익지 않아 잠시 아무것도 가려볼 수 없었다. 그러나 곧 보이게 되었다. 땅바닥에 깔린 낡은 테이블 덮개 위에 작은 보드카병과, 곰팡이 핀 달걀구이가 담긴 프라이팬이 놓여 있고, 반쯤 쥐가 먹은 빵조각들이 나뒹굴고 있었다. 항아리는 둥근 널빤지로 잘 덮여 있었다······ 늙은 어머니는 아들이 돌아오기를 기다리다가 지친 것이었다. 가장 중요한 손님으로 여겨, 지치도록 기다리고 있었던 것이다! 움 속에 내려가 섰을 때, 미시카의 가슴은 애정과 기쁨으로 떨렸다. 낡기는 했어도 깨끗한 테이블 덮개 위에 똑바로 놓인 모든 것이 바로 4, 5일 전 바지런한 어머니의 손이 닿았던 것들이다! 움 속 서까래에 걸린 돛베 자루가 한결 하얗게 보였다. 미시카는 얼른 자루를 떼어내고 그 안에서 낡아빠지긴 했으나 훌륭하게 바대를 대어 깁고 세탁한 뒤 다림질까지 해놓은 속옷 한 벌을 꺼냈다.

음식물은 쥐들이 엉망으로 만들어 놓았다. 우유와 보드카만이 그대로 남아 있었다. 미시카는 보드카를 다 마신 뒤, 움 속에서 차가워진 우유도 마시고는 속옷을 손에 쥐고 그곳에서 기어나왔다.

어머니는 돈의 맞은편으로 갔음이 분명했다. '남기가 두려우셨을 테지. 하지만 그러신 편이 좋다. 어차피 카자흐들의 손에 걸려드실 테니까. 지금까지도 틀림없이 나 대신 심한 고통을 당하셨을 거야······' 이렇게 생각하고 잠시 어물쩡거리다가 바깥으로 나왔다. 말을 풀어놓기는 했지만, 멜레호프의 집으로 갈 결심은 서지 않았다. 멜레호프의 집은 바로 돈 기슭 가까이에 있어 재능이 있는 사수(射手)라면 건너편 기슭에서 껍데기가 없는 탄환으로도 간단히 미시카를 쓰러뜨릴 수 있었다. 그래서 미시카는 우선 코르슈노프의 집에 갔다가, 어두워지면 광장으로 돌아와 어둠을 타고 모호프와 다른 상인과 신부들의 집을 태워버리기로 작정했다.

뒷길을 따라 코르슈노프의 굉장한 저택으로 달려가서 열어젖혀진 문으로 들어가서는 말을 현관 계단 난간에 매놓고 막 집 안으로 들어가려 했다. 그때 계단에 그리샤카 할아버지가 나왔다. 흰 머리를 떨고, 여느 노인네들처럼 빛을 잃은 눈은 근시처럼 가늘게 뜨고 있었다. 기름이 밴 옷깃의 되접어 꺾은 부분에 붉은 바느질 자국이 있는, 오래된 쥐색 카자흐 군복에 단추들이 단정하게 채워져 있었다. 할아버지는 헐렁헐렁하게 늘어진 다 낡은 바지를 계속해서 두 손으로 붙잡고 있었다.

"건강하시군요, 할아버지!"

미시카는 계단 옆에 멈춰 서서 채찍을 흔들었다.

그리샤카 할아버지는 물끄러미 쳐다보았다. 그의 험상궂은 눈초리 속에는 적의와 증오가 들끓었다.

"건강하시냐고 말씀드렸습니다!"

미시카는 목소리를 높였다.

"덕분에……."

노인은 마지못해 대답했다.

그는 적의가 담긴 경계의 빛을 조금도 늦추지 않고 미시카를 빤히 쳐다보았다. 한편 미시카는 편안한 자세로 한쪽 다리를 당겨 세워 채찍을 만지작거리며 눈썹을 모으고는, 처녀처럼 불룩한 입술을 움츠렸다.

"그리고리 할아버지, 왜 돈강 건너편으로 피난하지 않으셨어요?"

"내 이름을 어떻게 알았나?"

"이곳 출신이니까요."

"네가 대체 누구더라?"

"코셰보이입니다."

"아키무카의 자식 놈인가? 우리 집에서 머슴살이를 했었지?"

"그건 저의 아버님입니다."

"그러면 너는 젊은 주인이라는 게냐? 아마 네가 세례 때 미시카라는 이름을 받았지? 당당한 젊은이가 되었군! 아버지를 그대로 닮았어! 그 사람은 배은망덕한 짓을 많이 했었는데, 그래, 너도 그러냐?"

코셰보이는 장갑을 흔들며 험악하게 얼굴을 찌푸렸다.

"그런 건 당신이 알 바 아닙니다. 어째서 돈강 건너편으로 피난하지 않으셨느냐고 물었습니다."

"가고 싶지 않아 가지 않았을 뿐이야. 네가 왜 그런 걸 묻느냐? 반그리스도 패거리에 끼었느냐? 모자에 붉은 별을 달았구나! 이 천벌을 받을 망할 놈, 그래, 우리 카자흐를 적으로 여겨? 자기 부락에 반역을 해?"

그리샤카 할아버지는 흔들리는 걸음걸이로 계단을 내려왔다. 코르슈노프 집안 사람들이 모두 돈 건너로 피난한 뒤로 노인은 제대로 음식도 먹지 못하고 있었다. 가족들에게서 버림받고 몹시 여윈 데다가 늙은이 특유의 몹시 불결해 보이는 차림새를 한 그는 미시카 앞에 멈추어 서서는 놀라움과 분노의 눈길로 뚫어지게 쳐다보았다.

"그래요, 반역했습니다. 당장 놈들에게 혼찌검을 내 보일 겁니다!"

"성서에 뭐라고 써 있지? 만일에 네가 남에게 재(災)를 입힌다면 그 응보가 있을 것이다. 이 말을 어떻게 생각하냐?"

"할아버지, 성경 같은 걸로 제 머리를 어지럽히는 짓은 그만둬 주십시오. 저는 그런 말씀을 들으려고 온 게 아닙니다. 자, 당장 집 안에서 나가 주십시오."

미시카는 퉁명스레 말했다.

"그게 뭔 소리냐?"

"뭔 소리이건 간에 나가 주십시오."

"도대체 너, 그게 무슨 소리냐?"

"무슨 소리건 간에 상관없어요. 어쨌든 물러나시라고 말씀드렸습니다!"

"나는 내 집에서 꼼짝 않을 테다. 네가 무엇을 어떻게 할 것인가 하는 것쯤 난 알고 있다…… 너는 반그리스도 패거리의 앞잡이지? 그 표시가 네 모자에 붙어 있는걸! 예언자 예레미야서에 씌어 있는 게 네 얘기야. '그가 나로 하여금 쓴 것에 물리게 하고 인진(사철쑥)을 마시게 하며, 작은 돌로 내 이빨을 바수고, 재로써 나의 어리석음을 깨닫게 해주시느라.' 아들놈이 아비에게 칼을 겨누고, 아우가 형에게 맞서서 겨루게 되었단 말이다……."

"저를 속이려는 짓은 그만두십시오! 이런 경우에 문제는 형제에 관한 것 따위가 아닙니다. 간단합니다. 저의 아버지는 숨이 끊어지는 순간까지 당신네를 위해 일하셨고, 저도 전쟁이 일어나기 전에는 당신네 보리를 타작하느라고 보리를 싼 무거운 부대를 메고는 근육통을 앓은 적도 있었습니다. 이제 그런 일은 끝났습니다. 집에서 나가십쇼, 당장 불을 지를 겁니다! 이제껏 당신네는 좋은 집에서 살았지만, 앞으로는 우리처럼 토막 볏짚의 판자집에서 살아야 합니다. 아셨지요, 할아버지?"

"허, 그래! 이사야서에는 이렇게 씌어져 있어. '그가 나와서 우리에게 거역해 온 자의 시체를 보더라. 그 구더기 죽지 않고, 그 불 꺼지지 아니하고, 수많은 사람들에게 몹시 미움받고 있더라'라고 말이다."

"여기에서 할아버지와 문답하고 있을 한가한 틈이 없습니다!"

분노에 달아올라 미시카는 차갑게 내뱉었다.

"어서 집에서 나가시지요!"

"아니, 안 나간다! 냉큼 꺼져라, 이놈!"

"당신 같은 벽창호 때문에 전쟁이 계속되는 겁니다! 당신네가 인민을 괴롭히고 인민으로 하여금 혁명에 반란을 일으키게 하는 겁니다⋯⋯."

미시카는 성급하게 기병총을 벗겨 들었다.

총소리가 울리자 그리샤카 할아버지는 뒤로 벌렁 자빠져 희미한 목소리로 말했다.

"아⋯⋯ 하느님의 은총은 아니지마는⋯⋯ 그러나 이것도 하느님의 뜻이시니라⋯⋯ 오, 하느님, 당신의 종을⋯⋯ 이 세상에서 불러 가시옵소서⋯⋯" 이렇게 말하고는 목소리가 끊어지고, 흰 콧수염 밑에서 피가 솟구쳐 나왔다.

"소원이 이루어졌군! 당신같이 망령 든 노인네는 진작 저세상으로 보내버렸어야 해!"

미시카는 계단 옆에 축 늘어진 노인을 진저리 치며 피해서 얼른 뛰어올라갔다.

현관에 쌓인 마른 대팻밥이 바람에 실려 붉은 불꽃을 내며 타오르고, 현관과 헛간을 갈라놓은 널빤지 벽이 맹렬한 속도로 타올랐다. 연기는 천장으로 날아올라갔다가 틈새로 새어드는 바람에 불려 요동치며 이 방 저 방으로 흘러들어 갔다.

코셰보이가 바깥으로 나와서 곡식 창고에 불을 지르고 있는 사이에, 안채의 불이 이미 바깥으로 뿜어져 나와 거세게 소리를 내면서 소나무 창문을 싫증내지도 않고 죄다 핥고는 그 여세를 지붕으로 몰아갔다⋯⋯.

미시카는 땅거미가 지기 시작할 무렵까지 이웃 정원에 있는 나무의 홉이 달라붙은 가시나무덤불 그늘에서 낮잠을 잤다. 안장이 내려지고 다리가 묶였던 그의 말도 역시 그곳에서 물기 많은 잡초 줄기를 즐겁게 물어뜯어 먹고 있었다. 밤이 되기 전에 목이 마른 말은 울음을 터뜨려 주인을 깨웠다.

코셰보이는 일어나자 안장에 외투를 동여매고, 그곳의 우물물을 길어 말에게 먹이고, 그런 뒤에 안장을 얹고는 작은 길 쪽으로 말을 타고 나갔다.

다 타버린 코르슈노프의 저택에서는 여전히 시커멓게 타다 남은 기둥을 맴

도는 맵싸한 연기가 바닥을 기고 있었다. 넓은 안채에 겨우 남은 것이라고는 돌로 만든 높은 토대와, 그을린 굴뚝을 하늘로 향해서 내뻗치고 있는 반쯤 부서진 페치카뿐이었다.

코셰보이는 곧장 멜레호프의 집으로 갔다.

미시카는 말에서 내리지도 않고 그냥 쪽문을 열고 뜰로 들어갔다. 일리니치나는 헛간 옆에서 불쏘시개를 앞치마에 주워담고 있었다.

"오랜만이에요, 아주머니!"

그는 노파에게 상냥하게 인사했다.

노파는 깜짝 놀라서 대답도 못하고 두 손을 늘어뜨렸으므로, 앞치마에서 나뭇조각들이 주르르 쏟아져내렸다.

"안녕하셨어요, 아주머니?"

"그래…… 덕분에 그럭저럭……."

일리니치나는 어물쩡거리며 대답했다.

"몸은 건강하세요?"

"그래, 건강하긴 하지만, 별로 말을 듣지 않아서……."

"이 댁의 남자들은 다들 어디에 있지요?"

미시카는 말에서 내려 헛간 옆으로 다가갔다.

"돈 건너편으로 갔소."

"카데트들을 기다리는 건가요?"

"난 여자라서…… 그런 건 통 모르오……."

"그런데 예브도키야 판텔레예브나는 집에 있나요?"

"그 애도 돈 건너편으로 갔소."

"모두들 변변치도 않은 곳으로 가버렸군!"

미시카의 목소리는 떨리고 분노로 착 가라앉았다.

"당신에게 말해 두겠는데요, 아주머니, 당신의 아들 그리고리는 소비에트 정권에 대한 가장 못된 적이에요. 우리가 건너편으로 옮겨가게 되면 맨 먼저 그를 목매달아 죽일 겁니다. 그리고 판텔레이 프로코피예비치가 달아난 것도 어리석은 짓입니다. 나이도 많고 다리도 불편하니 집에 가만히 있었다면 좋았을 텐데……."

"죽을 것을 각오하라는 말이오?"

일리니치나는 험악한 어조로 묻고, 다시 앞치마에다 나무토막들을 주워 담기 시작했다.

"그렇지만 영감님은 뭐, 죽게 되지 않을 거예요. 판텔레이 영감님은 매를 맞으실지 모르지만, 죽게 되지는 않으실 거예요. 하지만 제가 일부러 여기에 온 건, 물론 그런 일로 온 건 아닙니다."

미시카는 가슴의 시계줄을 바로잡고 눈을 내리깔았다.

"제가 온 건 말이죠, 예브도키야 판텔레예브나를 만나려고 해서입니다. 그녀도 피난을 했으니, 저로서는 몹시 유감이군요. 그녀를 낳은 어머니인 당신에게 말씀드려 둡니다만, 저는 그 아가씨로 해서 오래전부터 말이죠, 아주머니, 가슴에 아픔을 느껴 왔습니다. 그러나 요즘 와서 저희는 여자 문제로 가슴 아파할 틈 같은 게 전혀 없습니다. 저희는 반혁명 분자들과 싸우고 있고, 그놈들을 용서 없이 해치우고 있는 중입니다. 놈들의 숨통을 끊어놓으면 곧 바로 평화로운 소비에트 권력이 전국에 세워질 겁니다. 그렇게 되면요, 아주머니, 저는 댁의 예브도키야에게 장가들려고 중매쟁이를 보낼 작정입니다."

"지금은 그런 얘기를 하고 있을 때가 아니오!"

"아녜요, 알맞을 때예요!"

미하일은 얼굴을 일그러뜨렸다. 두 눈썹 사이에 고집스러운 주름이 잡혔다.

"그렇죠, 식(式)을 올릴 때는 아니지만 얘기하는 거야 뭐 괜찮지요. 그리고 저로서는 말이죠, 이런 얘기를 할 기회를 다시 잡을 수가 없습니다. 지금은 여기에 있어도 내일은 도네츠 건너편으로 가버리게 되는지도 모르니까요. 그래서 미리 양해를 얻으려는 겁니다. 예브도키야를 절대로 다른 사람에게 시집보내시거나 하면 안 됩니다. 그런 일이 있게 되면 당신에게도 좋지 못할 겁니다. 저희 부대에서 제가 전사라도 했다는 편지가 오면 그때 다른 데로 시집보내셔도 좋지만 지금은 안 됩니다. 그 이유를 말씀드리면, 우리 두 사람은 잘 어울리는 사이이기 때문입니다. 예물은 가져오지 않았어요. 가져올 수가 없었기 때문입니다, 예물 같은 건요. 그러나 만일 당신이 저 부르주아, 혹시 상인들 집에 있는 물건 가운데 뭔가 필요한 게 있다면 말씀하십시오. 당장 가서 가져올 테니까요."

"당치도 않은 소리! 세상에 태어나서 여태껏 남의 물건에 손댄 적이 없다오!"

"그럼 좋을 대로 하시죠. 당신이 저보다 먼저 예브도키야 판텔레예브나를 만나시게 되면 제가 안부 전하더라고 말씀해 주십시오. 그럼, 실례하겠습니다. 자, 아주머니, 부디 제가 말씀드린 것을 잊지 마십시오."

일리니치나는 대답을 하지 않고 집 안으로 걸어갔다. 한편 미시카는 말을 타고 부락 광장을 향해서 나아갔다.

한밤중이 되자 적위병들이 산속에서 부락으로 내려왔다. 생기에 찬 그들의 얘기 소리가 이 길 저 길에 소란스레 울렸다. 돈의 초소로 수류탄을 가져가던 3명의 병사들이 미시카를 심문하고 증명서를 조사했다. 세몬 츄군의 판자집 앞쪽에서도 다시 4명의 병사들과 만났다. 그들 가운데 두 명은 짐수레로 귀리를 실어나르고 있었다. 나머지 두 명은—츄군의 폐병 걸린 아내와 함께—재봉틀과 밀가루가 담긴 부대를 나르고 있었다.

츄군의 아내는 미시카를 알아보고 인사를 했다.

"도대체 무얼 옮기고 있는 거죠, 아주머니?"

코세보이는 약간 흥미가 당겨 물어보았다.

"뭐, 가난뱅이 여자의 집에 놔두려고 부르주아 집의 재봉틀과 밀가루를 나르는 거요."

적위군 병사 하나가 당당하게 빠른 어조로 말했다.

코세보이는 도네츠로 피난한 상인들인 모호프와 차차 아테핀, 비사리온 신부, 관구의 신부 판크라치, 그리고 부자 카자흐들 소유의 집 3채에 불을 지르고는 마침내 부락을 떠났다.

언덕 위로 접어들자 그는 말을 돌려세웠다. 눈 밑의 타타르스키 부락에서는 몸이 오싹할 만큼 어두운 하늘을 배경으로 시뻘건 불길이 여우의 꼬리 같은 불꽃을 흩뜨리고 있었다. 불은 확 타오르는 듯싶더니, 그 반사에 의해서 흔들리는 돈의 급류를 그물코처럼 비춰내고 다시 약해지면서 건물을 활활 태우며 서쪽으로 기울어졌다.

동쪽에서 광야의 실바람이 불어왔다. 실바람은 불길을 불어 끄고는, 타버린 집의 잔해 더미에서 새카맣고 석탄처럼 번쩍번쩍 빛나는 잿가루를 멀리 실어갔다.

맹은빈

동양외국어학원 러시아어과 수학. 동국대 영문학부를 졸업. 1955년 영남일보에 시 《그림자》로
등단했다. 안톤 체호프 《벚꽃동산》, 사뮈엘 베케트 《고도를 기다리며》 옮겨 연출. 지은책 시집
《인간이 아픔을 알 때》 《꿈의 시》가 있으며, 옮긴책에 토마스 하디 《테스》, 서머셋 몸 《세계문
학 100선집》, 솔제니친 《이반 데니소비치의 하루》가 있다.

세계문학전집044
Михаи́л Алекса́ндрович Шо́лохов
ТИХИЙ ДОН
고요한 돈강II
미하일 알렉산드로비치 솔로호프/맹은빈 옮김
동서문화창업60주년특별출판
1판 1쇄 발행/1987. 7. 1
2판 1쇄 발행/2007. 8. 10
3판 1쇄 발행/2016. 9. 9
3판 2쇄 발행/2023. 5. 1
발행인 고윤주
발행처 동서문화사

창업 1956. 12. 12. 등록 16-3799
서울 중구 마른내로 144(쌍림동)
☎ 546-0331~2 Fax. 545-0331
www.dongsuhbook.com

＊

사업자등록번호 211-87-75330
ISBN 978-89-497-1503-2 04800
ISBN 978-89-497-1459-2 (세트)